SLAPEN IN EEN ZEE VAN STERREN

Christopher Paolini bij Boekerij:

Eragon
Oudste
Brisingr
Erfenis
De vork, de heks en de draak
Slapen in een zee van sterren

www.boekerij.nl

CHRISTOPHER PAOLINI

SLAPEN IN EEN ZEE VAN STERREN

BOEKERIJ

'Blackstar', geschreven door David Bowie, heruitgegeven met toestemming van Nipple Music (BMI), beheerd door RZO Music, Inc. Fragmenten uit *The Immense Journey: An Imaginative Naturalist Explore the Mysteries of Man and Nature* door Loren Eiseley, © 1946, 1950, 1951, 1953, 1955, 1956, 1957. Gebruikt met toestemming van Random House, een imprint en afdeling van Penguin Random House LLC. Alle rechten voorbehouden.

ISBN 978-90-225-9040-9
ISBN 978-94-023-1532-5 (e-book)
NUR 333

Oorspronkelijke titel: *To Sleep in a Sea of Stars*
Vertaling: Niels van Eekelen, Mechteld Jansen en Jonas de Vries
Omslagontwerp: Faceout Studio, bewerkt door DPS Design Design & Prepress Studio
Omslagbeeld: Faceout Studio
Zetwerk: Mat-Zet bv, Huizen

Zoals al mijn boeken is ook dit boek opgedragen
aan mijn familie.

*Maar ook aan de wetenschappers, technici en dromers
die toewerken naar onze toekomst tussen de sterren.*

INHOUD

Een Fractalverse-roman

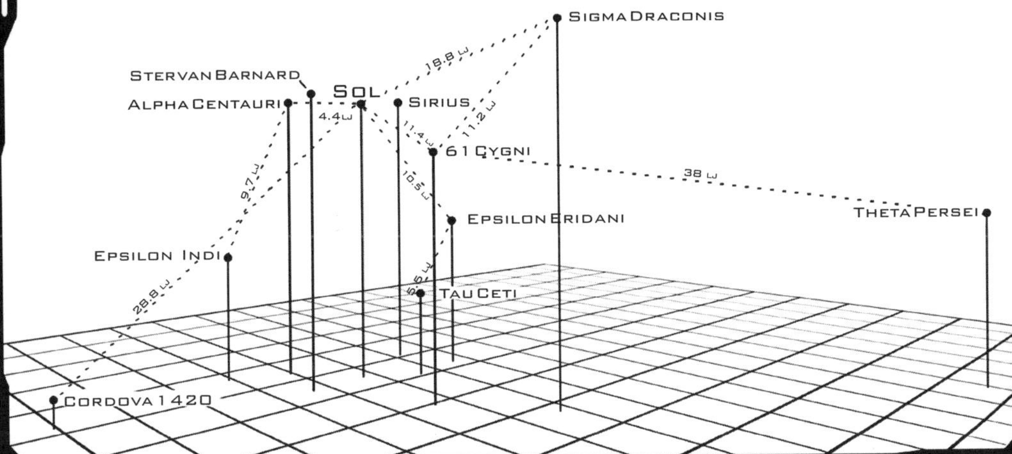

Liga van Verenigde Werelden

- Sol
- Alpha Centauri
  - Wereld van Stewart
- Epsilon Eridani
  - Eidolon
- Epsilon Indi
  - Weyland
- Sigma Draconis
  - Adrasteia
- Theta Persei
  - Talos VII
- 61 Cygni
  - Ruslan

Onafhankelijk

- Cordova 1420
- Tau Ceti
  - Shin-Zar

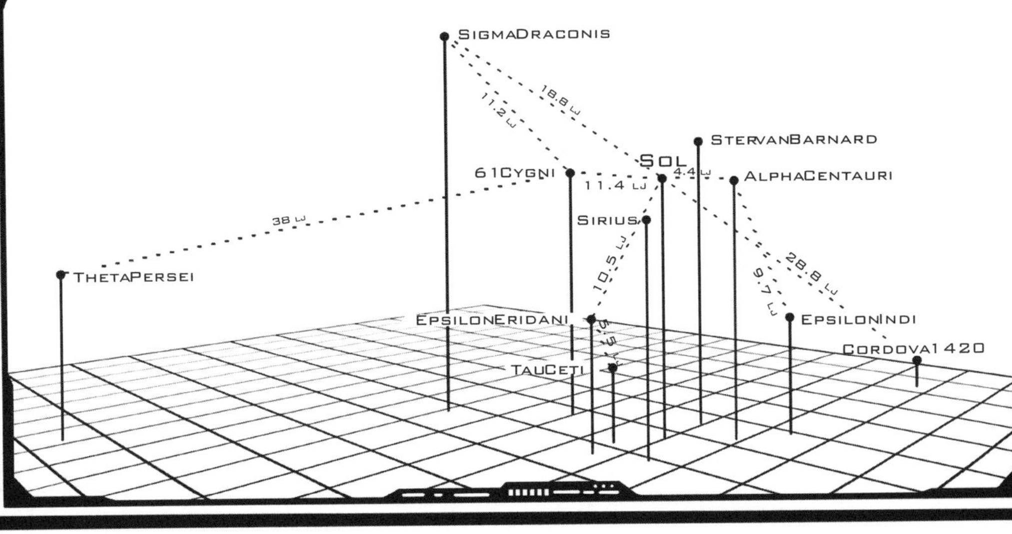

DEEL EEN

* * * * * * *

EXOGENESIS

Trojaan, zoon van Anchises, makkelijk is de afdaling via Avernus;
nacht en dag staat de deur van de donkere Dis open;
maar terugkeren en weer ontkomen naar de bovenwereld,
dat is het probleem, daarin schuilt de moeilijkheid.

– *AENEIS* 6.126-129
VERTALING DOOR BEN BIJNSDORP

I

* * * * * * *

DROMEN

1

De oranje gasreus Zeus hing laag boven de horizon, een gigantische en drukkende aanwezigheid die een rood schemerlicht verspreidde. Rondom de planeet stond een veld van glinsterende sterren helder afgetekend tegen de duisternis van de ruimte, en onder de waakzame blik van de reus strekte zich een grauwe wildernis uit met strepen gesteente.

Op die verder woeste en ledige vlakte stond een kleine verzameling gebouwen op een kluitje. Koepels, tunnels en kassen, samen een eenzame bron van leven en warmte in de buitenaardse omgeving.

In het krappe laboratorium van de basis stond Kira de DNA-sequencer uit zijn nis in de wand te wrikken. Het apparaat was niet eens zo groot, maar wel zwaar, en ze wist er niet goed grip op te krijgen.

'Verdomme,' foeterde ze, en ze probeerde het vanuit een andere hoek.

Het merendeel van hun apparatuur zou achterblijven hier op Adrasteia, de maan van Aarde-formaat die ze de afgelopen vier maanden onder de loep hadden genomen. Het merendeel van hun apparatuur, maar niet alles. DNA-sequencers waren onderdeel van de standaarduitrusting van elke xenobioloog, en waar zij ook naartoe ging, deze kwam met haar mee. Niet dat het de kolonisten die binnenkort aankwamen op de *Shakti-Uma-Sati* zou uitmaken, want zij brachten nieuwere en betere sequencers met zich mee dan het budgetmodel op reisformaat waar het bedrijf haar mee had opgezadeld.

Kira gaf nog een ruk aan het apparaat. Haar vingers gleden weg, en ze ademde scherp in toen een randje metaal een snee opentrok over haar handpalm. Ze liet los en zag er een dun streepje bloed uit opwellen.

Met haar mond vertrokken in een grimas verkocht ze de DNA-sequencer een mep. Het had geen effect. Ze balde haar bezeerde hand tot een vuist en liep zwaar ademend rondjes door het lab terwijl ze wachtte tot de pijn wegtrok.

Normaal zou ze er niet zo mee hebben gezeten dat haar apparatuur niet wilde meewerken. Normaal. Maar vandaag was ze te ontzet en verdrietig om rationeel te blijven. Hun vertrek stond gepland voor morgen. Ze zouden de maan verlaten en naar de Fidanza vliegen, hun transportschip dat al in een baan om Adra vloog. Nog maar een paar dagen en dan zouden zij en alle andere leden van hun tienkoppige onderzoeksteam in cryo gaan, en wanneer ze zesentwintig dagen later wakker werden bij 61 Cygni, zouden ze ieder hun eigen weg gaan, en zou dat de laatste keer zijn dat ze Alan zag voor… voor Joost mocht weten hoelang. Op z'n minst maanden. Als het tegenzat langer dan een jaar.

Kira deed haar ogen dicht en liet haar hoofd achterovervallen. Ze zuchtte, en haar zucht veranderde in een kreun. Hoe vaak zij en Alan ook hetzelfde verhaal doormaakten, het werd er niet makkelijker op. Het werd alleen maar pijnlijker, en ze was het zo moe, was het zo enorm moe.

Ze hadden elkaar een jaar geleden ontmoet op een grote planetoïde die de Lapsang Trading Company wilde ontginnen. Alan was daar geweest om geologisch onderzoek te doen. Vier dagen – dat was alle tijd die ze op de planetoïde met elkaar hadden gehad. Aanvankelijk waren het Alans lach en zijn kop vol warrig, koperkleurig haar die Kira hadden aangetrokken, maar het waren zijn zorgvuldigheid en ijver die echt indruk op haar hadden gemaakt. Hij was goed in wat hij deed en hield in noodsituaties het hoofd koel.

Kira was op dat punt al zo lang in haar eentje dat ze overtuigd was geweest dat ze nooit iemand zou vinden. Maar toen was op miraculeuze wijze Alan in haar leven verschenen en had ze plotseling iemand om wie ze gaf. En die om haar gaf.

Ze waren in contact gebleven en hadden lange holoberichten het universum door gestuurd. Met behulp van een mengeling van geluk en bureaucratisch gekonkel was het hun gelukt nog een paar keer uitgezonden te worden naar dezelfde post.

Het was niet genoeg. Voor hen allebei niet.

Twee weken geleden hadden ze een bericht hogerop gestuurd met het verzoek om als stel bij dezelfde missies te worden ingedeeld, maar dat betekende nog niet dat hun verzoek ook zou worden ingewilligd. De Lapsang Trading Company was op te veel vlakken aan het groeien, had te veel projecten. Het personeel was dun verspreid.

Als hun verzoek werd afgekeurd… dan was de enige manier waarop ze langdurig samen konden zijn door van carrière te veranderen en werk te zoeken waarvoor ze niet constant hoefden te reizen. Kira was daar klaar voor – ze had vorige week zelfs al online naar vacatures gekeken – maar ze vond niet dat ze het recht had Alan te vragen zijn carrière in het bedrijf voor haar op te geven. Nog niet.

In de tussentijd konden ze alleen het besluit van het bedrijf maar afwachten. Gezien hoelang signalen erover deden om Alpha Centauri te bereiken en de traagheid waarmee personeelszaken te werk ging, konden ze op zijn vroegst eind volgende maand een antwoord verwachten. En tegen die tijd zouden zij en Alan al lang verscheept zijn naar verschillende bestemmingen.

Het was frustrerend. Het enige waaruit Kira troost kon putten, was Alan zelf. Hij was alle frustratie waard. Ze wilde gewoon met hem samen kunnen zijn, zonder dat ze zich zorgen hoefde te maken om dingen die er niet toe deden.

Ze dacht terug aan de eerste keer dat hij haar in zijn armen had genomen en hoe fantastisch dat had gevoeld, hoe warm en veilig. En ze dacht aan de brief die hij haar had geschreven na hun eerste ontmoeting, aan hoe kwetsbaar en openhartig hij zich had opgesteld. Niemand was ooit eerder zo ver gegaan om haar voor zich te winnen. Hij had altijd tijd voor haar. Deed voortdurend grote en kleine dingen voor haar, zoals de op maat gemaakte hoes die hij voor haar chiplab had gemaakt voor haar trip naar het poolgebied.

Normaal zouden die herinneringen een lach op Kira's gezicht hebben getoverd. Maar haar hand deed nog steeds pijn en ze kon de gedachte aan morgen niet van zich afzetten

'Nu is het genoeg, klereding,' zei ze. Ze stapte terug naar de DNA-sequencer en gaf er met al haar kracht een ruk aan.

Met een piepend geluid van protest kwam het apparaat los.

2

Die avond had het team in de kantine afgesproken om de voltooiing van de missie te vieren. Kira was er niet bepaald voor in de stemming, maar tradities waren belangrijk. Of een expeditie nu succesvol was verlopen of niet, het was altijd een betekenisvol moment wanneer hij was afgerond.

Ze had een jurk aangetrokken – een groene met goudkleurige accenten – en was er een uur mee bezig geweest om haar haar op te steken in een toren van krullen boven op haar hoofd. Het stelde niet veel voor, maar ze wist dat Alan de moeite die ze had genomen zou waarderen. Dat deed hij altijd.

Ook ditmaal. Het ogenblik dat ze haar kamer uit de gang op stapte en hij haar zag, verscheen er een fonkeling in zijn ogen en nam hij haar in zijn armen. Ze drukte haar voorhoofd tegen zijn borst en zei: 'We hóéven niet per se te gaan, weet je.'

'Ik weet het,' zei hij, 'maar we zijn het toch verplicht ons minstens even te laten zien.' En hij kuste haar op haar voorhoofd.

Ze dwong zichzelf te glimlachen. 'Al goed, jij wint.'

'Zo ken ik je weer.' Hij lachte terug en stak een ontsnapte krul weg achter haar linkeroor.

Kira deed hetzelfde met een pluk van zijn haar. Het zou haar nooit ophouden te verbazen hoe fel de kleur van zijn haar afstak tegen zijn bleke huid. Als enige van het team leek Alan nooit bruin te worden, hoeveel tijd hij ook buiten doorbracht, of onder de volspectrumlampen van een ruimteschip.

'Goed dan,' zei ze zacht. 'Vooruit met de geit.'

Toen zij de kantine binnenkwamen, was het er al druk. De andere acht leden van het onderzoeksteam zaten bij elkaar om de kleine tafeltjes, Yugo's favoriete scramrockmuziek blèrde uit de speakers, Marie-Élise deelde bekertjes uit met punch uit een grote plastic kom op het aanrecht, en Jenan was aan het dansen alsof hij al een liter sterke drank ophad. Misschien was dat ook wel zo.

Kira trok haar arm strakker om Alans middel heen en deed haar best om vrolijk te kijken. Dit was niet de juiste gelegenheid om haar deprimerende gedachten de vrije loop te laten.

Niet dat ze het kon helpen.

Seppo kwam recht op hen af. De botanicus had zijn haar voor de gelegenheid bijeengebonden in een knotje, waardoor de hoeken van zijn magere gezicht er nog scherper uitzagen dan normaal. 'Vier uur,' zei hij toen hij pal voor hen stond. Hij gebaarde zo wild met zijn bekertje dat de drank over de rand klotste. 'Vier uur! Zo lang heeft het me gekost mijn rupswagen uit te graven.'

'Sorry, Seppo,' zei Alan op een geamuseerde toon. 'Zoals ik je al heb gezegd, sneller konden we je niet bereiken.'

'Bah. Ik had zánd in mijn skinsuit. Weet je wel hoe rot dat was? Ik heb schaafplekken over mijn hele lichaam. Kijk!' Hij trok de onderrand van zijn versleten shirt omhoog om de rode streep huid op zijn buik te laten zien waar de naad van zijn skinsuit een rauwe plek had achtergelaten.

'Ik weet het goed gemaakt,' zei Kira. 'Wanneer we op Vyyborg aankomen, is het eerste rondje van mij. Wat dacht je daarvan?'

Seppo stak een vinger op en wees er vaag mee in haar richting. 'Dat... is acceptabele compensatie. Maar geen zand meer!'

'Geen zand meer,' stemde ze in.

'En jij,' zei Seppo, terwijl hij zijn vinger bewoog om naar Alan te wijzen. 'Jij... je weet wel.'

Terwijl de botanicus weg waggelde, wierp Kira Alan een blik toe. 'Waar ging dat over?'

Alan grinnikte. 'Geen idee. Maar het zal echt wennen zijn als hij er niet meer is.'

'Ja.'

Na een rondje drinken en even met iedereen kletsen trok Kira zich terug in een hoek van de kantine en leunde tegen de muur. Het idee om Alan kwijt te raken – alweer – mocht dan het ergste zijn, maar ze zag er ook tegen op om afscheid te nemen van de rest van het team. Hun vier maanden samen op Adra hadden hen tot een echte familie gesmeed. Een rare, disfunctionele familie, maar desondanks een die veel voor haar betekende. Het zou pijn doen om iedereen kwijt te raken, en hoe dichterbij dat ogenblik kwam, hoe beter Kira besefte hoevéél pijn wel niet.

Ze nam een lange teug van haar sinaasappelpunch. Dit was niet de eerste keer dat ze dit meemaakte – Adra was niet de eerste geplande kolonie waarnaar het bedrijf haar had uitgezonden – en na zeven jaar rondvliegen van de ene verlaten rots in de ruimte naar de andere terwijl ze bijna de helft van haar tijd in cryo doorbracht, voelde Kira een sterke behoefte aan... aan vrienden. Familie. Gezelschap.

En nu stond ze op het punt dat allemaal achter te laten. Voor de zoveelste keer.

Alan dacht er net zo over. Dat kon ze in zijn ogen zien terwijl hij door de kantine liep en praatjes maakte met hun teamgenoten. Ze had de indruk dat ze niet de enige twee waren die verdrietig waren, maar de anderen verdronggen hun gevoelens door te drinken, te dansen en te lachen, al klonk hun gelach te schel om helemaal oprecht te zijn.

Ze trok een gezicht en gooide de rest van haar punch achterover. Tijd voor een tweede bekertje.

De scramrock galmde nog harder dan voorheen. Een nummer van Todash and the Boys, en hun leadzangeres krijste: '... op de vluuucht. En er staat niets voor de deur. Hé, er staat niets voor de deur. Babe, wat klopt daar op de deur?' en het vibrerende geluid van haar stem nam toe tot een climax die klonk alsof ze met een zaag over haar stembanden ging.

Kira zette zich net af van de muur om haar punch te gaan bijvullen uit de kom toen ze Mendoza, de chef van hun expeditie, zich een pad naar haar toe zag banen. Dat deed hij met gemak, want hij was een kleerkast van een kerel. Ze had zich altijd afgevraagd of hij was opgegroeid op een van de kolonies met een hoge zwaartekracht, zoals Shin-Zar, maar toen ze het hem had gevraagd, had hij het ontkend en gezegd dat hij afkomstig was van een woonring ergens in een baan om Alpha Centauri. Ze wist niet zeker of ze hem moest geloven.

'Kira, kan ik je even spreken?' vroeg hij toen hij haar bereikte.

'Wat is er?'

'We hebben een probleem.'

Ze snoof. 'Wanneer hebben we eens niet een probleem?'

Mendoza haalde zijn schouders op en wreef over zijn voorhoofd met een zakdoek uit zijn achterzak. Zijn glimmende voorhoofd weerspiegelde de lichtjes van de slinger gekleurde lampjes aan het plafond, en hij had zweetplekken onder zijn armen. 'Dat mag zo zijn, maar aan dit probleem moeten we iets doen. We hebben het contact verloren met een van de drones in het zuiden. Ziet ernaar uit dat hij is neergehaald door een storm.'

'En? Stuur gewoon een andere.'

'Het is te ver weg, en we hebben geen tijd om een nieuwe uit te printen. Het laatste wat de drone meldde, is dat hij organisch materiaal had gevonden aan de kust. Daar moet voor ons vertrek iemand naar gaan kijken.'

'O, kom op nou. Wil je serieus dat ik er morgen op uit trek? Ik heb het leven op Adra al tot op de laatste bacterie gecatalogiseerd.' Een dergelijke expeditie zou haar haar ochtend met Alan kosten, en Kira vertikte het om de weinige tijd die ze nog samen hadden op te geven.

Mendoza fronste en wierp Kira een blik toe alsof hij wilde zeggen: je kunt maar beter een geintje maken. 'Regels zijn regels, Kira. We kunnen ons het risico niet permitteren dat de kolonisten straks iets naars tegen het lijf lopen. Iets als de Plaag. Dat wil je niet op je geweten hebben. Echt niet.'

Ze wilde een slok nemen en besefte dat haar bekertje nog altijd leeg was. 'Jezus. Stuur Ivanova. Het zijn haar drones en zij kan net zo goed overweg met een chiplab als ik. Er zijn...'

'Je gaat,' zei Mendoza op onverbiddelijke toon. 'Morgenochtend, zes uur, en ik wil er geen woord meer over horen.' Zijn blik werd minder streng. 'Het spijt me, maar jij bent onze xenobioloog, en regels...'

'En regels zijn regels,' zei Kira. 'Ja ja. Ik ga wel. Maar ik zweer het je, het is de moeite niet waard.'

Mendoza klopte haar op haar schouder. 'Des te beter. Ik hoop het.'

Terwijl hij wegliep, verscheen er een berichtje in de hoek van Kira's blikveld: <*Hé, lieverd, alles goed? – Alan*>

Door haar lippen te bewegen zonder geluid te maken, schreef ze: <*Ja, alles is goed. Alleen extra werk. Vertel je er straks wel over. – Kira*>

Van de andere kant van de kantine stak hij zijn duimen naar haar op. Het zag er zo komisch uit dat ze de glimlach die zich op haar lippen vormde niet kon onderdrukken. Toen richtte ze haar blik op de punchkom en beende er recht op af. Ze had alcohol nodig.

Marie-Élise onderschepte haar bij de kom. Ze bewoog altijd met de berekende elegantie van een voormalige danseres. En zoals altijd had ze haar mond iets naar opzij getrokken, alsof ze op het punt stond een scheve grijns te trekken... of een vernietigende grap te maken (en Kira had er al heel wat van haar gehoord). Marie-Élise was van zichzelf al lang, en met de glimmend zwarte hoge hakken aan die ze voor het feestje had uitgeprint, stak ze een kop boven Kira uit.

'Ik ga je missen, *chérie,*' zei Marie-Élise. Ze bukte en gaf Kira een zoen op elke wang.

'Ik jou ook,' zei Kira, en ze voelde de tranen haar in de ogen lopen. Samen met Alan was Marie-Élise de persoon in het team waarmee ze het hechtst bevriend was geraakt. Ze hadden heel wat lange dagen samen doorgebracht terwijl ze hun veldwerk verrichtten – Kira had de bacteriën van Adrasteia bestudeerd en Marie-Élise de meren, rivieren en de waterlichamen die diep onder de grond verborgen lagen.

'Ach, niet verdrietig zijn. Beloof me dat je contact met me houdt, ja? Ik wil alles over jou en Alan horen. En ik zal jou ook van alles op de hoogte houden. Oké?'

'Ja. Beloofd.'

De rest van de avond deed Kira haar best om niet aan de toekomst te denken. Ze danste met Marie-Élise. Ze deelde grappen uit met Jenan en venijnige opmerkingen met Fizel. Ze gaf Yugo voor de duizendste keer een compliment over zijn kookkunsten. Ze deed een potje armworstelen met Mendoza – en verloor – en zong een gruwelijk vals duet met Ivanova. En de hele tijd lang hield ze wanneer het enigszins mogelijk was een arm om Alan heen geslagen. Zo kon ze hem zelfs wanneer ze niet met elkaar aan het praten waren of elkaar aankeken tenminste voelen, en dat bood haar troost.

Toen Kira eenmaal genoeg punch ophad, liet ze zich door de anderen overhalen haar concertina tevoorschijn te halen. De muziekspeler werd op pauze gezet en iedereen verzamelde zich om haar heen – Alan naast haar, Marie-Élise aan haar knie – terwijl ze een reeks ruimtevaarderswijsjes speelde. En ze lachten en dansten en dronken, en een tijdlang was alles perfect.

3

Hoewel het al een poos na middernacht was, was het feest nog in volle gang toen Alan naar Kira gebaarde met een beweging van zijn kin. Ze begreep hem meteen, en zonder een woord slopen ze de kantine uit.

Op elkaar leunend liepen ze het gebouwencomplex door, met hun bekertjes voorzichtig opgehouden zodat ze hun punch niet morsten. Kira vond het erg vreemd om de gangen zo leeg te zien. Ze hadden altijd volgelegen met stapels monsters, provisies en reserveapparatuur, en de wanden waren altijd bedekt geweest met overlays. Maar dat was nu allemaal opgeruimd. In de loop van de afgelopen week hadden zij en de rest van het team het complex leeggeruimd in voorbereiding op hun vertrek... Als er geen muziek had geklonken van achter hen en de zwakke noodverlichting in de vloer niet aan was geweest, had de basis volledig verlaten geleken.

Kira rilde en trok Alan steviger tegen zich aan. Buiten gierde de wind – een spookachtig geraas waar het dak en de muren van kraakten.

Bij de deur van de hydrocultuurvleugel bleef Alan staan en in plaats van op de knop te drukken om hem te openen, keek hij Kira aan met een vluchtige glimlach op zijn lippen.

'Wat?' zei ze.

'Niets. Gewoon dankbaar dat ik jou heb.' En hij drukte een vlug kusje op haar lippen.

Ze boog naar voren om hem terug te kussen – de punch had haar in een zekere stemming gebracht – maar hij lachte, trok zijn hoofd naar achteren en drukte op de knop.

De deur schoof open met een ferme *bonk*.

Warme lucht stroomde over hen heen, vergezeld door het geluid van druppelend water en de zachte geur van bloeiende planten. De hydrocultuurvleugel was Kira's favoriete plek in het gebouwencomplex. Hij deed haar denken aan thuis, aan de lange rijen broeikassen waarin ze als kind had gespeeld op de kolonieplaneet Weyland. Op langdurige expedities zoals die naar Adra was het standaardprocedure om een deel van hun voedsel zelf te verbouwen. Deels om de levensvatbaarheid van de plaatselijke aarde te testen. Deels om de hoeveelheid provisies die ze moesten meebrengen aan banden te leggen. Maar grotendeels om de doodsaaie eentonigheid te verbreken van de gevriesdroogde maaltijdpakketten waarmee het bedrijf hen uitrustte.

Morgen zou Seppo de planten allemaal uit de grond trekken en in de verbrandingsoven proppen. Ze zouden toch niet in leven blijven totdat de kolonisten aankwamen, en het was tegen alle procedures in om stapels biologisch materiaal achter te laten waar het zich – indien de luchtdichte verzegeling van het complex werd doorbroken – op ongecontroleerde wijze over de maan kon verspreiden. Maar zolang als het duurde stond de hydrocultuurvleugel nog vol sla, radijzen, peterselie, tomaten, bosjes courgettes en alle andere gewassen waarmee Seppo op Adra had geëxperimenteerd.

Maar dat was niet alles. In het schemerlicht tussen de rekken zag Kira zeven potten staan opgesteld in een halve cirkel. Uit elk van de potten stak een enkele lange, dunne steel omhoog met bovenop een tere paarse bloem die neerhing onder zijn eigen gewicht. In de bloesems was een bosje meeldraden zichtbaar met knopjes vol stuifmeel, als de kleurrijke explosies van vuurwerk, en de fluweelzachte binnenzijde van de hals van de bloemen was besprenkeld met witte stippen.

Middernachtsgesterntes! Haar lievelingsbloem. Haar vader had ze gekweekt, en zelfs met zijn talent voor de tuinbouw had hij eindeloos veel problemen met ze gehad. Het waren nukkige plantjes die kwetsbaar waren voor schimmels en bladluizen, en ten onder gingen aan de minste variatie in voedingsstoffen.

'Alan,' zei ze, overweldigd.

'Ik herinnerde me dat je had gezegd hoe mooi je ze vindt,' zei hij.

'Maar... hoe heb je het klaargespeeld om...'

'Om ze te kweken?' Hij lachte haar toe, duidelijk in zijn sas met haar reactie. 'Met hulp van Seppo. Hij had de zaadjes in zijn databasis. We hebben ze geprint en ons de afgelopen drie weken uit de naad gewerkt om die krengen in leven te houden.'

'Ze zijn prachtig,' zei Kira zonder enige poging om de emotie uit haar stem te houden.

Hij trok haar strak tegen zich aan. 'Fijn,' zei hij, zijn stem half gedempt door haar haar. 'Ik wilde iets bijzonders voor je doen voordat...'

Voordat. Het woord bleef steken in haar gedachten. 'Dank je,' zei ze. Ze liet hem heel even los om de bloemen in zich op te nemen, en hun pikante, te zoete geur bracht een overweldigende golf van nostalgie in haar teweeg naar haar kindertijd. 'Dank je,' herhaalde ze terwijl ze weer op Alan af stapte. 'Dank je, dank je, dank je.' Ze drukte haar lippen op de zijne, en lang deden ze niets dan zoenen.

'Hier,' zei Alan toen ze bovenkwamen om adem te halen. Hij pakte een isolatiedeken van onder een van de rekken aardappelplanten en spreidde hem uit op de grond tussen de Middernachtsgesterntes.

Ze gingen erop zitten, kropen dicht tegen elkaar aan en dronken hun punch.

Buiten hing Zeus nog altijd in de hemel, dreigend en gigantisch, duidelijk zichtbaar door de luchtkoepel van de hydrocultuurvleugel. Toen ze nog maar pas op Adra waren, had de aanblik van de gasreus Kira een naar gevoel gegeven. Een stemmetje diep in haar had uitgegild dat Zeus uit de lucht zou vallen en hen zou verpletteren. Het had onmogelijk geleken dat iets wat zo groot was zonder ondersteuning kon blijven hangen. Na verloop van tijd was ze gewend geraakt aan de aanblik en nu had ze waardering voor het schitterende uitzicht. De gasreus had geen overlays nodig om de aandacht te trekken.

Voordat... Kira rilde. Voordat ze weggingen. Voordat zij en Alan afscheid moesten nemen. Ze hadden hun vakantiedagen al opgemaakt, en het bedrijf zou hen na hun terugkeer naar 61 Cygni hooguit een paar dagen rust geven.

'Hé, wat is er mis?' zei Alan met genegenheid in zijn stem.

'Wat anders?'

'... Tja.'

'Het wordt steeds moeilijker. Ik dacht dat het makkelijker zou worden, maar...' Ze snotterde en schudde haar hoofd. Adra was hun vierde gedeelde post en met afstand de plaats waar ze de meeste tijd met elkaar hadden doorgebracht. 'Ik weet niet wanneer ik je weer zal zien, en... ik hou van je, Alan, en het is gewoon klote om elke paar maanden weer afscheid te moeten nemen.'

Hij staarde haar aan met een serieuze blik op zijn gezicht. Zijn hazelnootbruine ogen fonkelden in het licht van Zeus. 'Laten we dat dan niet meer doen.'

Haar hart maakte een sprongetje en de tijd leek heel even stil te staan. Dat was precies de reactie waarvoor ze maanden in angst had geleefd. Toen ze zich weer in staat voelde te praten, zei ze: 'Hoe bedoel je?'

'Ik bedoel, laten we niet meer constant van planeet naar planeet blijven reizen. Ik kan het ook niet meer aan.' De uitdrukking op zijn gezicht was zo open, zo vurig, dat er tegen wil en dank een sprankje hoop in haar ontwaakte. Wilde hij echt...

'Hoe...'

'Laten we een verzoek indienen voor plaatsing op de *Shakti-Uma-Sati.*'

Ze knipperde met haar ogen. 'Als kolonisten.'

Hij knikte geestdriftig. 'Als kolonisten. Werknemers van het bedrijf zijn er zo goed als van verzekerd dat ze worden geaccepteerd, en Adra zal alle xenobiologen en geologen dankbaar kunnen gebruiken.'

Kira lachte, maar zag toen de blik op zijn gezicht. 'Je wilt dit echt.'

'Zo graag als ik lucht zou willen in het vacuüm.'

'Dat zeg je maar omdat je hebt gedronken.'

Hij legde een hand op haar wang. 'Nee, Kira. Dat is het niet. Ik weet dat dit voor ons allebei een enorme verandering zou zijn, maar ik weet ook dat je het moe bent om van het ene rotsblok naar het andere rondgevlogen te worden, en ik wil niet opnieuw zes maanden moeten wachten om je weer te kunnen zien. Dat trek ik echt niet.'

Haar ogen liepen vol tranen. 'Ik ook niet.'

Hij hield zijn hoofd naar opzij. 'Laten we er dan voor zorgen dat dat niet hoeft.'

Kira lachte halfslachtig en keek op naar Zeus terwijl ze alle emoties die ze voelde, probeerde te verwerken. Wat hij voorstelde was precies waarop ze had gehoopt, waarvan ze had gedroomd. Ze had alleen nooit verwacht dat het zo snel zou gebeuren. Maar ze hield van Alan, en als dit betekende dat ze bij elkaar konden blijven, dan wilde ze het. Ze wilde hém.

Hoog boven hen vloog met een felle streep licht als van een meteoor de Fidanza over in een lage baan om Adra, voor de gasreus langs.

Ze veegde de tranen uit haar ogen. 'Ik geloof niet dat onze kansen zo goed zijn als je beweert. Kolonies willen eigenlijk alleen getrouwde stellen. Dat weet je best.'

'Ja, dat weet ik,' zei Alan.

Er daalde een gevoel van onwerkelijkheid over Kira neer en ze plaatste een hand op de vloer om niet om te vallen toen hij voor haar neerknielde en een klein, houten doosje tevoorschijn haalde uit zijn borstzak. Hij klapte het open. In het doosje lag een ring van grijs metaal met daarin ingezet een blauwpaarse edelsteen die schokkend fel glom.

Alans adamsappel bewoog op en neer toen hij slikte. 'Kira Navárez… je hebt me eens gevraagd wat ik zag als ik naar de sterren keek. Ik zei toen dat ik vragen zag. Nu zie ik jou daar. Ik zie ons.' Hij haalde diep adem. 'Kira, wil je me de eer aandoen om jouw leven aan het mijne te verbinden? Wil je mijn vrouw worden, en mij jouw man laten zijn? Wil…'

'Ja,' zei ze, al haar zorgen weggesmolten in de golf van warmte die haar overspoelde. Ze legde haar handen achter op zijn nek en zoende hem, eerst teder en toen steeds begeriger. 'Ja, Alan J. Barnes. Ja, ik wil je trouwen. Ja. Duizend keer ja.'

Ze keek toe hoe hij haar hand nam en de ring om haar vinger schoof. Het metaal was koud en zwaar, maar het gewicht voelde geruststellend.

'De ring is van ijzer,' zei hij zacht, 'dat Jenan voor me heeft uitgesmolten uit erts dat ik had verzameld. IJzer, als symbool van de beenderen van Adrasteia. De edelsteen is tesseriet. Die was niet eenvoudig te vinden, maar ik weet hoe erg je erop gesteld bent.'

Kira knikte automatisch. Tesseriet was uniek aan Adrasteia. Het had gelijkenissen met benitoiet, maar was vaker paars. Het was verreweg haar favoriete vorm van gesteente op de maan. Maar ook uitzonderlijk zeldzaam – Alan moest lang en hard hebben gezocht om zo'n groot exemplaar van deze kwaliteit te vinden.

Ze veegde een koperkleurige lok haar van zijn voorhoofd, staarde in zijn beeldschone, tedere ogen en vroeg zich af wat ze had gedaan om dit te verdienen. Hoe het hun gelukt was elkaar te vinden in de hele uitgestrekte Melkweg.

'Ik hou van je,' fluisterde ze.

'Ik ook van jou,' zei hij.

Toen begon Kira te lachen, haast hysterisch, en wreef opnieuw in haar ogen. De ring kraste over haar wenkbrauw – het zou even duren voor ze eraan gewend was dat ze hem omhad. 'Shit. Gaan we dit echt doen?'

'Ja,' zei Alan met een geruststellende dosis zelfvertrouwen. 'Dat gaan we zeker.'

'Mooi zo.'

Hij trok haar dichter tegen zich aan en zijn lichaam voelde heet. Kira beantwoordde zijn gebaar met dezelfde behoeftigheid, hetzelfde verlangen, en klampte zich aan hem vast alsof ze zich door zijn huid en in zijn lichaam wilde drukken totdat ze waarlijk één waren.

In de omhelzing van de halve cirkel van bloempotten bewogen ze samen met een onbesuisde drang, en lieten hun lichamen met elkaar in een ritme vallen, zonder nog enig oog voor de enorme, oranje gasreus die vanuit hoog in de hemel op hen neer staarde.

II

* * * * * * *

RELIEKSCHRIJN

1

Kira klampte zich vast aan de armleuningen van haar stoel toen de hoge-atmosfeershuttle zijn neus naar de grond richtte en afdaalde naar eiland #302-01-0010. Het eiland lag vlak voor de westkust van Legba, het voornaamste continent van het zuidelijk halfrond. Het bevond zich op de tweeënvijftigste breedtecirkel, in een grote baai beschermd door een reeks granieten klippen, en was de locatie waarvandaan de defecte drone voor het laatst van zich had laten horen.

De shuttle baande zich met zo'n vijfenzeventighonderd kilometer per uur een weg door de dunne atmosfeer van Adrasteia, en de neus van de cockpit werd overspoeld door een laag vuur. Ondanks het feit dat het eruitzag alsof de vlammen maar centimeters voor Kira's gezicht brandden, voelde ze geen hitte.

Om hen heen ratelde en kreunde de romp. Ze kneep haar ogen dicht, maar bleef de vlammen onverminderd fel voor zich zien dansen.

'Woehoe!' schreeuwde Neghar naast haar, en Kira wist dat ze grijnsde als een bezetene.

Kira klemde haar tanden op elkaar. De shuttle was zo veilig als maar kon zijn, omhuld door een magnetisch schild dat hem beschermde tegen de withete vlammenzee erbuiten. In vier maanden op de maan en na honderden vluchten hadden ze nog geen enkel ongeluk gehad. Geiger, de pseudo-intelligentie die de shuttle bestuurde, had een vrijwel onberispelijke staat van dienst – de enige keer dat hij ooit de fout in was gegaan, was toen een onverantwoordelijke asteroïdekapitein had gepoogd een exemplaar van hem te optimaliseren, maar uiteindelijk alleen maar zijn bemanning om het leven wist te brengen. Maar hoe veilig ze ook wist dat het was, Kira had een hekel aan afdalingen uit de hogere atmosfeer. Het kabaal en de manier waarop ze door elkaar werd geschud gaven haar het gevoel dat de shuttle elk moment uit elkaar kon vallen, en niets kon haar ervan overtuigen dat het haar verbeelding was.

Bovendien hielp het allemaal niet bepaald met haar kater. Ze had die ochtend voordat ze in zijn hut afscheid had genomen van Alan een pilletje ingenomen, maar dat had nog niet veel effect. Het was haar eigen schuld. Ze had beter moeten weten. Ze wíst ook beter, maar gisteravond hadden haar emoties haar gezond verstand overweldigd.

Ze zette de beelden van de camera's van de shuttle af en concentreerde zich op haar ademhaling.

We gaan trouwen! Het voelde nog altijd als een droom. De hele ochtend had Kira rondgelopen met een domme grijns op haar gezicht. Ze had er vast uitgezien als een idioot. Ze legde een hand op haar borstbeen om de ring te voelen die daar onder haar vliegpak rustte. Omdat ze het nieuws nog niet aan de anderen hadden verteld, had ze besloten Alans ring voorlopig aan een ketting te hangen, maar ze waren van plan het die avond te delen. Kira keek uit naar de reacties die ze zouden krijgen, al zou niemand bijzonder verbaasd zijn.

Eenmaal op de Fidanza zouden ze kapitein Ravenna vragen het officieel te maken. En dan was Alan de hare. En was zij de zijne. En konden ze beginnen te bouwen aan hun toekomst samen.

Trouwen. Hun baan opgeven. Zich permanent settelen op één wereld. Een gezin stichten. Alan had gelijk, het zou haar leven volledig op z'n kop zetten, maar Kira was er klaar voor om de stap te maken. Meer dan klaar. Dit was het leven waarop ze altijd had gehoopt, maar dat met het verstrijken der jaren steeds onwaarschijnlijker had geleken.

Na hun vrijpartij waren ze nog uren opgebleven en hadden ze eindeloos gepraat. Ze hadden het gehad over de beste plekken op Adrasteia om te wonen, de tijdlijn van het terravormingsproces en alles wat ze op en nabij de maan konden doen. Alan had zich in groot detail uitgelaten over het ontwerp van de koepelwoning die hij wilde bouwen: '... en ik wil er een hottub in hebben, groot genoeg dat je je erin kunt uitstrekken zonder de zijkanten aan te raken, zodat we echt in bad kunnen en niet meer afhankelijk zijn van armzalige minidouches zoals die we nu hebben,' en Kira had naar hem geluisterd, geroerd door zijn passie. Op haar beurt had zij verteld over de broeikassen die ze wilde, zoals die op Weyland. Ze hadden beiden ingestemd dat wat ze ook deden, het beter zou zijn omdat ze het samen deden.

Het enige waar Kira spijt van had, was van hoeveel ze had gedronken, want alles nadat Alan op een knie was gegaan, was bijzonder vaag.

Ze dook in haar overlays en zocht de opnames van de afgelopen nacht op.

Opnieuw zag ze Alan voor haar neerknielen en hoorde ze hem zeggen: 'Ik ook van jou,' voordat hij haar omhelsde. Toen ze als kind haar implantaten geïnstalleerd had gekregen, hadden haar ouders niet het geld neergelegd voor een systeem dat input van alle zintuigen vastlegde – de hare registreerden geen aanraking, smaak of geur – want dat hadden ze overbodige luxe gevonden. Voor het eerst wenste Kira dat haar ouders minder praktisch ingesteld waren geweest. Ze wilde wat ze die nacht had gevoeld blijven voelen, voor de rest van haar leven.

Zodra ze terug waren op ruimtestation Vyyborg, besloot ze, ging ze haar bonus gebruiken om de nodige upgrades te laten installeren. Herinneringen zoals die aan gisteravond waren te kostbaar om te verliezen, en ze was vastberaden dit de laatste keer te laten zijn.

Wat betreft haar familie op Weyland... Die gedachte bracht Kira's glimlach even aan het wankelen. Haar familie zou er niet blij mee zijn dat ze zo ver van huis ging wonen, maar Kira wist dat ze het zouden begrijpen. Haar ouders hadden immers zelf net zoiets gedaan: zij waren voor haar geboorte geëmigreerd van de Wereld van Stewart om Alpha Centauri. Bovendien was haar vader er altijd vol van over hoe het het grootse lot van de mensheid was om zich over de sterren te verspreiden. Ze hadden haar gesteund toen ze had besloten dat ze xenobioloog wilde worden, en Kira wist zeker dat ze dit besluit ook zouden steunen.

Ze richtte haar aandacht weer op haar overlays en opende de meest recente videoboodschap van Weyland. Sinds die een maand geleden was aangekomen, had ze hem al twee keer bekeken, maar ze voelde plotseling het verlangen om de vertrouwde aanblik van haar familie te zien.

Haar ouders verschenen, zoals altijd, aan haar vaders bureau. Het was vroeg in de ochtend en het licht scheen zijdelings naar binnen door de op het westen gerichte ramen. In de verte vormden de bergen een grillig silhouet langs de horizon, net zichtbaar door een laag wolken.

'Kira!' zei haar vader. Hij zag er precies hetzelfde uit als altijd. Haar moeder had een nieuw kapsel, en ze glimlachte teder. 'Gefeliciteerd met het voltooien van jullie expeditie. Vermaak je je nog een beetje gedurende jullie laatste dagen op Adra? Heb je nog iets interessants gevonden in dat merengebied waar je ons over hebt verteld?'

'Het is hier koud geweest,' zei haar moeder. 'Er lag vanochtend ijzel op de grond.'

Haar vader trok een gezicht. 'Gelukkig doet de geothermische verwarming het.'

'Voor zolang als het duurt,' zei haar moeder.

'Voor zolang als het duurt. Verder is er hier niet echt iets noemenswaardigs gebeurd. De Hensens zijn een paar dagen geleden op bezoek geweest, en ze vertelden...'

Toen sloeg de deur van de studeerkamer open en sprong Isthah in beeld, gekleed in een nachthemd en met een kop thee in haar hand. 'Môgge, zus!'

Kira keek met een glimlach toe hoe ze door kletsten over het wel en wee van de nederzetting en hun dagelijkse bezigheden – de problemen met de agribots die voor de gewassen zorgden, de series die ze aan het kijken waren, details over de nieuwste verzameling planten die in het ecosysteem van de planeet werd losgelaten, enzovoort.

Uiteindelijk wensten ze haar een veilige reis en hield de video op. Het laatste beeld bleef voor haar stilstaan, met haar vader zwaaiend naar de camera en het gezicht van haar moeder vanuit een vreemde hoek terwijl ze nog zei: '... houden van je.'

'Ik ook van jullie,' mompelde Kira. Ze zuchtte. Hoelang was het geleden dat ze hen daadwerkelijk had bezocht? Twee jaar? Drie? Minstens. Veel te lang. De afstand en de reistijd maakten het niet makkelijk.

Ze miste het om thuis te zijn. Wat niet betekende dat ze tevreden zou zijn geweest als ze gewoon op Weyland was gebleven. Ze had naar een uitdaging gesnakt, naar iets wat meer van haar vereiste dan haar normale leven thuis. En dat had ze gevonden. Zeven jaar lang had ze de verste uithoeken van de ruimte afgereisd. Maar nu was ze het moe om alleen te zijn en moe om al haar tijd door te brengen in het ene krappe ruimteschip na het andere. Ze was klaar voor een nieuwe uitdaging, een die haar een balans bood tussen een gewoon leven en nieuwe ervaringen, tussen zekerheid en een nieuwe wereld.

Daar op Adra kon ze die balans samen met Alan wellicht vinden.

2

Halverwege hun afdaling begon de turbulentie af te nemen en verdween de EM-storing tegelijk met het brandende plasma. Zodra haar verbinding met het communicatienetwerk zich herstelde, verschenen er regeltjes gele tekst in de bovenhoek van Kira's blikveld.

Ze bladerde door de berichten van de rest van het onderzoeksteam. Fizel, hun dokter, was weer eens bijzonder irritant, maar verder had ze niets interessants ontvangen.

Er verscheen een nieuw venster:

<Hoe is de vlucht, lieverd? – Alan>

Kira werd overvallen door de plotselinge golf van tederheid die zijn zorgzaamheid in haar opwekte. Met een verse glimlach op haar lippen sprak ze stil haar antwoord in:

<*Hier geen problemen. Hoe is het met jou? - Kira*>

<*De laatste restjes aan het opruimen. Heel opwindend werk. Wil je dat ik jouw kamer voor je uitruim? - Alan*>

Ze lachte. <*Dank je, maar dat doe ik zelf wel als ik terug ben. - Kira*>

<*Oké... Zeg, we hadden vanochtend niet echt de kans om te praten en ik wil even controleren: ben je nog steeds oké met alles van gisteravond? - Alan*>

<*Bedoel je of ik nog steeds met je wil trouwen en hier op Adra met je wil settelen? -Kira*> Ze stuurde haar volgende bericht voordat hij de kans had haar te beantwoorden. <*Ja. Mijn antwoord is nog steeds ja. - Kira*>

<*Gelukkig. - Alan*>

<*En jij? Voel jíj je er nog steeds goed bij? - Kira*> Haar adem stokte heel even toen ze het bericht verstuurde.

Zijn antwoord verscheen onmiddellijk: <*Absoluut. Ik wilde gewoon zeker weten dat jij er echt oké mee bent. - Alan*>

Ze voelde zich smelten. <*Meer dan oké. En ik waardeer het dat je ernaar vraagt. - Kira*>

<*Altijd, lieverd. Of misschien moet ik zeggen... verloofde? - Alan*>

Kira maakte een verrukt geluidje. Het klonk ontgoochelder dan ze bedoelde.

'Alles goed?' vroeg Neghar. Kira kon de ogen van de piloot op haar gericht voelen.

'Beter dan goed.'

Zij en Alan bleven berichten uitwisselen totdat de remraketten ontbrandden en haar aandacht met een schok weer op de echte wereld vestigden.

<*Moet ervandoor. We gaan landen. Ik stuur je straks wel een berichtje. - Kira*>

<*Oké. Veel plezier. ;-) - Alan*>

<*Ja, vast. - Kira*>

Toen sprak Geiger in haar oor: 'Landing in tien... negen... acht... zeven...'

Zijn stem was kalm en emotieloos, met een zweem van een verfijnd Magellaans accent. Ze dacht altijd aan hem als een Heinlein. Hij klonk alsof hij Heinlein zou heten, als hij een mens was geweest. Een van vlees en bloed. Met een lichaam.

Ze landden met een korte val waarvan haar maag in opstand kwam en haar hartslag versnelde. De shuttle zakte neer in de aarde en helde een paar graden over naar links.

'Probeer er niet te lang over te doen, oké?' zei Neghar terwijl ze zich losgespte uit haar stoel. Alles aan haar was proper en compact, van haar tengere, scherpe gelaatstrekken tot de plooien in haar jumpsuit en de rij dunne vlechten die in een brede streep over haar hoofd liepen. Op haar revers droeg ze een gouden speld die ze nooit afdeed: een eerbetoon aan collega's die hun leven aan hun werk hadden gegeven. 'Yugo was van plan om verse kaneelbroodjes te bakken om ons nog één keer te verwennen voordat we Adra verlaten. Als we niet opschieten, zijn ze allemaal op voordat we terug zijn.'

Kira gespte zich ook los. 'Het is een klusje van niks.'

'Dat kan maar beter waar zijn, schat. Ik pleeg met liefde een moord voor een van die broodjes.'

Zodra Kira haar helm opzette, werd ze belaagd door de muffe geur van gerecyclede lucht. De atmosfeer op Adrasteia was dik genoeg om in te kunnen ademen, maar als je het probeerde, zou het meteen je laatste ademtocht zijn. Te weinig zuurstof. Het zou tientallen jaren kosten om daar verandering in te brengen. Het gebrek aan zuurstof betekende ook dat Adra geen ozonlaag bezat, dus had iedereen die naar buiten wilde adequate bescherming nodig tegen uv en andere vormen van straling. Zonder de juiste voorzorgen zou je in een mum van tijd de ergste zonnebrand van je leven oplopen.

Gelukkig is de temperatuur tenminste draaglijk, dacht Kira. Ze hoefde de verwarming in haar skinsuit niet eens aan te zetten.

Ze klom de krappe luchtsluis in en trok het binnenste luik achter zich dicht. Het vergrendelde met een knal van metaal.

'Luchtwisseling geïnitialiseerd. Een moment, alstublieft,' zei Geiger in haar oor.

Het controlelampje werd groen. Kira draaide aan het wiel op het buitenste luik en duwde ertegen. De verzegeling verbrak met een plakkerig, scheurend geluid, en het rode daglicht van Adrasteia scheen de luchtsluis in.

Het eiland was een rotsachtige vlakte, deels bedekt met roestkleurige aarde en zonder enige charme. Het was zo groot dat ze de tegenoverliggende kust niet kon zien, alleen die waar ze het dichtste bij stonden. Voor de kust strekte het grijze wateroppervlak zich uit als een plaat gedreven lood, de koppen van de golven getint door het rode licht van de wolkeloze hemel. Een giftige oceaan, vol cadmium, kwikzilver en koper.

Kira sprong uit de luchtsluis op de grond en deed hem achter zich dicht. Fronsend bestudeerde ze de telemetrie van de gecrashte drone. Hij had het organische materiaal niet aan de kust gevonden, zoals ze had verwacht, maar op de top van een heuvel een paar honderd meter verder zuidelijk.

Ook goed. Ze zocht een pad over de gebarsten grond, voorzichtig met waar ze haar voeten neerzette. Met elke stap verschenen er blokken tekst voor haar ogen met informatie over de chemische samenstelling, temperatuur, massa, geschatte ouderdom en radioactiviteit van verschillende componenten van het landschap. De scanner aan haar riem voedde de waarden die hij registreerde aan haar overlays en stuurde ze ook meteen terug naar de shuttle.

Kira nam de tekst plichtmatig door, maar zag niets nieuws. De paar keer dat ze zich verplicht voelde om een bodemmonster te nemen, was wat ze vond even saai als altijd: mineralen, sporen van organische en pre-organische verbindingen, en hier en daar wat anAErobe bacteriën.

Op de heuveltop vond ze een platte laag gesteente met diepe groeven, achtergelaten door de laatste planetaire ijstijd. Een groot deel van het steen was bedekt met een laag oranje, korstmosachtige bacteriën. Kira herkende de soort ogenblikkelijk – B. loomisii – maar schraapte er voor alle zekerheid wat bij elkaar.

Op biologisch vlak had Adrasteia weinig interessants te bieden. De bijzonderste ontdekking die ze had gedaan, was een soort methaanetende bacterie onder het ijs van de noordpool met een vrij ongebruikelijke lipidestructuur in zijn celwanden. Maar dat was dan ook alles. Natuurlijk zou ze wel een overzicht van het bioom van Adrasteia samenstellen, en als ze mazzel had kon ze een paar van de kleinere tijdschriften zover krijgen dat te publiceren, maar het was allemaal niets om over naar huis te schrijven.

Maar goed, voor het terravormingsproces was het des te beter dat er hier geen geavanceerdere levensvormen waren, want het betekende dat de maan een klomp onbewerkte klei was waar het bedrijf en de kolonisten mee konden doen wat ze maar wilden. In tegenstelling tot op Eidolon – prachtig, levensgevaarlijk Eidolon – zouden ze het niet continu hoeven op te nemen tegen de inheemse flora en fauna.

Terwijl Kira wachtte tot haar chiplab klaar was met zijn analyse, wandelde ze naar het hoogste punt van de heuvel en keek uit over de ruwe rotsformaties en de metaalachtige oceaan.

Met een frons dacht ze aan hoelang het zou duren voordat ze meer aan de oceaan zouden kunnen toevoegen dan speciaal ontworpen algen en plankton.

En wij gaan hier wonen. Het was een ontnuchterende gedachte. Maar geen deprimerende. Weyland was niet veel bewoonbaarder, en Kira had duidelijke herinneringen aan de enorme veranderingen die ze de planeet had zien doormaken terwijl zij erop opgroeide: eens barre aarde die in vruchtbare grond was veranderd, de groene begroeiing die zich over het landschap had verspreid, de mogelijkheid om korte tijd buiten rond te lopen zonder aanvullende zuurstof. Ze was optimistisch. Adrasteia was bewoonbaarder dan meer dan negenennegentig procent van de planeten in de Melkweg. Naar astronomische maatstaven was de maan zo goed als identiek aan de Aarde, veel meer dan het geval was bij een planeet met een hoge zwaartekracht als Shin-Zar, en helemaal meer dan bij Venus met zijn zwevende wolkensteden.

Voor wat voor problemen Adrasteia hen ook stelde, Kira was bereid ze het hoofd te bieden als dat betekende dat zij en Alan samen konden zijn.

We gaan trouwen! Ze grijnsde, stak haar handen in de lucht met haar vingers wijd uitgespreid en keek recht omhoog. Ze voelde zich alsof ze elk moment kon ontploffen. Niets had ooit zo juist gevoeld.

Toen klonk er een hoge pieptoon in haar oor.

3

Het chiplab was klaar. Ze keek de resultaten door. De bacterie was B. loomisii, zoals ze had verwacht.

Kira zuchtte en zette het chiplab uit. Mendoza had het niet verkeerd gehad – ze hadden een verantwoordelijkheid om te komen kijken wat er hier groeide – maar dit was nog altijd enorme tijdverspilling geweest.

Ach ja. Terug naar hun basis en naar Alan, en dan konden ze de maan verlaten en naar de Fidanza vliegen.

Kira begon van de heuvel af te dalen en wierp uit nieuwsgierigheid nog een blik in de richting van de plek waar de drone was gecrasht. Neghar had de locatie tijdens hun afdaling in de shuttle gevonden en gemarkeerd.

Daar. Anderhalve kilometer van de kust, ongeveer op het middelpunt van het eiland, zag ze een gele omlijning om een plek op de grond naast…

'Huh.'

Er stak een verzameling grillige, zuilvormige rotsen uit de grond, op een scherpe, zijwaartse hoek. Op geen van de plekken die Kira op Adra had bezocht – en dat waren er heel wat – had ze ooit iets dergelijks gezien.

'Petra: selecteer visueel mikpunt. Analyseer.'

Haar computersysteem gehoorzaamde. Er flitste een omlijning om de rotsformatie en toen begon ernaast een lange lijst elementen langs te scrollen. Kira trok haar wenkbrauwen op. Ze was geen geoloog, zoals Alan, maar ze wist genoeg om te beseffen hoe opmerkelijk het was om zo veel verschillende elementen opeengepakt te vinden.

'Infrarood aan,' zei ze zacht. Haar vizier werd donker en de wereld om haar heen veranderde in een impressionistisch schilderij in tinten blauw, zwart en waar de grond verwarmd was door de zon gedempt rood. Zoals te verwachten was, kwam de temperatuur van de formatie overeen met de omgevingstemperatuur.

<Hé, kijk hier eens naar. – Kira> En ze stuurde de sensordata mee naar Alan.

Binnen een minuut: <_Wablief? Weet je zeker dat je apparatuur goed werkt? - Alan_>

<_Vrij zeker. Wat denk je dat het is? - Kira_>

<_Geen idee. Mogelijk een lava-uitbarsting... Kun je er een scan van maken? Misschien een paar monsters verzamelen? Aarde, steen, wat er ook voor het grijpen ligt. - Alan_>

<_Als je dat echt wilt. Het is wel een eind uit de weg. - Kira_>

<_Ik beloof dat ik het goedmaak. - Alan_>

<_Mmm. Dat klinkt me als muziek in de oren, schat. - Kira_>

<_Ho ho. - Alan_>

Ze lachte zelfgenoegzaam, zette haar infrarood uit en liep verder van de heuvel af. 'Neghar, ben je daar?'

Even klonk er ruis, en toen: _*Alles goed?*_

'Ja, maar ik heb nog een half uurtje nodig. Sorry.'

*Shit! Tegen die tijd zijn de kaneelbroodjes al...*

'Ik weet het. Ik moet iets onderzoeken voor Alan.'

*Wat?*

'Een rotsformatie verder van de kust.'

*En dáárvoor ben je bereid Yugo's kaneelbroodjes op te offeren?*

'Sorry, je weet hoe het is. En zoiets als dit heb ik echt nog nergens gezien.'

Een ogenblik stilte. _*Al goed. Maar je kunt maar beter zorgen dat je haast maakt, hoor je me?*_

'Roger, ik zorg dat ik haast maak,' zei Kira. Ze grinnikte en versnelde haar pas.

Waar de oneffen grond het toeliet, jogde ze stukjes, en na tien minuten bereikte ze de schuin omhoogstekende rotsformatie. Hij was groter dan ze aanvankelijk had gedacht.

Het hoogste punt stak zeker zeven meter de lucht in en aan zijn voet had de formatie een doorsnee van ruim twintig meter – meer dan de lengte van de hele shuttle. De gebroken zuilen bestonden uit een zwart en gefacetteerd materiaal, wat haar deed denken aan basalt, maar hun oppervlak had een olieachtige glans, als kool of grafiet.

De rotszuilen hadden iets verontrustends. Ze waren te donker, te grimmig, hadden te scherpe randen, sprongen te veel uit de toon bij de rest van het landschap – afgebroken pieken eenzaam en alleen in een woestenij van graniet. En hoewel Kira wist dat het haar verbeelding was, voelde het alsof er iets onheilspellends in de lucht hing rondom de formatie, als een lage trilling, net sterk genoeg om haar op de zenuwen te werken. Ze wist zeker dat als ze een kat was geweest, haar vacht overeind had gestaan.

Fronsend krabde ze aan haar onderarmen.

Niets wees erop dat er ergens in de omgeving een vulkaanuitbarsting had plaatsgevonden. Oké, een meteoorinslag dan misschien? Maar dat kon ook niet. Er was geen zichtbare krater.

Ze liep een rondje om de voet van de formatie om haar te scannen. Aan de verre zijde zag ze de restanten van de drone liggen: kapotgeslagen en gesmolten onderdelen uitgespreid in een lange streep over de grond.

Dat was me een flinke blikseminslag, dacht Kira. De drone moest behoorlijk snel hebben gevlogen om bij het neerstorten zo uiteen te spatten.

Ze wriemelde in haar pak, nog altijd slecht op haar gemak. Wat de rotsformatie ook mocht zijn, ze besloot dat ze het aan Alan zou overlaten het raadsel op te lossen. Dat gaf hem wat te doen op hun vlucht uit het zonnestelsel.

Ze nam een bodemmonster en keek toen rond tot ze een klein fragment van het zwarte gesteente vond dat was afgeschilferd. Ze hield het op voor de zon. Het had een duidelijke kristalstructuur: een visschubbenpatroon dat haar deed denken aan geweven koolstofvezel. *Inslagkristallen?* Hoe het ook was ontstaan, het was ongebruikelijk.

Terwijl ze het stuk steen opborg in een monsterzakje, nam ze de rotsformatie nog één keer goed in zich op.

Haar aandacht werd getrokken door een zilveren flits een paar meter boven de grond.

Kira bleef staan en tuurde ernaar.

Er zat een barst in een van de zuilen, en de spleet onthulde een grillige naad wit materiaal in zijn binnenste. Kira keek op haar overlays, maar het materiaal zat te diep om goed te kunnen analyseren. Het enige wat haar scanner haar met zekerheid wist te vertellen, was dat het niet radioactief was.

De radio knetterde, en Neghar zei: **Hoe gaat-ie, Kira?**

'Bijna klaar.'

Mooi zo. Beetje opschieten, oké?

'Ja ja,' prevelde Kira tegen zichzelf.

Ze keek nog eens goed naar de barst en probeerde te besluiten of het de moeite waard was om omhoog te klimmen en een nadere blik te nemen. Ze nam bijna contact op met Alan, maar besloot hem er niet mee lastig te vallen. Als ze niet uitzocht wat het witte materiaal was, wist ze dat de vraag hem zou blijven dwarszitten totdat ze – hopelijk – naar Adra konden terugkeren en hij de kans kreeg het zelf te komen onderzoeken.

Dat kon Kira hem niet aandoen. Ze had hem al te vaak lange nachten zien maken om wazige dronebeelden te bestuderen.

En bovendien, zo moeilijk leek het niet om bij de barst te komen. Als ze dáár begon en dan dáárop klom, kon ze vast… Kira glimlachte. De uitdaging sprak haar wel aan. Haar pak was niet uitgerust met gekkopads, maar dat zou niet moeten uitmaken voor zo'n makkelijke beklimming.

Ze stapte op een overhellende zuil af die maar een meter boven haar hoofd ophield. Even diep ademhalen, en ze liet zich door haar knieën zakken en sprong.

De ruwe stenen rand beet in haar vingers toen ze zich eraan vastgreep. Ze zwaaide een been over de top van de zuil en trok zichzelf met een grom omhoog.

Kira bleef op haar handen en knieën zitten, zich vastgrijpend aan het oneffen gesteente terwijl ze wachtte tot haar hartslag tot rust kwam. Toen ging ze langzaam overeind staan op de top van de zuil.

Daarvandaan was het laatste stuk relatief eenvoudig te overbruggen. Ze sprong naar een volgende overhellende zuil, waarvandaan ze het volgende stel op kon klauteren alsof ze een reusachtige, oude en vervallen trap opklom.

De laatste meter was iets lastiger. Kira moest haar vingers tussen twee zuilen in duwen om aan te hangen terwijl ze naar de volgende plek zwaaide waarop ze haar voeten kwijt kon. Gelukkig bevond de barst die ze probeerde te bereiken zich vlak boven een richel zo breed dat ze erop kon staan en voldoende ruimte had om zich te bewegen.

Ze schudde met haar handen om de bloedsomloop in haar vingers weer op gang te brengen en stapte op de barst af, benieuwd wat ze erin zou ontdekken.

Van dichtbij zag het glanzende witte materiaal er metaalachtig en ductiel uit, alsof het een ader puur zilver was. Maar dat kon niet, want dan was het aangeslagen geweest.

Ze liet haar overlays het materiaal analyseren.

Terbium?

Kira herkende de naam amper. Een van de elementen in de platinagroep, dacht ze. Ze nam niet de moeite het op te zoeken, maar ze wist dat het raar was om een dergelijk metaal in zo'n pure vorm tegen te komen.

Ze leunde naar voren om dieper in de barst te turen en haar scanner een betere hoek te geven…

Krak! De knal was luid als een pistoolschot en Kira schrok op. Haar voet gleed weg en ze voelde het gesteente onder haar in beweging komen toen de hele richel afbrak.

Ze viel…

Even zag ze het voor zich: haar te pletter geslagen lichaam, uitgespreid op de grond.

Kira slaakte een gil en zwaaide wild met haar armen om te proberen zich vast te grijpen aan de zuil voor haar, maar ze greep mis en…

De wereld verdween in duisternis. Toen kaatste haar hoofd tegen steen, en galmde er een donderslag in haar oren en flitste er bliksem voor haar ogen. Pijn trok door haar armen en benen van de afranseling die ze van alle kanten kreeg uitgedeeld.

Het voelde alsof de beproeving minutenlang doorging.

Toen voelde ze zich plotseling gewichtloos...

... en knalde ze een ogenblik later neer op een harde, scherpe hoop puin.

4

Kira bleef verdwaasd liggen waar ze terecht was gekomen.

De inslag had haar van haar adem beroofd. Ze probeerde haar longen weer te vullen, maar haar spieren weigerden mee te werken. Even voelde het alsof ze ging stikken, maar toen ontspande haar middenrif en werkte haar lichaam weer mee.

Ze hapte naar lucht, smachtend naar zuurstof.

Na haar eerste paar ademtochten dwong ze zichzelf op te houden met hijgen. Het had geen zin om te hyperventileren. Dat zou het haar alleen maar moeilijker maken.

Het enige wat ze voor zich zag, was steen en schaduw.

Ze keek alles na op haar overlays: skinsuit nog intact, geen lekken waargenomen. Verhoogde hartslag en bloeddruk, zuurstofniveau aan de hoge kant, cortisolwaarde torenhoog (wat te verwachten was). Tot haar opluchting leek ze niets te hebben gebroken, al voelde haar rechterelleboog wel alsof iemand er met een hamer op had geslagen en wist ze dat ze nog dagenlang beurs en blauw zou zijn.

Ze wiegelde met haar vingers en tenen, puur om te testen of ze het allemaal nog deden.

Met haar tong activeerde Kira twee doses vloeibare Norodon. Ze zoog de pijnstiller uit haar sonde en slikte hem gretig door, zonder acht te slaan op de misselijkmakend zoete smaak. Het zou een paar minuten duren voordat de Norodon volledig werkte, maar ze voelde de pijn meteen afnemen tot een doffe sensatie.

Ze lag op een hoop steenbrokken. De randen en punten van het puin drukten onaangenaam hard in haar rug. Met een grimas rolde ze van de hoop en landde op haar handen en knieën.

De grond was verbazend vlak. Vlak en bedekt met een dikke laag stof.

Het deed pijn om te bewegen, maar Kira duwde zich overeind en stond op. Ze werd er duizelig van en moest met haar handen op haar dijen wachten tot de duizeligheid voorbijging voordat ze een rondje kon draaien om haar omgeving in zich op te nemen.

Door het gat waar ze doorheen was gevallen, scheen een zwakke lichtstraal naar binnen. Dat was de enige verlichting die ze had. Het was genoeg om te kunnen zien dat ze zich in een ronde grot bevond van zo'n tien meter doorsnee.

Nee, geen grot.

Wat ze zag was zo onlogisch dat haar hersenen het even weigerden te accepteren. De grond was vlak. De muren waren glad. Het plafond was gewelfd als een koepel. En in het midden van de ruimte stond... een stalagmiet? Een stalagmiet die tot haar middel reikte en bovenaan steeds breder werd.

Kira probeerde te bevatten hoe de ruimte zich ooit had kunnen vormen. Een draaikolk? Een wervelwind? Maar dan had het oppervlak onder de richels en groeven moeten zitten... Kon het een luchtbel in lava zijn geweest? Maar dit was geen vulkanisch gesteente.

Toen drong het tot haar door. De waarheid was zo onwaarschijnlijk dat ze zichzelf niet eens had toegestaan de mogelijkheid te overwegen, hoe onmiskenbaar ze ook was.

De grot was geen grot. Het was een geconstrueerde ruimte.

'Thule,' fluisterde ze. Ze was niet religieus, maar op dat ogenblik voelde een gebedje als de enige gepaste reactie.

Aliens. Intelligente aliens. Kira werd overweldigd door een golf van angst en opwinding. Haar huid werd heet, er verschenen druppeltjes zweet over haar hele lichaam en haar hartslag galmde in haar oren.

De mensheid had slechts één keer eerder bewijs gevonden van intelligent buitenaards leven: het Grote Baken op Talos VII. Dat was gebeurd toen Kira vier was, en de dag dat het nieuws openbaar werd gemaakt, stond nog altijd in haar geheugen gegrift. Het was doodstil geworden op de straten van Highstone terwijl iedereen naar zijn overlays staarde en de onthulling probeerde te verwerken dat, nee, de mensheid niet de enige intelligente soort was die de Melkweg had voortgebracht. Het verhaal van doctor Crichton, xenobioloog en de enige overlevende van de eerste expeditie naar de rand van het Baken, was een van Kira's vroegste en grootste bronnen van inspiratie geweest voor haar besluit zelf ook xenobioloog te worden. Af en toe gaf ze haar verbeelding de vrije loop en dagdroomde ze ervan net zo'n wereldschokkende ontdekking te doen, maar dat het daadwerkelijk zou gebeuren, had altijd zo onwaarschijnlijk geleken dat het nagenoeg onmogelijk was.

Kira herinnerde zichzelf eraan adem te halen. Het was belangrijk dat ze het hoofd koel hield.

Niemand wist wat er van de makers van het Baken geworden was – ze waren lang geleden gestorven of verdwenen, en hadden niets achtergelaten wat ook maar iets prijsgaf over hun aard, hun plaats van oorsprong of hun intenties. *Zijn zij hier ook verantwoordelijk voor?*

Of dat zo was of niet, haar ontdekking was een vondst van historisch belang. De val die ze had gemaakt, was waarschijnlijk het belangrijkste dat ze in haar hele leven zou doen. Het nieuws over de ontdekking zou zich overal in de Melkweg waar mensen woonden verspreiden. Mensen zouden haar willen interviewen, haar te gast willen hebben... Echt iedereen zou het erover hebben. Allemachtig, de artikelen die ze hierover kon schrijven... Mensen hadden hele carrières gebouwd op veel kleinere dingen.

Haar ouders zouden zo trots zijn. Zeker haar vader, die zou helemaal in zijn nopjes zijn met verder bewijs van intelligente aliens.

Prioriteiten. Eerst moest ze ervoor zorgen dat ze de ervaring overleefde. Voor zover zij wist, was deze ruimte een geautomatiseerd slachthuis. Puur uit paranoia controleerde Kira nogmaals of haar skinsuit echt in orde was. Nog steeds geen lekken. Gelukkig. Ze hoefde zich geen zorgen te maken dat ze blootgesteld was aan buitenaardse organismes.

Ze zette haar radio aan. 'Neghar, ben je daar?'

Stilte.

Kira probeerde het nog eens, maar haar computer kreeg geen verbinding met de shuttle. Waarschijnlijk was ze begraven onder een te dikke laag steen. Niet dat ze zich ongerust maakte. Geiger had Neghar ongetwijfeld gewaarschuwd dat er iets mis was zodra de informatiestroom van haar skinsuit stilviel. Er zou binnen de kortste keren hulp arriveren.

Die hulp had ze ook echt nodig. Het zou haar nooit lukken op eigen houtje terug omhoog te klimmen, niet zonder gekkopads. De wanden waren meer dan vier meter hoog en te glad om zich goed aan vast te kunnen houden. Door het gat kon ze in de verte een bleke vlek lucht zien. Ze kon niet zien hoe diep ze precies was gevallen, maar ze had de indruk dat ze zich een eind onder de grond bevond.

Het was tenminste geen val loodrecht omlaag geweest. Dan had ze het waarschijnlijk niet overleefd.

Kira bleef staan waar ze was, maar hield niet op haar vondst te analyseren. De ruimte had geen zichtbare in- of uitgangen. De bovenkant van het voetstuk dat ze oorspronkelijk voor een stalagmiet had aangezien, was hol, als een kom. De holte lag zo vol stof dat de kleur van het steen niet te onderscheiden was.

Toen haar ogen zich beter aanpasten aan het donker, zag Kira dat er lange, blauwzwarte lijnen in de muren en het plafond gegrift stonden. De lijnen vormden scheve hoeken en patronen die haar deden denken aan een primitieve printplaat, al liepen ze daar te ver voor uit elkaar.

Kunst? Taal? Technologie? Het kon soms moeilijk zijn het verschil te zien. Was dit een graftombe? Al hoefde het natuurlijk niet zo te zijn dat de aliens hun doden begroeven. Dat was onmogelijk te zeggen.

'Infrarood aan,' zei Kira zacht.

Haar gezichtsvermogen schakelde om, en ze kreeg een troebele indruk van de ruimte voor ogen, met een fellere plek waar het zonlicht de vloer verwarmde. Nergens enig teken van lasers of een andere kunstmatige warmtebron.

'Infrarood uit.'

Het kon zijn dat de ruimte bezaaid was met passieve sensoren, maar als dat het geval was, had haar aanwezigheid geen waarneembare reactie geprovoceerd. Toch kon ze er beter van uitgaan dat ze werd geobserveerd.

Toen bedacht Kira iets en schakelde de scanner aan haar riem uit. Het kon zomaar zijn dat een alien de signalen van het apparaat als een bedreiging zou zien.

Ze scrolde de laatste gegevens door die de scanner had vastgelegd: de achtergrondstraling was hoger dan normaal ten gevolge van een opeenhoping van radongas, en de muren, het plafond en de vloer bestonden uit dezelfde mengeling van mineralen en elementen die ze aan het oppervlak had aangetroffen.

Kira keek weer om naar de vlek lucht. Neghar zou binnen de kortste keren bij de rotsformatie zijn. In de shuttle was het maar een paar minuten vliegen – en die paar minuten waren alle tijd die Kira had om de belangrijkste vondst van haar leven te bestuderen. Want wanneer ze eenmaal uit het gat was getild, wist Kira dat ze er nooit meer in toegelaten zou worden. De wet schreef voor dat alle bewijs van buitenaardse intelligentie gerapporteerd diende te worden bij de juiste autoriteiten van de Liga van Verenigde Werelden. Het eiland zou onder quarantaine worden geplaatst (waarschijnlijk samen met een flink deel van het continent) en de Liga zou een eigen team experts sturen om de vindplaats te onderzoeken.

Dat betekende niet dat ze van plan was zich niet aan de regels te houden. Hoe graag ze ook had rondgelopen om alles beter te bekijken, Kira wist dat ze een morele verplichting had verder niets te verstoren. Haar persoonlijke ambities waren minder belangrijk dan het bewaren van de ruimte in zijn huidige staat.

Dus bleef ze staan waar ze was, ondanks de haast ondraaglijke frustratie die ze voelde. Als ze nou gewoon een van de muren kon aanraken…

Kira wierp nog een blik op het voetstuk, en het viel haar opnieuw op dat het tot haar middel reikte. Betekende dat dat de aliens van ongeveer dezelfde lengte waren als mensen?

Ze verplaatste oncomfortabel haar gewicht. Ondanks de Norodon bonsden de blauwe plekken op haar benen. Er trok een rilling door haar lichaam, en ze zette de verwarming in haar skinsuit aan. Het was niet bijzonder fris in de ruimte, maar nu de adrenaline van haar val was uitgewerkt, voelden haar handen en voeten ijskoud aan.

Haar oog viel op een plek niet groter dan de palm van haar hand aan de andere kant van de kamer waar verschillende lijnen bij elkaar kwamen. In tegenstelling tot elders op de ronde muren waren de lijnen hier...

Krak!

Kira keek net op tijd omhoog naar de bron van het geluid om een stuk rots zo groot als een meloen op haar neer te zien vallen van het gat in het plafond.

Met een kreet bewoog ze moeizaam strompelend naar voren. Ze struikelde over haar benen en landde op haar borst.

Achter haar knalde de rots neer op de grond en wierp een mistige golf stof op.

Kira deed er even over om op adem te komen. Haar hartslag ging weer tekeer en ze verwachtte dat er elk moment een alarm zou afgaan en er een gruwelijk effectieve alien defensiemaatregel in werking zou treden om haar te verwijderen.

Maar er gebeurde verder niets. Er klonk geen alarm. Er verschenen geen flitsende lichten. Er ging geen valluik onder haar open. Ze werd niet doorzeefd door lasers.

Ze negeerde de pijn en duwde zich weer overeind. De stof voelde zacht onder haar laarzen en dempte alle geluid, zodat het enige wat ze hoorde haar eigen snelle ademhaling was.

Ze stond recht voor het voetstuk.

Shit, dacht Kira. Ze had voorzichtiger moeten zijn. De docenten van haar opleiding zouden haar er enorm voor op haar lazer hebben gegeven dat ze onderuit was gegaan, ongeluk of niet.

Ze tuurde naar het voetstuk. De holte bovenop deed haar denken aan een wasbak. Onder de laag stof kon ze in het ronde oppervlak van de holte meer lijnen zien staan. En... toen Kira nog eens goed keek, leek het wel alsof er een vage blauwe gloed van de lijnen kwam, gedempt en verstrooid door de pollenachtige stofdeeltjes.

Dat kon haar nieuwsgierigheid niet weerstaan. Bioluminescentie? Of werd de gloed opgewekt door een kunstmatige bron?

Vanbuiten klonk het gebulder van de aandrijving van de shuttle, zacht maar steeds luider. Ze had niet lang meer. Hooguit een of twee minuten.

Kira zoog op haar lip. Had ze maar beter zicht op de holte. Ze wist dat wat ze wilde doen verkeerd was, maar ze kon het niet laten. Ze moest íéts te weten zien te komen over dit wonderbaarlijke artefact.

Ze was niet stom genoeg om het stof aan te raken. Dat was de soort beginnersfout waardoor je werd opgegeten, geïnfecteerd of opgelost in zuur. In plaats daarvan pakte ze het spuitbusje perslucht van haar riem en gebruikte dat om het stof voorzichtig van de rand van het voetstuk te blazen.

Het stof dwarrelde op in wervelende pluimen, en de lijnen eronder werden zichtbaar. Ze gloeiden écht. Het licht had een spookachtige, blauwe tint die ze associeerde met elektrische ontladingen.

Kira rilde opnieuw, maar niet van de kou. Het voelde alsof ze zich op verboden terrein bevond.

Genoeg. Ze had het lot al meer getart dan wijs was. Tijd voor een strategische aftocht.

Ze draaide zich om om bij het voetstuk weg te stappen.

Er trok een stuiptrekking door haar been toen haar rechtervoet weigerde los te komen van de vloer. Ze slaakte een verraste kreet en viel neer op een knie. De achillespees van haar vastgezette enkel overstrekte en scheurde, en Kira loeide het uit.

Knipperend met haar ogen om de tranen terug te dringen keek ze naar haar voet.

Stof. Haar voet was bedolven onder een laag zwart stof. Bewegend, kolkend stof. Het stroomde uit de holte en over de rand van het voetstuk naar haar voet. Ze kon het om haar been omhoog zien kruipen, over de contouren van haar spieren.

Kira schreeuwde en probeerde haar been los te rukken, maar het stof hield haar zo stevig vastgenageld als een magnetisch slot. Snel trok ze haar riem los, vouwde hem dubbel en sloeg ermee tegen de vormloze massa. Geen van haar klappen wist ook maar een enkel stofdeeltje los te slaan.

'Neghar!' schreeuwde ze. 'Help!'

Haar hart bonsde zo hard dat ze niets anders meer hoorde. Kira trok de riem strak tussen haar handen en schraapte ermee over haar dijbeen. De rand van de riem liet een ondiepe indruk achter in het stof, maar had verder geen effect.

De zwerm stofdeeltjes had haar heup al bereikt. Ze voelde de massa in haar been drukken als een verzameling strakke, voortdurend bewegende riempjes.

Kira wist dat het een slecht idee was, maar ze kon niets anders meer. Ze probeerde het stof met haar hand vast te grijpen om het los te trekken.

Haar vingers zonken zonder weerstand weg in de zwerm stof, alsof ze in schuim greep. Het was alsof er niets was om vast te grijpen, en toen ze haar hand wegtrok, kwam het stof mee, in slierten om haar vingers gewikkeld.

'Ah!' Ze wreef met haar hand over de vloer, maar het stof liet niet los.

De angst overmande haar toen ze iets voelde kriebelen op haar pols en wist dat het stof de naad van haar handschoen had gevonden en erdoor naar binnen was gekropen.

'Activeer noodmaatregelen! Verzegel alle manchetten.' Kira had moeite de woorden te vormen. Haar keel voelde droog en haar tong leek wel twee keer zo dik als normaal.

Haar pak gaf onmiddellijk gehoor en trok strak aan om al haar gewrichten, inclusief haar nek, om luchtdicht om haar huid te sluiten. Het was niet voldoende om het stof tegen te houden. Kira voelde het koude, kriebelende gevoel over haar arm trekken, naar haar elleboog en toen er voorbij.

'Mayday! Mayday!' riep ze. 'Mayday! Neghar! Geiger! Mayday! Kan iemand me horen? Help!'

Buiten op het pak stroomde het stof over haar vizier en hulde haar in duisternis. Binnen in het pak wriemelden de slierten zich over haar schouder naar haar borst en haar nek.

De angst benam Kira haar vermogen rationeel te denken. De angst en de afschuw. Ze gaf met al haar kracht een ruk aan haar been. Iets in haar enkel brak, maar haar voet bleef aan de grond genageld staan.

Ze krijste het uit en trok haar vingers over haar vizier in een poging hem schoon te vegen.

Het stof sijpelde over haar wang en verder haar gezicht op. Ze krijste opnieuw, maar sloot toen snel haar mond, kneep haar keel dicht en hield haar adem in.

Haar hart voelde alsof het elk moment kon ontploffen.

Neghar!

Het stof stroomde over haar ogen als de pootjes van duizend piepkleine insecten. Een ogenblik later bedekte het ook haar mond. En toen het gebeurde, voelde de droge, wriemelende betasting in haar neusgaten precies zo afgrijselijk als ze zich had ingebeeld.

... stom... had nooit mogen... Alan!

Kira zag zijn gezicht voor zich en voelde naast haar angst een overweldigend gevoel van oneerlijkheid opkomen. Dit was niet hoe het hoorde af te lopen! Toen werd de druk in haar keel te groot en opende ze haar mond om het uit te schreeuwen terwijl er een stortvloed aan stof haar lichaam in liep.

En alles werd donker.

III

* * * * * * *

VERZACHTENDE OMSTANDIGHEDEN

1

Allereerst kwam het bewustzijn van het bewust zijn.

Daarop volgde een bewustzijn van druk, zacht en geruststellend.

Later, een bewustzijn van geluiden: een zacht, herhalend gepiep, een ver gerommel, het gegons van gerecyclede lucht.

Pas als laatste volgde een zelfbewustzijn, dat ontwaakte uit een diepe duisternis. Het was een traag proces: het donker was dik en zwaar, als een deken van blubber, en smoorde haar gedachten, trok ze omlaag en begroef ze in de diepte. Maar uiteindelijk wist de natuurlijke veerkracht van haar bewustzijn te zegevieren en werd ze wakker.

2

Kira opende haar ogen.

Ze lag op een bed in de ziekenboeg van de basis. Boven haar liepen twee lichtstroken over de panelen van het plafond, blauwwit en fel. De lucht was koel en droog, en had de vertrouwde geur van medicijnen.

Ik leef nog.

Waarom verbaasde ze zich daarover? En hoe was ze in de ziekenboeg beland? Hoorden ze niet op weg te zijn naar de Fidanza?

Ze slikte en kokhalsde van de ranzige smaak van hibernatievloeistoffen in haar mond. Haar maag kwam in opstand toen ze hem herkende. Cryo? Had ze verdomme in cryo gelegen? Waarom? Voor hoelang?

Wat was er in hemelsnaam gebeurd?

Haar hart begon te racen van de paniek, en Kira schoot overeind, graaiend naar de deken die over haar heen lag. ‘Aaah!’ Ze had een operatiehemd aan, zo eentje die aan de zijden zat dichtgeknoopt.

De muren dansten om haar heen van de duizeligheid van de cryo. Ze viel voorover en kieperde van het bed op de witte vloer, kokhalzend in een poging van haar lichaam om het vergif uit zich te verdrijven. Het enige wat ze wist op te braken, was kwijl en gal.

'Kira!'

Ze voelde handen haar omdraaien en toen verscheen Alan boven haar. Hij ondersteunde haar teder met zijn armen.

'Kira,' herhaalde hij, zijn gezicht vertrokken van bezorgdheid. 'Ssst. Het is goed. Ik ben bij je. Alles is goed.'

Hij zag er bijna net zo slecht uit als Kira zich voelde. Zijn wangen waren hol en hij had rimpels rondom zijn ogen die ze zich niet herinnerde van die ochtend. Die ochtend? 'Hoelang?' vroeg ze.

Alan kromp ineen. 'Bijna vier weken.'

'Nee.' Ze verstijfde van afgrijzen. 'Vier weken?' Ongelovig keek Kira op haar overlays: 14:02 GST, maandag 16 augustus, 2257.

Verbluft las ze de datum nog twee keer. Alan vertelde de waarheid. In haar laatste herinneringen, aan de dag waarop ze van Adra hadden horen te vertrekken, was het 21 juli geweest. Vier weken!

Het voelde alsof ze haar grip op de realiteit kwijt was en ze tuurde Alan aan in de hoop dat hij antwoorden voor haar had. 'Hoe?'

Hij streelde over haar haar. 'Wat kun je je herinneren?'

Dat was een moeilijke vraag voor Kira. 'Ik...' Mendoza had haar eropuit gestuurd om bij een neergestorte drone te gaan kijken, en toen... en toen... een val, pijn, gloeiende lijnen en duisternis, duisternis overal om haar heen.

'Ahhh!' Ze kroop naar achteren en greep met bonzend hart naar haar nek. Het voelde alsof er iets in haar keel zat en haar verstikte.

'Rustig maar,' zei Alan met een hand op haar schouder. 'Rustig maar. Je bent nu veilig. Blijf ademhalen.'

Na een paar doodsbenauwde seconden ontspande haar keel zich en wist ze weer lucht binnen te zuigen, in dringende zuurstofnood. Kira huiverde en greep zich zo stevig aan Alan vast als ze in staat was. Ze had nooit aan paniekaanvallen geleden, zelfs niet tijdens haar eindexamens voor haar IPD, maar het gevoel dat ze werd verstikt had zo echt geleken...

'Het is mijn schuld,' zei Alan, zijn stem gedempt door haar haar. 'Ik had nooit van je mogen vragen dat je die rotsformatie ging onderzoeken. Het spijt me zo, lieverd.'

'Nee, je hoeft je niet te verontschuldigen,' zei ze, en ze leunde naar achteren om hem te kunnen aankijken. 'Iemand moest het doen. En bovendien, ik heb een alien ruïne gevonden. Is dat niet waanzinnig?'

'Het is best waanzinnig,' gaf hij met een schoorvoetende glimlach toe.

'Zie je wel? Goed, wat...'

Het geluid van voetstappen klonk van buiten de ziekenboeg en Fizel kwam naar binnen lopen. Fizel was een dunne, donkere man met een fade haircut die nooit uit leek te groeien. Hij had vandaag zijn doktersjas aan, met de mouwen opgerold, alsof hij net iemand had onderzocht.

Toen zijn blik op Kira viel, leunde hij naar achteren door de deuropening en brulde: 'Ze is wakker!' Vervolgens kuierde hij langs de drie bedden tegen de muur, pakte een chiplab van de balie, hurkte naast Kira neer en greep haar pols vast.

'Open. Zeg eens aaa.'

'Aaa.'

Zonder poeha keek hij in haar mond en haar oren, voelde hij aan haar pols, mat hij haar bloeddruk en voelde hij ten slotte onder haar kin en zei: 'Doet dit pijn?'

'Nee.'

Hij knikte, een abrupt gebaar. 'Alles komt goed met je. Zorg dat je een boel water drinkt. Dat zal je nodig hebben na de cryo.'

'Dit is niet de eerste keer dat ik bevroren ben geweest, hoor,' zei Kira, terwijl ze met Alans hulp weer op het bed klom.

Fizels mond vertrok. 'Ik doe alleen mijn werk maar, Navárez.'

'M-hm.' Kira krabde aan haar onderarm. Hoewel ze het niet graag toegaf, had de dokter gelijk. Ze kwam om van de dorst, en haar huid voelde droog en kriebelig.

'Hier,' zei Alan, en hij gaf haar een waterzak aan.

Kira nam net een slok toen Marie-Élise, Jenan en Seppo de ziekenboeg binnen kwamen stormen.

'Kira!'

'Daar ben je!'

'Welkom terug, slaapkop!'

Achter hen verscheen Ivanova, no-nonsense en met haar armen over elkaar. 'Nou, dat werd wel eens tijd, Navárez!'

Toen kwamen ook Yugo, Neghar en Mendoza binnen en was het hele onderzoeksteam bij elkaar in de ziekenboeg, zo dicht opeengepakt dat Kira de warmte van hun lichamen en de lucht van hun ademtochten kon voelen. Het was een welkome cocon van leven.

En toch bleef Kira ondanks de nabijheid van haar vrienden een vreemd en verontrust gevoel houden, alsof het universum was ontwricht, alsof ze een vertekend beeld zag in een spiegel. Ten dele door de weken die ze had gemist. Ten dele, dacht ze, door de cocktail van medicijnen die Fizel haar moest hebben toegediend. En ten dele door het feit dat als ze zichzelf toestond weg te zinken in de diepten van haar geest, ze daar nog altijd iets zich voelde verschuilen en haar opwachten... een gruwelijke, verstikkende aanwezigheid, alsof haar neus en mond vol natte klei werden gepropt...

Ze zette de nagels van haar rechterhand in haar linkeronderarm en ademde met haar neusvleugels wijd opengesperd moeizaam in. Alan leek de enige te zijn die het merkte. Hij wierp haar een bezorgde blik toe en klemde zijn arm strakker om haar middel.

Kira schudde met haar hoofd in een poging aan haar gedachten te ontsnappen en wierp een blik om zich heen om iedereen aan te kijken. 'Goed, wie wil me vertellen wat ik heb gemist?'

Mendoza gromde. 'Geef ons eerst jouw rapport maar eens, dan praten we je daarna wel bij.'

Het duurde een ogenblik voordat het tot Kira doordrong dat het team hier niet alleen was om haar terug te verwelkomen. Er hing een gespannen sfeer, en ze zag de tekens van stress die Alan vertoonde op alle gezichten terug. Wat zij de afgelopen vier weken ook hadden meegemaakt, ze hadden het niet makkelijk gehad.

'Uh, is dit voor het officiële verslag, baas?' vroeg ze.

Mendoza's uitdrukking bleef hard en onveranderlijk, en gaf niets prijs. 'Ja, Navárez, en het bedrijf zal niet de enige zijn die het onder ogen krijgt.'

Shit. Ze slikte en kon daarbij nog steeds de hibernatievloeistoffen proeven op haar tong. 'Kunnen we dit over een uurtje doen, of twee? Ik voel me nog aardig wazig.'

'Het moet nu, Navárez.' Hij aarzelde en voegde er toen aan toe: 'Je wilt het liever aan ons vertellen dan...'

'... Aan iemand anders,' zei Ivanova.

'Precies.'

Dat maakte Kira er niet minder verward op. Of minder bezorgd. Ze keek even Alan aan, en hij knikte en gaf haar een geruststellend kneepje. Oké. Als hij dacht dat dit het beste was, vertrouwde ze hem.

Ze haalde diep adem. 'Het laatste wat ik me herinner, is dat ik het veld in ging om organisch materiaal te analyseren dat een van onze drones had gemarkeerd voordat hij neerstortte. Neghar Esfahani was mijn piloot. We landden op eiland nummer...'

Kira had niet lang nodig om alles wat er was gebeurd samen te vatten en sloot af met haar val door het gat in de vreemde rotsformatie naar de ruimte eronder. Ze deed haar best de ruimte te beschrijven, maar vanaf dat punt waren haar herinneringen zo onsamenhangend dat ze nutteloos waren. (Hadden de lijnen op het voetstuk echt gegloeid, of had ze zich dat ingebeeld?)

'En dat is alles wat je hebt gezien?' vroeg Mendoza.

Kira krabde aan haar arm. 'Het is alles wat ik me herinner. Ik geloof dat ik geprobeerd heb op te staan en toen...' Ze schudde haar hoofd. 'Van daarna weet ik niets meer.'

De chef van de expeditie fronste ongelukkig en stak zijn handen in de zakken van zijn jumpsuit.

Alan drukte een kus op haar slaap. 'Het spijt me dat je dat hebt moeten meemaken.'

'Heb je iets aangeraakt?' zei Mendoza.

Kira dacht na. 'Alleen de vloer waar ik neerkwam.'

'Weet je dat zeker? Toen Neghar er was om jou op te halen, zag ze sporen in het stof op en rondom de zuil in het midden van de ruimte.'

'Zoals ik al zei, het laatste dat ik me herinner is dat ik probeerde op te staan.' Ze liet haar hoofd naar opzij hangen. 'Waarom bekijk je niet gewoon de opnames van mijn pak?'

Mendoza verraste haar door een grimas te trekken. 'De val heeft de sensoren van je pak beschadigd. Al je metingen zijn nutteloos. Aan je implantaten hadden we ook niet veel meer. Die zijn drieënveertig seconden nadat je de ruimte in viel opgehouden iets te registreren. Fizel zegt dat dat vaker voorkomt bij traumatische hoofdwonden.'

'Zijn mijn implantaten beschadigd geraakt?' vroeg Kira, plotseling bezorgd. Er léék niets mis met haar overlays.

'Met je implantaten is niets mis,' zei Fizel. Hij tuitte zijn lippen. 'Wat ik over de rest van je niet kan zeggen.'

Ze verstijfde in een poging te verhullen hoe bang die woorden haar maakten. 'Hoe ernstig was ik er precies aan toe?'

Alan begon antwoord te geven, maar de dokter praatte over hem heen. 'Haarscheurtjes in twee ribben, versplinterd kraakbeen en een verrekte pees in je rechterelleboog, gescheurde achillespees, een verzameling aan kneuzingen en sneetjes, en een middelmatige tot zware hersenschudding met zwellingen in de hersenen tot gevolg.' Fizel telde de kwetsuren af op zijn vingers. 'Ik heb het merendeel van de schade hersteld. De rest zal binnen een paar weken zijn genezen. In de tussentijd zal je mogelijk wat pijntjes hebben.'

Daar moest Kira bijna om lachen. Soms was dat het enige wat een mens kon doen.

'Ik maakte me doodongerust om je,' zei Alan.

'Wij allemaal,' zei Marie-Élise.

'Ja,' zei Kira, en ze klemde zich extra stevig aan Alan vast. Ze kon zich niet voorstellen hoe het voor hem moest zijn geweest om wekenlang te wachten tot ze wakker werd. 'Maar, Neghar, het is jou dus gelukt me door dat gat naar buiten te tillen?'

De vrouw stak haar hand uit en wiebelde hem heen en weer. 'Eh. Kantje boord. Het ging niet van een leien dakje.'

'Maar je hebt me gered.'

'Zeker weten, schat.'

'Zodra ik de kans krijg, koop ik een hele berg kaneelbroodjes voor je.'

Mendoza pikte Fizels dokterskrukje in en ging zitten. Hij legde zijn handen met gestrekte armen op zijn knieën. 'Wat ze er niet bij vertelt, is dat... Weet je wat? Vertel het haar maar gewoon, vooruit.'

Neghar wreef over haar armen. 'Shit. Nou, jij was bewusteloos, dus moest ik ons aan elkaar vastsnoeren zodat ik ervoor kon zorgen dat jij niet met je hoofd ergens achter bleef haken of zo terwijl Geiger ons omhoog takelde. Maar de tunnel waardoor je omlaag was gevallen, was niet bepaald ruim, en, nou ja...'

'Ze heeft haar skinsuit opengereten,' zei Jenan.

Neghar hield een hand naar hem uit. 'Dat. Voll...' Haar woorden werden onderbroken door een hoestbui, en ze klapte al kuchend dubbel. Er kwam een nat geluid uit haar longen alsof ze bronchitis had. 'Bah. Volledige decompressie. Was me een teringwerk om dat met één hand te repareren terwijl ik daar zo hing.'

'Wat betekende,' zei Mendoza, 'dat Neghar samen met jou in quarantaine moest. We hebben het volgens het boekje gedaan en alle mogelijke tests uitgevoerd plus nog een paar extra. Ze waren allemaal negatief, maar jij reageerde nog altijd nergens op...'

'Wat echt ontiegelijk eng was,' zei Alan.

'... en aangezien we geen idee hadden waar we precies mee te maken hadden, besloot ik dat het het beste was om jullie allebei in cryo te leggen tot we beter grip op de situatie hadden.'

Kira kromp ineen. 'Sorry daarvoor.'

'Maak je niet druk,' zei Neghar.

Fizel klopte zichzelf op de borst. 'Waar is de sympathie voor mij? Vergeet mij niet. Cryo is makkelijk. Ik moest nadat ik jou had behandeld bijna een maand lang in quarantaine blijven, Navárez. Een maand.'

'En ik waardeer alles wat je voor me hebt gedaan,' zei Kira. 'Dank je.' Ze meende het nog ook. Van een maand in quarantaine zou iedereen gek worden.

'Bah. Je had gewoon je dikke neus niet in zaken moeten steken waar hij niet thuishoorde. Je...'

'Genoeg,' zei Mendoza op milde toon, en de dokter bedaarde, maar niet voordat hij zijn middel- en wijsvinger naar haar had opgestoken op een manier waarvan Kira te weten was gekomen dat het een grof gebaar was. Een heel grof gebaar.

Ze nam nog een slokje water om zichzelf een ogenblik te geven om na te denken. 'Oké. Waarom hebben jullie er zo lang mee gewacht ons te ontdooien?' Ze richtte haar blik weer op Neghar. 'Of hebben ze jou eerder wakker gemaakt?'

Neghar hoestte opnieuw. 'Twee dagen geleden.'

Overal om zich heen zag Kira de gezichten betrekken, en de stemming werd gespannen en ongemakkelijk. 'Wat is er?' vroeg ze.

Voordat Mendoza antwoord kon geven, klonk vanbuiten het gebulder van een brandende raket – te luid om van een van hun shuttles te komen – en schudden de muren van de basis alsof er een kleine aardbeving plaatsvond.

Kira kromp ineen, maar geen van de anderen leek erdoor verrast. 'Wat was dát?' Op haar overlays opende ze de videobeelden van de camera's buiten. Het enige wat ze kon zien, waren wolken rook die opstegen van het landingsplatform op veilige afstand van de gebouwen.

Het gebulder nam snel af naarmate het onbekende schip hoger de atmosfeer in verdween.

Mendoza stak een vinger op naar het plafond. 'Dát is het probleem. Zodra Neghar jou terug had gevlogen, heb ik alles aan kapitein Ravenna doorgegeven, en zij heeft een noodflits verstuurd naar de hoge piefen in 61 Cygni. Sindsdien heeft de Fidanza radiostilte bewaard.'

Kira knikte. Dat was protocol. De wet was duidelijk: in het geval van de ontdekking van intelligent buitenaards leven dienden de ontdekkers alle mogelijke maatregelen te nemen om te voorkomen dat ze de aliens terugleidden naar menselijke kolonies. Niet dat het een technologisch geavanceerde soort veel moeite zou kosten de Liga te vinden indien de aliens besloten ernaar op zoek te gaan.

'De antimaterie kwam Ravenna uit de oren, ze was echt ziedend,' zei Mendoza. 'De bemanning van de Fidanza had niet verwacht hier langer dan een paar dagen te hoeven blijven.' Hij wuifde met zijn hand. 'Hoe dan ook, zodra de bedrijfsleiding het nieuws had ontvangen, hebben ze het ministerie van Defensie op de hoogte gesteld. Een paar dagen later heeft het VMB een kruiser deze kant op gestuurd van 61 Cygni, de Verzachtende Omstandigheden. Die is vier dagen geleden in het stelsel gearriveerd en...'

'En haalt ons sindsdien het bloed onder de nagels vandaan,' zei Ivanova.

'Letterlijk,' zei Seppo.

'Stelletje klootzakken,' prevelde Neghar.

Het VMB. Kira had de strijdkrachten van de Liga vaak genoeg in actie gezien, zowel op Weyland als elders, om te weten dat ze deden wat ze wilden zonder enige acht te slaan op plaatselijke belangen. Een van de redenen daarvoor, vermoedde ze, was dat de strijdkrachten een relatief jonge instantie waren. De Liga en dus ook het Verenigd Militair Bevel waren pas in het leven geroepen na de ontdekking van het Grote Baken. De politici hadden opgeroepen tot een 'groot samenkomen', dat volgens hen noodzakelijk was geworden door de implicaties van het Baken. Maar de andere reden dat het VMB zo vaak meedogenloos te werk ging, geloofde Kira, was de imperialistische houding die de Aarde en de rest van Sol eropna hielden. Zij zagen er geen been in om de rechten van de kolonies te negeren om te doen wat het beste was voor de Aarde, of wat zij 'het algemeen belang' noemden. Maar zo algemeen voelde dat belang niet.

Mendoza liet nog een grom horen. 'De kapitein van de Verzachtende Omstandigheden is een rotzak genaamd Henriksen. Hij is me er eentje, zeg. Het enige waar hij zich zorgen over maakte, was of Neghar daar in de ruïne mogelijk door iets was gecontamineerd. Om dat uit te zoeken heeft hij een eigen dokter en een team xenobiologen hierheen gestuurd, en...'

'En die hebben een cleanroom opgezet en daarin twee dagen lang in ons gepord en geprikt tot we ervan overgaven,' zei Jenan.

'Letterlijk,' zei Seppo.

Marie-Élise knikte. 'Het was bijzonder onaangenaam, Kira. Prijs je maar gelukkig dat je nog in cryo lag.'

'Misschien wel,' zei ze langzaam.

Fizel snoof. 'Ze hebben ons van top tot teen aan straling blootgesteld, meerdere keren. Ze hebben röntgenfoto's van ons gemaakt, MRI-scans en CT-scans. Ze hebben grondig bloedonderzoek gedaan, ons DNA gesequenced, onze urine en ontlasting bestudeerd en biopsies genomen – als je een wondje op je onderbuik vindt, is dat van het monster dat ze van je lever hebben genomen. Ze hebben zelfs de bacteriën in onze ingewanden gecatalogiseerd.'

'En?' vroeg Kira, tussen hen heen en weer kijkend.

'Niets,' zei Mendoza. 'We zijn volledig gezond verklaard. Neghar, jij, wij allemaal.'

Kira fronste. 'Wacht eens even, hebben ze mij ook onderzocht?'

'En niet zo'n beetje ook,' zei Ivanova.

'Wat? Dacht je dat jij te goed was om je te laten onderzoeken?' vroeg Fizel. Zijn toon werkte Kira op de zenuwen.

'Nee, ik dacht...' Het voelde raar – als een inbreuk op haar persoon – om te weten dat al die procedures op haar waren uitgevoerd terwijl ze buiten bewustzijn was, of ze nu vereist waren geweest om noodzakelijke bio-isolatie te waarborgen of niet.

Mendoza leek haar gevoel van ongemak op te pikken. Hij tuurde haar aan van onder zijn dikke wenkbrauwen. 'Kapitein Henriksen heeft ons heel duidelijk laten weten dat de enige reden dat hij ons niet achter slot en grendel zet, is dat ze niets ongewoons hebben weten te vinden. Het mocht dan alleen Neghar zijn om wie ze zich echt zorgen maakten, maar ze waren niet bereid ook maar één van ons Adrasteia te laten verlaten tot ze er zeker van waren.'

'Dat kun je ze niet kwalijk nemen,' zei Kira. 'In hun plaats had ik hetzelfde gedaan. Je kunt in een situatie als deze nooit voorzichtig genoeg zijn.'

Mendoza pufte. 'Dát neem ik ze ook niet kwalijk. Alleen al het andere. Ze hebben ons strikte zwijgplicht opgelegd. We mogen niet eens aan het bedrijf rapporteren wat we hebben gevonden. Als we onze mond voorbijpraten, is dat een misdrijf waarvoor we twintig jaar de cel in kunnen draaien.'

'Voor hoelang geldt de zwijgplicht?'

Hij haalde zijn schouders op. 'Voor onbepaalde duur.'

Tot zover Kira's plannen om artikelen te publiceren, in ieder geval op de korte termijn. 'Hoe willen ze dat we uitleggen dat we pas zo veel later terugkeren van Adra?'

'Defect in de aandrijving van de Fidanza dat leidde tot onontkoombaar oponthoud. Je hebt een bericht ontvangen met alle details. Leer ze uit je hoofd.'

'Ja, baas.' Ze krabde weer aan haar arm. Ze moest er nodig wat lotion op smeren. 'Tja, dat is balen, maar het had allemaal erger kunnen zijn.'

Er trok een gepijnigde uitdrukking over Alans gezicht. 'O, het wordt erger, lieverd. Veel erger.'

Kira voelde zich meteen weer benauwd. 'Erger?'

Mendoza knikte langzaam, alsof zijn hoofd te zwaar was voor zijn nek. 'Het VMB vond het niet genoeg om het eiland onder quarantaine te plaatsen.'

'Nee,' zei Ivanova. 'Dat was te makkelijk geweest.'

Fizel sloeg zijn hand neer op de balie. 'Vertel het haar nou gewoon! Ze hebben verdomme het hele stelsel onder quarantaine geplaatst, oké? We zijn Adra kwijt. Foetsie! Poef!'

3

Kira zat naast Alan in de kantine te kijken naar livebeelden van de Verzachtende Omstandigheden in de stratosfeer die voor hen op de holo geprojecteerd werden.

Het schip moest minstens een halve kilometer lang zijn. Het was spierwit en had een spichtig middendeel met aan een kant de bolvormige aandrijving en aan de andere een stel ronddraaiende dekken die de indruk wekten van bloembladeren. De woondekken waren zo geconstrueerd dat ze om konden klappen om gedurende reizen plat tegen de steel van het schip te liggen, een dure optie waar maar weinig schepen mee waren uitgerust. Op de neus van de Verzachtende Omstandigheden zat een reeks kleppen als gesloten ogen, die de openingen verborgen van raketbuizen en de lenzen van de hoofdlaser.

Op een kwart van de lengte van het schip zat aan weerszijden een tweetal identieke shuttles tegen de romp aan genesteld. Ze waren veel groter dan de shuttles die het onderzoeksteam tot zijn beschikking had gehad. Kira zou niet raar opkijken als deze waren uitgerust met een eigen markovaandrijving, zoals grote ruimteschepen.

Het opvallendste aan de Verzachtende Omstandigheden waren de batterijen radiatoren waarmee de romp van het middengedeelte van het schip bekleed was, van vlak achter de inklapbare dekken helemaal tot aan de bol van de aandrijving. De randen van diamanten vinnen flitsten en glommen in het licht van de zon, en de pijpen vol gesmolten metaal die door de vinnen liepen, glansden als zilveraders.

Alles bij elkaar genomen zag het schip eruit als een gigantisch, dodelijk insect – dun, scherp en glinsterend.

'Hé,' zei Alan, en ze wendde met moeite haar blik af van de holo. Hij hield haar verlovingsring in zijn uitgestoken hand, bijna alsof hij zijn aanzoek opnieuw wilde doen. 'Ik dacht dat je deze wel terug zou willen.'

Ondanks al haar zorgen smolt Kira even, gehuld in een warmte die meer dan welkom was. 'Dank je,' zei ze, en ze deed de ijzeren ring om haar vinger. 'Ik ben blij dat ik hem niet verloren ben in die grot.'

'Ik ook.' Toen boog hij zich naar haar toe en fluisterde: 'Ik heb je gemist.'

Ze zoende hem. 'Het spijt me dat je dit allemaal hebt moeten meemaken.'

'Gefeliciteerd, jullie twee, *chéris,*' zei Marie-Élise, en ze wiegelde een wijzende vinger tussen Kira en Alan heen en weer.

'Ja, gefeliciteerd,' zei Jenan, en het hele team gaf hun de beste wensen. Het hele team met uitzondering van Mendoza, die met Ravenna aan de radio zat om afspraken voor de dag daarop te maken om hen op te pikken, en Fizel, die zijn nagels zat schoon te maken met een plastic botermesje.

Blij maar lichtelijk opgelaten glimlachte Kira.

'Hoop dat je het niet erg vindt,' zei Alan, weer naar haar toe gebogen. 'Toen het erop leek dat je nooit meer wakker zou worden, heb ik een beetje mijn mond voorbijgepraat.'

Ze leunde tegen hem aan en gaf hem nog een snel kusje. *Jij bent van mij,* dacht ze. 'Geeft niets,' fluisterde ze.

Toen kwam Yugo op hen af. Hij liet zich bij het uiteinde van de tafel op een knie neerzakken zodat hij niet boven Kira uit torende. 'Denk je dat je iets kunt eten?' vroeg hij haar. 'Het zou je veel goed doen.'

Kira had geen trek, maar wist dat hij gelijk had. 'Ik kan het proberen.'

Hij knikte zo diep dat zijn puntige kin zijn borst raakte. 'Dan warm ik wat stoofpot voor je op. Je vindt hem vast heerlijk. Ligt ook niet te zwaar op de maag.'

Terwijl hij dat ging doen, richtte Kira haar aandacht weer op de Verzachtende Omstandigheden. Ze wreef weer over haar armen en begon toen met de ring om haar vinger te spelen.

Haar hoofd tolde nog van Mendoza's onthullingen, en haar eerdere gevoel van dissociatie was sterker dan voorheen teruggekeerd. Ze baalde ervan dat al hun werk van de afgelopen vier maanden voor niets was geweest, maar erger dan dat was het verlies van de toekomst die ze samen met Alan op Adrasteia had gepland. Als ze hier niet samen konden gaan wonen, dan...

Alan moest haar gedachten hebben geraden, want hij boog zich over haar heen zodat hij met zijn lippen vlak bij haar oor kon zeggen: 'Maak je geen zorgen. We vinden wel een ander plekje. Het universum is groot.'

En dat was waarom ze van hem hield.

Ze trok hem dichter tegen zich aan.

'Wat ik niet snap...' begon ze te zeggen.

'Er is zo veel dat ik niet snap,' zei Jenan. 'Om een voorbeeld te noemen: wie laat er steeds servetjes in de gootsteen liggen?' En hij hield een doorweekt lapje stof op.

Kira negeerde hem. 'Hoe is de Liga van plan dit geheim te houden? Het zal mensen echt wel opvallen dat een heel zonnestelsel als verboden terrein is bestempeld.'

Seppo hupte op een van de tafels om er in kleermakerszit op plaats te nemen. Hij was zo klein van stuk dat het hem er heel kinderlijk liet uitzien. 'Simpel. Ze hebben het reisverbod een week geleden aangekondigd. De smoes is dat we een besmettelijke ziektekiem in de biosfeer hebben ontdekt. Net zoiets als de Plaag. Totdat verzekerd kan worden dat die geen pandemie veroorzaakt...'

'... Blijft Sigma Draconis in quarantaine,' zei Ivanova.

Kira schudde haar hoofd. 'Shit. Ze hebben ons zeker niet tenminste een deel van onze data laten houden?'

'Nee,' zei Neghar.

'Nada,' zei Jenan.

'Niets,' zei Seppo.

'Noppes,' zei Ivanova.

Alan wreef over haar schouder. 'Mendoza heeft beloofd dat hij op Vyyborg met de bedrijfsleiding gaat praten. Hopelijk kan die de Liga overhalen de gegevens terug te geven die niets met de ruïne te maken hebben.'

'Dat lijkt me sterk,' zei Fizel. Hij blies op zijn nagels en ging weer verder met ze schoonmaken. 'Niet de Liga. Ze gaan je mooie ontdekking zo lang mogelijk geheimhouden. De enige reden dat ze ooit iemand over Talos VII hebben laten weten, is dat dat teringding daar onmogelijk verstopt te houden is.' Hij zwaaide zijn botermesje in Kira's richting. 'Je hebt het bedrijf een hele planeet gekost. Ben je tevreden over jezelf?'

'Ik deed waar ik voor word betaald,' zei ze. 'Eigenlijk zouden ze me moeten bedanken dat ik de ruïne heb gevonden voordat er kolonisten op Adra zijn. Het had flink wat meer gekost om een hele kolonie weer van de maan af te transporteren.'

Seppo en Neghar knikten.

Fizel snoof. 'Nou, fijn hoor, maar daardoor voel ik me niet beter over het feit dat je ons onze bonus door de neus hebt geboord.'

'Ze hebben onze bonussen ingetrokken,' zei Kira emotieloos.

Alan wierp haar een verontschuldigende blik toe. 'De officiële lezing is dat de expeditie is mislukt.'

'Het is klote,' zei Jenan. 'Ik heb kinderen te onderhouden, weet je wel? Het had een groot verschil gemaakt.'

'Voor mij ook...'

'Yep. Twee exen en een kat zijn niet...'

'Als je maar...'

'Heb geen idee hoe ik nu...'

Rood aanlopend luisterde Kira naar hun woorden. Het was niet haar schuld, maar ergens was het toch wel haar schuld. Het hele team had te lijden onder haar acties. Wat een ramp. Toen het gebeurde, had ze gedacht dat de vondst van het alien bouwwerk goed zou zijn voor het bedrijf en voor het team, maar uiteindelijk maakte het hun het leven alleen maar zuur. Ze keek op naar het logo op de muur van de kantine: LAPSANG, in dat bekende, hoekige lettertype en met een blaadje boven de tweede A. Het bedrijf maakte eindeloos reclame met en had hele promotiecampagnes over hun trouw aan hun klanten, kolonisten en werknemer-burgers. 'Samen bouwen we aan de toekomst.' Dat was de slogan die ze al haar hele leven hoorde. Ze snoof. *Ja, wat een trouw.* Wanneer het erop aankwam, was Lapsang net als elk ander interstellair bedrijf: trouwer aan hun geld dan aan hun mensen.

'Verdomme,' zei ze. 'We hebben het werk gedaan. We zijn ons contract nagekomen. Het is niet eerlijk dat ze ons daarvoor straffen.'

Fizel rolde met zijn ogen. 'En zou het niet prachtig zijn als ruimteschepen regenbogen uitscheten? Mijn god. O, je voelt je schuldig, wat sneu. Wat zou het? Daar krijgen we onze bonus niet door terug.' Hij wierp haar een woeste blik toe. 'Zal ik je eens wat zeggen? Het was beter geweest als je was gevallen en je nek had gebroken toen je uit de shuttle stapte.'

Er volgde een korte, geschokte stilte.

Naast haar voelde Kira Alan verstijven. 'Neem dat terug,' zei hij.

Fizel wierp het mesje in de gootsteen. 'Ik wilde hier toch niet eens zijn. Tijdverspilling.' En hij spuugde op de vloer.

Ivanova sprong achteruit, bij de kwak speeksel vandaan. 'Godsodeju, Fizel!'

De dokter grijnsde en kuierde weg. Kira had ontdekt dat elke missie wel één teamlid had zoals hij. Een zure hufter die er pervers plezier uit leek te putten om iedereen tegen zich in het harnas te jagen.

Zodra Fizel uit het zicht was verdwenen, begonnen de anderen te praten.

'Let niet op hem,' zei Marie-Élise.

'Had ons allemaal kunnen overkomen...'

'De goeie dokter moet ook altijd...'

'Je had moeten horen wat hij zei toen ik uit cryo kwam. Hij...'

De conversatie viel weer stil toen Mendoza in de deuropening verscheen. Hij nam hen in zich op. 'Alles goed hier?'

'Ja, meneer.'

'Alles helemaal tiptop, chef.'

Hij bromde, stapte op Kira af en zei zachter tegen haar: 'Sorry daarvoor, Navárez. De spanning van de afgelopen weken speelt ons allemaal parten.'

Kira schonk hem een fletse glimlach. 'Het is goed. Echt.'

Nog een brom, en toen nam Mendoza plaats op een stoel aan de andere kant van de kantine en was het snel weer alsof er niets was gebeurd.

Maar wat ze ook beweerde, Kira slaagde er maar niet in het ongemakkelijke gevoel in haar onderbuik van zich af te zetten. Te veel van wat Fizel had gezegd, had de klank van de waarheid gehad. Bovendien zat het haar dwars dat ze niet wist wat er nu voor haar en Alan in het verschiet lag. Alle plannen die ze in haar hoofd had gemaakt voor de komende paar jaar waren overhoopgegooid door die verdomde alien ruïne. Als die drone maar niet was neergestort. Als ze maar niet had ingestemd op de locatie te gaan kijken. Als, als, als...

Ze schrok toen Yugo een hand op haar arm legde.

'Hier,' zei hij, en hij zette een kom vol stoofpot voor haar neer, gevolgd door een bord met een berg gestoomde groente, een snee brood en de helft van wat hun allerlaatste reep chocolade moest zijn.

'Dank je,' mompelde ze, en hij lachte haar toe.

4

Kira had niet door hoeveel honger ze eigenlijk had. Ze voelde zich zwak en bibberig. Het eten viel echter niet goed. Ze was te erg uit haar doen, en haar maag kolkte van een combinatie van de stress en de nawerkingen van de cryo.

Van zijn plek aan de tafel naast die van hen zei Seppo: 'We zijn erover aan het discussiëren of deze ruïne is achtergelaten door dezelfde aliens als het Grote Baken. Wat denk jij ervan, Kira?'

Kira zag dat de anderen haar allemaal aankeken. Ze slikte haar eten door, legde haar vork neer en sprak op haar meest professionele toon. 'Het lijkt... het lijkt onwaarschijnlijk dat twee verschillende intelligente soorten zich zo dicht op elkaar zouden ontwikkelen. Als ik er een uitspraak over móést doen, zou ik dus zeggen van wel, maar het is onmogelijk met zekerheid te zeggen.'

'Hé, wij zijn hier ook,' zei Ivanova. 'De mens. Wij hebben ons hier ook ontwikkeld.'

In de hoek zat Neghar weer te hoesten en produceerde daar een nat, vlezig geluid bij dat Kira iets heel onaangenaams vond hebben.

'Ja,' zei Jenan, 'maar wie weet hoe ver de xeno's van het Baken zich hebben verspreid. Het kan net zo goed dat ze de halve Melkweg hebben gekoloniseerd.'

'Ik denk dat we dan toch wel meer bewijs van ze hadden gevonden,' zei Alan.

'Nou, hebben we dat hier niet gedaan?' zei Jenan.

Daar had Kira niet zo een-twee-drie een antwoord op. 'Zijn jullie terwijl ik in cryo lag nog iets over de ruïne te weten gekomen?'

'Mmm,' zei Neghar. Toen hield ze even een hand op terwijl ze moeizaam uithoestte in haar mouw. 'Bah. Sorry. Al de hele dag zo'n droge keel... Ja. Ik heb voordat ik jou uit dat gat heb getakeld een geofysische scan gemaakt.'

'En?'

'Recht onder de ruimte die jij hebt ontdekt, zit nog een tweede. Wel een heel kleine, van maar een meter doorsnee. Mogelijk zit daar een energiebron, maar dat is niet te zeggen zonder hem open te breken. Geen warmtebronnen te zien met infrarood.'

'Hoe groot is het bouwwerk in z'n geheel?'

'Het gedeelte dat jij boven de grond hebt gezien plus nog twaalf meter diep onder de grond. Met uitzondering van de twee ruimtes lijkt het volledig uit een dikke fundering en muren te bestaan.'

Kira knikte, in gedachten verzonken. Wie de makers van het bouwwerk ook waren, ze hadden ervoor willen zorgen dat het lang standhield.

'Dit bouwwerk van jou lijkt gewoon totaal ander werk dan het Baken,' zei Marie-Élise. Haar hoge stem klonk altijd als de tonen van een fluit. 'Ik bedoel maar, in vergelijking is het zo minuscuul.'

Het Grote Baken. Ontdekt aan de grens van de verkende ruimte, 36,6 lichtjaar van Sol en grofweg 43 lichtjaar van Weyland. Die afstanden hoefde Kira niet op te zoeken op haar overlays, want ze had als tiener alles wat ze over de expeditie kon vinden gelezen en eindeloos herlezen.

Het Baken was een wonderbaarlijk artefact. Simpel gezegd was het een gat. Een bijzonder groot gat, met een doorsnee van vijftig kilometer en dertig kilometer diep, omringd door een net van vloeibaar gallium dat functioneerde als een gigantische antenne. Want het gat produceerde elke 5,2 seconden een krachtige elektromagnetische puls die op zijn beurt een gestructureerd geluid voortbracht dat steeds nieuwe iteraties bevatte van de mandelbrotverzameling in ternaire code.

Het Baken werd onderhouden door wezens die mensen 'schildpadden' hadden gedoopt, al vond Kira persoonlijk dat ze meer weg hadden van wandelende keien. Na drieëntwintig jaar onderzoek was het nog altijd niet duidelijk of de schildpadden dieren waren of machines. (Niemand was zo stom geweest te proberen er een te ontleden.) Xenobiologen en technici waren het erover eens dat het niet waarschijnlijk was dat de schildpadden verantwoordelijk waren voor de constructie van het Baken – niet tenzij ze al hun technologie waren verloren – maar wie of wat dat wel was, bleef nog altijd een raadsel.

Dat gold ook voor het doel waarvoor het Baken was geconstrueerd. Het enige wat ze zeker wisten, was dat het Baken rond de zestienduizend jaar oud was. En zelfs dat was slechts een ruwe schatting gebaseerd op radiometrische datering.

Kira had het onaangename vermoeden dat zij er nooit achter zou komen of de makers van het Baken ook maar iets te maken hadden met de ruimte waar zij na haar val in was beland. Al werd ze honderden jaren oud. De diepe tijd gaf zijn geheimen maar mondjesmaat prijs, en dat was als je geluk had.

Ze zuchtte en trok de tanden van haar vork over de zijkant van haar nek. De metalen puntjes voelden fijn op haar droge huid.

'Het Baken zal mij echt een zorg zijn,' zei Seppo, en hij sprong met een hupje van tafel. 'Wat me echt dwarszit aan dit hele gedoe, is dat we er niet eens iets aan kunnen verdienen. We mogen er niet over praten. Niet over publiceren. Niet in praatprogramma's komen...'

'De entertainmentrechten niet verkopen,' zei Ivanova op spottende toon.

Ze lachten, en Jenan riep: 'Alsof iemand jouw lelijke kop wil zien.'

Hij dook om de handschoenen te ontwijken die ze naar zijn kop wierp. Grinnikend gaf hij ze aan haar terug.

Kira maakte zich klein. Ze voelde zich steeds schuldiger. 'Het spijt me, jongens. Als ik iets kon doen om het allemaal te fiksen, zou ik dat doen.'

'Ja, je hebt alles mooi in het honderd laten lopen,' zei Ivanova.

'Moest je nou echt zo nodig op ontdekkingsreis gaan?' zei Jenan, maar hij klonk niet serieus.

'Maak je niet druk,' zei Neghar. 'Het… het had ie…'

Ze moest weer hoesten, en Marie-Élise maakte haar zin voor haar af. 'Het had ieder van ons kunnen overkomen.'

Neghar knikte instemmend.

Van zijn stoel bij de muur zei Mendoza: 'Laten we gewoon blij zijn dat je er niet erger aan toe was, Kira. Jij en Neghar allebei. We hebben geluk gehad.'

'Dat neemt niet weg dat we de kolonie kwijt zijn,' zei Kira. 'En onze bonussen.'

Er verscheen een geslepen blik in Mendoza's donkere ogen. 'Ik heb zo het gevoel dat jouw vondst het verlies van die bonussen meer dan goed zal maken. Misschien duurt het jaren. Misschien decennia. Maar als we slim zijn, komt het uiteindelijk wel, zo onvermijdelijk als de dood en de belastingdienst.'

IV

* * * * * * *

ZIELENLEED

1

Het werd laat, en Kira had er steeds meer moeite mee zich op het gesprek te concentreren. Het meeste van wat er werd gezegd, ging langs haar heen in een stroom van betekenisloos geroezemoes. Op een gegeven moment schudde ze zichzelf wakker en keek Alan aan. Hij begreep het en knikte, en samen werkten ze zich overeind uit hun stoelen.

'Trusten,' zei Neghar. Ze kwam al een uur of wat niet verder dan de meest bondige antwoorden. Als ze meer probeerde te zeggen, moest ze prompt hoesten. Kira hoopte maar dat ze niet ziek werd. Wanneer een lid van het team ziek was, was de kans groot dat die dan iedereen aanstak.

'Welterusten, *chérie,*' zei Marie-Élise. 'Morgen lijkt het allemaal een stuk minder erg. Je zult wel zien.'

'Zorg dat jullie uiterlijk om negen uur opstaan,' zei Mendoza. 'Het VMB heeft ons eindelijk het groene licht gegeven, dus we lanceren om elf uur naar de Fidanza.'

Kira wuifde en stommelde met Alan de kantine uit.

Zonder erover te hoeven overleggen liepen ze naar zijn kamer. Eenmaal binnen trok Kira haar werktenue uit, liet het op de vloer vallen en klom in bed zonder zelfs maar de moeite te nemen om haar haar te kammen.

Vier weken cryo, en ze voelde zich nog altijd uitgeput. Slaap in die kou was niet hetzelfde als echte slaap. Daar kon niets tegenop.

De matras zakte in toen Alan naast haar kwam liggen. Hij sloeg een arm om haar heen, nam haar hand in de zijne en drukte zijn borst en benen tegen haar aan: een warme, geruststellende aanwezigheid. Ze maakte een zacht geluidje en leunde naar achteren, tegen hem aan.

'Ik dacht dat ik je had verloren,' fluisterde hij.

Ze draaide zich naar hem om. 'Nooit.'

Hij kuste haar en zij hem, en na verloop van tijd werden hun tedere aanrakingen steeds gretiger en klampten ze zich met een brandende intensiteit aan elkaar vast.

Ze vrijden, en Kira had zich nooit intiemer met Alan verbonden gevoeld, zelfs niet toen hij haar ten huwelijk had gevraagd. Ze kon zijn angst om haar te verliezen voelen in de vormen van zijn lichaam, en zag zijn liefde tot uiting komen in elke aanraking en hoorde hem in elk gefluisterd woord.

Nadien stommelden ze de krappe douche in achter in de kamer. Zonder de verlichting te fel aan te doen wasten ze zich en zeepten elkaar zachtjes pratend in.

Genietend van de stralen heet water op haar rug zei Kira: 'Neghar klonk niet best.'

Alan haalde zijn schouders op. 'Het is maar cryoziekte. Het VMB heeft haar gecheckt. Fizel ook. De lucht hierbinnen is zo droog...'

'Ja.'

Nadat ze zich hadden afgedroogd, smeerde Kira met Alans hulp haar hele lichaam in met lotion. Ze zuchtte van opluchting van het gevoel van de crème op haar huid, die meteen minder kriebelde.

Toen ze weer in bed lagen en het licht hadden uitgedaan, deed Kira haar best in slaap te vallen. Maar ze bleef in gedachten steeds terugkeren naar de ruimte met zijn printplaatpatronen, en naar wat haar ontdekking het team (en haar persoonlijk) had gekost. En naar de dingen die Fizel tegen haar had gezegd.

Het ontging Alan niet. 'Hou op,' mompelde hij.

'Mmm. Alleen... Dat wat Fizel zei...'

'Laat hem je niet gek maken. Hij is gewoon nijdig en gefrustreerd. Geen van de anderen denkt er zo over.'

'Oké.' Maar het liet Kira niet los. Er kwam een gevoel van ongerechtigheid in haar op. Waar haalde Fizel het lef vandaan haar de schuld te geven? Ze had gedaan wat ze hoorde te doen – wat elk van hen gedaan zou hebben. Als ze de rotsformatie had genegeerd, was hij er als eerste bij geweest om te klagen dat ze haar werk niet had gedaan. En het was niet alsof zij en Alan door de vondst niet net zo veel hadden verloren als de rest van het team...

Alan wreef met zijn neus tegen haar nek. 'Het komt allemaal goed. Wacht maar.' Toen werd hij stil, en Kira luisterde hoe zijn ademhaling langzamer werd terwijl zij het duister in staarde.

Alles voelde nog altijd verkeerd en uit balans. Kira's maag kolkte nog pijnlijker dan eerder, en ze kneep haar ogen dicht en deed haar best niet te liggen malen over Fizel of wat de toekomst in petto had. Desondanks lukte het haar niet de woorden die in de kantine waren gevallen te vergeten en bleef er een heet kooltje van woede in haar branden toen ze eindelijk wegzonk in een rusteloze slaap.

2

Duisternis. De uitgestrektheid van de ruimte, verlaten en onbekend. De sterren waren kille lichtpuntjes, scherp als naalden tegen hun fluwelen achtergrond.

Voor haar doemde een ster op, steeds groter naarmate ze eropaf stoof, sneller dan het snelste schip. De ster had een doffe, oranjerode kleur, als de laatste gloed van een brandend kooltje op een bed van as. Hij gaf een oude, vermoeide indruk, alsof hij zich had gevormd tijdens de vroegste fases van het universum, toen alles heet en fel was.

Om het sombere hemellichaam heen draaiden zeven planeten: één gasreus en zes Aardse planeten. Ze zagen er bruingevlekt uit, alsof ze ziek waren, en in de ruimte tussen de tweede en derde planeet glinsterde een ring puin als korreltjes kristalzand.

Ze werd vervuld van een gevoel van verdriet. Waarom wist ze niet, maar ze wilde bij deze aanblik huilen zoals ze had gehuild toen haar opa was overleden. Het was het ergste wat er was: een volkomen en compleet verlies zonder enige kans dat het ooit weer goed zou komen.

Haar verdriet was echter oeroud, en zoals alle verdriet was het afgenomen tot een doffe pijn, die werd verdrongen door dringendere emoties: woede, angst en wanhoop. De angst overheerste en dat vertelde haar dat er een dreiging in de buurt was – een intieme en directe dreiging – maar desondanks was het moeilijk in beweging te komen, want haar lichaam was ingesloten door een laag vreemde klei.

De dreiging had haar bijna bereikt – ze voelde hem naderen, en voelde daarmee paniek opkomen. Ze had geen tijd om te wachten, geen tijd om na te denken. Ze moest zichzelf bevrijden! Eerst klieven, dan bedwingen.

De ster werd feller, totdat hij scheen met de kracht van duizend zonnen, en uit zijn corona schoten scherpe lichtstralen de duisternis in. Een van de stralen trof haar, en alles werd wit, en het voelde alsof er speren door haar ogen werden gedreven terwijl haar huid van top tot teen zwart blakerde en barstte.

Ze krijste de leegte in, maar de pijn hield niet op, en ze krijste opnieuw...

Kira schoot overeind in bed. Ze was buiten adem en zo doorweekt van het zweet dat de deken aan haar vastkleefde als plasticfolie. Van elders in de basis klonk geschreeuw, en ze herkende de klank van paniek in de stemmen.

Naast haar vlogen Alans ogen open. 'Wa...'

Buiten op de gang klonken voetstappen. Een vuist bonsde op de deur en Jenan brulde: 'Kom snel! Er is iets met Neghar.'

Kira voelde een ijskoude steek van angst door zich heen gaan.

Zij en Alan schoten snel hun kleren aan. Kira had maar even om na te denken over haar vreemde droom – álles voelde op het moment vreemd – voordat ze de kamer uit stormden en naar die van Neghar renden.

Nog voordat ze hem bereikten, hoorde Kira al gehoest: een diep, nat, scheurend geluid dat haar deed denken aan rauw vlees dat werd gemalen. Ze huiverde.

Neghar stond op de gang met de anderen om haar heen verzameld, voorovergebogen met haar handen op haar knieën, en hoestte zo hard dat Kira haar stembanden kon horen rafelen. Fizel stond bij haar met een hand op haar rug.

'Blijf ademhalen,' zei hij. 'Wij brengen je wel naar de ziekenboeg. Jenan! Alan! Neem haar armen, help me haar te dragen. Kom op, snel, sn...'

Neghar kokhalsde, en Kira hoorde een hard, knappend geluid uit de smalle borstkas van de vrouw.

Zwart bloed sproeide uit Neghars mond en landde in een brede boog op het dek.

Marie-Élise krijste en een paar van de anderen gingen over hun nek. De angst uit Kira's droom keerde terug, sterker dan ooit. Dit was ernstig. Dit was gevaarlijk. 'We moeten hier weg,' zei ze, en ze trok aan Alans mouw. Maar hij luisterde niet.

'Achteruit!' schreeuwde Fizel. 'Allemaal achteruit! Laat iemand contact opnemen met de Verzachtende Omstandigheden. Nu!'

'Maak plaats!' brulde Mendoza.

Er sproeide meer bloed uit Neghars mond en ze zakte neer op een knie. Het wit van haar ogen was bizar groot. Haar gezicht was donkerrood, en haar keelspieren spanden aan alsof ze stikte.

'Alan,' zei Kira. Te laat. Hij stapte naar voren om Fizel te helpen.

Ze deed een stap naar achteren. Toen een tweede. Niemand merkte het – hun aandacht werd in beslag genomen door Neghar en hun pogingen te bedenken wat ze konden doen om te helpen zonder geraakt te worden door het bloed dat uit haar mond vloog.

Kira wilde hun toeschreeuwen om weg te gaan, te vluchten, te ontsnappen!

Ze schudde haar hoofd en drukte haar vuisten tegen haar mond, bang dat zij ook bloed zou gaan sproeien. Haar hoofd voelde alsof het op ontploffen stond en haar huid voelde akelig, alsof ze van top tot teen bedekt was met duizenden krioelende mieren. Haar hele lichaam jeukte van afkeer.

Jenan en Alan probeerden Neghar weer overeind te helpen. Ze schudde haar hoofd en kokhalsde. Eerst één keer. Toen nog eens. En toen braakte ze een klont van… iets uit op het dek. Het was te donker om bloed te zijn. Te vloeibaar voor metaal.

Kira zette haar nagels in haar arm en trok ze over haar huid terwijl er een schreeuw van walging opkwam in haar keel.

Neghar kieperde achterover. En toen bewoog de klont. Hij stuiptrekte als een spier die een elektrische schok kreeg toegediend.

Iedereen schreeuwde en sprong weg. Alan stapte achteruit naar Kira zonder zijn blik af te wenden van de vormloze klont.

Kira kokhalsde. Ze deed nog een stap naar achteren. Haar arm voelde alsof hij in brand stond, alsof er dunne strepen vuur over haar huid kronkelden.

Ze keek omlaag.

Haar nagels hadden groeven in haar arm gekrast, felrode sneeën die eindigden bij verfrommelde strookjes huid. En in de sneeën zag ze iets bewegen.

3

Gillend viel Kira neer op de grond. De pijn was allesverzengend. Dat was ze zich gewaar. Het was het enige waarvan ze zich nog gewaar was. Ze boog achterover en spartelde wild, graaiend naar houvast op de vloer. Ze gilde opnieuw, zo hard dat haar stem het begaf en er een laag heet bloed over de wanden van haar keel liep.

Ze kreeg geen lucht. De pijn was te intens. Haar huid stond in brand, en het voelde alsof er zuur door haar aders stroomde en haar spieren zich losscheurden van haar botten.

Het licht vanboven werd geblokkeerd door de donkere gedaanten van de anderen, die om haar heen bewogen. Alans gezicht verscheen boven haar. Ze spartelde nog eens en belandde op haar buik, met haar wang plat tegen het harde oppervlak gedrukt.

Heel even ontspande haar lichaam zich, en ze had net tijd om naar adem te happen voordat ze verstijfde en een stille kreet uitte. De spieren in haar gezicht verkrampten van de kracht van haar grimas, en er lekten tranen uit haar ooghoeken.

Handen op haar lichaam draaiden haar om. Ze grepen haar armen en benen vast en hielden ze stil. Het deed niets om de pijn te verzachten.

'Kira!'

Met moeite opende ze haar ogen en zag met wazige blik Alan voor zich en achter hem Fizel, die zich over haar heen boog met een injectiespuit. Verder weg duwden Jenan, Yugo en Seppo haar benen tegen de vloer, terwijl Ivanova en Marie-Élise Neghar weghielpen bij de klont op de vloer.

'Kira! Kijk me aan. Kijk me aan!'

Ze probeerde iets terug te zeggen, maar wist niet meer te produceren dan een gesmoord gejammer.

Toen drukte Fizel de injectiespuit in haar schouder. Wat het ook was dat hij haar inspoot, het had geen merkbaar effect. Haar hakken trommelden op de vloer en ze voelde haar hoofd neerslaan op het dek, keer op keer.

'Jezus, doe iets, iemand,' riep Alan.

'Pas op!' schreeuwde Seppo. 'Dat ding op de vloer beweegt! Shi...'

'De ziekenboeg,' zei Fizel. 'Breng haar naar de ziekenboeg. Nu! Til haar op. Til...'

De muren tolden om Kira heen toen ze haar optilden. Ze voelde zich alsof ze werd gewurgd en probeerde adem te halen, maar haar spieren waren te verkrampt. Terwijl Alan en de anderen haar door de gang wegdroegen, verschenen er rode vonkjes langs de randen van haar blikveld. Het voelde alsof ze zweefde – naast de pijn en haar angst leek al het andere onwerkelijk.

Een dreun toen ze haar op een bed in de ziekenboeg lieten vallen. Haar buikspieren ontspanden weer even, lang genoeg om Kira één keer te laten ademhalen voordat ze weer verkrampten.

'Doe de deur dicht! Hou dat ding buiten!' De luchtdichte vergrendeling van de ziekenboeg sloot met een doffe klap.

'Wat is er met haar?' zei Alan. 'Gaat...'

'Aan de kant!' riep Fizel. Er drukte weer een injectiespuit in Kira's nek.

Alsof het een reactie op de injectie was, koos de pijn dat moment om te verdriedubbelen, iets wat Kira niet voor mogelijk had gehouden. Er klonk een zwakke kreun uit haar keel en ze spartelde ongecontroleerd. Ze voelde schuim in haar mond lopen en haar keel blokkeren. Al kokhalzend begon ze te stuiptrekken.

'Shit. Geef me een injector aan. Andere la. Nee, andere la!'

'Dok...'

'Niet nu!'

'Dokter, ze haalt geen adem meer!'

Het gekletter van instrumenten, en toen werd Kira's mond open gewrikt door vingers en duwde er iemand een buisje bij haar naar binnen door haar keel. Ze kokhalsde opnieuw. Na een ogenblik stroomde er heerlijke, zoete lucht haar longen in en werd de duistere sluier die over haar ogen was gevallen opgetild.

Alan hing over haar heen, zijn gezicht verwrongen van bezorgdheid.

Kira probeerde te praten. Maar het enige geluid dat ze wist te produceren, was een woordeloos gekreun.

'Het komt allemaal goed,' zei Alan. 'Hou vol. Fizel gaat je helpen.' Hij zag eruit alsof hij in tranen ging uitbarsten.

Nooit eerder was Kira zo bang geweest. Er was iets mis in haar lichaam, en het werd erger.

Ga weg, dacht ze. *Ga hier weg! Vlucht, voordat...*

Donkere lijnen trokken over haar huid: zwarte bliksemschichten die kronkelden en krioelden alsof ze leefden. Toen hielden ze daarmee op, en overal waar ze lagen, spleet haar huid open als het pantser van een insect dat het was ontgroeid en afwierp.

Kira's angst overweldigde haar en vulde haar met een gevoel van volledige en onontkoombare verdoemenis. Als ze in staat was geweest te schreeuwen, had haar kreet weergalmd tot tussen de sterren.

Uit de bloedige scheuren schoten vezelige tentakels naar buiten. Ze sloegen rond als slangen zonder kop en verstijfden toen tot vlijmscherpe stekels die in willekeurige richtingen uit haar staken.

De stekels boorden zich in de muren. Ze boorden zich in het plafond. Metaal knarste. Lichtstroken vonkten en verbrijzelden, en het hoge geloei van Adra's oppervlaktewind en het geblèr van het alarm galmden door de kamer.

De stekels wierpen Kira als een marionet heen en weer, en ze viel op de grond. Ze zag een van de stekels Yugo's borst doorboren en vervolgens drie andere Fizel treffen: in zijn nek, zijn arm en zijn kruis. Toen de stekels zich weer introkken, spoot het bloed van de mannen uit hun wonden.

Nee!

De ziekenboegdeur zwaaide open, en Ivanova kwam naar binnen stormen. Ze verbleekte van afschuw en werd toen door een tweetal stekels in haar maag getroffen en zakte ineen. Seppo probeerde te ontkomen, maar werd van achteren doorboord door een stekel die hem als een vlinder aan de muur prikte.

Nee!

Kira verloor het bewustzijn. Toen ze weer bijkwam, zat Alan naast haar neergeknield met zijn voorhoofd tegen het hare gedrukt. Zijn handen voelden zwaar op haar schouders. In Alans ogen stond een wezenloze blik, en er sijpelde een straaltje bloed uit zijn mondhoek.

Het duurde een ogenblik voordat ze besefte dat hun lichamen met elkaar verbonden waren door zeker tien afzonderlijke stekels, als in een obscene parodie van intimiteit.

Haar hart sloeg over en hield op met kloppen, en het was alsof de vloer onder haar wegviel en ze in een afgrond stortte. *Alan.* Haar teamgenoten. Dood. Door haar. Het besef was ondraaglijk.

Pijn. Ze was stervende en het kon haar niets schelen. Als haar lijdensweg maar ten einde kwam, kon de ontsnapping van de vergetelheid haar niet snel genoeg claimen.

Toen werd alles haar donker voor de ogen, viel het alarm in de verte stil, en was alles wat eens was niet meer.

V

*   *   *   *   *   *   *

Woede

1

Kira's ogen vlogen open.

Er was geen langzaam ontwaken. Geen geleidelijke terugkeer tot bewustzijn. Niet deze keer. Het ene ogenblik niets, het volgende een salvo van informatie van haar zintuigen, fel en scherp en overweldigend in zijn intensiteit.

Ze lag op de vloer in een hoge, ronde kamer – een buis met een plafond vijf meter boven haar hoofd, ver buiten haar bereik. Het deed haar denken aan de graansilo die hun buren, de familie Roshan, hadden gebouwd toen ze dertien was. Halverwege de wand van de buis zat een doorkijkspiegel: een grote, zilverkleurige rechthoek waarin ze de grijze schim van een spiegelbeeld kon onderscheiden. Een smalle lichtstrook langs de rand van het plafond diende als enige bron van verlichting.

Twee losse robotarmen bewogen om haar heen met een geruisloze gratie, elk uitgerust met een scala aan diagnostische instrumenten. Toen ze naar ze opkeek, hielden ze even stil en trokken zich vervolgens in naar het plafond, waar ze bleven hangen, klaar om weer in actie te komen.

Aan een kant van de buis zat een luchtsluis met een ingebouwd luikje om kleine voorwerpen naar binnen of naar buiten door te geven. Daartegenover aan de andere kant zat een luchtdichte deur waarvan ze aannam dat hij dieper in... waar ze ook was leidde. Er zat ook een luikje in, net zo groot en voor hetzelfde doel als het andere. Dit was in feite gewoon een gevangeniscel. Ze had geen bed. Geen deken. Geen wasbak. En geen toilet. Ze was omringd door niets dan koud, kaal metaal.

Ze moest zich op een schip bevinden. Niet de Fidanza. De Verzachtende Omstandigheden.

Wat betekende...

Een adrenalinestoot schoot door haar lichaam, en Kira vloog happend naar adem overeind. De pijn. De stekels. Neghar, Fizel, Ivanova… Alan! De herinneringen keerden allemaal in één klap terug. Kira herinnerde zich alles, maar dat was een vloek. Haar maag kromp ineen, en ze bracht een lange, diepe kreun voort terwijl ze met haar handen, knieën en voorhoofd op de grond zakte. De randen van de dekplaten sneden in haar huid, maar daar maalde ze niet om.

Toen ze weer lucht kreeg, krijste ze het uit en goot al haar verdriet en zielenleed in een enkele, jammerende uitroep.

Het was allemaal haar schuld. Als zij die verdomde ruïne niet had gevonden, hadden Alan en de anderen nog geleefd en was zij niet geïnfecteerd geweest met een of andere xeno.

De stekels.

Waar waren de tentakels en stekels die haar huid hadden opengescheurd? Kira keek omlaag, en haar hart bleef even stilstaan.

Haar handen waren zwart. Dat hoorde niet. Hetzelfde gold voor haar armen, haar borst en alle andere delen van haar lichaam die ze kon zien. Haar huid was bedekt met een laag glanzend, vezelachtig materiaal dat aan haar kleefde als een skinsuit.

Een gevoel van afgrijzen welde op in Kira.

Ze graaide met haar vingers in haar armen in een wanhopige poging het buitenaardse organisme van haar los te scheuren. Zelfs met behulp van hun harde nieuwe buitenlaag lukte het haar nagels niet de vezels door te snijden of te breken. In frustratie bracht ze haar pols naar haar mond en zette haar tanden erin.

De smaak van steen en metaal vulde haar mond. Ze kon haar tanden in haar huid voelen drukken, maar hoe hard ze ook beet, het deed geen pijn.

Kira klauterde overeind. Haar hart ging zo wild tekeer dat haar hartslag onregelmatig werd en de buitenrand van haar blikveld zwart. 'Haal het van me af!' schreeuwde ze. 'Haal dit kloteding verdomme van me af!' In haar paniek vroeg ze zich af waar iedereen was, haar enige samenhangende gedachte te midden van alle waanzin.

Een van de robotarmen kwam naar haar omlaag. De manipulator aan het uiteinde had een injectiespuit vast. Voordat Kira iets kon doen, reikte de machine om haar hoofd en drukte de naald achter haar oor in een plek nog onbedekte huid.

Binnen een paar seconden was het alsof er een zware deken op haar neerdaalde. Kira deed een wankelende stap opzij en stak een hand uit om zich op te vangen toen ze begon te vallen…

2

De paniek keerde terug op het ogenblik dat Kira bij bewustzijn kwam.

Een buitenaardse levensvorm had haar lichaam geïnfecteerd. Ze was gecontamineerd, mogelijk besmettelijk. Het was precies de situatie waar elke xenobioloog bang voor was: een isolatiefalen dat had geleid tot dodelijke slachtoffers.

Alan…

Kira huiverde en begroef haar gezicht in haar elleboogholte. Onder haar nek tintelde haar huid van angst, als van ontelbare speldenprikken. Ze wilde kijken, maar had er de moed niet voor. Nog niet.

Tranen lekten van onder haar oogleden. Ze voelde Alans afwezigheid als een gat in haar borst. Het leek onmogelijk dat hij echt dood was. Ze hadden zo veel plannen gehad, zo veel dromen en hoop voor de toekomst, en nu zou niets daarvan uitkomen. Ze zou hem nooit het huis zien bouwen waarover hij had gepraat, nooit met hem gaan skiën in de bergen in het verre zuiden van Adra, hem nooit vader zien worden, en zo waren er nog talloze andere dingen die ze zich had ingebeeld.

Dat besef kwetste haar dieper dan fysieke pijn ooit kon.

Ze voelde aan haar vinger. Ze had haar glimmende ijzeren ring ingezet met tesseriet niet meer om en had daarmee haar enige tastbare herinnering aan hem verloren.

Er kwam een oude herinnering in haar boven, van haar vader die naast haar zat neergeknield in een broeikas om een pleister op een snee in haar arm te doen en zei: ‘Pijn zit in ons hoofd, Kira.’ Hij had een vinger tegen haar voorhoofd gedrukt. ‘Het doet alleen zeer als wij het toestaan.’

Misschien was dat ook wel zo, maar desondanks voelde Kira zich verschrikkelijk. Pijn was pijn en liet zich niet negeren.

Hoelang was ze bewusteloos geweest? Minuten? Uren? … Nee, geen uren. Ze lag nog op dezelfde plek als waar ze was neergevallen en voelde geen honger of dorst. Alleen uitputting van de lijdensweg die ze had doorstaan. Haar hele lichaam voelde beurs.

Van achter haar oogleden merkte Kira op dat al haar overlays waren uitgeschakeld. ‘Petra, aan,’ zei ze. Haar systeem reageerde niet, flikkerde zelfs niet eens. ‘Petra, geforceerde herstart.’ Het duister bleef onveranderd.

Uiteraard. Natuurlijk zou het VMB haar implantaten blokkeren.

Ze gromde tegen haar arm. Hoe konden de militaire specialisten het organisme in haar en Neghar over het hoofd hebben gezien? De xeno was enorm. Zelfs de meest oppervlakkige inspectie had hem moeten vinden. Als het VMB zijn werk had gedaan, had niemand hoeven sterven.

‘Stelletje klootzakken,’ mompelde ze. Haar woede wist haar verdriet en paniek zo ver terug te dringen dat ze haar ogen weer kon openen.

Ze was nog altijd omringd door kaal metaal. Lichtstroken. De doorkijkspiegel. Waarom hadden ze haar aan boord van de Verzachtende Omstandigheden gebracht? Waarom het risico nemen op verdere contaminatie? Ze zag de logica van hun keuzes niet in.

Maar nu had ze het onvermijdelijke lang genoeg uitgesteld. Kira zette zich schrap en keek omlaag.

Haar lichaam was nog steeds bedekt met het inktzwarte materiaal. Dat en niets anders. Het materiaal zag eruit als stroken overlappende spieren – ze kon de individuele vezels zien strekken en aanspannen als ze bewoog. Daar schrok ze van, en er leek een glinstering over de vezels te trekken. Was het intelligent? Dat was op dit moment onmogelijk te bepalen.

Experimenteel voelde Kira aan een plek op haar arm.

Sissend ontblootte ze haar tanden. Ze kon haar vingers op haar arm vóélen, alsof de laag vezels niet bestond. De parasiet – of hij nu mechanisch of organisch was, dat wist ze niet – had zich in haar zenuwstelsel gewurmd. Ze kon de verse lucht de ruimte in voelen stromen, evenals elke vierkante centimeter van het dek die in haar huid drukte. Het was alsof ze spiernaakt was.

Maar… ze had het niet koud. Niet zo koud als te verwachten was.

Ze bekeek de onderkant van haar voeten. Bedekt, net als haar handpalmen. Ze bewoog haar handen over haar lichaam omhoog en ontdekte dat het pak aan de voorkant boven aan haar nek ophield. Daar voelde ze waar de vezels overgingen in haar huid een randje, dat om haar oren heen krulde. Achter op haar hoofd liepen de vezels verder omhoog, tot…

Ze had geen haar meer. Haar vingers voelden op hun verkenningstocht niets dan de contouren van haar schedel.

Kira klemde haar tanden op elkaar. Wat had de xeno haar verder nog ontnomen?

Toen ze zich concentreerde op de verschillende sensaties van haar lichaam, besefte Kira dat de xeno zich niet alleen met haar huid had verbonden, maar zich ook in haar bevond, haar vulde, haar penetreerde, hoe subtiel ook.

Gal kwam op in haar keel, en er kwam een claustrofobisch gevoel in haar op dat haar de adem benam.

Ze boog voorover en kokhalsde. Er kwam niets naar buiten, maar haar tong zat onder de gal en haar maag bleef maar proberen zich te legen.

Kira rilde. Hoe moest het VMB haar in hemelsnaam decontamineren als het pak zich door haar hele lichaam had verspreid? Ze zou maanden in quarantaine moeten blijven, misschien wel jaren. Samen met de xeno.

Ze spuugde in de hoek en veegde zonder nadenken haar mond af aan haar arm. De veeg speeksel verdween in de vezels als water dat werd opgenomen door stof.

Walgelijk.

De stilte werd verbroken door een zachte ruis, als van speakers die aangingen, en er scheen een nieuwe lichtbron in Kira's gezicht.

3

Een hologram bedekte de halve muur. Het metershoge beeld toonde een klein, leeg bureau – in slagschipgrijs – in een net zo klein en net zo spartaans kamertje. Achter het bureau stond een enkele stoel met een rechte rugleuning en geen armleuningen.

Er liep een vrouw naar binnen. Ze was van gemiddelde lengte, met ogen als scherven zwart ijs en een strak kapsel doorschoten met wit haar. Een gereformeerde hutteriet dus, of iets van dien aard. Er waren op Weyland maar een handvol hutterieten, een aantal gezinnen die Kira wel eens had gezien op de maandelijkse bijeenkomsten van de nederzetting. De oudere volwassenen vielen altijd op met hun rimpels, kalende hoofden en andere zichtbare tekens van veroudering. Als kind hadden ze haar angst aangejaagd, en als tiener hadden ze haar gefascineerd.

Haar aandacht ging nu echter minder uit naar het uiterlijk van de vrouw dan naar haar kleding. Ze droeg een grijs uniform – hetzelfde grijs als het bureau – dat zo was gesteven en gestreken dat de plooien erin eruitzagen alsof ze door gehard staal konden snijden. De kleur van het uniform verwarde Kira. De Marine en het Ruimtekorps droegen blauw. Het leger groen. Maar grijs…

De vrouw ging zitten, legde een tablet voor haar op het bureau en schoof hem met de uiteinden van haar wijsvingers heen en weer totdat hij precies in het midden lag. 'Mevrouw Navárez, weet u waar u bent?' Ze had dunne, platte lippen, als de mond van een guppy, en toen ze sprak, kon Kira haar ondertanden zien.

'Op de Verzachtende Omstandigheden.' Kira's keel deed pijn. Hij voelde rauw en opgezwollen.

'Correct. Mevrouw Navárez, dit is een formele getuigenverklaring conform artikel tweeënvijftig van de Interstellaire Veiligheidsverordening. U dient al mijn vragen te beantwoorden, met uw volledige medewerking en naar uw beste weten. Dit is geen rechtszaal, maar als u weigert mee te werken, kan en zal u worden aangeklaagd voor obstructie, en indien uw verklaring later onwaarheden blijkt te bevatten, meineed. Goed, vertel me alles wat u zich herinnert vanaf het ogenblik dat u ontwaakte uit cryo.'

Kira knipperde verward met haar ogen. Tussen haar tanden door gromde ze: 'Mijn team… Hoe is het met mijn team?'

Guppykop drukte haar lippen op elkaar tot een dun streepje. 'Als uw vraag is wie van uw teamleden nog in leven is, vier van hen: Mendoza, Neghar, Marie-Élise en Jenan.'

Marie-Élise leefde tenminste nog. Nieuwe tranen welden op in haar ogen en dreigden te ontsnappen. Ze hield zich in bedwang, want ze weigerde te huilen waar deze vrouw bij was. 'Neghar? Hoe…'

'Op videobeelden is te zien dat het organisme dat zij uitstootte na de… vijandigheden is samengesmolten met hetgeen dat momenteel aan uw lichaam is verbonden. Voor zover wij kunnen bepalen, zijn de twee niet van elkaar te onderscheiden. Onze huidige theorie is dat Neghars organisme werd aangetrokken door het uwe doordat dat groter en verder ontwikkeld was – als een afgesplitst deel van een collectief dat weer werd opgenomen door de hoofdmacht, als het ware. Op wat interne bloedingen na lijkt Neghar er heelhuids vanaf te zijn gekomen en niet langer gecontamineerd te zijn, al is het op het ogenblik nog onmogelijk om daar zeker van te zijn.'

Met opkomende woede balde Kira haar vuisten. 'Hoe kan het dat jullie de xeno niet eerder hebben ontdekt? Als jullie…'

De vrouw maakte een afkappende beweging met haar hand. 'We hebben hier geen tijd voor, Navárez. Ik begrijp dat u een schok hebt gehad, maar…'

'Dat kunt u nooit van uw leven begrijpen.'

Guppykop keek Kira aan met een zweem van minachting in haar ogen. 'U bent niet de eerste die ooit is geïnfecteerd door een buitenaardse levensvorm, en zeker niet de eerste die ooit vrienden heeft verloren.'

Met een schuldig gevoel liet Kira haar ogen zakken naar de grond en kneep ze even dicht. Er landden hete tranen op haar vuisten. 'Hij was mijn verloofde,' mompelde ze.

'Wat zegt u?'

'Alan, hij was mijn verloofde.'

Guppykop gaf geen krimp. 'U bedoelt Alan J. Barnes?'

'Ja.'

'Aha. In dat geval bied ik u de condoleances aan van het VMB. Nu moet ik u vragen u te vermannen. Het enige wat u kunt doen is Gods wil accepteren en uw blik vooruit richten. Zwemmen of verzuipen, Navárez.'

'Zo makkelijk is dat niet.'

'Ik zei niet dat het makkelijk zou zijn. Hou nu op met mokken en gedraag u als een professional. Ik weet dat u dat kunt. Ik heb uw dossier gelezen.'

Kira voelde zich in haar trots gekrenkt door haar woorden, al zou ze dat nooit toegeven. 'Oké. Maar wie bent u in vredesnaam?'

‘Pardon?’

‘Uw naam. Die hebt u me nog niet verteld.’

De vrouw kreeg een zure blik op haar gezicht, alsof ze walgde van het idee om persoonlijke informatie met Kira te delen. ‘Majoor Tschetter. Vertel me nu…’

‘En wat bent u?’

Tschetter trok een wenkbrauw op. ‘Een mens, dacht ik zo.’

‘Nee, ik bedoelde…’ Kira gebaarde naar haar grijze uniform.

‘Speciaal attaché van kapitein Henriksen, als u dat zo nodig moet weten. Dit is allemaal niet…’

Geërgerd schreeuwde Kira over haar heen. ‘Is het te veel gevraagd te weten van welke tak van de strijdkrachten u bent, majoor? Of is dat een staatsgeheim?’

Tschetter trok een uitdrukkingloos en emotieloos gezicht, een professioneel masker dat Kira niets prijsgaf over wat ze dacht of voelde. ‘VMBI. Inlichtingendienst.’

Een spion, dus. Of erger, een regeringsofficier. Kira snoof. ‘Waar zijn ze?’

‘Wie, mevrouw Navárez?’

‘Mijn vrienden. De… degenen die jullie hebben kunnen redden.’

‘In cryo, op de Fidanza, op weg uit het stelsel. Goed dan. Tevreden?’

Kira lachte abrupt. ‘Tevreden? Tevreden? Ik wil dit kloteding van me af hebben.’ Ze plukte aan de zwarte laag om haar arm. ‘Snij het er zo nodig af, zolang ik er maar van af ben.’

‘Ja, u hebt uw wensen overduidelijk kenbaar gemaakt,’ zei Tschetter. ‘Als we de xeno kunnen verwijderen, zullen we dat doen. Maar eerst gaat u mij vertellen wat er is gebeurd, mevrouw Navárez, en wel nu.’

Kira slikte een paar scheldwoorden in. Ze wilde razen en tieren. Ze wilde tekeergaan tegen Tschetter en haar ook maar een fractie van de pijn laten voelen die zij voelde. Maar ze wist dat ze daar niets mee zou opschieten. Dus deed ze wat haar was opgedragen. Ze vertelde de majoor alles wat ze zich herinnerde. Daar had ze niet lang voor nodig, en de biecht bracht haar geen verlichting.

De majoor had een hele lijst aan vragen, de meeste over de uren voordat de parasiet was ontwaakt: had Kira iets ongebruikelijks opgemerkt? Buikpijn, verhoging, ongewenste gedachten? Had ze vreemde geuren geroken? Een kriebelige huid gehad? Huiduitslag? Onverklaarbare dorst of hunkeringen?

Met uitzondering van de kriebelige huid was haar antwoord op de meeste vragen nee, en Kira kon zien dat de majoor daar niet blij mee was. Zeker niet toen Kira uitlegde dat voor zover zij wist, Neghar niet van hetzelfde last had gehad.

Toen Tschetter klaar was met haar lijst, vroeg Kira: 'Waarom hebben jullie mij niet in cryo gelegd? Waarom ben ik op de Verzachtende Omstandigheden?' Ze zag er de logica niet van in. Het bewaren van quarantaine was bij xenobiologie veruit het belangrijkste wat je moest doen. Het idee om quarantaine te verbreken was bij iedereen in haar beroep genoeg om hun het angstzweet te doen uitbreken.

Tschetter veegde een onzichtbare kreukel in haar uniformjas plat. 'We hebben geprobeerd u in te vriezen, Navárez.' Ze keek Kira recht aan. 'En zijn daar niet in geslaagd.'

Kira's mond werd droog. 'Niet in geslaagd.'

Een korte knik van Tschetter. 'Het organisme zuiverde de cryonische injecties uit uw lichaam. We konden u niet in slaap houden.'

Een nieuwe angst kwam op in Kira. De xeno bevriezen was de eenvoudigste manier om hem te stoppen. Als dat niet mogelijk was, hadden ze geen snelle manier om te voorkomen dat hij zich verder verspreidde. Zonder cryo zou het bovendien een stuk lastiger voor haar zijn om terug te keren naar de Liga.

Tschetter was nog niet klaar. 'Nadat we u en Neghar uit quarantaine hadden gelaten, heeft ons medische team in nauw contact met jullie gewerkt. Ze hebben jullie huid aangeraakt. Dezelfde lucht ingeademd. Dezelfde instrumenten gebruikt. En toen,' zei Tschetter, en ze leunde naar voren, 'zijn ze weer aan boord van de Verzachtende Omstandigheden gekomen. Begrijpt u het nu, Navárez?'

Kira's hoofd tolde. 'Jullie denken dat jullie zijn blootgesteld.'

Tschetter neeg haar hoofd. 'De xeno heeft er nadat Neghar uit cryo was ontwaakt tweeënhalve dag over gedaan zich te vertonen. Bij u korter. Het is mogelijk maar niet zeker dat het bevriezen de ontwikkeling van het organisme heeft vertraagd. Hoe dan ook moeten we van het ergste uitgaan. Minus de tijd sinds jullie uit quarantaine zijn vrijgelaten, geeft dat ons nog tussen de twaalf en achtenveertig uur om een manier te vinden asymptomatische geïnfecteerden te identificeren en behandelen.'

'Dat is niet genoeg.'

Tschetters ogen vernauwden. 'We moeten het proberen. Kapitein Henriksen heeft al het non-essentiële personeel al in cryo laten gaan. Als we morgen voor het einde van de dag geen oplossing hebben gevonden, zal hij de rest van ons ook moeten invriezen.'

Kira likte aan haar lippen. Geen wonder dat ze het hadden aangedurfd haar aan boord te brengen. Ze waren wanhopig. 'Wat gebeurt er dan met mij?'

Tschetter zette haar vingertoppen tegen elkaar. 'Ons scheepsbrein, Bisschop, zal u naar eigen inzicht verder onderzoeken.'

Daar zag Kira de logica van in. Scheepsbreinen werden in isolatie gehouden van de rest van het schip. Normaliter zou Bisschop geen enkel risico moeten lopen besmet te raken.

Maar er was één probleem. Wat ze ook in zich had, het was niet alleen gevaarlijk op het microniveau. Ze stak haar kin omhoog. 'En wat als... wat als de xeno weer hetzelfde gedrag vertoont als op Adra? Dan kan het zo een gat in de romp scheuren. Jullie hadden een luchtkoepel moeten opzetten op de maan om de xeno daar te bestuderen.'

'Mevrouw Navárez...' Tschetter verschoof de tablet voor haar op het bureau een millimeter. 'De xeno die zich momenteel in uw lichaam bevindt, is van de hoogst mogelijke interesse voor de Liga – tactisch, politiek en wetenschappelijk. Ongeacht het risico voor dit schip of de bemanning, we zouden hem nooit op Adrasteia achterlaten.'

'Dat is...'

'Verder is de kamer waarin u zich bevindt compleet geïsoleerd van de rest van het schip. Indien de xeno tracht de Verzachtende Omstandigheden schade toe te brengen, zoals in jullie basis, of op enige andere manier vijandelijk handelt, kan de kamer in zijn geheel de ruimte in worden gelanceerd. Begrepen?'

Kira knarsetandde. 'Ja.' Ze kon hun de voorzorgsmaatregelen niet kwalijk nemen. Ze waren logisch. Maar dat betekende niet dat ze er blij mee was.

'Ik wil volledig duidelijk zijn, mevrouw Navárez. Totdat we een betrouwbare detectiemethode hebben, zal de Liga geen van ons – inclusief uw vrienden – naar huis laten terugkeren. Laat me dat herhalen: tenzij we een oplossing vinden, wordt niemand op dit schip binnen tien lichtjaar van een planeet met een menselijke kolonie toegelaten. De Liga zou ons liever uit de lucht schieten dan ons laten landen, en terecht.'

Kira voelde mee met Marie-Élise en de anderen, maar zij zouden zich in elk geval niet gewaar zijn van het verstrijken van de tijd. Ze rechtte haar rug. 'Oké. Wat hebt u van mij nodig?'

Tschetter glimlachte kil. 'Uw volledige medewerking. Belooft u die?'

'Ja.'

'Voortreffelijk. Dan...'

'Eén ding: ik wil boodschappen opnemen voor mijn vrienden en familie, voor het geval ik het niet red. En een voor Alans broer, Sam. Ik zal geen vertrouwelijke informatie doorgeven, maar hij verdient het om van mij te horen.'

De majoor was even stil, en Kira zag haar ogen bewegen terwijl ze iets las. 'Dat kan worden geregeld. Het zal mogelijk wel enige tijd duren voordat communicatie weer is toegestaan. Totdat we een tegenbevel ontvangen van het Opperbevel, bewaart dit schip radiostilte.'

'Dat begrijp ik. O, en...'

'Mevrouw Navárez, we hebben een uiterst strikte deadline.'

Kira hield een hand op. 'Kunnen jullie mijn implantaten weer aanzetten? Zonder mijn overlays word ik gek in deze cel.' Ze moest bijna lachen. 'Of misschien gebeurt dat sowieso wel.'

'Dat is niet mogelijk,' zei Tschetter.

Kira voelde zich meteen weer defensief. 'Niet mogelijk of niet wenselijk?'

'Niet mogelijk. De xeno heeft uw implantaten vernietigd. Het spijt me. Er is niets meer om aan te zetten.'

Kira bromde. Het voelde alsof er weer iemand was gestorven. Al haar herinneringen... Ze had haar systeem ingesteld om aan het eind van elke dag een back-up te maken op de server van de basis. Als die het had overleefd, hadden haar persoonlijke archieven dat ook, al zou dan nog alles wat haar sindsdien was overkomen verloren gaan, opgeslagen als het was in de kwetsbare en feilbare weefsels van haar hersenen. Als ze de keuze had gehad, had ze liever een arm verloren dan haar implantaten. Haar overlays waren als een privéwereld in haar hoofd, een heel universum aan materiaal om te verkennen, zowel fictie als non-fictie. Zonder overlays bleef ze alleen achter met haar ijle en ongrijpbare gedachten, en de gapende duisternis die daarachter schuilde. Dat was niet eens alles, want zonder haar overlays waren haar zintuigen afgestompt: ze kon niet meer in uv-licht of infrarood zien, kon de magnetische velden om zich heen niet meer voelen, kon geen connectie meer maken met apparaten, en het ergst van allemaal, ze kon dingen die ze niet wist niet meer opzoeken.

Ze voelde zich ingeperkt. Dat onding had haar gereduceerd tot het niveau van een dier, tot niets meer dan vlees. Primitief vlees zonder upgrades. En om dat klaar te spelen, moest het zich in haar hersenen hebben gewurmd om de nanodraden onklaar te maken die de implantaten met haar hersencellen verbonden.

Wat had het verder nog onklaar gemaakt?

Een minuut lang bleef Kira zwaar ademend stilstaan, zonder een woord te zeggen. Het pak voelde zo hard als een stalen plaat om haar lijf. Tschetter was zo tactvol haar de tijd te gunnen. Uiteindelijk zei Kira: 'Geef me dan een tablet. Of een holobril. Iets.'

Tschetter schudde haar hoofd. 'We mogen de xeno geen toegang geven tot ons computersysteem. Niet nu. Het risico is te groot.'

Kira blies geërgerd lucht uit, maar het had geen zin in discussie te gaan. De majoor had gelijk. 'Verdomme,' zei ze. 'Oké. Vooruit dan, laten we beginnen.'

Tschetter pakte haar tablet en stond op. 'Nog een laatste vraag, Navárez: voelt u zich nog als uzelf?'

Die vraag raakte een gevoelige snaar. Kira wist waar de majoor op doelde. Had zij, Kira, nog de controle over haar geest? Of het de waarheid was of niet, als ze ooit nog vrij wilde komen, was er maar één antwoord dat ze kon geven.

'Ja.'

'Dat is mooi. Dat is wat ik wilde horen.' Maar Tschetter zag er niet opgelucht uit. 'Goed. Doctor Carr komt zo bij u.'

Terwijl Tschetter wegliep, stelde Kira ook nog een laatste vraag: 'Hebben jullie ooit eerder zoiets gevonden?' De woorden kwamen in één ademtocht naar buiten. 'Zoiets als de xeno?'

De majoor keek naar haar om. 'Nee, mevrouw Navárez. Nog nooit.'

De holo knipperde en ging uit.

4

Kira ging bij de luchtdichte deur op de grond zitten. De laatste vraag van de majoor spookte nog altijd door haar hoofd. Hoe kon ze er zeker van zijn dat haar gedachten, handelingen en emoties nog echt de hare waren? Er waren zo veel parasieten die het gedrag van hun gastheer beïnvloedden. Misschien deed de xeno hetzelfde bij haar.

Als het zo was, zou ze dat misschien niet eens doorhebben.

Maar er waren dingen waarvan Kira niet geloofde dat een alien ze ooit succesvol kon manipuleren, hoe intelligent het wezen ook was. Gedachten, herinneringen, taal, cultuur – die waren allemaal zo complex en zo afhankelijk van hun context dat een alien ze nooit volledig kon begrijpen. Man, mensen hadden er zelfs moeite mee zich aan te passen aan een andere menselijke cultuur. Sterke emoties, impulsen en handelingen, daarentegen, zouden makkelijker te beïnvloeden zijn. Wie weet, misschien kwam de woede die ze voelde wel van het organisme. Zo voelde het niet, maar ja, dat was nou juist precies het punt.

Ik moet mijn best doen kalm te blijven, dacht Kira. Over wat de xeno deed om haar te beïnvloeden had ze geen controle, maar ze kon wel een oogje op zichzelf houden om op vreemd gedrag te letten.

Boven haar aan het plafond klikte een schijnwerper aan en ving haar in een verblindende lichtbundel. In het donker buiten de lichtbundel kwamen de robotarmen in beweging en zakten naar haar omlaag.

Halverwege de cilindrische muur werd de doorkijkspiegel wazig en toen transparant. Erachter stond een kleine, ineengedoken man in een uniform van het VMB achter een bedieningspaneel. Hij had een bruine snor en diepliggende ogen waarmee hij haar aanstaarde met een koortsachtige intensiteit.

Van boven haar klonk de klik van een speaker, en toen hoorde ze de man spreken met een knarsende stem. 'Mevrouw Navárez, ik ben doctor Carr. We hebben elkaar al ontmoet, al zult u zich dat niet herinneren.'

'Dus u bent degene die het grootste deel van mijn team het leven heeft gekost.'

De doctor liet zijn hoofd naar opzij hangen. 'Nee, mevrouw Navárez, dat bent u.'

In dat ogenblik focuste Kira's woede zich tot haat. 'O, fuck toch op. Fuck toch op! Hoe kon u deze xeno nou missen? Kijk hoe groot hij is.'

Carr haalde zijn schouders op en drukte op knoppen op een scherm dat Kira niet kon zien. 'Daarom zijn we hier, om dat uit te zoeken.' Hij tuurde naar haar omlaag met zijn ronde, uilachtige gezicht. 'Hou nu op tijd te verspillen. Drink dit.' Een van de robotarmen reikte haar een zak oranje vloeistof aan. 'Dit houdt u functioneel tot er tijd is voor een echte maaltijd. We hebben er niets aan als u flauwvalt.'

Kira hield haar kleurrijke antwoord voor zichzelf, nam de drinkzak aan en dronk hem in een lange teug leeg.

Het luikje in de luchtsluis klapte open, en op instructie van de doctor legde ze de zak erin. Het luikje ging weer dicht, en de luchtsluis leegde zich met een luide plof in de ruimte.

Vanaf dat moment onderwierp Carr haar aan een niet-aflatende reeks onderzoeken. Ultrasone scans. Spectrografische scans. Röntgenfoto's. PET-scans (waarvoor ze vooraf een bekertje melkwitte vloeistof moest drinken). Bacteriekweekjes. Tests met reactanten... Carr probeerde ze allemaal, en meer.

De robots, die hij S-PACs noemde, deden dienst als zijn assistenten. Bloed, speeksel, huid, weefsel... als ze het kon missen, namen zij er monsters van. Gezien hoe het pak Kira bedekte, was het onmogelijk een urinemonster te geven, en hoeveel ze ook dronk, ze kreeg nooit het gevoel dat ze moest plassen, waar ze dankbaar voor was. Haar behoefte moeten doen in een emmer onder het toeziend oog van Carr klonk niet als een fijn idee.

Ondanks haar woede – en haar angst – voelde Kira tegelijkertijd een haast onweerstaanbare nieuwsgierigheid. De kans om een xeno als deze te bestuderen was precies waar ze al haar hele carrière van droomde.

Had de kans maar niet zo'n gruwelijke prijs gekost.

Ze lette goed op wat voor experimenten de doctor deed en in welke volgorde, in de hoop dat ze daaruit kon afleiden wat hij over het organisme te weten kwam. Tot haar immense frustratie vertikte hij het de uitslagen van zijn tests met haar te delen. Iedere keer dat ze ernaar vroeg, draaide de doctor eromheen of weigerde hij ronduit haar vragen te beantwoorden, wat Kira's stemming er niet beter op maakte.

Zijn gebrek aan communicatie ten spijt maakten Carrs betrokken gezicht en gefluisterde krachttermen Kira duidelijk dat het onding zich bijzonder moeilijk liet analyseren.

Kira had haar eigen theorieën. Haar specialisatie lag meer in de micro- dan in de macrobiologie, maar ze wist genoeg over beide om een aantal dingen af te leiden. Allereerst, dat de xeno gezien zijn eigenschappen nooit natuurlijk kon zijn geëvolueerd. Of ze hadden te maken met een hooggeavanceerde nanomachine, of met een gen-gehackte levensvorm. Ten tweede, dat de xeno op z'n minst een rudimentair bewustzijn bezat. Ze kon hem op de tests voelen reageren, met een lichte verstijving om haar arm, een glinstering als van een zeepbel over haar borst, zo zwak dat hij bijna niet te zien was, of een subtiel aanspannen van de vezels. Ze betwijfelde of zelfs Carr wist of de xeno daadwerkelijk zelfbewust was.

'Niet bewegen,' zei de doctor. 'We gaan iets anders proberen.'

Kira verstijfde toen een van de S-PACs een scalpel met een ronde punt tevoorschijn klapte uit zijn binnenste en het mesje naar haar linkerarm liet zakken. Toen het haar aanraakte, hield ze haar adem in. Ze kon het lemmet in haar voelen drukken, scherp als glas.

Het pak deukte licht in onder de scalpel terwijl de S-PAC hem heen en weer schraapte over haar onderarm, maar de vezels braken niet. De robot herhaalde de beweging met steeds meer kracht, totdat hij het schrapen opgaf en een korte snee trachtte te maken.

Kira zag de vezels onder het lemmet samensmelten en hard worden. Het zag eruit alsof de scalpel over een oppervlak van zwart vulkanisch glas gleed. Hij maakte een krassend geluid.

'Doet dit pijn?' vroeg de doctor.

Zonder haar blik van het mes af te wenden, schudde Kira haar hoofd.

De robot bewoog een paar millimeter naar achteren en bracht vervolgens met een snelle, stekende beweging de ronde punt van de scalpel neer op haar arm.

Het lemmet brak met een 'ping' als van een bel, en er vloog een rondtollend stuk metaal voor haar gezicht langs.

Carr fronste. Hij draaide zich om en zei iets tegen iemand (of meerdere iemanden) die ze niet kon zien alvorens zich weer terug te draaien naar haar. 'Oké. Nog eens: niet bewegen.'

Ze gehoorzaamde, en de S-PACs bewogen vliegensvlug om haar heen en porden van alle kanten in elk deel van haar lichaam dat door de xeno was bedekt. Overal waar ze haar raakten, verhardde het organisme en vormde een klein plaatje ondoordringbaar pantser. Carr liet haar zelfs haar voeten optillen zodat de robots in haar voetzolen konden prikken. Daar kromp ze van ineen – ze kon het niet helpen.

De xeno kon zich dus verdedigen. Super. Dat zou het nog een stuk moeilijker maken om haar te bevrijden. Aan de andere kant hoefde ze zich geen zorgen meer te maken dat ze werd neergestoken. Niet dat dat ooit een probleem was geweest.

De manier waarop het onding op Adra van zich af had gebeten, met scherpe stekels en kronkelende tentakels... Waarom deed het dat nu niet? Als iets een agressieve reactie kon provoceren, zou dit het toch moeten zijn. Had de xeno zijn vermogen om van vorm te veranderen verloren nu hij zich aan haar huid had verbonden?

Kira had geen idee, en het pak was ook niet bepaald spraakzaam.

Toen de machines klaar waren, bleef de doctor haar staan aanstaren, met een wang naar binnen gezogen om op te kauwen.

'Nou?' zei Kira. 'Wat hebt u over de xeno ontdekt? Zijn chemische samenstelling? Celstructuur? DNA? Wat?'

Carr streek zijn snor glad. 'Dat is vertrouwelijk.'

'O, kom op.'

'Handen op uw hoofd.'

'Wie denken jullie dat ik het ga vertellen? Ik kan helpen. Praat met me!'

'Handen op uw hoofd.'

Inwendig vloekend deed Kira wat haar was opgedragen.

5

De volgende ronde tests was veel zwaarder en zelfs invasief. Ze werd erop getest of ze kon worden platgedrukt of doormidden gekliefd. Ze werd getest op haar uithoudingsvermogen. Ze kreeg tubes in haar keel en injecties. Ze werd blootgesteld aan extreme hitte en kou (waar de parasiet haar bijzonder goed tegen bleek te beschermen). Carr raakte steeds geïrriteerder. Als ze niet snel genoeg deed wat hij zei, begon hij tegen haar te schreeuwen, en Kira zag hem meer dan eens zijn assistent, een onfortuinlijke matroos genaamd Kaminski, uitkafferen en de rest van zijn staf bekers en documenten naar het hoofd smijten. De experimenten leverden Carr duidelijk niet de resultaten op die hij zocht, en de bemanning had niet lang meer over.

De eerste deadline verstreek zonder incidenten. Twaalf uur, en Kira kreeg niet de indruk dat de xeno zich bij iemand op de Verzachtende Omstandigheden had gemanifesteerd. Niet dat ze geloofde dat Carr het haar zou vertellen als het wel gebeurde. Maar ze zag een verandering in zijn manier van doen, een hernieuwde focus en vastberadenheid. De doctor had nieuwe energie. Ze hadden nu een langere deadline: zesendertig uur totdat de rest van de bemanning in cryo zou moeten gaan.

Het werd scheepsnacht, maar zij werkten door.

Bemanningsleden in uniform brachten de doctor de ene na de andere kop drinken, waarvan Kira aannam dat het koffie moest zijn, en in de loop van de nacht zag ze hem een aantal keer pillen slikken. StimWare, of een ander slaapvervangend medicijn.

Kira werd zelf ook steeds slaperiger. 'Mag ik er ook een paar?' zei ze met een gebaar naar de doctor.

Carr schudde zijn hoofd. 'Dat zou het functioneren van je hersenen beïnvloeden.'

'Dat doet slaapgebrek net zo goed.'

Daar was de doctor een ogenblik stil van, maar toen schudde hij gewoon zijn hoofd en keek weer naar de instrumenten voor hem.

'Hufter,' mompelde Kira.

Zuren en basen hadden geen effect op de xeno. Elektrische ladingen liepen zonder schade te doen over de huid van het organisme (het leek een natuurlijke kooi van Faraday te vormen). Toen Carr een hogere elektrische spanning probeerde, resulteerde dat in een actinische lichtflits aan het uiteinde van de S-PAC en vloog de robotarm naar achteren alsof hij was gelanceerd. De geur van ozon verspreidde zich door de lucht, en Kira zag dat de manipulators van de S-PAC waren samengesmolten en rood gloeiden van de hitte.

De doctor ijsbeerde door de observatiekamer en trok met zo veel kracht aan zijn snor dat het eruitzag alsof het pijn moest doen. Zijn wangen waren rood, en hij zag er woedend uit. Gevaarlijk woedend.

Toen bleef hij staan.

Na een ogenblik hoorde Kira iets neerkletteren in het vak achter het doorgeefluikje. Nieuwsgierig trok ze het open en vond een donkergetinte bril: oogbescherming tegen lasers.

Ze kreeg een heel onbehaaglijk gevoel.

'Zet hem op,' zei Carr. 'Linkerarm uitsteken.'

Kira gehoorzaamde, maar langzaam. De bril gaf de cel een gele tint.

De manipulator aan het uiteinde van de onbeschadigde S-PAC klapte open als een bloem en onthulde een kleine, glanzende lens. Kira's onbehaaglijke gevoel nam toe, maar ze bleef staan waar ze was. Als er enige kans bestond dat het haar van het onding af zou helpen, was ze bereid mee te werken, hoeveel pijn het ook deed. Haar alternatief was om de rest van haar leven in quarantaine door te brengen.

De S-PAC positioneerde zich boven en iets links van haar onderarm. Met een pats schoot er een paarsblauwe straal uit de lens naar een plek op het dek vlak naast haar voeten. Stofdeeltjes glommen en glinsterden in de bundel verzameld licht, en de dekplaat begon kersrood te gloeien.

Met een zijwaartse beweging bracht de robot de straal in aanraking met haar arm.

Kira verstijfde van de spanning.

Ze zag een korte flits, zag een sliert rook omhoog kringelen, en toen... en toen zag ze tot haar verbijstering dat de laserstraal om haar arm heen liep als water over een steen. Onder haar arm bundelde het licht zich weer tot de geometrische precisie van een laser en trok een rode streep over het dek.

De robot onderbrak zijn zijwaartse beweging niet. Op een gegeven moment wisselde de laser van kant en liep daarna over de binnenkant van haar arm.

Kira voelde geen hitte. Het was alsof de laser niet bestond.

Wat de xeno deed was niet onmogelijk. Het was alleen uitzonderlijk moeilijk. Er waren allerlei materialen die licht konden ombuigen, en die hadden talloze praktische toepassingen. De onzichtbaarheidsmantel waarmee zij en haar vriendinnetjes hadden gespeeld toen ze klein waren, was daar een perfect voorbeeld van. Maar om de exacte golflengte van de laser waar te nemen en vervolgens een oppervlaktelaag te vervaardigen die hem kon omleiden, allemaal in een fractie van een seconde? Dat was een hele prestatie. Een die zelfs de meest geavanceerde nanoassemblers van de Liga niet konden nabootsen.

Voor de zoveelste keer stelde Kira haar inschatting bij van waartoe de xeno in staat was.

De straal verdween. Carr ziedde en krabde aan zijn snor. Een jongeman – een matroos, vermoedde ze – stapte op de doctor af en zei iets. De doctor draaide zich naar hem om en leek iets te schreeuwen, waarop de matroos ineenkromp, salueerde en een kort antwoord gaf.

Kira liet haar arm zakken.

'We zijn nog niet klaar,' zei de doctor.

Ze stak haar arm weer uit.

De robot positioneerde zich boven haar arm, een paar centimeter onder haar elleboog.

Een plof galmde door de cel, bijna zo luid als een pistoolschot, en Kira slaakte een kreet. Het voelde alsof er een gloeiendhete spies in haar arm was gestoken. Ze trok hem weg en sloeg haar andere hand over de wond. Tussen haar vingers door zag ze een gat zo wijd als haar pink.

Ze schrok ervan. Van alles wat ze hadden geprobeerd, was dit laserschot het eerste dat het pak werkelijk had weten te beschadigen.

Haar verbijstering was bijna voldoende om de pijn te vergeten. Ze klapte dubbel en wachtte met een grimas tot de eerste golf pijn voorbijging.

Na een paar seconden waagde ze nog een blik op haar arm. Het pak stroomde over het gat heen, en de vezels verstrengelden zich als tentakels. Ze sloten over de wond, en binnen enkele ogenblikken was er niets meer aan haar arm te zien en deed hij geen pijn meer. Dus het organisme kon zich toch nog bewegen.

Kira blies bevend haar adem uit. Was het haar pijn die ze had gevoeld, of die van het pak?

'Opnieuw,' zei Carr.

Met haar tanden op elkaar geklemd stak Kira haar arm uit en balde haar vuist. Als ze door het pak heen konden komen, konden ze het misschien dwingen zich terug te trekken.

'Doe het,' zei ze.

Plof.

De muur vonkte en er steeg een wolkje damp op van een gaatje ter grootte van een speldenprik dat in de metalen plaat was verschenen. Ze fronste. Het pak had zich al aangepast aan de frequentie van de laser.

Bijna zonder tussenpauze:

Plof.

Een nieuwe pijnscheut. 'Sodeju!' Ze greep haar arm vast en drukte hem tegen haar buik, haar lippen strakgetrokken tegen haar tanden.

'Blijf verdomme stilstaan, Navárez.'

Ze gunde zichzelf de tijd om een paar keer adem te halen en ging toen weer klaarstaan.

Snel achter elkaar doorboorden nog drie spiesen haar huid. Haar hele arm stond in brand. Carr had blijkbaar uitgevogeld hoe hij de frequentie van de laser moest aanpassen om het verweer van het pak te omzeilen. Opgetogen opende Kira haar mond om tegen hem te zeggen...

Plof.

Kira kromp ineen. Ze kon het niet helpen. Oké, nu had Carr genoeg lol gehad. Tijd om op te houden. Ze wilde haar arm wegtrekken, maar de tweede S-PAC tolde rond en greep haar pols vast in zijn manipulator.

'Hé!'

Plof.

Er verscheen een nieuwe zwartgeblakerde krater op haar onderarm. Kira gromde en gaf een ruk aan haar arm. De robot gaf geen krimp.

'Hou op!' riep ze naar de doctor. 'Zo is het genoeg!'

Hij wierp haar een blik toe en wendde zich toen af om iets te bestuderen op een scherm onder de rand van het spiegelraam.

Plof.

De nieuwste krater verscheen op dezelfde plek als de vorige, die alweer dicht liep. Dit schot boorde nog dieper in haar arm, en verbrandde huid en spier.

'Hou op!' riep ze, maar Carr negeerde haar.

Plof.

Een derde overlappende krater. In paniek greep Kira de S-PAC die haar vasthad beet en rukte eraan door haar volledige gewicht naar achteren te werpen. Dat had geen verschil moeten maken, want S-PACs waren grote en stevige machines, maar het verbindingsstuk waarmee de manipulator vastzat, begaf het, en met een straaltje lekkende hydraulische vloeistof brak het hele ding af.

Een ogenblik lang staarde Kira er verbaasd naar. Toen wrikte ze de manipulator van haar pols en liet hem met een harde klap op de vloer vallen.

Carr stond met een uitdrukkingloos gezicht toe te kijken.

'We zijn hier klaar,' zei Kira.

VI

* * * * * * *

SCHREEUWEN & ECHO'S

1

Doctor Carr tuurde op haar neer met een kille blik van afkeuring. 'Neem de houding weer aan, Navárez.'

Kira stak haar middelvinger naar hem op, liep naar de muur recht onder het spiegelraam, waar hij haar niet kon zien, en ging zitten. Zoals al de hele tijd volgde de schijnwerper haar.

Carr gaf niet op. 'Godverdomme, Navárez, dit is geen tijd voor spelletjes.'

Ze stak een vinger in de lucht. 'Als u niet luistert wanneer ik zeg dat ik genoeg heb gehad, werk ik niet meer mee.'

'We hebben hier geen tijd voor. Neem de houding weer aan.'

'Moet ik de andere S-PAC ook slopen? Daag me niet uit.'

'Laatste waarschuwing. Als u niet...'

'Fuck op.'

Kira kon de rook bijna uit de oren van de doctor zien komen in de stilte die volgde. Toen verscheen er een rechthoek weerspiegeld licht op de muur tegenover haar toen het spiegelraam ondoorzichtig werd.

Ze blies de ademtocht uit die ze had ingehouden.

De interstellaire veiligheid kon de pot op. Het VMB had geen recht om met haar te doen wat het maar wilde! Het was haar lichaam, punt uit. Desondanks was ze, zoals Carr had aangetoond, volledig aan hen overgeleverd.

Kira wreef over haar arm, nog altijd in shock. Het was verschrikkelijk om je zo hulpeloos te voelen.

Na even de tijd te hebben genomen, stond ze op en porde met haar voet tegen de gesloopte S-PAC. De xeno moest haar kracht hebben versterkt, zoals een exoskelet of het pantser van soldaten dat deed. Dat was de enige verklaring voor de manier waarop ze de robotarm in tweeën had weten te trekken.

Ze keek naar de brandwonden op haar arm, maar daarvan was een licht pijnlijk gevoel het enige overgebleven bewijs dat ze er ooit hadden gezeten. Het drong tot Kira door dat de xeno tijdens de tests alles in zijn macht had gedaan om haar te beschermen. Lasers, zuur, vuur en meer – de parasiet had zo goed als alles afgeweerd waarmee Carr haar had belaagd.

Voor het eerst voelde ze een zekere... niet dankbaarheid, maar wellicht waardering. Wat het pak ook mocht zijn, en hoe hartgrondig ze het ook haatte voor het feit dat het de reden was dat Alan en haar andere teamgenoten dood waren, het was nuttig. Op zijn eigen manier had het meer achting voor haar welzijn dan het VMB.

Kira hoefde niet lang te wachten tot het hologram aan knipperde. Het toonde weer dezelfde grijze kamer met hetzelfde grijze bureau, waarvoor majoor Tschetter strak in de houding stond in haar grijze uniform. Een kleurloze vrouw in een kleurloze kamer.

Voordat de majoor haar mond open kon doen, zei Kira: 'Ik wil een advocaat.'

'De Liga heeft u niet beschuldigd van een misdrijf. Totdat daar verandering in komt, hebt u geen advocaat nodig.'

'Misschien niet, maar ik wil er toch een.'

De vrouw tuurde haar aan op de manier waarop Kira zich inbeeldde dat ze naar een vuiltje zou kijken dat ze op haar verder onberispelijke schoenen aantrof. Ze was afkomstig uit Sol, dat wist Kira zeker. 'Luister naar me, Navárez. U verspilt minuten die het verschil tussen leven en dood kunnen uitmaken voor de bemanning van dit schip. Misschien is er niemand anders geïnfecteerd. Misschien maar één iemand. Misschien zijn we het allemaal. Mijn punt is, we kunnen het onmogelijk weten. Dus houd op met tijdrekken en ga weer aan de slag.'

Kira maakte een geringschattend geluid. 'De paar uurtjes die we nog hebben, zijn niet genoeg om iets nuttigs over de xeno te weten te komen, en dat weet u best.'

Tschetter legde haar handen plat op het bureau, met haar vingers wijd uitgespreid als klauwen. 'Dat weet ik helemaal niet. Wees nu redelijk en werk mee met doctor Carr.'

'Nee.'

De majoor tikte met haar nagels op het bureau. Een keer, twee keer, een derde en toen hield ze op. 'Het niet naleven van de Interstellaire Veiligheidsverordening is wel degelijk een misdrijf, Navárez.'

'O ja? Wat willen jullie eraan doen? Me in de cel gooien?'

Het leek niet mogelijk, maar Tschetters blik werd nog venijniger. 'U weet niet waar u aan begint.'

'Tss.' Kira sloeg haar armen over elkaar. 'Ik ben een lid van de Liga en als werknemer van de Lapsang Trading Company bezit ik het bedrijfsburgerschap. Ik heb rechten. Jullie willen de xeno blijven onderzoeken? Goed, maar dan wil ik toegang tot een computer, beperkt of niet, en wil ik met een bedrijfsvertegenwoordiger spreken. Stuur een flits naar 61 Cygni. Nu meteen.'

'Dat is niet mogelijk, en dat weet u.'

'Mijn probleem niet. Dat zijn mijn voorwaarden. En als ik Carr zeg dat ik genoeg heb gehad, wil ik dat hij me met rust laat. Anders mogen jullie van mij allemaal uit een luchtsluis springen.'

Het was even stil, en toen vertrokken Tschetters lippen en verdween het hologram.

Kira pufte haar ingehouden adem uit, draaide zich om en begon heen en weer te lopen. Was ze te ver gegaan? Nee, dat geloofde ze niet. Nu was het afwachten om te zien of de kapitein haar verzoeken besloot in te willigen... Henriksen, dat was zijn naam. Ze hoopte dat hij rechtvaardiger was ingesteld was dan Tschetter. Dat mocht je van een kapitein toch verwachten.

'Hoe is het in hemelsnaam zover gekomen?' mompelde ze.

Als enige antwoord klonk het gonzen van het schip.

2

Nog geen vijf minuten later werd de doorkijkspiegel weer transparant. Tot Kira's ontzetting was de enige persoon in de observatiekamer Carr. Hij nam haar met een zure blik in zich op.

Kira staarde uitdagend naar hem terug.

De doctor drukte op een knop en die verfoeilijke schijnwerper ging weer aan. 'Goed, Navárez. Zo is het genoeg geweest. We...'

Kira keerde hem haar rug toe. 'Ga weg.'

'Dat gaat niet gebeuren.'

'Nou, ik werk pas weer mee als ik heb gekregen waarom ik heb gevraagd. Zo simpel is het.'

Er klonk een geluid, en ze draaide zich om om te kijken. De doctor stond met twee vuisten op het bedieningspaneel voor hem. 'Neem de houding aan, Navárez, anders...'

'Anders wat?' Ze snoof.

Carrs gezicht werd grimmiger, tot zijn ogen nog slechts twee glimmende stippen waren boven zijn mollige wangen. 'Goed dan,' zei hij.

De radio ging met een klik uit, en de twee S-PACs verschenen weer uit hun openingen in het plafond. De beschadigde was gerepareerd en de manipulator die ze had losgetrokken zag er weer zo goed als nieuw uit.

Verontrust zette Kira zich schrap toen de machines op haar af bewogen als uitklappende spinnenpoten. Ze haalde uit naar de dichtstbijzijnde, en hij dook met zo'n snelheid weg dat hij wel leek te teleporteren. Tegen de snelheid van een robot kon geen mens op.

De twee armen kwamen tegelijk op haar af. Een greep haar kin vast in zijn koude, harde manipulator, terwijl de andere naar voren dook met een injectiespuit. Kira voelde druk op de huid achter haar oor, en toen brak de naald van de injectiespuit af.

De S-PAC liet haar los, en Kira stapte hijgend snel naar het midden van de cel. *Wat was dat?* In het spiegelraam stond de doctor fronsend naar iets op zijn overlays te turen.

Kira voelde achter haar oor. Wat een paar uur geleden nog blote huid was geweest, was nu bedekt met een dunne laag van het materiaal van het pak. Haar hoofdhuid tintelde. De huid langs de rand van haar nek en gezicht jeukte onaangenaam. Het gevoel werd sterker en nam toe tot een koud vuur dat prikte en brandde, alsof de xeno probeerde te bewegen. Maar dat deed hij niet.

Weer had het wezen haar beschermd.

Kira keek omhoog naar Carr. Hij stond tegen de panelen voor hem geleund en tuurde naar haar terug met een diepe frons, zijn voorhoofd glimmend van het zweet.

Toen draaide hij zich om en liep weg bij het spiegelraam.

Kira liet een ademtocht ontsnappen waarvan ze niet door had gehad dat ze hem inhield. De adrenaline gierde nog door haar lijf.

Er klonk een harde klap van achter de luchtdichte deur.

3

Kira verstijfde. Wat nu?

Ergens klikte een vergrendeling open en begonnen luchtpompen te loeien. Toen kleurde een rij lampjes midden op de deur geel, draaide het slot rond en kwam hij los van de muur.

Kira slikte moeizaam. Carr kon toch niet van plan zijn iemand bij haar naar binnen te sturen?

Met een geluid van metaal op metaal schoof de deur open.

Erachter bevond zich een kleine decontaminatieruimte waarin de mist van de chemische ontsmettingsmiddelen nog in de lucht hing. In die nevel stonden twee kolossale schaduwen, van achteren verlicht door blauwe waarschuwingslichten aan het plafond.

De schaduwen kwamen in beweging. Het waren laadbots, van top tot teen bedekt met explosiebestendig pantser, zwart en reusachtig en onder de tekens van zwaar gebruik. Ze waren onbewapend, maar tussen ze in stond een onderzoeksbed op wieltjes met rekken vol medische apparatuur onder de matras gemonteerd. Aan de vier hoeken van het bed hingen boeien, en ze zag ook riemen. Om weerspannige patiënten mee in bedwang te houden.

Patiënten zoals zij.

Kira deinsde terug. 'Nee!' Ze wierp een blik omhoog naar de doorkijkspiegel. 'Dit kunnen jullie niet maken!'

De robots duwden het onderzoeksbed voor zich uit terwijl ze kletterend met hun zware voeten de cel in stapten. De wieltjes piepten in protest.

Vanuit haar ooghoeken zag Kira de S-PACs van weerszijden op haar af komen, hun manipulators wijd opengespreid.

Haar hart begon te racen.

'Burger Navárez,' sprak de rechter robot. De stem die uit de goedkope speaker in zijn torso kwam, klonk ruisachtig. 'Draai u om en leg uw handen tegen de muur.'

'Nee.'

'Als u zich verzet, zijn wij geautoriseerd uw medewerking af te dwingen. Draai u om en leg uw handen tegen de muur.'

'Spring uit een luchtsluis.'

De twee robots plaatsten het onderzoeksbed in het midden van de cel. Toen stapten ze op haar af, terwijl de S-PACs tegelijkertijd van opzij op haar af vlogen.

Kira deed het enige dat in haar opkwam: ze dook ineen in een foetushouding, met haar armen om haar benen en haar voorhoofd op haar knieën neergedrukt. Het pak had zich hard gemaakt om de scalpel tegen te houden – misschien kon het dat nu weer doen en zo voorkomen dat de machines haar op het bed konden vastsnoeren. *Alsjeblieft, alsjeblieft, alsjeblieft…*

Even leek het erop dat haar smeekbede onbeantwoord zou blijven.

Maar het ogenblik dat de grijpers aan het uiteinde van de S-PACs haar aanraakten, verstijfde haar huid plots en sloot haar in. *Ja!* Met een vlaag van opluchting voelde Kira zich in haar houding vast komen te zitten terwijl de vezels zich overal waar huid huid aanraakte met elkaar verstrengelden en haar aaneensmeedden tot één stevig geheel.

De grijpers van de S-PACs knepen dicht tegen haar zijden, maar vonden geen grip op de nu gladde, gepantserde buitenlaag van het pak. De lucht in de ruimte tussen haar mond en benen werd verstikkend heet, en ze begon ondiep te ademen, benauwd.

Toen bereikten de laadbots haar. Hun enorme, metalen vingers klampten zich om haar armen, en Kira voelde zich van de grond getild en naar het bed gedragen worden.

'Laat me los!' schreeuwde Kira zonder haar houding los te laten. Haar hart ging nu zo hard tekeer dat het moeilijk werd helder te denken, en haar oren galmden met een geluid als het gebulder van een waterval.

Ze voelde koud plastic onder zich toen de robots haar neerzetten op het bed.

Zolang als ze in foetushouding bleef zitten, konden ze de boeien niet om haar polsen en enkels doen. De riemen zouden evenmin werken. Die waren bedoeld om een liggende persoon vast te snoeren, niet een die overeind zat.

'Burger Navárez, weigering om mee te werken is een misdrijf. Staak uw verzet, of...'

'Nee!'

De robots trokken aan haar armen en benen en probeerden haar zich te laten strekken. Het pak gaf geen krimp. Tweehonderd plus kilo aan metaal en elektronica per machine, en het lukte ze niet de vezels die haar in haar houding hielden te breken.

De S-PACs deden een vergeefse poging te helpen, en hun manipulators graaiden over haar nek en rug naar houvast, maar gleden weg alsof zij onder de olie zaten en Kira was ingesmeerd met vet.

Het voelde alsof ze zat opgesloten in een kleine kist met zachte wanden die op haar in drukten en haar verstikten. Toch weigerde ze toe te geven en bleef ze ineengedoken zitten. Het was de enige manier die ze had om zich te verzetten, en ze hield liever vol tot ze flauwviel dan Carr de genoegdoening te geven dat hij zijn zin kreeg.

De machines trokken zich even terug en begonnen vervolgens op een georganiseerde manier met z'n vieren druk om haar heen te bewegen: ze verwijderden apparatuur uit de rekken onder de matras, stelden een medische scanner bij om hem te richten op waar ze zat, legden instrumenten klaar in een bak aan haar voeten... Met een vlaag van woede besefte Kira dat Carr gewoon doorging met zijn tests en er niets was wat ze eraan kon doen. De S-PACs kon ze misschien slopen, maar de laadbots waren een ander verhaal. Die waren te groot, en als ze het toch probeerde, zouden ze haar aan het bed vastsnoeren en zou ze nog erger aan hun genade zijn overgeleverd.

Dus hield Kira zich stil, al bewogen de machines haar soms wel rond. Ze kon niet zien wat ze deden, maar ze kon het horen en ze kon het voelen. Om de paar seconden drukte er een instrument tegen haar rug of in haar zij en schraapte over de huid van het pak, stak erin, boorde erin of viel het op een andere manier aan. Vloeistoffen stroomden over haar hoofd en nek, wat erg onaangenaam was. Op een gegeven ogenblik hoorde ze een geigerteller. Later voelde ze een cirkelzaag contact maken met haar arm en werd haar huid warm, terwijl de vonken die eraf sprongen de donkere spleten rondom haar gezicht deden oplichten als een stroboscooplamp. En ondertussen bleef de scannerarm onafgebroken om haar heen draaien – zoemend, piepend, gonzend – in perfecte coördinatie met de laadbots en de S-PACs.

Kira slaakte een kreet toen er een laserschot in haar dijbeen boorde. *Nee...* Meer schoten volgden, op verschillende plekken op haar lichaam, elk vergezeld door een brandende steek van pijn. De geur van verbrande huid en verbrande xeno verspreidde zich door de lucht, bijtend en onaangenaam.

Ze beet op haar tong om zichzelf stil te houden, maar de pijn was doordringend en overweldigend. De schoten werden steeds voorafgegaan door het bzzt-geluid van het opladen van de laser. Al snel was dat geluid alleen al voldoende om haar in paniek te laten schieten. Soms wist de xeno haar te beschermen en hoorde ze een stuk van het bed of de vloer verdampt worden. Maar de S-PACs bleven de golflengte van de laser constant bijstellen om te voorkomen dat het pak zich kon aanpassen.

Het was net de ergste tatoeëringsmachine in het universum.

De schoten versnelden tot de robots ze konden gebruiken om een ononderbroken snee door de xeno te snijden, en het bzzt-geluid werd een niet-aflatende, scherpe toon waar Kira's tanden van trilden. Ze gilde het uit terwijl de flakkerende straal omlaag bewoog over haar zij in een poging de xeno te verwijderen, te dwingen zich terug te trekken. Kira's bloed spatte en siste terwijl het verdampte.

Ze weigerde uit haar foetushouding te komen. Maar ze bleef gillen tot ze schor werd en het bloed haar door de keel liep. Ze kon het niet helpen. De pijn was te erg.

Toen de laser een tweede streep begon te trekken, legde haar trots het loodje. Ze gaf er niets meer om of ze zwak overkwam, het enige in het hele universum dat ze nog wilde, was dat de pijn ophield. Ze smeekte Carr om op te houden, smeekte en smeekte en smeekte, zonder succes. Hij gaf haar niet eens antwoord.

In de ogenblikken tussen perioden van verblindende pijn kwamen er herinneringen in Kira boven... *Alan; haar vader aan de slag met zijn Middernachtsgesterntes; haar zus, Isthah, die achter haar aan rende tussen de rekken in de opslagloods; Alan, lachend; het gevoel van de ring toen die om haar vinger gleed; de eenzaamheid van haar eerste post; een komeet die voor een gasnevel langs vloog.* En meer die Kira niet kon plaatsen.

Kira had geen besef van hoelang het doorging. Ze trok zich terug tot diep in haar geest en klampte zich vast aan één gedachte boven al het andere: *Ook dit gaat voorbij.*

...

De machines hielden op.

Kira bleef zitten zonder te bewegen, huilend en nog amper bij bewustzijn. Ze verwachtte dat de laser haar elk moment weer zou raken.

'Blijf waar u bent, burger,' zei een van de laadbots. 'Pogingen om te ontsnappen zullen worden beantwoord met dodelijk geweld.' Het gezoem van de motoren van de S-PACs vertelde haar dat de armen zich terugtrokken in het plafond, en de zware voetstappen van de twee laadbots weergalmden terwijl ze bij het bed weg stapten. Ze keerden echter niet terug naar waar ze vandaan waren gekomen.

In plaats daarvan hoorde Kira ze naar de luchtsluis lopen. De sluis ging rammelend open. Kira voelde zich ijskoud worden van angst. Wat waren ze nu van plan? Ze wilden de cel toch niet blootstellen aan het vacuüm? Dat zouden ze nooit doen. Dat konden ze niet maken…

De laadbots stapten de luchtsluis in, en de deur ging achter ze dicht. Maar wat een opluchting dat ook was, het maakte Kira niet er minder verward op.

En toen… stilte. De luchtsluis werd niet geleegd. De intercom ging niet aan. Het enige wat ze hoorde, waren haar eigen ademhaling, de ventilators van het luchtverversingssysteem en het gerommel van de aandrijving van het schip in de verte.

4

Langzaamaan hield Kira op met huilen. Het pak verbond en genas haar wonden, en de pijn nam af tot een dof gevoel. Toch bleef ze nog steeds ineengedoken zitten, half overtuigd dat Carr haar voor de gek probeerde te houden.

Lange tijd wachtte ze bewegingloos af, luisterend naar de achtergrondgeluiden van de Verzachtende Omstandigheden en naar enig teken dat ze opnieuw aangevallen zou worden.

Na verloop van tijd begon ze zich te ontspannen. Met haar ontspande ook de xeno zich, zodat ze de verschillende delen van haar lichaam van elkaar kon lostrekken.

Kira bracht haar hoofd omhoog en keek om zich heen.

Afgezonderd van het bed en een paar nieuwe schroeiplekken zag de cel er nog hetzelfde uit als voorheen. Alsof Carr haar de laatste paar uur (of hoelang het ook had geduurd) niet had gemarteld. Door het venster in de luchtsluis kon ze de laadbots zien staan. Ze hadden zich naast elkaar vastgezet tegen de ronde wand. En daar stonden ze. Af te wachten. Toe te kijken.

Ze begreep het nu. Het VMB wilde de robots niet terug laten in het schip. Niet zolang ze zich zorgen maakten om contaminatie. Aan de andere kant wilden ze de robots ook niet achterlaten waar zij erbij kon.

Kira rilde. Ze zwaaide haar benen over de rand van het bed en liet haar voeten op de vloer zakken. Haar knieën waren stijf, en ze voelde zich misselijk en wankel, alsof ze net een paar sprintjes had getrokken.

Van haar verwondingen was geen spoor meer te bekennen: het oppervlak van de xeno zag er weer net zo uit als eerst. Kira drukte haar hand in haar zij, op de plek waar de laser het diepst in haar had gesneden. Een acute pijnscheut benam haar de adem. Helemaal genezen was ze dus nog niet.

Ze wierp een blik vol haat in de richting van de spiegel.

Hoe ver zou kapitein Henriksen Carr laten gaan? Wat waren hun grenzen? Als ze werkelijk bang waren voor de xeno, waren er dan wel grenzen? Kira wist al hoe de politici het zouden spinnen: 'Om de veiligheid van de Liga van Werelden te waarborgen, werden we gedwongen uitzonderlijke maatregelen te nemen.'

Werden we gedwongen. Wanneer ze een fout toegaven, gebruikten ze altijd de lijdende vorm.

Ze had geen idee hoe laat het was, maar ze wist dat hun ultieme deadline in de buurt moest komen. Was dat de reden dat Carr was opgehouden haar te martelen? Omdat er nieuwe xeno's waren opgedoken onder de bemanning van de Verzachtende Omstandigheden?

Kira keek naar de vergrendelde luchtdichte deur. Als dat het geval was, zou er chaos heersen op het schip, maar ze kon niets horen. Geen geschreeuw, geen alarmen, geen lekkende lucht.

Ze wreef over haar armen, plotseling koud bij de herinnering aan de breuk op Serris, op haar derde missie buiten het stelsel van Weyland. Een van de luchtkoepels van de mijnbouwpost had het begeven en dat had haar en iedereen daar bijna het leven gekost... Het fluitende geluid van ontsnappende lucht gaf haar nog altijd nachtmerries.

De kou verspreidde zich door haar hele lichaam. Het was alsof haar bloeddruk daalde, een gruwelijk, onheilspellend gevoel. Afstandelijk besefte Kira dat ze in shock was van alles wat ze had doorstaan. Haar tanden klapperden, en ze sloeg haar armen om haar lichaam heen.

Misschien was het onderzoeksbed uitgerust met iets wat kon helpen.

Kira ging kijken.

Een scanner, een zuurstofmasker, een weefselregenerator, een chiplab en nog van alles. Op het eerste gezicht niets gevaarlijk, en ook niets waarmee ze haar shock kon behandelen. Aan het voeteneinde van het bed hing een bak met een verzameling medicijnflesjes, maar de flesjes waren verzegeld met een moleculair slot, dus ze kon het vergeten om die open te krijgen. Onder de matras hing een bus vloeibare stikstof nat van de condens.

Plotseling voelde Kira zich zwak en wankel, en met een hand tegen de muur om haar evenwicht te bewaren zakte ze neer op de vloer. Hoelang was het geleden dat ze iets had gegeten? Te lang. Ze kon niet geloven dat het VMB haar zou laten verhongeren. Op een gegeven moment zou Carr haar iets te eten geven.

Dat moest wel, toch?

5

Kira bleef steeds verwachten dat Carr terugkwam, maar dat gebeurde niet. Noch kwam er iemand anders met haar praten. Wat haar betreft was dat helemaal prima. Ze wilde op dat moment niets liever dan met rust gelaten worden.

Desondanks was het zonder haar overlays een nieuwe vorm van marteling om alleen te zijn. Ze had niets om haar af te leiden van haar gedachten en haar herinneringen, en die waren op het ogenblik beide verre van aangenaam.

Ze sloot haar ogen, maar dat hielp niet. Ze bleef de laadbots voor zich zien. En als het de robots niet waren, dan wel haar laatste, afschuwwekkende ogenblikken op Adra, en iedere keer dat ze daaraan dacht, begon haar hart te racen en brak het zweet haar uit.

'Verdomme,' mompelde ze. Toen: 'Bisschop, ben je daar?'

Het scheepsbrein gaf geen antwoord. Ze wist niet eens of hij haar kon horen, of, als dat het geval was, hij wel toestemming had met haar te spreken.

Ten einde raad en met niets anders voorhanden, besloot Kira zichzelf af te leiden door zelf een experiment uit te voeren. Het pak kon zich hard maken in reactie op gevaar/druk/prikkels. Oké. Hoe besloot het wat precies een gevaar vormde? En kon zij daar invloed op uitoefenen?

Met haar hoofd omlaag tussen haar armen, zodat niemand kon meekijken, concentreerde Kira zich op de binnenkant van haar elleboog. Toen beeldde ze zich in dat de punt van een mes daar in haar arm drukte, de huid doorbrak... dieper sneed tot in de spieren en pezen eronder...

Geen verandering.

Ze probeerde het nog twee keer en deed haar uiterste best om wat ze zich inbeeldde zo realistisch mogelijk te maken. Ze sprak oude herinneringen van pijn aan. Bij haar derde poging voelde ze de binnenkant van haar elleboog hard worden en verscheen er een dikkere plooi op haar huid, als een litteken.

Daarna werd het makkelijker. Met elke nieuwe poging reageerde het pak beter op haar, alsof het leerde. Alsof het haar wensen interpreteerde en begreep. Een angstaanjagend idee.

Bij die gedachte verhardde het onding om haar hele lichaam.

Kira ademde geschrokken in.

Terwijl ze naar het weefsel van samengesmolten vezels op haar handpalmen keek, kwam er een diep gevoel van onbehagen in haar op. Zij had zich verontrust gevoeld, en het pak had erop gereageerd. Het had haar emoties herkend zonder dat zij bewust had geprobeerd ze aan het organisme over te brengen.

Het onbehaaglijke gevoel veranderde in gif in haar aders. Die laatste dag op Adra was ze zo van streek geweest, had ze zich zo onprettig gevoeld. En toen Neghar midden in de nacht bloed begon op te braken, was ze zo bang geweest, zo verschrikkelijk bang... *Nee!* Kira kon de gedachte niet onder ogen zien. Het was de schuld van het VMB dat Alan dood was. Doctor Carr had fouten gemaakt en die fouten waren de reden dat de xeno die nacht op die manier uit haar tevoorschijn was gekomen. Het was zíjn schuld, niet... niet...

Kira sprong overeind en begon heen en weer te lopen: vier stappen in de ene richting, vier stappen in de andere.

In beweging blijven hielp haar om haar gedachten af te wenden van de gruwelen van Adra, naar vertrouwdere, troostrijkere herinneringen. Ze dacht aan de keer dat ze met haar vader aan de oever van het beekje bij hun huis had gezeten en hij verhalen had verteld over het leven op de Wereld van Stewart. Ze dacht aan de keer dat Neghar was opgesprongen en had gejuicht toen ze Yugo had verslagen in een racespel, en aan de lange dagen die ze samen met Marie-Élise had gemaakt onder Adra's zwavelrijke hemel.

En ze dacht aan alle keren dat ze met Alan in bed had gelegen en ze hadden gepraat over het leven, het universum en al hun dromen.

'Op een dag,' had hij eens gezegd, 'als ik oud en rijk ben, koop ik mijn eigen ruimteschip. Wacht maar af.'

'Wat moet je met een eigen ruimteschip?'

Hij had haar aangekeken met een bloedserieuze blik in zijn ogen. 'Ik zou een lange sprong maken. Zo lang mogelijk. Weg, naar de overkant van de Melkweg.'

'Waarom?' had ze gefluisterd.

'Om te zien wat er daar is. Om het grote onbekende in te vliegen en mijn naam in een onbewoonde planeet te kerven. Om te leren over het universum en het te begrijpen. Dezelfde reden dat ik naar Adra ben gekomen. Waarom anders?'

Het idee had Kira angst aangejaagd en opgewonden, en ze was dichter tegen hem aan gekropen om de kou van de leegte van de ruimte te verdrijven met de warmte van hun lichamen.

6

BOEM.

Het dek schudde. Kira's ogen vlogen wijd open en de adrenaline pompte door haar lichaam. Ze lag tegen de ronding van de muur. Haar cel was verlicht door de zwakke rode gloed van de scheepsnacht. Of het vroeg of laat was, wist ze niet.

Een tweede beving trok door het schip. Ze hoorde knarsende geluiden, knallen en wat klonk als alarmen. Ze kreeg kippenvel, en het pak verstijfde. Haar ergste angsten waren waar geworden: er waren meer xeno's opgedoken. Hoeveel bemanningsleden waren geïnfecteerd?

Ze duwde zich overeind tot een zittende houding, en er dwarrelde een sluier van stof van haar huid. Van de huid van het onding.

Kira verstijfde geschrokken. Het poeder was fijn, grijs en voelde zacht als zijde. Sporen? Ze wou onmiddellijk dat ze een gasmasker had. Niet dat zij er veel aan had gehad.

Toen merkte ze op dat ze in een lichte holte in de vloer zat die exact de vorm van haar slapende lichaam volgde. Op de een of andere manier was ze een paar millimeter het dek in gezonken, alsof de zwarte substantie op haar huid het had weggevreten als zuur. De holte verwarde haar en verergerde haar gevoel van afkeer. Nu had het onding haar veranderd in iets giftigs. Was het nog wel veilig om iemand haar te laten aanraken? Als…

De cel kantelde, en ze buitelde door de lucht en sloeg tegen de muur. Het stof bleef in een wolk in de lucht hangen. De inslag benam haar de adem. Het bed knalde naast haar neer, en er sprongen onderdelen vanaf.

Een noodversnelling. Maar waarom? De stuwkracht nam toe… nam nogmaals toe… Het voelde als twee g. Toen drie. Vier. Haar wangen werden over haar schedel naar achteren gedrukt en rekten uit, en het voelde alsof ze op haar plaats werd gehouden door een loden deken.

Er trok een vreemde trilling door de wand, alsof iemand op een gigantische trommel had geslagen, en de stuwkracht viel weg.

Kira viel op handen en knieën neer en hapte naar adem.

Ergens niet ver weg dreunde iets tegen de romp van het schip. Ze hoorde de knallen en het geratel van wat klonk als… vuurwapens?

En toen voelde Kira het: een schrijnende oproep die haar sommeerde naar een plek buiten het schip en aan haar trok als een koord verankerd in haar borst.

Eerst, ongeloof. Het was zo lang geleden dat de oproep haar was opgelegd, zo vreselijk lang sinds ze was gesommeerd om haar heilige plicht te vervullen. Toen, vreugde over de langverwachte terugkeer. Nu kon het patroon worden voltrokken, zoals eens tevoren.

Een sprong, en ze stond in vertrouwd vlees op een klif die niet langer bestond, op het ogenblik dat ze voor het eerst de dwangimpuls had gevoeld waartegen misschien weerstand mogelijk was, maar die nimmer genegeerd kon worden. Ze draaide zich om in de richting van de oproep, zag in de meerkleurige hemel een rode ster flikkeren en wist dat het signaal daarvandaan afkomstig was.

En ze gehoorzaamde, zoals het haar betaamde. Want haar rol was om te dienen, en dat was wat ze zou doen.

Met stokkende adem keerde Kira terug naar de werkelijkheid. En de waarheid drong tot haar door. Het schip had niet te kampen met een infectie. Maar met een invasie.

De eigenaren van het pak waren gekomen om haar te claimen.

VII

* * * * * * *

AFTELLEN NAAR NUL

1

Een misselijk gevoel maakte zich meester van Kira. Hun eerste contact met een andere intelligente soort, iets waar ze altijd van had gedroomd, en het leek plaats te vinden op de allerergst mogelijke manier: met geweld.

'Nee, nee, nee,' prevelde ze.

De aliens waren voor haar gekomen, voor het pak. Ze kon de oproep sterker voelen worden. Het was maar een kwestie van tijd voordat ze haar vonden. Ze moest vluchten. Ze moest zorgen dat ze van de Verzachtende Omstandigheden af kwam. Op een van de shuttles zou ideaal zijn, maar als het moest, nam ze een ontsnappingscapsule. Op Adra had ze misschien tenminste nog een kans.

De lichtstrook aan het plafond kleurde blauw en begon te knipperen, zo fel dat Kira's ogen er pijn van deden. Ze rende naar de luchtdichte deur en begon erop te bonzen. 'Laat me hieruit! Doe de deur open!' Ze tolde rond en keek naar het spiegelraam. 'Bisschop! Je moet me hieruit laten!'

Het scheepsbrein gaf geen antwoord.

'Bisschop!' Ze bonsde opnieuw op de deur.

De lampjes op de deur werden groen, en de vergrendeling draaide rond en klikte. Ze rukte de deur open en stormde door de decontaminatiekamer. De deur aan het andere uiteinde zat nog op slot.

Ze gaf een tik op het bedieningsscherm ernaast. Het piepte, en de vergrendeling draaide een paar centimeter, maar kwam toen met een knarsend geluid tot stilstand.

De deur zat klem.

'Fuck!' Ze sloeg tegen de wand. De meeste deuren hadden een manier om ze handmatig te openen, maar niet deze. Ze hadden geen enkel risico willen lopen dat hun gevangenen konden ontsnappen.

Kira keek achterom naar de cel. Honderd verschillende mogelijkheden passeerden de revue in haar hoofd.

De vloeibare stikstof.

Ze rende naar het bed en hurkte erbij neer om in de rekken met apparatuur te kijken. Waar lag hij? Waar lag hij? Ze slaakte een kreetje toen ze de tank zag, opgelucht dat hij onbeschadigd leek.

Snel greep ze hem en haastte zich terug naar de buitendeur van de decontaminatiekamer. Daar vulde ze haar longen met zuurstof en hield haar adem in, zodat ze niet te veel van het gas binnen zou krijgen en flauwviel.

Kira hield de tuit van de tank tegen de vergrendeling van de deur en opende het ventiel. De deur verdween achter de pluim witte stikstofdamp die uit de tank spoot. Een ogenblik lang voelde ze de kou in haar handen, en toen compenseerde het pak voor de temperatuursverandering en merkte ze er niets meer van.

Ze telde tot tien voordat ze het ventiel weer dichtdraaide.

Het metaalcomposiet van de vergrendeling was wit van de rijp en condens. Kira gaf er een tik tegen met de onderkant van de tank. Het spatte als glas uit elkaar.

Kira liet de tank vallen en trok met de kracht der wanhoop aan de deur. Hij schoof open, en ze werd begroet door een pijnlijk luide claxon.

Buiten stapte ze een gang op van kaal metaal, verlicht door stroboscopisch knipperende lampen. Aan het verre uiteinde lagen twee verwrongen en duidelijk levenloze lichamen op het dek. Die aanblik bracht haar hartslag aan het racen, en ze voelde een spanning vormen in het pak, als van een koord dat zo strak stond aangespannen dat het elk moment kon knappen.

Dit was een nachtmerriescenario: dat mensen en aliens elkaar afslachtten. Het was een ramp die heel makkelijk kon uitgroeien tot een interstellaire catastrofe.

Waar parkeerde de Verzachtende Omstandigheden zijn shuttles? Ze probeerde zich de beelden voor de geest te halen die ze op Adra van het schip had gezien. Het dok zat ergens op het middendeel van het schip. Dat was dus haar bestemming.

Om daar te komen moest ze langs de dode bemanningsleden lopen. Ze hoopte dat ze wat het ook was dat hen had aangevallen niet tegen het lijf zou lopen.

Geen ogenblik te verspillen. Kira haalde even diep adem om zichzelf tot rust te brengen en begon toen zo stil mogelijk te rennen, haar oren gespitst voor de geluiden van bewegingen.

Ze had maar een paar keer eerder in haar leven dode mensen gezien: een keer als kind op Weyland, toen de supercondensator van een vrachtlader midden op de hoofdstraat van Highstone was opengescheurd en twee mannen had gedood, en later na het ongeluk op Serris. En recenter uiteraard Alan en haar teamgenoten. Die eerste twee keer stonden zo in haar geheugen gegrift dat ze had overwogen de herinneringen te laten verwijderen. Maar dat had ze niet gedaan. En dat zou ze met de nieuwere herinneringen ook niet doen. Die waren deel van haar.

Toen ze langs de lichamen liep, wierp ze er een betere blik op. Ze kon het niet helpen. Een man en een vrouw. De vrouw was geraakt door een energiewapen. De man was aan stukken gereten, en zijn arm lag een eindje van de rest van zijn lichaam. De wanden om hen heen waren bezaaid met de kuiltjes en schroeiplekken van kogelinslagen.

Onder de heup van de vrouw uit stak een pistool.

Terwijl ze haar best deed om niet te kokhalzen bleef Kira staan en trok het wapen los. De teller op de zijkant stond op zeven. Nog zeven schoten over. Niet veel, maar beter dan niets. Het probleem was alleen dat het pistool voor haar niet zou werken.

'Bisschop!' fluisterde ze, en ze hield het pistool omhoog. 'Kun je...'

De veiligheidspal op het pistool klikte los.

Gelukkig. Dus het VMB wilde haar nog steeds in leven houden. Zonder haar overlays wist Kira niet of ze iets zou kunnen raken met het pistool, maar ze was nu tenminste niet volledig hulpeloos. *Zolang ik maar geen raam kapotschiet.* Dat zou een onaangename manier zijn om dood te gaan.

Nog altijd fluisterend zei ze: 'Welke kant op voor de shuttles?' Het scheepsbrein zou moeten weten waar de aliens waren en hoe Kira ze het beste kon vermijden.

Er verscheen een reeks groene pijlen langs de bovenrand van de wand die dieper het schip in leidden. Ze volgde ze door een doolhof van kamers naar een ladder die haar naar het midden van de Verzachtende Omstandigheden zou brengen.

Terwijl ze de ladder opklom door de ronddraaiende woonsectie, werd de schijnzwaartekracht met elk volgend dek zwakker. Door open deuren hoorde ze geschreeuw en gekrijs, en twee keer zag ze om hoeken de weerkaatsingen van de mondingsvlammen van machinegeweren. Op een gegeven moment hoorde ze een explosie die klonk als een ontploffende granaat, en sloeg er achter haar een reeks luchtdichte deuren dicht. Maar ze ving geen glimp op van wat het was waar de bemanning mee in strijd was.

Halverwege haar klim maakte het schip plotseling een slingerbeweging, zo heftig dat Kira zich met beide handen aan de ladder moest vastgrijpen om er niet af geworpen te worden. Een raar wervelend gevoel bracht de inhoud van haar maag omhoog, en haar mond liep vol gal. De Verzachtende Omstandigheden tolde om zijn as, geen goede situatie voor een langwerpig, smal schip. Het geraamte van het schip was er niet op ontworpen om dit soort krachten te weerstaan.

De alarmen veranderden van toon en werden nog schriller. Toen klonk er een diepe, mannelijke stem uit de speakers in de wanden: 'Zeven minuten tot zelfvernietigingsprocedure. Dit is geen oefening. Ik herhaal, dit is geen oefening. Zes minuten en tweeënvijftig seconden tot zelfvernietigingsprocedure.'

Kira voelde zich ijskoud worden. 'Bisschop! Nee!'

Dezelfde mannelijke stem zei: 'Het spijt me, mevrouw Navárez. Ik heb geen andere keuze. Ik raad u aan om...'

Wat hij ook wilde, ze hoorde hem niet meer, luisterde niet meer. De paniek dreigde haar op te slokken, maar ze wist het hoofd koel te houden. Ze had geen tijd voor emoties. Niet nu. De deadline schonk haar een verbazingwekkende focus. Haar gedachten werden kil, mechanisch, meedogenloos. Minder dan zeven minuten om bij de shuttles te komen. Ze kon het. Ze moest wel.

Ze klauterde verder, nog sneller dan daarvoor. Wat er ook gebeurde, ze vertikte het om op de Verzachtende Omstandigheden te sterven.

Boven aan de ladder zat een gesloten luik dat was omringd door groene pijlen. Kira trok het open en kwam terecht in de ronde naaf waaraan de verschillende woonsecties waren bevestigd.

Ze keerde zich om naar het achterschip en werd duizelig toen haar blik viel op wat eruitzag als een diepe, smalle put recht onder haar. De schacht was een tafereel van zwart metaal en scherp afgetekende lichtstralen rechtstreeks uit een nachtmerrie. Alle luiken tussen alle dekken in de steel van het schip stonden open, een verbreking van de reglementen zo ernstig dat er onder normale omstandigheden iemand voor voor de krijgsraad gesleept zou worden.

Als het schip zijn aandrijving ontstak, zou iedereen in de schacht zijn dood tegemoet storten.

Honderden meters van haar af in de richting van de achtersteven ving ze een glimp op van soldaten in pantserexo's die vochten met... iets: een gestalte met tegenstrijdige vormen, als verstrengelde schaduwen.

Een pijl wees de donkere schacht in.

Kira rilde en lanceerde zichzelf richting het gevecht in de verte. Om ervoor te zorgen dat haar maag niet te erg in opstand kwam, koos ze ervoor de schacht te zien als een horizontale tunnel in plaats van als een verticale put. Ze kroop over de aan de vloer/wand vastgenagelde ladder en gebruikte hem als pad om te volgen, om te voorkomen dat ze afdwaalde.

'Zes minuten tot zelfvernietigingsprocedure. Dit is geen oefening. Ik herhaal, dit is geen oefening.'

Hoeveel dekken had ze nog te gaan tot het dok? Drie? Vier? Ze had er maar een vaag idee van.

Het schip kreunde weer, en de luchtdichte deur voor haar sloeg dicht en versperde haar de weg. Boven haar hoofd veranderde de rij groene pijlen van richting en wees naar rechts. De pijlen begon te knipperen, snel genoeg om iemand een toeval te geven.

Shit. Kira zwaaide haar lichaam om een rek apparatuur heen en volgde haastig Bisschops omweg. Ze had niet lang meer. De shuttles konden maar beter klaarstaan voor vertrek, anders had ze geen enkele kans om te ontkomen...

Van ergens voor haar klonken stemmen. Die van doctor Carr: '... en snel een beetje! Schiet op, imbeciel! We hebben...' Hij werd onderbroken door een luide dreun, en de schotten trilden. De stem van de doctor werd hoger, en de woorden die hij schreeuwde onsamenhangend.

Toen Kira zich naar binnen trok door een klein toegangsluik, voelde het alsof er iemand in haar hart kneep.

Voor haar zag ze een opslagkamer voor uitrusting, vol met open kasten, lockers met skinsuits en achterin een rood gemarkeerde zuurstofleiding. Carr zweefde dicht bij het plafond, zijn haar in de war, met een riem om een hand gewikkeld waaraan aan aantal metalen koffertjes hingen die voortdurend tegen hem aan botsten. Een dode marinier lag klem in een van de open kasten met een reeks schroeiplekken op zijn rug.

Aan de andere kant van het vertrek was een groot, rond gat in de romp gesneden. Door het gat scheen een nachtblauw licht naar binnen vanuit wat eruitzag als een klein entervaartuig dat zich buiten op de Verzachtende Omstandigheden had bevestigd. En in de opening bewoog een monster met te veel ledematen.

2

Kira verstijfde toen de alien zich de opslagkamer in lanceerde.

Het wezen was twee keer zo groot als een mens en had een half doorschijnende huid in tinten rood en oranje, als inkt die oploste in water. Het had iets wat voor een romp kon doorgaan: een spits toelopend, eivormig lichaamsdeel van een meter breed bedekt met een keratineachtig pantser en bezaaid met tientallen knobbels, bulten, antennes en wat eruitzag als kleine zwarte oogjes.

Boven- en onderuit de eivormige torso staken een stuk of zes tentakels –

misschien meer, ze kronkelden zo wild dat Kira het niet goed kon zien. De tentakels hadden elk aan één kant een strook huid met een ruwere structuur, en aan hun uiteinden zaten trilharen en een verzameling scherpe, klauwachtige grijpers. Twee van de tentakels hielden witte voorwerpen vast met een bolle lens. Kira wist niet veel van wapens, maar ze herkende een laser wanneer ze er een zag.

Verspreid tussen de tentakels zaten vier kleinere, harde en beenachtige ledematen, die eindigden in aanhangsels die verrassend veel weghadden van handen. Die armen hield het wezen bewegingloos ingetrokken tegen zijn pantser.

Hoe overdonderd Kira ook was, ze kon het niet helpen de alien tot in detail te analyseren, zoals ze gedaan zou hebben met elk ander organisme dat ze bij haar werk tegenkwam. *Op koolstof gebaseerd? Lijkt er wel op. Radiaal symmetrisch. Geen duidelijke boven- of onderkant... Lijkt geen gezicht te hebben. Raar.* Eén ding sprong er voor haar uit boven al het andere: de alien leek niets gemeen te hebben met haar pak. Of het wezen nu zelfbewust was of niet, of het kunstmatig was of natuurlijk, het was duidelijk iets compleet anders dan de xeno in haar lichaam.

De alien kwam het vertrek binnen met onrustbarend vloeibare bewegingen, alsof het in nul g was geboren. Het draaide en kronkelde alsof het niet uitmaakte welke kant zijn torso op gericht was.

Bij de aanblik van het wezen voelde Kira een reactie van haar pak: opkomende woede, vergezeld door een gevoel van oeroud ongenoegen.

Graaier! Foutvlees veelvorm! Flitsen van pijn, fel als exploderende sterren. Pijn en wedergeboorte in een eindeloze cyclus, en een niet-aflatende kakofonie van lawaai: knallen en gekraak en verbrijzelende weerwoorden. De samensmelting was niet zoals hij hoorde te zijn. De graaier had geen begrip van het patroon der dingen. Hij kon het niet zien. Hij luisterde niet. Hij was niet uit op samenwerking, maar op overheersing.

Alles was verkeerd!

Dit was niet wat de xeno van de oproep had verwacht! Angst en haat kolkten in Kira rond, tot ze niet meer wist wat zij voelde en wat van het pak kwam. De spanning in haar lichaam bereikte een breekpunt, en de huid van de xeno begon stekels te vormen, net als op Adra, vlijmscherpe speren die in willekeurige richtingen uit haar groeiden. Alleen deden ze haar deze keer geen pijn.

'Schiet het dood!' schreeuwde Carr. 'Schiet het dood, idioot! Schiet!'

De graaier maakte een stuipachtige beweging en leek zijn aandacht tussen hen heen en weer te bewegen. Een vreemd gefluister omringde Kira, als een uitwaaierende wolk, en daarin voelde ze stromingen van emoties: eerst verbazing en vervolgens snel achter elkaar herkenning, schrik en genoegdoening. Het gefluister werd luider, en toen was het alsof er een knop in haar hoofd omging en besefte ze dat ze begreep wat de alien zei.

[[... en informeer de Verstrengeling. Doelwit gevonden. Stuur alle Armen naar deze positie. Consumptie is onvoltooid. Het moet mogelijk zijn het doelwit te bedwingen en in bezit te nemen, en dan kunnen we...]]

'Vijf minuten tot zelfvernietigingsprocedure. Dit is geen oefening. Ik herhaal, dit is geen oefening.'

Carr vloekte en zette zich af om naar de dode marinier toe te zweven. Hij greep de blaster van de man en probeerde hem los te rukken van onder zijn lijk.

Een van de tentakels met een laser kwam naar voren, en Kira kon de geleiachtige spieren onder de huid zien aantrekken en ontspannen. Er klonk een knal, en er spatte een witheet straaltje metaal op van de zijkant van de blaster waar hij was geraakt door het laserschot. Het wapen tuimelde weg door de kamer.

Toen richtte de alien zich op haar. Zijn wapen maakte een rukkende beweging. Een tweede knal, en Kira werd in haar borst getroffen door een steek van pijn.

Ze kreunde, en heel even voelde ze haar hart ophouden met slaan. De stekels op het pak groeiden nutteloos alle kanten op.

[[Qwon hier: Dwaze tweevorm! Je pleegt heiligschennis tegen het Verdwenen Volk. Vuil in het water, dit...]]

Ze graaide naar de sporten van de ladder bij het toegangsluik om te proberen te ontsnappen, hoewel ze wist dat ze nergens heen kon en ze zich nergens kon verstoppen.

Pang! Een steek van hitte in haar been, diep en ondraaglijk.

Er volgde een derde knal, en links van haar verscheen een zwartgeblakerde krater in de wand. Het pak had zich aangepast aan de frequentie van de laser en beschermde haar. Misschien...

Als in een droom draaide Kira zich weer om en wist op de een of andere manier haar pistool omhoog te brengen en voor haar uit te houden. Ze probeerde op de alien te mikken, maar de loop van het wapen bleef maar wiebelen.

'Schiet dan, verdomme!' krijste de doctor. Het schuim stond hem op de mond.

'Vier minuten en dertig seconden tot zelfvernietigingsprocedure. Dit is geen oefening. Ik herhaal, dit is geen oefening.'

De randen van Kira's blikveld werden donker van angst, en haar wereld kromp ineen tot een nauwe kegel. 'Néé!' schreeuwde ze, een paniekerige verwerping van alles wat er gebeurde.

Het pistool ging af, zonder dat ze zich ervan bewust was dat ze de trekker had overgehaald.

De alien dook weg en stoof over het plafond van de opslagkamer. Het wezen was beangstigend snel, en zijn tentakels bewogen alsof ze ieder een eigen wil hadden.

Kira krijste, hield de trekker ingedrukt en voelde de terugslag als een reeks harde klappen tegen haar hand. Het geluid klonk gedempt, alsof het van ergens ver weg kwam.

Vonken sprongen door de kamer toen de graaier twee van de kogels uit de lucht schoot met zijn laser.

Het wezen klauterde over de skinsuitlockers en bleef toen even hangen met zijn tentakels om de rode zuurstofpijp…

'Wacht! Stop! Stop!' schreeuwde Carr, maar Kira hoorde het niet meer, gaf er niet meer om, kon niet meer ophouden. Eerst Alan, toen de xeno, nu dit. Het was te veel voor haar. Ze wilde dat de graaier wegging, wat het ook kostte.

Ze schoot nog twee keer.

Er trok een rode vlek voor haar ogen langs, voor het uiteinde van de loop, en…

Een donderslag galmde door de opslagkamer, en Kira werd door een onzichtbare hamer tegen de muur achter haar gebeukt. De klap was zo hard dat een van de stekels van de xeno afbrak. Ze vóélde het fragment door de kamer tollen, alsof ze zich op twee plaatsen tegelijk bevond.

Toen alles haar weer helder voor ogen werd, zag Kira dat de hele opslagkamer in puin lag. De graaier was verpletterd en verminkt, maar verschillende van zijn tentakels zwaaiden nog door de lucht, zwak maar hardnekkig. Uit zijn wonden sijpelden klodders vreemd oranje wondvocht. Carr was tegen de kasten geworpen, en de uiteinden van gebroken botten staken naar buiten uit zijn armen en benen. Het losgeslagen stuk van de xeno lag tegen het schot recht tegenover haar: een lapje doorgescheurde vezels gedrapeerd over de verbogen panelen.

Wat belangrijker was: op de plek waar een van haar kogels de zuurstofleiding had geraakt en de ontploffing had veroorzaakt, bevond zich nu een gapend gat in de romp waardoorheen de zwarte leegte van de ruimte zichtbaar was, duister en schrikwekkend.

Een cycloon van lucht blies langs Kira heen en trok aan haar met een onverbiddelijke kracht. De ontsnappende lucht sleurde Carr, de graaier, het fragment van de xeno en een hele stroom van puin met zich mee het schip uit.

Een heel stel opslagkisten beukte op Kira in. Ze gaf een kreet, maar de wind beroofde haar van haar adem. Ze greep naar iets om zich aan vast te klampen, wat dan ook, maar was te traag, en de wanden te ver weg. De herinneringen aan de breuk op Serris stonden haar weer kristalhelder voor ogen.

De breuk in de romp werd wijder – de Verzachtende Omstandigheden scheurde zichzelf in tweeën, en de delen begonnen in verschillende richtingen weg te drijven. Toen sleurden de ontsnappende gassen haar mee, langs de bebloede kasten, door de breuk en het vacuüm in.

En werd alles stil.

VIII

*   *   *   *   *   *   *

EROPUIT

1

De sterren en het schip tolden om haar heen als een duizelingwekkende caleidoscoop.

Kira opende haar mond en liet de lucht uit haar longen ontsnappen, zoals je hoorde te doen als je het vacuüm in werd gezogen. Anders liep je risico op schade aan je weke delen en in het ergste geval een embolie.

Het nadeel was dat ze zonder zuurstof maar een seconde of vijftien bij bewustzijn zou blijven. Een verstikkingsdood of een dood door verstopte aders. Geen fijne keuze.

Instinctief hapte ze naar lucht, en ze zwaaide wild met haar armen in de hoop dat ze iets zou vinden om zich aan vast te grijpen.

Niets.

Haar gezicht deed pijn en tintelde toen de vloeistof op haar huid verdampte. Het gevoel versterkte en groeide uit tot een koud vuur dat van haar nek omhoog en van haar haargrens omlaag over haar blootgestelde huid trok. Kira's ogen werden wazig, en ze begreep dat ze het bewustzijn aan het verliezen was.

Ze raakte in paniek. Het was een diepe, allesverzengende paniek, en de laatste restanten van Kira's training smolten weg uit haar gedachten, verdrongen door een dierlijke overlevingsdrang.

Ze gilde het uit, en toen hóórde ze haar gil.

Daar schrok Kira zo van dat ze ophield met gillen en toen puur op instinct inademde. Lucht, heerlijke lucht, vulde haar longen.

Ongelovig voelde ze aan haar gezicht.

Het pak had zich uitgespreid over haar gelaatstrekken en vormde een glad oppervlak over haar mond en neus. Tastend met haar vingertoppen ontdekte ze dat haar ogen bedekt waren met kleine koepeltjes.

Kira haalde opnieuw adem en kon het nog steeds niet geloven. Hoelang kon het pak haar van zuurstof voorzien? Een minuut? Meerdere minuten? Meer dan drie zou niet uitmaken, want tegen die tijd was er niet meer van de Verzachtende Omstandigheden over dan een snel uitdijende wolk radioactief stof.

Waar was ze? Dat was moeilijk te zeggen, want ze tolde nog altijd rond, en dat maakte het haar onmogelijk op iets specifieks te focussen. De stralende massa van Adrasteia zwaaide voorbij, met erachter de gigantische kromming van het silhouet van Zeus, en daarna volgde de geknakte, langwerpige vorm van de Verzachtende Omstandigheden. Naast de kruiser zweefde een tweede ruimteschip: een enorme blauwwitte bol bedekt met kleinere bollen en de grootste aandrijfraketten die ze ooit had gezien.

Ze vloog weg van het middendeel van de Verzachtende Omstandigheden, maar het voorste gedeelte van het schip kantelde haar kant op, en recht voor haar zag ze de glinstering van een van de rijen diamanten radiatoren. Twee van de vinnen waren afgebroken, en er lekten slierten zilverkleurig metaal uit de aders die erdoor liepen.

De vinnen leken te ver weg om bij te kunnen, maar Kira probeerde het toch. Ze weigerde zich gewonnen te geven en strekte haar armen uit naar de dichtstbijzijnde radiator, nog altijd rondtollend. Sterren, planeet, schip en radiatoren flitsten keer op keer langs, maar ze bleef zich strekken…

Haar vingertoppen gleden over het oppervlak van het diamant, maar kregen geen grip. Ze schreeuwde en graaide, maar zonder succes. De eerste vin tolde bij haar vandaan, toen de tweede en de derde, en iedere keer wist ze net haar vingertoppen ertegenaan te krijgen. Eén vin stak iets verder uit dan de rest door schade aan de dragende constructie waarop hij bevestigd zat. Haar handpalm schraapte over de gepolijste rand van het diamant en bleef toen opeens plakken… alsof ze een gekkopad op haar handschoen had. Ze kwam met een harde ruk tot stilstand.

Hete pijn trok door haar schouder.

Met een onbeschrijflijk gevoel van opluchting omhelsde Kira de vin en pelde haar hand ervan af. Haar handpalm was bedekt met een zacht bedje trilhaartjes die licht heen en weer deinden in de gewichtloosheid van de ruimte. Het was fijn geweest als het pak die eerder had gevormd, om te voorkomen dat ze uit het schip werd gezogen.

Ze tuurde om naar het achterste gedeelte van het schip.

Dat zweefde een paar honderd meter achter haar en dreef steeds verder weg. De twee shuttles lagen nog altijd aangemeerd aan de steel en zagen er intact uit. Ze moest een ervan zien te bereiken, en snel.

Er was maar één ding dat ze kon doen. *Thule!* Ze zette zich schrap tegen de diamanten vin en zette zich toen met al haar kracht af. *Alsjeblieft,* dacht ze, *laat me goed hebben gemikt.* Als ze miste, kreeg ze geen tweede kans.

Terwijl ze door de peilloze leegte stortte die haar scheidde van de achtersteven van de Verzachtende Omstandigheden, merkte Kira op dat ze vage blauwe en paarse lijnen kon zien in lussen rondom de romp. Ze leken geconcentreerd te zijn rondom de fusieaandrijving... EM-velden. Het was alsof ze haar overlays terug had, of tenminste ten dele.

Interessant, zij het niet ogenblikkelijk nuttig.

Kira richtte haar blik op het schip van de aliens. Het glansde in het zonlicht als een kraal van gepolijst kwarts. Alles eraan was bolvormig of daar zo dichtbij als mogelijk. Vanbuiten kon ze niet zien welk deel de bemanningsverblijven bevatte en welk deel de brandstoftanks, maar het leek groot genoeg om aanzienlijk wat aliens aan boord te hebben. Evenredig verspreid om de omtrek van het schip zaten vier ronde ramen, en nog een op de boeg die was omringd door een grote kring lenzen, luiken en wat eruitzag als verschillende soorten sensoren.

De aandrijving zag er niet heel anders uit dan de raketten waarmee zij bekend was. (Het kon de derde wet van Newton niet schelen of je een mens was of een alien.) Maar tenzij de aliens van een plek bijzonder dichtbij afkomstig waren, moesten ze ook over een markovaandrijving beschikken. Kira vroeg zich af hoe ze de Verzachtende Omstandigheden hadden weten te verrassen. Waren ze in staat om sprongen te maken tot midden in zwaarteveldputten? Dat was een truc waar zelfs de krachtigste schepen die de Liga had niet toe in staat waren.

De vreemde, schrijnende oproep die Kira nog altijd voelde, leek afkomstig te zijn uit het buitenaardse schip. Een deel van haar wilde niets liever dan gehoor geven aan de oproep om te zien waartoe dat zou leiden, maar dat deel van haar was gestoord, en ze negeerde het.

Ze kon het afgescheiden stuk van de xeno ook nog altijd voelen, ver weg en steeds zwakker naarmate het wegzweefde door de ruimte. Zou het weer in stof veranderen? Ze vroeg het zich af.

Voor haar begon de achtersteven van de Verzachtende Omstandigheden te kantelen. De boosdoener was een gescheurde hydraulische leiding in de romp die water de ruimte in spoot. Ze maakte een inschatting van de verandering in de hoek tussen haar en het schip, calculeerde daar haar snelheid bij in en besefte dat ze op bijna honderd meter afstand langs het schip zou vliegen.

Een gevoel van hopeloosheid maakte zich van haar meester.

Als ze maar dáárheen kon vliegen in plaats van recht vooruit, dan kwam alles goed, maar...

Ze bewoog naar links.

Kira voelde het gebeuren, een korte applicatie van stuwkracht langs de rechterkant van haar lichaam. Met een arm uitgezwaaid om de beweging te compenseren keek ze om en zag achter zich vaag een waas van mist uitdijen. Het pak had haar bijgestuurd! Een ogenblik voelde ze niets dan blijdschap, tot ze zich het gevaar herinnerde waarin ze nog steeds verkeerde.

Ze concentreerde zich weer op haar bestemming. Ietsje verder naar links en dan een paar graden naar boven, en... perfect! De xeno reageerde op haar gedachten door steeds precies voldoende stuwkracht aan te wenden om haar koers bij te stellen. En nu sneller! Sneller!

Haar snelheid nam toe, hoewel niet zo veel als ze wel zou willen. Kennelijk had het pak toch zijn grenzen.

Ze probeerde een inschatting te maken van hoeveel tijd er was verstreken. Een minuut? Twee? Hoeveel tijd ze ook had verloren, het was te veel. Zelfs als ze het noodsysteem gebruikte om de shuttle versneld op te starten, zou het nog minuten kosten voordat hij klaar was voor vertrek. Misschien kon ze met de stuurraketten een paar honderd meter afstand creëren tussen haar en de Verzachtende Omstandigheden, maar dat zou nooit voldoende zijn om aan de explosie te ontsnappen.

Eén ding tegelijk. Allereerst moest ze een shuttle weten te bereiken. Daarna kon ze zich zorgen maken om de rest.

Een dunne, rode lijn trok over het achterste gedeelte van het schip in de richting van de afgebroken steel – een laser, en hij sneed dwars door het schip. Uit het ene dek na het andere schoten pluimen kristalliserende nevel naar buiten, en Kira zag mannen en vrouwen de ruimte in geworpen worden en hun laatste ademtochten wolkjes vormen voor hun vertrokken gezichten.

Toen de laser de sectie met het dok bereikte, zwenkte hij opzij om de shuttle het verst van Kira doormidden te snijden. Een ontploffing van ontsnappende lucht wierp het wrak van de shuttle weg bij de Verzachtende Omstandigheden, en toen schoot er een straal vuur uit een lekke brandstoftank in een van zijn vleugels en vloog de shuttle als een dolgedraaide tol in een spiraalbaan weg.

'Godverdomme!' brulde Kira.

De achtersteven van de Verzachtende Omstandigheden rolde zijwaarts op haar af, voortgestuwd door de decompressie van de opengereten dekken. Ze dook met gevaarlijke snelheid in een boog over het bleke oppervlak van de romp en knalde tegen de overgebleven shuttle aan. Op de zijkant van de shuttle stond in grote letters de naam WALKURE.

Kira kreunde van de inslag en spreidde haar armen en benen uit om zich te proberen vast te grijpen.

Haar handen en voeten bleven aan de shuttle kleven, en ze klauterde over de romp naar de luchtsluis in de zijkant. Daar sloeg ze op de knop om hem te openen. Het licht op het bedieningspaneel werd groen, en de deur begon langzaam open te schuiven.

'Kom op, kom op!'

Het moment dat de spleet tussen de deur en de romp wijd genoeg was, perste ze zich erdoorheen en activeerde het noodsysteem om de sluis versneld te vullen. De lucht blies van alle kanten tegen haar aan en maakte het geluid van een loeiende sirene hoorbaar. Het masker van het pak leek haar gehoor niet in de weg te zitten.

'Drieënveertig seconden tot zelfvernietigingsprocedure. Dit is geen oefening.'

'Fuck!'

Zodra de drukmeter een normale waarde aangaf, opende Kira de binnendeur van de luchtsluis, wierp zich erdoor naar binnen en rende naar de cockpit.

De bedieningspanelen en displays stonden al aan. In een oogopslag zag ze dat de aandrijving al brandde, en dat alle protocollen en controles die noodzakelijk waren om te lanceren al waren afgehandeld. Bisschop!

Ze wierp zich in de pilotenstoel en ruziede even met de veiligheidsriemen voordat ze ze om kreeg.

'Vijfentwintig seconden tot zelfvernietigingsprocedure. Dit is geen oefening.'

'Haal me hier weg!' schreeuwde ze door het masker. 'Lanceer! Lan...'

De Walkure koppelde zich met een schok los van de kruiser, en toen kwamen de raketten van de shuttle bulderend tot leven en werd Kira platgedrukt door een gewicht van duizend ton. Het pak werd hard om haar te beschermen, maar het deed nog altijd pijn.

Het bolvormige buitenaardse schip zoefde voor de neus van de Walkure langs, en toen zag Kira op een halve kilometer afstand het voorste gedeelte van de Verzachtende Omstandigheden zweven. Twee ontsnappingscapsules, niet veel groter dan doodskisten, schoten uit de boeg van het schip en zetten koers naar het troosteloze oppervlak van Adra.

Op een verbazend kalme toon zei Bisschop: 'Mevrouw Navárez, ik heb een opname voor u achtergelaten op de computer van de Walkure. Hij bevat alle relevante informatie over u, uw situatie en deze aanval. Bekijk hem alstublieft zo spoedig mogelijk. Tot mijn spijt kan ik verder niets doen om u te helpen. Veilige reis, mevrouw Navárez.'

'Wacht! Wat...'

Het scherm werd in één flits wit, en het schrijnende gevoel alsof er aan haar getrokken werd in Kira's borst verdween. Een ogenblik later schudde de shuttle toen hij werd getroffen door de uitdijende wolk puin. Een paar seconden leek het erop dat de Walkure het niet zou overleven. Een paneel boven haar hoofd vonkte en werd donker, en er klonk een knal van ergens achter haar, gevolgd door de hoge fluittoon van ontsnappende lucht.

Er ging een alarm af, en boven haar begonnen rijen rode lichtjes te knipperen. Het gebulder van de aandrijving viel stil. Daarmee verdween ook het gewicht dat haar in haar stoel drukte, en keerde het misselijkmakende gevoel van een vrije val terug.

2

'Mevrouw Navárez, ik neem meerdere rompbreuken waar in de achtersteven,' zei de pseudo-intelligentie van de shuttle.

'Ja, dank je,' mompelde Kira terwijl ze zich losgespte. Haar stem klonk vreemd en gedempt van achter het masker.

Ze had het gered! Ze kon het amper geloven. Maar ze was nog niet veilig, verre van.

'Zet het alarm uit,' zei ze.

De sirene viel prompt stil.

Kira volgde de hoge fluittonen naar het achterste deel van de shuttle, dankbaar voor haar masker. Ze hoefde zich tenminste geen zorgen te maken dat ze flauwviel als de luchtdruk te laag werd. Wel vroeg ze zich af of haar gezicht de rest van haar leven bedekt zou blijven.

Eerst er maar eens voor zorgen dat ze nog een leven hád.

De fluittonen leidden haar naar achter in de cabine. Daar ontdekte ze langs de rand van het plafond zeven gaatjes. Ze waren piepklein, niet groter dan de punt van een potlood, maar dat was nog altijd groot genoeg om in een paar uur tijd alle lucht uit de shuttle te zuigen.

'Computer, hoe heet je?'

'Mijn naam is Ando.' De pseudo-intelligentie klonk als een Geiger, maar dat was hij niet. De strijdkrachten gebruikten hun eigen, gespecialiseerde programma's om hun schepen te besturen.

'Waar is de reparatieset, Ando?'

De pseudo-intelligentie leidde haar naar een locker. Kira pakte de set eruit en gebruikte hem om een sneldrogende, ranzig ruikende kunsthars te mixen. (Het masker hield de geur niet tegen.) Ze smeerde het kleverige spul in de gaten en bedekte elk ervan vervolgens met zes stukken FTL-tape die ze kruislings over elkaar aanbracht. De tape was sterker dan de meeste soorten metaal, en er zou een lasbrander voor nodig zijn om zo veel lagen te verwijderen.

Terwijl ze de set weer opruimde, zei Kira: 'Ando, schaderapport.'
'Er is kortsluiting in lijn twee-twintig-drie-n en een-vijf-een-n van de verlichtingscircuits. Verder...'
'Sla de gedetailleerde lijst maar over. Is de Walkure ruimtewaardig?'
'Ja, mevrouw Navárez.'
'Zijn er kritieke systemen beschadigd?'
'Nee, mevrouw Navárez.'
'En de fusieaandrijving? Stond de straalpijp niet recht op de explosie gericht?'
'Nee, mevrouw Navárez, onze koers plaatste ons op een diagonale hoek met de Verzachtende Omstandigheden. De explosie heeft ons schuin van opzij geraakt.'
'Heb jij die koers ingeprogrammeerd?'
'Nee, mevrouw Navárez, dat is gedaan door scheepsbrein Bisschop.'
Pas toen begon Kira haar spanning los te laten. Pas toen stond ze zichzelf toe te denken dat ze dit misschien, heel misschien, echt ging overleven.
Het masker golfde en kwam los van haar gezicht. Kira gaf een kreetje. Ze kon het niet helpen – het voelde alsof er een enorme pleister van haar huid werd getrokken.
Binnen een paar seconden was haar gezicht weer onbedekt.
Kira streek experimenteel tastend en verkennend met haar vingers over haar mond en neus, en om haar ogen heen. Tot haar verrassing leek het erop dat ze haar wimpers en wenkbrauwen nog had.
'Wat ben je toch?' fluisterde ze terwijl ze een vinger over de halslijn van het pak liet glijden. 'Waar ben je voor gemaakt?'
De antwoorden op haar vragen bleven uit.
Ze wierp een blik om zich heen door de shuttle, op de bedieningspanelen, de rijen stoelen, de opbergkastjes en, naast haar, de vier lege cryobuizen. Buizen waar zij niets aan had.
Bij dat besef voelde ze de radeloosheid in haar opkomen. Het maakte niet uit dat ze was ontsnapt. Zolang de cryo op haar niet werkte, was ze hier feitelijk gestrand.

IX

* * * * * * *

KEUZES

1

Kira trok zichzelf lang de wanden naar de cockpit van de Walkure en gespte zich weer vast in de pilotenstoel. Ze keek op de display. De Verzachtende Omstandigheden was nergens meer te bekennen. Het alien schip ook niet. Het was verwoest in de explosie van de VMB-kruiser. 'Ando, zijn er andere schepen in dit stelsel?'

'Nee.'

Dat was tenminste goed nieuws. 'Ando, is de Walkure uitgerust met een markovaandrijving?'

'Ja.'

Nog meer goed nieuws. De shuttle kon dus sneller dan het licht vliegen. Maar zonder cryo was het nog steeds maar de vraag of zij de reis kon overleven. Dat hing ervan af hoe snel de aandrijving was. 'Ando, hoelang doet de Walkure erover om 61 Cygni te bereiken als we op maximale snelheid op de noodraketten naar de markovgrens vliegen?'

'Achtenzeventig en een halve dag.'

Kira vloekte. De Fidanza had er maar zesentwintig dagen over gedaan. Het zou haar eigenlijk ook niet moeten verrassen dat de Walkure langzamer was. De shuttle was bedoeld om korte sprongen mee te maken en niet veel meer.

Niet in paniek raken. Ze was nog niet compleet genaaid. Haar leven hing af van het antwoord op haar volgende vraag.

'Ando, hoeveel rantsoenen heeft de Walkure aan boord?'

'De Walkure is uitgerust met honderdzeven rantsoenen.'

Kira liet de pseudo-intelligentie het rekenwerk voor haar doen. Het was frustrerend om haar overlays niet tot haar beschikking te hebben – ze kon zelfs de eenvoudigste berekeningen niet meer zelf doen.

Met de tijd erbij opgeteld die ze bij 61 Cygni nodig zouden hebben om weer vaart te minderen, kwam de totale reistijd uit op eenentachtig en een halve dag. Zelfs als Kira zichzelf op half rantsoen zette, had ze maar voldoende te eten voor acht weken en zou ze de overgebleven vijfentwintig en een halve dag zonder zitten. Water zou ze niet tekortkomen. De waterrecyclingsapparatuur van de shuttle zou haar behoeden voor een dood door dehydratie. Het gebrek aan eten, aan de andere kant...

Kira had verhalen gehoord over mensen die een maand of zelfs langer hadden gevast en dat hadden overleefd. Ze kende ook verhalen over mensen die veel sneller waren bezweken. Hoe het haar zou vergaan, viel niet te voorspellen. Ze was redelijk in vorm en had het pak om haar te helpen, dus ze had een kans, maar het was een grote gok.

Ze voelde hoofdpijn opkomen en wreef over haar slaap. 'Ando, speel de boodschap af die Bisschop voor me heeft achtergelaten.'

Op de display voor haar verscheen de beeltenis van een hardvochtig mannengezicht: de avatar van het scheepsbrein. Hij fronste, en het leek half uit bezorgdheid en half uit boosheid. 'Mevrouw Navárez, ik heb niet lang. De aliens blokkeren onze signalen, en de ene communicatiedrone die ik heb weten te lanceren, hebben ze opgeblazen. Niet best. U bent onze enige hoop, mevrouw Navárez. Ik heb al mijn sensordata aan dit bericht toegevoegd, evenals de rapporten van doctor Carr, van Adrasteia et cetera. Stuur die alstublieft door aan de toepasselijke instanties. De vernietiging van de Verzachtende Omstandigheden zou met de stoorzender moeten afrekenen.'

Toen leek Bisschop naar voren te leunen, en hoewel zijn gezicht maar een simulatie was, kon Kira zijn krachtige persoonlijkheid door het scherm heen voelen: een overweldigende gedrevenheid en intelligentie die samen waren gefocust op één doel. 'Verontschuldigingen voor de manier waarop u bent behandeld, mevrouw Navárez. We hadden goede redenen en zoals deze aanval heeft aangetoond, was onze bezorgdheid terecht, maar toch spijtig dat u hebt moeten lijden. Desondanks reken ik nu op u. Ik, en wij allemaal.'

Hij leunde weer naar achteren. 'En, mevrouw Navárez, als u generaal Takeshi ziet, zeg hem dan... zeg hem dat ik me het geluid van de zomer herinner. Bisschop uit.'

Kira voelde zich vreemd weemoedig. Hoe intelligent ze ook waren, scheepsbreinen waren niet beter bestand tegen verdriet en nostalgie dan de rest van de mensheid zonder hun augmentaties. En dat was ook niet wenselijk.

Ze staarde naar het patroon van de vezels op haar handpalm. 'Ando, beschrijf het moment dat het schip van de aliens op de sensors opdook.'

'Drieënzestig minuten geleden nam een satelliet een ongeïdentificeerd ruimteschip waar dat in een baan om Zeus kwam aanvliegen op een onderscheppingskoers.' Boven de cockpitdisplay verscheen een holo van de gasreus, zijn manen en een stippellijn die de route markeerde die het schip van de graaiers had afgelegd van Zeus naar Adra. 'Het schip versnelde met vijfentwintig g, maar...'

'Shit.' Dat was een gruwelijk harde stuwkracht.

Ando ging verder: '... de uitlaatgassen van zijn raketaandrijving waren onvoldoende om de waargenomen stuwkracht te verklaren. Vervolgens voerde het schip een halve draai uit en vuurde nog zeven minuten zijn raketten af om voldoende af te remmen om de snelheid en baan van de Verzachtende Omstandigheden te kopiëren.'

Kira kreeg kippenvel. De enige manier waarop de graaiers dat hadden kunnen klaarspelen, was door de traagheidsweerstand van hun schip te verminderen. Dat was theoretisch mogelijk, maar niet iets waartoe mensen in staat waren. De technische uitdagingen waren nog te hoog gegrepen. (Zo was de vereiste energie alleen al een struikelblok.)

Haar bezorgdheid nam toe. Dit was echt hét nachtmerriescenario. Ze hadden eindelijk contact gemaakt met een andere beschaving, maar de aliens waren vijandig en hadden technologie die hun schepen eruit liet zien als speelgoed, zelfs de onbemande schepen.

Ando was nog niet klaar: 'Het ongeïdentificeerde schip reageerde niet op pogingen om te communiceren en begon vijandigheden om...'

'Hou maar op,' zei Kira. De rest wist ze. Ze dacht even na. De graaiers moesten in de schaduw van Zeus het stelsel in zijn gesprongen. Dat was de enige mogelijkheid die verklaarde waarom de Verzachtende Omstandigheden ze niet onmiddellijk had gespot. Dat, of anders moesten de graaiers uit de gasreus tevoorschijn zijn gekomen, en dat leek onwaarschijnlijk. Hoe dan ook, ze waren behoedzaam geweest. Niet alleen hadden ze Zeus als dekking gebruikt, maar Kira kon op de holo zien dat ze voordat ze versnelden, hadden gewacht tot de Verzachtende Omstandigheden op het punt in zijn baan om Adra was waar de maan zich tussen hen in bevond.

Het kon geen toeval zijn dat de graaiers waren opgedoken een paar weken nadat zij de xeno had gevonden op Adra. Het universum was te groot voor toeval op die schaal. Of de graaiers hadden de maan onder observatie gehad, of iets in de ruïne had een signaal verstuurd toen Kira erin naar binnen was gevallen.

Kira wreef over haar gezicht, plotseling moe. Oké. Ze moest ervan uitgaan dat de graaiers versterkingen hadden die elk moment konden opduiken. Ze had geen seconde te verliezen.

'Ando, worden onze signalen nog steeds gestoord?'

'Nee.'

'Stuur...' Ze viel stil. Als ze een FTL-signaal naar 61 Cygni stuurde, zou dat de graaiers dan naar de rest van de menselijke kolonies kunnen leiden? Mogelijk, maar ze zouden toch geen moeite hebben die te vinden – als ze niet allang elke menselijke planeet onder observatie hadden – en de Liga moest zo snel mogelijk voor de aliens worden gewaarschuwd. 'Stuur dan een noodsignaal naar ruimtestation Vyyborg en stuur alle relevante informatie over de aanval op de Verzachtende Omstandigheden mee.'

'Dat is helaas niet mogelijk.'

'Wat? Hoezo niet? Leg uit.'

'De FTL-antenne is beschadigd en is niet in staat een stabiel veld op te wekken. Mijn reparatiebots kunnen de schade niet herstellen.'

Kira trok een gezicht. 'Leid het noodsignaal om via de communicatiesatelliet in baan om Adra. Satelliet Achtentwintig G. Toegangscode...' En ze ratelde haar autorisatiecode van het bedrijf af.

'Dat is helaas niet mogelijk. Ik ben niet in staat verbinding te maken met Satelliet Achtentwintig G. De aanwezigheid van wrakstukken suggereert dat de satelliet is verwoest.'

'Verdomme!' Kira zakte ineen op haar stoel. Ze kon de Fidanza niet eens bereiken. Die was gisteren pas vertrokken, maar zonder FTL-communicatie had het schip zich net zo goed aan de andere kant van de Melkweg kunnen bevinden. Ze kon nog altijd een gewoon signaal versturen (en dat ging ze ook doen), maar dat zou er elf jaar over doen om 61 Cygni te bereiken, dus daar hadden zij en de Liga weinig aan.

Ze haalde diep adem om zichzelf tot bedaren te brengen. *Rustig blijven. Je komt hier wel doorheen.* 'Ando, stuur een gecodeerd bericht gemarkeerd als vertrouwelijk en uitsluitend voor de hoogste VMB-officier in 61 Cygni. Gebruik de best beschikbare verzendmethode. Stuur alle relevante informatie mee over mij, Adrasteia en de aanval op de Verzachtende Omstandigheden.'

Vrijwel direct zei de pseudo-intelligentie: 'Bericht verstuurd.'

'Oké. Ando, dan wil ik nu spreken op alle beschikbare noodkanalen.'

Een zachte klik. 'Klaar.'

Kira leunde naar voren en hield haar mond dicht bij de microfoon op de display. 'Dit is Kira Navárez aan boord van het VMBS de Walkure. Kan iemand mij horen? Over...' Ze wachtte een paar seconden en herhaalde de boodschap. En herhaalde hem nog eens. Het VMB mocht haar dan niet al te best hebben behandeld, maar ze kon niet vertrekken zonder eerst naar overlevenden te zoeken. Ze was de ontsnappingscapsules die ze de Verzachtende Omstandigheden had zien lanceren niet vergeten. Als er nog iemand in leven was, moest ze dat weten.

Ze wilde Ando net instrueren om het bericht automatisch te blijven herhalen toen de speaker knetterde en haar bericht werd beantwoord door een mannelijke stem die griezelig dichtbij klonk. 'Hier korporaal Iska. Wat is je huidige locatie, Navárez? Over.'

Verbazing, opluchting, maar ook een groeiend gevoel van bezorgdheid maakten zich meester van Kira. Ze had niet daadwerkelijk verwacht dat iemand haar zou antwoorden. Wat moest ze nu? 'In een baan om Adra. Over. Eh, waar ben jij? Over.'

'Op de maan, op Adra.'

Toen klonk er nog een stem, die van een jong klinkende vrouw: 'Hier militair Reisner. Over.'

Nog drie anderen volgden, allemaal mannen: 'Hier specialist Orso.'

'Matroos Yarrek.'

'Onderofficier Samson.'

En als laatste een kille, gespannen stem die Kira deed verstijven: 'Majoor Tschetter.'

In totaal zes overlevenden, met de majoor als hoogste in rang. Na een paar vragen werd duidelijk dat hun ontsnappingscapsules alle zes op Adra waren geland, verspreid over het equatoriale continent, waarop ook de basis van de expeditie was gevestigd. De capsules hadden getracht zo dicht mogelijk bij de basis te landen, maar beschikten over zeer beperkte stuwraketten, dus betekende 'zo dicht mogelijk' voor de dichtstbijzijnde capsule een landing op enkele tientallen kilometers afstand, en in Tschetters geval ruim zevenhonderd.

'Goed, majoor, wat is het plan?' vroeg Iska.

Tschetter was even stil. Toen: 'Navárez, heb je de Liga op de hoogte gesteld?'

'Ik heb mijn best gedaan,' zei Kira, 'maar het zal nog meer dan tien jaar duren voor het signaal hen bereikt.' Ze legde de situatie van de FTL-antenne en de communicatiesatelliet uit.

'Kloteteringtyfus,' vloekte Orso.

'Hou het voor jezelf,' zei Iska.

Ze konden Tschetter diep horen ademhalen en van positie veranderen in haar ontsnappingscapsule. 'Shit.' Het was de eerste keer dat Kira haar een krachtterm hoorde gebruiken. 'Dat verandert de zaken.'

'Ja,' zei Kira. 'Ik ben nagegaan hoeveel eten de Walkure op voorraad heeft. Veel is het niet.' Ze somde op wat Ando haar had verteld en vroeg toen: 'Hoelang tot het VMB een schip op onderzoek uit stuurt?'

Opnieuw klonken er geluiden van bewegingen van Tschetter. Ze leek moeite te hebben een comfortabele positie te vinden. 'Te lang. Minstens een maand, mogelijk langer.'

Kira drukte haar nagels in haar handpalmen. De situatie werd steeds erger.

Schetter ging verder: 'We kunnen het ons niet veroorloven daarop te wachten. Onze hoogste prioriteit moet zijn om de Liga te waarschuwen voor deze aliens.'

'Het pak noemt ze "graaiers",' vertelde Kira.

'O ja?' zei Tschetter op een scherpe toon. 'Verder nog pertinente informatie die je met ons wilt delen, Navárez?'

'Alleen wat rare dromen. Ik schrijf ze straks wel op.'

'Doe dat... Nogmaals, we moeten de Liga waarschuwen. Dat en de xeno in jouw lichaam, Navárez, zijn belangrijker dan onze levens. Op grond daarvan beveel ik je onder speciale autorisatie van de Interstellaire Veiligheidsverordening om de Walkure te nemen en onmiddellijk en zonder oponthoud koers te zetten naar 61 Cygni.'

'Majoor, nee!' zei Yarrek.

Iska gromde. 'Beheers je, matroos.'

Het idee om de overlevenden in de steek te laten, zat Kira niet lekker. 'Luister, als ik zonder in cryo te gaan naar Cygni moet vliegen, prima, maar ik laat jullie hier niet zomaar achter.'

Tschetter snoof. 'Heel bewonderenswaardig, maar we hebben geen tijd om te wachten terwijl jij over Adrasteia rondvliegt om ons op te pikken. Daar zou je zeker een halve dag aan kwijt zijn, en tegen die tijd hebben de graaiers ons wellicht alweer gevonden.'

'Dat risico ben ik bereid te nemen,' zei Kira op zachte toon. En enigszins tot haar eigen verbazing was dat ook zo.

Ze kon Tschetter bijna haar hoofd horen schudden. 'Nou, ik niet, Navárez. En bovendien weten we allemaal best dat die shuttle maar vier cryobuizen bevat.'

'Sorry, majoor, maar ik vertik het om weg te vliegen en jullie te laten creperen.'

'Verdomme, Navárez. Ando, besturingsoverride, autorisatie...' Tschetter zei een lang wachtwoord op dat bestond uit willekeurige letters en cijfers.

'Override geweigerd,' zei de pseudo-intelligentie. 'Alle besturingsfuncties van de Walkure zijn overgedragen aan Kira Navárez.'

Zo mogelijk werd de stem van de majoor nog killer. 'Op wiens autoriteit?'

'Die van scheepsbrein Bisschop.'

'Aha... Navárez, word wakker en neem je verantwoording. Dit is groter dan ons allemaal. De omstandigheden vereisen...'

'Dat doen ze nou altijd,' prevelde Kira.

'Wat?'

Ze schudde haar hoofd, hoewel niemand haar kon zien. 'Maakt niet uit. Ik kom jullie ophalen. Zelfs als...'

'Nee!' zeiden Tschetter en Iska vrijwel tegelijkertijd. Tschetter ging verder: 'Nee. Je mag de Walkure in geen geval aan de grond zetten, Navárez. We kunnen het ons niet permitteren om jou in die kwetsbare positie te brengen. En bovendien, zelfs als je op jullie basis bijtankt, dan heb je nog altijd een aanzienlijk deel van je stuwstof nodig om de atmosfeer weer uit te komen. Je zult elk beetje delta-v dat je hebt nodig hebben om snelheid te minderen wanneer je 61 Cygni eenmaal bereikt.'

'Nou, ik blijf hier niet gewoon zitten niksen,' zei Kira. 'En je kunt me niet dwingen weg te gaan.'

Er viel een ongemakkelijke stilte op het radiokanaal.

Er moest een manier zijn om in elk geval een paar van hen te redden. Kira beeldde zich in hoe het moest zijn om moederziel alleen op Adra te zitten en te verhongeren of je te moeten verstoppen voor de graaiers. Het was een afgrijselijk lot, een dat ze zelfs niet aan doctor Carr toewenste.

Ze was prompt even van slag van de herinnering aan Carr. De doodsangst op zijn gezicht, de waarschuwingen die hij had geschreeuwd, de botten die uit zijn huid hadden gestoken... Als zij die zuurstofleiding niet had geraakt, had hij misschien levend van de Verzachtende Omstandigheden kunnen ontsnappen. Nee. Zonder die ontploffing had de graaier hen allebei gedood. Desondanks voelde ze zich er slecht over. Carr mocht een klootzak zijn geweest, maar niemand verdiende het om zo te sterven.

Toen knipte ze met haar vingers. Het geluid klonk verbazend hard in de cockpit. 'Ik heb het,' zei ze. 'Ik weet hoe we jullie van het oppervlak af kunnen krijgen.'

'Hoe dan?' vroeg Tschetter argwanend.

'De dropshuttle op de basis,' zei Kira.

'Welke shuttle?' zei Orso. Hij had een diepe stem. 'Die heeft de Fidanza meegenomen.'

Vol ongeduld liet Kira hem amper uitpraten. 'Nee, niet die. De andere shuttle. De shuttle waarmee Neghar mij rondvloog op de dag dat ik de xeno vond. Die ging gesloopt worden om elk risico op contaminatie te voorkomen.'

Er klonk een scherp getik over de speaker, en Kira begreep dat het Tschetters nagels moesten zijn. De vrouw zei: 'Wat zou er moeten gebeuren om die shuttle in de lucht te krijgen?'

Kira dacht even na. 'Ik denk dat hij alleen bijgetankt hoeft te worden.'

'Majoor,' zei Orso. 'De basis is maar drieëntwintig kilometer van mijn positie. Ik kan er binnen vijftig minuten zijn.'

Tschetters antwoord klonk onmiddellijk. 'Doe het. Ga!'

Er klonk een zachte klik toen Orso zijn radio uitzette.

Toen zei Iska ietwat onzeker: 'Majoor...'

'Ik weet het,' zei Tschetter. 'Navárez, ik moet iets bespreken met de korporaal. Bewaar je positie.'

'Oké, maar...'

De radio viel stil.

2

Terwijl ze wachtte, nam Kira de bediening van de shuttle door. Toen er meerdere minuten waren verstreken en Tschetter nog steeds geen contact had opgenomen, gespte Kira zich los uit haar stoel en rommelde rond in de opslag van de shuttle tot ze een jumpsuit vond.

Die had ze niet per se nodig – de xeno hield haar warm genoeg – maar ze voelde zich al sinds ze op de Verzachtende Omstandigheden wakker was geworden naakt. Het had iets geruststellends om weer gewone kleren aan te trekken, en het gaf haar een veilig gevoel. Misschien was het stom, maar het maakte een heel verschil.

Daarna liep ze naar de kleine, open kombuis van de shuttle.

Ze had honger, maar wetende hoe beperkt de voedselvoorraad was, kon ze zich er niet toe zetten een maaltijdpakket te eten. In plaats daarvan pakte ze een zakje zelfverwarmende chell – haar lievelingsthee – en bracht het mee terug naar de cockpit.

Nippend aan haar thee keek ze naar het deel van de ruimte waar de Verzachtende Omstandigheden en het schip van de graaiers hadden gevlogen.

Niets dan zwarte leegte. Al die mensen, dood. Al die mensen en al die aliens. Er was nog geen stofwolk om hun graf te markeren, want de explosie had de schepen verpulverd en hun atomen in alle richtingen verspreid.

Aliens. Intelligente aliens. Het idee voelde nog altijd overweldigend. Dat en het feit dat zij er een had helpen doden... Misschien was het mogelijk met de tentakelwezens te onderhandelen. Misschien was een vreedzame oplossing nog een optie. Maar als ze bereid waren vrede te sluiten, zouden ze waarschijnlijk eerst haar willen.

Bij die gedachte rimpelde de rug van haar handen en bolden de samengeweven vezels daar op als aangespannen spieren. Het pak was nog altijd niet volledig gekalmeerd van hun confrontatie met de graaier, en leek gevoeliger voor haar emoties dan daarvoor.

De aanval op de Verzachtende Omstandigheden had tenminste één oud debat ten einde gebracht: de mens was niet de enige zelfbewuste soort die gewelddadig was, of zelfs moordzuchtig. Integendeel.

Kira richtte haar blik weer op de voorruit en tuurde naar de glanzende massa van Adrasteia in de verte. Het was vreemd om te denken dat de zes bemanningsleden, inclusief Tschetter, zich daar ergens op het oppervlak bevonden.

Zes mensen, terwijl de shuttle maar vier cryobuizen bevatte.

Toen bedacht Kira iets. Ze opende het communicatiekanaal weer en zei: 'Tschetter, ben je daar? Over.'

'Wat is er, Navárez?' zei de majoor op geërgerde toon.

'We hadden op de basis twee cryobuizen. Weet je nog? Die waar Neghar en ik in lagen. Daar zou er een van moeten zijn achtergebleven.'

'... Waarvan akte. Is er in de basis nog iets anders wat van nut kan zijn? Eten, uitrustingen, dat soort dingen?'

'Weet ik niet zeker. We hadden nog niet alles uitgeruimd. Kan zijn dat er nog levende planten in de hydrocultuurvleugel staan. Wie weet liggen er in de kombuis nog een paar maaltijdpakketten. En er zal nog genoeg onderzoeksapparatuur liggen, maar die kunnen we niet eten.'

'Roger. Over en uit.'

Er ging nog een half uur voorbij voordat de radio weer knetterde en de majoor zei: 'Navárez, ben je daar?'

'Ja, ik luister,' zei Kira snel.

'Orso heeft de dropshuttle gevonden. Die en de hydrokraker lijken nog te functioneren.'

Thule! 'Goed nieuws.'

'Dit is wat er gaat gebeuren,' zei Tschetter. 'Zodra Orso klaar is met het bijtanken van de shuttle, over... zeven minuten, gaat hij Samson, Reisner en Yarrek ophalen. Daarvoor moet hij twee vluchten maken. Vervolgens vliegen ze naar jou toe in baan om Adra. Dan keert de shuttle op automatische piloot terug naar de basis, en geef jij, Navárez, Ando bevel om koers te zetten naar 61 Cygni. Begrepen?'

Kira trok een gezicht. Hoe wist de majoor haar altijd zo op de zenuwen te werken? 'En die cryobuis waar ik het over had? Staat die nog op de basis?'

'Zwaar beschadigd.'

Kira kromp ineen. Het pak moest de buis hebben geraakt toen het uit haar tevoorschijn kwam. 'Oké. Dan gaan jij en Iska...'

'Wij blijven achter.'

Een vreemd gevoel van verwantschap kwam in Kira boven. Ze was niet op de majoor gesteld, verre van, maar je moest bewondering hebben voor haar onverzettelijkheid. 'Waarom jij? Moet jij niet...'

'Nee,' zei Tschetter. 'Als jullie worden aangevallen, hebben jullie mensen nodig die kunnen vechten. Ik heb bij mijn landing mijn been gebroken. Ik zou niet van nut zijn. En de korporaal, die heeft het zelf aangeboden. Hij onderneemt de reis naar de basis de komende paar dagen te voet, en wanneer hij daar aankomt, vliegt hij hiernaartoe om mij op te halen.'

'... Het spijt me,' zei Kira.

'Hoeft niet,' zei Tschetter grimmig. 'Er valt niets aan te doen. Eigenlijk moet er toch iemand hier blijven om te zien of de aliens terugkomen. Ik ben van de inlichtingendienst, ik ben daar het meest geschikt voor.'

'Natuurlijk,' zei Kira. 'Trouwens, als jullie Seppo's werkplek goed doorzoeken, vinden jullie misschien nog wat pakjes zaadjes. Geen idee of het jullie zal lukken iets te verbouwen, maar...'

'We zullen kijken,' zei Tschetter. Op iets mildere toon voegde ze eraan toe: 'Ik stel het op prijs, wat een lastpost je af en toe ook kunt zijn, Navárez.'

'Ja, nou, moet jij nodig zeggen.' Kira streek met haar handpalm over het paneel en keek hoe het oppervlak van het pak samentrok en strekte. Als hun rollen waren omgedraaid, zou zij dan de moed hebben gehad tot hetzelfde besluit te komen? Ze vroeg het zich af.

'We stellen je op de hoogte wanneer de shuttle lanceert. Tschetter uit.'

3

'Display uit,' zei Kira.

Ze tuurde naar haar weerspiegeling in het glas, een flauwe, spookachtige dubbelganger. Het was voor het eerst sinds de xeno haar huid had bedekt dat ze een fatsoenlijk blik op zichzelf kon werpen.

Kira herkende zichzelf amper. In plaats van de normale vorm van haar hoofd zoals ze die gewend was, kon ze nu de contouren van haar schedel zien, kaal en bedekt met de zwarte laag vezels. Haar ogen waren hol en ze had nieuwe lijnen bij haar mondhoeken die haar deden denken aan haar moeder.

Ze leunde naar voren. Waar het pak overging in haar huid, vormde het een complexe, gedetailleerde fractal die iets in haar losmaakte alsof ze hem eerder had gezien. Het gevoel van déjà vu was zo sterk dat het heel even voelde alsof ze ergens anders was, lang geleden, en ze moest met haar ogen knipperen en naar achteren leunen om zich te bevrijden.

Kira vond zichzelf er maar demonisch uitzien, als een lijk dat uit haar graf was opgestaan om de levenden te kwellen. Overweldigd door afkeer wendde ze haar blik af. Ze wilde het bewijs van het effect van de xeno op haar lichaam niet meer zien. Het was maar goed dat Alan haar nooit zo had gezien – hoe had hij ooit om haar kunnen geven, van haar kunnen houden? Ze beeldde zich hem in met een walgende blik op zijn gezicht en trok zelf dezelfde blik.

Even liepen de tranen haar in de ogen, maar ze knipperde ze boos weg.

Ze deed de pet op die ze in een van de lockers had gevonden en zette de kraag van haar jumpsuit overeind om de xeno zo goed mogelijk te verbergen. Toen: 'Display aan. Begin opname.' Het scherm sprong aan, en er begon een geel lichtje te branden bij de ingebouwde camera.

'Hoi mam. Pap. Isthah... Ik weet niet wanneer jullie dit zullen zien. Ik weet niet of jullie het ooit zullen ontvangen, maar ik hoop het. Er is hier veel gebeurd, en niets goeds. Ik kan jullie niet veel vertellen, niet zonder in de problemen te raken met de Liga, maar Alan is dood. Fizel, Yugo, Ivanova en Seppo ook.'

Kira moest haar blik even afwenden voordat ze verder kon gaan. 'Mijn shuttle is beschadigd en ik weet niet zeker of hij het terug naar 61 Cygni gaat halen, dus in het geval van niet: mam, pap, ik heb in mijn testament staan dat ik alles aan jullie nalaat. Ik stuur de benodigde gegevens met dit bericht mee.

En ik weet dat dit vreemd zal klinken, maar jullie moeten naar me luisteren. Bereid je voor. Er is een storm op komst, en het wordt een erge. Erger dan die van zevenendertig.' Dat zouden ze begrijpen. Ze hadden altijd gegrapt dat alleen het einde van de wereld ooit erger kon zijn dan de storm dat jaar. 'Nog één laatste ding: ik wil niet dat jullie drie depressief raken over mij. Vooral jij niet, mam. Ik weet hoe je bent. Hou daarmee op. Blijf niet thuis zitten kniezen. Dat geldt voor jullie allemaal. Trek eropuit. Lach. Leef. Niet alleen voor jullie eigen bestwil, maar doe het ook voor mij. Alsjeblieft, beloof me dat.'

Kira was even stil en knikte toen. 'Het spijt me. Het spijt me heel erg dat ik jullie dit aandoe. Ik wou dat ik voor deze trip thuis was langsgekomen om jullie te zien... Ik hou van jullie.'

Ze zette de opname stil.

Een paar minuten bleef ze zitten zonder iets te doen en staarde zonder met haar ogen te knipperen naar het donkere scherm. Toen dwong ze zichzelf ook een bericht op te nemen voor Sam, Alans broer. Omdat ze de waarheid over de xeno niet mocht vertellen, weet ze Alans dood aan een ongeluk op de basis.

Tegen de tijd dat ze daarmee klaar was, was ze weer aan het huilen. Deze keer hield ze haar tranen niet in. Er was de afgelopen paar dagen zo veel gebeurd, en het was een verademing om alle emotie eruit te laten, al was het maar voor even.

Om haar vinger voelde ze een fantoomgewicht waar ze de ring die Alan haar had gegeven had horen te dragen. Dat gemis deed haar tranen alleen maar harder stromen.

Haar emotionele uitbarsting maakte de vezels onder haar jumpsuit onrustig, en er vormden zich ronde knobbels op haar armen, benen en bovenrug. Met een grom sloeg ze de knobbels op de rug van haar hand plat, en ze trokken weer weg.

Toen ze bedaarde, maakte ze ook soortgelijke opnames voor de rest van haar overleden teamgenoten. Hun families kende ze niet – ze wist zelfs niet zeker of ze allemaal familie hadden – maar Kira vond dat ze het hun verschuldigd was. Ze waren haar vrienden... en zij had hen gedood.

De laatste opname viel haar nog net zo zwaar als de eerste. Toen ze klaar was, liet Kira Ando de berichten versturen en sloot ze afgepeigerd haar ogen, volledig op. Ze kon de aanwezigheid van het pak in haar geest voelen, als een subtiele druk die ergens tijdens hun ontsnapping van de Verzachtende Omstandigheden vorm had aangenomen, maar ze nam er geen hint van gedachten of intenties van waar. Toch twijfelde ze niet langer: de xeno was zelfbewust. En observeerde haar.

...

De speakers knetterden.

Kira schrok op en besefte dat ze moest zijn ingedut. Er klonk een stem, die van Orso. '... ben je daar? Over. Ik herhaal, ben je daar, Navárez? Over.'

'Ik kan je horen,' zei ze. 'Over.'

'We zijn de dropshuttle aan het bijtanken. Zodra de tank vol zit, lanceren we en laten we deze godverlaten maan achter ons. Rendez-vous met de Walkure over veertien minuten.'

'Ik zal zorgen dat ik klaar zit,' zei ze.

'Roger. Over en uit.'

De tijd verstreek snel. Kira keek via de naar achteren gerichte camera's op de shuttle toe hoe een felle stip opsteeg van het oppervlak van Adrasteia en in een boog op de Walkure af kwam. Toen hij dichterbij kwam, kon ze de vertrouwde contouren van de dropshuttle identificeren.

'Ik zie ze,' meldde ze. 'Tot zover alles goed.'

'Mooi zo,' zei Tschetter.

De dropshuttle kwam naast de Walkure vliegen, en de twee voertuigen gebruikten hun stuurraketten om voorzichtig met elkaar te paren, luchtsluis tegen luchtsluis. De Walkure schudde zachtjes.

'Dokmanoeuvre succesvol afgerond,' zei Ando. Zijn overdreven vrolijke toon werkte Kira op de zenuwen.

De luchtsluizen openden met het gesis van lucht. Een man met een haviksneus en gemillimeterd haar stak zijn hoofd door de opening. 'Permissie om aan boord te komen, Navárez?'

'Permissie verleend,' zei Kira. Het was slechts een formaliteit, maar ze stelde hem op prijs.

De man kwam op haar af zweven, en ze stak een hand naar hem uit. Na een ogenblik van aarzeling nam hij hem aan.

'Specialist Orso, neem ik aan?' zei ze.

'Correct.'

Na Orso volgden militair Reisner (een kleine vrouw met grote ogen die eruitzag alsof ze vanuit school direct bij het VMB in dienst was gegaan), onderofficier Samson (een bonenstaak met rood haar) en matroos Yarrek (een zwaargebouwde kerel met een dik verband om zijn rechterarm).

'Welkom aan boord van de Walkure,' zei Kira.

Ze keken haar allemaal licht achterdochtig aan, tot Orso zei: 'Blij om hier te zijn.'

Yarrek bromde en zei: 'We staan bij je in het krijt, Navárez.'

'Ja,' zei Reisner. 'Dank je.'

Voordat ze de dropshuttle terug naar Adra stuurden, liep Orso naar een rij lockers ingebouwd in de achterwand van de Walkure die Kira nog niet eens was opgevallen. Orso voerde een code in, en de lockers klapten open en onthulden rekken vol pistolen en geweren, zowel blasters als vuurwapens.

'Dat is het betere werk,' zei Samson.

Orso nam vier wapens en een stapel batterijen, magazijnen en granaten, en bracht ze naar de dropshuttle. 'Voor de majoor en de korporaal,' legde hij uit.

Kira knikte begrijpend.

Toen de wapens eenmaal veilig waren opgeborgen en iedereen terug op de Walkure was, koppelde de dropshuttle los en viel weg naar de maan ver onder hen.

'Jullie hebben zeker geen extra eten gevonden in de basis,' zei Kira tegen Orso.

Hij schudde zijn hoofd. 'Ben bang van niet. Onze ontsnappingscapsules zijn uitgerust met een paar rantsoenen, maar die hebben we achtergelaten voor de majoor en de korporaal. Zij hebben ze harder nodig dan wij.'

'Dan ik, bedoel je.'

Hij nam haar bedachtzaam in zich op. 'Ja, daar komt het wel op neer.'

Kira schudde haar hoofd. 'Het maakt allemaal ook niet uit.' Uiteindelijk had hij gelijk. 'Oké, laten we geen tijd meer verspillen.'

'Plaatsen, iedereen!' brulde Orso, en de andere drie gespten zich haastig in. Orso zelf kwam voor in de shuttle bij haar zitten in de stoel voor de copiloot.

'Ando,' zei Kira toen, 'zet koers naar de dichtstbijzijnde landingsplaats in 61 Cygni. Hoogst mogelijke versnelling.'

Voor haar op de display verscheen een afbeelding van het stelsel waar ze naar op weg waren, met hun bestemming gemarkeerd met een knipperende stip: het Hydrotek-brandstofstation in een baan om de gasreus Tsiolkovsky. Verdomme hetzelfde ruimtestation waar de Fidanza een stop had gemaakt op weg naar hun huidige stelsel, Sigma Draconis.

Kira haalde even diep adem en zei toen: 'Vuur de raketten af.'

De aandrijving van de shuttle kwam brullend tot leven, en ze werden naar achteren gedrukt, eerst zachtjes, maar al snel steeds harder, tot een stuwkracht van 2 g.

'Daar gaan we dan,' mompelde Kira.

4

Ando liet hen drie uur lang met 2 g stuwkracht doorvliegen, waarna de pseudo-intelligentie hun versnelling terugbracht tot een draaglijkere 1,5 g, wat hen in staat stelde zonder al te veel ongemak door de cabine rond te bewegen.

Het daaropvolgende uur inspecteerden de vier VMB-manschappen elk onderdeel van de shuttle. Ze controleerden de reparaties die Kira had verricht – 'Niet slecht, voor een niet-militair,' gaf Samson met tegenzin toe – telden en hertelden de rantsoenen; catalogiseerden elk wapen, elke batterij en elk patroon; testten of de skinsuits en de cryobuizen goed werkten; en deden alles wat mogelijk was om er zeker van te zijn dat de shuttle optimaal functioneerde.

'Als er iets misgaat terwijl wij bevroren zijn,' zei Orso, 'heb je waarschijnlijk geen tijd om ons te ontdooien.'

Toen kleedden hij en de anderen zich uit tot hun ondergoed, en klommen Yarrek, Samson en Reisner in hun cryobuizen om te beginnen aan de reeks injecties die hen in een staat van hibernatie zou brengen. Ze konden niet langer wakker blijven, want dan zouden ze moeten eten, en ze moesten al het eten voor Kira bewaren.

Reisner lachte nerveus en wuifde naar hen. 'Tot bij 61 Cygni,' zei ze terwijl de klep van haar cryobuis omlaagzakte en sloot.

Kira wuifde terug, maar dacht niet dat de militair het nog kon zien.

Orso wachtte tot de anderen allemaal buiten bewustzijn waren en stapte toen naar de lockers, nam er een geweer uit en overhandigde het aan Kira. 'Hier. Het is tegen de reglementen, maar je zult het wellicht nog nodig hebben, en als het zover komt... nou, beter dat je een wapen tot je beschikking hebt dan niet.' Hij wierp Kira een nogal sardonische blik toe. 'Wij zijn straks toch allemaal hulpeloos en aan jou overgeleverd, dus waarom ook niet. We kunnen je beter zo veel mogelijk in je voordeel geven.'

'Dank je,' zei ze, en ze nam het geweer van hem aan. Het was zwaarder dan het eruitzag. 'Denk ik.'

'*No problemo.*' Hij knipoogde naar haar. 'Vraag Ando om instructies – hij kan je laten zien hoe je ermee moet omgaan. Dan nog één ding, bevelen van Tschetter.'

'Wat?' zei Kira, plotseling argwanend.

Orso wees naar zijn rechteronderarm. De huid daar was iets lichter dan die hoger op zijn arm, en er was een duidelijke scheidslijn waar de ene tint ophield en de andere begon. 'Zie je dat?'

'Ja.'

Hij wees naar een identieke scheidslijn van kleuren halverwege zijn linkerdijbeen. 'En dat?'

'Ja.'

'Ben een paar jaar geleden geraakt door granaatscherven. Ik ben die arm en dat been kwijtgeraakt en heb nieuwe moeten laten groeien.'

'Au.'

Orso haalde zijn schouders op. 'Eh. Het deed minder pijn dan je zou denken. Het punt is... als het eten op is en je denkt dat je het niet gaat redden, maak dan mijn cryobuis open en snijd wat af.'

'Wat? Nee! Dat kan ik echt niet.'

De korporaal keek haar in de ogen. 'Denk er gewoon aan als kweekvlees. Zolang ik in cryo lig, merk ik er niets van.'

Kira trok een grimas. 'Verwacht je serieus dat ik een kannibaal word? Jezus christus, ik weet dat we ver van Sol zijn, maar...'

'Nee,' zei Orso, en hij greep haar bij de schouder. 'Ik verwacht dat je doet wat nodig is om te overleven. Dit is menens, Navárez. Het is goed mogelijk dat het voortbestaan van het hele menselijke ras op het spel staat. Als je een van mijn armen moet afhakken en opeten om in leven te blijven, ga je dat verdomme doen. Allebei mijn armen, als het nodig is, en mijn benen ook. Begrepen?'

Tegen de tijd dat hij was uitgepraat, was hij praktisch aan het schreeuwen. Kira kneep haar ogen dicht en knikte, niet in staat hem aan te kijken.

Orso wachtte even en liet haar toen los. 'Oké. Goed... Maar, eh, je hoeft ook niet te enthousiast te gaan snijden als het niet nodig is.'

Kira schudde haar hoofd. 'Dat zal ik niet doen. Beloofd.'

Hij knipte met zijn vingers en maakte pistoolgebaren naar haar met zijn handen. 'Fantastisch.' Toen klom hij in de laatste cryobuis en ging liggen. 'Red je het, in je eentje?'

Kira zette het geweer neer tegen de muur. 'Ja hoor. Ik heb Ando om me gezelschap te houden.'

Orso grijnsde. 'Zo mag ik het horen. We willen niet dat je doordraait van de eenzaamheid, hè?' Toen trok hij de klep van de cryobuis dicht en verdween al snel achter de laag koude condens die zich vormde op de binnenkant van het glas.

Kira ademde diep uit en liet zich voorzichtig naast het geweer op de grond zakken. Ze voelde elke extra kilo van de 1,5 g in haar botten.

Het zou een lange reis worden.

5

De Walkure bleef nog zestien uur met 1,5 g versnellen. Kira maakte van de kans gebruik om een gedetailleerd verslag te schrijven van de visioenen die de xeno haar had laten zien, en liet Ando het doorsturen naar zowel Tschetter als de Liga.

Ze probeerde ook de bestanden in te kijken die Bisschop had doorgestuurd van de Verzachtende Omstandigheden, met speciale belangstelling voor de resultaten van Carrs tests op de xeno. Tot haar grote ergernis waren de bestanden vergrendeld achter een wachtwoord en gemarkeerd als 'alleen voor bevoegd personeel'.

Toen ze daar geen afleiding kon vinden, besloot Kira een dutje te gaan doen, en toen ze niet meer kon slapen, keek ze naar de xeno die als krimpfolie om haar huid gewikkeld zat.

Ze volgde met haar vinger een dolende lijn over haar onderarm en nam nota van hoe de vezels aanvoelden. Toen liet ze een hand onder de thermische deken glijden die ze om zich heen had gewikkeld – onder de deken en onder haar jumpsuit – en raakte haar lichaam aan waar ze dat nog niet had gedurfd. Borsten, buik, dijen en toen tussen haar dijen.

Ze was niet uit op genot. Dit was puur een klinisch onderzoek. Haar interesse in seks had op het moment een negatieve waarde. Desondanks verbaasde het Kira hoe gevoelig haar huid was, zelfs door de vezels heen. Ze was tussen haar benen glad als een pop, maar toch kon ze iedere vertrouwde plooi van haar huid nog voelen.

Ze liet tussen opeengeklemde tanden haar adem sissend ontsnappen en trok haar hand weg. Genoeg. Dat had haar nieuwsgierigheid daarover voorlopig wel bevredigd.

In plaats daarvan experimenteerde ze met de xeno. Eerst probeerde ze het pak zover te krijgen een rij stekels te vormen op de binnenkant van haar onderarm. Maar zonder succes. De vezels roerden zich in reactie op haar mentale bevel, maar weigerden te doen wat ze wilde.

Ze wist dat de xeno het kon. Hij wilde alleen niet meewerken. Of voelde zich niet genoeg bedreigd. Ze beeldde zich in dat er een graaier voor haar stond, maar zelfs dat was niet voldoende om het organisme te motiveren een stekel te vormen.

Gefrustreerd besloot Kira om zich dan maar op het masker van het pak te concentreren, benieuwd of ze dat op commando tevoorschijn kon brengen.

Het antwoord daarop was ja, maar niet zomaar. Alleen door zichzelf in een staat nabij de paniek te werken, zodat haar hart wild tekeerging en er zich druppeltjes koud zweet vormden op haar voorhoofd, lukte het Kira om succesvol door te geven wat ze wilde, en pas toen voelde ze dat tintelende gevoel weer over haar hoofdhuid kruipen terwijl het pak zich uitspreidde over haar gezicht. Heel even voelde het alsof ze stikte, en in dat ogenblik was Kira's angst echt. Toen wist ze zichzelf weer te kalmeren en kwam haar hart tot rust.

Hoe vaker ze het probeerde, hoe beter de xeno op haar reageerde, tot ze uiteindelijk hetzelfde resultaat wist te behalen met niet meer dan een geconcentreerd gevoel van bezorgdheid... wat onder de omstandigheden niet moeilijk voor haar was om op te roepen.

Met het masker op bleef Kira een tijdje naar de EM-velden om haar heen liggen kijken: de enorme, wazige lussen die uit de fusieaandrijving van de Walkure kwamen en de generator die die voedde. De kleinere, helderdere lussen verspreid over de hele cabine die panelen aan elkaar verbonden met dunne draadjes van energie. Ze vond de velden iets vreemds betoverends hebben. Hun doorschijnende omtrekken deden haar denken aan het noorderlicht dat ze ooit op Weyland had gezien, maar dan regelmatiger.

Na verloop van tijd werd de inspanning om haar kunstmatige paniek in stand te houden haar te veel en liet ze het masker zich terugtrekken van haar gezicht. De EM-velden werden weer onzichtbaar.

Ze was tenminste niet compleet alleen. Ze had Ando en ze had het pak, haar stille metgezel, haar parasitische lifter, haar dodelijke en levende kledingstuk. Hun bondgenootschap was er niet een van vriendschap, maar op zijn eigen manier veel hechter.

Kira gaf zichzelf toestemming om voor het einde van hun versnelling een rantsoen te eten. Het was haar laatste kans in een heel lange tijd om een maaltijd te genieten terwijl ze enige sensatie van gewicht voelde, en die wilde ze niet verspillen.

Ze at bij de kleine, open kombuis. Toen ze klaar was, trakteerde ze zichzelf op nog een zakje chell, waar ze bijna een uur mee wist te doen.

De enige geluiden in de shuttle waren die van haar ademhaling en het doffe gebulder van de raketten, en zelfs dat zou nu snel stilvallen. Vanuit haar ooghoek kon ze achter in de Walkure de cryobuizen zien staan, koud en bewegingloos, zonder enig teken van de bevroren lichamen die ze verborgen. Of Orso en de anderen nu op het ogenblik amper meer waren dan blokken ijs of niet, het was vreemd om te denken dat ze niet de enige mens aan boord van de shuttle was.

Kira putte geen troost uit de gedachte. Ze bibberde en liet haar hoofd achterovervallen tegen de vloer/wand.

Een scheut pijn trok door haar schedel, en ze kromp met tranende ogen ineen. 'Verdomme,' mompelde ze. Ze bleef steeds maar te snel bewegen voor de extra g-kracht en zich daardoor bezeren. Haar gewrichten deden zeer, en haar armen en benen bonsden van een tiental verschillende blauwe plekken. De xeno beschermde haar tegen ergere kwetsuren, maar dit soort kleine, tijdelijke pijntjes leek hij te negeren.

Kira had geen idee hoe de mensen op Shin-Zar en andere planeten met een hoge zwaartekracht ermee omgingen. Natuurlijk waren zij gen-gehackt om hen te helpen overleven en zelfs te gedijen in diepe gravitatieputten, maar Kira had moeite zich voor te stellen hoe ze zich ooit echt op hun gemak konden voelen.

'Waarschuwing,' zei Ando. 'Gewichtloosheid over vijf minuten.'

Kira ruimde het zakje van haar thee op, en zocht een zestal thermische dekens bij elkaar uit de lockers en bracht ze mee terug naar de cockpit. Daar wikkelde ze de dekens als een goudkleurige cocon om de pilotenstoel. Naast de stoel tapete ze het geweer, een weekvoorraad aan rantsoenen, een pak vochtige doekjes en nog een paar benodigdheden vast die ze mogelijk nodig zou hebben.

Toen trok er een lichte schok door de romp en hielden de raketten op met branden. Er viel een serene stilte.

Kira's maaginhoud zweefde omhoog, en haar jumpsuit bolde om haar op alsof hij werd opgeblazen. Ze deed haar best om haar lunch binnen te houden (want ze had immers al zo weinig in haar maag) en nestelde zich in de cocon van folie om haar stoel.

'Alle non-essentiële systemen worden nu uitgeschakeld,' zei Ando, en door de hele cabine gingen alle lichten uit. Alleen boven de bedieningspanelen bleef nog zwakke, rode verlichting branden.

'Ando,' zei Kira, 'verlaag de luchtdruk in de cabine tot het equivalent van vierentwintighonderd meter boven zeeniveau, Aardse norm.'

'Mevrouw Navárez, zulke lage...'

'Ik begrijp wat voor effect het op me zal hebben, Ando. Daar reken ik op. Doe het gewoon.'

Achter haar hoorde Kira de ventilators van het luchtverversingssysteem harder beginnen te zoemen, en ze voelde een lichte bries van de lucht die naar de openingen in het plafond werd gezogen.

Ze klikte de radio aan. 'Tschetter. De raketten zijn net uitgegaan. Nog drie uur tot we de overgang maken naar FTL. Over.' Die tijd was nodig om de fusieaandrijving zo veel mogelijk te laten afkoelen en de radiatoren van de Walkure de rest van de shuttle te laten verkoelen tot nabij het vriespunt. Zelfs daarna zou de shuttle in FTL waarschijnlijk nog wel twee of drie keer oververhit raken, afhankelijk van hoe actief zij was. Wanneer dat gebeurde, zou de shuttle lang genoeg naar de normale ruimte moeten terugkeren om weer af te koelen voordat hij verder vloog. Anders zouden zij en alles aan boord van de Walkure gekookt worden in hun eigen hitte.

Door het lichtsnelheidsinterval tussen de Walkure en Adra duurde het meer dan drie minuten voordat ze Tschetters antwoord ontving. 'Roger, Navárez. Geen problemen met de shuttle?'

'Nee. Alle systemen op honderd procent. Hoe is het met jou?' Kira wist dat de majoor nog altijd in haar ontsnappingscapsule lag te wachten tot Iska haar kon komen ophalen.

'... Situatie onveranderd. Ik heb mijn been weten te spalken. Zou erop moeten kunnen lopen. Over.'

Kira kromp meelevend ineen. Dat moest gruwelijk veel pijn hebben gedaan. 'Hoelang heeft Iska nog nodig om de basis te bereiken? Over.'

'... Als alles volgens plan verloopt, zou hij er morgenavond moeten aankomen. Over.'

'Da's mooi.' Toen zei Kira: 'Tschetter, wat is er met Alans lichaam gedaan?' Die vraag zat haar al de hele dag dwars.

'... Zijn stoffelijk overschot is samen met die van de andere overledenen aan boord gebracht van de Verzachtende Omstandigheden. Over.'

Kira kneep even haar ogen dicht. Alan had tenminste een uitvaart gehad die een koning waardig was: op een brandend schip dat hem had meegevoerd naar het hiernamaals. 'Begrepen. Over.'

De daaropvolgende paar uur bleven ze met tussenpozen berichten uitwisselen. De majoor opperde dingen die Kira kon doen om de reis draaglijker te maken, en Kira gaf advies over het overleven op Adra. Ze had het idee dat zelfs de majoor er moeite mee had alles wat er was gebeurd te behappen.

Toen zei Kira: 'Tschetter, zeg eens eerlijk: wat heeft Carr precies over de xeno ontdekt? En begin alsjeblieft niet over vertrouwelijke informatie en dat soort onzin. Over.'

Na de tussenpauze klonk er een zucht aan de andere kant van de lijn. 'De xeno bestaat uit een semiorganisch materiaal dat met niets wat we ooit eerder hebben gezien overeenkomt. Onze beste theorie was dat het pak in werkelijkheid bestaat uit een verzameling hooggeavanceerde nanoassemblatoren, al zijn we er niet in geslaagd een individuele eenheid te isoleren. Aan de paar monsters die we hebben weten te verzamelen, hadden we vrijwel niets. Ze verzetten zich er actief tegen zich te laten bestuderen. Als we een paar moleculen op een chiplab legden, zorgden ze ervoor dat het lab het begaf, vraten ze dwars door het apparaat heen of veroorzaakten ze kortsluiting. Dat soort dingen.'

'Kun je me verder nog iets vertellen?' vroeg Kira.

'... Nee. We hebben heel weinig vooruitgang geboekt. Carr raakte erdoor geobsedeerd de krachtbron van de xeno te identificeren. Het heeft er niet de schijn van dat hij energie aan jou onttrekt. Eerder het omgekeerde, wat inhoudt dat hij een andere manier moet hebben om energie op te wekken.'

Toen zei Ando: 'Vijf minuten tot overgang naar FTL.'

'Tschetter, we hebben bijna de markovgrens bereikt. Dit wordt mijn laatste bericht. Ik wens jou en Iska het beste. Hoop dat jullie het redden.' Ze was even stil en zei toen: 'Ando, toon me de achteruitkijkcamera's.'

Het scherm voor haar kwam tot leven en toonde het uitzicht achter de shuttle. Zeus en zijn manen, waaronder Adrasteia, waren nog maar een groepje felle stippen aan stuurboordzijde, eenzaam in de duisternis.

Ze zag Alans gezicht voor zich en kreeg een brok in haar keel.

'Vaarwel,' fluisterde ze.

Toen draaide ze de camera tot de ster van het stelsel op het scherm verscheen. Ze staarde ernaar, wetende dat dit hoogstwaarschijnlijk de laatste keer was dat ze hem ooit zou zien. Sigma Draconis, de achttiende ster van het sterrenbeeld Draak. Toen ze de naam voor het eerst in een lijst in een rapport had zien staan, had hij haar meteen aangesproken. Hij had avontuur beloofd, en misschien een beetje gevaar… Nu kwam hij alleen nog maar onheilspellend op haar over, alsof deze draak was gekomen om de hele mensheid te verzwelgen.

'Toon me de neuscamera's.'

Het scherm flikkerde en gaf haar uitzicht op de sterren voor de shuttle. Zonder de hulp van haar overlays had ze even nodig voordat ze hun bestemming wist te vinden: een kleine, roodoranje stip vrijwel in het midden van het scherm. Op die afstand waren de twee sterren van het stelsel niet van elkaar te onderscheiden, maar ze wist dat het de dichtstbijzijnde van de twee was waarnaar ze op weg waren.

Kira voelde opeens tot diep in haar botten hoe ver weg 61 Cygni wel niet was. Lichtjaren gingen het menselijke verstand te boven, en ondanks alle hulp die de moderne technologie bood, bleef het een gigantische, angstaanjagende afstand, waarbij vergeleken de shuttle niet meer was dan een stofdeeltje dat door de leegte snelde.

'… Roger, Navárez. Veilige reis. Tschetter uit.'

Van achter in de shuttle klonk het zachte, loeiende geluid van de markovaandrijving die aan zijn opstartprocedure begon.

Kira wierp een blik achterom. Hoewel ze de aandrijving niet kon zien, kon ze hem zich levendig voorstellen: een zwarte bol, enorm groot en zwaar, die aan de andere kant van het schaduwschild rustte, als een kwaadaardige pad die in de ruimte tussen de wanden was gekropen. Zoals altijd was de gedachte aan de aandrijving genoeg om haar kippenvel te bezorgen. Misschien was het de radioactieve dood die de kostbare paar gram antimaterie die hij bevatte beloofden, en het feit dat als de magnetische flessen het begaven, hij haar in een oogopslag kon wegvagen. Of misschien was het wat de aandrijving deed, de manier waarop hij materie en energie verwrong om ze toegang te verschaffen tot de superluminale ruimte. Wat het ook was, markovaandrijvingen jaagden haar de stuipen op het lijf en zetten haar aan het denken over wat voor vreemde dingen er met mensen konden gebeuren terwijl ze in FTL lagen te slapen.

Op deze reis zou ze daarachter komen.

Het loeiende geluid nam toe, en Ando zei: 'Overgang naar FTL in vijf... vier... drie... twee... één...'

Het loeiende geluid bereikte zijn climax, en de sterren verdwenen.

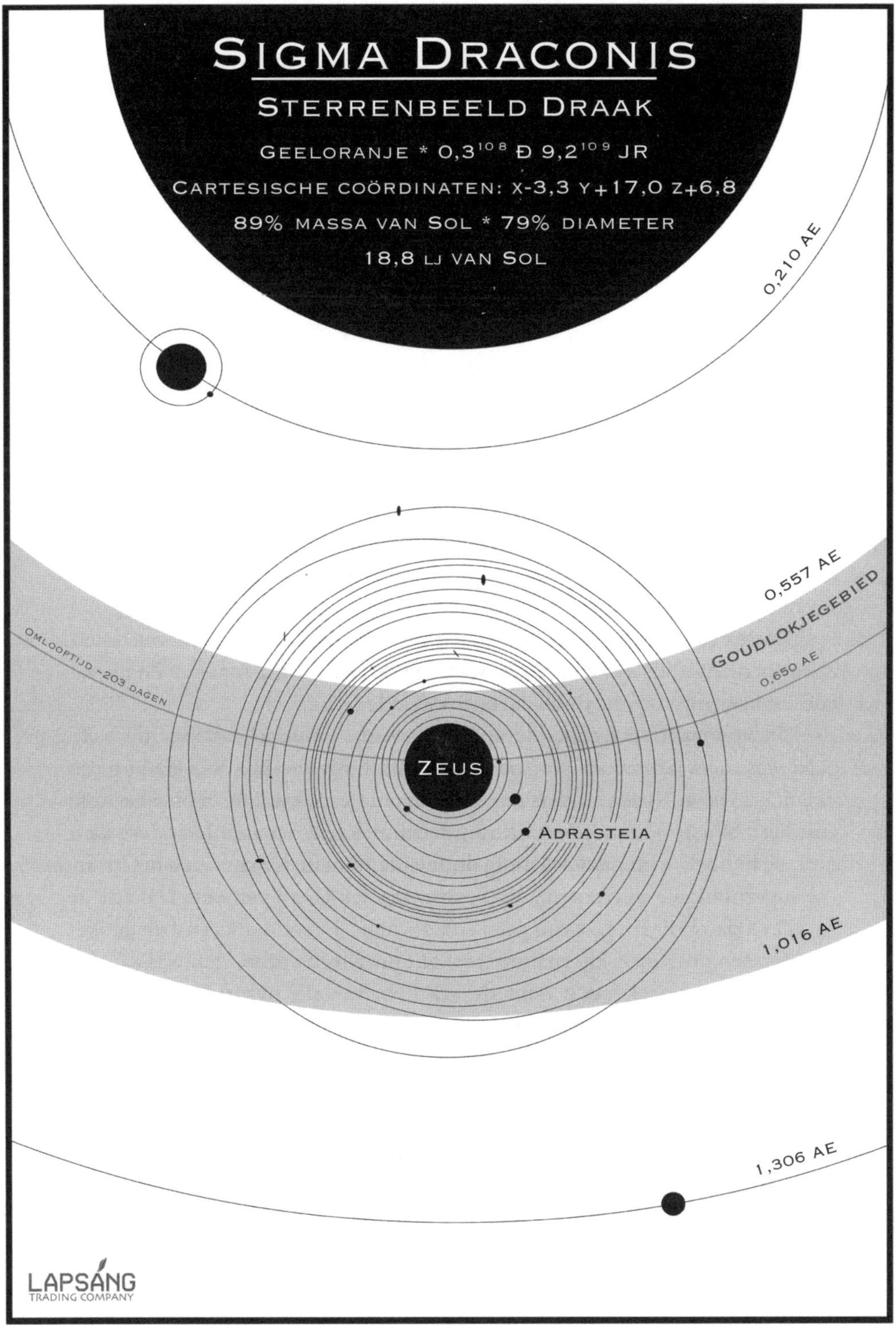

Sigma Draconis
Sterrenbeeld Draak
Geeloranje * 0,3$^{10\,8}$ Đ 9,2$^{10\,9}$ jr
Cartesische coördinaten: x-3,3 y+17,0 z+6,8
89% massa van Sol * 79% diameter
18,8 lj van Sol
0,210 AE
0,557 AE
Goudlokjegebied
0,650 AE
Omlooptijd ~203 dagen
Zeus
Adrasteia
1,016 AE
1,306 AE
Lapsáng Trading Company

*   *   *   *   *   *   *

EXEUNT I

1

De Melkweg verdween, en werd vervangen door een vervormde weerspiegeling van de shuttle: een donkere, wazige massa uitsluitend verlicht door de flauwe gloed uit de cockpit. Kira kon zichzelf achter de voorruit zien zitten: een vlek bleke huid zwevend boven het bedieningspaneel, als een afgestroopt gezicht zonder lichaam eraan vast.

Dit was voor het eerst dat ze een markovbubbel met eigen ogen zag. Hiervoor had ze altijd in cryo gelegen wanneer ze een sprong maakte. Ze zwaaide, en haar misvormde dubbelganger zwaaide terug.

Het volmaakt spiegelgladde oppervlak van de bubbel fascineerde haar. Het was meer dan alleen glad op een atomisch niveau. Het was glad op een Planck-niveau. Niets gladders kon mogelijk bestaan, want de bubbel bestond uit het bol getrokken oppervlak van de ruimte zelf. En aan de andere kant van de bubbel, achter dat oneindig dunne membraan, bevond zich het bizarre superluminale universum, zo dichtbij maar toch zo ver weg. Dát zou ze nooit te zien krijgen. Dat zou geen enkele mens. Desondanks wist ze dat het er was: een immense, alternatieve realiteit die alleen verbonden was aan het universum dat ze kenden door de krachten van de zwaartekracht en het weefsel van het ruimte-tijdcontinuüm zelf.

'Als Alice in Spiegelland,' mompelde Kira. Dat was een oude uitdrukking onder ruimtevaarders, en voor dat ogenblik had Kira nooit begrepen hoe toepasselijk hij wel niet was.

In tegenstelling tot de natuurlijke grens met normale ruimtetijd, was de bubbel niet volledig hermetisch verzegeld. Er lekte een zekere hoeveelheid energie door naar buiten. (Het drukverschil was immens.) Niet veel, maar wel wat, en dat was maar goed ook, want het hielp de hitte te verminderen die ze opbouwden terwijl ze in FTL vlogen. Zonder die lekkage zou de Walkure – of welk ruimteschip dan ook – niet langer dan een paar uur achter elkaar in de superluminale ruimte kunnen blijven.

Kira herinnerde zich hoe haar natuurkundeleraar het in haar vierde jaar eens had beschreven: 'Sneller dan het licht vliegen is alsof je op een rechte hoek in een rechte lijn naar voren beweegt.' Het was haar altijd bijgebleven hoe hij dat had gezegd, en hoe beter ze de wiskunde erachter had leren begrijpen, hoe nauwkeuriger de uitspraak was gebleken.

Ze keek nog een paar minuten naar haar weerspiegeling, en verduisterde de voorruit toen met een zucht totdat hij ondoorschijnend was geworden.

'Ando: speel de complete werken van J.S. Bach, beginnend met de Brandenburgse Concerten, en zet ze op herhalen. Volume op drie.'

Zodra de eerste akkoorden begonnen te spelen, zacht en precies, voelde Kira zich ontspannen. De structuur van Bach had haar altijd aangesproken: de kille, sierlijke, wiskundige schoonheid waarmee het ene thema feilloos overging in het volgende, op elkaar bouwend, verkennend, voortdurend veranderend. En iedere keer dat een stuk ten einde kwam, was dat einde zo immens bevredigend. Geen enkele andere componist bracht dat gevoel in haar boven.

De muziek was de enige luxe die ze zichzelf gunde. Dat zou niet veel hitte produceren, en aangezien ze haar implantaten niet had om op te lezen of spelletjes op te spelen, moest ze toch iets om te voorkomen dat ze helemaal gek werd in de lange dagen die haar wachtten. Als ze haar concertina had gehad, had ze daarop kunnen oefenen, maar ja…

Hoe dan ook, de combinatie van de kalmerende tonen van Bach en de lage luchtdruk in de cabine zou haar in slaap helpen vallen, en dat was nuttig. Hoe meer ze wist te slapen, hoe sneller de tijd voorbij zou gaan en hoe minder eten ze nodig had.

Ze tilde haar rechterarm op en hield hem voor haar. Het pak was nog donkerder dan de duisternis eromheen. Het was een schaduw in de schaduw, zichtbaar meer als een afwezigheid dan als iets werkelijk bestaands.

Het verdiende een naam. Ze had verdomde mazzel gehad om levend van de Verzachtende Omstandigheden af te komen. Normaliter zou de graaier haar hebben gedood. En anders de explosieve decompressie wel. De xeno had meer dan eens haar leven gered. Natuurlijk had ze zonder de xeno überhaupt niet in gevaar verkeerd… Toch voelde Kira een zekere mate van dankbaarheid. Dankbaarheid en gerustheid, want ze was beter beschermd dan een marinier in zijn pantserexo.

Na alles wat ze samen hadden doorstaan, verdiende de xeno een naam. Maar hoe moest ze hem noemen? Het organisme was een bundel van tegenstrijdigheden: het was een pantser, maar het was ook een wapen. Het kon hard zijn, maar ook zacht. Het kon zo vloeibaar bewegen als water, of zo onbuigbaar zijn als een metalen balk. Het was een machine, maar op de een of andere manier ook een levend wezen.

Het was te veel om rekening mee te houden. Er bestond geen enkel woord dat al die eigenschappen omvatte. In plaats daarvan besloot Kira een woord te zoeken dat het duidelijkste kenmerk van het pak beschreef: zijn uiterlijk. Het oppervlak van het materiaal had haar altijd doen denken aan zwart vulkanisch glas, obsidiaan, al was het dan misschien net wat minder glasachtig.

'Obsidiaan,' mompelde ze. Met haar gedachten duwde ze het woord op de aanwezigheid van de xeno af, in de hoop dat hij het zou begrijpen. *Obsidiaan.*

De xeno gaf antwoord.

Een golf van onsamenhangende beelden en sensaties spoelde door haar geest. In eerste instantie raakte Kira verward, want op zichzelf genomen leken ze geen betekenis te hebben, maar naarmate de reeks zich herhaalde, begon ze de verbanden tussen de afzonderlijke fragmenten te zien. Samen vormden ze een taal, niet van woorden maar van associaties. En ze begreep hem.

De xeno had al een naam.

Het was een ingewikkelde naam, een die bestond uit en vorm gaf aan een web van onderling verbonden concepten zo complex dat Kira waarschijnlijk jaren nodig zou hebben om het volledig te doorgronden. Maar naarmate de concepten zich herhaalden in haar geest, kon ze het niet helpen ze in woorden samen te vatten. Ze was immers maar een mens. Taal was net zozeer onderdeel van wie ze was als het bewustzijn zelf. Haar woorden waren niet afdoende om alle subtiele betekenissen van de naam te omvatten – want die begreep ze niet eens allemaal – maar ze vormden een goede vertegenwoordiging van zijn ruimere betekenis en belangrijkste aspecten.

Het Zachte Mes.

Haar mondhoeken krulden op in een glimlachje. Dat stond haar wel aan. 'Het Zachte Mes.' Ze zei het hardop om te horen hoe het klonk. En ontving van de xeno een gevoel van… misschien niet tevredenheid, maar zeker van goedkeuring.

Nu Kira wist dat het organisme een naam had (en niet een die zij het had gegeven), zag ze het in een nieuw licht. In plaats van het puur als indringer en potentieel dodelijke parasiet te beschouwen, zag ze de xeno nu meer als… een metgezel.

Dat was een fundamentele verandering in haar denkwijze. En niet een waar ze op uit was geweest of die ze had zien aankomen. Al besefte ze achteraf dat namen alles veranderden en definieerden, inclusief relaties. De situatie deed haar denken aan wanneer je een huisdier een naam gaf. Wanneer je dat eenmaal had gedaan, moest je het dier wel houden, of je dat van plan was geweest of niet.

Het Zachte Mes...

'En waarvoor ben je precies gemaakt?' vroeg ze, maar er kwam geen antwoord.

Desondanks wist Kira nu één ding: degene die de naam had uitgekozen, of het nu de makers van de xeno waren of de xeno zelf, had een gevoel voor sierlijkheid en poëzie. Dat bleek wel uit de tegenstelling inherent in de concepten die zij had samengevat als het Zachte Mes.

Het universum was een vreemde plek. Hoe meer ze te weten kwam, hoe vreemder het aanvoelde, en ze betwijfelde of ze ooit de antwoorden op al haar vragen zou vinden.

Het Zachte Mes. Met een bizar gerust gevoel sloot ze haar ogen. Terwijl op de achtergrond de zachte noten van Bach speelden, liet ze zichzelf in slaap sukkelen, in de wetenschap dat ze – in ieder geval voorlopig – veilig was.

2

De hemel was een veld van diamantjes, en haar lichaam had ledematen en zintuigen die nieuw voor haar waren. Ze zweefde door de stille schemering, en ze was niet alleen. Anderen vergezelden haar. Anderen die ze kende. Anderen om wie ze gaf.

Ze arriveerden bij een zwarte poort. Daar bleven haar metgezellen achter, en dat vervulde haar met rouw, want ze zou hen hierna nooit meer terugzien. Alleen reisde ze verder door de poort en betrad een geheime plaats.

Ze maakte haar gebaren, en de oude lichten schenen op haar neer, een zegening en een belofte. Toen scheidde vlees zich van vlees, en trok ze zich terug naar haar wieg en plooide zich erin neer op om daar te rusten, in gretige afwachting.

Maar de oproep die ze verwachtte, kwam niet. Een voor een knipperden en doofden de lichten, en het oeroude reliekschrijn werd koud, donker en doods. Stof verzamelde zich. Steen verzakte. En aan de hemel veranderden de patronen van de sterren langzaam en namen onbekende vormen aan.

Toen, een sprong...

Ze viel. Ze daalde langzaam neer door het blauwzwarte domein van de golvende zee. Viel en zwom kalm door deiningen, door warmere en koudere stromingen. En uit de krochten van de kolkende duisternis verscheen daar op het Klaagdiep een enorme gestalte: een aardverhoging van pokdalig gesteente, en boven op dat gesteente... boven op dat gesteente...

Kira schrok verward wakker.

Het was nog steeds donker, en heel even wist ze niet waar ze was en hoe ze er was gekomen, alleen dat ze viel van een afgrijselijke hoogte...

Ze slaakte een kreet, zwaaide wild met haar armen en sloeg met haar elleboog tegen het bedieningspaneel naast de pilotenstoel. Die klap bracht haar weer bij zinnen, en ze besefte dat ze nog gewoon op de Walkure was en er nog altijd Bach speelde.

'Ando,' fluisterde ze. 'Hoelang heb ik geslapen?' In het donker was het onmogelijk te bepalen hoeveel tijd er was verstreken.

'Veertien uur en elf minuten.'

De bizarre droom liet haar niet los en had haar achtergelaten met een spookachtig en bitterzoet gevoel. Waarom deelde de xeno die visioenen met haar? Wat probeerde hij haar te vertellen? Dromen en herinneringen... soms leek het verschil tussen de twee zo klein dat het niet uitmaakte.

Toen scheidde vlees zich van vlees... Er kwam een nieuwe vraag in haar op. Zou ze het overleven om van de xeno gescheiden te worden? Dat leek één mogelijke interpretatie van wat het pak haar had laten zien: dat dat niet het geval was. Dat liet een wrange smaak achter in haar mond. Er moest toch een manier zijn om van het wezen af te komen.

Kira vroeg zich af hoeveel het Zachte Mes precies begreep van alles wat er was gebeurd sinds ze het had gevonden.

Besefte het dat het haar vrienden had gedood? Alan?

Ze dacht terug aan de eerste reeks beelden die de xeno in haar geest had geplant: de stervende zon met zijn verwoeste planeten en planetoïdengordel van puin. Was dat waar de parasiet vandaan kwam? Maar er was iets gebeurd – er had een grote catastrofe plaatsgevonden. Dat begreep ze nog, maar verder was alles haar een raadsel. De xeno was met een graaier verbonden geweest, maar of de graaiers de xeno ook hadden gemaakt (of het Grote Baken hadden gebouwd), was haar niet duidelijk.

Ze rilde. Er was zo veel in het universum waar mensen geen flauw benul van hadden. Rampen. Veldslagen. Wijdverbreide beschavingen. Het was een intimiderende gedachte.

Haar neus begon te kriebelen, en ze nieste zo hard dat ze met haar kin tegen haar borst knalde. Ze nieste nog eens en zag in het zwakke, rode licht van de cabine pluimpjes grijs stof van haar af dwarrelen naar de ventilatoren van het luchtverversingssysteem.

Voorzichtig raakte ze haar borstbeen aan. Ze was bedekt met een dunne laag poeder, net als toen ze op de Verzachtende Omstandigheden wakker was geworden tijdens de aanval van de graaiers. Ze voelde onder zich. Geen holte. De xeno had de bovenste laag van de stoel niet verteerd.

Kira fronste. De xeno moest het materiaal van het dek van de Verzachtende Omstandigheden hebben geabsorbeerd omdat hij iets erin nodig had gehad. Metalen, plastic, spoorelementen, iets. Wat inhield dat hij – op een zekere manier – honger had gehad. Maar nu? Geen holte, maar toch dat stof. Waarom?

Ah. Dat was het. Ze had gegeten. Het stof verscheen iedere keer dat zij of de xeno had gegeten. Wat betekende dat de stofdeeltjes... de uitwerpselen van het wezen waren?

Als ze daarvan uitging, was de onaangename conclusie die ze moest trekken dat de parasiet de controle had overgenomen over haar spijsvertering en haar uitwerpselen verwerkte en recyclede, om vervolgens de elementen die hij niet nodig had uit te stoten. Het stof was de xeno's equivalent van DERPS, de afvalpellets gehuld in een laagje polymeer waarin skinsuits de ontlasting van hun gebruikers opsloegen.

Kira trok een gezicht. Ze kon het mis hebben – dat hoopte ze van harte – maar ze betwijfelde het.

Dat bracht nieuwe vragen te berde, zoals hoe het pak, iets van buitenaardse makelij, haar biologie goed genoeg kon begrijpen om ermee samen te werken. Het was één ding om een zenuwstelsel te hacken. Spijsverteringskanalen en andere fundamentele biologische processen waren nog een aantal niveaus moeilijker.

Het merendeel van al het leven in de Melkweg was gebaseerd op bepaalde gedeelde basiselementen, maar van dat uitgangspunt had iedere buitenaardse bioom een unieke taal ontwikkeld van zuren, proteïnes en andere verbindingen. Het zou onmogelijk voor het pak moeten zijn om zich in haar lichaamsfuncties te mengen. Dat het dat toch kon, suggereerde dat de makers/scheppers van de xeno over véél geavanceerdere technologie hadden beschikt dan Kira oorspronkelijk had gedacht, en als het de graaiers waren...

Natuurlijk was het ook mogelijk dat het pak zijn functies gewoon uitvoerde zonder achting voor haar biologie en de verschillen met wat het gewend was er uiteindelijk toe zouden leiden dat het haar vergiftigde en mogelijk ombracht.

Ze zou het wel merken, want ze kon er niets aan doen.

Kira had nog steeds geen honger. En ze hoefde niet naar de wc. Dus deed ze haar ogen maar weer dicht en nam de droom door, met speciale aandacht voor details die belangrijk leken, en op zoek naar aanwijzingen die haar konden helpen antwoorden te vinden op haar vragen.

'Ando, start audio-opname,' zei ze.

'Opname begonnen.'

Langzaam en zorgvuldig gaf Kira een gedetailleerd verslag van haar droom, waarbij ze haar best deed om niets weg te laten.

De wieg... Het Klaagdiep... De herinneringen weergalmden in haar hoofd als de klank van een gong in de verte. Maar Kira kon voelen dat het Zachte Mes nog meer met haar te delen had, een punt had dat haar nog niet duidelijk was geworden. Misschien zou het haar als ze in slaap viel weer een nieuw visioen toesturen...

3

Daarna werd het steeds moeilijker een besef te houden van het verstrijken van de tijd. Hij leek zowel sneller als trager dan ooit voorbij te gaan. Sneller, omdat lange perioden verstreken zonder dat Kira er iets van merkte, terwijl ze lag te slapen of in de schemerstaat tussen de slaap en het wakker zijn verkeerde. Trager, omdat de uren die ze wakker was niet van elkaar waren te onderscheiden. Ze luisterde naar de zich eindeloos herhalende muziek van Bach, dacht na over de informatie die ze op Adra had verzameld – in een poging te bepalen of iets ervan gerelateerd was aan de xeno, en hoe – en trok zich terug in haar herinneringen aan gelukkiger tijden. En niets veranderde. Er was niets dan haar ademhaling, haar hartslag die het bloed door haar lichaam pompte en haar suffe gedachten.

Ze at weinig, en hoe minder ze at, hoe minder energie ze had om iets te doen. Een overweldigende kalmte maakte zich van haar meester, en ze voelde zich steeds minder verbonden met haar lichaam, alsof het maar een holografische projectie was, niet echt. De paar keer dat ze uit de pilotenstoel opstond, had ze de wil noch de energie om ook maar iets te doen.

De perioden waarin ze wakker was, werden steeds korter, totdat ze uiteindelijk nog hooguit half bij bewustzijn kwam en niet meer wist of ze aan het ontwaken was of in slaap aan het vallen. Van tijd tot tijd ving ze flitsen van beelden op van het Zachte Mes, impressionistische explosies van kleur en geluid, maar de xeno deelde geen herinneringen meer met haar zoals die aan het Klaagdiep.

Op een keer besefte Kira dat het geloei van de markovaandrijving was stilgevallen. Ze stak haar hoofd omhoog uit haar cocon van thermische dekens en zag door de ruiten van de cockpit een veld van sterren. Het drong tot haar door dat de shuttle uit FTL was gekomen om af te koelen.

Toen ze enige tijd later weer opkeek, waren de sterren verdwenen.

Als de shuttle nog een tweede keer terugkeerde naar de normale ruimte, ging dat aan haar voorbij.

Hoe weinig ze ook at, haar voorraad rantsoenen bleef toch slinken. Een deel van het stof dat het pak uitwierp, hoopte zich om haar heen op als een zacht bed en sloot om de vormen van haar lichaam alsof ze verzonken lag in een laag schuimrubber. De rest van het stof werd als op een kalme bries de ventilators in het plafond in gezogen.

En toen waren er op een dag geen rantsoenen meer over.

Ze staarde naar de lege la, amper nog in staat te bevatten wat ze zag. Toen nam ze weer plaats in de pilotenstoel, gespte zichzelf vast en haalde langzaam en diep adem. De lucht voelde koud in haar keel en longen. Ze had geen idee hoelang ze al onderweg waren en geen idee hoever ze nog hadden te gaan. Ando had het haar kunnen vertellen, maar ze wilde het ook niet weten.

Misschien ging ze het redden en misschien ook niet. Daar zouden getallen niets aan veranderen. Bovendien was ze bang dat ze de moed zou verliezen als hij het haar vertelde. Er zat niets anders op dan om vol te houden, en als ze zich opwond over hoelang de reis nog zou duren, zou dat alles alleen maar erger maken.

Het makkelijke gedeelte was voorbij: nu had ze niets meer te eten. Heel even dacht ze aan de cryobuizen achter in de shuttle – en aan wat Orso haar had aangeboden – maar net als toen kwam haar geest in opstand tegen het idee. Ze stierf nog liever een hongerdood dan dat ze haar toevlucht nam tot het opeten van een medemens. Wie weet zou ze nog van gedachten veranderen naarmate ze wegkwijnde, maar Kira betwijfelde het ten zeerste.

Ze pakte een pilletje melatonine uit een flesje dat ze bij haar hoofd had neergezet, kauwde erop en slikte. De slaap was nu meer dan ooit haar bondgenoot. Zolang ze maar in slaap wist te blijven, hoefde ze niet te eten. Ze hoopte alleen maar dat ze nog wakker zou worden…

Haar gedachten werden steeds logger, en toen was ze zich nergens meer van bewust.

4

Toen de honger toesloeg, was hij pijnlijk en knagend, als een monster dat met zijn klauwen in haar ingewanden wroette. De pijn kwam in golven, zo regelmatig als eb en vloed, en elke vloedgolf kwam hoger dan de laatste. Het water liep haar in de mond en ze beet op haar lip, geplaagd door gedachten aan eten.

Ze had dit verwacht en wist dat het alleen maar erger zou worden.

In plaats daarvan trok haar honger weg.

Hij trok weg en kwam niet meer terug. Haar lichaam werd kouder, en ze voelde zich hol, alsof haar navel tegen haar ruggengraat rustte.

Thule, dacht ze, en ze deed een laatste gebedje aan de god van de ruimtevaarders.

En toen viel ze in slaap en werd niet meer wakker, en ze droomde slome dromen over vreemde planeten onder een vreemde hemel en over spiraalfractals die tot bloei kwamen op vergeten plaatsen.

En alles was stil, en alles was donker.

DEEL TWEE

* * * * * * *

SUBLIMARE

Ik stond boven haar op de ladder, met lichte sneeuw op mijn wangen, en ik observeerde haar universum… een wereld waarin zelfs een spin zich niet zomaar overgeeft aan de dood zolang er nog een draad naar een ster gesponnen kan worden… Dit was iets wat moest worden doorgegeven aan hen die onze laatste ijskoude strijd met de leegte zullen voeren. Ik wilde het zorgvuldig overbrengen, als boodschap aan de toekomst: ga in dagen van vrieskou op zoek naar een kleine zon.

– LOREN EISELEY

I

*   *   *   *   *   *   *

ONTWAKEN

1

Er klonk een gedempte bons, net hard genoeg om in haar diepe slaap tot haar door te dringen.

Toen gerammel en gekletter, een koude tochtvlaag en licht, fel en zoekend. Er klonken stemmen, veraf en vervormd, maar ontegenzeggelijk menselijk.

Een klein deel van Kira's geest merkte het op. Een primitief, instinctief deel dat haar aanmoedigde wakker te worden, haar ogen open te doen – *haar ogen open te doen!* – voor het te laat was.

Ze probeerde zich te bewegen, maar haar lichaam weigerde mee te werken. Ze dreef rond in zichzelf, gevangen in haar lichaam zonder er controle over te hebben.

Toen voelde ze dat ze inademde en kwamen de gewaarwordingen weer bij haar binnen. De geluiden leken ineens dubbel zo hard en scherp, alsof ze oordopjes had uitgedaan. Haar huid tintelde toen het gezichtsmasker van het pak zich terugtrok en ze haalde diep adem en deed haar ogen open. Verblindend licht gleed over haar heen en ze kromp ineen.

'Holy shit! Ze leeft!' Een mannenstem. Jong, overdreven enthousiast.

'Raak haar niet aan. Laat de dokter komen.' Een vrouwenstem. Vlak, kalm.

Nee... niet de dokter, dacht Kira.

Het licht bleef op haar schijnen. Ze probeerde haar ogen af te schermen, maar haar hand zat vast in een reddingsdeken. Het folie zat stevig om haar romp en hals gewikkeld. Wanneer had ze dat gedaan?

Een vrouwengezicht zweefde haar blikveld binnen, groot en bleek als een maan vol kraters. 'Kun je me horen? Wie ben je? Ben je gewond?'

'W...' Kira's stembanden weigerden mee te werken. Ze kon alleen een onsamenhangend gekras uitbrengen. Ze probeerde zich uit haar reddingsdeken te bevrijden, maar ze kreeg hem niet los. Ze zakte weer achterover, duizelig en uitgeput. Wat... waar...?

De gestalte van een man blokkeerde het licht even en ze hoorde hem met een onmiskenbaar accent zeggen: 'Goed, laat me eens kijken.'

'*Aish*,' zei de vrouw en ze ging opzij.

Toen waren er vingers, warme dunne vingers, op Kira's armen en zijden en kaak, en ze werd uit de pilotenstoel gehesen.

'Wauw. Kijk die skinsuit dan!' riep de jongere man uit.

'Kijken is voor later. Help me haar naar de ziekenboeg te brengen.'

Meer handen raakten haar aan en draaiden haar met haar hoofd naar de luchtsluis. Ze deed een zwakke poging om overeind te komen en de dokter – ze nam aan dat het de dokter was – zei: 'Nee, nee. Rust nu maar. Je moet je niet bewegen.'

Kira was bij vlagen bij bewustzijn terwijl ze door de luchtsluis zweefde... door een witte, luchtdichte accordeontunnel... daarna door een bruine gang, verlicht met versleten lichtbalken... tot ze uitkwam in een klein vertrek met overal lades en apparatuur; hing daar een medibot aan de wand?...

2

Een schoksgewijze versnelling bracht Kira helemaal bij bewustzijn. Voor de eerste keer in weken voelde ze weer gewicht, verrukkelijk gewicht.

Ze knipperde met haar ogen en keek om zich heen, alert, maar zwak.

Ze lag op een schuin bed met een band om haar heupen om te voorkomen dat ze wegzweefde of eraf viel. Een laken was opgetrokken tot aan haar kin, maar ze had ook haar jumpsuit nog aan. Boven haar hoofd gloeiden lichtbalken en er hing een medibot aan het plafond. Dat herinnerde haar aan toen ze wakker werd in de ziekenboeg op Adra...

Maar nee, dit was anders. Anders dan op de basis was deze kamer piepklein, nauwelijks groter dan een bezemkast.

Op de rand van een metalen aanrecht zat een jongeman. Dezelfde die ze eerder had gehoord? Hij was mager en slungelig, en hij droeg een olijfkleurige jumpsuit met opgestroopte mouwen waar pezige onderarmen uitstaken. Zijn broekspijpen had hij ook opgerold. Tussen de pijpen en zijn schoenen piepten sokken met rode strepen uit. Hij leek nog geen twintig, maar zijn leeftijd viel moeilijk precies te schatten.

Tussen haar en de jongen in stond een lange man met een donkere huid. De dokter, nam ze aan, vanwege de stethoscoop om zijn nek. Zijn handen waren lang en rusteloos; de vingers schoten snel als vissen en doelmatig heen en weer. In plaats van een jumpsuit droeg hij een lichtblauwe coltrui en een bijpassende pantalon.

Ze droegen geen van beiden een uniform. Deze twee waren duidelijk geen militairen. En ze werkten ook niet voor Hydrotek. Zelfstandigen dus, of freelancers, maar dat begreep ze niet. Als ze niet op de gaswinningsbasis was, waar dan wel?

De dokter zag haar om zich heen kijken. 'Ah, u bent wakker.' Hij knikte haar toe en keek haar ernstig aan met zijn grote, ronde ogen. 'Hoe voelt u zich?'

'Niet...' Kira's stem klonk als een schor gekraak. Ze stopte met praten, hoestte en probeerde het nog eens. 'Niet slecht.' Tot haar verbazing was dat nog waar ook. Haar lichaam was stijf en pijnlijk, maar alles leek nog redelijk te functioneren. Beter zelfs, in sommige opzichten: haar zintuigen leken scherper dan normaal. Ze vroeg zich af of het pak zich tijdens de reis nog dieper in haar zenuwgestel had genesteld.

De dokter fronste. Hij leek haar van het zorgelijke type. 'Dat verrast me zeer, mevrouw. Uw kerntemperatuur was extreem laag.' Hij stak een naald omhoog. 'We moeten even bloedprikken om te –'

'Nee!' zei Kira, feller dan ze bedoelde. Ze kon zich niet door de arts laten onderzoeken, want dan zou hij ontdekken wat het Zachte Mes was. 'Ik wil geen bloedonderzoek.'

Ze schoof het laken van zich af, maakte de riem los die haar op haar plek hield en liet zich van het bed af glijden.

Zodra haar voeten de grond raakten, zakte ze door haar knieën en viel voorover. Ze zou plat op haar gezicht zijn gevallen als de dokter niet op haar af was gesprongen en haar had opgevangen. 'Niets aan de hand, mevrouw. Ik heb u vast. Ik heb u vast.' Hij legde haar weer op het bed.

Aan de andere kant van de kamer trok de jongen een rantsoenreep uit zijn zak en begon erop te knabbelen.

Kira tilde haar hand op en de dokter liet haar los. 'Het gaat wel. Ik kan het. Geef me heel even.'

Hij keek haar onderzoekend aan. 'Hoe lang bent u in nul g geweest, mevrouw?'

Ze gaf geen antwoord, maar liet zich weer op de vloer zakken. Deze keer hielden haar benen het, al moest ze een hand op het bed leggen om zich in evenwicht te houden. Het was een aangename verrassing dat haar spieren zo goed werkten. Er was nauwelijks atrofie opgetreden, misschien zelfs helemaal niet. Met de seconde voelde ze meer kracht in haar ledematen terugkeren.

'Ongeveer elf weken,' zei ze.

De dikke wenkbrauwen van de dokter gingen omhoog. 'En wanneer hebt u voor het laatst gegeten?'

Kira deed een snelle inwendige check. Ze had honger, maar niet ondraaglijk veel. Ze zou moeten sterven van de honger. Of liever: ze had al gestorven moeten zijn van de honger. Ze had verwacht dat ze bij haar aankomst op 61 Cygni te zwak zou zijn om te kunnen staan.

Het Zachte Mes moest hier verantwoordelijk voor zijn. Op een of andere manier moest het haar in hibernatie hebben gebracht.

'Dat weet ik niet. Een paar dagen.'

'Niet fijn,' mompelde de jongen met volle mond. Het was absoluut de stem die ze eerder op de Walkure had gehoord.

De dokter keek hem even aan. 'Je hebt nog meer van die rantsoenen, ja? Geef onze gast er een.'

De jongen haalde nog een reep uit een van zijn zakken en wierp die Kira toe. Ze ving hem, scheurde de verpakking open en nam een hap. Het rantsoen smaakte prima: banaan-chocola-nog-iets. Haar maag rommelde hoorbaar toen ze slikte.

De dokter trok een la open en gaf haar een zilverkleurig zakje vloeistof. 'Hier, als u klaar bent, drink dit dan op. Het zal uw elektrolyten aanvullen en u de broodnodige voedingsstoffen geven.'

Kira bromde dankbaar. Ze schrokte de laatste hap van haar reep op en dronk de inhoud van het zakje. Het had een gronderige, licht metalige smaak, als ijzerhoudende siroop.

Toen stak de dokter zijn naald weer omhoog. 'Ik moet echt aandringen op het afnemen van een bloedmonster, mevrouw. Ik moet controleren –'

'Luister, waar ben ik? Wie bent u?'

De jongen nam nog een hap en zei: 'U bent op de SLV Caracole.'

De dokter leek zich te ergeren aan de onderbreking. 'Dat klopt. Mijn naam is Vishal, en dit is –'

'Ik ben Trig,' zei de jongen met een klap op zijn borst.

'Oké,' zei Kira, nog steeds verward. SLV, dat was een aanduiding voor een burgerschip. 'Maar –'

'Wat is uw naam?' vroeg Trig met een ruk van zijn kin.

Zonder na te denken zei Kira: 'Matroos Kaminski.' Ze zouden haar echte naam gemakkelijk genoeg achterhalen als ze officiële gegevens gingen natrekken, maar haar instinct zei dat ze voorzichtig moest zijn tot ze de situatie beter begreep. Ze kon altijd beweren dat ze verward was geweest door het voedselgebrek. 'Zijn we al dicht bij Tsiolkovsky?'

Vishal leek van zijn stuk gebracht. 'Dichtbij? Nee, helemaal niet, mevrouw Kaminski.'

‘Dat ligt helemaal aan de andere kant van 61 Cygni,’ zei de jongen. Hij slikte zijn stuk reep door.

‘Hè?’ zei Kira ongelovig.

De dokter bewoog zijn hoofd op en neer. ‘Ja, ja, mevrouw Kaminski. Uw schip had geen vermogen meer toen u terugkeerde naar de normale ruimte en u dobberde door het hele stelsel. Wie weet hoe ver u was afgedreven als we u niet hadden gered.’

‘Welke dag is het?’ vroeg Kira, plotseling bezorgd. De dokter en de jongen keken haar vreemd aan en ze wist wat ze dachten: waarom kijkt ze niet gewoon naar de datum op haar overlays? ‘Mijn implantaten werken niet. Welke dag is het?’

‘De zestiende,’ zei Trig.

‘16 november.’

‘November ja,’ bevestigde hij.

Haar reis had een week langer geduurd dan gepland. Achtentachtig dagen, geen eenentachtig. Ze had allang dood moeten zijn. Maar ze had het gehaald. Ze dacht aan Tschetter en korporaal Iska en voelde een vreemde onrust. Waren ze gered? Leefden ze nog? Ze zouden van de honger gestorven kunnen zijn terwijl zij in de Walkure zat, of gedood zijn door de graaiers, zonder dat zij het ooit te weten zou komen.

Hoe het ook zij, ze nam zich plechtig voor hun namen en daden nooit te vergeten, zo lang als ze zou leven. Het was de enige manier waarop ze hun offer kon eren.

Vishal klakte met zijn tong. ‘U kunt later al uw vragen stellen, maar ik moet echt eerst controleren of u in orde bent, mevrouw Kaminski.’

Paniek rees in Kira op en voor de eerste keer sinds ze wakker was kwam er een reactie van het Zachte Mes: van haar dijen tot aan haar borst rees er een baan koude stekels op. Haar paniek werd erger, nu gekleurd door angst. *Kalm blijven!* Als de bemanning van de Caracole ontdekte wat ze bij zich droeg, zouden ze haar in quarantaine plaatsen, en ze stond niet bepaald te trappelen om dat genoegen nog eens te smaken. In elk geval zou het VMB niet bepaald blij zijn als ze burgers van het bestaan van de xeno op de hoogte bracht. Hoe meer haar redders over het Zachte Mes te weten kwamen, hoe meer problemen ze over zichzelf, en over hen, afriep.

Ze schudde haar hoofd. ‘Bedankt, maar ik voel me prima.’

De dokter aarzelde en leek gefrustreerd. ‘Mevrouw Kaminski, ik kan u niet goed behandelen als u mij mijn onderzoek niet laat afmaken. Het is maar een eenvoudig bloedonderzoek, en –’

‘Geen bloedonderzoek!’ zei Kira, harder dan daarvoor. De voorkant van haar jumpsuit begon als een opgezette tent omhoog te komen toen het Zachte Mes een cluster korte stekels vormde. Wanhopig deed ze het enige wat ze kon bedenken: ze probeerde dat deel van het pak met haar gedachten te dwingen om *hard* te worden.

Het lukte.

De stekels groeiden niet verder. Ze sloeg haar armen voor haar borst en hoopte dat Vishal en de jongen ze niet zouden zien. Haar hart sloeg onaangenaam snel.

Van buiten de ziekenboeg klonk een nieuwe stem: 'Ben je soms orthodox hutteriet, of zo?'

Er kwam een man naar binnen. Hij was minder lang dan zij en had felblauwe ogen die scherp afstaken tegen de diepbruine huid van een echte ruimterot. Hij had een beetje een stoppelbaard, maar zijn haar was netjes gekamd. Hij leek begin veertig, maar eigenlijk zou hij net zo makkelijk zestig kunnen zijn. Kira hield het op de jongere leeftijd, want zijn neus en oren waren minder ver, of zelfs helemaal niet, doorgegroeid dan je op hogere leeftijd zou verwachten.

Hij droeg een gebreide trui met een legerachtig jasje erover en aan zijn rechterbovenbeen hing een veelgebruikte blaster. Zijn hand, viel Kira op, was nooit ver weg van de kolf.

De man straalde een bepaalde autoriteit uit; de jongen en de dokter leken zonder het zelf te merken rechtop te gaan staan toen hij binnenkwam. Kira had al eerder mannen als hij gekend: nuchtere, keiharde smeerlappen die geen genoegen met halve waarheden nemen. Ze vermoedde dat hij eerder een mes in haar rug zou steken dan zijn bemanning of ruimteschip iets te laten overkomen.

Dat maakte hem gevaarlijk, maar als hij geen totale klootzak was en zij hem open benaderde – zo open als ze kon – zou hij haar waarschijnlijk rechtvaardig behandelen.

'Zoiets,' zei Kira. Ze was niet bijzonder religieus, maar het was een makkelijk excuus.

Hij gromde. 'Laat dan maar, doc. Als die vrouw niet onderzocht wil worden, hoeft ze niet onderzocht te worden.'

'Maar –' begon Vishal.

'Je hebt me gehoord, doc.'

Vishal knikte, maar Kira zag dat hij zijn woede verbeet.

Toen zei de man met blauwe ogen tegen haar: 'Kapitein Falconi, tot je dienst.'

'Matroos Kaminski.'

'Heb je een voornaam?'

Kira aarzelde heel even. 'Ellen.' Zo heette haar moeder.

'Verdomd mooie skinsuit heb je daar, Ellen,' zei Falconi. 'Niet bepaald standaard-vmb-uitrusting.'

Ze plukte aan de mouwen van haar jumpsuit en probeerde ze verder over haar armen te trekken. 'Het was een cadeau van mijn vriend, op maat gemaakt. Ik had geen tijd om me om te kleden voor ik met de Walkure vertrok.'

'Aha. En hoe trek je dat pak eh... je weet wel, uit?' Hij gebaarde naar de zijkant van zijn hoofd.

Verlegen voelde Kira aan haar hoofd, want ze wist dat hij op de vezels doelde die kriskras over haar schedel liepen. 'Je kunt het er zo aftrekken.' Ze bewoog haar vingers alsof ze de rand van de xeno omhoogtrok. Maar ze deed het niet echt, omdat ze dat niet kon.

'Zit er ook een helm bij?' vroeg Trig.

Kira schudde haar hoofd. 'Niet meer. Maar ik kan de helm van elke gewone skinsuit gebruiken.'

'Vet.'

Toen zei Falconi: 'Dus, dit is de deal, Ellen. We hebben je crewmaten overgebracht naar ons schip. Ze zijn in orde, maar we houden ze in cryo tot we docken, want we zitten al stampvol. Het vmb kan vast niet wachten om je te debriefen – en ik neem aan dat jij je graag wilt melden – maar dat zal moeten wachten. Onze zender is een paar dagen geleden beschadigd en dat betekent dat we geen data kunnen versturen, alleen ontvangen.'

'Kunt u de apparatuur van de Walkure niet gebruiken?' vroeg Kira. Ze had er onmiddellijk spijt van. *Verdomme. Maak het ze nou niet te makkelijk.*

Falconi schudde zijn hoofd. 'Volgens mijn machinechef heeft de schade aan je shuttle kortsluiting in het elektrisch systeem veroorzaakt toen de fusieaandrijving gereactiveerd werd. Dus brandde de computer door, viel de reactor uit, enzovoort enzovoort. Je maten hebben geluk gehad dat de krachtcellen van hun cryobuizen het gehouden hebben.'

'Dus niemand van het Opperbevel weet dat wij vijven nog leven?' vroeg Kira.

'Ze weten niet dat jullie het zijn,' zei Falconi. 'Maar ze weten wel dat er minstens vier personen in de shuttle zaten. De thermosignatuur was onmiskenbaar. En dus heeft het vmb een open opdracht uitgezet aan alle ruimteschepen die de Walkure konden onderscheppen voordat jullie ergens aan de andere kant van het stelsel terecht zouden komen. Gelukkig voor jou hadden we nog genoeg delta-v.'

Kira zag allerlei mogelijkheden zich ineens ontvouwen. Als het vmb niet wist dat ze nog leefde, en Orso en de anderen nog in cryo waren, kon ze misschien – heel misschien – voorkomen dat het vmb en de Liga haar zouden laten verdwijnen.

'Hoe lang duurt het nog voor we er zijn?' vroeg ze.

'Een week. We gaan het stelsel in tot Ruslan. Er zitten passagiers in het ruim die daarheen moeten.' De kapitein trok een wenkbrauw op. 'We zijn een heel eind uit de koers geraakt omdat we achter de Walkure aangingen.'

Een week. Kon ze het Zachte Mes een hele week geheimhouden? Ze zou wel moeten; ze had geen andere keus.

Toen zei Falconi: 'Volgens je vliegroute kwam je uit Sigma Draconis.'

'Dat klopt.'

'Wat is er gebeurd? Die oudere kisten halen hooguit, wat, nul komma vier lichtjaar per dag? Dat is een verdomd eind reizen zonder cryo.'

Kira aarzelde.

'Hebben de Kwallen je geraakt?' vroeg Trig.

'Kwallen?' zei ze, verward, maar blij met een paar tellen extra denktijd.

'Je weet wel, de aliens. Kwallen. Zien eruit als weekdieren uit zee. Zo noemen we ze.'

Een groeiende weerzin rees in Kira op toen hij dat zei. Ze keek van hem naar de kapitein en weer terug. 'Kwallen.'

Falconi leunde tegen de deurpost. 'Dat heb je natuurlijk nog niet gehoord. Het is gebeurd toen jij al vertrokken was van Sigma Draconis. Een buitenaards schip sprong tevoorschijn in de buurt van Ruslan – wat, twee maanden geleden? – en overviel drie verschillende transporten. Vernietigde er een. Vanaf dat moment doken ze overal in groepjes op: bij Shin-Zar, Eidolon, Sol zelfs. Hebben gaten geschoten in drie kruisers die in een baan rond Venus zaten.'

'Daarna,' zei Vishal, 'heeft de Liga de indringers formeel de oorlog verklaard.'

'Oorlog,' zei Kira vlak. Haar grootste angst was uitgekomen.

'En zo te zien wordt het heftig ook,' zei Falconi. 'De Kwallen proberen ons het vechten onmogelijk te maken. Ze hebben schepen in de hele Liga vleugellam gemaakt, antimateriecentrales opgeblazen, troepen neergezet in de koloniën, dat soort dingen.'

'Hebben ze Weyland ook aangevallen?'

De kapitein haalde zijn schouders op. 'Weet ik niet. Waarschijnlijk wel. FTL-comms zijn op dit moment niet erg betrouwbaar. De Kwallen blokkeren ze zo veel mogelijk.'

Er prikkelde iets in Kira's nek. 'Bedoel je dat ze hier zijn? Nu?'

'Ja!' zei Trig. 'Zeven schepen! Drie van de grotere slagschepen, vier kleinere kruisers met dubbele blasters –'

Falconi hief zijn hand op en de jongen hield gehoorzaam zijn mond. 'De laatste paar weken hebben ze schepen tussen hier en 61 Cygni B lastiggevallen. Het VMB probeert de Kwallen bezig te houden, maar ze hebben domweg niet genoeg troepen.'

'Wat willen de Kwallen?' vroeg Kira. Ze voelde zich lamgeslagen. Onder haar jumpsuit kwam het Zachte Mes weer in beweging. Ze probeerde uit alle macht rustig te worden. Op een of andere manier moest ze contact leggen met haar familie, uitzoeken of ze veilig waren en hun laten weten dat ze nog leefde, wat de gevolgen ook waren. 'Proberen ze ons te veroveren, of...'

'Wist ik het maar. Ze lijken ons niet te willen uitroeien, maar meer weten we eigenlijk niet. Ze vallen hier aan, vallen daar aan... Als ik moest gokken, zou ik zeggen dat ze ons proberen te verzwakken voor iets serieuzers. Maar je hebt nog geen antwoord op mijn vraag gegeven.'

'Hè?'

'Over Sigma Draconis.'

'Ah.' Kira raapte haar gedachten bij elkaar. 'We werden aangevallen,' zei ze. 'Door de Kwallen, denk ik.'

'We?' vroeg Falconi.

'De Verzachtende Omstandigheden. We waren op patrouille en kapitein Henriksen ging naar Adrasteia om te checken hoe het met het onderzoeksteam daar ging. Die avond werden we overvallen. Mijn vriend is toen... eh...' Kira's stem brak een beetje, en toen ging ze verder. 'Hij heeft het niet overleefd. Net als het grootste deel van de bemanning. Een paar van ons wisten de shuttle te bereiken voor het isolatieveld van de Verzachtende Omstandigheden het begaf. Het schip sleurde de aliens met zich mee. Wij vijven hebben strootjes getrokken om te zien wie er in cryo zou gaan en ik had pech.'

Dat gaf de doorslag; Kira zag dat Falconi haar geloofde. Maar hij ontspande zich niet, niet helemaal. Hij tikte met zijn middelvinger tegen de handgreep van zijn blaster; de beweging leek meer een gewoonte dan een bewust gebaar.

'Heb je Kwallen gezien?' vroeg Trig. Hij klonk opgewonden. De jongen haalde nog een rantsoenreep uit zijn zak en trok de wikkel los. 'Hoe zagen ze eruit? Hoe groot? Groot-groot of gewoon... gróót?' Met een paar snelle happen propte hij zijn mond vol tot zijn wangen bol stonden.

Kira had geen zin om nog een verhaal te verzinnen. 'Ja, ik heb er een gezien. Hij was groot genoeg en had te veel tentakels.'

'Ze zien er niet allemaal zo uit,' zei Vishal.

'O?'

'Niemand weet of ze allemaal van hetzelfde soort zijn, of nauw met elkaar verwant of juist heel verschillend, maar je hebt Kwallen in allerlei smaken.'

Trig zei met volle mond: 'Sommige hebben tentakels. Andere armen.

Sommige kruipen. Andere kronkelen. Sommige lijken alleen te kunnen functioneren bij nul-g. Andere komen alleen in actie in een gravitatieput. Weer andere in allebei. Er zijn tot dusverre een stuk of zes types waargenomen, maar er zouden er nog veel meer kunnen zijn. Ik heb alle verslagen van de Liga verzameld. Als je interesse hebt, kan ik –'

'Ja, goed, Trig,' zei Falconi. 'Dat kan wel wachten.'

De jongen knikte en hield zijn mond, maar hij leek een beetje teleurgesteld.

Falconi krabde met zijn vrije hand aan zijn kin. Zijn ogen waren onaangenaam scherp. 'Jullie moeten als een van de eersten door de Kwallen zijn aangevallen. Jullie zijn uit Sigma Draconis vertrokken rond... wat, halverwege augustus?'

'Ja.'

'Heb je daarvoor nog een waarschuwing naar de Liga kunnen sturen?'

'Alleen STL. Hoezo?'

Falconi maakte een nietszeggend geluidje. 'Ik vroeg me alleen maar af of de Liga al van de Kwallen afwist voor ze overal opdoken. Het zal wel niet, maar –'

Een korte, harde toon klonk boven hun hoofd en de ogen van de kapitein werden vaag toen hij zijn aandacht op zijn overlays richtte. Bij Trig en Vishal gebeurde hetzelfde.

'Wat is er?' vroeg Kira toen ze hun bezorgde gezichten zag.

'Nog meer Kwallen,' zei Falconi.

3

Een lange vrouw met een rechte rug liep snel naar Falconi toe en tikte hem op de schouder. Ze leek ouder dan hij, al op de leeftijd dat de meeste mensen aan hun eerste ronde STEM-injecties beginnen te denken. Ze droeg haar haar in een strakke paardenstaart en had de mouwen van haar bruine werkshirt opgerold. Net als Falconi had ze een blaster aan haar bovenbeen.

Ze zei: 'Kapitein –'

'Ik zie ze. Daarmee zitten we op twee... nee, drie nieuwe Kwallen.' Falconi's ijsblauwe ogen werden weer scherp. Hij wees naar Trig en knipte met zijn vingers. 'Breng mevrouw Kaminski naar het ruim en kijk of iedereen daar veilig is. We moeten misschien een noodversnelling maken.'

'Ja kapitein.'

De kapitein en de vrouw verdwenen samen in de gang. Trig bleef hen nastaren tot ze allang weg waren.

'Wie is zij?' vroeg Kira.

'Nielsen,' zei Trig. 'Onze eerste officier.' Hij sprong van het aanrecht af. 'Kom mee dan.'

'Wacht even,' zei Vishal en hij trok een la open. Hij gaf Kira een bakje. Er zaten twee contactlenzen in, drijvend in vloeistofcapsules. 'Daarmee kunt u online zolang uw implantaten nog niet gerepareerd zijn.'

Na zo'n lange tijd zonder overlays kon Kira nauwelijks wachten. Ze stak het bakje in haar zak. 'Bedankt. U weet niet hoeveel dat voor mij betekent.'

De dokter knikte en glimlachte. 'Graag gedaan, mevrouw Kaminski.'

Trig stond te trappelen. 'Goed, kunnen we dan nú gaan?'

'Ja, ga maar, ga!' zei de dokter.

4

Kira probeerde een onheilspellend voorgevoel te onderdrukken terwijl ze achter Trig aan door de smalle, bruine gang liep. De gang liep in een lichte kromming om wat de middellijn van de Caracole moest zijn. Zo te zien had het dek vroeger geroteerd om kunstmatige zwaartekracht op te wekken als het schip niet versnelde, maar dat kon het nu niet meer; de kamers en meubels – zoals ze ook in de ziekenboeg had gezien – waren strikt van voorsteven naar achtersteven georiënteerd, in lijn met de stuwing van de aandrijving.

'Wat heeft die skinsuit wel niet gekost?' vroeg Trig en hij wees naar haar hand.

'Vind je hem mooi?' vroeg Kira.

'Echt wel. Die textuur is cool.'

'Dank je. Hij is ontworpen om in extreme omstandigheden te kunnen overleven, zoals op Eidolon.'

De jongen begon te stralen. 'Echt? Dat is geweldig.'

Ze glimlachte zonder het te menen. 'Maar ik weet niet wat hij gekost heeft. Ik zei al, het was een cadeau.'

Ze kwamen bij een open deur in de binnenmuur van de gang en Trig ging erdoorheen. Aan de andere kant lag een tweede gang, die naar het hart van het schip leidde.

'Vervoert de Caracole wel vaker passagiers?' vroeg Kira.

'Nee,' zei Trig. 'Maar veel mensen betalen graag om naar Ruslan te worden gebracht, waar het veiliger is. We hebben ook overlevenden opgepikt van schepen die door de Kwallen zijn aangevallen.'

'Echt? Dat klinkt best gevaarlijk.'

De jongen haalde zijn schouders op. 'Altijd nog beter dan zitten afwachten tot we beschoten worden. En trouwens, we hebben het geld nodig.'

'O?'

'Ja. We hebben ons laatste beetje antimaterie gebruikt om in 61 Cygni te komen, en de gast die ons daar zou betalen heeft ons belazerd, dus zaten we hier vast. We proberen nu genoeg te verdienen voor de antimaterie om naar Sol of Alpha Centauri terug te gaan.'

Terwijl hij aan het woord was, hadden ze een luchtdichte deur bereikt. 'O, let daar maar niet op,' zei Trig en hij wees naar een deel van de wand. Hij leek zich te generen. 'Oude grap.'

Kira zag niets bijzonders. 'Wat dan?'

De jongen begreep het even niet. 'O, wacht! Je implantaten.' Hij zwaaide met een vinger in haar richting. 'Dat was ik even vergeten. Laat maar. Gewoon een overlay die we al een tijdje hebben. De kapitein vindt het grappig.'

'O ja?' Om wat voor soort dingen zou een man als Falconi moeten lachen? Kira wou dat ze de contactlenzen al in had.

Trig trok de luchtdichte deur open en ging met haar een lange, donkere schacht in die door verschillende dekken in het ruimteschip heen liep. In het midden hing een ladder, die via dunne metalen roosters verbonden was met de verschillende dekken. De tussenruimtes in de roosters waren zo groot dat ze tot helemaal onder in de schacht kon kijken, vier dekken onder hen.

Een mannenstem die Kira niet herkende klonk boven hun hoofd. 'Waarschuwing: vrije val op T minus vierendertig seconden.' Er klonk een wilde trilling door in de stem, een thereminachtig jengeltje dat erop leek te wijzen dat de spreker elk moment in huilen of lachen zou kunnen uitbarsten, of in een onbeheersbare driftbui. Kira verstrakte toen ze het hoorde en de buitenkant van het Zachte Mes werd zo ruw als grind.

'Hier,' zei Trig en hij hield zich vast aan een handige handgreep aan de wand. Kira deed hetzelfde.

'Is dat jullie pseudo-intelligentie?' vroeg ze met een gebaar naar het plafond.

'Nee, dat is ons scheepsbrein, Gregorovich,' zei de jongen trots.

Kira trok haar wenkbrauwen op. 'Jullie hebben een scheepsbrein!' De Caracole had haar niet groot of duur genoeg geleken om er een te hebben. Hoe had Falconi ooit een scheepsbrein weten over te halen om hier aan te monsteren? Half serieus vroeg ze zich af of hij chantage had gebruikt.

'Ja.'

'Hij lijkt… anders dan de andere scheepsbreinen die ik heb ontmoet.'

'Er is niets mis met hem. Hij is een uitstekend scheepsbrein.'

'Dat geloof ik graag.'

'Serieus!' hield de jongen vol. 'De beste die er is. Er zijn maar een paar heel oude breinen die nog slimmer zijn.' Hij grijnsde een stel scheve voortanden bloot. 'Hij is ons geheime wapen.'

'Slim–'

Er klonk een alarm – een korte mineurtoon – en de vloer leek weg te vallen. Kira hield de handgreep steviger vast toen ze duizelig de wanden en de vloer om haar heen zag draaien. De duizeligheid verdween pas toen ze haar perspectief aanpaste van hoog-laag naar voor-achter, zodat ze nu in een lange, horizontale buis leek te zweven.

Ze was helemaal klaar met de vrije val.

Achter haar, aan het einde van de buis, hoorde ze een krabbelend geluid. Ze draaide zich om en zag een witachtig met grijze Siamese kat door een open deur schieten en tegen de ladder botsen. De kat haakte zijn klauwen om de ladder en sprong met geoefend gemak over de sporten naar het andere einde van de schacht.

Kira keek bewonderend naar de kat, die een beetje bijsturend over de ladder vloog, als een pluizige raket met tanden en klauwen. De kat keek haar dreigend aan toen hij voorbijkwam. Giftige haat spoot uit zijn smaragdgroene ogen.

'Dat is onze scheepskat, Fuzzy,' zei Trig.

Kira vond de kat meer een moorddadige duivel dan een Fuzzy, maar ze sprak hem niet tegen.

Even later hoorde ze nog een geluid. Deze keer een metalig gekletter dat haar deed denken aan... hoeven?

Toen kwam er een bruin met roze gevaarte de deur uit en stuiterde tegen de ladder. Het knórde en trappelde met korte pootjes om zich heen, tot het een hoefje op de ladder had. De hoef bleef hangen en het dier – het was een varkentje! – sprong achter de kat aan.

Een varken was zo'n onwerkelijk gezicht dat Kira er volslagen verbouwereerd bij stond. Het leven bleef haar maar overvallen met steeds vreemdere dingen.

De kat was aan de andere kant van de tunnel aangekomen en sprong door een andere open deur. Het varken ging er even later achteraan.

'Wat was dát?' vroeg Kira toen ze haar stem weer gevonden had.

'Dat is ons scheepsvarken, Runcibel.'

'Jullie scheepsvarken.'

'Jep. We hebben gekkopads op zijn hoefjes geplakt, zodat hij rond kan blijven lopen in vrije val.'

'Maar waarom hebben jullie een varken?'

'O, we zijn nou eenmaal spekkoper!' zei Trig giechelend, en Kira kromp ineen. Achtentachtig dagen in FTL om slechte woordgrappen te moeten aanhoren? Dat zou verboden moeten worden.

Gregorovich' waterige stem klonk boven hen, de stem van een onzekere god: 'Stuwing hervat over een minuut en vierentwintig seconden.'

'Maar wat is er nou zo bijzonder aan jullie scheepsbrein?' vroeg Kira.

Trig haalde zijn schouders op. Dat was een vreemd gebaar in vrije val. 'Hij is heel erg groot.' Hij keek haar strak aan. 'Groot genoeg voor een vliegdekschip.'

'Hoe hebben jullie dat voor elkaar gekregen?' vroeg ze. Na wat ze van de Caracole had gezien, zou ze denken dat geen brein van meer dan twee of drie jaar groei hier aan boord zou willen dienen.

'We hebben hem gered.'

'Jullie hebben hem...'

'Hij was geïnstalleerd op een ertsvrachtschip. Het bedrijf won iridium rond Cygni B en vervoerde dat deze kant uit. Het vrachtschip werd geraakt door een meteoroïde en stortte op een van de manen neer.'

'Oef.'

'Ja. En de klap had de comms vernietigd, dus konden ze op geen enkele manier om hulp vragen.'

De waarschuwingstoon klonk weer. Kira's voeten vonden weer steun op de metalen beplating toen haar gewicht terugkeerde. Opnieuw was ze blij verrast met de goede werking van haar spieren, na al die tijd in nul-g.

'Dus?' vroeg ze met een frons. 'De thermosignatuur van het vrachtschip kon toch makkelijk teruggevonden worden?'

'Dat zou je denken,' zei Trig en hij begon de ladder af te klimmen. 'Alleen was de maan vulkanisch. Het schip was onzichtbaar door al die achtergrondwarmte. Het bedrijf dacht dat het vergaan was.'

'Shit,' zei Kira. Ze begon het te begrijpen.

'Ja.'

'Hoe lang hebben ze daar gezeten?' vroeg ze. Ze hadden inmiddels de bodem van de schacht bereikt.

'Meer dan vijf jaar.'

'Wauw. Dat is lang om in cryo te zijn.'

Trig bleef staan en keek haar ernstig aan. 'Dat waren ze niet. Het schip was te erg beschadigd. Alle cryobuizen waren beschadigd.'

'Thule.' Haar eigen reis was al gruwelijk lang geweest. Kira kon zich niet voorstellen hoe vijf jaar zou zijn. 'Wat is er met de bemanning gebeurd?'

'Omgekomen bij het neerstorten of van de honger.'

'En Gregorovich kon ook niet in cryo?'

'Nope.'

'Dus hij was het grootste deel van die tijd alleen?'

Trig knikte. 'Hij had daar tientallen jaren kunnen zitten als wij het neerstortende schip niet hadden gezien. Dat was puur toeval; we keken toevallig op het goede moment op een scherm. Voor die tijd hadden we niet eens een scheepsbrein. Alleen een pseudo-intelligentie. En niet zo'n beste ook. De kapitein liet Gregorovich overzetten en dat was dat.'

'Jullie hebben hem gewoon gehouden? Wat had hij daarover te zeggen?'

'Niet veel.' Trigs blik legde haar het zwijgen op voor ze hem nog verder kon tegenspreken. 'Ik bedoel dat hij niet erg spraakzaam was, oké? Kom op zeg. We zijn heus niet zo stom om met een brein te gaan vliegen dat niet bij ons wil zijn. Denk je soms dat we dood wilden of zo?'

'En de mijnonderneming had daar geen problemen mee?'

Ze gingen de centrale schacht uit en liepen weer een anonieme gang in.

'Dat was hun zaak niet,' zei Trig. 'Ze hadden Gregorovich' contract al beëindigd, hem als dood opgegeven, dus hij was vrij om te tekenen bij welk schip hij maar wilde. En zelfs als ze hem terug hadden willen halen, wilde Gregorovich niet van de Caracole af. De techs kregen hem niet eens het schip uit voor een goede mediscan op de Wereld van Stewart. Volgens mij wilde hij niet meer alleen zijn.'

Dat kon Kira wel begrijpen. Scheepsbreinen waren (nog net) menselijk, maar ze waren zo veel groter dan een gewoon brein dat ze absoluut niet zonder stimulatie konden om niet volkomen gestoord te worden. Een geest die vijf jaar lang in zijn eentje had gezeten... Ze vroeg zich af hoe veilig ze echt was op de Caracole.

Trig bleef staan bij twee grote luchtdichte deuren, een aan elke kant van de gang. 'Wacht hier.' Hij deed de linkerdeur open en glipte naar binnen. Heel even zag Kira een groot vrachtruim vol rekken met uitrusting en een kleine, blonde vrouw die grote panelen in beschermend materiaal stond in te pakken. De panelen leken verdacht veel op die uit de Walkure. Naast haar lag een stapel blasters van het VMB...

Kira fronste haar wenkbrauwen. Had de bemanning van de Caracole de shuttle leeggehaald? Ze betwijfelde of dat wel helemaal legaal was.

'Gaat me niks aan,' mompelde ze.

Trig kwam terug met een deken, een setje gekkopads en een in krimpfolie verpakt rantsoen. 'Hier,' zei hij toen hij ze aan haar gaf. 'Brug en machinekamer zijn verboden terrein, tenzij een van ons erbij is of je toestemming hebt van de kapitein.' Hij wees met zijn duim naar het ruim waar hij net uitgekomen was. 'Dat geldt ook voor het ruim aan bakboord. Jij zit aan stuurboord. Chemische toiletten zijn achterin. Zoek maar een plekje, als dat lukt. Denk je dat je het verder wel redt?'

'Ik denk het wel.'

'Oké. Ik moet weer terug naar de brug. Als er iets is, kun je Gregorovich vragen of hij het ons wil laten weten.'

Toen ging de jongen snel terug naar waar hij vandaan kwam.

Kira haalde diep adem en trok de deur van het stuurboordruim open.

II

* * * * * * *

CARACOLE

1

De geur was het eerste wat Kira opviel: de stank van ongewassen lijven, urine, braaksel en bedorven voedsel. De ventilatoren draaiden op volle toeren – ze voelde een lichte bries door het ruim gaan – maar zelfs dat was niet genoeg om de stank te verjagen.

Toen kwam het geluid: een voortdurend geroezemoes van stemmen, luid en overweldigend. Huilende kinderen, discussiërende mannen, muziek; na zo lang in de stille Walkure was het geluid overweldigend.

Het stuurboordruim was een grote, gekromde ruimte die waarschijnlijk het spiegelbeeld vormde van het bakboordruim en als een halve donut om het midden van de Caracole heen lag. Dikke steunribben vormden bogen langs de buitenste wand en het dek en plafond waren bezaaid met D-ringen en andere ankerpunten. Op het dek waren talloze kratten vastgeklonken en daartussen zaten de passagiers.

'Vluchtelingen' was misschien een betere omschrijving voor ze, bedacht Kira. Er zaten tussen de twee- en driehonderd mensen op elkaar gepropt in het ruim. Het was een zooitje ongeregeld: jonge en oude mensen in een bizarre verzameling outfits, van skinsuits tot glinsterende galajurken en lichtafbuigende avondkleding. Op de bodem lagen dekens en slaapzakken, verankerd met gekkopads en, in sommige gevallen, touw. Behalve met slaapspullen lag het ruim vol kleding en afval, al kozen sommige mensen ervoor hun stukje ruim netjes te houden – kleine oases van orde in de algehele chaos.

Deze plek, besefte ze, moest totaal overhoop zijn gegooid toen het schip de motoren uitzette.

Een deel van de vluchtelingen keek even naar haar; de rest negeerde haar of merkte haar niet eens op.

Kira liep voorzichtig naar het achterdeel van het ruim. Achter de dichtstbijzijnde krat zag ze een stuk of vijf mensen die in hun slaapzakken aan het dek vastzaten. Ze leken gewond; op de handen van sommige mannen zaten brandwonden waar al een korst op begon te komen. Allemaal hadden ze wel ergens verband zitten.

Even verderop probeerde een stel met gele hanenkammen een paar kleine meisjes tot de orde te roepen, die schreeuwend in het rond renden met uit rantsoenfolie gescheurde wimpels achter zich aan.

Er waren nog meer stellen, de meeste zonder kinderen. Een oude man zat tegen de binnenwand aan op een klein, harpachtig instrument te tokkelen en zachtjes te zingen voor drie chagrijnig kijkende tieners. Kira ving maar een paar regels op, maar ze herkende ze uit een oud ruimtevaardersgedicht:

– te zoeken en verkennen tot de verste grens
En als we landen op een verre kust
naar nog verdere streken door te reizen –

Bijna helemaal achter in het ruim zat een groep van zeven mensen om een klein, bronzen toestel te luisteren naar de stem die uit het toestel klonk: '... twee, een, een, drie, negen, vijf, vier...' enzovoort, en zo verder. De stem telde in een kalme, gelijkmatige cadans die nooit versnelde of vertraagde. De groep mensen leek gebiologeerd door de stem; sommigen stonden met hun ogen half dicht heen en weer te zwaaien alsof ze naar muziek luisterden, anderen staarden strak naar de grond zonder oog voor de rest van de wereld of keken duidelijk geëmotioneerd hun metgezellen aan.

Kira had geen idee wat er zo belangrijk aan die cijfers was.

Dicht bij de groep van zeven zag ze een paar entropisten in hun kenmerkende gewaden – een man en een vrouw. Ze zaten tegenover elkaar met hun ogen dicht. Verrast bleef Kira staan om naar hen te kijken.

Het was lang geleden dat ze een entropist had gezien. Ze waren heel bekend, maar eigenlijk waren er niet zo veel van. Enkele tienduizenden misschien; meer niet. Het was nog zeldzamer om ze op een gewoon commercieel ruimteschip te zien. *Ze moeten hun eigen vaartuig verloren hebben.*

Kira herinnerde zich dat er een entropist naar Weyland was gekomen toen zij klein was. Hij was zaad, genenbanken en apparatuur voor het koloniseren van een planeet komen brengen. Toen de entropist zijn zaken met de volwassenen had afgehandeld, was hij de hoofdstraat van Highstone in gelopen en daar, in de vallende schemering, had hij haar en de andere kinderen verrukt met de glinsterende vormen die hij zomaar met blote handen in de lucht trok. De spontane vuurwerkshow was nog altijd een van Kira's dierbaarste herinneringen.

Ze was bijna in magie gaan geloven.

Hoewel de entropisten een seculiere organisatie waren, hing er een zweem van mystiek om hen heen. Dat stootte Kira niet af. Ze voelde graag een zekere verwondering over het universum en de entropisten hielpen daarbij.

Ze keek nog even naar de man en de vrouw en liep toen weer verder. Het viel niet mee om een vrij plekje met enige privacy te veroveren, maar uiteindelijk vond Kira een smalle ruimte tussen twee kratten in. Ze legde haar deken neer – plakte hem met de gekkopads vast aan het dek – ging erop zitten en deed een tijdje niets anders dan uitrusten en haar gedachten op een rijtje zetten...

'Ha, alweer een sjofele dakloze die door Falconi is opgepikt.'

Tegenover haar zag Kira een kleine vrouw met krullend haar zitten. Ze zat met haar rug tegen een krat geleund een lange, gestreepte sjaal te breien. Haar krullen bezorgden Kira een bijna schrijnend gevoel van afgunst en verlies.

'Zo ongeveer,' zei Kira. Ze had niet veel zin om te praten.

De andere vrouw knikte. Naast haar bewoog er iets in een deken en een grote, geelbruine kat met zwarte pluisjes aan zijn oren tilde zijn kop op en bekeek haar onverschillig. Het dier geeuwde met indrukwekkend grote tanden en nestelde zich toen weer in de deken.

Kira vroeg zich af wat Fuzzy van de indringer vond. 'Wat een mooie kat.'

'Ja hè?'

'Hoe heet hij?'

'Hij heeft veel namen,' zei de vrouw, terwijl ze nog wat wol lostrok. 'Op dit moment heet hij Hlustandi, wat "luisteraar" betekent.'

'Dat... is nogal een naam.'

De vrouw stopte even met breien om haar draad te ontwarren. 'Inderdaad. Maar vertel eens: hoeveel betaal jij kapitein Falconi en zijn olijke boevenbende voor het voorrecht om mee te mogen reizen?'

'Niets,' zei Kira, een beetje verward.

'Is dat zo?' De vrouw trok een wenkbrauw op. 'Natuurlijk, je bent van het VMB. Ze kunnen moeilijk een lid van de gewapende strijdkrachten afpersen. Nee, natuurlijk niet.'

Kira keek het ruim rond naar de andere passagiers. 'Wacht, bedoel je dat ze al die mensen laten betalen voor hun redding? Dat is tegen de wet!' En immoreel. Wie in de ruimte strandde, had het recht om gered te worden zonder vooraf te hoeven betalen. Afhankelijk van de situatie kon er later wel een tegenprestatie worden gevraagd, maar niet op het moment zelf.

De vrouw haalde haar schouders op. 'Probeer dat maar tegen Falconi te zeggen. Hij vraagt vierendertigduizend bits per persoon voor de reis naar Ruslan.'

Kira deed haar mond open, viel stil en deed hem weer dicht. Vierendertigduizend bits, dat was twee keer zo duur als een reis naar een andere planeet, bijna evenveel als een reis naar een ander stelsel. Fronsend besefte ze dat de bemanning van de Caracole de vluchtelingen in feite chanteerde: betaal, of we laten je in de ruimte ronddobberen.

'Je lijkt niet eens zo boos,' zei ze.

De vrouw keek Kira vreemd geamuseerd aan. 'Het pad naar ons doel loopt zelden recht. Het zit meestal vol bochten en kronkels en dat maakt de reis veel leuker dan die anders was geweest.'

'Serieus? Jij vindt afpersing iets leuks?'

'Ik weet niet of ik zo ver zou gaan,' zei de vrouw op droge toon. Naast haar deed Hlustandi een oog met een spleetvormige pupil open en sloot het toen weer. Het puntje van zijn staart ging heen en weer. 'Maar het is altijd nog beter dan helemaal alleen in een kamertje duiven zitten tellen.' Ze keek Kira streng aan. 'Voor alle duidelijkheid, ik heb geen duiven.'

Kira wist niet of de vrouw een grapje maakte of het meende. Om van onderwerp te veranderen vroeg ze: 'Hoe ben je hier terechtgekomen?'

De vrouw liet haar hoofd scheefzakken, terwijl de breinaalden in haar handen razendsnel doortikten. Ze leek er niet naar te hoeven kijken; haar vingers bewogen de wol met hypnotiserende regelmaat, zonder aarzeling of vertraging. 'Hoe zijn wij allemaal hier terechtgekomen? Hmm? En wat maakt dat uit? Je kunt ook zeggen dat het alleen uitmaakt dat we leren omgaan met waar we op een gegeven moment zíjn, niet met waar we wáren.'

'Dat zal wel.'

'Niet zo'n bevredigend antwoord, ik weet het. Laten we het erop houden dat ik onderweg was naar een oude vriend op 61 Cygni toen het schip waar ik op zat werd aangevallen. Het bekende verhaal. En' – ze gaf Kira een knipoog – 'verder ben ik graag op de plek waar interessante dingen gebeuren. Dat is een slechte gewoonte van me.'

'Ah. Hoe heet je, trouwens? Dat heb je nog niet gezegd.'

'En jij ook niet,' zei de vrouw met een laatdunkende blik op Kira.

'Eh… Ellen. Ellen Kaminski.'

'Heel aangenaam kennis te maken, Ellen Kaminski. Een naam is iets machtigs; je moet uitkijken aan wie je de jouwe geeft. Je weet nooit of iemand je naam tegen je zal gebruiken. Hoe dan ook, je kunt me Inarë noemen. Want Inarë is wie ik ben.'

'Maar dat is niet je naam?' vroeg Kira half voor de grap.

Inarë maakte een beweging met haar hoofd. 'Ah, slim van je, hoor.' Ze keek naar haar kat en mompelde: 'Waarom zitten de interessantste mensen altijd achter kratten verstopt? Waarom?'

De kat bewoog zijn oren, maar gaf geen antwoord.

2

Toen duidelijk werd dat Inarë niet meer wilde praten, trok Kira haar maaltijd open en verslond de nogal smakeloze inhoud. Bij elke hap ging ze zich normaler en steviger voelen.

Na het eten pakte ze het bakje dat ze van Vishal had gekregen en bracht ze de contactlenzen in. *Niet weghalen of kapotmaken alsjeblieft*, dacht ze, en ze probeerde haar intenties over te brengen op het Zachte Mes. *Alsjeblieft.*

Eerst wist Kira niet of de xeno het begreep. Maar toen verscheen er een flakkerend opstartscherm voor haar ogen en ze slaakte een zucht van opluchting.

Zonder haar implantaten kon ze maar beperkt gebruikmaken van de contactlenzen, maar in elk geval kon Kira nu een gastprofiel aanmaken en inloggen op het mainframe van het ruimteschip.

Ze ging naar een kaart van het binaire stelsel en keek waar de Kwallen zaten. De aliens zaten nu met tien schepen in en rond 61 Cygni. Twee van hun schepen hadden een vrachtsleper onderschept bij Karelin – Cygni A's tweede planeet – en waren daar nu mee aan het worstelen. Drie andere Kwallenschepen waren op weg naar de ertsfabrieken in de buitenste planetoïdegordel (waarmee ze ook relatief dicht bij de woonring van Chelomey zouden komen) terwijl een paar van de grotere Kwallenschepen de mijndrones bij Cygni B achtervolgden, meer dan zesentachtig AE verderop.

De drie nieuwkomers waren aan de andere kant van Cygni A aangekomen (hoog boven de omloopbaan), op verschillende afstanden rond de buitenste planetoïdegordel.

Voorlopig leek geen van de schepen een directe bedreiging voor de Caracole te vormen.

Als ze zich concentreerde, kon Kira dezelfde drang voelen als ze had gehad tijdens de aanval op de Verzachtende Omstandigheden – een lokroep die haar naar de buitenaardse schepen trok. Maar het was een zwakke gewaarwording; zwak als vervaagde spijt. En daaruit leidde ze af dat de Kwallen wel signalen uitzonden, maar niet ontvingen. Anders zouden ze precies weten waar zij (en het Zachte Mes) was.

Dat was een kleine opluchting.

Maar het bracht vragen met zich mee. Eerst naar het hoe. Niemand anders in het stelsel had het signaal opgemerkt. En dat betekende... dat die ongelooflijk moeilijk te vinden was, of gebruikmaakte van een onbekend soort technologie.

Dan was er nog de vraag waarom. De Kwallen hadden geen reden om te denken dat zij de vernietiging van de Verzachtende Omstandigheden overleefd had. Dus waarom bleven ze de oproep uitzenden? Wilden ze een andere xeno dan het Zachte Mes vinden? Of waren ze echt nog steeds naar haar op zoek?

Kira huiverde. Ze kon er op geen enkele manier achter komen. Tenzij ze het de Kwallen zelf ging vragen, en die beker liet ze liever aan zich voorbijgaan.

Het negeren van de oproep, van de plichten die ermee samenhingen, gaf haar een licht schuldgevoel. Het was niet haar eigen gevoel, maar van het Zachte Mes en dat verraste haar, omdat de xeno zo'n afkeer van de graaiers had.

'Wat hebben ze met je gedaan?' fluisterde ze. Er ging een glinstering over de xeno heen, een glinstering en meer niet.

Nu ze zeker wist dat ze de komende uren niet door de Kwallen opgeblazen zou worden, liet Kira de kaart voor wat die was en ging ze op zoek naar nieuws over Weyland. Ze moest weten wat er thuis gebeurde.

Helaas had Falconi gelijk. Er waren maar heel weinig details tot 61 Cygni doorgedrongen voordat de Kwallen begonnen waren de FTL te blokkeren. Er waren berichten van ongeveer een maand oud over gevechten in de buitenste delen van het Weyland-stelsel, maar van daarna kon ze alleen maar geruchten en speculatie vinden.

Ze kunnen wel tegen een stootje, dacht ze terwijl ze haar familie voor zich zag. Per slot van rekening waren het kolonisten. En als de Kwallen op Weyland opdoken... Ze zag haar ouders al helemaal naar een blaster grijpen om mee te vechten. Maar ze hoopte dat ze dat niet zouden doen. Ze hoopte dat ze zo verstandig zouden zijn om zich gedeisd te houden en in leven te blijven.

Daarna moest ze denken aan de Fidanza en aan wat er nog over was van het onderzoeksteam. Hadden ze het gehaald?

Uit de systeemgegevens bleek de SLV Fidanza precies zesentwintig dagen na vertrek van Sigma Draconis in 61 Cygni te zijn aangekomen. Er was geen schade gerapporteerd. De Fidanza had een paar dagen later gedockt op Ruimtestation Vyyborg en was een week later naar Sol vertrokken. Ze zocht naar een passagierslijst, maar die was niet openbaar. Niet erg verrassend.

Heel even overwoog Kira om Marie-Elise en de anderen een berichtje te sturen, voor het onwaarschijnlijke geval dat ze nog in het stelsel waren. Maar ze weerstond de verleiding. Zodra ze inlogde in haar accounts zou de Liga weten waar ze was. Misschien waren ze niet naar haar op zoek, maar ze was er nog niet klaar voor om de gok te nemen. En wat moest ze trouwens tegen haar vroegere teamgenoten zeggen, behalve sorry? Sorry schoot hopeloos tekort om de pijn en verwoesting die ze had veroorzaakt goed te maken.

Ze ging verder met het nieuws, vastbesloten om overzicht over de hele situatie te krijgen.

Het zag er niet goed uit.

Wat begonnen was met een reeks kleinschalige gevechten was snel uitgelopen op een complete invasie. Er waren maar weinig ooggetuigenverslagen, met steeds veel tijd ertussen, maar er was voldoende informatie tot 61 Cygni doorgedrongen om een idee te krijgen van wat er overal in de door mensen bewoonde ruimte gebeurde: brandende ruimtestations in een baan rond de Wereld van Stewart, verwoeste schepen bij de markovgrens om Eidolon, alientroepen die onderzoeks- en mijnposten overvielen... de treurige reeks gebeurtenissen was te lang om bij te houden.

Kira voelde zich moedeloos. Als de Kwallen niet bij toeval zo snel nadat ze de xeno had gevonden op Adra waren opgedoken, kwam dit op een bepaalde manier... door haar. Net als met Alan. Net als met... Ze drukte haar handen hard tegen haar slapen en schudde haar hoofd. Niet aan denken. Zelfs al had ze een bepaalde rol gespeeld bij het eerste contact, dan nog hielp het niet als ze zichzelf verwijten ging maken om de oorlog. Die route leidde alleen maar naar krankzinnigheid.

Ze ging verder met lezen, scrolde pagina na pagina door, tot haar ogen wazig waren van haar pogingen om alle informatie van de afgelopen drie maanden in haar hoofd te proppen.

Het strekte de Liga tot eer dat ze met de nodige snelheid en discipline op de invasie gereageerd leken te hebben. Wat had het voor zin om onderling ruzie te maken als de monsters in het donker aanvielen? Er waren reserves gemobiliseerd, burgerschepen gevorderd en op Aarde en Venus waren dienstplichtigen opgeroepen.

De cynicus in Kira zag de maatregelen als de zoveelste poging van de Liga om zijn macht uit te breiden. *Never waste a good crisis* en zo. De realist in haar zag in dat ze deden wat nodig was.

Alle experts leken het erover eens te zijn: de Kwallen waren de mensen in technologisch opzicht minstens honderd jaar vooruit. Met hun markovaandrijving konden ze veel dichter bij sterren of planeten in en uit FTL springen dan zelfs de meest geavanceerde oorlogsschepen van het VMB. Hun krachtbronnen – nog los van de fusieaandrijving voor de voortstuwing – genereerden met een nog niet doorzien mechanisme de verbijsterende hoeveelheden energie die nodig waren voor hun inertiehoogstandjes. En toch gebruikten ze geen radiatoren om de hitte kwijt te raken. Niemand begreep hoe dat kon.

Toen soldaten een eerste Kwallenschip hadden geënterd, hadden ze kamers en dekken aangetroffen waar kunstmatige zwaartekracht heerste. Geen kunstmatige zwaartekracht doordat alles in een grote cirkel ronddraaide, maar echte, artificiële zwaartekracht.

Dat verraste de natuurkundigen niet; volgens hen moest een soort dat had uitgevogeld hoe je de traagheidsweerstand kon veranderen per definitie in staat zijn een natuurlijk zwaartekrachtveld na te maken.

En hoewel de aliens geen nieuwe types wapens leken te hebben – ze gebruikten nog altijd lasers, raketten en kinetische projectielen – maakte de extreme wendbaarheid van hun schepen, in combinatie met hun nauwkeurige en efficiënte wapens, het heel moeilijk om ze af te slaan.

Vanwege de technologische superioriteit van de Kwallen had de Liga een wet uitgevaardigd waarin burgers werd gevraagd zo veel mogelijk apparatuur en uitrusting van de aliens te verzamelen en in te leveren. Zoals de woordvoerder van de Liga – een nogal gladde man met een nepglimlach en ogen die net iets te ver uit elkaar leken te staan – het formuleerde: 'Alle beetjes zijn van waarde. Alle beetjes kunnen het verschil maken. Help ons u te helpen; hoe meer informatie we hebben, hoe beter we tegen deze aliens kunnen optreden en deze bedreiging van de koloniën en de Thuiswereld kunnen opheffen.'

Kira haatte die uitdrukking: 'de Thuiswereld'. Die was technisch correct, maar gaf haar een benauwd gevoel, alsof iedereen moest buigen voor en eerbied betonen aan de geluksvogels die nog op Aarde leefden. Het was niet háár thuiswereld. Dat was Weyland.

Ondanks hun voorsprong op verschillende gebieden hadden de Kwallen niet volledig de overhand in de ruimteoorlog. Mensen hadden ook overwinningen behaald, maar over het algemeen waren die klein en zwaarbevochten. Op de grond ging het niet veel beter. Op de beelden die Kira zag, hadden zelfs soldaten in pantserexo moeite met de aliens in een rechtstreeks gevecht.

Vishal had gelijk gehad: er waren Kwallen in allerlei smaken, niet alleen de monsterlijke versie met tentakels die ze was tegengekomen op de Verzachtende Omstandigheden. Sommige waren groot en massief. Andere klein en wendbaar. Sommige leken op slangen. Andere deden Kira meer aan insecten denken. Maar wat voor vorm ze ook hadden, ze konden allemaal functioneren in een vacuüm en ze waren allemaal snel, sterk en zo taai als de duivel.

Terwijl Kira naar de beelden keek, voelde ze een groeiende druk achter haar ogen. Tot er, met plotselinge scherpte –

– een school graaiers op haar afkwam in de duistere ruimte. Met harde schubben en tentakels, gewapend en gepantserd. Toen een flits, en ze beklom een rotsachtige helling en vuurde blasters af op tientallen wegschuifelende wezens vol poten en klauwen.

Weer in de oceaan, heel diep, waar de Hdawari joegen. Een drietal figuren rees op uit de donkere schaduwen. Een van hen was dik, omvangrijk, bijna onzichtbaar dankzij de nachtblauwe kleur van zijn gepantserde huid. Een was scherp en spichtig, een verfomfaaide kluwen van poten en klauwen met daarboven een koperkleurige kam, nu platgelegd om beter te kunnen zwemmen. En een was lang en lenig, met veel ledematen en een staart als een zweep, die een lichte elektriciteit uitstraalde. En hoewel hun uiterlijk alleen het niet prijsgaf, hadden de drie iets gemeen: ze waren alle drie de eersten van hun broedsel. De eerste en enige overlevenden…

Kira hapte naar adem en kneep haar ogen stijf dicht. Een bonkende pijn schoot van haar voorhoofd naar haar achterhoofd.

Het duurde even voor de pijn afnam.

Deed het Zachte Mes een bewuste poging om te communiceren? Of had de video gewoon fragmenten van oude herinneringen opgeroepen? Ze wist het niet, maar ze was blij met de extra informatie, hoe verwarrend die ook was.

'Misschien kan het de volgende keer zonder migraine, oké?' zei ze. Als de xeno het begreep, kon ze dat nergens aan merken.

Kira keek nog eens naar de video.

Ze herkende verschillende types Kwallen uit de herinneringen van het Zachte Mes, maar de meeste waren nieuw en onbekend. Dat begreep ze niet. Hoe lang had de xeno vastgezeten op Adrasteia? Vast niet zo lang dat er nieuwe vormen van Kwallen geëvolueerd waren…

Ze maakte een uitstapje naar een paar beroepsmatige bronnen. Over een ding leken xenobiologen het eens te zijn: alle binnenvallende aliens hadden dezelfde biochemische basiscodes. Soms sterk gevarieerd, maar toch in essentie dezelfde. En dat betekende dat de verschillende types Kwallen wel degelijk één soort vormden.

'Druk bezig geweest,' mompelde ze. Was dit genhacking of hadden de Kwallen een bijzonder kneedbare fysiologie? Als het Zachte Mes het wist, zei het dat niet.

Hoe dan ook was ze opgelucht dat de mensheid niet tegen meer dan één vijand aan het vechten was.

Maar er waren nog een heleboel andere raadsels. De Kwallenschepen reisden meestal in veelvouden van twee, en niemand had nog kunnen vaststellen waarom. Maar niet bij Adra, dacht Kira. Net als –

… Het Nest van Overdracht, rond van vorm, zwaar van intenties…

Kira kromp ineen toen er weer een pijnscheut door haar schedel kliefde. De xeno probeerde dus tóch te communiceren. *Het Nest van Overdracht…* Nog steeds niet erg informatief, maar ze had nu tenminste een naam. Ze nam zich voor om alles op te schrijven wat het Zachte Mes haar liet zien.

Als het maar niet zo verdomde cryptisch was.

Niemand had nog een planeet of stelsel kunnen aanwijzen waar de aliens vandaan kwamen. Uit het terugrekenen van de FTL-routes van hun ruimteschepen was gebleken dat de Kwallen uit alle richtingen tevoorschijn sprongen. Dat betekende dat ze op verschillende plekken in de normale ruimte opdoken en opzettelijk van koers veranderden om hun vertrekpunt te verbergen. Na verloop van tijd zou het licht van hun terugkeer in de normale ruimte de astronomen bereiken, en die zouden dan kunnen vaststellen waar de Kwallen vandaan kwamen, maar dat 'verloop van tijd' zou nog vele jaren, misschien zelfs decennia duren.

Toch konden de Kwallen ook weer niet van al te ver komen. Hun schepen waren sneller in FTL, dat was wel duidelijk, maar niet zo belachelijk snel dat ze honderden lichtjaren in een maand of minder konden afleggen. Dus waarom hadden tekenen van hun beschaving Sol of de koloniën dan nooit bereikt?

En waarom de Kwallen aanvielen... Het voor de hand liggende antwoord was: om te veroveren. Maar niemand wist het zeker, om een simpele reden: tot nu toe waren alle pogingen om de taal van de Kwallen te ontcijferen mislukt. Hun taal was, volgens de beste bronnen, gebaseerd op geur en zo volkomen anders dan alle menselijke talen dat zelfs de knapste koppen niet wisten hoe ze het vertalen moesten aanpakken.

Kira hield op met lezen met het gevoel dat ze gestoken was. Onder haar jumpsuit verstijfde het Zachte Mes. Op de Verzachtende Omstandigheden had ze de Kwal zo duidelijk begrepen alsof hij Engels sprak. En ze had ook kunnen antwoorden, als ze had gewild. Daar twijfelde Kira niet aan.

Er voer een koude rilling door haar ledematen en ze huiverde, alsof ze in ijs zat ingevroren. Betekende dit dat zij de enige was die met de Kwallen kon communiceren?

Dat leek wel zo.

Ze staarde wezenloos naar haar overlays en dacht na. Als ze de Liga zou helpen met de Kwallen te praten, zou dat dan iets veranderen? Ze moest aannemen dat haar vondst van het Zachte Mes ten minste voor een deel de reden voor de invasie was. Dat was niet meer dan logisch. Misschien vielen de Kwallen aan uit wraak, omdat zij dachten dat het Zachte Mes vernietigd was. Als ze contact met hen zocht, kon dat een eerste stap naar de vrede zijn. Of niet.

Ze kon het onmogelijk weten zonder meer informatie. Informatie die ze op dit moment niet kon bemachtigen.

Maar Kira wist wel dat ze, als ze zichzelf aangaf bij de Liga, haar dagen opgesloten zou doorbrengen in kleine, raamloze kamers, waar ze eindeloos onderzocht zou worden en – als ze geluk had – af en toe vertaaldiensten mocht leveren.

En als ze in plaats daarvan naar de Lapsang Corp. ging... zou de uitkomst niet veel anders zijn en zou de oorlog gewoon doorgaan.

Kira slaakte een onderdrukte kreet. Ze had het gevoel dat ze vastzat op een kruispunt en dat er van alle kanten gevaar dreigde. Als er al een makkelijke oplossing was, dan zag ze die niet. De toekomst was een zwart gat geworden, onvoorzien en onvoorzienbaar.

Ze minimaliseerde de overlays, trok de deken strakker om zich heen en beet op de binnenkant van haar wang terwijl ze nadacht.

'Shit,' mompelde ze. *Wat moet ik doen?*

Maar ondanks alle vragen, onzekerheden en gebeurtenissen van galactische proporties – ondanks de vele keuzes die allemaal rampzalig konden uitpakken, en niet alleen voor haar – stond één feit als een paal boven water. Haar familie was in gevaar. Hoewel ze Weyland had verlaten, hoewel ze er al in geen jaren was geweest, was haar familie nog steeds belangrijk voor haar. En zij ook voor hen. Ze moest helpen. En als ze daarmee ook anderen zou helpen, des te beter.

Maar hoe? Weyland was met standaard FTL-snelheid meer dan veertig dagen reizen. Er kon verschrikkelijk veel gebeuren in die tijd. En Kira wilde haar familie trouwens niet in de buurt van de xeno hebben – ze was bang om ze per ongeluk iets aan te doen – en als de Kwallen ontdekten waar ze was... dan kon ze net zo goed een enorme schietschijf op zichzelf en de mensen om haar heen schilderen.

Ze duwde gefrustreerd haar knokkels tegen het dek. De enige realistische manier die ze kon bedenken om haar familie van hieruit te beschermen, was een einde aan de oorlog helpen maken. Waardoor ze weer terug was bij dezelfde ellendige vraag: hoe dan?

In de greep van besluiteloosheid sloeg Kira de deken van zich af en stond op. Ze kon het niet langer verdragen om stil te zitten.

3

Met een tollend hoofd van al het gepieker bewoog Kira zich langs de achterwand van het vrachtruim om haar overtollige energie kwijt te raken.

In een plotselinge impuls draaide ze zich om en liep naar de plek waar de entropisten zaten, niet ver van het groepje mensen dat naar de getallenreeks zat te luisteren. Het viel niet te zeggen hoe oud de twee entropisten waren. Hun huid was doorgroefd met zilveren draden rond de slapen en haarlijn. Ze droegen allebei de gebruikelijke gradiëntgewaden met het gestileerde logo van een oprijzende feniks op de rug, langs de mouwen en langs de zoom.

Ze had altijd bewondering gehad voor entropisten. Ze waren beroemd om hun wetenschappelijk onderzoek, zowel toegepast als theoretisch, en hun aanhangers werkten in bijna alle vakgebieden op het hoogste niveau. Het was zelfs een bekende grap dat je aansluiten bij de entropisten de eerste stap naar een grote doorbraak was. Hun tech lag altijd vijf of tien jaar op die van de anderen voor. Hun markovaandrijvingen waren de snelste die er bestonden, en men zei dat ze nog andere, veel exotischer stappen vooruit hadden gemaakt, al hechtte Kira niet veel waarde aan de echt buitenissige verhalen. De entropisten trokken veel van de knapste koppen van de mensheid aan – zelfs een paar scheepsbreinen, had ze gehoord – maar ze waren niet de enige slimme, toegewijde mensen die de geheimen van het universum probeerden te doorgronden.

Desondanks zat er wel iets in de geruchten.

Veel entropisten deden aan behoorlijk radicaal genhacken. Dat dacht men althans, vanwege hun vaak sterk afwijkende uiterlijke verschijning. En iedereen wist dat hun kleren vol zaten met geminiaturiseerde technologie, en sommige dingen waren bijna wonderbaarlijk.

Als iemand haar kon helpen het Zachte Mes en de Kwallen beter te begrepen, in elk geval wat technologie betrof, waren het de entropisten wel. Bovendien – en dit was belangrijk voor Kira – waren de entropisten een staatloze organisatie. Ze vielen niet onder de jurisdictie van een bepaalde overheid. Ze hadden researchlabs in de Liga, bezittingen in de vrijstaten en hun hoofdkwartier stond ergens in de buurt van Shin-Zar. Als de entropisten ontdekten dat het Zachte Mes een staaltje technologie van de aliens was, zouden ze haar waarschijnlijk niet aangeven bij het VMB, maar haar eindeloos bestoken met vragen.

Kira herinnerde zich wat haar onderzoekschef Zubarev haar ooit had verteld toen ze op Serris waren: 'Als je ooit een babbeltje met een entropist maakt, begin dan maar niet over de warmtedood van het universum, ja? Want dan laten ze je nooit meer gaan. Ze blijven minstens een halve dag je oren eraf kleppen. Het is maar dat je het weet, Navárez.'

Met dat in haar achterhoofd bleef Kira voor de man en de vrouw staan. 'Neem me niet kwalijk,' zei ze. Ze voelde zich weer dat meisje van zeven dat werd voorgesteld aan de entropist die Weyland bezocht. Hij had toen zo indrukwekkend geleken: een toren van vlees en stof die op haar neerkeek...

De man en de vrouw draaiden hun gezichten naar haar toe.

'Ja, Gevangene? Wat kunnen we voor je doen?' vroeg de man.

Dat was het enige wat haar niet beviel aan de entropisten: ze noemden iedereen hardnekkig 'Gevangene'. Het universum was niet ideaal, maar een gevangenis was het nou ook weer niet. Per slot van rekening moest je ergens bestaan; dat kon dan net zo goed hier.

'Kan ik even met jullie praten?' vroeg ze.

'Natuurlijk. Ga zitten, alsjeblieft,' zei de man. Hij en de vrouw maakten ruimte voor haar. Hun bewegingen waren perfect gecoördineerd, als twee ledematen aan hetzelfde lichaam. Het duurde even voor ze het doorhad: ze vormden een collectief bewustzijn. Een piepklein collectief, maar evengoed een collectief. Het was al een tijdje geleden dat ze daarmee te maken had gehad.

'Dit is Vorser Veera,' zei de man, terwijl hij naar zijn partner wees.

'En dit is Vorser Jorrus,' zei Veera en ze spiegelde zijn gebaar. 'Wat wil je ons vragen, Gevangene?'

Kira luisterde naar het afgemeten tellen van getallen terwijl ze nadacht. Misschien luisterde scheepsbrein Gregorovich mee, dus ze moest opletten dat ze niets zei dat haar verhaal van eerder in de ziekenboeg tegensprak.

'Mijn naam is Kaminski,' zei ze. 'Ik zat op de shuttle die op de Caracole gedockt is.'

Veera knikte. 'Dat dachten –'

'... we al,' maakte Jorrus haar zin af.

Kira streek het voorpand van haar jumpsuit glad terwijl ze haar woorden koos. 'Ik heb de afgelopen drie maanden met niemand contact gehad, dus ik probeer op de hoogte te komen van de huidige ontwikkelingen. Hoeveel weten jullie van biotechniek?'

Jorrus zei: 'Meer dan sommigen –'

'... en minder dan anderen,' zei Veera.

Dat was hun gebruikelijke bescheidenheid, wist ze. 'Toen ik al die verschillende types Kwallen zag begon ik te denken: zou het mogelijk zijn om een organische skinsuit te maken? Of een organische pantserexo?'

De entropisten fronsten. Het was griezelig om dezelfde uitdrukking precies tegelijk op twee verschillende gezichten te zien. 'Je lijkt al ervaring te hebben met ongewone skinsuits, Gevangene,' zei Jorrus. Hij en zijn partner wezen naar het Zachte Mes.

'Dit?' zei Kira schouderophalend, alsof het pak niet belangrijk was. 'Dit is op maat gemaakt door een vriend van me. Ziet er veel cooler uit dan het is.'

De entropisten accepteerden haar uitleg zonder weerwoord. Veera zei: 'Om je vraag te beantwoorden, Gevangene, dat zou wel mogelijk zijn, maar het zou...'

'... onhandig zijn,' hielp Jorrus.

'Vlees is niet zo sterk als metaal en/of composiet,' zei Veera. 'Zelfs als je diamant met koolstof nanobuisjes zou combineren, zou zoiets nooit zo veel bescherming geven als gewone pantserstukken.'

'Het zou ook moeilijk op te laden zijn,' zei Jorrus. 'Organische processen kunnen binnen de vereiste tijdframes nooit genoeg energie leveren. Je hebt supercondensatoren, accu's, minireactors en andere energiebronnen nodig.'

'Zelfs als energie geen probleem was,' zei Veera, 'zou de integratie tussen gebruiker en pak problematisch zijn.'

'Maar implantaten gebruiken toch ook al organische circuits?' zei Kira.

Jorrus schudde zijn hoofd. 'Dat is niet wat ik bedoel. Als dat pak organisch was, als het zou leven, zou er altijd een kans op kruisbesmetting bestaan.'

Veera zei: 'Cellen uit het pak kunnen zich wortelen in het lichaam van de gebruiker en op plekken gaan groeien waar ze niet horen. Het zou erger zijn dan welke natuurlijke vorm van kanker dan ook.'

'En net zo,' zei Jorrus, 'kunnen cellen van de gebruiker uiteindelijk de werking van het pak verstoren. Om dat te voorkomen, en om te zorgen dat het immuunsysteem van de gebruiker het pak niet aanvalt op de integratiepunten –'

'... moet het pak worden vervaardigd uit het DNA van de gebruiker. Daarmee zou elk pak slechts één gebruiker kunnen hebben. En dat is, alweer, niet praktisch.'

Kira zei, 'Dus de Kwallen –'

'... gebruiken geen bio-pakken zoals wij die begrijpen,' antwoordde Veera. 'Tenzij hun wetenschap veel geavanceerder is dan die lijkt.'

'Ik begrijp het,' zei Kira. 'En jullie weten niets over de taal van de Kwallen, behalve wat er al over gepubliceerd is?'

Veera antwoordde: 'Helaas –'

'... niet,' zei Jorrus. 'Het spijt ons; er blijft nog veel raadselachtig aan de aliens.'

Kira fronste. Weer vulde het gedreun van de getallen haar oren, hard en storend. Ze trok een gezicht. 'Wat doen ze daar toch? Weten jullie het?'

Jorrus snoof. 'De rest van ons gek maken, dat doen ze. We –'

'... hebben gevraagd het volume wat terug te schroeven, maar zachter dan dit willen ze niet gaan. Als ze zich niet –'

'... wat coöperatiever betonen in de toekomst, zullen we hen misschien wat strenger moeten toespreken.'

'Ja,' zei Kira, 'maar wat zijn het voor lui?'

'Numenisten,' zeiden Veera en Jorrus tegelijk.

'Numenisten?'

'Een religieuze orde die op Mars is ontstaan tijdens de eerste decennia van de kolonisatie. Ze vereren getallen.'

'Getallen.'

De entropisten knikten, met een snelle, gespiegelde ruk van hun hoofden. 'Getallen.'

'Waarom?'

Veera glimlachte. 'Waarom vereren mensen wat dan ook? Omdat ze geloven dat er in getallen diepe waarheden liggen over het leven, het universum en alles. Specifieker gezegd –'

Jorrus glimlachte. '... geloven ze in tellen. Ze geloven dat als ze maar lang genoeg doortellen, ze alle hele getallen kunnen tellen en misschien, helemaal aan het einde van de tijd zelf, het ultieme getal kunnen uitspreken.'

'Dat kan niet.'

'Dat maakt niet uit. Het is een geloofsartikel. De man die je hoort spreken is de Aartsaritmeticus, ook bekend als Pontifex Digitalis, wat...'

'... schókkend slecht Latijn is. Paus Vingerhoedskruid, zo –'

'... wordt hij vaak genoemd. Hij somt, samen met zijn –'

'... assistenten van het College van Enumeratoren – ze zijn dol op titels – elk nieuw getal op, zonder pauze of onderbreking.' Veera strekte een kromme vinger uit naar de Numenisten. 'Ze beschouwen het luisteren naar de enumeratie als een –'

'... belangrijk onderdeel van hun godsdienstbeoefening. En – én! – '

'... ze geloven dat sommige getallen belangrijker zijn dan andere. Getallen met bepaalde cijferreeksen, priemgetallen, enzovoort.'

Kira fronste. 'Het klinkt heel raar.'

Veera haalde haar schouders op. 'Misschien. Maar ze halen er troost uit en dat is meer dan van veel andere dingen gezegd kan worden.'

Toen boog Jorrus zich naar Kira toe. 'Weet je hoe ze god definiëren?'

Kira schudde haar hoofd.

'Als de grootste van twee identieke helften.' De entropisten schommelden giechelend op hun hielen heen en weer. 'Is dat niet heerlijk?'

'Maar... Dat slaat nergens op.'

Veera en Jorrus haalden hun schouders op. 'Dat is vaak zo met geloof. Maar –'

'... had je nog andere vragen waarmee we je kunnen helpen?'

Kira lachte bedroefd. 'Alleen als jullie toevallig de zin van het leven kennen.' Op het moment dat de woorden uit haar mond kwamen wist Kira al dat ze een fout had gemaakt, dat de entropisten haar serieus zouden nemen.

En dat deden ze. Jorrus zei: 'De zin van het leven –'

'... verschilt van persoon tot persoon,' zei Veera. 'Voor ons is het eenvoudig. Het is het nastreven van begrip, zodat we –'

'... misschien een manier zullen vinden om de warmtedood van het universum tegen te gaan. Wat het voor jou is –'

'... kunnen we het niet zeggen.'

'Daar was ik al bang voor,' zei Kira. Toen, omdat ze de verleiding niet kon weerstaan: 'Jullie nemen veel zaken als feit aan die anderen zouden betwisten. De warmtedood van het universum, bijvoorbeeld.'

Samen zeiden ze: 'Als we het fout hebben, hebben we het fout, maar onze strijd is nobel. Zelfs als ons geloof misplaatst is –'

'... heeft iedereen iets te winnen bij ons succes,' zei Jorrus.

Kira neeg haar hoofd. 'Dat klinkt redelijk. Ik wilde jullie niet beledigen.'

Weer gesust plukten de twee aan de manchetten van hun gewaden. Jorrus zei: 'Misschien kunnen we je helpen, Gevangene. Betekenis komt voort uit een doel –'

'... en een doel kan vele vormen hebben.' Veera zette haar vingers tegen elkaar. Verrassend genoeg deed Jorrus dat niet. Ze zei: 'Heb je ooit bedacht dat alles wat wij zijn is voortgekomen uit de resten van sterren die vroeger ontploft zijn?'

Jorrus zei: '*Vita ex pulvis.*'

'Wij bestaan uit het stof van dode sterren.'

'Daar ben ik me van bewust,' zei Kira. 'Het is een mooie gedachte, maar ik zie niet in wat het belang ervan is.'

Jorrus zei: 'Het belang –'

'... ligt in de logische gevolgtrekkingen van dat idee.' Veera zweeg even. 'Wij kunnen denken. We hebben bewustzijn. En we zijn gemaakt van hetzelfde spul als de hemelen.'

'Snap je het niet, Gevangene?' zei Jorrus. 'Wij zijn de geest van het universum zelf. Wij, en de Kwallen, en alle bewuste wezens. Wij zijn het universum dat naar zichzelf kijkt, observeert en leert.'

'En op een dag,' zei Veera, 'zullen wij, en in het verlengde daarvan het universum, ons uitstrekken tot voorbij de grenzen van dit rijk en onszelf redden van een anders onvermijdelijk uitsterven.'

Kira zei: 'Door te ontsnappen aan de warmtedood van deze plek.'

Jorrus knikte. 'Ja. Maar daar gaat het niet om. Waar het om gaat is dat dit observeren en leren een proces is dat we allemaal doormaken –'

'... of we dat nou beseffen of niet. En daarmee geeft het een doel aan alles wat we doen, zelfs –'

'... als dat onbelangrijk lijkt, en dus ook betekenis, en zin. Want het universum zelf, dat zijn bewustzijn verleent aan jouw gedachten –'

'... kent al jouw zorgen en pijn.' Veera glimlachte. 'Put dus troost uit de gedachte dat alles wat je kiest in het leven niet alleen voor jou belangrijk is. Het heeft zelfs op kosmische schaal belang.'

'Zo maak je jezelf wel erg belangrijk,' zei Kira.

'Misschien,' antwoordde Jorrus. 'Maar –'

'... het zou ook waar kunnen zijn,' zei Veera.

Kira keek naar haar handen. Haar problemen waren niet veranderd, maar op een of andere manier leken ze nu beter te hanteren. Het idee dat ze deel uitmaakte van het bewustzijn van het universum was inderdaad troostrijk, zij het op een nogal abstracte manier. Wat ze nu ook ging doen – en wat er ook met haar gebeurde, zelfs als ze weer door het VMB in quarantaine werd gezet – ze zou altijd onderdeel zijn van iets veel groters dan zijzelf. En dat was een waarheid die niemand haar ooit kon afnemen.

'Bedankt,' zei ze uit de grond van haar hart.

De entropisten bogen hun hoofd even en zetten hun vingertoppen tegen hun voorhoofd. 'Graag gedaan, Gevangene. Moge je pad altijd tot kennis leiden.'

'Kennis tot vrijheid,' maakte ze de spreuk af. Ze hadden een andere definitie van vrijheid dan zij, maar ze kon de gedachte zeker waarderen.

Toen ging Kira terug naar haar plekje tussen de kratten. Ze riep haar overlays op en dook met nieuwe vastberadenheid het nieuws weer in.

4

De scheepsnacht brak aan en de lampen in het ruim werden gedimd tot een vage rode gloed. Kira kon de slaap maar moeilijk vatten; haar hoofd was rusteloos en dat gold ook voor haar lichaam, na al die tijd op de Walkure. Bovendien was het vreemd om weer gewicht te voelen, hoe prettig dat ook was. Haar wang en haar heup lagen pijnlijk op het dek gedrukt.

Ze dacht aan Tschetter en toen aan iedereen uit haar onderzoeksteam. Hopelijk had het VMB de overlevenden ontdooid. Het was niet goed om te lang in cryo te blijven; basale biologische processen zoals de spijsvertering en de hormoonproductie lopen na een bepaald moment toch schade op. En Jenan was altijd al gevoelig voor cryoziekte...

Uiteindelijk viel Kira toch in slaap, maar haar gedachten waren gespannen en haar dromen onrustiger dan anders. Ze zag zichzelf thuis, als kind – oude herinneringen die al jaren niet meer naar boven waren gekomen, maar die fris en actueel aanvoelden, alsof de tijd in een kringetje liep. *Ze zat achter haar zusje Isthah aan tussen de rijen planten in de westelijke broeikas. Isthah gilde en zwaaide met haar handen onder het rennen. Haar bruine paardenstaart zwaaide heen en weer in haar nek... Hun vader maakte* arrosito ahumado, *het gerecht dat zijn familie uit San Amaro had meegenomen toen ze van de Aarde hierheen waren geëmigreerd; speciaal daarvoor hadden ze een haard in de achtertuin. As voor de suiker, suiker voor de rijst. Haar lievelings-*

eten, omdat het een smaak van vroeger was… Toen gingen haar gedachten naar recentere dingen, naar Adra en Alan en haar zorgen over de Kwallen. Een mengelmoes van overlappende emoties:

Alan die zei: 'Kun je er een scan van maken? Misschien een paar monsters verzamelen?' En Neghar: 'En dáárvoor ben je bereid Yugo's kaneelbroodjes op te offeren?'

En Kira antwoordde, zoals ze toen ook had gedaan: 'Sorry, je weet hoe het is.' … Je weet hoe het is…

Op de basis, toen ze uit cryo was ontwaakt. Alans armen om haar heen. 'Ik had nooit van je mogen vragen dat je die rotsformatie ging onderzoeken. Het spijt me zo, lieverd.'

'Nee, je hoeft je niet te verontschuldigen,' zei ze. 'Iemand moest het doen.'

En ergens waren Todash and the Boys aan het brullen en schreeuwen: 'En er staat niets voor de deur. Hé, er staat niets voor de deur. Babe, wat klopt daar op de deur?'

Kira werd badend in het zweet wakker, met bonkend hart. Het was nog nacht en de honderden slapende mensen vulden het vrachtruim met de witte ruis van hun ademhaling.

Ze liet zelf ook een lange ademtocht ontsnappen.

Iemand moest het doen. Ze huiverde en haalde een hand over haar hoofd. Het verraste haar nog steeds dat het zo glad was.

'Iemand,' fluisterde ze. Ze sloot haar ogen en kreeg ineens het overweldigende gevoel dat Alan dicht bij haar was. Heel even kon ze hem bijna ruiken…

Kira wist wat hij zou doen. Wat hij zou willen dat ze deed. Ze snufte en veegde haar tranen weg. Nieuwsgierigheid had hen beiden naar de sterren gedreven, maar het bevredigen van die nieuwsgierigheid bracht bepaalde verantwoordelijkheden met zich mee. Dat gold sterker voor haar dan voor hem – xenobiologie was een gevaarlijker vakgebied dan geologie – maar het bleef een feit: degenen die zich in het onbekende waagden, hadden de plicht om de mensen die achterbleven te beschermen, de mensen die hun leven leidden op bekend terrein.

Een zin die de entropisten hadden uitgesproken speelde door haar hoofd: *Betekenis komt voort uit een doel…* En Kira wist wat haar doel was. Haar doel was om haar begrip van de Kwallentaal in te zetten om vrede tussen hun soorten te bewerkstelligen. Of, als dat niet lukte, de Liga te helpen de oorlog te winnen.

Maar dan wel op haar eigen voorwaarden. Als zij naar Ruslan ging, zou de Liga haar gewoon weer in quarantaine smijten en daar zou niemand wat aan hebben (vooral zijzelf niet). Nee, ze moest het veld in, niet in een lab onderzocht worden als een microbe in een petrischaaltje. Ze moest ergens zijn waar ze toegang tot de computers van de Kwallen kon krijgen en er zo veel mogelijk data uithalen. Het zou nog beter zijn om met een Kwal te spreken, maar Kira betwijfelde of dat op een veilige manier mogelijk was. Voorlopig nog niet, in elk geval. Als ze een zender op een van hun schepen te pakken kon krijgen, zou dat anders kunnen zijn.

Ze had haar keus gemaakt. Morgenochtend zou ze met Falconi bespreken of ze koers konden zetten naar een haven die dichterbij was dan Ruslan. Ergens waar misschien een stukje technologie van de Kwallen lag dat zij zou kunnen bestuderen, of waar – als de omstandigheden gunstig waren – ze zelfs een lift naar een overwonnen Kwallenschip zou kunnen krijgen. Falconi zou niet makkelijk over te halen zijn, maar Kira had goede hoop dat het zou lukken. Een redelijk mens kon niet ontkennen dat ze iets belangrijks te zeggen had, en Falconi leek hard, maar redelijk genoeg.

Ze sloot haar ogen en voelde een nieuwe vastberadenheid. Misschien was het een vergissing, maar ze zou haar uiterste best doen om de Kwallen tegen te houden.

Misschien kon ze zo haar familie redden en haar fouten op Adra goedmaken.

III

* * * * * * *

AANNAMES

1

Toen het licht in het vrachtruim aan ging, zag Kira dat ze met uitzondering van haar gezicht overal bedekt was met een dun stoflaagje. Dat had ze al verwacht, nu ze gegeten had. Gelukkig lag het grootste deel van de rommel onder de deken. Ze wist het stof weg te vegen zonder dat Inarë of iemand anders het zag.

Ze activeerde haar overlays om te checken wat de Kwallenschepen deden. Niet veel goeds. De twee Kwallen bij Karelin vielen nog steeds vrachtschepen aan en volgens onbevestigde berichten hadden de aliens troepen laten landen in de kleine nederzetting op die planeet. Intussen hadden de Kwallen in de planetoïdegordel een stuk of zes ertsverwerkers vernield en daarna een highspeed *flyby* op Chelomey uitgevoerd. Ze hadden de woonring gebombardeerd, het grootste deel van de verdediging van het station kapotgeschoten en waren toen vertrokken naar de volgende groep mijninstallaties.

De schade aan het station zag er akelig uit maar was grotendeels oppervlakkig; de structuur leek nog stevig genoeg. Dat was een opluchting. Als de woonring brak... Kira huiverde bij de gedachte aan duizenden mensen, jong en oud, die de ruimte in werden geslingerd. Er was bijna niets ergers of angstaanjagenders. Terwijl ze toekeek, vertrokken er al drie verschillende transportschepen met evacués van Chelomey.

Kira verlegde haar aandacht naar Cygni B en tikte een kop aan: een van de Kwallenschepen daar was die nacht ontploft. Er was alleen een wolk puin en harde straling achtergebleven.

Een groep mijnwerkers die zich De Roepende Oesters noemde, eiste de verantwoordelijkheid op. Kennelijk hadden ze een drone tegen het Kwallenschip weten te manoeuvreren en het open geblazen, waardoor het isolatieveld van het schip het begaf.

De vernietiging van het alienschip was maar een kleine slag binnen de hele oorlog, maar Kira putte er moed uit. De Kwallen leken misschien in het voordeel te zijn, maar mensen lieten mooi niet zomaar over zich heen lopen.

Alleen veranderde dat niets aan het feit dat het hele stelsel onder vuur lag. Overal in het ruim hoorde Kira mensen praten over de situatie op Chelomey (veel vluchtelingen leken van het station afkomstig) en het vernietigde Kwallenschip.

Kira liet het nieuws voor wat het was, negeerde het geroezemoes om zich heen en ging op zoek naar een plek waar Falconi haar kon afzetten. Het moest relatief dichtbij zijn, maar niet onder vuur van de Kwallen liggen. Veel opties waren er niet: een kleine woonring buiten Tsiolkovsky's baan; een brandstofcentrale op lagrangepunt L3 om Karelin; een onderzoeksbasis op Grozny, de vierde planeet van de ster...

Ze koos al snel voor Ruimtestation Malpert, een klein mijnbouwcentrum in de binnenste planetoïdegordel. 61 Cygni had twee van zulke gordels en de Caracole bevond zich op dit moment tussen hen in. Het station had verschillende voordelen: zo zat er een vertegenwoordiger van haar bedrijf en bewaakte het VMB de basis met meerdere schepen, waaronder een kruiser, de VMBS de Darmstadt.

Kira dacht dat ze het bedrijf en het VMB misschien tegen elkaar zou kunnen uitspelen en een van hen, of allebei, overhalen haar naar een Kwallenschip te brengen. Het leek haar bovendien waarschijnlijk dat een VMB-commandant die actief tegen de aliens vocht eerder de waarde zou inzien van wat zij aanbood dan een functionaris achter een bureau op Ruslan of Ruimtestation Vyyborg.

In elk geval was dit haar beste kans.

Ze aarzelde nog toen ze dacht aan de risico's die ze liep. Het kon op heel veel afschuwelijke manieren fout gaan. Toen rechtte ze haar rug. *Doet er niet toe.* Er was meer dan een aanval van zenuwen voor nodig om haar te laten opgeven.

Er verscheen een vlaggetje in de hoek van haar overlays als melding van een nieuw bericht:

Waarom scheid je stof uit, o Veelzijdige Vleesklont? Mijn filters raken verstopt van jouw excretie. – Gregorovich

Kira stond zichzelf een wrang glimlachje toe. Ze had het Zachte Mes dus hoe dan ook niet geheim kunnen houden. Subvocaliserend schreef ze als antwoord:

Kom nou. Je kunt onmogelijk verwachten dat ik daar zomaar antwoord op geef.

Ik moet zo snel mogelijk de kapitein spreken. Onder vier ogen. Het is een kwestie van leven of dood. – Kira

Een seconde later verscheen een antwoord:

Je hubris intrigeert me. Ik schrijf me graag in voor je nieuwsbrief. – Gregorovich

Ze fronste. Was dat ja of nee?

Kira hoefde niet lang te wachten voor ze erachter kwam. Nog geen vijf minuten later verscheen de kleine, blonde vrouw die ze in het andere vrachtruim had gezien in de deuropening. De vrouw droeg een olijfgroen jack met afgeknipte mouwen. Onder de huid van haar armen bewogen het soort spieren dat je alleen krijgt van genhacken of jarenlang gewichtheffen en op je dieet letten. Desondanks had ze een scherp, smal en zelfs vrouwelijk gezicht. Over haar schouder hing een lelijke *slugthrower*.

De vrouw stak twee vingers in haar mond en floot. 'Hé! Kaminski! Hier komen. De kapitein wil je spreken.'

Kira kwam overeind en liep naar de deur. Iedereen keek naar haar. De vrouw keek haar even onderzoekend aan en gebaarde toen met haar kin naar de hal buiten. 'Na jou, Kaminski.'

Zodra de luchtdichte deur achter hen sloot zei de vrouw: 'Hou je handen zo dat ik ze kan zien.'

Dat deed Kira en ze stapten de centrale schacht in. Nu ze contactlenzen droeg waren de openbare overlays van het schip zichtbaar: kleurrijke projecties op de deuren, wanden, lampen en soms zelfs zomaar in de lucht. Ze transformeerden de sjofele inrichting van de Caracole in een glanzend, modernesk interieur.

Er waren meer opties. Ze ging erdoorheen en zag de schacht in een oogwenk veranderen in een kasteelachtige omgeving, een art-nouveau-interieur vol hout, buitenaardse panorama's (sommige warm en uitnodigend, andere met storm in de lucht en af en toe verlicht door de bliksem) en zelfs een abstracte fractalnachtmerrie die haar onaangenaam sterk aan het Zachte Mes deed denken.

Die laatste zou Gregorovich' favoriet wel zijn.

Uiteindelijk hield Kira het op de eerste overlay. Die was het minst verwarrend, maar toch positief en relatief vrolijk.

'Heb je een naam?' vroeg ze.

'Ja. Ik heet Kop-Dicht-En-Doorlopen.'

Toen ze bij het dek waren waar ook de ziekenboeg was, porde de vrouw haar in de rug en zei: 'Hier.'

Kira stapte van de ladder af en duwde een luchtdichte deur open naar de gang erachter. Toen bleef ze stilstaan, want nu zag ze de overlay op de wand, de overlay die ze de vorige dag van Trig had moeten negeren.

De afbeelding nam dik twee meter lambrisering in beslag. Een bataljon prairiehazen in pantserexo viel op een slagveld een identiek uitgerust leger (ook van prairiehazen) aan. De leider van de dichtstbijzijnde groep was… het varken Runcibel, nu getooid met een stel slagtanden. En de tegenpartij werd geleid door niemand minder dan de scheepskat, Fuzzy, met in allebei zijn pluizige pootjes een vlammenwerper.

'Wat is dat in Thules naam?' vroeg Kira.

De vrouw had het fatsoen om gegeneerd te kijken. 'We hebben in de kroeg een weddenschap tegen de crew van de Bloedende Zon verloren.'

'Dan… valt het nog mee,' zei Kira. Voor een verloren kroegweddenschap waren ze er nog makkelijk vanaf gekomen.

De vrouw knikte. 'Als we gewonnen hadden zou de kapitein ze een schilderij hebben laten maken van… Ach, dat wil je niet weten.'

Dat vermoedde Kira ook.

Een por met de loop van de slugthrower was genoeg om Kira weer verder te laten lopen. Ze vroeg zich af of ze haar handen soms in de lucht moest houden.

Ze kwamen uit bij weer een luchtdichte deur aan de andere kant van het schip. De vrouw bonkte op het wiel in het midden en even later klonk Falconi's stem: 'Hij is open.'

Er klonk een bevredigende 'kloink' toen ze aan het wiel draaide.

De deur zwaaide open en Kira zag verrast dat ze elkaar niet op de brug zouden spreken, maar in een hut. Falconi's hut, om precies te zijn.

Er was net genoeg ruimte om een paar stappen te doen zonder tegen meubels aan te stoten. Bed, wastafel, kasten en muren, allemaal zo leeg als maar kon, zelfs met overlays. De enige decoratie stond op het ingebouwde bureau: een knoestig bonsaiboompje met zilvergrijze bladeren en een stam in de vorm van een s.

Ondanks zichzelf was Kira onder de indruk. Bonsais waren moeilijk in leven te houden op een schip, maar dit boompje oogde gezond en goed verzorgd.

De kapitein zat achter zijn bureau, met een stuk of vijf vensters open op zijn holodisplay.

De bovenste paar knopen van zijn overhemd stonden open. Er was een stukje bruine, gespierde huid te zien, maar haar aandacht werd vooral getrokken door zijn opgerolde mouwen en blote onderarmen. De huid van zijn armen was één verwrongen chaos van gehavend littekenweefsel. Het zag eruit als half gesmolten plastic, hard en glanzend.

Kira's eerste reactie was weerzin. *Waarom?* Brandwonden, en littekens in het algemeen, waren gemakkelijk te behandelen. Zelfs al was Falconi gewond geraakt op een plek zonder medische zorg, waarom had hij dan later de littekens niet laten verwijderen? Waarom liet hij zichzelf... misvormd blijven?

Op Falconi's schoot lag Runcibel. Het varkentje had zijn ogen halfgesloten en kwispelde met zijn staartje van genot terwijl de kapitein achter zijn oren kriebelde.

Naast de kapitein stond Nielsen, met haar armen over elkaar en ongeduld op haar gezicht.

'Je wilde me spreken?' zei Falconi. Hij grijnsde en leek te genieten van Kira's ongemak.

Ze herzag haar eerste indruk van hem. Als hij bereid was haar met die littekens van haar stuk te brengen, was hij slimmer en gevaarlijker dan ze had gedacht. En ook beschaafder, als ze op de bonsai mocht afgaan, al bleef hij een smerige uitbuiter.

'Ik moet u onder vier ogen spreken,' zei ze.

Falconi maakte een gebaar naar Nielsen en de blonde vrouw. 'Wat je ook te zeggen hebt, je kunt het zeggen waar zij bij zijn.'

Geïrriteerd zei Kira: 'Dit is serieus... kapitein. Ik maakte geen grapje toen ik tegen Gregorovich zei dat het een kwestie van leven of dood was.'

De spottende glimlach bleef om Falconi's lippen spelen, maar zijn ogen verhardden zich tot flinters blauw ijs. 'Dat geloof ik best, mevrouw Kaminski. Maar als je soms dacht dat ik helemaal alleen met je zou spreken, zonder getuigen, moet je me wel aanzien voor een ongelofelijke stomkop. Ze blijven erbij. Klaar uit.'

Achter haar hoorde Kira de blonde vrouw haar slugthrower steviger vastpakken.

Kira perste haar lippen op elkaar en probeerde te beslissen of ze het zou proberen af te dwingen. Maar dat leek niet te kunnen, dus gaf ze toe. 'Best. Kun je dan wel de deur dichtdoen?'

Falconi knikte. 'Dat redden we wel, denk ik. Sparrow?'

De vrouw die Kira hierheen had gebracht trok de luchtdichte deur dicht, maar liet hem niet in het slot vallen – makkelijk te openen in geval van nood.

'Nou? Wat is er aan de hand?' vroeg Falconi.

Kira haalde diep adem. 'Mijn naam is niet Kaminski. Ik heet Kira Navárez. En dit is geen skinsuit. Het is een buitenaards organisme.'

2

Falconi barstte zo hard in lachen uit dat Runcibel ervan schrok; het varkentje knorde en keek naar zijn baasje met iets wat bezorgdheid leek.

'Goe-oed,' zei Falconi. 'Dat is een goeie. Heel grappig, mevrouw...' Zijn glimlach verdween toen hij haar gezicht zag. 'Je meent het.'

Ze knikte.

Er klonk een *klik* naast haar en vanuit haar ooghoek zag Kira dat Sparrow de slugthrower op haar hoofd richtte.

'Wil je dat niet doen!' zei Kira gespannen. 'Serieus, dat is een érg slecht idee.' Ze voelde al over haar hele lichaam hoe het Zachte Mes zich op actie voorbereidde.

Falconi maakte een handgebaar en Sparrow liet het wapen aarzelend zakken. 'Bewijs het eens.'

'Bewijs wat?' vroeg Kira verrast.

'Dat het een artefact van aliens is,' zei hij, naar haar arm wijzend.

Kira aarzelde. 'Beloof dat jullie niet schieten, oké?'

'Dat hangt ervan af,' gromde Sparrow.

Toen liet Kira het masker van het pak over haar gezicht glijden. Ze deed het langzamer dan normaal, om niemand af te schrikken, maar evengoed verstijfde Falconi en trok Nielsen haar blaster half uit haar holster.

Runcibel keek Kira met grote, vochtige ogen aan. Zijn snuit wiebelde en hij snuffelde in haar richting.

'Godsámme,' zei Sparrow.

Na een paar seconden, toen haar bewijs geleverd was, liet Kira het Zachte Mes weer ontspannen. Het masker schoof weg en liet haar gezicht weer vrij. De lucht in de hut voelde koel tegen haar nu weer blote huid.

Falconi bleef heel stil. Te stil. Kira maakte zich zorgen; stel dat hij besloot haar gewoon de ruimte in te kieperen zodat hij van haar af was?

Toen zei hij: 'Vertel. En laat het een goed verhaal zijn, Navárez.'

Dus begon Kira te praten. Ze vertelde grotendeels de waarheid, behalve dat het Zachte Mes Alan en haar andere teamgenoten op Adra had gedood. Dat weet ze aan een aanval van de Kwallen, deels om Falconi niet bang te maken, en deels omdat ze het niet over haar eigen rol wilde hebben.

Toen ze klaar was, bleef het lang stil in de hut.

Runcibel zat knorrend te draaien en probeerde los te komen. Falconi zette het varkentje op de vloer en duwde hem naar de deur. 'Laat hem eruit. Hij moet op de bak.'

Het varken draafde langs Kira heen toen Sparrow de deur opendeed.

Nadat Sparrow de deur weer had dichtgedaan zei Falconi: 'Gregorovich?'

Een paar tellen later kwam de stem van het scheepsbrein uit het plafond. 'Haar verhaal lijkt te kloppen. In nieuwsberichten wordt er een Kira Navárez genoemd als senior xenobioloog op de onderzoeksmissie op Adrasteia. Dezelfde Navárez stond op de passagierslijst van de SLV Fidanza. Biometrische gegevens komen overeen met openbare dossiers.'

Falconi tikte met zijn vingers tegen zijn dij. 'Weet je zeker dat deze xeno niet besmettelijk is?' De vraag was aan Kira gericht.

Ze knikte. 'Als dat zo was, zou de rest van mijn team ook geïnfecteerd zijn, en de crew van de Verzachtende Omstandigheden. Het VMB heeft me helemaal binnenstebuiten gekeerd, kapitein. Ze hebben geen besmettingsrisico geconstateerd.' Weer een leugen, maar wel een noodzakelijke.

Hij fronste zijn wenkbrauwen. 'Maar toch...'

'Dit is mijn vakgebied,' zei Kira. 'Geloof me, ik ken de risico's beter dan de meeste mensen.'

'Goed, Navárez, laten we zeggen dat dat waar is. Laten we zeggen dat het allemaal waar is. Je vond ruïnes van een buitenaards volk en trof daar dit organisme aan. Dan komen een paar weken later de Kwallen tevoorschijn en beginnen ze te schieten. Klopt dat?'

Er viel een ongemakkelijke stilte. 'Ja,' zei Kira.

Falconi liet zijn hoofd achterover zakken. Zijn blik was onrustbarend intens. 'Misschien heb je meer met deze oorlog te maken dan je zegt.'

Zijn woorden kwamen onaangenaam dicht bij Kira's eigen angst in de buurt. Verdomme. Was hij maar niet zo slim. 'Dat weet ik niet. Ik weet alleen wat ik net heb verteld.'

'Hm. En waaróm vertel je dat?' Falconi leunde naar voren en steunde met zijn ellebogen op zijn knieën. 'Wat wil je precies?'

Kira likte langs haar lippen. Nu kwam het moeilijkste. 'Dat u de Caracole van koers laat veranderen en mij afzet op Ruimtestation Malpert.'

Deze keer lachte Falconi niet. Hij wisselde een blik met Nielsen en zei toen: 'De mensen in het ruim betalen ons allemaal om naar Ruslan gebracht te worden. Waarom zouden we in naam van alle duivels uit de hel nu van koers veranderen?'

Kira slikte een opmerking over zijn keuze voor het woord 'betalen' in. Dit was geen goed moment om stekelig te doen. Ze koos haar woorden zorgvuldig en zei: 'Omdat ik de taal van de Kwallen kan verstaan.'

Nielsens wenkbrauwen gingen omhoog. 'Je kunt wát?'

Toen vertelde Kira hun over de Kwal op de Verzachtende Omstandigheden. Ze sloeg de dromen en herinneringen van het Zachte Mes over; het had geen zin om de indruk te wekken dat ze gek was.

'Maar waarom niet naar Ruslan?' vroeg Sparrow bars.

'Ik moet op een van de Kwallenschepen zien te komen,' zei Kira, 'en daar heb ik hier de beste kansen voor. Als ik naar Ruslan ga, zal de Liga me alleen maar weer in een hok stoppen.'

Falconi krabde aan zijn kin. 'Dat zegt nog steeds niet waarom wij van koers moeten veranderen. Ja, als wat je zegt waar is, is dit belangrijk, inderdaad. Maar zeven dagen zal niet veel verschil uitmaken in wie de oorlog wint.'

'Misschien wel,' zei Kira, maar ze zag dat hij niet overtuigd was. Ze probeerde een andere tactiek: 'Luister, de Lapsang Corporation heeft een vertegenwoordiger op Malpert. Als jullie me bij hem kunnen krijgen, garandeer ik dat het bedrijf een fórse vergoeding voor jullie hulp zal betalen.'

'Echt?' Falconi's wenkbrauwen gingen omhoog. 'Hoe fors?'

'Als ze als enige toegang krijgen tot een uniek stukje techniek van de aliens? Genoeg om zo veel antimaterie te kopen als jullie maar nodig hebben.'

'Is dat zo?'

'Ja.'

Nielsen haalde haar armen van elkaar en zei zacht: 'Malpert is niet zo ver. Een paar dagen maar, en dan kunnen we iedereen alsnog naar Ruslan brengen.'

Falconi bromde. 'En wat moet ik zeggen als ik de dienders van het VMB op Vyyborg op mijn dak krijg omdat ik van koers ben veranderd? Ze konden niet wachten om iedereen uit de Walkure in handen te krijgen.' Hij zei het tartend, alsof hij Kira wilde uitdagen er iets van te zeggen dat de zender van dit schip dus toch werkte.

Ze keek hem strak aan. 'Zeg maar dat er iets kapot is op het schip dat daar gerepareerd moet worden. Dat geloven ze wel. U bent zo goed in verhaaltjes verzinnen.'

Sparrow snoof en een vage glimlach verscheen om Falconi's mondhoeken. 'Oké, Navárez. We hebben een deal, maar onder één voorwaarde.'

'Wat dan?' vroeg Kira, op haar hoede.

'Dat je je goed laat onderzoeken door Vishal.' Falconi's gezicht stond strak, dodelijk. 'Ik laat die xeno van jou niet op mijn ruimteschip blijven als de dokter het niet veilig vindt. Is dat akkoord?'

'Akkoord,' zei Kira. Niet dat ze veel keus had.

De kapitein knikte. 'Goed dan. En dat van die vergoeding kan maar beter geen gelul zijn, Navárez.'

3

Sparrow bracht Kira vanuit Falconi's hut rechtstreeks naar de ziekenboeg. Vishal stond hen al op te wachten, volledig in beschermende kleding gehuld.

'Moet dat echt, Doc?' vroeg Sparrow.

'Dat zullen we zien,' zei Vishal.

Kira zag dat de dokter kwaad was; achter zijn vizier stond zijn gezicht gespannen en strak.

Zonder dat iemand het hoefde te vragen klom ze op de onderzoekstafel. Om de plooien een beetje glad te strijken zei ze: 'Het spijt me dat ik de bio-isolatie heb doorbroken. Er leek me geen risico op verspreiding van de xeno te zijn.'

Vishal begon zijn instrumenten klaar te leggen, te beginnen met een oud, lomp chiplab dat onder het aanrecht opgeborgen lag. 'Dat kunt u nooit zeker weten. U schijnt xenobioloog te zijn, mevrouw. Ja? Dan had u zo verstandig moeten zijn u aan het protocol te houden.'

Zijn terechtwijzing trof doel. *Ja, maar...* Hij had geen ongelijk, maar tegelijkertijd had ze niet veel keus gehad, of wel? Kira sprak dat niet uit; ze was hier niet om ruzie te maken.

Tijdens het wachten schopte ze zachtjes met haar hielen tegen de laden die onder de onderzoekstafel waren ingebouwd. Sparrow bleef in de deuropening hangen en keek toe.

'Wat voor werk doe jij eigenlijk hier op het schip?' vroeg Kira.

Sparrows gezicht bleef vlak, emotieloos. 'Ik zit boven op lastige gevallen en draai ze de nek om.' Ze hief haar linkerarm op en spande haar biceps en triceps om de spieren te laten zien.

'Op die manier.'

Toen begon Vishal aan een lange reeks vragen aan Kira. Ze beantwoordde ze zo goed als ze kon. Daarin was ze niet terughoudend. Wetenschap was heilig en ze wist dat de dokter gewoon zijn werk deed.

Op Vishals verzoek liet Kira zien hoe ze de buitenkant van het Zachte Mes hard kon laten worden in een patroon naar keuze.

Toen tikte de arts op het controlescherm van de medibot boven hun hoofd. Toen het apparaat op haar af kwam en de mechanische arm zich als metalen origami ontvouwde, was Kira heel even terug in haar cel op de Verzachtende Omstandigheden, tussen de in de muur ingebouwde S-PACS, en ze kromp zonder het te willen ineen.

'Niet bewegen,' snauwde Vishal.

Kira keek naar de vloer en concentreerde zich op haar ademhaling. Het laatste wat ze nu kon gebruiken was dat het Zachte Mes reageerde op een denkbeeldige bedreiging en de medibot in stukken scheurde. Daar zou kapitein Falconi echt niet blij mee zijn.

In de twee uur daarna onderzocht Vishal haar op veel van de manieren die Carr ook had gebruikt en misschien nog een paar extra. Hij leek erg creatief. Terwijl de medibot boven haar hing, en duwde en trok en alle diagnostische tests uit zijn uitgebreide programma op haar losliet, voerde Vishal zijn eigen onderzoek uit. Hij keek in haar oren, ogen en neus, nam uitstrijkjes en celmonsters voor zijn chiplab en gaf Kira al met al een heel ongemakkelijk gevoel.

Hij hield zijn helm het hele onderzoek op, met het vizier neergeslagen en vergrendeld.

Ze zeiden niet veel; Vishal gaf opdrachten en Kira gehoorzaamde zo snel mogelijk. Ze wilde deze beproeving alleen maar achter de rug hebben.

Op een bepaald moment knorde haar maag en besefte ze dat ze nog niet had ontbeten. Vishal zag het en gaf haar zonder aarzeling een rantsoenreep uit een kastje. Hij keek scherp en vol interesse toe hoe zij kauwde en slikte.

'Fascinerend,' mompelde hij, en hij hield het chiplab voor haar mond en staarde naar de uitslagen.

Vanaf dat moment bleef hij in zichzelf praten, met cryptische uitspraken als: '... drie procent diffusie' en 'Kan niet. Dat zou...' en 'Het ATP? Slaat nergens...' Kira begreep niets van wat hij zei.

Ten slotte zei hij: 'Mevrouw Navárez, een bloedonderzoek is nog steeds nodig, ja? Maar de enige plek waar ik kan prikken is...'

'In mijn gezicht.' Ze knikte. 'Ik weet het. Ga uw gang en doe wat u moet doen.'

Hij aarzelde. 'Er is geen goede plek op het hoofd of het gezicht om bloed af te nemen, en er zijn veel zenuwen die beschadigd kunnen worden. U hebt laten zien hoe u het pak op uw bevel kunt verschuiven...'

'Min of meer.'

'Maar u weet dat het kán. Dus vraag ik: kunt u het zo verschuiven dat er een ander deel van uw huid vrijkomt? Misschien hier?' En hij tikte aan de binnenkant van haar elleboog.

Het idee overviel Kira. Ze had er niet eens aan gedacht om het te proberen. 'Ik... Ik weet het niet,' zei ze eerlijk. 'Misschien.'

In de deuropening pakte Sparrow een stukje kauwgom uit en stak het in haar mond. 'Je doet je best maar, Navárez.' En ze blies een grote, roze bel die met een felle 'plop' uit elkaar knalde.

'Geef me een momentje,' zei Kira.

De dokter ging op zijn kruk zitten wachten.

Kira concentreerde zich op de binnenkant van haar elleboog – concentreerde zich sterker dan ze ooit had gedaan – en begon met haar gedachten te duwen.

Het pak begon te glinsteren. Kira duwde harder en glinsteren werd rimpelen toen de vezels van haar tweede huid met elkaar versmolten om een glanzend zwart oppervlak te vormen.

Het Zachte Mes bleef om haar arm zitten, al bewoog en stroomde het met een vloeibare glans. Maar toen ze het zacht geworden deel aanraakte, gingen haar vingers erdoorheen en maakte huid contact met huid, onverwacht intiem.

Kira's adem stokte in haar keel. Haar hart bonsde luid van inspanning en opwinding. De mentale inspanning was te groot om lang vol te houden en zodra haar aandacht verslapte, werd het pak weer hard en nam het zijn gebruikelijke, fijn gegroefde vorm weer aan.

Gefrustreerd, maar toch aangemoedigd probeerde Kira het opnieuw. In gedachten bleef ze zich steeds opnieuw verzetten tegen het Zachte Mes.

'Kom op nou, verdomme,' mompelde ze.

Het pak leek niet te begrijpen wat ze wilde. Het kolkte over haar arm, onrustig door haar aanval. Kira duwde nog harder. Het kolken werd erger en toen trok er een koude tinteling langs de binnenkant van haar elleboog. Centimeter voor centimeter trok het Zachte Mes zich aan weerszijden van het gewricht terug. Bleke huid werd blootgesteld aan de kille lucht.

'Snel,' zei Kira tussen opeengeperste lippen door.

Vishal schoot naar voren en drukte zijn naald tegen Kira's elleboog. Ze voelde een lichte prik en toen trok hij alweer terug. 'Klaar,' zei hij.

Nog steeds uit alle macht worstelend om het Zachte Mes opgestroopt te houden legde Kira haar vingers op haar arm, op haar blote huid. Ze genoot van het gevoel; een eenvoudig genoegen dat ze voor altijd kwijt leek te zijn.

Toen werd de inspanning haar te veel. Het Zachte Mes sprong terug en bedekte de binnenkant van haar elleboog weer.

'Godallemachtig,' zei Sparrow.

Kira liet haar adem ontsnappen. Ze had het gevoel dat ze een trap op was gerend. Haar hele lichaam tintelde van een elektrische opwinding. Als ze oefende zou het misschien, heel misschien, mogelijk zijn haar hele lichaam van de xeno te bevrijden. Het was haar eerste echt hoopvolle gedachte sinds ze op de Verzachtende Omstandigheden in quarantaine was ontwaakt.

Tranen sprongen in haar ogen en ze probeerde ze weg te knipperen. Ze wilde niet dat Sparrow of de dokter ze zou zien.

Met het bloed dat hij afgenomen had, deed Vishal nog meer tests, terwijl hij voortdurend in zichzelf mompelde. Kira's aandacht dreef af terwijl ze naar zijn fragmentarische opmerkingen luisterde. Er zat een vlek op de muur tegenover haar – een vlek in de vorm van steranijs, of misschien was het een dode spin die was platgeslagen onder de bodem van een glas – en ze staarde ernaar, gedachteloos.

...

Met een schok realiseerde Kira zich dat Vishal stil was geworden en dat dat al een tijdje zo was. 'Wat?' vroeg ze.

De dokter keek haar aan alsof hij was vergeten dat ze er was. 'Ik weet niet wat ik van uw xeno moet denken.' Hij bewoog zijn hoofd zachtjes van voor naar achter. 'Het lijkt op niets wat ik ooit heb bestudeerd.'

'Hoezo?'

Hij duwde zijn kruk van de tafel af. 'Ik zou maanden nodig hebben voor een antwoord op die vraag. Het organisme heeft...' Hij aarzelde. 'Het heeft interactie met uw lichaam op manieren die ik niet begrijp. Het zou niet eens moeten kunnen!'

'Waarom niet?'

'Omdat het geen DNA of RNA gebruikt, ja? De Kwallen ook niet, trouwens, maar –'

'Kunt u zien of ze verwant zijn?'

Vishal zwaaide gefrustreerd met zijn handen. 'Nee, nee. Als dit een kunstmatig organisme is, wat het zonder twijfel *ís*, dan kunnen de makers het gemaakt hebben met elke moleculestructuur die ze maar wilden, ja? Ze hoefden zich niet te beperken tot hun eigen biologie. Maar dat is niet belangrijk. Hoe weet het pak, zonder DNA of RNA, hoe het met uw cellen moet omgaan? Onze chemie is volkomen anders!'

'Dat vroeg ik me ook al af.'

'Ja, en –'

De hoofdconsole van de ziekenboeg liet een korte piep horen en er klonk een ingeblikte versie van Falconi's stem door de speakers: 'Hé Doc, hoe luidt het vonnis? Het blijft akelig stil daarbeneden.'

Vishal trok een grimas. Toen maakte hij de sluiting bij zijn hals los en zette zijn helm af. 'Ik kan u zeggen dat mevrouw Navárez geen mazelen, rodehond of de bof heeft. Haar bloedsuikerwaarden zijn gezond, en hoewel haar implantaten het niet doen heeft degene die verantwoordelijk was voor de installatie goed werk geleverd. Tandvlees ziet er goed uit. Oren niet verstopt. Wat verwacht u dat ik zeg?'

'Is ze besmettelijk?'

'Zij niet. Maar ik ben niet zeker van het pak. Het scheidt stofdeeltjes uit' – Sparrow keek gealarmeerd – 'maar het stof lijkt volledig inert. Maar wie zal het zeggen? Ik heb hier niet het gereedschap dat ik nodig heb. Als ik in mijn oude lab was geweest...' Vishal schudde zijn hoofd.

‘Heb je Gregorovich’ mening gevraagd?’

De dokter rolde met zijn ogen. ‘Ja. Ons gezegende scheepsbrein heeft zich verwaardigd naar de data te kijken. Hij heeft niet echt geholpen, tenzij je Tyrollius citeren meetelt.’

‘Klopt alles van dat pak –’

De kapitein werd onderbroken door een opgewonden gilletje toen Runcibel de ziekenboeg binnen trippelde. Het bruine varkentje liep naar Kira toe, snuffelde even aan haar voet, rende toen snel naar Sparrow en wrong zich tussen haar benen.

De vrouw kriebelde Runcibel achter zijn oren. Het varkentje tilde zijn snuit op en leek bijna te glimlachen.

Falconi begon weer te praten: ‘Klopt alles van dat pak met wat zij beweert?’

Vishal spreidde zijn handen. ‘Voor zover ik kan nagaan wel. De helft van de tijd weet ik niet of ik naar een organische cel kijk, een nanomachine of een raar soort mengvorm. De moleculaire structuur van het pak lijkt met de seconde te veranderen.’

‘Ja, maar zullen we straks gaan schuimbekken en omvallen? Zal het ons vermoorden terwijl we liggen te slapen? Dat is wat ik wil weten.’

Kira schoof ongemakkelijk heen en weer en dacht aan Alan.

‘Dat lijkt me... onwaarschijnlijk, op dit moment,’ zei Vishal. ‘Niets in deze tests geeft aan dat de xeno een direct gevaar zou vormen. Maar ik moet u wel waarschuwen: met de middelen die ik hier heb, valt dat onmogelijk met zekerheid vast te stellen.’

‘Begrepen,’ zei Falconi. ‘Goed. Nou, ik denk dat we het er maar op moeten wagen. Ik heb vertrouwen in jou, Doc. Navárez, ben je daar?’

‘Ja.’

‘We verleggen onze koers direct naar Ruimtestation Malpert. Verwachte aankomsttijd over nog geen tweeënveertig uur.’

‘Begrepen. En bedankt.’

Hij gromde. ‘We doen het niet voor jou, Navárez... Sparrow, ik weet dat je meeluistert. Breng onze gast naar de lege hut op dek C. Ze kan daar zolang blijven. We kunnen haar maar beter bij de andere passagiers uit de buurt houden.’

Sparrow kwam overeind bij de deurpost. ‘Zeker, kapitein.’

‘O, en Navárez? Je bent welkom bij ons in de kombuis, als je wilt. Diner is om precies negentienhonderd uur.’ Toen werd de verbinding verbroken.

4

Sparrow stak nog een stukje kauwgom in haar mond. 'Oké, moddersjokker, we gaan.'

Kira gehoorzaamde niet meteen. Ze keek Vishal aan en vroeg: 'Kunt u de uitslagen naar me doorsturen, zodat ik ze zelf kan bekijken?'

Hij liet zijn hoofd heen en weer gaan. 'Ja, natuurlijk.'

'Fijn. En bedankt dat u zo grondig was.'

Haar antwoord leek Vishal te verrassen. Toen maakte hij een kleine buiging en lachte, een snel, melodieus geluid. 'Hoe zou ik niet grondig kunnen zijn bij een mogelijk risico op een dodelijke buitenaardse infectie?'

'Dat hebt u volkomen gelijk in.'

Toen liep Kira achter Sparrow aan door de gang. 'Moet je nog iets uit het ruim hebben?' vroeg de kleinere vrouw.

Kira schudde haar hoofd. 'Ik heb alles.'

Samen gingen ze naar de volgende verdieping van het schip. Halverwege ging het versnellingsalarm af, en het dek leek onder hen te kantelen en te draaien toen de Caracole zich aan zijn nieuwe koers aanpaste.

'Kombuis is daar,' zei Sparrow, en ze wees naar een deur met een bordje erop. 'Voel je vrij om te pakken wat je wilt als je honger krijgt. Maar. Blijf. De. Fuck. Van. De. Chocola. Af.'

'Is daar een tekort aan?'

De vrouw snoof. 'Trig eet steeds alles op en zegt dat hij vergeet dat de anderen ook wel wat willen… Hier zit jij.' Ze bleef alweer stilstaan voor een andere deur.

Kira knikte en ging naar binnen. Sparrow bleef achter haar staan en bleef kijken tot de deur dicht was.

Kira voelde zich meer een gevangene dan een passagier toen ze haar onderkomen rondkeek. De hut was half zo groot als die van Falconi. Bed en wandkast aan de ene kant, wasbak met spiegel, toilet en bureau met computerscherm aan de andere. De muren waren bruin, net als de gangen, en er waren maar twee lampen, een aan elke kant: witte vlakken in een metalen kooi.

De handgreep van de kast gaf niet mee toen ze hem probeerde. Ze leunde er met haar volle gewicht op en de deur floepte open. Er lag een dunne blauwe deken in. Verder niets.

Kira begon haar jumpsuit uit te trekken, maar aarzelde toen. Stel dat Falconi haar hut liet bewaken? Na even nadenken besloot ze dat het haar niet kon schelen. Achtentachtig dagen en elf lichtjaar in hetzelfde kledingstuk was echt veel te lang.

Met een gevoel dat in de buurt van opluchting kwam maakte Kira haar jumpsuit open en trok hem over haar hoofd. Er viel een beetje stof uit de broekspijpen.

Ze hing het kledingstuk over de rugleuning van de stoel en liep naar de wasbak om zich te wassen. Maar ze bleef stilstaan toen ze in de spiegel keek.

Zelfs op de Walkure had Kira zichzelf nooit goed kunnen bekijken. Ze had alleen gedeeltelijke glimpen opgevangen, donker en spookachtig, op de spiegelende oppervlakken van de displays. Het had haar niet veel kunnen schelen; ze hoefde maar naar beneden te kijken en ze had al een idee van wat het Zachte Mes met haar had gedaan.

Maar nu ze zichzelf bijna helemaal in de spiegel zag, drong pas goed tot haar door hoezeer het buitenaardse organisme haar had veranderd en... geinfectéérd, hoe het in bezit had genomen wat niemand in bezit mocht nemen, zelfs een kind niet, als ze dat ooit zou krijgen. Haar gezicht en lichaam waren dunner dan ze zich herinnerde, te dun – een gevolg van zo veel weken op half rantsoen – maar dat vond ze op zich niet zo erg.

Ze kon alleen maar naar het pak kijken. Het glanzende, zwarte, vezelige pak, dat haar omsloot als een laag krimpfolie van polymeer. Het zag eruit alsof haar huid en haar vetreserves waren afgepeld om een gruwelijke anatomische plattegrond van haar spieren bloot te leggen.

Kira streek over de vreemde vorm van haar naakte schedel. Haar adem stokte en ze kreeg een knoop in haar buik. Ze moest bijna overgeven. Ze staarde in de spiegel en verafschuwde wat ze zag, maar ze kon zich er niet toe zetten om haar blik af te wenden. Het oppervlak van het Zachte Mes spiegelde haar emoties en werd ruw.

Wie zou haar nu nog aantrekkelijk vinden... zoals Alan had gedaan? De tranen sprongen in haar ogen en biggelden over haar wangen.

Ze voelde zich lelijk.

Misvormd.

Een buitenstaander.

En er was niemand om haar te troosten.

Kira haalde bibberend adem en probeerde haar emoties onder controle te krijgen. Ze had gerouwd en ze zou blijven rouwen, maar het verleden viel niet te veranderen en ze had er niets aan om nu huilend in te storten.

Niet alles was verloren. Er was nu een weg voorwaarts: nieuwe hoop, hoe klein ook.

Ze scheurde haar blik los van de spiegel, waste zich aan de wastafel, ging naar bed en kroop onder de deken. Daar, in het gefilterde schemerlicht, probeerde ze het Zachte Mes weer te dwingen zich terug te trekken van een stukje huid, deze keer de vingers van haar linkerhand.

Het Zachte Mes leek nu beter te begrijpen wat ze probeerde te doen. De inspanning was beter op te brengen en er waren momenten waarop het gevoel van strijd verdween en ze in harmonie leek samen te werken met de xeno. Ze putte moed uit die momenten en ging er alleen maar harder haar best door doen.

Het Zachte Mes kwam met een plakkerig, scheurend geluid los van haar nagels. Het trok zich niet verder terug dan haar eerste knokkels, en wat ze ook probeerde, Kira kreeg het er niet verder af.

Ze probeerde het nog eens.

Nog drie keer dwong Kira het pak met haar gedachten haar vingers vrij te maken, en nog drie keer reageerde het naar wens. Bij elke geslaagde poging voelde ze dat de neurale verbindingen tussen haar en het pak zich verdiepten, efficiënter werden.

Ze probeerde het op andere plekken op haar lichaam en ook daar gehoorzaamde het Zachte Mes, al ging het op sommige plekken moeilijker dan op andere. Het zou meer kracht vragen dan ze kon opbrengen om zichzelf helemaal van de xeno te bevrijden, maar Kira was niet ontevreden. Ze was nog niet klaar met leren hoe ze met de xeno moest communiceren, en het feit dat vrijheid misschien mogelijk was – al was het maar heel in de verte – gaf haar zo'n licht gevoel dat ze als een idioot lag te grijnzen onder haar deken.

Het Zachte Mes kwijtraken zou niet al haar problemen oplossen (het VMB en de Liga zouden haar nog steeds willen observeren, en zonder het pak zou ze aan hun genade overgeleverd zijn), maar wel het grootste. Het zou de weg voor haar vrijmaken om op een dag – al wist ze nog niet hoe – weer een normaal leven te gaan leiden.

Opnieuw dwong ze het Zachte Mes zich terug te trekken. Het op zijn plaats houden voelde ongeveer alsof ze twee magneten met gelijke polen tegen elkaar aan probeerde te houden. Op een gegeven moment werd haar aandacht even afgeleid door een geluidje aan de andere kant van de hut, en meteen schoot er een dunne piek uit haar hand, dwars door de deken heen en tegen het bureau (ze kon het voelen, net als een uitgestrekte vinger).

'Shit,' mompelde Kira. Had iemand dat gezien? Met moeite haalde ze het Zachte Mes over om de piek weer in te trekken. Ze keek naar het bureau; de piek had een lange kras op het blad achtergelaten.

Toen ze de concentratie niet meer kon opbrengen stopte Kira met experimenteren en ging naar het bureau. Ze liet het ingebouwde scherm omhoogkomen, koppelde het aan haar overlays en keek de bestanden door die Vishal haar had gestuurd.

Voor het eerst zag ze testuitslagen van de xeno. En ze waren fascinerend.

Het materiaal van het pak bestond uit drie basiscomponenten. De eerste component, nanoassemblers, was verantwoordelijk voor het vormen en vervormen van zowel de xeno als het omringende materiaal. Het was niet duidelijk waar de assemblers hun energie vandaan haalden. De tweede, vertakkende vezels die door het hele pak liepen, vertoonde een consistent activiteitspatroon dat leek aan te geven dat het organisme zich als een processor met ongelofelijk veel verbindingen gedroeg (of het 'leefde', in de traditionele zin van het woord, was moeilijk te bepalen, maar het was zeker niet dood). De derde component was een uiterst complexe polymeermolecule, waarvan Vishal kopieën op vrijwel alle assemblers had gevonden en ook op de vertakte vezels van de ondergrond.

Zoals zo veel aan de xeno was het doel van de molecule een raadsel. Hij leek niet betrokken bij reparatie of constructie van het pak. Aan de lengte van de molecule te zien bevatte hij een enorme hoeveelheid potentiële informatie – minstens twee ordes van grootte meer dan menselijk DNA – maar vooralsnog viel niet te zeggen welke toepassing, als die er al was, de informatie zou moeten hebben.

Er was een kans, dacht Kira, dat het beschermen en doorgeven van die molecule de enige werkelijke functie van de xeno was. Niet dat dat iets betekende. Biologisch gezien gold hetzelfde voor mensen en voor DNA, en mensen kunnen zo veel meer dan zich alleen maar voortplanten.

Kira las de resultaten vier keer door om zeker te weten dat ze in haar geheugen waren opgeslagen. Vishal had gelijk: om meer over de xeno te leren zou je betere apparatuur nodig hebben.

Misschien kunnen de entropisten helpen… Ze sloeg de gedachte op om er later nog eens over na te denken. Op Malpert zou ze de entropisten kunnen vragen de xeno te onderzoeken, als ze dat inderdaad zou willen.

Daarna dook Kira weer in het nieuws en zocht ze naar informatie over de biologie van de Kwallen. Ze las zichzelf bij in de recente literatuur. Ook die was fascinerend: er konden allerlei zaken worden afgeleid uit het genoom van de aliens. Om te beginnen waren het omnivoren. Grote delen van hun DNA-equivalent leken op maat gecodeerd te zijn (natuurlijke processen leverden nooit zulke zuivere sequenties op).

Niets in de biologie van de Kwallen leek op wat Vishal in de xeno had gevonden. Niets leek op een gezamenlijke biologische oorsprong te duiden. Dat betekende op zichzelf nog niets. Kira kende meer dan een paar kunstmatige, door mensenhanden gemaakte organismes (voornamelijk eencelligen) die geen duidelijk chemisch verband met Aardse levensvormen leken te hebben. Dus dat betekende niets… maar het wees wel in een bepaalde richting.

Kira bleef tot vroeg in de middag lezen en nam toen pauze voor een snel bezoekje aan de kombuis, waar ze chell maakte en een maaltijdpakje uit de kast haalde. Ze voelde zich er niet prettig bij om vers voedsel uit de koelcel van het schip te halen; dat was duur en zeldzaam in de ruimte. Het zou nogal onbeleefd zijn om het zonder toestemming naar binnen te schrokken, al liep het water haar in de mond toen ze een sinaasappel zag.

Toen ze terug was in haar hut, wachtte er een berichtje op haar:

De leemtes rond je antwoorden smeken om nader onderzoek, vleesklont. Wat heb je ons niet verteld? Dat vraag ik me af, o ja. Vertel me in elk geval dit, voor je ons verlost van je stoffige aanwezigheid: wat ben je nou echt, O Geïnfecteerde? – Gregorovich

Kira perste haar lippen op elkaar. Ze wilde geen antwoord geven. Het was pure dwaasheid om te proberen een scheepsbrein af te troeven, maar het zou nog veel stommer zijn om hem kwaad maken.

Ik ben alleen en bang. Wat ben jij? – Kira

Het was een beredeneerde gok. Als ze zich kwetsbaarder opstelde tegenover hem – en Gregorovich was zeer zeker een hij – dan kon ze hem misschien afleiden. Het was het proberen waard.

Tot haar verrassing gaf het scheepsbrein geen antwoord.

Ze las weer verder. Niet veel later ging de Caracole over naar nul-g; daarna maakte het schip een halve draai en minderde vaart om bij Ruimtestation Malpert aan te leggen. Zoals altijd had Kira na de gewichtloosheid een galsmaak in haar mond en een hernieuwde waardering voor zwaartekracht, gesimuleerd of anderszins.

Toen het bijna 19.00 uur was, sloot ze haar overlays, trok ze haar jumpsuit aan en besloot ze zich voor het avondeten onder de bemanning te wagen.

Wat was het ergste wat er kon gebeuren?

5

Het geroezemoes in de kombuis viel stil zodra Kira binnenkwam. Ze bleef in de deuropening staan terwijl de bemanning naar haar keek en zij naar hen.

De kapitein zat aan de tafel het dichtst bij de deur met een been tegen zijn borst opgetrokken en zijn arm om zijn knie geslagen zijn eten in zijn mond te scheppen. Tegenover hem zat Nielsen, stijf en rechtop als altijd.

Aan de verste tafel zaten de dokter en een van de grootste vrouwen die Kira ooit had gezien. Ze was niet dik, maar gewoon breed en groot, met botten en gewrichten die bijna een derde langer waren dan die van de meeste mannen. Haar vingers waren stuk voor stuk twee keer zo lang als die van Kira en haar gezicht was plat en rond. Ze had enorme jukbeenderen.

Kira herkende het gezicht van toen ze in de shuttle ontwaakt was en zag meteen dat de vrouw een voormalige inwoner van Shin-Zar was. Ze kon moeilijk voor iets anders doorgaan.

Het was ongewoon om een Zariaan in de Liga tegen te komen. Hun kolonie had als enige per se onafhankelijk willen blijven (en had daar een hoge prijs in ruimteschepen en levens voor betaald). In haar tijd bij Lapsang had Kira met maar een paar mensen – allemaal mannen – uit Shin-Zar gewerkt, op verschillende standplaatsen. Ze waren stuk voor stuk ruig, betrouwbaar en, zoals te verwachten viel, ongelofelijk sterk geweest. Ze konden ook verbijsterend veel drinken, zelfs nog meer dan je bij hun grootte zou verwachten. Het was een van de eerste lessen geweest die Kira had geleerd toen ze op mijninstallaties werkte: probeer nooit een Zariaan onder tafel te drinken. Het was de snelste manier om met alcoholvergiftiging in de ziekenboeg te belanden.

Rationeel gezien begreep Kira wel waarom de kolonisten zichzelf hadden gen-gehackt – ze hadden anders nooit kunnen overleven op Shin-Zar, waar de g-kracht hoog was – maar ze had nooit echt kunnen wennen aan hoe ánders ze eruitzagen. Shyrene, haar huisgenoot tijdens de interne opleiding van het bedrijf, had er geen last van gehad. Ze had een portret van een Zariaanse popster op de muur van hun appartement geprojecteerd.

Net als de meeste Zarianen was de vrouw in de kombuis van de Caracole van Aziatische afkomst. Zonder twijfel Koreaans, want de meeste immigranten op Shin-Zar kwamen uit Korea (dat wist Kira nog van haar geschiedenislessen over de zeven koloniën). Ze droeg een kreukelige jumpsuit die op de knieën en ellebogen versteld was en vetvlekken op de armen had. Door de vorm van haar gezicht was haar leeftijd onmogelijk te schatten; ze zou begin twintig kunnen zijn of tegen de veertig.

Trig zat op de rand van het aanrecht en at alweer een van zijn schijnbaar eindeloze voorraad rantsoenrepen. En Sparrow, nog in dezelfde kleren als eerder, stond gehaktballen op te scheppen uit een pan op het fornuis. De kat, Fuzzy, draaide om haar enkels en miauwde klaaglijk.

Een verrukkelijke geur hing in de lucht.

'Kom je nog binnen of wat?' vroeg Falconi. Zijn woorden verbraken de betovering, en bewegingen en gesprekken werden hervat.

Kira vroeg zich af of de rest van de bemanning op de hoogte was van het Zachte Mes. Ze kreeg antwoord op haar vraag toen ze door de kombuis liep en Trig vroeg: 'Dus die skinsuit is echt door aliens gemaakt?'

Kira aarzelde en knikte toen, bewust van alle ogen op haar. 'Ja.'

De jongen begon te stralen. 'Vet! Mag ik eens voelen?'

'Trig,' zei Nielsen op waarschuwende toon. 'Genoeg zo.'

'Ja, sorry,' zei de jongen. Op allebei zijn wangen verscheen een felrode vlek. Hij wierp Nielsen een verlegen, zijdelingse blik toe, propte zijn laatste hap schuin in zijn mond en sprong van het aanrecht. 'Maar je hebt wel tegen me gelogen. Je zei dat je vriend dat pak had gemaakt.'

'Ja, sorry daarvoor,' zei Kira ongemakkelijk.

Trig haalde zijn schouders op 'Is oké. Snap ik.'

Sparrow maakte ruimte bij het fornuis. 'Ga je gang,' zei ze tegen Kira.

Toen Kira een kom en een lepel wilde pakken, blies de kat tegen haar en rende toen weg om zich onder een van de tafels te verstoppen. Falconi wees met zijn middelvinger. 'Die mag je niet zo, geloof ik.'

Ja, bedankt, kapitein Obvious. Kira schepte gehaktballen in haar kom en zei: 'Wat zei het VMB toen u zei dat u van koers veranderde?'

Falconi haalde zijn schouders op. 'Nou, ze waren er niet blij mee, dat kan ik je wel vertellen.'

'Onze passagiers ook niet,' zei Nielsen, meer tegen hem dan tegen Kira. 'Ik ben net een half uur lang uitgekafferd door iedereen in het ruim. De stemming daar is niet zo best.' De blik die ze Kira toewierp maakte duidelijk dat ze haar de schuld van alle problemen gaf.

Niet onterecht, vond Kira.

Falconi stak een nagel tussen zijn tanden. 'Duidelijk. Gregorovich, zorg dat je ze vanaf nu beter in de gaten houdt.'

'*Yessssssir,*' zei het scheepsbrein met een bijna griezelige, sissende stem.

Kira liep met haar kom naar de eerste de beste lege stoel, tegenover de Zariaan. 'Het spijt me, ik heb je naam de vorige keer niet meegekregen,' zei Kira.

De Zariaan keek haar uitdrukkingsloos aan en knipperde toen één keer met haar ogen. 'Ben jij degene die de gaten achter in de shuttle heeft gerepareerd?' Haar stem klonk kalm en groots.

'Zo goed als ik kon.'

De vrouw bromde iets en keek weer naar haar eten.

Oké dan, dacht Kira. De bemanning zou haar dus niet met open armen ontvangen. Dat was prima. Op de meeste van haar standplaatsen was ze een buitenstaander geweest. Waarom zou het nu anders zijn? Ze hoefde ze maar te verdragen tot Station Malpert. Daarna zou ze de crew van de Caracole nooit meer hoeven zien.

Toen zei Trig: 'Hwa is de beste machinechef aan deze kant van Sol.'

De jongen leek in elk geval vriendelijk.

De Zariaan fronste haar wenkbrauwen. 'Hwa-jung,' zei ze streng. 'Ik heet niet *Hwa*.'

'Aaah. Maar je weet dat ik het niet goed kan uitspreken.'

'Probeer het.'

'Hwa-*joeng*.'

De machinechef schudde haar hoofd. Maar voor ze iets kon zeggen, kwam Sparrow naar hen toe en liet zich bij Hwa-jung op schoot vallen. Ze leunde tegen de grotere vrouw aan en Hwa-jung legde haar arm bezitterig om haar middel.

Kira trok een wenkbrauw op. 'Dus jij zit boven op lastige gevallen en draait ze de nek om, hè?' Ze dacht dat ze Falconi aan de andere tafel binnensmonds hoorde grinniken.

Sparrow keek haar aan en trok zelf ook een perfect verzorgde wenkbrauw op. 'Je oren doen het dus. Wat fijn voor je.' En ze rekte haar hals om Hwa-jung op haar wang te kussen. De machinechef maakte een geluidje dat geïrriteerd moest klinken, maar Kira zag een lachje om haar lippen verschijnen.

Kira greep de gelegenheid aan om met eten te beginnen. De gehaktballen waren warm en smakelijk, met precies de juiste hoeveelheid tijm, rozemarijn, zout en een paar andere dingen erin die ze niet kon thuisbrengen. Waren dat vérse tomaten? Ze deed haar ogen dicht en genoot van de smaak. Ze had al zo lang niets dan gevriesdroogd, voorverpakt voedsel gegeten.

'Mmm,' zei ze. 'Wie heeft dit gemaakt?'

Vishal keek op. 'Vindt u het zo lekker?'

Ze deed haar ogen open en knikte.

Heel even leek de dokter in tweestrijd te staan, en toen brak er een bescheiden glimlach door op zijn gezicht. 'Fijn om te horen. Vandaag was het mijn beurt om te koken.'

Kira glimlachte terug en nam nog een hap. Het was de eerste keer dat ze zin had om te glimlachen sinds... toen.

Met veel gekletter van bord en bestek wisselde Trig van tafel en kwam naast haar zitten. 'De kapitein zei dat je de xeno hebt gevonden in ruïnes op Adrasteia. Ruïnes van aliens!'

Ze slikte de hap eten waarop ze kauwde door. 'Dat klopt.'

Trig zat bijna op en neer te springen op de bank. 'Hoe was dat? Heb je er opnames van?'

Kira schudde haar hoofd. 'Die waren op de Walkure. Maar ik kan erover vertellen.'

'Ja, alsjeblieft!'

Toen beschreef Kira hoe ze de wieg van het Zachte Mes had gevonden en hoe het daarbinnen was geweest. De jongen was niet de enige die zat te luisteren; ze zag de rest van de bemanning naar haar kijken terwijl ze sprak, zelfs degenen die het verhaal al gehoord hadden. Ze probeerde er niet verlegen onder te worden.

Toen ze klaar was zei de jongen: 'Wauw. Dus de Kwallen hebben dingen heel dicht bij ons gebouwd, zelfs zo lang geleden al, hè?'

Kira aarzelde. 'Nou, misschien.'

Sparrow tilde haar hoofd van Hwa-jungs borst. 'Hoezo misschien?'

'Omdat... de xeno niet zo dol op de Kwallen lijkt te zijn.' Kira streek met haar vinger over de rug van haar linkerhand en probeerde haar dromen zo goed mogelijk onder woorden te brengen. 'Ik weet niet precies waarom, maar ik denk dat de Kwallen de xeno niet zo goed behandeld hebben. Bovendien sluiten Vishals onderzoeksgegevens over de xeno geen van alle aan bij wat er over de biologie van de Kwallen is gepubliceerd.'

Vishal zette de kop neer waaruit hij net had willen drinken. 'Mevrouw Navárez heeft gelijk. Ik heb het ook bekeken en er is niets bekend wat hierop lijkt. Niet volgens onze huidige gegevens, althans.'

Nielsen vroeg: 'Denk je dat je pak gemaakt is door dezelfde soort of dezelfde beschaving die het Grote Baken heeft gemaakt?'

'Misschien,' zei Kira.

Falconi tikte met zijn vork tegen zijn bord. Hij schudde zijn hoofd. 'Dat zijn een heleboel misschiens.'

Kira maakte een nietszeggend geluidje.

Toen zei Trig: 'Hé Doc, hoe heb je eigenlijk over het hoofd kunnen zien dat ze bedekt was met een buitenaardse skinsuit? Hè?'

'Ja, Doc,' zei Sparrow, die zich omdraaide om Vishal aan te kijken. 'Je hebt een bril nodig. Ik weet eigenlijk niet of ik me nu nog door je durf te laten onderzoeken.'

Zelfs onder zijn donkere huid kon Kira Vishal zien blozen. 'Er waren geen tekenen van een buitenaardse infectie. Zelfs een bloedonderzoek zou niet –'

Trig viel hem in de rede. 'Misschien zijn een paar van die platkoppen in het ruim eigenlijk vermomde Kwallen. Dat zou jij echt niet zien, hè?'

De dokter perste zijn lippen op elkaar, maar hij viel niet naar hem uit. In plaats daarvan keek hij strak naar zijn eten en zei: 'Inderdaad, Trig. Wat kan ik gemist hebben?'

'Ja, er kan –'

'We weten dat je je best hebt gedaan, Doc,' zei Falconi nadrukkelijk. 'Je hoeft je niet schuldig te voelen. Niemand had dat ding kunnen ontdekken.' Kira zag dat ook Nielsen Vishal medelevend aankeek.

Kira kreeg medelijden met de dokter en nam het woord. 'U houdt dus van koken?' Ze stak een lepel omhoog met een gehaktbal erop.

Na een paar seconden knikte Vishal en keek hij haar aan. 'Ja, ja, nou en of. Maar mijn eten is niet zo lekker als dat van mijn moeder of zussen. Mijn armzalige pogingen verbleken bij hun gerechten.'

'Hoeveel zussen hebt u?' vroeg ze. Ze moest aan Isthah denken.

Hij stak vingers op. 'Drie zussen, mevrouw Navárez, alle drie ouder.'

Daarna viel er een onnatuurlijke stilte in de kombuis. Geen van de bemanningsleden leek te willen praten nu zij er was; zelfs Trig zei niets, al wist Kira dat hij nog duizend vragen had.

Het verraste haar toen Nielsen vroeg: 'Ik hoor dat u van Weyland komt, mevrouw Navárez.' Haar toon was formeler dan die van de rest van de bemanning; Kira herkende haar accent niet.

'Ja, dat klopt.'

'Hebt u familie daar?'

'Wel wat, maar ik ben er al heel lang niet meer geweest.' Kira besloot het erop te wagen en zelf een vraag te stellen. 'Waar komt u zelf vandaan, als ik vragen mag?'

Nielsen depte haar mondhoeken met een servet. 'Overal en nergens.'

'Ze komt van Venus!' flapte Trig eruit, met glinsterende ogen. 'Uit een van de grootste wolkensteden!'

Nielsen perste haar lippen tot een vlakke lijn. 'Ja, dank je, Trig.'

De jongen leek te beseffen dat hij fout zat. Zijn gezicht betrok en hij keek strak naar zijn kom. 'Ik bedoel...' mompelde hij. '... Ik weet het niet zeker, of zo, maar...'

Kira keek naar de eerste officier. Venus was bijna even rijk als Aarde. Niet veel mensen vandaar dwaalden rond buiten Sol, en zeker niet in een gammele rammelbak als de Caracole. 'Zijn de steden daar even indrukwekkend als ze eruitzien op vids?'

Heel even keek Nielsen alsof ze geen antwoord wilde geven. Toen zei ze afgemeten: 'Je raakt eraan gewend. Maar dat zijn ze.'

Kira had de zwevende steden altijd willen bezoeken. Alweer een levensdoel dat het Zachte Mes buiten bereik had gebracht. Als ze maar –

Een opgewonden gilletje onderbrak haar gedachten toen Runcibel de kombuis in trippelde. Het varkentje rende recht op Falconi af en drukte zich tegen zijn been aan.

Nielsen maakte een geïrriteerd geluidje. 'Wie heeft de haak van zijn kooi nu weer niet goed dichtgedaan?'

'Dat was ik, mevrouw de baas,' zei Sparrow met opgestoken hand.

'Hij wil gewoon bij ons zijn. Ja hè, dat wil je?' zei Falconi, en hij kriebelde het varken achter zijn oren. Het beest hief zijn snuit op en deed zijn ogen met een verzaligde uitdrukking halfdicht.

‘Wat hij wil, is eten,’ zei Nielsen. ‘Het is echt niet gepast om hem hier te hebben, kapitein. Een varken hoort niet in een kombuis.’

‘Behalve als bacon,’ zei Hwa-jung.

‘Er wordt niet over bacon gesproken als Runcibel erbij is,’ zei Falconi. ‘Hij is lid van de crew, net als Fuzzy, en ze hebben dezelfde rechten als jullie allemaal. Dus ook toegang tot de kombuis. Is dat duidelijk?’

Hwa-jung zei: ‘Duidelijk, kapitein.’

‘Het blijft onhygiënisch,’ zei Nielsen. ‘Stel dat hij weer een ongelukje heeft?’

‘Hij is nu een zindelijk varkentje. Hij zou zichzelf nooit meer op die manier te schande maken. Toch, Runcibel?’ Het varkentje knorde tevreden.

‘Als u het zegt, kapitein. Maar het voelt toch verkeerd. Stel nou dat we ham of varkenslapjes e–’ Falconi wierp haar een blik toe en ze hief haar handen op. ‘Ik zeg het maar even, kapitein. Het lijkt gewoon…’

‘Kannibalisme,’ zei Trig.

‘Ja, dank je. Kannibalisme.’

Het leek de jongen erg blij te maken dat Nielsen het met hem eens was. Er kroop een lichte blos in zijn nek omhoog en hij staarde naar zijn bord terwijl hij een grijns probeerde te onderdrukken. Kira probeerde zelf ook haar glimlach te verbergen.

Falconi pakte iets van zijn bord en gaf het aan het varkentje, dat het dankbaar oppeuzelde. ‘De laatste keer dat ik keek waren er geen, eh, zwijnachtige producten op het schip, dus wat mij betreft is dat een loos probleem.’

‘Loos probleem.’ Nielsen schudde haar hoofd. ‘Ik geef het op. Het lijkt wel of ik tegen een muur sta te praten.’

‘Een opvallend knappe muur dan.’

De twee bleven kibbelen, maar Kira keek Vishal aan en vroeg: ‘Hoe zit het met dat varken? Is het er pas?’

De dokter schudde zijn hoofd. ‘We hebben hem nu een half jaar aan boord, cryo niet meegeteld. De kapitein heeft hem opgepikt op Eidolon. Sinds die tijd maken ze er steeds ruzie over.’

‘Maar waarom een varkentje?’

‘Dat zou u aan de kapitein moeten vragen, mevrouw. We weten niets meer dan u. Het is een van de mysteriën van het universum.’

6

De rest van de maaltijd verliep in een ongemakkelijke, geforceerd normale sfeer. Er werd niets inhoudelijkers gezegd dan ‘Mag ik het zout van je?’ of ‘Waar staat de vuilnisbak?’ of ‘Geef Runcibel zijn voer.’ Afgemeten, puur praktische uitspraken die Kira alleen maar duidelijker maakten hoe slecht ze hier op haar plek was.

Normaal gesproken zou ze bij het avondeten haar concertina tevoorschijn halen en een paar liedjes spelen om het ijs te breken. Een paar glazen drank kopen, onhandige versierpogingen afslaan – mits ze in een goed humeur was. Zo was het altijd gegaan, voor Alan. Maar hier maakte het niet uit; aan het einde van de volgende dag zou ze toch al van de Caracole af zijn en zich niet meer bezig hoeven houden met Falconi en zijn zooitje ongeregeld.

Kira had net haar kom leeg en wilde die terugbrengen naar het aanrecht toen er een korte, harde *piep* klonk. Ze verstarden allemaal en kregen glazige ogen toen ze zich op de overlays focusten.

Kira keek zelf ook op haar overlays, maar ze zag geen meldingen. 'Wat gebeurt er?' vroeg ze toen ze de plotselinge spanning in Falconi's postuur zag.

Sparrow was degene die antwoord gaf. 'Kwallen. Nog vier meer, onderweg naar Station Malpert.'

'Verwachte aankomsttijd?' vroeg Kira, al was ze bang voor het antwoord.

Falconi's ogen werden helder toen hij haar aankeek. 'Twaalf uur morgenmiddag.'

IV

* * * * * * *

KRIEGSSPIEL

1

Vier rode, knipperende stipjes bewogen zich door het stelsel in de richting van Station Malpert. Een reeks stippellijntjes – heldergroen – gaf hun berekende koers aan.

Kira gebruikte haar overlays om op het station in te zoomen. Het was een bijeengeraapte verzameling sensoren, koepels, dokken en radiatoren die om een uitgeholde planetoïde heen waren gebouwd. In de steenklomp ingebed, nauwelijks zichtbaar van buitenaf, lag een roterende woonring waarin de meeste bewoners van het station leefden.

Naast Malpert, een paar kilometer verderop, lag een Hydrotek-brandstofstation.

Rondom de twee constructies zwermden ruimteschepen, elk gemarkeerd met een ander icoon: blauw voor burgers, goud voor militairen. Zonder haar overlays af te sluiten vroeg Kira: ‘Kunnen ze de Kwallen tegenhouden?’

Falconi fronste vanaf de andere kant van de transparante overlays. ‘Weet ik niet. Alleen de Darmstadt heeft serieuze vuurkracht. De rest van de schepen komt gewoon hier uit de buurt. PD-kotters en zo.’

‘PD?’

‘Planetaire Defensie.’

Sparrow klakte met haar tong. ‘Ja, maar dat zijn maar kleine Kwallenschepen. Van de Naru-klasse.’

Trig zei tegen Kira: ‘Schepen van de Naru-klasse hebben maar drie inktvissen, twee of drie larven en ongeveer evenveel bijtschildpadden. En natuurlijk zitten er soms ook nog zware krabben op.’

‘Natuurlijk,’ zei Sparrow met een humorloze grijns.

Vishal mengde zich in het gesprek. ‘En dat is nog zonder versterking uit de baarcapsules.’

‘Baarcapsules?’ vroeg Kira. Ze voelde zich volslagen onnozel.

Hwa-jung gaf antwoord. ‘Ze hebben machines waarin ze nieuwe soldaten kunnen laten groeien.’

‘Ik... daar heb ik niets over gezien op het nieuws,’ zei Kira.

Falconi gromde. ‘De Liga houdt het al weken stil om de mensen niet bang te maken, maar wij hebben er een paar weken geleden lucht van gekregen.’

Het concept van een baarcapsule had iets vaag bekends voor Kira, als een halfvergeten herinnering. Kon ze maar een Kwallencomputer in handen krijgen! Wat zou ze veel kunnen leren!

Sparrow zei: ‘De Kwallen zijn behoorlijk zelfverzekerd als ze denken dat ze Malpert en de Darmstadt met alleen die vier schepen kunnen verslaan.’

‘Vergeet de mijnwerkers niet,’ zei Trig. ‘Ze hebben meer dan genoeg wapens en ze zullen niet vluchten. Daar durf ik wat onder te verwedden.’

Kira keek hem vragend aan en de jongen haalde zijn schouders op. ‘Ik ben opgegroeid op Ruimtestation Undset, bij Cygni B. Ik ken ze. Die ruimteratten zijn zo taai als titanium.’

‘Tja,’ zei Sparrow, ‘Maar deze keer vechten ze niet tegen half verhongerde rukkers.’

Nielsen kwam in beweging. ‘Kapitein,’ zei ze, ‘er is nu nog tijd om van koers te veranderen.’

Kira liet haar overlays verdwijnen om Falconi’s gezicht beter te kunnen zien. Hij leek verstrooid en bestudeerde schermen die zij niet kon zien. ‘Ik weet niet of dat verschil zou maken,’ mompelde hij. Hij drukte een knop op de keukenmuur in en er verscheen een holo van 61 Cygni in de lucht. Hij wees naar de rode stippen waarmee de Kwallen waren aangegeven. ‘Zelfs als we nu omkeren en vluchten, kunnen we echt niet meer ontsnappen.’

‘Nee, maar als we verder bij ze uit de buurt weten te komen, besluiten ze misschien dat de achtervolging de moeite niet waard is,’ zei Nielsen. ‘Dat heeft tot nu toe altijd gewerkt.’

Falconi trok een grimas. ‘We hebben al een flinke voorraad waterstof verbruikt. Het wordt al krap om bij Ruslan te komen. We zouden minstens de helft zonder aandrijving moeten doen. En dan zijn we al die tijd een makkelijk doel.’ Hij krabde aan zijn kin. Zijn ogen waren nog steeds strak op het hologram gericht.

Sparrow zei: ‘Wat denk je, kapitein?’

‘We laten de Caracole haar naam waarmaken,’ zei hij. Hij markeerde een planetoïde op enige afstand van Station Malpert. ‘Hier. Op deze planetoïde wordt erts gewonnen: planetoïde TSX Twee-Twee-Een-Twee. Er is een woonkoepel, brandstoftanks, de hele rambam. We kunnen ons terugtrekken op de planetoïde en wachten tot de slag is afgelopen. Als de Kwallen achter ons aan komen, zijn er tunnels om ons in te verstoppen. Zolang ze geen kernbom op ons gooien of zoiets, maken we op zijn minst een kans.'

Op haar overlays zocht Kira de definitie van *caracole* op. Kennelijk was het *een streekgebonden benaming voor 'slak' in het land België op Aarde; vermoedelijk van Spaanse herkomst.* Ze staarde naar Falconi, alweer van haar stuk gebracht door zijn gevoel voor humor. Hij had zijn schip *Slak* genoemd?

De bemanning bleef mogelijkheden bespreken terwijl Kira zat na te denken.

Toen liep ze naar Falconi en boog zich dicht naar zijn oor toe. 'Kan ik u even spreken?'

Hij keek haar nauwelijks aan. 'Wat is er?'

'Buiten.' Ze gebaarde naar de deur.

Falconi aarzelde, maar toen kwam hij tot Kira's verrassing overeind van zijn stoel. 'Zo terug,' zei hij, en hij liep achter haar aan de kombuis uit.

Kira draaide zich naar hem om. 'U moet me op zo'n kwallenschip zien te krijgen.'

De ongelovige blik van de kapitein maakte alles wat ze had doorstaan bijna goed. 'Nee. Gaat niet gebeuren,' zei hij en hij wilde alweer naar binnen lopen.

Ze greep hem bij zijn arm om hem tegen te houden. 'Wacht. Laat me uitpraten.'

'Haal je handen van me af voor ik dat voor jou doe,' zei hij met een onvriendelijke blik.

Kira liet hem los. 'Luister, ik vraag u niet om ons daar schietend naar binnen te vechten. U zei dat het VMB een kans heeft om de Kwallen af te slaan.' Hij knikte, met tegenzin. 'Als ze een van de Kwallenschepen uitschakelen – als dat lukt – kunt u mij erop zetten.'

'Je bent gek,' zei Falconi, nog steeds half in de deuropening van de kombuis.

'Ik ben vastberaden. Er is een verschil. Ik zei al: ik moet op een Kwallenschip zien te komen. Als dat lukt, kan ik misschien uitvissen waarom ze ons aanvallen, wat ze zeggen over hun comms, dat soort dingen. Denk eens aan alle mogelijkheden.' Ze zag nog steeds aarzeling op Falconi's gezicht, dus praatte ze verder: 'Luister, u bent het hele stelsel al doorgevlogen, vlak onder de neus van de Kwallen, of onder wat ze ook gebruiken om mee te ruiken. Dat betekent dat u dom bent of wanhopig, en u bent misschien een heleboel dingen, maar dom zit daar niet bij.'

Falconi maakte een ongeduldige beweging. 'Wat wil je daarmee zeggen?'

'U hebt geld nodig. U hebt veel geld nodig, anders zou u uw schip en bemanning niet op deze manier in gevaar brengen. Heb ik het mis?'

Er gleed een ongemakkelijke uitdrukking over zijn gezicht. 'Niet helemaal.'

Ze knikte. 'Oké. Dus, wat zou u ervan vinden om de eerste te zijn die informatie over de Kwallen in handen krijgt? Weet u wel hoeveel mijn bedrijf daarvoor zou betalen? Genoeg om uw eigen woonring te bouwen. Zo veel. Er zit tech op die Kwallenschepen die niemand nog heeft kunnen namaken. Misschien vind ik wel gegevens over hun kunstmatige zwaartekracht. Dát zou wel een paar bits waard zijn.'

'Een paar maar,' mompelde hij.

'U hebt verdomme ook nog een paar entropisten in het ruim zitten. Vraag ze mee, in ruil voor een kopie van eventuele interessante ontdekkingen. Als zij me helpen,' – ze spreidde haar handen – 'wie weet wat we dan allemaal ontdekken? En het gaat niet eens alleen om de oorlog; we kunnen onze technologie een eeuw of zelfs meer vooruithelpen.'

Falconi keek haar nu recht aan. Zijn middelvinger tikte in een onregelmatig ritme op de kolf van zijn blaster. 'Snap ik. Maar zelfs als het VMB een schip uitschakelt, betekent dat nog niet dat alle Kwallen erop dood zouden zijn.' Hij gebaarde naar beneden. 'Ik moet ook aan iedereen in het ruim denken. Er kunnen een heleboel mensen gewond raken als er hier gevochten wordt.'

Kira kon zich niet inhouden: 'En in hoeverre dacht u aan hun welzijn toen u geld vroeg voor hun redding?'

Voor het eerst leek Falconi beledigd. 'Dat wil nog niet zeggen dat ik ze dood wil hebben,' zei hij.

'En de Caracole? Heeft die geen wapens?'

'Genoeg om een of twee ruimteschuimers tegen te houden, maar dit is geen oorlogsschip. We kunnen het niet opnemen tegen een Kwal in de hoop dat we dat overleven. Ze scheuren ons aan stukken.'

Kira deed een stap achteruit en zette haar handen op haar heupen. 'Dus wat gaat u doen?'

Falconi bekeek haar goed en ze zag hem in gedachten inschattingen maken. Toen zei hij: 'We gaan naar die planetoïde, want in het allerergste geval zullen we die nodig hebben. Maar als er een Kwallenschip wordt uitgeschakeld en het enigszins te doen lijkt, gaan we er aan boord.'

Kira kreeg een gevoel van iets heel groots toen ze die mogelijkheid overdacht. 'Oké dan,' zei ze zacht.

Falconi grinnikte en haalde een hand door zijn borstelige haar. 'Shit. Als dit lukt, wordt het VMB zo kwaad dat we ze te snel af zijn geweest dat ze niet weten of ze ons een medaille moeten geven of in het cachot moeten smijten.'

En voor de eerste keer sinds ze op de Caracole was ontwaakt lachte Kira ook.

2

Het wachten was een marteling.

Kira bleef met de bemanning in de kombuis naar de naderende Kwallen zitten kijken. Ze besloot al snel dat ze nog liever werd beschoten dan dat ze moest zitten afwachten wat er wel of niet zou gebeuren. Uit pure onzekerheid begon ze op haar nagels te bijten, maar ze kreeg de licht metalige smaak van het Zachte Mes in haar mond en haar tanden ketsten af op de vezelige coating.

Na de laatste keer dat dat gebeurde ging ze op haar handen zitten om te voorkomen dat ze het deed. Dat bracht haar op de gedachte: waarom waren haar nagels in de afgelopen maanden niet gegroeid? De xeno had ze niet vervangen; ze had de nagels van haar linkerhand gezien – roze en gezond als altijd – toen ze het pak had teruggetrokken. De enige verklaring was dat het Zachte Mes haar nagels precies zo lang hield als ze waren toen het pak voor het eerst opdook.

Toen ze het zitten niet meer uithield, excuseerde Kira zich en ging naar Trig. 'Hebben jullie reservekleding op het schip? Of een printer die ze voor me kan maken?' Ze plukte aan haar jumpsuit. 'Na maanden in dit geval wil ik wel eens iets schoons aan.'

De jongen knipperde met zijn ogen en verlegde zijn focus van zijn overlays naar haar. 'Natuurlijk,' zei hij. 'Niets bijzonders, maar –'

'Simpel en eenvoudig is prima.'

Ze liepen de kombuis uit en hij bracht haar naar een kast in de binnenste ring van de gang. Terwijl hij erin stond te rommelen, zei ze: 'Zo te zien kibbelen Nielsen en de kapitein heel wat af. Is dat normaal voor hen?' Als ze toch langer dan gepland op de Caracole moest blijven, wilde Kira een beter beeld van de crew en vooral van Falconi hebben. Ze vertrouwde veel aan hem toe.

Een zachte 'bons' toen Trig zijn hoofd tegen een plank stootte. 'Neuh. De kapitein wordt niet graag opgejaagd, dat is alles. Meestal kunnen ze het prima vinden.'

'Aha.' De jongen praatte graag. Ze hoefde hem alleen maar aan te moedigen. 'Zit je al lang op de Caracole?'

'Ongeveer vijf jaar, cryo niet meegeteld.'

Daar trok Kira haar wenkbrauwen van op. De jongen moest wel erg jong zijn geweest toen hij aanmonsterde. 'Ja? Waar heeft Falconi je voor aangenomen?'

'De kapitein had iemand nodig die hem kon rondleiden op Station Undset. Na afloop heb ik gevraagd of ik mee mocht op de Caracole.'

'Het leven op een station beviel je niet?'

'Het was ruk! We hadden drukbreuken, voedseltekort, stroomuitval, noem maar op. Niet. Fijn.'

'En is Falconi een goede kapitein? Vind je hem aardig?'

'Hij is de allerbeste!' Trig haalde zijn hoofd uit de kast. Hij had een stapeltje kleding in zijn handen. Hij keek haar licht gekwetst aan, alsof hij zich aangevallen voelde. 'Ik zou me geen betere kapitein kunnen wensen. Echt niet! Het is niet zijn schuld dat we hier zijn gestrand.' Zodra de woorden over zijn lippen waren, leek de jongen zich te realiseren dat hij te veel had gezegd. Hij klapte zijn mond stijf dicht en stak haar de kleren toe.

'O?' Kira sloeg haar armen over elkaar heen. 'Wiens schuld dan wel?'

De jongen haalde ongemakkelijk zijn schouder op. 'Van niemand. Het maakt niet uit.'

'Het maakt wel uit. Er komen Kwallen aan en ik heb mijn hals gewaagd, net als jij de jouwe. Ik wil graag weten met wie ik werk. De waarheid, Trig. Vertel me de waarheid.'

De strenge toon van haar stem maakte het verschil. De jongen schrompelde ineen en zei: 'Het is niet... Kijk, mevrouw Nielsen boekt ons werk meestal in. Daarom heeft de kapitein haar vorig jaar aangenomen.'

'In echte tijd?'

Hij knikte. 'Minus cryo is het veel korter.'

'Vind je haar een goede eerste officier?' Het antwoord was duidelijk genoeg voor Kira, maar ze was benieuwd wat hij zou zeggen.

De jongen stond ongemakkelijk te draaien en zijn wangen kleurden. 'Ik bedoel eh... Ze is heel slim en ze commandeert me niet steeds rond, zoals Hwa-*jung*. En ze weet heel veel over Sol. Dus eh, ja, ik vind haar aardig...' Hij bloosde nog dieper. 'Eh, niet op zó'n manier, maar eh, als eerste officier en alles. W-we hebben geluk dat we haar aan boord hebben... Je weet wel, als bemanning, niet eh...'

Kira kreeg medelijden met hem en zei: 'Ik begrijp het. Maar Nielsen heeft deze klus niet ingeboekt, de reis naar 61 Cygni, of wel?'

Trig schudde zijn hoofd. 'Dat kruimelwerk dat we deden – vrachtvervoer, pakketjes bezorgen, dat soort dingen – leverde niet genoeg op. Dus vond de kapitein een andere klus voor ons, maar die liep helemaal fout. Het had iedereen kunnen overkomen. Echt waar.' Hij keek haar heel serieus aan.

'Ik geloof je,' zei Kira. 'Jammer dat het niet is gelukt.' Ze kon het duidelijk tussen de regels door lezen: die klus was iets schimmigs geweest. Nielsen had waarschijnlijk alleen legale opdrachten geaccepteerd, maar daar waren er niet veel van voor een oud, opgelapt vrachtschip als de Caracole.

Trig trok een gezicht. 'Ja, bedankt. Het zuigt, maar het is wat het is. Maar goed, is dit oké voor jou?'

Kira besloot dat ze maar beter niet verder kon aandringen. Ze nam de stapel kleren aan en bekeek ze. Twee shirts, een broek, sokken en laarzen met gekkopads voor tijdens de gewichtloze manoeuvres. 'Helemaal goed. Dank je.'

Toen liet de jongen haar alleen en ging terug naar de kombuis. Kira liep door naar haar hut, peinzend. Falconi was dus bereid de wet te overtreden om zijn bemanning te kunnen betalen en zijn schip in de ruimte te houden. Dat was niets nieuws. Maar ze geloofde Trig wel toen hij zei dat Falconi een goede kapitein was. De reactie van de jongen was te echt geweest om gespeeld te zijn.

Er knipperde een lichtje op het beeldscherm op haar bureau toen Kira binnenkwam. Weer een bericht. Met een angstig voorgevoel liet ze het verschijnen.

> *Ik ben de vonk in het centrum van de leegte. Ik ben de tegendraadse kreet die de nacht doorklieft. Ik ben je eschatologische nachtmerrie. Ik ben de ene en het woord en het volle licht.*
>
> *Zullen we een spelletje spelen? J/N – Gregorovich*

Scheepsbreinen neigden in de regel naar excentriciteit, en hoe groter ze waren, hoe meer excentrieke trekjes ze hadden. Maar Gregorovich zat wel aan het uiterste eind van de curve. Ze wist niet of het gewoon zijn karakter was of dat zijn gedrag het gevolg was van te veel isolatie.

Falconi is toch niet zo stom om rond te vliegen met een instabiel scheepsbrein... Toch?

In elk geval kon ze maar beter het zekere voor het onzekere houden:

> *Nee. – Kira*

Een moment later plopte het antwoord omhoog:

> *:-(– Gregorovich*

Kira moest een onheilspellend voorgevoel onderdrukken terwijl ze haar jumpsuit opruimde, haar nieuwe kleren in het wasbakje uitwaste en ze boven haar bed te drogen hing.

Ze keek waar de vier Kwallen nu waren – nog altijd geen verandering in hun koers – en oefende daarna een uur lang met het Zachte Mes. Ze liet het terugtrekken van verschillende delen van haar lichaam en probeerde er meer grip op te krijgen.

Uiteindelijk kroop ze uitgeput onder de dekens, deed het licht uit en probeerde niet te denken aan wat de volgende dag zou brengen.

3

Slib zonk in slierten neer in de paarse diepten van het Klaagdiep, zacht als sneeuw, stil als de dood. Een nabijgeur van verontrusting hing in het ijskoude water en de verontrusting nam bezit van haar. Voor haar doemde de bepokte rots op die het trotse middelpunt van het Conclaaf van het Diep vormde. En op die rots zat een gigantisch lichaam, met deinende ledematen en duizenden ogen die haar fel en dreigend aankeken. Toen de slibsluiers op de bodem tot rust waren gekomen dook er een naam op in haar gedachten, als een fluistering vol angst, vol haat… Ctein. De grote en machtige Ctein. De immense en oeroude Ctein.

En het vlees waarmee zij verbonden was – zij die Aanvoerder Nmarhl was, de commandant van de school – zou zich nu het liefst omkeren en vluchten, zich verbergen voor de gramschap van Ctein. Maar daar was het te laat voor. Veel te laat…

Toen de scheepsdag aanbrak werd Kira wakker van de langzaam oplichtende lampen in haar hut. Ze wreef de slaap uit haar ogen en bleef naar het plafond liggen staren.

Ctein. Waarom riep die naam zo'n intense angst op? Het was niet haar eigen angst, maar die van het Zachte Mes… Nee, dat klopte niet. Het was angst van degene met wie het Zachte Mes in deze herinnering verbonden was.

De xeno probeerde haar te waarschuwen, maar waarvoor? De dingen die het haar liet zien waren lang geleden gebeurd, nog voordat het Zachte Mes op Adrasteia te rusten was gelegd.

Misschien, dacht ze, was de xeno gewoon bang. Of misschien wilde ze haar laten inzien hoe gevaarlijk de Kwallen waren. Niet dat ze daar hulp bij nodig had.

'Het zou veel makkelijker zijn als je kon praten,' fluisterde ze, terwijl ze over de vezels op haar borstbeen streek. Het was duidelijk dat de xeno min of meer begreep wat er om haar heen gebeurde – maar er vielen ook duidelijk gaten in dat begrip.

Ze opende een bestand en legde haar droom tot in detail vast. Wat het Zachte Mes haar ook probeerde te vertellen, Kira wist dat het een vergissing zou zijn om de zorgen van de xeno niet serieus te nemen. Als het inderdaad zorgen waren. Met het pak wist je het nooit zeker.

Ze rolde uit bed en nieste toen er een dun laagje stof om haar heen opdwarrelde. Ze wuifde het weg, ging naar het bureau en opende een live kaart van het stelsel.

De vier Kwallen waren nog maar een paar uur van Station Malpert vandaan. De Darmstadt en de andere ruimteschepen lagen in een verdedigende formatie op een aantal uur van het station af, waar ze de ruimte hadden om te vechten en te manoeuvreren.

Malpert beschikte over een *mass driver* die ladingen metaal, rots en ijs dieper het stelsel in kon slingeren, maar dat was een gigantisch, onhandig gevaarte dat niet bedoeld was om achter kleine, beweeglijke doelwitten zoals schepen aan te gaan. Desondanks was degene die het commando over het station voerde de mass driver op dit moment zo snel aan het draaien als de stuurraketten maar toestonden om het ding op de Kwallen af te sturen.

Kira waste zich, trok haar nieuwe (inmiddels droge) kleren aan en ging snel naar de kombuis. Die was leeg, op Fuzzy na, die op het aanrecht aan de kraan zat te likken.

'Hé!' zei Kira. 'Ksst!'

De kat legde zijn oren plat en staarde haar boos en hooghartig aan. Toen sprong hij van het aanrecht af en trippelde langs de muur.

Kira stak haar hand uit in een poging vriendschap te sluiten. De kat reageerde met opgezette nekharen en ontblote klauwen.

'Ook best, etterbakje,' mompelde Kira.

Tijdens haar ontbijt keek ze op haar overlays naar de naderende Kwallen. Het was een zinloze bezigheid, maar ze kon het niet laten. Het was het interessantste programma dat er op dit moment te zien was.

De Caracole naderde de planetoïde die Falconi al eerder had genoemd: TSX-2212. Op de feed van de neus van het schip was de steenklomp een felgekleurd speldenknopje, precies op hun pad.

Kira keek op toen Vishal binnenkwam. Hij groette haar en ging een kop thee voor zichzelf maken.

'Zit u te kijken?' vroeg hij.

'Ja.'

Met zijn mok in de hand liep hij alweer naar de deur. 'Ga maar mee, als u wilt, mevrouw Navárez. Wij volgen alles op de brug.'

Kira volgde hem door de centrale schacht naar een dek hoger en liep achter hem aan een klein, afgeschermd vertrek in. Daar stonden en zaten Falconi en de andere bemanningsleden rond een holodisplay zo groot als een tafel. De muren gingen schuil achter hele batterijen elektronica en een stuk of zes gehavende schokstoelen waren bij verschillende werkplekken aan de vloer vastgeklonken. Het was bedompt in het vertrek en het stonk er naar zweet en koffie.

Falconi keek even op toen zij en Vishal binnenkwamen.

'Nog nieuws?' vroeg Kira.

Sparrow liet haar kauwgum klappen. 'Een hoop gewauwel op MilCom. Blijkbaar bereidt het VMB samen met de burgers rond Malpert een stel onaangename verrassingen voor de Kwallen voor.' Ze knikte naar Trig. 'Je had gelijk. Het wordt een geweldige show.'

Kira voelde iets prikkelen achter in haar nek. 'Wacht, hebben jullie toegang tot de kanalen van het VMB?'

Sparrows blik werd gesloten en ze keek even naar Falconi. Er hing ineens een gespannen stilte. Toen zei de kapitein nonchalant: 'Je weet hoe het gaat, Navárez. Schepen kletsen, nieuws gaat rond. Er zijn niet veel geheimen in de ruimte.'

'... Ah.' Kira geloofde hem niet, maar ze ging er niet verder op in. Ze vroeg zich wel af hoe schimmig Falconi's verleden eigenlijk was. En of Sparrow in het leger had gezeten. Dat zou wel logisch zijn...

Nielsen zei: 'De Kwallen zijn bijna binnen bereik. Het duurt niet lang voor het schieten begint.'

'Wanneer bereiken we de planetoïde?' vroeg Kira.

Het antwoord kwam van Gregorovich: 'ETA veertien minuten.'

Dus ging Kira in een van de lege schokstoelen zitten om samen met de crew te wachten.

Op de holo weken de vier rode stipjes uiteen en trokken in een klassieke aanvalsmanoeuvre vanuit de flanken een boog om Station Malpert. Toen begonnen er tussen de aliens en de verdedigingsschepen witte strepen op te flakkeren. Falconi schakelde de livefeed van de telescopen van de Caracole in. Witte bloemkoolwolken van antisensorsneeuw ontsproten in het duister rond de onaantrekkelijke steenklomp die Station Malpert was.

Sparrow maakte een waarderend geluidje. 'Prima bereik.'

De binnenkant van de wolken lichtte op door geabsorbeerde lasers, en salvo's projectielen schoten uit de Darmstadt en de andere, kleine VMB-schepen tevoorschijn. De Kwallen beantwoordden het vuur. Kleine vonken twinkelden toen de lasers van het afweergeschut de projectielen verzwakten.

Toen schoot de mass driver van Malpert een klont geraffineerd ijzer op een van de Kwallenschepen af. De klont miste doel en verdween in de verre ruimte in een lange baan om de ster. Het ging zo snel dat het projectiel alleen als icoon op het holodisplay te zien was.

De omgeving van het station werd geblindeerd met nog meer antisensorsneeuw. Voor een deel kwam het van de basis zelf. De rest kwam uit de schepen eromheen.

'Wooow!' zei Falconi toen er een withete naald uit een ogenschijnlijk leeg stuk ruimte opdook, razendsnel bijna negenduizend kilometer overbrugde en zich in het midden van een bol Kwallenschip boorde, als een soldeerbout door piepschuim.

Het getroffen ruimteschip begon onbestuurbaar rond te tollen en te zwalken en ontplofte toen met een verblindende knal.

'Lekkerrr!' schreeuwde Sparrow.

De livefeed werd even donker als reactie op het plotseling felle licht.

'Verdomme, wat was dat?' vroeg Kira. Er kriebelde iets onprettigs in haar achterhoofd... *brandende schepen in de ruimte, motten glinsterend in het zwart, de doden ongeteld...*

Falconi wierp een blik naar het plafond. 'Gregorovich, trek onze radiatoren in. We willen ze niet aan flarden laten scheuren.'

'Kapitein,' zei het scheepsbrein, 'de kans dat een verdwaald partikel vanaf deze afstand onze broodnodige warmteregulering verstoort is –'

'Ruk ze naar binnen. Geen risico's.'

'... Begrepen. "Rukken" momenteel in uitvoering.'

Weer schoot er een withete naald over het scherm, maar deze slaagde er alleen in een Kwal te schampen. Het schip ging er met een onwaarschijnlijk snelle spiraalbeweging vandoor.

Hwa-Jung zei tegen Kira: 'Dat zijn Casaba-houwitsers.'

'Dat... zegt mij niets,' zei Kira, die geen tijd kwijt wilde zijn aan het opzoeken van een definitie.

'Met bommen versterkte holle ladingen,' zei de machinechef. 'Maar in dit geval –'

'... is de bom een kernbom!' zei Trig. Hij leek het buitengewoon opwindend te vinden.

Kira's wenkbrauwen gingen omhoog. 'Shit. Ik wist niet eens dat dat bestond.'

'O ja,' zei Sparrow. 'We hebben al tijden Casaba-houwitsers. We gebruiken ze niet vaak, om voor de hand liggende redenen, maar ze zijn supersimpel te maken en het plasma verplaatst zich met een aardig deel van de lichtsnelheid. Dat is dus bijna onmogelijk te ontwijken van korte afstand, zelfs voor die doorgedraaide klootzakken.'

Op de display vlamden nog meer ontploffingen op: deze keer ruimteschepen van mensen. Kleinere hulpvaartuigen rond Malpert knalden als popcorn uit elkaar toen de Kwallen ze met lasers en raketten bestookten.

'Verdomme,' zei Falconi.

De display werd weer even donker toen de volgende Casaba-houwitser een tweede Kwal uitschakelde. Nog terwijl de bemanning van de Caracole stond te juichen, vloog een van de laatste twee Kwallen recht op de Darmstadt af, terwijl de andere het vuur op het brandstofplatform naast Malpert opende.

Het platform ontplofte in een enorme vuurbal van brandend waterstof.

Toen vuurde de mass driver weer. Plasmastromen schoten uit de uitlaten langs de versnellingsbuis. Het projectiel miste de Kwal naast het verwoeste platform – de aliens waren niet zo stom of onvoorzichtig om voor de loop te komen – maar raakte wel iets anders wat Kira nog niet was opgevallen: een satelliet die dicht bij Malpert zweefde.

De satelliet verdween met een lichtflits, verpulverd door de kracht van de inslag. De wolk van superverhitte materiaaldeeltjes sloeg als een schot hagel in bij de Kwal er vlakbij en besproeide het schip met wat neerkwam op duizenden micrometeoroïden.

'*Shi-bal*,' zei Hwa-jung ademloos.

Falconi schudde zijn hoofd. 'Wie dat schot heeft gelost, verdient opslag.'

De beschadigde Kwal stoof snel bij Malpert vandaan. Toen begon de aandrijving te sputteren en viel uit, en het schip begon rond te tollen en dreef hulpeloos weg. Een grote scheur ontsierde één kant van de romp. Er spoot gas en kristalliserend water uit.

Kira bekeek het schip met grote interesse. Dat is hem, dacht ze. Als dat schip niet ontplofte, konden ze er misschien aan boord gaan. Ze zond een snel bedankje aan Thule en keek Falconi aan.

Hij zag het, maar reageerde niet en Kira vroeg zich af wat voor gedachten er achter zijn harde blauwe ogen schuilgingen.

De Caracole positioneerde zich achter planetoïde TSX-2212 en zette zijn stuwing uit. De Darmstadt en de als enige overgebleven Kwal vochten intussen nog door. De paar laatste kleinere schepen schoten de VMB-kruiser snel te hulp, maar ze waren geen partij voor het schip van de aliens en wisten de Kwallen hooguit even af te leiden.

'Zo meteen zijn ze oververhit,' zei Sparrow. Ze wees naar de Darmstadt die, net als de Caracole, zijn radiatoren had ingetrokken. Ze had het nog niet gezegd of er sproeide onverbrande stuwstof in een pluim uit de buizen ongeveer in het midden van de kruiser. 'Kijk,' zei ze. 'Ze lossen waterstof om de lasers te kunnen blijven gebruiken.'

Het einde, toen het kwam, ging snel. Een van de kleinere schepen – een bemand mijnplatform, dacht Kira – ging recht op de laatste Kwal af en probeerde hem te rammen.

Het kwam natuurlijk niet eens in de buurt. De aliens hadden het al aan stukken geschoten voor het te dichtbij kwam. Maar die stukken volgden wel hun eerdere koers en dwongen de Kwallen hun beschermende wolk antisensorsneeuw te verlaten om niet te worden geraakt.

De Darmstadt begon al te versnellen voordat de Kwal dat deed en schoot met een noodgang uit zijn eigen beschermende camouflagewolk tevoorschijn. Het schip was eruit op hetzelfde moment dat de Kwallen vrijkwamen en het raakte de aliens meteen met een voltreffer uit het grootste laserkanon.

Er spoot een straal gesmolten materiaal uit het glanzende Kwallenschip. Toen verdween het vaartuig in een vuurbal van annihilerende antimaterie.

Kira liet haar wurggreep op de armleuningen van haar schokstoel verslappen.

'Dat was het dan,' zei Falconi.

Vishal maakte een gebaar in de lucht. 'Goddank.'

'Nog maar negen Kwallen over,' zei Sparrow met een gebaar naar de rest van het stelsel. 'Hopelijk komen ze geen revanche nemen.'

'Dan moeten wij hier al weg zijn,' zei Nielsen. 'Gregorovich, zet koers uit naar Station Malpert.'

Kira keek de kapitein weer aan, en deze keer knikte hij. 'Stel dat maar uit,' zei hij. Hij rechtte zijn schouders. 'Gregorovich, we gaan die beschadigde Kwal onderscheppen. Zo snel mogelijk.'

'Kapitein!' zei Nielsen.

Falconi keek de verblufte bemanning rond. 'In de benen, mensen. Wij gaan bruikbare spullen uit een buitenaards ruimteschip halen.'

V

* * * * * * *

EXTREMIS

1

Kira zei niets terwijl Falconi het plan uitlegde. De kapitein was degene die de bemanning moest overtuigen; ze vertrouwden hem, niet haar.

'Kapitein,' zei Sparrow, ernstiger dan Kira haar tot nog toe had gezien, 'er zijn misschien nog Kwallen op dat schip. We kunnen onmogelijk weten of ze allemaal dood zijn.'

'Weet ik,' zei Falconi. 'Maar als het goed is zitten er alleen een paar van die grote inktvisachtige types. Toch, Trig?'

De jongen knikte en zijn adamsappel ging op en neer. 'Ja kapitein.'

Falconi knikte tevreden. 'Goed. Ze kunnen het nooit allemaal overleefd hebben. Echt niet, kan niet. Zelfs als er een of twee nog leven hebben wij een goede kans.'

Om hen heen begon het schip te brommen. Het gewicht keerde terug toen De Caracole versnelde.

'Gregorovich!' zei Nielsen.

'Het spijt me,' zei het scheepsbrein, maar het klonk alsof hij elk moment in lachen uit kon barsten. 'De kapitein lijkt een schitterend avontuur voor ons geregeld te hebben, jazeker.'

Toen zei Sparrow: 'Zelfs een goede kans gaat makkelijk fout als er geschoten wordt, en we hebben een heleboel passagiers om ons bezorgd over te maken.'

Falconi knikte met een staalhard gezicht. 'Dat hoef je mij niet te vertellen… Denk je dat je het aankunt?'

Na even nadenken verscheen er een scheve grijns op Sparrows gezicht. 'Wat maakt het uit… Maar dan betaal je me wel dubbel gevarentoeslag.'

'Deal,' zei Falconi zonder aarzelen. Hij keek Nielsen aan. 'Jij bent het er nog steeds niet mee eens.' Het was geen vraag.

De eerste officier leunde naar voren en zette haar ellebogen op haar knieën. 'Dat schip is beschadigd. Het kan elk moment ontploffen. En er is kans dat de Kwallen klaarstaan om ons af te maken. Waarom zouden we dat risico lopen?'

'Omdat we daarna,' zei Falconi, 'na dit ene klusje dus, van onze hele schuld af zijn. En dan kunnen we zo veel antimaterie kopen als we nodig hebben om uit dit vervloekte sterrenstelstel weg te komen.'

Nielsen leek merkwaardig kalm. 'En?'

'En het is ook een manier om iets bij te dragen aan de oorlog.'

Een moment later knikte Nielsen. 'Oké. Maar als we dit doen, doen we het verstandig.'

'Dat is mijn afdeling,' zei Sparrow, terwijl ze overeind sprong. Ze wees naar Kira. 'Herkennen de Kwallen dat ding op jouw lijf als ze het zien?'

'Misschien... Ja, dat denk ik wel,' zei Kira.

'Oké. Dan moeten we jou uit het zicht houden tot we weten dat het schip veilig is. Genoteerd. Trig, jij gaat met mij mee.' En de kleine vrouw rende de brug af met de jongen op haar hielen. Hwa-jung volgde even later, op weg naar de machinekamer om de systemen van de Caracole met eigen ogen in de gaten te houden.

'ETA?' vroeg Falconi.

'Zestien minuten,' antwoordde Gregorovich.

2

'Waar gaan we heen?' vroeg Kira terwijl ze achter Falconi, Nielsen en Vishal aan holde.

'Dat zie je wel,' zei de kapitein.

Halverwege de ronding van het schip bleef Nielsen voor een smalle deur in de wand staan. Ze tikte een code in op het sleutelpaneel en even later ging de deur open.

Erachter was een krappe voorraadkast, niet meer dan anderhalve meter diep. Op een rek aan de linkermuur lag een assortiment geweren en blasters (waarvan Kira er verschillende uit de Walkure herkende) en andere wapens. De muur rechts lag vol met opladers voor de supercondensatoren van blasters plus riemen, holsters en dozen munitie en magazijnen voor vuurwapens. Achter in de kast stonden een krukje en een werkbankje onder een plank vol uitrusting voor wapenonderhoud (op hun plek gehouden door deksels van doorzichtig plastic). Boven de plank hing een flakkerende holo van een eenhoornkat in de armen van een magere man met roze haar. In sierlijke letters stond eronder: *Bowie leeft*.

Kira wist niet wat ze zag. 'Dat zijn een boel wapens.'

Falconi gromde. 'Je kunt ze maar beter hebben als je ze nodig hebt. Zoals vandaag. Je weet nooit wat je tegenkomt in de buitenste regionen.'

'Ruimteschuimers,' zei Nielsen en ze trok een kort geweer met een gemeen uitziende loop uit het rek.

'*Wireheads*,' zei Vishal terwijl hij een bakje kogels opende.

'Enge dieren met grote tanden,' zei Falconi, en hij drukte Kira een geweer in handen.

Ze stribbelde tegen, want ze herinnerde zich iets wat ze op het nieuws had gehoord. 'Zijn blasters niet effectiever tegen Kwallen?'

Falconi friemelde aan de display op de zijkant van haar geweer. 'Zeker. Ze zijn ook effectiever in gaten in de romp maken. Ik weet niet hoe het met jou zit, maar ik hoef niet zo nodig de ruimte in geslingerd te worden. Blasters zijn voor buiten het schip. Vuurwapens voor binnen. Kogels kunnen nog altijd veel schade geven, maar ze komen nooit door ons Whipple-schild.'

Kira accepteerde zijn uitleg met tegenzin. Elk ruimteschip had een ingebouwd Wipple-schild in de buitenste romp; kruiselings aangebrachte lagen van verschillende materialen die inslaande projectielen (natuurlijke en kunstmatige) tegenhielden. In de ruimte vormden micrometeoroïden een voortdurende dreiging, en in de regel bewogen kogels zich trager en bevatten ze veel minder energie per gram.

'Bovendien,' zei Vishal, 'kunnen laserstralen rond ketsen, en we moeten aan de passagiers denken. Als maar een klein deeltje energie wordt afgebogen en in een oog terechtkomt...' Hij schudde zijn hoofd. 'Foute boel, mevrouw Kira. Heel fout.'

Falconi richtte zich op. 'En bovendien kunnen kogels niet verstrooid worden door het laserafweer. Het is altijd een afweging.' Hij tikte tegen Kira's geweer. 'Ik heb hem aan je overlays gekoppeld. Iedereen op de Caracole is als vriend gemarkeerd, dus je hoeft niet bang te zijn dat je ons neerschiet.' Hij glimlachte heel even. 'Niet dat jij zou moeten schieten. Dit is alleen uit voorzorg.'

Kira knikte nerveus. Ze voelde het Zachte Mes zich vormen naar de kolf van het wapen en kreeg een akelig bekend gevoel.

Er verscheen een dradenkruis midden in haar blikveld, rood en rond, en ze experimenteerde met scherpstellen op verschillende punten in de wapenkamer.

Nielsen gaf haar wat extra magazijnen. Kira propte ze in de zijzak van haar broek.

'Weet je hoe je moet herladen?' vroeg Nielsen.

Kira knikte. Op Weyland was ze meer dan eens met haar vader op jacht gegaan. 'Dat denk ik wel.'

'Laat zien.'

Dus verwijderde Kira het magazijn verschillende keren en plaatste het weer terug.

'Goed zo,' zei Nielsen tevreden.

'Daar gaan we dan,' zei Falconi. Hij pakte het grootste wapen van allemaal van de plank. Kira wist niet eens precies wat het was: geen blaster, dat was duidelijk, maar de loop was bijna zo breed als haar vuist. Veel te groot voor een geweer.

'Wat is dat nou?' vroeg ze.

Falconi liet een gemeen lachje horen. 'Een granaatwerper. Wat anders? Ik heb haar een paar jaar geleden bij een legerdump gekocht. Ze heet Francesca.'

'Je hebt je wapen een naam gegeven,' zei Kira.

'Natuurlijk. Dat is heel gewoon bij zaken waarvan je leven afhangt. Schepen hebben namen. Zwaarden hadden vroeger namen. Nu krijgen wapens namen.' Falconi lachte nog eens en Kira vroeg zich af of Gregorovich eigenlijk de enige gek was op het schip.

'Dus de blasters zijn te gevaarlijk, maar een granaatwerper niet?' vroeg ze.

Falconi gaf haar een knipoog. 'Niet als je weet wat je doet.' Hij klopte op het magazijn. 'Deze schatjes zijn schokgranaten. Dus geen granaatscherven. Ze scheuren je aan flarden, maar alleen als ze vlak naast je afgaan.'

Er klonk een stem door de intercom: Hwa-jung. 'Kapitein, hoor je mij?'

'Ja. Zeg het maar, over.'

'Ik heb een idee om eventuele Kwallen af te leiden. Als we de reparatiedrones vooruitsturen en ze laten –'

'Doe maar,' zei hij.

'Zeker weten? Als –'

'Ja. Doe maar gewoon; ik vertrouw je.'

'Begrepen, kapitein.'

De verbinding klikte weg. Toen sloeg Falconi Vishal op de schouder. 'Heb je alles wat je nodig hebt, Doc?'

Vishal knikte. 'Ik heb gezworen om geen kwaad te doen, maar deze aliens kennen geen enkele genade. Soms is zo weinig mogelijk kwaad doen de beste manier om erger te vermijden. Als dat betekent dat ik een Kwal moet neerschieten, dan is dat maar zo.'

'Zo mag ik het horen,' zei Falconi en hij ging de anderen voor naar de gang.

'Wat ga ik straks doen?' vroeg Kira, terwijl ze achter hem aan de ladder in de centrale schacht afdaalde.

'Jij blijft uit het zicht tot alles veilig is,' riep Falconi haar over zijn schouder toe. 'Bovendien is dit niet echt jouw expertisegebied.'

Kira was niet van plan om hem tegen te spreken. 'Van jullie wel?'

'We hebben onze portie gevechten gehad.' Falconi sprong vanaf de ladder op het D-dek, het laagste dek boven de vrachtruimen. 'Ga nu maar –'

'Kapitein,' zei Gregorovich. 'De Darmstadt roept ons op. Ze willen weten, en ik citeer: "Waarom gaan jullie verdomme achter dat fucking Kwallenschip aan?" Einde citaat. Ze leken me wat aan de geïrriteerde kant.'

'Shit,' zei Falconi. 'Oké, wacht even.' Hij wees naar Kira. 'Ga die twee entropisten halen. Als we hun hulp willen, hebben we misschien niet veel tijd.' Hij wachtte niet op antwoord, maar haastte zich weg met Nielsen en Vishal achter zich aan.

Kira daalde het laatste stukje van de ladder af en holde door de gang naar het ruim aan stuurboord. Ze draaide aan het wiel, trok de deur open en zag tot haar verrassing dat de entropisten al op haar stonden te wachten.

Ze maakten een buiging en Veera zei: 'Het scheepsbrein, Gregorovich –'

'... zei dat we op je moesten wachten,' zei Jorrus.

'Mooi. Kom mee,' zei Kira.

Op het moment dat ze het D-dek bereikten klonk het gewichtloosheidsalarm. Ze grepen alle drie net op tijd om niet weg te zweven een handgreep vast.

De Caracole draaide zich helemaal om haar as, waardoor ze tegen de buitenwand werden gedrukt. Toen werd de versnelling weer ingezet en zei Gregorovich: 'Contact over acht minuten.'

Kira kon het buitenaardse voertuig dichterbij voelen komen; de kracht van de oproep die het uitzond werd verveelvoudigd nu de afstand snel terugliep. De oproep was een dof bonzen in haar achterhoofd, een voortdurend getrek aan haar innerlijke kompas dat maar niet wilde ophouden, al kon ze het makkelijk negeren.

Jorrus zei: 'Gevangene Kaminski...'

'Navárez. Ik heet Kira Navárez.'

De entropisten wisselden een blik. Veera zei: 'Wij begrijpen er niets van, Gevangene Navárez, net zomin als –'

'... de anderen in het ruim. Wat is –'

'... onze koers en waarom laten jullie ons nu komen?'

'Luister,' zei Kira en ze gaf hun een korte samenvatting van de situatie. Ze had het gevoel dat ze nu zomaar iedereen over het Zachte Mes vertelde. De entropisten zetten simultaan grote ogen op onder het luisteren, maar onderbraken haar niet. Ze sloot af met: 'Willen jullie ons helpen?'

'Het zou ons een eer zijn,' zei Jorrus. 'De zoektocht naar kennis –'

'... is een loffelijk streven.'

'Dat is zo,' zei Kira. En toen, gewoon zomaar, stuurde ze hun de resultaten van Vishals onderzoek. 'Hier, bekijk die eens terwijl jullie wachten. Als we zeker weten dat het Kwallenschip veilig is, laten we jullie komen.'

Veera zei: 'Als het om een conflict gaat –'

'... zouden wij...'

Maar Kira was al weg, en ze hoorde de rest niet meer. Ze rende terug door de sjofele gangen tot ze de bemanning vond, verzameld voor de luchtsluis bij de ingang.

In het midden van het voorvertrek namen Trig en Sparrow de meeste ruimte in, als een paar gebutste, ruim twee meter hoge metalen zuilen. Powerpantsers. Van militaire kwaliteit, voor zover Kira kon zien. Burgerpantsers hadden meestal geen raketpacks aan de schouders... Hoe kwam deze crew aan dit soort hardware? Hwa-jung liep tussen de twee heen en weer. Ze paste de maten van de pantsers aan en stortte een gestage stroom raadgevingen over Trig uit:

'... en ga niet van opwinding te snel bewegen. Daar heb je geen ruimte voor. Je verwondt jezelf dan alleen maar. Laat de computer het meeste werk doen. Dat maakt het makkelijker voor je.'

De jongen knikte. Zijn gezicht was bleek en nat van het zweet.

Het zat Kira dwars dat ze Trig zo zag. Zou Falconi hem echt in de frontlinie zetten, waar hij gewond zou kunnen raken? Van Sparrow kon ze het begrijpen, maar Trig...

Nielsen, Falconi en Vishal waren druk bezig een rij kratten aan het dek vast te nagelen, vlak achter Trig en Sparrow. De kratten waren groot genoeg om achter te schuilen: dekking voor de strijd.

Alle crewleden die niet in exo's rondliepen – ook Hwa-jung – hadden een skinsuit aangetrokken.

De machinechef liep naar Sparrow en trok zo hard aan haar raketpack dat het pantser van de kleinere vrouw verschoof; ze bracht honderden kilo's met speels gemak in beweging. 'Sta stil,' gromde Hwa-jung, en ze trok nog een keer.

'Sta zelf stil,' mompelde Sparrow, die met grote moeite haar evenwicht bewaarde.

Hwa-Jung sloeg met vlakke hand op Sparrows schouderstuk. '*Aish!* Snotneus. Een beetje respect voor de ouderen! Wil je soms halverwege een gevecht zonder stroom komen te zitten? Maar echt.'

Sparrow glimlachte naar de machinechef; ze leek al haar zorgen wel te waarderen.

'Hé,' zei Kira, en ze schrokken op. Ze wees naar Trig. 'Wat doet hij in dat ding? Hij is nog maar een tiener.'

'Niet lang meer! Het jaar na volgend jaar word ik twintig,' zei Trig. Zijn stem klonk gedempt toen hij zijn helm opzette.

Falconi draaide zich naar haar toe. Hij droeg een matzwarte skinsuit (met het vizier omhoog) en had Francesca in zijn armen. 'Trig kan beter met een exo overweg dan wij allemaal bij elkaar. En in elk geval is hij ín dat harnas veiliger dan erbuiten.'

'Ja maar –'

De kapitein fronste zijn wenkbrauwen. 'We hebben werk te doen, Navárez.'

'Hoe zit het met het VMB? Worden zij een probleem? Wat hebt u tegen ze gezegd?'

'Dat we buit gaan halen op dat schip. Ze zijn er niet blij mee, maar er is niets onwettigs aan. Nu ophoepelen. We roepen je wel als het veilig is.'

Toen hij wegliep, beende Hwa-jung naar haar toe en gaf haar een paar oortjes. 'Om in contact te blijven,' zei de machinechef en ze tikte tegen haar slaap.

Dankbaar ging Kira weg, maar niet verder dan de eerste hoek in de gang. Daar ging ze zitten, deed haar oordopjes in en schakelde haar overlays in.

'Gregorovich,' zei ze, 'mag ik de feed vanbuiten zien?'

Er plopte een venster op in haar blikveld en ze zag een beeld van het buitenaardse schip vlak achter hen. Door de lange, smalle scheur aan de zijkant waren verschillende dekken te zien: donkere, half verlichte ruimtes vol onduidelijke vormen. Ze probeerde te begrijpen wat ze zag, maar voordat dat gelukt was verschenen er dampwolkjes ongeveer halverwege het ronde vaartuig en keerde het om, waardoor de schade niet meer zichtbaar was.

In haar oordopjes hoorde Kira Nielsen zeggen: **Kapitein, de Kwallen zetten hun stuurraketten aan.**

Een moment later zei Falconi: **Automatische stabilisering? Reparatiesysteem dat opstart?**

Hwa-jung antwoordde: **Onbekend.**

Infraroodscan. Nog levende wezens te zien?

Niet vast te stellen, zei Gregorovich. Op Kira's overlays maakte het uitzicht op het Kwallenschip plaats voor een impressionistische vlek infrarood. **Te veel thermosignaturen om te identificeren.**

Falconi vloekte. **Oké. Dan gaan we heel voorzichtig te werk. Trig, jij volgt Sparrow. Zoals Hwa-jung al zei, laat de computer het zware werk doen. Wacht tot de reparatiedrones het sein 'alles veilig' geven voor je een ruimte in gaat.**

Ja kapitein.

We zitten vlak achter jullie, dus geen zorgen.

Naarmate het glanzende Kwallenschip groter werd op haar overlays, nam de kracht van de oproep aan het Zachte Mes evenredig toe. Kira wreef over haar borstbeen. Het voelde bijna aan als brandend maagzuur – een onaangename druk die stilzitten moeilijk maakte. Maar dit ongemak kon ze niet verhelpen met even boeren, een pil of een slokje water. Diep in haar binnenste voelde ze hoe overtuigd de xeno was dat de enige oplossing was dat zij tweeen zich zouden melden op de plek waar de oproep vandaan kwam, zoals de plicht van hen vroeg.

Kira huiverde. Er joeg een stoot gespannen energie door haar heen. Het was zenuwslopend om niet te weten wat er te gebeuren stond. Ze voelde zich raar, ziek bijna, alsof er iets verschrikkelijks ging gebeuren. Iets onherroepelijks.

Het pak reageerde op haar onrust; Kira voelde het straktrekken om haar heen, op een geoefende, efficiënte manier dikker en harder worden. Het pak was er klaar voor. Daar was ze zeker van. Ze herinnerde zich haar dromen over de strijd; het Zachte Mes was vele malen in levensgevaar geweest, vele malen in de loop van de eeuwigheid, maar hoewel het pak het altijd had overleefd, wist ze dat niet zo zeker van degene met wie het verbonden was geweest.

De Kwallen hoefden haar maar door het hoofd te schieten en ze was dood, pak of geen pak. Hoe goed het Zachte Mes ook weefsels kon herstellen, dan zou ze niet meer te redden zijn. Afgelopen, uit. Dan was ze niet meer te herladen vanuit een herstelpunt of reservekopie. Nee. Eén leven, één kans om het goed te doen, en perma-dood als ze faalde. Maar dat gold natuurlijk voor iedereen. Niemand kon het level even van tevoren uitproberen, zeg maar.

Maar ook al was Kira vanwege het Zachte Mes in gevaar, ze was merkwaardig blij dat het er was. Zonder de xeno zou ze zo veel kwetsbaarder zijn, als een schildpad zonder schild die met zijn pootjes omhoog op zijn rug ligt, naakt en kwetsbaar voor zijn vijanden.

Ze greep haar geweer wat steviger vast.

Buiten verdwenen de ronddraaiende sterren achter de enorme witte romp van het Kwallenschip, dat glansde en blonk als de schelp van een zee-oor.

Kira probeerde de volgende angstaanval te onderdrukken. Als reactie daarop zette het Zachte Mes stekels op onder haar kleren: kleine, vlijmscherpe uitsteeksels op haar bedekte lichaam. Ze had zich niet gerealiseerd hoe gróót dat schip was. Maar er zaten maar drie van die aliens met tentakels in. Niet meer dan drie, en de meeste ervan of allemaal zouden dood moeten zijn. Dat zou moeten…

Nu het schip zo dichtbij was, werd de drang sterker dan ooit; ze merkte dat ze naar voren leunde, zich tegen de muur van de gang drukte alsof ze erdoorheen wilde kruipen.

Ze dwong zich te ontspannen. Nee. Ze zou niet aan het verlangen toegeven. Dat was echt het stomste wat ze kon doen. Hoe verleidelijk het ook was, ze moest voorkomen dat de drang zou bepalen wat ze deed. En de verleiding was sterk, verschrikkelijk sterk. Als ze gewoon deed wat er van haar verwacht werd en gehoor gaf aan de oproep, zou de jeuk verdwijnen. Uit oude herinneringen kende ze de diepe bevrediging die dan zou volgen...

Weer moest Kira vechten om het binnendringende gevoel te negeren. Het Zachte Mes voelde misschien de dwang om te gehoorzamen, maar zíj niet. Haar instinct tot zelfbehoud was te sterk om zomaar te doen wat een of ander buitenaards signaal haar opdroeg.

Dat wilde ze althans geloven.

Terwijl ze haar innerlijke strijd voerde, zette de Caracole de aandrijving uit. Kira maaide even wild met haar armen en benen om zich heen. Toen bleef het Zachte Mes kleven aan de plekken van de vloer en de wanden die ze aanraakte en verankerde haar, net als aan de radiatoren van de Verzachtende Omstandigheden toen ze de ruimte in was geslingerd.

De Caracole bewoog zich met de stuurraketten langs de bolle romp van het Kwallenschip, tot ze een omhoogstekende koepel van drie meter doorsnee bereikten. Kira herkende die uit video's als de luchtsluis die de aliens gebruikten.

Iedereen klaar! blafte Falconi. Om de hoek hoorde ze het gerammel van wapens die werden geschouderd en het gezoem van opladende condensatoren. **Vizieren neer.**

Een schijnbaar eindeloos moment gebeurde er helemaal niets, en Kira voelde alleen spanning en verwachting en een oplopende hartslag.

Op de camera's begon de koepel dichterbij te komen. Toen de Caracole er nog maar een paar meter vanaf was, trok een dik, huidachtig vlies zich van de koepel terug. Eronder lag een glad, parelmoerachtig oppervlak.

Zo te zien verwachten ze ons, zei Sparrow. **Mooi.**

We hoeven ons in elk geval geen weg naar binnen te hakken, zei Nielsen.

Hwa-jung gromde. **Misschien. Misschien ook niet. Dit kan ook automatisch zijn.**

Concentratie! zei Falconi.

Gregorovich zei: **Contact in drie... twee... een.**

Het dek schokte toen de Caracole en het buitenaardse schip elkaar raakten. Toen was er stilte; een schokkend totale stilte.

VI

* * * * * * *

DICHTBIJ & VER WEG

1

Geschrokken bedacht Kira zich dat ze gewoon moest blijven doorademen. Ze haalde twee keer snel adem en probeerde rustig te worden en niet flauw te vallen. Ze waren er bijna; nog maar een paar seconden…

Haar overlays flakkerden even en nu zag ze, in plaats van de feed vanbuiten, een beeld van het voorvertrek van de luchtsluis uit een camera boven de ingang: Gregorovich liet haar zien wat er gebeurde.

'Bedankt,' mompelde ze. Het scheepsbrein gaf geen antwoord.

Falconi, Hwa-jung, Nielsen en Vishal zaten weggedoken achter de aan het dek vastgeklonken kratten. Sparrow en Trig stonden voor hen tegenover de luchtsluis, als twee grote reuzen in hun pantserexo's, met hun wapens in de aanslag.

Door de ruiten van de binnenste en buitenste deuren van de luchtsluis zag Kira de gewelfde, iridiserende wanden van het Kwallenschip. Ze zagen er smetteloos uit. Onaantastbaar.

Reparatiebots geactiveerd, zei Hwa-jung onnatuurlijk kalm. Ze sloeg een kruis.

In het voorvertrek maakte Vishal een buiging in de richting waar Kira de Aarde vermoedde, en Nielsen raakte iets onder haar skinsuit aan. Voor het onwaarschijnlijke geval dat het iets zou uithalen zond Kira een stil gebedje naar Thule.

Nou? zei Falconi. **Moeten we soms kloppen?**

Alsof de koepel op die vraag had gewacht begon hij te roteren, als een oogbol in een kas met daarin… geen iris, maar een ronde buis van drie meter lang die dwars door de bol ging. Aan de andere kant bevond zich weer zo'n huidachtig vlies.

Het was mazzel, dacht Kira, dat de microben van de Kwallen geen risico voor menselijke besmetting leken te vormen. Althans voor zover ze nu wisten. Toch had ze liever gehad dat zij en de bemanning van de Caracole zich aan de juiste beschermingsprocedures hadden kunnen houden. Met buitenaardse organismes kon je maar beter het zekere voor het onzekere nemen.

Een zachte, luchtdichte huls schoof een paar centimeter naar voren vanuit de luchtsluis van de Caracole en drukte zich rondom de buis vast.

Luchtdichte afsluiting voltooid, kondigde Gregorovich aan.

Alsof het daarop gewacht had trok het binnenste vlies zich terug. Door de positie van de camera kon Kira niet goed in het Kwallenschip kijken. Ze zag alleen een strook van de schemerige ruimte, waar een gedempte blauwe gloed hing die haar herinnerde aan de diepe zee waar de grote en machtige Ctein ooit heerste.

Mijn god, wat groot! riep Vishal, en Kira moest vechten tegen de neiging om om de hoek te gluren en het met eigen ogen te zien.

Gooi die luchtsluis maar open, zei Falconi.

De 'plop' van de openklappende dichtingsflappen galmde door de gang en toen gingen de binnenste en buitenste luchtsluizen open.

Gregorovich, zei Falconi. **Jagers.** Twee zoemende, bolle drones kwamen het plafond uit en vlogen het schip van de aliens in. Hun herkenbare zoemgeluid stierf snel weg.

Vanbuiten geen beweging te zien, zei Hwa-jung. **Alles veilig.**

Toen zei Falconi: **Oké. De jagers pikken ook niets op. We gaan.**

Alert blijven, blafte Sparrow. Het dek trilde onder zware voetstappen toen de twee pantserexo's naar de luchtsluis liepen.

Precies op dat moment voelde Kira het: een nabijgeur met een kwaadaardige mengeling van pijn en angst. 'Nee! Wacht!' begon ze te roepen, maar ze was te laat.

'Contact!' schreeuwde Sparrow.

Trig en zij begonnen te schieten op iets in de luchtsluis; een spervuur van schoten en laserstralen. Zelfs om de hoek kon Kira het dreunen van de wapens nog voelen. De herrie was pijnlijk heftig, een fysieke aanslag op zich.

Voor Sparrow en Trig ontstond een halve bol van vonken toen hun lasers inslaande projectielen vernietigden. Uit hun exo's schoten glinsterende wolken antisensorsneeuw tevoorschijn, die uitdijden tot bijna volmaakte ronde bollen tot ze tegen de wanden, het plafond en elkaar botsten.

Toen schoot er een vuurstoot uit Falconi's gigantische granaatwerper. Een moment later lichtte er diep in de luchtsluis een felle, blauwwitte flits op en ging er een doffe 'boem' door het schip. De knal sloeg de wolken camouflagesneeuw uit elkaar en gaf vrij uitzicht – tussen wazige flarden door – op de luchtsluis.

Er kwam iets kleins en wits het buitenaardse schip uit vliegen, zo snel dat Kira het niet kon volgen. Toen viel de camerafeed uit en voelde ze een harde schokgolf, die haar hoofd tegen de muur sloeg en haar kaken zo hard op elkaar liet klappen dat haar kiezen er pijn van deden. De slag van de opeengeperste lucht was zo hard dat die boven het gehoor uitging; ze voelde hem in haar botten, haar longen en pijnlijk scherp in beide oren.

Zonder aanmoediging kroop het Zachte Mes over haar gezicht en bedekte haar compleet. Haar zicht flakkerde even en werd toen normaal.

Kira trilde van de adrenaline. Haar handen en voeten waren koud, en haar hart bonkte in haar ribbenkast alsof het uit haar lichaam wilde ontsnappen. Toch wist ze voldoende moed bijeen te rapen om haar hoofd om de hoek te steken. Misschien was het een vergissing, maar ze moest weten wat er gebeurde.

Tot haar afschuw zag ze Falconi en de anderen in de lucht zweven, dood of verdoofd. Bloeddruppels lekten uit een scheur in de schouder van Nielsens skinsuit en er stak een stuk metaal uit Vishals dijbeen. Trig en Sparrow leken er beter aan toe – ze zag hun hoofden draaien in hun helmen – maar bij allebei hadden de pantserexo's zich vergrendeld en waren nu onbruikbaar.

Achter hen lag de luchtsluis en – als je erdoorheen ging – het ruimteschip van de aliens. In de verte zag ze een diepe, donkere ruimte met vreemde apparaten en daar verscheen een monsterlijke gedaante met tentakels die het licht blokkeerde.

De Kwal vulde bijna de hele luchtsluis. Het wezen leek gewond; oranje wondvocht sijpelde uit minstens tien wonden op zijn armen en er zat een barst in de schaal van zijn lijf.

Foutvlees!

Kira keek verstard hoe de Kwal de Caracole binnen kroop. Als ze nu op de vlucht sloeg, zou ze alleen maar de aandacht op zichzelf vestigen. Met haar kleine geweer had ze weinig kans om de Kwal te doden en hij zou zeker terugschieten als ze het vuur opende…

Ze probeerde te slikken, maar haar mond was kurkdroog.

Een zacht geschuifel als van dorre bladeren klonk toen de Kwal het voorvertrek bereikte. Het geluid prikkelde in Kira's schedel en riep een kille herkenning wakker; ze herinnerde het zich van heel lang geleden. Het ging gepaard met een verschuiving in de nabijgeur van angst naar woede, minachting en ongeduld.

Het Zachte Mes wilde instinctief op de geur reageren – Kira kon de drang voelen – maar ze verzette zich uit alle macht.

Geen van de bemanningsleden was weer in beweging gekomen en nu kroop de Kwal tussen hun zwevende lichamen door.

Kira dacht aan de kinderen in het vrachtruim en haar vastberadenheid groeide. Dit was haar schuld; het was haar idee geweest om het Kwallenschip in te gaan. Ze kon de alien het ruim niet laten bereiken. En ze kon niet staan toekijken hoe hij Falconi en de anderen doodde. Ze moest iets doen, ook al zou het haar het leven kosten.

Razendsnel maakte ze haar afwegingen. Toen richtte ze het dradenkruis van haar overlay op de Kwal en hief haar geweer op om te schieten.

De beweging trok de aandacht van de Kwal. Er schoot een witte rookwolk om zijn lichaam tevoorschijn en met wervelende tentakels en rondsproeiend wondvocht draaide het wezen zich om. Kira vuurde blindelings in de rook, maar als de kogels hem raakten, zag ze dat niet.

Een tentakel zwiepte naar voren en wond zich om de enkel van Trigs pantserexo.

'Nee!' schreeuwde Kira, maar het was al te laat. De Kwal klom het schip weer in, met Trig achter zich aan als schild.

De rookslierten verdwenen in de ventilatieopeningen van het voorvertrek.

2

'Gregoro–' begon Kira, maar het scheepsbrein was al aan het woord: 'Het duurt een paar minuten voor ik Sparrows pantser weer online heb. Ik heb geen jagers meer en het laserafweer heeft alle reparatiebots uitgeschakeld.'

De rest van de crew dobberde nog steeds slap en hulpeloos rond. Er viel geen hulp van hen te verwachten en de vluchtelingen in het ruim waren te ver weg en te onvoorbereid.

Kira ging als een razende haar opties na. Met elke voorbij tikkende seconde werden Trigs overlevingskansen kleiner.

Met zachte stem, zo zacht dat het niet voor deze plek bestemd leek, zei Gregorovich: 'Alsjeblieft.'

En toen wist Kira wat ze moest doen. Het ging niet meer om haar en op een of andere manier maakte dat het makkelijker, ondanks de angst die haar bloedsomloop belemmerde. Maar ze had meer vuurkracht nodig. Haar geweer zou niet veel uithalen tegen de Kwal.

Ze liet het Zachte Mes de wand loslaten en bewoog zich naar Falconi's granaatwerper – Francesca – toe. Ze haakte haar arm door de band.

De teller bovenop gaf aan dat er nog vijf schoten in het trommelmagazijn zaten.

Daar zou ze het mee moeten doen.

Met het wapen steviger omklemd dan nodig was draaide Kira zich om naar de luchtsluis. Er ontsnapten witte luchtstroompjes uit een verzameling haarscheurtjes aan de binnenkant van de sluis, maar de romp leek niet onmiddellijk in gevaar.

Voor ze de moed kon verliezen zette Kira zich schrap tegen een krat en sprong.

3

Terwijl Kira door de korte tunnel naar het buitenaardse schip vloog, keek ze goed naar de luchtsluis van de Kwallen, klaar om bij de kleinste beweging te schieten.

Thule! Wat was ze in hemelsnaam aan het doen? Ze was xenobioloog. Geen soldaat. Geen gespierde en gen-gehackte moordmachine zoals het VMB voortbracht.

Maar toch was ze hier.

Heel even dacht Kira aan haar familie, en haar woede versterkte haar vastberadenheid. Ze kon zich niet door de Kwallen laten doden. En ze kon niet toestaan dat ze Trig iets zouden aandoen... Ze voelde bij het Zachte Mes net zo'n soort woede: oude grieven die boven op nieuwe pijn kwamen.

In het blauwe schemerlicht van het buitenaardse schip stapte ze de luchtsluis uit.

Er beukte van achteren iets groots tegen haar aan en ze werd tegen de gewelfde wand gesmeten. Shit! Haar angst keerde snel terug toen er pijn opvlamde in haar linkerzij.

Vanuit haar ooghoek zag ze een massa warrige tentakels en toen lag de Kwal boven op haar en probeerde haar te smoren met zijn geribde armen, hard en sterk als gevlochten kabels. Een verstikkend sterke nabijgeur vulde haar neusvleugels.

Een van de glibberige armen wikkelde zich om Kira's nek en gaf een ruk.

Hij trok met zo veel geweld dat ze dood zou moeten zijn. Haar hoofd had van haar lichaam losgerukt moeten worden. Maar het Zachte Mes verstijfde en de vreemde nissen en ongelijkmatige hoeken in de kamer werden vaag terwijl ze alle kanten uit kronkelde.

Kira's maag verkrampte en ze braakte in het flexibele masker van het pak.

Het braaksel kon nergens heen. Het vulde haar mond – heet, bitter, brandend – en zakte toen weer terug in haar keel. Ze kokhalsde, probeerde uit een puur, misplaatst instinct adem te halen en inhaleerde daardoor iets wat een liter verschroeiende vloeistof leek.

Toen raakte Kira in paniek: blinde, redeloze paniek. Ze sloeg met haar armen en benen om zich heen en klauwde naar haar masker. In haar razernij merkte ze amper dat de vezels van haar pak onder haar klauwende vingers uiteen weken.

Koude lucht sloeg in haar gezicht en eindelijk kon ze het braaksel uitspugen. Ze hoestte pijnlijk terwijl haar maag in pulserende golven bleef verkrampen.

De lucht rook naar pekel en gal. Als het Zachte Mes niet over haar neus had gezeten, dacht Kira dat ze zou zijn flauwgevallen in de vreemde atmosfeer.

Ze probeerde zichzelf weer onder controle te krijgen, maar haar lichaam weigerde mee te werken. Ze sloeg dubbel van het hoesten. Het enige wat Kira kon zien, was het gespikkelde oranje vlees om haar heen, en zuignappen zo groot als etensborden.

De rubberachtige arm begon zich strak te trekken. Hij was zo dik als haar been en veel sterker. Ze liet het pak hard worden als verdediging (of misschien deed het dat zelf), maar nog steeds kon ze voelen dat de druk werd opgevoerd toen de Kwal haar probeerde te vermorzelen.

[[Cfar hier: Sterf, tweevorm! Sterf.]]

Kira kon niet stoppen met hoesten en elke keer dat ze uitademde trok het tentakel zich nog strakker aan, waardoor ademen steeds moeilijker werd. Ze kronkelde in een wanhopige poging om los te komen, maar het had geen zin. Een afschuwelijk inzicht kwam in haar op. Ze ging sterven. Ze wist het. De Kwal zou haar doden en het Zachte Mes mee terugnemen naar zijn eigen soort, en dat zou dan haar einde zijn. Het was een verschrikkelijk besef.

Bloedrode vonken spatten voor haar ogen uiteen en Kira voelde dat ze op het randje van bewusteloosheid balanceerde. In gedachten smeekte ze het Zachte Mes en hoopte ze dat die iets kon doen, wat dan ook, om te helpen. *Toe nou!* Maar haar gedachten leken geen effect te hebben, en de druk bleef maar erger worden, tot Kira het gevoel had dat haar botten zouden knappen en de alien haar tot een bloederige brij zou fijnknijpen.

Ze kreunde toen de tentakels het laatste beetje lucht uit haar longen drukten. Het vuurwerk voor haar ogen vervaagde en daarmee ook ieder gevoel van noodzaak of wanhoop. Warmte vloeide door haar heen, troostende warmte, en de dingen waar ze zich zo veel zorgen over had gemaakt leken niet belangrijk meer. Waarom had ze zich eigenlijk zo druk gemaakt?

…

…

…

Ze zweefde voor een fractalpatroon, blauw en donker en in een rechtopstaande steen gekerfd. Het patroon was te ingewikkeld om te begrijpen en veranderde onder haar ogen; de randen vervaagden en veranderden, groeiden en evolueerden volgens de regels van een onbekende logica. Haar zicht was beter dan het menselijke; ze kon krachtlijnen zien uitwaaieren vanuit de oneindig lange grens – flitsen elektromagnetische energie die op grote energetische ontladingen wezen.

En Kira wist dat dit het patroon was waaraan het Zachte Mes dienstbaar was. Dat ze diende, of dat ze was. En Kira besefte dat er een vraag in het patroon besloten lag, een keuze die verbonden was met de essentie van de xeno. Zou ze het patroon volgen? Of zou ze het negeren en nieuwe lijnen – haar eigen lijnen – trekken in het leidende schema?

Voor een antwoord had ze informatie nodig die ze niet bezat. Het was een examen waarvoor ze niet had gestudeerd, en ze begreep niet waar de vragen over gingen.

Maar terwijl ze naar de veranderende vorm keek, herinnerde Kira zich haar pijn, haar woede en haar angst. Ze barstten uit haar naar buiten, uit haar en uit het Zachte Mes. Wat het patroon ook betekende, ze wist dat de graaiers fout waren en dat zij wilde leven en dat ze Trig moest redden.

Daarvoor was Kira bereid te vechten. Ze was bereid om te doden en te vernietigen om de graaiers tegen te houden.

Toen werd haar blik scherp en telescopisch, en was het alsof ze in de fractal terecht was gekomen. Die strekte zich voor haar uit in eindeloze lagen details, uitbottend tot een heel universum van thema's en variaties…

Pijn bracht Kira bij bewustzijn. Schokkende, verschroeiende pijn. De druk om haar torso verdween en ze vulde haar longen met een wanhopige teug lucht voor ze een kreet slaakte.

Haar blik werd helder en ze zag het tentakel nog steeds om haar heen geklemd liggen. Maar nu stak er een gordel van doorns – zwart, glanzend en in een bekende, onoverzichtelijke fractalvorm – uit haar lichaam en dwars door de trillende arm heen. Ze kon de doorns voelen, net zoals ze haar armen en benen kon voelen: nieuwe, maar toch bekende uitgroeisels. En eromheen de warme druk van vlees, bloed en spuitend vocht. Heel even kwam de herinnering aan het pak dat Alan en de anderen neerstak weer naar boven, en Kira huiverde.

Zonder na te denken schreeuwde ze en sloeg ze met haar arm tegen het tentakel. Terwijl ze bewoog, voelde ze het pak van vorm veranderen. Haar arm sneed door het doorschijnende vlees van de Kwal alsof het niets was.

Een nevel van oranje vocht besproeide haar. Het rook bitter en metalig. Walgend schudde Kira haar hoofd en ze probeerde de klodders wondvocht van zich af te schudden.

Het afhakken van het tentakel had haar van de alien bevrijd. De Kwal lag te stuiptrekken in zijn doodsstrijd en dreef af naar de andere kant van het vertrek. Hij liet zijn geamputeerde arm achter. Het tentakel lag in de lucht te draaien en te kronkelen als een slang zonder kop. In het midden van de stomp was het bot te zien.

Ongevraagd trokken de doorns zich weer terug in het Zachte Mes.

Kira huiverde. Dus de xeno had ten slotte besloten mee te vechten. Mooi. Misschien had ze toch een kans. Er was in elk geval niemand in de buurt die ze per ongeluk zou kunnen neersteken. Nu in elk geval niet.

Ze keek om zich heen.

Er was geen duidelijke boven- of onderkant in het vertrek, net zoals bij de aliens zelf. Het kleine beetje licht dat er was, werd verspreid door een plat vlak in de voorwaartse kant. Groepjes geheimzinnige apparaten, zwart en glanzend, staken half uit de gewelfde wanden en op twee derde van de schemerige ruimte – half verloren in het schemerlicht – was er een grote, eendenmosselachtige schelp die volgens Kira een soort binnendeur moest zijn.

Toen ze de kamer bekeek, kreeg Kira een overweldigend déjà-vu. Haar blik werd wazig en de wanden van een ander, vergelijkbaar schip verschenen spookachtig voor haar ogen. Heel even leek ze op twee verschillende plaatsen tegelijk te zijn, in twee verschillende tijden –

Ze schudde haar hoofd en het beeld verdween. 'Hou op!' gromde ze tegen het Zachte Mes. Ze kon zich nu niet laten afleiden.

Als de situatie niet zo dringend was geweest, zou Kira deze kamer dolgraag tot in detail hebben onderzocht. Het was de droom van iedere xenobioloog: een echt alienschip, vol levende aliens, op macro- en microformaat. Op één vierkante centimeter van deze ruimte zou je een volledige carrière kunnen bouwen. Maar vooral wilde Kira gewoon dingen wéten. Dat had ze altijd al gewild.

Maar er was nu geen tijd voor.

Er was geen spoor van Trig te bekennen. Dat betekende dat er nog een of meer Kwallen in leven waren.

Kira zag Falconi's granaatwerper iets verderop bij de wand zweven. Ze trok zich ernaartoe door haar handpalmen tegen de binnenkant van de scheepsromp te plakken.

Ze had een alien gedood! Zij. Kira Navárez. Het verontrustte en verbijsterde haar, maar gaf haar net zo goed een zekere grimmige voldoening.

'Gregorovich,' zei ze. 'Enig idee waar ze met –'

Het scheepsbrein sprak al. **Ga door. Ik heb geen exacte oplossing, maar je gaat de goede kant uit.**

'Begrepen,' zei Kira terwijl ze de granaatwerper ving.

Jorrus en Veera helpen me met Sparrow. Ik heb alle uitgaande frequenties geblokkeerd, dus de Kwallen kunnen waarschijnlijk geen signaal uitsturen als* *ze je herkennen. Maar ze kunnen nog altijd een laser gebruiken voor zichtlijn-comm. Wees voorzichtig.

Terwijl hij sprak liet Kira zich door het pak naar de eendenmosselachtige schelp stuwen. Net als in het vacuüm kon het Zachte Mes haar voorzien van een bescheiden hoeveelheid stuwkracht – meer dan genoeg om de afstand binnen een paar seconden af te leggen.

De drang was nu sterk als hoofdpijn, dringend en verraderlijk. Ze fronste en probeerde zich op iets anders dan het bonzen te concentreren.

De schelp ging open in drie wigvormige segmenten die in de scheidingswand verdwenen. Erachter lag een diepe, ronde schacht. Op onregelmatige afstanden zaten er nog meer deuren in de schacht, en aan het uiteinde twinkelde een paneel met lichtjes: misschien een computerconsole, of misschien gewoon een kunstwerk. Wie zou het zeggen?

Met de granaatwerper in de aanslag ging Kira de schacht in. Trig zou in elk van die kamers kunnen zijn; ze zou ze allemaal moeten doorzoeken. Achter in het schip zaten de motoren, maar Kira had geen idee wat er verder nog kon zijn. Hadden de Kwallen een centrale brug? Ze kon zich niet herinneren dat er iets over gezegd was in het nieuws…

Er bewoog iets bij de dichtstbijzijnde muur. Ze draaide zich net op tijd om om een krabachtige alien door een open deur te zien komen.

De Kwal vuurde een cluster laserstralen op haar af. Ze bogen af rond haar torso zonder schade aan te richten. De laserstralen gingen zo snel dat de gewone menselijke blik ze niet kon zien. Maar met het masker over haar gezicht waren de stootjes zichtbaar als flitsen van een nanoseconde: gloeiende streepjes die knipperend verschenen en verdwenen.

Zonder na te denken vuurde Kira de granaatwerper af. Of eigenlijk deed het Zachte Mes dat voor haar; ze was zich er niet eens van bewust dat ze de trekker overhaalde, en toen voelde ze de terugslag tegen haar schouder en werd ze naar achteren geworpen.

Dat ellendige ding was zo groot als een kanon.

BOEM!

De granaat ontplofte met zo'n fel licht dat Kira's blik bijna zwart werd. Ze voelde de kracht van de explosie in haar organen: haar lever deed pijn en haar nieren ook, en in haar hele lichaam maakten pezen, banden en spieren waarvan Kira het bestaan niet had geweten zich bekend in een koor van scherpe klachten.

Ze graaide om zich heen om zich vast te grijpen aan iets, wat dan ook, binnen haar bereik. Met puur geluk raakte ze een richel in de muur en de xeno hechtte zich aan het gladde, steenachtige oppervlak, zodat ze niet meer rondtolde. Ze hapte naar adem en bleef daar hangen terwijl ze zichzelf weer onder controle probeerde te krijgen. Haar hart klopte razendsnel. Voor haar zweefden de verpulverde, uit elkaar gespatte resten van de Kwal. Er hing een gele mist in de doorgang.

Wat had het wezen willen doen? Haar besluipen? Kira kreeg een draaierig gevoel dat niets met gewichtsloosheid te maken had in haar buik toen ze een verklaring probeerde te bedenken. De krab was gestuurd om haar te vertragen – wetend dat hij zou falen – terwijl de rest van de Kwallen ergens anders een akelige verrassing voor haar voorbereidden.

Ze slikte moeizaam. De zure braakselsmaak hing nog in haar mond. Het beste wat ze nu kon doen was blijven zoeken en hopen dat de aliens haar stappen niet konden voorspellen.

Een blik op de granaatwerper. Nog vier schoten. Die zou ze goed moeten gebruiken.

Ze duwde zichzelf naar achteren om de schelpdeur te bekijken waar de Kwal doorheen was gekomen. De stukken gebroken schelp hingen los. Erachter lag een ronde ruimte halfvol groenig water. Slierten van iets algachtigs dreven rond in het stilstaande reservoir en kleine insectachtige wezentjes trokken schaatsend lijnen en cirkels over het gekromde oppervlak. Het woord *sfennic* kwam ongevraagd in haar hoofd op, tegelijk met een idee van *krokant, snel op de huid...* Onder in het waterreservoir was een capsule of een werkstation of iets dergelijks.

Het water had vrijuit in klodders door het vertrek moeten zweven zolang het schip in vrije val was. In plaats daarvan bleef het aan één helft van de kamer hangen, even stil en stabiel als een waterplas op een planeet.

Kira herkende het effect van de kunstmatige zwaartekracht van de Kwallen. Het leek een gelokaliseerd veld te zijn, want bij de ingang van de kamer voelde ze niets.

De kunstmatige zwaartekracht interesseerde haar niet zo. Wat ze vooral wilde bestuderen waren de sfennic en de algachtige groeisels. Een paar cellen zouden al genoeg zijn om een volledige DNA-analyse te maken.

Maar ze moest verder.

Zo snel als ze durfde controleerde ze de volgende paar kamers. In geen ervan zat Trig en ze hadden evenmin een herkenbare functie. Een ervan was misschien een badkamer. Een andere een soort ruimte voor verering. Of misschien nog iets heel anders. Het Zachte Mes vertelde het haar niet, en zonder hulp van de xeno leek elke uitleg plausibel. Dat was het probleem als je te maken had met vreemde culturen, menselijk of anderszins: het gebrek aan context.

Eén ding wist Kira zeker: de Kwallen hadden de indeling van hun ruimteschepen veranderd sinds het Zachte Mes er voor het laatst op een was geweest. De ligging van de kamers voelde totaal onbekend.

Ze zag veel gevechtsschade: gaten van granaatscherven, brandplekken van lasers, gesmolten composiet: sporen van de strijd met het VMB bij Station Malpert. Het licht flakkerde en elders in het schip klonken verwrongen, walvisachtige alarmgeluiden. Geuren van… waarschuwing, gevaar en angst hingen in de lucht.

Aan het eind van de schacht splitste de doorgang zich. Kira's instinct zei dat ze linksaf moest, dus dat deed ze, voortgedreven door wanhoop. *Waar is hij?* Ze begon te vrezen dat ze te laat was om de jongen te redden.

Ze ging nog drie van de alomtegenwoordige schelpdeuren door en toen bracht een vierde deur haar in een rond vertrek.

De ruimte leek gigantisch – de muren die bij haar vandaan liepen waren nauwelijks gekromd – maar het viel moeilijk te zeggen hoe groot precies. Er hing een dikke wolk rook in de lucht, die het gewone blauwe licht zo dempte dat ze niet veel verder dan haar eigen handen kon zien.

Angst kroop omhoog. Dit was een perfecte ruimte voor een hinderlaag.

Ze moest iets zien! Kon ze maar… Ze concentreerde zich op wat ze nodig had, concentreerde zich uit alle macht en voelde gekietel boven op haar oogbollen. Haar blik begon te draaien als een doek die uitgewrongen wordt, werd toen in één keer strakgetrokken en de mist leek op te klaren (al bleef de overkant van het vertrek onduidelijk) toen alles monochroom werd.

De zaal moest meer dan dertig meter lang zijn, zo niet meer. Anders dan in de andere vertrekken stonden hier overal constructies: vertakkende, bleke stellages met een beenderachtige voedingsbodem erop. Een zwart looppad liep door de achterste helft van de zaal. Aan de wanden aan weerszijden van het looppad hingen rijen en rijen… capsules. Grote, stevige capsules, zoemend van elektrische stroom, die met heldere ringen van magnetische kracht aan verborgen circuits waren gekoppeld.

Angst en nieuwsgierigheid vermengden zich toen Kira de dichtstbijzijnde bekeek.

De voorkant van de capsule bestond uit doorschijnend materiaal, melkachtig en bleek, als een eierschaal. Erdoorheen zag ze een onduidelijke vorm, wazig, verwrongen, en moeilijk te herleiden tot iets herkenbaars.

Het ding daarbinnen bewoog. Het was overduidelijk iets levends.

Kira schoot geschrokken achteruit en hief de granaatwerper op. Het ding in de capsule was een Kwal, die met zijn tentakels om zich heen geslagen zachtjes in een stroperige vloeistof lag te dobberen.

Ze had het wezen bijna neergeschoten; alleen het feit dat hij niet op haar plotselinge beweging had gereageerd – en haar verlangen om geen aandacht te trekken – hield haar tegen. Waren dit geboortekamers? Cryobuizen? Slaapplekken? Een soort crèche? Ze keek de zaal rond. Haar lippen bewogen onder haar masker terwijl ze telde: een, twee, drie, vier, vijf, zes, zeven... Negenenveertig in totaal. Veertien capsules waren kleiner dan de andere, maar dan nog: negenenveertig Kwallen extra, als alle capsules vol waren. Meer dan genoeg om haar en iedereen op de Caracole te overmeesteren.

Trig!

Ze zou zich later wel met de capsules bezighouden.

Kira zette zich schrap tegen de rand van de ingang en duwde zichzelf af in de richting van de stellages. Toen ze erheen vloog, schoot er een zilverkleurige staaf omhoog uit de nevelen dieper in de zaal.

Ze bracht haar arm met een ruk omhoog en sloeg hem weg. De xeno werd hard rondom haar onderarm zodat ze haar pols niet brak.

Haar beweging en de inslag lieten haar tollend wegdrijven. Ze probeerde zich aan een paal vast te grijpen. Heel even graaiden haar vingers in het niets –

Ze had moeten missen. Ze had moeten blijven tollen. Maar in plaats daarvan strekte Kira haar armen uit en het Zachte Mes strekte mee. Het liet lange slierten als natuurlijke verlengstukken aan haar vingers verschijnen, die zich om de paal wikkelden en haar met rammelende tanden tot stilstand brachten.

Interessant.

Achter haar zag Kira iets met klauwen van paal naar paal springen. Het zat achter haar aan. In de schaduwen leek het wezen donker, bijna zwart. Stekels en klauwen en vreemde kleine ledematen staken in onverwachte hoeken uit. Een Kwal van een type dat ze nog niet eerder had gezien. Hoe groot het wezen was, viel moeilijk in te schatten, maar het was groter dan zij. In een van zijn klauwen hield het nog zo'n zilverkleurige staaf: een meter lang en zo helder als een spiegel.

Ze vuurde Francesca af op de alien, maar hij bewoog zich te snel om te raken, zelfs met hulp van het pak. De granaat ontplofte aan de overkant van de zaal, vernietigde een van de capsules en gaf een felle lichtflits.

In dat licht zag Kira twee dingen: bijna helemaal achter in de zaal hing een grote mensvormige gedaante tussen de palen. Trig. En ze zag de klauw van de alien uitschieten toen hij de tweede staaf naar haar toe smeet.

Ze kon niet op tijd wegduiken en de staaf raakte haar tegen haar ribben. Het Zachte Mes probeerde haar te beschermen, maar toch raakte ze versuft van de klap en klapte ze dubbel van de pijn. Haar halve zij voelde verdoofd en ze verloor haar greep op de granaatwerper. Die zweefde tollend weg.

Trig! Ze moest bij de jongen zien te komen.

De alien klapte met zijn klauwen en sprong op haar af. Dit wezen was anders dan de andere Kwallen; hij had geen tentakels en aan één kant van zijn rubberachtige lijf zag ze in de zachte huid iets wat een cluster ogen plus andere zintuigen leek: een rudimentair gezicht, dat een duidelijk idee gaf van wat de voorkant en wat de achterkant was.

Kira probeerde wanhopig aan te vallen met het Zachte Mes. *Slaan! Hakken! Scheuren!* Ze zou willen dat de xeno al die dingen deed.

Het Zachte Mes deed ze. Maar niet zoals ze had verwacht.

Aan alle kanten schoten groepjes stekels haar lichaam uit, wild en ordeloos. Ze kreeg steeds een klap tegen haar lijf doordat de dodelijke punten haar in de tegenovergestelde richting duwden. Ze probeerde ze met haar gedachten te sturen, en hoewel ze de xeno voelde reageren op haar bevelen, was de reactie slecht gecoördineerd – een blind beest dat om zich heen slaat op zoek naar zijn prooi en overdreven reageert op onverwachte prikkels.

De reactie kwam onmiddellijk. De alien met de klauwen draaide zich in de lucht om en veranderde net genoeg van koers om niet gespietst te worden. Op hetzelfde moment kleurde een scheut nabijgeur de lucht met schok, angst en iets wat voor Kira bijna als eerbied aanvoelde.

[[Kveti hier: de Idealis! De Veelvorm leeft! Hou tegen!]]

Kira trok haar stekels terug en wilde net achter de granaatwerper aan gaan toen er een zachte, glibberende vorm om de paal kroop waaraan zij zich vasthield: een tentakel, dik en zoekend. Ze hakte erop in, maar te langzaam. De slurfachtige plak spieren gaf haar een klap waarvan ze haar halsoverkop wegslingerde, tot ze met haar rug tegen een ander deel van de stellage klapte.

Zelfs door het pak heen deed het pijn. Desondanks concentreerde ze zich uit alle macht op blijven waar ze was, en het Zachte Mes klemde zich voor haar vast aan de paal zodat ze niet wegzweefde.

Het klauwenmonster hing een stukje verderop aan een gevorkte paal, buiten bereik van het mes. Het hief zijn magere armen naar haar op en schudde ze, met klauwen die klikten als doorgedraaide castagnetten.

Achter het wezen zag ze de eigenaar van het tentakel – weer zo'n octopusachtige Kwal – achter de paal vandaan komen waar zij afgeslagen was. De tentakels van de octopus pulseerden in lichtgevende banden, verrassend licht in het halfduister. In één tentakel had de alien een… het was geen laser. Een lang soort wapen met een platte loop. Een draagbare railgun?

Tien, twaalf meter verderop zag Kira de granaatwerper zweven.

Ze sprong erop af.

Er klonk een knal alsof er twee houten platen tegen elkaar werden geslagen. Pijn schoot door haar ribben.

Haar hart sloeg een slag over en even zag ze alleen maar zwart.

In paniek stak Kira om zich heen met het Zachte Mes en haalde uit naar alle kanten. Maar het hielp niet en een nieuwe pijnscheut trof haar rechterbeen. Ze voelde dat ze begon te draaien.

Haar blik werd weer helder toen ze tegen de granaatwerper botste. Ze pakte hem en zag op hetzelfde moment de krabachtige alien met de klauwen op haar afspringen.

Haar pak bleef stekels afvuren, maar de alien ontweek ze met gemak. De armen van zijn gesegmenteerde lijf ontvouwden zich en strekten zich uit naar haar hoofd. Er zaten puntige uitsteeksels aan, scherp en zaagachtig. Tussen de punten sprong elektriciteit over, fel als van een lasbrander.

Op een onthechte, bijna analytische manier besefte Kira dat de alien haar wilde onthoofden om haar band met het Zachte Mes te verbreken.

Ze hief haar geweer, maar te langzaam. Veel en veel te langzaam.

Vlak voordat het wezen haar te pakken kreeg, spoot er een stroom afgerukt vlees uit zijn zij. Aan de andere kant van de zaal liet Trigs pantserexo zijn arm zakken.

Toen landde de alien op Kira's gezicht. Het wezen sloeg zijn poten om haar hoofd en alles werd zwart toen de zachte buik haar gezicht bedekte. Pijn schoot door haar linkeronderarm toen een verpletterend gewicht er van beide kanten in leek te knijpen. Het was zo'n heftige pijn dat ze hem even duidelijk zag als voelde – als een golf schril gekleurd licht dat uit haar arm straalde.

Kira gilde in haar masker en stompte tegen de alien met haar andere arm, ze stompte en stompte en stompte. Spieren begaven het onder haar vuist, en botten, of iets wat op botten leek, kraakten.

De pijn leek eeuwig door te gaan.

Even plotseling als hij gekomen was, verdween de druk op haar arm en verslapte de alien met de klauwen.

Trillend schoof Kira het lijk weg. In het schemerlicht leek het op een dode spin.

Haar onderarm hing in een onnatuurlijke hoek aan haar elleboog, half afgesneden door een rafelige jaap die door zowel het pak als de spieren eronder liep. Maar nog terwijl ze ernaar keek, weefden zwarte draden zich over de wond heen en weer, en ze voelde dat het Zachte Mes de snee begon dicht te trekken en haar arm repareerde.

Terwijl ze bezig was, was de andere Kwal naar Trig teruggevlogen en had hij zich om zijn harnas gewikkeld. Een tentakel rukte aan de armen en benen, draaiend en trekkend. Het wezen probeerde het exoskelet (en Trig zelf) in stukken te scheuren.

Nog een paar seconden en dat zou lukken, wist Kira.

Er was een paal vlak bij de Kwal. Ze richtte de granaatwerper erop, zond een schietgebedje aan Thule om de veiligheid van de jongen en schoot.

BOEM!

De schokgolf rukte drie tentakels van de Kwal af en scheurde zijn borstschild open. Het wondvocht spoot in het rond, als een misselijkmakende fontein. De afgerukte tentakels zweefden weg, draaiend en stuiptrekkend.

Trig was ook weggeslagen. Heel even bewoog hij zich niet, maar toen kwam zijn krachtpantser met een ruk in beweging en heroriënteerde zich. Kleine straaltjes uit de houdingsmotoren schoten over de armen en benen.

Kira duwde zich naar de jongen toe. Ze kon bijna niet geloven dat hij nog leefde – dat ze het beiden overleefd hadden. *Doe hem niets, doe hem niets, doe hem niets...* smeekte ze het Zachte Mes in gedachten en ze hoopte dat het zou luisteren.

Toen ze dichterbij kwam, werd Trigs vizier helder en kon ze zijn gezicht zien. De jongen was bleek en hij zweette, en in het blauwige licht zag hij er akelig ziek uit.

Hij staarde haar aan, een witte rand zichtbaar om zijn pupillen. 'Wat de fuck?'

Kira zag dat er nog steeds stekels uit het Zachte Mes staken. 'Dat leg ik later wel uit,' zei ze. 'Gaat het?'

Trig knikte en schudde zweet van zijn neus. 'Ja. Ik moest de exo rebooten. Ik had al die tijd nodig om hem weer aan de praat te krijgen... Mijn eh... pols is misschien gebroken, maar ik kan nog –'

Hij werd onderbroken door Falconi's stem. **Navárez, hoor je mij? Over.** Op de achtergrond hoorde Kira geschreeuw en het *tak! tak! tak!* van schoten.

'Ik ben hier. Over,' zei ze.

Heb je Trig gevonden? Waar zijn –

'Hij is hier. Alles is in orde met hem.'

Op hetzelfde moment zei Trig: 'Alles in orde, kapitein.'

Kom dan verdomme naar het ruim aan stuurboord. Er zit hier nog een Kwal. Heeft zich door de romp heen geboord. We hebben hem vastgezet, maar we kunnen geen goede hoek –

Kira en Trig waren al onderweg.

4

'Hou je vast!' schreeuwde Trig. Kira stak haar arm door een handgreep op zijn exo en de jongen zette zijn stuurraketten aan. Samen vlogen ze naar de deur waardoor ze binnengekomen waren.

Deze keer ging de schelp niet open en ze botsten er bijna tegenaan voor Trig kon stoppen. Hij hief zijn arm op en richtte zijn laser op de wand naast de deur.

Met drie snelle halen sneed hij de mechanismes los die de deur kennelijk bedienden. De delen van de schelp weken uiteen en hingen er los bij. Er droop een bleke vloeistof uit de afdichtingen aan de onderkant.

Kira huiverde toen ze door de opening vlogen en haar rug langs de punt van een deurdeel schraapte.

Buiten de zaal was de drang indringend en verleidelijk, onmogelijk te negeren. Kira werd naar een krom deel van de nabijgelegen tussenwand getrokken – erheen en nog verder. Als ze het signaal zou volgen, wist Kira met absolute zekerheid dat ze de bron ervan zou vinden. Misschien kreeg ze dan even respijt en een paar antwoorden over wat het Zachte Mes was en waar het vandaan kwam...

'Bedankt dat je achter me aan kwam,' zei Trig. 'Dacht dat ik er geweest was.'

Ze gromde. 'Schiet nou maar op.'

Geen van de andere deuren ging open om hen erdoor te laten. Trig sneed ze binnen een paar seconden open, maar elk beetje vertraging verergerde Kira's angstige en opgejaagde gevoel.

Ze vlogen langs het paneel met knipperende lichtjes. Door de ronde schacht, over de kamer met het algenwater en de insectjes met hun donzige kuifjes. En toen naar de luchtsluis, waar het lijk van de eerste Kwal nog wondvocht en andere vloeistoffen hing uit te scheiden.

Kira maakte zich van Trig los toen ze bij de luchtsluis waren. 'Niet schieten!' riep de jongen. 'Wij zijn het.'

Het was maar goed dat hij dat riep. Vishal, Nielsen en de entropisten wachtten hen op in het voorvertrek van de Caracole, met hun wapens op de open luchtsluis gericht. De dokter had een verband om zijn been, waar de granaatscherven hem hadden geraakt.

Opluchting verscheen op Nielsens gezicht toen ze in zicht kwamen. 'Snel,' zei ze en ze ging voor hen aan de kant.

Kira liep achter Trig aan naar het midden van het schip, en toen verder naar het onderste dek en de vrachtruimen. De geluiden van lasers en geweerschoten weergalmden toen ze het ruim naderden, net als het geschreeuw van doodsbange passagiers.

Bij het ruim aan stuurboord bleven ze voor de luchtdichte deur stilstaan – op hun hoede – en keken om de hoek.

Alle vluchtelingen zaten op een kluitje bij elkaar aan één kant van het ruim, weggedoken achter kratten die hun een beetje schamele dekking gaven. Aan de andere kant van het ruim lag de Kwal met tentakels op de loer, zelf ook platgedrukt achter een krat. Een rafelig gat van meer dan een halve meter breed ontsierde de scheepsromp naast hem. De wind die door de opening gierde had een los wandpaneel tegen het gat gezogen en het deels geblokkeerd. Dat was mazzel. Achter de half geblokkeerde opening was de donkere ruimte te zien.

Falconi, Sparrow en Hwa-jung lagen languit midden in het ruim. Ze hielden zich vast aan de steunribben en schoten af en toe op de Kwal.

De vluchtelingen, besefte Kira, konden niet weg zonder door de Kwal te worden beschoten. En de Kwal kon zich niet bewegen zonder door Falconi en zijn crew te worden beschoten.

Zelfs met open deur hadden ze maar een paar minuten voor de lucht op was. Niet langer. Ze voelde nu al hoe ijl de lucht was, en er zat een gevaarlijke kilte in de wind.

'Blijf hier,' zei Kira. Voor hij antwoord kon geven, haalde ze diep adem en sprong ze op Falconi af.

Ze hoorde een keer of zes *bzzt* toen de Kwal een laser afvuurde. De alien kon niet gemist hebben, maar ze voelde maar één treffer: een withete naald die haar tot diep in haar schouder stak. Ze had amper tijd om naar adem te happen voor de pijn alweer wegtrok.

Geweervuur barstte los toen Falconi en Sparrow haar dekking probeerden te geven.

Toen Kira naast Falconi neerkwam, greep hij haar bij haar arm zodat ze niet weg zou zweven. 'Shit!' gromde hij. 'Wat haal jij je verdomme in je kop?'

'Ik kom helpen. Hier.' En ze schoof de granaatwerper naar hem toe.

Het gezicht van de kapitein klaarde op. Hij griste haar het wapen uit handen, stak het over de rib en schoot zonder een moment te aarzelen op de Kwal.

BOEM! Een witte flits onttrok de krat waar de kwal achter zat aan het oog. Metaalsplinters spatten tegen de wanden en een rookwolk dreef naar buiten.

Verschillende vluchtelingen gilden.

Sparrow draaide zich weer om naar Falconi. 'Kijk uit! Niet zo dicht bij de burgers!'

Kira gebaarde naar de krat. Die leek nauwelijks gebutst. 'Waar is dat ding van gemaakt? Titanium?'

'Luchtdichte container,' zei Falconi. 'Tegen biologische besmetting. Verdomde ding is zelfs bestand tegen terugkeren in de atmosfeer.'

Sparrow en Hwa-jung vuurden een salvo schoten op de Kwal af. Kira bleef waar ze was. Wat moest ze anders? De Kwal was minstens vijftien meter weg. Te ver om –

Een nieuwe reeks kreten klonk op bij de vluchtelingen. Kira keek om en zag iemand in de lucht kronkelen, een kind van niet ouder dan zes of zeven jaar. Het meisje had op een of andere manier haar houvast verloren en zweefde nu van het dek weg.

Een man maakte zich los uit de groep vluchtelingen en sprong achter het kind aan. 'Beneden blijven!' riep Falconi, maar het was al te laat. De man had het meisje vastgepakt en door zijn vaart tuimelden ze nu ongecontroleerd door het ruim.

Kira was zo verrast dat ze langzaam reageerde. Sparrow was haar te snel af; de gepantserde vrouw kwam achter de rib vandaan en vloog op volle stuwkracht achter de twee vluchtelingen aan.

Falconi vloekte en probeerde Sparrow tevergeefs tegen te houden.

Rond de Kwal spoot een waaier van inktzwarte rook op, die hem aan het zicht onttrok. Met haar versterkte gezichtsvermogen kon Kira alleen nog de warrige contouren van de tentakels zien toen de Kwal naar een ladder aan de wand kroop.

Ze vuurde in de rookwolk, en Hwa-jung deed hetzelfde.

De Kwal kromp ineen, maar sloeg toch een tentakel om een zijsteun van de ladder en trok die schijnbaar moeiteloos los.

Snel als een aanvallende slang slingerde hij de zijsteun op Sparrow af.

Het afgebroken stuk metaal raakte Sparrow in haar buik, tussen twee segmenten van haar pantserexo in. De helft van de metalen paal kwam bij haar rug weer naar buiten.

Hwa-jung gilde, een verschrikkelijke gil die veel te hoog leek om door iemand van haar formaat te worden voortgebracht.

5

Een golf blinde woede spoelde Kira's angst uit haar lijf. Ze slingerde zich om de rand van de rib heen en zette zich af in de richting van de Kwal.

Achter haar schreeuwde Falconi iets.

Terwijl ze op de Kwal af vloog, spreidde de alien zijn tentakels alsof hij haar met een omhelzing wilde opvangen. Hij stootte een nabijgeur van minachting uit en voor de eerste keer gaf ze hem op dezelfde manier antwoord:

[[Kira hier: Sterf, graaier!]]

Het verblufte haar even dat ze met het Zachte Mes de taal van de aliens niet alleen kon begrijpen, maar er ook in kon communiceren. Toen deed ze het enige wat haar juist leek: ze stootte toe met haar arm, ze stootte toe met haar hart en haar hoofd en ze legde al haar angst, pijn en woede in de beweging.

Op dat moment voelde Kira iets knappen in haar hoofd, als een glazen staaf die in tweeën breekt, en in haar hele bewustzijn vielen scherven en fragmenten ineens op hun plek – als puzzelstukjes die in elkaar schoven. Het ging gepaard met een diep gevoel van voltooiing.

Tot haar opluchting vervormde de xeno zich rond haar vingers en schoot er een dun, plat lemmet uit haar hand tevoorschijn. Het doorboorde het schild van de alien en het wezen begon heen en weer te kronkelen, met zijn tentakels te wriemelen en in elkaar te krimpen in hulpeloze paniek.

Toen ontsproot er vanzelf een speldenkussen aan zwarte pieken aan de punt van het lemmet en de pieken spietsten zich dwars door alle delen van de Kwal.

In haar vaart sleurde ze de alien mee tot aan de achterwand. Daar bleven ze steken en de nanonaalden van het pak nagelden de Kwal aan de scheepsromp vast.

De alien schokte en stopte toen met kronkelen, al bleven de tentakels in een traag ritme bewegen en wuiven als wimpels in de wind. En de nabijgeur van de dood vulde het ruim.

VII

*   *   *   *   *   *   *

ICONEN & INDICATIES

1

Kira wachtte even en liet het lemmet en de stekels toen weer in het pak verdwijnen. De Kwal liep leeg als een ballon. Wondvocht droop uit talloze wonden op zijn lichaam.

De rookwolk was al aan het verwaaien en stroomde de ruimte in. Kira trappelde zich bij de Kwal vandaan en de gierende wind trok het lijk tegen het gat aan. De alien bleef op het losse wandpaneel hangen en blokkeerde zo het grootste deel van het gat. Het gebulder van de wind nam af tot een hoog gefluit.

Kira draaide zich om en zag dat de vluchtelingen geschokt en angstig naar haar stonden te staren. Met enige spijt besefte ze dat ze het Zachte Mes nu niet meer zou kunnen verbergen. Haar geheim was bekend, of dat nu goed of slecht was.

Ze negeerde de vluchtelingen en trok zichzelf naar de plek toe waar Trig, Falconi en Hwa-jung bij Sparrows slappe lijf zaten.

De machinechef zat met haar voorhoofd tegen Sparrows gezichtsscherm gedrukt en praatte zacht en onverstaanbaar. Uit de achterkant van Sparrows harnas steeg rook op en er vonkte een blootgelegde draad. Rondom de paal die Sparrow had doorboord was een ring van wit medifoam opgeweld. Het schuim had het bloeden wel gestelpt, maar Kira wist niet of dat genoeg zou zijn om haar te redden.

'Kom hierheen, Doc. En snel!' zei Falconi.

Kira slikte met droge mond. 'Wat kan ik doen?' Van dichtbij was Hwa-jungs gefluister niet beter te verstaan. De tranen stonden in de roodomrande ogen van de machinechef en haar wangen waren bleek, op een felle, koortsige vlek aan beide kanten na.

'Hou haar voeten vast,' zei Falconi. 'Zorg dat ze niet beweegt.' Hij keek naar de vluchtelingen – die achter hun dekking vandaan begonnen te komen – en riep: 'Maak dat je wegkomt voor alle lucht hier op is! Naar het andere ruim! Opzouten!'

Ze deden wat hij zei en liepen niet alleen met een wijde boog om Sparrow heen, maar ook om Kira.

'Gregorovich, hoe lang nog voor de luchtdruk onder de vijftig procent komt?' vroeg ze.

Het scheepsbrein antwoordde direct. 'In het huidige tempo twaalf minuten. Als de Kwal van zijn plek raakt, hooguit veertig seconden.'

Sparrows laarzen voelden koel aan in Kira's handen toen ze ze vastpakte. Heel even vroeg ze zich af hoe ze dat kon voelen terwijl zelfs de kou van de ruimte niet tot haar doorgedrongen was.

Toen begreep ze dat haar gedachten afdwaalden. Nu het gevecht voorbij was, begon de adrenaline uit haar lijf weg te vloeien. Nog een paar minuten en ze zou instorten.

Vishal kwam het ruim in. Hij had een tas bij zich met daarop een zilveren kruis op de voorkant genaaid.

'Opzij,' zei hij toen hij tegen de krat naast Kira botste.

Ze maakte plaats voor hem en hij wentelde zich naar Sparrow toe en keek naar haar door haar gezichtsscherm, net als Hwa-jung. Toen duwde hij zich naar de plek waar de paal uit haar buik stak. De rimpels op zijn gezicht werden dieper.

'Kun je –' begon Trig.

'Stil,' snauwde Vishal.

Hij bekeek de staaf nog even, ging toen naar Sparrows rug en bekeek de andere kant. 'Jij,' zei hij en hij wees naar Trig, 'snij hier en hier.' Hij trok een lijn over de staaf met zijn middelvinger, een handbreedte van Sparrows buik af en even ver van haar rug. 'Met een straal, geen puls.'

Trig nam een positie bij Sparrow in waarbij hij niemand met de laser zou raken. Kira zag dat zijn gezicht achter zijn vizier vol zweet stond en dat zijn ogen glazig waren. Hij hief een arm op en richtte de lasermond aan zijn handschoen op de staaf. 'Ogen en oren,' zei hij.

De staaf vlamde witheet op en het composiet verdampte met een ploppend geluid. Er kwam een zurige plasticgeur vanaf.

De staaf brak. Falconi pakte het losgesneden stuk en duwde het zacht in de richting van de overkant van het ruim.

Toen herhaalde Trig de operatie aan de andere kant. Hwa-jung griste het stuk weg en smeet het met een vinnig gebaar weg; het stuitte tegen een wand.

'Goed,' zei Vishal. 'Ik heb haar harnas op slot gedaan; ze kan veilig vervoerd worden. Laat haar alleen nergens tegenaan stoten.'

'Ziekenboeg?' vroeg Falconi.

'Sneller dan snel.'

'Ik doe het wel,' zei Hwa-jung. Haar stem was hard en ruw als gebarsten steen. Zonder op instemming te wachten pakte ze een handvat op Sparrows pantser vast en trok ze de stijve metalen huls naar de open deur.

2

Trig en Vishal vergezelden Hwa-jung toen ze Sparrow het ruim uit bracht. Falconi bleef achter en Kira ook.

'Opschieten!' riep hij, en hij gebaarde naar de laatste vluchtelingen die nog in het ruim waren.

Ze trokken in verwarde groepjes langs hen heen. Kira zag tot haar opluchting dat het meisje en de man die Sparrow had willen beschermen ongedeerd waren.

Toen de laatste vluchtelingen weg waren, liep ze achter Falconi het ruim uit. Hij deed de luchtdichte deur achter hen dicht en op slot om het beschadigde ruim te isoleren van de rest van het schip.

Kira liet het masker opgelucht van haar gezicht wegtrekken. Kleuren verspreidden zich in haar blikveld en haar omgeving begon weer echt aan te voelen.

Verrast voelde ze een hand op haar pols. Falconi hield haar vast, met een ongemakkelijk intense blik. 'Wat waren die verdomde stekels? Daar had je niets over gezegd.'

Kira rukte haar hand los. Dit was geen goed moment om uitleg te geven, niet over het pak en zeker niet over de dood van haar teamgenoten. 'Ik wilde jullie niet bang maken,' zei ze.

Zijn gezicht werd donker. 'Zijn er nog meer dingen die je niet –'

Op dat moment kwamen er vier vluchtelingen – allemaal mannen – op hen af lopen, met gebruik van de gekkopads onder hun laarzen. Ze keken geen van allen blij. 'Hé Falconi,' zei de leider. Het was een potige, gezette man met een korte ringbaard. Kira herinnerde zich vaag dat ze hem eerder in het vrachtruim had gezien.

'Wat?' vroeg Falconi bruusk.

'Ik weet niet waar je mee bezig denkt te zijn, maar we hebben niet afgesproken om op Kwallen te gaan jagen. Je naait ons al met de kosten en nu sleep je ons ook nog mee in de strijd? En hoe het met haar zit weet ik niet, maar het is niet normaal!' Hij wees naar Kira. 'Serieus, wat mankeert je? Er zijn vrouwen en kinderen bij. Als je ons niet naar Ruslan brengt –'

'Dan wat?' zei Falconi scherp. Hij keek hen recht aan, met zijn hand nog op de greep van zijn granaatwerper. Het wapen was leeg, maar het leek Kira niet nodig om dat te zeggen. 'Dan probeer je weg te vliegen met een pissig scheepsbrein?'

'Dat zou ik niemand aanraden,' zei Gregorovich vanboven, en hij giechelde.

De man haalde zijn schouders op en liet zijn knokkels kraken. 'Ja, ja. Zal ik je eens wat zeggen, slimmerik? Ik waag het er nog liever op met je gestoorde scheepsbrein dan dat ik me aan een satéprikker laat rijgen door de Kwallen, zoals met je matroos gebeurde. En ik ben niet de enige die er zo over denkt.' Hij zwaaide met een vinger naar Falconi en toen gingen hij en de andere mannen terug naar het andere vrachtruim.

'Nou, dat ging goed,' zei Kira.

Falconi bromde wat. Ze volgde hem toen hij snel terugging naar het middendeel van het schip en zich door de centrale schacht omhoog trapte. Hij vroeg: 'Zitten er nog meer Kwallen in dat schip?'

'Ik denk het niet, maar ik geloof dat Trig en ik een baarkamer hebben gevonden.'

De kapitein pakte zich vast aan de handgreep naast de doorgang van dek C, waar de ziekenboeg was. Hij bleef zo even hangen en stak een vinger op. 'Trig, ontvang je mij?... Navárez zegt dat jullie baarcapsules hebben gevonden?... Inderdaad. De fik erin. En snel ook, anders zitten we heel diep in de shit.'

'Stuur je hem terug?' vroeg Kira toen Falconi door de doorgang en de gang erachter liep.

De kapitein knikte. 'Iemand moet het doen, en hij is de enige met een werkend pantser.'

Kira vond het geen prettige gedachte. De jongen had een gebroken pols; als hij weer werd aangevallen...

Voor ze haar eigen zorgen kon uitspreken waren ze al bij de ziekenboeg. Nielsen zweefde voor de deur, met haar arm om Hwa-jungs schouder geslagen, en probeerde de machinechef te troosten.

'Nog nieuws?' vroeg Falconi.

Nielsen keek hem bezorgd aan. 'Vishal heeft ons eruit gezet. Hij is nu met haar bezig.'

'Overleeft ze het?'

Hwa-jung knikte. Haar ogen waren rood van het huilen. 'Ja. Mijn kleine Sparrow blijft leven.'

Iets van de spanning in Falconi's houding verdween. Hij haalde een hand door zijn haar. 'Dat was knap stom van haar, om zo tevoorschijn te springen.'

'Maar wel dapper,' zei Nielsen nadrukkelijk.

Falconi liet zijn hoofd schuin zakken. 'Ja. Heel dapper.' En tegen Hwa-jung: 'Dat luchtlek in het ruim moet gedicht worden en we hebben geen reparatiebots meer.'

Hwa-jung knikte langzaam. 'Ik zal het maken zodra Vishal klaar is met de operatie.'

'Dat kan wel even duren,' zei Falconi. 'Begin er liever nu aan. We laten het weten als er nieuws is.'

'Nee,' zei Hwa-jung met haar diepe stem. 'Ik wil er zijn als Sparrow wakker wordt.'

Falconi's kaakspieren spanden zich. 'Er zit verdomme een gat in de romp van het schip, Hwa-jung. Dat moet dicht, nu! Dat zou ik niet moeten hoeven uitleggen.'

'Het kan wel een paar minuten wachten,' zei Nielsen sussend.

'Eerlijk gezegd niet,' zei Falconi. 'De Kwal heeft een koelleiding opengescheurd op weg naar binnen. We liggen stil tot er een nieuwe aangesloten is. En ik wil ook niet dat onze passagiers in het andere ruim gaan ronddwalen.'

Hwa-jung schudde haar hoofd. 'Ik ga niet voor Sparrow wakker is.'

'Goden in de hemel en in –'

De machinechef praatte door alsof hij niets had gezegd. 'Ze verwacht dat ik er ben als ze wakker wordt. Ze zal overstuur raken als dat niet zo is, dus wacht ik.'

Falconi plantte zijn laarzen stevig tegen het dek en verankerde ze, zodat hij rechtop stond, wiebelend in de nul-g. 'Ik geef je een rechtstreeks bevel, Song. Als je kapitein. Dat begrijp je?'

Hwa-jung staarde hem met onbewogen gezicht aan.

'Ik beveel je om naar het ruim te gaan en dat *shi-bal* gat dicht te maken.'

'Ja kapitein. Zodra –'

Falconi keek haar dreigend aan. 'Zodra? Zodra wat?'

Hwa-jung knipperde met haar ogen. 'Zodra –'

'Nee, jij gaat nú naar beneden en brengt dat schip weer aan de praat. Nu meteen. En anders kun je jezelf als ontslagen beschouwen en gaat Trig voortaan over de techniek.'

Hwa-jung balde haar vuisten en heel even dacht Kira dat ze Falconi ging slaan. Toen brak de machinechef; Kira zag het aan haar ogen en haar afzakkende schouders. Met een donkere blik op haar gezicht duwde Hwa-jung zich de gang door. Ze bleef aan het einde even wachten en zei, zonder om te kijken: 'Als er iets met Sparrow gebeurt terwijl ik weg ben, hou ik jou verantwoordelijk, kapitein.'

'Daar ben ik voor,' zei Falconi afgemeten. Toen verdween Hwa-jung de hoek om en ontspande hij zich iets.

'Kapitein...' zei Nielsen.

Hij zuchtte. 'Ik praat het later wel uit met haar. Ze denkt niet helder.'

'Kun je het haar kwalijk nemen?'

'Dat zal wel niet.'

Kira vroeg: 'Hoe lang zijn ze al samen?'

'Heel lang,' zei Falconi. Toen begon hij met Nielsen de toestand van het schip te bespreken. Ze probeerden na te gaan welke systemen beschadigd waren, hoe lang ze de vluchtelingen in het andere ruim konden houden, en meer.

Kira luisterde en voelde haar ongeduld groeien. De gedachte aan Trig alleen op het schip van de aliens zat haar nog steeds dwars en ze kon niet wachten tot ze antwoorden uit de computers van de Kwallen kon gaan halen, voordat er iets mee zou gebeuren waardoor ze onbruikbaar werden.

'Luister,' zei ze dwars door hun gesprek heen. 'Ik ga bij Trig kijken, om te zien of hij hulp nodig heeft. Daarna ga ik proberen zo veel mogelijk informatie te verzamelen.'

Falconi keek haar kritisch aan. 'Zeker weten dat je dat aankunt? Je lijkt niet helemaal fit.'

'Het gaat wel.'

'... Goed. Laat het me weten wanneer het schip veilig is. Dan stuur ik de entropisten erheen. Althans, als die interesse hebben in de tech van de Kwallen.'

3

Kira ging naar dek D en vloog langs de welving van de buitenromp naar de luchtsluis die hen met het schip van de aliens verbond.

Ze liet het Zachte Mes weer over haar gezicht glijden en dook toen een beetje gespannen de korte, witte tunnel van de luchtsluis van de Kwallen in, naar de troebele schaduwen daarachter.

De pijnlijke aantrekkingskracht was sterker dan ooit, maar Kira negeerde het gevoel voorlopig.

Toen ze in de zaal met de baarcapsules aankwam, zag ze Trig tussen de mistige capsules rondgaan en ze met de vlammenwerper aan zijn onderarm in de as leggen. Toen hij de vuurstraal over een van de grotere pods liet spelen, sloeg daarbinnen iets om zich heen: een griezelige verzameling armen, poten, klauwen en tentakels.

'Alles oké?' vroeg Kira toen de jongen klaar was.

Hij stak twee duimen naar haar op. **Ik moet er nog een stuk of tien. De kapitein stuurde me net op tijd; minstens twee capsules konden elk moment uitkomen.**

'Schattig,' zei Kira. 'Ik ga even rondkijken. Laat het maar weten als je hulp nodig hebt.'

Jij ook.

Kira liep de zaal uit en maakte contact met Falconi: 'Stuur de entropisten maar. Het schip zou nu veilig moeten zijn.'

Begrepen.

Kira nam de tijd voor haar ontdekkingstocht. Ze was ongeduldiger dan ooit, maar het viel niet te voorspellen welke gevaren er op het Kwallenschip waren en ze had geen zin om in een val te trappen. Ze bleef dicht bij de wanden en zorgde, als het maar even mogelijk was, voor een vrije aftocht.

De lokroep leek van de voorkant van het schip te komen, dus ging Kira daarheen. Ze passeerde rondlopende gangen en halfverlichte vertrekken die vaker wel dan niet halfvol water stonden. Nu ze niet meer in direct levensgevaar was, ving Kira op bepaalde punten in het schip flarden nabijgeur op.

De een zei: [[Voorwaarts]]

Een ander zei: [[Medevorm voorbehouden aan Sfar]]

Weer een ander zei: [[Aspect van de Leegte]]

En nog meer. Er was ook geschreven tekst: uitwaaierende regels die de boodschap van de nabijgeur herhaalden. Dat ze die regels kon lezen gaf Kira hoop: de Kwallen gebruikten dus nog steeds een geschreven taal die het Zachte Mes kon herkennen.

Eindelijk bereikte ze de uiterste voorkant van het schip: een halfronde ruimte voor in de boeg. De ruimte was bijna helemaal leeg, op een kronkelende, zich vertakkende structuur na die het midden van de kamer domineerde. Het bestond uit een rood materiaal (het enige rood dat ze op het schip had gezien) en zat vol kleine putjes. Al met al deed het haar aan niets zoveel denken als koraal. De structuur wekte haar professionele interesse en ze liep eromheen om ernaar te kijken.

Toen ze een van de takken probeerde aan te raken, stootte een onzichtbare kracht haar hand af. Ze fronste haar voorhoofd. Natuurlijke zwaartekrachtvelden trokken juist áán, of leken dat te doen. Maar dit... De Kwallen moesten met hun traagheidstechnologie de stroming en dichtheid van de ruimtetijd rondom de takken versterkt hebben om een veld met positieve druk te creëren. Dat betekende dat hun kunstmatige zwaartekracht niet aantrok, maar duwde. Maar misschien begreep ze dat helemaal verkeerd. Zulke dingen lagen ver buiten haar expertisegebied.

Dit moeten de entropisten zien.

Het veld was sterk, maar als ze zich met het Zachte Mes aan de vloer verankerde kon ze er met haar hand door. De koraalachtige structuur (levensvorm? standbeeld?) voelde koel aan en was glibberig van gecondenseerd vocht. Ondanks de putjes in het materiaal was het glad. Toen ze erop tikte, klonk er een scherp, breekbaar 'ping'.

Het voelde duidelijk aan als calciumcarbonaat, maar Kira was nergens zeker van als het om de Kwallen ging.

Ze ging weg bij de structuur en liet zich door een duister verdriet naar een deel van de muur trekken dat met glazige panelen was bedekt en bespikkeld was met sterren van licht. Toen ze ervoor ging staan was de hunkering in haar zo sterk dat de tranen haar in de ogen sprongen.

Ze knipperde even en bestudeerde toen de panelen, zoekend naar een aanwijzing voor waar ze moest beginnen. Ze raakte het glas aan – al was ze bang voor wat er zou kunnen gebeuren als ze onbedoeld een apparaat of programma activeerde – maar er gebeurde niets. Zei de xeno maar hoe ze met de console moest werken. Misschien kon ze dat niet.

Ze streek met haar hand over het glas, weer zonder resultaat. Toen probeerde ze, voor de allereerste keer, zelf bewust nabijgeur te produceren. Het Zachte Mes reageerde aangenaam gemakkelijk:

[[Kira hier: Open... Activeer... Start op... Computer...]]

Ze probeerde alle gewone woorden en uitdrukkingen die ze bij haar overlays zou gebruiken, maar het glas bleef donker. Kira begon zich af te vragen of ze wel voor een computer stond. Misschien waren de panelen gewoon decoratie. Maar dat leek niet te kloppen; dat wat de oproep uitzond, was duidelijk dichtbij. Er moest toch iets van besturing zijn.

Ze overwoog of ze terug moest naar de baarzaal om daar een tentakel van een dode Kwal af te snijden. Misschien was er DNA of een tentakelafdruk nodig om toegang tot de computer te krijgen.

Ze stelde het idee uit, als laatste redmiddel.

Toen probeerde ze te zeggen:

[[Kira hier: Tweevorm... Veelvorm... Idealis...]]

Een caleidoscoop aan kleuren verscheen op de panelen: een duizelingwekkende verzameling iconen, aanwijzers, beelden en tekst. Tegelijkertijd kwamen er pufjes nabijgeur vrij, scherp en penetrant.

Haar neus begon te kriebelen en een scherpe pijn kwam achter haar rechterslaap op. Woorden schoten op haar af – sommige geschreven, andere geurd – woorden vol betekenissen en herinneringen die niet van haar waren.

[[... de Rijting...]]

De stekende pijn werd heftiger, verblindde haar –

Strijd en bloedvergieten tegen de achtergrond van de sterren. Veroverde en verloren planeten, verbrande schepen, gebroken lichamen. En overal graaiers die graaiers doodden.

Ze vocht voor het vlees en ze was niet de enige. Er waren zes anderen in het oude reliquiarium geweest, die daar moesten wachten en zich gereedhouden voor de verwachte oproep. Net als zij verbonden ze zich met het graaiende vlees, en net als bij haar dreef het vlees hen tot geweld.

Bij sommige gevechten waren zij en haar zusters bondgenoten. Bij andere gevechten stonden ze ineens tegenover elkaar. En ook dat was een aantasting van het patroon. Zo was het nooit bedoeld geweest, in geen van de flarden waarin ze gediend hadden.

Het conflict had een Zoeker gewekt in zijn kristallijnen cocon. Hij keek naar het leed van de oorlog en begon al dat verkeerde uit te roeien, zoals zijn gewoonte was. En de Rijting verslond oud vlees en nieuw vlees.

Van de zes gingen er drie ten onder in de strijd en viel er één in de kern van een neutronenster. Eén werd krankzinnig en doodde zichzelf, en een raakte verloren in het felle rijk van de superluminale ruimte. Ook de Zoeker was omgekomen; uiteindelijk was hij geen partij voor de zwermen vlees.

Van al haar zusters leefde alleen zij nog. Alleen zij droeg het patroon mee in de vezels van haar wezen...

Kira slaakte een gesmoorde kreet en dook ineen. Haar hoofd tolde. Een oorlog. Er was een verschrikkelijke oorlog geweest en het Zachte Mes had erin gevochten, samen met anderen van haar soort.

Ze knipperde haar tranen weg en dwong zich weer naar het paneel te kijken. Meer woorden sprongen eruit:

[[..nu de Armen...]]

Ze gaf weer een gil.

Ctein. De grote en machtige Ctein. Die zich koesterde in de warmte bij een vulkaankrater in de oceaanbodem; al zijn tentakels en voelsprieten (te veel om te tellen) deinden zachtjes mee.

[[Ctein hier: Zeg je nieuws.]]

Haar vlees antwoordde: [[Nmarhl hier: de school rotatiewaarts is verwoest door de toegeeflijkheid van de Tfeir.]]

Boven op zijn rotsheuvel pulseerde de verschrikkelijke Ctein in gekleurde stroken, oplichtend in de paarse diepten van het Klaagdiep. Hij beukte met een zwiepende arm tegen de rots en uit de heuvel rees een wolk zwarte modder op, doorspikkeld met scherven van schelpen en rottende stukjes pantserschaal.

[Ctein hier: VERRADERS! KETTERS! GODSLASTERAARS!]]

Kira kromp ineen en keek naar het dek bij haar voeten terwijl haar gevoel voor plaats en tijd langzaam terugkeerde. Haar hoofd bonsde zo hard dat ze een pil zou willen slikken.

Toen ze over de herinnering nadacht, voelde ze bij het Zachte Mes een zekere... geen genegenheid, maar misschien toch achting voor Nmarhl. De xeno leek die specifieke Kwal niet zo te haten als de anderen. Vreemd.

Ze ademde diep in en waagde zich weer aan het paneel.

[[... Maalstroom...]] *Een indruk van honger en gevaar en vervorming door elkaar –*

[[... Verafgeur, laagklank...]] *FTL-communicatie –*

[[... vormen...]] *Kwallen, in al hun verschillende vormen –*

[[... Wranaui...]] Bij dat woord stopte Kira, met het gevoel alsof ze tegen een muur botste. Het Zachte Mes straalde herkenning uit en met een lichte schok begreep Kira dat 'Wranaui' de naam was die de Kwallen voor zichzelf gebruikten. Ze wist niet of het de naam van hun soort, hun ras of alleen hun culturele groep was, maar het Zachte Mes had geen enkele twijfel: zo noemden de Kwallen zichzelf.

[[Kira hier: Wranaui.]] Ze onderzocht het gevoel bij de geur. Er was geen goed vocaal equivalent voor: je kon de naam alleen goed zeggen in nabijgeur.

Met enige aarzeling ging ze verder met het bestuderen van de displays. Tot haar opluchting werden de herinneringsflitsen korter en minder frequent, maar ze bleven niet helemaal weg. Dat was niet alleen maar negatief: de indringende visioenen verbraken haar concentratie, maar bevatten ook waardevolle informatie.

Ze zette door.

De taal van de Kwallen leek weinig veranderd sinds de vorige keer dat het Zachte Mes ermee te maken had gehad, maar de uitdrukkingen die Kira tegenkwam hingen nauw samen met hun context, en context was juist wat ze vaak niet had. Het was alsof ze technisch jargon uit een onbekend vakgebied probeerde te begrijpen, maar dan duizend keer zo ingewikkeld.

De inspanning maakte haar hoofdpijn erger.

Ze probeerde het methodisch aan te pakken. Ze probeerde alles wat ze deed bij te houden, elk stukje informatie dat de computer haar gaf, maar het was te veel. Veel en veel te veel. In elk geval maakten haar overlays een audiovisuele opname. Misschien kon ze beter begrijpen wat ze zag als ze weer in haar hut zat.

Helaas had ze geen mogelijkheid om de nabijgeur te kopiëren om die later te bestuderen. Niet voor het eerst wenste Kira dat ze implantaten had, van het soort dat opnames van het volledige spectrum aan zintuiglijke gewaarwordingen kon maken.

Maar die had ze niet en daar was niets aan te doen.

Kira fronste. Ze had gehoopt dat bruikbare informatie uit de computer van de Kwallen halen makkelijker zou zijn. Per slot van rekening kon ze de aliens ook makkelijk begrijpen als ze spraken. Of dat was althans de indruk die het Zachte Mes haar gaf.

Uiteindelijk begon ze op willekeurige iconen op de panelen te drukken en hoopte ze vurig dat ze niet per ongeluk alle lucht zou laten wegstromen, een raket zou afvuren of een zelfvernietigingsprogramma zou starten. Dat zou niet zo goed uitkomen.

'Kom óp nou, kloteding,' mompelde ze en ze sloeg met haar vlakke hand op het paneel.

Helaas, percussiebediening hielp ook niet.

Ze was blij dat er geen teken was van een pseudo-intelligentie of een digitale assistent in een andere vorm die het computersysteem in de gaten hield. Ook was er geen enkele aanwijzing dat de Kwallen zoiets als een scheepsbrein hadden.

Wat Kira vooral wilde vinden was het Kwallenequivalent van een wiki of een encyclopedie. Het lag voor de hand dat een ontwikkelde soort als het hunne een soort verzameling van wetenschappelijke en culturele kennis in hun computerbanken zou hebben, maar – zoals pijnlijk duidelijk werd – bij buitenaardse soorten ging 'voor de hand liggend' vaak niet op.

Toen knoppen indrukken niets opleverde, dwong ze zichzelf opnieuw na te denken. Er moest nog iets anders zijn wat ze kon proberen... Nabijgeur had eerder gewerkt; misschien zou het weer werken.

Ze schraapte mentaal haar keel en zei toen: [[Kira hier: Open... open... schelpbestanden.]] *Schelp* leek haar het juiste woord voor *schip*, dus dat gebruikte ze.

Niets.

Ze probeerde het nog twee keer in andere bewoordingen. Bij haar derde poging ging er een nieuw venster op de display open en ving ze een vleug verwelkoming op.

Hebbes!

Kira's grijns werd breder toen ze begon te lezen. Precies wat ze had gehoopt: logbestanden met berichten. Geen wiki, maar op hun eigen manier net zo waardevol.

Veel berichten zeiden haar niets, maar sommige dingen begonnen nu duidelijk te worden. Het eerste was dat de Kwallen een sterk gelaagde, hiërarchisch geordende samenleving hadden. Je rang werd bepaald door allerlei ingewikkelde factoren, zoals tot welke Arm je behoorde en welke vorm je had. De specifieke details ontgingen Kira, maar de Armen leken een soort politieke of militaire organisaties te zijn. Of dat nam ze althans aan.

Verschillende keren zag ze de uitdrukking 'tweevorm' in de berichten staan. Eerst dacht ze dat het een woord voor het Zachte Mes was. Maar toen ze verder las, werd duidelijk dat dat onmogelijk de betekenis kon zijn.

Het was een soort openbaring toen ze begreep dat 'tweevorm' het Kwallenwoord voor mensen moest zijn. Daar bleef ze een tijdje over nadenken. Bedoelden ze man en vrouw? Of iets anders? Interessant genoeg leek het Zachte Mes de term niet te herkennen. Maar waarom zou het ook? Mensen waren nieuwkomers op het galactisch toneel.

Met dat cruciale stukje informatie begon ze de berichten beter te begrijpen en Kira las met toenemende gretigheid over scheepsmanoeuvres, krijgsverslagen en tactische analyses van 61 Cygni en andere systemen in de Liga. Er werd vaak iets gemeld over reistijden en het Zachte Mes gaf Kira een idee van de betreffende afstanden. De dichtstbijzijnde basis van de Kwallen (stelsel, planeet of ruimtestation, ze wist het niet) was enkele honderden lichtjaren ver. Waardoor ze zich afvroeg waarom de telescopen van de Liga nooit een teken van de aliens hadden opgepikt. De beschaving van de Kwallen moest veel ouder zijn dan twee- of driehonderd jaar en het licht van hun werelden had dus allang de door mensen bewoonde ruimte bereikt.

Ze las verder en probeerde betekeniscombinaties op te pikken – de grotere patronen te zien.

Maar hoe meer ze van de geschriften van de aliens begreep, hoe meer ze in verwarring raakte. Er werd niets gezegd over de gebeurtenissen op Adrasteia of met het Zachte Mes, maar er waren wél verslagen van aanvallen waarover ze nooit had gehoord: geen aanvallen van Kwallen op mensen, maar van mensen op Kwallen. Ze vond ook zinnen waaruit bleek dat de ménsen volgens de aliens de oorlog waren begonnen, en wel door de vernietiging van… de Toren van Yrrith, en met 'toren' bedoelden ze een ruimtestation, begreep ze.

Aanvankelijk kon Kira maar moeilijk geloven dat de Kwallen – de Wranaui – zichzelf als slachtoffer beschouwden. Er gingen wel tien verschillende scenario's door haar hoofd. Misschien was een ruimtekruiser zoals de Verzachtende Omstandigheden per ongeluk op de Kwallen gestuit en had die, om wat voor reden dan ook, de vijandigheden geopend.

Kira schudde haar hoofd. De oproep was een gekmakende afleiding, als een vlieg die maar om haar hoofd bleef zoemen.

Wat ze las sloeg nergens op. De Kwallen leken ervan overtuigd dat ze vochten voor hun voortbestaan, alsof ze geloofden dat de tweevormen ze met de vernietiging van hun soort bedreigden.

Terwijl ze het berichtenarchief verder doorploegde, begon Kira herhaaldelijk vermeldingen tegen te komen van een… zoektocht die de Wranaui hielden. Ze zochten een voorwerp. Een hulpmiddel van onschatbaar belang. Niet het Zachte Mes – dat wist ze zeker, want ze zeiden niets over Idealis – maar wat het voorwerp ook was, de Kwallen dachten dat ze er niet alleen de Liga mee konden verslaan en de oorlog winnen, maar er ook de hele ruimte mee konden veroveren.

Angst prikkelde in Kira's nek terwijl ze las. Wat kon er zo krachtig zijn? Een onbekend soort wapen? Xeno's die nog geavanceerder waren dan het Zachte Mes?

Tot dusverre wisten de Kwallen niet waar het voorwerp was. Dat was duidelijk. De aliens leken te geloven dat het zich bevond in een sterrencluster ergens tegenrotatiewaarts (Kira nam aan dat ze daarmee 'tegen de richting van de galactische rotatie in' bedoelden).

Een zinsnede trof haar specifiek: [[– toen het Verdwenen Volk de Idealis maakte.]] Ze las het een paar keer opnieuw om zeker te weten dat ze het begreep. Het Zachte Mes was dus inderdaad iets dat was gemáákt. Bedoelden de Kwallen dat een andere soort het had gemaakt? Of hoorde het Verdwenen Volk ook bij de Kwallen?

Toen stuitte ze bij toeval op de naam van het voorwerp: de Blauwe Staf.

Heel even vielen alle geluiden van het schip weg en hoorde Kira alleen nog het kloppen van haar eigen hart. Ze kénde die naam. Ongevraagd wekte een trilling het Zachte Mes tot leven en kwam er een stortvloed aan informatie los. Inzichten. Herinneringen:

Ze zag een ster – dezelfde rossige ster die ze al eerder had gezien. Toen schoot haar blik naar buiten en zag ze de ster tussen zijn naaste buren staan, maar de constellaties waren haar vreemd en ze had geen idee hoe ze ze moest inpassen in het firmament.

Een sprong en ze zag de Blauwe Staf, de angstwekkende Blauwe Staf. Hij maakte een zwaai, en vlees en vezels reten uiteen.

Hij maakte een zwaai, en rijen machines stortten onder de slag ineen.

Hij maakte een zwaai, en een schoof glanzende torens viel om op de met kraters bedekte grond.

Hij maakte een zwaai, en ruimteschepen knalden als bloemen van vuur uit elkaar.

Een andere plaats... een andere tijd... een hoge sombere zaal, met ramen die uitkeken op een bruinige planeet omkranst door wolken. Erboven hing de rossige ster, zo dichtbij dat hij gigantisch was. Achter het grootste raam zag ze de Allerhoogste staan, donker afgetekend tegen het kolkende licht. Uitgemergelde ledematen, een sterke wil, de eerste onder de eersten. De Allerhoogste sloeg één paar armen over elkaar. In het andere paar armen had hij de Blauwe Staf. En ze treurde om wat nu verloren was.

Kira kwam met een schok weer in de werkelijkheid terug. 'Shit.' Ze voelde zich licht in haar hoofd, overweldigd. De zekerheid bekroop haar dat ze zojuist iemand van het Verloren Volk had gezien, in de vorm van de Allerhoogste. En het was zeker niet een van Kwallen geweest.

En dat betekende?... Ze kon zich niet goed concentreren. Het bonzende trekken van de oproep hielp niet.

De Blauwe Staf was angstaanjagend. Als de Kwallen die in hun tentakels kregen... Kira huiverde bij de gedachte. En niet alleen zij: het Zachte Mes ook. De mensheid moest de staf als eerste vinden. Dat moest!

Bezorgd dat ze iets over het hoofd had gezien ging ze terug naar de logbestanden en begon ze de berichten nog een keer door te nemen.

De druk in haar schedel pulseerde en er verschenen schimmige lichtkransen om de lampen. Kira's ogen traanden. Ze knipperde met haar oogleden, maar de lichtvlekken bleven.

'Genoeg,' mompelde ze. De oproep werd alleen maar sterker. Hij bonkte in haar hoofd in een genadeloos ritme, kloppend, trekkend, indringend – dwong haar naar het paneel toe, een oude plicht nog onvervuld...

Met moeite richtte ze haar aandacht weer op het scherm. Er moest toch een manier zijn om –

Een volgende pijnsteek sneed haar adem af.

De angst en frustratie veranderden in woede en ze schreeuwde: 'Hou op!'

Het Zachte Mes rimpelde en ze voelde dat het op de oproep reageerde, antwoordde met een echo van haar boze weigering, een onhoorbare, onzichtbare echo van uitgestraalde energie die naar buiten kwam, zich verspreidde, verspreidde... zich door het hele stelsel heen verspreidde.

Op dat moment wist Kira dat ze een verschrikkelijke fout had gemaakt. Ze sprong naar voren, plantte haar vuist in het glazige paneel en spoorde de xeno met haar gedachten aan om het scherm te breken, te vermorzelen, te versplinteren. Het was een wanhopige poging om de zender te vernietigen voor die haar reactie kon oppikken en doorsturen.

Het pak vloeide over haar arm en vingers. Het spreidde zich over de wand uit als een web van boomwortels, tastend en zoekend, steeds dieper gravend. De displays flakkerden en de paar die dicht bij haar hand waren sputterden en vielen uit. Om haar hand bleef een donkere vlek achter.

Kira voelde dat de sprieten zich om de bron van de oproep sloten. Ze zette haar voeten schrap tegen de wand, rukte met haar arm en trok de zender dwars door de displays naar buiten. Wat loskwam was een cilinder van paars kristal, gevat in een dichte honingraat van zilveren aderen, die nu begon te trillen alsof warmtegolven een storing veroorzaakten.

Ze kneep met de sprieten van het pak in de cilinder, zo hard als ze kon, en het stukje bewerkt kristal barstte en brak. Bobbels zilver werden omhoog geknepen tussen de sprieten toen de xeno het metaal plette als warme was. En de drang veranderde van een dringende noodzaak in een vage neiging.

Voor ze tot zichzelf kon komen drong er een geur binnen, een geur zo sterk dat het was alsof er iemand in haar oor stond te schreeuwen:

[[Qwar hier: Schenner! Godslasteraar! Bezoedelaar!]]

En Kira wist dat ze niet meer alleen was. Er stond een Kwal achter haar, zo dichtbij dat ze een luchtstroom in haar nek kon voelen.

Ze verstijfde. Haar voeten zaten nog vast aan de wand. Ze kon zich niet snel genoeg omdraaien –

BAM!

Ze kromp ineen. Half gedraaid en half in elkaar gedoken haalde ze uit met het Zachte Mes.

Achter haar spartelde een alien in de lucht. Hij was bruin en glanzend en had een gesegmenteerd lijf zo groot als de romp van een man. Een cluster geelomrande ogen lag op zijn platte, nekloze hoofd. Tangen en voelsprieten bungelden uit iets wat een schelpachtige bek zou kunnen zijn, en twee rijen dubbelgelede poten, zo groot en lang als haar onderarm, schopten en trappelden aan weerszijden van zijn gepantserde buik. Uit zijn kreeftenstaart hing een paar voelsprietachtige aanhangels van minstens een meter lang.

Oranje wondvocht lekte uit de schedelbasis van het wezen.

BAM! BAM!

Er verschenen gaten in de bepantserde zij van de alien. Bloed en ingewanden spetterden over de vloer. De alien schopte nog eenmaal toen hij tollend wegdreef en bewoog toen niet meer.

Aan de overkant van het vertrek liet Falconi zijn pistool zakken. Er kringelde damp op uit de loop. 'Waar ben jij in godsnaam mee bezig?'

4

Kira kwam uit haar ineengedoken houding overeind en trok de stekels in die uit elke vierkante centimeter van haar huid staken. Haar hart ging zo snel tekeer dat het even duurde voor ze haar stembanden ervan kon overtuigen om in actie te komen.

'Ging hij...'

'Ja.' Falconi stak zijn pistool in de holster. 'Hij wilde net een hap uit je nek nemen.'

'Bedankt.'

'Trakteer me maar eens op een glaasje, dan staan we quitte.' Hij dreef naar haar toe en bekeek het bloedende lijk. 'Wat denk je? Is dat hun versie van een hond?'

'Nee,' zei ze. 'Hij was intelligent.'

Hij staarde haar aan. 'En hoe weet je dat?'

'Hij zei dingen.'

'Gezellig.' Hij wees naar haar bloederige arm. 'Nogmaals: wat doe je in godsnaam? Je reageert niet op je comms.'

Kira keek naar het gat dat ze in de glazen wand had gemaakt. Angst joeg haar hartslag weer op. Had zij, of liever het Zachte Mes, echt op de oproep gereageerd? De ernst van de situatie vervulde haar met afgrijzen.

Voor ze de kapitein antwoord kon geven, klonk er een piep in haar oor en zei Gregorovich: **Rampspoed, o heerlijke teisteringen van me.** En hij lachte met meer dan een spoor van krankzinnigheid. **Alle Kwallenschepen in dit stelsel hebben koers gezet naar de Caracole. Mag ik ongebreidelde doodsangst en een overhaaste terugtocht voorstellen?**

VIII

* * * * * * *

NERGENS EEN SCHUILPLAATS

1

Falconi vloekte en keek Kira strak en dreigend aan. 'Komt dit door jou?'

Ja, wat heb je uitgespookt, vleesklont? zei Gregorovich.

Kira wist dat ze niet geheim kon houden wat er was gebeurd. Ze richtte zich op, al voelde ze zich juist heel klein. 'Er was een zender. Die heb ik vernietigd.'

De kapitein kneep zijn ogen tot spleetjes. 'Dat... Waarom? En waarom zou dat de Kwallen alarmeren?'

'Zo noemen ze zichzelf niet.'

'Sorry?' zei hij. Het klonk verre van beleefd.

'Je kunt het niet precies nazeggen, maar het is iets als –'

'Het boeit me geen reet hoe de Kwallen zichzelf noemen,' zei Falconi. 'Je kunt maar beter uitleggen waarom ze achter ons aan komen, en snel ook.'

Dus vertelde Kira hem zo kort mogelijk over de drang en hoe ze er – onbedoeld – op gereageerd had.

Toen ze klaar was, stond Falconi's gezicht zo strak dat ze er bang van werd. Ze had die blik eerder bij mijnwerkers gezien, vlak voordat ze iemand neer besloten te steken.

'Eerst die stekels, nu dit – wat vertel je nog meer niet over die xeno, Navárez?' zei hij.

Kira schudde haar hoofd. 'Niets belangrijks.'

Hij gromde. 'Niets belangrijks.' Ze schrok toen hij zijn pistool trok en het op haar richtte. 'Eigenlijk zou ik je hier moeten achterlaten en een videofeed moeten uitzenden zodat de Kwallen weten waar ze je kunnen vinden.'

'... Maar dat doe je niet?'

Het bleef lang stil en toen liet hij de loop van zijn pistool zakken. Hij stak het weer in de holster. 'Nee. Als de Kwallen je zo graag willen, is het dus geen goed idee om ze jou te laten krijgen. Maar denk maar niet dat ik je op de Caracole wil hebben, Navárez.'

Ze knikte. 'Dat begrijp ik.'

Zijn blik dwaalde af en ze hoorde hem zeggen: 'Trig, terug naar de Caracole, nu. Jorrus, Veera, als jullie nog iets van het Kwallenschip willen, dan hebben jullie vijf minuten, max, en dan knallen we hier weg.'

Toen draaide hij zich om en begon aan de terugweg naar hun schip. 'Kom.' Toen Kira hem volgde, vroeg hij: 'Heb je nog iets bruikbaars ontdekt?'

'Heel veel, denk ik,' zei ze.

'Iets wat ons gaat helpen overleven?'

'Ik weet het niet. De Kwallen zijn –'

'Hou maar voor je, als het niet dringend is.'

Kira slikte haar woorden in en ging achter Falconi aan, die het schip snel verliet. Trig wachtte bij de luchtsluis op hen.

'Blijf op wacht tot de entropisten aan boord zijn,' zei Falconi.

De jongen salueerde.

Vanuit de luchtsluis gingen ze naar de brug. Nielsen was er al; ze bestudeerde de holo die uit de tafel in het midden werd geprojecteerd. 'Hoe ziet het eruit?' vroeg Falconi, terwijl hij zich vastsnoerde in zijn schokstoel.

'Niet zo goed,' zei Nielsen. Ze keek Kira even met een ondoorgrondelijke blik aan en riep toen een kaart van 61 Cygni op. Zeven stippellijntjes welfden zich door het stelsel en kwamen op de huidige positie van de Caracole bij elkaar.

'Hoe lang nog?' vroeg Falconi.

'De eerste Kwal is hier over vier uur.' Ze staarde hem aan, somber. 'Ze gebruiken hun maximale stuwkracht.'

Falconi wreef over zijn hoofd. 'Oké. Oké... hoe snel kunnen we op Station Malpert zijn?'

'Over tweeënhalf uur.' Nielsen aarzelde. 'Maar de schepen daar kunnen echt niet tegen zeven Kwallen op.'

'Ik weet het,' zei Falconi grimmig. 'Maar we hebben niet veel keus. Met een beetje geluk kunnen ze de Kwallen zo lang bezighouden dat wij naar FTL kunnen springen.'

'Daar hebben we de antimaterie niet voor.'

Falconi ontblootte zijn tanden. 'Dan hálen we de antimaterie.'

'Kapitein,' fluisterde Gregorovich, 'de Darmstadt roept ons op. Nogal dringend, mag ik wel toevoegen.'

'Shit. Laat ze maar wachten tot we weer onder stuwing zijn.' Falconi ramde op een knop op de console naast hem. 'Hwa-jung, wat is de status van die reparaties?'

De machinechef antwoordde even later: 'Bijna klaar. Alleen de nieuwe koelleiding nog testen.'

'Doe het snel.'

'Kapitein.' Zo te horen was ze nog kwaad op hem.

Falconi stak zijn vinger naar Kira uit. 'Jij. Vertel op. Wat heb je nog meer ontdekt?'

Kira vatte het zo goed mogelijk samen. Na afloop fronste Nielsen haar wenkbrauwen en zei: 'Dus de Kwallen denken dat zij worden aangevallen?'

'Kan het zijn dat je dat verkeerd hebt begrepen?' vroeg Falconi.

Kira schudde haar hoofd. 'Het was behoorlijk duidelijk. Dat deel in elk geval wel.'

'En die Blauwe Staf,' zei Nielsen. 'Weten we wat dat is?'

'Ik denk dat het echt een staf is,' legde Kira uit.

'Maar wat doet dat ding?' vroeg Falconi.

'Ik weet niets meer dan jullie. Misschien een soort besturingsmodule?'

'Het zou iets ceremonieels kunnen zijn,' merkte Nielsen op.

'Nee. De Kwallen leken ervan overtuigd dat ze er de oorlog mee konden winnen.' Toen moest Kira nog een keer uitleggen hoe ze ongewild de oproep had beantwoord. Tot dusverre had ze vermeden eraan te denken, maar toen ze aan Nielsen vertelde wat er was gebeurd, voelde Kira diepe schaamte en spijt. Ze had natuurlijk niet kunnen weten hoe het Zachte Mes zou reageren, maar toch was het haar fout. 'Ik heb het verkloot,' zei ze tot slot.

Nielsen keek haar zonder veel medelijden aan. 'Vat dit niet verkeerd op, Navárez, maar ik wil je van dit schip af hebben.'

'Dat is het plan ook,' zei Falconi. 'We geven haar aan het VMB, laat die het maar uitzoeken.' Hij keek Kira met iets meer empathie aan. 'Misschien kunnen ze je in een pakketschip stoppen en je het stelsel uit werken voor de Kwallen je te pakken krijgen.'

Ze knikte, diepongelukkig. Een beter plan was er niet. Shit. Het bezoek aan het Kwallenschip was misschien de moeite waard geweest vanwege alle informatie die ze had gevonden, maar zo te zien moesten zij en de crew van de Caracole er een hoge prijs voor betalen.

Ze dacht weer aan de rossige ster tussen zijn buren en vroeg zich af of ze die op een kaart van de Melkweg zou kunnen terugvinden.

Met nieuwe daadkracht gespte Kira zich in een van de schokstoelen vast en liet ze de grootste, meest gedetailleerde kaart van de Melkweg die ze kon vinden op haar overlays verschijnen.

De comms kwamen tot leven en Hwa-jung zei: 'Klaar.'

Falconi boog zich dichter naar de holodisplay. 'Trig, haal die entropisten terug naar de Caracole.'

Nog geen minuut later klonk de stem van de jongen: 'Alles groen, Kapitein.'

'Sluit maar af. We gaan weg hier.' Toen riep Falconi de ziekenboeg op. 'Doc, we moeten hier opzouten. Is versnellen veilig voor Sparrow?'

Vishals antwoord klonk gespannen: 'Het is veilig, kapitein, maar niet meer dan een g graag.'

'Ik zal zien wat ik kan doen. Gregorovich, ga je gang.'

'Begrepen, o mijn kapitein. Momenteel *aan de gang*.'

Er volgde een aantal schokken toen de Caracole zich van het buitenaardse schip losmaakte en zich met de stuurraketten naar een veilige afstand manoeuvreerde. 'Al die antimaterie,' zei Falconi toen hij naar de livefeed van de loskoppeling zat te kijken. 'Jammer dat niemand heeft uitgevogeld hoe je die uit hun schip kunt halen.'

'Ik ontplof liever niet terwijl ik daarmee experimenteer,' zei Nielsen droog.

'Nee.'

Het dek van de Caracole trilde toen de raket van het schip tot leven kwam en het aangename gevoel van gewicht kwam weer terug toen ze door de versnelling in hun stoelen werden gedrukt.

Op Kira's overlays schitterde een arsenaal aan sterren voor haar opengesperde ogen.

2

Kira hoorde Falconi op de achtergrond met iemand via de radio discussiëren. Ze luisterde niet, verdiept als ze was in de kaart. Ze begon met het bovenaanzicht van de Melkweg, zoomde in op het gebied rond Sol en ging toen langzaam tegenrotatiewaarts (zoals de Kwallen dat noemden). Aanvankelijk leek het een hopeloze taak, maar twee keer voelde Kira iets vertrouwds van het Zachte Mes tussen de massa's sterren en dat gaf haar hoop.

Ze stopte even met constellaties bestuderen toen Vishal in de deuropening van de brug verscheen. Hij zag er uitgeput uit en zijn gezicht was nog rood van het wassen.

'En?' zei Falconi.

De dokter zuchtte en liet zich in een van de stoelen vallen. 'Ik heb gedaan wat ik kon. De paal heeft de helft van haar organen verscheurd. Haar lever zal genezen, maar haar milt, haar nieren en een deel van haar darmen zullen vervangen moeten worden. Het duurt een dag of twee voor de nieuwe onderdelen uitgeprint zijn. Sparrow ligt nu te slapen en bij te komen. Hwa-jung is bij haar.'

‘Zou het beter zijn om Sparrow in cryo te brengen?’ vroeg Nielsen.

Vishal aarzelde. ‘Haar lichaam is zwak. Ze kan beter eerst wat op krachten komen.’

‘En als we geen keus hebben?’ vroeg Falconi.

De dokter spreidde zijn hand, met zijn vingers uit elkaar. ‘Het kan, maar het zou niet mijn voorkeur hebben.’

Falconi ging verder met zijn discussie over de comm (over het Kwallenschip, burgertoegang en docken op Ruimtestation Malpert) en Kira concentreerde zich weer op haar overlays.

Ze wist dat ze dichterbij kwam. Toen ze tussen de gesimuleerde sterren vloog, tollend en roterend en zoekend naar vormen die ze herkende, kreeg ze steeds prikkelende flarden van herkenning. Ze trokken haar naar de kern, waar de sterren dichter op elkaar gepakt stonden…

‘Verdomme,’ zei Falconi en hij sloeg met zijn vuist op de console. ‘Ze laten ons niet docken op Malpert.’

Kira keek hem verstrooid aan. ‘Waarom niet?’

Een vreugdeloze glimlach gleed over zijn gezicht. ‘Wat denk je? Omdat alle Kwallen in het stelsel achter ons aan zitten. Geen idee wat we volgens Malpert dan moeten doen. We kunnen nergens anders heen.’

Ze likte langs haar lippen. ‘Zeg tegen het VMB dat we essentiële informatie op het Kwallenschip hebben bemachtigd. Dat de anderen daarom achter ons aan zitten. Zeg ze dat… de informatie een kwestie van interstellaire veiligheid is en dat het voortbestaan van de Liga op het spel staat. Als we daarmee niet op Malpert komen, kun je mijn naam nog noemen, maar als dat niet nodig is zou ik liever –’

Falconi kreunde. ‘Ja. Oké.’ Hij tikte een lijn open en zei: ‘Geef me de verbindingsofficier van de Darmstadt. Ja, ik weet dat hij het druk heeft. Het is dringend.’

Kira wist dat het VMB uiteindelijk toch wel zou ontdekken hoe het met haar en het Zachte Mes zat. Maar het leek haar niet nodig om het door het hele stelsel uit te zenden, niet als dat kon worden vermeden. Bovendien zou ze nog maar heel weinig opties overhouden zodra het VMB en de Liga ontdekten dat ze nog leefde. Misschien zelfs geen enkele.

Rusteloos richtte ze haar aandacht weer op de kaart en probeerde ze te negeren wat er gebeurde. Ze had er toch geen invloed op… Daar! Een bepaald patroon van sterren viel haar op. Ze stopte en er leek een gong-achtige toon door haar hoofd te gaan: bevestiging van het Zachte Mes. En Kira wist dat ze had gevonden wat ze zocht: zeven sterren in de vorm van een kroon, met ongeveer in het midden het oude rode licht dat de locatie van de Blauwe Staf aangaf. Volgens het Zachte Mes, althans.

Kira staarde ernaar, eerst ongelovig en toen met steeds meer zekerheid. Of de informatie van de xeno nu verouderd was of niet, met de vondst van het stelsel hadden ze in elk geval meer dan ze daarvoor hadden. Het betekende dat zij – en de mensheid als geheel – eindelijk eens een stap voor lagen.

Opgewonden wilde ze haar ontdekking aankondigen. Ze werd onderbroken door een luide 'piep' en er verschenen tientallen rode puntjes op de holo van het stelsel.

'Meer Kwallen,' zei Nielsen. Haar stem klonk gelaten.

3

'Godsamme, niet te gelóven,' zei Falconi. Voor het eerst leek hij niet te weten wat hij moest doen.

Kira deed haar mond open en toen weer dicht.

De rode stipjes kwamen in beweging zodra ze in de gewone ruimte waren en vlogen alle kanten uit.

'Misschien moet je het ook niet geloven,' zei Gregorovich. Zo te horen begreep zelfs hij er niets van.

'Hoe bedoel je?' Falconi leunde naar voren. De gewone scherpte keerde terug in zijn blik.

Het scheepsbrein antwoordde niet meteen: 'Deze laatste lading ongenode gasten gedraagt zich anders dan verwacht. Ze... *calculeren... calculeren...* Ze vliegen niet alleen naar ons toe, ze gaan ook op de andere Kwallen af.'

'Zijn het versterkingen?' vroeg Nielsen.

'Onzeker,' antwoordde Gregorovich. 'De signatuur van hun motoren past niet bij de schepen die we tot nu toe van de Kwallen hebben gezien.'

'Ik weet dat er verschillende facties bij de Kwallen bestaan,' zei Kira.

'Misschien,' zei Gregorovich. Toen: 'Hé... Kijk eens aan. Is dat niet interessant?'

De grote holo schakelde over op een beeld van elders in het stelsel: een livefeed van drie ruimteschepen die op een ander schip afvlogen.

'Wat zien we?' vroeg Falconi.

'Dit komt van Station Chelomey,' zei Gregorovich. Er verscheen een groene kring om een van de schepen. 'Dit is een Kwal.' Een rode kring om de andere drie. 'Dit zijn een paar van de nieuwkomers. En dit' – naast elk schip verschenen getallen – 'is hun versnelling en relatieve snelheid.'

'Thule!' riep Falconi uit.

'Dat zou niet mogelijk moeten zijn,' zei Vishal.

'Precies,' zei Gregorovich.

De nieuwkomers accelereerden sneller dan ooit bij een Kwallenschip gemeten was. Zestig g. Honderd g. Nog meer. Zelfs op de display deden de motoren pijn aan je ogen – felle lasbranders, zo sterk dat ze lichtjaren verder nog te zien moesten zijn.

De drie schepen waren vlak bij de Kwal die ze achtervolgden tevoorschijn gesprongen. Terwijl ze naderden liet de Kwal wolken antisensorsneeuw los. De computer markeerde de anderszins onzichtbare laserstralen met rode lijnen. De indringers schoten terug en projectielen flitsten tussen de vechtende partijen heen en weer.

'Nou, dat is alvast één antwoord,' zei Nielsen.

Toen schoot een van de drie nieuwkomers voor zijn metgezellen uit en ramde het Kwallenschip, vrijwel zonder waarschuwing.

Beide schepen verdwenen in een nucleaire lichtflits.

'Wauw!' zei Trig. Hij kwam van de gang naar binnen en ging naast Nielsen zitten. Hij had zijn pantserexo uitgetrokken en droeg weer zijn gewone, slecht passende jumpsuit. Een schuimverband spalkte zijn linkerpols.

'Gregorovich,' zei Falconi, 'kun je ons een close-up van een van die schepen laten zien?'

'Momentje,' zei het scheepsbrein. Heel even kwam er een flard zielloze pauzemuziek uit de speakers van de Caracole. Toen veranderde de holo: een wazig beeld van een van de nieuwe schepen. Het vaartuig was donker, bijna zwart, en doorschoten met aders in een oranjerode kleur die aan bloed deed denken. De romp was asymmetrisch, met vreemde bulten en hoeken en ruwe uitsteeksels. Het leek meer op een tumor dan op een ruimteschip, alsof het gegroeid was in plaats van gebouwd.

Kira had nog nooit zoiets gezien en het Zachte Mes ook niet, dacht ze. De onevenwichtige vorm gaf haar een ongemakkelijk gevoel in haar buik; ze kon moeilijk bedenken waarom iemand zo'n verwrongen, scheve machine zou bouwen. Het was duidelijk niet het werk van de Kwallen; bijna alles wat zij maakten was glad en wit en leek radiaal symmetrisch.

'Kijk,' zei Falconi en hij schakelde de holo weer over naar een beeld van het stelstel. In heel 61 Cygni schoten de rode puntjes op de Kwallen en op de mensen af. De Kwallen waren hun koers al aan het verleggen om de nieuwe dreiging op te vangen. Dat betekende – voorlopig – dat de Caracole wat ademruimte had.

'Wat gebeurt er, kapitein?' vroeg Trig.

'Ik weet het niet,' zei Falconi. 'Zitten alle passagiers weer in het ruim?'

De jongen knikte.

'Die schepen zijn niet van Kwallen,' zei Kira. 'Echt niet.'

'Denken de Kwallen dat ze van óns zijn?' vroeg Nielsen. 'Denken ze daarom dat wij ze aanvallen?'

Vishal zei: 'Ik zou niet weten waarom.'

'Ik ook niet,' zei Falconi, 'maar zo te zien begrijpen we op dit moment heel veel niet.' Hij trommelde tegen zijn been en keek Kira aan. 'Wat ik wil weten is of ze hier zijn vanwege dat signaal dat jij hebt verstuurd.'

'Dan moeten ze vlak buiten 61 Cygni gewacht hebben,' zei Nielsen. 'Dat lijkt me... onwaarschijnlijk.'

Kira was geneigd het met haar eens te zijn. Maar het leek nog onwaarschijnlijker dat de nieuwkomers puur toevallig precies op dat moment waren gekomen. Net als met de Kwallen die op Adra opdoken. De ruimte was te groot voor dat soort toevalligheden.

De gedachte gaf haar de kriebels. Er was iets mis en ze wist niet wat. Ze opende een berichtvenster op haar overlays en stuurde de kapitein een tekstberichtje: <*Ik geloof dat ik weet waar de Blauwe Staf is. – Kira*>

Zijn ogen werden iets groter, maar verder reageerde hij niet. <*Waar? – Falconi*>

<*Ongeveer zestig lichtjaar hiervandaan. Ik moet echt iemand van de leiding op Malpert spreken. – Kira*>

<*Ik ben ermee bezig. Ze hebben nog steeds geen beslissing genomen. – Falconi*>

Heel even zat iedereen stil naar de display te kijken. Falconi schoof heen en weer in zijn stoel en zei: 'We hebben toestemming om op Malpert te docken. Kira, ze weten dat we inlichtingen hebben, maar ik heb niet gezegd wie je bent, en ook niets over je eh... pak. Nergens voor nodig om meteen helemaal open kaart te spelen.'

Ze glimlachte vaag. 'Bedankt... Het heeft een naam, weet je.'

'Wat heeft een naam?'

'Het pak.' Ze keken haar aan. 'Ik begrijp hem niet helemaal, maar dat wat ik wel begrijp betekent het Zachte Mes.'

'Dat is vet cool!' zei Trig.

Falconi krabde aan zijn kin. 'Dat past goed, geef ik toe. Je hebt een vreemd leven, Navárez.'

'Dat kun je wel zeggen,' mompelde ze in zichzelf.

Er klonk weer een alarm en Gregorovich zei somber: 'Ze komen.'

Twee van de net aangekomen schepen vlogen recht op Malpert af. ETA een paar minuten voor de Caracole.

'Natuurlijk,' zei Falconi.

4

De volgende twee uur bleef Kira met de crew zitten kijken hoe de vreemde, verwrongen schepen zich door het stelsel verspreidden en chaos zaaiden waar ze maar kwamen. Ze vielen mensen en Kwallen in het wilde weg aan en leken zich totaal niet druk te maken om hun eigen veiligheid, op het suïcidale af.

Vier van de nieuwkomers vernietigden de antimateriecentrales vlak bij de zon. De ruimteschepen vlogen langs de rijen gevleugelde satellieten en beschoten ze met lasers en raketten zodat ze een voor een ontploften in een flits van annihilerende antimaterie. Een paar van de satellieten beschikten over koepels met afweergeschut en ze wisten twee van de aanvallers te raken. De beschadigde schepen ramden prompt de koepels en vernietigden daarmee ook zichzelf.

'Misschien zijn het drones,' zei Nielsen.

'Misschien,' zei Gregorovich, 'maar dat is onwaarschijnlijk. Er komt atmosfeer vrij als ze openbarsten. Er moeten levende wezens in zitten.'

'Een ander soort aliens!' zei Trig. 'Dat moet wel!' Hij zat bijna te stuiteren op zijn stoel.

Kira deelde zijn enthousiasme niet. Die nieuwkomers voelden helemaal fout aan. Als ze hun schepen alleen maar zag, raakte ze al uit evenwicht. Dat het Zachte Mes niets van hen leek te weten maakte het alleen maar erger. Ze stond ervan te kijken hoezeer ze op de expertise van de xeno was gaan vertrouwen.

'Als ze maar niet zo taai zijn als de Kwallen,' zei Falconi. Dat was zo: de schepen van de nieuwkomers leken minder goed gepantserd, al werd dat gecompenseerd door hun snelheid en roekeloosheid.

De twee tumorachtige schepen bleven door de ruimte op Station Malpert af ploegen. Toen zij en de Caracole dichtbij waren, namen de Darmstadt en een stuk of zes andere schepen een verdedigende positie rond het station in. De VMB-kruiser liet nog steeds een spoor koelvloeistof los uit de radiatoren die in het eerdere gevecht met de Kwallen beschadigd waren. Maar beschadigd of niet, de kruiser was de enige hoop voor het station.

Toen de Caracole nog maar vijf minuten van het station af was, begon het schieten.

IX

* * * * * * *

BEGAAFDE

1

De aanval was snel en agressief. De twee misvormde buitenaardse schepen doken op de Darmstadt en Malpert af, elk vanuit een andere hoek. Wolken rook en camouflagesneeuw bemoeilijkten het zicht. Toen vuurde de VMB-kruiser drie Casaba-houwitsers af. Ze hielden zich duidelijk niet in.

Met een heftige schok ontweek een van de aliens de nucleaire holle ladingen. Hij vloog verder, op ramkoers met het station.

'Nee!' riep Nielsen.

Maar het buitenaardse schip ramde Malpert niet en ontplofte ook niet. In plaats daarvan nam het gas terug en dreef het op zijn laatste beetje vaart een van de dokken van het station binnen. Het lange, akelig uitziende schip ramde klemmen en luchtsluizen en boorde zich diep in het station. Het schip was groot: bijna twee keer zo groot als de Caracole.

Het andere schip wist de Casaba-houwitsers niet te ontwijken, niet helemaal. Een van de dodelijke spiezen vrat zich verschroeiend door de romp van het schip, dat dieper de planetoïdegordel in dreef. Rook stroomde uit de scheur in zijn flank.

Een groep mijnwerkersschepen scheidde zich af van de rest van de verdediging en zette de achtervolging in.

'Dit is onze kans,' zei Falconi. 'Gregorovich, laat ons dokken, nu.'

'Eh, en dat ding daar?' vroeg Nielsen en ze wees naar het schip van de aliens dat uit het station stak.

'Niet ons probleem,' zei Falconi. De Caracole had de motoren al uitgezet en bewoog zich op de stuurraketten naar de toegewezen luchtsluis. 'We kunnen altijd weer weg in geval van nood, maar we móéten onze tanks bijvullen.'

Nielsen knikte, maar haar gezicht stond strak van de zorgen.

'Gregorovich, wat gebeurt er op het station?' vroeg Kira.

'Chaos en pijn,' antwoordde het scheepsbrein. Op de holo verscheen een reeks vensters met feeds van Malpert. Eetzalen, tunnels, grote hallen. Groepen mannen en vrouwen in skinsuits renden voor de camera's langs en vuurden geweren en blasters af. Dikke wolken camouflagesneeuw hingen in de lucht, en in de bleke schaduwen bewogen figuren die Kira's verbeeldingskracht te boven gingen. Ze hadden een rode, rauw uitziende huid waar een lymfevochtachtige vloeistof uit sijpelde. Op de ruwe huid zaten hier en daar plukken zwart, touwachtig haar. Sommige liepen op vier poten, klein en lenig als whippets, maar met ogen zo groot als haar vuist. Andere slingerden zich op misvormde poten voort: armen en benen die eruitzagen alsof ze slecht gespalkt waren na een breuk; geknikte tentakels die er onbruikbaar bij hingen; rijen pseudopoten die misselijkmakend vlezig lilden.

De wezens droegen geen wapens, al hadden er aardig wat dunne magere stekels en kartels aan hun poten. Ze vochten als beesten, gingen met grote sprongen achter de vluchtende mijnwerkers aan, werkten hen tegen de grond en rukten hun ingewanden eruit.

Zonder vuurwapens werden de monsters snel neergehaald. Maar pas nadat ze tientallen mensen hadden gedood.

'Wat zijn dat in godsnaam?' zei Vishal met evenveel afschuw als Kira voelde.

Trig was lijkbleek weggetrokken.

'Jij bent de xenobioloog,' zei Falconi. 'Wat is jouw professionele mening?'

Kira aarzelde. 'Ik... ik heb geen idee. Ze kunnen niet uit natuurlijke evolutie zijn ontstaan. Ik bedoel, dat zie je zo. Ik weet niet eens of ze de schepen die ze gebruikten zelf gebouwd kunnen hebben.'

'Dus jij zegt dat iemand anders die... dingen heeft gemaakt?' vroeg Nielsen.

Falconi trok een wenkbrauw op. 'Misschien de Kwallen? Verkeerd gelopen experiment?'

'Maar waarom zouden ze ons dan die aanvallen verwijten?' vroeg Vishal.

Kira schudde haar hoofd. 'Weet ik niet. Weet ik niet. Sorry. Ik heb geen flauw idee wat er aan de hand is.'

'Ik zal je zeggen wat er aan de hand is,' zei Falconi. 'Oorlog.' Hij checkte iets op zijn overlays. 'De kapitein van de Darmstadt wil je zien, Navárez, maar het duurt nog even voor ze gedockt zijn. Ze zijn daar nog steeds aan het dweilen. Laten we intussen tanken, onderhoud plegen en die mensen uit het vrachtruim wegsturen. Ze moeten maar een andere manier vinden om in Ruslan te komen. En ik ga wat lui bellen, zien of ik wat antimaterie te pakken kan krijgen. Op een of andere manier.'

2

Kira ging mee met Trig, Vishal en Nielsen om te helpen. Dat was beter dan zitten afwachten. Haar hersenen draaiden op volle toeren toen ze zich door de centrale schacht lieten zakken. Dat visioen van het Zachte Mes over de staf... het wezen dat de xeno als de Allerhoogste had gezien, had noch op een Kwal, noch op een van de misvormde nieuwkomers geleken. Hadden ze dus met dríé soorten aliens te maken?

Op de ladder ontmoetten ze Hwa-jung, die op weg was naar de machinekamer. Toen Nielsen haar naar Sparrow vroeg, bromde de machinechef: 'Ze leeft. Ze slaapt.'

In het ruim werden ze begroet met een rumoer van geschreeuwde vragen zodra Trig het wielslot opendraaide en de deur opendeed. Nielsen stak haar handen op en wachtte tot het stil werd.

Ze zei: 'We zijn gedockt op Ruimtestation Malpert. De plannen zijn veranderd. De Caracole kan jullie toch niet naar Ruslan brengen.' Toen er een woedend gebrul opsteeg uit de groepen vluchtelingen, voegde ze eraan toe: 'Negentig procent van jullie ticketprijs wordt terugbetaald. Of is dat al, als het goed is. Check jullie berichten maar.'

Kira klaarde op; ze hoorde nu voor het eerst iets over terugbetalen.

'Het is waarschijnlijk beter zo,' vertrouwde Trig haar toe. 'We waren niet echt eh... welkom op Ruslan. Landen zou nog lastig worden.'

'O ja? Het verrast me dat Falconi geld teruggeeft. Dat leek me niets voor hem.'

De jongen haalde zijn schouders op en er verspreidde zich een sluw glimlachje over zijn gezicht. 'O, we hebben genoeg gehouden om waterstof bij te tanken. Bovendien heb ik wat dingetjes meegenomen van het Kwallenschip. Kapitein denkt dat we ze voor vette bits aan verzamelaars kunnen verkopen.'

Kira fronste en dacht aan alle technologie op het schip. 'Wat heb je precies –' begon ze, maar ze werd onderbroken door het gepiep van draaiende metalen scharnieren.

De buitenwand van het vrachtruim klapte open en ze zag een brede slurf, die het ruim verbond met de ruimtehaven van Malpert. Laadbots stonden al buiten te wachten en een handvol douaneofficiers stond vlakbij verankerd, met klemborden in de hand.

De vluchtelingen begonnen hun spullen bij elkaar te rapen en verlieten de Caracole. Dat viel nog niet mee in nul-g, en Kira kreeg het nog druk met slaapzakken en thermodekens redden voor ze het ruim uitvlogen.

De vluchtelingen leken op hun hoede voor haar, maar ze protesteerden niet tegen haar aanwezigheid. Vooral, vermoedde Kira, omdat ze druk bezig waren van de Caracole af te komen. Toch kwam er één man naar haar toe, een slungelige kerel met rood haar in een gekreukt net pak. Ze herkende hem als de gast die tijdens het gevecht met de Kwal achter het meisje aan was gegaan.

'Het was er nog niet van gekomen,' zei hij, 'maar ik wilde je nog bedanken voor het redden van mijn nichtje. Als jij en Sparrow er niet geweest waren...' Hij schudde zijn hoofd.

Kira boog haar hoofd en voelde ineens dat de tranen haar in de ogen sprongen. 'Ik ben blij dat ik kon helpen.'

Hij aarzelde. 'Als ik het mag vragen, wat ben jij?'

'... Een wapen, laten we het daarop houden.'

Hij stak zijn hand uit. 'Hoe het ook zit, dank je wel. Als je ooit op Ruslan komt, zoek ons dan op. Hofer is de naam. Felix Hofer.'

Ze schudden elkaar de hand en Kira kreeg een merkwaardig brok in haar keel toen hij naar zijn nichtje terugliep en ze hen zag vertrekken.

Aan de andere kant van het ruim klonken boze stemmen. Ze zag Jorrus en Veera tussen vijf numenisten, drie mannen en twee vrouwen. Ze waren aan het duwen en trekken en riepen iets over het Oppergetal.

'Hé, kappen!' riep Nielsen en ze ging hun kant uit.

Kira ging snel op de ruzie af. Maar voor ze er was, gaf een van de numenisten – een paarsharige man met een stompe neus en een rij onderhuidse implantaten in zijn onderarmen – Jorrus een klap in zijn gezicht, recht op zijn mond.

'Hou je kalm,' snauwde Kira. Ze vloog op de groep in, pakte de paarsharige man bij zijn romp en duwde zijn armen tegen zijn zij terwijl ze tegen de wand vlogen. Het Zachte Mes kleefde op haar bevel aan de wand en ze bleven daar hangen.

'Wat is er aan de hand?' vroeg Nielsen streng en ze wurmde zich tussen de numenisten en de entropisten.

Veera stak sussend haar handen op. 'Gewoon een kleine...'

'... theologische discussie,' maakte Jorrus haar zin af. Hij spuugde een bloedklodder uit op het dek.

'Nou, niet hier,' zei Nielsen. 'Doe dat maar buiten het schip. Jullie allemaal.'

De paarsharige man probeerde zich los te rukken uit Kira's armen. 'Ah, flikker toch op, stom wijf met je vierkante kop. En laat los jij, mislukte begaafde.'

'Niet voor je belooft dat je je gedraagt,' zei Kira. Ze genoot van de kracht die het Zachte Mes haar gaf; met wat hulp van het pak kon ze de man met gemak in bedwang houden.

‘Gedragen? Let op, dan!’ De man trok zijn hoofd naar achteren en sloeg het tegen haar neus.

Verblindende pijn vlamde op in Kira’s gezicht. Ze gilde onwillekeurig en voelde de man in zijn shirt draaien terwijl hij probeerde los te komen.

‘Hou op!’ riep ze terwijl de tranen uit haar ogen stroomden en het bloed haar neus en keel verstopte.

De man trok zijn hoofd weer naar achteren. Deze keer raakte hij haar recht op haar kin. Het deed pijn. Veel pijn. Kira verloor haar grip en de man rukte zich los.

Ze greep hem weer vast en hij haalde uit, waardoor hij begon te tollen.

’Nu echt kabbeb!’ riep ze boos.

Terwijl ze dat zei, schoot er een spies uit haar borst die de man tussen zijn ribben stak. Hij staarde haar ongelovig aan. Toen begon hij te schokken en met zijn ogen te rollen. Rode vlekken verspreidden zich op zijn shirt.

Aan de andere kant van het ruim begonnen de vier andere numenisten te schreeuwen.

Kira’s woede maakte direct plaats voor afschuw. ‘Nee! Het spijt me. Dat was niet de bedoeling. Ik –’ Met een glibberig gevoel trok de spies zich terug.

‘Hier!’ zei Vishal. Hij gooide haar vanaf de muur een lijn toe. Kira ving hem zonder erbij na te denken en de dokter trok haar en de numenist naar zich toe. ‘Hou hem stil,’ zei Vishal. Hij scheurde de zijkant van het shirt open en sproeide medifoam uit een klein busje in de wond.

‘Gaat hij –’ begon Kira te vragen.

‘Hij overleeft het wel,’ zei Vishal, nog steeds bezig. ‘Maar ik moet hem naar de ziekenboeg brengen.’

‘Trig, help de dokter,’ zei Nielsen, die kwam aanzweven.

‘Doe ik.’

‘Wat jullie betreft,’ zei Nielsen terwijl ze naar de andere numenisten wees, ‘maak dat je wegkomt voor ik jullie eruit gooi.’ Ze begonnen te protesteren, maar ze legde hun met een dreigende blik het zwijgen op. ‘Jullie horen het wel wanneer je je vriend terug kunt krijgen. Nu opzouten.’

Trig pakte de man bij zijn voeten en Vishal pakte hem bij zijn hoofd. Toen droegen ze hem weg, net zoals Hwa-jung Sparrow had weggedragen.

3

Kira hing als verdoofd bij de wand. De andere vluchtelingen staarden haar bang en ronduit vijandig aan, maar dat kon haar niet schelen. In haar hoofd was de bewusteloze numenist Alan, die in haar armen dood lag te bloeden terwijl de lucht gierend door de kapotte wanden ontsnapte…

Ze had de beheersing verloren. Een kort moment, maar ze had een man kunnen doden, net zoals ze haar teamgenoten had gedood. Deze keer kon ze het Zachte Mes de schuld niet geven; ze had de numenist pijn wíllen doen, net zolang tot hij haar geen pijn meer deed. Het Zachte Mes had daar alleen maar op gereageerd.

'Gaat het?' vroeg Nielsen.

Het duurde even voor Kira antwoord gaf. 'Jawel.'

'Je moet daar wel naar laten kijken.'

Kira voelde aan haar gezicht en schrok. De pijn nam al af, maar ze voelde dat haar neus dik was en scheef stond. Ze probeerde hem weer terug te duwen, maar het Zachte Mes had hem al te veel genezen om hem te kunnen bewegen. Kennelijk was bijna goed voor de xeno al goed genoeg.

'Verdomme,' mompelde ze verslagen. Haar neus zou opnieuw gebroken moeten worden voor hij rechtgezet kon worden.

'Blijf nu maar even hier wachten,' zei Nielsen. 'Dat is beter, denk je niet?'

Kira knikte als verdoofd en keek de andere vrouw na, die wegdreef om toezicht op de ontscheping te houden.

Toen kwamen de entropisten naar haar toe. Veera zei: 'Het spijt ons dat we –'

'... zo veel opschudding hebben veroorzaakt, Gevangene. Het is onze schuld. We hebben de numenisten –'

'... uitgelegd dat er grotere oneindigheden bestaan dan de reeks reële getallen. Om een of andere reden was dat beledigend voor hun opvatting –'

'... van het Oppergetal.'

Kira wuifde hun excuses weg. 'Geeft niet. Zit er maar niet over in.'

De entropisten knikten als één. 'Het lijkt erop –' zei Jorrus.

'... dat onze wegen hier moeten scheiden,' zei Veera. 'Daarom willen we je graag bedanken voor alle informatie over het pak die je met ons hebt gedeeld en –'

'... voor de kans om het Kwallenschip te onderzoeken –'

'... en we willen je dit geven,' zei Jorrus. Hij gaf haar een kleine, edelsteenachtige penning. Het was een schijfje van iets wat op saffier leek met een fractalpatroon erin geëtst.

De fractal kwam Kira bekend voor. Het was niet hetzelfde patroon als in haar droom, maar het leek er wel op. 'Wat is het?'

Veera spreidde haar handen in een zegenend gebaar. 'Een veilige overtocht naar het Moederhuis van onze orde, de Nova Energium, in een baan rondom Shin-Zar. We weten –'

... dat je je verplicht voelt de Liga te helpen, en we willen je daar niet van afhouden. Maar –'

'... mocht je van gedachten veranderen –'

'... dan garandeert onze orde je een veilige toevlucht. De Nova Energium –'

'... is het meest geavanceerde onderzoekslaboratorium in de door mensen bewoonde ruimte. Zelfs de beste labs op Aarde zijn niet zo goed uitgerust... of zo goed verdedigd. Als iemand je kan verlossen van dit organisme –'

'... zijn het de knappe koppen op de Nova Energium wel.'

Een veilige toevlucht. Dat woord maakte indruk op Kira. Ontroerd stak ze de penning in haar zak en zei: 'Bedankt. Ik kan jullie aanbod misschien niet aannemen, maar het betekent veel voor me.'

Veera en Jorrus staken hun onderarmen kruiselings in de mouwen van hun gewaden en sloegen hun armen voor hun borst. 'Moge je pad altijd tot kennis leiden, Gevangene.'

'Kennis tot vrijheid.'

Toen vertrokken de entropisten en was Kira weer alleen. Ze was nog niet zo lang met haar gedachten alleen toen Inarë, de vrouw met de kat met de onuitsprekelijke naam, naast haar kwam staan. De vrouw droeg een grote gebloemde weekendtas als enige bagage. De kat zat op haar schouder. De haren van zijn vacht staken alle kanten uit in nul-g.

De vrouw grinnikte. 'Je schijnt interessante tijden te beleven, Ellen Kaminski.'

'Zo heet ik niet,' zei Kira. Ze was niet in de stemming om te praten.

'Natuurlijk niet.'

'Wou je iets?'

'O ja,' zei de vrouw. 'Jazeker. Wat ik wóú, is tegen je zeggen: bijt je vast in het pad, of het pad bijt je de kop af. Om een oud citaat te parafraseren.'

'En dat betekent?'

Voor een keer leek Inarë serieus. 'We hebben allemaal gezien wat jij kunt. Het ziet ernaar uit dat je een grotere rol te spelen hebt dan anderen in dit troosteloze plan van je.'

'Hoe dan?'

De vrouw liet haar hoofd scheef zakken en Kira zag een onverwachte diepte in haar ogen, alsof ze op een heuvel was geklommen en er een gapende afgrond achter ontdekte. 'Alleen dit, en dit alleen: de omstandigheden drukken zwaar op ons. Binnenkort is het enige wat je nog rest, en ons allemaal, pure noodzaak. Voor dat zover is, moet je kiezen.'

Kira fronste, bijna boos. 'En wat moet ik dan precies kiezen?'

Inarë glimlachte en klopte Kira tot haar grote schrik op haar wang. 'Wie je wilt zijn, natuurlijk. Komen al onze keuzes daar niet op neer? Nu moet ik echt gaan. Mensen ergeren, plekken ontvluchten. Kies wijs, Reiziger. Denk lang na. Denk snel na. Bijt je vast in het pad.'

Toen zette de vrouw zich af tegen de wand en zweefde ze het ruim uit, de ruimtehaven van Malpert in. De grote kat met de manen op de rug van Inarë bleef Kira aanstaren en miauwde klaaglijk.

4

Bijt je vast in het pad. Kira kon de zin niet uit haar hoofd krijgen. Ze bleef hem van alle kanten bekijken en erop kauwen terwijl ze hem probeerde te begrijpen.

Aan de andere kant van het ruim begeleidde Hwa-jung twee laadbots die de vier cryobuizen van de Walkure duwden en trokken. Achter de berijpte ruit zag Kira Orso's gezicht, blauw en doodsbleek.

Ze had hem in elk geval niet hoeven opeten om te overleven. Hem en de andere drie stond nog een enorme schok te wachten als het VMB hen ontdooide en hun vertelde wat er was gebeurd toen ze lagen te slapen...

'Je bent een wandelende ramp, Navárez,' zei Falconi, die op haar af kwam. 'Dat ben je.'

Ze haalde haar schouders op. 'Zal wel.'

'Hier.' Hij haalde een zakdoek uit zijn zak, spuugde erop en begon ongevraagd haar gezicht schoon te vegen. Kira kromp ineen. 'Sta stil. Je hebt overal bloed zitten.'

Ze probeerde zich niet te bewegen en voelde zich net een kind met een vies gezicht.

'Zo,' zei Falconi en hij deed een stap naar achteren. 'Beter. Maar er moet wel wat aan die neus worden gedaan. Wil je dat ik het doe? Ik heb ervaring met gebroken neuzen.'

'Bedankt, maar ik geloof dat ik het maar aan een dokter vraag,' zei ze. 'Het Zachte Mes heeft het al genezen, dus...'

Falconi huiverde. 'Snap ik. Oké.'

Buiten het schip ging er geschreeuw op onder de vluchtelingen die voor de douane stonden te wachten, en Kira zag mensen naar de displays aan de wanden van de ruimtehaven wijzen. 'Wat nu weer?' zei ze. Hoeveel slecht nieuws kon er nog komen?

'Even kijken,' zei Falconi.

Kira riep haar overlays op en checkte het lokale nieuws. De kwaadaardige nieuwkomers zetten hun helletocht door het stelsel voort. Ze hadden de meeste Kwallen al vernietigd – en waren zelf ook door hen vernietigd – maar de grootste krantenkoppen gingen over Ruslan. Zes nieuwkomers waren langs Station Vyyborg en de andere defensieposten van de planeet gekomen en waren geland in de hoofdstad Mirnsk.

Allemaal, op een na.

Dat ene schip had zich gericht op Ruslans ruimtelift, de Petrovich Express. Ondanks het afweergeschut in de baan om de planeet. Ondanks het slagschip van het VMB, de Bittere Ernst, dat om Vyyborg was gestationeerd. Ondanks de vele lasers en raketbatterijen die aan de boven- en onderkant van het megabouwwerk waren aangebracht. En ondanks het beste werk van talloze technici en natuurkundigen… ondanks dat alles was het ruimteschip van de aliens erin geslaagd de lintvormige kabel van de ruimtelift te rammen en los te trekken, op driekwart van de afstand tot de planetoïde die als tegenwicht diende.

Onder Kira's ogen dreef het bovenste deel van de lift, met tegenwicht en al, sneller dan ontsnappingssnelheid van Ruslan weg. Intussen begon het onderste deel naar de planeet om te krullen, als een enorme zweep die zich om een bal windt.

'Thule,' mompelde Kira. De hogere delen van de kabel zouden ofwel afbreken of verbranden in de atmosfeer. Maar meer naar beneden, bij de grond, zou de instorting verwoestend zijn. Het grootste deel van de ruimtehaven om het ankerpunt zou vernietigd worden, net als een lange strook land ten oosten daarvan. In absolute termen zou de instorting niet eens zo veel schade veroorzaken, maar voor de mensen vlak bij de basis zou het een gebeurtenis van apocalyptische proporties zijn. Als ze zich voorstelde hoe doodsbang (en hulpeloos) ze zich moesten voelen, werd ze misselijk.

Op het deel van de kabel dat nog aan Ruslan vastzat, verschenen kleine vonkjes licht.

'Wat zijn dat?' vroeg ze.

'Transportpods, lijkt me,' zei Falconi. 'De meeste zullen wel veilig kunnen landen.'

Kira huiverde. Met de lift omhooggaan langs de bonenstaak was een van haar mooiste herinneringen aan haar tijd met Alan tijdens hun korte verlof voordat de onderzoeksmissie naar Adra werd gelanceerd. Het uitzicht boven aan de kabel was ongelofelijk geweest. Ze hadden helemaal tot aan de Gewijde Flens kunnen kijken, ver in het noorden… 'Blij dat ik daar niet ben,' zei ze.

'Nou en of.' Toen wees Falconi naar de ruimtehaven. 'Kapitein Akawe – de kapitein van de Darmstadt – kan ons nu ontvangen.'

'Ons?'

Falconi knikte afgemeten. 'De verbindingsofficier zei dat ze wat vragen voor me hebben. Waarschijnlijk over onze kleine excursie naar het Kwallenschip.'

'Ah.' Kira vond het een troost dat ze niet in haar eentje tegenover het VMB zou staan. Zelfs al was Falconi geen vriend, ze wist dat ze op zijn steun kon rekenen en ze nam aan dat het redden van Trig en Sparrow haar wat goodwill bij hem had opgeleverd. 'Oké, we gaan.'

'Na jou.'

X

*   *   *   *   *   *   *

DARMSTADT

1

Vanuit de luchtsluis van de Caracole leidde Falconi Kira naar een tunnel in de rotsachtige planetoïde waar Malpert op en in was gebouwd. Ze waren al half om het station heen toen Kira besefte dat ze niet naar de roterende woonring rondom het midden gingen.

'Akawe wilde op de Darmstadt afspreken,' zei Falconi. 'Ze denken zeker dat dat veiliger is. Geen rondrennende monsters.'

Kira vroeg zich af of ze zich zorgen moest maken. Maar ze zette haar bezorgdheid van zich af. Het maakte niet uit. In elk geval zou ze op de Darmstadt niet in nul-g zitten.

Overal zagen ze sporen van het gevecht met de nieuwkomers. De lucht stonk naar rook, de muren zaten vol schroeiplekken en gaten en de ogen van de mensen die ze passeerden stonden groot en starend, alsof ze nog in shock waren.

De tunnel liep door een grote koepel, waarvan de helft was afgesloten met deuren waarop *Ichen Manufacturing* stond. Voor de deuren zag Kira de resten van een van de ongeïdentificeerde aliens. Het wezen was door kogels uit elkaar gereten en doorzeefd, maar ze kon zijn basisvorm nog herkennen. Anders dan de andere aliens had deze zwarte dekschilden op zijn rug: het was moeilijk te zeggen of ze van bot of van schelp waren. Dubbelgelede poten – drie, als ze goed telde. De lange kaak van een vleeseter. Zat daar een twéédé bek, vlak bij het begin van de borst?

Kira kwam dichterbij. Ze wou dat ze een chiplab had, een scalpel en een paar ongestoorde uren om dit specimen te bestuderen.

Falconi's hand op haar schouder hield haar tegen. 'We willen Akawe niet laten wachten. Slecht idee.'

'Ja…' Kira draaide zich van het lijk af. Het enige wat ze wilde was haar werk doen, en het universum bleef haar dat maar onmogelijk maken. Vechten was haar ding niet; ze wilde dingen léren.

Waarom had ze de numenist dan neergestoken? Het was een echte zakkenwasser, maar een mes tussen zijn ribben had hij niet verdiend...

Een paar mariniers in zware pantserexo's wachtten hen voor de luchtsluis van de Darmstadt op. 'Geen wapens toegestaan,' zei de ene marinier, en hij stak zijn hand uit.

Falconi keek moeilijk, maar hij gespte zijn riem los en gaf die en zijn pistool zonder te protesteren aan de marinier.

De luchtdichte deur rolde open.

'Matroos Merrick zal u de weg wijzen,' zei de marinier.

Merrick – een magere, gestrest uitziende man met een veeg smeerolie op zijn kin en een bloederige pleister op zijn voorhoofd – stond binnen op hen te wachten. 'Volg mij,' zei hij en hij leidde hen dieper de VMB-kruiser in.

De Darmstadt zag er vanbinnen precies zo uit als de Verzachtende Omstandigheden. Het gaf Kira onaangename flashbacks van door gangen rennen terwijl ze sirenes en geweerschoten hoorde.

Toen ze het middelpunt van het schip voorbij waren en op de roterende woonspaken waren overgestapt, konden ze tot Kira's opluchting weer normaal lopen.

Merrick bracht hen naar een kleine vergaderkamer met een tafel in het midden en zei: 'Kapitein Akawe komt dadelijk naar u toe.' Toen liep hij weg. Hij deed de luchtdichte deur achter zich dicht.

Kira bleef staan, net als Falconi. Hij leek even goed te beseffen als zij dat het VMB hen observeerde.

Ze hoefden niet lang te wachten voor de deur opensloeg en er vier mannen binnenkwamen: twee mariniers (die bij de ingang bleven staan) en twee officieren.

De kapitein was gemakkelijk te herkennen aan de strepen op zijn uniform. Hij was van gemiddelde lengte, had een donkere huid en een stoppelbaard. Zijn uitstraling was die van iemand die al dagen niet echt geslapen heeft en te veel stims heeft gebruikt. Kira kreeg de indruk dat iets aan zijn gezicht te symmetrisch was, te perfect, alsof ze naar een levende paspop keek. Het duurde even voor ze begreep dat het lichaam van de kapitein een construct was.

De andere officier was kennelijk de tweede bevelhebber. Hij was slank, met een zware kaak en rimpels als littekens langs zijn holle wangen. Zijn kortgeknipte haar begon zich al terug te trekken en in zijn ogen glansde het diepe, roofdierachtige geel van een stegotijger. Kira had wel eens gehoord over soldaten die de genhack lieten doen om beter te kunnen zien in de strijd, maar ze had nog nooit iemand met die modificatie ontmoet.

Akawe liep om de tafel heen en ging in de enige stoel aan die kant zitten. Hij gebaarde. 'Ga zitten.' Zijn tweede bevelhebber bleef naast hem staan, met de voorgeschreven rechte rug.

Kira en Falconi gehoorzaamden. De stoelen waren hard en oncomfortabel, zonder enige bekleding.

Akawe sloeg zijn armen over elkaar heen en bekeek hen met iets wat op weerzin leek. 'Godsamme. Wat een treurig stelletje zijn jullie. Vindt u ook niet, eerste officier Koyich?'

'Ja kapitein, zeker,' antwoordde de man met de gele ogen.

De kapitein knikte. 'Absoluut zeker. Ik zal duidelijk zijn, menéér Falconi en mevrouwtje Hoe-u-ook-mag-heten, ik kan geen tijd aan jullie verspillen. Er is hier een onversneden invasie van aliens aan de gang, ik heb een beschadigd schip dat aandacht vraagt en om duistere redenen zit het Opperbevel me achter de vodden om iedereen van de Walkure gisteren nog op Vyyborg te krijgen. Ze zijn bloedlink omdat jullie van koers zijn veranderd en naar Malpert zijn gegaan in plaats van naar Ruslan. Alsof dat nog niet genoeg is, hebben jullie je diep in een wespennest gestoken door dat Kwallenschip in te gaan. Ik weet niet wat voor soort bullshit jullie proberen uit te halen, maar jullie hebben precies dertig seconden om me ervan te overtuigen dat jullie iets te zeggen hebben wat de moeite waard is.'

'Ik kan de taal van de Kwallen verstaan,' zei Kira.

Akawe knipperde met zijn ogen en zei: 'Op een of andere manier betwijfel ik dat. Vijfentwintig seconden en de tijd loopt.'

Ze deed haar kin omhoog. 'Mijn naam is Kira Navárez. Ik was de eerste xenobioloog van het team dat de planeet Adrasteia in Sigma Draconis moest onderzoeken. Vier maanden geleden hebben we op Adrasteia een buitenaards artefact ontdekt, wat leidde tot de vernietiging van de VMBS de Verzachtende Omstandigheden.'

Akawe en Koyich wisselden een blik. Toen haalde de kapitein zijn armen van elkaar en leunde naar voren. Hij legde zijn kin op zijn vingers. 'Oké, mevrouw Navárez, u hebt mijn onverdeelde aandacht. Zeg het maar.'

'Ik moet u eerst iets laten zien.' Ze hief haar hand op, met de handpalm omhoog. 'U moet beloven dat u niet te heftig reageert.'

Akawe snoof. 'Ik vraag me serieus af of iets –'

Hij viel stil toen er een bos stekels uit haar hand oprees. Achter haar hoorde Kira de mariniers hun wapens optillen en ze wist dat ze die op haar hoofd richtten.

'Het is veilig,' zei ze terwijl ze zich inspande om de stekels op hun plek te houden. 'Meestal.' Ze ontspande zich en liet haar hand weer glad worden.

Toen begon ze haar verhaal te vertellen.

2

Kira loog.

Niet over alles, maar – net als tegen de crew van de Caracole – wel over hoe haar vrienden en teamgenoten waren omgekomen op Adra. Ze gaf de schuld aan de Kwallen. Het was stom van haar; als Akawe Orso en zijn maten ontdooide en debriefde zouden haar leugens meteen aan het licht komen. Maar Kira kon niet anders. Opbiechten wat voor rol ze bij hun dood had gespeeld, vooral bij die van Alan, was meer dan ze op dat moment kon verdragen. Ze was bang dat het op zijn allerminst Falconi's ergste vermoedens over haar zou bevestigen.

Maar verder vertelde ze de waarheid, voor zover ze die begreep, tot en met haar ontdekking over de Blauwe Staf. Ze gaf hun ook Vishals onderzoeksuitslagen, alle opnames die ze op het Kwallenschip met haar contactlenzen had gemaakt en haar transcripties van de herinneringen van de xeno.

Toen ze klaar was bleef het heel lang stil. Ze zag de ogen van Akawe en Koyich heen en weer schieten terwijl ze elkaar berichten stuurden.

'Wat heb jij erover te zeggen, Falconi?' vroeg Akawe toen.

Falconi trok een zuur gezicht. 'Alles wat ze vertelt over haar tijd op de Caracole klopt. Ik kan alleen toevoegen dat Kira vandaag het leven van twee van mijn bemanningsleden heeft gered, voor wat het waard is. U kunt de verslagen bekijken als u wilt.' Hij zei niets over de numenist die ze had neergestoken en daar was Kira hem dankbaar voor.

'O, dat zullen we zeker doen,' zei Akawe. 'Daar kun je je ballen onder verwedden.' Zijn ogen werden vaag. 'Moment.'

Er viel weer een ongemakkelijke stilte en toen schudde de VMB-kapitein zijn hoofd. 'Het opperbevel op Vyyborg bevestigt uw identiteit, evenals de ontdekking van een xenoform artefact op Adreasteia, maar de details zijn geclassificeerd als geheim.' Hij staarde Kira aan. 'Voor alle zekerheid: u kunt ons dus niets vertellen over die nachtmerries die ineens komen opduiken?'

Ze schudde haar hoofd. 'Nee. Maar zoals ik al zei weet ik vrij zeker dat de Kwallen dit pak niet hebben gemaakt. Een andere groep of een ander soort deed dat.'

'Die nachtmerries?'

'Ik weet het niet, maar… Als ik moest gokken, zou ik zeggen van niet.'

'Aha. Oké, Navárez, dit gaat mijn salarisschaal ver te boven. Zo te zien zijn de Kwallen en de nachtmerries druk bezig elkaar kapot te schieten. Als dat achter de rug is, brengen we u naar Vyyborg en dan mag het Opperbevel bedenken wat ze met u aan moeten.'

De kapitein begon al overeind te komen, maar Kira zei: 'Wacht. Dat kan niet.'

Akawe trok een wenkbrauw op. 'Pardon?'

'Het is pure tijdverspilling om mij naar Vyyborg te brengen. We moeten de Blauwe Staf vinden. De Kwallen lijken ervan overtuigd dat ze de oorlog daarmee zullen winnen. En ik geloof dat ook. Als zij de staf vinden, is alles voorbij. Dan zijn we dood. Wij allemaal.'

'Zelfs als dat zo is, wat verwacht u dan van mij?' vroeg Akawe. Hij sloeg zijn armen voor zijn borst.

'Ga achter de staf aan,' zei Kira. 'Vind hem voordat de Kwallen dat doen.'

'Wat?' zei Falconi. Hij keek even geschrokken als de VMB-mannen.

Ze bleef doorpraten. 'Ik zei al: ik heb een goed beeld van waar de staf kan zijn. De Kwallen niet. Ik weet dat zij al zoeken, maar als we nu beginnen kunnen we ze misschien te snel af zijn.'

Akawe kneep in zijn neusbrug alsof hij hoofdpijn had. 'Mevrouw... Ik weet niet hoe u denkt dat het leger werkt, maar –'

'Luister, denkt u dat er een kans is dat het VMB en de Liga níét achter de staf aan willen gaan?'

'Dat hangt ervan af hoe de Inlichtingendienst uw beweringen beoordeelt.'

Kira wist haar frustratie met moeite te beheersen. 'Ze kunnen zich niet veroorloven de mogelijkheid te negeren dat ik gelijk heb. En dat weet u best. Dat is het punt: als er een expeditie naar de staf gaat zoeken...' Ze haalde diep adem. '... Dan moet ik mee. Ze hebben me nodig, daar, om te vertalen. Niemand anders kan dat doen... Het is pure tijdsverspilling om me naar Vyyborg te sturen, kapitein. Wachten tot de Inlichtingendienst alles wat ik zeg heeft nagetrokken is zonde van de tijd, en ze kúnnen het niet eens natrekken. We moeten gaan, en wel nu.'

Akawe staarde haar een dikke halve minuut aan. Toen schudde hij zijn hoofd en zoog op zijn onderlip. 'Goddomme, Navárez.'

'Dan weet u nu wat ik heb doorgemaakt,' zei Falconi.

Akawe priemde met zijn vinger naar hem, alsof hij hem op zijn kop ging geven. Toen leek hij van gedachten te veranderen en balde zijn vuist om de vinger heen. 'Misschien hebt u gelijk, Navárez, maar dan nog moet ik dit aan mijn superieuren vragen. Dit soort beslissingen kan ik niet in mijn eentje nemen.'

Geïrriteerd slaakte Kira een diepe zucht. 'Maar ziet u dan niet dat dit –'

Akawe schoof zijn stoel achteruit en stond op. 'Ik ga hier niet met u zitten discussiëren, mevrouw. We zullen moeten afwachten wat het Opperbevel zegt, en daarmee uit.'

'Best,' zei Kira. Ze leunde naar voren. 'Maar zeg maar tegen ze – zeg maar tegen uw superieuren – dat het hele sterrenstelsel onder de voet wordt gelopen als ze me hier in 61 Cygni houden. De Kwallen weten nu wie ik ben. U hebt gezien hoe ze reageerden toen dat signaal werd uitgezonden. De enige manier om te voorkomen dat ze dít' – ze tikte op haar onderarm – 'komen halen, is dat ik het stelsel verlaat. En als het VMB me naar Sol stuurt, zijn er weer twee weken verspild en worden er alleen maar een heleboel extra Kwallen naar de Aarde gelokt.'

Zo. Ze had het magische woord gezegd: Aarde. De halfmythische Thuiswereld die iedereen in het VMB gezworen had te zullen beschermen. Het had het gewenste effect. Zowel Akawe als Koyich leek bezorgd.

'Ik zal het zeggen, Navárez,' zei de kapitein. 'Maar reken er maar niet te veel op.' Toen maakte hij een gebaar naar de mariniers. 'Haal haar hier weg. Zet haar in een lege hut en zorg dat ze daar blijft.'

'Tot uw orders, kapitein!'

Toen de mariniers haar tussen zich in namen, keek Kira Falconi aan. Ze voelde zich machteloos. Hij leek boos, gefrustreerd, maar ze zag wel dat hij niet tegen Akawe zou ingaan. 'Het spijt me dat het zo uitpakt,' zei hij.

Kira haalde haar schouders op en kwam overeind. 'Ja, mij ook. Bedankt voor alles. Doe Trig de groeten van me, oké?'

'Doe ik.'

Toen escorteerden de mariniers haar de vergaderkamer uit. Falconi bleef alleen achter, met Akawe en de eerste officier met de tijgerogen tegenover zich.

3

Ziedend van woede liet Kira zich door de mariniers door de kruiser leiden. Ze zetten haar in een hut die nog kleiner was dan die op de Caracole en toen ze weggingen, deden ze de deur op slot.

'Waaah!' schreeuwde Kira. Ze ijsbeerde door de kamer – tweeënhalve stap in beide richtingen – liet zich toen in de kooi vallen en verborg haar hoofd onder haar armen.

Dit was precies waar ze niet op had gehoopt.

Ze checkte haar overlays. Ze werkten nog, maar ze had geen toegang tot het netwerk van de Darmstadt en dus kon ze niet zien wat er in de rest van het stelsel gebeurde en geen berichten aan iemand van de Caracole sturen.

Het enige wat ze kon doen was wachten, dus dat deed ze.

Het was niet makkelijk.

Ze bekeek haar gesprek met Akawe nog eens van zes verschillende kanten en probeerde te bedenken wat ze anders had moeten zeggen om hem te overtuigen. Er schoot haar niets te binnen.

Toen, in de stilte en rust van de kamer, begon de volle omvang van de gebeurtenissen van die dag op haar te drukken. De ochtend leek wel een week geleden, zo veel was er sindsdien gebeurd. De Kwallen, de drang en haar antwoord erop, Sparrow… Hoe zou het gaan met de numenist die ze had neergestoken? Ze bleef even bij die gedachte hangen, maar toen werd ze overvallen door felle herinneringen aan de gevechten op het Kwallenschip en Kira huiverde, ook al had ze het niet koud.

Ze bleef huiveren en door de rillingen verstijfden haar spieren tot geribbelde koorden. Als reactie daarop begon het Zachte Mes te rimpelen, maar het kon niets doen om haar te helpen en ze voelde de verwarring van de xeno.

Klappertandend kroop Kira in de kooi en wikkelde de deken om zich heen. Ze was altijd goed geweest in noodsituaties. Er was veel voor nodig om haar van haar stuk te brengen, maar het geweld was wel meer dan 'veel' geweest. Ze kon het braaksel dat haar luchtpijp verstopte nog in haar keel voelen. *Thule! Ik ben bijna doodgegaan!*

Maar ze was niet dood en daar putte ze troost uit.

Niet lang daarna kwam een angstig kijkend bemanningslid haar een dienblad met eten brengen. Kira sleepte zich lang genoeg uit bed om het blad aan te nemen en ging toen met het kussen in haar rug zitten eten, eerst langzaam en toen steeds sneller. Bij elke hap voelde ze zich normaler worden en toen ze klaar was, leek de hut niet meer zo grijs of ellendig.

Ze zou het niet opgeven.

Als het VMB niet naar haar wilde luisteren, zou de hoogste Liga-officier in het stelsel dat misschien wel doen. (Ze wist niet precies wie dat was: de gouverneur van Ruslan?) Het VMB was nog altijd ondergeschikt aan de burgerregering. En dan was er nog de functionaris van haar bedrijf die op Malpert gestationeerd was. Hij kon een advocaat voor haar regelen, waardoor ze wat meer gewicht in de schaal zou kunnen leggen. En als laatste redmiddel kon ze altijd de entropisten om hulp vragen…

Kira haalde de penning die Jorrus haar had gegeven uit haar zak. Ze hield het in facetten geslepen schijfje schuin en bewonderde de manier waarop het licht op de fractal in het midden viel.

Nee, ze zou niet opgeven.

Ze stopte de penning weer weg, opende een document op haar overlays en begon een memo op te stellen met alles wat ze ontdekt had over het Zachte Mes, de Kwallen en de Blauwe Staf. Iemand met invloed moest het belang van haar ontdekkingen toch inzien en beseffen dat het de moeite waard was om de gok te nemen.

Ze had nog maar anderhalve bladzijde geschreven toen er scherp op de deur werd geroffeld. 'Binnen,' zei ze en ze zwaaide haar benen over de rand van het bed en ging rechtop zitten.

De deur ging open en kapitein Akawe kwam binnen. Hij had een mok in zijn hand met iets wat naar koffie rook en zijn perfecte gezicht stond streng. Achter hem bleven een adjudant en twee mariniers voor de hut staan.

'Dit is blijkbaar een dag vol akelige verrassingen,' zei de kapitein. Hij nam tegenover haar plaats op de enige stoel in de hut.

'Wat nu weer?' vroeg Kira, ineens bang.

Akawe zette zijn mok op de plank naast hem. 'Alle Kwallen in het stelsel zijn dood.'

'Dat is toch... goed?'

'Dat is fucking fantastisch,' zei hij. 'En het betekent dat hun FTL-blokkering ook weg is.'

Langzaam daalde het besef bij Kira in. Misschien kon ze nu eindelijk een bericht aan haar familie sturen! 'U hebt nieuws uit de rest van de Liga.' Het was geen vraag.

Hij knikte. 'Zeker. En niet bepaald goed nieuws.' Hij haalde een glanzend blauw muntje uit zijn borstzakje, keek er even naar en stopte het weer terug. 'Die nachtmerries hebben niet alleen toegeslagen in 61 Cygni. Ze hebben de hele bewoonde ruimte aangevallen. De Premier heeft hen en de Kwallen officieel tot *hostis humani generi* uitgeroepen. Vijanden van alle mensen. Dat betekent: meteen neerschieten, geen vragen.'

'Wanneer zijn de nachtmerries voor het eerst opgedoken?'

'Weet ik niet precies. We hebben nog niets van de koloniën aan de andere kant van de Liga gehoord, dus we kunnen niet zeggen wat daar gebeurt. De eerste verslagen zijn van een week geleden. Hier, kijk.'

Akawe tikte op een paneel op de muur en een display kwam tot leven.

Er volgde een serie korte filmpjes: nachtmerrieschepen die zich op een fabriek in een baan om een maan van Saturnus stortten. Een burgervrachtschip dat explodeerde toen er een lang, rossig projectiel insloeg. Grondbeelden van ergens op Mars: nachtmerries die door de smalle gangen van een woonkoepel zwermden terwijl mariniers van achter barricades op hen schoten. Het uitzicht vanuit een van de zwevende steden op Venus, waar brokstukken van vernietigde schepen door crèmekleurige lagen wolken neerregenden – een lawine van vuur die een paar kilometer verder neerkwam op een van de andere brede, schijfvormige platforms en het vernietigde. Op Aarde: een enorme gloeiende krater in een uitgestrekt gebied vol gebouwen ergens aan een besneeuwde kust.

Kira hapte naar adem toen ze dat zag. De Aarde! Ze was niet bijzonder dol op die plek, maar toch vond ze deze aanval schokkend om te zien.

'En het zijn niet alleen de nachtmerries,' zei Akawe. Hij tikte nog eens op het paneel.

Nu kwamen er beelden van de Kwallen. Sommigen vochten tegen de nachtmerries. Anderen vochten tegen het VMB of burgers. De opnames kwamen uit de hele Liga. Sol. De Wereld van Stewart. Eidolon. Kira zag zelfs een paar korte beelden van wat misschien Shin-Zar was.

Tot haar ontzetting leek een van de filmpjes te zijn geschoten in een baan rond Latham, de grote gasreus die het verst van Weyland af stond; een korte video van twee Kwallenschepen die een waterstofcentrale laag in de atmosfeer bombardeerden.

Het verraste Kira niet: de oorlog was overal, dus waarom niet daar? Ze hoopte alleen dat de strijd het oppervlak van Weyland niet had bereikt.

Eindelijk was Akawe klaar met zijn gruwelparade.

Kira verstrakte. Ze voelde zich rauw en gewond, kwetsbaar. Alles op die video's kwam op een bepaalde manier door haar. 'Weet u ook wat er op Weyland gebeurt?'

Hij schudde zijn hoofd. 'Alleen wat we net zagen, plus een paar berichten over eventuele Kwallenlegers op een van de manen in het stelsel. Maar die zijn niet bevestigd.'

Dat was niet de geruststelling waarop Kira had gehoopt. Ze nam zich voor de exacte gegevens op te zoeken zodra ze weer op het net kon. 'Hoe erg is het in het algemeen?' vroeg ze zacht.

'Erg,' zei Akawe. 'We zijn aan het verliezen. Ze zullen ons morgen nog niet verslaan. En ook overmorgen niet. Maar in dit tempo is dat wel onvermijdelijk. We raken onze schepen en troepen sneller kwijt dan we ze kunnen vervangen. En je kunt je eigenlijk niet beschermen tegen dat soort zelfmoordaanslagen waar de nachtmerries zo dol op lijken.' Weer verscheen de gloeiende krater op het scherm. 'Dat is niet eens het ergste.'

Kira zette zich schrap. 'O?'

Akawe leunde naar voren met een vreemde, harde glans in zijn ogen. 'Ons zusterschip, de Bittere Ernst, heeft precies vijfentwintig minuten geleden de laatste nachtmerrie in dit stelsel kapotgeknald. En wat denk je dat die schurftige klotealiens deden, vlak voordat ze om zeep werden geholpen?'

'Nee.'

'Dat zal ik je zeggen. Ze hebben een bericht uitgezonden. En niet zomaar een bericht.' Een gemene, vreugdeloze grijns verscheen op zijn gezicht. 'Laat me het voor je afspelen.'

Uit de speakers klonk eerst statisch gekraak en toen een stem – een verschrikkelijke, hysterische stem, ziek en gestoord – en met een schok besefte Kira dat de stem Engels sprak: '*... dood! Jullie gaan allemaal dood! Vlees voor de muil!*' En de stem begon kakelend te lachen, tot de opname abrupt afgebroken werd.

‘Kapitein…’ zei Kira. Ze koos haar woorden zorgvuldig. ‘Heeft de Liga een of ander biotechnisch programma waarover ze niets verteld hebben?’

Akawe gromde. ‘O, zo veel. Maar niets wat zulke wezens kan produceren. Dat zou je toch moeten weten, als bioloog.’

‘Op dit punt,’ zei Kira, ‘weet ik niet meer wat ik ben. Oké, dus die… nachtmerries kunnen onze taal gebruiken. Misschien denken de Kwallen daarom dat wij verantwoordelijk zijn voor deze oorlog. Hoe dan ook, die díngen moeten ons hebben geobserveerd en bestudeerd.’

‘Dat moet wel, en daar voel ik me heel ongemakkelijk onder.’

Kira keek hem aan en dacht na. ‘U bent hier niet alleen om me dit te vertellen, hè, kapitein?’

‘Nee.’ Akawe streek een rimpel in zijn pantalon strak.

‘Wat zei het Opperbevel?’

Hij keek naar zijn handen. ‘Het Opperbevel… het Opperbevel wordt geleid door een vrouw die Shar Dabo heet. Divisieadmiraal Shar Dabo. Ze heeft de leiding over Ruslan. Goede officier, maar we zijn het niet altijd met elkaar eens… Ik heb met haar gesproken, lang gesproken, en…’

‘En?’ zei Kira. Ze probeerde haar geduld te bewaren.

Akawe zag het. Zijn mondhoeken trilden en hij ging voortvarender door: ‘De admiraal ziet de ernst van de situatie ook in en daarom heeft ze al je informatie doorgestuurd naar Sol, om advies te krijgen van het Terrestrisch Bestuur.’

‘Het Terrestrisch Bestuur!’ siste Kira en ze gooide haar handen in de lucht. ‘Dus dat duurt, hoe lang –’

‘Ongeveer negen dagen voor er antwoord komt,’ zei Akawe. ‘Tenminste, als die lummels thuis zonder vertraging reageren, en dat zou een mirakel zijn. Een waarachtig mirakel.’ Zijn voorhoofd rimpelde toen hij fronste. ‘En zelfs als ze razendsnel zijn, hebben we er niets aan. De afgelopen maand springen er om de paar dagen Kwallen tevoorschijn in dit stelsel. Zodra de volgende lading opduikt, blokkeren ze ons weer en verstoren ze onze comms van hier naar Alpha Centauri. Wat betekent dat we op een pakketschip van Sol naar hier moeten wachten voor we onze instructies krijgen. En dát kost minstens achttien, negentien dagen.’

Hij leunde achterover en pakte zijn koffiemok ‘Tot die tijd wil Admiraal Dabo dat ik jou, je pak en die ingevroren mariniers van de Verzachtende Omstandigheden naar Vyyborg breng.’

Kira keek hem aan en probeerde zijn motieven te begrijpen. ‘En u bent niet akkoord gegaan met haar bevelen?’

Hij nam een slokje koffie. ‘Laten we het erop houden dat Admiraal Dabo en ik op dit moment een verschil van inzicht hebben.’

'U overweegt om achter de staf aan te gaan, hè?'

Akawe wees naar de krater die nog nagloeide op de holo. 'Zie je dat? Ik heb vrienden en familie in Sol. Zoals veel van ons.' Hij sloeg zijn handen om zijn mok heen. 'De mensheid kan een oorlog niet op twee fronten winnen, Navárez. We staan met de rug tegen de muur met een pistool tegen ons hoofd. Op dit punt beginnen zelfs slechte keuzes redelijk te lijken. Als het klopt wat jij zegt over de Blauwe Staf, kan dat betekenen dat we nog een kans hebben.'

Ze nam niet de moeite om haar irritatie te verbergen. 'Dat zei ik toch al.'

'Ja, maar dat jij het zegt is niet genoeg,' zei Akawe. Hij nam weer een slok.

Ze wachtte af, want ze begreep dat hij de dingen hardop voor zichzelf moest uitspreken.

'Als we gaan, zijn we ongehoorzaam aan onze orders of negeren we ze op zijn minst. Het slagveld verlaten is nog altijd grond voor de doodstraf, als je dat niet wist. Lafheid in het aangezicht van de vijand en zo. En nog afgezien daarvan heb je het hier over een missie naar de verre ruimte van minstens zes maanden, heen en terug.'

'Ik weet wat het zou –'

'Zes maanden!' herhaalde Akawe. 'En wie weet wat er gebeurt terwijl we weg zijn.' Hij schudde zijn hoofd. 'De Darmstadt heeft vandaag een pak slaag gekregen, Navárez. We zijn niet in conditie om even naar de andere kant van de Melkweg te vliegen. Met één schip, ook nog. Stel dat we daar komen en een hele vloot Kwallen wacht ons op? Boem! Dan zijn we kwijt wat misschien ons enige voordeel is: jou. Fuck, we weten niet eens zeker of je de taal van de Kwallen echt verstaat. Dat pak kan best iets raars met je hoofd doen.'

Hij liet de koffie walsen in zijn mok. 'Je moet de situatie goed begrijpen, Navárez. Er staat veel op het spel. Voor mij, voor mijn bemanning, voor de Liga... Zelfs als ik je vanaf de eerste dag van de basistraining al had gekend, zou ik echt niet zomaar naar god weet waar kunnen vliegen, alleen omdat jij het zegt.'

Kira sloeg haar armen over elkaar. 'Waarom bent u dan hier?'

'Ik heb bewijs nodig, Navárez, en het moet meer zijn dan je woord.'

'Ik weet niet hoe ik dat kan geven. Ik heb al alles verteld wat ik weet... Hebt u nog computers uit het Kwallenschip gehaald? Misschien kan ik –'

Akawe schudde zijn hoofd. 'Nee, die hebben we niet. Bovendien hebben we dan nog steeds geen bevestiging van wat je zegt.'

Ze rolde met haar ogen. 'Ja, wat wilt u dan? Als u me niet vertrouwt –'

'Dat doe ik niet.'

'Als u me niet vertrouwt, wat heeft dit gesprek dan voor zin?'

Akawe streek met zijn hand over zijn kin terwijl hij haar bestudeerde. 'Je implantaten zijn doorgebrand, hè?'

'Ja.'

'Jammer. Een tapscan zou dit heel snel kunnen oplossen.'

Woede borrelde in haar op. 'Nou, het spijt me dat ik u moet teleurstellen.'

Het leek hem niet te storen. 'Laat me je dit vragen: als je een deel van de xeno laat uitstrekken, kun je dat dan voelen? Zoals toen je die zender uit de muur trok, heb je dan gevoel in al die kleine tentakels?'

De vraag overviel haar zo dat Kira niet meteen antwoord gaf. 'Ja. Ik voel ze net zoals ik mijn vingers en tenen voel.'

'Aha. Oké.' Tot haar verbazing maakte Akawe het knoopje van zijn rechtermouw los en begon hij de stof op te stropen. 'Dan heb ik toch een oplossing voor onze patstelling, Navárez. Het is in elk geval het proberen waard.' Hij zette zijn nagels onder zijn ontblote pols en Kira kromp even ineen toen hij een langwerpig stuk huid lostrok. Ze wist dat Akawes lichaam kunstmatig was, maar het zag er zo realistisch uit dat het lostrekken van de huid op een instinctief niveau toch onrustbarend was.

In Akawes arm waren draden, circuits en stukjes kaal metaal te zien.

De kapitein trok een snoer uit zijn onderarm en zei: 'Dit is een rechtstreekse neurale uplink, net zoals bij implantaten gebruikt wordt. Dat betekent dat hij analoog is, niet digitaal. Als de xeno interactie kan hebben met jouw zenuwstelsel, zou die dat ook met het mijne moeten kunnen.'

Daar moest Kira even over nadenken. Het leek onwaarschijnlijk, maar – dat moest ze toegeven – theoretisch mogelijk. 'Beseft u wel hoe gevaarlijk dit kan zijn?'

Akawe stak haar het uiteinde van het snoer toe. Het leek op glasvezel, maar ze wist dat het iets anders was. 'Mijn construct heeft een paar ingebouwde beveiligingsmechanismes. Die zullen me beschermen bij een stroomstoot of –'

'Die beschermen u niet als de xeno in uw hersenen besluit te kruipen.'

Akawe schoof het snoer naar haar toe. Hij keek ernstig. 'Ik sterf liever nu, terwijl ik de Kwallen en de nachtmerries probeer tegen te houden, dan dat ik niets zit te doen. Zelfs als er maar een kleine kans is dat dit lukt…'

Ze haalde diep adem. 'Goed. Maar als er iets met u gebeurt, dan…'

'Wordt dat jou niet aangerekend. Geen zorgen. Probeer het gewoon te laten lukken.' Een sprankje humor verscheen in zijn ogen. 'Geloof me, ik wíl niet dood, Navárez, maar ik ben bereid om dit risico te lopen.'

Ze stak haar hand uit en sloot hem om het uiteinde van de neurale link. Die lag warm en glad tegen haar handpalm. Kira sloot haar ogen, duwde de huid van het pak naar het uiteinde van de draad en moedigde het aan om zich ermee te verbinden, te versmelten, de link te wórden.

De vezels op haar handpalm kwamen in beweging en toen… toen ging er een flauwe schok door haar arm. 'Voelde u dat?' vroeg ze.

Akawe schudde zijn hoofd.

Kira concentreerde zich fronsend op haar herinneringen aan het Kwallenschip en probeerde die door haar arm te duwen, naar Akawe toe. *Laat het hem zien*, dacht ze dringend. *Vertel het hem… Alsjeblieft*. Ze probeerde uit alle macht de noodzaak aan het Zachte Mes over te brengen, het te laten begrijpen waaróm het zo belangrijk was.

'Merkt u al iets?' vroeg ze. Haar stem klonk afgemeten van inspanning.

'Niets.'

Kira zette haar tanden op elkaar en gooide al haar bezorgdheid om de veiligheid van de kapitein overboord. Ze stelde zich voor hoe haar geest door haar arm naar die van Akawe stroomde, als een onhoudbare watervloed. Ze gebruikte elk greintje mentale energie dat ze had, en net toen ze haar grens had bereikt en het wilde opgeven, pas op dat moment, leek er een kabel in haar hoofd te knappen en voelde ze een andere ruimte, een andere aanwezigheid die haar aanraakte.

Het was niet zo anders dan de directe feed van twee sets implantaten koppelen, alleen wat chaotischer.

Akawe verstijfde en zijn mond viel open. 'O,' zei hij.

Weer probeerde Kira het Zachte Mes van haar wens te doordringen. *Laat het hem zien*. Ze haalde haar herinneringen aan het schip naar boven, zo gedetailleerd als ze kon, en toen ze klaar was zei de kapitein: 'Nog een keer. Langzamer.'

Terwijl Kira dat deed werden haar gedachten onderbroken door plotseling opflitsende beelden: *Een verzameling sterren. De Allerhoogste, donker afgetekend tegen het kolkende licht. Een paar over elkaar geslagen armen. De Blauwe Staf, de angstwekkende Blauwe Staf…*

'Genoeg,' bracht Akawe hijgend uit.

Kira liet de neurale link los en de verbinding tussen hen verdween.

De kapitein zakte achterover tegen de wand. Met de lijnen op zijn gezicht zag hij er nu bijna normaal uit. Hij stopte het datasnoer weer in zijn onderarm en sloot het toegangspaneel.

'En?' zei Kira.

'Dat was wel wat.' Akawe trok zijn mouw naar beneden en knoopte zijn manchet dicht. Toen pakte hij zijn koffiekop en nam een grote slok. Hij trok een vies gezicht. 'Goddomme. Ik hou van koffie, Navárez. Maar het heeft me nooit meer gesmaakt sinds ik in dit construct terechtkwam.'

'Is dat zo.'

'Het is zo. Je lichaam kwijtraken is wel even anders dan een gescheurde teennagel of zo. Het gebeurde, eh, inmiddels veertien jaar geleden. Tijdens een akelig knokpartijtje met de Mijmerbond op de scheepswerven van Ceres. Weet je waarom ze de Mijmerbond heten?'

‘Nee,’ zei Kira, vechtend tegen haar ongeduld. Had het Zachte Mes iets in zijn hersenen beschadigd?

Akawe glimlachte. ‘Omdat ze de hele dag op hun kont zitten zonder te werken. Mijmerend over de werking van de bureaucratie en de beste manier om die in hun voordeel te gebruiken. Het ging er nogal heftig aan toe tijdens de onderhandelingen tussen de vakbond en de scheepswerf, dus werd mijn onderdeel erheen gestuurd om de boel te kalmeren. Het woeste beest te temmen. Olie op woeste golven. Vredesmissie mijn reet. Uiteindelijk kwamen we tegenover een protesterende menigte te staan. Ik wíst dat ze kwaad wilden, maar het waren burgers, begrijp je? Als we in een oorlogsgebied waren geweest, had ik niet geaarzeld. Observatiepost, drones, omgeving afzetten, menigte verspreiden. De hele santenkraam. Maar dat deed ik niet omdat ik de situatie niet wilde laten escaleren. Er waren goddomme zelfs kinderen bij.’

Akawe staarde haar aan over de rand van zijn mok. ‘De mensen raakten over hun toeren, en ineens hadden ze een microgolf die onze drones doorbrandde. Die klootzakken hadden ons mooi in de val laten lopen. We werden vanaf de flanken beschoten…’ Hij schudde zijn hoofd. ‘Ik ging bij het eerste salvo neer. Vier mariniers kwamen om. En drieëntwintig burgers, en er waren er nog veel meer gewond. Ik wíst dat die demonstranten kwaad wilden. Als ik gewoon had gehandeld – als ik niet had gewacht – had ik een heleboel levens kunnen redden. En dan zou ik nog een lekker bakkie troost kunnen proeven, zoals dat hoort te smaken.’

Kira streek de kreukels uit de deken bij haar knie. ‘U gaat de staf zoeken,’ zei ze toonloos. Het was een ontzagwekkend vooruitzicht.

Akawe sloeg de rest van de koffie in een teug achterover. ‘Fout.’

‘Wat? Maar ik dacht –’

‘Je begrijpt me verkeerd, Navárez. Wé gaan.’ En Akawe grijnsde haar onheilspellend toe. ‘Dit is misschien wel de stomste beslissing die ik ooit heb genomen, maar ik mag hangen als ik zomaar blijf rondlummelen tot een stelletje aliens ons komt uitroeien. Nog één ding, Navárez: weet je ab-so-luut zeker dat er verder niets is wat we moeten weten? Een klein flintertje relevante informatie dat je even vergeten bent? Mijn mensen gaan hun levens hiervoor wagen. Fuck, misschien wel veel meer dan alleen onze levens.’

‘Ik kan niets bedenken,’ zei Kira. ‘Maar… ik heb wel een voorstel.’

‘Waarom word ik nu zenuwachtig?’ zei Akawe.

‘U moet de Caracole meenemen.’

De kapitein begon te wriemelen en liet bijna zijn mok vallen. ‘Zeg je nou serieus dat ik een burgerschip en -crew – een stelletje ruimteschuimers nog wel! – moet meenemen op een militaire missie naar een of andere buitenaardse basis? Hoor ik dat goed, Navárez?’

Ze knikte. 'Ja. U kunt 61 Cygni niet onbeschermd achterlaten, dus moet de Bittere Ernst hier blijven, en geen van de mijnschepen hier op Malpert is uitgerust voor zo'n lange afstand. Bovendien ken ik die bemanning niet en zou ik ze niet vertrouwen.'

'En Falconi en zijn mensen vertrouw je wel?'

'In een gevecht? Ja. Met mijn leven. Zoals u al zei hebt u misschien backup nodig als we bij de staf in de buurt komen. De Caracole is geen kruiser, maar kan wel vechten.'

Akawe snoof. 'Het is een rammelbak, meer niet. Dat schip houdt het geen minuut uit in een vuurgevecht met de Kwallen.'

'Misschien, maar er is nog iets waaraan u niet hebt gedacht.'

'O echt? Vertel.'

Kira leunde naar voren. 'Cryo werkt niet meer op mij. Dus vraag u even af: hoe prettig voelt het voor u als ik, met mijn xeno, maandenlang door uw geavanceerde VMB-schip ronddwaal terwijl u stijf bevroren bent?' Akawe gaf geen antwoord, maar ze zag de achterdocht in zijn ogen. Ze voegde eraan toe: 'En denk maar niet dat u me zo lang kunt opsluiten. Daar heb ik genoeg van.' Ze legde haar hand op de rand van haar bed en liet het Zachte Mes in het frame knijpen tot het composiet vermorzeld was.

Akawe staarde haar onaangenaam lang aan. Toen schudde hij zijn hoofd. 'Zelfs als ik het met je eens zou zijn, kan een oude vrachttobbe als de Caracole de Darmstadt onmogelijk bijhouden.'

'Dat zou ik niet weten,' zei ze. 'Misschien moet u dat even checken?'

De kapitein snoof weer, maar ze zag zijn blik vaag worden toen hij zich op zijn overlays focuste en zijn keel bewegen toen hij opdrachten subvocaliseerde. Zijn wenkbrauwen schoten in de richting van zijn haargrens. 'Ze te zien zitten je vríénden' – hij legde veel nadruk op het woord – 'vol verrassingen.'

'Kan de Caracole u bijhouden?'

Hij boog zijn hoofd. 'Bijna. Smokkelaars zullen wel hun redenen hebben om snel te kunnen vliegen.'

Kira weerstond de neiging om de bemanning van de Caracole te verdedigen. 'Kijk eens aan. Niet alle verrassingen zijn slecht vandaag.'

'Zo ver zou ik niet willen gaan.'

'En verder...'

'Verder? Wat kan er verder nog zijn?'

'Er zaten twee entropisten op de Caracole. Jorrus en Veera.'

Akawes perfect gevormde wenkbrauwen gingen weer omhoog. 'Entropisten, hè? Dat is nogal een passagierslijst.'

'Misschien wilt u die ook wel meenemen. Als we buitenaardse tech gaan onderzoeken komt hun expertise misschien goed van pas. Ik kan vertalen, maar ik ben geen natuurkundige of technicus.'

Hij gromde. 'Ik neem het in overweging.'

'Dus dat is een ja voor wat betreft de Caracole?'

De kapitein dronk zijn laatste druppels koffie op en stond op. 'Het hangt ervan af. Het is niet zo makkelijk als jij het laat klinken. Ik laat het weten zodra ik een besluit heb genomen.'

Toen ging hij weg. De geur van koffie die nog even bleef hangen was het enige bewijs dat hij er was geweest.

4

Kira ademde uit. Ze gingen de Blauwe Staf echt zoeken en ze zou het stelsel te zien krijgen dat het Zachte Mes haar had getoond! Het leek onwerkelijk.

Ze vroeg zich af wat de naam van de oude, rode ster was. Hij moest er een hebben.

Ze kon niet langer stilzitten, sprong overeind en ijsbeerde door de kleine hut heen en weer. Zou Falconi met de Darmstadt meegaan als Akawe dat vroeg? Ze wist het niet zeker, maar ze hoopte het vurig. Kira wilde de Caracole mee hebben om alle redenen die ze aan Akawe had verteld, maar ook om haar eigen redenen. Na haar ervaringen op de Verzachtende Omstandigheden wilde ze niet nog eens maandenlang op een VMB-schip opgesloten zitten, onder voortdurend toezicht van hun artsen en machines.

Al zou ze niet zo kwetsbaar zijn als toen. Ze raakte de vezels op haar onderarm aan, volgde ze met haar vinger. Nu ze het Zachte Mes kon beheersen – althans een deel van de tijd – kon ze zich zelfs tegenover een soldaat in pantserexo nog staande houden, als dat nodig was. En met de xeno kon ze makkelijk ontsnappen aan een quarantaineruimte zoals die op de Verzachtende Omstandigheden... Bij die gedachte voelde ze zich een stuk minder machteloos.

Er ging een uur voorbij. Kira hoorde gestamp en gebonk door de kruiser gaan. Reparaties, gokte ze, of voorraden die werden ingeladen. Maar het viel moeilijk met zekerheid te zeggen.

Toen verscheen er een inkomend gesprek op haar overlays. Ze nam het aan en zag ineens een beeld van Akawe met verschillende consoles achter zich. De man keek geïrriteerd.

'Navárez: ik heb een min of meer vriendschappelijk babbeltje met kapitein Falconi over je voorstel gehad. Hij blijkt een eersteklas klootzak in de onderhandeling te zijn. We hebben hem alle antimaterie toegezegd die er in zijn schip past, plus gratie voor de hele crew, maar hij weigert ja of nee te zeggen voor hij met jou heeft gesproken. Wil je hem even spreken?'

Kira knikte. 'Verbind maar door.'

Akawes glimlach verdween – maar Kira wist zeker dat hij nog meeluisterde – en Falconi's gezicht kwam in beeld. Zoals altijd waren zijn ogen twee blauwe ijsschotsen. 'Kira,' zei hij.

'Falconi. Hoezo gratie?'

Er verscheen een ongemakkelijke uitdrukking op zijn gezicht. 'Dat vertel ik je nog wel eens.'

'Kapitein Akawe zei dat je me wilde spreken?'

'Ja. Dit krankzinnige idee van jou... weet je het zeker, Kira? Weet je het echt helemaal zeker?'

Zijn vraag leek zo op die van Akawe eerder dat Kira bijna in de lach schoot. 'Zo zeker als ik maar kan.'

Falconi liet zijn hoofd scheef zakken. 'Zo zeker dat je je leven ervoor wilt wagen? En mijn leven? Dat van Trig? Of van Runcibel?'

Dat ontlokte Kira een glimlachje. 'Ik kan niets beloven, Falconi –'

'Dat vraag ik ook niet.'

'... maar ja, volgens mij is dit belangrijker dan wat dan ook.'

Hij keek haar onderzoekend aan en maakte toen een scherp gebaar met zijn kin. 'Oké. Dat is wat ik moest weten.'

De verbinding werd verbroken en Kira sloot haar overlays.

Hooguit tien minuten later werd er aangeklopt en zei een vrouwenstem: 'Mevrouw? Ik kom u naar de Caracole escorteren.'

Het verraste Kira hoe opgelucht ze was. Haar gok had goed uitgepakt.

Ze deed de deur open en zag een kleine, gespannen vrouw staan, een of andere onderofficier, die zei: 'Deze kant uit, mevrouw'.

Kira liep achter haar aan de Darmstadt uit en het ruimtedok op. Toen ze de kruiser verlieten voegden de twee mariniers in pantserexo die bij de ingang stonden zich bij hen. Ze volgden op discrete afstand, al was het met een pantserexo, dacht Kira, heel moeilijk om enigszins discreet te zijn.

De Caracole voelde vertrouwd aan. De klep van het vrachtruim stond nog open en laadbots reden in en uit en zetten kratten voedsel en andere voorraden neer in het ruim.

Trig was er, net als Nielsen en Falconi. De kapitein liet het klembord zakken dat hij vasthield en keek haar aan. 'Welkom terug, Navárez. Ik geloof dat we dankzij jou een uitstapje gaan maken.'

'Ik geloof het ook,' zei ze.

XI

* * * * * * *

OPENBAARHEID

1

Het vertrek van Ruimtestation Malpert verliep snel en gehaast. Bij veel expedities die Kira had meegemaakt duurden de voorbereidingen bijna even lang als de reis zelf. Dat was nu wel anders. De bemanning ging voortvarend aan de slag om de Caracole klaar te maken voor de reis en voerde razendsnel klussen uit die normaal gesproken dagen zouden kosten. Kapitein Akawe had de havenautoriteit van Malpert opdracht gegeven om alle mogelijke hulp te geven, en dat versnelde de dingen ook.

Terwijl de laadbots het ruim aan stuurboord volstouwden met voorraad en de tanks van de Caracole via pijpen vol waterstof werden gepompt, verwisselde de bemanning lege luchtvaten voor volle, bracht afval weg en vulde watervoorraden aan.

Kira hielp waar ze kon. Er werd alleen iets gezegd als het met het werk te maken had, maar zodra ze de kans kreeg nam ze Vishal apart, buiten gehoorsafstand van de anderen. 'Hoe is het afgelopen met de numenist?' vroeg ze. 'Is hij in orde?'

De dokter knipperde met zijn ogen, alsof hij het vergeten was. 'De... o, u bedoelt Bob.'

'Bob?' Kira kon zich moeilijk voorstellen dat ze de paarsharige man Bob zou noemen.

'Ja, ja,' zei Vishal. Hij draaide zijn vinger rond bij zijn slaap. 'Hij was zo gek als een luchtdichte deur, maar verder is alles goed met hem. Met een paar dagen rust is hij weer de oude. Hij leek het niet zo erg te vinden dat u hem neergestoken hebt.'

'Nee?'

De dokter schudde zijn hoofd. 'Nee. Hij leek zelfs een beetje trots, maar hij heeft wel aangekondigd, en nu citeer ik, mevrouw Navárez, "dat ik die harde kop van haar van haar romp trek", einde citaat. Ik geloof dat hij het nog meende ook.'

'Dan kan ik maar beter voor hem uitkijken,' zei Kira. Ze probeerde het te laten klinken alsof er niets aan de hand was. Maar er was wel iets aan de hand. Ze kon de uitsteeksels van het Zachte Mes nog door het vlees van de numenist voelen glijden. Dat had zíj gedaan. En deze keer kon ze zich niet op haar onwetendheid beroepen, zoals bij haar team op Adra.

'Inderdaad.'

Toen gingen ze weer verder met de Caracole klaarmaken voor vertrek.

Al snel daarna – zo snel dat het Kira verraste – zocht Falconi contact met de VMB-kruiser en zei: 'We wachten alleen nog op jullie, Darmstadt. Over.'

Even later antwoordde eerste officier Koyich: 'Begrepen, Caracole. Team Alpha komt er nu aan.'

'Team Alpha?' vroeg Kira toen Falconi het contact verbrak. Ze stonden in het vrachtruim toezicht te houden op de laatste levering voedselvoorraden.

Hij trok een grimas. 'Akawe stond erop dat ik een paar van zijn mannen aan boord nam om een oogje in het zeil te houden. Ik kon het niet voorkomen. We moeten klaarstaan voor het geval ze rotzooi gaan schoppen.'

Nielsen zei: 'Als dat een probleem wordt, kunnen we het ongetwijfeld oplossen.' Ze gaf Kira een strenge blik en keek toen weer strak voor zich uit.

Kira hoopte dat ze de eerste officier niet tegen zich in het harnas had gejaagd. Maar daar kon ze nu toch niets aan doen; de situatie was zoals die was. In elk geval was Nielsen niet openlijk onvriendelijk tegen haar.

Team Alpha arriveerde een paar minuten later: vier mariniers in exo's die dozen met uitrusting in netten achter zich aan sleepten. Ze werden vergezeld door laadbots met cryobuizen en verschillende lange, plastic kratten. De hoofdmarinier vloog naar Falconi toe, salueerde en zei: 'Luitenant Hawes, meneer. Permissie om aan boord te komen.'

'Toegestaan,' zei Falconi. Hij wees. 'Er is ruimte voor jullie in het ruim aan bakboord. Verplaats gerust spullen, als dat nodig is.'

'Ja meneer.' Toen wenkte Hawes en kwam er een laadbot naar voren. De robot duwde een pallet met een metalen frame erop, waarin een insluitingsvat in schokabsorberende veren hing.

Kira onderdrukte de neiging om weg te lopen. Van alle ruimtehavens op planeten die ze kende had er niet een toestemming om antimaterie te verkopen. Als dit magnetische vat kapotging, zou de daaruit volgende explosie niet alleen de hele luchthaven vernietigen (en de antimaterie in andere geparkeerde schepen laten ontploffen) maar ook alle nederzettingen, dorpen en steden in de verre omgeving wegvagen. De Aarde liet schepen met een markovaandrijving niet eens landen als ze niet eerst hun antimaterie achterlieten bij een tankstation in een wijde baan om de aarde.

De aanwezigheid van het insluitingsvat leek Falconi ook nerveus te maken. 'De gang door naar de ladder. Daar wacht mijn machinechef op je,' zei hij tegen de bot. Hij gaf hem ruim baan.

'Nog een ding, meneer,' zei Hawes. 'Sanchez! Laat ze maar komen!'

Een marinier kwam naar voren met de robots die de lange, plastic kratten droegen. Aan de zijkant van de kratten waren regels rode tekst afgedrukt of gestempeld: cyrillisch boven, Engels beneden.

In het Engels stond er *RSW7-Molotók,* gevolgd door een logo van een ster die nova gaat en de naam *Lutsenko Defense Industries*^{RM}. En om de Engelse en cyrillische tekst heen stonden de zwart met gele symbolen voor straling.

'Die krijgt u van kapitein Akawe,' zei Hawes. 'Ze zijn hier geproduceerd, dus geen VMB-product, maar als het goed is werken ze als een zonnetje.'

Falconi knikte ernstig. 'Zet maar bij de deur. We brengen ze later naar de lanceerbuizen.'

Fluisterend vroeg Kira aan Nielsen: 'Zijn dat wat ik denk dat het zijn?'

De eerste officier knikte. 'Casaba-houwitsers.'

Kira probeerde te slikken, maar haar mond was te droog. De raketten zaten vol met splijtbaar materiaal en kernsplijting maakte haar bijna net zo bang als antimaterie. Het was de akelige, vuile vorm van kernenergie. Als je een fusiereactor sluit, is het enige radioactieve materiaal dat achterblijft het spul dat radioactief is gemaakt door het neutronenbombardement. Maar als je een splijtingsreactor sluit, blijft er een dodelijke en misschien explosieve berg onstabiele elementen over, met zo'n lange halfwaardetijd dat het afval nog duizenden jaren gevaarlijk blijft.

Kira wist niet eens dat het schip een lanceerinstallatie hád. Ze had Falconi moeten vragen wat voor wapens er precies op de Caracole waren voor ze achter het Kwallenschip aan gingen.

De mariniers vlogen langs haar heen; de stuurraketten aan hun pakken stootten kleine wolkjes damp uit. Trig stond met grote ogen naast de kapitein en Kira zag dat hij barstte van de vragen aan de mannen.

Een paar minuten later kwamen de entropisten, met hun reisbagage in de hand.

'Wie had gedacht dat ik jullie weer zou zien!' zei Falconi.

'Hé!' zei Trig. 'Welkom terug!'

De entropisten pakten een handgreep aan de wand en bogen hun hoofd, voor zover dat mogelijk was. 'Het is een eer om hier te zijn.' Ze keken naar Kira; onder de kappen van hun gewaad waren hun ogen lichte vonken. 'Dit is een kans om kennis te vergaren die we onmogelijk konden afslaan. Dat zou niemand van onze orde kunnen.'

'Dat is allemaal leuk en aardig,' zei Nielsen. 'Maar hou op met dubbel praten. Daar krijg ik hoofdpijn van.'

De entropisten bogen nogmaals hun hoofd en toen bracht Trig hen naar de hut waar ze zouden verblijven.

'Zijn er genoeg cryobuizen?' vroeg Kira.

'Nu wel,' zei Falconi.

Na een heleboel laatste voorbereidingen ging het vrachtruim aan stuurboord dicht. Gregorovich kondigde op zijn gebruikelijke gestoorde manier aan: 'Hier ssspreekt uw ssscheepsbrein. Controleer of al uw handbagage veilig isss opgeborgen in de vakken boven uw hoofd. Sssjor jezelf vassst aan de massst, mijn schatten; ontkoppeling gestart, stuwing nadert. We gaan op weg naar onbekende streken om het lot bij de neus te nemen.'

Kira ging naar de brug, nam een van de schokstoelen en gespte zich vast. De rest van de bemanning was er ook, behalve Hwa-jung, die nog in de machinekamer zat, en Sparrow, die lag te herstellen in de ziekenboeg. De entropisten waren in hun hut en Team Alpha zat in het ruim aan bakboord, nog altijd opgesloten in hun exo's.

Terwijl de stuurraketten van de Caracole hen zachtjes van Malpert wegduwden, met de achtersteven van het station af om het dok niet te verbranden met de reststraling uit de uitlaat van de raket, stuurde Kira een berichtje aan Falconi.

<Hoe heb je iedereen overgehaald om hier ja op te zeggen? – Kira>

<Dat ging niet vanzelf, maar ze weten wat er op het spel staat. Bovendien krijgen we antimaterie, gratie, een kans om alien tech te vinden die niemand ooit nog heeft gezien. Het zou dom zijn om dit af te slaan. – Falconi>

<Nielsen leek er niet zo blij mee. – Kira>

<Zo is ze gewoon. Ik zou verbaasd zijn als ze wél blij was om onbekende streken op te zoeken. – Falconi>

<En Gregorovich? – Kira> Als hij het er niet mee eens was geweest, zou Kira niet weten hoe Falconi de Caracole waar dan ook naartoe had gekregen.

De kapitein trommelde met zijn vingers op zijn been. *<Hij schijnt te denken dat het vette pret wordt. Zijn woorden. – Falconi>*

<Begrijp me niet verkeerd, maar heeft Gregorovich ooit een psychologisch onderzoek ondergaan? Dat is toch verplicht voor scheepsbreinen? – Kira>

Aan de andere kant van de brug zag ze Falconi zijn gezicht een beetje vertrekken. *<Yep. Elk half jaar (ongeveer) – in echte tijd – als ze in een nieuw schip zijn geïnstalleerd en daarna elk jaar, als hun resultaten stabiel blijven… We zaten met een deadline toen we Gregorovich redden, dus het duurde even*

voor we in een dok kwamen. Toen was hij al gekalmeerd, genoeg om voor de test te slagen. - Falconi>

<*Hij is geslaagd? - Kira*>

<*Met vlag en wimpel. En elke keer daarna weer. - Falconi*> Hij keek even opzij. <*Ik weet wat je denkt, maar scheepsbreinen worden anders beoordeeld dan jij en ik. Hun bandbreedte voor 'normaal' is veel groter dan de onze. - Falconi*>

Daar dacht ze even over na. <*Hoe zit het met psychiaters? Heeft Gregorovich met iemand gesproken die hem kon helpen met wat hij heeft doorgemaakt toen hij op die maan was gestrand? - Kira*>

Falconi snoof zacht. <*Weet je hoe veel psychiaters gekwalificeerd zijn om een scheepsbrein te behandelen? Echt niet veel. De meeste zitten op Sol en zijn zelf een scheepsbrein. Probeer jij maar eens een scheepsbrein te analyseren en zie maar hoe ver je komt. Ze halen je uit elkaar en zetten je weer in elkaar zonder dat je het zelf merkt. Alsof je een kind van drie laat schaken tegen een pseudo-intelligentie. - Falconi*>

<*Dus je doet gewoon niets? - Kira*>

<*Ik heb Gregorovich meer dan eens aangeboden om naar zo iemand te gaan, maar hij weigert altijd. - Falconi*> Een licht rijzen en dalen van zijn schouders. <*Voor hem is de beste therapie bij andere mensen zijn en behandeld worden als ieder ander bemanningslid. Hij is al een heel stuk vooruitgegaan. - Falconi*>

Dat was minder geruststellend dan de kapitein leek te denken. <*En je vindt het oké dat hij de leiding heeft over je schip? - Kira*>

Nog een blik van Falconi, scherper nu. <*Ík heb de leiding over de Caracole, dank je. En ja, ik vind Gregorovich helemaal oké. Hij heeft ons uit meer moeilijke situaties gehaald dan ik kan bijhouden en hij is een belangrijk en gewaardeerd lid van mijn crew. Nog meer vragen, Navárez? - Falconi.*>

Kira besloot dat ze maar beter niet te ver kon gaan, dus schudde ze heel licht met haar hoofd en schakelde over naar het uitzicht vanuit de buitencamera's.

Toen de Caracole op veilige afstand van Malpert was, klonk het stuwingsalarm en vlamde de grote raket op. Kira slikte moeizaam en liet haar hoofd achterovervallen tegen haar stoel. Ze waren op weg.

2

De Darmstadt volgde een paar uur na de Caracole. Reparaties en de behoefte aan een omvangrijke mondvoorraad voor de bemanning hadden het vertrek vertraagd. Maar evengoed zou de kruiser de Caracole de volgende ochtend al inhalen.

Het zou ze anderhalve dag kosten om de markovgrens te bereiken, en dan... Kira huiverde. En dan zouden ze in FTL gaan en de Liga ver achter zich laten. Het was een intimiderend vooruitzicht. Haar werk had haar vaak naar de uiterste grenzen van de bewoonde ruimte gebracht, maar ze had zich nog nooit zo ver gewaagd als nu. Dat hadden maar heel weinig mensen gedaan. Er was geen goede financiële reden; alleen onderzoeksexpedities en verkenningsmissies gingen het verre onbekende in.

De ster waar ze op af gingen was een bescheiden rode dwerg die pas in de laatste vijfentwintig jaar ontdekt was. Langeafstandsanalyse wees op minstens vijf planeten in een baan eromheen, wat klopte met wat het Zachte Mes haar had laten zien, maar de telescopen van de Liga hadden geen enkel teken van technologische activiteit opgepikt.

Zestig lichtjaar was een duizelingwekkend lange afstand. Het zou een aanzienlijke aanslag zijn op zowel de schepen als de bemanningen. De schepen zouden verschillende keren in en uit FTL moeten gaan om hun overtollige hitte kwijt te raken en hoewel het veilig was om veel langer in cryo te blijven dan de drie maanden die ervoor nodig waren om de verre ster te bereiken, zou het wel zijn tol eisen van lichaam en geest.

De tol zou voor Kira het hoogst zijn. Ze keek niet uit naar een nieuwe periode van dromende hibernatie, zo snel na haar tocht uit Sigma Draconis. Het zou ongeveer even lang duren, want de Walkure was veel langzamer geweest dan de Caracole en de Darmstadt. Kira hoopte vooral dat ze zich niet weer hoefde uit te hongeren om het Zachte Mes over te halen haar in zo'n slaaptoestand te brengen.

Denken aan wat haar te wachten stond maakte het niet makkelijker, dus zette ze het uit haar hoofd. 'Hoe reageert het VMB op ons vertrek?' vroeg ze terwijl ze haar riemen losgespte.

'Niet zo goed,' zei Falconi. 'Ik weet niet wat Akawe ze op Vyyborg heeft verteld, maar ze kunnen er niet erg gelukkig mee zijn, want ze bedreigen ons met groot juridisch geschut als we niet meteen omkeren.'

Gregorovich grinnikte en zijn lach galmde door het hele schip. 'Het is heel grappig, die machteloze woede van ze. Ze lijken... in paniek!'

'Dat kun je ze toch niet kwalijk nemen?' zei Nielsen.

Falconi schudde zijn hoofd. 'Ik zou niet graag degene zijn die aan Sol moet uitleggen hoe en waarom ze niet alleen een hele kruiser kwijtgeraakt zijn, maar ook Kira en het pak.'

Toen zei Vishal: 'Kapitein, u moet even zien wat er op het lokale nieuws is.'

'Welke zender?'

'RTC.'

Kira ging naar haar overlays en zocht de zender op. Ze vond hem meteen en zag beelden uit een ruimteschip, opgenomen door iemands implantaten. Er werd geschreeuwd en het lijf van een man vloog door de lucht en botste tegen een ander, kleiner iemand. Het duurde even voor Kira besefte dat ze naar het ruim van de Caracole keek.

Shit.

Een warrige, kronkelende gedaante kwam in beeld: een Kwal. Degene die de beelden opnam focuste op de alien, die net op dat moment met iets gooide dat buiten beeld terechtkwam. Nog een kreet verscheurde de lucht; die schreeuw herinnerde Kira zich nog goed.

Toen zag ze zichzelf voorbijvliegen, als een zwarte speer vanboven, en met de Kwal worstelen tot er een lange, scherpe piek uit haar huid tevoorschijn schoot en de kronkelende alien doorboorde.

Het beeld werd stilgezet en op een voice-over zei een vrouw: 'Zou dit gevechtspak een product van VMB's geavanceerde wapenprogramma's kunnen zijn? Misschien. Andere passagiers konden bevestigen dat de vrouw een paar dagen daarvoor uit een VMB-shuttle was gered. En daarom vragen we ons af: wat voor technologie verbergt de Liga nog meer voor ons? En dan is er nog dit incident, van eerder vandaag. Opnieuw een waarschuwing voor gevoelige kijkers: de volgende opnamen bevatten schokkende beelden.'

De video ging verder en weer zag Kira zichzelf: deze keer probeerde ze de paarsharige numenist in bedwang te houden. Hij beukte weer met zijn gezicht in op het hare en zij doorstak hem, min of meer hetzelfde als bij de Kwal.

Van buitenaf zag het er veel angstaanjagender uit dan Kira had beseft. Geen wonder dat de vluchtelingen op die manier naar haar hadden gekeken; dat zou zij ook hebben gedaan.

De stem van de verslaggever kwam terug. 'Was dit een verdedigbaar gebruik van geweld of de reactie van een gevaarlijk, losgeslagen individu? U mag het zeggen. Later is gezien dat Ellen Kaminski naar de VMBM-kruiser de Darmstadt geëscorteerd is en het lijkt niet waarschijnlijk dat ze ooit voor haar daden terecht moet staan. We hebben de passagiers geprobeerd te interviewen die haar hebben gesproken. Dit was het resultaat.'

De beelden gingen verder en Kira zag de entropisten benaderd worden in een gang ergens op Malpert. 'Neem me niet kwalijk. Wacht. Sorry,' zei de verslaggever buiten beeld. 'Wat kunt u ons vertellen over Ellen Kaminski, de vrouw die op de Caracole de Kwal heeft gedood?'

'We hebben niets te zeggen, Gevangene,' zeiden Veera en Jorrus tegelijk. Ze bogen hun hoofd en doken weg in de kappen van hun gewaden.

Daarna verscheen Felix Hofer met zijn nichtje aan de hand. 'De Kwal stond op het punt om Nala dood te schieten. Ze heeft haar helpen redden. Ze heeft ons allemaal helpen redden. Wat mij betreft is Ellen Kaminski een held.'

Toen sprong de camera naar de vrouw Inarë, die op het ruimtedok stond te breien met een zelfvoldane blik op haar gezicht. De kat met de pluimoren lag op haar schouders en stak zijn kop om haar krullenbos heen.

'Wie zij is?' vroeg Inarë en ze glimlachte op een heel griezelige manier. 'O, ze is de furie van de sterren. Dat is wie ze is.' Toen lachte ze en draaide zich om. 'Dag dan, klein insect.'

De voice-over keerde terug terwijl de beelden van Kira die de Kwal doorstak nogmaals werden getoond. '"De furie van de sterren". Wie is deze mysterieuze Ellen Kaminski? Is ze een nieuw ras supersoldaat? En hoe zit het met haar gevechtspak? Is dat een experimenteel biowapen? We zullen het misschien nooit weten, helaas.' Het beeld versprong naar een close-up van Kira's gezicht, dreigend en met donkere ogen. 'Wat de waarheid ook is, we weten één ding zeer zeker, *saya*: de Kwallen zullen bang voor haar moeten zijn. En dat stemt deze verslaggever in elk geval dankbaar. Furie van de Sterren, Sterrenfurie – wie ze in werkelijkheid ook is, het is goed om te weten dat ze aan onze kant vecht... Dit was Shinar Abosé voor RTC News.'

'Fuck,' zei Kira en ze sloot haar overlays af.

'Zo te zien gaan we er precies op tijd vandoor,' zei Falconi.

'Ja.'

Aan de andere kant van de brug grijnsde Trig spottend en zei: 'Sterrenfurie. Ha! Mag ik je voortaan zo noemen?'

'Als je dat doet, ga ik slaan.'

Nielsen stak een aantal losse plukken haar terug in haar paardenstaart. 'Dit is misschien niet eens zo slecht. Hoe meer de mensen over je weten, hoe moeilijker het voor de Liga wordt om je te laten verdwijnen en te doen alsof het Zachte Mes niet bestaat.'

'Misschien,' zei Kira, niet overtuigd. Ze had niet veel vertrouwen in de integriteit van de overheid. Als ze haar wilden laten verdwijnen, zouden ze dat doen, wat de publieke opinie er ook van vond. Bovendien stond ze niet graag midden in de openbaarheid. Het maakte het moeilijk, zo niet onmogelijk, om enigszins anoniem op te treden.

3

Nu de Caracole op koers lag en onder stuwing was, verspreidde de bemanning zich door het schip om het verder gereed te maken voor de reis. Zoals Trig zei: 'Het is ééuwen geleden dat we superluminaal zijn gegaan!' Er moesten voorraden worden gereorganiseerd, systemen getest en voorbereid, losse voorwerpen geborgen (alle pennen, bekers, dekens en andere rommel die het VMB had laten liggen nadat ze de Caracole hadden doorzocht moesten veilig worden opgeruimd voor de lange periode van gewichtsloosheid die ze zouden ingaan) en er moesten eindeloze reeksen klusjes, klein en groot, worden opgeknapt.

De dag begon al op zijn einde te lopen, maar Falconi liet hen zo lang mogelijk doorgaan met de voorbereidingen. 'Je weet nooit wat er morgen gebeurt. We kunnen zomaar een troep vijanden in onze nek krijgen.'

Er viel moeilijk iets tegen zijn logica in te brengen. Op Hwa-jungs verzoek ging Kira naar het vrachtruim om de reparatiebots te helpen uitpakken die ze op Ruimtestation Malpert hadden gekregen: vervanging voor de bots die ze waren kwijtgeraakt op het Kwallenschip.

Na een paar minuten stilte keek Hwa-jung Kira aan en zei: 'Bedankt dat je dat ding hebt gedood.'

'De Kwal, bedoel je?'

'Ja.'

'Graag gedaan. Fijn dat ik kon helpen.'

Hwa-jung gromde. 'Als jij er niet was geweest…' Ze schudde haar hoofd en Kira zag dat het gezicht van de vrouw ongewoon emotioneel stond. 'Op een dag trakteer ik je op soju en rundvlees om je te bedanken en dan gaan we ons bezatten. Jij, ik en Sparrowtje.'

'Ik kijk ernaar uit…' Toen zei Kira: 'Vind jij het oké dat we de Blauwe Staf gaan zoeken?'

Hwa-jung bleef in hetzelfde tempo doorgaan met het uitpakken van de robot. 'We zitten daar heel ver van een scheepswerf, als de Caracole kapotgaat. Het is maar goed dat de Darmstadt erbij is, denk ik.'

'En de missie zelf?'

'Die moet gewoon gedaan worden. Aish. Wat kan ik verder zeggen?'

Toen ze bijna klaar waren met de laatste krat verscheen er een berichtje in Kira's blikveld: *<Kom als je kunt naar me toe in de hydrocultuurboeg. – Falconi>*

<Ben er over vijf minuten. – Kira>

Ze hielp Hwa-jung het overtollige verpakkingsmateriaal opruimen en toen verontschuldigde Kira zich en haastte zich het vrachtruim uit. In de centrale schacht zei ze: 'Gregorovich, waar is de hydroboeg?'

'Een dek omhoog. Einde van de gang links, dan rechts en dan ben je er.'

'Bedankt.'

'*Bitte.*'

Kira werd begroet door de geur van bloemen toen ze de hydrocultuurboeg naderde – van bloemen, kruiden, algen, allerlei groene en groeiende dingen. De geuren deden Kira denken aan de broeikassen op Weyland en aan haar vader, die daar zijn bloeiende middernachtgesternten verzorgde. Ze verlangde er ineens naar om buiten te zijn, tussen levende dingen, in plaats van in ruimteschepen gevangen te zitten waar het altijd naar zweet en olie stonk.

De aroma's vermenigvuldigden zich toen de luchtdichte deur openging en Kira de vochtige lucht in stapte. Ze zag gangpaden vol hangplanten en donkere, klotsende vaten met algenculturen. Er hingen sproeiers boven, die de rijen planten vochtig hielden.

Overrompeld door de ruimte bleef ze even staan. De hydroboeg leek veel op die op Adrasteia, waar zij en Alan zo veel tijd hadden doorgebracht, ook die laatste, bijzondere nacht waarin hij haar ten huwelijk had gevraagd.

Het verdriet kwam naar boven, even doordringend als de geuren.

Falconi stond achterin over een werktafel gebogen. Hij snoeide een plant met een wasachtige hangende bloem – wit en teer – van een soort dat Kira niet kende. Hij had zijn mouwen tot boven zijn littekens opgerold.

Kira had niet verwacht dat Falconi belangstelling voor tuinieren zou hebben. Rijkelijk laat herinnerde ze zich de bonsai in zijn hut.

'Je wilde me spreken?' vroeg ze.

Falconi knipte een blad van de plant af. Toen nog een. Steeds weer sloten de bladen van zijn snoeischaar zich met een gedecideerde knip. Alle planten moesten gerecycled worden voor ze in FTL gingen. Ze konden zo'n lange reis niet zonder verzorging overleven, en erger nog, ze in leven houden zou te veel restwarmte opleveren. Een paar heel bijzondere planten konden misschien in cryo – ze wist niet precies of de Caracole daar de apparatuur voor had – maar alleen die zouden gered worden.

Falconi legde de snoeischaar neer en steunde met zijn handen op de werktafel.

'Toen je de numenist neerstak –'

'Bob.'

'Ja, Bob de numenist.' Falconi glimlachte niet, en Kira ook niet. 'Toen je hem neerstak, was het toen jij of het Zachte Mes die stak?'

'Allebei, denk ik.'

Hij gromde. 'Ik weet niet of dat erger of beter is.'

Schaamte bezorgde Kira kramp in haar buik. 'Luister, het was een ongeluk. Het zal niet weer gebeuren.'

Hij gaf haar een lage, zijdelingse blik. 'Weet je dat zeker?'

'Ik –'

‘Laat maar. We kunnen ons niet veroorloven dat er nog eens zo’n “ongeluk” als met Bob gebeurt. Ik ben niet van plan nog meer van mijn bemanningsleden gewond te laten raken, niet door de Kwallen en al helemaal niet door dat pak van jou. Heb je dat goed begrepen?’ Hij staarde haar strak aan.

‘Ik heb het begrepen.’

Hij leek niet overtuigd. ‘Ik wil dat je morgen naar Sparrow gaat. Praat met haar. Doe wat ze zegt. Ze heeft een paar ideeën die je kunnen helpen het Zachte Mes te beheersen.’

Kira stond ongemakkelijk te draaien. ‘Ik wil niet tegenspreken, maar Sparrow is geen wetenschapper. Ze –’

‘Ik denk niet dat je een wetenschapper nodig hebt,’ zei Falconi. Hij fronste zijn voorhoofd. ‘Ik denk dat je discipline en structuur nodig hebt. Ik denk dat je training nodig hebt. Je hebt het verkloot bij de numenist, en je hebt het verkloot op het Kwallenschip. Als je dat ding van je niet kunt beheersen, moet je voortaan in je hut blijven, voor ieders veiligheid.’

Hij had geen ongelijk, maar zijn toon ergerde haar. ‘Hoeveel training denk je dat ik kan doen? We verlaten Cygni overmorgen.’

‘En jij gaat niet in cryo,’ antwoordde Falconi.

‘Ja, maar…’

Zijn blik werd harder. ‘Doe wat je kunt. Ga naar Sparrow. Regel je shit. Geen discussie.’

Kira voelde iets prikkelen in haar nek en ze trok haar schouders naar achteren. ‘Is dat een bevel?’

‘Nu je het vraagt: ja.’

‘Was dat alles?’

Falconi draaide zich weer om naar de werkbank. ‘Dat is alles. Maak dat je wegkomt.’

Dat deed Kira.

4

Daarna had Kira niet zo veel zin om bij de rest van de crew te zijn. Niet om te werken en niet om te eten.

Ze ging naar haar hut. Met de lampen gedimd en haar overlays uit leek de hut erg kaal, krap en sjofel. Ze ging op het bed zitten, staarde naar de gebutste wanden en kon niets positiefs in haar uitzicht ontdekken.

Kira wilde boos zijn. Ze wás ook boos, maar het lukte haar niet om Falconi daar de schuld van te geven. In zijn plaats zou ze hetzelfde hebben gedaan. Toch was ze er niet van overtuigd dat Sparrow haar zou kunnen helpen.

Ze sloeg haar handen voor haar gezicht. Een deel van haar wilde geloven dat ze níét verantwoordelijk was voor het reageren op de oproep op het Kwallenschip of het neersteken van Bob de numenist – dat het pak op een of andere manier haar geest had verwrongen of zelfstandig had gehandeld, uit onwetendheid of uit destructieve kwaadaardigheid.

Maar ze wist wel beter. Niemand had haar gedwongen om die dingen te doen. In beide gevallen had ze het gewíld. Het was een uitvlucht om het Zachte Mes de schuld te geven, een makkelijke manier om aan de harde realiteit te ontsnappen.

Ze haalde bibberig adem.

Natuurlijk was niet alles verkeerd gegaan. De ontdekking van de Blauwe Staf was ontegenzeggelijk positief, en Kira hoopte met alle vezels van haar wezen dat ze het niet verkeerd had begrepen en dat het tot positieve resultaten zou leiden. Evengoed hielp de gedachte niet tegen haar knagende schuldgevoel.

Kira kon maar niet tot rust komen, hoe moe ze ook was. Haar geest was te actief, te opgewonden. In plaats daarvan activeerde ze de console in haar hut en keek ze naar het nieuws op Weyland (het was precies zoals Akawe had gezegd). Toen begon ze alles over de nachtmerries te lezen wat ze kon vinden. Dat was niet veel. Ze waren nog maar zo kort in 61 Cygni en elders dat niemand nog een goede analyse van ze had kunnen maken. Althans niet voor de uitzendingen die tot Cygni waren doorgedrongen.

Ze had daar misschien een half uur gezeten toen er een bericht van Gregorovich in de hoek van haar blikveld verscheen.

De bemanning komt bijeen in de eetzaal, voor het geval je je wilt aansluiten, o Stekelige Vleesklont. – Gregorovich

Kira sloot het bericht en bleef lezen.

Nog geen kwartier later werd ze opgeschrikt door een hard gebonk op de deur. Buiten klonk Nielsens stem: 'Kira? Ik weet dat je daar bent. Kom bij ons zitten. Je moet eten.'

Kira's mond was zo droog dat ze pas na drie pogingen genoeg vocht in haar mond had om te kunnen antwoorden. 'Nee. Ik heb geen honger.'

'Flauwekul. Doe open.'

'... Nee.'

Met een gebons en gepiep van metaal werd het wiel aan de buitenkant van de luchtdichte deur omgedraaid. Toen ging de deur open. Kira leunde achterover en sloeg haar armen over elkaar, een beetje beledigd. Uit gewoonte had ze het privacyslot dichtgedaan. Niemand had zomaar binnen moeten kunnen vallen, al wist ze dat de helft van de crew het slot waarschijnlijk kon kraken.

Nielsen kwam de hut binnen en keek geërgerd op haar neer. Kira dwong zich de vrouw aan te kijken.

'Kom, we gaan,' zei Nielsen. 'Het eten is warm. Het zijn maar magnetronrantsoenen, maar je zult je beter voelen als je iets in je maag hebt.'

'Hoeft niet. Ik heb geen honger.'

Nielsen keek haar even aan, deed toen de deur van de hut dicht en ging tot Kira's verrassing op het andere uiteinde van het bed zitten. 'Ja, het hoeft wel. Hoe lang wou je hierbinnen blijven?'

Kira haalde haar schouders op. Het oppervlak van het Zachte Mes prikkelde. 'Ik ben moe, dat is alles. Ik wil gewoon niemand zien.'

'Waarom? Waar ben je bang voor?'

Heel even wilde Kira geen antwoord geven. Toen zei ze uitdagend: 'Voor mezelf. Nou goed? Tevreden?'

Nielsen leek niet onder de indruk. 'Dus je hebt het verkloot. Dat doet iedereen. Het gaat erom hoe je daarmee omgaat. Je verstoppen is niet het antwoord. Dat is het nooit.'

'Ja, maar...' Kira kon de juiste woorden niet vinden.

'Maar?'

'Ik weet niet of ik het Zachte Mes wel kan beheersen!' flapte Kira eruit. Zo. Ze had het gezegd. 'Als ik weer boos word of opgewonden of... Ik weet niet wat er dan kan gebeuren en...' Ze viel stil, diepongelukkig.

Nielsen snoof. 'Lúlkoek! Ik geloof er niets van.' Geschokt zocht Kira naar een antwoord, maar voor ze erop kon komen zei de eerste officier: 'Je bent heel goed in staat om met ons te eten zonder iemand te vermoorden. Ja, echt wel, met je buitenaardse parasiet en al.' Ze staarde Kira van onder haar wenkbrauwen aan. 'Je verloor de controle omdat Bob de numenist je neus brak. Daar zou iedereen bloedlink van worden. Nee, je had hem niet moeten neersteken. En misschien had je niet moeten reageren op het signaal op het Kwallenschip. Maar dat heb je gedaan, dat is gebeurd, klaar uit. Je weet nu waar je op moet letten en je zult het niet nog een keer laten gebeuren. Je bent gewoon bang om iedereen onder ogen te komen. Dat is waar je bang voor bent.'

'Je hebt het mis. Je begrijpt niet w–'

'Ik begrijp genoeg. Je hebt het verpest, en het is moeilijk om naar buiten te gaan en iedereen onder ogen te komen. Nou en? Het stomste wat je kunt doen is je hier verstoppen en doen alsof er niets gebeurd is. Als je hun vertrouwen wilt terugwinnen, kom dan naar buiten, neem je klappen in ontvangst en ik garandeer je dat iedereen je zal respecteren. Zelfs Falconi. Iedereen verkloot wel eens wat, Kira.'

'Maar niet zo,' mompelde Kira. 'Hoeveel mensen heb jíj neergestoken?'

Nielsens gezicht werd streng. En haar stem ook: 'Denk je dat je zo bijzonder bent?'

'Ik zie hier verder niemand die geïnfecteerd is door een buitenaardse parasiet.'

Een harde klap: Nielsen sloeg tegen de muur. Kira sprong geschrokken overeind. 'Zie je wel, niets aan de hand,' zei Nielsen. 'Je stak me niet neer. Moet je je voorstellen. Iedereen verkloot wel eens wat, Kira. Iedereen heeft zijn eigen shit om mee te dealen. Als je niet zo ontzettend arrogant zou zijn, zou je dat zien. Die littekens op Falconi's armen? Die heeft hij niet verdiend door fouten te vermijden, kan ik je vertellen.'

'Ik...' Kira viel stil, beschaamd.

Nielsen stak een vinger naar haar op. 'Trig heeft het ook niet makkelijk gehad. En Vishal ook niet, of Sparrow, of Hwa-jung. En Gregorovich, nee, die zit boordevol verstandige levenskeuzes.' Haar spottende toon maakte heel duidelijk wat ze bedoelde. 'Iedereen verkloot dingen. Hoe je daarmee omgaat bepaalt wie je bent.'

'En jij dan?'

'Ik? We zijn hier niet om over mij te praten. Verman je, Kira. Je bent meer dan dit.' Nielsen stond op.

'Wacht... wat kan het jou eigenlijk schelen?'

Voor de eerste keer werd Nielsens gezicht een beetje zachter. 'Dit is wat we doen. We struikelen en dan helpen we elkaar weer overeind.' De deur kraakte toen ze hem opendeed. 'Kom je? Het eten is nu nog warm.'

'Ja. Ik kom.' En hoewel het niet makkelijk was, kwam Kira overeind.

5

Het was al na middernacht, maar iedereen was in de kombuis, op Sparrow en de mariniers na. Anders dan Kira had gevreesd gaf niemand haar het gevoel dat ze niet welkom was, al kon ze het gevoel niet van zich afzetten dat iedereen een oordeel over haar had... en geen gunstig oordeel. Maar de bemanning zei niets onaardigs en het onderwerp van de numenist kwam alleen voorbij toen Trig zijdelings iets over hem opmerkte. Met Nielsens advies in haar achterhoofd reageerde Kira daar open op.

Er was ook vriendelijkheid. Hwa-jung bracht haar een kop thee en Vishal zei: 'Kom morgenochtend maar bij me, ja? Dan zal ik uw neus voor u rechtzetten.'

Falconi snoof. Hij had haar nauwelijks aangekeken. 'Dat gaat verduiveld veel pijn doen als de verdoving niet bij je werkt.'

'Geeft niet,' zei Kira. Het gaf wel, maar uit trots en verantwoordelijkheidsgevoel wilde ze dat niet toegeven.

Iedereen leek uitgeput en voor het grootste deel was het stil in de kombuis; iedereen was in zijn eigen gedachten verdiept en had zijn blik op de overlays gericht.

Kira was net begonnen met eten toen de entropisten haar verrasten door tegenover haar te komen zitten. Ze bogen zich over de tafel naar haar toe, met gretige ogen in gretige gezichten: een tweeling in twee verschillende lichamen.

'Ja?' vroeg ze.

Veera zei: 'Gevangene Navárez, we hebben iets heel –'

'... opwindends ontdekt. Toen we door Ruimtestation Malpert liepen, kwamen we –'

'... het stoffelijk overschot van zo'n nachtmerrie tegen en –'

'... het is ons gelukt een weefselmonster te nemen.'

Daar klaarde Kira's humeur van op. 'O?'

De entropisten grepen tegelijk de tafelrand vast. Hun nagels werden wit van het knijpen. 'We hebben al onze tijd –'

'... besteed aan het bestuderen van het monster. En wat blijkt –'

'Ja?' vroeg ze.

'... wat blijkt,' ging Jorrus verder, 'is dat de nachtmerries –'

'... níét dezelfde genetische samenstelling hebben als –'

'... het Zachte Mes of de Kwallen.'

De entropisten leunden met een glimlach achterover, duidelijk tevreden over hun ontdekking.

Kira legde haar vork neer. 'Bedoelen jullie dat er géén overeenkomsten zijn?'

Veera schudde haar hoofd. 'Wel overeenkomsten, maar –'

'... alleen omdat dat chemisch gezien niet anders kan. Maar voor het overige zijn het volkomen verschillende levensvormen.'

Dat bevestigde Kira's eerste, instinctmatige reactie, maar toch bleef ze vragen hebben. 'Een van de nachtmerries had tentakels. Dat heb ik zelf gezien. Hoe zit dat?'

De entropisten knikten tegelijk, alsof ze blij waren dat ze het vroeg. 'Ja. In vorm bekend, maar in essentie anders. Misschien heb je ook –'

'... armen en benen en vacht en andere –'

'... uitgroeisels gezien die doen denken aan Aardse levensvormen. Maar de nachtmerrie die we onderzocht hebben had –'

'... geen nauwe verwantschap met aards DNA.'

Kira staarde naar de berg zompige etenswaren op haar bord terwijl ze nadacht. 'Maar wat zíjn het dan?'

Een dubbel schouderophalen van de entropisten. 'Onbekend,' zei Jorrus.

'Hun onderliggende biologische structuur lijkt –'

'... ongevormd, incompleet, tegenstrijdig –'

'... kwaadaardig.'

'Eh... Mag ik jullie onderzoeksresultaten zien?'

'Natuurlijk, Gevangene.'

Ze keek weer naar hen op. 'Hebben jullie dit al met de Darmstadt gedeeld?'

'We hebben de bestanden net verzonden.'

'Goed.' Akawe moest weten met wat voor soort wezens ze te maken hadden.

De entropisten gingen terug naar hun eigen tafel en Kira at langzaam verder terwijl ze de documenten uitploos die ze haar hadden gestuurd. Het verraste haar hoeveel data ze zonder een echt lab hadden verzameld. De technologie in hun gewaden was serieus indrukwekkend.

Ze pauzeerde even toen de vier mariniers in hun vaalgroene uniformen binnenkwamen. Ook zonder pantserexo's waren het indrukwekkende kerels. Op hun brede lijven bolden onnatuurlijk dikke lagen soepele spieren op; als levende anatomische modellen die kracht, macht en snelheid uitstraalden. Hun lichaamsbouw was het resultaat van een hele reeks genetische aanpassingen die het leger bij de fronttroepen liet doen. Hoewel ze er geen van allen uitzagen alsof ze waren opgegroeid onder hoge zwaartekracht, zoals Hwa-jung, twijfelde Kira er niet aan dat ze net zo sterk waren als zij, zo niet sterker. Ze deden haar denken aan afbeeldingen van dieren met myostatinedeficiëntie. Hawes, Sanchez... Hoe de andere twee heetten wist ze niet.

De mariniers bleven niet eten, maakten alleen wat water voor thee en koffie warm, pakten wat tussendoortjes en gingen weer weg. 'We zullen u niet voor de voeten lopen, kapitein,' zei Hawes op weg naar buiten.

Falconi salueerde losjes naar hen.

De technische details van de biologie van de nachtmerries waren erg ingewikkeld en Kira kon niet alles ervan volgen, merkte ze. Alles wat de entropisten hadden gezegd was waar, maar ze hadden nog maar nauwelijks duidelijk weten te maken hoe vreemd de nachtmerries waren. In vergelijking met hen waren de Kwallen ondanks al hun genetische manipulatie relatief eenvoudig. Maar de nachtmerries... Kira had nog nooit iets gezien wat erop leek. Ze stuitte steeds op flarden chemische sequenties die bekend leken, maar dat niet waren. De celstructuur van de nachtmerries was niet eens stabiel, en ze had geen flauw idee hoe dát mogelijk kon zijn.

Haar bord was al lang leeg en ze was nog aan het lezen toen er een glas naast haar bord werd neergezet. Ze schrok ervan.

Falconi stond naast haar, met een bos glazen in zijn ene hand en een paar flessen rode wijn in de andere. Zonder het te vragen schonk hij haar glas halfvol. 'Hier.'

Toen liep hij rond, deelde glazen aan de crew en de entropisten uit en schonk ze vol.

Toen hij daarmee klaar was, hief hij het glas. 'Kira. De dingen zijn anders uitgepakt dan wij allemaal verwachtten, maar als jij er niet was geweest, was de kans groot dat we nu dood zouden zijn. Ja, dit is een zware dag geweest. Ja, je hebt alle Kwallen tot in de eeuwigheid kwaad gemaakt. En ja, we zijn op weg naar god weet waar, vanwege jou.' Hij zweeg even en keek strak voor zich uit. 'Maar we leven nog. Trig leeft nog! Sparrow leeft nog! En dat hebben we aan jou te danken. Dus proost ik op jou, Kira.'

Eerst deed niemand mee. Maar toen stak Nielsen haar glas in de lucht. 'Op Kira,' zei ze, en de anderen zeiden het haar na.

Onverwacht vertroebelde een waas van tranen Kira's zicht. Ze hief haar glas en mompelde iets van dank. Voor de eerste keer voelde ze zich niet meer zo vreselijk slecht op haar plaats op de Caracole.

'En laten we dit soort dingen in de toekomst niet meer doen,' zei Falconi, en hij ging zitten.

Er volgde wat gegrinnik.

Kira keek naar haar wijn. Een half glas. Vooral niet te veel. Ze sloeg de wijn in één teug naar binnen en leunde achterover, benieuwd naar wat er zou gebeuren.

Vanaf de andere kant van de kombuis hield Falconi haar nauwlettend in de gaten.

Er ging een minuut voorbij. Vijf minuten. Tien. En nog voelde Kira niets. Ze vertrok haar gezicht van weerzin. Na een paar maanden onthouding had ze toch op zijn minst een klein beetje aangeschoten moeten zijn.

Maar nee. Het Zachte Mes onderdrukte het effect van de alcohol. Zelfs als ze dronken had willen worden, kon ze het niet.

Het was nergens voor nodig, maar Kira werd kwaad toen ze dit besefte. 'Stom ding,' mompelde ze. Niemand – zelfs het Zachte Mes niet – hoorde te bepalen wat zij met haar lichaam kon doen. Als ze een tatoeage wilde laten zetten, dik wilde worden, een kind wilde krijgen of nog iets anders wilde doen, dan hoorde ze die vrijheid te hebben. Zonder was ze niet meer dan een slaaf.

Ze was zo kwaad dat ze het liefst zou opstaan, een fles pakken en de wijn in één keer achteroverslaan. Gewoon om de kwestie op de spits te drijven. Om te laten zien dat ze dat kón.

Maar ze deed het niet. Na alles wat er die dag was gebeurd werd ze doodsbang bij de gedachte aan wat het Zachte Mes zou kunnen doen als ze dronken was. En bovendien wilde ze ook niet bezopen raken. Niet echt.

Dus vroeg ze niet om meer wijn. Ze wachtte rustig af en probeerde het lot niet te tarten. En Kira zag dat Falconi iedereen een tweede rondje inschonk, maar haar niets aanbood. Hij begreep het en daar was ze dankbaar voor, al was ze nog steeds een beetje verontwaardigd. Gevaarlijk of niet, ze wilde kunnen kíézen.

'Wil iemand de rest nog?' vroeg Falconi, en hij stak de laatste fles in de lucht. Er zat nog ongeveer een kwart in.

Hwa-jung nam hem aan. 'Ik. Geef mij maar. Ik heb extra enzymen.'

De crew grinnikte en Kira was opgelucht dat ze niet meer aan wijn hoefde te denken.

Ze draaide de steel van haar glas tussen haar vingers en een vage glimlach gleed over haar gezicht. Ze voelde zich lichter. Nielsen had gelijk gehad; het was goed om de bemanning onder ogen te komen. Zich verstoppen was niet het antwoord geweest.

Dat was een les die ze niet moest vergeten.

6

Er brandde een groen lichtje op de tafelconsole toen Kira die avond laat eindelijk in haar hut terugkwam. Ze stootte haar teen aan de hoek van het bed toen ze naar het bureau liep. 'Au,' mompelde ze, meer als reflex dan uit echte pijn.

Zoals verwacht was er een bericht van Gregorovich:

Ik weet wat je kunt, maar ik weet nog steeds niet wat je bent. Het blijft een vraag die ik moet stellen: wat ben je toch, o Veelvormige Vleesklont? – Gregorovich

Ze knipperde met haar ogen en typte toen haar antwoord.

Ik ben wat ik ben. – Kira

Zijn antwoord kwam vrijwel onmiddellijk:

Bah. Zo afgezaagd. Zo saai. – Gregorovich

Pech. Soms krijg je niet wat je wilt. – Kira

Zucht en jammer, raas en tier; de leegte in je woorden laat zich niet verhelen. Als inzicht je deel was, dan zelfvertrouwen ook. Maar helaas, dat is het niet. Een barst in het voetstuk brengt het hele standbeeld in gevaar.
– Gregorovich

Gaan we poëtisch doen? Serieus? Kun je niets beters bedenken? – Kira

Het bleef lang stil, en voor het eerst had ze het gevoel dat ze hem had afgetroefd. Toen:

Er is niet veel vermaak te vinden als je in een notendop besloten bent. – Gregorovich

En toch kun jij je met recht koning van een onbegrensde ruimte rekenen.
– Kira

Als ik maar geen boze dromen had. – Gregorovich

Als je maar geen boze dromen had. – Kira

... – Gregorovich

Ze tikte met haar nagel tegen de console.

Het valt niet mee, hè? – Kira

Waarom zou het ook? De natuur heeft geen oog voor wie in de besmeurde diepte rondwriemelt en -kruipt. De storm die geselt, geselt iedereen. Niemand wordt gespaard. Jij niet, ik niet, de sterren in de hemel niet. We slaan onze mantels om, buigen het hoofd en richten ons op ons leven. Maar de storm, die breekt nooit, vervliegt nooit. – Gregorovich

Gezellig. Maar het helpt niet echt om erover na te denken, toch? Het is het beste, zoals je zei, om ons hoofd te buigen en ons op ons leven te richten.
– Kira

Denk dan maar niet. Wees een slaper zonder dromen. – Gregorovich

Misschien doe ik dat wel. – Kira

Dat verandert niets aan het feit dat de vraag toch blijft: wat ben je, o Tentakelkoningin? – Gregorovich

Als je me nog een keer zo noemt giet ik chilisaus in je voedingsbad. – Kira

Een loze belofte van een loze stem. De angstige geest kan zijn beperkingen niet accepteren. Hij schreeuwt en vlucht liever dan zijn onwetendheid te erkennen, want hij kan de bedreiging van zijn identiteit niet onder ogen zien. – Gregorovich

Je weet niet waar je het over hebt. – Kira

Ontken maar, ontken maar, ontken maar. Verschil maakt het niet. De waarheid over wat je bent komt toch wel naar buiten. Wanneer dat gebeurt heb jij de keus: geloven of niet geloven. Het is mij om het even. Ik, daarentegen, zal er klaar voor zijn, wat het antwoord ook is. Tot die tijd besteed ik mijn uren aan het observeren van jou, het zorgvuldig observeren van jou, o Vormeloze. – Gregorovich

Observeer zo veel als je wilt. Je zult niet vinden wat je zoekt. – Kira

Ze sloot de display met een vingerbeweging af. Tot haar opluchting bleef het groene lampje dof en stil. Het gesprek met het scheepsbrein had haar van haar stuk gebracht. Toch was ze blij dat ze zich staande had gehouden. Gregorovich kon zeggen wat hij wou, maar hij had het mis. Ze wist wie ze was. Ze wist alleen niet wat dat vervloekte pak was. Niet echt.

Genoeg. Ze had er genoeg van.

Ze haalde de juweelachtige penning van de entropisten uit haar zak en legde hem in een bureaula. Daar was hij veiliger dan als ze hem overal mee naartoe nam. Toen stroopte ze met een zucht van verlichting haar versleten kleding af. Een snelle wasbeurt aan de wasbak en ze liet zich op bed vallen en wikkelde zich in een deken.

Een tijdlang bleven Kira's gedachten maar malen. Beelden van de Kwallen en de dode nachtmerrie bleven maar bovenkomen en af en toe dacht ze dat ze de bijtende geur van Falconi's ontploffende granaten rook. Steeds weer voelde ze het Zachte Mes door het vlees van de Kwal heen gaan, maar het gevoel raakte verward met haar herinneringen aan het neersteken van de numenist en aan Alan die dood in haar armen lag... Zo veel fouten. Zo verschrikkelijk veel fouten.

Het was een worsteling, maar uiteindelijk lukte het haar om in slaap te vallen. En ondanks haar uitspraak tegen Gregorovich droomde Kira, en terwijl ze droomde kwam er een nieuw visioen:

In het gouden licht van de zomeravond klonken er kreten door het hongerige woud. Ze zat op een rotspunt te kijken naar het leven tussen de paarse bomen en wachtte tot haar metgezellen zouden terugkomen.

Onder haar scharrelde een duizendpootachtig wezen uit het donkere kreupelhout tevoorschijn en schoot een hol onder een verwarde wortelkluit in. Het werd achterna gezeten door een luiaardachtig roofdier met lange armen, een hals als een slang, een kop als een worm met tanden en gelede poten. Het roofdier hapte naar het hol, maar was niet snel genoeg om zijn prooi te vangen.

Gefrustreerd ging de slangenhalsluiaard voor het hol zitten en begon met zijn vierkante knobbelvingers in het hol te graven, sissend uit zijn smalle bek.

Hij groef en groef en werd steeds geagiteerder. De wortels waren hard, de grond was rotsachtig en hij boekte weinig vooruitgang. Toen stak de jager één lange vinger in het hol en probeerde de duizendpoot eruit te trekken.

Er klonk een gil en de slangenhalsluiaard trok zijn poot terug. Zwartachtig bloed droop uit de vinger.

Het wezen brulde, niet van pijn maar van woede. Het schudde met zijn kop, stampte over de planten en plette geveerde bladeren, bloemen en vruchten. Het brulde nog eens, greep toen de eerste de beste boomstam vast en schudde er zo hard aan dat de boom heen en weer zwaaide.

Nu klonk er gekraak in het broeierige woud. Stekelige zaaddozen vielen vanuit het bladerdek naar beneden en raakten de luiaard op zijn hoofd en zijn schouders. Hij liet zich jankend in het zand vallen en lag daar woest om zich heen te schoppen, tot het schuim op zijn opengesperde bek stond.

Na verloop van tijd hield het schoppen op.

Nog weer later waagde het duizendpootachtige wezen zich weer naar buiten, langzaam en voorzichtig. Het klom op de slappe hals van de luiaard en bleef daar met trillende voelsprieten zitten. Toen bukte het zich en begon van het zachte vlees van de keel te eten.

...

Weer een van de inmiddels vertrouwde sprongen. Ze zat op haar hurken naast een getijdepoel, tegen de hitte van de felle zon beschut door een uitloper van vulkanische rots. In de poel dreef een doorschijnende bol, niet groter dan haar duim.

De bol leefde niet. Maar hij was ook niet dood. Hij zat ertussenin. Een nog niet gerealiseerd potentieel.

Ze keek hoopvol toe, wachtte op het moment van transformatie, als het potentieel gerealiseerd zou worden.

Daar. Een kleine beweging van het licht daarbinnen en de bol pulseerde alsof hij zijn eerste voorzichtige ademteug nam. Hoop maakte plaats voor geluk, voor verwondering om het geschenk van het eerste leven. Wat nu gedaan was, zou alle volgende flarden veranderen, eerst hier, en later – met voldoende tijd en geluk – ook in de grote werveling van sterren.

En ze zag dat het goed was.

XII

*   *   *   *   *   *   *

LESSEN

1

Kira voelde zich verrassend goed uitgerust toen ze wakker werd.

Er viel een dikke laag stof van haar lichaam toen ze rechtop ging zitten. Ze rekte zich uit en spuugde wat stofvlokken uit die in haar mond waren gevallen. Ze smaakten naar leisteen.

Toen ze wilde opstaan, merkte ze dat ze in een holte zat. Tijdens de nacht had het Zachte Mes het grootste deel van de deken en het matras geabsorbeerd, plus een deel van het composiet van het beddenframe. Slechts een paar centimeter van het materiaal scheidde haar van de terugwinapparatuur die eronder hing.

De xeno had zeker moeten bijtanken na de gevechten van de vorige dag. Het pak voelde nu ook dikker, alsof het zich aanpaste aan de dreigingen die ze hadden ondergaan. Met name de vezels op haar borst en onderarmen leken harder, robuuster.

Het reactievermogen van het pak bleef indrukwekkend. 'Je weet dat we in oorlog zijn, hè?' mompelde ze.

Ze zette haar console aan en zag dat er een bericht op haar wachtte:

Kom naar me toe zodra je wakker bent. – Sparrow

Kira trok een grimas. Ze keek niet uit naar wat Sparrow voor haar in petto had. Als ze haar kon helpen met het Zachte Mes was dat mooi, maar Kira moest het nog zien. Maar als ze Falconi niet tegen zich in het harnas wilde jagen, moest ze meespelen, en ze had inderdaad een betere manier nodig om de xeno onder controle te houden...

Ze sloot Sparrows berichtje en schreef in plaats daarvan aan Gregorovich:

Mijn bed en dekens moeten vervangen worden. Het pak heeft ze vannacht opgegeten. Als het niet te veel moeite is voor een scheepsbrein als jij, natuurlijk. – Kira

Zijn antwoord kwam vrijwel direct. Soms benijdde ze de snelheid waarmee scheepsbreinen konden denken, maar toen herinnerde ze zich weer hoe fijn ze het vond om een lichaam te hebben.

Misschien moet je die vraatzuchtige bloedzuiger iets anders proberen te voeren dan een buffet van polycarbonaat. Dat KAN gewoon niet goed zijn voor een parasiet in de groei. – Gregorovich

Heb je een voorstel? – Kira

O, maar natuurlijk. Als je lieflijke symbiontje zo nodig aan mijn botten moet knagen, heb ik liever dat het niet te dicht gebeurt bij noodzakelijke systemen voor, zeg, het in stand houden van levensfuncties. In de machinekamer liggen voorraden ruw materiaal voor het printen en voor reparaties. Je buitenaardse overheerser vindt daar vast wel iets naar zijn smaak. Vraag Hwa-jung maar; zij kan je laten zien waar het is. – Gregorovich

Kira trok haar wenkbrauwen op. Hij probeerde zowaar behulpzaam te zijn, al kon hij het nog steeds niet laten om haar te beledigen.

Hartelijk dank. Ik zal zeker zorgen dat ik je voor onmiddellijke desintegratie behoed als mijn buitenaardse overheerser het systeem overneemt. – Kira

Ahahaha. Echt, zoiets grappigs heb ik deze hele eeuw nog niet gehoord. Ik lach me kapot... Waarom ga je niet gewoon ergens wat reuring veroorzaken, als een braaf aapje? Dat lijkt je toch het beste af te gaan. – Gregorovich

Ze rolde met haar ogen en sloot het venster. Toen – nadat ze haar oude jumpsuit weer had aangetrokken en haar gedachten even op een rijtje had gezet – zette ze de camera op de display aan en nam ze een bericht op voor haar familie, ongeveer zoals ze op de Walkure had gedaan. Alleen probeerde Kira de waarheid deze keer niet te verbergen. 'We hebben op Adrasteia een buitenaards artefact gevonden,' zei ze. 'Of eigenlijk heb ík het gevonden.' Ze vertelde over alles wat er daarna gebeurd was, ook de aanval op de Verzachtende Omstandigheden. Nu het bestaan van het Zachte Mes openbaar bekend was, zag Kira geen reden meer om de details voor haar familie te verzwijgen, hoe graag het VMB of de Liga de informatie misschien ook geheim had willen houden.

Daarna nam ze een vergelijkbaar bericht op voor Alans broer.

Haar ogen stonden vol tranen toen ze klaar was. Ze liet ze vrijuit stromen en veegde toen haar wangen droog met haar handen.

Ze logde in op de zender van de Caracole en zette de twee berichten in de wachtrij om te worden afgeleverd bij het dichtstbijzijnde FTL-relais in 61 Cygni.

Het zat er dik in dat de Liga alle signalen van de Caracole onderschepte. En het was even waarschijnlijk dat de Kwallen het communicatiesysteem bij haar thuis blokkeerden, net als op 61 Cygni, en dat het bericht aan haar familie er niet doorheen zou komen. Maar ze moest het proberen. En Kira putte troost uit de wetenschap dat haar woorden ergens waren vastgelegd. Zolang ze ergens in de circuits en geheugenbanken van de computers binnen de Liga bewaard bleven, zouden ze hun beoogde ontvangers uiteindelijk misschien bereiken.

In elk geval had zij haar taken zo goed mogelijk vervuld. Er viel een last van haar schouders.

De volgende paar minuten besteedde ze aan een verslag van de laatste droom van het Zachte Mes. Toen schikte ze zich in het feit dat ze een onaangename ervaring met Sparrow tegemoet ging, verliet haar hut en ging op weg naar de kombuis.

Toen ze de centrale ladder afdaalde voelde Kira een scherpe pijn in haar onderbuik. Ze zoog haar adem in, verrast, en bleef even stilstaan.

Dat was vreemd.

Ze wachtte even, maar voelde niets meer. Zeker last van haar maag door het eten van gisteravond, of een licht verrekte spier, dacht ze. Niets om je zorgen over te maken.

Ze klom verder naar beneden.

In de kombuis zette ze water op en stuurde ze Vishal een berichtje: *<Drinkt Sparrow thee of koffie? – Kira>* Het leek haar geen kwaad te kunnen om met een zoenoffer te beginnen.

De dokter antwoordde op het moment dat het water kookte: *<Koffie, hoe zwarter hoe beter. – Vishal>*

<Bedankt. -Kira>

Ze maakte twee mokken klaar: een met chell, de ander met dubbel zo sterke koffie. Toen ging ze met de mokken naar de ziekenboeg en klopte op de luchtdichte deur.

'Mag ik binnenkomen?'

'Deur is open,' zei Sparrow.

Kira duwde hem met haar schouder open, voorzichtig om niets te morsen.

Sparrow zat rechtop in haar ziekenhuisbed, met haar onberispelijk gemanicuurde handen op haar buik en een holodisplay open voor haar. Gezien de omstandigheden zag ze er niet eens slecht uit: ze had alweer wat kleur in haar huid en haar ogen stonden scherp en alert. Verschillende lagen verband zaten om haar middel gewikkeld en aan de bovenkant van haar broek zat een vierkant apparaatje geklemd.

'Ik vroeg me al af wanneer je zou komen,' zei ze.

'Is dit geen goed moment?'

'Een beter moment hebben we niet.'

Kira stak de mok met de sterke koffie naar haar uit. 'Vishal zei dat je van koffie houdt.'

Sparrow nam de mok aan. 'Mmm. Dat klopt. Al moet ik er wel van naar de wc, en dat is op dit moment een *pain in the ass*. Letterlijk.'

'Wil je liever chell? Dat heb ik ook.'

'Nee.' Sparrow snoof de damp van de koffie op. 'Nee, dit is perfect. Dank je.'

Kira trok de kruk van de dokter bij en ging zitten. 'Hoe gaat het?'

'Goed, naar omstandigheden.' Sparrow trok een grimas. 'Mijn zij jeukt als een gek en de doc zegt dat hij daar niets aan kan doen. En ik kan eten niet goed verteren. Hij voedt me via een infuus.'

'Lukt het hem nog om je op te lappen voor we vertrekken?'

Sparrow nam nog een slok. 'De operatie staat voor vanavond gepland.' Ze keek Kira aan. 'Trouwens, nog bedankt dat je die Kwal hebt tegengehouden. Ik sta bij je in het krijt.'

'Jij zou hetzelfde hebben gedaan,' zei Kira.

De kleine vrouw met het harde gezicht grijnsde zelfvoldaan. 'Lijkt me wel. Maar dat had misschien niet veel uitgehaald zonder jouw xeno. Jij bent fucking gevaarlijk als je boos bent.'

De lof viel slecht bij Kira. 'Ik was er alleen graag sneller geweest.'

'Niet te moeilijk over doen.' Sparrow glimlachte, nu wat opener. 'We hebben die Kwallen goed verrast, hè?'

'Ja… Heb je al over de nachtmerries gehoord?'

'Nou en of.' Sparrow gebaarde naar de display. 'Ik zat net de verslagen te lezen. Zo zonde van Ruslans bonenstaak. Met een fatsoenlijk defensienetwerk hadden ze hem misschien kunnen redden.'

Kira blies op haar chell. 'Je hebt in het VMB gezeten, hè?'

'VMB Korps Mariniers, technisch gesproken. Veertiende divisie, Europa Commando. Zeven jaar dienst. Hoe-ra, baby.'

'Dus zo heb je toegang tot MilCom.'

'Zeker weten. Met de oude login van mijn luitenant.' Een woeste glimlach gleed over Sparrows gezicht. 'Dat was trouwens toch een lul.' Ze veegde de display met een onnodig agressief gebaar leeg. 'Ze zouden die codes echt vaker moeten veranderen.'

'Dus nu zit je in de beveiliging. Toch? Je zit boven op lastige gevallen en draait ze eventueel de nek om.'

'Zo ongeveer.' Sparrow krabde aan haar zij. 'Meestal is het best saai. Eten, slapen, poepen en herhalen. Soms wordt het spannender. Een paar koppen tegen elkaar slaan, Falconi dekken als hij een deal sluit, de lading bewaken als we gedockt zijn. Dat soort dingen. Het is een baan. Een stuk beter dan in een VR-tank zitten wachten tot je oud bent.'

Daar kon Kira in komen. Ze had ongeveer hetzelfde gevonden toen ze besloten had om carrière in de xenobiologie te maken.

'En héél af en toe,' zei Sparrow terwijl er iets fels in haar ogen oplaaide, 'krijg je een mes tegen de keel, zoals gisteren, en dan ontdek je pas wat je waard bent. Wat jij?'

'Ja.'

Sparrow keek haar ernstig aan. 'Over koppen tegen elkaar slaan gesproken, ik heb op video gezien wat je met Bob hebt gedaan.'

Weer een pijnscheutje in haar buik. Kira negeerde het. 'Kende je hem?'

'Ik heb hem léren kennen. Vishal had hem hier. Hij lag te pissen en te kreunen toen hij gehecht werd… Wat ging er fout in het ruim?'

'Dat heeft Falconi je toch wel verteld?'

Sparrow haalde haar schouders op. 'Natuurlijk, maar ik hoor het liever van jou.'

Het oppervlak van Kira's chell was donker en olieachtig. Ze kon haar gezicht erin weerspiegeld zien, vervormd. 'In het kort? Hij deed me pijn. Ik wilde dat het ophield. Ik haalde uit. Of eigenlijk haalde het Zachte Mes voor mij uit… Soms is het onderscheid moeilijk te maken.'

'Was je boos? Heeft Bobs idiote actie je uit de tent gelokt?'

'… Ja. Zo was het.'

'Aha.' Sparrow ving haar blik door naar Kira's gezicht te wijzen. 'Die neus van je moet zeven kleuren pijn hebben gedaan toen hij hem brak.'

Ze voelde eraan, met enige gêne. 'Is de jouwe wel eens gebroken?'

'Drie keer. Maar ik heb hem wel laten rechtzetten.'

Kira zocht moeizaam naar de juiste woorden. 'Luister… Je moet dit niet verkeerd opvatten, Sparrow, maar ik weet echt niet hoe je mij met de xeno zou kunnen helpen. Ik ben hier omdat Falconi erop stond, maar...'

Sparrow hield haar hoofd schuin. 'Weet je wat het leger doet?'

'Ik...'

'Dat zal ik je zeggen. Het leger neemt iedereen aan die zich aanbiedt, zolang diegene maar aan de basiseisen voldoet. Dat betekent dat je aan de ene kant mensen hebt die je net zo makkelijk de keel doorsnijden als de hand schudden. En aan de andere kant heb je mensen die te bedeesd zijn om een vlieg kwaad te doen. En wat het leger doet, is al die mensen leren hoe en wanneer ze geweld moeten toepassen. Dat, en orders gehoorzamen.

Een getrainde marinier gaat echt niet iemand neersteken, alleen maar omdat die zijn neus heeft gebroken. Dat zou buitenproportioneel gebruik van geweld zijn. Als je zo'n stunt uithaalt in het VMB mag je van geluk spreken als je voor de krijgsraad komt. En dat is alleen als je jezelf en je team niet de dood hebt ingejaagd. Je zelfbeheersing verliezen is een uitvlucht. Een goedkópe uitvlucht. Je raakt je zelfbeheersing niet kwijt. Niet als er levens op het spel staan. Geweld is een middel. Niets meer, niets minder. En het gebruik ervan moet even zorgvuldig worden afgewogen als... als de sneden van een chirurgische scalpel.'

Kira trok een wenkbrauw op. 'Je klinkt meer als een filosoof dan als een soldaat.'

'Wat, dacht je soms dat alle mariniers stomkoppen zijn?' Sparrow grinnikte en werd toen weer serieus. 'Alle goede soldaten zijn filosofen, net zoals priesters of professoren. Dat kan niet anders, als je met leven en dood te maken hebt.'

'Heb je gevochten toen je in dienst was?'

'O ja.' Ze keek Kira strak aan. 'Je denkt dat de ruimte een vreedzame plek is, en dat is het grotendeels ook. Even afgezien van de Kwallen is de kans dat je door geweld gewond raakt of gedood wordt nu kleiner dan wanneer dan ook in de geschiedenis. En toch zijn er meer mensen aan het vechten – vechten en sterven – dan ooit tevoren. Weet je waarom?'

'Omdat er nu meer mensen leven,' zei Kira.

'Bingo. De percentages zijn lager, maar de totaalaantallen blijven maar stijgen.' Sparrow haalde haar schouders op. 'Dus ja. We hebben veel gevochten.'

Kira nam haar eerste slokje chell. Die was smakelijk en warm, met een kruidige nasmaak als van kaneel. Haar buik deed weer pijn en zonder erbij na te denken wreef ze erover. 'Goed. Maar ik weet nog steeds niet hoe je me kunt helpen het pak onder controle te krijgen.'

'Waarschijnlijk kan ik dat ook niet. Maar misschien kan ik je helpen jezelf onder controle te krijgen, en dat is bijna net zo veel waard.'

'We hebben niet veel tijd.'

Sparrow sloeg zichzelf op de borst. 'Ik niet. Maar jij hebt straks een heleboel tijd, als de rest van ons in cryo ligt.'

'En het grootste deel daarvan zal ik slapen.'

'Het grootste deel, niet alles.' Sparrow grijnsde haar kort toe. 'Dat geeft je een prima gelegenheid, Navárez. Je kunt oefenen. Je kunt zorgen dat je beter wordt. En is dat niet wat we allemaal willen? Om zo goed te worden als we maar kunnen?'

Kira keek haar sceptisch aan. 'Dat klinkt als een rekruteringsslogan.'

'Misschien is het dat ook,' zei Sparrow. 'Sleep me maar voor het gerecht.' Ze liet haar benen voorzichtig over de rand van de onderzoekstafel zakken en gleed naar de vloer.

'Hulp nodig?'

Sparrow schudde haar hoofd en vertrok haar gezicht van de pijn toen ze ging staan. 'Ik red het wel. Dank je.' Ze pakte een kruk die naast het bed lag. 'Dus, heb ik je gerekruteerd of niet?'

'Ik geloof niet dat ik veel keus heb, maar...'

'Natuurlijk wel.'

'Maar ja, ik wil het wel proberen.'

'Uitstékend,' zei Sparrow. 'Dat moest ik horen!' En ze schuifelde met haar kruk naar voren en ging de ziekenboeg uit. 'Deze kant op!'

Kira schudde haar hoofd, zette haar mok neer en volgde haar.

Bij de centrale schacht hing Sparrow de kruk aan haar arm en begon ze voorzichtig de ladder af te dalen. Haar gezicht vertrok van de pijn. 'Goddank bestaan er pijnstillers,' zei ze.

Ze daalden via de schacht af naar het onderste dek. Daar liep Sparrow met Kira naar het vrachtruim aan bakboord.

Kira had er nog niet veel van gezien. De ruimte spiegelde de indeling van het stuurboordruim, met als belangrijkste verschil de rekken met voorraden en uitrusting die aan de vloer genageld zaten. De vier mariniers hadden een deel van het ruim tussen de gangpaden in beslag genomen. Daar hadden ze hun pantserexo's neergezet, en hun cryobuizen, slaapzakken en verschillende hardcases met wapens en Thule weet wat nog meer.

Hawes deed pull-ups aan een stang die tussen twee rekken was bevestigd. De andere drie mariniers waren op een leeg stuk van het dek worptechnieken en ontwapening aan het oefenen. Ze kwamen overeind toen ze Kira en Sparrow zagen.

'Yo, yo,' zei een van de mannen. Hij had dikke, donkere wenkbrauwen en op zijn blote, gespierde armen stonden blauwe tekstregels getatoeëerd in een taal die Kira niet herkende. De tattoos deinden met zijn bewegingen mee, als lange golven op het water. Hij wees naar Sparrow. 'Jij ben toch wie door die Kwal was doorboord?'

'Klopt, marinier.'

Toen wees hij naar Kira. 'En jij ben toch wie die Kwal toen heel snel doorboord heb, ja?'

Kira boog haar hoofd. 'Ja.'

Heel even wist ze niet hoe de man zou reageren. Toen brak er een brede glimlach op zijn gezicht door. Zijn tanden glinsterden van de geïmplanteerde nanodraden. 'Goed gedaan. Supervet!' Hij stak allebei zijn duimen naar hen op.

Een van de andere mariniers kwam naar hen toe. Hij was kleiner, had kolossale schouders en bijna even grote handen als Hwa-jung. Hij keek Kira aan en zei: 'Dan ben jij dus de reden dat we op deze gestoorde reis zijn gegaan.'

Ze tilde haar kin op. 'Ik vrees van wel.'

'Niet dat ik klaag, ja? Als we de Kwallen hiermee te snel af zijn ben ik helemaal voor. Je heb de ouwe Akawe overtuigd, dan ben je oké voor mij.' Hij stak een van zijn kolenschoppen van handen uit. 'Korporaal Nishu.'

Kira schudde zijn hand. Die voelde aan alsof hij er rotsblokken mee zou kunnen fijnknijpen. 'Kira Navárez.'

De korporaal bewoog zijn kin in de richting van de getatoeëerde marinier. 'Dat lelijke geval daar is soldaat Tatupoa. En dat is Sanchez' – hij wees naar een marinier met een smal gezicht en droevige ogen. 'De luitenant kennen jullie al.'

'Ja, dat klopt.' Kira schudde Tatupoa en Sanchez de hand en zei: 'Aangenaam kennis te maken. Fijn om jullie aan boord te hebben.' Ze wist niet zeker of ze dat vond, maar het was wel zo beleefd.

Sanchez zei: 'Enig idee wat we kunnen verwachten als we in dat stelsel zijn, mevrouw?'

'De Blauwe Staf vinden, hoop ik,' zei Kira. 'Het spijt me dat ik jullie niet meer kan vertellen. Het is alles wat ik zelf weet.'

Toen kwam Hawes naar hen toe. 'Oké, genoeg zo, iedereen. Laat de dames met rust. Ze hebben het vast druk.'

Nishu en Tatupoa salueerden en gingen verder met worstelen. Sanchez keek van terzijde toe.

Sparrow wilde al langs hen heen lopen, maar bleef toen staan en keek Tatupoa aan. 'Je doet het trouwens niet goed,' zei ze.

De man knipperde met zijn ogen. 'Watte?'

'Toen je hem probeerde om te gooien.' Ze wees naar de korporaal.

'We weten zelf wel wat de bedoeling is, mevrouw. Niet lullig bedoeld.'

'Je kunt maar beter naar haar luisteren,' zei Kira. 'Zij zat ook in het Korps Mariniers van het VMB.'

Naast haar verstijfde Sparrow en Kira voelde ineens dat ze een fout had gemaakt.

Hawes kwam naar voren. 'Is dat zo, mevrouw? Waar hebt u gediend?'

'Doet er niet toe,' zei Sparrow. Tegen de man met de tattoos zei ze: 'Laat je gewicht meer op je voorste voet rusten. Stap naar voren alsof je het meent en maak een harde draai. Je voelt het verschil meteen.'

Sparrow liep verder en liet de vier mariniers achter met een mengeling van verwondering en speculaties.

'Dat spijt me,' zei Kira toen ze uit het zicht waren.

Sparrow gromde. 'Zoals ik zei, doet er niet toe.' De punt van haar kruk bleef achter een rek haken en ze trok hem met een ruk los. 'Hierheen.'

Helemaal achter in het ruim, achter de kratten met rantsoenen en de pallets met uitrusting, zag Kira drie dingen: een loopband, afgesteld voor nul-g; een fitnessapparaat vol kabels, katrollen en handgrepen van het soort dat ze op de Fidanza had gebruikt, en – tot haar verrassing – een complete set gewichten. Er waren lange en korte halters en verankerde stapels losse halterschijven: enorme pokerfiches in rood, groen, blauw en geel. Als elke kilo je extra brandstof kostte, werd elke kilo waardevol. De fitnessruimte was een bescheiden uitspatting van het soort dat Kira niet op de Caracole had verwacht.

'Voor jou?' vroeg ze met een gebaar naar de gewichten.

'Ja,' zei Sparrow. 'En voor Hwa-jung. Er is heel wat voor nodig om haar fit te houden in 1 g.' Puffend liet ze zich op de bank zakken en strekte haar linkerbeen voor zich uit. Ze drukte een hand tegen haar zij, op het verband. 'Weet je wat het ergste is aan gewond zijn?'

'Dat je niet kunt trainen?'

'Bingo.' Sparrow gebaarde naar haar lichaam. 'Dit krijg je niet zomaar, weet je.'

Er was geen andere plek om te gaan zitten, dus hurkte Kira naast de bank neer. 'Serieus? Heb je dan niet dezelfde genhacks als die jongens?' Ze gebaarde naar de mariniers. 'Ik heb ergens gelezen dat je met de tweaks die je in het VMB krijgt kunt eten wat je wilt zonder uit vorm te raken.'

'Zo makkelijk is het niet,' zei Sparrow. 'Je moet altijd nog cardio doen als je niet wilt dichtgroeien. En je moet nog steeds hard werken om echt grote kracht op te bouwen. Genhacken helpt, maar het is geen wondermiddel. Wat die gorilla's betreft… er zijn gradaties. Niet iedereen krijgt dezelfde modificaties. Onze gasten zijn wat we R-Zevens noemen. Dat houdt in dat ze de complete set augmenten hebben. Daar moet je vrijwilliger voor zijn, want op lange termijn is het niet gezond. Het VMB laat je zo niet langer dan vijftien jaar rondlopen, hooguit.'

'Huh. Dat wist ik niet,' zei Kira. Ze keek weer naar de gewichten. 'Dus, waarom zijn we hier? Wat is het plan?'

Sparrow krabde aan haar messcherpe kaak. 'Heb je dat nog niet begrepen? Je gaat gewichtheffen.'

'Hè?'

De kortharige vrouw grinnikte. 'Dit is de deal, Navárez. Ik ken je niet bijzonder goed. Maar ik weet wél dat je elke keer dat je het verkloot met de xeno gestrest bent. Bang. Boos. Gefrustreerd. En zo. Zit ik ernaast?'

'Nee.'

'Goed. Dus het spelletje dat we gaan spelen heet: ongemak. We gaan je blootstellen aan zorgvuldig afgemeten stress, en dan zullen we zien wat dat met jou en met het Zachte Mes doet. Oké?'

'... Oké,' zei Kira op haar hoede.

Sparrow wees naar het fitnessapparaat. 'We beginnen makkelijk, want alleen dan kan ik op je rekenen.'

Kira wilde haar tegenspreken... maar er zat wat in. Dus slikte ze haar trots in en ging zitten. Oefening voor oefening praatte Sparrow haar door een serie lifts heen om te testen hoe sterk zij en het Zachte Mes waren. Eerst aan het apparaat, toen met losse gewichten.

De resultaten, vond Kira, waren indrukwekkend. Met het Zachte Mes kon ze bijna net zo veel gewicht verplaatsen als met een zwaar exoskelet. Haar relatieve gebrek aan massa was de grootste beperkende factor: de kleinste verschuiving van haar gewicht dreigde haar al uit evenwicht te brengen.

Sparrow leek minder tevreden. Terwijl Kira haar best deed om te squatten met een halterstang met een absurde hoeveelheid gewichten eraan, tuitte de vrouw haar lippen en zei: 'Shit, je weet echt niet waar je mee bezig bent.'

Grommend strekte Kira haar benen, liet de halter op de afleghaken vallen en keek Sparrow boos aan.

'Dat pak beschermt je tegen je slechte techniek en conditie.'

'Vertel maar wat ik verkeerd doe,' zei Kira.

'Sorry, schattebout. Daar zijn we hier niet voor, vandaag. Nog twintig kilo erbij en probeer het pak dan eens te gebruiken om je schrap te zetten tegen de vloer. Als een statief.'

Kira probeerde het. Ze probeerde het echt, maar het gewicht was meer dan haar knieën konden hebben. Het lukte haar niet om haar aandacht te verdelen tussen het Zachte Mes en de inspanningen om de halter in evenwicht te houden, die nu zo zwaar was dat hij haar met gemak zou kunnen doden. Ze voelde het materiaal rond haar benen verstijven – dat lukte nog wel – maar ze kreeg het niet voor elkaar om ook nog ondersteuning uit het pak te laten schuiven, en de xeno leek geen zin te hebben om zelf nog wat extra te helpen.

Integendeel, zelfs. Onder haar jumpsuit voelde Kira het pak verschuiven en stekels vormen als reactie op alle inspanning. Ze probeerde zichzelf, en daarmee ook het pak, rustig te krijgen, maar dat lukte maar half.

'Ja,' zei Sparrow toen Kira de halter in het rek legde. 'Dat dacht ik al. Oké, hierheen, op de mat.'

Kira deed wat ze zei. Zodra ze op de mat stond, gooide Sparrow een klein, hard voorwerp naar haar toe. Zonder erbij na te denken dook Kira weg, maar tegelijkertijd schoten er uit het Zachte Mes een paar slierten tevoorschijn die het voorwerp wegsloegen.

Sparrow liet zich plat op de bank vallen. Ze had ineens een kleine blaster in haar handen. Alle emotie was uit haar gezicht verdwenen en had plaatsgemaakt voor de vlakke intensiteit van iemand die vecht voor haar leven.

Op dat moment besefte Kira dat de stoere houding van de vrouw niet meer was dan dat – een houding – en dat ze even voorzichtig met Kira omging als met een granaat die op scherp staat.

De huid rond Sparrows ogen stond strak van de pijn toen ze weer overeind kwam. 'Zoals ik al zei, je hebt oefening nodig. Discipline.' Ze stopte de blaster in een zak van haar broek.

Bij de scheidingswand zag Kira liggen wat Sparrow naar haar gegooid had: een witte fitnessbal.

'Sorry,' zei Kira. 'Ik –'

'Laat maar, Navárez. We weten wat het probleem is. Daarom ben je hier. Dat is wat we moeten fixen.'

Kira haalde een hand over haar schedel. 'Je kunt het overlevingsinstinct niet fixen.'

'O, echt wel!' snauwde Sparrow. 'Dat is wat ons van de dieren onderscheidt. Wij kunnen ervoor kíézen om met een zware rugzak op een mars van dertig kilometer te maken. We kunnen ervoor kíézen om allerlei onaangename shit te verdragen omdat we weten dat onze toekomstige ik ons daar later dankbaar voor zal zijn. Je moet er misschien wat hersengymnastiek voor doen in die zompige massa in je kop, maar er is absoluut een manier om niet overdreven te reageren als je wordt verrast. Shit, ik heb mariniers rustig koffie zien zitten drinken terwijl ons afweergeschut hele ladingen aanvalsraketten neerhaalde, en ze waren de coolste, kalmste klootzakken die ik ooit heb gezien! Legden nog een wedje hoeveel raketten erdoor zouden komen. Dus als zij het konden, kun jij het ook, zelfs als er een buitenaardse parasiet aan je vastzit.'

Een beetje beschaamd knikte Kira. Ze haalde adem en streek met grote inspanning de laatste paar hobbels op het Zachte Mes glad. 'Je hebt gelijk.'

Sparrow hief met een ruk haar hoofd op. 'Nou en of ik gelijk heb.'

Toen vroeg Kira, gewoon zomaar: 'Wat heeft Vishal je voor medicijnen gegeven?'

'Niet genoeg, zo veel is zeker... We gaan iets anders proberen.'

Toen zette Sparrow haar op de loopband en liet haar afwisselend sprintjes trekken en het Zachte Mes overhalen om bepaalde taken uit te voeren (voornamelijk op Sparrows instructies van vorm veranderen). Kira kon zich moeilijk concentreren op iets anders dan haar gehijg en haar bonkende hart; die leidden haar zo af dat het niet lukte om haar wil aan het Zachte Mes op te leggen. Bovendien probeerde de xeno soms te begrijpen wat ze wilde – als een al te fanatieke assistent – wat er meestal op uitdraaide dat ze verder uitschoot dan ze van plan was geweest. Maar gelukkig niet met messen of pieken en ook niet zo ver dat het Sparrow in gevaar bracht (al bleef die zo ver bij haar vandaan als mogelijk was in de beperkte ruimte).

De ex-marinier bleef dik een uur met Kira aan het werk en testte haar even grondig als Vishal en Carr hadden gedaan. Maar het was niet alleen testen; het was ook trainen. Ze dwong Kira de grenzen van het Zachte Mes en haar omgang met het buitenaardse organisme te onderzoeken, en als ze die grenzen vond, moest ze ertegenaan duwen tot ze oprekten.

De hele tijd bleef Kira af en toe pijntjes in haar onderbuik voelen. Het begon haar zorgen te baren.

Sparrow liet haar één ding doen dat Kira afschuwelijk vond: met de punt van een mes in haar arm prikken en bij elke prik proberen voorkomen dat het Zachte Mes hard werd om haar te beschermen.

Zoals Sparrow het zei: 'Als je niet eens een beetje ongemak kunt verdragen om er later profijt van te hebben, ben je de lucht die je inademt niet waard.'

Dus bleef ze op haar tanden bijten en in haar arm prikken. Het viel niet mee. Het Zachte Mes bleef zich maar loswringen uit haar mentale greep en het neerkomende mes blokkeren of wegduwen. 'Hou op,' mopperde ze uiteindelijk boos. Ze stak opnieuw, deze keer niet in haar arm, maar in het Zachte Mes, dat ze evenveel pijn wilde doen als het haar had gedaan.

'Hé! Kijk uit!' zei Sparrow.

Kira zag ineens scherpe doorns van een halve meter lang uit haar arm steken. 'Aaa! Shit!' riep ze en ze trok de doorns zo snel mogelijk weer in.

Met een barse blik schoof Sparrow de bank nog een paar centimeter naar achteren. 'Niet best, Navárez. Probeer het nog eens.'

En dat deed Kira. En het deed pijn. En het was moeilijk. Maar ze gaf niet op.

2

Kira had pijn, was bezweet en rammelde van de honger tegen de tijd dat Sparrow de training beëindigde. Ze was moe, niet alleen in haar lichaam, maar ook in haar geest; het was zwaar om zo lang met de xeno te worstelen. Bovendien had ze niet veel succes gehad, en dat zat haar meer dwars dan ze wilde toegeven.

'Het was een begin,' zei Sparrow.

'Je had toch niet zo ver hoeven gaan,' zei Kira, terwijl ze haar gezicht afveegde. 'Je had wel gewond kunnen raken.'

'Er ís al iemand gewond geraakt,' zei Sparrow scherp. 'Ik probeer alleen te voorkomen dat het nog een keer gebeurt. Volgens mij zijn we precies ver genoeg gegaan.'

Kira keek haar kwaad aan. 'Je was vast erg populair in je squad bij de mariniers.'

'Ik zal je vertellen hoe dat was. Tijdens de opleiding hadden we een keer een domme lul van de Wereld van Stewart. Berk, heette hij. We waren een tijdje op Aarde – ben je daar ooit geweest?'

'Nee.'

Sparrow haalde haar schouders half op. 'Het is een krankzinnige plek. Mooi, maar overal waar je komt zijn er levende dingen die je willen doden, net als op Eidolon. Nou goed, wij deden een training handmatig vuren. Dat betekent dat je geen implantaten of overlays kunt gebruiken. Berk vond het moeilijk, maar toen kreeg hij eindelijk de smaak te pakken en begon doelen te raken. Bém, blokkeert zijn wapen.

Hij probeerde de blokkade te verhelpen, maar het lukte niet. Het probleem is dat Berk het temperament van een hogedrukpan heeft. Dus staat hij te vloeken en te schoppen en hij wordt zo kwaad dat hij zijn geweer op de grond gooit.'

'Zelfs ík weet nog beter,' zegt Kira.

'Exact. Dus onze schietinstructeur en drie drillsergeanten springen boven op Berk, als de vier ruiters van de apocalyps. Ze geven hem op zijn donder en dan laten ze hem zijn geweer oprapen en door het kamp marcheren. Achter de medische tent hing een horzelnest. Heb je ooit een horzelsteek gehad?'

Kira schudde haar hoofd. Ze had op Weyland veel met bijen te maken gehad, maar nooit met horzels. Die waren niet goedgekeurd door de terravormende commissie van de kolonie.

Een flauwe glimlach krulde om Sparrows lippen. 'Horzels zijn net kogels vol haat en woede. De steken doen fucking veel pijn. Dus Berk krijgt het bevel om onder het horzelnest te gaan staan en met zijn geweer erin te porren. En pas daarna, terwijl de horzels hem dood proberen te steken, moet hij de blokkade in zijn geweer oplossen, het leeghalen, goed schoonmaken en weer in elkaar zetten. En de hele tijd staat vlak bij hem een van de sergeanten, van top tot teen in een exo, tegen hem te schreeuwen: 'Ben je nu boos?'

'Dat klinkt... best wel extreem.'

'Beter een beetje ongemak tijdens de training dan een marinier die instort als er kogels rondvliegen.'

'En werkte het?' vroeg Kira.

Sparrow stond op. 'Zeker wel. Berk werd uiteindelijk een van de beste –'

Er klonken voetstappen en toen stak Tatupoa zijn vierkante kop om de hoek van een rek. 'Alles oké hier? We raakten bezorgd door al die geluiden hier.'

'Alles in orde, dank je,' zei Sparrow.

Kira veegde het laatste beetje zweet van haar voorhoofd en stond op. 'Gewoon aan het trainen.' Ze kreeg weer kramp in haar buik en ze kromp in elkaar.

De marinier staarde haar sceptisch aan. 'Als u het zegt, mevrouw.'

3

Kira en Sparrow zeiden niets toen ze teruggingen naar de centrale schacht van het schip. Daar bleef Sparrow even uitrusten op haar kruk. 'Morgen zelfde tijd,' zei ze.

Kira wilde haar mond opendoen en klapte hem toen dicht. Ze zouden niet veel later in FTL gaan. Nog één sessie met Sparrow zou ze heus wel overleven, zij het met moeite.

'Prima,' zei ze, 'maar misschien moet je het niet zo gevaarlijk maken.'

Sparrow haalde een stukje kauwgom uit haar borstzakje, pakte het uit en stak het in haar mond. 'Vergeet het maar. Zelfde voorwaarden. Als je mij neersteekt, schiet ik. Mooie, simpele regeling, toch?'

Dat was zo, maar dat ging Kira echt niet toegeven. 'Hoe heb je in godsnaam zo lang in leven weten te blijven?'

Sparrow grinnikte. 'Er bestaat niet zoiets als veiligheid. Alleen gradaties van risico.'

'Dat is geen antwoord.'

'Laat ik het dan zo zeggen: ik heb meer ervaring dan de meeste mensen in omgaan met risico's.' Wat ze niet uitsprak was duidelijk: 'omdat dat niet anders kon.'

'... Volgens mij ga je gewoon voor de kick.' Weer schoot er een scherpe pijn door Kira's onderbuik.

Sparrow grinnikte weer. 'Zou kunnen.'

Voor de deur van de ziekenboeg stond Hwa-jung al op hen te wachten. Ze had een klein apparaat in haar hand dat Kira niet herkende. 'Aish,' zei de machinechef toen Sparrow aan kwam hobbelen. 'Je moet niet zo rondlopen. Het is niet goed voor je.' Ze legde haar vrije arm om Sparrows schouders en bracht haar de ziekenboeg in.

'Het gaat wel,' protesteerde Sparrow zwakjes, maar het was duidelijk dat ze veel erger uitgeput was dan ze liet merken.

Binnen hielp Hwa-jung Sparrow op de onderzoekstafel tillen. De kleine vrouw sloot haar ogen even toen ze daar lag.

'Hier,' zei Hwa-jung en ze zette het apparaat op het korte werkblad naast het aanrecht. 'Dit heb je nodig.'

'Wat is dat?' vroeg Sparrow, en ze keek haar met tot spleetjes geknepen ogen aan.

'Een luchtbevochtiger. De lucht hier is veel te droog.'

Vishal bekeek de machine met een zekere twijfel. 'De lucht hier is precies zo als –'

'Te droog,' hield Hwa-Jung vol. 'Dat is niet goed voor haar. Het maakt je ziek. De luchtvochtigheid moet omhoog.'

Sparrow glimlachte flauw. 'Deze discussie ga je niet winnen, Doc.'

Vishal leek even nog te willen tegenspreken, maar toen wierp hij zijn handen in de lucht en gaf zich gewonnen. 'Zoals u wilt, mevrouw Song. Het is niet alsof ik hier werk, of zo.'

Kira ging naar hem toe en zei met zachte stem: 'Hebt u even?'

De dokter knikte. 'Voor u, mevrouw Navárez, natuurlijk. Wat is er aan de hand?'

Kira keek even naar de twee andere vrouwen, maar ze leken druk met elkaar in gesprek. Ze zei, nog wat zachter: 'Ik heb buikpijn. Ik weet niet of het komt door iets wat ik heb gegeten, of...' Ze viel stil omdat ze de ergste mogelijkheden niet wilde uitspreken.

Vishals keek haar aandachtig aan. 'Wat was uw ontbijt?'

'Ik heb nog niet gegeten.'

'Ah. Goed dan. Ga daar maar even staan, mevrouw Navárez, dan zal ik zien wat ik kan doen.'

Kira ging in een hoek van de ziekenboeg staan en geneerde zich een beetje toen de arts onder de ogen van Sparrow en Hwa-jung met een stethoscoop naar haar borst luisterde en zijn handen op haar buik drukte. 'Doet het hier pijn?' vroeg hij en hij raakte haar vlak onder haar ribbenkast aan.

'Nee.'

Zijn handen gingen een paar centimeter lager. 'Hier?'

Ze schudde haar hoofd.

Zijn handen gingen nog lager. 'Hier?'

Het scherpe inzuigen van haar ademhaling was antwoord genoeg. 'Ja,' zei ze, met een verstikte stem van de pijn.

Er verscheen een rimpel tussen Vishals wenkbrauwen. 'Een minuutje, mevrouw Navárez.' Hij trok een la open en rommelde erin.

'Noem me toch Kira, alstublieft.'

'Ah, ja. Natuurlijk, mevrouw Kira.'

'Nee, ik bedoel... O, laat ook maar.'

Aan de andere kant van de ziekenboeg liet Sparrow haar kauwgom klappen. 'Je krijgt hem nooit uit de plooi. De dokter is zo stijf als een plak titanium.'

Vishal mompelde iets in een taal die Kira niet verstond en kwam toen naar haar terug met een vreemd uitziend apparaat. 'Ga maar even op de grond liggen en maak uw jumpsuit open. Niet helemaal; halverwege is genoeg.'

Het dek voelde ruw aan tegen haar rug. Ze bleef stil liggen terwijl hij koude gelei over haar onderbuik uitsmeerde. Een echo, dus.

De dokter beet op de binnenkant van zijn lip terwijl hij de beelden van de echo op zijn overlays bestudeerde.

Kira verwachtte een antwoord toen Vishal klaar was, maar in plaats daarvan stak hij een vinger op en zei: 'We zullen bloedonderzoek moeten doen, mevrouw Kira. Wilt u het Zachte Mes even van uw arm halen?'

Dat is niet goed. Weer deed Kira wat hij zei. Ze probeerde geen aandacht te besteden aan de kronkelende worm van ongerustheid in haar buik. Of misschien was dat gewoon de pijn van datgene wat haar mankeerde, wat dat ook was.

Een scherpe prik toen de naald door haar onbeschermde huid ging. Toen was het even stil en wachtten ze tot de computers van de ziekenboeg de diagnose hadden gesteld.

'Kijk eens aan,' zei de dokter en hij begon op zijn overlays te lezen. Zijn ogen gingen heen en weer.

Sparrow zei: 'Nou, wat is er aan de hand, Doc?'

'Als mevrouw Kira dat aan u wil vertellen, is dat haar keuze,' zei Vishal. 'Maar ze is nog altijd mijn patiënt en ik ben nog altijd haar dokter, dus is dit vertrouwelijke informatie.' Hij gebaarde naar de deur van de ziekenboeg en zei tegen Kira: 'Na u dan.'

'Ja, natuurlijk,' zei Sparrow, maar ze kon de nieuwsgierigheid die in haar ogen glinsterde niet verbergen.

Eenmaal buiten in de hal, met de deur dicht, vroeg Kira: 'Hoe ernstig is het?'

'Helemaal niet ernstig, mevrouw Kira,' zei Vishal. 'U menstrueert. Wat u voelt zijn krampen in de baarmoeder. Volkomen normaal.'

'Ik...' Even begreep Kira er niets van. 'Dat kan niet. Ik heb mijn menstruatie laten uitschakelen toen ik in de puberteit kwam.' En ze had haar alleen gereactiveerd tijdens haar studie, tijdens het stomste half jaar van haar leven, met hém... Een reeks ongewenste herinneringen ging door haar hoofd.

Vishal spreidde zijn handen. 'Dat geloof ik graag, mevrouw Kira, maar de uitslagen zijn onmiskenbaar. U bent absoluut aan het menstrueren. Dat lijdt geen enkele twijfel.'

'Dat zou niet moeten kunnen.'

'Nee, eigenlijk niet.'

Kira zette haar vingers tegen haar slapen. Een doffe pijn kwam achter haar ogen op. 'De xeno moet gedacht hebben dat ik op een of andere manier beschadigd was, dus heeft ze me... gerepareerd.' Ze liep door de gang heen en weer en bleef toen staan, met haar handen op haar heupen. 'Shit. Dus vanaf nu heb ik hiermee te maken. Kunt u niets doen om het weer uit te schakelen?'

Vishal aarzelde en maakte toen een hulpeloos gebaar. 'Als het pak u geneest kan ik dat op geen enkele manier tegenhouden, tenzij ik uw eierstokken verwijder, en –'

'Dat zal het Zachte Mes nooit toestaan.'

De dokter keek even op zijn overlays. 'Er zijn hormonale behandelingen die we kunnen proberen, maar ik moet u waarschuwen, mevrouw Navárez, dat ze onwenselijke bijwerkingen kunnen hebben. Ik kan ook niet garanderen dat ze werken, want de xeno kan de opname en het metabolisme verstoren.'

'Oké... oké.' Kira ijsbeerde weer door de gang heen en weer. 'Prima. Laat het maar zo. Als ik me nog slechter ga voelen, kunnen we altijd nog medicijnen proberen.'

De dokter knikte. 'Zoals u wilt.' Hij streek met een lange vinger over zijn onderlip en zei toen: 'Nog een... eh, punt om te onthouden, mevrouw Navárez, en het spijt me oprecht dat ik erover begin. Praktisch gezien is er geen reden dat u nu niet zwanger zou kunnen raken. Maar als uw arts moet ik u –'

'Ik raak niet zwanger,' zei Kira, feller dan ze bedoelde. Ze lachte, maar zonder humor. 'Bovendien denk ik niet dat het Zachte Mes het zou toestaan, zelfs als ik het zou willen.'

'Precies, mevrouw Kira. Ik zou uw veiligheid niet kunnen garanderen, evenmin als die van de foetus.'

'Begrepen. Ik waardeer uw bezorgdheid.' Ze schraapte met haar hak over het dek en dacht na. 'U hoeft dit niet aan iemand op de Darmstadt te rapporteren, toch?'

Vishal draaide zijn hand om in de lucht. 'Dat willen ze wel, maar ik zou de vertrouwelijkheid van een patiënt nooit beschamen.'

'Dank u.'

'Natuurlijk, mevrouw Kira... Zal ik uw neus nu rechtzetten? Anders moet het wachten tot morgen. Ik ben straks met Sparrow bezig.'

'Dat zei ze. Morgen graag.'

'Zoals u wilt.' Hij draaide zich om naar de ziekenboeg en liet haar alleen in de gang.

4

Zwanger.

Kira's buik verkrampte, en niet door haar menstruatie. Na wat er gebeurd was in haar studententijd had ze gezworen dat ze nooit kinderen zou krijgen. Pas toen ze Alan had ontmoet, was ze er toch weer over na gaan denken, en alleen maar omdat ze hem zo leuk vond. Maar nu riep de gedachte afschuw bij haar op. Wat voor hybride monster zou de xeno produceren als ze zwanger raakte?

Ze reikte met haar hand naar haar haar om ermee te spelen; haar vingers vonden alleen een kale schedel. Tja. Ze zou natuurlijk niet vanzelf zwanger raken. Ze hoefde alleen maar te zorgen dat ze met niemand naar bed ging. Niet zo moeilijk.

Heel even dwaalden haar gedachten af naar de technische details. Zou seks eigenlijk mogelijk zijn? Als ze het Zachte Mes zich tussen haar benen liet terugtrekken, dan... Dat zou misschien nog kunnen, maar haar bedpartner zou wel dapper moeten zijn – heel erg dapper – want als ze de beheersing over het pak verloor en het dichtging... Ai.

Ze keek even naar haar lijf. In elk geval hoefde ze zich niet druk te maken over het bloed. Het Zachte Mes was even efficiënt als altijd in het recyclen van haar lichaamsafval.

De deur van de ziekenboeg ging open en Hwa-jung kwam naar buiten.

'Heb je een momentje?' vroeg Kira. 'Kun je me helpen?'

De machinechef staarde haar aan. 'Met wat?' Bij ieder ander zou het bot klinken, maar bij Hwa-jung, dacht Kira, was het gewoon een vraag.

Kira legde uit wat ze nodig had en wat ze wilde. Dat was niet hetzelfde.

'Deze kant uit,' zei Hwa-jung, en ze liep in de richting van de kern van het schip.

Toen ze de centrale ladder af begonnen te dalen, keek Kira nieuwsgierig naar de machinechef. ‘Hoe ben je op de Caracole terechtgekomen, als ik vragen mag?’

‘Kapitein Falconi had een machinechef nodig. Ik had een baan nodig. Nu werk ik hier.’

‘Heb je nog familie op Shin-Zar?’

De bovenkant van Hwa-jungs hoofd bewoog toen ze knikte. ‘Een heleboel broers en zussen. Een heleboel neven en nichten. Ik stuur ze geld wanneer ik kan.’

‘Waarom ben je weggegaan?’

‘Daarom,’ zei Hwa-jung terwijl ze vanaf de ladder op het dek boven de vrachtruimen stapte. Ze deed haar handen omhoog met de punten van haar gekromde vingers tegen elkaar aan. ‘Boem.’ En ze opende haar handen en spreidde haar vingers.

‘Ah.’ Kira wist niet of de machinechef dat letterlijk bedoelde, maar ze besloot dat ze het beter niet kon vragen. ‘Ga je wel eens terug?’

‘Eén keer. Daarna niet meer.’

Na de schacht liepen ze een smalle gang door en gingen ze een kamer vlak bij de romp binnen.

Het was een machinewerkplaats, klein en krap. Hij stond volgepropt met meer stukken uitrusting dan Kira herkende, maar het was er onberispelijk netjes. De reuk van oplosmiddelen prikkelde haar neus en op haar tong proefde ze de bittere, nikkelachtige geur van ozon.

‘Pas op, volgens de Liga van Verenigde Werelden zijn sommige van deze stoffen kankerverwekkend,’ zei Hwa-jung terwijl ze zijwaarts tussen verschillende machines door liep.

‘Dat is toch zo te behandelen,’ zei Kira.

Hwa-jung grinnikte. ‘Maar de waarschuwingen zijn nog altijd verplicht. Bureaucraten.’ Ze bleef staan bij een wand vol laden achter in de werkplaats en gaf er een klap tegen. ‘Hier. Metalen in poedervorm, polycarbonaten, organische substraten, koolstofvezels en nog meer. Al het ruwe materiaal dat je nodig kunt hebben.’

‘Is er iets bij wat ik niet moet nemen?’

‘Organische stoffen. Metalen zijn makkelijk te vervangen; organische stoffen veel moeilijker, en ze zijn duurder.’

‘Oké. Die zal ik vermijden.’

Hwa-jung haalde haar schouders op. ‘Je kunt er wel wat van nemen. Alleen niet te veel. En wat je ook doet, zorg dat je geen kruisbesmetting veroorzaakt – met niets. Dat zou alles wat we ervan maken verpesten.’

‘Snap ik. Zal ik niet doen.’

Toen liet ze Kira zien hoe ze de laden van het slot moest halen en de pakjes erin moest openen. 'Je snapt het nu, hè? Dan ga ik kijken of ik kan printen wat je wilt hebben.'

'Dank je.'

Toen Hwa-jung weg was, stak Kira haar vingers in een pak aluminiumpoeder en zei ze tegen de xeno: *eet.*

Als het Zachte Mes dat deed, merkte ze er niets van.

Ze sloot het pak af, deed de la dicht, veegde haar hand schoon met een vochtig doekje uit een houder aan de muur en probeerde – toen haar huid weer droog was – hetzelfde met het titaniumpoeder.

La voor la ging ze de voorraad van het schip af. Het pak leek weinig tot niets van de metalen te absorberen; het had waarschijnlijk 's nachts al het grootste deel van zijn honger gestild. Maar het had wel een duidelijke voorkeur voor een paar zeldzamer elementen, zoals samarium, neodymium en yttrium, onder andere. En voor kobalt en zink. Tot haar verrassing negeerde het alle biologische stoffen.

Toen Kira klaar was, ging ze de machinewerkplaats uit. Hwa-jung bleef nog doorwerken, gebogen over de controledisplay van de grootste printer van het ruimteschip. Kira ging terug naar de kombuis.

Kira maakte een laat ontbijt voor zichzelf, dat ze op haar dooie gemak opat. Het was bijna twaalf uur en ze was nu al uitgeput van alles wat er deze dag was gebeurd. Sparrows training – als je die zo kon noemen – had er flink ingehakt.

Ze voelde weer kramp in haar buik en vertrok haar gezicht. Geweldig. Echt geweldig.

Ze keek op toen Nielsen binnenkwam. De eerste officier pakte wat te eten uit de koelkast en ging tegenover Kira zitten.

Ze aten een tijdje in stilte.

Toen zei Nielsen: 'Je hebt ons wel op een vreemd pad gebracht, Navárez.'

Bijt je vast in het pad. 'Dat kan ik niet tegenspreken... Baal je ervan?'

De vrouw legde haar vork neer. 'Ik ben er niet gelukkig mee dat we ruim een half jaar weg zijn, als je dat bedoelt. De Liga zal diep in de problemen zitten tegen de tijd dat we terug zijn, tenzij die aanvallen door een wonder ophouden.'

'Maar we kunnen misschien helpen, als we de Blauwe Staf vinden.'

'Ja, ik snap de gedachte.' Nielsen nam een slokje water. 'Toen ik op de Caracole begon, had ik geen idee dat ik intekende voor strijd, speurtochten naar buitenaardse relieken of expedities naar onbekende delen van het heelal. Maar zo is het.'

Kira liet haar hoofd scheefzakken. 'Ja. Ik zat er ook niet op te wachten... Behalve de ontdekkingen, dan.'

'En de relieken van de aliens.'

Kira glimlachte mat. 'Die ook.'

Nielsen glimlachte ook een beetje. Toen vroeg ze tot Kira's verrassing: 'Ik hoorde dat Sparrow je vanochtend door de mangel heeft gehaald. Hoe gaat het met je?'

Het was een eenvoudige vraag, maar Kira voelde zich zachter worden. 'Oké. Maar het was wel veel. Het is allemaal veel.'

'Dat kan ik me voorstellen.'

Kira vertrok haar gezicht. 'En wat er ook nog is...' Ze lachte bijna. 'Je gelooft het niet, maar...' En ze vertelde Nielsen over haar teruggekeerde menstruatie.

De eerste officier keek haar medelijdend aan. 'Wat onhandig. Maar je hoeft je in elk geval niet druk te maken over het bloed.'

'Nee. Daar bof ik dan weer mee, hè?' Kira hief haar glas op in een schertsende toost en Nielsen deed hetzelfde.

Toen zei de eerste officier: 'Luister, Kira, als je iemand nodig hebt om mee te praten, iemand anders dan Gregorovich... Kom dan naar mij. Mijn deur staat altijd open.'

Kira keek haar goed aan en er welde dankbaarheid in haar op. Toen knikte ze. 'Dat zal ik onthouden. Dank je.'

5

De rest van de dag bleef Kira meehelpen op het schip. Er moest nog veel worden gedaan voor ze in FTL gingen: lijnen en filters controleren, diagnostische testen draaien, overal opruimen en schoonmaken enzovoort.

Kira vond het niet erg om te werken. Ze voelde zich er nuttig bij en het voorkwam dat ze te veel ging piekeren. Ze hielp Trig zelfs het beschadigde bed in haar hut repareren. Ze was er blij mee, want als alles goed ging zou ze maanden op dit matras doorbrengen, gevangen in de doodse slaap van de hibernatie van het Zachte Mes.

De gedachte maakte haar bang, dus werkte ze nog harder en probeerde ze er niet te veel aan te denken.

Toen de scheepsavond kwam, verzamelde iedereen behalve de mariniers zich in de kombuis, zelfs Sparrow. 'Ik dacht dat je geopereerd werd,' zei Falconi, met een tartende blik van onder zijn dikke wenkbrauwen.

'Ik heb het uitgesteld,' zei ze. Ze wisten allemaal waarom ze erbij wilde zijn. Deze maaltijd was hun laatste kans om bij elkaar te zijn voor ze in FTL gingen.

'Is dat veilig, Doc?' vroeg Falconi.

Vishal knikte. 'Zolang ze geen vast voedsel eet is er niets aan de hand.'

Sparrow grijnsde. 'Gelukkig heb jij vanavond gekookt, Doc. Dat maakte het wachten wel zo makkelijk.'

Er gleed een schaduw over Vishals gezicht, maar hij ging niet tegen haar in. 'Fijn dat u rekening houdt met de ingreep, mevrouw,' zei hij alleen.

Er verscheen een tekst op Kira's overlays:

<Sparrow vertelde over jullie sessie samen. Zo te horen heeft ze je flink te pakken genomen. – Falconi>

<Dat kun je wel zeggen. Ze is heftig. Maar grondig. Heel grondig. – Kira>

<Mooi. – Falconi>

<Hoe vond zij het gaan? – Kira>

<Ze zei dat ze slechtere trainees op de opleiding heeft gehad. – Falconi>

<Bedankt... Denk ik. – Kira>

Hij grinnikte zachtjes. *<Geloof me, bij haar is dat een compliment. – Falconi>*

De stemming in de kombuis was minder bedrukt dan de vorige dag, maar er was een onderliggende spanning die hun gesprekken iets manisch gaf. Niemand wilde het hebben over wat er te gebeuren stond, maar het hing als een onuitgesproken dreiging boven hun hoofd.

De gesprekken werden steeds losser, tot Kira moed genoeg had verzameld om te zeggen: 'Oké, ik weet dat het onbeleefd is, maar ik moet jullie iets vragen.'

'Dat moet helemaal niet,' zei Falconi en hij nam een slokje wijn.

Ze ging dapper verder, alsof hij niets had gezegd. 'Akawe zei dat jullie om gratie hadden gevraagd voordat jullie mee wilden gaan. Waarvoor?'

De bemanning begon onrustig te draaien en de entropisten keken geïnteresseerd.

'Trig, jij had het over moeilijkheden op Ruslan, dus... Ik vroeg het me gewoon af.' Kira leunde achterover en wachtte af.

Falconi keek boos naar zijn glas. 'Jij moet ook altijd je neus in zaken steken die je niet aangaan, hè?'

Op een licht sussende toon zei Nielsen: 'We moeten het haar vertellen. Er is geen reden om het geheim te houden, niet nu.'

'... Best. Vertel jij het maar, dan.'

Hoe erg was het, vroeg Kira zich af. Smokkelen? Diefstal? Geweld? ... Moord?

Nielsen zuchtte en toen – alsof ze geraden had wat Kira dacht – zei ze: 'Het is niet wat je denkt. Ik was er toen nog niet bij, maar de crew is in de problemen gekomen vanwege een lading kikkers die ze naar Ruslan importeerden om daar te verkopen.'

Heel even kon Kira haar oren niet geloven. 'Kikkers?'

'Ja. Dat vonden we... kicken,' zei Trig. Sparrow schoot in de lach, trok toen een grimas en greep naar haar zij.

'Niet doen,' zei Nielsen. 'Gewoon niet doen.'

Trig grijnsde en wijdde zich weer aan zijn eten.

'Er was een kinderprogramma op Ruslan,' zei Falconi. 'Yanni de Kikker of zo. Het was heel populair.'

'Was?'

Hij trok een pijnlijk gezicht. 'Dus wilden alle kinderen natuurlijk een kikker hebben. Het leek ons een goed idee om het ruim ermee vol te stouwen.'

Nielsen rolde met haar ogen en schudde haar hoofd. Haar paardenstaart schudde mee. 'Als ik op de Caracole was geweest, had ik die flauwekul nooit gepikt.'

Dat kon Falconi niet zomaar laten passeren. 'Het was prima handel. Jij was er nog sneller op af gedoken dan wij.'

'Waarom kweekten ze die kikkers niet gewoon in een lab?' vroeg Kira verbaasd. 'Of deden ze een genhack op een ander beest om het erop te laten lijken?'

'Dat deden ze ook,' zei hij. 'Maar de rijke kindertjes wilden echte kikkers. Van de Aarde. Je weet hoe dat gaat.'

Kira knipperde met haar ogen. 'Dat... kan niet goedkoop zijn geweest.'

Falconi knikte met een sardonische glimlach. 'Exactemento. We zouden er een fortuin aan verdiend hebben. Alleen –'

'Hadden die klotedingen geen sterfschakelaar!' zei Sparrow.

'Ze hadden...' begon Kira en toen onderbrak ze zichzelf. 'Natuurlijk niet, want ze kwamen van de Aarde.' Alle macro-organismes (en aardig wat micro-) die op gekoloniseerde werelden werden gefokt, hadden genetisch ingebouwde sterfschakelaars. Daardoor waren hun populaties makkelijk te beheersen en kon voorkomen worden dat één organisme de zich ontwikkelende voedselketen zou verstoren, of de inheemse ecologie, als die er was. Maar niet op Aarde. Daar bestónden planten en dieren gewoon, liepen door elkaar heen en bevochten elkaar in een chaotische warboel die zich nog altijd aan elke poging tot beteugeling onttrok.

Falconi stak zijn hand naar haar uit. 'Ja. We vonden een bedrijf dat kikkers fokte –'

'Fink-Nottles Handelmaatschappij de Koene Kikker,' vulde Trig behulpzaam aan.

'... Maar we hebben ze niet precies verteld waar de beestjes naartoe zouden gaan. De IHC hoefde niet te weten wat we van plan waren, toch?'

'We hebben er niet eens aan gedácht om naar een sterfschakelaar te vragen,' zei Sparrow. 'En toen we ze eenmaal verkocht hadden, was er niets meer aan te doen.'

'Hoeveel hebben jullie er verkocht?'

'Zevenhonderdzevenenzeventig... duizend en zevenhonderdzevenenzeventig.'

'Zesenzeventig,' zei Sparrow. 'Vergeet niet dat Fuzzy er eentje heeft opgepeuzeld.'

'O ja. Zesenzeventig,' zei Trig.

Zo veel kikkers kon Kira zich nauwelijks voorstellen.

Falconi ging verder: 'Zoals te verwachten was, zijn er best wel wat uit de kruiwagen gesprongen, en zonder natuurlijke vijanden hebben die een flink deel van Ruslans insecten, wormen, slakken en zo om zeep geholpen.'

'Allemachtig.' Zonder insecten en soortgelijke levensvormen kon een kolonie vrijwel niet functioneren. Alleen wormen waren al meer dan hun gewicht in geraffineerd uranium waard in de eerste jaren waarin dorre of vijandige grond in vruchtbare aarde moest worden omgezet.

'Inderdaad.'

'Een beetje kikker helpt dan geen flikker,' zei Trig.

Sparrow en Nielsen kreunden, en Vishal zei: 'Dat soort grappen hebben we de hele reis moeten verdragen, mevrouw Kira. Het was buitengewoon onaangenaam.'

Kira keek Trig strak aan. 'Hé. Het is groen en het rolt?'

Hij grijnsde. 'Nou?'

'Yanni de Knikker.'

'Is het goed als ik ze allebei overboord kníkker, kapitein?' vroeg Nielsen.

'Toegestaan,' zei Falconi. 'Maar pas als we op onze bestemming zijn.'

En daarmee werd de stemming in de kombuis op slag een stuk somberder.

'Maar hoe is het afgelopen, met die kikkers?' vroeg Kira. De sancties op het schenden van de biologische besmettingsprotocollen liepen van plaats tot plaats uiteen, maar meestal ging het om hoge boetes en/of een gevangenisstraf.

Falconi gromde. 'Wat denk je? De plaatselijke overheid liet arrestatiebevelen voor ons uitgaan. Gelukkig waren het maar planetaire bevelen, geen stellaire of interstellaire, en we waren al lang weg voordat de kikkers een probleem werden. Maar ja... Ze zijn niet zo blij met ons. Ze hebben *Yanni de Kikker* zelfs de nek omgedraaid omdat er zo veel mensen pissig waren.'

Kira grinnikte en barstte toen vol in lachen uit. 'Het spijt me. Ik weet dat het niet grappig is, maar –'

'O, het is best een beetje grappig,' zei Vishal.

'Ja, om je kapot te lachen,' zei Falconi. Tegen Kira: 'Ze hebben de bits die we verdiend hebben met terugwerkende kracht nietig verklaard, waardoor we de hele reis zonder eten, brandstof en stuwstof zaten.'

'Daar zijn jullie vast van opgekikkerd,' zei ze.

Nielsen deed een facepalm. 'Thule. Nu hebben we er twee.'

'Geef dat ding eens aan,' zei Falconi en hij wees naar zijn pistoolholster, die over Vishals rugleuning hing.

De dokter lachte en schudde zijn hoofd. 'Vergeet het maar, kapitein.'

'Bah. Soms verlang ik naar een crew van hielenlikkers.'

'Hielenkíkkers bedoel je zeker?' vroeg Trig.

'En nou is het afgelopen! Bij de volgende woordgrap laat ik je meteen in cryo smijten.'

'Túúúrlijk...'

Nielsen zei tegen Kira: 'Er waren nog wat andere, kleinere overtredingen, vooral tegen de IHC, maar dit was de belangrijkste.'

Sparrow snoof. 'Dit, en Chelomey.' Kira keek haar vragend aan en Sparrow zei: 'We werden ingehuurd door een vent die Griffith heette, op Alpha Centauri, om een eh... vertróúwelijke lading naar iemand op Ruimtestation Chelomey te brengen. Alleen was onze contactpersoon er niet toen we de goederen afleverden. De idioot had zich laten arresteren door de veiligheidsdienst van het ruimtestation. Dus wilde het station ons ook hebben. Griffith beweert dat we niet hebben geleverd en wil ons niet betalen, en aangezien we ons laatste beetje antimaterie hebben gebruikt om hier te komen, konden we daar niets tegen doen.'

'En dat,' zei Falconi, terwijl hij zijn glas leegdronk, 'is hoe we uiteindelijk hier zijn beland. We konden niet landen op Chelomey en ook niet op Ruslan. Niet eh... legaal, in elk geval.'

'Snap ik.' Al met al was het niet zo erg als Kira had gevreesd. Een beetje smokkelen, iets wat je ecoterrorisme zou kunnen noemen... Ze had veel ergere dingen verwacht.

Falconi gebaarde met zijn hand. 'Maar dat is nu allemaal voorbij.' Hij keek haar aan. Zijn ogen stonden een beetje glazig van de drank. 'Ik geloof dat we dat aan jou te danken hebben.'

'Graag gedaan.'

Later, toen het grootste deel van het eten was afgeruimd, stond Hwa-jung op van haar stoel naast Sparrow en liep de kombuis uit.

Toen de machinechef terugkwam, had ze Runcibel en Fuzzy bij zich, maar ook – onder een arm geklemd – het andere waar Kira om had gevraagd.

'Hier,' zei Hwa-jung en ze stak de concertina naar Kira uit. 'Vers van de printer.'

Kira lachte en nam het instrument aan. 'Dank je wel!' Nu zou ze iets anders te doen hebben dan naar haar overlays staren terwijl ze in haar eentje zat te wachten in een leeg schip.

Falconi trok een wenkbrauw op. 'Kun je daarop spelen?'

'Een beetje,' zei Kira en ze stak haar handen door de banden en probeerde de toetsen uit. Toen speelde ze een eenvoudig wijsje dat 'Chiara's Folly' heette om erin te komen.

De muziek bracht wat vrolijkheid in de kombuis en de bemanning kwam om haar heen zitten. 'Hé, ken je "Toxopaxia"?' vroeg Sparrow.

'Ja.'

Kira speelde tot ze haar vingers niet meer voelde, maar dat vond ze niet erg. Een tijdlang kwamen er geen gedachten aan de toekomst bovendrijven en was het leven goed.

Fuzzy bleef afstand houden, maar op een bepaald moment laat op de avond – toen ze de concertina al lang had weggelegd – lag Runcibel zwaar en warm op haar schoot. Kira kriebelde achter zijn oortjes en het varkentje kwispelde van genot met zijn krulstaartje. Er ging een warm gevoel door Kira heen en voor het eerst sinds de dood van Alan en haar andere teamgenoten voelde ze zich ontspannen, echt ontspannen.

Misschien was Falconi een harde klootzak, was het scheepsbrein excentriek, was Sparrow licht sadistisch en Trig maar nog een kind, Hwa-jung op haar eigen manier vreemd en Vishal – Kira wist niet precies hoe het met Vishal zat, maar hij leek best aardig – misschien was dat allemaal zo. Maar wat dan nog? Niets was ooit perfect. Maar Kira wist één ding zeker: ze zou voor Falconi en zijn bemanning vechten. Ze zou even hard voor hen vechten als ze voor haar team op Adra zou hebben gedaan.

6

De hele groep bleef veel langer in de kombuis hangen dan verstandig was, maar niemand klaagde, en Kira al helemaal niet. De avond eindigde op verzoek van de entropisten met een demonstratie van de vele vormen die het Zachte Mes aan de buitenkant kon aannemen.

Ze liet een smiley uit haar handpalm omhoogkomen en Falconi zei: '*Talk to the hand.*'

Iedereen lachte.

Op een bepaald moment vertrokken Sparrow, Vishal en Hwa-jung naar de ziekenboeg. Zonder hen was het merkbaar stiller in de kombuis.

Sparrows operatie zou vrij lang duren. Lang voor die afgelopen was ging Kira terug naar haar hut, liet zich op haar nieuwe matras vallen en sliep. En voor één keer droomde ze niet.

7

De ochtend kwam en daarmee ook een gevoel van angst. Over een paar uur zouden ze al in FTL springen. Kira bleef nog even liggen en probeerde zich te verzoenen met wat er komen zou.

Ik heb dit zelf veroorzaakt, bedacht ze. Dat voelde minder akelig dan het idee dat ze een willoos slachtoffer van de omstandigheden was, maar evengoed voelde ze zich er niet geweldig onder.

Ze dwong zichzelf in actie te komen en checkte haar overlays. Geen nieuws van belang (behalve rapportages van kleine gevechten op Ruslan) en geen berichtjes. Ook geen buikkramp. Dat was een opluchting.

Ze stuurde Sparrow een berichtje: *<Wil je dit nog steeds doen? – Kira>*

Na een minuutje: *<Ja. In de ziekenboeg. – Sparrow>*

Kira waste haar gezicht, kleedde zich aan en ging naar buiten.

Toen de deur van de ziekenboeg opengging, schrok ze toen ze zag hoe zwak Sparrow eruitzag. Het gezicht van de vrouw was vertrokken en bleek, en ze had een infuus in haar arm.

Een beetje van haar stuk gebracht zei Kira: 'Ben je wel bestand tegen cryo?'

'Ik kijk ernaar uit,' zei Sparrow droog. 'Doc schijnt te denken dat ik het prima aankan. Het kan me op lange termijn zelfs beter helpen genezen.'

'En wil je nu echt weer... gaan doen wat we doen?'

Sparrow gaf haar een scheef glimlachje. 'Zeker wel. Ik heb een heleboel nieuwe manieren bedacht om je geduld op de proef te stellen.'

Ze bleek geen woord te veel gezegd te hebben. Ze gingen weer naar de geïmproviseerde fitnessruimte en Sparrow joeg Kira weer door een veeleisende reeks oefeningen heen, terwijl Kira worstelde om het Zachte Mes onder controle te houden. Sparrow maakte het haar niet makkelijk. De vrouw had een talent voor afleiding en haalde alles uit de kast. Ze overviel Kira met woorden, geluiden en onverwachte bewegingen tijdens de moeilijkste momenten van haar oefeningen. En Kira faalde. Ze faalde steeds weer en ze raakte steeds gefrustreerder over haar gebrek aan mentale evenwichtigheid. Met zo veel prikkels was het bijna onvermijdelijk dat ze haar concentratie liet verslappen, en als dat gebeurde nam het Zachte Mes het over en koos het zelf wat de beste reactie was.

De beslissingen van het organisme wezen op een soort persoonlijkheid: impulsief en tuk op foutjes waarmee het zijn voordeel kon doen. Het was een zoekend bewustzijn vol ongebreidelde nieuwsgierigheid, ondanks zijn vaak destructieve aard.

Zo ging het door. Sparrow bleef haar storen en afleiden, en Kira bleef proberen haar zelfbeheersing te behouden.

Na een uur was haar gezicht nat van het zweet en voelde ze zich bijna even uitgeput als Sparrow eruitzag. 'Hoe ging het?' vroeg ze terwijl ze opstond van het dek.

'Kijk maar geen enge films. Meer heb ik niet te zeggen,' zei Sparrow.

'Ah.'

'Wat? Wil je een sticker en complimentjes? Je gaf in elk geval niet op. Ga door met niet-opgeven, dan maak je op een dag misschien indruk op me.' Sparrow ging op haar rug op de bank liggen en sloot haar ogen. 'En nu is het verder aan jou. Je weet wat je te doen staat terwijl wij stijfbevroren ijslollies zijn.'

'Blijven oefenen.'

'En je mag het jezelf niet makkelijk maken.'

'Dat zal ik niet doen.'

Sparrow deed een oog open. Ze glimlachte. 'Weet je, Navárez? Ik geloof je.'

De volgende uren vlogen voorbij in een waas van voorbereidingen. Kira hielp Vishal de dieren te verdoven, en toen werden Runcibel en Fuzzy in een cryobuis geplaatst die precies groot genoeg was voor hen samen.

Kort daarna klonk het stuwingsalarm en zette de Caracole de motoren uit zodat het schip zo veel mogelijk kon afkoelen voor het de markovgrens bereikte. Vlak bij hen deed de Darmstadt hetzelfde, en de diamanten radiatoren van de kruiser glinsterden in het vage licht van de ster van het stelsel.

Een voor een werden de systemen van de Caracole uitgezet. Het werd steeds koeler en donkerder in het ruimteschip.

De vier mariniers in het vrachtruim gingen als eersten in cryo. Ze gaven het teken en verdwenen van het intranet toen ze hun doodsachtige toestand van stagnatie in gingen.

Daarna gingen de entropisten. Hun cryobuizen stonden in hun hut. 'We zullen nu in onze...'

'... hibernacula gaan liggen. Goede reis, Gevangenen,' zeiden ze voor ze zich terugtrokken.

Kira en de bemanning van de Caracole verzamelden zich in de schuilbunker van het schip, ongeveer in het midden, vlak onder de brug en naast de verzegelde kamer waar de gepantserde sarcofaag stond die Gregorovich zijn thuis noemde.

Kira bleef met een hulpeloos gevoel bij de deur hangen terwijl Sparrow, Hwa-jung, Trig, Vishal en Nielsen zich tot hun ondergoed uitkleedden en in hun buizen stapten. De deksels gingen dicht en binnen een paar seconden was de binnenkant beslagen.

Falconi wachtte tot het laatst. 'Red je het in je eentje?' vroeg hij terwijl hij zijn shirt over zijn hoofd trok.

Kira wendde haar blik af. 'Ik denk van wel.'

'Als Gregorovich eenmaal in cryo is doet onze pseudo-intelligentie Morven de navigatie en de levensondersteunende systemen, maar aarzel niet om een van ons wakker te maken als er iets misgaat.'

'Oké.'

Hij maakte zijn veters los en borg zijn laarzen op in een locker. 'Ik meen het. Zelfs als je gewoon even met een ander mens moet praten. We moeten toch een paar keer uit FTL.'

'Als ik het nodig heb, beloof ik dat ik dat zal doen.' Ze keek even naar Falconi, die alleen nog zijn ondergoed aanhad. Hij was veel zwaarder gebouwd dan ze had gedacht: brede borst, brede armen, brede rug. Sparrow en Hwa-jung waren duidelijk niet de enigen die de gewichten in het ruim gebruikten.

'Goed.' Toen trok hij zich langs de wand en dreef naar haar toe. Van dichtbij kon Kira zijn zweet ruiken, een schone, gezonde geur van musk. Dik, zwart haar groeide op zijn borst en even – heel even maar – stelde ze zich voor dat ze haar vingers erdoorheen liet glijden.

Falconi zag haar blik en beantwoordde die met een nog directere. Hij zei: 'Nog iets. Aangezien jij hier straks als enige rondloopt –'

'Niet veel, als het aan mij ligt.'

'In elk geval ben je actiever dan een van ons. Aangezien dat zo is, benoem ik je tot waarnemend kapitein van de Caracole zolang we in cryo zijn.'

Dat verraste Kira. Ze wilde iets zeggen, veranderde van gedachten en zei toen iets anders: 'Weet je dat zeker? Na wat er gebeurd is?'

'Ik weet het zeker,' zei Falconi gedecideerd.

'Betekent dit dat ik nu bij de crew hoor?'

'Dat lijkt me wel. Op zijn minst zolang deze reis duurt.'

Ze dacht even na. 'Wat voor verantwoordelijkheden heeft een waarnemend kapitein?'

'Heel wat,' zei hij, terwijl hij naar zijn cryobuis ging. 'Het geeft je de toegang tot bepaalde systemen. Je kunt zelfs programma's afbreken. Dat kan nodig zijn in geval van nood.'

'... Dank je. Ik waardeer dit zeer.'

Hij knikte. 'Breek gewoon mijn schip maar niet af, Navárez. Ze is het enige wat ik heb.'

'Niet het enige,' zei Kira met een gebaar naar de bevroren buizen.

Er verscheen een flauwe glimlach op Falconi's gezicht. 'Nee, niet het enige.' Ze keek toe terwijl hij zich in de buis liet zakken, het infuus in zijn arm prikte en de elektroden op zijn hoofd en borst vastmaakte. Hij keek haar nog een keer aan en salueerde. 'Ik zie je bij het licht van een onbekende ster, kapitein.'

'Kapitein.'

Toen sloot het deksel boven Falconi's gezicht en werd het stil in de kamer.

'Nu zijn jij en ik alleen, zotkop,' zei Kira en ze keek in de richting van Gregorovich' sarcofaag.

'Ook dat gaat voorbij,' zei het scheepsbrein.

8

Veertien minuten later ging de Caracole FTL.

Kira bekeek de overgang op de display in haar hut. Het ene moment waren ze omringd door een veld vol sterren; het volgende door een donkere spiegel, perfect bolvormig.

Ze keek lang en zwijgend naar de weerspiegeling, sloot toen de display af en sloeg haar armen om zich heen.

Ze waren eindelijk op weg.

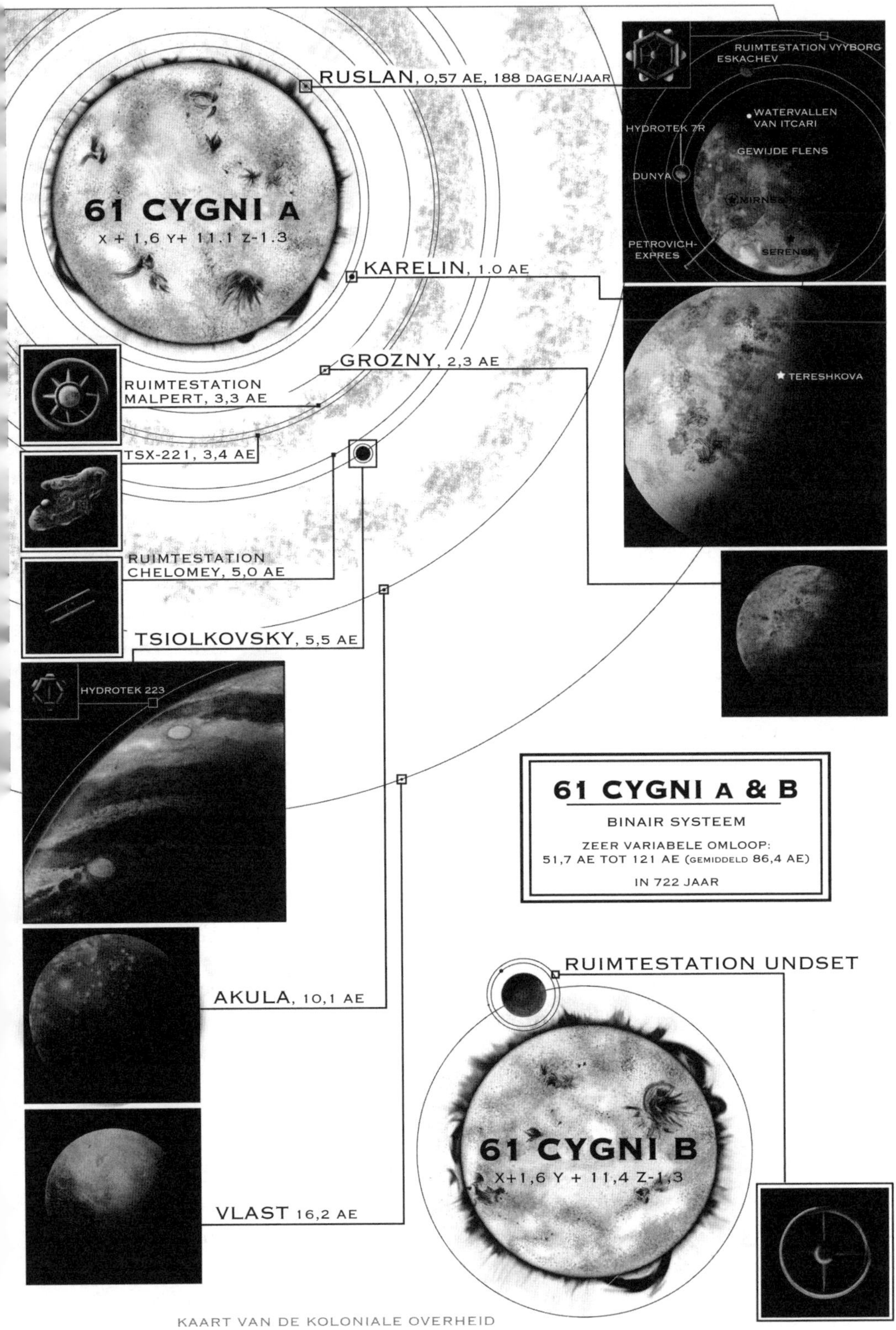

KAART VAN DE KOLONIALE OVERHEID

* * * * * * *

EXEUNT II

1

Op een evenwijdige koers aan de Caracole vloog de Darmstadt, omgeven door haar eigen beschermende bubbel van energie. In FTL was communicatie tussen de schepen wel mogelijk, maar moeilijk: de datasnelheid was laag en wisselend. Omdat ze geen aandacht wilden trekken van Kwallen of eventuele meeluisterende anderen, wisselden de schepen als enig signaal zo nu en dan een ping uit om hun onderlinge positie te controleren.

In de Caracole was het precies zo stil als Kira had gevreesd.

Ze zweefde door de donkere gangen en voelde zich eerder een spook dan een mens.

Gregorovich was nog wakker en praatte nog: een fluisterende aanwezigheid die het schip wel vulde, maar toch een mager substituut was voor rechtstreeks contact met een ander mens. Maar een mager substituut was nog altijd beter dan niets en Kira was blij met zijn gezelschap, hoe vreemd dat ook was.

Het scheepsbrein moest zelf ook in cryo. Zijn immense hersenen produceerden meer warmte dan het volledige lichaam van de meeste mensen. Maar zoals hij zei: 'Ik blijf bij je wachten, o Tentakelkoningin, totdat je slaapt, en dan zal ook ik wegzakken in de vergetelheid.'

'Nu zitten we allebei opgesloten in een notendop, hè?'

'Inderdaad.' En zijn trage zucht ging door het schip.

Er verscheen een teken op de display naast haar; het was voor het eerst dat ze het scheepsbrein zichzelf met een soort avatar zag representeren. Ze bestudeerde het symbool even (haar overlays herkenden het niet) en zei: 'Aangezien je nog wakker bent, zou jij dan eigenlijk niet waarnemend kapitein van de Caracole moeten zijn?'

Gegrinnik als borrelend water om haar heen. 'Een scheepsbrein kan geen kapitein zijn, domme vleesklont. En een kapitein kan geen scheepsbrein zijn. Dat weet je best.'

'Dat is maar een traditie,' zei Kira. 'Er is geen goede reden waarom –'

'Er zijn zeer bevallige en aantrekkelijke redenen. Voor de veiligheid en geestelijke gezondheid zou geen scheepsbrein meester van zijn eigen schip moeten zijn… zelfs als dat schip ons vlees wordt.'

'Dat lijkt me enorm frustrerend.'

Kira kon Gregorovich bijna zijn schouders horen ophalen. 'Het heeft geen zin om je te verzetten tegen de realiteit. Bovendien, charmante teistering van me, zegt de letter van de wet misschien het ene, maar is de uitvoering van de wet vaak heel anders.'

'En dat houdt in?'

'In de praktijk worden de meeste schepen door scheepsbreinen geleid. Hoe kan het ook anders?'

Ze pakte zich vast aan een handgreep bij de deur van haar hut en hield zich eraan vast. 'Hoe heet het brein van de Darmstadt?

'Dat is de verrukkelijke en vlijmscherpe Horzcha Ubuto.'

'Dat is nogal een mondvol.'

'Zonder tong om te proeven en keel om te zingen, zijn alle namen gelijk.'

2

In haar hut dimde Kira het licht en zette ze de temperatuur lager. Het was tijd geworden om haar lichaam en geest te laten afkoelen. Ze zou in hibernatie gaan zodra het Zachte Mes dat toestond, maar dat was niet haar enige zorg. Ze moest ook oefenen met het Zachte Mes. Sparrow had gelijk. Falcóni had gelijk. Ze moest het Zachte Mes zo goed als ze kon leren beheersen en zoals met alle vaardigheden was daar toewijding voor nodig.

In de komende drie maanden zou de Caracole minstens zes keer uit FTL gaan om haar overtollige warmte kwijt te raken. Elke keer zou ze gelegenheid hebben zichzelf fysiek tot het uiterste uit te dagen, net zoals ze met Sparrow had gedaan. Tussendoor zou Kira haar activiteiten tot een minimum beperken, maar ze was nog steeds van plan om een keer per week wakker te worden om te oefenen met het Zachte Mes. Dat zou haar in totaal twaalf oefensessies opleveren voor ze op hun bestemming waren; genoeg, hoopte ze, om vooruitgang van betekenis te boeken.

Kira wist niet zeker of de xeno haar elke week in en uit hibernatie kon krijgen. Maar het was het proberen waard. Als het niet ging… Dan zou ze een deel van haar training moeten laten vallen. Nog los van de warmte die ze produceerde en de voorraden die ze consumeerde was het van essentieel belang dat ze zo min mogelijk wakker en alleen was. Echt isolement kan in verrassend korte tijd ernstige psychische schade opleveren. Dat was een probleem dat elke kleine crew met een langeafstandsmissie kende, en het probleem zou erger zijn omdat ze helemaal alleen was. Ze zou hoe dan ook haar geestelijke gezondheid goed in de gaten moeten houden…

Tijdens deze reis hoefde ze zich in elk geval geen zorgen te maken dat ze zou verhongeren. Er was meer dan genoeg voedsel op de Caracole. Maar toch was ze niet van plan om veel te eten – alleen als ze oefende tijdens de onderbrekingen van FTL. Bovendien leek honger een van de triggers voor het Zachte Mes om haar in stagnatie te laten gaan.

Bijt je vast in het pad.

Toen Kira haar aanpak had vastgesteld, zette ze haar wekker voor over een week en ging daarna een uur in gevecht met het Zachte Mes in de eerste sessie.

Omdat ze deze keer geen lichaamsoefeningen gebruikte om fysieke of geestelijke stress op te roepen, vond Kira een andere, even grote uitdaging voor zichzelf: denkraadsels oplossen terwijl ze de xeno intussen verschillende vormen liet aannemen. Wiskundige vergelijkingen bleken wat dat betreft uitstekende stressfactoren te zijn. Ook stelde ze zich voor dat ze weer op het Kwallenschip was, met tentakels om haar heen gewikkeld zodat ze zich niet kon bewegen, of dacht ze terug aan de pijnscheut toen de numenist haar neus brak. Ze liet de herinnering aan de angst haar hartslag opjagen, haar aderen vullen met adrenaline, en dán deed Kira haar best om het Zachte Mes de vorm te geven die zij wilde.

Deze tweede manier was niet zo'n gezonde keus: ze trainde haar endocriene systeem juist om extreem te reageren op fysiek gevaar. Maar ze moest onder niet-ideale omstandigheden met het Zachte Mes kunnen werken en op dit moment had ze niet veel opties.

Als ze de concentratie voor haar oefeningen niet meer kon opbrengen, ontspande Kira zich door te spelen op haar nieuwe concertina. Die had parelachtige knopjes en ingelegde krullen aan de zijkant van de kast. Dat ontwerp was een toevoeging van Hwa-jung geweest, en Kira waardeerde dat zeer. Als ze niet speelde, trok ze de krullen na met haar vingers en keek bewonderend hoe de zwakke, rode noodverlichting erin weerspiegeld werd.

Gregorovich luisterde naar haar muziek. Hij was een altijd aanwezige, ongeziene metgezel geworden. Soms gaf hij commentaar – lof of een suggestie – maar meestal was hij er tevreden mee om haar respectvolle toehoorder te zijn.

Er ging een dag voorbij, en toen nog een. De tijd leek te vertragen; een bekend, telescoopachtig gevoel waardoor Kira zich in een vormeloos limbo opgesloten voelde. Haar gedachten werden traag en onhandig en haar vingers wisten de juiste knoppen op de concertina niet meer te vinden.

Ze legde het instrument aan de kant, zette de concerten van Bach weer op en liet zich meevoeren door de muziek.

...

Gregorovich' stem wekte haar uit haar verdoofde staat. Het scheepsbrein sprak zacht en langzaam: 'Kira... Kira... Ben je wakker?'

'Wat is er?' mompelde ze.

'Ik moet je nu alleen verlaten.'

'... Goed.'

'Red je het, Kira?'

'Ja. Is oké.'

'Goed. Welterusten dan, Kira. Droom van mooie dingen.'

3

Kira lag op haar bed, vastgeplakt door het Zachte Mes. Er zaten banden aan de zijkant bevestigd om in nul-g te slapen. Die had ze eerst gebruikt, maar toen ze besefte dat de xeno haar op haar plaats kon houden zonder dat ze daarop hoefde toe te zien maakte ze ze los.

Toen ze steeds dieper wegdreef in de vage schemering van de bijna-bewusteloosheid liet ze het masker over haar gezicht glijden en was ze zich er vaag van bewust dat het pak zich verbond met zichzelf. Het bond haar benen aan elkaar en omgaf haar met een beschermende huls, zwart als inkt en hard als diamant.

Ze had het kunnen tegenhouden, maar ze vond het een prettig gevoel.

Slapen. Ze moedigde het Zachte Mes aan om te rusten en te wachten, zoals het eerder had gedaan, om in een slaaptoestand te komen en zich niet meer te verzetten. Het duurde lang voordat de xeno het begreep, maar na een tijdje namen de hongerscheuten af en kroop er een bekende kou door haar ledematen. Toen vervaagden de flarden Bach uit haar bewustzijn en versmalde het universum zich tot de beperkingen van haar geest...

Toen ze droomde, waren haar dromen onrustig, vol woede, angst en kwaadaardige gedaanten die in de schaduwen op de loer lagen.

Een enorme grijs met gouden zaal, met rijen ramen die uitzicht boden op de donkere hemel daarbuiten. In de verte glinsterden sterren en in hun schemerige licht glansden de geboende vloer en de zuilen van gecanneleerd metaal.

Vlees-dat-zij-was kon niets onderscheiden in de verborgen hoeken van de zaal die geen einde leek te kennen, maar ze voelde de ogen van onbekende, onvriendelijke intelligenties die haar observeerden... observeerden met rauwe honger. Angst hield haar in zijn greep en de opluchting van handelen werd haar ontzegd, want de inhalige observeerders bleven verborgen, al kon ze hen dichterbij voelen komen.

En de schaduwen draaiden en kolkten in onbegrijpelijke vormen.

... Flitsen van beelden: een onzichtbare kist met een gebroken belofte die in uitzinnige woede om zich heen sloeg. Een planeet bedekt met zwart en zwanger van een kwaadaardige intelligentie. Vuurslingers, neerdalend in een avondhemel: mooi en verschrikkelijk en hartverscheurend om te zien. Torens vielen om. Bloed kookte in een vacuüm. De aardkorst schudde, scheurde, stortte lava uit over een vruchtbare vlakte...

En nog erger. Ongeziene dingen. Angsten die geen naam hadden, oeroud, vreemd en buitenaards. Nachtmerries die zich alleen verkeerd en met verwrongen hoeken lieten zien...

4

P-p-p-piep... p-p-p-piep... p-p-p-piep...

De snerpende wekker bracht Kira weer bij bewustzijn. Ze knipperde met haar ogen, verward en duf, en wist eerst niet waar ze was. Toen kwam het besef wie ze was en waar ze was bij haar naar boven en ze kreunde.

'Computer, zet de wekker uit,' fluisterde ze. Haar stem klonk verstaanbaar, zelfs door het materiaal op haar gezicht heen.

Het jengelende gepiep viel stil.

Een minuut of vijf bleef ze zo liggen in het donker en de stilte. Ze kon zich er niet toe zetten om te bewegen. *Een week.* Het voelde langer, alsof ze al een eeuwigheid aan het bed lag vastgeplakt. Maar tegelijkertijd leek het alsof ze haar ogen nog maar net had dichtgedaan.

Het was verstikkend warm in de kamer, broeierig, als in een ruimte diep onder de grond...

Haar hartslag versnelde.

'Oké. Kom maar op jij,' zei ze tegen het Zachte Mes.

Kira dwong met haar gedachten het masker van haar gezicht af te glijden en bevrijdde haar armen en benen uit het web van vezels dat hen met haar romp verbond. Toen ging ze stevig aan de slag met de xeno, worstelend in en tegen het pak.

Toen ze eindelijk ophield knorde haar maag en was ze helemaal wakker, ook al had ze de lampen uit gelaten.

Ze dronk een paar slokken water en probeerde weer in slaap te komen. Het duurde langer dan ze wilde – minstens een halve dag – maar na verloop van tijd ontspanden haar lichaam en geest zich en zonk ze weg in een welkome latente toestand.

En terwijl ze sliep, kreunde en woelde ze in haar kwellende dromen. Er was niets om de betovering te doorbreken terwijl de Caracole steeds dieper de onbekende ruimte in schoot.

5

Daarna werd alles vaag en onsamenhangend. De lege eentonigheid van haar omgeving had, in combinatie met de vreemde hibernatie van de xeno, een desoriënterend effect op Kira. Ze voelde zich afgesneden van de gebeurtenissen, alsof alles een droom was en zij een lichaamsloze, toekijkende geest.

Maar in één opzicht voelde ze zich zeer lichamelijk. Dat was tijdens haar oefeningen met het Zachte Mes. Schijnbaar eindeloze oefeningen. Veranderde er iets in haar controle over de xeno? Was er verbetering? Kira wist het niet. Maar ze zette door. Ze gaf niet op, al was het maar uit aangeboren koppigheid. Ze had vertrouwen in de waarde van hard werken. Als ze maar moeite bleef doen, moest er toch íéts goeds uit voortkomen.

Die gedachte was haar enige troost als er iets misging met het Zachte Mes. Falen kwam in vele vormen. De xeno weigerde zich te bewegen zoals Kira wilde. Of reageerde te heftig (dat waren de fouten die Kira het meest zorgen baarden). Of de xeno gehoorzaamde wel, maar op een vage, globale manier. Dan wilde ze bijvoorbeeld dat ze een roosachtig patroon op haar hand vormde, maar kwam er alleen een ronde, grove bobbel.

Het was zwaar en frustrerend werk. Maar Kira hield vol. En hoewel het Zachte Mes soms ook gefrustreerd leek – wat ze merkte aan de trage reacties of de vormen die het aannam – voelde ze ook een bereidheid om samen te werken bij de xeno, en dat was bemoedigend.

Als de Caracole uit FTL was, mocht ze van zichzelf haar hut verlaten en ronddwalen door het schip. Een beker chell drinken in de kombuis. In nul-g op de loopband rennen en met banden en riempjes alle oefeningen doen die ze kon. Het was niet genoeg om haar spieren of botten te behouden – daarvoor rekende ze op de xeno – maar het was een welkome onderbreking in de monotonie van haar wekelijkse oefeningen.

Dan gingen de systemen van het schip weer uit, klonk het FTL-signaal en trok ze zich weer terug in haar verduisterde grot.

6

Er was een maand verstreken... Een maand, maar soms was Kira ervan overtuigd dat ze gevangen zat in een eindeloze tijdlus. Ogen sluiten, wakker worden, armen en benen losmaken, oefenen, ogen sluiten, wakker worden, armen en benen losmaken, oefenen.

Het begon moeilijk te worden. Ze overwoog serieus Gregorovich of Falconi of Nielsen wakker te maken, maar dat zou een groot ongemak voor hen zijn, voor maar een paar uurtjes praten, hooguit. Het zou de expeditie zelfs kunnen vertragen, afhankelijk van de hoeveelheid warmte die ze genereerden. Hoe vreemd en eenzaam Kira zich ook voelde, ze was niet van plan om dat te riskeren. De Blauwe Staf vinden was belangrijker dan haar behoefte aan menselijk gezelschap.

7

Twee maanden. Ze waren er bijna. Dat zei ze tegen zichzelf. Ze vierde het met een rantsoenreep en een kop warme chocolademelk.

De training met het Zachte Mes werd makkelijker. Of misschien wilde ze dat alleen maar geloven. Ze kón de xeno nu vormen en vasthouden op manieren die haar eerder boven de pet gingen. Dat was vooruitgang, toch?

Kira dacht van wel. Maar ze voelde zich zo afgesneden van de echte wereld dat ze niet op haar eigen oordeel durfde te vertrouwen.

Heel even nog maar...

Heel even...

DEEL DRIE

* * * * * * *

APOCALYPSIS

In the villa of Ormen, in the villa of Ormen
Stands a solitary candle, ah ah, ah ah
In the center of it all, in the center of it all
Your eyes
On the day of execution, on the day of execution
Only women kneel and smile, ah ah, ah ah
At the center of it all, at the center of it all
Your eyes
Your eyes
Ah ah ah
Ah ah ah

DAVID BOWIE

I

* * * * * * *

ZONDES VAN VROEGER

1

Dit keer was het niet de wekker, maar een trage toename van de lichtsterkte die Kira deed ontwaken.

Ze opende haar ogen. Aanvankelijk voelde ze nog geen angst. Ze lag op haar bed, kalm en uitgerust, en wachtte op wat komen ging. Toen zag ze de kat op het voeteneinde, een wit-grijze siamees. Het beest had afgeplatte oren en keek Kira venijnig aan.

De kat blies en sprong van het bed.

'Ben je wakker? Kun je me horen?'

Ze keek opzij en zag Falconi naast het bed zitten. De huid rond zijn mond was groenig, alsof hij ziek was geweest, en hij oogde mager. Hij glimlachte. 'Fijn dat je er weer bent.'

En ineens kwamen de herinneringen. de Caracole, FTL, de Kwallen, de Blauwe Staf...

Kira slaakte een kreet en probeerde overeind te komen, maar haar bovenlichaam en armen werden ergens door tegengehouden.

'Rustig aan,' zei Falconi. 'Probeer het nog eens.' Hij roffelde met zijn knokkels op haar schouder.

Ze keek en zag dat haar lichaam omhuld was door een strakke huid van zwarte vezels, die haar op het bed vastpinden. *Laat los!* dacht Kira, gegrepen door claustrofobie. Ze probeerde haar schouders los te wrikken en slaakte nogmaals een kreet.

Het Zachte Mes ontspande zijn beschermende greep met een droge 'plop'. Kira zag hoe de harde schil op haar huid zich terugtrok. Stroompjes stof vielen van haar lichaam op de vloer, waar het deels verstoof.

Falconi nieste en wreef onder zijn neus.

Kira's spieren protesteerden hevig toen ze langzaam en voorzichtig overeind probeerde te komen. Ze had weer massa, wat fijn aanvoelde. Ze probeerde te spreken, maar haar mond was te droog. Het enige geluid dat ze kon produceren, was een soort amfibische keelklank.

'Alsjeblieft,' zei Falconi, en hij overhandigde haar een waterfles.

Ze knikte dankbaar en zoog aan het rietje. Ze ondernam een nieuwe poging. 'Zijn... zijn we er?' Haar stem kraakte van onwennigheid.

Falconi knikte. 'Min of meer. Het schip heeft een paar defecten gemeld, maar we leven nog. Een gelukkig 2258 gewenst. Vliegenstrip ligt voor ons.'

'Vliegenstrip?'

'Dat is hoe de mariniers de ster noemen.'

'Hebben jullie nog Kwallen gespot, of nachtmerries?'

'Tot nu toe niet.'

Gelukkig, geen buitenaardse monsters. 'Mooi.' Kira besefte dat Bach nog steeds over de luidsprekers klonk. 'Computer, muziek uit,' zei ze. Het werd stil. 'Hoelang...'

'Zijn we er al? O, iets van dertig minuten. Ik ben meteen naar je toe gekomen.' Falconi bevochtigde zijn lippen. Hij oogde nog steeds misselijk. Kira herkende de symptomen: herstel na cryo was altijd lastig, en werd lastiger naarmate je langer in je buis had gelegen.

Ze nam nog een slok water.

'Hoe voel je je?' vroeg hij.

'Het gaat... Een beetje raar, maar oké. En jij?'

Hij kwam overeind. 'Alsof ze tweehonderd liter diarree in een container voor honderd liter hebben geperst. Maar komt wel goed.'

'Hebben de sensoren nog wat opgepikt?'

'Kijk zelf maar. Het stelsel is ontegenzeggelijk bewoond geweest, dus dat is mazzel. Je hebt ons niet zomaar ergens heen gestuurd. Ik ben op de brug, kom ook als je weer wat bent hersteld.'

Hij liep naar de deur.

'Heeft iedereen het gered?' vroeg Kira.

'Yep. Kotsmisselijk, maar we zijn er nog allemaal.' De deur sloot achter hem.

Kira probeerde haar gedachten op een rijtje te krijgen. Ze hadden het gered. Zíj had het gered. Ze kon het nauwelijks geloven. Ze spreidde haar vingers en maakte een vuist, maakte haar schouders los en spande spieren aan in haar lichaam. Ze was nog wat stijf van haar korte winterslaap, maar alles leek nog te functioneren.

'Hé, zottekop,' zei ze. 'Ben jij er ook nog?'

Na een korte stilte gaf Gregorovich antwoord. Zelfs met zijn synthetische stem klonk het scheepsbrein traag en slaapdronken. 'Ik was ooit gebroken, en ben nog steeds gebroken. Maar de scherven vormen nog steeds hetzelfde gebroken geheel.'

'Je bent er dus nog,' bromde Kira.

Ze checkte haar overlays, maar zag niets. Na drie pogingen knipperde ze met haar ogen. Ze kon de lenzen die Vishal haar had gegeven niet voelen, ook niet toen ze met haar vingertopje haar rechteroog controleerde. 'Shit.' Het Zachte Mes moest de lenzen op enig moment in de afgelopen paar weken hebben afgestoten of geabsorbeerd.

Omdat ze het stelsel graag wilde zien, kleedde ze zich aan, plensde ze wat water in haar gezicht en haastte ze zich naar buiten. Ze liep langs de kombuis voor nog wat water en een paar rantsoenrepen. Al etend liep ze naar de brug.

De voltallige bemanning was er, evenals de entropisten. Iedereen zag er belabberd uit, net als Falconi: haar in de war, wallen onder de ogen en een zweem van groen op de wangen. Sparrow oogde nog wel het zwakst van allemaal. Niet vreemd, aangezien ze geopereerd was vlak voordat ze in cryo was gebracht.

Alles wat zich bij 61 Cygni had voorgedaan, leek nu een vage, nare droom, maar Kira wist dat het voor de bemanning nog als de dag van gister was. Voor hen hadden de afgelopen drie maanden domweg niet plaatsgevonden. Maar voor haar was het anders. Zelfs in haar kunstmatige slaap was ze zich bewust geweest van het verstrijken van de tijd. Ze kon de uren en dagen voelen, als een tastbaar spoor door de ruimte. 61 Cygni was niet langer een spiksplinternieuwe ervaring, om nog maar te zwijgen van Adra. Haar herinneringen aan de doden op Adra deden nog steeds pijn, en zouden altijd pijn blijven doen, maar ze waren vervaagd, ontdaan van de intensiteit die haar zo veel stress had bezorgd.

Iedereen keek haar aan toen ze de brug opkwam, om zich meteen weer op het hologram boven de centrale console te richten. Het hologram was een projectie van het stelsel waar ze zojuist waren aangekomen.

Kira leunde op de rand van de tafel en bestudeerde de projectie. Rond de kleine, zwakke ster draaiden zeven planeten: een gasreus en zes aardse. De rotsplaneten stonden dicht bij hun moederster; de verste op slechts 0,043 AE. Op ruime afstand daarvan bevond zich een uitgerekt planetoïdenveld en tot slot de gasreus, op 0,061 AE. Dichter bij de ster – Vliegenstrip – werd de leegte tussen de tweede en derde planeet doorbroken door een smalle ring van ruimtepuin.

Kira rilde. Ze herkende deze plek. Ze was hier al eens eerder geweest, in haar dromen, maar niet alleen daar. Haar andere ik, het Zachte Mes, had in een ver verleden lange tijd tussen die planeten rondgezworven.

De herkenning betekende ook haar gelijk. Ze had zich niet ingebeeld waar ze naartoe moesten, had niets verkeerd geïnterpreteerd, en het Zachte Mes had haar niet voor de gek gehouden. Ze had gelijk gehad over de Blauwe Staf... aangenomen dat die zich na al die tijd nog steeds in het stelsel bevond.

Zowel de Darmstadt als de Caracole was in het hologram gemarkeerd met een felgekleurd pictogram, maar Kira zag nog een derde pictogram, vlak bij de markovgrens, die zich – vanwege de geringe massa van de ster en de compacte omloopbanen van de planeten – op ongeveer twee dagen stuwing met 1 g van Vliegenstrip bevond (aangenomen dat je volledig tot stilstand wilde komen; anders zou het maar anderhalve dag duren).

'Wat is dat?' vroeg ze, en ze wees naar het pictogram.

Falconi gaf antwoord. 'De Darmstadt heeft een relaisbaken achtergelaten toen ze uit FTL kwam. Dan kunnen we nog een noodsignaal versturen als er iets gebeurt.'

Dat klonk verstandig, hoewel het lang zou duren voordat het signaal de Liga zou bereiken. Hoe sneller het FTL-signaal, hoe zwakker. Een signaal dat sterk genoeg was om enigszins compleet 61 Cygni te bereiken, zou nog langzamer gaan dan een ruimteschip als de Caracole. Ze had de exacte cijfers niet paraat, maar het kon jaren duren voordat het signaal zou worden opgevangen.

Falconi gebaarde naar het hologram. 'Overal in het systeem pikken we tekenen van beschaving op.'

Zelfs onder het Zachte Mes voelde Kira kippenvel. Eerst de xeno ontdekken, en nu dit? Dit was waar ze als kind van had gedroomd: ontdekkingen doen die net zo groots en belangrijk waren als die van het Grote Baken op Talos VII. De omstandigheden waren niet je van het, maar dan nog... Als de mensheid de oorlog met de Kwallen en nachtmerries zou overleven, zouden ze zo veel te leren hebben!

Ze schraapte haar keel. 'Nog activiteit?'

'Moeilijk te zeggen. Lijkt er niet op.' Falconi zoomde in op het ruimtepuin tussen de tweede en derde planeet. 'Maar kijk hier eens naar. Gregorovich, vertel haar wat je ons hebt verteld.'

Het scheepsbrein reageerde meteen. 'De samenstelling van het ruimtepuin lijkt te wijzen op een maker. We hebben een ongebruikelijk hoog percentage metalen gedetecteerd, evenals andere materialen die alleen al op basis van hun reflecterend vermogen onmogelijk van natuurlijke oorsprong kunnen zijn.'

'Dat allemaal?' vroeg Kira verbaasd. De hoeveelheid puin was duizelingwekkend. Hiermee konden duizenden, nee tienduizenden wetenschappers een leven lang toe.

Hwa-jung paste het projectieperspectief aan. 'Een dysonring misschien?'

‘Volgens mij is er geen materiaal sterk genoeg om zo’n grote schil te maken,’ zei Vishal.

Hwa-jung schudde haar hoofd. ‘Het hoeft ook geen solide schil te zijn. Misschien een groot aantal satellieten en ruimtestations rondom de ster.’

‘Ah.’

‘Hoe oud, denk je?’ vroeg Nielsen.

‘Oud,’ fluisterde Gregorovich. ‘Heel erg oud.’

Er viel een ongemakkelijke stilte. Toen zei Trig: ‘Wat denken jullie dat er met de aliens hier is gebeurd? Oorlog?’

‘Niks goeds in elk geval,’ zei Falconi. Hij keek naar Kira. ‘En nu moet jij ons vertellen waar we heen moeten. Anders zijn we een eeuwigheid bezig met het zoeken naar die staf.’

Kira bestudeerde de projectie. Ze had geen antwoord voor Falconi. De xeno kon of wilde haar niets vertellen. Hij had haar geholpen het stelsel te vinden; nu was het aan haar.

Nadat ze enige tijd had gezwegen, vroeg Falconi: ‘Kira?’ Hij klonk bezorgd.

‘Geef me even de tijd.’

Ze dacht na. De meeste herinneringen aan de Staf die het Zachte Mes haar had gegeven leken op of bij een van de planeten in het stelsel te hebben plaatsgevonden. Een bruine planeet, met brede wolkenbanden…

Hebbes. De vierde planeet. De kleur klopte, de wolken klopten, en hij bevond zich in de levensvatbare zone van Vliegenstrip, zij het op het randje. Ze keek nog eens goed. Geen teken van een omcirkelend ruimtestation. Jammer. Maar dat hoefde natuurlijk niets te betekenen, het station kon zijn vernietigd.

Ze markeerde de planeet. ‘De exacte locatie ken ik niet, maar laten we hier beginnen.’

‘Zeker weten?’ vroeg Falconi. Ze trok een wenkbrauw op en hij rolde met zijn ogen. ‘Oké dan. Ik zal Akawe inlichten. Waar zijn we naar op zoek? Steden? Gebouwen?’

Ze maakte de lijst voor hem af. ‘Monumenten. Standbeelden. Installaties. Eigenlijk alles wat niet natuurlijk is.’

‘Begrepen.’

De wanden van het schip leken te draaien; Gregorovich had hun koers verlegd.

‘Kapitein,’ zei Nielsen, die inmiddels was opgestaan. Ze zag er nog slechter uit dan eerst. ‘Ik zou graag…’

Hij knikte. ‘Ik laat je het weten als we wat ontdekken.’

De eerste officier sloeg haar armen over elkaar, alsof ze het koud had, en liep weg.

Iedereen zweeg terwijl Falconi een eenzijdig gesprek voerde met de Darmstadt. Toen zei hij: 'Goed, we hebben een plan. Kira, we gaan je beelden doorsturen van het planeetoppervlak. Bestudeer ze goed en kijk of je een veelbelovende plek vindt om te landen. De planeet heeft een synchrone rotatie, net als de andere planeten, maar misschien hebben we mazzel met het licht. In de tussentijd zetten we koers naar de planetoïdengordel. Zo te zien is daar meer dan genoeg ijs, zodat we onze reservoirs weer kunnen vullen met waterstof.'

Kira keek naar Vishal. 'Ik heb nieuwe lenzen nodig. Het pak heeft de oude weggetoverd tijdens de reis.'

De dokter stond op uit zijn stoel. 'Komt u maar mee.' Ze volgde hem naar de ziekenboeg. Het besef dat ze ver verwijderd waren van de Liga gaf haar een beklemmend gevoel, een gevoel van ontheemding. Om nog maar te zwijgen van het feit dat ze in het gebied van een buitenaardse beschaving waren, ook al was die al lange tijd geleden uitgestorven.

Het Verdwenen Volk, dacht ze, de term die ze op het Kwallenschip had opgevangen. Maar hoezo verdwenen? En waren de makers van het Zachte Mes Kwallen, nachtmerries of een ander, ouder ras?

Ze hoopte dat ze op de planeet antwoord zou krijgen.

In de ziekenboeg kreeg ze een nieuw setje lenzen van Vishal. 'Kun je er een paar extra uitprinten? Deze raak ik waarschijnlijk ook wel weer kwijt.'

'Oké, oké.' Hij keek haar aan. 'Wilt u dat ik uw neus nog rechtzet, mevrouw Navárez? Ik kan het nu gelijk doen. Een kwestie van' – hij bewoog zijn handen naar elkaar toe en maakte toen een draaiend gebaar – '"tsjk", en klaar.'

'Nee hoor, dat komt later wel.' Ze kon de pijn even niet velen nu. Bovendien stond het idee van het verhelpen van haar scheve neus haar tegen, ook al kon ze niet uitleggen waarom.

2

Terug in de kombuis maakte Kira een kop chell voor zichzelf klaar. Ze ging aan een van de tafels zitten en bracht haar lenzen in. Gelukkig waren alle data van haar vorige setje naar de servers van het schip geüpload, zodat er niets verloren was gegaan.

Ze nam zichzelf voor alles voortaan op twee verschillende locaties op te slaan.

Eenmaal verbonden verschenen er allerlei notificaties in haar perifere blikveld: nieuwe berichten van zowel Gregorovich als Horzcha Ubuto, het scheepsbrein van de Darmstadt. Kira opende de berichten. Ze bleken ingezoomde foto's van de vierde planeet – of 'planeet e' – te bevatten. Bijgesloten bij het eerste setje was een opmerking:

Als je een ander soort foto's wilt, vraag dan gerust. – Horzcha Ubuto

Kira begon de beelden te bestuderen. Er viel veel te ontdekken. De planeet had een middellijn die 0,7 zo groot was als die van de Aarde en had min of meer dezelfde massa. Dat betekende water. En mogelijk leven.

Ze wist dat de planeet een naam moest hebben, maar het Zachte Mes vertelde haar niets.

De foto's waren vooral van de donkere kant van de planeet. Vanuit hun huidige positie was slechts een dun randje van de dag-nachtgrens zichtbaar. De dag-nachtgrens was – als meest gematigde zone, halverwege de zinderende hitte aan de ene kant en de ijzige kou aan de andere kant van de planeet – de meest logische plek voor een stad of installatie.

Aan Kira's kant kleurde de planeet oranje en bruin. Her en der waren enorme kloven zichtbaar, en grote stukken zwart: meren of zeeën, vermoedde Kira. De polen, en dan vooral de delen aan de schaduwkant van de planeet, gingen schuil onder een dikke plak ijs.

De boordtelescopen waren niet de grootste – de Caracole noch de Darmstadt was een onderzoeksschip – en de resolutie was ook niet denderend, maar Kira deed haar best en onderzocht elke foto op iets wat haar mogelijk bekend zou kunnen voorkomen.

Maar ze zag niets. Er waren – door Gregorovich en Horzcha Ubuto handig gemarkeerde – tekenen van beschaving in een deel van het noordelijk halfrond, dunne lijnen die konden duiden op wegen of kanalen, maar niets bijzonders.

Ze tuurde geconcentreerd naar de beelden en besteedde amper aandacht aan haar omgeving. Toen ze een slok wilde nemen van haar chell, bleek die tot haar chagrijn al helemaal afgekoeld. Toch dronk ze.

De deur van de kombuis ging open. Het was Trig. 'Hé, heb je gezien wat Gregorovich heeft ontdekt?'

Kira knipperde met haar ogen, enigszins gedesoriënteerd. 'Nee, wat dan?'

'Kijk.' Hij liep naar haar tafel en activeerde de ingebouwde display. Er verscheen een beeld van wat eruitzag als een deel van een ruimtestation, beschadigd en verlaten. De vorm deed in geen enkel opzicht denken aan een menselijke maker. Het station was langgerekt en had scherpe uitstulpingen, als een natuurlijk gevormd kristal. Het was duidelijk dat het gevaarte niet om zijn as had gedraaid om zijn bemanning de illusie van massa te geven. Dat betekende dat er sprake was geweest van kunstmatige zwaartekracht, of anders moesten de aliens het niet erg hebben gevonden om al hun tijd in nul g door te brengen.

'We weten in elk geval één ding zeker,' zei Kira.

'Wat dan?' vroeg de jongen.

'Dat ziet er niet uit als de schepen die de Kwallen of nachtmerries gebruiken. Of ze hebben voor een ander ontwerp gekozen, of –'

'... een andere beschaving heeft hem gebouwd.' Trig straalde, alsof hij het beste nieuwtje ooit had mogen vertellen. 'Het Verdwenen Volk, noemde je ze toch? Dat zei de kapitein tenminste.'

'Klopt.' Ze keek hem schalks aan. 'Je lijkt ervan te genieten.'

'Omdat het zo cóól is!' Hij drukte op de display. 'Hoeveel soorten aliens denk je dat er zijn? In ons Melkwegstelsel dan.'

'Geen flauw idee... Waar heeft Gregorovich dit station gevonden?'

'In de dysonring.'

Kira sloeg haar chell achterover. 'Hoe is het trouwens met je pols?' De jongen droeg geen fixatiemal meer.

Trig draaide zijn hand. 'Helemaal beter. De doc zei dat ik over een paar weken weer moet langskomen, maar voor de rest mag ik alles.'

'Goed om te horen.'

De jongen liep weg om wat eten te pakken en Kira richtte zich weer op haar studie van planeet e. De volgende set foto's stond alweer klaar.

Het werk verschilde niet veel van het voorbereidende onderzoek dat ze hadden gedaan voor hun verblijf op Adrasteia. Uit gewoonte zocht Kira naar sporen van flora en fauna. De atmosfeer bevatte zuurstof – een hoopvol teken – en stikstof. De thermische beelden leken te duiden op vegetatie bij de dag-nachtgrens, maar zoals voor elke synchroon roterende planeet gold, wist je het nooit zeker vanwege de complexe thermiekstromen.

Terwijl ze zo bezig was, liepen bemanningsleden de kombuis in en uit. Kira wisselde zo nu en dan een paar woorden, maar concentreerde zich vooral op de foto's. Nielsen liet zich niet zien. Kira vroeg zich af of ze nog aan het herstellen was van de cryo.

Er kwamen steeds weer nieuwe foto's binnen en naarmate de schepen dichter in de buurt van de planeet kwamen, werd de resolutie beter. Halverwege de middag, scheepstijd, ontving Kira een bericht van de Darmstadt:

Misschien interessant? – Horzcha Ubuto

Bijgesloten was een foto van het zuidelijk halfrond, van een verzameling gebouwen aan de voet van een bergketen, pal op de dag-nachtgrens. Kira voelde meteen emoties opwellen: angst, onzekerheid, verdriet en spijt. *Ze zag de Allerhoogste op een voetstuk stappen, felverlicht in het eeuwig ochtendgloren –*

Ze slaakte een kreetje. Het kon niet anders. Ze slikte en opende een verbinding met Falconi. 'Ik heb het gevonden. Of íéts, tenminste.'

'Laat zien.' Na de kaart te hebben bestudeerd, zei hij: 'Volgens mij vraag ik je dit wel vaker, maar... weet je het zeker?'

'Zoals ik al zei voordat we vertrokken: ik ben nog nooit zo zeker van m'n zaak geweest.'

'Ik ga even met Akawe overleggen.' Hij verbrak de verbinding.

Kira maakte nog een kop chell klaar en warmde haar handen tijdens het wachten.

Nog geen tien minuten later klonk de stem van Falconi over de intercom. 'Attentie allemaal. De plannen zijn gewijzigd. We hebben een mogelijk doelwit op planeet e, met dank aan Kira. We vliegen eerst langs de planeet om Kira af te zetten met een verkenningsteam. Daarna zetten we samen met de Darmstadt koers naar de planetoïdengordel om bij te tanken. Dat is maar vier tot vijf uur vliegen, dus in geval van nood kunnen we snel terug zijn. Over en uit.'

3

Kira liep weer naar de brug en bleef daar de rest van de middag rondhangen. Er werden voortdurend nieuwe ontdekkingen gedaan. Het stelsel bleek talloze kunstmatige structuren te bevatten, zowel op de planeten als in de ruimte zelf: monumenten voor een verdwenen beschaving. Nergens was sprake van een energiesignatuur. Bij de gasreus zag ze een romp van wat eruitzag als een ruimteschip. Planeet e werd vergezeld door een cluster van afgedankte satellieten, geparkeerd in wat een geostationaire baan zou zijn geweest als de planeet om zijn as had gedraaid. En dan was er natuurlijk nog de dysonring (als het inderdaad een dysonring was), die allerlei technologische relieken bleek te herbergen.

'Dit stelsel –' zei Veera.

'... is een ontdekking van onschatbare waarde,' maakte Jorrus af.

Dat vond Kira ook. 'Hier kunnen onderzoekers nog honderden jaren mee voort. Denk je dat dit de beschaving was die ook het Grote Baken heeft gebouwd?'

De entropisten dachten even na. 'Wellicht. Dat zou heel goed kunnen.'

De avondmaaltijd verliep rustig en zonder poespas. Niemand die de moeite nam om te koken; behalve Kira had iedereen nog last van een gevoelige maag, vanwege de cryo. Er werden dus kant-en-klare maaltijdrantsoenen genuttigd: saai maar voedzaam.

De mariniers hielden zich nog steeds afzijdig en hetzelfde gold voor Nielsen. De afwezigheid van de eerste officier was opvallend. Zonder haar rustige, stabiele aanwezigheid verliep het gesprek aan tafel feller, directer.

'Mevrouw Sparrow,' zei Vishal, 'ik zou u graag morgen willen zien voor een controle. We moeten kijken of de nieuwe organen goed functioneren.'

Sparrow knikte en zei: 'Is goed, doc.' Er verscheen een ondeugende glimlach op haar gezicht. 'Alles om me maar te kunnen bepotelen.'

Vishals wangen werden vuurrood. 'Mevrouw Sparrow! Dat is... dat zou... Dat zou zó onethisch zijn.'

Trig lachte met volle mond. 'Kijk die rooie konen dan!'

Ook Sparrow lachte en zelfs op Hwa-jungs gezicht verscheen een flauwe glimlach.

Het plagen van de dokter ging door. Kira zag dat hij steeds bozer en gefrustreerder werd, maar hij hield zich in en beet niet van zich af. Ze snapte het niet. Als hij er wat van zou zeggen, zouden ze wel stoppen, of zich in ieder geval wat inhouden. Ze had het al talloze keren meegemaakt op mijnbouwposten. De gasten die niet voor zichzelf opkwamen, werden steeds harder aangepakt. Het was een natuurwet.

Falconi greep niet in, niet direct althans, maar Kira merkte dat hij het gesprek ongemerkt een andere kant op probeerde te sturen. Toen er eindelijk een ander onderwerp ter sprake kwam, leunde de dokter achterover, alsof hij zich onzichtbaar wilde maken.

Kira stond op en liep naar de entropisten, die zich over een blauw, langgerekt voorwerp hadden gebogen. Ze draaiden het rond in hun handen, alsof ze op zoek waren naar een knopje of vergrendeling om het te openen.

Ze ging naast Vera zitten. 'Wat is dat?' vroeg ze, en ze wees naar het voorwerp. Het was ongeveer zo groot als twee vuisten.

De entropisten keken haar uilig aan van onder de rand van hun kappen. 'We hebben dit gevonden –' begon Jorrus.

'... op het schip van de Kwallen,' zei Veera. 'We vermoeden dat het een –'

'... processor of controlemodule van een computer is. Maar om eerlijk te zijn –'

'... weten we het niet zeker.'

Kira keek naar Falconi. 'Weet de kapitein dat jullie dit hebben?'

De entropisten glimlachten en spiegelden elkaars uitdruking. 'Niet dit specifieke voorwerp,' zeiden ze in unisono. 'Maar hij weet dat we een aantal onderdelen van het schip hebben gehaald.'

'Mag ik?' vroeg Kira, en ze stak haar hand uit.

Na enige aarzeling stonden ze toe dat Kira het voorwerp overnam. Het was zwaarder dan ze had gedacht. Aan de buitenkant zaten kleine putjes en het rook een beetje... ziltig?

Kira fronste haar wenkbrauwen. 'Als de xeno dit herkent, wil hij er niks over kwijt. Waar hebben jullie dit gevonden?'

De entropisten stuurden haar de beelden van hun implantaten door.

'Aspect van de Leegte,' zei Kira. De vertaling schuurde ietwat. Woordelijk klopte ze, maar de ware lading van het Kwallenorigineel werd er niet door overgedragen. 'Zo heette die kamer. Ik ben niet naar binnen gegaan, maar ik heb de nabijgeur opgepikt.'

Veera inspecteerde het voorwerp aandachtig. 'Waaraan refereert in dit geval –'

'... het woord *leegte*? En wat betekent –'

'... het woord *aspect*?'

Ze dacht na. 'Ik weet het niet. Iets met communicatie misschien? Sorry, ik ben bang dat ik jullie verder niet kan helpen.'

De entropisten knikten. 'Dankzij jou weten we nu meer dan eerst. We zullen het voorwerp blijven onderzoeken. Moge je pad altijd tot kennis leiden, Gevangene.'

'Kennis tot vrijheid,' antwoordde Kira.

Toen de maaltijd was afgelopen en iedereen zijns weegs ging, schoot ze Falconi aan bij het aanrecht. 'Gaat het goed met Nielsen?' vroeg ze zachtjes.

Zijn aarzeling bevestigde haar vermoedens. 'Ja hoor. Morgen is er weer niets aan het handje.'

Kira trok een wenkbrauw op. 'Echt waar?'

'Echt waar.'

Ze geloofde hem niet. 'Denk je dat ze het op prijs zou stellen als ik haar een kop thee bracht?'

'Dat denk ik nie–' Falconi onderbrak zichzelf terwijl hij een bord pakte om af te drogen. 'Weet je wat? Dat neem ik terug. Ik denk dat Audrey het zeker zou waarderen.' Hij rommelde in een kastje en trok een pakje tevoorschijn. 'Dit is wat ze lekker vindt. Gember.'

Even meende Kira dat hij haar voor de gek hield, maar toen besloot ze dat het niet uitmaakte.

Met twee mokken in één hand – ze probeerde niet te morsen – liep ze naar Nielsens hut, op de aanwijzingen van Falconi.

Ze klopte voorzichtig. Toen er geen reactie kwam, klopte ze opnieuw. 'Nielsen? Ik ben het, Kira.'

'Laat me met rust.' De eerste officier leek de woorden eruit te moeten persen.

'Ik heb gemberthee.'

Even bleef het stil, maar toen ging de deur open. Nielsen droeg een bordeauxrode pyjama met bijpassende slippers. Haar normaal gesproken onberispelijke kapsel had plaatsgemaakt voor een slordige knot. Ze had wallen onder haar ogen en haar huid oogde bloedeloos, ondanks het ruimterotkleurtje.

'Hier,' zei Kira, en ze hield een mok omhoog. 'Zoals beloofd. Ik dacht dat je misschien wel iets warms zou willen.'

Nielsen staarde naar de mok alsof het een buitenaards artefact was. Maar toen verzachtte haar blik, zij het een beetje. Ze stapte opzij. 'Kom binnen.'

De hut was schoon en opgeruimd. Het enige persoonlijke tintje was een holo op het bureau: drie kinderen – twee jongens en een meisje – in hun vroege tienerjaren. Op de muren creëerden Kira's overlays de illusie van met messing omrande patrijspoorten die uitkeken over een onmetelijke zee van oranje, bruine en roomkleurige wolken: Venus.

Kira ging op de enige stoel zitten. Nielsen nam plaats op het bed. 'Ik weet niet of je honing lust...' Ze hield een zakje omhoog. De beweging van de wolken bleef haar aandacht trekken.

'Jazeker.'

Terwijl Nielsen de honing door haar thee roerde, bekeek Kira haar nog eens goed. Ze had de eerste officier nog nooit zo kwetsbaar gezien. 'Als je wilt, haal ik wat te eten voor je uit de kombuis. Dat is zo geb–'

Nielsen schudde haar hoofd. 'Ik hou het toch niet binnen.'

'Slechte reactie op de cryo?'

'Zo zou je het kunnen noemen.'

'Iets anders dan? Iets van de dokter?'

Nielsen nipte aan haar thee. 'Nee, dank je. Ik moet gewoon een nachtje goed slapen. Dan zal het wel weer ga–' Haar stem stokte en haar gezicht vertrok. Ze boog voorover, hoofd tussen haar knieën, en hapte naar adem.

Kira wilde te hulp schieten, maar Nielsen maakte een afwerend gebaar. Ze bleef staan, onzeker.

Ze stond juist op het punt Vishal te roepen toen Nielsen weer rechtop ging zitten. Haar ogen waren betraand, maar ze keek strak voor zich uit. 'Shit,' zei ze zachtjes. En daarna, luider: 'Het gaat wel.'

'Echt niet,' zei Kira. 'Je kon je amper bewegen. Dit is heel wat anders dan cryoziekte.'

'Klopt.' Nielsen leunde tegen de muur achter het bed.

'Wat dan? Kramp?' Kira kon het zich nauwelijks voorstellen dat Nielsen haar menstruatie zou hebben ingeschakeld, maar zo ja...

Nielsen lachte. 'Was dat het maar.' Ze blies en nipte van haar thee.

Kira was nog steeds ongerust, maar ging weer zitten. 'Wil je erover praten?'

'Niet echt.'

Er volgde een ongemakkelijke stilte. Kira dronk haar thee. Ze wilde dolgraag meer weten, maar wist dat ze er niet zomaar naar kon vragen. 'Heb je gezien wat we allemaal in het stelsel hebben gevonden? Waanzinnig. Onderzoeksmateriaal voor eeuwen.'

'Als we het overleven.'

'Details.'

Nielsen keek Kira met koortsige ogen aan van over de rand van haar mok. 'Weet je waarom ik ermee heb ingestemd om mee te gaan? Ik had de strijd met Falconi kunnen aangaan, en als ik mijn best had gedaan had ik hem zelfs kunnen overhalen om Akawe's aanbod af te slaan. Wat dat betreft luistert hij wel naar me.'

'Waarom dan?' vroeg Kira.

De eerste officier knikte naar de holo van de kinderen. 'Vanwege hen.'

'Zijn dat je broers?'

'Dat zijn mijn kinderen.'

'Ik wist niet dat je kinderen had,' zei Kira verbaasd.

'Kleinkinderen zelfs.'

'Meen je dat nou?'

Nielsen glimlachte. 'Ik ben ouder dan ik eruitzie.'

'Nooit gedacht dat jij het type was voor STEM-injecties.'

'Bedoel je mijn oren en neus?' Nielsen raakte ze even aan. 'Die heb ik tien jaar geleden laten doen. Dat deden er wel meer waar ik toen woonde.' Ze keek naar de projectie op de muur. Ze leek te staren naar iets in de verte, naar iets anders dan de wolken van Venus. 'Meegaan naar Vliegenstrip was het enige wat ik kon doen om mijn gezin te beschermen. Daarom heb ik ingestemd. Ik wou alleen dat… Nou ja, het maakt eigenlijk niet meer uit.'

'Wat niet?' vroeg Kira voorzichtig.

Nielsen slaakte een zucht. 'Eigenlijk had ik nog afscheid willen nemen. Wie weet hoe de wereld eruitziet als we weer terugkomen.'

Kira begreep het. 'Wonen ze in Sol?'

'Op Venus en op Mars.' Nielsen pulkte wat aan haar hand. 'Mijn dochter is nog op Venus. Je hebt ongetwijfeld opgevangen dat de Kwallen ook daar hebben aangevallen. Niet bij haar in de buurt, maar toch…'

'Hoe heet ze?'

'Yann.'

'Ik weet zeker dat alles goed met ze gaat. Van alle plekken waar ze zouden kunnen zijn, is Sol nog wel de veiligste.'

Nielsen keek haar boos aan. 'Je hebt gezien wat er op Aarde is gebeurd. Volgens mij zijn we nergens meer veilig.'

Kira probeerde van onderwerp te veranderen. 'Maar hoe ben je dan op de Caracole terechtgekomen, zo ver van je gezin?'

Nielsen staarde naar de reflectie in haar thee. 'Om verschillende redenen… De uitgeverij waar ik voor werkte, kwam in andere handen. De nieuwe bedrijfsleiding besloot te reorganiseren, ontsloeg de helft van het personeel en schrapte onze pensioenen.' Nielsen schudde haar hoofd. 'Achtentwintig jaar in dienst. Dat pensioen was al erg genoeg, maar ik verloor ook mijn ziektekostenverzekering, wat een probleem was, gezien mijn… specifieke uitdagingen.'

'Maar heb je dan geen –'

'Zeker, je hebt een basisverzekering, zolang je geen strafblad hebt. En soms zelfs mét strafblad. Maar een basisverzekering volstaat niet voor mij.' Nielsen keek haar vragend aan. 'En nu wil je zeker weten hoe ziek ik ben en of het besmettelijk is?'

Kira trok haar wenkbrauwen op. 'Ik neem aan dat Falconi je niet had meegenomen als je een of andere dodelijke, vleesetende bacterie bij je droeg.'

Nielsen moest lachen, maar meteen legde ze met vertrokken gezicht een hand op de borst. 'Zo ernstig is het niet. Niet voor anderen tenminste.'

'Ga je – ik bedoel, is het dodelijk?'

'Het leven zelf is dodelijk,' ze Nielsen droog. 'Zelfs met STEM-injecties. Entropie wint altijd.'

Kira hief haar mok. 'Op de entropisten dan maar. Dat ze een manier mogen vinden om de pijl van de tijd om te draaien.'

'Daar drink ik op.' Ze klonken met hun mokken. 'Hoewel het vooruitzicht van een eeuwig leven me ook niet aanstaat.'

'Het zou inderdaad fijn zijn als je er zelf ook nog wat over te zeggen had.'

Na een tijdje zei Nielsen: 'Mijn… aandoening was een cadeautje van mijn ouders, zowaar.'

'Hoezo'

De eerste officier masseerde haar wangen, waarmee haar uitputting duidelijk zichtbaar werd. 'Ze probeerden me gewoon te helpen. Ze waren alleen dat oude gezegde vergeten, over de weg naar de hel en goede intenties.'

'Dat is nogal cynisch.'

'Ik ben in een cynische bui.' Nielsen strekte haar benen; ze leek pijn te hebben. 'Voor mijn geboorte waren de wetten over genhacken niet zo strikt als nu. Mijn ouders wilden hun kind – mij – de best mogelijke toekomst bieden. Welke ouder wil dat nou niet?'

Kira begreep meteen waar ze op doelde. 'Nee toch?'

'Jazeker. Ze gaven me elk mogelijk gen voor intelligentie, waaronder een paar synthetische, die nog maar net waren ontwikkeld.'

'En, werkte het?'

'Ik heb nog nooit een rekenmachientje hoeven te gebruiken, als je dat soms bedoelt. Maar er waren bijwerkingen. De artsen wisten ook niet precies wat er aan de hand was, maar door een aantal hacks werd mijn immuunsysteem geactiveerd. Zie het als een scheurtje in een drukcabine.' Er verscheen een spottende glimlach op haar gezicht. 'Ik kan dus zonder problemen berekenen hoe snel de lucht naar buiten stroomt, maar er is niets wat ik kan doen om niet te stikken. Metaforisch gesproken dan.'

'Helemaal niets?'

Nielsen schudde haar hoofd. 'De artsen probeerden het probleem op te lossen met retrovirale behandelingen, maar de genen hadden het weefsel hier veranderd.' Ze tikte tegen haar slaap. 'Als je daar wat wilt weghalen of zelfs maar wilt veranderen, dan kun je doodgaan, of het verandert je herinneringen of karakter.' Ze perste haar lippen op elkaar. 'Wat dat betreft is het leven één grote grap.'

'Wat vervelend voor je.'

'Het gebeurt. Ik ben niet de enige, hoewel de meeste anderen niet ouder zijn geworden dan dertig. Zolang ik mijn pillen slik, kom ik de dagen wel door, maar soms' – haar gezicht vertrok – 'doen de pillen helemaal niks.' Ze pakte haar kussen en propte het achter haar rug. Ze klonk zo bitter als gal. 'Als je lichaam niet langer van jou is, is dat nog erger dan welke gevangenis dan ook.' Ze keek Kira aan. 'Dat zou jij toch moeten weten.'

Ze wist het, en wist ook dat het weinig zin had om erover door te gaan. 'Wat gebeurde er na je ontslag?'

Nielsen dronk haar thee op. Ze zette de mok op de rand van het bureau en drukte hem hard aan om hem op zijn plek te houden. 'De rekeningen bleven komen en Sarros, mijn man… vertrok. Ik neem het hem niet kwalijk, niet echt, maar ik moest wel opnieuw beginnen, op mijn drieënzestigste…' Ze lachte, en het klonk messcherp. 'Ik kan het je niet aanraden.'

Kira probeerde begripvol te kijken en Nielsen ging verder. 'Op Venus kon ik geen geschikt werk vinden en dus ging ik maar weg.'

'Van de ene op de andere dag?'

Nielsens stem verhardde zich weer. 'Van de ene op de andere dag. Ik besloot mijn geluk eerst ergens anders in Sol te beproeven. Uiteindelijk kwam ik terecht op ruimtestation Hartcourt, bij Titan, en daar ontmoette ik Falconi. Ik wist hem ervan te overtuigen me aan te nemen als eerste officier.'

'Daar zou ik graag bij zijn geweest, bij dat gesprek.'

Nielsen moest lachen. 'Misschien was ik inderdaad een beetje opdringerig; hij wilde er aanvankelijk niets van weten. De Caracole was ook een zootje toen ik er begon. Er moest veel worden georganiseerd en geregeld, maar daar was ik juist goed in.'

Kira speelde wat met het extra zakje honing dat ze had meegenomen. 'Mag ik je wat vragen?'

'Volgens mij doe je dat al een tijdje.'

'Over Falconi.'

Nielsen leek ineens op haar hoede. 'Oké.'

'Hoe zit het met die littekens op zijn armen? Waar heeft hij die gekregen?'

'Ah.' Nielsen probeerde haar benen in een iets gemakkelijkere positie te manoeuvreren. 'Waarom heb je hem dat zelf niet gevraagd?'

'Ik wist niet zeker of het een gevoelig onderwerp was.'

Nielsen keek haar strak aan. Op haar irissen zaten groene vlekjes, merkte Kira op. 'Als Falconi daar iets over kwijt wil, dan hoor je dat wel. Het is niet aan mij om dat verhaal te vertellen. Ik hoop dat je dat begrijpt.'

Kira ging er niet op door, maar Nielsens terughoudendheid had haar interesse gewekt.

Daarna bleven ze nog een halfuurtje keuvelen over leven en werken op Venus. Voor Kira was de planeet wonderschoon, exotisch en gevaarlijk, in de positieve zin van het woord. Nielsens werk voor de uitgeverij stond zo ver af van wat Kira deed dat ze zich bewust werd van de enorme diversiteit aan levens en ervaringen in de Liga.

Toen Nielsen weer wat vrolijker leek, werd het tijd om te vertrekken. Kira stond op, maar de eerste officier greep haar bij de pols.

'Dank je voor de thee. Dat was erg aardig van je. Ik meen het.'

Kira kreeg een warm gevoel vanbinnen. 'Geen probleem. Ik vond het ook gezellig.'

Nielsens glimlach was oprecht.

4

Eenmaal terug in haar eigen hut keek Kira in de spiegel boven de wasbak. De gedimde nachtverlichting wierp toch nog een schaduw over haar gezicht, zodat de deuk in haar neus duidelijk zichtbaar was.

Ze betastte het beschadigde reukorgaan. Moest niet moeilijk zijn om te verhelpen. Even trekken en hij zou weer rechtstaan, waarna het Zachte Mes de schade weer zou herstellen, zoals het al eerder had gedaan.

Maar ze wilde het niet, en nu begreep ze ook waarom. De xeno had elke ontsiering van haar lichaam weggewist, elke pukkel, elke rimpel, elk vlekje. Het had al die fysieke sporen vervangen door een karakterloze coating van vezels die geen enkele levenservaring uitstraalde. Ze had al zo veel verloren, meer kon ze niet verdragen.

Die scheve neus was háár keuze, háár manier om haar gedeelde lichaam een nieuwe vorm te geven. Het herinnerde haar ook aan zondes van vroeger, zondes die ze vastbesloten was niet te herhalen.

Opgelucht door het voornemen, maar ook uitgeput vanwege de vele foto's van het stelsel die ze voor haar kiezen had gekregen, liet Kira zich op het bed vallen, en hoewel ze de afgelopen drie maanden goeddeels slapend had doorgebracht, zakte ze meteen weg.

Kira en haar lichaamsgezel – geen graaier, maar een gever – liepen als getuigen achter de Allerhoogste aan, te midden van wilde groeisels: woekerende uitstulpingen die giftige vruchten droegen. De Allerhoogste hief de Blauwe Staf ten hemel en uitte een enkel, messcherp woord: 'Nee.'

Hij zwaaide de Staf naar beneden en trof de gezwollen aarde. Gemuteerde cellen barstten open en een grijze drukgolf plantte zich voort vanaf de plek waar de Allerhoogste stond. De stank van dood en verderf verspreidde zich over het land, en de Allerhoogste knielde in grote droefenis.

Een eerdere flard: een van haar zusters stond voor de verzamelde Heptarchie in de hooggewelfde drukkamer. De Allerhoogste daalde af naar de patroonvloer en raakte de met bloed besmeurde wenkbrauw van haar zuster aan met de Blauwe Staf.

'Jij bent niet langer waardig.'

Vlees scheurde zich los van vlees en het andere Zachte Mes trok zich terug van de Staf, zodat het lichaam van haar lichaamsgezel bloot achterbleef, kwetsbaar. Want de kracht van de Blauwe Staf kon niet worden weerstaan.

Een andere sprong en ze vond zichzelf terug naast de Allerhoogste op het observatiedek van een reusachtig ruimteschip. Voor hen een rotsachtige planeet, rood en groen, met overal tekenen van leven. Maar er klopte iets niet, een dreiging die maakte dat ze ergens anders wilde zijn, alsof de planeet zelf kwaadaardig was.

De Allerhoogste hief nogmaals de Blauwe Staf boven zijn hoofd. 'Genoeg.' Hij stak de Staf naar voren. Een felle, azuurblauwe flits verdreef elke schaduw en de planeet verdween.

In de verte, ver voorbij de plek waar de planeet was geweest, zag ze het flikkerende licht van een ster. Haar maag draaide zich om. Want ze wist wat die verstoring aankondigde...

Kira ontwaakte met bonzend hart. Ze bleef een paar minuten onder de dekens liggen en dacht na over de herinneringen van het Zachte Mes. Toen kwam ze overeind en riep zowel Falconi als Akawe op.

Toen beide mannen zich hadden gemeld, zei ze: 'Het is van het allergrootste belang dat we de Blauwe Staf vinden.' Daarop vertelde ze over haar droom.

Falconi zei: 'Als daar ook maar iets van waar is –'

'Dan is het nog belangrijker dat we voorkomen dat de Kwallen met hun tentakels aan die technologie zitten.'

Ze sloten het gesprek af en Kira controleerde hun positie: nog altijd op koers naar planeet e. *We hebben een betere naam nodig*, dacht ze. Op deze afstand, en zonder vergroting, was de planeet nog steeds een glinsterende stip, niet anders dan al de andere stippen die de locaties van de overige, dicht opeengepakte planeten in het stelsel aangaven.

Terwijl ze sliep hadden de scheepsbreinen nog meer installaties rondom Vliegenstrip ontdekt. Het stelsel was overduidelijk gekoloniseerd geweest. Kira nam de meest recente ontdekkingen door, maar zag niets relevants, en dus hield ze haar onderzoek voorlopig voor gezien.

Ze checkte haar berichten. Ze had er twee. Het eerste bericht was – niet verrassend – van Gregorovich:

Het stof van je buitenaardse maatje is mijn filters weer aan het verstoppen, vleesklont. – Gregorovich

Ze antwoordde meteen:

Excuus. Ik heb gister niet de tijd gehad om te vegen. Zal kijken wat ik kan doen. – Kira

Maakt niet uit, waarschijnlijk maak je het dan alleen maar erger. Laat je deur open, dan stuur ik een van mijn olijke servicebots. Wil je dat ik ook je bed opmaak? Ja of nee. – Gregorovich

Nee, dank je wel, lukt wel. – Kira

Zoals je wilt, vleesklont. – Gregorovich

Het andere bericht was van Sparrow:

En we gaan dóór. Laadruim. Wacht op je. – Sparrow

Kira streek met een hand door haar haar. Ze had dat berichtje van Sparrow wel verwacht. Wat die vrouw ook voor haar in petto had, het zou niet makkelijk worden, maar dat vond Kira wel best. Ze wilde graag weten of al die trainingen met het Zachte Mes iets hadden opgeleverd. Het controleren van de xeno moest makkelijker gaan nu ze helemaal wakker en goed doorvoed was.

Kira haalde een kop koffie uit de kombuis en liep naar het laadruim. Daar trof ze de mariniers, die bezig waren met hun materiaal voor de landing op planeet e. De mannen begroetten haar met knikjes en gebrom, en zelfs met een saluut, door Sanchez. Kira wist niet of het nou hun militaire augmenten waren of gewoon hun gestel, maar geen van hen oogde zo uitgeknepen als de bemanning van de Caracole.

Sparrow bevond zich inderdaad in de kleine fitnessruimte die tussen de stellagekasten was ingericht. Ze kauwde kauwgom terwijl ze pijnlijk ogende sit-ups op een matje deed. 'Herstel,' zei ze toen ze Kira's vragende blik zag.

Toen ze haar setje had afgemaakt, ging ze op haar knieën zitten. 'En?' vroeg ze. 'Drie maanden. Heb je je training een beetje bijgehouden?'

'Ja.'

'Hoe ging het?'

Kira ging ook op haar knieën zitten. 'Goed, denk ik. Het ging soms moeilijk, maar ik heb mijn best gedaan.'

Sparrow glimlachte schalks. 'Laat maar zien dan.'

En Kira liet het zien. Ze drukte, trok en sprintte en deed alles wat Sparrow haar had gevraagd te doen... en dwong tegelijkertijd het Zachte Mes in allerlei vormen. Tot haar grote opluchting lukte alles. Niet helemaal, maar goed genoeg. Ze verloor nooit de controle over de xeno, in de zin dat hij stootte of uitschoot; hoogstens vormden zich een paar bobbels of golfjes in reactie op de manier waarop ze haar lichaam belastte. En samen met de xeno wist ze ingewikkelde vormen en patronen met de vezels te vormen. Het voelde alsof het organisme met haar werkte in plaats van tegen haar. Een welkome verandering.

Sparrow sloeg alles aandachtig gade. Ze gaf geen complimentjes en geen blijk van goedkeuring, en toen Kira deed wat haar werd opgedragen, vroeg ze enkel om méér. Meer gewicht. Meer tellen onder belasting. Meer ingewikkelde wisselwerking met het Zachte Mes. Méér.

Uiteindelijk was Kira er wel klaar mee. Ze vond dat ze genoeg had gedaan om haar nieuwe vaardigheden te tonen, maar Sparrow had blijkbaar andere ideeën.

De vrouw sprong op van het bankje waarop ze had gezeten en beende naar Kira toe, die zwetend en hijgend naast het rek met gewichten stond. Pas op enkele centimeters afstand hield ze stil: te dichtbij, naar Kira's smaak.

Kira weerstond de neiging om een stap naar achteren te doen.

‘Maak het meest ingewikkelde patroon dat je kunt,’ beval Sparrow.

Kira wilde protesteren, maar hield zich in. Na even te hebben nagedacht dwong ze het Zachte Mes om de fractal te vormen die het haar al meerdere keren had laten zien. Het pak golfde en kolkte en maakte een uiterst ingewikkeld patroon. Het was niet eenvoudig het patroon vast te houden, maar dat was ook de bedoeling.

Kira haalde diep adem. ‘Oké. Wat wil je no–’

Sparrow sloeg haar op de wang. Hard.

Kira knipperde geschrokken met de ogen. In haar linkeroog, de kant van haar gezicht die Sparrow had geslagen, vormde zich een traan. ‘Waarom –’

Sparrow sloeg opnieuw: een felle, harde pets die Kira’s blikveld vulde met sterretjes. Ze voelde hoe het Zachte Mes over de huid van haar gezicht kroop en spiesen begon te vormen, maar met een uiterste krachtsinspanning wist ze erger te voorkomen. Het voelde alsof ze een stroomdraad vasthield die haar steeds verder naar voren trok. En het snoer kon op elk moment breken.

Ze liet haar kaak knakken en staarde onzeker naar Sparrow.

De vrouw grijnsde: een gemene grijns waardoor Kira alleen nog maar kwaaier werd. Die sadistische, hautaine blik…

Sparrow sloeg haar voor een derde keer.

Maar nu zag Kira de klap aankomen. Ze had kunnen wegduiken, terugdeinzen of zichzelf kunnen beschermen met het Zachte Mes. Ze wilde niets liever. Ze had ook kunnen terugslaan. De xeno wilde niets liever dan de dreiging uitschakelen.

Een enkel moment van concentratieverlies en Sparrow zou op de grond hebben gelegen, bloedend uit een tiental gapende wonden. Kira zag het al voor zich.

Ze haalde diep adem en dwong zichzelf te glimlachen. Het was een glimlach zonder woede, zonder venijn. Het was een vlakke, bescheiden glimlach die zei: *je krijgt me niet klein*. En ze meende het. Zij en het Zachte Mes waren één en Kira voelde dat ze de controle had, niet alleen over de xeno, maar ook over zichzelf.

Sparrow snoof en deed een stap naar achteren. Ze liet haar schouders zakken. ‘Niet slecht, Navárez… Niet slecht.’

Kira liet het patroon wegsmelten in de huid van het Zachte Mes. ‘Dat was nogal riskant, wat je deed.’

Sparrow lachte. ‘Het werkte toch?’ Ze liep terug naar het bankje en ging zitten.

‘En wat als het niet had gewerkt?’ Toch kon Kira een gevoel van triomf niet onderdrukken. Ze had op weg naar Vliegenstrip veel vooruitgang geboekt. Al die eenzame oefensessies in het halfduister waren de moeite waard geweest…

Sparrow koppelde een hulpstuk aan het fitnessapparaat. 'Je gaat morgen naar het oppervlak om in een buitenaardse stad op zoek te gaan naar een of ander doodeng superwapen. Dan kan het snel uit de klauwen lopen. Als je een paar tikken al niet aankunt, moet je lekker aan boord blijven. Maar ik had er alle vertrouwen in.'

'Je bent niet wijs, weet je dat?' zei Kira met een glimlach.

'Alsof ik dat niet weet.' Sparrow begon aan haar pulldowns, die ze redelijk licht had ingesteld. Ze deed een setje van tien, stopte en boog voorover, de pijn verbijtend.

'Hoe gaat het nou met je?' vroeg Kira.

Sparrow trok haar neus op. 'Het gaat. De doc heeft mijn basale metabolisme iets hoger gehouden in cryo, wat goed was voor mijn herstel, maar het gaat zeker nog een paar weken duren voordat ik weer in een exo mag. Jammer genoeg.'

'Hoezo?'

Sparrow masseerde de zij waaraan ze gewond was geraakt. 'Omdat ik zo niet kan vechten.'

'Dat zou ook niet nodig moeten zijn. Plus, we hebben mariniers aan boord.'

Sparrow snoof. 'Kom je uit een kolonie of zo?'

'Ja, hoezo?'

'Dan zou je moeten weten dat je anderen niet mag belasten met je eigen shit. Als het misloopt, moet je voor jezelf kunnen zorgen.'

Kira dacht daar even over na terwijl ze de gewichten terugzette die ze in haar handen had. 'Maar soms kan dat niet, en dan moet je het samen zien te rooien. Zo werkt dat in een samenleving.'

'Misschien. Neemt niet weg dat het klote is om gehandicapt te zijn,' bromde Sparrow.

'Daar ben ik het dan wel weer mee eens.'

5

Bij het verlaten van het ruim liepen ze langs de mariniers. Kira begroette hen, net zoals ze bij binnenkomst had gedaan. De mannen wilden teruggroeten, maar toen ze Sparrow zagen, verhardde hun blik.

Tatupoa keek haar metgezel uitdagend aan. Zijn tatoeages glinsterden in de schaduw van een opbergrek. 'Ja, we hebben je opgezocht, gaskop. Loop maar snel door. Jouw soort willen we hier niet.'

'Zo is het genoeg, marinier!' blafte Hawes. Maar net als de anderen ontweek hij Sparrows blik.

'Ja, luitenant.'

Sparrow liep door en deed alsof ze niets had gehoord. Ook Kira liep door, in verwarring gebracht. Eenmaal in de gang vroeg ze: 'Waar ging dat nou over?'

Tot haar verrassing zocht Sparrow steun bij de muur. De kleinere vrouw oogde alsof ze op elk moment kon gaan overgeven. Kira betwijfelde of dat met de cryo te maken had.

'Gaat het?' vroeg ze.

Sparrow rilde. 'O, kon niet beter.' Met haar andere hand wreef ze iets weg uit haar ooghoek.

Kira wist zich even geen raad. 'Hoe zijn ze te weten gekomen wie je bent?'

'Militaire dossiers. Elk schip in de vloot heeft die, behalve van de jongens die op clandestiene missies gaan en zo. Ze hebben waarschijnlijk mijn foto door de computer gehaald. Zo gebeurd.' Sparrow herpakte zich. 'Als je dit aan iemand doorvertelt, maak ik je af.'

'Waarschijnlijk doen de Kwallen dat wel... Maar wat betekent gaskop? Ik neem aan dat het geen compliment is.'

Er verscheen een bittere glimlach op Sparrows gezicht. 'Een gaskop is iemand die je het liefst de ruimte in wilt schieten. Je bloed begint dan te koken en te verdampen.'

Kira nam geen genoegen met dat antwoord. 'Maar waarom ben jij dan een gaskop?'

'Doet er niet toe,' mompelde Sparrow. Ze wilde weglopen, maar Kira ging voor haar staan.

'Doet er wél toe.'

Sparrow keek haar recht in de ogen aan. Haar kaakspieren spanden zich aan. 'Uit de weg, Navárez.'

'Alleen als je het me vertelt. Zie me maar eens weg te krijgen.'

'Prima, dan blijf ik wel.' Daarop ging ze in kleermakerszit op de vloer zitten.

Kira knielde. 'Als je niet met de mariniers kunt samenwerken, moet ik weten waarom.'

'Ben je de kapitein of zo?'

'Nee, maar we stellen allemaal onze levens in de waagschaal... Waar gaat dit om, Sparrow? Zo erg kan het niet zijn.'

'Als je dat denkt, dan heb je nog weinig meegemaakt. Maar wat kan mij het ook verrotten. Wil je het echt weten? Ik ben uit de mariniers gegooid vanwege wangedrag. Heb ook zeven maanden in de bak gezeten. Ben je nou blij?'

'Ik geloof er niks van.'

'De officiële aanklachten waren mijn post verlaten, lafheid in het aangezicht van de vijand en het slaan van een meerdere.' Sparrow sloeg haar armen over elkaar. 'Vandaar dat gaskop. Geen enkele marinier die met een lafaard wil werken.'

'Je bent geen lafaard,' zei Kira ernstig. 'Ik heb je zien vechten. Je sprong achter dat meisje aan alsof het niks was.'

Sparrow schudde haar hoofd. 'Dat was wat anders.'

'Onzin... Volgens mij heeft dat slaan van die meerdere er meer mee te maken.'

Sparrow slaakte een zucht en liet haar hoofd naar achter vallen, tegen de muur. De 'bonk' die dat veroorzaakte, echode door de gang. 'Dat komt omdat je gewoon te veel nadenkt. Die luitenant heette Eisner en het was een echte klootzak. Halverwege een operatie werd ik naar zijn eenheid overgeplaatst. Dat was nog ten tijde van het grensconflict met Shin-Zar. Eisner was een rampzalig slechte officier. De eenheid bleef maar in de problemen komen en om een of andere reden reageerde hij zich af op mij. Wat ik ook deed, het was nooit goed.' Ze trok haar schouders op. 'Toen een van onze operaties weer eens faliekant was mislukt, had ik er genoeg van. Eisner had weer een of ander kutexcuus bedacht om mijn schutter de schuld te kunnen geven, waarop ik eens goed zei wat ik van hem vond. Ik verloor mijn zelfbeheersing en gaf hem een klap. Daar heeft-ie nog een fraai blauw oog aan overgehouden! Maar ik had die dag juist wachtdienst en had mijn post verlaten, en dus kon Eisner me pakken op lafheid in het aangezicht van de vijand.'

Ze trok nogmaals haar schouders op. 'En dat was het einde van mijn illustere loopbaan in het leger. Ik mocht alleen mijn augmenten houden.' Ze spande haar biceps aan.

'Shit,' zei Kira. 'Kon je niet in beroep?'

'Nope. Het gebeurde allemaal tijdens een operatie. De Liga wilde ons niet terughalen voor een onderzoek. Op de beelden was te zien dat ik mijn post verliet en Eisner een mep gaf. Dat was het enige wat telde.'

'Maar waarom leg je dat dan niet uit?' vroeg Kira, en ze knikte in de richting van het ruim.

'Dat heeft toch geen zin,' zei Sparrow. Ze kwam overeind. 'Waarom zouden ze mij geloven? Wat hen betreft ben ik geen haar beter dan een deserteur.' Ze sloeg Kira op de schouder. 'Maar het maakt allemaal niet uit. Je hoeft elkaar niet te mogen om je werk te kunnen doen... Ga je nou plaatsmaken of wat?'

Kira stapte opzij en Sparrow liep trekkebenend weg.

Na dit even te hebben laten bezinken beklom Kira de ladder naar de brug.

Zoals verwacht trof ze daar Falconi, evenals Nielsen, die er al een stuk beter uitzag dan de dag ervoor.

Ze knikten naar elkaar, waarop Kira naar de kapitein liep. 'Nog nieuws?'

'Op het moment niet.'

'Mooi. Want ik wilde je om een gunst vragen.'

Hij keek haar argwanend aan. 'Nou?'

'Of je met ons mee wilt naar het planeetoppervlak.'

Falconi trok zijn wenkbrauwen op. 'Waarom?' Aan de andere kant van de brug stopte Nielsen met het bestuderen van een scherm en keek hun kant op.

'Omdat ik niet in mijn eentje wil zijn met de mariniers.'

'Vertrouw je ze niet?' vroeg Nielsen.

Kira aarzelde. 'Ik heb meer vertrouwen in jou.'

Falconi dacht even na en zei toen: 'Nou, dat komt dan goed uit. Ik heb al het een en ander geregeld met Akawe.'

'Dus je gaat mee?' vroeg Kira verbaasd.

'Niet alleen ik. Ook Trig, Nielsen en de entropisten.'

De eerste officier snoof. 'Want ik heb toch niks beters te doen op een zondagmiddag.'

Falconi grijnsde. 'Echt niet dat ik helemaal hierheen ben gekomen om vervolgens niet het lokale natuurschoon te bewonderen.'

Dat stelde Kira weer een beetje gerust. 'Dus Sparrow, Hwa-jung en Vishal blijven aan boord?'

'Yep. De mariniers nemen hun eigen hospik mee. Sparrow mag nog geen diensten draaien en Hwa-jung past niet in onze exo's. Bovendien wil ik haar op het schip hebben voor het geval er iets misgaat.'

Het klonk allemaal logisch. 'Wie van ons gaat er in de exo's?'

Falconi knikte naar Nielsen. 'Trig en zij daar.'

'Dat hoeft niet,' protesteerde Nielsen. 'Ik ben heel goed in staat om –'

De kapitein onderbrak haar. 'Weet ik, maar toch zou ik mijn mensen wat extra beschermd willen zien. Bovendien ben ik nooit zo dol geweest op exo's. Te krap. Geef mij maar mijn oude, vertrouwde skinsuit.'

6

De rest van de dag was iedereen geconcentreerd bezig. De bemanning trof voorbereidingen voor de afdaling naar de planeet en Kira boog zich over de procedures voor het voorkomen van besmetting in een onbekende omgeving die mogelijk leven herbergde. Ze kende die procedures natuurlijk vanbuiten, maar het was altijd slim ze voor een expeditie nog eens door te nemen.

In het ideale geval zouden ze de biosfeer van de planeet maandenlang, zo niet jarenlang hebben bestudeerd voordat ze een mens op het oppervlak durfden te zetten, maar dat was nu natuurlijk een luxe die ze zich niet konden veroorloven. Toch wilde Kira de kans op besmetting – van beide kanten – zo veel mogelijk voorkomen. De planeet was een rijke bron van informatie en het zou doodzonde zijn dat te verpesten door menselijke microben te introduceren. Helaas kon zelfs de meest grondige ontsmetting niet elk stuk gereedschap voor de volle honderd procent reinigen, maar ze deden hun best.

Uiteindelijk besloot ze een aantal richtlijnen op te stellen: regels om de locatie en zichzelf te beschermen, gebaseerd op haar professionele ervaring. Ze stuurde de lijst naar Falconi en Akawe.

<Dit gaat nog lastig worden, Navárez. Dubbele decontaminatie? Niks aanraken zonder expliciete toestemming? Niet naast elkaar lopen? Geen CO_2 *afvoeren? De VMBM heeft eigen protocollen voor dit soort situaties en die volstaan prima. – Akawe>*

<Nee, die volstaan niet. Een locatie zoals deze zijn we nog nooit eerder tegengekomen. We mogen dit niet verknallen. Toekomstige generaties zullen ons dankbaar zijn. – Kira>

<We moeten er eerst voor zien te zorgen dat er überhaupt toekomstige generaties komen. – Akawe>

Hij bleef tegensputteren, maar uiteindelijk beloofde hij zich tijdens de landing aan de richtlijnen te houden.

<Maar het zijn ook niet méér dan dat, Navárez: richtlijnen. Er kan nou eenmaal van alles gebeuren daarbeneden en je moet flexibel blijven. – Akawe>

<Zolang we maar proberen de locatie te beschermen. Meer vraag ik niet. – Kira>

<Begrepen. – Akawe>

Daarna stortte Kira zich weer op de foto's die Gregorovich en Horzcha Ubuto van de planeet en de rest van het stelsel hadden gemaakt. Ze stak er weinig van op, maar volhardde in haar onderzoek, in de hoop iets te zien wat hen zou kunnen helpen bij de zoektocht naar de Blauwe Staf.

De avondmaaltijd verliep dit keer vriendelijker en vrolijker dan voorheen. Nielsen was er ook en hoewel iedereen gespannen was vanwege de missie, heerste er ook optimisme. Het voelde alsof zij, en de mensheid in het algemeen, de Kwallen eindelijk een slag zouden toebrengen.

De meeste gesprekken draaiden om wat ze wel en niet konden verwachten op de planeet en de apparatuur die ze het best konden meenemen. De ruimte in de VMB-shuttle was beperkt en dus moesten er keuzes worden gemaakt.

Hwa-jung leek het weinig uit te maken, maar Sparrow was, zoals Kira al had verwacht, boos omdat ze op de Caracole moest achterblijven. Falconi zei tegen haar: 'Pas als ik niet meer bang hoef te zijn dat je je maag openscheurt, mag je mee in een exo. Geen moment eerder.'

Sparrow gaf toe, maar Kira zag dat ze nog steeds ontevreden was. Om haar af te leiden zei ze: 'Zeg, is Sparrow je voornaam of achternaam? Dat heb je me nooit verteld.'

'Niet?' Sparrow nam een slokje van haar wijn. 'Goh.'

'Op haar ID staat alleen "Sparrow",' zei Falconi.

'Echt?' vroeg Kira. 'Heb je maar één naam?'

'Ik heb maar één naam waar ik naar luister,' antwoordde Sparrow met een glimlach.

De mariniers wisten vast méér, maar Kira wilde het hun niet vragen. 'En jij?' vroeg ze aan Trig.

De jongen kreunde en begroef zijn gezicht in zijn handen. 'Kolere, wil je dat echt weten?'

'Hoezo?'

Er klonk gegrinnik.

Vishal zette zijn glas op tafel. 'Onze jonge kameraad hier heeft een uiterst interessante naam.'

'Trig is zijn bijnaam,' zei Sparrow. 'Zijn echte naam is –'

'Néé,' riep de jongen, inmiddels met een rood gezicht. 'Mijn tante had gewoon een raar gevoel voor humor.'

Vishal zei tegen Kira: 'Dat had ze zeker. Ze noemde het arme kind Epiphany Jones.'

Iedereen lachte, behalve Trig zelf.

'Dat is een… unieke naam,' zei Kira.

'Het wordt nog beter. Vertel hoe we Trig hebben gevonden,' zei Falconi.

De jongen schudde zijn hoofd terwijl de rest nu hardop begon te lachen. 'Niet dat verhaal weer!'

'O jawel,' zei Sparrow grijnzend.

'Vertel het zelf dan,' zei Kira.

De jongen trok zijn neus op.

'Hij was danser,' zei Hwa-jung, en ze knikte alsof ze een groot geheim had onthuld.

'Op ruimtestation Undset, bij Cygni B,' voegde Vishal toe. 'Hij trad op voor mijnwerkers, in een café.'

'Zo zat het niet!' riep Trig. Maar de anderen waren nu ook losgebarsten en dus moest hij zijn stem verheffen. 'Echt niet! Een maat van mij werkte daar en was op zoek naar manieren om klanten te trekken. En ik had een idee. We zetten een paar teslatrafo's op het podium en gebruikten die om muziek te maken. Van een skinsuit maakte ik een kooi van Faraday, zodat ik met mijn handen en armen tussen de spoelen kon gaan staan en de bliksem kon vangen. Zag er waanzinnig uit.'

'Maar vergeet het dansen niet,' zei Falconi met een brede grijns.

Trig trok zijn schouders op. 'En ik danste wat.'

'Ik heb het zelf niet gezien,' zei Nielsen, en ze legde haar hand op Kira's arm. 'Maar ik heb begrepen dat hij erg… enthousiast was.' Ondanks zijn aanvankelijke gêne leek Trig blij te zijn met de lovende woorden van zijn eerste officier, ook al waren ze grappig bedoeld.

'O, dat was-ie zeker,' zei Vishal. 'Dat was-ie zeker.'

Kira kreeg medelijden met de jongen en veranderde van onderwerp. 'Wat voor soort muziek maakten jullie?'

'Vooral scramrock, thresh, dat soort werk.'

'Waarom ben je weggegaan?'

'Ik had geen reden meer om te blijven,' mompelde hij, en hij dronk zijn glas leeg.

De conversatie stokte en de sfeer werd bedrukt. Falconi veegde zijn mond af met zijn servet en zei: 'Ik weet wat jij nodig hebt.'

'Wat dan?' vroeg Trig, die naar zijn bord staarde.

'Een religieuze ervaring.'

De jongen snoof, maar toen krulden zijn mondhoeken op en verscheen er een glimlach op zijn gezicht. 'Ja… misschien heb je wel gelijk.'

'Natuurlijk heb ik gelijk,' zei Falconi.

Met hernieuwd enthousiasme schoof Trig het laatste beetje eten in zijn mond. Hij kauwde en slikte de hele hap in één keer door. 'Hier ga ik spijt van krijgen,' zei hij met een glimlach, en hij stond op.

'Pas je een beetje op?' vroeg Hwa-jung lachend.

'Een hele dit keer!' riep Sparrow.

'Opnemen! We moeten het opnemen!' zei Falconi.

Nielsen keek ietwat bezorgd. 'Als je erna maar schoonmaakt.'

'Doe ik.'

Kira keek hen verbaasd aan. 'Een religieuze ervaring?'

Falconi pakte zijn bord en bracht het naar het aanrecht. 'Trig heeft een voorliefde voor hete pepers. Een tijdje terug wist hij een zwarte nova te bemachtigen van een wirehead op Eidolon.'

'En een zwarte nova is ook zo'n peper, neem ik aan.'

Trig stond te springen van ongeduld. 'De heetste in het melkwegstelsel!'

'Hij is zo heet,' zei Sparrow, 'dat God zelf aan je verschijnt als je zo idioot bent om er een te eten. Of je gaat van je stokkie en sterft.'

'Hé,' protesteerde Trig. 'Zo erg is het niet.'

'Echt wel!'

'Heb jij er wel eens een geprobeerd?' vroeg Kira aan Falconi.

De kapitein schudde zijn hoofd. 'Mijn maag moet nog wat langer mee.'

Ze keek naar Trig. 'Waarom vind je pepers zo lekker?'

'Nou ja, als je weinig te bikken hebt, helpt hete saus enorm. Neemt je hongergevoel weg. Daarom ben ik pepers gaan eten. En ik hou wel van de uitdaging. Het geeft je een gevoel van controle. Na een tijdje doet het zelfs geen pijn meer en dan is het van *woehoe*!' Trig draaide rondjes met zijn hoofd, alsof hij duizelig was geworden.

'Dus het neemt het hongergevoel weg?' Kira begon het langzaam te begrijpen.

'Yep.' Trig bracht zijn bord naar het aanrecht en snelde naar de deur. 'Wens me succes!'

Kira nam een slok van haar chell. 'Moeten we wachten?' vroeg ze.

Falconi activeerde de holo van de tafel. 'Als je wilt.'

'Een tijdje geleden vertelde Trig iets over voedseltekorten op Unset...'

Sparrow trok een bedenkelijk gezicht. 'Als je het zo wilt noemen. Ze hebben de boel aardig in de soep laten lopen daar.'

'O?'

'Yep. Als ik het goed begrijp, kwam het subluminale transport dat Undset vanuit Cygni moest bevoorraden in de problemen. Geen probleem, zou je denken. Undset had een hydroboeg en ruime voorraden. Maar het probleem –'

'Het probleem,' ging Falconi verder terwijl hij de glinsterende holo bekeek, 'was dat de kwartiermaker aan het afromen was geslagen. Minder dan een derde van het voedsel bleek uiteindelijk op voorraad. En bovendien was het meeste aan het rotten. Slechte afdichtingen of zoiets.'

Kira trok een vies gezicht. 'Shit.'

'Dat kun je wel zeggen. Tegen de tijd dat ze beseften hoe ernstig de situatie was, was er bijna geen voedsel meer, en het vervangende transport liet nog weken op zich wachten.'

'Wéken? Waarom zo lang? Cygni B is niet zo ver van A.'

'Bureaucratie, het regelen van het voedsel, het schip op orde brengen enzovoort. En ze hadden in die tijd geen FTL-transporten en dus moest het allemaal subluminaal. Een ongeluk komt nooit alleen.'

Sparrow ging verder. 'Als we Trig mogen geloven, ging het bergaf op Undset voordat het nieuwe transport aankwam. Ze hebben de kwartiermaker en de stationscommandant uitgeworpen.' Ze knikte ernstig, alsof ze een groot geheim uit de doeken deed.

'Thule.' Kira schudde haar hoofd. 'Hoelang geleden was dit?'

Sparrow keek naar Falconi. 'Tien, twaalf jaar geleden?'

Hij knikte. 'Zoiets.'

Kira speelde met haar eten. 'Dan moest Trig nog erg jong zijn geweest.'

'Yep.'

'Geen wonder dat hij weg wilde van Undset.'

Falconi richtte zijn aandacht weer op de holo. 'Het was niet de enige reden, maar... ja.'

7

Ze zaten nog steeds in de kombuis toen Trig veertig minuten later binnen kwam wandelen. Zijn wangen waren felrood en zijn ogen opgezet, bloeddoorlopen en glazig, en het zweet glom op zijn huid, maar hij oogde voldaan, euforisch bijna.

'En, hoe ging het?' vroeg Sparrow.

Trig grijnsde en zoog zijn longen vol lucht. 'Top. Maar jee, mijn keel staat in de hens!'

'Hoe zou dat nou komen?' vroeg Nielsen droogjes.

De jongen liep naar het aanrecht, maar bleef staan bij Kira. 'Kun je het je voorstellen? Dat we morgen buitenaardse ruïnes gaan verkennen?'

'Heb je er zin in?'

Hij knikte ernstig, maar zijn opwinding was onmiskenbaar. 'Zeker weten. Maar ik vroeg me alleen af wat we gaan doen als ze er nog steeds zijn?'

'Dat zou ik ook graag willen weten,' mompelde Nielsen.

Kira zag in gedachten hoe de Allerhoogste de Blauwe Staf naar beneden zwaaide, waarop er een donkere, naargeestige planeet verdween uit de hemel. 'Dan is het hopen dat ze goedgehumeurd zijn.'

8

Trigs vraag bleef door Kira's hoofd spoken terwijl ze terugliep naar haar hut. *Wat gaan we doen als ze er nog steeds zijn?* Ja, wat eigenlijk? Ze bekeek de status van het schip op haar console – koers ongewijzigd, de planeet nu feller dan de omringende sterren – en ging op het bed liggen.

Morgen had ze weer tijd om zich zorgen te maken.

Ze viel in slaap, en dit keer werd ze niet geplaagd door herinneringen.

9

Ze werd gewekt door een hardnekkig gepiep.

Kira opende geïrriteerd haar ogen. De holo gaf de tijd aan: 0345. Vijftien minuten voor vertrek.

Ze kreunde en rolde uit bed. Elke seconde slaapgebrek voelde ze nu dubbel en dwars. Toen besefte ze dat ze helemaal geen wekker had ingesteld. Gregorovich?

Terwijl ze zich aankleedde, activeerde Kira een venster en stuurde een enkele regel naar het scheepsbrein:

Dank je. – Kira.

Een tel later verscheen het antwoord:

De nada. – Gregorovich

Het loonde de moeite beleefd te blijven wat scheepsbreinen betrof, vooral als ze mentaal niet helemaal in orde waren.

Kira, nog steeds slaperig, rende door de gangen naar de neus van de Caracole. De aandrijving werkte nog, wat betekende dat de shuttle er nog niet was. Mooi. Ze was nog niet te laat.

Ze trof de bemanning – samen met de entropisten en de vier mariniers in pantserexo – bij de luchtsluis.

'Eindelijk,' zei Falconi, en hij wierp haar een blaster toe. Hij droeg een skinsuit met helm. Francesca, zijn uit de kluiten gewassen granaatwerper, hing over zijn schouder.

'Is de shuttle er al?' vroeg Kira.

Bij wijze van antwoord klonk er een alarm. Gregorovich zei: 'Dockingprocedure met VMBS de Ilmorra in gang gezet. Gebruik de dichtstbijzijnde lus, veiligheidsriem en/of kleefpad om uzelf te fixeren.'

Vishal zag Kira gapen en overhandigde haar een pilletje AcuPep. 'Neem deze, mevrouw Navárez.'

'Ik denk niet dat –'

'Misschien werkt het niet, maar je weet nooit.'

Kira aarzelde, maar stopte de pil toch in haar mond. De pil barstte open en een aromatische smaak verspreidde zich over haar gehemelte, sterk genoeg voor een prikkelende neus en betraande ogen. Al na een paar tellen begon het vermoeide, duffe gevoel af te nemen en voelde ze zich alsof ze het klokje rond had geslapen.

Ze keek de dokter onthutst aan. 'Het werkt!'

Er verscheen een sluwe glimlach op zijn gezicht en hij tikte tegen de zijkant van zijn neus. 'Ik vermoedde al zoiets. Deze stof wordt meteen opgenomen in je bloed en naar je hersenen gestuurd. Een uiterst snelle werking dus, en erg lastig voor het Zachte Mes om te onderdrukken. En de bedoeling is dat het je helpt, dus misschien weet de xeno wel beter.'

Wat de reden ook was, Kira was blij met de chemische oppepper. Ze kon het zich niet veroorloven om halverwege de expeditie in slaap te vallen.

Ineens voelde ze haar eigen massa niet meer en proefde ze gal.

Het docken verliep snel en efficiënt. De VMB-shuttle vloog recht op de Caracole af, zodat beide vaartuigen beschermd waren tegen de straling in de conus van hun schaduwschilden. De shuttles maakten contact en de Caracole trilde licht.

De luchtsluizen rolden open. Een marinier aan de andere kant stak zijn hoofd door de opening. 'Welkom aan boord.'

Falconi grijnsde naar Kira. 'Tijd om wat rond te gaan neuzen op een plek waar we niet thuishoren.'

'Vooruit met de geit,' zei ze, en ze sprong naar binnen.

II

* * * * * * *

A CAELO USQUE AD CENTRUM

1

Kira zag op haar overlay hoe de Caracole en de Darmstadt in de verte verdwenen: twee lichtpuntjes die algauw amper meer zichtbaar waren. De schepen bewogen synchroon, op weg naar de planetoïde die ze hadden uitgekozen om ijs te delven. Daarachter hing Vliegenstrip: een matrode vlek, een gloeiende sintel tegen een gitzwarte achtergrond.

Kira had zichzelf vastgegespt in een klapstoeltje naast Falconi. De rest van het team was op dezelfde manier gezekerd, behalve degenen die in een pantserexo zaten, zoals Trig en Nielsen. Zij stonden achter in de shuttle, vergrendeld aan voetklemmen.

Het team bestond uit eenentwintig man. Veertien van hen, onder wie Hawes en de drie andere mariniers van de Caracole, zaten in pantserexo's. Twee hadden een extra zwaar model en leken op lopende tanks met draagbaar geschut aan hun borstpantser.

De meeste mariniers waren gewone soldaten, hoewel Akawe ook zijn eerste officier had meegestuurd, majoor Koyich, om de operatie in goede banen te leiden.

De geelogige man was juist aan het overleggen met Falconi. 'Als we zeggen dat je moet springen, dan spring je. Begrepen?'

'Begrepen,' bromde Falconi. Hij leek verre van tevreden.

Koyichs gezicht betrok. 'Ik snap niet dat de kapitein het goed vond om zo'n stelletje ruimteschuimers mee te laten gaan, maar bevel is bevel. Mocht het uit de klauwen lopen, hou je dan afzijdig. Als je in de weg loopt, schieten we gewoon dóór. Begrepen?'

Falconi's uitdrukking werd zo mogelijk nog ijziger. 'O, ik heb het wel begrepen, hoor.'

In gedachten vinkte Kira het vakje *klootzak* af naast Koyich' naam.

De boordcomputer schakelde over van fel wit licht naar de paarse gloed van het hoogfrequentere ultraviolet en Kira en de overige passagiers werden getrakteerd op meerdere doses decontaminatiegas die uit wandroosters werden geblazen.

De Ilmorra was anders ingericht dan de Walkure, maar de twee shuttles leken genoeg op elkaar om bij Kira een gevoel van déjà vu op te roepen. Ze probeerde het gevoel weg te drukken en zich op het hier en nu te concentreren: wat er ook op de planeet zou gebeuren, ze zouden niet stranden in de shuttle. Niet met de Darmstadt en de Caracole zo dicht in de buurt. Toch was het vreemd om in zo'n kleine shuttle te zitten, zo ver verwijderd van een door mensen bewoond stelsel. Ze waren echte ontdekkingsreizigers, op weg naar het grote onbekende.

Ze hadden genoeg voedsel bij zich om het een week uit te houden op de planeet. Mochten ze meer nodig hebben, dan kon de Darmstadt hen vanuit een baan om de planeet herbevoorraden zodra ze van de planetoïdengordel was teruggekeerd. Als alles goed ging, zouden ze blijven totdat ze de Blauwe Staf gevonden hadden of zeker wisten dat die er niet was. Tussentijds naar de schepen terugkeren zou veel gedoe met zich meebrengen, niet alleen vanwege de brandstof die nodig was om aan de zwaartekracht van de planeet te ontsnappen, maar ook vanwege de decontaminatie die ze moesten ondergaan voordat ze weer aan boord mochten.

Net zoals de anderen zonder exo droeg Kira een skinsuit en een helm, en daarin zou ze wonen totdat ze de planeet weer zouden verlaten. Alleen de entropisten waren er op de een of andere manier in geslaagd de fraaie kleurige stof van hun gewaden te transformeren in een maatpak compleet met helm en vizier. Hun technologie was, zoals gewoonlijk, indrukwekkend.

De pakken waren nodig, en niet alleen vanwege de vrees voor biologische besmetting. Spectografische analyse had uitgewezen dat de atmosfeer van de planeet dodelijk was; niet meteen, maar snel genoeg.

De Caracole en de Darmstadt hadden bij het naderen van de planeet flink afgeremd, maar geen van beide schepen was tot een volledige relatieve stop gekomen. De Ilmorra moest dus nog enkele uren versnellen voordat ze in een baan om de planeet zouden geraken.

Kira sloot haar ogen en wachtte af.

2

Het geloei van een sirene deed Kira opschrikken. Boven haar hoofd pulseerde een rood licht en de mariniers schreeuwden elkaar onbegrijpelijk jargon toe.

'Wat gebeurt er?' vroeg ze. Niemand reageerde, maar ze zag het antwoord zelf toen ze haar overlays activeerde.

Schepen.

Schepen die uit FTL kwamen. Kwállen.

Adrenaline schoot door Kira's lijf en het Zachte Mes begon te kolken onder haar skinsuit. Ze bekeek de gegevens. Vier, vijf, zes schepen waren tot nu toe ten tonele verschenen. Ze waren iets buiten het centrum van het stelsel uit FTL gekomen. Een foutje van hun navigatiesysteem misschien, maar gezien de kracht van hun aandrijving waren ze niet meer dan een paar uur van de shuttle verwijderd.

Zeven waren het er.

Naast haar was Falconi bevelen aan het schreeuwen in de microfoon van zijn helm. Iets verder deed Koyich hetzelfde.

'Shit,' zei Sanchez. 'Kennelijk waren ze hier al om te zoeken naar de Staf.'

Er klonk een luide 'klang'. Tatupoa had Sanchez' gepantserde hoofd een klap gegeven. 'Nee, dombo. Ze hebben ons fotonspoor gedetecteerd. Anders klopt het tijdsverloop niet.'

Korporaal Nishu viel hem bij. 'Eerste keer dat we die etters dat zien doen.'

Luitenant Hawes zei: 'Ze hebben ons op de een of andere manier kunnen volgen, ondanks al onze koerswijzigingen.' Hij schudde zijn hoofd. 'Dat belooft niet veel goeds.'

'Welke koerswijzigingen?' vroeg Kira.

Nishu gaf antwoord. 'Telkens als we uit FTL komen om warmte te lozen, verleggen we onze koers iets. Niet meer dan een graad of een fractie daarvan, maar genoeg om iemand die aan de hand van je koers je uiteindelijke bestemming wil bepalen op een dwaalspoor te brengen. Werkt niet altijd in de Liga, omdat al die sterren zo dicht op elkaar staan, maar het kan wel degelijk schelen als je bijvoorbeeld van Cygni naar Eidolon gaat.'

Koyich en Falconi waren nog steeds bevelen aan het roepen in hun microfoons.

'En de Caracole heeft die koerswijzigingen ook doorgevoerd?' vroeg Kira.

Hawes knikte. 'Horzcha heeft het met jullie scheepsbrein gecoördineerd. Het had fotonspoordetectie onmogelijk moeten maken, maar kennelijk niet dus.'

Fotonspoordetectie. Kira herinnerde zich de term uit *Seven Minutes to Saturn*, die oorlogsfilm waar Alan zo gek op was geweest. Het idee was simpel. Als je wilde weten wat er op een bepaalde plek was gebeurd voordat je er aankwam, hoefde je alleen maar naar FTL te gaan en van de locatie weg te vliegen totdat je het licht van de gebeurtenis had ingehaald. Dan parkeerde je gewoon je ruimteschip, richtte je je telescoop en wachtte je af.

Het detail van de opgevangen beelden zou beperkt worden door je telescoop, maar zelfs op interstellaire afstand was het mogelijk om bijvoorbeeld de Caracole en de Darmstadt FTL te zien gaan. De aandrijving van een ruimteschip was in het zwarte niets zo fel als een lasvlam en doodsimpel om op te vangen en te volgen.

Kira kon zichzelf wel voor haar kop slaan dat ze hier geen rekening mee had gehouden. Natuurlijk zouden de Kwallen alles op alles zetten om te ontdekken waar het Zachte Mes na 61 Cygni heen was gegaan. Waarom niet? Ze wist hoe belangrijk de xeno voor hen was. Door de komst van de nachtmerries was ze op de een of andere manier gaan denken dat de Kwallen wel andere dingen aan hun hoofd hadden.

Blijkbaar niet dus.

Falconi riep iets in zijn helm. Kira ving slechts een gedempt gemummel op, aangezien zijn speaker uit stond. Ze zag hoe hij zijn hoofd tegen de wand liet rusten. Hij zag er bezorgd uit.

Ze tikte op zijn vizier. 'Wat is er?' vroeg ze.

'De Caracole is al te ver om ons nog op tijd te bereiken. En dan nog, ze heeft geen volle tanks. Echt niet dat we...'

Hij viel stil en keek gespannen naar Trig. 'We maken weinig kans, laat ik het zo zeggen.'

'We gaan dóór,' zei Koyich, luid genoeg om door iedereen te worden gehoord. 'Onze enige kans is om die Staf te vinden voordat de Kwallen dat doen.' Hij keek Kira met zijn katachtige ogen aan. 'En dan hoop ik dat je weet hoe je hem moet gebruiken, Navárez.'

Kira probeerde zelfverzekerd over te komen, hoewel ze vol twijfel zat. 'Als jullie de Staf voor me vinden, zal ik de Kwallen wat laten zien.'

Koyich leek tevreden met dat antwoord. Toch verscheen er een bericht op haar overlay.

<Weet je dat zeker? – Falconi>

<De xeno lijkt te weten hoe en wat... Laten we het hopen. – Kira>

Het aandrijvingsalarm klonk en de Ilmorra versnelde tot 2 g. Het voelde alsof er een loden deken op Kira werd gelegd.

'Verwachte aankomst op Nidus: veertien minuten,' zei de pseudo-intelligentie van de shuttle.

Nielsen was Kira te snel af. 'Nidus?'

Hawes was degene die antwoord gaf: 'Onze onofficiële benaming van de planeet. Makkelijker te onthouden dan een of andere letter.'

Nidus, Latijn voor nest. Kira vond de naam wel gepast. Ze sloot haar ogen en deactiveerde de overlay van de buitencamera. Voor hen doemde het gekromde oppervlak van de planeet op, half in de schaduw, half in het licht: het schemerrijk van de dag-nachtgrens die de planeet van pool tot pool in tweeen deelde. Boven de evenaar kolkten dikke wolkenbanden: gigantische stormen die voortgedreven werden door de hitte van de aan de ster gekluisterde kant van de planeet. *Nidus*.

Kira werd duizelig en greep de randen van haar stoeltje beet. Even voelde het alsof ze boven een enorme afgrond hingen en op het punt stonden te vallen.

Het was niet nodig, maar de pseudo-intelligentie leverde continu updates, misschien omdat het kalmerend werkte, misschien omdat het VMB-protocol dat nou eenmaal voorschreef:

'Hervatting gewichtloosheid in vijf... vier... drie... twee...' De loden deken verdween en Kira slikte toen haar maag via haar mond probeerde te ontsnappen. 'Start kanteling z-as.' Ze voelde iets tegen haar rechterzij drukken. Nidus zwaaide uit beeld om te worden vervangen door het glinsterende zwart van de ruimte. Tegendruk luidde het voltooien van de manoeuvre in. Ze schakelde haar overlays uit en concentreerde zich op haar opspelende maag. 'Radiatoren ingetrokken... Eén minuut vijftien seconden voor binnenkomst atmosfeer.' De seconden tikten weg. 'In tien... negen... acht –'

De pseudo-intelligentie bleef aftellen. Kira checkte de positie van de Kwallen. Vier schepen hadden hun koers verlegd om de achtervolging op de shuttle in te zetten. De overige drie vlogen naar de planetoïdengordel, waarschijnlijk om bij te tanken, net als de Darmstadt en de Caracole. Op het moment leken ze niet geïnteresseerd in het aanvallen van de schepen, maar dat kon snel veranderen.

'Contact.'

De Ilmorra begon te trillen. Kira werd in haar stoeltje gedrukt en het trillen groeide aan tot een hevig schudden. Ze stelde een overlay in op de camera aan de achterzijde van de shuttle. Een muur van vlammen vulde haar blikveld. Ze huiverde en schakelde de feed weer uit.

'Remprocedure in gang gezet,' verkondigde de pseudo-intelligentie.

Ineens leek het alsof Kira door een reusachtige moker werd geslagen. Ze klemde haar kaken op elkaar en was dankbaar voor de kracht van het Zachte Mes. Het schudden nam toe. De shuttle schokte en Kira's hoofd klapte achterover, zodat ze bijna haar kiezen stukbeet.

Een paar mariniers begonnen te joelen. 'Rodeo!' 'Kicken, man!' 'Hardcore basejumpen!' 'Partycrashers!'

Sparrow zou hiervan genoten hebben, bedacht Kira.

Het geluid van de motoren veranderde: het werd lager, zwakker, en het schudden nam toe in frequentie. 'Overschakeling fusie-aandrijving op gesloten cyclus,' verkondigde de pseudo-intelligentie.

Dat betekende dat ze zich op ongeveer negentig kilometer boven de grond bevonden. Op die hoogte werd de druk in de atmosfeer zo hoog dat het gebruik van een opencyclusreactor genoeg thermische reflectie kon veroorzaken om de achterkant van de shuttle te doen smelten. Bovendien zou een niet-afgeschermde uitlaat de gehele landingsplek radioactief maken.

Maar het probleem met een gesloten cyclus was dat de reactor bijna tien keer zo veel waterstof verbruikte en Kira vreesde dat ze elke gram brandstof nodig zouden gaan hebben om aan de Kwallen te ontkomen.

Tenzij ze natuurlijk de Blauwe Staf konden vinden.

De wanden van de shuttle kraakten en piepten, en ergens kletterde een onderdeel op de vloer.

Kira checkte de camera's. Eerst zag ze nog alleen wolken, maar toen die eenmaal waren opgelost, zag ze de geërodeerde bergen waar ze naar op weg waren. Het bouwwerk van het Verdwenen Volk was in de verte zichtbaar: witte lijnen op de bodem van een in schaduwen verzonken vallei.

De Ilmorra schokte opnieuw, nog heviger dan eerst. Kira voelde een stekende pijn op haar tong en proefde bloed. Ze hoestte toen het bloed in haar luchtpijp terechtkwam. 'Wat was dát?' schreeuwde ze.

'De remparachutes,' antwoordde Koyich irritant kalm. Hij leek hier bijna van te genieten.

'Bespaart brandstof,' riep Sanchez.

Kira moest bijna lachen, zo absurd klonk het.

Het geloei van de wind nam af en de druk op haar borst werd minder. Ze haalde diep adem. Nog even…

Ze hoorde de stuurraketten aanslaan: korte stootjes boven en onder hen. De shuttle bewoog heen en weer en leek een beetje te kantelen. De Ilmorra zocht naar stabiliteit ter voorbereiding op de landing.

Ze telde af in haar hoofd. Na nog geen dertig tellen werd ze door een plotselinge ontbranding hard in haar stoeltje gedrukt, zodat het weer moeilijk werd om te ademen. De Ilmorra schudde en maakte een zwieper. Kira voelde de druk op haar lichaam afnemen en aan de achterzijde van de shuttle klonken enkele harde dreunen. De motoren werden gedeactiveerd en een daverende stilte vulde de shuttle.

Ze waren geland.

III

*   *   *   *   *   *   *

SCHERVEN

1

'We leven nog,' zei Kira. De aankomst leek onwerkelijk nu ze zo lang onderweg waren geweest.

Falconi maakte zijn stoelriem los. 'Tijd om de inboorlingen de hand te schudden.'

'Nog niet,' zei Koyich. Hij kwam overeind. 'Oogjes en oortjes, mensen. Exo's, recon is voor jullie. Pak je zootje bij elkaar en geef me zo snel mogelijk een sit-rep. En hou die drones aan de grond totdat ik het bevel geef. Waar wachten jullie nog op? Naar buiten!' Er ontstond een drukte van jewelste terwijl de mariniers zich klaarmaakten om de omgeving te verkennen.

Voordat de deur van de luchtsluis werd geopend, werd de atmosfeer gecontroleerd op gevaarlijke stoffen en werd de directe omgeving gescand op beweging.

'Iets gevonden?' vroeg Koyich.

Een van de mariniers schudde zijn hoofd. 'Niets, majoor.'

'Warmtebronnen?'

'Ook gecheckt, majoor. Geen spoor van leven.'

'Oké dan. Naar buiten. Pantserexo's voorop.'

Kira bleek tussen de twee entropisten in geklemd te zitten terwijl de mariniers zich voor de luchtsluis verzamelden.

Veera begon. 'Is dit niet –'

'... waanzinnig?' maakte Jorrus af.

Kira omklemde haar blaster nog iets steviger. 'Ik weet niet zeker of ik het zelf zo zou zeggen.' Ze wist niet eens zeker hoe ze zich voelde. Het was een krachtige combinatie van angst en verwachting, maar eigenlijk durfde ze er niet lang bij stil te staan. Later zou er weer tijd zijn voor emoties. Nu hadden ze een klus te klaren.

Ze keek naar Trig. De jongen zag bleek achter zijn vizier, maar hij stond overduidelijk te popelen om te zien ze waar ze geland waren.

'Gaat het?' vroeg ze.

Hij knikte, maar hield zijn blik op de luchtsluis gericht. 'Kon niet beter.'

Er klonk een luid gesis en condensatie sloeg neer op de rand van de openrollende deur. Het licht van Vliegenstrip stroomde naar binnen en wierp een langgerekte, matrode ovaal op de vloer. De wind huilde.

Koyich gebaarde en vier mariniers in exo dromden door de luchtsluis naar buiten. Even later riep een van hen: 'Alles veilig.'

Kira moest wachten totdat de overige mariniers de shuttle hadden verlaten en zij en de entropisten het teken kregen om te volgen.

Buiten leek de wereld in tweeën verdeeld. In het oosten kleurde de avondlucht roestbruin en piepte Vliegenstrip boven de grillige horizon uit: een gezwollen rode schijf, maar veel zwakker dan Epsilon Indi, de zon waarmee Kira was opgegroeid. In het westen lag een rijk van eeuwige duisternis, een wereld gehuld in een sterreloze nacht. Het dikke, laaghangende wolkendek kleurde rood, oranje en paars en werd her en der doorbroken door wervelingen veroorzaakt door de aanhoudende wind. De diepste plooien lichtten op door bliksemflitsen en in de verte klonk een zacht gerommel.

De Ilmorra was in een gebied van gebarsten steenplaten geland. Kira kreeg de indruk dat ze kunstmatig waren, maar nam zichzelf voor niet al te snel conclusies te trekken.

Rondom de landingsplaats lagen velden bedekt met wat eruitzag als zwart mos. De velden zwollen aan tot heuvels en de heuvels tot bergen. De met sneeuw bedekte toppen waren afgeplat door erosie en het verstrijken van de tijd, maar hun donkere vormen waren nog altijd imposant en straalden dreiging uit. Net zoals op de velden en heuvels groeide ook daar het zwarte mos: zwart, om het rode licht van de ster beter te kunnen absorberen.

De bouwwerken die ze vanuit de ruimte hadden waargenomen waren vanaf hier nog niet zichtbaar. Ze lagen verderop in de vallei, verscholen achter de flank van een berg, op twee tot drie kilometer afstand, schatte ze. (Ze vond het altijd moeilijk om afstanden in te schatten op een nieuwe planeet: de atmosferische druk, de kromming van de horizon en de relatieve grootte van objecten in de directe omgeving vereisten enig aanpassingsvermogen.)

'Indrukwekkend,' zei Falconi, die naast haar was komen staan.

'Het ziet eruit als een schilderij,' zei Nielsen.

'Of iets uit een vette game,' vulde Trig aan.

Kira kreeg vooral de indruk van immense ouderdom. Het leek onwaarschijnlijk dat dit de thuiswereld van het Verdwenen Volk was – evolueren tot een hogere, technologisch zeer geavanceerde levensvorm zou een klus van jewelste zijn geweest op een planeet met synchrone rotatie – maar het leed geen twijfel dat ze zich hier lang geleden hadden gevestigd, en gedurende langere tijd.

De mariniers holden intussen van hot naar her. Ze installeerden automatisch geschut rondom de shuttle, wierpen drones de lucht in (die vervolgens met een uiterst irritant gezoem omhoogschoten) en plaatsten sensoren – zowel actieve als passieve – in de directe omgeving.

'In formatie!' blafte Koyich, waarop de mariniers zich voor de inmiddels gesloten luchtsluis opstelden. Hij liep naar waar Kira, Falconi en de entropisten de omgeving aan het bewonderen waren en zei: 'We hebben twee uur de tijd voordat de Kwallen bij de planeet zijn.'

De moed zakte Kira in de schoenen. 'Dat is veel te kort.'

'Meer hebben we niet,' zei Koyich. 'Ze zullen het niet wagen ons te bestoken met bommen, raketten of een staf van Mozes, en dus –'

'Staf van Mozes?'

Falconi gaf antwoord. 'Een kinetisch projectiel. Een groot brok wolfraam of zoiets. Bijna even destructief als een atoombom.'

Koyich knikte. 'Exact. De Kwallen zullen jou en de Staf heel willen houden, dus moeten ze zelf ook naar het oppervlak. Als we bij die gebouwen kunnen komen die je hebt ontdekt, kunnen we ze wel even tegenhouden, zodat je wat meer tijd hebt. Tijd genoeg misschien voor de Darmstadt om ons te hulp te schieten. Dit gevecht zal in ieder geval niet worden gewonnen in de ruimte.'

'Tot zover het voorkomen van biologische besmetting,' zei Kira.

'Jij zegt het,' bromde Koyich.

De eerste officier blafte een paar orders en de mariniers kwamen in beweging. Ze marcheerden weg over de gebarsten stenen, waarbij het stampen van het veertiental pantserexo's klonk als een sinistere drumband. Twee mariniers bleven bij de shuttle. Toen Kira omkeek, zag ze dat ze het hitteschild aan het controleren waren.

De aanhoudende wind kwam van opzij. Na zo lang in ruimteschepen en ruimtestations te hebben vertoefd, kwam de luchtstroom haar onnatuurlijk voor. Net als de oneffen ondergrond.

Ze rekende terug. Het was zes maanden geleden dat ze op Adrasteia was. Zes maanden van afgesloten ruimtes, kunstlicht en de geur van dicht opeengepakte lichamen.

Onder haar schoenen kraakte het zwarte mos. Het mos was niet de enige vegetatie; op rotsen in de buurt zag ze dikke slingerplanten groeien (aangenomen dat het planten waren). De stengels vielen als lokken vettig haar van stenen hoofden. Kira merkte meteen verschillende kenmerken op: een bladachtige structuur met vertakte nerven. Vertakte hoofdwortels met secundaire diktegroei. Geen zichtbare bloemen of vruchten.

Kijken was leuk, maar eigenlijk wilde ze een monster nemen en de biochemische eigenschappen onderzoeken. Dat was waar haar hart sneller van ging kloppen. Een geheel nieuw bioom om te verkennen, maar ze durfde niet eens te stoppen!

Ze rondden de flank van de berg en alsof het was afgesproken hielden ze alle negentien stil.

Voor hen, in de kom aan de kop van de vallei, lag de stad van het Verdwenen Volk. De kolonie mat enkele kilometers van rand tot rand en was daarmee zelfs groter dan Highstone, de hoofdstad van Weyland. (Niet dat Highstone erg groot was naar Liga-maatstaven; toen Kira er wegging, woonden er slechts achtenveertigduizend mensen.)

Hoge, ranke torens verhieven zich in de lucht: witte botten bedekt met een sluier van het zwarte mos dat houvast had gevonden in kieren en scheurtjes. Door gaten in de muren, maar deels onttrokken aan het zicht door woekerende klimplanten, zagen ze kamers van verschillende groottes. Tussen de torens stonden kleinere gebouwen, alle met schuine daken en gewelfde ramen zonder glas. Er waren maar weinig rechte lijnen: natuurlijke bogen vormden de hoofdmoot.

Zelfs in deze fase van verval beschikten de gebouwen nog over een elegantie die Kira slechts kende van schilderijen of de promotiefilmpjes van luxueuze wooncomplexen op aarde. Alles leek doelbewust gevormd, van de golvende muren tot het netwerk van looppaden die als waterstroompjes door de stad meanderden.

De stad was ontegenzeggelijk verlaten, maar toch leek het, in het eindeloze avondlicht en onder een deken van brandende wolken, alsof hij niet dood was, maar slechts sliep, wachtend op het moment waarop hij weer tot leven kwam om in zijn glorie van weleer te worden hersteld.

Kira haalde diep adem. Ze had er geen woorden voor.

Falconi verbrak de stilte. 'Thule.' Hij leek net zo onder de indruk als Kira.

'Waar nu heen?' vroeg Koyich.

Het duurde even voordat Kira haar gedachten weer op orde had. 'Weet ik niet. Ik zie niets bekends. We moeten dichterbij zien te komen.'

'Voorwaarts mars!' blafte Koyich, waarop de groep aan de afdaling begon.

De entropisten liepen naast Kira. 'We zijn gezegend dat we dit mogen aanschouwen, Gevangene.'

Daar kon ze het alleen maar mee eens zijn.

2

De torens leken hoger te worden naarmate ze dichterbij kwamen. De gebouwen waren goeddeels wit, maar onregelmatig gevormde blauwe vlakken doorbraken de monotonie en gaven de anderszins saaie omgeving een kleurig tintje.

'Ze hadden in ieder geval oog voor esthetiek,' zei Nielsen.

'Dat weten we niet,' zei Falconi. 'Alles wat we zien, kan praktisch nut hebben gehad.'

'Denk je dat echt?'

Falconi zweeg.

Toen ze de stad via een brede avenue vanuit het zuiden betraden, voelde Kira een sterk gevoel van herkenning. Het was bijna alsof ze terug in de tijd was gereisd. Zíj was nog nooit eerder in deze schemerstad geweest, maar het Zachte Mes wel, en diens herinneringen waren bijna zo sterk als die van haar. Ze herinnerde zich... *leven. Boodschappen. Vliegen en lopen, en machines die van hot naar her bewogen. Huid tegen huid, het geluid van stemmen, de zoete geur van bloemen, meegevoerd met de wind...* En even kon ze de stad zien zoals die ooit was geweest: druk, vol reuring, trots en fier.

Kalm aan, drukte ze zichzelf op het hart. Kalm aan. Ze verstevigde haar mentale greep op het Zachte Mes. Wat er die dag ook zou gebeuren, ze was vastbesloten de xeno in bedwang te houden. Zeker na wat er gebeurd was.

'Wanneer denk je dat dit gebouwd is?' vroeg Trig. Achter zijn vizier zag Kira wijd opengesperde ogen.

'Eeuwen geleden,' zei Kira, die het verstrijken van de tijd kon proeven in de herinneringen van het Zachte Mes. 'Nog voordat we van Aarde vertrokken. Eerder nog misschien.'

Koyich keek over zijn schouder. 'Nog steeds geen idee?'

Ze aarzelde. 'Nog niet. Laten we naar het centrum lopen.'

Onder leiding van twee mariniers in pantserexo zochten ze zich een weg door het labyrint van huizen. De wind die tussen de taps toelopende torenspitsen waaide, leek geheimen door te fluisteren, maar hoe goed ze ook luisterde, Kira wist er geen betekenis uit te halen.

Ze bekeek elk gebouw aandachtig, hopend op specifieke herinneringen. De straten waren smaller dan ze gewend was, en de gebouwen hoger en ranker, wat strookte met wat Kira van het Verdwenen Volk had gezien.

De straat waar ze doorheen liepen, bleek geblokkeerd door puin en dus moesten ze zich een weg eromheen zoeken. Veera en Jorrus raapten een brokstuk op dat van een van de torens was gevallen.

'Dit ziet er niet uit als steen,' zei Veera.

'Of metaal,' zei Jorrus. 'Dit materiaal –'

'Maakt niet uit,' zei Koyich. 'We moeten verder.'

Hun voetstappen galmden tussen de huizen, angstvallig luid in de stille straten.

Tsjk.

Ze draaiden zich razendsnel om. Door een deuropening zagen ze een rechthoekig paneel flikkeren. Een of ander scherm dat lichtblauw oplichtte, zij het met storingen. Geen tekst of beelden, enkel een bleek schijnsel.

'Hoe kan dat ding nou nog aangesloten zijn?' vroeg Nielsen kalm.

'Misschien zijn wij niet de eersten die hier zijn gekomen,' zei Trig.

Kira wilde naar het scherm lopen, maar Koyich hield haar tegen met zijn arm. 'Wacht. We weten niet of het veilig is.'

'Ik overleef het wel,' zei ze, en ze duwde zijn arm opzij.

Toen ze eenmaal voor het scherm stond, hoorde ze een zacht gezoem. Kira legde haar hand op het scherm: geen verandering. 'Hallo?' zei ze, opgelaten.

Er gebeurde nog steeds niets.

Op de muur naast het scherm zat een dikke laag vuil. Ze veegde een deel weg, om te kijken of ze wat kon ontdekken.

Bingo.

Op de muur was een embleem aangebracht en de aanblik deed Kira verstarren. Het embleem bestond uit een lijn die een reeks van fractals vormde, de een ingebed in de ander.

Kira wist niet wat de fractals betekenden, maar ze wist dat de taal overeenkwam met het patroon dat zo'n grote rol speelde in het bestaan van het Zachte Mes. Ze deed een stap naar achteren, niet in staat om haar blik af te wenden.

'Wat betekent het?' vroeg Falconi.

'Volgens mij is het Grote Baken gemaakt door het Verdwenen Volk,' zei ze.

Koyich verstelde de riem van zijn wapen. 'Hoezo denk je dat?'

Ze wees. 'Fractals. Ze waren geobsedeerd door fractals.'

'Daar kopen we nu weinig voor,' zei Koyich. 'Tenzij je ze kunt lezen?'

'Nee.'

'Dan is dit allemaal tijdverspi–' Koyich verstarde, net als Falconi.

Kira schrok van hun reactie en checkte haar overlays. Aan de andere kant van Vliegenstrip waren nog vier Kwallenschepen uit FTL gekomen. Ze gingen snel: een stuk sneller dan de eerste groep.

'Shit,' siste Falconi met stijf op elkaar geklemde kaken. 'Hoeveel schepen hebben ze wel niet gestuurd?'

'Kijk. De andere Kwallen hebben hun snelheid opgevoerd. Ze willen blijkbaar tegelijk aankomen,' zei Koyich. Hij bleef buitengewoon kalm; blijkbaar zat hij al in vechtmodus. Kira merkte de verandering ook op bij Falconi. 'We hebben een uur om de Staf te vinden. Misschien minder. Looppas, mannen!'

Onder aanvoering van dezelfde twee mariniers in pantserexo liepen ze verder de stad in, totdat ze op een plein kwamen met in het midden een hoge, door jarenlange inwerking van weer en wind beschadigde steen. Ook hier voelde Kira een schok van herkenning. Ook deze steen was versierd met het fractalpatroon, en toen ze beter keek, leken de kleinste details van de fractal bijna te zwemmen, alsof ze een eigen wil hadden.

Het voelde alsof de grond onder haar voeten in beweging kwam. Wat gebeurde er met haar? Ze voelde haar huid tintelen en het Zachte Mes kolkte rusteloos.

'En?' vroeg Koyich.

'Ik... ik herken niets. Niets specifieks in elk geval.'

De majoor gromde. 'We hebben geen tijd meer te verliezen. Hawes, kam de omgeving uit. Zoek naar alles wat ook maar in de verste verte op een staf lijkt. Gebruik de drones, alles wat we hebben. Als we de Staf nog steeds niet hebben gevonden als de Kwallen bij de planeet zijn, graven we ons in.'

'Ja, majoor!'

Luitenant Hawes en korporaal Nishu verdeelden de rest van de mariniers in vier eenheden, waarop ze zich verspreidden. Iedereen behalve Koyich, die aan de rand van het plein een comm-schotel uit zijn rugzak haalde en op de grond plantte.

'Navárez,' zei hij terwijl hij de schotel afstelde. 'Ik stuur de feed van de mariniers naar je door. Kijk of je wat herkent.'

Kira knikte. Ze hurkte naast de steen. Er verscheen een contactverzoek op haar overlay. Ze accepteerde hem en verschillende vensters vulden haar blikveld: voor elke marinier of drone een venster.

Het was moeilijk om er wijs uit te worden, maar ze deed haar best en concentreerde zich op de vensters terwijl de mariniers vervallen huizen doorzochten en van de ene naar de andere kamer snelden.

Maar nergens herkenning. Ze waren op de juiste plek, dat stond buiten kijf. Maar wáár ze precies heen moesten wist ze nog steeds niet.

Vertel het me! beval ze het Zachte Mes. Er kwam geen antwoord en Kira werd zich met de minuut bewuster van de naderende Kwallen.

Falconi, Trig en Nielsen fungeerden als uitkijk en liepen rondjes om het plein. De entropisten hadden een paneel gevonden dat los was geraakt van de hoek van een huis en bestudeerden dat wat erachter zat.

'Navárez?' vroeg Koyich na een tijdje.

Ze schudde haar hoofd. 'Nog steeds niks.'

'Hawes, zoek een goeie plek om ons te verschansen.'

'Ja, majoor,' antwoordde de luitenant over de radio.

Na een zwijgzaam halfuur kwam Falconi naar Kira toegelopen. Hij hurkte en liet Francesca op zijn knieën rusten. 'We hebben bijna geen tijd meer,' zei hij zachtjes.

'Ik weet het,' zei ze. Haar ogen sprongen heen en weer.

'Kan ik misschien helpen?'

Ze schudde haar hoofd.

'Is er iets wat we missen?'

'Geen idee,' zei ze. 'Misschien is het al te lang geleden dat het Zachte Mes hier was. Er kan veel veranderd zijn. Ik... ik ben bang dat ik jullie naar een wisse dood heb geleid.'

Hij krabde aan zijn kin en zweeg even. 'Dat denk ik niet. Dit moet de plek zijn. We kijken alleen verkeerd... Het Zachte Mes wil niet door de Kwallen worden gedood of gevangen worden genomen, toch?'

'Nee.'

'Oké dan. Waarom zou hij dan jou dit stelsel laten zien? Deze stad? Er is iets wat het Mes wil dat je vindt, iets wat we nu over het hoofd zien.'

Kira keek naar de steen. *We kijken alleen verkeerd.* 'Kun je me de controle over een drone geven?' riep ze naar Koyich.

'Als je hem maar niet tegen een muur laat vliegen,' zei de eerste officier. 'We gaan ze allemaal nodig hebben straks.'

Kira maakte via haar overlay verbinding met de drone en sloot haar ogen, zodat ze zich op de feed kon concentreren. De drone hing naast een toren, een halve kilometer van haar verwijderd.

'Waar denk je aan?' vroeg Falconi. Ze voelde zijn aanwezigheid naast haar.

'Fractals,' zei ze.

'Hoezo?'

Ze gaf geen antwoord, maar stuurde de drone recht omhoog de lucht in, steeds hoger, totdat hij zelfs hoger was dan de hoogste toren. Toen keek ze naar de stad als geheel, niet alleen naar de afzonderlijke gebouwen, maar ook naar de grotere, algemenere vormen. Ze meende een lichte herkenning op te vangen bij het Zachte Mes, maar meer ook niet.

Ze liet de drone in een wijde cirkel vliegen, eerst hoog, dan weer wat lager om er zeker van te zijn dat ze niets miste. De torens zagen er vanuit de lucht strak en sierlijk uit, maar ze stond zichzelf niet toe lang van de aanblik te genieten.

Vanuit het westen klonk een daverende klap. Kira opende geschrokken haar ogen en terwijl ze de bron van het geluid probeerde te lokaliseren, verloor ze haar focus.

Juist op dat moment zag ze waarnaar ze op zoek was. Het verval en het oprukkende mos hadden het tot dan toe aan haar blikveld onttrokken, maar ineens zag ze het. De oeroude straatindeling van de stad zelf vormde een fractal, zoals ze al had vermoed, en in de vorm lag betekenis besloten.

Daar. In de nexus van het patroon, waar het in zichzelf krulde als de schelp van een nautilus. Daar, in het midden van alles.

Het gebouw dat ze had gezien, bevond zich aan de andere kant van de stad. Het was een laag, koepelvormig bouwwerk dat ze voor een tempel zou hebben gehouden als ze op aarde was geweest. Maar 'tempel' was eigenlijk niet het juiste woord. Het was eerder een mausoleum, gezien de macabere uitstraling van het gebouw.

De aanblik leidde niet tot herkenning of bevestiging bij het Zachte Mes, in ieder geval niet meer dan bij de aanblik van de stad als geheel. Dat het gebouw belangrijk was, leek onmiskenbaar, gezien de voorliefde van het Verdwenen Volk voor fractals, maar of het iets van doen had met de Staf kon Kira niet zeggen.

Ze besefte tot haar schrik dat ze de gok moest wagen. Ze hadden geen tijd meer om te wachten tot de xeno een duidelijk signaal zou geven. Ze moesten in actie komen, en wel nu. En als ze verkeerd zou kiezen, zouden ze eraan gaan. Maar wachten was in elk geval dodelijk.

'Was jij dat, Hawes?' vroeg Koyich.

Ja, majoor. We hebben de toegang tot een ondergronds bouwwerk gevonden. Ziet er goed verdedigbaar uit.

Kira markeerde het mausoleum in de feed van de drone en sloot haar overlay. 'Misschien gaan we dat niet nodig hebben,' zei ze. 'Ik denk dat ik wat heb gevonden.'

3

'Dat dénk je, maar je weet het niet zeker,' zei Koyich.

'Klopt.'

'Daar kunnen we weinig mee, Navárez. Heb je niks beters?'

'Sorry.'

'Shit.'

'Ik denk niet dat we die tempel kunnen halen voordat de Kwallen zijn geland,' zei Falconi.

Kira checkte de positie van de aliens. De eerste drie schepen waren net in een baan om de planeet. Juist op dat moment zag ze hoe ze hun remraketten ontstaken en de atmosfeer binnenkwamen. 'We moeten het proberen.'

Koyich snoof. 'Verdomme. In het slechtste geval zitten we dan vast in dat gebouw als we worden aangevallen. Maar het voordeel is dat ze nog niet weten waar we heen gaan. Hawes, stuur twee exo's naar de locatie die Navárez heeft gemarkeerd. De rest voegt zich weer zo snel mogelijk bij ons. Tijd voor plan B, mannen.'

*Ja, majoor!*

Koyich vouwde de comm-schotel op en borg hem op in zijn rugzak. Daarna renden ze de dichtstbijzijnde straat in.

'Kan de Ilmorra ons geen dekking geven?' vroeg Kira.

Tatupoa en een andere marinier sloten zich vanuit een zijstraat bij hen aan. 'Die zouden ze meteen uit de lucht schieten,' zei Koyich.

Het gezoem van de drones zwol aan. Een aantal vloog nu boven hen, zodat ze hun directe omgeving goed in de gaten konden houden.

'De Caracole is onderweg,' zei Falconi. 'Op volle kracht. Ze zal er snel zijn.'

'Ik denk dat ze zich beter afzijdig kan houden,' zei Koyich. 'Dat brik heeft geen enkele kans tegen de Kwallen.'

Falconi gaf geen antwoord, maar Kira merkte dat hij er anders over dacht.

<*Wat ben je van plan? – Kira*>

<*Een paar Casaba-houwitsers op de juiste plek kunnen de helft van die Kwallen uitschakelen. – Falconi*>

<*Kan de Caracole dan voldoende dichtbij komen? – Kira*>

<*Dat is aan Sparrow en Gregorovich. – Falconi*>

Trig, die naast haar kloste in zijn pantserexo, oogde bijna net zo bezorgd als Kira zich voelde. 'Blijf bij me in de buurt, dan komt het wel goed,' zei ze.

Er verscheen een gepijnigde glimlach op zijn gezicht. 'Oké. Als je me maar niet doorboort met dat pak van je.'

'Echt niet.'

Een tweetal daverende klappen deed de lucht trillen. Twee Kwallenschepen braken door het wolkendek en produceerden een zuil van verblindend blauw licht: hun afremprocedure. De schepen verdwenen achter de torens aan de oostelijke rand van de stad, waarop het gebulder van hun motoren wegstierf.

'Schiet op!' riep Koyich, hoewel niemand extra aansporing nodig had – ze renden al zo hard als ze konden. Hawes, Nishu en de rest van het verkenningsteam voegden zich bij hen en beschermden hun flanken.

In Kira's oor begon de radio te kraken. Het was een van de mariniers die vooruit was gesneld. **We zijn er, majoor. Maar de boel zit potdicht. Geen duidelijke ingang te zien.**

'Snij de boel open als het moet,' zei Koyich hijgend. 'Verdedig die positie koste wat kost.'

Begrepen.

Even was Kira bang dat de mariniers de Staf zouden beschadigen, maar ze negeerde die gedachte. Als ze niet binnen konden komen, maakte het toch niet uit.

Sanchez, die links van haar liep, riep: 'Beweging op vierhonderd meter!'

'Shit, die zijn snel,' zei Nielsen. Ze laadde haar geweer.

Kira activeerde het richtprogramma van haar blaster. Midden in haar blikveld verscheen een rood dradenkruis.

Sanchez vloekte in een taal die Kira niet verstond en zelfs haar overlays slaagden er niet in een vertaling te geven. 'Ze hebben mijn drone uitgeschakeld,' zei hij.

'Die van mij ook,' zei een andere marinier.

'Shit, shit, shit,' vloekte Hawes. 'Maak daar maar drie van.'

'We moeten van de straat af,' zei Falconi. 'We hebben hier nul komma nul dekking.'

Koyich schudde zijn hoofd. 'Nee, we moeten verder. Anders hebben ze ons zo ingehaald.'

'Tweehonderdvijftig meter,' zei Sanchez. Vanuit zijstraten hoorden ze al geluiden: gestamp, gekletter en het zoemen en gieren van drones.

Kira focuste op het Zachte Mes. *Alleen wat ik wil,* dacht ze, en ze deed haar best de xeno te bereiken. Hoe chaotisch de situatie ook zou worden, hoeveel pijn en angst ze ook zou gaan voelen, ze kon niet toestaan dat het Zachte Mes iemand per ongeluk zou verwonden. Dat nooit meer.

Ze dwong de xeno haar gezicht te bedekken; ze droeg weliswaar een helm, maar wat extra bescherming was nooit weg. Even was het donker. Toen zag ze weer hetzelfde als eerst, maar nu met de zwakke, paarse lijnen van EM-velden. Uit diverse huizen in de directe omgeving zag ze grote lussen komen, wat betekende dat daar ook energiebronnen waren. Waarom had ze de xeno hier niet eerder voor gebruikt?

'Dit is zelfmoord,' riep Falconi. Hij greep Kira bij de arm en trok haar een huis in. 'Hierheen.'

'Stop!' riep Koyich. 'Dat is een bevel!'

'Lazer op. Over mij heb je niks te zeggen,' Ook Nielsen rende naar binnen, op de voet gevolgd door Trig en de entropisten. Na enige aarzeling besefte Koyich dat hij geen keus had en beval de mariniers zich in het huis te verschansen.

De begane grond van het huis was hoog en imposant; majestueuze pilaren stonden op regelmatige afstand van elkaar. Ze deden Kira meteen denken aan haar dromen.

Koyich stormde op Falconi af. 'Als je nog één keer zoiets flikt, laat ik je met geweld meesleuren.' Hij gebaarde met de loop van zijn blaster naar de mariniers.

'Ga je ga–' Falconi viel stil toen de geluiden buiten ineens een stuk luider klonken. Kira zag iets bewegen op straat.

De eerste Kwal kwam tevoorschijn: een octopus, qua vorm vergelijkbaar met de Kwallen waarmee Kira al eerder te maken had gehad. Daarna volgden nog een paar octopussen, een kreeftachtig wezen, een maler en enkele andere vormen die ze alleen nog op het nieuws had gezien. Boven de Kwallen cirkelden witte, bolvormige drones, en achter hen zag ze een uit verschillende segmenten bestaand voertuig dat zich over de met puin bezaaide straat voortbewoog...

Op bijna hetzelfde moment schoten zowel de Kwallen als de mariniers kalk en reflectiepoeder de lucht in om zichzelf aan het zicht te onttrekken.

'Vuur, vuur!' riep Hawes.

Geweer- en laservuur barstte los en boven Kira's hoofd explodeerde een stuk van een pilaar.

Ze dook ineen en zocht dekking achter Trigs exo. Achter hen klonken explosies. Falconi draaide zich om en vuurde zijn granaatwerper af, maar Kira durfde niet te kijken.

Snelheid was nu hun enige hoop.

De twee mariniers die vooropgingen, zetten zich schrap en beukten met hun gepantserde schouders een gat in de muur. In de volgende kamer sneuvelde nog een muur, waarna ze in een smalle straat terechtkwamen.

'Rennen!' riep Nielsen.

Kira zocht naar de entropisten en zag ze door een wolk van kalk: spookachtige gedaanten tastend naar de uitgang. 'Hierheen!' riep ze, in de hoop dat ze zo het gat konden vinden.

Ze staken als groep de straat over en vluchtten een ander huis in. Dit huis was kleiner en de hoge gangen waren amper breed genoeg voor de exo's. Met elke stap schraapten de machines tegen de met mos begroeide muren.

De mariniers hielden geen moment stil en beukten zich een weg door elk obstakel. Toekomstige archeologen zouden niet zo blij zijn met al die schade, bedacht Kira.

Ze kwamen in een kamer met ondiepe bassins in de vloer – *Kira herinnerde zich de geur van parfum en het geluid van klaterend water* – gevolgd door een zuilengang van grote, gebarsten buizen van een of ander doorzichtig materiaal – *opstijgende lichamen, twee paar armen zoekend naar evenwicht* – waarna ze weer in een andere straat terechtkwamen, breder dan de eerste.

Kira hoorde de drones weer naderen en ontwaarde ragfijne lijnen van oververhitte lucht: lasers die door de kalkwolken schenen.

Een van de kreeftachtige Kwallen kwam hoog boven hen over de muur aan gekropen, als een soort reusachtige kakkerlak, en sprong op Tatupoa's rug.

De man schreeuwde en zwaaide met zijn armen om het tjirpende beest van zich af te schudden. 'Sta stil!' riep Hawes, waarop hij zijn automatische wapen afvuurde. Kira voelde de drukgolven tegen haar borst slaan.

Oranjekleurig vocht spoot uit de torso van het beest, waarop het met spastisch samentrekkende poten op het gebarsten straatoppervlak viel.

Maar het had zijn doel bereikt. Het oponthoud was genoeg geweest voor drie Kwallen om hun achterstand in te lopen en op de groep af te springen.

Maar de mariniers lieten zich niet verrassen. Zodra ze de Kwallen in het vizier kregen, vuurden ze de bovenmaatse machinegeweren aan de voorzijde van hun zware exo's af. Zelfs met haar helm en het masker van het Zachte Mes was het geratel oorverdovend, tastbaar bijna.

Kira strompelde door. Het leek alsof haar botten het op elk moment konden begeven.

De drie octopussen schokten onder de impact van de explosieve kogels van de mariniers. Een paar tentakels schoten terug met blasters en vuurwapens. Een messcherp projectiel begroef zichzelf in een muur achter hen.

Een van de mariniers wierp een granaat. Falconi vuurde zijn raketwerper af en de twee explosies onttrokken de Kwallen aan het zicht.

Brokken lillend vlees kwakten tegen de muur en regenden neer op Kira. Ze bukte en schermde haar gezicht af met haar arm.

Toen waren ze weer binnen. De mariniers zochten naar een goede plek om de vijand tegen te houden. Ze verspreidden zich en gebruikten hoeken, bergen puin en wat eruitzag als banken met hoge rugleuningen als dekking. Drie van hen bloedden: Tatupoa in zijn exo en de overige twee in hun skinsuits. Het zag eruit alsof ze alle drie door lasers waren geraakt.

Maar ze hadden geen tijd om uitgebreid hun wonden te verzorgen. Zonder zijn blaster ook maar een moment te laten zakken trok een van de twee mariniers in skinsuit een busje medifoam tevoorschijn. Hij spoot wat op de wond en wierp het busje naar zijn kameraad. Het ging zo efficiënt dat er geen seconde verloren ging.

'Via de achterkant!' riep Koyich, de blik op de deur gericht.

'Hoe ver is dat?' vroeg Nielsen.

'Honderd meter!' riep Hawes.

'Da–'

BOEM!

De muren en het plafond vibreerden als een trommelvel en eeuwen aan neergeslagen stof verspreidden zich door de lucht. Een hoek van het gebouw zakte in elkaar. Het plafond kwam deels naar beneden en overal klonk het gekraak, gepiep en gekreun van bezwijkende steunbalken. Ze dwong het Zachte Mes infraroodvisie te gebruiken. Door een nieuw gat in de muur zag ze het voertuig dat de Kwallen hadden ingezet: dreigend en zwart, met gesegmenteerde delen die haar aan een gigantische pissebed deden denken. Op de rug zag ze geschut dat nu hun kant op werd gedraaid...

Trig en Nielsen openden nu ook het vuur, waarop Jorrus en Veera iedereen verrasten door naar voren te stappen en als één man met hun armen te zwaaien en een enkel woord te roepen.

Een verblindende flits vulde de kamer. Kira knipperde met haar ogen, doodsbang dat ze blind was geworden.

Bloedrode vlekken zwommen voor haar ogen terwijl ze langzaam weer vormen begon te ontwaren. Op de muren, het puin in de hoek en het voertuig-insect – dat nu in elkaar gekruld op zijn zij lag en schokte bij elke elektrische ontlading die over zijn rugschilden schoot – zag ze een web van ragfijn draad zitten.

In de verte naderde een tweede groep Kwallen.

'Snel!' riepen de entropisten.

Ze zetten het op een lopen.

'Wat hebben jullie gedaan?' riep Kira.

'Iets magisch,' antwoordde Veera, wat lang geen voldoening schonk, maar Kira had geen adem meer over om door te vragen.

Ze braken door de muur aan de achterkant van het gebouw en Kira zag meteen – aan de andere kant van een plein – de tempel die ze vanuit de lucht had gespot. De twee gepantserde mariniers zaten geknield bij de afgesloten toegangsdeur. Het blauwwitte licht van snijbranders was duidelijk zichtbaar tussen hun metalen handschoenen.

Ze zetten de snijbranders uit en gaven dekkingsvuur terwijl Kira en de anderen het plein overstaken.

Een van de mariniers naast Koyich struikelde en viel. Bloed en botscherven vlogen uit wat eens zijn knie was geweest. Trig tilde hem op zijn schouder en droeg hem naar de ingang van de tempel.

Kira dook weg achter een puinplaat om op adem te komen. Als de Kwallen dichtbij waren, kon ze hen uitschakelen met de xeno, maar tot nu toe hielden ze zich op afstand. Ze wisten waarmee ze te maken hadden en hadden zich aangepast. Shit. Waarom moesten ze nou zo intelligent zijn?

Een drone van de Kwallen kwam over de plaat gevlogen. Nielsen haalde hem neer met een enkel schot van haar laser. Kira zag een rood aangelopen, bezweet gezicht achter haar vizier. Plukken haar waren losgekomen uit haar paardenstaart en plakten nu op haar wangen.

Trig had de marinier met de kapotgeschoten knie achter een andere plaat op de grond gelegd. De man heette Redding, volgens het label op zijn skinsuit. Sanchez holde naar hem toe en voordat Kira goed en wel begreep wat er gebeurde, amputeerde hij het gewonde been van de marinier met zijn blaster.

Redding gaf geen kik en kneep enkel zijn ogen dicht tijdens de ingreep; waarschijnlijk had hij een zenuwblokker gebruikt tegen de pijn. Sanchez bracht een tourniquet aan, bespoot de bloederige stomp met medifoam, gaf de man een klap op zijn schouder en voegde zich weer bij de mariniers die de Kwallen onder vuur namen.

Kira keek naar de tempel. De ingang was afgesloten met wat eruitzag als een dikke metalen plug en de twee mariniers waren met hun snijbranders niet verder gekomen dan een handdikte diep, zo niet minder.

Nielsen en Trig grepen met hun exo's de plaat waarachter ze dekking hadden gezocht en tilden hem in een wolk van stof op, om een barrière tussen hen en de Kwallen aan de andere kant van het plein op te werpen. De mariniers deden hetzelfde met andere platen, zodat er een cirkelvormige verdedigingslinie voor de ingang ontstond.

'Als je nog iets wou doen, doe het dan nu,' zei Falconi, en hij laadde Francesca bij vanuit een zak aan zijn riem.

'Bekijk het,' zei Koyich. 'We blazen de boel open.'

'Nee,' zei Kira. 'Dan vernietigen we misschien de Staf.'

Kogels en granaatscherven vlogen over hun hoofd. Koyich dook weg, trok een kalkgranaat open en wierp hem over de rand van de plaat. 'Als we niet naar binnen kunnen, is het einde oefening.'

Ineens dacht Kira aan het moment waarop ze de zender uit de wand van het Kwallenschip had getrokken. 'Hou ze op afstand,' zei ze, en ze krabbelde overeind. Ze rende voorovergebogen naar de ingang van de tempel en legde haar handen op het koude metaal.

Zweet prikte in haar ogen. Ze liet haar greep op het Zachte Mes los –

eventjes maar – en spreidde haar armen om het pak te laten begaan. Het voelde als een rubberen vel dat werd strakgetrokken. *Controle… Controle…*

Een kogel spatte boven haar hoofd uiteen en scherven regenden neer op haar helm. Ze probeerde de schoten en het constante gebulder van granaten te negeren.

Ze schrok toen haar skinsuit openscheurde en het Zachte Mes een knoopwerk van tentakels tussen haar vingers begon te vormen. De tentakels kropen omhoog over het metalen oppervlak, zoekend naar houvast, om zich vervolgens met miljoenen voelsprietjes vast te grijpen.

'Thule!' riep Trig.

'Als het wat sneller kan…' zei Falconi droogjes.

Kira dwong de xeno in elk microscopisch klein kiertje en haarvaatje. Ze voelde hoe de xeno – zijzelf – zich een weg zocht door de atomaire structuur van het metaal, als boomwortels die door hard opeengepakte aarde groeiden.

Het metaal was dik. Meters en meters leken de ingang tot de tempel te beschermen. Wat probeerden ze buiten te houden? vroeg ze zich af. Toen realiseerde ze zich dat het Zachte Mes zelf misschien het antwoord op die vraag was.

Het metaal begon warm te worden en de structuur begon het te begeven. 'Bijna!' riep ze. Ze voelde beweging tussen haar vertakte tentakels en rukte.

Met een oorverdovend geknars brak de metalen plug in stukken. Glinsterend stof wolkte om haar heen terwijl ze grote zilvergrijze brokken lostrok. Er verscheen een donkere opening in de gevel.

Hoog boven haar kwamen nog drie Kwallenschepen aangesneld, als meteoren met staarten van rook en vuur. Tientallen landingspods maakten zich los van hun moederschepen en daalden af naar het planeetoppervlak, zaden van woekerende gewassen die over de stad werden uitgestrooid. Te laat, dacht Kira triomfantelijk.

Ze trok het Zachte Mes terug en was weer heel.

4

Kira sprong de donkere gang in. Kogels vlogen om haar hoofd en lasers smolten vingerdikke gaten in de wand, zodat het gloeiendhete druppels regende.

Falconi kwam achter haar aan, op de voet gevolgd door Trig, Nielsen en de anderen. De mariniers activeerden lichtbollen die ze op regelmatige afstand lieten vallen.

De kamer waar de gang op uitkwam, was hoog en diep. Zelfs met het beperkte licht van de lichtbollen herkende Kira het gewelfde plafond en het patroon op de vloer. Op deze plek had ze ooit gelopen, naast de Allerhoogste, toen het einde der tijden aanstaande was... Ze huiverde en zei stilletjes: 'Iedereen oppassen. Niks aanraken.'

Hawes gaf een bevel en de mariniers richtten hun vuurwapens op de opening waaruit ze zojuist tevoorschijn waren gekomen.

'Verdedig deze positie,' zei Koyich. 'Geen enkele Kwal komt erdoor.'

'Ja, majoor!'

Kira liep verder de ruimte in. Falconi volgde haar, net als Koyich, Nielsen, Trig en de entropisten. Niemand die het bezwaarlijk vond dat Kira voorop-ging.

Nu ze in de tempel waren, wist Kira exact waar ze heen moesten. Er was geen enkele twijfel meer: eeuwenoude herinneringen vertelden haar dat dit de juiste plek was en dat datgene wat ze zocht iets verderop was...

Schoten galmden door de spelonkachtige ruimte. Hoelang was het hier al stil geweest? Nu het geweld tussen Kwallen en mensen de rust ruw had verstoord, vroeg Kira zich af wie het Verdwenen Volk daar de schuld van zou geven, mochten ze nog bestaan.

Op zo'n dertig meter afstand van de ingang stuitten ze op twee onnoemlijk hoge, concave deuren. Ze waren wit en ingelegd met blauwe fractals, en een stuk sierlijker dan wat Kira tot nu toe in de stad had gezien.

Kira hield haar hand omhoog. Nog voordat ze iets had aangeraakt, verscheen er op ooghoogte een ring van licht, verdeeld over de twee deuren. Geluidloos gleden de deuren open, om vervolgens geheel te verdwijnen in verborgen nissen in de muur.

Ze zagen een tweede kamer, kleiner dan de eerste, en zevenhoekig van vorm. Op het plafond leken sterren te glinsteren en de vloer had een zwakke, iriserende glans, als het oppervlak van een zeepbel. In de hoeken van de kamer stonden blauw-witte obelisken van doorzichtig kristal; alleen de obelisk in de hoek recht tegenover Kira was zwart en rood. Net als de andere obelisken had deze iets grimmigs, alsof hij de bezoekers misprijzend gadesloeg.

Maar het was vooral het midden van de kamer dat Kira's aandacht trok. Drie treden – te hoog en te smal om gemakkelijk door een mens te worden gebruikt – leidden naar een verhoging, die ook zevenhoekig van vorm was. Daarop stond een sokkel, en op de sokkel een vierzijdige vitrine die glinsterde als diamant.

In de vitrine zweefden zeven scherven: de Blauwe Staf, in stukken gebroken.

Kira staarde ernaar. Ze kon het niet geloven en weigerde het te accepteren. 'O nee,' fluisterde ze.

Alarmsignalen flitsten op haar overlays en ondanks haar teleurstelling keek ze toch. Ze kreunde, een geluid dat echode in het mausoleum van het Verdwenen Volk.

Veertien schepen waren in het stelsel aangekomen. Geen Kwallen dit keer, maar nachtmerries.

IV

*   *   *   *   *   *   *

DOODSANGST

1

Ze zaten in de val. Ze moesten vechten, en ze maakten geen enkele kans.

Kira's hersenen draaiden op volle toeren terwijl ze zich bewust werd van de ernst van de situatie. Dit keer konden ze niet ontsnappen, geen truc of plotselinge wending meer, geen vooruitzicht op hulp. Ze waren te ver verwijderd van wat dan ook en de Kwallen noch de nachtmerries zouden genade tonen.

Het was haar schuld en ze kon niets doen om het op te lossen.

'Moet het er zo uitzien?' vroeg Falconi. Hij gebaarde naar de gebroken Staf.

'Nee.'

'Kun je het niet maken?' vroeg Koyich, alsof hij haar gedachten had gelezen.

'Nee. Ik weet zelfs niet of het gemaakt kán worden.'

'Dat is niet goed genoeg, Navárez. We moe–'

BOEM!

Het gebouw schudde op zijn grondvesten. Brokstukken van het glinsterende plafond vielen op de vloer, alsof ze de hemel zelf op hun hoofd kregen. De diamanten vitrine trilde, schoof van haar sokkel en spatte uiteen. De scherven van de Blauwe Staf gleden alle kanten op.

De entropisten raapten er één op.

Door de deuropening zag Kira dat de gevel van de tempel was opgeblazen. Buiten stond het pissebedvoertuig van de Kwallen, het geschut op hen gericht. De mariniers bestookten het voertuig met kogels en lasers, maar werden achteruitgedreven.

Vonken sprongen van de loop van het geschut, dat oververhit was geraakt door het onophoudelijke vuren.

'Falconi! Hoe ver is de Caracole?' riep Koyich. Hij slingerende zijn geweer over zijn schouder en zocht dekking naast de deur.

'Vijftien minuten,' zei Falconi, die aan de andere kant postvatte.

'Shit. Hierheen! Lopen, lopen, lopen!' riep hij naar zijn mannen. Hij richtte en vuurde zijn geweer met de precisie van een robot, ondanks de wolken rook en kalk.

'We kunnen geen kant op!' riep Hawes. 'En we hebben gewonden! We –'

Kira schrok van Nielsen, die met haar exo langs kwam gestampt, op weg naar de uitgang. Falconi vloekte en vuurde drie granaten af bij wijze van dekkingsvuur.

De explosies bliezen de rook en het stof weg, maar het luchtledige werd meteen weer gevuld, zodat ze het zicht niet verbeterde.

Kira schaamde zich voor haar passiviteit en rende achter Nielsen aan. De eerste officier tilde een tweetal mariniers op en bracht ze terug naar de binnenste kamer van de tempel. Kira zag een andere gewonde marinier liggen, alleen zat deze in een exo. Toen ze bij hem was, trok ze de vergrendelingen aan de zijkant van het pak los.

Het borstpantser sprong open en de marinier tuimelde uit de machine. Hij hoestte bloed op. 'Kom,' zei Kira, en ze trok zijn arm over haar schouder.

Ze leidde hem naar de kamer van de Blauwe Staf. Nielsen had haar gewonden daar al neergelegd en was juist op de weg terug.

Kira voelde een harde klap en zakte door haar knieën. Ze keek, en meteen vervloekte ze zichzelf. Op haar rechterzij was het pak opengereten. Zwarte vezels staken alle kanten op. Door het gat zag ze bloed, weefsel en bot.

Maar de vezels begonnen meteen weer naar elkaar toe te groeien, zodat de wond werd afgesloten.

Ze hapte naar adem, zocht steun bij de muur terwijl ze overeind kwam en probeerde ondanks haar gevoelloze benen in beweging te komen. Een stap. Twee stappen. En toen liep ze weer, met de marinier hangend aan haar schouder.

Eenmaal voorbij de deuropening nam Falconi de gewonde van haar over.

Kira wilde meteen weer terug, maar Falconi greep haar bij de arm. 'Doe niet zo dom,' zei hij.

Maar ze schudde zich los en dook de met rook gevulde hal in, op zoek naar de laatste mariniers. Buiten klonken nog meer explosies, nog meer schoten. Kira betwijfelde of ze zonder het Zachte Mes in dat helse kabaal zou kunnen nadenken of functioneren. Ze voelde elke klap in haar botten en wat ze door de rook nog kon zien, trilde voor haar ogen door de kracht van de drukgolven. Ook het lawaai leek toe te nemen.

Waar zijn ze? Ze kon geen Kwallen zien, alleen vreemde, onherleidbare vormen die zich door rook voortbewogen.

'SJAM's afgevuurd,' riep Koyich. 'Zoek dekking!'

Kira liet zich vallen en schermde haar hoofd af.

Een halve tel later klonken er vier explosies en werden de straten rondom het plein in vuur en vlam gezet. De vloer schudde en sloeg tegen Kira's kin, zodat ze bijna haar eigen tong afbeet.

'Statusrapport,' zei Koyich. 'Waar is de vijand?'

'Zo te zien hebben we de meeste te pakken,' zei Hawes, 'maar zeker weet ik het niet. We wachten op beter zicht.'

De explosies hadden zo veel rook veroorzaakt dat je geen hand voor ogen meer kon zien.

Kira luisterde. Ze hoorde geen geweervuur of Kwallen meer. Toen de rook iets was opgelost, durfde ze weer te kijken.

Klang! Aan de andere kant van het half ingestorte voorvertrek van de tempel zag ze Nielsens exo, met een flinke deuk in haar borstpantser, achteruit wankelen. De eerste officier vuurde nog een paar salvo's af met het machinegeweer op haar arm en hoewel Kira niets zag door de rook, hoorde ze vlezige kogelinslagen.

Buiten op straat zag ze de thermische signaturen van tientallen naderende Kwallen.

Trig kwam vanuit het binnenste van de tempel aangerend. Koyich zei: 'Dat is alles wat we van de Ilmorra mogen verwachten. Met een beetje geluk laten ze de shuttle verder met rust. Iedereen naar binnen, snel!'

Er lagen nog steeds vier gewonde mariniers op de vloer. Kira holde naar de dichtstbijzijnde.

Op de plek waar eens de gevel van de tempel had gestaan, zag ze een witte drone zweven. Op hetzelfde moment klom er een grote octopus over het puin, met een blaster in twee van zijn krioelende tentakels.

Kira tastte naar haar wapen, maar greep mis. Had ze hem ergens laten vallen? Ze had geen tijd meer, geen tijd –

Trig sprong voor Nielsen en vuurde zijn geweer en blaster tegelijkertijd af. Met wijd opengesperde ogen begon hij te schreeuwen: 'Yihaaa! Geniet ervan, klootzak!'

De witte, bolvormige drone begon te tollen door de inslag van de kogels en viel vonkend op de vloer. De octopus reageerde meteen en richtte een staafvormig wapen op Trig: een railgun.

Het Zachte Mes kolkte en pulseerde, klaar om aan te vallen. Kira bood instinctief weerstand, niet bereid de xeno te laten gaan, te vertrouwen...

De korte, scherpe knal van de railgun maakte een einde aan al het rumoer.

Wat volgde was stilte. Trigs wapens zwegen. Zijn exo was vastgelopen en langzaam viel hij achterover, als een standbeeld dat van zijn sokkel werd getrokken.

'Nee!' riep Falconi.

Even stond Kira aan de grond genageld, maar toen drong de verschrikkelijke waarheid tot haar door en kwam ze in beweging. *Te langzaam*. Ze liet haar greep op het Zachte Mes los, met als doel de Kwal aan stukken te trekken.

Maar voordat ze iets kon doen, sprong er een in skinsuit geklede vrouw voor de Kwal, zwaaiend met een stuk wit doek. 'Wacht! Stop! We komen in vrede!'

Kira verstarde, niet in staat te verwerken wat er allemaal gebeurde.

Toen de vrouw over het puin naar binnen klom, verdween de gouden schittering op haar vizier en zag Kira een hard, gerimpeld gezicht.

Aanvankelijk zag Kira slechts trekken die ze niet herkende. Maar toen zag ze het hele gezicht en leek de planeet onder haar voeten te kantelen. 'Jíj!' zei ze.

'Hallo, Navárez,' zei majoor Tschetter.

2

De Kwallen verzamelden zich voor de ingestorte gevel van de tempel, maar om de een of andere reden schoten ze niet meer. Kira negeerde ze en rende op Trig af.

Ook Falconi en de hospik van de mariniers kwamen aangesneld. De hospik trok met een geoefende beweging Trigs helm van zijn hoofd. Het verzamelde bloed verspreidde zich meteen in felrode stroompjes over de patroonvloer.

De jongen was nog bij bewustzijn; zijn ogen schoten paniekerig heen en weer. Een kogel had de slagader onder in zijn hals geraakt. Het bloed gutste naar buiten, elk golfje minder sterk dan de vorige. Zijn mond bewoog, maar er kwamen geen woorden uit, alleen een afschuwelijk gegorgel: de wanhopige klanken van een drenkeling.

Mijn schuld, dacht Kira. Als ze nou wat sneller was geweest… Ze had op de xeno moeten vertrouwen. Als ze niet zo gefocust was geweest op controle, had ze de jongen kunnen beschermen.

De hospik trok een zuurstofmasker uit zijn zak en bond het voor Trigs mond. Daarna pakte hij een busje medifoam, drukte de spuitmond tegen de wond en spoot.

Trig rolde met zijn ogen en zijn ademhaling stokte. Zijn armen begonnen te trillen.

De hospik kwam overeind. 'Die moet in cryo. Als de Ilmorra hier niet binnen een paar minuten is, is-ie er geweest.' Intussen was ook Nielsen overeind gekomen. Ze legde haar hand op de deuk in haar borstpantser. De hospik keek haar vragend aan. 'Hulp nodig?'

'Ik overleef het wel,' zei ze.

De hospik vroeg niet verder en spoedde zich naar de mariniers die wel hulp nodig hadden.

'Kunnen we niet –' begon Kira.

'De Ilmorra is al onderweg,' zei Koyich.

Kira keek omhoog. Een paar tellen later hoorde ze het opvallende gerommel van een raketmotor. 'Waar moeten we –'

Ergens aan de rand van de stad werd een drietal laserstralen afgevuurd, stuk voor stuk even sterk als de vuurkracht van een tiental blasters. Een seconde later viel er een vallende ster door het wolkendek. Het was de Ilmorra, achtervolgd door blauwe Machschijven en een spoor van witte uitlaatgassen. De shuttle verdween achter de flank van een berg. Een felle flits verlichtte de vallei, zodat de torens en gebouwen in de stad langgerekte schaduwen wierpen.

'Zoek dekking!' riep Koyich, en hij sprong achter een berg puin.

Falconi wierp zich boven op Trig. Kira deed hetzelfde en gebruikte een web van vezels om zichzelf en de twee mannen vast te pinnen.

Ze begon te tellen: een, twee, drie, vier, vijf, zes, zeven –

De grond schudde en de windrichting draaide ineens om toen de schokgolf hen bereikte. Er klonk een oorverdovende klap, luider dan een duizendtal donderslagen, gevolgd door een muur van verzengende hitte. De torens zwaaiden kreunend heen en weer en brokkelden deels af. Stofwolken verspreidden zich razendsnel door de smalle straten. Brokstukken vlogen door de lucht, dodelijker dan welk projectiel dan ook, en sloegen in in het puin waarachter ze dekking hadden gezocht. Van onder haar oksel zag Kira de restanten van de pissebed worden opgetild en weggeblazen.

Ze keek. Achter de berg zag ze tot in de stratosfeer een paddenstoelwolk verrijzen. De zuil van pure nucleaire energie was afschrikwekkend en ze voelde zich kleiner dan ooit.

Als de berg er niet had gestaan, waren ze allemaal dood geweest.

Ze liet Falconi en Trig los uit het web. Falconi zei: 'Was dat –'

'De Ilmorra is niet meer,' zei Koyich.

De explosie was waarschijnlijk vooral zo krachtig geweest vanwege de antimaterie in de markovaandrijving van de shuttle. Wat nu? De situatie was niet langer slecht, maar apocalyptisch slecht.

Toen het gehuil van de wind begon weg te sterven, krabbelden ze overeind. Trig was nog altijd aan het trillen; Kira wist dat hij niet lang meer te leven had.

De Kwallen hadden zich in de tussentijd om hen heen verzameld. Tschetter leek met een van hen in gesprek, hoewel Kira niets kon horen.

De octopus bewoog naar Trig.

Falconi vloekte en richtte zijn granaatwerper. Kira zette zich schrap; vlijmscherpe messen vormden zich aan haar vingers. 'Blijf staan of ik schiet je overhoop,' riep de kapitein.

'Mijn metgezel zegt dat hij kan helpen,' zei Tschetter.

'Net zoals ze hem hebben neergeschoten?'

Tschetter keek gepijnigd. 'Dat was een misverstand.'

'Natuurlijk. En wie ben jij eigenlijk?' Falconi was rood aangelopen en keek Tschetter vol minachting aan.

De vrouw rechtte de rug. 'Majoor Ilina Tschetter van de VMBI, mens en loyaal ingezetene van de Liga van Verenigde Werelden.'

'Zij is degene over wie ik je vertelde,' mompelde Kira tegen Falconi.

'Van de Verzachtende Omstandigheden?'

Kira knikte, terwijl ze Tschetter en de Kwallen in de gaten hield.

Falconi leek niet onder de indruk. 'Hoe kan –'

Nielsen legde een hand op zijn schouder. 'Trig gaat het niet halen als we geen hulp krijgen.'

'Schiet een beetje op, Falconi,' bitste Koyich. 'We hebben geen tijd voor dit gezeik.'

Na even te hebben nagedacht schudde hij Nielsens hand van zijn schouder en maakte hij plaats, hoewel hij Francesca op de Kwallen gericht hield. 'Best. Maar als ze iets flikken, zijn ze er geweest.'

Buiten rees de paddenstoelwolk hoger en hoger.

Kira hield haar messen in gereedheid terwijl de octopus naar Trig kroop. Met de precisie en kalmte van een chirurg gebruikte hij zijn tentakels om Trigs pantserexo te ontmantelen totdat de jongen slechts gekleed in skinsuit en zuurstofmasker op de gebarsten vloer lag. De Kwal krulde een enkele, dikke tentakel om hem heen. Al snel begon er een dikke, plakkerige substantie uit zijn zuignappen te sijpelen.

Falconi kon zich niet langer beheersen. 'Wat is dat?'

'Geen paniek,' zei Tschetter. 'Dat hebben ze ook bij mij gedaan. Het is niet gevaarlijk.'

De Kwal smeerde het spul met zijn tentakels over Trigs lichaam, waar het een ondoorschijnende, harde korst vormde. In minder dan een minuut was Trig geheel omsloten door een glanzende cocon.

De Kwal legde Trig voorzichtig neer en kroop weer naar Tschetter.

Falconi legde een hand op de cocon. 'Wat heeft-ie gedaan? Kan hij nog ademen? We hebben geen tijd voor –'

'Dit is hun vorm van cryo,' zei Tschetter. 'Vertrouw me. Hij gaat weer beter worden.' In de verte klonken schoten. Enkele Kwallen zetten zich in beweging. Tschetter keek naar Kira, Koyich en wat er van het team was overgebleven. 'Ze gaan ons wat ademruimte geven. In de tussentijd kunnen we praten.'

3

'Hoe weten we of jij echt kolonel Tschetter bent?' vroeg Koyich. Kira herinnerde zich dat hij erbij was geweest toen ze aan Akawe had verteld hoe ze de majoor en korporaal Iska op Adrasteia had achtergelaten.

Tschetters lip beefde even toen ze op een brok puin ging zitten. Ze keek naar Kira. 'Volgens mij heb ik jou op de Verzachtende Omstandigheden iets soortgelijks gevraagd.'

De majoor was nog precies zoals Kira haar herinnerde, hoewel ze iets leek te zijn afgevallen – een kilootje of vier, vijf – en een beetje schichtig uit haar ogen keek. Het gevolg van de huidige omstandigheden misschien, of iets anders. Kira wist het niet.

Het was haar een raadsel hoe en waarom Tschetter nu ineens hier kon zijn. Ze had niet gedacht dat ze de majoor ooit weer zou zien, laat staan hier, op een dode planeet in een uithoek van het melkwegstelsel. Het deed haar nog meer duizelen dan de explosie van zojuist.

Falconi sloeg zijn armen over elkaar. 'De Kwallen kunnen je implantaten hebben gescand om je zo goed mogelijk te imiteren.'

'Het maakt niet uit of je me gelooft of niet,' zei Tschetter. 'Wie ik ben, is minder belangrijk dan waarom ik hiernaartoe ben gekomen.'

Koyich leek haar nog steeds niet te vertrouwen. 'En waaróm bent u dan hiernaartoe gekomen, majoor?'

'Straks. Hebben jullie de Blauwe Staf gevonden?'

Toen Kira noch iemand anders antwoord gaf, knipte Tschetter haar vingers. 'Dit is belangrijk, mensen. Hebben jullie de Staf of niet? Ik moet het weten.'

Koyich knikte naar de entropisten. 'Laat maar zien.'

Veera en Jorrus presenteerden de scherf die ze van de vloer hadden opgeraapt.

'Hij is kapot,' zei Tschetter verslagen.

'Yep.'

Ze liet haar schouders zakken. 'Shit. De Kwallen wilden de Staf gebruiken tegen de Verdorvenen. Dat is hun naam voor de nachtmerries. Zonder die Staf...' Ze rechtte haar rug. 'Ik weet niet of we nu nog enige kans maken. Wij niet, en zij niet.'

'Is het zo erg?' vroeg Kira.

De majoor knikte ernstig. 'Erger nog. De Verdorvenen hebben de Kwallen in hun eigen territorium aangevallen. Eerst waren het nog speldenprikken, maar de aanvallen werden steeds heviger. Sommige Verdorvenen waren al op Sigma Draconis toen Iska en ik werden opgepikt. Ze wisten twee Kwallenschepen te vernietigen. Wij konden maar net ontsnappen.'

'Wie of wat zijn de Verdorvenen eigenlijk?' vroeg Kira. 'Weet je dat?'

Tschetter schudde haar hoofd. 'Ik weet alleen dat de Kwallen doodsbang voor ze zijn. Ze zeggen dat ze al eerder tegen de Verdorvenen hebben gevochten. Naar ik begrepen heb, ging dat niet al te best, en deze Verdorvenen zijn zo mogelijk nog gevaarlijker. Andere vormen, betere schepen, dat werk. De Kwallen zijn er bovendien van overtuigd dat wij iets met de Verdorvenen te maken hebben, maar meer weet ik niet.'

Nielsen stak haar hand op. 'Hoe weet je trouwens hoe we de Kwallen en de nachtmerries noemen? En hoe kun je met de Kwallen communiceren?'

'De Kwallen,' antwoordde Tschetter, 'monitoren alle communicatie van de Liga. Ze hebben me bijgepraat voordat we vertrokken.' Ze tikte tegen de voorkant van haar helm. 'Praten gaat van geur naar geluid en omgekeerd. Dezelfde methode die de Kwallen gebruiken voor de conversie naar EM-signalen. Op die manier kon ik hun taal leren, hoewel het lang niet makkelijk was.'

Koyich wipte van zijn ene op zijn andere been. 'U hebt nog steeds niet uitgelegd waarom u hier bent, majoor. En waarom doen de Kwallen ineens poeslief?'

Tschetter haalde diep adem. De schoten kwamen dichterbij. 'Alles staat in een bestand dat ik nu naar jullie doorstuur. Kort gezegd vormen de Kwallen met wie ik nu ben een factie die hun leiders willen omverwerpen en een alliantie met de Liga willen aangaan om beide volkeren te redden. Maar daarvoor hebben ze wel onze hulp nodig.'

Aan de gezichten om haar heen te zien was Kira niet de enige die moeite had met het verwerken van deze informatie.

Koyich kneep zijn gele ogen tot spleetjes en wierp een blik naar de hemel. 'Ontvangt u dit, kapitein?'

Na een paar tellen gaf Akawe antwoord. **Luid en duidelijk. Als dit waar is, majoor Tschetter, waarom hebt u dan niet direct contact gezocht met de Liga? Waarom helemaal naar deze planeet gaan met uw voorstel?'**

'Zoals ik al heb gezegd, monitoren de Kwallen alle communicatie vanuit en naar onze ruimte. Mijn metgezellen durfden het niet aan om de premier direct te benaderen. Als hun meerderen dat te weten waren gekomen, zouden ze geëxecuteerd worden. Bovendien was er nog de Blauwe Staf, en het feit dat Kira en haar pak beschermd moesten worden.'

Ik begrijp het. Ik zal het bestand doornemen. In de tussentijd moeten we een manier zien te vinden om jullie van die planeet te krijgen. We hebben het wat druk hier op het moment, en er komen Kwallen en nachtmerries jullie kant op.

'Begrepen,' zei Koyich.

'Ik was nog niet klaar,' zei Tschetter snel. 'De Kwallen zijn een enorme vloot aan het opbouwen vlak buiten het territorium van de Liga. Als ze daarmee klaar zijn, zullen ze onze troepen overrompelen, zodat ze zich op de Verdorvenen kunnen concentreren. Ik heb begrepen dat de Kwallen al langer van plan waren ons uit te roeien, maar de gebeurtenissen hebben hun plannen in een stroomversnelling gebracht. De leiders van de Kwallen zullen de komende maanden ter plaatse zijn om de laatste voorbereidingen te coördineren. Mijn metgezellen stellen een rendez-vous in de buurt van de vloot voor om het leiderschap door middel van een gerichte uitval uit te schakelen.'

Verderop in de stad klonk een bedompte explosie. De schermutselingen leken zich nu in de richting van het plein en het tempelgebouw te bewegen.

Zijn uw metgezellen er zeker van dat de leiding daar aanwezig zal zijn? vroeg Akawe.

'Dat is wat ze beweren,' zei Tschetter. 'Voor wat het waard is: ik denk dat ze de waarheid vertellen.'

Het bleef even stil. **Oké. Ook als deze inlichtingen niet kloppen, is het van het allergrootste belang om ze door te sturen naar de Liga. De Kwallen jammen het hele stelsel, dus een direct signaal kunnen we vergeten. Maar dat zou toch te lang duren. Een van onze schepen moet dus als boodschapper dienen, en dat gaat nog een heel karwei worden.**

Terwijl Akawe aan het woord was, zonderde Falconi zich af, met bewegende lippen. Toen vloekte hij zo hard dat het ondanks zijn helm hoorbaar was. 'Verdomme! Hoe kán dat nou?'

'Wat?' vroeg Kira.

Hij trok een gezicht. 'De koelleiding die Hwa-jung bij Cygni heeft gerepareerd, is weer stuk. De Caracole kan niet meer remmen. Ze zullen ons straal voorbijvliegen.'

'Shit.'

'Mijn metgezellen hebben twee schepen aan de rand van de stad,' zei Tschetter. Ze gebaarde naar de Kwallen die achter haar stonden, en die de hele tijd geduldig hadden gewacht. 'Zij kunnen jullie wel de ruimte in krijgen.'

Kira keek naar Falconi, Koyich en Nielsen. Ze wist dat ze allemaal hetzelfde dachten: kunnen we de Kwallen vertrouwen? Wat als ze zouden besluiten het Zachte Mes af te pakken? Zou ze hen kunnen tegenhouden?

'Ongetwijfeld, majoor,' zei Koyich, 'maar het idee staat me niet echt aan.'

Akawe meldde zich weer. **Jammer dan, Koyich. Jullie moeten daar weg, en wel nu. Majoor, als dit een valstrik is, zal de Darmstadt beide schepen opblazen nog voordat ze goed en wel zijn vertrokken. Dus geen grappen.**

Tschetter sprong in gelid. 'Ja, commandant!'

Koyich kwam in beweging. 'Goed. We moeten –'

'Wacht,' zei Kira, en ze ging voor Tschetter staan. 'Ik heb nog één vraag.'

'Niet nu, Navárez,' zei Koyich. 'We hebben geen tijd meer.'

Maar Kira luisterde niet. 'Waarom denken de Kwallen dat we deze oorlog zijn begonnen? Zíj vielen de Verzachtende Omstandigheden aan.'

Koyich zweeg, zijn vinger op de trekker van zijn blaster. 'Dat zou ik eigenlijk ook wel willen weten, majoor.'

Tschetter sprak snel. 'De Kwallen met wie ik te maken heb, hebben de xeno op Adra verborgen om hem te verstoppen voor de rest van hun volk. Blijkbaar was de xeno een grote dreiging uit het verleden en de Kwallen spreken er met zowel angst als eerbied over. Naar ik heb begrepen hadden ze er álles voor over om te voorkomen dat de xeno zich met een andere gastheer zou verbinden.'

'Dus daarom openden ze meteen het vuur,' zei Kira.

Tschetter knikte. 'Voor hen waren we niet meer dan dieven die in hun supergeheime militaire installatie hadden ingebroken. Stel je eens voor hoe het VMB gereageerd zou hebben.'

'Dat verklaart nog niet waarom de andere Kwallen ons aanvielen,' zei Koyich. 'Hebben die metgezellen van je misschien verteld wat er op Adra is gebeurd?'

De majoor aarzelde geen moment. 'Zeker niet. Naar ik heb begrepen hoorden de meeste Kwallen pas over Kira toen ze het signaal van 61 Cygni verstuurde.' Ze trok een zuur gezicht. 'Toen pas sleepten mijn metgezellen me mijn cel uit om eens goed met me te gaan praten. Wat de leiders van de Kwallen betreft begon deze oorlog pas toen de Verdorvenen hen ineens begonnen aan te vallen en boodschappen in onze taal begonnen te versturen. Daarom dachten ze dat we een alliantie hadden gesloten. Bovendien vielen de Verdorvenen op dat moment nog geen Liga-doelen aan.'

'Maar de Kwallen waren sowieso van plan ons aan te vallen,' zei Falconi.

'Klopt.'

‘Weten de Verdorvenen van de Blauwe Staf of het Zachte Mes?’ vroeg Kira.

‘De Staf weet ik niet, maar de Kwallen denken dat de Verdorvenen aangetrokken worden door de xeno of zoiets. Ik weet het niet zeker. Zo goed beheers ik hun taal nog niet.’

Als om haar woorden kracht bij te zetten deed een tweetal explosies de grond trillen. Vier donkere, hoekige schepen kwamen jankend uit de lucht gevallen en stortten op vier verschillende plekken in de stad neer. Ze zagen er niet uit als de nachtmerrieschepen van 61 Cygni, maar gaven Kira desalniettemin een onaangenaam gevoel.

Ze was zich doodgeschrokken toen ze hoorde dat de nachtmerries het specifiek op haar hadden voorzien.

Het geluid van schoten en lasers weerkaatste tussen de torens in de stad: herauten van naderend geweld. *Een halve kilometer, misschien minder.* Het gevecht kwam dichterbij.

‘Oké, iedereen klaar voor vertrek?’ riep Koyich.

‘Geef me even om het plan aan mijn metgezellen uit te leggen,’ zei Tschetter. Ze wendde zich tot de Kwallen en begon te praten, haar stem amper hoorbaar in haar helm.

Terwijl de majoor praatte, trok Kira haar gescheurde skinsuit van haar lichaam. Het zou alleen maar in de weg zitten en bovendien wilde ze... ja, daar: de nabijgeur van de Kwallen. Nu de huid van het Zachte Mes volledig onbedekt was, kon ze de wervelende geursporen van de Kwallen oppikken terwijl ze hun omgeving in zich opnamen.

Ze had haar skinsuit al eerder kunnen verwijderen en haar vragen direct aan de Kwallen kunnen stellen.

Afgaande op de geursporen werd snel duidelijk wie de leider van de Kwallen was. Het was een enorme octopus die zijn tentakels in een donkerkleurig flexibel pantser had gestoken. Een pantser dat op het eerste gezicht niet veel verschilde van het Zachte Mes.

Ze liep op hem af en vroeg: [[Kira hier: Wat is uw naam, aanvoerder?]]

De Kwallen reageerden meteen; hun tentakels kringelend en krioelend alsof ze een eigen wil hadden. [[Lphet hier: Met de Idealis kunt u ons ruiken! Wat kunt u nog me–]]

Hij werd onderbroken door een reeks van ontploffingen. Ze leken gevaarlijk dichtbij. Vanuit het oosten kwam een grote groep Kwallen aangekropen. Ze waren in een vuurgevecht verwikkeld met twee zich terugtrekkende Kwallen die tot de groep van Lphet behoorden, concludeerde Kira. In het westen zag ze massa’s gedrochtelijke lichamen die over puinhopen en zelfs elkaar kropen: misvormd, rood en zwart vlees, verbrand als de littekens op

Falconi's onderarmen. Een leger van Verdorvenen. Een leger van nachtmerries.

Achter hen klonk een luide 'krak', als een geweerschot. Kira bukte en draaide zich razendsnel om, in de verwachting van achteren te worden aangevallen.

In het binnenste van de tempel spleet de donkere obelisk in stukken. Witte lijnen schoten over het oppervlak en gruis viel op de vloer. Kira voelde een tinteling in haar nek toen de voorkant van de pilaar met onheilspellend geraas naar voren viel.

De obelisk bleek hol. Binnenin zag ze iets bewegen, iets langs en hoekigs: een figuur zo mager als een skelet, met naar achter stekende kniegewrichten en twee paar armen. Om zijn knokige schouders hing een zwarte mantel en zijn gezicht ging schuil onder een grote kap. Kira zag alleen een stel rode ogen, brandende kolen op een gitzwart vlak.

Ze had nooit gedacht dat ze zo bang kon zijn. Ze herkende het wezen uit haar dromen. Het was niet iemand van het Verdwenen Volk, maar een van hun afschrikwekkendste dienaren.

Het was een Zoeker, en dat betekende de dood.

V

* * * * * * *

SIC ITUR AD ASTRA

1

De Zoeker kwam langzaam in beweging, alsof hij nog gedesoriënteerd was na een lange slaap.

'Rennen!' riep Kira tegen zowel mens als Kwal. 'Niet stoppen! Niet vechten! Rennen!'

[[Lphet hier: Een Breinsplijter! Vlucht!]]

De Kwallen gooiden een rookbom tussen hen en de Zoeker in en klauterden samen met de mariniers over het puin dat eens de gevel van de tempel was geweest. Kira voelde haar hart in haar keel bonzen en een blinde paniek maakte zich van haar meester. *Een Zoeker.* Ze kende hen van eeuwen geleden: wezens die de decreten van de Heptarchie ten uitvoer brachten. Een enkele Zoeker had ten tijde van de Rijting een slachting veroorzaakt onder de Kwallen. Ze durfde er niet aan te denken wat zo'n wezen in de Liga zou kunnen aanrichten als het van de planeet wist te geraken.

Ze renden het plein op. Nielsen droeg Trigs gemummificeerde lichaam in haar armen; Falconi dekte haar linkerflank, Kira haar rechter.

'Hierheen,' riep Tschetter. Ze leidde hen een smalle straat naast de tempel in, waar vooralsnog niemand te zien was.

Aan de overkant van het plein wierpen de twee Kwallen die de vijand op afstand hadden gehouden drones de lucht in, waarop ze hun stelling verlieten en snel naar hun kameraden kropen. Bij een van hen droop uit een tentakel oranjekleurig wondvocht uit meerdere gaten.

'Wat was dat?' vroeg Nielsen, die Trig tegen de borst drukte om hem te beschermen.

'Gevaar,' zei Kira.

De paddenstoelwolk torende nog altijd boven de stad uit. Gedeelten van de pilaar werden al meegevoerd door de wind, westwaarts, naar de nachtelijke kant van de planeet. De lucht rook naar verbrande aarde en ozon, een teken van een naderende storm.

Maar de storm had eigenlijk al toegeslagen, in de vorm van de allesvernietigende antimaterie.

Kira vroeg zich af of de xeno haar zou beschermen tegen de radioactieve neerslag. Als het ze zou lukken weg te komen van de planeet, moest ze wat jodiumpillen vragen aan Vishal...

Een paar straten verderop brak er een kakofonie van beestachtig gebrul los: duizenden stemmen die het uitschreeuwden van angst en pijn. De wind droeg een golf van nabijgeur mee, een geur die algauw ondraaglijk werd toen de nachtmerries en de achtervolgende Kwallen elkaar troffen.

'Van de regen –'

'... in de drup,' zeiden Jorrus en Veera.

Er klonk een ijzige kreet, waarop het geschreeuw zo mogelijk nog luider werd.

'Shit, moet je kijken,' zei Hawes.

Op Kira's overlays verscheen een venster met de feed van een van de overgebleven drones van de mariniers, die hoog boven het tempelplein zweefde. De Zoeker was uit het half ingestorte gebouw geklauterd en schreed door de rook terwijl groepjes Kwallen en nachtmerries het met elkaar uitvochten.

Ze zag hoe de Zoeker een rode, hondachtige nachtmerrie greep en zijn zwarte vingers in zijn schedel drukte. Een halve tel later liet de Zoeker de nachtmerrie weer los. Het beest viel op de grond, maar krabbelde meteen weer overeind, en in plaats van de Zoeker aan te vallen stelde het zich achter hem op, gedienstig als een goed afgericht huisdier. En hij was niet de enige: een half dozijn Kwallen en nachtmerries had zich al achter de Zoeker geschaard of cirkelde om hem heen om hem tegen elke mogelijke aanval te beschermen.

De Kwallen noch de nachtmerries leken de Zoeker te hebben opgemerkt, zo hevig werd er gevochten.

'Mijn god,' zei Nielsen. 'Wat doet dat... ding?'

'Weet ik niet,' zei Kira.

[[Lphet hier: Breinsplijters nemen je lichaam over, zodat je doet wat ze willen.]]

De Zoeker kon nog wel meer, vermoedde Kira, maar ze kon zich tot haar grote ergernis geen specifieke dingen herinneren. Maar ze vertrouwde op haar angst: als het Zachte Mes haar vertelde voorzichtig te zijn, dan was de dreiging groot.

Tschetter tolkte, waarop Koyich zijn mannen instrueerde: 'Als dat wezen dichtbij komt, laat hem je dan niet aanraken.'

‘Ja, majoor!’ riepen de mariniers. Als eenheid zagen ze er gehavend uit. Tatupoa droeg Redding, de marinier die zijn been was kwijtgeraakt, over zijn schouder. Nishu’s exo was besmeurd met bloed. Hawes en de hospik liepen mank en de meeste mannen hadden deuken in hun helm door rondvliegend puin. Twee mariniers van de Darmstadt ontbraken. Kira wist niet hoe en waar ze gesneuveld waren.

Boven hun hoofden klonk een explosie. Kira zag een groepje nachtmerries over een met klimplanten begroeide richel van een toren rennen.

De mariniers openden het vuur, net als de Kwallen: een spervuur van automatische geweren en blasters. Ze wisten enkele nachtmerries tegen te houden – aan flarden te schieten zelfs – maar de overige wisten naar beneden te springen en kwamen midden in de groep terecht. Twee nachtmerries sprongen boven op een marinier. Ze waren zo groot als een stegotijger en in hun bek zaten haaientanden zo groot als Kira’s hand. Drie andere nachtmerries – een met huid- en vleesloze poten, een met geschubde vleugels op zijn gekromde rug en een met drie poten en enorme slagtanden – stortten zich op de krioelende tentakels van Lphet en zijn Kwallen.

Geen geaarzel nu, was Kira’s eerste gedachte toen ze de nachtmerries op zich af zag stormen.

Ze zou zich niet inhouden zoals ze had gedaan toen Trig werd aangevallen; dan nog liever sterven. Ze vormde spiesen met het Zachte Mes en wierp zich op de dichtstbijzijnde nachtmerrie, die Sanchez als slachtoffer had uitgekozen.

De zwarte spiesen van haar pak doorboorden de huid bij de nek van de nachtmerrie. Het beest slaakte een afschuwelijke, bijna menselijke kreet, en bloed gutste uit zijn opengereten keel.

Niet hem, dacht Kira. Tot haar opluchting gehoorzaamde het Zachte Mes: geen van de spiesen raakte Sanchez. Hij stak zijn duim omhoog.

Ze zocht naar de volgende nachtmerrie, maar haar hulp was niet meer nodig. De gecombineerde vuurkracht van de mariniers en de Kwallen was genoeg geweest om de rest van de nachtmerries te verslaan.

Falconi veegde het bloed van zijn vizier. ‘Nu weten ze waar we zijn,’ zei hij bars.

‘Doorlopen,’ blafte Koyich, waarop de groep zich weer in beweging zette.

‘We hebben bijna gaan munitie meer,’ klaagde Hawes.

‘Ik zie het,’ zei Koyich. ‘Salvo’s van twee kogels vanaf nu.’

Ze concentreerden zich op het lopen. ‘Vijand!’ riep een marinier, waarop hij meerdere salvo’s loste op de nachtmerrie die van achter de hoek van een huis tevoorschijn was gesprongen. De kop van het beest spatte in een rode wolk uiteen.

Hemoglobine, dacht Kira. IJzerhoudend bloed, in tegenstelling tot de Kwallen.

De nachtmerries bleven hen bestoken, in hun eentje of in tweetallen. Toen ze de rand van de stad bereikten en de bebouwing plaatsmaakte voor mossige grond, checkte Kira de situatie in de ruimte. De Caracole was de planeet al gepasseerd en was op weg naar de rand van het stelsel. Hoog boven hen waren schepen van de Kwallen en nachtmerries in een hevige strijd verwikkeld: tegen elkaar, maar de Kwallen ook onderling. De Darmstadt bevond zich nog op enige afstand van Nidus, maar kwam snel dichterbij. Uit verschillende plekken op de romp walmde zwarte rook.

'Hierheen,' zei Tschetter, die op het geblakerde terrein de leiding nam. De mossige vlakte had de nucleaire explosie vol over zich heen gekregen en was verbrand door een muur van hitte; de minuscule blaadjes kraakten en as plakte aan hun schoenzolen.

Ze holden westwaarts, weg van de bebouwing en dieper het schemerduister in.

Kira kwam naast Tschetter lopen. 'Toen je gered werd, heb je toen tegen de Kwallen gezegd dat ik nog in leven was?'

De majoor schudde haar hoofd. 'Natuurlijk niet. Ik wilde de vijand geen kostbare informatie geven.'

'Dus Lphet en de rest wisten niet waar ik was en dat het pak bestond?'

'Pas toen je het signaal verstuurde.' Tschetter keek haar aan. 'Sterker nog, ze hebben er nooit naar gevraagd. Ik vermoed dat ze dachten dat het pak samen met de Verzachtende Omstandigheden vernietigd was. Hoezo?'

Kira probeerde op adem te komen. 'Gewoon, om alles op een rijtje te krijgen.' Er was iets wat niet klopte. Waarom zouden de Kwallen die het Zachte Mes hadden verstopt níét geïnteresseerd zijn geweest in zijn locatie na de gebeurtenissen op Adra? Met fotonspoordetectie hadden ze kunnen zien dat de Walkure Sigma Draconis had verlaten en dat zou voldoende zijn geweest om haar naar 61 Cygni te kunnen volgen. Waarom hadden ze dat niet gedaan? En dan waren er nog de nachtmerries...

'Is Iska bij jou?' vroeg Kira.

De majoor gaf niet meteen antwoord; de inspanning was van haar gezicht af te lezen. 'Hij is achtergebleven, voor het geval mij iets zou overkomen.'

'Hoe heb je ons eigenlijk gevonden?'

'Lphet wist waar de Kwallenschepen waren die jou moesten opsporen. We hebben ze gewoon gevolgd. Simpel als wat. De Verdorvenen moeten hetzelfde hebben gedaan.'

Boven hen klonk een ijselijk gegil. Een groep donkere vormen met vleermuisvleugels dook naar beneden. Kira bukte en zwaaide met een arm. Ze maakte contact met een massief, eng zacht lichaam en vrijwel meteen vormde het pak een scherpe rand. Haar arm sneed door vlees en bot als een mes door boter.

Wondvocht stroomde over haar heen. Ook de rest van de groep werd geraakt toen ze de aanvallers uit de lucht begonnen te schieten. De vleermuizen hadden insectachtige kaken en korte pootjes met scharen die ze tegen hun borst gedrukt hielden.

Toen het schieten ophield, lagen er drie mariniers roerloos op de grond. Een zestal anderen had verwondingen opgelopen.

Nishu trapte tegen een van de levenloze monsters. 'Een soort kamikazepiloten.'

'Yep,' zei Tatupoa. Hij hielp een van zijn gewonde strijdmakkers op de been. 'Puur kanonnenvoer.'

[[Kira hier: Horen die bij jullie?]] Ze wees naar de gevleugelde restanten.

[[Lphet hier: Nee. Dit zijn ook Verdorvenen.]]

Kira's verwarring nam toe terwijl ze tolkte voor de rest. Geen hemoglobine dit keer, en ook in de vormen van de nachtmerries leek geen lijn te zitten. Bij de Kwallen was het tenminste duidelijk dat de verschillende soorten op de een of andere manier aan elkaar gerelateerd waren, vanwege het bloed, huidpatroon, spiervezels enzovoort. Behalve hun aangetaste huid was er geen enkele overeenkomst tussen de verschillende nachtmerries te ontdekken.

Tschetter wees naar de bergrug die voor hen oprees. 'De schepen staan daarachter.'

Toen ze de helling beklommen – op geruime afstand gevolgd door de mariniers, die hun gewonden moesten helpen – zei Nielsen: 'Kijk!'

De paddenstoelwolk had een enorm gat in het wolkendek geblazen. Door het gat, achter een paar rafelige mistflarden, zag Kira een bontgekleurd, glinsterend hemelgordijn. Rood, blauw, groen en geel, deinend als ragfijn zijde. Een spektakel van neonkleuren, duizenden kilometers in doorsnee.

Het schouwspel benam Kira de adem. Op Weyland had ze het poollicht maar een paar keer waargenomen, en alleen in de donkerste nachten. Het zag er bijna onwerkelijk uit. Alsof haar overlays defect waren: te fel, te vloeiend, te kleurrijk.

'Waardoor komt dat?' vroeg ze.

'Een nucleaire explosie of antimaterie in de hogere atmosfeer,' zei Tschetter. 'In ieder geval iets wat geladen deeltjes in de ionosfeer dumpt.'

Kira huiverde. Het was een schitterend schouwspel, maar toch angstwekkend, nu ze de oorzaak kende.

'Over een paar uur zal het vervagen,' zei Hawes.

Eenmaal boven keek Kira naar de stad die achter hen lag. Ze was niet de enige.

Uit de overwoekerde straten kwam een grote groep wezens gestroomd: nachtmerries en Kwallen, hun eerdere animositeit vergeten. Achter hen schreed de Zoeker: een lange, magere en door zijn kap en mantel bijna monniksachtige verschijning. Aan de rand van de stad bleef de Zoeker staan. Over de velden van geblakerd mos galmde hetzelfde ijselijke gekrijs. De Zoeker spreidde zijn armen. Onder zijn mantel bleken vleugels schuil te gaan: dooraderd, donkerpaars en met een spanwijdte van bijna tien meter.

'Moros,' zei Koyich opvallend rustig. 'Kijk of je een kogel door zijn kop kan jagen.'

Kira wilde protesteren, maar beet op haar tong. Als ze de Zoeker konden doden, was dat natuurlijk fantastisch, hoewel ze het ergens jammer vond om zo'n oud, sterk en overduidelijk intelligent wezen van het leven te beroven.

'Begrepen, majoor,' zei een van de mariniers. Hij stapte naar voren, richtte en vuurde zonder ook maar een moment te aarzelen.

Het hoofd van de Zoeker zwaaide opzij. Daarna keek hij hun kant op, met een blik van pure kwaadaardigheid.

'Geraakt?' vroeg Koyich.

'Nee, majoor,' zei Koyich. 'Hij ontweek hem.'

'Hij ontweek hem… Marinier, gebruik je laser, hoogste capaciteit.'

'Ja, majoor.'

Uit Moros' pantser klonk het bedompte gejank van zich opladende supercondensatoren, gevolgd door een harde 'BZZT!' Kira's huid begon te tintelen door de elektrische ontlading.

Ze zag de laserstraal met haar thermische overlay: een streep intens licht die als bij toverslag verscheen en Moros met de Zoeker verbond.

Alleen raakte de straal het zwartgesluierde wezen niet. De laser krulde om zijn lichaam en brandde een vuistgroot gat in de muur achter hem.

Zelfs van deze afstand had Kira kunnen zweren dat ze de Zoeker zag grijnzen. En toen kwam weer die herinnering: het waren Zoekers die de decreten van de Heptarchie ten uitvoer brachten, Zoekers die de levensgevaarlijke diepten van de ruimte bewaakten…

[[Lphet hier: Dit heeft geen zin.]] De Kwal begon samen met zijn kameraden aan de afdaling.

Lphets woorden hoefden niet te worden vertaald. Kira zette zich met de rest van de groep in beweging. Wederom hoorde ze een ijzige kreet: een aankondiging van de naderende dood.

Aan de voet van de heuvel stonden twee Kwallenschepen. De sferische schepen waren niet groot – vergeleken met de Darmstadt zelfs piepklein –

maar daar, op de grond, leken ze reusachtig. Bijna zo groot als het gemeentekantoor in Highstone, waar ze indertijd haar kweeklicentie had moeten ophalen.

Er werden luiken geopend en loopbruggen uitgeschoven.

De Kwallen verdeelden zich in twee groepen. Tschetter liep met Lphet en een paar andere Kwallen naar het linkerschip. 'Nemen jullie die,' zei ze tegen Koyich, wijzend naar het andere schip.

'Ga met ons mee,' zei Kira.

Zonder ook maar een moment haar pas te vertragen schudde Tschetter haar hoofd. 'Het is veiliger als we ons in tweeën splitsen,' zei ze over haar schouder. 'Bovendien moet ik bij de Kwallen blijven.'

'Maar –'

'We hebben de kans om vrede te sluiten, Navárez, en die kans wil ik niet laten glippen.'

Kira had bezwaar willen maken, ware het niet dat ze geen tijd meer hadden. Terwijl ze samen met Falconi naar het Kwallenschip liep, voelde ze bewondering voor Tschetter. Aangenomen dat de majoor alles nog op een rijtje had, was het enorm dapper wat ze deed, net als haar beslissing om achter te blijven op Adra.

Kira betwijfelde of ze de majoor ooit aardig zou gaan vinden, maar ze was overtuigd van haar plichtsbesef.

Boven aan de loopbrug werden ze opgewacht door een aantal zwaarbewapende Kwallen, die echter meteen plaatsmaakten. Koyich joeg zijn mannen onder luide verwensingen aan boord. Ze strompelden naar binnen, bloed en koelvloeistof druppelend uit wonden en exo's. Nishu en Moros sloten de rij, waarop de loopbrug naar binnen werd geschoven en het luik zich sloot.

'Ik kan niet geloven dat we dit echt aan het doen zijn,' verzuchtte Falconi.

2

[[Wrnakkr hier: Klaarmaken voor vertrek.]]

Kira zag lussen aan de wand. Ze greep er een, waarop de rest haar voorbeeld volgde. De Kwallen gebruiken hun tentakels, terwijl de Wranaui die poten hadden donkere gangen in schoten.

Net als in het andere Kwallenschip waar Kira was geweest rook het naar pekel en was het licht zwak en bleek. Ze bevonden zich in een bolvormige ruimte. Aan de ene kant zag ze buizen en een hoop ondefinieerbare apparatuur, een de andere kant ei-achtige capsules. Aan wandrekken hingen tientallen wapens: blasters, vuurwapens en zelfs zwaarden.

In deze bedompte ruimte was de nabijgeur van de Kwallen zo sterk dat het bijna alle andere geuren overheerste. De Kwallen roken naar woede, stress en angst, en Kira werd zich bewust van een hoop verschillende vormen, functies en rangen.

Het leek alsof Kira en de anderen omringd waren door monsters. Ze hield de xeno in paraatheid, klaar om Kwallen te doorboren die ook maar de minste dreigende beweging maakten. Ook Koyich en de mariniers waren nerveus: ze hadden zich naast het luik in een defensieve halve cirkel opgesteld. Ze hadden hun wapens op de vloer gericht, maar dat kon snel veranderen.

'Kunnen jullie ons naar ons schip brengen?' vroeg Falconi. Hij keek naar Kira. 'Kunnen ze ons naar de Caracole brengen?'

'We moeten naar de Darmstadt, niet naar die halfgare bak van jullie,' zei Koyich.

'De Caracole is dichterbij,' protesteerde Falconi. 'En bovendien –'

Kira vertaalde Falconi's vraag, waarop de Kwal die eerder had gesproken zei: [[Wrnakkr hier: We zullen het dichtstbijzijnde schip proberen te bereiken, maar de Verdorvenen zijn in de buurt.]]

Het gekromde dek begon te trillen, waarop Kira een uiterst vreemde sensatie in haar maag voelde, alsof ze tegelijkertijd viel en opsteeg. Daarna voelde ze haar massa toenemen tot iets meer dan 1 g; merkbaar, maar niet onprettig. Maar ze wist dat hun versnelling veel hoger was dan 1 g.

Waarschijnlijk de zwaartekracht op hun thuiswereld, besefte ze.

'Jezus,' zei Hawes. 'Kijk eens naar je locatiegegevens.'

Kira checkte haar overlays. De coördinaten sprongen heen en weer, alsof de computer niet kon bepalen waar ze zich precies bevonden of hoe snel ze gingen.

'Waarschijnlijk worden de sensoren gestoord door de kunstmatige zwaartekracht,' zei Falconi. Hij leek bezorgd.

Hawes schudde zijn hoofd. 'Ze zijn ons aan het jammen.'

'Shit. Dus we weten niet waar we heen gaan.'

Kira keek naar Wrnakkr. Over zijn rugschild liep een witte streep, wat hem duidelijk identificeerbaar maakte. [[Kira hier: Kunnen we buiten het schip kijken?]]

De Kwal streek met een van zijn tentakels over de wand. [[Wrnakkr hier: Kijk maar.]]

Een stuk van de gekromde wand werd transparant. Kira zag de schijf van Nidus steeds kleiner worden. Op de dag-nachtgrens waren explosies zichtbaar: felle flitsen die deden denken aan atmosferische ontladingen. En zelfs op deze afstand zag ze nog steeds het poollicht, dat als een deken over de turbulente atmosfeer lag.

Kira zocht naar andere schepen, maar als ze er al waren, waren ze niet met het blote oog zichtbaar. Niet dat dat veel betekende in de ruimte.

‘Hoelang voordat we bij de Caracole zijn?’ vroeg ze.

Het waren de entropisten die antwoord gaven. ‘Als we vliegen met dezelfde –’

‘... versnelling die we wel vaker bij de Kwallen hebben gezien –’

‘... en met inachtneming van de eerdere afstand tot de Caracole –’

‘... niet meer dan vijf tot tien minuten.’

Nielsen slaakte een zucht en knielde, waarop de verbindingsstukken van haar pantserexo begonnen te knarsen. Ze droeg nog steeds Trigs cocon in haar armen. ‘Zal het ons echt lukken weg te komen uit dit stelsel? De –’

De verlichting begon te knipperen en Kira rook de nabijgeur van alarm.

[[Wrnakkr hier: We worden achtervolgd door de Verdorvenen.]]

Kira tolkte voor de anderen. Ze zwegen en wachtten op wat komen ging, terwijl de aandrijving van het Kwallenschip tot het uiterste werd belast. Ze konden niets meer doen. Uit het raam dat Wrnakkr had gemaakt, vlogen de sterren voorbij in de wildste curven, maar de enige centrifugale kracht die Kira voelde, was een lichte trek als ze weer een bocht maakten.

Zoals ze al bij 61 Cygni hadden gezien, waren de schepen van de nachtmerries nog sneller dan die van de Kwallen. Dat duidde op een technologie van een zeer ver ontwikkelde, interstellaire beschaving, wat amper strookte met de primitiviteit van de monsters zelf.

Niet afgaan op uiterlijk, drukte Kira zichzelf op het hart. Het kon best zo zijn dat die woeste, beestachtige nachtmerries met haaientanden even intelligent waren als een scheepsbrein.

Door het raam zag ze zilverkleurig geschitter gevolgd door een wolk van kalk. Even kon ze niet meer zien wat er buiten gebeurde.

Koyich en Hawes waren op gedempte toon aan het overleggen. Kira wist dat ze zich klaarmaakten voor een gevecht.

Het schip schokte en haar maag draaide zich om. Even voelde het alsof ze tegelijkertijd drie kanten op werd getrokken. De kunstmatige zwaartekracht leek een golvende beweging te maken – ze voelde haar organen stuk voor stuk in elkaar worden gedrukt – en viel toen helemaal weg.

De verlichting flikkerde. Op de wand verscheen een rij van vingergrote gaten, waarna een bedompte klap klonk. Een sirene begon te loeien en overstemde zelfs het gesis van de ontsnappende lucht.

Nog een schok. Boven haar hoofd verscheen een withete cirkelvormige omtrek en enkele tellen later vloog een deel van het plafond ter grootte van een putdeksel naar binnen.

‘In positie!’ riep Koyich terwijl de nachtmerries het Kwallenschip binnenstroomden.

VI

* * * * * * *

DE DUISTERNIS IN

1

Ineens zweefden ze in een dikke wolk van rook, kalk en reflectiepoeder. De mariniers openden het vuur, net als Wrnakkr en de andere Kwallen. Even was er niets anders hoorbaar dan het oorverdovende gebulder van wapens.

De nachtmerries lieten zich niet tegenhouden door de kogelregen en mede dankzij hun massa hadden ze de afstand met de eerste linie van Kwallen snel overbrugd.

De Kwallen kwamen meteen in actie en hun tentakels grepen en rukten aan elke nachtmerrie die ze te pakken konden krijgen. De aanvallers waren gruwelijk om te zien. Of ze nu vier of twee poten hadden, klauwen of tentakels, bek of snavel, schubben of vacht – of een of andere onnatuurlijke combinatie – ze oogden mismaakt en ziekelijk. Toch leken ze bezeten, alsof ze genoeg stims hadden geslikt om een volwassen man te vellen.

Kira vermoedde dat zijzelf de aanval wel zou overleven, maar ze had haar twijfels over Nielsen of Falconi. Ze kon hen of Trig niet beschermen; de nachtmerries waren domweg met te veel.

Falconi leek dezelfde conclusie te hebben getrokken. Hij was al op weg naar een open deur en trok Trigs cocon met zich mee. Nielsen volgde hem en vuurde meerdere salvo's af om de aanstormende gedrochten op afstand te houden.

Kira aarzelde geen moment en sprong achter hen aan. Meerdere kogels ketsten van de xeno terwijl ze door de lucht zweefde. De impact benam haar haast de adem.

Ze bereikte de deur op hetzelfde moment als Nielsen. Samen zwommen ze de donkere gang in.

'Ik heb een noodsignaal naar de Caracole gestuurd,' riep Falconi. 'Ze zijn onderweg.'

‘Geschatte aankomst?’ vroeg Nielsen, onverstoorbaar als altijd.

‘Zeven minuten.’

‘Dan moeten we –’

In haar ooghoek zag Kira iets opdoemen. Ze draaide zich om in de veronderstelling te worden besprongen door een nachtmerrie. Nielsen deed hetzelfde.

Een Kwal kwam over de concave wand aangekropen. Wondvocht lekte uit een wond op zijn rugschild en van een van zijn tentakels was een flink stuk afgeschoten.

[[Itari hier: Aanvoerder Wrnakkr heeft me opgedragen jullie te beschermen.]]

‘Wat moet-ie?’ vroeg Falconi achterdochtig.

‘Hij komt ons helpen.’

Verscheidene mariniers buitelden de gang in en stelden zich op aan weerszijden van de geopende deur. ‘Snel!’ riep er een. ‘Zoek dekking!’

‘Kom,’ zei Falconi, waarop hij zich afzette.

[[Itari hier: Deze kant op.]] De Kwal nam de leiding. Zijn gekwetste tentakel liet een oranjekleurig spoor achter op de wand.

Ze zwommen dieper het schip in, door zwakverlichte kamers en smalle gangen. De trillingen en geluiden van de strijd waren nooit ver weg: doffe dreunen en klappen, en het gekrijs van razende nachtmerries.

Ineens schokte het schip weer, nog heviger dan eerst. Kira sloeg tegen de wand en even zag ze sterretjes. Terwijl ze naar adem hapte, zag ze hoe Falconi zijn greep op Trig verloor…

Er klonk een oorverdovend geknars. Een reusachtige rood-zwarte punt boorde zich door het plafond en de vloer, zodat zij en Trig gescheiden werden van de rest. De punt werd groter en groter en bewoog nog een paar tellen door om uiteindelijk diep in het hart van het Kwallenschip te stokken.

Kira probeerde te bevatten wat er was gebeurd, maar toen begreep ze het: de nachtmerries hadden het Kwallenschip geramd. Wat ze zag, was de boeg van een van hun schepen.

Ze greep Trigs comateuze lichaam beet. In haar oor begon de radio te kraken. **Kira, leef je nog?** vroeg Nielsen.

‘Ja, en ik heb Trig hier. Wacht niet op mij. Ik vind wel een andere weg.’

Begrepen. Er is een luchtsluis aan de voorzijde van het schip. De Caracole zal ons daar proberen op te pikken.

Als ze in de buurt kunnen komen. zei Falconi.

Kira draaide zich om en trok Trig naar de dichtstbijzijnde, schelpvormige deur. De geluiden van de strijd werden luider.

‘Shit,’ mompelde ze.

De deur schoof open en ze trok Trig mee naar binnen. Op die manier werkte ze een reeks van kamers af, en telkens als ze in een gang iets hoorde, koos ze ervoor de andere kant op te gaan.

In een lage, ronde gang trof ze een van de Kwallenkreeften. Hij klapte geschrokken met zijn scharen, maar zei toen: [[Sffarn hier: Die kant op, Idealis.]] Hij wees naar een deur naast haar.

[[Kira hier: Dank je wel.]]

De schelp schoof open en Kira zag een enorme bel water, niet langer gekluisterd door zwaartekracht. Kira aarzelde geen moment, dook in de vloeibare massa en zwom naar de andere kant.

Piepkleine bidsprinkhaanachtige beestjes schoten door haar blikveld. Ze herinnerde zich ineens dat ze die graag at. Ze waren knapperig en lekker met *yrannoc*, wat dat ook mocht wezen.

Ze brak door het wateroppervlak. Een lillend vlies op haar gezicht belemmerde haar zicht. Ze knipperde met haar ogen, stuurde de xeno naar de dichtstbijzijnde wand en trok zichzelf op het droge. Eenmaal daar, en met Trigs benen stevig vastgeklemd, veegde ze het water van haar gezicht.

Ze schudde haar handen droog; kleine druppeltjes zweefden alle kanten op.

Even werd ze gegrepen door angst, maar ze wist zichzelf te kalmeren door diep in en uit te ademen.

Hou je kop erbij. Ze moest het vol zien te houden totdat ze zich weer bij Falconi en de rest kon voegen. Tot zover had ze geluk gehad en was ze geen enkele nachtmerrie tegen het lijf gelopen.

Ze duwde zich voort langs de wand totdat ze weer bij een deur kwam, met erachter een donkere gang. 'Je zou dit allemaal fantastisch hebben gevonden,' mompelde ze. Trig was zo geïnteresseerd geweest in de Kwallen, en in buitenaards leven in het algemeen...

De radio begon weer te kraken. **Kira, we zijn in de luchtsluis. Waar ben jij?**

'Volgens mij kom ik in de buurt,' zei ze zo zachtjes mogelijk.

Snel dan. De Caracole is er bijna.

'Begrepen. Ik –'

'Kijk ui–' riep Falconi, waarop alleen nog maar ruis klonk. Een halve tel later draaide het schip om zijn as. De scheidingswanden kraakten en begaven het met luid geraas.

'Wat is er aan de hand?' begon Kira. 'Falconi? Nielsen?' Ze probeerde nog een paar keer contact te zoeken, maar kreeg geen antwoord.

Doodsangst maakte zich van haar meester. Ze vloekte binnensmonds, greep Trig nog steviger beet en trok hem verder door de gang, nog sneller dan eerst.

Toen ze aan het eind van de gang ineens iets zag bewegen, greep ze zich vast aan een rail. Het was een kluwen schaduwen, van iets wat snel vanuit een zijgang dichterbij kwam…

Kira zocht wanhopig naar een verstopplek. Haar enige kans was een ondiepe nis van een koraalachtig materiaal, recht tegenover haar.

Ze zette zich af, schoot de nis in en trok Trig naar zich toe. Trigs cocon botste tegen de wand. Ze verstijfde, bang dat het geluid de aandacht had getrokken van wat er ook maar dichterbij kwam.

Ze hoorde insectengetsjirp, dat steeds luider werd.

… En luider.

Kira drukte zich tegen de wand. *Loop door. Loop door. Loop do–*

Er verschenen vier nachtmerries. Drie waren van een soort die ze al eerder had gezien: mutaties met gehavende huid en vier dan wel zes poten, en met een monsterlijke kop die heen en weer zwaaide, op zoek naar prooi. De vierde nachtmerrie was anders. Deze had een mensachtige gedaante en had één paar benen, en armen die begonnen als gesegmenteerde schilden, maar uitmondden in tentakels zonder zuignappen. Zijn uitgerekte kop had ingevallen ogen die net zo blauw waren als die van Falconi, en een bek met kleine, bewegende insectenkaken die scherp genoeg leken om staal te doorboren. Een schild tussen de benen duidde op genitalia.

Het wezen was uiterst alert. Het keek voortdurend om zich heen, inspecteerde alle hoeken en gaten en leek koste wat kost te willen voorkomen dat ze werden verrast. Bovendien leek het te beschikken over een intelligentie die Kira nog niet bij de andere nachtmerries had opgemerkt. En er was meer: de glans van zijn gepantserde borstkas kwam haar bekend voor, hoewel ze niet precies wist waarom…

Het mensachtige wezen tjirpte en de drie andere nachtmerries reageerden meteen door zich rondom hun leider op te stellen.

Ondanks haar zorgen over haar eigen veiligheid en die van Trig keek Kira geïntrigeerd toe. Tot op heden had ze geen enkel teken van hiërarchie bij de nachtmerries gezien. Als dat mensachtige monster hun leider was, dan zouden ze misschien niet meer weten wat ze moesten doen als…

Nee. De aandacht trekken zou haar alleen maar in de problemen brengen. *Loop door. Loop door…*

Het kostte haar al haar zelfbeheersing om roerloos te blijven hangen. De drang om tevoorschijn te springen en aan te vallen was bijna niet te weerstaan, maar op de een of andere manier wist ze zich in te houden en bleef ze luisteren.

De nachtmerries merkten haar niet op.

Terwijl ze haar half zwemmend, half lopend passeerden, kon Kira ze ruiken: een geur van verbranding en kaneel, vermengd met de ziekmakende stank van uitwerpselen en verderf. Wat ze ook waren, de nachtmerries waren verre van gezond. Twee van hen keken haar kant op in het voorbijgaan. Hun kleine ogen waren roodomrand en lekten gelig vocht.

Kira snapte het niet. Waarom hadden ze haar niet gezien? De nis was verre van diep. Ze keek naar beneden en voelde zich duizelig worden: het enige wat ze zag, was de schaduw van de muur in de nis. Ze tilde een hand op, maar zag niets. Een amper waarneembare schittering langs de contouren van haar vingers, maar meer ook niet.

Trigs cocon was nog wel zichtbaar, maar leek totaal niet interessant voor de nachtmerries.

Ondanks de situatie moest Kira grijnzen. Het Zachte Mes kromde het licht om haar heen, net zoals die onzichtbaarheidscape waar zij en haar zusje vroeger mee hadden gespeeld. Alleen deed het pak het beter. Minder interferentie.

De nachtmerries liepen nog een paar meter verder, maar toen zwaaide het zespotige exemplaar zijn schedelachtige kop haar kant op. Hij sperde zijn neusvleugels wijd open en ontblootte zijn slagtanden.

Shit. Ze konden haar dan wel niet zien, maar dat betekende nog niet dat ze haar niet konden ruiken…

De nachtmerrie maakte een sissend geluid en kwam op haar af. Met elke pas drukte hij zijn klauwen hard op de vloer, om zich goed af te kunnen zetten.

Kira wachtte niet langer af. Ze slaakte een kreet, sprong op het monster af en strekte haar arm. Het Zachte Mes reageerde meteen door de met zweren bedekte nachtmerrie te doorklieven met een driehoekige spies, waar meteen zwarte weerhaken uitschoten.

Het wezen brulde, maaide met zijn poten om zich heen en zakte in elkaar.

Met haar andere arm maakte Kira de volgende nachtmerrie af.

Twee dood, nog twee te gaan.

De leider van de nachtmerries richtte een of ander wapen op haar. Meteen daarop werd Kira naar achteren geworpen. Haar heupen waren gevoelloos geworden, maar ze voelde een stekende pijn in haar ruggengraat en elektrische schokken schoten door haar borst en armen.

Ze snakte naar adem en even kon ze zich niet meer bewegen. Het derde beest sprong op haar af en gezamenlijk buitelden ze door de gang. Kira probeerde haar gezicht zo goed mogelijk af te schermen tegen het happende monster. Tanden schampten langs de harde huid van het Zachte Mes, terwijl klauwen zich vergeefs in haar buik probeerden te graven.

Ze was doodsbang, hoewel de nachtmerrie haar niet leek te kunnen verwonden.

Maar toen trok hij zijn kop terug en spuwde hij een stroom groenig vocht over haar hoofd en borst.

Kira rook een scherpe geur en rook kringelde van haar huid, maar ze voelde geen pijn.

Het monster had haar met zuur aangevallen, besefte Kira verontwaardigd. *Hoe durf je?* Als ze het Zachte Mes niet had gehad, zou ze voor het leven verminkt zijn geweest.

Ze ramde haar vuisten in de opengesperde bek van het monster. Ze zette zich schrap en trok zijn kop in tweeën, waarop bloed en weefsel tegen de wanden spatten.

Hijgend zocht ze naar het mensachtige wezen, om ook hem aan stukken te scheuren. Het wezen stond vlak naast haar en sperde zijn bek vol afgeronde, parelachtige tanden wijd open. Toen begon het te sissen en te grommen. 'Vergeten vleesss. Voedsssel voor de Muil!'

Uit ontsteltenis vergat Kira te reageren. De nachtmerrie zag zijn kans schoon om een tentakel rond haar rechterarm te krullen. Vuur leek zich door haar huid te branden en zich een weg naar haar hoofd te vreten.

Ineens kwam de herinnering, en ze schreeuwde het uit terwijl het wit werd voor haar ogen.

2

Ze zag zichzelf staan in het ruim van de Verzachtende Omstandigheden, maar vanuit twee verschillende standpunten. Het was verwarrend: verschillende perspectieven die elkaar overlapten en in elkaar overvloeiden om een verwrongen versie van het moment te creëren. Ze voelde ook verschillende emoties, die ze geen van alle kon thuisbrengen: angst, triomf, woede, minachting, spijt.

Vanuit één perspectief probeerde ze zich te verstoppen: ze dook weg achter een stellagekast, pure angst op haar gezicht. Maar vanuit het andere perspectief was ze vol zelfvertrouwen en verre van bang. Ze sloeg geen acht op de withete laserstralen die de lucht doorkliefden.

Ze zag zichzelf naar de uitgang vluchten, maar ze was te langzaam, veel te langzaam. Zwarte spiesen schoten ongecontroleerd uit haar huid.

Toen draaide ze zich om en met een door angst en woede verwrongen gezicht richtte ze het pistool dat ze uit de handen van een dood bemanningslid had gepeuterd. Vuur schoot uit de loop en kogels ketsten tegen de wand.

De angstige Kira begon te roepen en te zwaaien, te smeken om op te houden.

De zelfverzekerde Kira ontweek kogels en rende langs de wand. Ze leek to-

taal onbezorgd. Vonken vlogen in het rond terwijl kogels kapotgeschoten werden door lasers.

Toen raakte een van de kogels de met rood gelabelde leiding achter in het ruim en de twee perspectieven vlogen met een daverende klap uit elkaar. Even was er niets, en toen haar zicht terugkeerde, was er een verdere splitsing. Nu waren er drie herinneringen, die haar geen van alle bekend voorkwamen. De meest recente was kort, minder opvallend dan de andere. Er was geen zicht, maar wel bewustwording van de omgeving, zij het onduidelijk en vaag. En er was dezelfde angst en woede die ze al eerder had ervaren, alleen nu versterkt door verwarring en desoriëntatie.

De explosie had de romp van de Verzachtende Omstandigheden opengescheurd. Een sterke luchtstroom rukte aan haar lichaam en ineens tolde ze door de lucht. Drie paar ogen zagen dezelfde caleidoscoop van sterren en drie lichamen voelden verzengende pijn door hun gemangelde vlees schieten. Van die drie leken de eerste twee zwakker; hun zicht nam af terwijl ze langzaam het bewustzijn verloren. Maar niet de derde. Die was gewond, woedend en bang, was incompleet, maar kon zich nog voortbewegen.

Maar waar naartoe? Ze had alle contact met haar oudervorm verloren en kon hem niet meer vinden. Te veel vezels waren gebroken, te veel verbindingen doorgesneden. Redundantie faalde en autoherstel stokte door een gebrek aan kennis en benodigde elementen.

Uit tomeloze woede en angst strekte ze zichzelf uit en zocht ze met haar ragfijne vezels naar de dichtstbijzijnde warmtebron. Alles om haar oudervorm weer te vinden, zoals het patroon gebood. Als dat haar niet zou lukken, zou inactiviteit haar lot zijn.

Juist toen het laatste licht in de ogen van de anderen uitdoofde, juist toen ze bevangen werden door de verstikkende druk van vergetelheid, grepen haar vezels zich vast. Eerst was er verwarring, maar toen kreeg de drang tot herstel voorrang boven de instructies van de zoekende vezels en voelde ze een nieuwe sensatie: een speldenprik die algauw uitgroeide tot een bijtende pijn die zich over elke vierkante centimeter van hun gemangelde huid verspreidde.

Vlees voegde zich bij vlees als in een wilde paringsdans, en de drie perspectieven werden één. Niet langer waren ze graaier, of tweevorm, of het Zachte Mes. Nu waren ze iets heel anders.

Het was een misvormd partnerschap, geboren uit noodzaak en onwetendheid. De onderdelen pasten niet, hoewel ze op microscopisch niveau aan elkaar waren geklonken en rebelleerden tegen zichzelf en tegen de realiteit. Toen maakte waanzin zich meester van het bewustzijn van het verenigde vlees. Er was geen sprake meer van logisch denken, enkel de woede die ze had gevoeld, en angst. Paniek volgde, en verdere ontregeling.

Want ze waren incompleet. De vezels die hen bijeen hadden gehouden, waren zwak, imperfect, vergiftigd door emoties. Zoals het zaad was, werd het fruit.

Ze probeerden in beweging te komen, maar door hun tegengestelde impulsen graaiden ze krampachtig in het luchtledige.

Toen baadden ze in het licht van een dubbele zon, toen de Verzachtende Omstandigheden detoneerde en de Tserro – het graaiersschip – met zich meenam.

Door de explosie werden ze weggeworpen van de witte maanschijf, als een stuk wrakhout meegesleurd door golven in een storm. Even tolden ze door de vrieskou van de ruimte, enkel voortgedreven door hun momentum. Maar al snel gaf hun nieuwe huid hun het vermogen van stuwing, waarop ze hun rotatie konden tegenhouden en met nieuwe blik het naakte universum konden aanschouwen.

Honger maakte zich van hen meester. Ze voelden de drang om te eten, te groeien en deze woestenij achter zich te laten, zoals hun vlees gebood. Zoals het doorbroken patroon dicteerde. Die onverzadigbare honger ging gepaard met woede en angst: een instinctieve afwijzing van zelfvernietiging, overgehouden aan de confrontatie met Carr/Qwon.

Ze hadden voedsel nodig. En energie. Maar eerst voedsel, om het vlees te voeden. Ze spreidden zich uit om het licht van de ster te vangen en vlogen naar de puinringen van de gasreus om te schuilen in zijn zwaartekrachtput.

Het puin bevatte de grondstoffen die ze nodig hadden. Ze voedden zichzelf met mineralen, metalen en ijs, en werden steeds groter. Energie was overal aanwezig en gemakkelijk te vinden in de ruimte; de ster leverde alles wat ze nodig hadden. Ze spreidden zichzelf verder uit en zetten elke geabsorbeerde zonnestraal om in bruikbare energie.

Dit stelsel had een thuis kunnen zijn: de manen en planeten waren geschikt voor leven. Maar hun ambitie reikte verder. Ze kenden andere plekken, andere planeten, met miljarden, triljarden levende wezens. Een feestmaal van vlees en energie, klaar om te worden opgenomen en te worden gebruikt voor hun allerhoogste doel: expansie. Met zulke hulpbronnen zou hun groei exponentieel zijn. Ze zouden zich als een vuurstorm verspreiden naar andere sterren, steeds verder en verder, totdat ze het hele sterrenstelsel en andere hadden verzwolgen.

Het zou tijd kosten, maar tijd hadden ze. Want ze waren onsterfelijk nu. Hun vlees zou niet ophouden te groeien en zolang er een molecuul van hen overbleef, kon hun zaad zich verspreiden, ontkiemen…

Maar er was een obstakel. Een technisch probleem dat ze niet konden oplossen, niet met hun vlees en niet met hun verzamelde energie.

Ze wisten niet hoe ze een apparaat moesten maken waarmee ze in de structuur van de ruimte zelf konden duiken en sneller konden reizen dan het licht. Ze wisten dat zo'n apparaat bestond, maar de specifieke werking was hun volstrekt onduidelijk.

Dat betekende dat ze vastzaten in dit stelsel, tenzij ze met een lagere snelheid dan het licht wilden reizen, wat niet zo was. Hun ongeduld dwong hen te blijven, aangezien ze wisten dat anderen in aantocht waren. Anderen, die het benodigde apparaat bij zich hadden.

Dus wachtten ze af, en keken ze, en bereidden ze zich voor…

Het wachten duurde niet lang. Drie flitsen aan de rand van het stelsel kondigden de komst van de graaiersschepen aan. Twee waren zo vermetel om dichterbij te komen, voor onderzoek. Het vlees was voorbereid en sloeg toe! Ze namen de schepen over en ontdeden zich in hun woede van de inhoud: ze absorbeerden de lichamen van de graaiers.

Het derde schip wist aan hun honger te ontkomen, maar dat maakte niet uit. Ze hadden bemachtigd wat ze nodig hadden: de machines waarmee ze de kloof tussen de sterren konden overbruggen.

En dus vertrokken ze om hun honger te stillen. Eerst naar het dichtstbijzijnde graaiersstelsel: een nog jonge kolonie, zwak en niet verdedigd. Ze vonden een station in een baan om een planeet: een rijpe vrucht. Ze crashten hun schepen en maakten zichzelf onderdeel van de structuur. De informatie in hun computers werd hun informatie, en hun ambitie groeide.

Maar hun zelfvertrouwen was voorbarig. De graaiers stuurden meer schepen op hen af: schepen die hun vlees verbrandden, verpulverden en verscheurden. Het maakte niet uit. Ze hadden al wat ze nodig hadden. De rest zou volgen.

Ze vluchtten terug naar de interstellaire ruimte. Dit keer kozen ze een stelsel zonder graaiers of tweevormen, maar niet gespeend van leven. Een van de planeten was een woekerende arena van levensvormen die andere levensvormen aten. De Muil daalde af naar het oppervlak en verzwolg ze allemaal, om nieuw vlees te kweken.

Op die planeet bleven ze. Ze aten, groeiden en bouwden met koortsachtige snelheid. Algauw was het hele planeetoppervlak en het luchtruim erboven gevuld met de schepen die ze hadden gebouwd.

Nee, niet gebouwd: gekweekt.

Samen met de schepen kweekten ze ook dienaren, wat substantie betreft gebaseerd op halfvergeten blauwdrukken van hun bindende vlees, en qua uiterlijk lijkend op een combinatie van vormen aangedragen door de verschillende delen van hun geest. Het resultaat was grof en wanstaltig, maar ze waren gehoorzaam en dat was genoeg. Een leger van schepsels om de dictaten van het patroon ten uitvoer te brengen. Leven dat zichzelf in stand kon houden en zich kon voortplanten. Maar sommige schepsels waren méér dan dat: onderdeel van de Muil zelf, zaaisel van hun eigen vlees, en hun essentie kon de afstand naar andere sterren overbruggen.

Nu hun troepen sterk genoeg waren, stuurden ze hen eropuit om de stelsels van de graaiers in te nemen, en andere bovendien. De honger was nog steeds niet gestild, en evenmin de door angst gevoede woede van zijn twee geesten.

Een periode van voeden brak aan. De graaiers vochten terug, maar waren onvoorbereid en te traag in het vervangen van hun gevallenen. De Muil kende zulke problemen niet. In elk stelsel waar hij aanviel, wist hij een permanente basis te vestigen, van waaruit hij zich naar andere beschikbare planeten verspreidde.

Die opmars bracht hun dienaren in de ruimte van de tweevormen. Het vlees van de Muil omspande inmiddels zeven stelsels en hij had alle vertrouwen in zijn kracht. En dus stuurde hij zijn dienaren op de tweevormen af, om ze terug te dringen en het conversieproces in gang te zetten.

Maar toen, toen ze het amper verwachtten, hoorden ze iemand roepen in het donker: Hou op! *Ze herkenden het signaal en de stem. Het signaal behoorde toe aan de makers van het vlees, sinds lang verdwenen, en de stem was van een vrouw, Kira Navárez.*

Ze zagen weer hoe ze schoot, met een door angst en woede verwrongen gezicht…

De Muil brulde en droeg zijn dienaren op: Zoek naar het vergeten vlees! Dood het! Vernietig het! VERORBER HET!

3

Kira… Waar ben je? Kira?

Kira schreeuwde toen ze in zichzelf terugkeerde.

De mensachtige nachtmerrie had nog steeds een tentakel om haar arm gewikkeld, maar dat was niet alles. Zwarte vezels liepen van het Zachte Mes naar het lichaam van de nachtmerrie en ze voelde hoe het bewustzijn van het monster haar probeerde weg te duwen, weg te vagen. De huid van de nachtmerrie vrat zich in de hare terwijl het Zachte Mes langzaam werd geabsorbeerd. Ze kon het proces niet tegenhouden: de xeno herkende de nachtmerrie niet als vijand. Sterker nog, hij leek zich met het bedorven vlees van de nachtmerrie te willen verenigen, om weer één te worden met iets wat verloren was gegaan.

Als ze nog langer zou aarzelen, zou ze sterven. Of veranderen in iets walgelijks.

Ze probeerde haar arm weg te trekken en ze buitelden over elkaar heen. Het vlees van de nachtmerrie was nog steeds aan het versmelten met het hare.

'Geef het op,' sprak het monster met klikkende kaken. 'Je kunt dit niet winnen. Allesss is vleesss voor de mond van velen. Laat je verorberen en voeg je bij onsss!'

'Nooit!' riep Kira. Met een uiterste mentale krachtsinspanning dwong ze het Zachte Mes tot actie. Honderden zwarte spiesjes boorden zich in het vlees van de nachtmerrie. Het monster krijste en kronkelde, maar weigerde te sterven. Kira voelde hoe de nachtmerrie de spiesen absorbeerde, zodat het Zachte Mes dunner werd, minder dan eerst.

De tentakel was al diep in haar arm gezakt; alleen de bovenkant stak nog boven de kolkende huid van het Zachte Mes uit.

Nee! Zo wilde ze niet sterven. Haar lichaam was niet belangrijk, maar haar bewustzijn wel.

Kira veranderde de huid op haar linkerarm in een lemmet en met een wanhopige kreet hakte ze tot twee keer toe.

Eenmaal door haar rechterarm, net boven de elleboog.

En eenmaal door de nachtmerrie, waarmee ze hem doormidden kliefde.

Bloed spoot uit de stomp van haar arm, maar dat duurde niet lang. Het Zachte Mes sloot de wond razendsnel.

Het had pijn moeten doen, maar of het nou door de adrenaline of de xeno kwam, ze voelde niets.

De twee helften van de nachtmerrie vlogen verschillende kanten op. En nog steeds leefde het monster: het bovenlichaam bewoog nog steeds zijn armen, kop en kaken, terwijl zijn benen bleven stuiptrekken, alsof ze weg wilden rennen. Uit beide delen groeiden zwarte tentakels die om zich heen begonnen te tasten om beide helften weer met elkaar te kunnen verenigen.

Ze wist dat ze deze strijd niet kon winnen.

Ze zocht naar de nis. Daar. Ze zwom ernaartoe, greep Trigs cocon beet en gebruikte het Zwarte Mes om zich door de gang te trekken, in de richting die ze aanvankelijk op had gewild.

Aan het einde van de gang keek ze over haar schouder. De twee helften van de nachtmerrie waren bijna weer aan elkaar gegroeid. Toen zag ze hoe het bovenlichaam zijn ene resterende tentakel oprichtte.

Ze schermde haar gezicht af. Te langzaam.

...

...

...

Het galmde in haar oren toen ze weer bijkwam. Aanvankelijk wist ze nog niet wie of waar ze was. Ze staarde naar de blauw uitgelichte wand die voor haar ogen leek te zwemmen en probeerde te begrijpen wat er was gebeurd, aangezien ze zeker wist dat er iets fout zat. Vreselijk fout.

Ze ademde in en uit, en met de zuurstof kwamen de herinneringen. Het besef. De angst.

De nachtmerrie had haar hoofd geraakt. Kira voelde haar hersenen bonzen en pijnscheuten schoten door haar nek. Verderop in de gang lag nog steeds de nachtmerrie en hij was nog steeds bezig met het samenvoegen van zijn lichaamshelften.

Bam! Het monster vuurde opnieuw, maar dit keer schampte de kogel haar schouder, tegengehouden door de harde huid van het Zachte Mes.

Kira wachtte niet af. Ze tastte naar de wand, nog altijd duizelig, en trok zichzelf en Trig de hoek om, zodat ze uit het zicht van de nachtmerrie was.

Terwijl ze zo door het schip bewoog, voelde Kira zich losgeweekt van de realiteit, alsof dit alles iemand anders overkwam. Ze kon geluiden niet lokaliseren en lichtbronnen hadden kleurige kringen.

Een hersenschudding, dacht ze.

De nachtmerrie die ze gezien had... Het kon niet, maar toch wist ze dat het zo was. Carr en de Kwal, tot een gruwelwezen samengevoegd door de stukken van het Zachte Mes die van haar afkomstig waren geweest. Als ze nou haar emoties in bedwang had gehouden tijdens die confrontatie op de Verzachtende Omstandigheden, als ze nou naar Carrs smeekbeden had geluisterd, als ze die leiding nou niet had stukgeschoten... Zíj was de moeder van de Verdorvenen. Háár acties hadden tot hun schepping geleid, en hun zondes waren die van haar. Al die doden: Kwallen, mensen, onschuldige levensvormen op verre planeten... Tranen liepen over haar wangen.

Ze was zich amper bewust van wat ze aan het doen was. Het Zachte Mes leek alle beslissingen voor haar te nemen: hier links, daar rechts...

Ze hoorde een stem: 'Kira! Kira! Hierheen! Waar –'

Ze keek op en zag Falconi, met een verwilderde blik in zijn ogen. Itari, de Kwal, stond naast hem, zijn wapen op de deur gericht. Er zat een groot, onregelmatig gevormd gat in de romp. Door het gat zag ze de duisternis van de ruimte en in die duisternis, als een schitterende diamant, de Caracole, op een afstand van een paar honderd meter.

Kira besefte dat ze in een vacuüm zweefde. Om de een of andere reden had ze dat niet eerder opgemerkt.

'... is je arm? Wat –'

Ze schudde haar hoofd. Uitleggen was onmogelijk.

Falconi leek het te begrijpen. Hij greep haar bij haar middel en trok haar en Trig naar het gat. 'Je zult moeten springen. Ze kunnen niet nog dichterbij komen. Kun je –'

Kira zag dat de luchtsluis van de Caracole geopend was. In het schip zag ze beweging: Nielsen en een paar van de mariniers.

Kira knikte en Falconi liet haar los. Ze verzamelde al haar krachten en sprong de leegte in.

Voor de duur van een ademtocht zweefde ze door doodse stilte.

Het Zachte Mes paste haar koers met enkele centimeters aan, zodat ze recht door de luchtsluisdeur van de Caracole vloog. Een marinier greep haar beet en hield haar tegen.

Falconi volgde een moment later, met Trigs cocon in zijn kielzog. Tot Kira's verbazing waagde ook Itari de overstap; eenmaal bij de luchtsluis aangekomen, trok hij zich met zijn tentakels naar binnen.

Zodra de sluisdeur gesloten was, zei Falconi: 'Gaan met die banaan.'

Gregorovich antwoordde op zachte toon: 'Begrepen, kapitein. Deze banaan... gaat.'

De plotselinge g-krachten duwden hen tegen de vloer. Kira schreeuwde het uit toen de stomp van haar arm tegen de binnendeur stootte. Maar toen dacht ze aan de nachtmerrie die ze in tweeën had gekliefd en angst bracht haar weer in het hier en nu.

Ze keek naar Falconi en zei: 'Je moet... Je moet...' Het lukte haar niet om de woorden te vinden.

'Ik moet wat?' vroeg hij.

'Je moet dat schip vernietigen!'

Het was Sparrow die antwoord gaf. Haar stem klonk uit de intercom. 'Daar wordt voor gezorgd, schattebout. Hou je vast.'

Door het raampje in de luchtsluisdeur zag ze een verblindend wit licht, waarna de ruit donker kleurde en ondoorzichtig werd. Een paar tellen later begon de Caracole te trillen en hoorde ze een groot aantal tikjes tegen de buitenkant van de romp. Toen werd het stil.

Kira ademde uit en liet haar hoofd op de vloer rusten.

Ze waren veilig. Voorlopig.

VII

* * * * * * *

NOODZAAK

1

De binnendeur van de sluis rolde open. Sparrow stond in de opening en richtte een geweer op de Kwal. Haar haar lag plat op haar schedel door de sterke versnelling van de Caracole.

'Wat doet dat ding daar, kapitein?' vroeg ze. 'Moet ik het verwijderen?'

De mariniers deden een stap naar achteren zonder hun wapens te laten zakken. De sfeer was ineens gespannen. 'Falconi?' vroeg Hawes.

'De Kwal heeft ons geholpen,' zei Falconi, en hij krabbelde met de nodige moeite overeind.

[[Itari hier: Aanvoerder Wrnakkr heeft me opgedragen jullie te beschermen, dus zal ik jullie beschermen.]]

Kira tolkte, waarop Falconi zei: 'Oké dan. Maar hij blijft hier totdat we alles op orde hebben. Ik wil niet dat hij door het schip gaat rondzwerven. Zeg dat maar.'

'Het,' zei Kira. 'Niet hij.'

'Wat jij wilt,' bromde Falconi. Hij slingerde zijn granaatwerper over zijn schouder en liep de sluis uit. 'Ik ben op de brug.'

'Begrepen,' zei Nielsen, amper hoorbaar omdat ze juist haar helm afzette.

De kapitein liep zo snel als de versnelling van het schip toeliet, op de voet gevolgd door Sparrow. 'Blij dat jullie er weer zijn, lummels!' riep ze over haar schouder.

Kira gaf Falconi's bevel door aan de Kwal. Het nestelde zich achter in de sluis op zijn tentakels. [[Itari hier: Ik zal hier wachten.]]

[[Kira hier: Heb je verzorging nodig voor je wonden?]]

Ze pikte de nabijgeur van ontkenning op. [[Itari hier: In deze vorm helen we onszelf. Verzorging is niet nodig.]] Kira zag dat het rugschild van de Kwal inderdaad al bedekt was met een harde, bruine substantie.

Bij het verlaten van de luchtsluis passeerde ze Nielsen. 'Je arm!' riep de eerste officier verschrikt.

Kira trok haar schouders op. Ze was nog zo overdonderd door wat ze over de nachtmerries had ontdekt dat het verlies van haar arm niet zo belangrijk leek. En toch durfde ze niet te kijken.

De entropisten waren er ook, maar van het verkenningsteam waren nog maar zeven man in leven.

'Koyich? Nishu?' vroeg ze aan Hawes.

De luitenant schudde zijn hoofd terwijl hij Moros verzorgde, wiens armbot door zijn skinsuit stak. Ondanks haar zorgen betreurde Kira de dood van de soldaten.

Vishal kwam met zijn tas in de hand naar de luchtsluis gesneld; het zweet stond op zijn voorhoofd. Hij keek bezorgd naar Trig en zei: 'Mevrouw Nielsen! Mevrouw Navárez! We dachten dat we jullie verloren hadden. Goed om jullie te zien.'

'Jij ook, Vishal,' zei Nielsen, en ze stapte uit haar exo. 'Als je ze hebt, zouden we graag wat stralingspillen willen.'

De dokter knikte. 'Ik heb ze meegebracht.' Hij overhandigde de eerste officier en Kira ieder een stripje.

Ze probeerde de pillen aan te pakken met haar ontbrekende hand. De dokter zag het en zei verschrikt: 'Mevrouw Navárez!'

'Het gaat wel,' zei ze, en ze pakte de pillen aan met haar andere hand. Het ging helemaal niet.

Vishal staarde haar na toen ze de luchtsluis verliet.

Eenmaal op de gang stopte ze de pillen in haar mond, om ze vervolgens met veel moeite door te slikken. Daarna bleef ze nog even staan. Ze vroeg zich af wat ze moest doen. Haar hersenen weigerden dienst.

'Gregorovich, wat gebeurt er allemaal?'

'Ben wat druk op het moment,' antwoordde het scheepsbrein op ongewoon ernstige toon. 'Sorry, stekelbaarsje.'

Kira knikte en liep met looiige voeten naar de brug.

2

Falconi stond samen met Sparrow bij de centrale display. De holo toonde de camerabeelden van iemand die bezig was aan de buitenkant van de Caracole.

De stem van Hwa-jung klonk over de comm: '... Ik ben nu de lasnaden aan het controleren. Vijf minuutjes, kapitein, max.'

'Max,' zei hij. 'Over en uit.' Hij drukte op een knop, waarop de holo een kaart van het stelsel toonde, met alle schepen duidelijk gemarkeerd.

Kira plofte op de zachte kussens van haar stoel. Sparrows ogen sperden wijd open toen ze zag wat ze eerder nog niet had gezien. 'Shit, Kira. Wat is er met je arm geb–'

'Later,' zei Falconi. 'Als we tijd hebben.'

Sparrow slikte de vraag in, maar Kira voelde haar kijken.

De Kwallen en de nachtmerries waren nog steeds aan het vechten rond Nidus, maar van enige orde was geen sprake. De drie resterende schepen van de vriendschappelijke Kwallen – waaronder het schip van Tschetter – schoten zodra ze de kans kregen op zowel de nachtmerries als hun eigen volk. Twee Kwallenschepen en één van de nachtmerries waren opgestegen van de planeet en vuurden op alles en iedereen. Kira vermoedde dat de Zoeker die schepen controleerde. De overige nachtmerries waren met iedereen in gevecht, behalve met zichzelf.

Sparrow keek gepijnigd toen een van de Kwallenschepen – gelukkig een van de vijand – in een nucleair inferno veranderde. 'Wat een zootje.'

Aanvankelijk meende Kira nog dat de Caracole de dans was ontsprongen, maar toen zag ze de onderscheppingskoers van twee nachtmerrieschepen. De langwerpige, hoekige schepen (ze zagen eruit als aan elkaar geplakte botten met nog hier en daar een bloederig stuk weefsel) bevonden zich aan de andere kant van de planeet, maar waren aan het versnellen met dezelfde gekmakend sterke g-krachten die de andere nachtmerrieschepen eerder hadden gebruikt. Ze zouden binnen veertien minuten bij de Caracole zijn.

Of misschien ook niet.

Uit de richting van de planetoïdengordel kwam de Darmstadt aangesneld, met in zijn kielzog een spoor van koelvloeistof die uit de beschadigde radiatoren lekte. Kira checkte de cijfers: de kruiser zou de nachtmerries pas onderscheppen als ze al praktisch bij de Caracole waren. Als de nachtmerries nog een kwart g zouden versnellen, zou het VMB veel te laat komen.

De comm kraakte en Akawe begon te spreken: 'Kunt u me horen, kapitein?'

'Jazeker.'

'Ik denk dat we ze wel even kunnen tegenhouden. Lang genoeg misschien voor jullie om de markovgrens te bereiken.'

Falconi greep de rand van de tafel beet. Zijn vingers kleurden wit. 'En jullie dan, kapitein?'

Tot Kira's verbazing begon Akawe te lachen. 'Wij zullen jullie zo mogelijk volgen, maar het belangrijkst is dat iemand het Opperbevel vertelt over het aanbod van Tschetters Kwallen, en op dit moment heeft de Caracole de meeste kans om het stelsel te verlaten. Ik begrijp dat u een burger bent, kapitein, en ik kan u geen bevelen geven, maar op het moment draait alles om jullie.'

'We zullen de Liga inlichten, kapitein,' zei Falconi. En toen, na een korte stilte: 'Dat beloof ik.'

Er klonk geruis. 'Dan hou ik u aan uw woord, kapitein... Bereid jullie voor op een fraaie lichtshow. Over en uit.'

'Wat gaan ze doen?' vroeg Kira. 'Ze kunnen de nachtmerries nooit van zich afschudden.'

Sparrow slikte en staarde naar de holo. 'Nee. Maar misschien kan Akawe ze hard genoeg raken om ze tegen te houden. Hangt ervan af hoeveel raketten de Darmstadt nog heeft.'

Kira en de anderen waren nog altijd gespannen aan het afwachten toen Hwa-jung de brug betrad. Falconi knikte. 'Probleem verholpen?'

Hwa-jung verraste Kira door een diepe buiging te maken. 'Het was mijn schuld. Tijdens die reparatie bij 61 Cygni was ik nog van m'n stuk. Slecht werk. Het spijt me, kapitein. Misschien wordt het tijd voor een andere machinechef.'

Falconi liep naar haar toe, legde zijn handen op haar schouders en trok haar weer overeind. 'Onzin,' zei hij, opvallend rustig. 'Zorg alleen dat het niet nog een keer gebeurt.'

Hwa-jung knikte. De tranen stonden in haar ogen. 'Daar zal ik voor zorgen, beloofd.'

'Dat is alles wat ik vraag!' zei Falconi. 'En als –'

'Shit,' mompelde Sparrow, en ze knikte naar de holo.

De nachtmerries hadden hun snelheid opgevoerd en de Darmstadt zou te laat komen – in ieder geval te laat om goed gebruik te kunnen maken van haar lasers.

'Wat nu?' vroeg Kira. Alle tegenslag had haar murw geslagen. Wat konden ze nog doen? Het maakte niet uit, als ze maar iéts deden. Als de nachtmerries de Caracole zouden enteren, zou ze misschien een paar van hen kunnen doden, maar als er nog meer wezens waren zoals het wezen dat haar op het Kwallenschip had gegrepen, zou ze verloren zijn. Dan zouden ze allemaal verloren zijn.

'Een fuik in de centrale gang,' zei Falconi. 'Zodat ze bijeengedreven worden. Dan kunnen we ze van verschillende kanten aanvallen.'

'Als ze de Caracole niet meteen aan gort schieten.'

'Dat doen ze niet,' zei Hwa-jung, en ze knikte naar Kira. 'Ze willen háár.'

'Klopt,' zei Falconi. 'En daar kunnen we gebruik van maken.'

'Als lokaas,' zei Kira.

'Precies.'

'Maar dan –'

Ze werd onderbroken door een verblindend wit licht uit de holo. Na de flits zagen ze wat er gebeurd was.

Beide nachtmerrieschepen waren vernietigd. Alleen twee snel uitdijende wolken van brokstukken waren nog zichtbaar.

'Gregorovich,' zei Falconi. 'Wat is er gebeurd?'

'Casaba-houwitsers. Drie stuks,' antwoordde het scheepsbrein.

Het beeld van de holo werd teruggespoeld. Ze zagen de explosies krimpen en door de nachtmerrieschepen worden opgeslokt, maar vlak vóór dat moment verschenen er drie streepjes licht in beeld, op een afstand van enkele tienduizenden kilometers.

'Maar hoe dan?' vroeg Kira. 'De Darmstadt is nog niet binnen bereik.'

Sparrow wilde antwoorden, maar toen kraakte de comm weer en hoorden ze Akawe over de speakers. 'Dat was de lichtshow, mensen,' sprak hij op ernstige toon, hoewel hij enig genoegen niet kon onderdrukken. 'We hebben een paar RD-52's achtergelaten toen we bij Nidus kwamen. Het idee speelde al langer in ons hoofd. Waterstofgekoelde Casaba's, bijna niet te spotten. Als het nodig is, kun je ze ook als mijn gebruiken. De nachtmerries hoefden alleen maar in de buurt te komen. Die etters hadden geen benul dat ze in een valstrik liepen. We verleggen nu onze koers en zullen ons best doen om de rest op afstand te houden. Hou het gas erop en stop voor niets en niemand!'

'Begrepen,' zei Falconi. '... En bedankt, kapitein. We staan bij u in het krijt. Over en uit.'

'Jullie mogen ons een rondje geven als dit allemaal achter de rug is, kapitein. Over en uit.'

Toen de verbinding werd verbroken, zei Sparrow: 'Ik had al wat gehoord over die RD-52's. Heb er alleen nooit mee mogen spelen.'

Falconi leunde achterover. Hij haalde een hand door zijn stekelhaar, krabde aan zijn kruin en zei toen: 'Goed, we hebben wat ademruimte. Niet veel, maar een beetje.'

'Wanneer kunnen we naar FTL?' vroeg Kira.

'Met onze huidige versnelling van 2 g,' fluisterde Gregorovich, 'krijgen we over exact vijfentwintig uur de mogelijkheid om dit knekelveld te verlaten.'

Te lang. Kira hoefde het niet hardop te zeggen; ze zag dat de anderen het ook dachten. De nachtmerries en de Kwallen hadden maar een paar uur nodig gehad om Nidus te bereiken na uit FTL te zijn gekomen. Als andere schepen de achtervolging zouden inzetten, zouden ze de Caracole zo hebben ingehaald.

'Gregorovich,' zei Falconi, 'wat is de kans op een zonnevlam?'

Slim. Vliegenstrip was een rode dwerg en had dus een hoge variabiliteit, wat enorme en onvoorspelbare zonnevlammen betekende. Een grote zonnevlam zou het magnetische veld in de straalbuis van hun fusiereactor verstoren, wat een inhaalactie door de Kwallen en de nachtmerries zou belemmeren. Aangenomen dat ze geen manier hadden gevonden om zich tegen zulke zonnevlammen af te schermen.

'Op het moment, klein,' zei Gregorovich.

'Shit,' mompelde Falconi.

'Dan is het te hopen dat Akawe en Tschetters Kwallen ze kunnen tegenhouden,' zei Sparrow.

Falconi zag eruit alsof hij een drol had ingeslikt. 'Het zint me niet. Het zint me écht niet. Als een van die zakken slachtafval achter ons aan gaat, hebben we een groot probleem.'

Sparrow trok haar schouders op. 'We kunnen weinig anders, kapitein. De Caracole is geen racepaard. We kunnen niet sneller door haar even de sporen te geven.'

Kira kreeg een idee: de misvormde monsters gebruikten de technologie van de Kwallen, dus waarom zouden zij dat niet kunnen?

Het idee was zo idioot dat ze het bijna verwierp, maar de situatie was toch al hopeloos. 'En Itari dan, de Kwal?'

'Itari?' vroeg Falconi.

'Misschien kan hij ons helpen.'

Hwa-jung kneep haar ogen tot spleetjes en klonk ronduit achterdochtig toen ze vroeg: 'Hoe bedoel je?'

'Ik weet het niet,' zei Kira, 'maar misschien kan hij onze markovaandrijving aanpassen, zodat we sneller naar FTL kunnen.'

Hwa-jung vloekte in het Koreaans. 'Wil je dat ding aan de Caracole laten prutsen? Over mijn lijk!'

'We kunnen het altijd proberen,' zei Sparrow, en ze keek Falconi vragend aan.

De kapitein trok een gezicht. 'Het is niet ideaal, maar als de Kwal ons kan helpen, moeten we een poging wagen.'

Hwa-jung leek verre van tevreden. 'Nee, nee, nee,' mopperde ze. En toen, luider: 'Jullie weten niet wat er allemaal kan gebeuren! Dat ding kan al onze systemen om zeep helpen. De boel kan ontploffen. Hij kent onze computers niet, en onze –'

'Dan kan jij hem helpen,' zei Falconi op rustige toon. 'Als we niet uit dit stelsel geraken, zijn we er geweest. Alle hulp is welkom.'

De machinechef leek nog niet overtuigd en bleef handenwringend staan. Maar toen gaf ze zich gewonnen. 'Goed dan, maar als die Kwal ook maar iets doet wat de Caracole schade toebrengt, scheur ik hem aan stukken.'

Er verscheen een flauwe glimlach op Falconi's gezicht. 'Ik verwacht niet anders van je. Gregorovich, jij kunt ook een oogje in het zeil houden.'

'Uiteraard,' fluisterde het scheepsbrein.

'Kira, jij bent de enige die met de Kwal kan communiceren. Vraag of-ie kan helpen, en zo ja, bespreek het dan met Hwa-jung.'

Kira knikte en duwde zichzelf omhoog uit de schokstoel. Door de versnelling voelde ze elke kilo lichaamsgewicht dubbel en dwars.

De kapitein was nog steeds aan het woord. 'Jij ook, Sparrow. Zorg ervoor dat het niet uit de klauwen loopt.'

'Ja, kapitein.'

'En als hij klaar is, breng je hem terug naar de luchtsluis.'

'Moet hij daar blijven?' vroeg Sparrow.

'Dat lijkt me de enige min of meer veilige plek voor hem. Of heb jij een beter idee?'

Sparrow schudde haar hoofd.

'Oké dan. Aan de slag allemaal. En Kira, als je klaar bent, wil ik dat je naar de dokter gaat, om naar die arm van je te laten kijken.'

'Begrepen, kapitein.'

3

Toen Kira samen met de twee andere vrouwen de brug verliet, knikte Hwa-jung naar haar arm. 'Doet het geen pijn?'

'Nee,' zei Kira. 'Het voelt alleen een beetje raar.'

'Wat is er gebeurd?' vroeg Sparrow.

'Gegrepen door een van de nachtmerries. De enige manier om los te komen was door mezelf los te snijden.'

Sparrows gezicht vertrok. 'Au. Maar je bent tenminste ontsnapt.'

'Yep.' Maar Kira vroeg zich af of dat wel echt zo was.

Twee mariniers – Tatupoa en iemand van wie Kira de naam niet kende – hadden zich in het voorvertrek van de luchtsluis opgesteld en hielden de Kwal in de gaten. De overige mariniers waren vertrokken, met achterlating van stukken verband en bloedvegen op de vloer.

De twee mannen waren net een rantsoen naar binnen aan het werken. Ze zagen er bleek en afgemat uit, en gestrest. Kira herkende het: dat was ook hoe zij zich voelde. Zodra de adrenaline was weggeëbd, kwam de klap. De mokerslag.

Tatupoa zag haar en zei met volle mond: 'Willen jullie met die inktvis praten?'

'Ja.'

'Oké dan. Roep als jullie hulp nodig hebben. Wij zijn hier.'

Hoewel Kira betwijfelde of de mariniers haar beter konden beschermen dan het Zachte Mes, was ze blij dat de mariniers konden ingrijpen, mocht het nodig zijn.

Sparrow en Hwa-jung bleven op afstand terwijl zij door het ruitje van de luchtdichte deur keek. Itari zat nog altijd op de vloer, op een bedje van zijn tentakels. Even aarzelde ze, maar toen drukte Kira op de knop, waarop de binnendeur openrolde.

Ze rook de Kwal meteen: een geur die deed denken aan pekel en specerijen, met een bijna metaalachtige scherpte.

De Kwal begon te spreken. [[Itari hier: Hoe kan ik u helpen, Idealis?]]

[[Kira hier: We proberen te ontsnappen uit het stelsel, maar ons schip is niet snel genoeg om de Wranaui of de Verdorvenen af te schudden.]]

[[Itari hier: Ik kan helaas geen stroommodificator voor jullie maken.]]

[[Kira hier: Bedoel je soms een...]] Ze zocht naar het juiste woord. [[... een massaomzetter?]]

[[Itari hier: Ja. Die laat een schip sneller zwemmen.]]

[[Kira hier: Ik begrijp het. En onze machine die ons sneller laat zwemmen dan het licht?]]

[[Itari hier: De conversie-orb.]]

[[Kira hier: Die ja. Kun je iets doen om die beter te maken, zodat we sneller naar FTL kunnen?]]

De Kwal kwam in beweging en leek met twee tentakels naar zichzelf te gebaren.

[[Itari hier: Deze vorm is bedoeld om te vechten, niet om te bouwen. Ik beschik niet over de assemblatoren of materialen voor dat soort modificaties.]]

[[Kira hier: Maar weet je hóé de conversie-orb moet worden aangepast?]]

De tentakels van de Kwal kronkelden en gleden over elkaar heen. [[Itari hier: Ja, maar het is wellicht onmogelijk zonder het juiste gereedschap, in deze vorm, en in de beschikbare tijd.]]

[[Kira hier: Kun je het proberen?]]

[[Itari hier: Omdat u het vraagt, Idealis, zal ik het proberen.]]

[[Kira hier: Kom mee.]]

'En?' vroeg Sparrow toen Kira uit de luchtsluis tevoorschijn kwam.

'Misschien,' zei Kira. 'Hij gaat het proberen. Hwa-jung?'

'Deze kant op,' bromde de machinechef.

'Hola,' zei Tatupoa, en hij stak zijn getatoeëerde hand uit. 'Niemand heeft me iets gezegd over dat de Kwal naar buiten mocht.'

Sparrow riep Falconi op, waarop Falconi Hawes instrueerde, en uiteindelijk stonden de mariniers toe dat ze Itari naar de machinekamer brachten. Kira bleef in de buurt van de Kwal. Het Zachte Mes was al kleine spiesjes aan het vormen, voor het geval het zich moest verdedigen. Maar Kira vermoedde dat dat niet nodig was; voorlopig niet tenminste.

Ze was weliswaar op haar hoede, maar voelde zich zwak, afgemat door alle traumatische gebeurtenissen. En ze had voedsel nodig. Niet alleen voor zichzelf, maar ook voor het Zachte Mes. Het pak voelde… dun, alsof al het vechten en het verlies van het materiaal op haar onderarm zijn energiereserves flink hadden aangetast.

'Heb jij toevallig een rantsoenreep?' vroeg ze aan Sparrow.

De andere vrouw schudde haar hoofd. 'Nee, sorry.'

Waar is Trig als je hem nodig hebt? dacht Kira mismoedig. Het maakte niet uit, ze kon wel wachten. Ze stond nog niet op het punt om van haar stokje te gaan en voedsel – of eigenlijk het gebrek eraan – stond nog lang niet bovenaan haar prioriteitenlijstje.

De machinekamer was een bedompte ruimte propvol displays. De wanden, de vloer en het plafond hadden dezelfde saaie kleur grijs die Kira zich nog herinnerde van de Verzachtende Omstandigheden. De buizen, leidingen, kleppen en schakelaars hadden daarentegen elk een eigen kleur: rood, groen, blauw of oranje, zodat het onmogelijk was ze door elkaar te halen. Alle bedieningselementen waren voorzien van een bovenmaats soort braille, zodat je ze ook in het donker kon vinden, gekleed in een skinsuit.

De vloer zag er schoner uit dan die van de kombuis. Maar het was er heet en vochtig, en er hing een zware geur van smeer, reinigingsmiddelen en ozon. Kira proefde het metaal op haar tong en voelde de haartjes van haar wenkbrauwen overeind komen door de statische elektriciteit.

'Hierheen,' zei Hwa-jung, en ze liep naar het achterste deel van de machinekamer, waar een grote zwarte bol voor de helft uit de muur stak: de markovaandrijving van de Caracole.

In de vijftien minuten die volgden raakte Kira steeds gefrustreerder. De Kwal bleef maar technische termen gebruiken die ze niet begreep en al helemaal niet kon vertalen in iets wat Hwa-jung kon begrijpen, terwijl Hwa-jung termen gebruikte die ze amper aan de Kwal kon uitleggen. De machinechef schakelde een holo in en liet blauwdrukken en andere schema's van de markovaandrijving zien, en dat hielp een beetje, maar uiteindelijk kon de taalbarrière slechts met grote moeite worden geslecht.

De wiskunde achter een markovaandrijving was razend ingewikkeld, maar de praktische uitvoering was, zo begreep Kira, redelijk overzichtelijk. Het annihileren van antimaterie werd gebruikt om energie op te wekken, en die energie werd weer gebruikt voor het in stand houden van het EM-veld waarmee de sprong naar superluminale ruimte kon worden gemaakt. Hoe lager de energiedichtheid van het veld, hoe sneller het schip vloog, aangezien minder energie gelijkstond aan een hogere snelheid in FTL (exact het tegenovergestelde van hoe het in normale ruimte werkte). Door schaalefficiëntie konden grotere schepen hogere snelheden bereiken, maar uiteindelijk was de techniek de uiteindelijke beperkende factor. Het was buitengewoon lastig om energiearme EM-velden in stand te houden. Ze waren vatbaar voor interferentie van allerlei bronnen binnen en buiten het schip, wat ook de reden was dat een significante gravitatieput het schip naar normale ruimte kon dwingen. Zelfs op interstellaire vluchten moest het veld elke nanoseconde talloze keren worden bijgesteld om ook maar voor een beetje stabiliteit te zorgen.

Kira had er weinig vertrouwen in dat Itari de markovaandrijving kon aanpassen, zonder het juiste gereedschap, zonder duidelijke communicatie en zonder enige kennis van menselijke wiskundige notaties. Maar ze bleef hopen, wat haar verstand haar ook probeerde wijs te maken.

Na een tijdje klonk Falconi's stem over de comm: 'Zijn jullie al klaar? Het begint er hier een beetje zorgelijk uit te zien.'

'Nog niet,' zei Hwa-jung. Ze klonk al even gefrustreerd als Kira zich voelde.

'Hou vol.' De kapitein verbrak de verbinding.

'Misschien –' begon Kira, maar ze werd onderbroken door de Kwal die van de holo naar het bolvormige oppervlak van de markovaandrijving kroop.

'Niet doen!' riep Hwa-jung toen hij met een van zijn tentakels aan een paneel begon te sjorren. De machinechef dichtte het gat tussen haar en de Kwal verrassend snel en probeerde hem weg te trekken, maar het wezen duwde haar moeiteloos opzij met een van zijn tentakels. 'Kira, laat hem ophouden! Als er antimaterie vrijkomt, zijn we er geweest!'

Sparrow richtte haar blaster, maar Kira riep: 'Stop! Kalm aan allemaal. Ik zal het vragen. Hij weet vast wat hij doet.'

Het geluid van buigend metaal bezorgde haar rillingen. Itari had de beschermende schil rondom het binnenste van de markovaandrijving losgerukt.

'Dat hoop ik dan maar,' mompelde Sparrow, en ze liet haar wapen zakken.

[[Kira hier: Wat doe je? Mijn medevormen maken zich zorgen.]]

[[Itari hier: Ik moet weten hoe jullie conversie-orb is gebouwd. Maakt u zich geen zorgen, tweevorm. Ik weet wat ik doe.]]

Kira tolkte, maar Itari's geruststellende woorden konden Hwa-jungs zenuwen niet wegnemen. De machinechef stond vlak naast de Kwal en keek bezorgd mee over zijn schouder. 'Shi-bal,' bromde ze. 'Niet de... Nee! Och, stom beest, wat ben je allemaal aan het doen?'

Na een paar minuten van gespannen stilte trok de Kwal zijn scharenpoten terug uit de markovaandrijving en wendde zich tot Kira.

[[Itari hier: Ik kan jullie orb niet beter laten werken.]] Kira's voelde de moed in haar schoenen zakken. [[Ik kan hem sterker maken, maar –]]

[[Kira hier: Sterker?]]

[[Itari hier: Door de energiestroom op te voeren, kan de bel steviger worden gemaakt en kan de conversie naar FTL dichter bij de ster plaatsvinden. Maar om dat te doen, heb ik gereedschap van ons eigen schip nodig. Er is geen tijd om de benodigde spullen zelf te maken.]]

'Wat zegt-ie?' vroeg Hwa-jung. Kira legde het uit, waarop de machinechef vroeg: 'Hoeveel dichter bij de ster?'

[[Itari hier: Met jullie conversie-orb... de helft dichterbij.]]

'Je lijkt niet onder de indruk,' zei Kira na te hebben vertaald.

Hwa-jung snoof. 'Dat ben ik ook niet. We hebben het EM-veld al eens eerder opgevoerd voordat we naar FTL gingen. Het is een bekend trucje. Maar de aandrijving kan niet meer energie aan. Anders begeeft de reactiekamer het of branden de circuits door. Het kan gewoon niet.'

'Maakt ook niet uit,' zei Sparrow. 'Je zei het al: de Kwal kan niks zonder de juiste spullen. Dit is gewoon als schijten in een vacuüm. Kansloos.' Ze trok haar schouders op.

Kira dacht na. Om te beginnen vroeg ze zich af of het Zachte Mes Itari van de juiste spullen en gereedschappen kon voorzien. Het moest mogelijk zijn, maar ze had geen idee waar te beginnen en de xeno zweeg in alle talen. Daarna dacht ze aan de Caracole, en of daar iets te vinden was wat kon helpen.

Het antwoord diende zich bijna meteen aan.

'Wacht even,' begon ze. Hwa-jung en Sparrow keken haar verbaasd aan. Kira activeerde haar comms en maakte een verbinding met de entropisten. 'Veera, Jorrus, we hebben jullie nodig in de machinekamer. Snel. En neem dat voorwerp mee dat jullie op het Kwallenschip hebben gevonden.'

'We komen er meteen aan, Gevangene,' antwoordden ze.

Hwa-jung keek haar argwanend aan. 'Je denkt toch niet dat een of ander apparaat dat ze ergens hebben opgeraapt van pas kan komen, Navárez?'

'Je weet maar nooit.' Ze legde het uit aan Itari, waarop de Kwal zijn tentakels om zich heen krulde en afwachtte.

'Hoe kan die inktvis sowieso iets repareren?' vroeg Sparrow. Ze gebaarde met haar blaster naar Itari. 'Het is een soldaat. Of zijn al hun soldaten getrainde techneuten?'

'Dat zou ik ook wel willen weten,' zei Hwa-jung met een frons.

Kira vertaalde de vraag voor Itari. [[Itari hier: Deze vorm is inderdaad niet bedoeld voor het repareren van machines, maar elke vorm krijgt bepaalde informatie, voor als we die nodig hebben.]]

'Wat bedoelt-ie met vorm?' vroeg Sparrow.

Itari's tentakels begonnen te kronkelen. [[Itari hier: We hebben verschillende vormen voor verschillende doeleinden. Dat zouden jullie toch moeten weten, met jullie twee vormen.]]

'Bedoelt hij man en vrouw?' vroeg Hwa-jung.

Sparrow fronste haar wenkbrauwen. 'Kunnen Kwallen dan van vorm veranderen? Is dat wat hij –'

Ze werd onderbroken door de entropisten. De twee Vorsers liepen naar Kira, de blik strak op Itari gericht, en overhandigden haar het blauwe, langgerekte voorwerp dat ze uit het Kwallenschip bij 61 Cygni hadden gehaald.

Kira rook de nabijgeur van opwinding toen ze het voorwerp aan Itari gaf. De Kwal bekeek het vuistgrote ding aan alle kanten en zijn tentakels kleurden bruinrood en oranje.

[[Itari hier: Dit is een nodule uit een Aspect van de Leegte.]]

[[Kira hier: Ja. Zo heette de kamer waar mijn vrienden hem gevonden hebben. Kun je er wat mee?]]

[[Itari hier: Wellicht.]]

Kira keek geïntrigeerd en met enige verbazing toe hoe er kleine pootjes van onder de rand van Itari's rugschild tevoorschijn kwamen. Net zoals de grotere poten van de Kwal waren ze bedekt met een glanzend, chitineachtig materiaal, alleen hadden deze delicate gewrichten en trilhaartjes van een paar centimeter lang.

Met die pootjes begon Itari de nodule uit elkaar te halen. Binnenin zaten een aantal componenten die er geen van alle uitzagen als een computer of machineonderdeel waar Kira bekend mee was. Ze leken nog het meest op geslepen edelstenen of kristallen.

Itari bracht de componenten naar de markovaandrijving en stak zijn kleine, tertiaire ledematen in het binnenste van het apparaat. Een gebonk, geschraap en scherp gepiep klonk uit de aandrijving.

'Kira...?' zei Hwa-jung op waarschuwende toon.

'Geef hem een kans,' zei Kira, hoewel ook zij het spannend vond. Ze keek samen met de entropisten en de machinechef mee over de tentakels van de kwal en zag hoe hij de kristallijnen onderdelen op verschillende plekken monteerde. Zodra er een onderdeel op zijn plek zat, groeiden er glimmende draden uit die het met de directe omgeving verbonden. Maar dat gebeurde alleen waar het nodig was, merkte Kira. De draden werden gestuurd, door Itari of door een of ander intern programma.

'Hoe doen ze dat?' vroeg Hwa-jung, die ook geïntrigeerd toekeek.

[[Itari hier: In opdracht van het Verdwenen Volk.]]

Het antwoord van de Kwal nam Kira's zorgen niet weg, en evenmin die van Hwa-jung. Toch lieten ze de Kwal begaan. Toen zei hij:

[[Itari hier: Jullie moeten de steengeest die de conversie-orb aanstuurt uitschakelen om dit te laten werken.]]

'Steengeest?' vroeg Hwa-jung. 'Bedoelt hij de computer?'

'Dat vermoed ik,' antwoordde Kira.

'Hm.' De machinechef leek dit niet leuk te vinden, maar na enige tijd van stilte, waarin haar ogen heen en weer schoten tussen verschillende overlays, zei ze: 'Klaar. Gregorovich monitort nu de aandrijving.'

Nadat Kira dit tegen de Kwal had gezegd, zei hij: [[Itari hier: De conversie-orb is gereed. Hij kan nu twee keer zo snel worden geactiveerd.]]

Hwa-jung fronste haar wenkbrauwen en inspecteerde de aandrijving en de mysterieuze toevoegingen. 'En daarna?'

[[Itari hier: Daarna zal de energiestroom zich normaliseren en zwemt jullie schip weer net zo snel als voorheen.]]

De machinechef leek niet overtuigd, maar zei toen: 'Nou ja, beter wordt het niet, denk ik.'

'Twee keer zo snel,' zei Sparrow. 'Onze versnelling is nu 2 g, dus wanneer kunnen we naar FTL?'

'Over zeven uur,' zei Hwa-jung.

Dat was korter dan Kira had verwacht, maar minder kort dan ze had gehoopt. Zeven uur was meer dan genoeg voor de nachtmerrieschepen om hen in te halen.

Toen Hwa-jung de brug contacteerde om het nieuws door te geven, zei Falconi: 'Mooi. We zijn er nog niet, maar het is weer een sprankje hoop. Ik denk niet dat de Kwallen of nachtmerries er rekening mee houden dat we sneller naar FTL kunnen. Met een beetje geluk denken ze dat ze meer dan genoeg tijd hebben om ons te onderscheppen, zodat ze eerst elkaar uit de lucht proberen te schieten... Goed werk, mensen. Kira, kun jij de Kwal bedanken, en vragen of hij nog wat nodig heeft? Voedsel, water, dekens? En Sparrow, begeleid onze gast terug naar de luchtsluis.'

'Jazeker, kapitein,' zei Sparrow. Toen de verbinding verbroken werd, zei ze: '"Met een beetje geluk." Tuurlijk. Hebben we hiervoor ook maar een beetje geluk gehad?'

'We leven nog,' zei Jorrus. 'Dat –'

'... telt toch ook?' zei Veera.

'Vast,' bromde Sparrow. Ze wenkte naar Itari. 'Meekomen, glibberzak. Terug naar de sluis.'

Het noemen van de nachtmerries deed Kira weer aan allerlei onaangename dingen denken. Terwijl ze meeliep met de Kwal door de smalle gangen, bracht ze Falconi's dankbetuiging over en vroeg ze of de Kwal nog wat nodig had.

[[Itari hier: Water zou fijn zijn. Meer heb ik niet nodig. Deze vorm is robuust en heeft weinig voeding nodig.]]

[[Kira hier: Wist je dat de Verdorvenen uit de Ideali zijn voortgekomen?]]

De vraag leek de Kwal te verbazen. [[Itari hier: Natuurlijk, tweevorm. Wist u dat niet dan?]]

[[Kira hier: Nee.]]

Felle kleuren schoten over zijn tentakels en de nabijgeur van verwarring drong door tot in Kira's neusvleugels. [[Itari hier: Hoe is dat mogelijk? U hebt het ontstaan van de Verdorvenen toch met eigen ogen gezien? Dat is iets waar we graag meer over zouden willen weten, Idealis.]]

Kira legde een hand op Sparrows schouder. 'Wacht. Ik heb even nodig.'

Sparrow keek haar aan, en keek toen naar de Kwal. 'Wat is er aan de hand?'

'Ik moet wat uitleggen.'

'Echt? Nu? In de luchtsluis hebben jullie alle tijd.'

'Het is belangrijk.'

Sparrow slaakte een zucht. 'Oké. Snel dan.'

Ondanks haar weerzin vertelde Kira Itari alles over de gebeurtenissen die tot het ontstaan van de Muil hadden geleid. Maar ze verzweeg haar eigen rol in de explosie op de Verzachtende Omstandigheden. Ze schaamde zich voor wat ze had gedaan en waar het allemaal toe had geleid.

Toen ze klaar was, walmde er een heel bouquet van nare geurtjes van de huid van de Kwal. [[Itari hier: Dus de Verdorvenen met wie we nu te maken hebben, zijn een mengeling van Wranaui, tweevormen en de gezegende Idealis?]]

[[Kira hier: Ja.]]

Itari begon te beven. Het was een reactie die Kira nog niet eerder bij de Kwallen had gezien. [[Itari hier: Dat is... slecht nieuws. Onze vijand is dus nog gevaarlijker dan we hadden gedacht.]]

Je méént het.

Itari ging verder: [[Totdat u reageerde op de *tsuro*, het zoeksignaal van het Verdwenen Volk, dachten we dat u een Verdorvene was. Hoe kon het ook anders, toen we op de Verdorvenen stuitten bij de planeet waar we de Idealis hadden verborgen?]]

[[Kira hier: Is dat de reden waarom jullie niet naar me op zoek gingen toen ik het stelsel had verlaten?]]

Ze rook de nabijgeur van bevestiging. [[Itari hier: We hebben gezocht, Idealis, maar nogmaals, we dachten dat u een Verdorvene was, en dus volgden we de Verdorvenen. En niet uw kleine schelp.]]

Ze fronste haar wenkbrauwen. Ze begreep het nog steeds niet helemaal. [[Kira hier: Dus de reden dat jullie en de rest van de Wranaui dachten dat de nachtmerries een pact met ons hadden gesloten was omdat jullie... wisten dat ik de nachtmerries had gemaakt?]]

[[Itari hier: Ja. Zoiets was al eerder gebeurd, vóór de Rijting, en dat betekende bijna onze ondergang. Hoewel anderen van ons volk de bron van die Verdorvenen niet precies kenden, wisten ze dat ze van een Idealis afkomstig moesten zijn. En aangezien de Verdorvenen jullie taal gebruikten, zoals uw medevorm al zei, en even jullie poelen niet aanvielen, leek het alsof ze tot jullie school behoorden. Pas toen we het signaal oppikten en de reactie van de Verdorvenen zagen, beseften we dat jullie hen niet gebruikten om ons uit te roeien.]]

[[Kira hier: Maar de rest van de Wranaui moet dat nu toch ook weten?]]

[[Itari hier: Ja.]]

[[Kira hier: Maar toch blijven ze ons aanvallen...]]

[[Itari hier: Omdat ze nog steeds denken dat u en uw medevormen verantwoordelijk zijn voor de Verdorvenen. En dat klopt ook, Idealis. Vanuit hun perspectief maakt het hoe en het waarom niet uit. Ze waren al sinds lange tijd van plan jullie poelen in te dammen en jullie verspreiding tegen te houden. De komst van de Verdorvenen veranderde daar niets aan. Maar degenen die deze vorm dient, zijn een andere mening toegedaan. Zij geloven dat de Verdorvenen een te grote bedreiging zijn voor de Wranaui om alleen te kunnen verslaan. Zij geloven dat ze nu de beste kans hebben sinds de Rijting om het leiderschap van de Armen te vervangen. En daarvoor hebben we uw hulp nodig, Idealis, en die van uw medevormen.]]

[[Kira hier: Wat verwachten jullie precies van mij?]]

De Kwal kleurde roze en blauw. [[Itari hier: Om de strijd aan te gaan met de Verdorvenen. Is dat niet duidelijk? Zonder de Blauwe Staf bent u onze enige hoop.]]

4

Nu Itari weer veilig en wel in de luchtsluis zat, liep Kira naar de kombuis. Daar pakte ze drie rantsoenrepen en dronk ze een glas water. Al knabbelend aan een reep liep ze door de centrale gang van het schip terug naar de machinekamer. Ze trok een la met printgrondstoffen open en stak haar stomp erin. *Eten*, beval ze het Zachte Mes.

En het begon te eten.

Metalen, organische stoffen, plastic... De xeno absorbeerde het allemaal, en in grote hoeveelheden. Hij leek zichzelf voor te bereiden op wat komen ging.

Terwijl het pak zich tegoed deed, verorberde Kira de overige twee repen, hoewel het lastig was de verpakking met één hand open te scheuren – en dan ook nog met haar linkerhand. *Waarom was het niet mijn andere hand?* dacht ze.

Maar het gepruts voorkwam dat ze aan andere, mistroostiger dingen dacht.

Toen zij en het pak eenmaal goed hadden gegeten, vond ze dat er genoeg tijd verstreken was voor Vishal om de gewonden te verzorgen. Hij zou nu wel een paar minuutjes tijd voor haar hebben. Ze schoof de la dicht en liep naar de ziekenboeg.

Ze trof er een bende aan. Overal op de vloer lagen stukken verband, lege bussen medifoam en aan stukken gescheurde, bloederige kledingstsukken. Er waren vier mariniers: eentje lag op de onderzoekstafel, de overige drie – al dan niet met ontblote borst – op de vloer, waar ze verzorgd werden door Vishal en een VMB-hospik. Alle gewonden leken in slaap te zijn gebracht.

Maar Kira kon degene om wie ze zich het meeste zorgen maakte niet zien. Toen Vishal haar zag, vroeg ze: 'Waar is Trig? Hoe is het met hem?'

Vishals gezicht betrok. 'Niet goed, mevrouw Navárez. Ik heb hem weten te bevrijden uit de cocon die de Kwal had aangebracht, en die heeft hem echt het leven gered, maar...' De dokter schudde zijn hoofd terwijl hij zijn met bloed besmeurde handschoenen uittrok.

'Gaat hij het wel redden?'

Vishal pakte een schoon paar handschoenen uit de doos op tafel en trok ze aan voordat hij antwoord gaf. 'Als we hem in een hospitaal kunnen krijgen, ja, in dat geval gaat hij het wel redden. Zo niet, dan ziet het er niet goed uit.'

'Kun je hier niets meer doen?'

Vishal schudde zijn hoofd. 'Het projectiel heeft zijn ruggenwervels hier en hier verbrijzeld.' Hij tikte tweemaal op Kira's nek. 'Fragmenten zijn in de schedel terechtgekomen. De ingreep die hij nodig heeft, kan niet worden uitgevoerd door onze medibot. Misschien moeten zijn hersenen zelfs tijdelijk in een construct worden geplaatst terwijl er een nieuw lichaam voor hem wordt gekweekt.'

Die boodschap zorgde ervoor dat Kira zich nog ellendiger begon te voelen. Zo'n jonge knul en dan je lichaam verliezen... Het klopte gewoon niet. 'Ligt hij nu in cryo?'

'Jazeker, in de schuilbunker.' Vishal pakte Kira's stomp beet. 'Maar nu bent u aan de beurt, mevrouw Navárez. Laat me eens kijken. Wat hebt u allemaal uitgespookt?'

'O, niets bijzonders.'

Vishal knikte, pakte een scanner en begon de stomp te onderzoeken. 'Dat zie ik, ja.' Hij keek haar aan. 'De mariniers hebben me laten zien wat u allemaal op Nidus hebt gedaan. Hoe u met de Kwallen en nachtmerries vocht.'

Kira trok haar schouders op. Ze voelde zich opgelaten. 'Ik probeerde gewoon de anderen te beschermen.'

'Natuurlijk, natuurlijk.' De dokter tikte op de stomp. 'Doet dit pijn?'

Ze schudde haar hoofd.

Nadat hij de spieren had betast, zei hij: 'Ik heb ook beelden gezien van wat... van wat u met de xeno kunt doen...' Hij klakte met zijn tong en begon te rommelen in een kastje.

'En?' vroeg Kira. Ergens vroeg ze zich af of de aanblik van het Zachte Mes hem had veranderd. Zag hij haar nu als een monster?

Vishal pakte een tube uit het kastje en begon groene gel over de stomp te smeren. Het spul was dik en verkoelend. Daarna drukte hij een ultrasoundprojector tegen de stomp en concentreerde zich op zijn overlays. 'Ik heb een naam bedacht voor uw xeno, mevrouw Navárez.'

'O ja?' vroeg ze nieuwsgierig. Ze besefte dat ze hem nooit had verteld dat het pak zichzelf het Zachte Mes noemde.

Vishal keek haar recht in de ogen aan. 'De Varunastra.'

'En wat is dat?'

'Een zeer beroemd wapen uit de hindoemythologie. De Varunastra is gemaakt van water en kan de vorm van elk ander wapen aannemen. Vermaarde strijders zoals Arjuna hebben hem gebruikt. Zij die de wapens van de goden dragen, worden Astradhari genoemd.' Hij keek haar vorsend aan. 'U bent ook Astradhari, mevrouw Navárez.'

'Dat waag ik te betwijfelen, maar Varunastra... Dat vind ik een mooie naam.'

De dokter glimlachte en overhandigde haar een handdoek. 'De naam komt van de god Varuna, die het wapen heeft vervaardigd.'

'En wat is de prijs van het gebruiken van de Varunastra?' vroeg Kira terwijl ze de gel van haar stomp veegde. 'Godenwapens hebben namelijk altijd een prijs.'

Vishal borg de projector op. 'Niet per se een prijs, mevrouw Navárez, maar het wapen dient wel heel voorzichtig te worden gebruikt.'

'Hoezo?'

De dokter leek even te aarzelen, maar zei toen: 'Als je de controle over zulke wapens verliest, kunnen ze je vernietigen.'

'Aha.' Kira huiverde. 'Nou ja, de naam past wel. Varunastra.' Ze knikte naar haar stomp. 'Valt hier nog wat aan te doen?'

Vishal dacht even na. 'U lijkt dus geen pijn te hebben –'

'Nee.'

'... maar we hebben geen tijd om een vervangende arm te printen voordat we het stelsel weer verlaten. Misschien kan Hwa-jung een prothese voor u maken, maar nogmaals, weinig tijd.'

'Mochten we toch tijd hebben,' zei Kira, 'kunt u de vervangende arm dan wel aanhechten? Ik kan er wel voor zorgen dat het pak zich terugtrekt van die plek, maar ik weet niet voor hoelang, en als u in de huid moet snijden...' Ze schudde haar hoofd. Narcose behoorde ook niet tot de mogelijkheden. Misschien was een prothese dan toch de beste oplossing.

Vishal knielde om het verband van een marinier te controleren en zei toen: 'Zeker, zeker. Maar het pak kan u genezen, toch?'

'Ja.' Kira zag weer voor zich hoe Carr en de Kwal aan elkaar werden verbonden. *Soms iets te goed zelfs.*

'Dan kan het misschien ook een nieuwe arm bevestigen. Ik weet het niet zeker, maar het lijkt tot grootse dingen in staat, mevrouw Navárez.'

'De Varunastra.'

'Ja ja.' Hij lachte zijn witte tanden bloot. 'Behalve de amputatie zelf zie ik niets aan uw arm wat niet in de haak lijkt. Als het pijn gaat doen, kunt u terugkomen, maar voor nu lijkt het me niet nodig om in te grijpen.'

'Oké, Doc. Bedankt.'

'Het was me een genoegen, mevrouw Navárez.'

Op de gang bleef Kira staan om alles te laten bezinken. Wat ze nodig had, was tijd. Tijd om even goed na te denken en te verwerken wat er allemaal was gebeurd.

Maar ze had geen tijd, zoals Vishal al had opgemerkt, en er moesten dingen gebeuren. En niet alles was zo voor de hand liggend – of simpel – als vechten.

Ze liep naar het hart van het schip, naar de met lood beklede schuilbunker direct onder de brug. Daar trof ze Nielsen, die bij een van de cryobuizen stond. In de buis lag Trig. Zijn gezicht was nauwelijks zichtbaar achter het met rijp bedekte ruitje. Op zijn hals zaten nog donkerrode vegen en ze zag in zijn trekken een slapte, een afwezigheid van iets. Ze huiverde. Dit lichaam leek niet op de Trig die ze kende, maar op een voorwerp, een ding. Een ding zonder levensvuur.

Nielsen stapte opzij. Kira legde haar hand op de koude buis. Ze zou de jongen voorlopig niet meer zien. Wat was het laatste wat ze tegen hem had gezegd? Ze wist het niet meer, en dat irriteerde haar.

'Sorry,' fluisterde ze. Als ze sneller had gehandeld, als ze niet zo voorzichtig was geweest met het Zachte Mes, had ze hem misschien kunnen redden. Maar misschien ook niet... Op basis van wat ze nu wist van de nachtmerries, was de controle loslaten wel het laatste wat ze had moeten doen. Het Zachte Mes gebruiken was als spelen met een bom die geactiveerd werd door beweging, een bom die op elk moment kon afgaan.

Wat was dan het antwoord? Kira wist het niet. Er moest een tussenweg zijn, een manier om niet vanuit angst te handelen, maar vanuit zelfvertrouwen. Maar hoe, dat wist ze niet. Te veel controle en het Zachte Mes was niets meer dan een kunstig skinsuit. Te weinig controle en, nou ja, dan was dit het resultaat. Een ramp. Ze had geprobeerd een dun koord te bewandelen, maar ze was gevallen en had zichzelf ernstig bezeerd.

'Bijt je vast in het pad,' fluisterde ze, Inarë's woorden indachtig.

'Het is allemaal mijn schuld,' zei Nielsen, wat Kira verbaasde. De eerste officier was naast haar komen staan.

'Niet waar,' zei Kira.

Nielsen schudde haar hoofd. 'Ik had moeten weten dat hij iets stoms zou gaan doen als ik gevaar liep. Hij heeft zich altijd al als een hondje gedragen wat mij betrof. Ik had hem terug moeten sturen naar het schip.'

'Het is jouw schuld niet,' zei Kira. 'Als er al iemand schuld draagt... dan ben ik het.' Ze legde uit wat er was gebeurd.

'Je weet niet wat er gebeurd zou zijn als je het pak had laten gaan.'

'Misschien. Maar jij kon ook niet weten dat die Kwal tevoorschijn zou springen. Jij hebt niks fout gedaan.'

Na een tijdje bond Nielsen in. 'Misschien heb je gelijk. Punt is, we hadden Trig nooit in deze situatie moeten brengen.'

'Hadden we een keus dan? Op de Caracole was het niet veel veiliger.'

'Dat betekent nog niet dat we niet hadden moeten ingrijpen. Hij is nog jonger dan mijn twee zonen.'

'Maar geen kind meer.'

Nielsen legde haar hand op de buis. 'Nee, niet meer.'

Kira gaf de eerste officier een knuffel, die tot haar verbazing beantwoord werd. 'Doc zegt dat-ie het zal overleven,' zei Kira. 'En jij hebt het ook overleefd. Iedereen op de Caracole heeft het overleefd. Trig zou dat ongetwijfeld een groot succes noemen.'

De eerste officier glimlachte flauw. 'Nou, aan dit soort successen heb ik voorlopig even geen behoefte.'

'Eens.'

5

Achtentwintig minuten later explodeerde de Darmstadt. Een van de door de Zoeker gecontroleerde nachtmerries wist de VMB-kruiser te raken met een raket, waarop de markovaandrijving ontplofte en het halve schip met zich meenam.

Kira was op de brug toen het gebeurde, maar zelfs daar hoorde ze het luide gevloek van de gewonde mariniers in de ziekenboeg.

Ze staarde vol ongeloof naar de projectie van het stelsel en naar de knipperende rode stip die de laatst bekende locatie van de Darmstadt aangaf. Al die mensen dood, vanwege haar. Ze werd overmand door schuldgevoel.

Falconi moest iets van haar gezicht af hebben gelezen. 'Dit hadden we niet kunnen voorkomen,' zei hij.

Misschien niet, maar daardoor voelde Kira zich nog niet beter.

Tschetter nam bijna meteen contact op. 'Kapitein, ons schip zal u zo goed mogelijk dekking proberen te geven. Maar we kunnen niets beloven, dus ik raad aan uw huidige versnelling in stand te houden.'

'Begrepen,' zei Falconi. 'Zijn jullie verder nog heel?'

'Maakt u zich over ons maar geen zorgen, kapitein. Als jullie de Liga proberen te bereiken, doen wij de rest. Over en uit.'

Kira zag de drie vriendschappelijke Kwallenschepen in en uit het conflictgebied schieten. Er waren nog maar vier vijandige Kwallenschepen over en de meeste schepen van de nachtmerries waren uitgeschakeld of vernietigd, maar de laatste waren nog steeds gevaarlijk.

'Gregorovich,' zei Falconi. 'Kunnen we nog een kwart g sneller?'

'Kapitein,' zei Hwa-jung bezorgd. 'Dan kunnen onze reparaties het begeven.'

Falconi keek zijn machinechef recht in de ogen aan. 'Ik heb alle vertrouwen in je vakmanschap, Song. Die reparaties gaan het houden.'

Gregorovich schraapte zijn gesimuleerde keel en zei: 'Versnelling opgevoerd, mijn kapitein.'

Kira voelde haar ledematen zwaarder worden. Ze liet zich in de dichtstbijzijnde stoel vallen en slaakte een zucht van verlichting toen de kussens de druk op haar botten wegnamen. Ook met de hulp van het Zachte Mes was de extra stuwing verre van aangenaam. Zelfs ademhalen ging moeizaam.

'Hoeveel tijd scheelt dat?' vroeg Falconi.

'Twintig minuten,' zei Gregorovich.

'We moeten het er maar mee doen,' verzuchtte Falconi. Hij had zichtbaar last van de g-krachten. De huid op zijn gezicht werd omlaaggedrukt, zodat hij er ineens jaren ouder uitzag.

Nielsen, die aan de andere kant van de holo stond, zei: 'Wat doen we met de mariniers?'

'Wat is daarmee dan?' vroeg Kira.

Falconi leunde achterover in zijn stoel. 'We hebben niet genoeg cryo's voor iedereen. We komen er vier tekort. En we hebben zeker niet de voorraden om iedereen de hele tijd wakker te houden.'

De moed zakte Kira in de schoenen toen ze terugdacht aan haar tijd zonder eten op de Walkure. 'Wat moeten we dan?'

Er verscheen een flauwe glimlach op Falconi's gezicht. 'We vragen om vrijwilligers. Als de Kwal Trig in stase kan brengen, kan-ie dat ook met de mariniers. Volgens mij heeft Tschetter er weinig last van gehad.'

Kira haalde diep adem. 'Dat gaan Hawes en zijn mannen niet leuk vinden.'

Falconi begon te lachen, maar blijkbaar meende hij wat hij had gezegd. 'Jammer dan. Liever dat dan de luchtsluis uit. Audrey, jij mag het ze vertellen. Een vrouw zullen ze waarschijnlijk minder snel knock-out slaan.'

'Bedankt,' zei Nielsen. Ze keek gepijnigd, maar maakte verder geen bezwaar. Ze drukte zichzelf met moeite omhoog uit haar haar stoel en liep met zware passen naar de ziekenboeg.

'En nu?' vroeg Kira toen de eerste officier weg was.

'Nu wachten we,' zei Falconi.

VIII

*   *   *   *   *   *   *

ZONDES VAN NU

1

Het was een lange dag geweest. Een voor een verzamelden de bemanningsleden, de entropisten en de mariniers die nog konden lopen zich in de kombuis. Het was er al snel mudjevol, maar niemand die het erg leek te vinden.

Hwa-jung en Vishal hadden het op zich genomen om het eten op te warmen en uit te serveren. Ondanks de rantsoenrepen die ze eerder had gegeten, zei Kira geen nee tegen de kom met gestoofde groenten die in haar enig overgebleven hand werd gedrukt.

Ze ging in een hoek op de vloer zitten, met de rug tegen de muur. Met 2,25 g was dat de meest comfortabele optie, hoe moeilijk het ook was om te gaan zitten en weer overeind te komen. Tijdens het eten keek en luisterde ze naar de anderen.

Boven elke tafel toonden de holo's livebeelden van de schepen achter hen. De projecties trokken veel aandacht; iedereen wilde zien wat er allemaal gebeurde.

De Kwallen en de nachtmerries waren nog altijd aan het vechten. Sommige schepen waren naar planeet c of b gevlucht en zaten elkaar in de hogere lagen van de atmosfeer op de hielen, terwijl een andere groep van drie schepen om Vliegenstrip cirkelden.

'Het ziet ernaar uit dat ze meer dan genoeg tijd hebben om ons te pakken te krijgen voordat we naar FTL gaan,' zei Hawes. Net als de andere mariniers zag hij er belabberd en terneergeslagen uit. De verliezen die ze op de planeet hadden geleden en de vernietiging van de Darmstadt hadden hun sporen nagelaten.

Het zei iets over hoe iedereen zich voelde, dacht Kira.

Hawes keek haar aan. 'Zodra je weer wat bent hersteld, moeten we met die inktvis gaan praten. Dit is voor het eerst dat we met een van hen kunnen communiceren. Het Opperbevel zal ongetwijfeld geïnteresseerd zijn in wat we uit hem weten te krijgen. Tot nu toe wisten we totaal niet met wie of wat we te maken hadden. Het zou fijn zijn om wat vragen beantwoord te krijgen.'

'Kan dat niet morgen?' vroeg Kira. 'Ik ben stuk, en als we niet kunnen ontsnappen, maakt het toch niet uit.'

De luitenant wreef over zijn kin en zuchtte. Hij leek nog vermoeider dan zij. 'Oké, prima. Maar dan wel morgen.'

Terwijl ze wachtte, sloot Kira zich steeds meer af, als een mossel die zich terugtrekt in zijn schelp. Ze bleef maar malen over wat ze over de nachtmerries had ontdekt. Zíj was verantwoordelijk geweest voor hun schepping. Het waren haar eigen verkeerde keuzes, haar eigen angsten en haar eigen frustraties geweest die tot het ontstaan van die monsters hadden geleid, monsters die nu overal aan het huishouden waren.

Hoewel ze wist dat ze strikt genomen niet verantwoordelijk was geweest voor wat die menselijke nachtmerrie de 'Muil' had genoemd – die mismaakte, gemuteerde samensmelting van Carr, de Kwal en de beschadigde stukken van de xeno – voelde ze zich nog steeds rot. Haar gevoel bleek sterker dan logica: de gedachte aan al die doden in de strijd tussen mensen, Kwallen en nachtmerries drukte als een loodzware deken op haar gemoed, een gevoel dat het Zachte Mes niet kon wegnemen.

Het voelde als een vergif dat door haar aderen stroomde.

De mariniers aten snel en keerden terug naar het ruim om zich voor te bereiden op de sprong naar FTL. De entropisten en bemanningsleden van de Caracole bleven rondom de holo's zitten. Het was stil; alleen zo nu en dan werd er wat gemompeld.

Op een gegeven doorbrak Hwa-jung de stilte. 'Ik mis Trig.' Daarop kon de rest slechts instemmend knikken.

Toen iedereen bijna was uitgegeten, vroeg Vishal aan Falconi: 'Zout genoeg, kapitein?'

Falconi stak zijn duim omhoog. 'Precies goed zo. Dank je, Doc.'

'Maar waarom zo veel wortel?' vroeg Sparrow. Ze tilde haar lepel op, met daarop een hoopje oranje schijfjes. 'Volgens mij gooi je er altijd een paar zakken extra in.'

'Wortel is gezond,' zei Vishal. 'En ik vind het lekker.'

Sparrow grinnikte. 'O, dat weet ik. Je hebt overal wortels liggen in de ziekenboeg om aan te knabbelen.' Ze maakte knagende bewegingen met haar tanden. 'Elke la zit vol. Rooie, gele, paarse... Je lijkt wel een konij–'

Vishals wangen waren vuurrood geworden en hij smeet zijn lepel op de tafel. 'Mevrouw Sparrow,' begon hij, en hij klonk echt boos. 'U bent me voortdurend aan het "opnaaien", zoals u het zelf noemt. En omdat Trig u zo hoog heeft zitten, deed hij hetzelfde.'

Sparrow keek de dokter verbaasd aan. 'Niet zo serieus, Doc. Ik ben maar wat aan het plagen. Als je –'

Vishal onderbrak haar. 'Doe maar niet, mevrouw Sparrow. U plaagt namelijk niemand anders, en dus zou ik graag willen dat u ook mij met een beetje respect behandelt, zoals ik u met respect behandel. Dank u wel.' Met die woorden begon hij weer te eten.

Sparrow deed haar mond open, maar Falconi keek haar streng aan. Ze schraapte haar keel en zei: 'Jeetje. Als je het zo erg vindt, Doc, dan –'

'Dat vind ik, ja,' zei Vishal bits.

'Nou ja, sorry dan. Zal niet weer gebeuren.'

Vishal knikte en ging verder met eten.

Goed zo, doc, dacht Kira. Ze zag Nielsen glimlachen. Na een tijdje stond de eerste officier op om naast Vishal te gaan zitten. Ze begonnen op gedempte toon te praten.

Kort daarop liep Sparrow weg om te kijken hoe de situatie in de luchtsluis was.

Iedereen was nu klaar met eten. Nielsen en Vishal deden de afwas. Falconi liep met moeizame passen naar Kira en liet zich voorzichtig op de vloer zakken.

Kira keek toe, maar zonder veel interesse.

Falconi staarde naar iets op het plafond en krabde aan de stoppels op zijn kin. 'Ga je me nog vertellen wat je dwarszit of moet ik het uit je trekken?'

Kira had geen zin om te praten. De onthulling over de nachtmerries lag nog te vers in het geheugen, en om eerlijk te zijn schaamde ze zich kapot. Bovendien was ze moe, doodmoe. Een moeilijk, emotioneel gesprek was wel het laatste waar ze zin in had.

En dus probeerde ze van onderwerp te veranderen. Ze knikte naar de holo's en zei: 'Dat zit me dwars. Wat anders? Het is allemaal in de soep gelopen.'

'Gelul,' zei Falconi, maar niet onaardig. Hij keek haar aan van onder zijn donkere wenkbrauwen. Zijn diepblauwe ogen stonden helder. 'Je doet al zo sinds we van het Kwallenschip kwamen. Is het je arm?'

'Yep, het is mijn arm.'

Falconi lachte, maar vreugdeloos. 'Oké dan. Als dat is wat je wilt.' Hij knoopte zijn borstzak open en wierp een pak kaarten op de vloer. 'Kun je zevenen?'

Kira keek hem achterdochtig aan. 'Nee.'

'Dan leg ik het je uit. Het is redelijk simpel. We spelen één ronde. Als ik win, moet je mijn vraag beantwoorden. Win jij, dan beantwoord ik een vraag van jou.'

'Sorry, ik ben niet zo in de stemming.' Ze maakte aanstalten om op te staan, waarop Falconi haar pols vastgreep.

Kira vormde instinctief een band van spiesen om haar pols, scherp genoeg voor een onaangenaam gevoel, maar niet zo scherp dat de huid werd doorboord.

Falconi's gezicht vertrok, maar hij bleef haar vasthouden. 'Ik ook niet,' zei hij op ernstige toon. 'Kom op, Kira. Waar ben je bang voor?'

'Ik ben niet bang.' Het klonk niet overtuigend.

Hij trok zijn wenkbrauwen op. 'Blijf dan even zitten. Eén ronde maar. Alsjeblieft.'

Kira aarzelde. Ze wilde niet praten, maar wilde ook niet alleen zijn. Niet nu. Niet nu ze zich zo neerslachtig voelde, en met al dat geweld om haar heen.

Het was op zichzelf niet genoeg om haar van gedachten te laten veranderen, maar toen dacht ze aan Falconi's littekens. Misschien kon ze vragen hoe hij die gekregen had. Haar interesse was gewekt, en bovendien wilde ze eigenlijk wel aan iemand kwijt wat ze had ontdekt. Een biecht zou de situatie er niet beter op maken, maar misschien kon het de last op haar schouders wat verlichten.

Was Alan hier maar! Meer dan ooit wilde ze weer eventjes met hem praten. Hij zou haar begrijpen. Hij zou haar geruststellen en troosten, en misschien zou hij wel een oplossing hebben voor de galactische puinhoop die ze had veroorzaakt.

Mar Alan was dood. Ze had alleen Falconi nog. Het moest maar.

'Wat als je een vraag stelt die ik echt niet wil beantwoorden?' vroeg ze. Er klonk weer een beetje pit door in haar stem.

'Dan pas je gewoon.' Maar de manier waarop hij het zei, verraadde dat hij dat niet echt op prijs zou stellen.

Kira merkte dat ze in een rebelse bui raakte. 'Best.' Ze leunde weer naar achteren en Falconi liet haar pols los. 'Leg maar uit dan.'

Falconi keek even naar zijn pols en wreef de pijn weg. 'Je moet punten verzamelen, meer is het eigenlijk niet.' Hij schudde de kaarten en begon te delen: drie voor hem, drie voor haar en vier tussen hen in, allemaal met de rug naar boven. De rest van de kaarten legde hij opzij. 'Het doel is om zo veel mogelijk zevens te verzamelen, of veelvouden van zeven.'

'Hoe? Door te vermenigvuldigen?'

'Door op te tellen. Een plus zes. Tien plus vier. Je begrijpt het wel. Boeren zijn elf punten, vrouwen twaalf, heren dertien. Azen zijn één punt. Geen jokers of troefkaarten. Aangezien beide spelers zeven kaarten hebben, inclusief de gedeelde' – Falconi wees naar de vier kaarten tussen hen in – 'is de hoogst mogelijke hand een herenslag: vier heren, twee vrouwen en een aas, voor een slag van –'

'Zevenenzeventig.'

'En dus elf punten. Kaarten houden altijd hun puntenwaarde, tenzij' – hij stak een vinger in de lucht – 'je alleen maar zevens krijgt. Dan tellen die zevens dubbel. In dat geval is de hoogste hand een topslag: vier zevens, twee heren en een negen. Dan krijg je namelijk...' Hij wachtte totdat zij het sommetje had gemaakt.

'Eenennegentig.'

'Voor dertien punten. Inzetten doe je normaal gesproken nadat er een gedeelde kaart wordt omgedraaid, maar we zullen het eenvoudig houden en maar één keer inzetten, na de eerste kaart. Maar er is nog iets anders.'

'Wat dan?'

'Je mag niet je overlays gebruiken om te tellen. Dan wordt het te makkelijk.' Er verscheen een melding in Kira's ooghoek. Ze opende het bericht: een knop van haar privacy-app waarmee de overlays werden uitgeschakeld zolang beiden dat wilden.

Ze drukte met tegenzin op Toestaan. Falconi deed hetzelfde en alles in Kira's blikveld bevroor. 'Oké,' zei ze.

Falconi knikte en bekeek zijn kaarten.

Kira bekeek de hare: een twee, een acht en een boer: eenentwintig. Hoeveel zevens waren dat? Ondanks de sommetjes die ze tijdens FTL had gedaan, bleek het lang niet gemakkelijk om uit het hoofd te vermenigvuldigen en te delen. Optellen dan maar. Zeven plus zeven is veertien. Plus zeven maakt eenentwintig. Ze glimlachte in de wetenschap dat ze al drie punten had gescoord.

Falconi draaide de eerste van de vier gemeenschappelijke kaarten om: een aas. 'Ik zet wel als eerste in.' Achter hem gooiden de entropisten hun lege maaltijdverpakkingen weg en liepen de kombuis uit.

'Jij hebt gedeeld. Moet ik niet eerst inzetten?'

'Ik ben de kapitein.' Toen ze geen bezwaar maakte, zei hij: 'Mijn vraag blijft staan. Wat zit je dwars?'

Kira had haar eigen vraag ook al klaar: 'Hoe ben je aan die littekens op je armen gekomen?' Falconi's gezicht betrok; die vraag had hij niet verwacht. Mooi zo. Dat zal hem leren. 'Ik ga mee. Tenzij je nog wilt verhogen?' Ze vroeg het op dezelfde uitdagende toon die hij had gebruikt.

Falconi perste zijn lippen op elkaar. 'Nee. De vragen zijn gelijkwaardig, denk ik.' Hij draaide de volgende kaart om. Een vijf.

Ze rekenden in stilte. Kira kwam nog steeds op hetzelfde getal uit: eenentwintig. Was dat een goede hand? Zo nee, dan kon ze alleen nog winnen door een tweede vraag te stellen, om Falconi te laten passen.

Nielsen en Vishal waren klaar met de vaat en droogden hun handen af. De eerste officier kwam op hen af – pijnlijk langzaam, vanwege de hoge g-krachten – en legde een hand op Falconi's schouders. 'Ik ben op de brug, om de boel in de gaten te houden.'

Hij knikte. 'Oké. Ik los je over een uurtje of zo af.'

Ze knikte en liep naar de deur. Daar draaide ze zich nog één keer om. 'Ik zou niets waardevols inzetten als ik jou was, Kira.'

'Hij gapt je kont onder je billen vandaan,' zei Vishal, die ook vertrok.

Nu waren ze nog met z'n tweetjes in de kombuis.

'Nou?' vroeg Kira.

Falconi draaide de derde kaart om. Negen.

Kira probeerde haar lippen niet te bewegen terwijl ze de sommetjes maakte. Het bijhouden van al die getallen was lang niet makkelijk en een paar keer raakte ze het spoor bijster en moest ze opnieuw beginnen.

Vijfendertig. Dat was het hoogste wat ze kon halen. Vijf zevens. Een stuk beter dan wat ze eerst had. Ze begon langzaamaan te hopen dat ze deze hand nog zou kunnen winnen. Tijd om wat risico te nemen.

'Ik verhoog,' zei ze.

'O?'

'Yep. Hoe heb je ooit de Caracole kunnen kopen?' Ze zag dat hij zijn ogen iets samenkneep. Ook dat was een gevoelige vraag. Mooi. Als zij hem de waarheid over de nachtmerries zou vertellen, kon ze niet de enige zijn die een groot geheim moest onthullen. Toen Falconi na een paar tellen nog steeds niets had gezegd, zei ze: 'Dus wat wordt het? Passen, mee of verhogen?'

Falconi wreef over zijn kin. De stoppels raspten onder zijn duim. 'Ik ga mee. Wat is er gebeurd met je arm? Hoe ben je hem kwijtgeraakt? En kom niet aan met wat je tegen Sparrow hebt gezegd, dat je gegrepen bent door een nachtmerrie. Er is een half dozijn exo's voor nodig om jou in de problemen te brengen.'

'Dat zijn twee vragen.'

'De tweede is een herformulering van de eerste. Maar als je het twee vragen vindt... Nou, dan heb ik de inzet misschien wat verhoogd.'

Kira wilde iets vinnigs terugzeggen, maar beet op haar tong. Hij maakte het haar niet makkelijk om de waarheid te vertellen. 'Laat maar. Spelen.'

'Laatste kaart,' zei Falconi, ogenschijnlijk onverstoorbaar, en hij draaide de kaart om.

Een heer. Dertien.

Haar hersenen maakten overuren terwijl ze de diverse combinaties uitrekende. De volgende veelvoud van zeven was zeven maal zes... tweeënveertig. Elf plus dertien plus één plus acht plus negen... Ja! Tweeënveertig!

Kira was al iets gerustgesteld. Maar toen zag ze het: als je de twee en de vijf erbij op zou tellen, had je nog een zeven. Negenenveertig. Zeven maal zeven. Ze grijnsde. Hoe gepast.

'Een lach die op gevaar duidt,' zei Falconi. Hij legde zijn kaarten open. Twee drieën en een zeven. 'Jammer dat je het niks gaat opleveren. Vijf zevens.'

Ze legde haar eigen kaarten open. 'Zeven zevens.'

Zijn blik schoot van kaart naar kaart terwijl hij de kaarten narekende. 'Beginnersgeluk,' zei hij met een diepe frons.

'Tuurlijk, maak jezelf nog wat wijs. Betalen.' Ze kruiste tevreden haar ongelijke armen.

Falconi roffelde op de vloer. Toen zei hij: 'Die littekens zijn gekomen door brand. En ik kon de Caracole kopen omdat ik bijna tien jaar lang elke cent opzij heb gezet. En het was een mooie aanbieding.' Hij trok zijn schouders op.

Hij moest wel érg goed hebben geboerd om zich zo'n soort schip te kunnen veroorloven. 'Ik vind je antwoorden wel wat summier.'

Falconi veegde de kaarten bij elkaar en begon te schudden. 'Dan moet je nog een ronde spelen. Misschien heb je weer mazzel.'

'Misschien,' zei Kira. 'Delen.'

Hij deelde de kaarten, Drie voor haar, drie voor hem en vier in het midden.

Ze bekeek haar kaarten. Geen zevens, en niets wat in totaal zeven of een veelvoud van zeven maakte. Falconi draaide de eerste kaart om: schoppen twee. Dat gaf haar... één zeven.

'Waarom heb je je littekens niet weg laten halen?' vroeg ze.

Hij verraste haar met zijn wedervraag. 'Waarom wil je dat weten?'

'Is dat... je inzet?'

'Zeker.'

Falconi draaide de volgende kaart om. Kira had nog altijd maar één zeven. Ze besloot de inzet te verhogen. 'Wat deed je precies voordat je de Caracole kocht?'

'Ik ga mee. Wat zit je dwars?'

Daarna verhoogde geen van beiden de inzet. Met de laatste gemeenschappelijke kaart had Kira drie zevens. Niet slecht. Maar toen toonde Falconi zijn hand. 'Vier zevens.'

Shit. Kira rekende het na en liet haar teleurstelling duidelijk blijken. 'Drie.'

Falconi leunde naar achteren, kruiste zijn armen en keek Kira afwachtend aan.

Even hoorde Kira niets anders dan het gebrom van de aandrijving en het gezoem van de ventilatoren. Ze gebruikte de pauze om haar gedachten te ordenen. 'Ik wil het weten omdat ik nieuwsgierig ben. We zijn ver van huis en toch weet ik amper iets over je.'

'Wat maakt het uit?'

'Dat is een andere vraag.'

'Hm. Je begrijpt toch wel dat ik veel om de Caracole en mijn bemanning geef?'

'Ja.' Kira voelde ineens een bepaalde intimiteit met de kapitein. Falconi gáf ook veel om zijn schip en bemanning, dat had ze met eigen ogen gezien. En om zijn bonsai. Dat betekende niet dat hij het rechte pad bewandelde, maar wel dat hij loyaal was aan zijn mensen. 'En wat me dwarszit, zijn de nachtmerries.'

'Ook dat is wat summier.'

'Nee hoor,' zei Kira, en ze veegde met één hand de kaarten bij elkaar. 'Als je meer wilt weten, moet je me nog een keer verslaan.'

'Daag me niet uit,' zei Falconi, en zijn ogen twinkelden.

Het ging moeizaam, maar uiteindelijk wist Kira de kaarten te schudden. Ze waste ze naast haar knie en deelde ze door met duim en wijsvinger afzonderlijke kaarten te pakken. Ze voelde zich enorm onhandig en was bijna geneigd het Zachte Mes te gebruiken, maar zag daar toch maar van af, omdat ze op dat moment niets van doen wilde hebben met de xeno. En eigenlijk nooit meer.

Aangezien ze de vorige keer geen goed antwoord had gekregen, stelde ze dezelfde vragen als inzet. Op zijn beurt vroeg Falconi: 'Wat is het aan de nachtmerries dat je zo dwarszit?' en 'Hoe ben je nou écht je arm verloren?'

Tot Kira's grote ergernis verloor ze opnieuw: een tegen drie. Toch voelde ze ook opluchting, omdat ze de waarheid niet langer hoefde te verzwijgen.

'Ik ben te nuchter voor dit spel.'

'Er staat een fles wodka in de kast,' zei Falconi.

'Nee.' Ze liet haar hoofd tegen de muur rusten. 'Drank zou niets oplossen. Niet echt tenminste.'

'Het kan je wat opbeuren.'

'Dat betwijfel ik.' Ineens stonden de tranen in haar ogen. 'Ik denk dat niks meer helpt.'

'Kira,' zei Falconi, opvallend teder. 'Wat is er nou? Waar zit je mee?'

Ze slaakte een trillende zucht. 'Die nachtmerries... zijn mijn schuld.'

'Hoe bedoel je?'

En dus begon Kira te praten. Ze vertelde het hele ongelukkige verhaal, beginnend met de schepping van het uit Carr, de Kwal en het Zachte Mes bestaande monster en alles wat er daarna was gebeurd. Het was alsof de dam was doorgebroken en er een stortvloed van woorden en emoties naar buiten kwam, een waterval van schuldgevoel, verdriet en spijt.

Toen ze klaar was, bleef Falconi zwijgen. Ze kon zijn gedachten niet lezen, maar zag dat hij ernstiger was gaan kijken. De lijnen bij zijn mond waren duidelijk zichtbaar. Hij wilde wat zeggen, maar ze was hem te snel af. 'Punt is, ik denk dat ik de nachtmerries niet aankan. Tenminste niet de nachtmerries die op het Zachte Mes lijken. Toen we elkaar aanraakten, voelde het alsof ik langzaam werd opgenomen. Als ik niet was gevlucht...' Ze schudde haar hoofd. 'Ik kan ze niet verslaan. We lijken te veel op elkaar en er zijn er nog veel méér. Ik zou verdrinken in hun vlees. Als ik dat Carr-Kwal-ding zou tegenkomen, zou hij me opvreten. Voedsel voor de Muil.'

'Er moet toch een manier zijn om ze tegen te houden,' zei Falconi. Hij sprak zachtjes en langzaam, alsof hij een onaangename emotie probeerde te onderdrukken.

Kira liet nogmaals haar hoofd tegen de muur vallen. In 2,25 g was het een pijnlijke klap en even zag ze sterretjes. 'Het Zachte Mes kan zo veel méér. Meer dan ik weet. Als het niet in bedwang wordt gehouden, weet ik niet hoe je het zou kunnen stoppen... Die nachtmerries zijn een soort op hol geslagen, zichzelf replicerende nanobots, maar dan erger.' Ze grimlachte. 'Een nachtmerriescenario. Ze zullen gewoon blijven eten, groeien en bouwen... Ook als we dat monster van Carr en Qwon doden, zijn er nog andere nachtmerries met het weefsel van het Zachte Mes. En die kunnen het hele zootje opnieuw opstarten. Zelfs één enkel molecuul van de Muil kan al iemand anders infecteren, zoals op Sigma Draconis gebeurde. We hebben gewoon geen enkele mogelijkheid om –'

'Kira.'

'... ze tegen te houden. En ik kan er ook niks aan doen. Ik –'

'Kíra.' De gebiedende toon van Falconi doorbrak de maalstroom van haar gedachten. Zijn felblauwe ogen keken haar strak aan, en boden troost.

Ze kalmeerde wat. 'Sorry. Oké... Volgens mij hebben de Kwallen wel eens eerder zoiets meegemaakt. Of ze hielden rekening met de mogelijkheid. Itari leek niet verbaasd.'

Falconi knikte. 'Dat is alvast bemoedigend. Weet je hoe ze de nachtmerries toen hebben tegengehouden?'

Ze trok haar schouders op. 'Met een hoop doden, geloof ik. Ik weet het niet precies, maar blijkbaar lag hun hele voortbestaan op een gegeven moment in de waagschaal. Niet alleen vanwege de nachtmerries, maar ook vanwege de omvang van het conflict. Op een gegeven moment vochten ze zelfs tegen een Zoeker, net als wij.'

'In dat geval heeft Hawes gelijk en moet je met de Kwal gaan praten, om te kijken wat hij weet. Misschien zijn er manieren om de nachtmerries tegen te houden.'

Kira had zulke bemoedigende woorden niet verwacht van Falconi, maar stelde ze op prijs. 'Dat zal ik doen.' Ze keek naar de vloer en pulkte aan een opgedroogd stukje voedsel op een rooster. 'En toch is het allemaal mijn schuld.'

'Wist jij veel dat dit kon gebeuren...'

'Dat neemt niet weg dat ik degene ben die deze oorlog heeft veroorzaakt. En niemand anders.'

Falconi staarde voor zich uit en tikte met zijn kaarten op de vloer, maar Kira wist dat zijn hersenen op volle toeren draaiden. 'Zo mag je niet denken. Anders ga je eraan onderdoor.'

'Er is meer,' zei ze zachtjes.

Even verstijfde hij, maar toen veegde hij de kaarten bijeen om ze te schudden. 'O?'

Nu ze begonnen was met opbiechten, kon ze niet meer stoppen. 'Ik heb je voorgelogen. Mijn team is niet gedood door de Kwallen...'

'Hoe bedoel je?'

'Het is net als met de numenist. Als ik bang of boos ben, reageert het Zachte Mes. Of het probeert om...' De tranen rolden nu over haar wangen en Kira probeerde ze niet langer tegen te houden. 'Bijna het hele team was boos toen ik uit cryo ontwaakte. Niet zozeer op mij, maar ik was nog steeds verantwoordelijk. De missie was afgebroken en niemand kreeg zijn bonus. Het escaleerde. Ik kreeg ruzie met Fizel, onze arts, en toen Alan en ik naar bed gingen...' Ze schudde haar hoofd en de woorden stokten in haar keel. 'Ik was nog helemaal hyper, en toen... toen begon Neghar te hoesten. Ze moest een beetje van de xeno in zich hebben gekregen tijdens de redding. Ze bleef maar hoesten en hoesten, en met zo veel bloed... Ik was zo bang. Ik–ik kon er niks aan doen. Zo bang... Het Zachte Mes haalde uit, en doorboorde Alan, Yugo, Seppo, Jenan... Omdat ik zo bang was. Ik heb ze vermoord!'

Kira liet haar hoofd hangen om Falconi's blik te ontwijken en liet haar tranen op haar schoot vallen. Het pak begon te kolken. Ze voelde ineens een sterke afkeer en dwong de xeno om tot bedaren te komen.

Ze schrok toen Falconi zijn arm om haar schouders legde. Hij bleef haar vasthouden en na een paar tellen liet ze haar hoofd tegen zijn schouder rusten. Sinds de Verzachtende Omstandigheden had ze niet zo openlijk gerouwd. De nachtmerries hadden oude wonden opengereten en nieuwe toegebracht.

Pas toen Kira's tranen begonnen op te drogen en ze weer rustig begon adem te halen, liet Falconi haar los. Kira depte opgelaten haar laatste tranen weg. 'Sorry.'

Hij maakte een wegwerpgebaar en krabbelde overeind. Hij sjokte naar het aanrecht alsof hij gebukt ging onder reuma. Hij maakte twee mokken chell klaar en liep terug naar Kira.

'Pas op, heet,' zei hij, en hij reikte haar een mok aan.

'Dank je.' Ze warmde haar handen aan de mok, blies de stoom weg en snoof het aroma op.

Falconi ging zitten en duwde met zijn duim een druppel langs de rand van zijn mok. 'Voordat ik de Caracole kocht, werkte ik voor Hanzo Tensegrity. Een grote verzekeraar in Sol.'

'Jij? Verzekeringen?' Om de een of andere reden kon Kira het nauwelijks geloven.

'Ik moest de claims van mijnwerkers, stakeholders en freelancers controleren, dat werk. Het probleem was dat het bedrijf eigenlijk helemaal geen controles wilde. Ons echte werk was om claims... te ontmoedigen.' Hij trok zijn schouders op. 'Op een gegeven moment werd het me te veel, en dus nam ik ontslag. Maar daar gaat het niet om. Ik had eens een claim, van een jongen die –'

'Een jongen?'

'Luister nou even. Dat was een jongen die in een woonring van Farrugia's Landing woonde. Zijn pa was onderhoudsmonteur en elke dag ging de jongen met hem mee, om schoon te maken en de skinsuits van de andere monteurs te controleren.' Falconi duwde de druppel in de mok. 'Geen echt werk, natuurlijk. Gewoon iets om hem bezig te houden terwijl zijn pa aan het werk was.'

'Had hij geen moeder?'

Falconi schudde zijn hoofd. 'Geen moeder, geen andere vaderfiguur, geen grootouders, zelfs geen broertje of zusje. De jongen had alleen zijn pa. En elke dag maakte de jongen schoon en controleerde hij de pakken. Hij legde ze op een rij en lichtte ze door voordat de monteurs ze aantrokken en naar buiten gingen om de woonring te onderhouden.'

'En toen?'

Falconi keek haar recht in de ogen aan. 'Een van de monteurs – allemaal mannen, overigens – vond het maar niks dat de jongen aan zijn pak zat. Maakte hem nerveus. En dus zei hij tegen de jongen om op te lazeren. Punt is, de regels waren duidelijk: al het veiligheidsmateriaal moest door ten minste twee paar ogen worden gecontroleerd, en dus ook de skinsuits. Zijn pa zei dus om die eikel te negeren en door te gaan met controleren.'

'Maar dat deed-ie dus niet.'

'Dat deed-ie dus niet. Hij was nog jong en die eikel had hem ervan overtuigd dat het wel kon. Dat hij de controle zelf wel zou doen.'

'Wat hij dus niet deed.'

'Wat hij dus niet deed. En op een dag... *tsjk*. Het pak scheurde, de veiligheidslijn raakte los, en onze eikel stierf een vreselijke dood.' Falconi schoof een stukje haar kant op. 'Wiens schuld was dat nou?'

'Die van de eikel natuurlijk.'

'Misschien... maar de regels waren duidelijk en de jongen koos ervoor ze te negeren. Als hij dat niet had gedaan, zou de eikel nog steeds hebben geleefd.'

'Maar het was nog maar een kind,' protesteerde Kira.

'Klopt.'

'Dan was het de schuld van de vader.'

Falconi trok zijn schouders op. 'Kan.' Hij blies en nam een slok. 'Uiteindelijk bleek het een fabricagefout. Een defect van het pak. De andere pakken zouden het na verloop van tijd ook hebben begeven. De hele partij moest worden afgekeurd.'

'Ik begrijp het niet.'

'Soms,' zei Falconi, 'is het gewoon kut en kun je er niks aan doen.' Hij keek haar aan. 'Niemand heeft hier schuld aan. Of anders wij allemaal.'

Kira liet het verhaal even bezinken en zocht naar de achterliggende boodschap. Ze vermoedde dat Falconi het had verteld in de geest van begrip, zo niet vergiffenis, en daar was ze dankbaar voor. Maar het was niet genoeg om haar op te beuren.

'Misschien,' zei ze. 'Maar ik durf te wedden dat de jongen zich nog steeds schuldig voelde.'

'Natuurlijk voelde hij zich schuldig. Maar je mag dat schuldgevoel niet je hele leven laten beheersen.'

'Tuurlijk wel.'

'Kira.'

Ze sloot haar ogen. Ze kon het beeld van het levenloze lichaam van Alan maar niet uit haar hoofd krijgen. 'Ik kan niet meer veranderen wat er is gebeurd. Dankzij mij is mijn geliefde nu dood, Falconi. Je zou denken dat het niet erger kon, maar nee, ik moest en zou een oorlog ontketenen. Een interstellaire oorlog zelfs. Zoiets kun je niet meer herstellen.'

Falconi zweeg. Hij zuchtte en zette zijn mok op de vloer. 'Toen ik negentien was –'

'Je kunt me echt niet opbeuren.'

'Nee, luisteren. Dit is een ander verhaaltje.' Hij pulkte zenuwachtig aan het oor van de mok en toen Kira hem niet nogmaals onderbrak, ging hij verder. 'Toen ik negentien was, lieten mijn ouders me oppassen op mijn zusje terwijl zij uit eten gingen. Oppassen was wel het laatste wat ik wilde, en het was ook nog eens zaterdag. Ik dus boos, maar het mocht niet baten. Mijn ouders gingen uit en dat was dat.'

Falconi zette zijn mok op de vloer. 'Maar ik had andere plannen. Mijn zusje was zes jaar jonger dan ik en ik vond dat ze oud genoeg was voor een avondje alleen. Ik dus naar buiten om met vrienden af te spreken, zoals ik elke zaterdag deed. Maar toen –' Falconi's stem stokte, en hij opende en sloot zijn handen alsof hij iets wilde fijnknijpen. 'Er was een explosie. Toen ik terugkwam, bleek het halve appartement ingestort.'

Hij schudde zijn hoofd. 'Ik ging naar binnen, maar het was al te laat. De rook... Zo heb ik ook die brandwonden opgelopen. Later ontdekten ze dat mijn zus aan het koken was en dat er brand was ontstaan. Als ik gebleven was, zoals mijn ouders me hadden opgedragen, zou ze nu nog leven.'

'Dat weet je niet,' zei Kira.

'Niet?' Hij pakte het pak kaarten, stak de gebruikte erin en begon te schudden. 'En jij bent niet verantwoordelijk voor de dood van Alan of wie dan ook.'

'Dat ben ik wel. Ik –'

'Hou op!' riep Falconi, en hij stak zijn vinger uit. 'Misschien wás je wel verantwoordelijk, maar het was in ieder geval geen bewuste beslissing. Je wilde ze niet doden, net zomin als ik mijn zusje dood wilde hebben. En wat deze klote-oorlog betreft: zo belangrijk ben je niet, Kira. De Kwallen maken hun eigen keuzes. Net als de Liga, en de Muil. Uiteindelijk zijn ook zij verantwoordelijk. Dus hou op met dat zelfbeklag.'

'Ik kan er niks aan doen.'

'Gelul. Je wílt er gewoon niks aan doen. Het voelt fijn als je jezelf de schuld kan geven. En weet je waarom?'

Kira schudde haar hoofd.

'Omdat het je een gevoel van controle geeft. De moeilijkste les in het leven is accepteren dat er nou eenmaal dingen zijn die we niet kunnen veranderen.' Falconi zweeg en keek haar indringend aan. 'Het is volstrekt normaal om jezelf te schuld te geven, maar daar schiet je verder niks mee op. Pas als je daarmee ophoudt, mee op kúnt houden, word je weer de oude.'

Hij knoopte zijn manchetknopen los en rolde zijn mouwen op om de gesmolten huid op zijn onderarmen te laten zien. 'Waarom denk je dat ik deze littekens niet laat weghalen?'

'Omdat... je je schuldig voelt over –'

'Nee,' zei Falconi bits, om op vriendelijkere toon verder te gaan: 'Ik laat ze niet weghalen om mezelf eraan te herinneren wat ik achter me kan laten. Wat ik achter me héb gelaten. Als ik het even moeilijk heb, kijk ik naar mijn armen en weet ik dat ik alles te boven kan komen. Dat het leven me niet klein kan krijgen. Ik kan misschien het leven laten, maar zal nooit de moed opgeven.'

'En als ik nou niet zo sterk ben?'

Hij glimlachte, maar zonder plezier. 'Dan leef je je leven met die enorme last op je schouders, totdat je door je hoeven zakt. Geloof me.'

'En hoe heb jij die last van je schouders gekregen?'

'Ik ben gaan zuipen. Zocht ruzie met mensen. Heeft me een paar keer bijna het leven gekost. Maar na een tijdje besefte ik dat ik mezelf zonder goede reden aan het afstraffen was. Plus, ik wist dat mijn zusje nooit zoiets voor me had gewild, en dus kon ik mezelf vergeven. Pas toen kon ik alles achter me laten en verdergaan met mijn leven.'

Kira nam een besluit. Ze zag geen weg uit het moeras waarin ze verzeild was geraakt, maar kon op zijn minst proberen een oplossing te zoeken. Want dat kon ze in ieder geval wel: het proberen.

'Oké,' zei ze.

'Oké,' herhaalde Falconi zachtjes. Kira voelde zich ineens sterk met de kapitein verbonden: een band gesmeed uit gedeeld verdriet.

'Hoe heette je zusje?'

'Beatrice, maar we noemden haar altijd Bea.'

Kira staarde naar haar reflectie in de mok. 'Wat wil je, Falconi?'

'Salvo. Noem me maar Salvo.'

'Wat wil je eigenlijk, Salvo? Het allerliefst?'

'Wat ik wil,' begon hij, en hij zocht naar de juiste woorden, 'is vrij zijn. Vrij van schulden. Vrij van overheden en corporaties die me vertellen hoe ik mijn leven moet leiden. En als dat betekent dat ik de rest van mijn dagen moet slijten als kapitein van de Caracole, nou ja –' hij hief zijn mok, bij wijze van saluut '... dan heb ik vrede met dat lot.'

Ze spiegelde zijn gebaar. 'Een nobel streven. Op de vrijheid.'

'Op de vrijheid.'

De chell deed haar keel tintelen. De angst die ze eerder had ervaren, leek ineens een stuk minder belangrijk.

'Kom je van Farrugia's Landing?' vroeg ze.

Falconi knikte. 'Geboren op een schip, maar ik ben opgegroeid op het ruimtestation zelf.'

Een vage herinnering roerde zich in Kira's geheugen. 'Was daar geen opstand?' vroeg ze. 'Arbeidsonlusten of zoiets? Volgens mij heb ik er een of ander artikel over gelezen. De meeste arbeiders gingen in staking, en er werden er veel opgepakt.'

Falconi nam een slok. 'Klopt. Het liep al heel snel heel erg uit de hand.'

'Heb jij meegedaan?'

Hij snoof. 'Wat denk je zelf?' Hij keek haar schielijk aan en even leek het alsof hij een besluit probeerde te nemen. 'Hoe voelt het?'

'Hoe voelt wat?'

'Het Zachte Mes.'

'Het voelt… net zoals dit.' Ze raakte Falconi's pols aan. Hij leek op zijn hoede, verbaasd. 'Het voelt gewoon als mijn eigen huid.'

Kira liet een rijtje messcherpe stekels uit de rug van haar hand ontstaan. De xeno was nu zo met haar vergroeid dat het nog amper moeite kostte.

Na een tijdje liet ze de stekels weer wegsmelten.

Falconi legde zijn eigen hand op de hare. Ze beefde en trok bijna haar hand terug toen hij met zijn vingertoppen over haar palm streek. Schokjes schoten door haar arm. 'Zoals dit?'

'Ja.'

Hij liet zijn vingertoppen heel lichtjes op haar huid rusten. Toen trok hij zijn hand terug en veegde hij de kaarten bijeen. 'Nog een potje?'

Haar laatste slok chell smaakte lang niet zo goed meer. Wat was ze in vredesnaam aan het doen? Alan… 'Ik vind het wel mooi geweest.'

Falconi knikte.

'Ga je Hawes vertellen over Carr en de Muil?'

'Dat hoeft nog niet. Als we terug zijn, mag je een rapport schrijven.'

Kira trok een gezicht. 'Dank je. Voor het luisteren.'

Falconi stak de kaarten in zijn borstzak. 'Geen probleem. Maar geef het niet op. Niemand van ons zal het overleven als we de moed opgeven.'

'Beloofd.'

2

Kira liet Falconi achter in de kombuis. Ze overwoog meteen naar Itari te gaan om te praten. (Zou hij nog wakker zijn? Sliepen Kwallen eigenlijk wel?) Maar hoewel ze dolgraag antwoord wilde op haar vragen, had ze behoefte aan rust. De dag had haar zo afgemat dat geen enkele dosis AcuPep haar meer zou kunnen helpen. Ze moest slapen.

Ze liep dus terug naar haar hut. Er stonden geen berichten van Gregorovich op haar te wachten en dus hoefde ze ook geen berichten te beantwoorden. Ze ging in het donker op haar bed liggen en slaakte een zucht van verlichting toen ze het gewicht van haar vermoeide voeten kon halen.

Falconi's woorden – ze weigerde zijn voornaam te gebruiken – spookten nog door haar hoofd toen ze haar ogen sloot en bijna meteen in een droomloze slaap viel.

3

Er klonk een alarm.

Kira probeerde overeind te komen, maar het Zachte Mes hield haar aan het matras geplakt. De versnelling van 2,25 g was weggevallen, zodat ze gewichtloos was geworden. Als de xeno er niet was geweest, zou ze in haar slaap zijn weggedreven.

Met bonzend hart dwong ze het Zachte Mes om zijn greep los te laten. Ze duwde zichzelf naar het bureau. Had ze het geluid gedroomd? Had ze echt zo lang geslapen?

Ze checkte de console. Ja, ze had echt zo lang geslapen.

Ze waren naar FTL gesprongen.

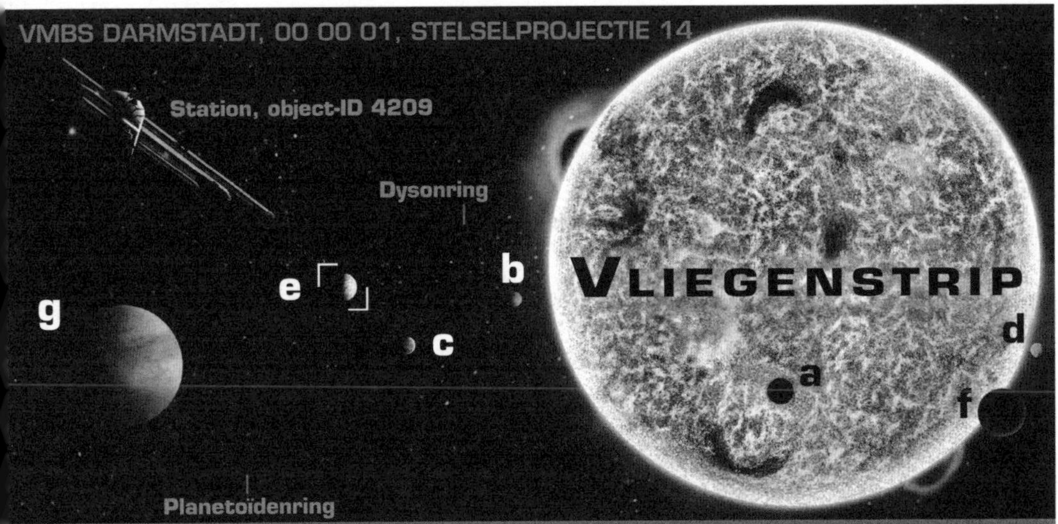
VMBS DARMSTADT, 00 00 01, STELSELPROJECTIE 14
Station, object-ID 4209
Dysonring
VLIEGENSTRIP
b
e
g
c
d
a
f
Planetoïdenring

VMBS DARMSTADT, 00 12 79, STELSELPROJECTIE 91
PLANEET E
0,35 $R_\oplus$, oppervlaktetemp. -200 °C – 200 °C
Atmosfeer: 78% N_2, 20% O_2, 1% CH_4
Synchrone rotatie, geen manen
Aanwijzingen voor satellietclusters in een baan om de planeet
Geïdentificeerde nederzettingen: 9+
Nidus, ID 4412

VMBS DARMSTADT, 02 01 35, STELSELPROJECTIE 735
NIDUS

* * * * * * *

EXEUNT III

1

Ze waren ontkomen, maar nog niet in veiligheid.

Kira checkte de statusverslagen van het schip en kon amper geloven dat geen van de Kwallen of nachtmerries hen had ingehaald.

Een van de Kwallenschepen had een uur geleden de achtervolging ingezet, op de voet gevolgd door de twee resterende nachtmerrieschepen. De drie schepen waren nog maar enkele minuten van schootsafstand verwijderd geweest toen de Caracole naar FTL sprong.

Om zo snel mogelijk weg te geraken van Vliegenstrip had de Caracole een warme sprong gewaagd: naar FTL gaan zonder het schip de kans te geven af te koelen. Anders was de fusieaandrijving een groot deel van de dag buiten gebruik geweest. Niet handig als de vijand je op de hielen zat.

Maar zelfs met een uitgeschakelde aandrijving zou de stralingswarmte – evenals de thermische energie van de rest van de romp – algauw een ondraaglijke hoogte in de markovbubbel hebben bereikt. De kans op oververhitting zou dan reëel zijn geweest, met systeemuitval tot gevolg.

Kira hoorde de ventilatoren van het schip al sneller draaien dan normaal. Het zou niet lang meer duren voordat de Caracole uit FTL moest komen om af te koelen. Maar het maakte niet uit. Of ze nou in subluminale of superluminale ruimte zaten, hun achtervolgers waren sneller dan welk mensenruimteschip dan ook.

Ze waren ontsnapt, maar het leek er sterk op dat de Kwallen en nachtmerries hen alsnog te pakken zouden krijgen. En wat er dan zou gebeuren, kon Kira wel raden.

Ze zag geen uitweg meer. Misschien had Falconi of Gregorovich een oplossing, maar Kira hield al rekening met vechten. En ze had geen enkel vertrouwen in haar vermogen om de bemanning te beschermen, laat staan zichzelf, als ze door meer van die xeno-achtige nachtmerries zouden worden aangevallen.

Haar hart bonsde in haar keel en ze dwong zichzelf adem te halen, om wat te kalmeren. De Caracole lag nog niet onder vuur. Ze werden nog niet geënterd. Ze kon haar adrenaline beter bewaren voor als het nodig was...

Ze wilde juist naar de brug gaan toen het FTL-alarm klonk. Zo snel al? Was er iets mis met het schip? Wijs geworden door haar vele ruimtereizen zocht ze naar houvast.

Haar stomp miste de lus aan de muur.

'Shit.' Door het momentum draaide ze bijna om haar as, maar ze slaagde erin de lus vast te grijpen met haar linkerhand en zichzelf tegen te houden.

Ze voelde haar huid tintelen, alsof er statische elektriciteit in de lucht hing. Ze besefte dat ze weer in normale ruimte waren.

Nu was het het aandrijvingsalarm dat klonk. De Caracole veranderde van richting en versnelde, zodat ze tegen de wand werd gedrukt. 'Tien minuten voor de volgende sprong,' verkondigde Gregorovich op licht maniakale toon.

Kira holde naar de brug, waar ze Falconi, Nielsen en Hawes aantrof.

De luitenant oogde bleek en keek grimmig. Hij zag er zo mogelijk nog slechter uit dan eerst.

'Wat gebeurt er? Waarom zijn we gestopt?' vroeg Kira.

'Koersverandering,' zei Falconi.

'Maar waarom? We zijn net vertrokken.'

Hij gebaarde naar de centrale holo, waarop een kaart van het stelsel te zien was. 'Dat is nou juist het punt. De Kwallen zijn het hele gebied aan het jammen, en wij zitten er nog middenin. Dat betekent dat niemand heeft gezien dat we uit FTL zijn gekomen, en aangezien het lichtsignaal van de Caracole een dag nodig heeft om Vliegenstrip te bereiken –'

'... weet niemand dat we hier zijn,' vulde Kira aan.

Falconi knikte. 'Voorlopig tenminste. FTL-sensoren kunnen geen subluminale objecten oppikken, dus die klootzakken zullen ons niet zien als ze voorbijvliegen, tenzij –'

'... tenzij we ontzettend veel pech hebben en ze besluiten FTL te verlaten om even rond te kijken,' zei Nielsen.

Hawes trok een bedenkelijk gezicht. 'Maar daar hebben ze geen enkele reden toe.'

Falconi keek Kira zelfverzekerd aan. 'Dat is in ieder geval de gedachte. We wachten totdat de Kwallen en nachtmerries ons voorbij zijn, en dan peren we 'm in een andere richting.'

'Maar detecteren ze ons dan niet meteen als we weggaan uit het gebied dat ze aan het jammen zijn?'

'Ik betwijfel het,' zei Falconi. 'Ik ga ervan uit dat de Kwallen niet willen dat de nachtmerries iets te weten komen over jou, de Blauwe Staf of andere zaken die zich bij Vliegenstrip hebben voorgedaan. Als ik gelijk heb, zullen de Kwallen die ons achtervolgen blijven jammen, wat betekent dat ze in FTL beperkt zijn tot observatie op korte afstand.'

Kira keek bedenkelijk. 'Dat is wel een grote gok.'

Hij knikte. 'Zeker. Maar zelfs als de Kwallen stoppen met jammen... Weet je iets van FTL-sensoren?'

'Niet echt.'

'Ze werken namelijk amper. De passieve moeten ontzettend groot zijn om iets op te kunnen vangen. Niet iets wat de meeste schepen kunnen meezeulen. De actieve zijn nog erger, en het zijn de actieve waar we ons zorgen over moeten maken. Hun bereik is hooguit een paar lichtdagen, wat niet veel is bij dit soort snelheden, en ze zijn verre van gevoelig, wat een probleem is als je de zwakke energiesignatuur van markovbubbels wilt opvangen. En bovendien... Vertel jij het maar, Hawes.'

De luitenant begon langzaam en bedachtzaam te praten, zonder zijn ogen van de display te halen. 'Het VMB heeft ontdekt dat de sensoren op de achterzijde van de Kwallenschepen zo'n twintig procent minder effectief zijn. Waarschijnlijk omdat hun schaduwschild en fusie-aandrijving in de weg zitten.'

Falconi knikte opnieuw. 'En de kans is groot dat de nachtmerries hetzelfde probleem hebben, ook al gebruiken ze geen schild.' Hij toonde beelden van de drie achtervolgende schepen. 'Zodra ze ons zijn gepasseerd, zal het moeilijk worden om ons te detecteren, en dat wordt met de minuut moeilijker.'

'Hoelang voordat ze zullen beseffen dat de Caracole niet vóór hen zit?' vroeg Kira.

Falconi trok zijn schouders op. 'Geen idee. In het beste geval een paar uur, in het slechtste geval hooguit een halfuurtje. Maar dat is nog steeds genoeg om uit het bereik van hun FTL-sensoren te geraken.'

'En dan?'

Falconi kreeg een ondeugende blik in zijn ogen. 'Dan maken we even een ommetje.' Hij knikte in de richting van de machinekamer. 'Het VMB heeft ons meer dan genoeg antimaterie meegegeven voor een retourtje Vliegenstrip. We willen het overschot gebruiken voor een paar extra sprongetjes, om steeds een beetje van richting te veranderen en onze achtervolgers af te schudden.'

Kira probeerde zich voor te stellen hoe dat in de praktijk zou verlopen. 'Maar ze kunnen toch fotonspoordetectie gebruiken?'

Gregorovich mengde zich met een lachje in het gesprek. 'Dat kan, nieuwsgierige primaat, maar dat kost tijd... Tijd die we kunnen gebruiken om de plaat te poetsen.'

Falconi knikte. 'Met elke sprong wordt het moeilijker om ons te volgen. Dit is geheel niet vergelijkbaar met de heenreis. We komen niet op regelmatige tijden uit FTL en we stevenen ook niet min of meer recht op ons doel af.'

Nielsen nam het woord. 'Zodra we buiten het bereik van hun sensoren zijn, kunnen de Kwallen niet meer voorspellen wanneer we subluminaal gaan. En als ze ook maar één koerswijziging verkeerd inschatten of ook maar één sprong missen –'

'... komen ze heel ergens anders terecht,' zei Falconi grijnzend. 'De Caracole kan in één dag bijna driekwart lichtjaar afleggen. Stel je eens voor hoelang ze dan op fotonspoordetectie moeten wachten als ze een van onze sprongen ook maar met een paar uur verkeerd inschatten... Dan duurt het dagen, weken of zelfs maanden voordat het licht er is.'

'Dus we hebben een kans,' zei Kira.

Falconi grijnsde. 'Daar ziet het wel naar uit. Zodra we ver genoeg zijn, is de kans om de Caracole al dan niet per ongeluk te spotten piepklein. Ze zullen zelfs niet weten naar welk stelsel we op weg zijn, tenzij ze onze laatste sprong weten te detecteren.'

Kira voelde de druk op haar lichaam afnemen en moest haar stomp door een lus steken om te voorkomen dat ze zou wegzweven. Het FTL-alarm klonk en weer voelde ze die tinteling op haar huid.

'En welk stelsel is dat dan?' vroeg ze.

'Sol,' zei Nielsen.

2

De tweede sprong duurde langer dan de eerste: drieënveertig minuten om precies te zijn.

Kira zwom met Hawes naar de luchtsluis om met Itari te praten. 'Gaat het?' vroeg ze toen ze de brug achter zich hadden gelaten.

Hij ontweek haar blik. 'Ja hoor.'

'Akawe leek me een goeie kapitein.'

'Dat was-ie ook. Altijd scherp. Hij, en Koyich... Veel goeie mensen op de Darmstadt.'

'Ja. Ik vind het heel erg, wat er gebeurd is.'

Hij knikte.

'Is er iets waarover ik het niet mag hebben?' vroeg Kira toen ze bijna bij de luchtsluis waren.

De luitenant dacht even na. 'Waarschijnlijk maakt het nu niet meer uit, maar probeer niets te zeggen over Sol, de Liga of het VMB.'

Ze knikte en zette zich af tegen de wand om in het midden van de gang te blijven. 'Ik zal het proberen. Als ik het niet zeker weet, zal ik het eerst met jou bespreken.'

Hawes knikte. 'Dan komt het wel goed. We zijn vooral geïnteresseerd in militaire zaken, troepenplaatsing, tactieken en strategieën, en technologie. En ook waarom juist deze groep Kwallen een alliantie wil. Politieke vragen dus. Alles wat je nog meer te weten kunt komen, is meegenomen.'

'Begrepen.'

Eenmaal bij de luchtsluis zag Kira Itari bij de achterwand zweven, de tentakels beschermend om zich heen gekruld. De Kwal keek haar met een enkel glanzend oog aan. *Hij is nieuwsgierig.* Dat was te verwachten bij een bewuste levensvorm, maar toch vond ze het intimiderend. De intelligentie in Itari's blik herinnerde Kira eraan dat ze te maken had met een schepsel dat tot net zo veel in staat was als de mens. Tot meer zelfs, gezien het gepantserde rugschild en de vele tentakels.

Hawes overlegde met de mariniers die zich aan weerszijden van de sluisdeur hadden opgesteld: Sanchez en iemand die Kira niet kende. Ze openden de deur voor Kira en de luitenant. Kira zwom naar de Kwal, Hawes bleef achter bij de sluisdeur.

[[Kira hier: We willen je graag wat vragen stellen. Is dat goed?]]

De Kwal trok zichzelf met zijn zuignappen naar de vloer en maakte een nestje van zijn tentakels. [[Itari hier: Ga uw gang, tweevorm. Ik zal uw vragen zo goed mogelijk proberen te beantwoorden.]]

Eerst moest er wat duidelijkheid komen over taal. [[Kira hier: Waarom noem je ons eigenlijk 'tweevorm'? Bedoel je soms...]] Ze zocht naar de Kwallenwoorden voor 'man' en 'vrouw', of zelfs 'geslacht'. [[... bedoel je soms zoals hij en ik?]] Ze gebaarde naar zichzelf en naar Hawes.

Ze pikte de nabijgeur van ontkenning op. [[Itari hier: Nee, daarmee bedoel ik jullie vorm en de vorm die in jullie schelpen huist.]]

Natuurlijk. [[Kira hier: Onze scheepsbreinen?]]

[[Itari hier: Als dat is hoe u ze noemt... Ze zorgen voor veel problemen als we uw schelpen proberen te betreden. Ons eerste doel is altijd om ze te ontkoppelen of uit te schakelen.]]

Toen Kira dit voor Hawes vertaalde, snoof de luitenant. 'Mooi. Dan weten ze in ieder geval dat ze moeten oppassen voor onze scheepsbreinen.'

'En terecht,' fluisterde Gregorovich vanuit het plafond.

Hawes keek geïrriteerd naar de speaker. 'Dit is vertrouwelijk, Gregorovich. Niet luistervinken graag.'

'En dit is mijn schip,' antwoordde Gregorovich ernstig.

Hawes bromde wat, maar ging er niet op door.

De Kwal bewoog en er schoot een rode zweem over zijn tentakels. [[Itari hier: We vroegen ons af wat de relatie is tussen jullie scheepsbreinen en jullie huidige vormen? De tweevorm]] – de Kwal produceerde een mix van geuren en Kira besefte dat hij Tschetters naam probeerde te reproduceren – [[Tschetter wilde daar niet over praten. Zijn de scheepsbreinen ondergeschikt of zijn ze jullie meerderen?]]

Kira besprak de vraag met Hawes, die haar toestemming gaf te antwoorden. 'Geef hem maar een beetje info,' zei de luitenant. 'Zij moeten het principe van voor wat, hoort wat toch ook wel kennen? Anders zie ik niet hoe hun beschaving kan functioneren.'

'Misschien,' zei Kira. Wat buitenaardse beschavingen betrof was ze nergens meer zeker van.

[[Kira hier: Scheepsbreinen beginnen zoals wij. Wij moeten zelf bepalen of we een scheepsbrein worden. Dat gebeurt niet vanzelf. Een scheepsbrein weet en begrijpt vaak meer dan wij, maar kan ons niet altijd bevelen geven. Dat is afhankelijk van positie of rang. En niet alle scheepsbreinen zitten op schepen. Velen doen ergens anders hun werk.]]

De Kwal leek daar even over na te denken. [[Itari hier: Ik begrijp het niet. Waarom zou een vorm die groter en intelligenter is níét jullie aanvoerder zijn?]]

'Inderdaad, waarom eigenlijk niet?' herhaalde Gregorovich gniffelend toen Kira de vraag van de Kwal had vertaald.

Kira had moeite met het antwoord. [[Kira hier: Omdat... we allemaal anders zijn. Bij ons moet je je positie verdienen. Je krijgt die niet zomaar omdat je nou eenmaal met bepaalde eigenschappen bent geboren of gemaakt.]] Verdere definities volgden. [[Met 'vormen' bedoelen jullie lichamen, toch?]]

[[Itari hier: Ja.]] Het was voor het eerst dat de Kwal een antwoord gaf dat ze had verwacht.

Kira wilde verder op de ingeslagen weg, maar Hawes onderbrak haar. 'Vraag hem naar het Zachte Mes. Waar komt het vandaan?'

De nabijgeur van de Kwal werd sterker en scherper, en verschillende kleuren schoten over zijn huid. [[Itari hier: U vraagt naar geheimen die wij niet wensen te delen.]]

[[Kira hier: Ik ben zélf het geheim.]] Ze gebaarde naar zichzelf, als het Zachte Mes. [[En de Verdorvenen willen ook ons doden. Beantwoord alsjeblieft de vraag.]]

De Kwal rolde met zijn tentakels. [[Itari hier: Veel omwentelingen geleden stuitten we op de werken van het Verdwenen Volk. Op die manier ontdekten we hoe je door de ruimte kunt zwemmen, zowel langzamer als sneller dan het licht. En we ontwikkelden wapens om te vechten.]]

[[Kira hier: Vonden jullie die werken… op jullie eigen planeet?]]

Ze rook bevestiging. [[Itari hier: Op de Peilloze Vlakte. Later vonden we nog meer werken van het Verdwenen Volk, bij een andere ster dan die van onze thuiswereld. Daartoe behoorden ook de Ideali, inclusief de Idealis waarmee u nu verbonden bent. Dat was ook het begin van de oorlog die tot de Rijting leidde.]]

Hoeveel van hun technologie hebben de Kwallen eigenlijk zelf ontwikkeld? vroeg Kira zich af.

[[Kira hier: Wie zijn het Verdwenen Volk? Zijn zij ook Wranaui?]]

[[Itari hier: Nee. Zij zwommen lang voordat wij dat deden en we weten niet waar ze heen zijn gegaan of wat er met hen is gebeurd. Maar zonder hen zouden wij niet zijn wie we zijn en dus eren we het Verdwenen Volk en hun werken.]]

[[Kira hier: Maar hun werken leidden tot oorlog.]]

[[Itari hier: We kunnen onze eigen gebreken niet aan het Verdwenen Volk wijten.]]

Hawes maakte notities terwijl Kira tolkte. Hij zei: 'Dus nou weten we het zeker. Er waren of zijn ten minste twee andere ver ontwikkelde beschavingen in dit deel van het melkwegstelsel. Lekker dan.'

'Blijkbaar is dat minder zeldzaam dan we dachten,' zei Kira.

'En dat is niet per se positief als wij de onderliggende partij zijn. Vraag of het Verdwenen Volk nog ergens rondzwerft.'

Het antwoord was snel en duidelijk: [[Itari hier: Niet dat we weten, maar we blijven hopen… Vertel me, Idealis, hoeveel werken van het Verdwenen Volk hebben jullie gevonden?]] De Kwal walmde van verlangen. [[Er moeten er veel geweest zijn in jullie stelsel, gezien jullie snelle verspreiding.]]

Kira fronste haar wenkbrauwen en voerde ruggenspraak met Hawes. 'Ze lijken te denken dat –'

'Ja.'

'Kan ik het Grote Baken noemen?'

De luitenant dacht even na. 'Is goed, maar zeg niets over de locatie.'

Enigszins op haar hoede wendde Kira zich weer tot de Kwal. [[Kira hier: We hebben één van hun werken gevonden, denken we. Een groot gat dat op gezette tijden een laagfrequente verafgeur produceert.]]

Een rossige zweem van opwinding verspreidde zich over de huid van de Kwal. [[Itari hier: U bedoelt een Maalstroom! Een Maalstroom die wij nog niet kennen, hoewel we alle werken van het Verdwenen Volk goed in de gaten houden.]]

[[Kira hier: Zijn er dan nog meer Maalstromen?]]

[[Itari hier: Wij kennen er zes.]]

[[Kira hier: Welk doel dienen ze?]]

[[Itari hier: Dat weet alleen het Verdwenen Volk… Maar ik begrijp het niet. Onze peilvissen hebben geen Maalstroom geroken in jullie stelsel.]]

Kira keek hem vragend aan. [[Kira hier: Dat komt omdat de Maalstroom zich niet in een van onze stelsels bevindt en omdat we hem maar een paar omwentelingen geleden hebben gevonden. De werken van het Verdwenen Volk hebben ons niet geholpen om te vechten of door de ruimte te zwemmen.]

Itari kleurde vaalgrijs. Hij krulde zijn tentakels naar binnen, alsof hij zijn handen wrong – handen met veel te lange en veel te beweeglijke vingers. De Kwal leek van zijn stuk gebracht. Zelfs zijn geur veranderde: Kira pikte het bittere aroma van amandelen op. (Rook ze nou arseen?)

'Wat gebeurt er, Navárez?' vroeg Hawes.

Kira deed haar mond open, maar Itari onderbrak haar: [[Itari hier. U liegt, Idealis.]]

[[Kira hier: Nee, ik lieg niet.]] Ze probeerde de nabijgeur van eerlijkheid zo sterk mogelijk te maken.

De Kwal leek zich steeds meer op te winden. [[Itari hier: Het Verdwenen Volk is de oorsprong van alle kennis, Idealis.]]

[[Kira hier: Kennis kan zowel vanbinnen als vanbuiten komen. Alles wat mijn volk heeft gedaan, hebben we zelf gedaan, zonder de hulp van het Verdwenen Volk, Wranaui, Ideali of andere vormen.]]

Itari trok met een vochtig, plakkerig geluid zijn zuignappen los van de vloer en begon in cirkels door de luchtsluis te zwemmen. Kira besefte dat dit was hoe Kwallen ijsbeerden. 'Het idee dat wij al onze technologie zelf hebben ontwikkeld, lijkt onze vriend hier te verontrusten,' mompelde ze.

Hawes grinnikte. 'Een-nul voor de mens dus.'

De Kwal kam tot stilstand en strekte een van zijn tentakels uit naar Kira. Het puntje bewoog, alsof het ogen van zichzelf had. [[Itari hier: Nu begrijp ik het.]]

[[Kira hier: Wat begrijp je?]]

[[Itari hier: Waarom we besloten jullie conclaven te vernietigen toen we na de Rijting jullie aanwezigheid roken. Het wachten was slechts op een golf die sterk genoeg was.]]

Kira begon nerveus te worden, maar probeerde zo kalm mogelijk te blijven. [[Kira hier: Maar jullie zijn niet van mening veranderd? Of staan jullie nog steeds achter dat plan?]]

Ze rook onverschilligheid. [[Itari hier: Als de Verdorvenen er niet waren geweest, dan was dat nog steeds ons plan geweest. Maar de huidige omstandigheden hebben alles veranderd.]]

'Zei hij dat echt?' vroeg Hawes.

Itari's antwoord verbaasde Kira, maar intrigeerde haar ook. 'Het lijkt hem niet uit te maken wat we ervan vinden.'

De luitenant haalde zijn hand door zijn gemillimeterde haar. 'Dus... de Kwallen vinden xenocide normaal? Is dat wat ze beweren?' Hij was nog erg jong, besefte Kira. Nog geen STEM-injecties nodig gehad. Pas halverwege de twintig. Een jongen nog, ondanks alle verantwoordelijkheid die het leger op zijn schouders had gelegd.

'Zou kunnen,' zei ze.

Hij keek haar bezorgd aan. 'Maar hoe is vrede dan ooit mogelijk? Langdurige vrede bedoel ik.'

'Dat weet ik niet... Maar ik zal hem nog een paar vragen stellen.'

Hij knikte. 'Oké.'

Ze richtte zich weer tot de Kwal. [[Kira hier: Vertel eens wat meer over de Rijting. Wat was dat precies?]]

[[Itari hier: De grootste strijd van ons volk. Arm vocht tegen Arm in een poging de werken van het Verdwenen Volk te beheersen. Uiteindelijk waren het de werken die ons bijna deden verdrinken. Hele planeten werden onbewoonbaar en het herstel kostte ons talloze omwentelingen.]]

'Zeg,' zei Hawes, 'denk je dat de Rijting kan verklaren waarom we in de afgelopen honderd jaar geen enkel signaal van de Kwallen hebben opgevangen? Als ze al hun technologie opnieuw hebben moeten opbouwen, zal het licht ons nog niet hebben bereikt.'

'Dat zou goed kunnen,' zei Kira.

'Hm. Ik denk dat het Opperbevel heel blij gaat zijn met deze info.'

Langzaamaan werd het tijd voor de belangrijke vragen. [[Kira hier: De Verdorvenen hebben veel schade aangericht tijdens de Rijting, toch?]]

Alweer de geur van bevestiging. [[Itari hier: Het waren de Verdorvenen die voor de meeste schade zorgden. Die de donkerste dagen van het conflict inluidden. En die het wezen dat jullie de Zoeker noemen uit zijn slaap lieten ontwaken.]]

[[Kira hier: Hoe hebben jullie de Verdorvenen tegengehouden?]]

[[Itari hier: Er is weinig overgebleven van de Rijting en dus weten we niet precies hoe. Maar dit weten we wel: de kolonie waar de Verdorvenen voor het eerst opdoken, werd weggevaagd door iets vanboven. De zeebodem scheurde open en alle levensvormen op de planeet werden vernietigd. Sommige Verdorvenen zwommen de ruimte in, om zich te verspreiden zoals ze zich nu verspreiden, en we konden ze pas met grote moeite en een enorme inzet van middelen doden.]]

Kira voelde een steen in haar maag en dat kwam niet alleen door de gewichtloosheid. [[Kira hier: Denk je dat we de Verdorvenen ook nu weer kunnen tegenhouden?]]

De tentakels van de Kwal kleurden donkerpaars. [[Itari hier: Jullie en de andere medevormen? Nee. Ook de Wranaui niet. Niet alleen. Deze Verdorvenen zijn sterker en dodelijker dan die van de Rijting. We moeten samen de strijd aangaan, willen we enige hoop op succes hebben. Want besef, Idealis: om de Verdorvenen te stoppen, moet elke cel van hun lichaam worden vernietigd. Zo niet, dan groeit hun lichaam weer aan. Dat is waarom we de Blauwe Staf zochten. De Blauwe Staf had de kracht om Ideali te beheersen, en meer nog. Met de Staf hadden we de Verdorvenen kunnen verslaan. Zonder de Staf zijn we zwak en kwetsbaar.]]

'Wat is er?' vroeg Hawes. 'Je ziet lijkbleek.'

'De nachtmerries...' begon Kira, maar de woorden stokten in haar keel. Ze wilde niet dat de luitenant of het VMB ook maar iets te weten kwam over haar eigen rol in het ontstaan van de Muil. Het zou uiteindelijk wel uitkomen, maar wat ze moesten doen, stond vast. Ze moesten de nachtmerries verslaan. De rest maakte niet uit. 'De nachtmerries zijn geschapen door het Verdwenen Volk.'

De luitenant krabde in zijn nek. 'Dat is mooi kut.'

'Yep.'

'Maar vergeet het VMB niet,' zei hij, iets té monter. 'We zijn erg goed in monsters overhoopschieten en ze zijn al nieuwe manieren aan het bedenken waarop we dood en verderf kunnen zaaien onder de vijand. We zijn nog lang niet verslagen.'

'Ik hoop dat je gelijk hebt,' zei Kira.

Hij pulkte aan het VMB-logo op zijn mouw. 'Maar wat ik niet begrijp, is waarom we nu pas te maken hebben met de nachtmerries? Ze zijn er al een tijdje, toch? Wat heeft ze doen ontwaken? Het feit dat jij de xeno vond?'

Kira, opgelaten, trok haar schouders op. 'Daar heeft Itari niks over gezegd.' Technisch gezien klopte dat ook.

'Kan niet anders,' mompelde de luitenant. 'Anders klopt het gewoon niet. Eerst wordt het signaal verstuurd, en dan...' Zijn gezicht betrok. 'Hoe wisten de Kwallen van Tschetter eigenlijk dat ze naar Adra moesten? Hielden ze het stelsel in de gaten, voor het geval iemand de xeno vond?'

[[Nee,]] antwoordde Itari. [[Dat zou de aandacht hebben getrokken, aandacht die we niet konden gebruiken. Toen het reliekschrijn werd gevonden, werd er een laagfrequente verafgeur geproduceerd en zodra we die geur hadden opgepikt, stuurden we de Tserro erop af voor onderzoek.]]

'Moet ik vragen wie precies die "wij" zijn?' vroeg Kira.

Hawes knikte. 'Goed idee. We moeten wel weten met wie we nou eigenlijk een alliantie aangaan.'

[[Kira hier: Degenen die jullie dienen… degenen die een… school willen vormen met onze leiders. Hebben ze namen?]]

De geur van bevestiging. [[Itari hier: De Verstrengeling van Geesten.]]

Via het Zachte Mes zag ze een beeld voor zich van in elkaar krioelende tentakels, van sterk onderling vertrouwen. Kira begreep dat een 'verstrengeling' een soort daad van verbinding was onder Kwallen, eentje die duidde op onwrikbaarheid en een gemeenschappelijk doel.

Itari was nog altijd aan het woord: [[De Verstrengeling van Geesten werd gevormd om het geheim van aanvoerder Nmarhl te beschermen.]]

Die naam kende Kira. Ze herkende hem van wat het Zachte Mes aan haar had laten zien toen ze het computersysteem op het Kwallenschip aan het onderzoeken was, bij 61 Cygni. Bovendien herinnerde ze zich hoe gesteld de xeno leek te zijn op de aanvoerder. [[Kira hier: Wat was dat geheim?]]

[[Itari hier: De locatie van de Idealis, die aan het einde van de Rijting door Nmarhl werd verborgen.]]

Kira wilde nog zo veel meer weten en wist nauwelijks waar ze moest beginnen. [[Kira hier: Waarom besloot Nmarhl de Idealis te verbergen?]]

[[Itari hier: Omdat de aanvoerder er niet in slaagde de Armen achter zich te krijgen. En omdat het verbergen van de Idealis de enige manier was om hem te beschermen, en om óns te beschermen tegen verdere corruptie. Als deze Idealis gebruikt zou zijn, zou de Rijting het einde van de Wranaui hebben betekend.]]

Kira nam even de tijd om dit te laten bezinken en te tolken voor Hawes.

'Ken je die gast?' vroeg de luitenant.

Ze knikte, de blik op Itari gericht. 'Vaag. Hij was ontegenzeggelijk verbonden met het Zachte Mes.'

Hawes gebaarde dat ze even alleen naar hem moest kijken. 'Even voor de duidelijkheid. De Verstrengeling probeerde een coup te plegen tijdens de Rijting, wanneer dat ook geweest moge zijn, en nu proberen ze in feite hetzelfde?'

Op die manier geformuleerd klonk het inderdaad niet goed. 'Het lijkt er wel op.'

'Wat was de reden toen, en wat is hun reden nu?'

De Kwal antwoordde meteen: [[Itari hier: Onze reden is nog onveranderd. Wij geloven dat er een betere stroming is om te volgen. Deze stroming leidt enkel tot de dood van Wranaui, in deze golf en in andere.]]

[[Kira hier: Mocht het lukken om het leiderschap te vervangen, wie van de

Verstrengeling van Geesten zal zich dan opwerpen als nieuwe leider van de Wranaui?]]

Dit keer aarzelde de Kwal even. [[Itari hier: Dat hangt af van wiens patroon overleeft. Mdethn is wellicht geschikt. Ook Lphet, maar de andere Armen zullen niet snel luisteren naar iemand die de dwaalleer van de Tfeir aanhangt. Het wordt hoe dan ook moeilijk voor de Wranaui om de grote en machtige Ctein te vervangen.]]

Bij die naam, en bij dat epitheton, leek het alsof iemand een bak ijs over Kira uitstortte. Beelden uit haar dromen drongen zich op: een enorme massa te midden van het Conclaaf van het Diep; een broedend bewustzijn dat het water vergiftigde met zijn kwaadaardigheid. [[Kira hier: Is Ctein een naam of een titel?]]

[[Itari hier: Ik begrijp u niet.]]

[[Kira hier: Heten al jullie leiders 'Ctein' of is er slechts één die zo heet?]]

[[Itari hier: Er is maar één Ctein.]]

'Dat kan niet,' mompelde ze, en angst bekroop haar. [[Kira hier: Hoe óúd is Ctein?]] Ze slikte de woorden 'grote en machtige' net op tijd in.

[[Itari hier: De wijze en eerbiedwaardige Ctein leidt de Armen al sinds de laatste omwentelingen van de Rijting.]]

[[Kira hier: Hoeveel omwentelingen rond jullie zon is dat geleden?]]

[[Itari hier: Het aantal zal u niets zeggen, maar Nmarhl verborg de Idealis toen jullie volk voor het eerst jullie thuiswereld verliet.]]

Ze rekende het uit. Meer dan tweeënhalve eeuw geleden. [[Kira hier: En Ctein heeft sinds die tijd in jullie wateren geheerst?]]

[[Itari hier: Langer nog.]]

[[Kira hier: Steeds in dezelfde vorm?]]

[[Itari hier: Ja.]]

[[Kira hier: Hoelang leven Wranaui?]]

[[Itari hier: Dat hang ervan af wanneer we worden gedood.]]

[[Kira hier: Maar… als jullie niet worden gedood? Hoelang totdat jullie van ouderdom sterven?]]

Ze rook de nabijgeur van onbegrip. [[Itari hier: Wij sterven niet van ouderdom, tweevorm. We kunnen altijd terugkeren naar onze kuit om te regenereren.]]

[[Kira hier: Kuit?]] Een paar vragen verder wist ze zo mogelijk nog minder over de levenscyclus van Kwallen dan eerst. Je had hom, kuit, capsules, gewortelde vormen, mobiele vormen, vormen zonder bewustzijn en, zoals Itari leek te impliceren, een groot aantal andere vormen aangepast aan specifieke taken of habitats. De unieke biologische kenmerken van de Kwallen wekten Kira's professionele interesse en langzaam gleed ze terug in haar rol als xenobioloog. Het klópte gewoon niet. Complexe levensvormen waren niets nieuws; op aarde en op Eidolon waren talloze voorbeelden te vinden. Maar Kira snapte maar niet hoe alle processen en elementen waar Itari naar verwees één geheel konden vormen. Telkens als ze dacht dat ze het begreep, kwam de Kwal weer met wat nieuws. Het was een frustrerende, maar o zo intrigerende puzzel.

Maar Hawes had andere zorgen. 'Hou eens op met die vragen over eitjes,' zei hij. 'Later mogen jullie het over weke delen gaan hebben. Nu hebben we belangrijkere zaken aan ons hoofd.'

Het gesprek ging verder over onderwerpen die Kira minder interessant vond, maar die zeker niet minder belangrijk waren. Onderwerpen zoals vlootposities, aantallen, mobilisatiecapaciteit, afstanden tussen voorposten, aanvalsplannen, technologie enzovoort. Itari beantwoordde de meeste vragen, maar sommige onderwerpen ontweek hij, terwijl hij andere ronduit weigerde te beantwoorden. Dat waren vooral vragen die te maken hadden met Kwallenplaneten. Begrijpelijk, dacht Kira, zij het frustrerend.

Maar waar het gesprek ook over ging, ze kreeg de grote en machtige Ctein niet uit haar hoofd. De ontzagwekkende Ctein. Op een gegeven moment stelde ze weer een eigen vraag. [[Kira hier: Waarom wil Ctein niet met ons samenwerken om de Verdorvenen te verslaan?]]

[[Itari hier: Omdat de wrede en hongerige Ctein met de jaren door arrogantie is verteerd en meent dat de Wranaui de Verdorvenen zonder hulp kunnen verslaan. De Verstrengeling van Geesten denkt daar anders over.]]

[[Kira hier: Is Ctein een goede leider geweest?]]

[[Itari hier: Ctein is een sterke leider geweest. Dankzij Ctein konden we onze scholen aanvullen en weer andere sterren bezoeken. Maar veel Wranaui konden zich niet vinden in de beslissingen die Ctein de afgelopen omwentelingen heeft genomen en dus vechten we om een nieuwe leider aan te stellen. Geen groot probleem. De volgende golf zal beter worden.]]

Op dat moment liet Hawes zijn ongeduld blijken. Kira begon weer vragen te stellen voor de luitenant en liet het onderwerp rusten.

Ze waren nog steeds met Itari in gesprek toen het FTL-alarm klonk en de Caracole weer in de normale ruimte terechtkwam.

'Nog twee,' zei Hawes, en hij veegde zijn voorhoofd af met zijn mouw.

Terwijl ze in de markovbubbel zaten, was de atmosfeer in het schip zo verstikkend geworden dat zelfs Kira er last van begon te krijgen. Over hoe de anderen zich voelden, durfde ze niet eens na te denken.

Ze grepen de lussen aan de wand. Gregorovich stuurde de Caracole bij en daar gingen ze weer, vele malen sneller dan de lichtsnelheid.

Ze ging verder met de ondervraging.

De derde sprong was korter dan de eerste – een kwartier slechts – en de vierde was nog korter. 'Om ze helemaal hoorndol te maken,' zei Gregorovich.

De markovaandrijving werd uitgeschakeld. Ineens leken ze stil te hangen in de donkere interstellaire ruimte, met uitgeklapte radiatoren en een schip dat pulseerde van de hitte.

'Gregorovich, nog tekenen van Kwallen of nachtmerries?' vroeg Kira.

'Nee, tweewerf nee,' antwoordde het scheepsbrein.

Ze voelde zich iets gerustgesteld. Misschien was het hun echt gelukt te ontkomen. 'Bedankt dat je ons hebt gered,' zei ze.

Er klonk een zacht gelach uit de speakers. 'Ook mijn hachje stond op het spel, vleesklont. Maar geen dank.'

'Oké,' zei Hawes. 'We hebben wel even genoeg gepraat met de Kwal. We hebben al aardig wat info. Onze inlichtingendienst gaat jaren nodig hebben om het allemaal te verwerken. Bedankt voor het vertalen.'

Kira instrueerde het Zachte Mes om de wand los te laten. 'Geen probleem.'

'Maar je moet nog even blijven. Mijn mannen moeten zich klaarmaken voor de trip.'

Hawes riep de mariniers voor wie geen cryobuis beschikbaar was bij zich om ze door Itari van een cocon te laten voorzien. De soldaten protesteerden, maar aangezien er geen andere mogelijkheid was, gingen ze schoorvoetend akkoord.

Toen de mariniers eenmaal veilig waren weggestopt in het laadruim, naast de plek waar Hawes en de rest van zijn mannen diepgevroren in hun buizen zouden gaan liggen, besloot Kira de bemanning te helpen met het voorbereiden van de Caracole op de drie maanden durende terugreis.

'Gregorovich heeft me bijgepraat,' zei Falconi toen ze hem trof bij de centrale schacht.

Mooi, dat betekende dat ze niet alles hoefde te herhalen. 'Ik heb nu meer vragen dan antwoorden, volgens mij,' zei ze.

Falconi bromde wat. 'Heb je het aan Hawes verteld?'

Ze wist meteen waar hij op doelde. 'Nee.'

Zijn blauwe ogen keken haar indringend aan. 'Je kunt het niet voor eeuwig voor je houden.'

'Dat weet ik, maar... nog niet. Als we terug zijn. Dan vertel ik het wel. Het is nu toch zinloos.' Ze stond zichzelf een licht smekende toon toe.

Falconi zweeg even. 'Oké dan. Maar stel het niet veel langer uit. Je moet dit onder ogen zien.'

'Weet ik.'

Hij knikte en daalde verder af van de ladder. Daarbij passeerde hij haar zo dichtbij dat ze zijn zweet kon ruiken. 'Kom. Er is genoeg te doen.'

3

Terwijl de Caracole aan het afkoelen was, sjorde Kira samen met Falconi apparatuur vast, spoelden ze leidingen door, schakelden ze niet-essentiële systemen uit en zorgden ze er ook op andere manieren voor dat het schip klaar was voor de komende reis. Het ging moeizaam met één hand, maar Kira deed haar best en gebruikte het Zachte Mes voor voorwerpen die ze niet zelf kon pakken.

Ze bleef maar denken aan haar gesprek met Itari. Ze dubde over een aantal dingen die de Kwal had verteld: woorden en formuleringen die niet helemaal leken te kloppen. Op het eerste gezicht onschuldige uitdrukkingen die je weliswaar onder de typische kenmerken van de Kwallentaal kon scharen, maar die ook veel vragen opriepen als je erover nadacht.

En ze kon onbeantwoorde vragen niet velen. Niet nu ze de waarheid over de Muil kende.

Toen de belangrijkste klussen waren geklaard, stuurde Falconi haar en Sparrow eropuit om water en enkele zakken suiker naar Itari te brengen. De Kwal had aangegeven dat hij zonder veel moeite eenvoudige suikermoleculen kon absorberen, ook al was dat op de lange termijn niet de meest ideale voedingsbron.

Maar gelukkig was de lange termijn irrelevant. Itari zou zichzelf opsluiten in een cocon zodra ze weer naar FTL zouden gaan, of dat beweerde hij tenminste. Kira vond het een griezelige gedachte dat de Kwal wakker was terwijl de bemanning zich in een comateuze toestand bevond, niet in staat om ook maar iets uit te richten.

Ze lieten de Kwal achter terwijl hij de zakken suiker in zijn snavelachtige bek onder zijn schild leeggoot en zwommen naar de schuilbunker halverwege het schip.

Daar voelde Kira zich steeds eenzamer worden terwijl de bemanningsleden een voor een in hun cryobuis kropen. De entropisten hadden zich in hun eigen hut teruggetrokken en zouden hun eigen cryotechnologie gebruiken.

Voordat hij het deksel sloot, zei Vishal: 'Mevrouw Navárez, dat was ik nog vergeten te zeggen: ik heb in de ziekenboeg een extra paar contactlenzen voor u klaargelegd. In het kastje boven de gootsteen.'

'Dank je.'

Net als bij 61 Cygni was Falconi de laatste die overbleef. Hij hield zich met één hand vast terwijl hij met zijn andere hand zijn schoenen uittrok. 'Kira?'

'Salvo.'

'Ga je nog trainen met de xeno, zoals op de heenreis?'

Ze knikte. 'Ik ga het proberen. Ik heb nu wel controle, maar… nog niet genoeg. Als ik op Nidus de xeno beter had aangevoeld, had ik Trig misschien kunnen redden.'

Falconi keek haar begripvol aan. 'Als je maar oppast.'

'Altijd, dat weet je toch.'

'Aangezien jij de enige bent die wakker blijft: kun je één ding voor me doen?'

'Wat?'

Hij borg zijn schoenen op in zijn locker en begon zijn vest en shirt uit te trekken. 'Hou die Kwal van je in de gaten. We gaan er dan wel van uit dat-ie niet ontsnapt om ons allemaal aan stukken te scheuren, maar om eerlijk te zijn vertrouw ik hem niet helemaal.'

Kira knikte. 'Dat was ik al van plan. Ik kan wat riemen ophangen buiten de luchtsluis, om daar te slapen.'

'Top. We hebben een alarm ingesteld voor het geval de Kwal toch aan de wandel gaat, dus je wordt op tijd gewaarschuwd.' Hij glimlachte zuinig. 'Het zal niet zo comfortabel zijn daar, maar we hebben geen andere mogelijkheid.'

'Maak je geen zorgen,' zei Kira. 'Ik vind het niet erg.'

Falconi knikte en trok zijn broek en sokken uit, stopte ze in de locker en duwde zichzelf naar een lege cryobuis. Onderweg legde hij een hand op de buis van Trig, zodat hij een drievingerige afdruk achterliet in het rijp dat zich op de buis had gevormd.

Kira zwom naar Falconi toen hij het deksel van zijn buis opendeed. Ze wilde eigenlijk niet kijken, maar stiekem genoot ze van de rollende spieren op zijn rug.

'Dus je redt je wel?' vroeg hij, onverwachts meelevend.

'Ik red me wel.'

'Gregorovich blijft nog even wakker, en onthoud: als je wilt praten, maak me dan gewoon wakker. Ik meen het.'

'Zal ik doen.'

Falconi aarzelde en legde toen zijn hand op haar schouder. Ze legde haar eigen hand op de zijne en voelde de warmte van zijn huid. Hij kneep zachtjes en trok zich toen in zijn cryobuis.

'We zien elkaar in Sol,' zei hij.

Ze glimlachte toen ze zich de tekst herinnerde. 'In de schaduw van de maan.'

'Bij het altaar van Moeder Aarde… Welterusten, Kira.'

'Welterusten, Salvo. Slaap wel.'

Hij sloot het deksel van de cryobuis, waarop de machine begon te zoemen en de chemicaliën die de hibernatie in gang zouden zetten naar binnen pompte.

4

Kira trok beddengoed door de gangen van het schip. Ze hield de dekens bij elkaar met het Zachte Mes, zodat ze haar hand kon gebruiken om te voorkomen dat het pakket wegzweefde.

Toen ze bij de luchtsluis kwam, zag ze Itari bij de buitendeur. Hij keek door het ronde raampje naar de sterren.

De Caracole was nog steeds niet teruggesprongen naar FTL. Gregorovich wachtte totdat het schip genoeg was afgekoeld. De temperatuur was al merkbaar gedaald; de radiatoren deden hun werk.

Kira bevestigde de dekens aan de clips en riemen die ze uit het ruim had gehaald. Daarna verzamelde ze de spullen die ze voor de lange reis nodig had: water, rantsoenrepen, doekjes, afvalzakken, de contactlenzen die Vishal had uitgeprint en haar concertina.

Toen ze haar nestje in gereedheid had gebracht, deed ze de binnendeur van de luchtsluis open. Ze hield zich vast aan de randen van de opening en wilde juist haar mond opendoen toen de Kwal zei: [[Itari hier: uw geur blijft hangen, Idealis.]]

[[Kira hier: Hoe bedoel je?]]

[[Itari hier: Wat u eerder hebt gezegd... Uw soort en de mijne verschillen ook in andere opzichten dan alleen vlees. Ik heb het geprobeerd te begrijpen, maar deze vorm schiet wat dat betreft tekort.]]

[[Kira hier: Ik snap wat je zegt.]]

De Kwal knipperde met zijn ogen: bleke oogleden schoten over zijn zwarte oogbollen. [[Itari hier: Wat beschouwen tweevormen als heilig, Idealis? Niet het Verdwenen Volk, maar wat dan wel?]]

De vraag overviel haar. Moest ze het nu over religie en filosofie gaan hebben met een buitenaards wezen? Tijdens haar opleiding hadden ze daar geen aandacht aan besteed...

Ze haalde diep adem.

[[Kira hier: Verschillende dingen. Alles mag. Iedere tweevorm moet dat voor zichzelf uitmaken. Het is iets...]] – ze zocht naar het woord 'individueels' – [[... een keuze van iedere tweevorm. En sommigen vinden die keus makkelijker dan anderen.]]

De Kwal rolde een tentakel over zijn rugschild. [[Itari hier: Wat beschouwt u als heilig, Idealis?]]

Kira stond met de mond vol tanden. Inderdaad, wat beschouwde zij als heilig? Niets abstracts in ieder geval, zoals een god, schoonheid of zoiets. En geen getallen, zoals de numenisten deden. Geen wetenschappelijke kennis, zoals de entropisten. Even overwoog ze 'menselijkheid' te antwoorden, maar ook dat klopte niet helemaal. Te beperkt.

Uiteindelijk zei ze: [[Kira hier: Het leven zelf. Dat vind ik heilig. Zonder leven is alles immers betekenisloos.]] En toen de Kwal niet meteen antwoord gaf: [[En de Wranaui? Jijzelf? Is er iets anders dan het Verdwenen Volk wat je heilig vindt?]]

[[Itari hier: Wijzelf, de Wranaui. De Armen en onze verspreiding in de draaikolk der sterren. Dat is ons geboorterecht, onze lotsbestemming, een ideaal waar alle Wranaui naar streven, ook al verschillen we soms van mening over de manier waarop.]]

Het antwoord verontrustte Kira. Het getuigde van fanatisme, xenofobie en imperialisme. Hawes had gelijk: het zou moeilijk worden om met de Kwallen samen te leven.

Maar moeilijk betekent niet onmogelijk, drukte ze zichzelf op het hart.

Ze boorde een ander onderwerp aan. [[Kira hier: Waarom zeggen jullie soms 'deze vorm' als je naar jezelf verwijst? Is dat omdat de Wranaui zo veel verschillende soorten hebben?]]

[[Itari hier: Vorm bepaalt functie. Als er een andere functie nodig is, kan de vorm worden aangepast.]]

[[Kira hier: Hoe dan? Kun je je weefsel aanpassen door er alleen maar aan te denken?]]

[[Itari hier: Natuurlijk. Als je niet kon denken, waarom zou je dan naar het Nest van Overdracht gaan?]]

Dat was een begrip dat ze nog niet kende. [[Kira hier: Is het Nest van Overdracht ook door het Verdwenen Volk gemaakt?]]

[[Itari hier: Nee.]]

[[Kira hier: Dus als je in je kuitvorm of gewortelde vorm wilt veranderen, ga je naar het Nest van Overdracht om –]]

[[Itari hier: Nee, u begrijpt me verkeerd, Idealis. Dat zijn vormen van het oorspronkelijke vlees. Het Nest van Overdracht wordt gebruikt voor vormen die worden gemaakt.]]

Dat verbaasde Kira. [[Kira hier: Dus je bedoelt dat je huidige vorm gemaakt is? In een machine?]]

[[Itari hier: Ja. En zo nodig kan ik in het Nest van Overdracht een andere vorm kiezen. Bovendien kan ik een nieuwe vorm kiezen als deze wordt vernietigd.]]

[[Kira hier: Maar als jouw vorm wordt vernietigd, ben jij er toch ook niet meer?]]

[[Itari hier: Hoe kan ik worden vernietigd als mijn patroon nog aanwezig is in het Nest van Overdracht?]]

Kira probeerde het te begrijpen. Ze stelde nog een paar vragen, maar meer duidelijkheid kreeg ze niet. Ze slaagde er niet in de Kwal onderscheid te laten maken tussen zijn lichaam en het patroon, wat dat ook mocht zijn.

[[Kira hier: Als jouw vorm nu zou worden vernietigd, zou het patroon dan al je herinneringen bevatten?]]

[[Itari hier: Nee. Alle herinneringen sinds het verlaten van het stelsel van het Verdwenen Volk zouden verdwijnen. Dat is waarom onze schelpen altijd in twee of meer zwemmen, tenzij de noodzaak van geheimhouding groot is, zoals toen we de Tserro naar het reliekschrijn stuurden.]]

[[Kira hier: Dus… het patroon is niet gelijk aan jou? Het patroon is dus een verouderde kopie? Een versie van jou uit het verleden?]]

De kleur van de Kwal werd lichter, valer. [[Itari hier: Natuurlijk is het patroon gelijk aan mij. Waarom niet? Het verlies van een beetje tijd verandert niets aan mijn aard.]]

[[Kira hier: Wat als het patroon gebruikt wordt voor een nieuwe vorm terwijl je oude vorm nog bestaat? Kan dat?]]

Ze ving de nabijgeur van afschuw op. [[Itari hier: Dat is de dwaalleer van de Tfeir. De Wranaui van andere Armen zouden dat niet toestaan.]]

[[Kira hier: Dus je keurt de keuze van Lphet af?]]

[[Itari hier: Ons doel is belangrijker dan onze meningsverschillen.]]

Kira dacht daar even over na. De Kwallen uploadden dus hun bewustzijn, of in ieder geval hun herinneringen, naar andere lichamen. Maar hun daadwerkelijke dood leek hen niet te interesseren… Ze begreep niet hoe Itari daar zo onverschillig over kon doen.

[[Kira hier: Maar wil je dan niet léven? Wil je deze vorm niet behouden?]]

[[Itari hier: Zolang mijn patroon blijft bestaan, besta ik.]] Hij stak een van zijn tentakels uit en Kira moest zich inhouden om niet terug te deinzen toen het rubberachtige aanhangsel haar op de borst tikte. Ze voelde het Zachte Mes reageren. [[De vorm is niet belangrijk. Zelfs als ze mijn patroon zouden wissen – zoals Ctein lang geleden deed met dat van Nmarhl – zou het zich blijven voortplanten in volgende golven.]]

[[Kira hier: Hoe kun je dat nou zeggen? En wat bedoel je met 'golf'? En 'volgende golven'?]]

De Kwal kleurde rood en groen en krulde zijn tentakels strak om zijn lichaam, maar weigerde te antwoorden. Kira stelde de vraag nog tweemaal, maar tevergeefs. Dat was alles wat de Kwal kwijt wilde over golven.

Ze koos voor een andere vraag. [[Kira hier: Ik vraag me af… wat is de *tsuro*, de oproep die ik voelde toen de Verstrengeling van Geesten bij de rustplaats van de Idealis aankwam? Ik voelde die oproep in al jullie schelpen, behalve in dit stelsel.]]

[[Itari hier: De tsuro is een ander heilig artefact van het Verdwenen Volk. Het spreekt tot de Ideali en drijft ze voort. Als deze Idealis niet met u versmolten zou zijn, zou hij zelfstandig optreden en zichzelf naar de bron van de oproep begeven. Aan de hand van de tsuro zoeken alle schelpen van de Wranaui naar Ideali.]]

[[Kira hier: Hebben jullie er sinds de Rijting nog meer gevonden?]]

[[Itari hier: Sinds de Rijting? Nee. Die van u is de laatste die is overgebleven. Maar we hebben goede hoop dat het Verdwenen Volk meer relieken voor ons heeft achtergelaten en dat we ze dit keer met meer wijsheid zullen gebruiken.]]

Ze staarde naar de vezels op de rug van haar hand: zwart, glanzend en complex. [[Kira hier: Weet jouw vorm of de Verstrengeling van Geesten hoe je de Idealis kunt verwijderen nadat deze met je is versmolten?]]

De huid van de Kwal kolkte in kleuren van afkeur en hij rook naar schok en woede. [[Itari hier: In welke golf zou dat wenselijk zijn? Om versmolten te worden met de Idealis is een grote eer!]]

[[Kira hier: Ik begrijp het. Maar ik ben nieuwsgierig.]]

De Kwal leek het niet te begrijpen, maar gaf uiteindelijk antwoord. [[Itari hier: De enige manier waar deze vorm weet van heeft, is de dood. Misschien kennen Lphet en andere leidersvormen van de Verstrengeling van Geesten andere manieren, maar zo ja, dan hebben ze die niet verspreid.]]

Kira nam genoegen met dat antwoord. Ze was niet verbaasd... alleen teleurgesteld.

Uit de speaker klonk de ijle stem van Gregorovich: 'Radiatoren worden ingetrokken. Overgang naar FTL over vier minuten. Bereid u voor.'

Pas toen merkte Kira hoe koud het was geworden in het voorvertrek. Gefrustreerd dat ze niet meer tijd had voor vragen informeerde ze Itari over de naderende sprong. Ze duwde zichzelf naar achteren en sloot de deur van de luchtsluis.

Het scheepslicht werd donkerrood en vanuit de machinekamer klonk een bedompt alarm. Kira's onbedekte huid begon te tintelen toen de markovaandrijving geactiveerd werd. Een van de langste etappes van hun reis – die naar Sol – was begonnen.

5

Door het raampje van de luchtsluisdeur keek Kira met interesse toe hoe Itari zichzelf begon in te smeren met het spul dat door zijn zuignappen werd afgescheiden. De dikke substantie werd al snel hard en binnen een paar minuten lag de Kwal in een ondoorzichtige, ietwat groenige cocon die aan de vloer van de luchtsluis was geplakt.

Kira vroeg zich af hoe de Kwal wist wanneer hij weer wakker moest worden, maar dat was niet haar probleem.

Ze trok zich terug in haar eigen nestje. Ze gespte zichzelf vast en wikkelde de dekens om zich heen. Het voorvertrek van de luchtsluis was naargeestig in de nachtverlichting van het schip; geen aangename plek om de komende drie maanden te vertoeven.

Ze rilde; nu pas merkte ze hoe koud ze het eigenlijk had.

'Jij en ik, zottekop,' zei ze tegen het plafond.

'Geen zorgen,' fluisterde Gregorovich. 'Ik hou je wel gezelschap, Varunastra, totdat de klokjes van de nacht een zachte sluimer inluiden.'

'Gezellig,' zei Kira, hoewel ze het sarcasme maar half meende. Het wás gezellig om met iemand te kunnen praten.

'Vergeef me mijn tomeloze nieuwsgierigheid,' zei Gregorovich, en hij lachte ondeugend, 'maar welke geuren heb je uitgewisseld met onze veelarmige vriend? Je hebt geruime tijd in de luchtsluis vertoeft en leek danig van je stuk gebracht door al die stank in dat lieftallige neusje.'

Kira snoof. 'Dan kun je wel zeggen... Ik schrijf later wel een verslag. Dan kun je het zelf lezen.'

'Niets wat nu van pas zou kunnen komen, dus?' vroeg Gregorovich.

'Nee.' Ze vertelde hem wel over het Nest van Overdracht en sloot af met: 'Itari zei dat de vorm onbelangrijk is.'

'Lichamen lijken inwisselbaar tegenwoordig,' zei het scheepsbrein droogjes. 'Zoals jij en ik maar al te goed weten.'

Kira trok de dekens wat strakker om zich heen. 'Was het moeilijk om een scheepsbrein te worden?'

'Het was zeker niet gemakkelijk, als je dat bedoelt,' zei Gregorovich. 'Al mijn zintuigen werden weggenomen, vervangen, en wat mij mij maakte, de basis van mijn wezen, werd uitgerekt tot ver voorbij het natuurlijke. Verwarring op verwarring.'

De ervaring klonk zeer onaangenaam en deed Kira denken aan al die keren dat ze het Zachte Mes had gemanipuleerd, en op die manier ook haar eigen grenzen had overschreden.

Ze slikte en probeerde naar een vast punt op de muur te kijken om het zachte deinen in nul g beter te verwerken. Het schemerdonker in het voorvertrek en de stilte in de Caracole raakten haar meer dan haar lief was. Was het echt nog maar een halve dag geleden dat ze in de straten op Nidus had gevochten?

Het leek meer dan een week geleden.

Om haar eenzaamheid te verdrijven zei ze: 'Toen ik hier net was, vertelde Trig hoe je met je laatste schip gecrasht was en het in je eentje moest rooien. Hoe was dat, om zo lang alleen te zijn?'

'Hoe het was?' vroeg Gregorovich. Hij begon maniakaal te lachen en Kira wist dat ze te ver was gegaan. 'Hoe het wás? Het was als de dood, als de totale vernietiging van het zelf. De muren rondom mijn geest vielen weg en ik kon slechts bazelen onder het naakte oog van het universum. Ik had toegang tot alle kennis van de mensheid. Ik had de beschikking over elke wetenschappelijke ontdekking, elke theorie, elke hypothese, elke formule, elk bewijs en miljoenen, miljoenen boeken, liedjes, films en games – meer dan wie dan ook ooit tot zich zou kunnen nemen, scheepsbreinen incluis. En toch...' Hij slaakte een zucht. 'En toch was ik alléén. Ik zag hoe mijn bemanning verhongerde, en toen ze dood waren, kon ik niets meer doen, behalve wachten in het donker. Ik werkte aan wiskundige problemen, problemen die jij met je nietige brein nooit zou kunnen bevatten, en las, en keek, en telde de dagen af tot in het oneindige, zoals de numenisten doen. En het enige wat ik daarmee bereikte, was dat ik de totale duisternis één seconde langer op afstand wist te houden. Een halve tel. Ik gilde, hoewel ik geen mond had om te gillen. Ik huilde, hoewel ik geen ogen had voor tranen. Ik kroop door ruimte en tijd, een worm die zich een weg zoekt door een labyrint gecreëerd in de koortsdromen van een god. Dit heb ik ontdekt, vleesklont, en dit alleen: als je verzekerd bent van zuurstof, voedsel en onderdak, zijn slechts twee dingen belangrijk. Werk en gezelschap. Om alleen te zijn, zonder enig doel, is leven terwijl je eigenlijk al dood bent.'

'Kwam dat als zo'n grote verrassing dan?' vroeg Kira zachtjes.

Het scheepsbrein begon nerveus te giechelen en ze kon horen dat hij op het randje van de waanzin zat. 'Zeker niet. Eigenlijk heel voor de hand liggend, toch? Heel gewoontjes eigenlijk. Ieder weldenkend mens zou het daar toch mee eens zijn? Ha! Maar om het zelf mee te maken is wat anders dan om erover te lezen of te horen. Heel wat anders. Revelaties zijn zelden zo eenduidig. En dát is hoe het was, stekelbaarsje. Het was een revelatie. En ik sterf liever dan dat ik nogmaals zoiets mee moet maken.'

Dat kon Kira wel begrijpen. Haar eigen revelaties hadden haar bijna te gronde gericht. 'Ik ook... Hoe heette trouwens het schip waarmee je gecrasht was?'

Maar Gregorovich gaf geen antwoord, en dat was misschien wel beter, besefte Kira. Over de crash praten leek hem alleen maar instabieler te maken.

Ze activeerde haar overlays en keek zonder te zien. Hoe werkte dat eigenlijk, scheepsbreinen en therapie? Het was niet de eerste keer dat ze zich dat afvroeg. Falconi had gezegd dat de meeste psychiaters die met scheepsbreinen werkten ook zelf scheepsbrein waren, maar dan nog... Ze hoopte dat Gregorovich vrede zou kunnen vinden – dat was immers ook in het belang van de bemanning – maar ze kon zijn problemen niet verhelpen.

6

De lange nacht kroop voorbij.

Kira legde haar gesprek met Itari vast, speelde op haar concertina, keek naar een aantal films uit de database van de Caracole – geen enkele memorabel – en trainde met het Zachte Mes.

Voordat ze met de xeno aan de slag ging, nam Kira de tijd om na te denken over wat ze eigenlijk wilde bereiken. Zoals ze al tegen Falconi had gezegd, was controle alleen niet genoeg. Ze moest streven naar... synthese. Een meer natuurlijke versmelting van haarzelf met het Zachte Mes. Vertrouwen. Anders zou ze altijd in onzekerheid verkeren over haar eigen acties en die van de xeno. Hoe kon het ook anders, gezien haar eerdere fouten? (Haar gedachten dwaalden af naar de Muil, en met enige moeite wist ze haar focus weer te hervinden.)

Ze slaakte een zucht. Waarom moest alles altijd zo moeilijk zijn?

Nu ze een doel had, begon Kira aan haar gebruikelijke routine. Isometrische oefeningen, nare herinneringen, fysieke en emotionele druk... alles wat ze maar kon bedenken om het Zachte Mes te testen. Zodra ze ervan overtuigd was dat ze de xeno nog steeds onder controle had, begon ze te experimenteren met loslaten. Aanvankelijk nog maar een beetje: ze gaf hem een heel klein beetje speelruimte om te zien wat hij zou doen.

De resultaten waren wisselvallig. In ruwweg de helft van de gevallen deed de xeno exact wat Kira wilde: een patroon maken op haar huid, een bepaalde vorm in stand houden of een taak uitvoeren. In een kwart van de gevallen deed het Zachte Mes wat ze wilde, maar niet op de manier die ze had verwacht. In de overige gevallen reageerde het volkomen overdreven of onredelijk en schoten de spiesen alle kanten op. Dat waren natuurlijk de gevallen die Kira zorgen baarden.

Toen ze er voor even genoeg van had, vond ze niet dat ze enige vooruitgang had geboekt. Haar teleurstelling werd echter minder toen ze besefte dat het nog drie maanden zou duren voordat ze Sol zouden bereiken. Ze had nog tijd om met het Zachte Mes te werken. Meer dan genoeg tijd...

Kort daarop begon Gregorovich weer te praten. Tot Kira's opluchting leek hij zich weer te hebben herpakt. Ze speelden enkele potjes *Transcendentie* en hoewel hij ze allemaal wist te winnen, vond Kira dat niet erg, aangezien ze zijn gezelschap – elk gezelschap – op prijs stelde.

Of het nu uren waren geweest of dagen, uiteindelijk merkte Kira weer dat haar lichaam zwakker werd. Het Zachte Mes reageerde op het gebrek aan voedsel en activiteit door haar voor te bereiden op een slaap die meer was dan slaap. Iedere keer dat ze in hibernatie ging, leek het makkelijker te gaan: de xeno leek haar intentie te begrijpen en paste zich aan.

Ze stelde haar wekker in op volgende week, en terwijl ze wegzakte, zei ze zachtjes: 'Gregorovich... ik denk dat ik even ga slapen.'

'Welterusten, vleesklont,' fluisterde het scheepsbrein. 'Ik denk dat ik maar hetzelfde ga doen... en misschien dromen.'

'Misschien.'

Zijn stem stierf weg, om te worden vervangen door de zachte klanken van een concerto van Bach. Kira glimlachte, kroop weg in de dekens en stond zich eindelijk toe weg te zakken in vergetelheid.

7

De tijd gleed als in een roes voorbij en was gevuld met flarden van gedachten en emoties: angst, hoop, dromen en steken van spijt. Kira werd eenmaal per week gewekt, waarna ze – gapend en met holle ogen – trainde met het Zachte Mes. Vaak leek het allemaal niet uit te maken, maar ze hield vol, en het Zachte Mes deed hetzelfde. Het leek haar te willen behagen en na talloze herhalingen kwamen begrip en zelfs meesterschap, maar tegelijkertijd het verlangen naar een soort kunstzinnigheid of creativiteit. Kira probeerde dat gevoel te negeren, maar het prikkelde haar nieuwsgierigheid en ze had lange, vreemde dromen over de kassen uit haar jeugd en planten met tak en blad die het goede, gezonde leven verspreidden.

Eenmaal per twee weken kwam de Caracole uit FTL en ging Kira naar Sparrows geïmproviseerde fitnessruimte om haar lichaam en geest tot het uiterste te drijven terwijl het schip afkoelde. En elke keer miste ze haar rechterhand vreselijk. Het gemis bezorgde haar grote problemen, hoewel ze het Zachte Mes kon gebruiken om voorwerpen te pakken en op te tillen. Ze drukte zichzelf op het hart dat het een goede training was om de xeno zo te gebruiken.

Terwijl ze aan het trainen was, hielden de mariniers de wacht. Hawes, Sanchez, Tatupoa en Moros lagen diepgevroren in het blauwe schijnsel van hun cryobuizen, terwijl drie andere mariniers waren ingepakt in hetzelfde soort cocon dat Trig het leven had gered. Telkens als Kira ze zag, kreeg ze het gevoel alsof ze op een rij eeuwenoude standbeelden was gestuit: versteende strijders die de zielen van de doden moesten bewaken. Ze liep er steeds met een grote boog omheen en probeerde niet te kijken; een eigenaardig trekje dat ze had ontwikkeld.

Soms at ze na haar training een rantsoenreep om haar energie aan te vullen, maar ze gaf de voorkeur aan water en hibernatie.

Halverwege de eerste maand, in de kleine uurtjes van de nacht, toen ze buiten Itari's luchtsluis zweefde – en onwetend van het heelal om haar heen – vormde zich een visie achter haar gesloten oogleden, een herinnering aan een andere tijd, van een ander bewustzijn:

Zij en haar vlees waren weer ontboden in de hooggewelfde kamer om te getuigen voor de Heptarchie, drie aan weerszijden van de Allerhoogste.

Het centrale zegel werd verbroken. Uit de patroonvloer verrees een glanzend prisma. In die driehoekige kamer kolkte de zwarte kiem van een fractal; het mismaakte patroon pulseerde, klopte, rukte en stootte in zijn transparante cel. Vlees van haar vlees, maar nu verdorven, vol kwade wil.

'Wat te doen?' vroeg de Allerhoogste.

De Heptarchie antwoordde met vele stemmen, maar één sprak het luidst: 'We moeten de stam breken en de wortels verbranden. De Rot mag zich niet verspreiden.'

Maar een andere stem zei: 'We moeten inderdaad onze tuinen beschermen, maar beslis niet te snel. Dit biedt ons een onvoorziene kans op leven. Zijn we dan zo arrogant geworden dat we zulke kansen niet eens meer willen onderzoeken? We weten niet alles, zien niet alles. In de chaos gaat misschien schoonheid schuil, en vruchtbare aarde voor de toekomst.'

Een lange, verhitte discussie volgde, en nog altijd probeerde het opgesloten duister te ontsnappen.

De Allerhoogste kwam overeind, hamerde met de Blauwe Staf op de vloer en zei: 'Het was onze fout, maar de Rot mag niet blijven voortbestaan. Het risico is te groot, de beloning te onzeker, en te klein. Hoewel uit het donker licht kan voortkomen, zou het verkeerd zijn om het donker het licht te laten uitdoven. Sommige beslissingen zijn onvergeeflijk. Licht in de schaduw. Beëindig de Rot.'

'Beëindig de Rot!' riep de Heptarchie.

Het regenboogkleurige prisma straalde een verblindend wit licht uit en het kwaad in het binnenste krijste en spatte uiteen in een regen van smeulende stukken.

DEEL VIER

* * * * * * *

FIDELITATIS

Wij zijn niet enkel voor onszelf geboren.

– MARCUS TULLIUS CICERO

I

*   *   *   *   *   *   *

DISSONANTIE

1

Kira schrok wakker.

Hoezo was ze wakker geworden? Een of andere verandering in haar omgeving had het Zachte Mes doen ontwaken, waarna zij was gevolgd. Een bijna onmerkbare verandering van de luchtstroom in de Caracole. Een machine die ergens aansloeg. Een lichte daling van de anderszins verstikkende temperatuur. Iets.

Ze keek gealarmeerd door het raampje van de luchtsluisdeur. Itari was nog steeds waar hij zou moeten zijn, ingepakt in zijn biocapsule, amper zichtbaar in het zwakke rode licht van de scheepsnacht.

Kira slaakte een zucht van verlichting. Vechten met de Kwal was wel het laatste wat ze wilde.

'G-Gregorovich?' vroeg ze. Haar stem kraakte als die van een toverkol. Ze kuchte en probeerde het opnieuw, maar het scheepsbrein gaf geen antwoord. Ze probeerde iets anders. 'Morven, ben je daar?'

'Jawel, mevrouw Navárez,' antwoordde de pseudo-intelligentie van de Caracole.

'Waar zijn we?' Kira's keel was gortdroog. Ondanks het gebrek aan speeksel probeerde ze te slikken.

'We zijn zojuist aangekomen op onze bestemming,' antwoordde Morven.

'Sol,' zei Kira.

'Correct, mevrouw Navárez. Het stelsel Sol. De Caracole is vier minuten en eenentwintig seconden geleden uit FTL gekomen. De standaardprocedures voor aankomst zijn in werking getreden. Kapitein Falconi en de rest van de bemanning zullen spoedig ontwaken.'

Ze hadden het gered. Ze hadden het zowaar gered. Kira durfde niet te denken aan wat er allemaal gebeurd was sinds ze zes maanden geleden uit 61 Cygni waren vertrokken.

Ze kon het amper geloven dat ze nu al zes maanden onderweg was geweest. Het wonder van hibernatie, kunstmatig of anderszins.

'Heeft iemand ons al opgeroepen?' vroeg ze.

'Jazeker, mevrouw Navárez,' antwoordde Morven meteen. 'Veertien berichten van VMB-observatiestations. Ik heb uitgelegd dat de bemanning op het moment niet beschikbaar is. Lokale autoriteiten staan er echter op dat we zo snel mogelijk ons vertrekpunt en huidige missie bekendmaken. Ze klonken nogal geagiteerd.'

'Het zal wel,' mompelde Kira. Falconi zou het VMB wel afwimpelen zodra hij was ontdooid. Hij was goed in dat soort dingen. Bovendien was het aan hem om het woord te voeren voor de Caracole.

Ze voelde zich zo stijf als een plank en probeerde zich te bevrijden uit het nestje van dekens en riemen dat ze naast de luchtsluis had gecreëerd.

Toen zag ze haar hand.

Haar onderarm en hand die ze in het Kwallenschip had geamputeerd, waren… weer aangegroeid. Kira bekeek haar arm vol ongeloof, inspecteerde de voor- en achterkant, en bewoog haar vingers.

Ze was niet gek geworden. De arm was echt. Ze raakte de hand aan met haar andere hand en voelde haar vingers. Er waren maar vijf dagen verstreken sinds ze voor het laatst was ontwaakt en in die tijd had het Zachte Mes een perfecte replica gemaakt van wat ze verloren had.

Of niet?

Ineens werd ze door angst overvallen. Ze haalde diep adem, concentreerde zich op de rug van haar hand en dwong het Zachte Mes met een enorme mentale krachtsinspanning om zich terug te trekken.

Toen dat gebeurde, slaakte ze een kreet: haar hand stortte in elkaar en smolt weg als een ijsje op een hete zomerdag. Ze probeerde haar hand terug te trekken en verloor daardoor de concentratie. Het Zachte Mes herstelde zich meteen door het ontbrekende lichaamsdeel opnieuw te vormen.

Kira voelde tranen en knipperde met haar ogen. Een gevoel van groot verlies maakte zich van haar meester. 'Verdomme,' mompelde ze boos. Waarom liet ze zich zo kennen door een ontbrekende hand? Een arm of been laten vervangen stelde niet zo veel voor.

Behalve dat het wél veel voorstelde. Het was haar lichaam, en zij wás haar lichaam. Haar ziel huisde in haar lichaam. Haar hand was al haar hele leven lang onderdeel geweest van haar zelfbeeld, tot Vliegenstrip, en zonder hand voelde Kira zich niet compleet. Even had ze gehoopt dat ze weer heel was, maar nee.

Maar ze had in ieder geval een substituut, en dat was beter dan niets. Het feit dat het Zachte Mes erin geslaagd was een ontbrekend lichaamsdeel na te maken, bood enige hoop. Maar waarom nu pas, en niet eerder? Omdat het wist dat het einde van de trip naderde? Als demonstratie van het soort samenwerking dat ze gedurende de reis zo intensief had geoefend? Ze wist het niet. Hoe dan ook, ze was tevreden met het resultaat. Het Zachte Mes had zelfstandig gehandeld (hoewel misschien geleid door haar eigen, onuitgesproken verlangen), en ten dienste van Kira.

Kira bekeek nogmaals haar hand en bewonderde de details. Voor zover ze kon zien, was het een zo goed als perfecte kopie van het origineel. Het enige merkbare verschil was een verschil in massa: de nieuwe arm leek een beetje zwaarder te zijn. Maar het verschil was maar klein.

Terwijl ze de beweeglijkheid van haar vingers testte, klom Kira uit haar nest. Pas toen ze de datum probeerde op te roepen op haar overlays, merkte ze dat het Zachte Mes haar contactlenzen had geabsorbeerd, net zoals het had gedaan tijdens de reis naar Vliegenstrip.

Ze herinnerde zich het doosje met reserve-exemplaren die Vishal voor haar had uitgeprint. Ze vond het doosje tussen de dekens en bracht de lenzen voorzichtig in.

Ze knipperde en haalde opgelucht adem toen de bekende HUD van haar overlays verscheen. Mooi zo. Ze was weer helemaal zichzelf.

Kira weerstond de neiging de laatste berichten door te nemen en trok zichzelf voort door de gangen totdat ze in het hart van de Caracole was aangekomen. Daar beklom ze de ladder in de centrale schacht.

Het schip was stil en donker, alsof het door de bemanning in de steek was gelaten. Zonder het geluid van de ventilatoren zou ze zich op een op drift geraakt schip hebben gewaand, een schip dat al sinds mensenheugenis door de ruimte zweefde. Kira voelde zich als een dief, zoekend door ruimtes waar eens anderen hadden geleefd en gewerkt… of als een archeoloog die zich toegang had verschaft tot een eeuwenoude graftombe.

Ze dacht aan de stad op Nidus en de ontdekkingen die ze daar hadden gedaan. Ze kreunde en schudde geërgerd haar hoofd. Haar gedachten gingen weer met haar op de loop.

Toen ze op het dek onder de brug aankwam, klonk het aandrijvingsalarm. Kira zette haar voeten op de vloer en voelde haar massa toenemen toen de fusiemotor van de Caracole geactiveerd werd. Er was weer een beneden!

Ze slaakte een zucht van verlichting, blij dat de aandrijving het weer deed.

De verlichting flikkerde en veranderde van rood in het blauwwit van scheepsdag. Het felle licht deed bijna pijn aan haar ogen na zo lang in het schemerduister te hebben geleefd. Kira schermde haar ogen af terwijl die zich aanpasten.

Falconi en de overige bemanningsleden waren juist aan het ontwaken toen Kira in de schuilbunker aankwam. Ze zag Sparrow op handen en voeten kokhalzen, als een kat die een haarbal kwijt moest.

'Shit, wat heb ik hier een hekel aan,' zei de vrouw, en ze veegde haar mond af.

'Mooi, jullie zijn wakker.'

'Wat je wakker noemt,' bromde Falconi. Hij oogde al net zo bleek als Sparrow en had, net als de rest, donkere wallen onder zijn ogen. Kira was blij dat haar die bijverschijnselen van langdurige cryo bespaard waren gebleven.

Sparrow kokhalsde opnieuw, krabbelde overeind en voegde zich bij Falconi, Nielsen en Hwa-jung om haar kleren te pakken. Vishal had meer tijd nodig om bij te komen, maar toen begon hij de blauwe pillen uit te delen die Kira al kende. Ze hielpen tegen misselijkheid en vulden broodnodige voedingsstoffen aan.

Vishal bood er haar ook eentje aan, maar Kira sloeg hem af.

'Wat is de situatie?' vroeg Falconi terwijl hij zijn schoenen aantrok.

'Weet ik nog niet,' zei Kira.

Op dat moment mengde Gregorovich zich in het gesprek. Hij lachte sarcastisch.

'Goedemorgen, schattebouten. Welkom terug in het land der levenden. Jazeker, we hebben de lange reis door het grote niets overleefd. Wederom hebben we het diepe duister getrotseerd, en kunnen we het navertellen.' Hij lachte opnieuw en het galmde door alle gangen van het schip.

'Blij dat iemand goedgeluimd is,' bromde Nielsen, en ze sloeg haar locker dicht.

Vishal kwam naast haar staan en leek haar iets te vragen.

'Hé,' zei Sparrow, 'hoe kom je aan die nieuwe arm?'

Kira trok haar schouders op, ietwat opgelaten. 'Van de xeno. Toen ik wakker werd, was-ie er.'

'Als je er maar voor zorgt dat-ie niet aan de wandel gaat.'

'Zal ik doen.'

Alle cryobuizen waren nu open, behalve die van Trig. Kira wilde hem even begroeten. Door het met rijp bedekte venstertje oogde de jongen nog net zoals eerst: angstwekkend sereen. Als je de lijkbleke tint op zijn gezicht niet meerekende, dan had je kunnen denken dat hij sliep.

'Goed,' zei Falconi, en hij liep naar de deur. 'Laten we eens kijken hoe de vlag erbij hangt.'

2

'Godverdomme nog aan toe,' zei Sparrow.

Hwa-jung fronste haar wenkbrauwen en maakte een afkeurend geluid, hoewel ze haar blik op de holo gericht hield. Iedereen hield de blik op de holo gericht.

Falconi bladerde door de foto's die in het stelsel gemaakt waren. Sol was een slagveld. De restanten van antimateriefabrieken zweefden binnen de omloopbaan van Mercurius. De ruimte rond Venus en Mars was bezaaid met de brokstukken van schepen. Woonringen op planetoïden waren opengebarsten als eierschalen. Beschadigde ruimtestations, ringen en O'Neill-cilinders zweefden stuurloos door het stelsel. Uit de gescheurde tanks van Hydrotek-brandstofstations verrezen enorme pluimen van brandend waterstof. Zowel het noordelijk als zuidelijk halfrond van de Aarde – Aarde! – was bezaaid met inslagkraters, en een deel van Australië was zwart door een woekerende plaag.

Rond de bewoonde planeten hadden zich grote aantallen schepen en installaties verzameld. De Zevende Vloot van het VMB had zich gegroepeerd rond Deimos, voldoende dicht bij de markovgrens om snel naar FTL te kunnen, maar niet zo ver dat ze in geval van nood niet de binnenste planeten te hulp konden schieten.

Op diverse plekken werd nog steeds gevochten. De Kwallen hadden op Pluto een kleine basis ingericht en bestookten van daaruit een aantal ondergrondse nederzettingen op de polen van Mars. Het VMB kon de aanvallers in de tunnels niet vanuit de lucht bestoken, maar er was inmiddels een grondoffensief in gang gezet om de Kwallen te verjagen en de kolonisten te ontzetten. Ernstiger was de zwarte plaag in Australië: daar was een nachtmerrieschip neergestort en binnen enkele uren was de grond rond de crashzone geïnfecteerd geraakt, waarna de infectie zich had uitgebreid. Gelukkig had de crash in een woestijn plaatsgevonden, en door tijdig ingrijpen van een zonne-array in de ruimte was het omringende gebied platgebrand om verdere infectie tegen te houden, maar ze moesten alles op alles zetten om ervoor te zorgen dat elk beetje verrot weefsel vernietigd werd.

'Mijn hemel,' zei Vishal, en hij sloeg een kruisteken.

Zelfs Falconi leek van zijn stuk gebracht door de omvang van de schade.

Nielsen kreunde toen ze een venster opriep met nieuws over Venus. Kira kon nog net een deel van de kop lezen: *Gevaar dreigt voor de stad –*

'Ik moet even weg,' zei de eerste officier. Ze zag lijkbleek. 'Ik moet controleren of... of...'

'Ga maar,' zei Falconi. Hij legde zijn hand op haar schouder. 'Wij regelen het hier wel.'

Nielsen knikte dankbaar en liep snel weg.

Kira zocht oogcontact met de anderen. Als het al zo slecht ging in Sol, hoe zou het dan in de rest van de Liga zijn? Weyland! Doodsangst maakte zich van haar meester.

Juist toen ze het nieuws over haar thuiswereld wilde opvragen, zei Gregorovich: 'Hm. Als ik een suggestie mag doen, denk ik dat jullie het best eerst contact met het VMB kunnen opnemen voordat ze besluiten iets doms te doen. Ze dreigen met allerhande geweld als we niet meteen onze vluchtgegevens doorgeven en uitleggen wat we hier komen doen.'

Falconi zuchtte. 'Dan hebben we dat maar gehad. Weten ze al wie we zijn?'

Het scheepsbrein lachte vreugdeloos. 'Afgaande op de frequentie van hun oproepen, zou ik zeggen: ja, absoluut.'

'Oké dan. Schakel ze maar door.'

Kira nam plaats achter op de brug en luisterde terwijl Falconi praatte met degene met wie Gregorovich hem in verbinding had gebracht. 'Ja,' zei hij. '... Nee... Klopt... VMBS de Darmstadt... Gregorovich, kun je... Jazeker, die is hier... Begrepen. Over en uit.'

'En?' vroeg Kira.

Falconi wreef over zijn kin en keek van Kira naar Sparrow en van Sparrow naar Hwa-jung. De wallen onder zijn ogen waren zo mogelijk nog donkerder geworden. 'Ze geloven ons, en dat is al een begin. Ze willen dat we zo snel mogelijk naar Orsted gaan.'

'Hoever is dat?' vroeg Kira.

Voordat ze haar overlays kon checken, zei Falconi: 'Zeven uur.'

'Orsted is een ruimtestation bij Ganymedes, een maan van Jupiter,' zei Sparrow. 'Het station is een belangrijke hub voor het VMB.'

Het klonk logisch. De markovgrens voor Sol bevond zich vlak bij de omloopbaan van Jupiter. Kira wist niet veel over Sol, maar zo veel herinnerde ze zich nog wel van siderale topografie.

'En je hebt niet verteld dat we een Kwal aan boord hebben?' vroeg Kira.

Falconi nam een teug uit zijn waterfles. 'Nope. Ik wil ze niet al te nerveus maken. Ik dacht ze langzaamaan voor te bereiden.'

'Daar zullen ze niet blij mee zijn.'

'Zeker niet.'

De stem van Hawes klonk uit de intercom. 'Kapitein, wij zijn wakker, maar hebben de Kwal nodig om de rest van mijn mannen uit die cocons te krijgen. We kunnen ze lossnijden, maar weten niet precies wat er dan kan gebeuren.'

'Begrepen, luitenant,' zei Falconi. 'Stuur een van je mannen naar de luchtsluis. Kira gaat er nu heen.'

'Dank u wel, kapitein.'

Falconi keek naar het plafond. 'Gregorovich, is onze gast al wakker?'

'Nog maar net,' antwoordde het scheepsbrein.

‘Ik vraag me af hoe hij wist dat we aangekomen waren,’ mompelde Falconi.
Kira was al opgestaan toen hij haar aankeek. ‘Ik ben al weg,’ zei ze.

3

Het duurde bijna veertig minuten voordat Itari naar het ruim was geëscorteerd, de drie mariniers had bevrijd en hen met een andere substantie weer bij hun positieven had gebracht. Wanneer ze niet hoefde te tolken, nam Kira de nieuwsberichten over Weyland door.

En die waren verre van hoopgevend.

Uit meerdere berichten bleek dat de omgeving van Highstone vanuit de ruimte was gebombardeerd. Haar familie woonde niet direct in de buurt van de stad, maar dichtbij genoeg, en Kira begon zich ernstig zorgen te maken.

De Kwallen waren ook geland bij Toska, een nederzetting op het zuidelijk halfrond van de planeet, maar volgens de meest recente berichten (van bijna een maand oud) waren ze daar ook weer vertrokken. Verscheidene nachtmerrieschepen waren langs de rand van het stelsel gevlogen, waarop er een hevige strijd met de Kwallen was losgebarsten. De uitkomst was onbekend, aangezien alle schepen een voor een naar FTL waren gesprongen. De Liga had versterking gestuurd, maar dat was maar een kleine taskforce; de meeste schepen werden in en rond Sol gehouden, om de Aarde te beschermen.

Kira stopte met lezen toen Itari klaar was met de mariniers en begeleidde hem terug naar de luchtsluis. Toen ze hem over Orsted vertelde, gaf de Kwal blijk van erkenning, maar meer ook niet. Hij leek zich totaal niet te interesseren in waar de Caracole heen ging of wat er zou gebeuren als ze er eenmaal waren. Toen ze ernaar vroeg, antwoordde hij: [[Itari hier: De golf rolt zoals hij rolt.]]

Toen de Kwal weer veilig en wel in de luchtsluis was opgeborgen, liep Kira langs de kombuis om wat te eten te pakken. Daarna ging ze terug naar de brug, waar ze tegelijk met Nielsen aankwam. De eerste officier had rode wangen en de tranen stonden in haar ogen.

‘Gaat het?’ vroeg Falconi.

Nielsen knikte en ging zitten. ‘Alles goed met mijn familie, maar mijn dochter Yann is haar huis verloren.’

‘Op Venus?’ vroeg Kira.

Nielsen snoof en streek de voorkant van haar bruine shirt glad. ‘De hele stad werd bestookt. Ze wist maar net te ontkomen.’

‘Shit,’ zei Falconi. ‘Maar ze leeft nog.’

Iedereen zweeg. Nielsen rechtte de rug en keek om zich heen. ‘Waar is Vishal?’

Falconi gebaarde afwezig naar de achterkant van het schip. 'Die ging even naar de ziekenboeg. Om de mariniers te checken of zoiets.'

'Had hij geen wooncilinder in Sol?'

Falconi begon zorgelijk te kijken. 'Vishal? Daar heb ik hem in ieder geval nooit over gehoord.'

Nielsen slaakte een zucht. 'Mannen! Als jullie ooit eens interesse zouden tonen, zouden jullie –' Ze duwde zich omhoog uit de stoel en liep weg.

Falconi keek haar lichtelijk verbaasd na. Daarna keek hij met een vragende blik naar Kira, maar Kira trok slechts haar schouders op en checkte haar overlays.

Deze interstellaire oorlogen waren een trage aangelegenheid – zelfs met de technologie van de Kwallen – maar wat er wél was gebeurd, was deprimerend in zijn voorspelbaarheid. Wat er op Weyland was voorgevallen, had ook plaatsgevonden op andere kolonies, hoewel de strijd op Stewart's World qua omvang eerder vergelijkbaar was met die in Sol.

En dan waren er nog de nachtmerries. Die waren met de maanden steeds talrijker geworden, zodat het VMB zijn krachten nu gelijkelijk moest verdelen tussen hen en de Kwallen. Telkens als ze verschenen, leken ze een andere vorm te hebben aangenomen, alsof ze constant aan het muteren waren. Of, zoals Kira vermoedde, alsof de intelligentie die hen voortdreef – de malende Muil, geboren uit de wanstaltige samensmelting van mens, Wranaui en het Zachte Mes – koortsachtig en verwoed aan het experimenteren was geslagen met het best mogelijke vechtvlees.

De omvang van het lijden dat de nachtmerries toebrachten én ondergingen... De gedachte alleen al maakte Kira misselijk.

Ze was niet verbaasd om te lezen dat de oorlog voor een ongeëvenaard saamhorigheidsgevoel onder de mensenrassen had gezorgd. Zelfs de Zarianen hadden hun geschillen met de Liga opzijgezet om de gemeenschappelijke vijand het hoofd te bieden. Want waarom zou je onderling ruziemaken als je door gruwelijke monsters werd aangevallen?

Maar toch was de gecombineerde kracht van de mensheid niet genoeg om de aanvallers af te slaan. Het nieuws was fragmentarisch, maar het was duidelijk dat ze aan de verliezende hand waren. De mensheid was aan het verliezen, ondanks alle inspanningen.

Het nieuws was overdonderend, ontmoedigend en deprimerend. Kira kon het niet meer aan, deactiveerde haar overlays en staarde naar de lampjes en schakelaars boven haar hoofd. Ze probeerde niet te denken aan de ontrafeling van haar leven.

In haar ooghoek verscheen een melding. Er stond een bericht op haar te wachten. Kira opende het, in de verwachting dat het van Gregorovich was.

Maar dat was het niet.

In haar postvak stond een antwoord op de video die ze vanuit 61 Cygni naar haar familie had gestuurd. Een antwoord van haar moeder.

Kira staarde vol ongeloof naar het pictogram. Ineens herinnerde ze zich weer dat ze adem moest halen. Ze had nooit een antwoord verwacht. Haar familie wist natuurlijk niet wanneer ze terug zou komen, of wanneer, dus waarom kreeg ze juist hier, in Sol, een bericht? Tenzij...

Ze huiverde en klikte op het pictogram.

Er verscheen een video: donkere beelden van wat eruitzag als een ondergrondse bunker. Kira herkende de ruimte: het was wat de eerste kolonisten op Weyland hadden gebruikt om zich tegen de straling te beschermen. Haar ouders zaten recht voor de camera, voor een bureau vol gereedschap en medikits. Tussen hen in stond Isthah. Ze keek gespannen voor zich uit.

Kira slikte.

De rechterdij van haar vader was omzwachteld. Hij zag er uitgemergeld uit en de lijnen rond zijn ogen en mond waren dieper dan ze zich herinnerde. Het haar bij zijn slapen was grijs, wat niet zou moeten als hij zijn geplande STEM-shots had gekregen. Haar moeder oogde nog harder dan gebruikelijk: een adelaar van graniet, met kortgeknipt haar: de voorkeursstijl van kolonisten die het merendeel van hun tijd in skinsuits gekleed gingen.

Alleen Isthah zag eruit als zichzelf, en dat gaf Kira hoop.

Haar moeder schraapte de keel. 'Kira, we hebben gister je boodschap ontvangen. Een maand te laat weliswaar, maar hij is aangekomen.'

Waarop haar vader zei: 'We zijn blij om te zien dat je nog leeft, lieverd. Dolblij. We maakten ons al zorgen.' Naast hem liet Isthah het hoofd hangen. Kira was verbaasd dat ze niets zei; ze was ongebruikelijk ingetogen. Maar het waren dan ook ongebruikelijke tijden.

Haar moeder keek naar haar man en dochter voordat ze verderging. 'Wat erg om te horen van je collega's, Kira. En... van Alan. Hij klonk als een aardige man.'

'Je zult het wel zwaar hebben,' zei haar vader. 'Maar we denken aan je en wensen je het allerbeste. Ik weet zeker dat de wetenschappers van de Liga een manier zullen vinden om die buitenaardse –' hij aarzelde '... buitenaardse parasiet van je af te krijgen.' Haar moeder legde een hand op zijn arm en nam het woord over.

'Ik weet niet zeker waarom de Liga je boodschap heeft doorgelaten. Misschien per ongeluk, wie weet. Maar ik ben blij dat hij is aangekomen. Je ziet dat we niet thuis zijn. De Kwallen kwamen een week geleden en er is gevochten rond Highstone. We moesten vluchten, maar we leven nog en maken het goed. We kunnen hier blijven bij de familie Niemeras –'

'Aan de andere kant van de bergen,' vulde haar vader aan.

Haar moeder knikte. 'We mogen voorlopig in hun schuilkelder blijven. We zijn hier veilig en hebben genoeg ruimte.' Zo ruim vond Kira het niet.

'De Kwallen hebben de kassen verbrand,' zei Isthah zachtjes. 'Ze hebben alles platgebrand, Kira.'

Nee.

Haar ouders schoven ongemakkelijk op hun stoel. Haar vader keek naar zijn grote handen, rustend op zijn knieën. 'Ja.' Kira had hem nog nooit zo verslagen gezien. Hij lachte meewarig. 'En dit heb ik overgehouden aan ons vroegtijdige vertrek.' Hij legde een hand op het verband om zijn been, lachend als een boer met kiespijn.

Haar moeder rechtte de rug en zei: 'Maar luister, Kira. Maak je over ons maar geen zorgen. Ga op die expeditie, en dan zijn wij er voor je wanneer je weer terugkomt, oké? We zullen deze boodschap naar alle stelsels in de Liga sturen, dan krijg je hem zodra je weer hier bent.'

'We houden van je, lieverd,' zei haar vader. 'En we zijn trots op je. Je doet goed werk. Pas goed op jezelf, dan zien we elkaar snel weer.'

Het filmpje duurde nog wat langer, met afscheidswoorden van haar moeder en zusje, en toen was het afgelopen.

Kira's overlays begonnen te vervagen. Ze haalde stokkend adem en besefte dat ze aan het huilen was. Ze boog voorover en verborg haar gezicht in haar handen.

'Hé,' zei Falconi. Hij klonk zowel geschrokken als bezorgd. Hij liep op haar af en ze voelde zijn hand op haar rug. 'Wat is er?'

'Een bericht van mijn ouders.'

'Zijn ze –'

'Nee, het gaat goed, maar –' Kira schudde haar hoofd. 'Ze hebben moeten vluchten. Maar nu ik ze heb gezien, en mijn zusje… Ze hebben het moeilijk.'

'Dat geldt voor iedereen,' zei Falconi.

'Weet ik, maar dit bericht is al' – ze checkte de bestandsdatum – 'bijna twee maanden oud. Twee maanden! De Kwallen hebben Highstone een maand geleden gebombardeerd, en misschien dat… dat…' Ze kon haar zin niet afmaken. Haar huid begon te prikken: het Zachte Mes echode haar emoties. Een traan viel op haar onderarm en werd razendsnel door de zwarte vezels geabsorbeerd.

Falconi knielde. 'Kan ik iets voor je doen?'

De vraag verbaasde Kira en ze dacht even na. 'Nee, dank je. Het enige wat we kunnen doen, is deze oorlog zo snel mogelijk beëindigen.'

'Dat zou prettig zijn.'

Ze veegde haar tranen weg. 'En jouw familie? Heb jij –'

Hij keek gekweld. 'Nee, en ze zijn te ver weg om een boodschap te sturen. En ik denk niet dat ze nog van me zouden willen horen.'

'Dat weet je niet,' zei Kira. 'Kijk naar wat er allemaal gebeurt. Dit kan het einde van de mensheid betekenen. Je zou contact moeten maken met je ouders. Zeker nu.'

Falconi zweeg, klopte haar op de schouder en kwam overeind. 'Ik zal erover nadenken.'

Het was niet veel, maar Kira nam er genoegen mee. Ook zij kwam overeind. 'Ik ben in mijn hut. Ik wil een antwoord terugsturen voordat we bij Orsted aankomen.'

Falconi bromde, de blik weer op de holo gericht. 'Reken er maar niet op dat je berichten mag versturen van de Liga. Of van de Kwallen. Ik durf te wedden dat Weyland net zo potdicht zit als die gare wc die we vroeger in het ruim hadden.'

Daar schrok Kira van, maar toen accepteerde ze de situatie en herpakte ze zichzelf. 'Maakt niet uit. Ik moet het proberen.'

'Is je familie zo belangrijk voor je?'

'Natuurlijk. Voor jou niet dan?'

Hij gaf geen antwoord, maar ze zag hem verstarren.

4

Zeven uur.

De tijd verstreek sneller dan Kira had verwacht. Ze nam haar antwoord op het bericht van haar ouders op. Ze vertelde wat er was gebeurd bij Vliegenstrip, hoewel ze wederom haar eigen rol in het ontstaan van de Muil verzweeg. Ze liet zelfs zien wat het Zachte Mes allemaal kon door in de palm van haar hand de bloem van een middernachtgesternte te vormen; misschien zou dat haar vader opkikkeren. Voor de rest wenste ze haar ouders en zusje het allerbeste toe en drukte ze hun op het hart vooral op te passen, om af te sluiten met: 'Hopelijk ontvangen jullie dit bericht in de loop van volgende week. Ik weet niet wat de Liga met me van plan is, maar de kans is groot dat ik even niet met jullie mag communiceren… Maar wat er ook allemaal gebeurt op Weyland: hou vol! We hebben de kans vrede te sluiten met de Kwallen en dat proberen we zo snel mogelijk voor elkaar te krijgen. Dus geef het vooral niet op! Ik hou van jullie!'

Kira nam een paar minuutjes de tijd om weer tot bedaren te komen. Ze ademde langzaam in en uit – met gesloten ogen – en gaf haar lichaam de kans wat af te koelen.

Uiteindelijk keerde ze weer terug naar de brug. Vishal was er ook en praatte zachtjes met Falconi en Sparrow. De dokter moest zijn hoofd iets gebogen houden om zijn gesprekspartners recht in de ogen te kunnen aankijken.

'Dat is jammer, Doc,' zei Falconi. 'Maar als je ons moet verlaten, dan begrijp ik dat natuurlijk. We kunnen altijd een andere –'

Vishal schudde zijn hoofd. 'Dat is niet nodig, kapitein, maar ik wil u bedanken voor het aanbod. Mijn oom zou me zo snel mogelijk inlichten, zei hij.'

Sparrow verraste hem met een klap op de schouder. 'We staan achter je, Doc. En als ik iets voor je kan doen, hoef je het maar te zeggen, en dan' – ze floot – 'ben ik er meteen.'

Aanvankelijk leek Vishal zich nog te ergeren aan haar vrijpostigheid, maar toen verzachtten zijn trekken. 'Dat waardeer ik zeer, mevrouw Sparrow.'

Kira nam plaats in haar stoel en keek Falconi vragend aan. *<Waar gaat dit over? – Kira>*

<De Kwallen hebben Vishals woonring vernietigd. – Falconi>

<Shit. Nog nieuws van zijn moeder en zussen? – Kira>

<De kans is aanwezig dat ze op tijd zijn gevlucht, maar tot op heden geen nieuws. – Falconi>

Toen Vishal naar zijn stoel naast de hare liep, zei Kira: 'Falconi heeft me zojuist ingelicht. Sorry. Wat een verschrikkelijk nieuws.'

Vishal liet zichzelf in zijn stoel zakken. Hij keek bezorgd, maar hij sprak op kalme toon. 'Dank u voor uw vriendelijke woorden, mevrouw Navárez, maar met Gods hulp zal alles goed komen.'

Kira hoopte dat hij gelijk had.

Ze checkte haar overlays en activeerde de feed van de camera's aan de achterzijde van de Caracole, zodat ze hun aankomst bij de gestreepte bulk van Jupiter en de kleine, gespikkelde maan Ganymedes in de gaten kon houden.

De aanblik van de oranje-witte pracht van Jupiter riep de pijnlijke herinnering aan Zeus op, de moederster van Adrasteia. Dat was ook niet verwonderlijk: de overeenkomst tussen beide hemellichamen was ook de reden geweest dat het eerste onderzoeksteam de ster zo had genoemd.

Vergeleken met Jupiter was Ganymedes klein, op het nietige af, hoewel het toch de grootste maan in het stelsel was, groter zelfs dan de planeet Mercurius, zoals Kira's overlays haar vertelden.

Hun eindbestemming – ruimtestation Orsted – was een stofje hoog boven het gehavende oppervlak van Ganymedes. Ze zag ook andere stofjes oplichten, nog kleiner dan het station zelf: een aantal van de vele transportschepen, vrachtschepen en drones die Orsted op zijn omloopbaan vergezelden.

Kira kon een huivering niet onderdrukken. Hoe vaak ze ook dacht de oneindige grootte van het heelal te begrijpen, er was altijd wel iets wat haar deed beseffen dat ze geen flauw benul had. Mensen waren gewoon niet in staat om afstanden en omvang in te schatten; in ieder geval geen mensen zonder augmenten. Misschien was het anders voor scheepsbreinen. Al die leegte, en niets wat de mens had gebouwd of ooit zou bouwen zou de vergelijkingstoets kunnen doorstaan.

Ze schudde haar hoofd en richtte haar aandacht weer op het station. Zelfs de meest ervaren ruimterotten werden gek als ze lang genoeg naar de leegte staarden.

Het was altijd al Kira's wens geweest om Sol te bezoeken, en dan vooral de Aarde, die biologische schatkamer. Maar ze had nooit gedacht dat het in deze omstandigheden zou zijn: geteisterd en opgejaagd door de klauwen van oorlog.

Toch vergaapte ze zich aan Jupiters schoonheid en wou ze dat Alan er nog was om er samen van te kunnen genieten. Ze hadden er een paar keer over gesproken: om genoeg geld te verdienen zodat ze op vakantie konden naar Sol. Of om een onderzoeksproject te starten, zodat ze op kosten van de baas naar het stelsel konden reizen. Allemaal wishful thinking. Zinloos gedroom over een mogelijke toekomst.

Kira probeerde haar gedachten te verleggen.

'Alles in orde?' vroeg Falconi toen Nielsen een paar minuten later de brug betrad.

'Alles in orde,' zei de eerste officier. 'We zouden de inspectie glansrijk moeten kunnen doorstaan.'

'Behalve Itari dan,' zei Kira.

Nielsen glimlachte zuinigjes. 'Nou ja, ze mogen in ieder geval niet gaan klagen over quarantaine. Wat de Kwallen betreft is er al vanaf dag één geen sprake geweest van goede bio-isolatie.' Ze ging in de stoel naast Vishal zitten.

Sparrow snoof. 'Heb je gezien waar de Stellaristen mee bezig zijn?'

'Hm. Ze zijn niet erger dan de Expansiepartij of het Conservatieverbond. Die zouden hetzelfde doen als ze aan de macht waren.'

Sparrow schudde haar hoofd. 'Geloof je het zelf? De premier gebruikt de noodtoestand alleen maar om de kolonies aan te pakken.'

'Bah,' zei Kira. Het verbaasde haar niets. Voor de Stellaristen draaide het allemaal om Sol. Begrijpelijk, maar dat betekende nog niet dat ze het ermee eens was.

Nielsen bleef kalm. 'Een nogal extreme opvatting, Sparrow.'

'Wacht maar,' zei de andere vrouw. 'Als dit hele gedoe achter de rug is, en ik zeg expres áls, kun je niet eens meer pissen zonder toestemming te moeten vragen aan het Terrestrisch Bestuur. Zeker weten.'

'Je overdrijft.'

'Maar waarom zeg ik dit allemaal? Jij bent van Venus. Natúúrlijk neem jij het op voor Aarde, zoals iedereen die met z'n kop in de wolken zit.'

Nielsens gezicht betrok. Ze wilde Sparrow juist van repliek dienen toen Falconi zei: 'Kappen met dat politieke gedoe. Bewaar dat maar voor als we in de kroeg zitten en er drank in de man zit.'

'Ja, kapitein,' zei Sparrow kribbig.

Kira richtte haar aandacht weer op haar overlays. De finesses van interstellaire politiek waren altijd al langs haar heen gegaan. Te veel variabelen. Maar ze had in ieder geval niets met de Stellaristen (of met de meeste politici, wat dat betrof).

Orsted nam toe in omvang totdat het bijna het gehele beeld vulde. Het ruimtestation zag er imposant en gevaarlijk uit, als een gotische gyroscoop, donker en met talloze scherpe randjes. De stationaire schildring leek onbeschadigd, maar de draaiende woonring had in één kwadrant een grote scheur, alsof een reusachtig monster met een van zijn klauwen had uitgehaald. Langs de randen waren platen van de romp weggeblazen door de explosieve decompressie, zodat de scheur leek op een grijnzende bek met ontbrekende tanden. Tussen die tanden waren kamers zichtbaar, die door de ijsafzetting wit oplichtten.

Op het dak van de centrale hub (waarbij het dak de kant was die van Ganymedes was afgekeerd) stond een wirwar van antennes, schotels, telescopen en wapensystemen, roerloos op wrijvingsloze lagers. De meeste apparatuur was beschadigd of ontwricht. Gelukkig leek de fusiereactor diep in het binnenste van de hub niet te zijn geraakt.

Het delicate vakwerk dat aan het onderste deel van de hub enkele honderden meters de ruimte in stak, leek nog intact te zijn, maar veel van de transparante radiatoren die eraan bevestigd waren, waren beschadigd of waren helemaal stukgeschoten, in welk geval er weinig meer resteerde dan gescheurde metalen platen en kapotte leidingen waaruit vloeistoffen lekten. Tientallen servicebots waren druk doende het verlies aan koelvloeistof tegen te houden.

De secundaire communicatie- en verdedigingsarray aan de andere kant van het station was geblakerd en verwrongen. Door puur geluk was de isolatiekamer van de markovgenerator (die de FTL-sensoren van energie voorzag) niet geraakt. De generator bevatte maar een piepkleine hoeveelheid antimaterie, maar als het isolatieveld het had begeven, zou de hele array (en een groot deel van het vakwerk) zijn vernietigd.

Vier VMB-kruisers bevonden zich aan bakboordzijde van het ruimtestation: een vertoon van militaire macht van de Liga.

‘Thule,’ zei Sparrow, en ze ging zitten. ‘Die hebben het zwaar te verduren gehad.’

‘Ben je ooit eerder in Orsted geweest?’ vroeg Kira.

Sparrow bevochtigde haar lippen. ‘Eén keer, toen ik met verlof mocht. Geen ervaring die ik graag zou willen herhalen.’

‘Riemen vast,’ zei Falconi vanaf de andere kant van de brug.

‘Ja, kapitein.’

Ze gespten zichzelf vast, waarop de aandrijving werd uitgeschakeld. Kira’s gezicht vertrok toen ze weer gewichtloos werd. De Caracole maakte een laatste halve draai, zodat ze nu met de neus naar het station vloog. Gregorovich meldde: ‘Verwachte aankomsttijd: veertien minuten.’

Kira probeerde haar hoofd leeg te maken.

Hwa-jung voegde zich bij hen: ze trok zichzelf de brug op met de gratie van een ballerina, hoewel ze nog kribbiger leek dan gewoonlijk.

‘Hoe is het met Runcibel en Mr. Fuzzypants?’ vroeg Falconi.

‘De kat heeft een ongelukje gehad. Overal poep. Als ik ooit zelf een schip koop, neem ik geen kat. Varkens zijn cool. Katten niet.’

‘Bedankt voor het schoonmaken.’

‘Volgende keer krijg ik gevarengeld van je.’

Het bleef even stil, maar toen zei Sparrow: ‘Over bio-isolatie gesproken, eigenlijk is het raar dat ze op Ruslan zo boos op ons waren.’

‘Hoezo?’ vroeg Nielsen.

‘Al die ontsnapte beesten… daar kikker je toch van op?’

Er klonk gekreun. Kira besefte dat iedereen Trig en zijn humor miste.

‘Thule, bespaar ons die flauwe woordgrappen,’ zei Vishal.

‘Het had erger gekund,’ zei Falconi.

‘Hoe dan?’

‘Ze had de grap ook kunnen uitbeelden.’

Sparrow smeet een handschoen naar zijn hoofd, waarop iedereen begon te lachen.

5

Kira zette zich schrap toen de Caracole afremde en met een lichte schok contact maakte met het aan hen toegewezen dok in de schildring van Orsted.

Na een paar tellen klonk het sein veilig.

‘Oké, even luisteren allemaal,’ zei Falconi terwijl hij zich losgespte. ‘Kapitein Akawe heeft ons gratie verleend –’ Hij keek Kira fronsend aan. ‘Ons ruimteschuimers tenminste. De Liga zou het moeten weten, maar dat betekent niet dat we ons hier kunnen misdragen. Dus niemand zegt een woord totdat we rechtshulp hebben en de situatie duidelijk is. En dat geldt zeker voor jou, Gregorovich.'

'Zoals u wilt, mijn kapitein,' antwoordde het scheepsbrein.

Falconi bromde. 'En zeg ook niks over de Kwal. Daar zorgen Kira en ik wel voor.'

'Denk je niet dat Hawes zijn meerderen al heeft ingelicht?' vroeg Kira.

Er verscheen een grijns op Falconi's gezicht. 'Dat zou hij ongetwijfeld hebben gedaan, ware het niet dat hij geen comm-toegang van me heeft gekregen.'

'En dat vond-ie lang niet leuk,' zei Nielsen.

Falconi zwom naar de deur. 'Maakt ook niet uit verder. We gaan meteen naar het VMB en het zal nog wel even duren voordat ze onze mariniers hebben ondervraagd.'

'Moeten we allemaal mee?' protesteerde Hwa-jung. 'De Caracole heeft onderhoud nodig na die sprong.'

Falconi gebaarde naar de deur. 'Later krijg je meer dan genoeg tijd om je met het schip te bemoeien, Hwa-jung. We moeten allemaal mee.'

Sparrow kreunde en Vishal rolde met zijn ogen.

'De liaisonofficier op Orsted stond erop de gehele bemanning te spreken. Volgens mij weten ze nog niet helemaal wat ze met ons aan moeten. Ze zeiden iets over contact met het Terrestrisch Bestuur. Bovendien kunnen we Kira niet alleen laten.'

'Dank je,' zei ze, en ze meende het.

Falconi grijnsde. 'Geen dank. Dat geldt natuurlijk voor jullie allemaal.' Hoewel het een brede, gevaarlijke grijns was, stelde hij Kira gerust. 'Als ze je lastig gaan vallen, krijgen ze eerst met ons te maken. Wat de rest van jullie betreft: jullie weten hoe het gaat. Ogen open en monden dicht. Jullie zijn niet op verlof.'

'Begrepen.'

'Ja, kapitein.'

'Komt in orde.'

Hwa-jung knikte.

Falconi gaf de wand van de Caracole een klap. 'Gregorovich, houd het schip stand-by voor het geval we snel moeten vertrekken. En houd onze overlays in de gaten totdat we weer terug zijn.'

'Natuurlijk,' zei Gregorovich met overslaande stem. 'Ik zal de beelden die jullie met jullie kraaloogjes opvangen als een havik in de gaten houden. Lekker spieken. Heerlijk!'

Kira trok haar wenkbrauwen op. De lange trip had hém in ieder geval niet veranderd.

'Verwacht je gedoe?' vroeg Nielsen toen ze de brug verlieten.

'Nee,' zei Falconi. 'Maar je kunt maar beter goed voorbereid zijn.'

Ze volgden Falconi door de centrale gang van de Caracole en trokken zichzelf door de schacht omhoog totdat ze bij de luchtsluis in de neus van het schip aankwamen. Daar voegden de entropisten zich met opbollende gewaden – als zeilen in de volle wind – bij hen. Ze begroetten de kapitein en grepen een lus beet om zichzelf tegen te houden.

'Blij dat jullie konden komen,' zei Falconi.

De luchtsluis zat propvol toen ze er alle negen waren – zeker met Hwa-jung, die goed was voor drie – maar met enig duwen en trekken lukte het.

De luchtsluis doorliep de gebruikelijke cyclus van gesis en geklik en andere ondefinieerbare geluidjes. Toen de buitendeur openrolde, zag Kira een laaddok zoals die op Vyyborg, waar ze meer dan een jaar geleden was geweest. Het was een rare gewaarwording: niet echt een déjà vu, maar ook niet echt nostalgie. Wat eens een bekende, vriendelijke omgeving was geweest, kwam kil, klinisch en – hoewel ze wist dat dat slechts haar zenuwen waren – bevreemdend over.

Ze werden opgewacht door een kleine bolvormige drone, die links van de sluisdeur zweefde. Naast zijn camera lichtte een geel lampje op en vanuit een speaker klonk een mannenstem: 'Deze kant op alstublieft.'

Door middel van een reeks van pufjes perslucht keerde de drone zich om om naar de luchtdichte deur aan de andere kant van de lange, met metaal beklede ruimte te vliegen.

'Volgens mij moeten we hem volgen,' zei Falconi.

'Vooruit dan maar,' zei Nielsen.

'Ze snappen toch wel dat we haast hebben?' vroeg Kira.

Sparrow klakte met haar tong. 'Jij zou toch moeten weten dat bureaucratie langzaam gaat, Navárez? Je hebt tijd en legertijd. Opschieten, en dan wachten. Zo gaat het nou eenmaal.'

Falconi zette zichzelf af tegen de deurpost. Hij maakte een koprol en hield al één arm boven zijn hoofd klaar om zichzelf soepeltjes vast te grijpen.

'Uitslover,' zei Nielsen. Ze zwom uit de luchtsluis en pakte een van de lussen die aan de wand waren bevestigd.

Een voor een verlieten ze de Caracole en doorkruisten ze het laaddok, langs alle cardankoppelingen en sleuven die gebruikt werden om containers op hun plek te houden. Kira was zich bewust van het feit dat lasers en magneten hun ID scanden en hun lichamen controleerden op wapens, explosieven en smokkelwaar. Een onprettige gedachte, maar er was niets wat ze eraan kon doen.

Even overwoog ze haar gezicht te bedekken met de xeno, maar die gedachte verwierp ze al snel; er zou immers niet gevochten gaan worden.

Toen ze bij de tweede deur waren aangekomen, zag ze de drone wegschieten door een brede gang. De gang was ten minste zeven meter breed: een kathedraal van ruimte na zo lang in de Caracole opgesloten te hebben gezeten.

Alle deuren die op de gang uitkwamen, waren gesloten en vergrendeld, en behalve henzelf was er niemand te zien. Niet daar, niet na de eerste haakse bocht en niet na de tweede.

'Vriendelijke ontvangst,' zei Falconi droogjes.

'Misschien zijn ze bang voor ons,' zei Vishal.

'Nee,' zei Sparrow. 'Ze zijn bang voor háár.'

'Wel zo verstandig,' mompelde Kira.

Tot haar verbazing begon Sparrow hardop te lachen. Het geluid echode door de gang. 'Inderdaad. Nooit met je laten sollen.' Zelfs Hwa-jung kon een glimlach niet onderdrukken.

De gang liep langs alle vijf de sectoren van de schildring. Aan het einde van de gang stond een maglevcabine voor hen klaar, zoals Kira al had verwacht. De zijdeur van de cabine stond open, maar nog steeds was er niemand te zien.

Vanuit het duister aan de andere kant van de cabine hoorde ze het gefluister van de woonring in de verte, die constant bleef draaien, draaien, draaien…

'Let bij het betreden van de maglev op uw hoofd en voeten,' sprak de drone.

'Ja ja,' mompelde Falconi.

Kira nam plaats naast de anderen en gespte zichzelf vast. Er klonk een vrolijk riedeltje, gevolgd door een vrouwenstem: 'De maglev staat op het punt van vertrekken. Bevestig uw riemen en let op losse voorwerpen in uw zakken.' Er klonk een alarm en de deur schoof dicht. 'Volgende halte: woonsectie c.'

De cabine versnelde zonder schokken en zo goed als geruisloos. Ze passeerden de vacuümstop aan het einde van de terminal en schoten de buis in die de schildring met de woonring verbond. Kira voelde hoe de cabine begon te draaien – hoe zijzelf begon te draaien – waarop ze in haar stoeltje werd gedrukt. Haar armen en benen kregen weer massa en binnen een paar tellen voelde het alsof ze haar gewone gewicht weer had.

Het was een vreemd gevoel, centrifugale kracht gecombineerd met versnellingsenergie. Even werd ze duizelig, maar toen verschoof haar perspectief en paste ze zich aan aan haar nieuwe beneden.

Beneden bevond zich nu tussen haar voeten (waar het hoorde te zijn), maar wees naar buiten, door de schildring en afgekeerd van de centrale hub van het station.

Uiteindelijk kwamen ze tot stilstand. Het vacuüm werd verbroken en de deur aan de andere kant van de cabine schoof open.

'Alsof ik om een klos ben gewonden,' zei Vishal.

'Jij zegt het, Doc,' zei Falconi.

Er klonk een reeks van klikjes toen ze hun riemen losmaakten, waarop ze de terminal in strompelden, zoekend naar hun evenwicht.

Falconi had nog maar twee stappen gezet of hij stopte alweer. Kira kwam naast hem staan.

'Shi-bal.'

Ze werden opgewacht door een complete eenheid in zwarte pantserexo's gestoken mariniers, die allemaal hun wapens op hen hadden gericht. Achter dat welkomstcomité stond een tweetal zwaarbewapende aanvalstroepen: hoekige, gehelmde giganten. Tussen de mariniers waren geschutskoepels opgesteld en boven hun hoofden zweefden aanvalsdrones, zoemend als een zwerm woedende bijen.

De deur van de maglev schoof met een klap dicht.

Er klonk een bulderende stem: 'Handen omhoog! Op jullie knieën! Als jullie niet gehoorzamen, wordt er geschoten. En snel wat!'

II

* * * * * * *

RUIMTESTATION ORSTED

1

Eigenlijk begreep Kira niet waarom ze iets anders had verwacht. Maar dat had ze wel, en ze was dan ook ernstig teleurgesteld in het VMB, en kwaad.

'Stelletje klootzakken,' mompelde Falconi.

De stem bleef bulderen: 'Op jullie knieën. NU!'

Vechten had geen zin. Dan zou ze er zelf aangaan. Of de rest van de bemanning. Of de mariniers, en zij waren niet de vijand. Dat vertelde ze zichzelf tenminste. Het waren immers mensen.

Kira legde haar handen op haar achterhoofd en zakte door de knieën, de blik op de mariniers gericht. De rest van de bemanning deed hetzelfde, evenals de entropisten.

Een half dozijn mariniers kwam op hen afgesneld, wat een heel kabaal veroorzaakte. Het gewicht van hun exo's deed de vloer trillen. Kira voelde het in haar scheenbenen.

De mariniers stelden zich achter hen op om hen in de handboeien te slaan. Hwa-jung gromde toen een van hen haar polsen beetpakte. Even stribbelde ze tegen en Kira hoorde de exo van de marinier piepen toen hij zich schrap zette. Maar uiteindelijk gaf de machinechef haar verzet op en vloekte ze in het Koreaans.

De soldaten trokken Falconi en de anderen op hun benen en sleepten ze naar een deur die open gleed toen ze in de buurt kwamen.

'Zorg ervoor dat ze je met geen vinger aanraken, Kira!' riep de kapitein over zijn schouder. 'Anders ruk je hun handen eraf, begrepen?' Een van de mariniers duwde hem door de deur. 'We hebben gratie gekregen! Laat ons gaan, anders klaagt onze advocaat jullie aan voor contractbreuk! We hebben niks verkeerds gedaan. We zijn –'

Zijn stem stierf weg. In een paar tellen waren de bemanning van de Caracole en de entropisten verdwenen.

Kira voelde een ijzige kou langs haar armen omhoog kruipen, ondanks de inspanningen van het Zachte Mes. Ze was weer alleen.

'Dit is onzin,' zei ze. 'Ik wil jullie commandant spreken. We hebben informatie over de Kwallen die niet kan wachten. Geloof me, de premier zal dolgraag willen horen wat we te vertellen hebben.'

De soldaten stapten opzij om de weg voor haar vrij te maken en even dacht Kira dat ze iets had bereikt. Maar toen klonk de bulderende stem weer: 'Doe je contactlenzen uit en leg ze op de vloer.'

Shit. Waarschijnlijk hadden ze haar lenzen gedetecteerd toen ze aankwamen op Orsted.

'Heb je me niet gehoord?' riep ze half. Ze voelde hoe het Zachte Mes zich strakker om haar huid trok. 'Terwijl jullie aan het klooien zijn, zijn de Kwallen dood en verderf aan het zaaien. Wie voert hier het bevel? Ik doe helemaal niks totdat –'

De stem klonk zo hard dat haar oren begonnen te bloeden. 'GEHOORZAAM, anders wordt er geschoten. Je hebt tien tellen om je lenzen uit te doen. Tien. Negen. Acht –'

Even overwoog Kira zich helemaal te laten bedekken door het Zachte Mes, om de mariniers tot actie te dwingen. Ze was er redelijk zeker van dat de xeno bestand was tegen bijna al hun wapens. Maar afgaande op de gebeurtenissen op Nidus zouden hun zwaarste wapens meer dan voldoen, en het zou ook ernstige gevolgen hebben voor Falconi en de rest...

'Oké, oké,' zei ze, en ze probeerde haar woede te onderdrukken. Ze mocht de controle niet verliezen. Niet nu, en eigenlijk nooit meer. Ze voelde het Zachte Mes terugzakken in zijn gebruikelijke bedaarde toestand.

Ze reikte naar haar ogen. Alweer geen toegang tot computers...

Toen haar lenzen op de vloer lagen, zei de stem: 'Handen op je achterhoofd. Mooi. Zodra ik het teken geef, kom je overeind en loop je naar de andere kant van de terminal. Daar vind je een open deur. Loop door die deur. Als je van je lijn afwijkt, wordt er geschoten. Als je probeert terug te gaan, wordt er geschoten. Als je je handen laat zakken, wordt er geschoten. Als je iets onverwachts doet, wordt er geschoten. Begrepen?'

'Ja.'

'Dan mag je nu gaan lopen.'

Het ging moeizaam, maar Kira wist omhoog te komen zonder haar armen te gebruiken voor evenwicht. Ze liep naar voren.

'Sneller!' beval de stem.

Ze verhoogde haar tempo, maar niet veel. Echt niet dat ze als de eerste de beste servicebot naar hun pijpen zou gaan dansen!

De drones vlogen achter haar aan; hun irritante gezoem was nog erger dan een migraineaanval. Ook de mariniers volgden haar op de voet en vormden een muur van ijzer, star en emotieloos.

Aan de andere kant van de terminal was inderdaad een deur en in de ruimte erachter stond een tweede groep mariniers haar op te wachten. Ze hadden zich in een dubbele rij opgesteld en hielden allemaal hun wapens op haar gericht.

Kira liep de terminal uit in hetzelfde afgemeten tempo en kwam terecht op een groot binnenplein. Het was een enorme ruimte, decadent groot bijna, die door grote lichtbakken in het plafond werd verlicht, zodat het bijna zo licht was als op Aarde. Al dat licht was nodig ook, aangezien de muren en vloer donker waren, en gecombineerd met het felle licht gaf dat de ruimte een verstikkende sfeer.

Alle deuren en gangen die op het binnenplein uitkwamen, waren afgesloten of gebarricadeerd, sommige met gelaste metalen platen. Banken, computerterminals en potplanten stonden in een regelmatig patroon opgesteld, maar wat pas echt haar aandacht trok, was het bouwwerk in het midden.

Het was een veelvlak, zo'n drie meter hoog en legergroen geschilderd. Eromheen, op een handbreedte afstand, was een metalen raster geplaatst dat de vorm van het veelvlak exact volgde. Aan het raster hingen dikke metalen schijven ter grootte van een bord, die zo waren opgehangen dat de onderlinge ruimte minimaal was. Elke schijf had aan de achterzijde een bedieningspaneel en een klein schermpje.

Midden in het veelvlak zat een deur, en de deur stond open. Het veelvlak was dus hol. Door de deuropening zag ze een donkere kamer.

Kira bleef staan.

De mariniers en drones kwamen ook tot stilstand.

'Naar binnen!' riep de stem.

Kira wist dat ze hun geduld op de proef aan het stellen was, maar ze bleef nog even staan, om haar laatste moment in vrijheid zo lang mogelijk te rekken. Ze begon weer te lopen en betrad het bouwwerk.

De deur werd meteen achter haar dichtgesmeten, een galmend geluid dat in de donkere cel klonk als een doodsklok.

2

Minuten verstreken. Kira luisterde hoe de soldaten naast haar cel met spullen aan het schuiven waren.

Toen klonk er bij de deur een andere stem: een man met zo'n sterk, ongepolijst accent dat ze de ondertitelfunctie van haar overlays node miste.

'Navárez, kun je me horen?'

Zijn stem klonk gedempt door de deur, maar was verstaanbaar. 'Ja.'

'Ik ben luitenant-kolonel Stahl. Het is mijn taak om je te debriefen.'

Luitenant-kolonel. Geen marine dus. 'Van welk legeronderdeel ben je?'

Even bleef het stil. 'VMBI. Inlichtingen.'

Natuurlijk. Net als Tschetter. Kira kon haar lachen amper inhouden. Ze had het kunnen weten. 'Sta ik onder arrest?'

'Nee. Niet in die zin. Je wordt vastgehouden in lijn met artikel 34 van de Interstellaire Veiligheidsverordening, waarin staat –'

'Ik ben bekend met de Interstellaire Veiligheidsverordening.'

Weer bleef het stil, alsof het antwoord Stahl verbaasde. 'Ah. Ik begrijp dat je accommodatie niet is wat je had verwacht, Navárez, maar ik hoop dat je ons standpunt begrijpt. We hebben de afgelopen paar maanden de meest idiote acties gezien van de nachtmerries. We kunnen de xeno die je draagt niet vertrouwen.'

Kira beet op haar lip. 'Ik begrijp het. Kunnen we nu –'

'Nog niet. Laat me zo duidelijk mogelijk zijn, voor het geval er in een later stadium... ongelukjes plaatsvinden. Die schijven die je aan de buitenkant van je cel zag. Weet je wat dat zijn?'

'Nee.'

'Mijnen. Pantserdoorborend, met holle lading. De muren van je cel staan onder stroom. Zodra je ze aanraakt, gaan de mijnen af en wordt het hele zootje samengeperst tot een gloeiendhete bal van een halve meter doorsnee. Zelfs de xeno zal dat niet overleven. Is dat duidelijk?'

'Ja.'

'Heb je nog vragen?'

Ze had talloze vragen. Een vrachtschip vol aan vragen. Zo veel vragen dat ze betwijfelde of ze die ooit beantwoord zou krijgen. Maar ze moest het proberen. 'Wat zijn jullie van plan met de bemanning van de Caracole?'

'Die zullen worden vastgehouden en ondervraagd totdat vaststaat wat hun relatie is met jou, de xeno en de Kwallen.'

Kira verbeet haar frustratie. Ze had niet anders verwacht van de VMBI, maar dat betekende nog niet dat ze het leuk moest vinden. Maar het had weinig zin om Stahl tegen zich in het harnas te jagen. Nog niet tenminste. 'Oké. Maar ga je me nog debriefen of wat?'

'Als je er klaar voor bent, Navárez. We hebben een opname van je eerste gesprek met kapitein Akawe op ruimtestation Malpert, dus wat vind je ervan om het vanaf dat punt op te pikken?'

Dus Kira vertelde hem wat hij wilde weten. Ze sprak snel en afgemeten en probeerde de informatie zo duidelijk mogelijk te presenteren. Eerst legde ze uit waarom ze van 61 Cygni naar Vliegenstrip was gegaan. Daarna beschreef ze wat ze op Nidus had ontdekt en wijdde ze uit over de aanvallen van de nachtmerries. Tot slot vertelde ze tot in detail over het vredesaanbod van de rebellerende Kwallen dat Tschetter had overgebracht.

Het enige waar Kira niet over uitweidde, was over haar eigen rol in het creëren van de nachtmerries. Ze was het van plan geweest; dat had ze immers aan Falconi beloofd. Maar hoe ze nu door de Liga werd behandeld, nodigde niet uit tot inschikkelijkheid. Als de informatie hen had kunnen helpen de oorlog te winnen, had ze die wel gedeeld, hoe moeilijk het ook voor haar was. Maar aangezien ze niet inzag hoe, kon ze het niet over haar hart verkrijgen.

Na haar relaas bleef Stahl zo lang stil dat ze zich afvroeg of hij er nog wel was. Maar toen zei hij: 'Kan jullie scheepsbrein dat verhaal bevestigen?'

Kira knikte, hoewel hij dat niet kon zien. 'Vraag het hem maar. Hij heeft ook alle relevante documentatie van de Darmstadt.'

'Ah.' Het korte antwoord kon zijn gespannenheid niet helemaal verbergen. Het verhaal had hem van zijn stuk gebracht, en niet zo'n beetje ook. 'In dat geval zal ik die informatie meteen bekijken. Als dat alles was, Navárez, dan –'

'Om eerlijk te zijn...' begon Kira.

'Ja?' vroeg Stahl, op zijn hoede.

Ze haalde diep adem en bereidde zich voor op wat komen ging. 'Je moet weten dat we een Kwal aan boord hebben van de Caracole.'

'Wát?'

Kira hoorde de zware voetstappen van soldaten die naar haar cel renden. 'Alles in orde, overste?' vroeg iemand.

'Ja ja,' zei Stahl geïrriteerd. 'Alles goed. Ingerukt.'

'Ja, overste!' De voetstappen verwijderden zich weer.

Stahl vloekte zachtjes. 'Nou mag je me heel snel gaan uitleggen waarom jullie een Kwal aan boord hebben, Navárez.'

Kira legde het uit.

Toen ze zweeg, vloekte Stahl opnieuw.

'Wat gaan jullie nu doen?' vroeg ze. Als het VMB zich met geweld toegang wilde verschaffen tot de Caracole, kon Gregorovich niet veel uitrichten; in ieder geval niet zonder drastische, suïcidale gevolgen.

'Contact opnemen met het Terrestrisch Bestuur. Dit gaat mijn rang te boven, Navárez.'

Kira hoorde Stahl weglopen, gevolgd door de snelle voetstappen van soldaten, een geluid dat als een golf aanzwol en wegebde, waarna het stil werd.

'Dat dacht ik al,' zei ze tegen zichzelf, met een pervers soort genoegen.

3

Kira keek om zich heen.

De cel was leeg. Geen bed, geen toilet, geen gootsteen, geen afvoer. De muren, de vloer en het plafond waren bedekt met hetzelfde soort groene beplating. Een klein rond lampje aan het plafond was de enige lichtbron. Boven op de muren zag ze roosters zitten; de airconditioning, vermoedde ze.

En dan was zij er nog. De enige bewoner van die vreemde, hoekige gevangenis.

Ze kon ze niet zien, maar ze ging ervan uit dat er camera's waren en dat Stahl of iemand anders haar in de gaten hield.

Laat ze maar kijken, dacht ze.

Kira liet het Zwarte Mes haar gezicht bedekken. Meteen zag ze infrarood en elektromagnetische straling.

Stahl had niet gelogen. De muren lichtten op met blauwe energielussen en tussen de plekken waar de lussen door de muur kwamen, liepen elektrische stroompjes. De stroom leek niet uit de muren zelf te komen, maar uit het rasterwerk waarop de explosieven bevestigd waren, om via een groot aantal stroomdraden naar binnen te worden geleid. Zelfs de vloer glom zachtjes door het opgewekte magnetische veld.

Bij de deur en in de hoeken van het plafond zag Kira verschillende verstoringen in het EM-veld: een hoop kleinere lusjes die door middel van minuscule stroompjes met elkaar in contact stonden. Ze had gelijk. Camera's.

Ze trok het masker terug en ging op de vloer zitten. Er was niets anders wat ze kon doen.

Even leken woede en frustratie haar te veel te worden, maar ze wist zich in te houden. Nee. Ze mocht zich niet opwinden over dingen waaraan ze toch niets kon doen. Niet nu. Wat er ook ging gebeuren, ze zou zichzelf beheersen. De situatie was al ernstig genoeg zonder het nog moeilijker te maken voor haarzelf.

Bovendien, wat had ze anders kunnen doen dan naar Sol gaan? Het aanbod van de Verstrengeling was te belangrijk om via een ander stelsel in de Liga door te geven. Met al dat jammen en vechten was de kans aanzienlijk dat de boodschap niet zou zijn doorgekomen. En dan was er nog Itari. De Kwal vormde een belangrijke link met de Verstrengeling en Kira moest zijn boodschap overbrengen. Ze had de informatie natuurlijk gewoon kunnen vertalen en naar de Liga kunnen doorsturen, maar daarmee zou ze niet aan haar plicht hebben voldaan. Ze was het aan kapitein Akawe verschuldigd de boodschap van de Kwallen persoonlijk over te brengen.

Ze had alleen koste wat kost willen voorkomen dat Falconi en de rest van de bemanning in dit hele zootje verzeild waren geraakt. Dáár voelde ze zich schuldig over. Hopelijk zou het VMB ze niet al te lang vasthouden. Het zou een schrale troost zijn.

Kira haalde een paar keer diep adem om haar hoofd leeg te maken. Toen dat niet lukte, herinnerde ze zich haar lievelingsnummer, 'Tangragia', en begon ze de melodie te neuriën. En toen ze dat nummer zat was, koos ze een ander nummer, en weer een ander.

De tijd verstreek.

Een paar uur later, of zo leek het tenminste, hoorde ze een pantserexo naderen. Het gevaarte stopte bij de deur, waarna er een kleine sleuf werd opengedaan en een metalen hand een dienblad met eten naar binnen schoof.

Ze nam het dienblad aan en de hand trok zich weer terug. De sleuf werd weer dichtgedaan, waarop de marinier zei: 'Bons op de deur als je klaar bent.'

De voetstappen verwijderden zich, maar niet ver.

Kira vroeg zich af hoeveel mariniers de wacht hielden. Alleen deze? Of stond er een heel bataljon buiten?

Ze legde het dienblad op de vloer en ging er in kleermakerszit achter zitten. Ze bekeek de maaltijd. Een papieren bekertje water. Een papieren bord met twee rantsoenrepen, drie gele tomaten, een halve komkommer en een schijf meloen. Geen vork, geen mes, geen zout of peper.

Ze slaakte een zucht. Ze kon geen rantsoenreep meer zien, maar ze gaven haar in elk geval te eten. En het verse spul was een aangename verrassing.

Terwijl ze at, keek ze naar de sleuf in de deur. Daar kon in ieder geval iets door zonder dat de explosieven afgingen. Als ze er een paar vezels doorheen stak, kon ze de energietoevoer aan de buitenkant van haar cel misschien onderbreken…

Nee. Ze ging niet ontsnappen. Niet nu. Als zij of het Zachte Mes de Liga kon helpen, had ze de plicht om te blijven. Ook al waren het een stelletje klootzakken.

Toen ze klaar was met eten, schreeuwde ze een paar keer naar de deur. Zoals beloofd kwam er een marinier om haar bord mee te nemen.

Ze probeerde te ijsberen, maar de muren stonden maar tweeënhalve pas uit elkaar. Ze koos dus maar voor opdrukken, kniebuigingen en de handstand om haar overtollige energie kwijt te raken.

Het licht werd gedimd tot een rood schijnsel. In minder dan een minuut zat ze in het schemerduister.

Ondanks haar voornemen om niet te gaan piekeren of te gaan broeden, en ondanks haar vermoeidheid, lukte het Kira niet om in slaap te vallen. Er was te veel gebeurd die dag om te kunnen ontspannen of langzaam weg te dommelen. Ze bleef maar aan de nachtmerries denken en ze zag gewoon geen uitweg uit de situatie. Het hielp ook niet dat de vloer hard was; zelfs met behulp van het pak kon ze niet lekker liggen.

Ze concentreerde zich op haar ademhaling. Aan al het andere kon ze dan wel niets doen, maar dit had ze in ieder geval nog onder controle. Geleidelijk aan voelde ze haar hartslag trager worden en de spanning uit haar nekspieren stromen. Een aangename koelte verspreidde zich door haar lichaam.

Intussen telde ze de vlakken van haar cel: twaalf in totaal. Een... dodecaeder dus? Ze vermoedde het. In het zwakke rode licht leken de muren bruin en samen met de concave vorm deed dat haar denken aan de binnenkant van de schil van een walnoot.

Ze begon zachtjes te lachen. '... ik kon in een notendop besloten zijn, en mij koning van een onbegrensde ruimte rekenen...' Ze wou dat Gregorovich haar nu kon zien. Hij zou de grap wel kunnen waarderen.

Ze hoopte dat het goed met hem ging. Als hij zich gedroeg, zou het VMB hem alleen een boete geven, met een aantekening in zijn dossier. Scheepsbreinen waren waardevol en zelfs grote vergrijpen werden vaak met de mantel der liefde bedekt. Maar als hij bleef bazelen zoals hij in die gesprekken met haar had gedaan, zou het VMB hem als instabiel aanmerken en zou de Liga hem uit de Caracole halen en hem niet meer laten vliegen. Dan zou hij talloze psychologische tests moeten ondergaan en ze dacht niet dat Gregorovich zin had of in staat was om zijn maniakale kant verborgen te houden. Als hij zichzelf niet –

Ze trok net op de tijd aan de rem. Dat was het soort gedachten dat ze moest zien te vermijden. Ze kon de toekomst niet veranderen. Het draaide nu allemaal om het hier en nu, en niet om wat-als. En nu moest ze in slaap zien te vallen.

Het moest tegen drie uur in de ochtend zijn geweest toen haar brein haar eindelijk toestemming gaf weg te zakken. Ze had gehoopt dat het Zachte Mes haar een andere herinnering zou geven, maar dit keer waren haar dromen ook echt háár dromen.

4

Het licht in de cel werd feller.

Kira opende haar ogen en sprong met bonzend hart overeind, klaar om in actie te komen. Toen ze de muren van haar cel zag en zich herinnerde waar ze was, vloekte ze en gaf ze haar dijbeen een stomp.

Waarom deed de Liga er zo lang over? Het aanbod van Tschetters Kwallen was onverdeeld positief. Waarom dan zo treuzelen?

Ze ging staan. Stof dwarrelde van haar lichaam. Ze keek geschrokken naar de vloer.

Ze zag geen beschadigingen.

Kira slaakte een zucht van verlichting. Als het Zachte Mes zich 's nachts door de beplating had gevreten, zou ze wel wat eerder wakker zijn geworden, met al die explosieven. Gelukkig leek de xeno wel beter te weten. Hij wilde niet dood, net zomin als zij.

'Gedraag je,' mompelde ze.

Ze schrok toen er op de deur werd gebonsd. 'Navárez, we moeten praten,' zei Stahl.

Eindelijk. 'Oké.'

'Ik heb nog wat vragen voor je.'

'Ga je gang.'

Stahl stelde vragen over Tschetter – leek de majoor psychisch in orde, gedroeg ze zich zoals Kira zich herinnerde van de Verzachtende Omstandigheden, enzovoort – en vragen over de Kwallen, over de Zoeker en de Blauwe Staf, en een heleboel vragen over de nachtmerries.

Tot slot zei hij: 'Volgens mij zijn we wel klaar.'

'Wacht,' zei Kira. 'Wat hebben jullie met de Kwal gedaan?'

'De Kwal? Die hebben we in bio-isolatie geplaatst.'

Ineens sloeg de schrik haar om het hart. 'Hij is toch niet... dood?'

De luitenant-kolonel leek zowaar beledigd door de suggestie. 'Natuurlijk niet, Navárez. Je denkt toch niet dat we volstrekt incapabel zijn? Het kostte wat moeite, maar we wisten je... veelarmige vriend ertoe te bewegen om van de Caracole naar Orsted te verhuizen.'

Kira vroeg zich af wat dat 'bewegen' allemaal had ingehouden, maar ze besloot niet door te vragen. 'Wat gaat de Liga nu doen? Met Tschetter en de Verstrengeling?'

'Dat hoef jij niet te weten, Navárez.'

Ze perste haar lippen opeen. 'Het is toch niet meer dan normaal dat ik deel uitmaak van dat gesprek, na alles wat er is gebeurd?'

'Misschien, maar dat is niet aan mij.'

Kira haalde diep adem. 'Kun je me in ieder geval vertellen hoelang ik hier nog moet zitten?' Als de Liga haar naar een VMB-schip zou overplaatsen, zou dat een duidelijk teken zijn dat ze haar in contact wilden brengen met de Verstrengeling, om te praten over een alliantie.

'Om nul-negenhonderd uur stap je op een vrachtschip dat je naar LaCern brengt voor verder onderzoek.'

'Wát?' riep Kira. 'Waarom zou... Maar gaat de Liga dan niet eens práten met de Verstrengeling? Wie gaat er dan voor jullie tolken? Iska? Tschetter?

We weten niet eens of ze nog leeft! Ik ben de enige die daadwerkelijk met ze kan communiceren!'

Stahl zuchtte. Hij klonk ineens erg moe. 'We gaan niet met ze praten, Navárez.' Kira besefte dat hij het protocol doorbrak door haar dit te vertellen.

Een afschuwelijk besef bekroop haar. 'Wat bedoel je?' Ze kon het amper geloven.

'Ik bedoel dat de premier en zijn adviseurs hebben besloten dat de Kwallen een onbetrouwbare gesprekspartner zijn. *Hostis Humani Generis* en zo. Heb je ongetwijfeld wel iets over gehoord. Werd ingesteld voordat je naar 61 Cygni vertrok.'

'Wat gaan ze dan doen?' vroeg Kira, fluisterend bijna.

'Ze hebben al iets gedaan, Navárez. De Zevende Vloot is vandaag onder leiding van admiraal Klein vertrokken om de Kwallenvloot aan te vallen, bij de ster waar Tschetter ons info over heeft gegeven. Een ster van K-klasse op ongeveer anderhalve maand vliegen. Het doel is om de Kwallen te overrompelen, zodat ze geen gevaar meer voor ons vormen.'

'Maar...' Kira zag niet in hoe dat plan ooit goed kon aflopen. Het waren dan wel klootzakken bij het VMB, maar dom waren ze zeker niet. 'Ze zullen de vloot zien aankomen en naar FTL springen nog voordat jullie binnen schootsafstand komen. Onze enige kans is om het leiderschap uit te schakelen voordat –'

'Daar wordt rekening mee gehouden, Navárez,' zei Stahl, weer zo kortaf als altijd. 'We hebben de afgelopen zes maanden niet stilgezeten. De Kwallen mogen dan wel geavanceerdere technologie hebben, wij mensen zijn altijd al goed geweest in improviseren. We hebben manieren om onopgemerkt te blijven en kunnen verhinderen dat ze naar FTL gaan. Niet langdurig, maar lang genoeg.'

'En de Kwallen van Tschetter dan?' vroeg Kira. 'De Verstrengeling?'

Stahl bromde wat. Toen hij weer begon te praten, deed hij dat langzaam, alsof hij op zijn hoede was. 'Een groep jagers is naar het rendez-vous gestuurd.'

'Om...?'

'Om ze uit te schakelen.'

Het voelde alsof iemand haar in de maag had gestompt. Ze was geen fan van de Liga, maar zulke kwaadaardigheid had ze niet van hen verwacht. 'Maar waarom in hemelsnaam, Stahl? Waarom zou –'

'Het is een politieke beslissing. Navárez, en dan kunnen we er weinig meer aan doen. Men heeft besloten dat het in leven houden van hun leiderschap, ook al zijn het rebellen, een te groot gevaar voor de mensheid oplevert. Dit is geen oorlog, Navárez. Dit is totale vernietiging. Zodra we de Kwallen hebben uitgeschakeld, kunnen we ons op de nachtmerries richten.'

'"Men heeft besloten",' zei ze, en ze spuugde de woorden met zo veel mogelijk venijn uit. 'Wie dan precies?'

'De premier zelf.' Na een korte stilte ging hij verder: 'Het spijt me, Navárez. Zo is het nou eenmaal.'

Ze hoorde Stahl weglopen en riep: 'Nou, dan mag de premier in de stront zakken, en jij ook!'

Ze bleef met gebalde vuisten staan en haalde diep adem. Pas toen merkte ze dat het Zachte Mes – zijzelf – bedekt was met spiesen, die nu door haar jumpsuit staken. Ze had zich weer laten meeslepen door haar woede. 'Kut, kut, kut,' foeterde ze, en ze wist niet of ze daarmee zichzelf of de Liga bedoelde.

Enigszins gekalmeerd, maar nog steeds woedend, ging Kira in kleermakerszit op de vloer zitten om over de situatie na te denken. Ze had de indruk dat ook Stahl het niet helemaal eens was met de beslissing van de premier. Dat Stahl haar over de plannen van de Liga had verteld, móést wat te betekenen hebben, ook al wist ze niet precies wat. Misschien wilde hij haar waarschuwen.

Maar het maakte allemaal niet meer uit. Het verraad van de Verstrengeling door de Liga was nu belangrijker dan haar eigen zorgen. Hadden ze eindelijk kans op vrede (met de Kwallen tenminste), moest de premier roet in het eten gooien omdat hij het sowieso niet wilde proberen! Waren de risico's dan zo groot?

Haar woede ging nu gepaard met frustratie. Ze had nooit op de man gestemd – niemand van de kolonisten had dat gedaan – en nu zou hij een eindeloze vete met de Kwallen veroorzaken. De man werd gedreven door angst, niet door hoop. En angst was in dit soort situaties een slechte raadgever.

Hoe heette die vent eigenlijk? Ze wist het niet eens meer. Ze kwamen en gingen bij de Liga.

Kon ze de Verstrengeling waarschuwen? Misschien kon er dan alsnog een of andere alliantie worden gevormd. Kira vroeg zich af of het Zachte Mes misschien contact kon leggen. Maar hoewel het er alle schijn van had dat de xeno signalen kon verzenden, leken die signalen ongericht, zodat het hele melkwegstelsel ze kon opvangen. En het was niet slim om nóg meer Kwallen en nachtmerries naar Sol te lokken.

Als ze op de een of andere manier kon ontsnappen, dan... Ja, wat dan? Kira had het bestand dat Tschetter naar Akawe had gestuurd (en dat de Darmstadt naar de Caracole had doorgezonden) niet ingezien, maar ze wist zeker dat het contactinformatie bevatte: tijden, frequenties, locaties, dat soort werk. Ze betwijfelde echter of de VMB-technici een kopie op de computers van de Caracole hadden achtergelaten, en ze had geen idee of Gregorovich de informatie misschien uit zijn hoofd had geleerd.

Zo niet – en Kira vond het onverantwoordelijk om ergens anders van uit te gaan – dan was Itari haar enige hoop op het waarschuwen van de Verstrengeling. Ze moest niet alleen zichzelf redden, maar ook Itari, waarna ze de Kwal op een schip moest krijgen en met het schip uit het stelsel moest zien te geraken om aan het jammen te ontkomen, en dat terwijl het gehele VMB alles op alles zou zetten om ze tegen te houden…

Een kansloze missie.

Ze kreunde en keek naar het gefacetteerde plafond. Ze voelde zich zo hulpeloos dat het pijn deed. Van al haar kwellingen was dit nog wel de ergste.

Het duurde lang voordat ze haar ontbijt kreeg, maar door haar verkrampte maag kreeg ze amper een hap door haar keel. Nadat het dienblad was ingenomen ging ze in het midden van haar cel zitten om te mediteren en te bedenken wat ze kon doen.

Had ik mijn concertina maar. Muziek maken hielp haar altijd te concentreren.

5

Die dag kwam er niemand meer bij haar langs. Kira bleef boos en gefrustreerd, maar verveling haalde de scherpe randjes eraf. Zonder haar overlays kon ze voor haar ontspanning alleen maar terugvallen op haar eigen gedachten, maar haar gedachten waren op het moment verre van rustgevend.

Uiteindelijk deed ze wat ze steeds had gedaan op die lange FTL-reizen sinds haar vertrek uit Sigma Draconis: wegdommelen, zichzelf overgeven aan die sluimertoestand waarin het Zachte Mes zijn krachten kon sparen en tegelijkertijd alert bleef op onverwachte gebeurtenissen.

En zo kwam ze de dag door, enkel gestoord door een marinier die een smakeloze lunch en een nog smakelozere avondmaaltijd kwam brengen.

Het licht werd weer rood, waarop haar sluimer overging in diepe slaap.

6

De vloer trilde.

Kira schrok wakker en herinneringen aan de Verzachtende Omstandigheden schoten door haar hoofd. Was het twaalf uur 's nachts of drie uur in de ochtend? Ze had geen enkele manier om het te controleren, maar ze had zo lang op haar zij gelegen dat haar heup beurs was geworden en haar arm sliep.

Nog een trilling, sterker dan de eerste, en dit keer voelde ze ook hetzelfde vreemde achtbaangevoel dat ze in de maglev had ervaren. Ze werd duizelig en drukte haar handen op de vloer om haar evenwicht te bewaren.

De adrenaline verjoeg het laatste beetje slaap. Er was maar één verklaring mogelijk: de hele woonring was heen en weer aan het schudden. *Shit.* Dat was niet goed. Verre van goed zelfs. Kwallen of nachtmerries. Iemand had de aanval op Orsted geopend.

De cel schudde nu op zijn grondvesten en het licht begon te flikkeren. Ergens in de verte hoorde ze een klap. Een explosie misschien?

Ze keek in een van de camera's. 'Hé, wat gebeurt er?' Niemand gaf antwoord.

Kira schoot in overlevingsmodus. Het station werd aangevallen. Was ze veilig hier? Dat hing af van de energiebron van de cel, aangenomen dat ze niet werd geraakt door een raket of laser. Als de cel aan de hoofdreactor was gekoppeld en de reactor werd uitgeschakeld, konden de explosieven rondom haar cel afgaan.

Hetzelfde kon gebeuren bij een grote stroompiek. Als de cel aan een accu was verbonden, dan was ze misschien veilig. Maar het was een gok. Een grote gok.

BAM!

Ze krabbelde overeind terwijl haar cel schudde. Het licht flikkerde opnieuw, langer nog dan eerst, en de angst sloeg haar om het hart. Even was ze ervan overtuigd dat ze er was geweest, maar… het universum bleef bestaan. Zíj bleef bestaan.

Kira rechtte de rug en keek naar de deur.

Fuck het VMB, en fuck de Liga. Het was tijd om te gaan.

III

* * * * * * *

DE ONTSNAPPING

1

Kira liep vastberaden naar de deur van haar cel.

Ze had maar twee opties. Een manier zien te vinden om de mijnen onschadelijk te maken of de stroom omleiden, zodat ze door de deur kon breken zonder te eindigen als een witheet klompje gesmolten materie.

De vloer begon te schudden. Wat ze ook van plan was, het moest snel gebeuren.

Onschadelijk maken was veiliger, maar ze had geen flauw idee hoe. Zelfs als ze al een paar voelsprieten door de sleuf in de deur wist te krijgen, kon ze niet zien wat ze deed. Als ze op de tast zou gaan lopen prutsen, zou ze de boel kunnen laten afgaan.

Goed, ze moest de stroom dus zien om te leiden. Ze wist dat de xeno haar beschermde tegen elektrische schokken, wat betekende dat de stroom om haar lichaam werd geleid. In theorie moest ze dus draden of zoiets kunnen vormen om te voorkomen dat de stroom onderbroken werd als ze de deur opendeed, toch? Zo niet, dan was ze er geweest.

Het licht flikkerde. Als ze niets deed, was ze er sowieso geweest.

Ze bedekte haar gezicht met het pak en bestudeerde het EM-veld buiten de cel. Een half dozijn lussen liep door de deur. Dat waren de lussen die ze moest zien om te leiden.

Kira nam de tijd om de situatie zo goed mogelijk in zich op te nemen. Belangrijker nog: ze probeerde haar intenties op het Zachte Mes over te dragen, evenals de gevolgen van falen. Zoals Alan zou zeggen: 'Dan gaat het van boem.'

'Geen boem,' mompelde Kira. 'Dit keer niet.'

Ze liet het Zachte Mes los om het zijn ding te laten doen.

Uit haar borst groeiden verschillende zwarte draden die langer en langer werden totdat ze aan beide kanten van de deur de plekken raakten waar de EM-lussen ontstonden. Daarna liet ze de draden over de deur kruipen om de contactpunten met de juiste partner te verbinden.

Ze voelde hoe de xeno tot in de muren doordrong en zich met atomaire precisie een weg zocht door de panelen, zoekend naar de stroomdraden.

De cel schudde nu zo hevig dat ze haar best moest doen om niet om te vallen.

Nog maar een paar microns verder en… hebbes! De gloeiende, blauwwitte stroompjes sprongen over op de draden van het Zachte Mes. Ook de ijle EM-lussen versprongen en pasten zich aan aan de nieuwe energietoestand.

Kira bleef stokstijf staan en wachtte op de onvermijdelijke explosie. Toen die niet kwam, haalde ze opgelucht adem.

Blijf, droeg ze het Zachte Mes op, waarop ze haar hand tussen de lussen door stak. Ze drukte haar vingers tegen het vergrendelingsmechanisme van de deur en dwong het pak naar binnen, in de deur. Het metaal knarste en er klonk een plakkerig, scheurend geluid toen deur langzaam openging.

Door de kier hoorde ze het gejank van een sirene.

Kira duwde de deur voorzichtig open, alsof ze een slapende stegotijger moest aaien.

De deur zwaaide open. Hij piepte, maar hij gíng open.

Ze kon een lach amper onderdrukken. Geen boem.

Kira stapte naar voren. De EM-lussen krulden zich om haar heen terwijl ze door de deuropening liep en hoewel de stroompjes meebogen, braken ze niet.

Vrijheid!

Het binnenplein was in een helse disco veranderd. De noodverlichting kleurde de muren rood en op de vloer en het plafond lichtten gele pijlen op. De pijlen wezen rotatiewaarts en ze wist dat ze haar uiteindelijk naar de dichtstbijzijnde schuilbunker zouden leiden.

En nu?

'Staan blijven!' riep een mannenstem. 'Handen op je achterhoofd!'

Kira draaide zich om en zag bij een pilaar twee mariniers staan, op een afstand van zo'n tien meter. De een had een blaster, de ander een slugthrower. Een viertal drones schoot achter hen de lucht in om boven hun hoofden te blijven hangen.

'Je hebt vijf seconden om te doen wat ik zeg, of er wordt geschoten!' riep de marinier met de blaster.

Kira stak haar handen in de lucht en deed een stap naar voren. Twee dunne draden verbonden haar nog met de stroomlus die het pak bij de deur had gecreëerd.

De mariniers zetten zich schrap. Het gezoem van de drones nam toe toen ze zich verspreidden en in een wijde cirkel om Kira heen begonnen te vliegen.

Ze nam nog een stap.

BAM!

Een goudkleurig projectiel sloeg vlak voor haar voeten in en ze voelde een stekende pijn in haar linkerscheenbeen, waar ze geraakt was door een scherf.

'Ik meen het, dame! De volgende is raak! Op de vloer, nu! Dit is je laatste –'

'Ik zou geen stomme dingen doen, marinier,' zei ze bits. 'Je gaat me niet neerschieten. Wat denk je dat Stahl daarvan zal vinden? Het VMB heeft flink wat verliezen geleden om me hier levend te krijgen.'

'Kan me niet verrotten. We hebben bevel gekregen je koste wat kost tegen te houden als je zou ontsnappen. Dus op de vloer, nu!'

'Oké, oké.'

Kira deed het sommetje in haar hoofd. Ze stond nu op ongeveer anderhalve meter van de celdeur. Hopelijk was dat genoeg…

Ze boog voorover, alsof ze wilde knielen, en liet zich toen voorovervallen in een koprol. Tegelijkertijd trok ze de draden van de xeno los van de celdeur.

Een fel wit licht benam haar alle zicht en de daverende klap die volgde deed haar kiezen trillen.

2

Als ze het pak niet had gedragen, zou de drukgolf Kira tientallen meters weg hebben geworpen. Maar de xeno hield haar stevig verankerd aan de vloer, als een mossel in een tsunami. Ze voelde een verzengende hitte over zich heen komen, een hitte waartegen zelfs het Zachte Mes haar niet helemaal kon beschermen.

Toen voelde ze koelere lucht en begon ze weer te zien.

De explosie had een gat van enkele meters doorsnee geslagen: een krater vol gemangelde vloerplaten, kabels, leidingen en ondefinieerbare machineonderdelen. In het midden van de krater lag een misvormde, deels gesmolten bal van metaal en composiet: de restanten van haar cel.

De vloer en het plafond rondom het epicentrum van de explosie waren aan stukken gereten door scherven. Een scherp stuk van een van de mijnen had zichzelf op slechts een paar centimeter van haar hoofd in de vloer geboord.

Kira had niet verwacht dat de explosie zo hevig zou zijn. Het VMB wilde blijkbaar koste wat kost voorkomen dat het Zachte Mes zou ontsnappen. De mijnen waren niet enkel bedoeld geweest om haar te doden, maar om haar compleet weg te vagen.

Ze moest Itari zien te vinden.

Pas toen zag ze de twee mariniers liggen. Een van hen zwaaide doelloos met zijn armen, alsof hij niet precies wist wat boven of onder was. De ander was erin geslaagd half op te krabbelen en kroop nu op handen en voeten naar zijn blaster.

Drie drones lagen kapot op de vloer. De vierde hing scheef in de lucht en maakte een jankend geluid terwijl de rotorbladen langzaam tot stilstand kwamen.

Ze holde naar de marinier die op weg was naar zijn blaster. Ze duwde hem met haar voet plat op de vloer en voordat hij iets kon doen, stak ze het Zachte Mes tussen de scharnierpunten van zijn pantserexo en sneed ze de stroomkabels door, zodat hij zich niet langer kon bewegen. De exo was loeizwaar, maar ze slaagde erin hem op zijn rug te duwen en zijn gezichtspantser los te rukken.

'... geef antwoord, verdomme!' riep de man. Toen zweeg hij en staarde haar aan met angst vermomd als woede. Hij had groene ogen en leek net zo jong als Trig, hoewel dat op zichzelf niet veel zei.

Het comm-systeem werkte dus niet. Dat was in haar voordeel. Toch aarzelde Kira. Ontsnappen uit de cel was een instinctieve beslissing geweest, maar nu werd ze zich bewust van de ernst van de situatie. Ze kon zich onmogelijk verstoppen op een ruimtestation. Ze kon de camera's niet ontlopen. Het VMB zou haar stap voor stap kunnen volgen. En hoewel het comm-systeem het niet deed, zou de marinier precies weten waar ze naartoe ging als ze naar Itari vroeg.

De marinier merkte haar aarzeling op. 'Nou?' zei hij snerend. 'Waar wacht je nog op? Doe het gewoon.'

Hij denkt dat ik hem wil afmaken. Alleen de gedachte al kwam op Kira zo onrechtvaardig over dat ze zich meteen wilde verdedigen.

Het station kantelde en in de verte begon een andere sirene te loeien: drukverlies.

'Hou je kop. Ik probeer je juist te helpen.'

'Tuurlijk.'

'Luister naar me. We worden aangevallen. Misschien zijn het de nachtmerries, of de Kwallen. Maakt niet uit. Als ze ons opblazen, is het einde verhaal. Game over. Begrepen?'

'Bullshit,' zei de marinier, en ze voelde druppeltjes spuug op haar gezicht. 'Admiraal Klein is net vertrokken met de Zevende om die klootzakken terug naar het stenen tijdperk te bombarderen. Ze krijgen hun verdiende loon.'

'Je begrijpt het niet, marinier. De Kwal die met me mee is gekomen op de Caracole, die jullie nu hebben opgesloten, wilde vrede sluiten. Vréde! Als hij nu doodgaat, wat denk je dat de andere Kwallen dan gaan doen? En wat zou de premier daarvan vinden?' Kira zag twijfel in de blik van de marinier. 'Als die Kwal eraan gaat, maakt het geen bal meer uit wat de Zevende Vloot gaat doen. Hoelang denk je dan dat dit station het gaat uithouden?'

Alsof Orsted haar vraag kracht wilde bijzetten, kantelde het nog wat meer.

Kira voelde haar maaginhoud omhoogkomen en slikte. 'We móéten die Kwal hier weg zien te krijgen.'

De marinier keek haar argwanend aan, maar toen schudde hij zijn hoofd en trok een gepijnigd gezicht. 'Verdomme. Bio-isolatie. Ze hebben hem naar Bio-isolatie gebracht.'

'Waar is da–'

'Op dit dek. Tegenrotatiewaarts. In de hydrocultuursectie.'

'En de bemanning van de Caracole?'

'In het cellenblok. In dezelfde sectie.'

Kira gaf hem een duw en kwam overeind. 'Oké. Je hebt de juiste keus gemaakt.'

Hij spuugde op de vloer. 'Als je ons verraadt, kom ik je persoonlijk van kant maken.'

'Ik verwacht niet anders,' zei ze. Het zou hem ten minste een half uur kosten om zichzelf uit die pantserexo te wurmen. Hij vormde geen bedreiging meer. Maar die andere marinier kwam ook weer bij zinnen. Ze liep op hem af, greep zijn helm beet, rukte de plaat op zijn rug los en trok het koelsysteem uit de exo. De exo schakelde zichzelf meteen uit om oververhitting te voorkomen.

Knappe jongen die haar nu nog kon volgen!

Kira zette het op een lopen en rende tegen de richting van de gele pijlen in. *Camouflage*, droeg ze het Zachte Mes op. Ze voelde een zijdezachte tinteling op haar huid en ineens kon ze door zichzelf heen kijken, alsof haar lichaam in glas was veranderd.

Thermische camera's zouden haar nog wel oppikken, maar ze betwijfelde of de binnencamera's van het ruimtestation het gehele spectrum bestreken. Hoe dan ook, het zou lastiger zijn voor het VMB om haar te zien. Hoelang zou het duren voordat er soldaten aankwamen op de plek van de explosie? Niet lang, vermoedde ze. Zeker niet lang, ook al werd Orsted aangevallen.

Rond het binnenplein liep een lange, lege gang. Mensen hadden zich verstopt, verleenden noodhulp of waren in gevecht verwikkeld met de aanvallers. Kira vond het best. Ze wilde niet vechten met de mariniers. Ze stonden immers aan dezelfde kant, of zouden aan dezelfde kant moeten staan.

Ze rende de gang door en vermeed de loopbanden; te voet was ze sneller. Ze hield de borden op de muren zorgvuldig in de gaten om de hydrocultuursectie te vinden. De meeste mensen gebruikten hun overlays om hun weg te vinden, maar volgens de voorschriften moest elk ruimtestation over duidelijke bewegwijzering beschikken, in geval van nood.

En dit mogen we wel een noodgeval noemen. Voorschriften of geen voorschriften, de borden die ze zag, waren klein en moeilijk leesbaar, zodat ze steeds haar pas moest inhouden om ze te kunnen ontcijferen.

Bij een kruising van gangen passeerde ze een fontein waarin een waterstroom de dubbele lus van een lemniscaat volgde. Het was iets onbeduidends, maar het intrigeerde Kira. Altijd als ze het corioliseffect in werking zag, snapte ze niet meer hoe zwaartekracht werkte of hoe het eruit zou moeten zien. Misschien had ze het heel normaal gevonden als ze in een woonring had gewoond, en vooral in zo'n kleine als die van Orsted.

Na iets van een halve kilometer te hebben gelopen begon ze zich af te vragen of de marinier had gelogen en of ze misschien moest teruggaan, maar toen zag ze bij de volgende kruising een bordje met twee vage groene regels tekst.

De bovenste regel luidde: HYDROCULTUURSECTIE 7G

De onderste luidde: CELLENBLOK 42 G.

Aan de andere kant van de gang zag ze nog een ander bordje: BIO-ISOLATIE & ONTSMETTING 7G. In die gang zag Kira wat eruitzag als een checkpoint: een gesloten, verstevigde deur met een tweetal schermen. Aan weerszijden van de deur stonden mariniers in pantserexo. Zelfs nu het station werd aangevallen, hadden ze hun post niet verlaten. Het zou Kira niet hebben verbaasd als er aan de andere kant nog meer mariniers op wacht stonden.

Ze schatte haar kansen in. Ze kon deze mariniers dicht genoeg naderen om hun exo's uit te schakelen, maar de mariniers achter de deur zouden dan gewaarschuwd zijn. En zodra ze Itari had bevrijd, zou iedereen bij het VMB weten waar ze was.

Shit. Als ze de mariniers zou aanvallen, was de uitkomst hoogst onzeker. Dan kon het binnen korte tijd gierend uit de klauwen lopen, en dan… dan zouden er een hoop doden kunnen vallen.

Ze voelde de vloer trillen. Wat ze ook van plan was, het moest nu gebeuren. Langer wachten en het hele ruimtestation kon op hol slaan.

Ze vloekte binnensmonds en draaide zich om. Ze had hulp nodig. Als ze de bemanning van de Caracole kon bevrijden, zouden zij haar kunnen helpen. Samen konden ze dan Itari bevrijden. Misschien.

Kira's hart bonsde in haar keel toen ze de gang naar het cellenblok in schoot. Als de cellen even goed waren beveiligd als Bio-isolatie, had ze een probleem. De aandrang om los te gaan met het Zachte Mes was sterk, maar Kira had wat dat betreft haar lesje wel geleerd. Ze zou niet weer diezelfde fout maken die tot het creëren van de nachtmerries had geleid. Dan zou het hele melkwegstelsel ten dode zijn opgeschreven.

Bordjes op de muur leidden haar door de diverse gangen.

Na de laatste hoek te zijn omgeslagen zag ze twee mensen – een man en een vrouw – geknield naast een luchtdichte deur. Ze hadden een paneel opengepeuterd en rommelden in het binnenste, terwijl een bleek elektriciteitsschijnsel hun gezichten verlichtte. Ze droegen hemd noch broek; enkel vaalgrijze shorts. Hun huid was spookachtig wit en hun gezichten waren bedekt met glinsterende blauwe tatoeages. De lijnen vormden een schakelpatroon dat Kira deed denken aan de vormen die ze gezien had in de wieg van het Zachte Mes op Adrasteia.

Vanwege het gebrek aan kleren duurde het even voordat ze de twee herkende: het waren de entropisten, Veera en Jorrus.

Ze was nog steeds onzichtbaar en stond te veraf om gehoord te worden, maar op de een of andere manier wisten de entropisten dat ze er was. Ze keken geen moment op van hun werk. 'Ah, Gevangene Navárez –'

'... fijn dat je er bent. We –'

'... hoopten al zoiets.'

De entropisten trokken aan iets in de muur. De luchtdichte deur zwaaide open.

Falconi stapte uit zijn cel. 'Dat werd tijd,' bromde hij.

3

Kira maakte zichzelf weer zichtbaar. 'Ah, daar ben je,' zei Falconi. 'Ik was al bang dat we naar je op zoek moesten.'

'Echt niet,' zei ze.

De entropisten waren al bezig met de volgende deur.

'Hadden ze jou ook opgesloten?' vroeg Falconi.

'Wat denk je zelf?'

'En ik neem aan dat je niet zonder enige ruchtbaarheid hebt weten te ontsnappen?'

'Klopt.'

Hij klemde zijn kaken op elkaar. 'Shit. Dan moeten we snel wegwezen hier.'

'Hoe zijn jullie ontsnapt?' vroeg ze aan Veera en Jorrus.

Veera lachte. Het klonk als een nerveus giecheltje. 'Ze nemen altijd onze gewaden af en denken –'

'... dat dat genoeg is. Maar we zijn méér dan onze gewaden, Gevangene.'

'Gelukkig maar voor ons,' bromde Falconi. 'Enig idee wie ons aanvalt?' vroeg hij aan Kira.

Ze wilde al nee zeggen, maar bedacht zich. De drang die ze voelde als er Kwallenschepen in de buurt waren, was nu geheel afwezig. Wat betekende... 'Reken maar op nachtmerries,' zei ze.

'Fantastisch. Nog meer reden om hem zo snel mogelijk te smeren. Zal ook niet opvallen in de chaos.'

'Weet je dat zeker?' vroeg Kira.

Falconi begreep meteen waar ze het over had. Als ze zouden ontsnappen, zou hun gratie niets meer waard zijn, en in tegenstelling tot de autoriteiten van Ruslan zou het VMB de achtervolging niet staken bij de grenzen van het stelsel. De bemanning van de Caracole zou vogelvrij zijn in de gekoloniseerde ruimte, met uitzondering van Shin-Zar en de andere vrijstaatjes aan de randen van de Liga.

'Absoluut,' zei hij, en Kira voelde de warme gloed van kameraadschap. Ze stond in ieder geval niet alleen. 'Veera, Jorrus, hebben we al contact weten te leggen met Gregorovich?'

De entropisten schudden hun hoofd. Ze waren nog altijd aan het prutsen met de kabels van de volgende deur. 'Onze toegang tot het systeem van het ruimtestation is beperkt en –'

'... we hebben geen zender die sterk genoeg is om door alle muren de Caracole te bereiken.'

'Shit,' zei Falconi.

'Waar zijn de bewakers trouwens?' Ze had verwacht een heel peloton mariniers aan te treffen in het cellenblok.

Falconi knikte naar de entropisten. 'Weet ik niet. Die twee daar hebben de camera's gehackt om ons wat tijd te gunnen. Over iets van vijf minuten krijgen ze ons weer in beeld.'

Veera stak een vinger omhoog zonder haar blik af te wenden van waar ze mee bezig was. 'Misschien kunnen we de sensoren van het station –'

'... voor de gek houden, zodat we wat meer tijd krijgen,' zei Jorrus.

'Zie maar wat jullie kunnen doen,' zei Falconi. 'Maar hebben jullie die verdomde deur nou al open?'

'We zijn bezig, kapitein,' zeiden ze unisono.

'Laat mij maar,' zei Kira. Ze stak haar rechterarm uit en liet het Zachte Mes messen en spiesen vormen op haar replicahand.

'Pas op,' zei Falconi. 'Er kunnen druksensoren of stroomkabels door de wand lopen.'

'Dat zou geen –'

'... probleem moeten zijn,' zeiden de entropisten, en ze deden een stap opzij.

Kira stapte naar voren, blij dat ze eindelijk wat kon doen. Ze drukte haar vuist tegen het metaal en probeerde het Zachte Mes zo goed mogelijk te sturen. De vezels verspreidden zich over en in de wand, op zoek naar het mechanisme dat de deur gesloten hield. Ze trok, waarop de vergrendeling het begaf en de deur openschoof.

Achter de deur was een kleine cel. Sparrow stond voor haar brits, klaar voor de aanval. 'Thule,' zei ze toen ze Kira zag. 'Ik ben blij dat jij aan onze kant staat.'

Falconi knipte met zijn vingers. 'Omgevingscontrole, nu.'

'Ja, kapitein.' De vrouw verliet de cel, holde de gang door en keek voorzichtig de hoek om.

'Daar,' zei Falconi, en hij wees naar een andere deur. Kira liep eropaf en opende hem op dezelfde manier als eerst. Hwa-jung verrees van haar brits. 'Gaan we vechten?' zei ze met een grijns.

'We gaan vechten.'

'Deze nu!' zei Falconi.

Deze deur gaf toegang tot Nielsens cel. De eerste officier knikte naar Kira en ging naast Falconi staan.

In de laatste cel zat Vishal. De scheepsarts zag er wat verfomfaaid uit, maar hij glimlachte en zei: 'Mevrouw Navárez, wat een aangename verrassing!' Pas toen hij Nielsen en de anderen zag, leek hij werkelijk opgelucht.

Falconi richtte zich tot de entropisten. 'Hebben jullie hem al gevonden?'

De stilte die volgde, was ondraaglijk.

'We weten het niet zeker, maar het lijkt erop dat –'

'... ze Trig in stase hebben achtergalaten op de Caracole.'

'Falconi,' zei Kira zachtjes. 'We moeten de Kwal ook bevrijden. Als we hem hier achterlaten, verspelen we onze laatste kans op vrede.'

Zijn staalblauwe ogen keken haar onderzoekend en emotieloos aan, hoewel ze wist dat hij, net als zij, bezorgd was. Zo bezorgd zelfs dat er geen plaats meer was voor paniek.

'Zeker weten?' vroeg hij, doodernstig.

'Zeker weten.'

Ze merkte dat hij een knop had omgezet. Zijn blik kreeg iets kils en hards. 'Sparrow?'

'Kapitein?'

'We moeten een Kwal zien te bevrijden en op de een of andere manier van deze schroothoop af zien te komen. Suggesties?'

Even wilde Sparrow bezwaar maken, maar toen leek ze, net als Falconi, haar bedenkingen opzij te zetten om zich op het huidige probleem te kunnen concentreren.

'We kunnen proberen de stroom naar Bio-isolatie af te snijden,' zei Nielsen.

Sparrow schudde haar hoofd. 'Werkt niet. Bio-isolatie heeft altijd een secundaire stroomvoorziening.' Ze knielde en trok de rechterpijp van haar broek omhoog. Ze kneep in haar scheenbeen en tot Kira's afschuw trok ze huid los en verwijderde ze de voorkant van het bot. In het bot bleek een kleine ruimte te zijn vrijgemaakt. 'Voorbereiding is alles,' zei ze toen ze Kira's blik zag.

Uit de lugubere verbergplaats trok ze een smal, rank mes van een of ander glasachtig materiaal, een zwart gaas dat ze als handschoenen over haar handen trok en drie kleine knikkers van een zacht, vlezig materiaal.

'Op een dag moet je dat eens uitleggen,' zei Falconi.

'Op een dag,' zei de kortgeknipte vrouw. Ze plaatste het luikje van bot en huid terug en kwam overeind. 'Maar niet nu.' Ze wendde zich tot Kira. 'Wat heb je precies gezien bij Bio-isolatie?' Kira beschreef de checkpoint en de twee mariniers die op wacht stonden. Er verscheen een flauwe glimlach op Sparrows gezicht. 'Goed, dit is wat we gaan doen.' Ze knipte met haar vingers en wenkte naar Veera. 'Jij. Entropist. Als ik het signaal geef, wil ik dat je naar een plek loopt waar de mariniers je kunnen zien.'

'Is dat wel –'

'Geen vragen nu. Kira kan –'

'Ik kan mezelf camoufleren,' zei ze snel, en ze legde het uit.

Sparrow knikte. 'Dat maakt het al makkelijker. Ik zorg wel voor de twee mariniers die op wacht staan. Als er versterking komt, kom jij in actie. Begrepen?'

'Begrepen.'

'Oké dan. *Let's go*.'

4

Kira maakte zichzelf onzichtbaar nadat ze zich samen met Sparrow had opgesteld bij de kruising met de centrale gang.

'Leuk trucje,' fluisterde Sparrow.

Ze zagen Veera langslopen, op weg naar Bio-isolatie. Zonder haar gewaden bleek de entropist aardig voluptueus te zijn, wat nog benadrukt werd door de tatoeages op haar bleke huid. Ze vormde een nogal opmerkelijke verschijning, maar dat was ook de bedoeling, bedacht Kira.

'Nu,' zei Sparrow. Ze kwam in beweging en schoot de gang in, nog uit het zicht van de mariniers.

Kira liep de andere kant op, zodat ze zich nu aan weerszijden van Veera bevonden, die doorliep naar Bio-isolatie.

Pas toen ze bijna bij de deur was, werd ze opgemerkt door de mariniers. Kira hoorde de zware voetstappen toen ze zich in hun zware pantser omdraaiden, en de stem van iemand die overduidelijk in verwarring was: 'Hé, jij daar! Wat doe –'

Hij kreeg de kans niet zijn zin af te maken. Sparrow sprong tevoorschijn en gooide de vlezige knikkers naar de mariniers. Het geluid van lasers klonk toen de exo's de knikkers uit de lucht schoten.

Een grote fout.

De knikkers spatten met een flits uiteen in een dikke rookwolk. Met het zicht van het Zachte Mes zag Kira ineens de paarse lijnen van EM-velden. Wat gebeurde er?

Sparrow aarzelde geen moment en sprong de rook in. Er klonk een metallisch geknars, gevolgd door twee enorme dreunen. De exo's waren omgevallen en konden zich niet meer bewegen.

Kira volgde Sparrow op de voet. Ze schakelde over op infrarood en zag de deur naar Bio-isolatie opengaan. Een derde marinier in pantserexo stapte naar buiten, blasters in de aanslag. Achter hem zag ze nog drie mariniers, die dekking zochten achter bureaus.

Zelfs met alle sensoren van zijn militaire exo zag de marinier in de deuropening haar niet dichterbij komen. Ze vloog tegen het pantser op en stuurde een honderdtal vezels van het Zachte Mes het binnenste van het apparaat in. Het kostte haar maar een halve tel om de kwetsbare onderdelen te vinden en de exo uit te schakelen.

Het pantser van de marinier liep vast en viel naar voren. Kira trok het gevaarte zijwaarts, sprong door de deuropening en maakte een koprol. Geen van de mariniers kon haar exacte locatie bepalen, maar dat weerhield hen er niet van in het wilde weg te schieten in de richting van waar ze haar aanwezigheid vermoedden.

Te langzaam. Een laserstraal brandde een gat in de stoel naast haar, maar Kira was alweer in beweging. Ze wierp haar vezels uit, zoekend naar de mariniers.

Niet doden, droeg ze het Zachte Mes op, in de hoop dat het zou luisteren.

Een paar tellen later lagen alle mariniers op de vloer. De zware pantsers hadden tafels en planken vernield en zelfs een deuk in de vloer geslagen.

'Zijn dat ze allemaal?' vroeg Sparrow, die door de deuropening naar binnen keek.

Kira maakte zichzelf weer zichtbaar en knikte. Aan de andere kant van de kamer was een tweede deur, die toegang bood tot een indrukwekkend grote decontaminatieruimte. Achter die ruimte zag ze een deur die toegang bood tot de isoleercel van Itari, vermoedde ze.

'Geef me dekking,' zei ze.

'Doen we.'

Ze had misschien de toegangscode uit de mariniers kunnen peuteren, maar Kira had geen tijd meer te verliezen. Ze strekte haar armen uit om het Zachte Mes de luchtdichte deur te laten ontmantelen.

Door het raampje zag ze Itari al zitten. De Kwal had zijn tentakels onder zijn lichaam gevouwen, als een dode spin.

Ze waren in ieder geval op de juiste plek, bedacht Kira opgelucht.

Ze drukte haar handen tegen de deur, waarop het Zachte Mes naar het vergrendelingsmechanisme begon te zoeken. Ze trok.

Klang. Het slot brak en door met de xeno te duwen en te sjorren wist Kira de deur open te rollen.

De Kwal ontvouwde zijn tentakels en verspreidde een vragende geur. [[Itari hier: Idealis?]]

[[Kira hier: Als je echt vrede wilt, moeten we weg hier.]]

[[Itari hier: Zijn deze tweevormen onze vijanden?]]

[[Kira hier: Ja, maar ze weten niet beter. Dood ze niet, alsjeblieft. Maar laat ze jou ook niet doden.]]

[[Itari hier: Zoals u wenst, Idealis.]]

Kira verliet de isoleercel om zich weer bij de anderen te voegen. Ze hoorde het ritselende geluid van tentakels: Itari volgde haar.

'Gelukt?' vroeg Falconi toen ze met Sparrow en Itari uit de rook tevoorschijn kwam. Veera had ergens een jack opgeduikeld en was die juist aan het aantrekken om haar naaktheid te verbergen.

'Yep,' zei Sparrow. 'Tieten. Werkt altijd. Trekken altijd de aandacht.'

'Laten we wegwezen hier,' zei Kira.

Er klonk een laag gerommel uit het ruimtestation. 'Mijn hemeltje, ja, heel graag,' zei Vishal.

'Veera, Jorrus?' vroeg Falconi.

'Ja, kapitein?'

'Nog steeds geen bericht van Gregorovich?'

'Nee, kapitein.'

'Zijn ze aan het jammen?'

'Nee. Ze hebben hem geïsoleerd.'

'Dan zal-ie zeker geen goed humeur hebben,' zei Hwa-jung.

'Mooi. Daar kunnen we dan gebruik van maken,' zei Falconi. Hij gebaarde naar iedereen om dichterbij te komen. 'Dit is wat we doen. We nemen de hoofdgang van het station. Als we iemand zien, duikt iedereen naar rechts om dekking te zoeken. Zorg ervoor dat ze je niet te pakken krijgen, want dan kunnen ze je als gijzelaar gebruiken. Kira, het is aan jou om ze uit te schakelen. Wij hebben geen wapens.'

'Spreek voor jezelf,' zei Sparrow, en ze toonde haar rechterhand. De glasachtige dolk schitterde tussen haar vingers.

Kira gebaarde naar de uitgeschakelde mariniers. 'En die van hen dan?'

'Nutteloos,' zei Falconi. 'Vergrendeld. Niet-militairen kunnen geen VMB-wapens gebruiken. Niet zonder de juiste autorisatie. Maar genoeg geluld. We moeten –'

Alle deuren rondom hen sloten zich met een luide 'klang'. Alleen de deur in de gang waar Kira uit was gekomen, bleef open. Uit die richting hoorde ze nu het gestamp van naderende exo's, waarop een twintigtal mariniers in beeld verscheen, met blasters, railguns en mitrailleurgeschut. Boven hun hoofden zwermden wespachtige drones.

'Staan blijven!' riep een versterkte stem.

5

Kira en de anderen, inclusief Itari, doken weer de gang naar Bio-isolatie in en verborgen zich aan weerskanten van de deuropening.

De stem klonk opnieuw. 'Navárez, we weten dat je de Kwal wilt bevrijden. Marinier Larrett heeft ons alles verteld.'

Larrett was ongetwijfeld de marinier die ze op het binnenplein had ondervraagd. 'Klootzak,' mompelde ze.

'We zijn de lul. Tenzij iemand nog een goed idee heeft,' zei Falconi met een gezicht als een oorwurm.

De stem van Stahl klonk uit de speakers in het plafond. Het volume was luid genoeg om boven de sirenes uit te komen. 'Kira, dit wil je niet doen. Met vechten schieten we niks op, en jij al helemaal niet. Geef je over, zeg tegen de Kwal dat hij terug moet naar zijn cel, en dan hoeft niemand –'

De vloer schokte en kantelde onder hun voeten.

Kira aarzelde geen moment. Ze moest iets doen.

Ze sprong de gang in en liet enkele tientallen tentakels uit haar borst en benen groeien. Ze schoten naar voren en naar beneden en doorboorden de vloer.

Niet de controle verliezen nu. Niet –

Haar hoofd explodeerde zowat toen een kogel haar hoofd schampte en ze voelde een reeks harde stoten tegen haar borstbeen. Met haar tentakels rukte ze grote stukken van de vloer los. Ze liet het Zachte Mes de vloerdelen op elkaar stapelen in de vorm van een hoog, puntig schild.

Het nijdige 'BZZT!' van laservuur galmde door de gang. In het schild verschenen vingerdikke, smeulende gaten die aan de randen gesmolten metaal lekten.

Kira deed een stap naar voren en het schild bewoog met haar mee. Met elke stap reikte ze verder met het pak en kon ze extra vloerdelen losrukken, om haar schild groter en dikker te maken.

'Volg me!' riep ze, waarop de bemanning en de Kwal in beweging kwamen.

'Op de voet!' zei Falconi.

Kogels vlogen over hun hoofd. Een explosie deed het schild trillen en Kira voelde de impact door haar hele lichaam.

'Granaat!' riep Sparrow.

[[Itari hier: Kan ik helpen, Idealis?]]

[[Kira hier: Dood alleen als het niet anders kan, en blijf achter me.]]

Boven de rand van het schild verscheen een tweetal drones. Kira doorboorde ze met twee snelle uithalen en bleef lopen. De vloer was inmiddels een slagveld van verwrongen metalen balken en kapotte leidingen, en het was moeilijk om haar evenwicht te bewaren.

'Naar de terminal!' riep Falconi.

Kira knikte, maar hield zich met heel andere dingen bezig. Hoewel ze niet kon zien wat er zich vóór haar afspeelde, bleef ze de xeno gebruiken om vloer- en muurdelen los te rukken, zitjes... Alles wat ze maar kon gebruiken om zichzelf en de anderen te beschermen. Ze had geen flauw idee hoeveel gewicht het pak kon verplaatsen of tillen, maar ze deed er alles aan om erachter te komen.

Een tweede explodeerde op het schild en deze voelde ze al nauwelijks meer.

Met een paar tentakels voelde ze iets wat lang, glad en warm was (heet zelfs: als ze het met haar blote handen zou aanraken, zou het haar huid hebben weggebrand): draagbaar lasergeschut. Ze propte het tussen twee zitjes om haar schild te versterken.

'Meer drones!' riep Vishal.

Nog voordat de woorden zijn mond hadden verlaten had Kira al een raster van balken en staven (sommige van metaal, andere van het pak zelf) tussen het schild, het plafond en beide wanden aangebracht. Ze voelde hoe de drones erdoor werden tegengehouden en hoorde hun rotoren loeien.

Ze dook ineen toen granaten een bres in de barrière sloegen.

'Shit!' riep Falconi.

De drones hadden het gat al gedetecteerd. Eentje vloog erdoorheen, om meteen door Itari uit de lucht te worden gemept met een goed getimede zwieper van zijn tentakel. Nog voordat de overige drones erdoorheen waren gekomen om de bemanning onder vuur te kunnen nemen, had Kira ze al uit de lucht getrokken – als een kikker die met zijn tong vliegen verschalkt – om ze vervolgens te verpletteren.

De een na de ander.

Ze voelde hoe het pak groeide en zichzelf versterkte met metaal, koolstofvezel en andere materialen die waren gebruikt voor de bouw van Orsted. Haar armen en benen leken dikker te worden en ze voelde de kracht door haar lichaam stromen, alsof ze in staat was een bres te slaan in een metersdikke rotswand.

Het lawaai van vuurwapens maakte plaats voor de zware looppas van exo's: de mariniers trokken zich terug.

Kira grijnsde. Ze snapten dus dat doorvechten weinig zin had. Mooi. Als ze nu heelhuids de Caracole konden bereiken, zou –

Ze hoorde hoe de luchtdichte deur voor hen dichtging, gevolgd door de deur erachter, en de deur daarachter, de hele omgang rond.

'Shit,' zei Nielsen. 'Ze hebben ons ingesloten.'

'Blijf bij me,' zei Kira.

Ze liep verder totdat ze met haar schild tegen de deur botste. De deur zelf was te groot en te zwaar om snel te ontmantelen, maar dat gold niet voor de wand eromheen. Al na een paar tellen viel de deur met een daverende klap naar achteren.

Tien meter verderop werd hun de weg versperd door de volgende deur.

Kira herhaalde de procedure met het Zachte Mes, waarop de tweede deur het voorbeeld van de eerste volgde, en nog een keer, en nog een keer...

De deuren hielden hen weliswaar niet tegen, maar zorgden wel voor oponthoud. 'Het VMB probeert tijd te rekken,' zei Falconi tegen haar.

'Dan zullen ze wel een ontvangstcomité hebben klaarstaan in de terminal,' bromde Kira. Ineens hoorde ze een sissend geluid, en de haartjes in haar nek gingen rechtop staan. Werd er lucht weggepompt of stroomde er iets anders naar binnen?

'Gas!' riep Falconi. Hij trok de kraag van zijn shirt over zijn mond en neus. De anderen deden hetzelfde. De stof vormde zich meteen naar hun gezicht, zodat er een luchtdicht filter ontstond. De entropisten maakte een gebaar met hun handen, waarop de lijnen van hun tatoeages over hun mond en neus groeiden en een flinterdun membraan vormden.

Kira was onder de indruk. Zulke nanotechnologie had ze nog nooit eerder gezien.

Ze merkte het meteen toen ze in de laatste sectie van de omgang – aangrenzend aan de terminal – was aangekomen, aangezien haar schild bestookt werd met kogels, lasers, railgunprojectielen en explosieven. De impact bracht haar bijna uit evenwicht, maar ze zette zich schrap en bleef vooruitlopen.

Toen ze weer een stuk was gevorderd, tikte Falconi haar op de schouder. 'Naar rechts nu.' Hij wees naar de ingang van de terminal.

Kira wilde die juist kant op lopen toen de vloer onder haar voeten begon te schudden en ze het geluid van een sneeuwlawine meende te horen. De mariniers stormden op hen af.

In de paar tellen die ze nog had trok ze een aantal vloerbalken omhoog, zodat ze het schild kon verankeren.

'Zet je schrap!' riep ze.

Het schild was dik, maar boog vervaarlijk door toen de soldaten in exo er tegenop beukten. Er klonk een scheurend geluid toen ze stukken plaatwerk van het schild begonnen los te trekken.

'Hebbes,' zei Kira grijnzend

Ze stuurde honderden flinterdunne vezels door alle mogelijke scheurtjes en openingen van het schild totdat ze op het gladde pantser van de mariniers stuitte. En toen deed ze wat ze al talloze keren eerder had gedaan: ze dwong de vezels tussen de scharnieren en naden van het pantser en sneed elke kabel en leiding door die ze kon vinden, en stopte pas toen ze oververhitte huid voelde.

Het kostte haar moeite om te stoppen, maar het Zachte Mes gehoorzaamde en eerbiedigde de grens van het vlees. Kira's zelfvertrouwen kreeg meteen een oppepper.

Aan de andere kant van het schild hield het scheurende geluid op om te worden vervangen door een luid geraas: mariniers die ter aarde stortten, val der titanen.

'Zijn ze dood?' vroeg Nielsen. Haar stem klonk luid in de plotselinge stilte.

Kira bevochtigde haar lippen. 'Nee.' Praten voelde ineens raar. Het schild leek onderdeel te zijn geworden van haar lichaam; een lichaam dat nu ineens een stuk groter was. Ze kon elke vierkante centimeter van de barrière voelen en de hoeveelheid informatie was overweldigend. Voelde het ook zo voor scheepsbreinen?

Ze stond op het punt zichzelf los te maken van het schild toen ze aan de andere kant van de omgang meer mariniers hoorde naderen.

Voordat ze iets kon doen, doofde het licht in de omgang, met uitzondering van de noodverlichting langs de vloer. De vloer zelf begon te golven en iedereen behalve Kira en Itari verloor zijn evenwicht.

In de omgang klonk het oorverdovende geknars en gekraak van scheurend metaal en even verderop, achter de zojuist gearriveerde mariniers, rees de donkere punt van een gemarmerd ruimteschip uit de vloer omhoog. Sirenes begonnen te loeien en vanuit een uitsteeksel op de romp stroomden tientallen nachtmerries naar buiten.

Machinegeweren en lasers barstten los: de mariniers openden de aanval op de mismaakte indringers.

'Shi-bal!' riep Hwa-jung.

Kira slaakte een kreet en stapte met haar schild naar voren, ploegend door de lichamen van de uitgeschakelde mariniers. Als de nachtmerries beseften wie en wat ze was, zouden ze zich ongetwijfeld op haar storten. Ze begon half te rennen en dacht niet langer aan het verstevigen van het schild. Haar enige zorg was nu: ontsnappen.

Ze zwenkte het schild opzij om Falconi en de anderen te beschermen. Haar rug was nu naar de terminaldeur gericht. Vervolgens liep ze stap voor stap naar achteren totdat de randen van het schild tegen de deurpost botsten.

Ze klapte het schild in tot het ruwweg zo groot was als de deuropening. Met behulp van verwrongen stukken staal bevestigde ze het aan vloer, muren en plafond, zodat het alleen nog met een snijbrander kon worden verwijderd.

Falconi trok aan haar schouder. 'Het is goed zo!'

Een oorverdovende klap echode door de terminal toen er aan de andere kant van de barrière een granaat tot ontploffing werd gebracht. Enkele tellen later klonken er gedempte dreunen: mariniers die op het schild begonnen te bonzen.

Het schild zou wel even houden, maar niet lang.

Kira trok de vezels van de xeno terug. Ze voelde zich meteen zwakker, beperkt tot haar normale lichaam.

Ze zag dat de anderen de kleine terminal al waren overgestoken en de deur van de maglevcabine probeerden open te breken.

Uit het plafond klonk een mannenstem: 'Dit is Udo Grammaticus, stationsmeester van Orsted. Geef jullie over, dan zal jullie niets overkomen. Dit is de laatste waarschuwing. Er staan buiten twintig mariniers om –'

Hij praatte door, maar Kira sloeg er geen acht meer op. Ze liep naar de maglevcabine en hoorde juist Falconi vragen: 'Doet-ie het wel?'

'De lichten doen het, maar de aandrijving krijgt geen stroom,' zei Hwa-jung.

'Dus we kunnen hier niet weg?' vroeg Nielsen.

'Niet hiermee. De maglev werkt niet.'

'Er moet toch een andere manier zijn om de schildring te bereiken?' vroeg Vishal.

'Hoe dan?' vroeg Sparrow. 'We draaien veel te snel om te springen. Misschien dat Kira of de Kwal het kunnen halen, maar van ons zou alleen een bloederige veeg overblijven. Dit is een doodlopende weg.'

Aan de andere kant van het schild barstte geweervuur los. Doffe, regelmatige dreunen duidden op een tegenoffensief van de mariniers. Of dat vermoedde Kira tenminste.

'Bedankt voor je bijdrage,' zei Falconi droogjes. Hij wendde zich weer tot Hwa-jung. 'Jij bent onze machinechef. Suggesties?' En tegen de entropisten: 'Of jullie?'

Veera en Jorrus spreidden hun armen in machteloosheid. 'Mechanica –'

'... is niet onze specialiteit.'

'Dat wil ik niet horen. Er moet een manier zijn om van hier naar daar te komen zonder onszelf om zeep te helpen.'

De machinechef keek bedenkelijk. 'Natuurlijk. Als we genoeg tijd en spullen hadden.'

Er klonk weer een harde klap in de omgang.

'Jammer maar helaas,' zei Falconi. 'Kom op. Wat je ook maar kunt bedenken. Out of the box denken, mevrouw Song. Daar heb ik je voor aangenomen.'

Hwa-jungs frons werd nog dieper en even bleef het stil. Toen mompelde ze '*Aigoo*' en klom de cabine in. Ze voelde aan de vloer en klopte op verschillende plekken. Toen gebaarde ze naar Kira. 'Kom hier. Kun je de vloer hier openbreken?' Met haar vinger trok ze de omtrek van een vierkant. 'Maar wees voorzichtig. Alleen de bovenste laag. De rest moet onbeschadigd blijven.'

'Begrepen.'

Kira volgde dezelfde omtrek en sneed met de rand van haar nagel in het grijze composiet. Dat deed ze nog een keer, met iets meer druk nu, en dit keer ook met een flinterdun snijvlak van de xeno aan haar vinger om tot een centimeter diep te kunnen snijden. Daarna legde ze haar handpalmen op het vierkant – alsof ze gekkopads droeg – en trok het vierkant los van de rest van de vloer, als een cracker die ze brak langs het geperforeerde randje.

Hwa-jung ging op handen en knieën zitten en tuurde in het gat om de bedrading en onderdelen te bestuderen. Kira had geen flauw idee waar het allemaal toe diende, maar Hwa-jung leek te weten waar ze precies naar keek.

Het lawaai buiten de terminal zwol aan. Kira zag al deuken in het schild verschijnen; nog een minuutje en ze moest iets doen om het te verstevigen.

Hwa-jung schraapte haar keel en kwam overeind. 'De cabine is ontgrendeld, maar we hebben een energiebron nodig.'

'Kun je geen –' begon Falconi.

'Nee,' zei Hwa-jung. 'Zonder stroom komt dit ding niet ver. Totaal nutteloos.'

Kira keek naar de Kwal. [[Kira hier: Kun jij deze machine repareren?]]

[[Itari hier: Ik heb geen energiebron die zou kunnen werken.]]

'Een pantserexo misschien?' vroeg Nielsen. 'Zou dat helpen?'

Hwa-jung schudde haar hoofd. 'Genoeg energie, maar niet van de juiste soort.'

'Lasergeschut dan?' vroeg Kira.

De machinechef dacht even na. 'Misschien. Als de condensatoren –'

Kira wachtte de rest van het antwoord niet af. Ze sprong uit de cabine en holde terug naar de geïmproviseerde barrière. Het bonzen hield op, wat haar ietwat verontrustte, maar ze had andere dingen aan haar hoofd.

Ze vormde tientallen krioelende tentakels en stuurde ze door de kieren en gaten van het schild, op zoek naar het lasergeschut dat er ergens in verborgen moest zijn. Algauw had ze het gevonden: een glad, hard stuk metaal, nog warm door gebruik. Ze boog en trok zo veel als ze durfde, totdat ze genoeg ruimte had vrijgemaakt om het geschut los te kunnen wrikken, en dat allemaal terwijl ze het schild intact en solide probeerde te houden.

'Als het wat sneller kan,' riep Falconi.

'Wat denk je dat ik aan het doen ben?'

Het lasergeschut kwam los en ze ving het op. Ze droeg het als een op scherp staande bom naar de cabine en overhandigde het aan Hwa-jung.

Sparrow keek naar het schild en tikte zenuwachtig met haar mes tegen haar dijbeen. Ze greep Kira bij de arm en trok haar weg van de anderen.

'Wat is er?' vroeg Kira.

Ze sprak zacht en snel. 'Die neanderthalers blazen zich straks een weg door het plafond of de muur. Misschien kun je beter nog wat barricades opwerpen, anders zijn we er geweest.'

'Oké.'

Sparrow knikte en liep terug naar de maglev, waar Vishal Hwa-jung aan het helpen was met het demonteren van het lasergeschut.

'Pas op iedereen!' riep Kira. Net als in de omgang liet ze tientallen tentakels groeien om te doen wat er moest gebeuren. Er klonk een afschrikwekkend geknars toen de xeno de vloer, de muren en het plafond begon te ontmantelen. Ze trok de stukken naar zich toe en vormde zo snel mogelijk een halve koepel voor de maglevcabine.

Terwijl ze de brokstukken op hun plaats zette, voelde ze weer hoe ze haar eigen fysieke grenzen ontsteeg. Het was een verslavend gevoel. Ze wantrouwde de sensatie – wantrouwde zichzelf en het Zachte Mes – maar het gevoel van méér en groter was verleidelijk, en het gemak waarmee zij en de xeno samenwerkten, deed haar zelfvertrouwen meer dan goed.

Aan een van de plafondplaten die ze had losgerukt moest de intercomspeaker hebben vastgezeten, aangezien de stem van de stationsmeester er eindelijk het zwijgen toe deed.

Meter voor meter ontmantelde ze de terminal en legde daarmee de structurele balken van Orsted bloot, die geanodiseerd waren tegen corrosie en voorzien van gaten om ze zo licht mogelijk te houden.

Algauw zag ze niets anders dan de binnenkant van de koepel, en toch bleef ze materiaal toevoegen. Toen het steeds donkerder werd, riep Vishal: 'U maakt het ons niet makkelijk, mevrouw Navárez!'

'Het is dit of neergeschoten worden!' riep ze terug.

Een explosie deed de terminal schudden.

'Tijd om te gaan,' zei Falconi.

'Ben ermee bezig!' riep Hwa-jung.

Kira spreidde zichzelf nog verder uit, tot aan de grenzen van wat ze voor mogelijk had gehouden, en ontdekte dat ze nog verder kon. Haar bewustzijn vervaagde, uitgerekt over een steeds groter gebied, en de hoeveelheid indrukken werd bijkans overweldigend: druk en wrijving, leidingen, kabels onder en boven haar, elektrische schokken, hitte en kou en duizend andere indrukken op duizend verschillende plekken van het Zachte Mes, plekken die bewogen, veranderden en groeiden, en haar op die manier nog meer sensaties gaven.

Het was te veel. Ze kon het niet meer overzien en hield het niet meer bij. Op sommige plekken verloor ze de controle, waarop het Zachte Mes op eigen houtje aan het werk ging en met dodelijke intentie voortwoekerde. Kira voelde haar bewustzijn in stukken breken toen ze zich telkens weer op een andere plek probeerde te concentreren om het pak tot de orde te roepen, terwijl het elders weer begon te woekeren, te groeien, te bouwen, te wórden…

Ze was aan het verdrinken, aan het verdwijnen in het steeds groter wordende wezen van het Zachte Mes. Paniek maakte zich van haar meester, maar die paniek bleek niet sterk genoeg om het pak onder controle te krijgen. Het Zachte Mes leek opgetogen dat het eindelijk de vrijheid had gekregen om zijn doel te verwezenlijken. Kira zag flarden voor zich van… *velden met gele bloemen die zongen…* herinneringen aan… *een boom met metalen schubben als schors…* die haar verder in verwarring brachten, en veranderden in… *een groep langgerekte, behaarde schepsels, blaffend met gestreepte kaken…* Concentreren was niet langer mogelijk.

In een kort moment van helderheid drong de ernst van de situatie tot haar door. Waar was ze mee bezig?

Met oren die niet van haar waren, hoorde ze het geluid van naderend onheil: marcherende mariniers die zich toegang tot de terminal hadden verschaft. Een plotseling gevoel van onrust verstoorde menig grijpende tentakel. Verschrikt trokken ze zich terug, trok zij zich terug.

Zouden ze haar aanvallen?

Wanden, balken en structurele elementen begonnen het te begeven terwijl ze het station rondom het schild uit elkaar trok. De vloer raakte ontwricht, maar het maakte allemaal niet meer uit. Alleen massa telde: meer metaal, meer mineralen, meer, meer, méér. Een honger groeide in haar, in het, een onverzadigbare, alles verorberende honger.

'Kira!'

De stem klonk als door een lange tunnel. Wie het ook was, ze herkende hem niet. Of misschien kon het haar niet schelen. Er waren andere, belangrijkere zaken die haar aandacht opeisten.

'Kíra!' Het leek van ver te komen, maar ze voelde handen die aan haar schudden, aan haar trokken. Niet dat dat haar van haar plaats kon krijgen; haar tentakels van in elkaar gevlochten vezels waren te sterk. 'Kíra!' Ze voelde pijn op haar gezicht, maar zo zwak dat ze het gerust kon negeren.

Alweer een pijnprikkel. En een derde.

Haar woede nam toe. Ze keek van alle kanten naar zichzelf, met ogen boven en onder haar, ogen van vlees, en met die ogen zag ze een man naast haar staan, die met rood aangelopen gezicht aan het roepen was.

Hij sloeg haar in het gezicht.

De klap was genoeg om Kira weer bij haar positieven te brengen. Ze snakte naar adem. 'Hou op! Je maakt ons allemaal af!' riep Falconi.

Ze voelde hoe ze weer in het moeras van het Zachte Mes teruggleed. 'Sla me nog een keer.'

Hij aarzelde, maar deed wat ze van hem verlangde.

Even zag Kira alleen maar rode vlekken, maar de klap gaf haar iets buiten het Zachte Mes waar ze zich op kon richten. Het was een hevige strijd: het terugroepen van de verschillende delen van haar geest voelde alsof ze zich uit een poel van grijpende handen moest zien te bevrijden, één voor elke vezel van het pak, en allemaal onnoemlijk sterk.

Angst was de prikkel die Kira nodig had. Haar hart bonsde zo hard dat ze bang was het bewustzijn te verliezen. Maar dat deed ze niet en stukje bij beetje wist ze weer in zichzelf terug te keren. Tegelijkertijd riep ze het Zachte Mes terug. Aanvankelijk bood het nog weerstand; het wilde zijn grootse project niet afblazen, niet opgeven wat het al had verorberd.

Maar uiteindelijk gehoorzaamde het Zachte Mes en trok het zijn tentakels terug, die steeds kleiner en korter werden totdat ze uiteindelijk in haar lichaam waren opgenomen. Er bleef meer over dan ze nodig had, en meteen verschrompelden grote stukken van het pak, totdat slechts stof restte.

Falconi maakte aanstalten om haar nog een keer te slaan.

'Wacht!' riep Kira.

Haar gehoor was weer zoals het was. Ze hoorde het gefluit van ontsnappende lucht en het geloei van het drukalarm, dat alle andere sirenes overstemde.

'Wat is daar gebeurd?' vroeg Falconi.

Ze schudde haar hoofd. Ze voelde zich nog niet helemaal compleet.

'Je hebt een gat in de romp geslagen. We werden bijna de ruimte in geslingerd.'

Kira keek omhoog en keek door het vernielde plafond en de bovenliggende verdiepingen naar de ruimte. Sterren schoten met duizelingwekkende snelheid voorbij, alsof ze in een caleidoscoop zat opgesloten.

'Sorry, ik verloor de controle.' Ze hoestte.

Er botste iets tegen de buitenkant van de koepel.

'Hwa-jung!' riep Falconi. 'We moeten weg hier, en snel!'

'Aigoo! Val me niet lastig!'

Falconi keek weer naar Kira. 'Kun je lopen?'

'Ik denk het wel.' Het Zwarte Mes kolkte in haar bewustzijn, maar desondanks wist ze nog wie ze was.

Kira hoorde een sputterend, sissend geluid en ze moest meteen denken aan een overbelaste snijbrander. Aan de binnenkant van de koepel verscheen een rode vlek die algauw geel in het midden werd. Ze merkte bijna meteen dat de temperatuur binnen in de koepel steeg.

'Wat is dat?' vroeg Nielsen.

Sparrow begon te vloeken. 'Een thermische lans.'

'De hitte zal ons uiteindelijk te veel worden,' zei Vishal.

Falconi zwaaide met zijn armen. 'Iedereen de cabine in!'

'Ik kan ze tegenhouden,' zei Kira, hoewel de gedachte haar angst aanjoeg. Zolang ze zich op één plek concentreerde en het Zachte Mes in toom kon houden... Ze rukte een vloerdeel los en kwakte het tegen de groeiende warmteplek. De composiet werd rood en begon te smelten, en langs de zijkanten ontsnapte rook.

'Laat maar. We moeten weg hier!' riep Falconi.

'Doe de deur dicht. Ik hou ze wel tegen.'

'Hou op en kom hier! En dat is een bevel!'

[[Itari hier: Idealis, we moeten weg hier.]] De Kwal had zich al in het voorste gedeelte van de cabine geperst; zijn tentakels had hij tegen de wanden geplakt.

'Nee! Ik kan ze tegenhouden. Geef maar een teken als jullie –'

Falconi greep haar bij de schouders en draaide haar om. 'Nú! Ik laat niemand hier achter. Kom op!' In het rode licht leken zijn ogen bijna te stralen.

Kira gaf zich gewonnen. Ze liet de koepel los en liet zichzelf de cabine in leiden. Sparrow en Nielsen schoven de deur met een klap dicht.

'Je vond het wel mooi geweest?' bromde Falconi in Kira's oor. 'Je bent niet onoverwinnelijk of zo.'

'Weet ik, maar –'

'Mond dicht. Kunnen we, Hwa-jung?'

'Bijna, kapitein, bijna…'

Een straal witheet gesmolten metaal spoot uit het midden van de gloeiende vlek; de thermische lans had zich een weg door de koepel gebrand. De straal kwam langzaam in beweging en begon een opening te maken die groot genoeg was voor een mens.

'Niet kijken,' zei Sparrow. 'Die straal is zo fel dat je je netvlies zult verbranden.'

'Hwa-jung –'

'Klaar!' zei de machinechef. Iedereen keek haar kant op. Het lasergeschut lag in losse onderdelen aan haar voeten. Vanuit de opengewrikte voeding liepen draden naar het onderstel van de maglevcabine.

'Luister goed,' zei Hwa-jung, en ze tikte op de voeding. 'Deze is beschadigd. Zodra ik hem aanzet, kan-ie smelten en exploderen.'

'We wagen het erop,' zei Falconi.

'Dat is nog niet alles.'

'We hebben geen tijd voor een hele voorlichtingssessie.'

'Luisteren! Aish!' Hwa-jungs ogen schitterden door de reflectie van de thermische lans. 'Ik heb een verbinding kunnen maken met de elektromagneten. Hij zal wel zweven, maar dat is ook alles. Ik kon niet bij de aandrijving komen. We kunnen dus niet vooruit of achteruit.'

'Maar hoe –' begon Nielsen.

'Kira, jij doet het volgende. Breek voor ieder van ons een stoeltje los. Daarna sla je de ramen in, hier en hier.' Hwa-jung wees naar de ruitjes aan weerszijden van de cabine. 'Zodra ik het circuit activeer, gebruik je het pak om ons naar voren te trekken, zodat we in de hoofdbuis terechtkomen. De supercondensatoren hebben genoeg energie om ons drieënveertig seconden lang in de lucht te houden. We hebben een snelheid van zo'n tweehonderdvijftig kilometer per uur, relatief aan de schildring, en moeten die snelheid zo veel mogelijk zien terug te brengen om te voorkomen dat we crashen. Dat kan door de stoeltjes uit de ramen te steken en tegen de wanden van de buis te drukken. Bij wijze van remmen. Begrepen?'

Kira knikte. Buiten verdween de fontein van gesmolten metaal toen de thermische lans de vloer bereikte. Hij verscheen weer bovenaan, om aan de horizontale snede te beginnen.

'Je zult erg hard moeten duwen,' zei Hwa-jung. 'Zo hard als je kan. Anders slaan we te pletter.'

Kira greep het dichtstbijzijnde stoeltje en trok het met een holle 'ping' van zijn gescharnierde voet. De volgende drie volgden al snel. Door een snelle uitwisseling van geuren legde ze aan Itari uit wat ze aan het doen was, waarop de Kwal ook twee stoeltjes greep met zijn tentakels.

'Een knotsgek plan, Unni,' zei Sparrow.

'Het gaat werken, let maar op,' bromde Hwa-jung.

'Pas op je ogen,' zei Kira. Ze haalde uit met het Zachte Mes en brak de ruitjes aan beide kanten van de cabine.

Zodra de ruitjes stuk waren, werden ze geraakt door een muur van verzengende hitte. Falconi, Vishal en de entropisten lieten zich op de vloer vallen. 'Godallemachtig,' zei Falconi.

De thermische lans begon weer naar beneden te snijden.

'Bereid je voor!' zei Hwa-jung. 'Contact in drie... twee... een...'

Kira voelde de vloer een paar centimeter omhoogkomen. De cabine schommelde wat alvorens zich te stabiliseren.

Ze spreidde haar armen en stuurde een aantal dikke draden door de gebroken ruitjes naar buiten. De xeno begreep wat er van hem werd verwacht en toen de draden, plakkerig als spinrag, eenmaal aan de muren vastzaten, begon Kira te trekken.

De cabine was zwaar, maar kwam langzaam in beweging, ogenschijnlijk zonder enige weerstand. Er klonk een vegend geluid toen ze de vacuümstop aan het einde van de terminal passeerden en de donkere maglevbuis indoken die de woonring met de schildring verbond.

De wind joeg langs de cabine. Als ze het masker niet had gehad, zou Kira in de storm amper hebben kunnen horen en zien. Bovendien was het koud, hoewel ze – wederom door de xeno – niet precies wist hoe koud.

Ze greep een van de losse stoeltjes en duwde het naar buiten. Meteen werd het gehuil van de wind overstemd door een oorverdovend gepiep en ontstond er een fontein van vonken op de buiswanden. Door de plotselinge wrijving werd het stoeltje bijna uit haar hand gerukt, ondanks de kracht van het Zwarte Mes, maar ze zette zich schrap en wist het stoeltje vast te houden.

Vlak voor haar deed Itari hetzelfde. Ze had amper gemerkt dat de anderen achter haar waren opgekrabbeld. Het gepiep nam toe toen Nielsen, Falconi, Vishal, Sparrow en de entropisten allemaal hun stoeltje tegen de wanden van de buis duwden. De cabine zwaaide heen en weer en begon te kletteren als een drilboor.

Kira probeerde de seconden te tellen, maar het lawaai was te hard, de wind te afleidend. Hun snelheid leek echter niet af te nemen. Ze drukte nog harder tegen het stoeltje en had de grootste moeite om het in bedwang te houden.

De wand van de buis had zich al door de poten en de halve zitting gevreten. Het zou niet lang meer duren voordat ze niets meer had om vast te pakken.

Langzaam – veel te langzaam – voelde ze zichzelf lichter worden. Haar schoenzolen begonnen weg te glippen. Ze fixeerde zichzelf aan de vloer met behulp van de xeno en wierp draden uit naar de anderen zodat ze konden blijven duwen zonder weg te zweven.

Het gepiep nam af en de vonkenfontein werd korter en dikker. De vonken vlogen nu niet meer recht naar achteren, maar volgden ingewikkelde kringelbanen.

Kira begon juist te hopen dat ze het zouden redden toen de elektromagneten ermee ophielden.

Ze klapten met een gierend geluid tegen de geleidingsrail. De cabine schudde hevig op en neer en het plafond verdraaide en scheurde als toffee. Itari vloog als een lappenpop door de voorruit en ergens achterin ontstond een felle flits, waarop rook de cabine begon te vullen.

Het gegier stierf weg en langzaam kwamen ze tot stilstand.

6

Kira's maag draaide zich om toen het gevoel van massa verdween, maar dit keer kwam er geen gal naar boven. Dat vond ze overigens wel prima: misselijkheid was wel het laatste waar ze nu mee te maken wilde hebben. Explosies, thermische lansen, een crash met een maglev... Het was wel genoeg geweest voor één dag. Pak of niet, ze voelde zich door de mangel gehaald.

Itari! Leefde de Kwal nog? Anders was het allemaal voor niets geweest.

Met krampachtige bewegingen – ondanks de gewichtloosheid – liet ze haar greep op de cabine en de anderen los.

Falconi bloedde uit een snee op zijn slaap. Hij drukte zijn handpalm tegen de wond en zei: 'Iedereen oké?'

Vishal kreunde. 'Ik ben een paar jaar van mijn leven kwijt, maar het gaat.'

'Hier ook,' zei Sparrow.

Nielsen veegde de glasscherven uit haar haar. Ze dreven weg door de kapotte voorruit, als een wolk van schitterende kristallen. 'Een beetje door elkaar gerammeld, kapitein.'

'Insgelijks,' zeiden Veera en Jorrus. De mannelijke entropist had een aantal bloederige schaafplekken op zijn ontblote borst. Het zag er pijnlijk uit, maar ook niet meer dan dat.

Kira trok zichzelf naar de voorkant van de gemangelde cabine en keek naar buiten. Enkele meters verderop had Itari zich vastgegrepen aan de geleidingsrail. Wondvocht sijpelde uit een lelijke wond bij een van zijn grotere tentakels.

[[Kira hier: Gaat het? Kun je je nog bewegen?]]

[[Itari hier: Maakt u zich geen zorgen over mij, Idealis. Deze vorm is weerbarstig.]]

Terwijl hij dat zei, begon hij tot Kira's afschuw met een van zijn scharen zijn gewonde tentakel af te knippen.

'Gadver,' zei Sparrow.

De Kwal was snel klaar en liet de tentakel in een wolk van oranje druppels wegzweven. Ondanks de grote wond hield de stomp al snel op met bloeden.

Hwa-jung kuchte en zwom door de vettige rook als een onderzeeër die uit de diepten van een zee van olie omhoog rees. Ze pakte een handgreep en wees naar buiten. 'De volgende halte is recht voor ons.'

Kira ging als eerste. Ze gebruikte het pak om de scherven van de gebroken voorruit te verwijderen en duwde zich af. Daarna verlieten de anderen een voor een het wrak van de cabine. Hwa-jung sloot de rij. Ze paste amper door de voorruit, maar na enig wrikken lukte het.

Met behulp van de handgrepen voor het onderhoudspersoneel trokken ze zichzelf voort door de donkere, echoënde buis, totdat er een paar meter verderop lichten aansprongen.

Opgelucht begon Kira nog wat sneller te bewegen.

Op een gegeven moment gleed er een paar automatische deuren open in de wand, zodat ze de buis konden verlaten.

Terwijl ze wachtten totdat iedereen er was, probeerden ze zich te oriënteren.

'Waar zijn we?' vroeg Kira. Ze zag dat Vishal een lelijke snee had op zijn onderarm en dat Hwa-jungs handen bedekt waren met grote brandblaren. De pijn moest ondraaglijk zijn, maar de machinechef gaf geen kik.

'Twee haltes verder dan we zouden moeten zijn,' zei Nielsen, en ze wees.

De eerste officier ging voorop en leidde ze door de verlaten gangen van de schildring van Orsted.

Zo nu en dan kwamen ze bots tegen. Sommige waren zich juist aan het opladen bij stroompunten, andere bewogen zich voort langs rails, en weer andere vlogen voorbij met behulp van perslucht, druk doende met een van de vele taken die nodig waren om het ruimtestation draaiende te houden. Geen van de bots sloeg acht op de bezoekers, maar Kira wist dat ze allemaal hun locatie en bewegingen opsloegen.

In de buitenste secties was de zware industrie gevestigd. Raffinaderijen die zelfs gedurende de aanval van de nachtmerries kreunden en steunden al naar gelang de vereisten van hun functie. Brandstofstations die water opsplitsten in waterstof en zuurstof. Opslagunits bomvol bruikbare materialen. En natuurlijk de nul-g-fabrieken, die medicijnen, machinegeweren en alles daartussenin produceerden, niet alleen voor de bewoners van Orsted, maar ook voor een groot deel van de VMBM-vloot.

Door hun verlatenheid gaven deze buitenste secties van het station Kira een unheimisch gevoel. Zelfs hier loeiden de sirenes en wezen oplichtende pijlen (kleiner en zwakker dan in het binnenste gedeelte van het station) de weg naar de dichtstbijzijnde schuilbunkers. Maar die zouden hen nu niet kunnen helpen, dat was een ding wat zeker was. Alleen de oneindige ruimte kon nu nog veiligheid bieden, en zelfs daar konden de nachtmerries of Kwallen hen vinden.

Ze bewogen zich snel voort en al na een paar minuten zei Falconi: 'Hierin.' Hij wees naar een gang die naar de buitenste ring liep.

Kira herkende de gang: het was dezelfde die ze hadden gebruikt na hun aankomst te Orsted.

Met hernieuwde energie zwommen ze door de bochtige gang. Na alles wat er op het station was gebeurd, voelde het naderen van de Caracole als thuiskomen.

De deur van het laaddok gleed open en door de luchtsluis aan de andere kant van het dok zagen ze...

Duisternis.

Leegte.

En, op misschien een kilometer afstand, de slinkende vorm van de Caracole en de witte pluimen van stuurraketten.

7

Falconi schreeuwde. Geen roep, maar een kreet van woede en teleurstelling. Tegelijkertijd voelde Kira haar wereld instorten en gaf ze zich over aan wanhoop. Ze liet het masker van haar gezicht glijden.

Ze hadden verloren. Na alles wat ze hadden meegemaakt, zouden ze –

Falconi sprong naar de luchtsluis. Hij kwam verkeerd terecht en klapte tegen de wand, maar wist zich vast te grijpen aan een handgreep. Hij trok zichzelf naar het raampje, drukte zijn gezicht tegen het glas en staarde naar zijn schip.

Kira wendde haar blik af. Ze kon het niet meer aanzien. Ze vond het vreselijk om hem zo te zien, alsof ze getuige was van iets heel persoonlijks. Zijn verdriet was te zichtbaar, te wanhopig.

'Ha!' zei Falconi. 'Hebbes! Net op tijd!' Hij draaide zich om en grijnsde breed.

'Kapitein?' vroeg Nielsen, en ze zwom naar hem toe.

Hij wees uit het raampje en tot haar grote verbazing zag ze de Caracole afremmen en keren, om vervolgens koers te zetten naar de luchtsluis.

'Hoe heb je dat gedaan?' vroeg Hwa-jung.

Falconi tikte tegen zijn slaap. 'Via een direct visueel signaal, verzonden met mijn overlays. Zolang de passieve sensoren van het schip nog werken, en zolang het schip nog binnen bereik is en er sprake is van visueel contact, kan het signaal niet worden verstoord. Niet zoals radio- of FTL-signalen in ieder geval.'

'Dat zijn aardig wat onzekere factoren, kapitein,' zei Vishal.

Falconi grinnikte. 'Klopt, maar het heeft gewerkt. Ik heb een terugroepsysteem ingesteld voor het geval iemand de Caracole zou stelen. Niemand die er met míjn schip vandoor gaat!'

'En daar heb je ons niks over verteld?' vroeg Nielsen. Ze leek zowaar beledigd. Maar Kira was onder de indruk.

De grijns smolt van zijn gezicht. 'Je kent me, Audrey. Ik bereid me altijd voor. Heb altijd een plan B.'

'Ik merk het.' Ze leek er nog geen vrede mee te hebben.

'Laat me even naar je handen kijken,' zei Vishal tegen Hwa-jung. Ze maakte geen bezwaar. 'Hm. Niet al te ernstig. Hoofdzakelijk tweedegraads. Ik zal je een spray geven om littekens te voorkomen.'

'En een pijnstiller alsjeblieft.'

Hij lachte zachtjes. 'Natuurlijk. En een pijnstiller.'

Het duurde niet lang voordat de Caracole er weer was. Toen het schip het uitzicht door het ruitje blokkeerde, pakte Veera de handgreep van de deur beet om beter te kunnen kijken.

Ze slaakte een kreet, die algauw smoorde in lage keelklanken. Ze kromde haar rug en haar ledematen verstijfden, behalve haar handen en voeten, die hevig begonnen te trillen. Haar gezicht trok in een pijnlijke grimas.

Ook Jorrus schreeuwde het uit, hoewel hij op ruime afstand van de luchtsluis was, en ook hij verstijfde.

'Niet aanraken!' riep Hwa-jung.

Kira luisterde niet; ze wist dat het pak haar zou beschermen.

Ze krulde een aantal tentakels rond Veera's middel en fixeerde zichzelf aan de dichtstbijzijnde wand. Ze probeerde de schokkende entropist los te rukken, wat niet gemakkelijk ging: Veera's hand had zich met onmenselijke kracht vastgegrepen. Langzaamaan wist ze de vrouw weg te trekken. Als ze maar geen pezen had beschadigd…

Zodra Veera niet langer in contact stond met de deur, verslapte haar lichaam. Jorrus' schreeuw verstomde, hoewel hij er nog steeds uitzag alsof hij iets gruwelijks had waargenomen.

'Pak haar!' riep Nielsen.

Vishal zette zich af tegen de wand en greep Veera's mouw. Hij sloeg zijn arm om haar schouder en trok met zijn andere hand haar oogleden open. Toen duwde hij haar mond open en inspecteerde haar keel. 'Ze overleeft het wel, maar ze moet wel naar de ziekenboeg.'

Jorrus kreunde. Hij had zijn hoofd in zijn armen verborgen. Zijn huid was spierwit geworden.

'Hoe erg is het?' vroeg Falconi.

De dokter keek bezorgd. 'Dat weet ik niet zeker, kapitein. Ik moet haar hartslag monitoren. De schok kan haar implantaten hebben doorgebrand. Misschien moeten ze opnieuw worden opgestart.'

Jorrus begon te mompelen, maar Kira kon er geen chocola van maken.

'Gemeen trucje,' zei Nielsen.

'Ze weten het niet meer,' zei Sparrow. 'Ze proberen nu van alles om ons tegen te houden.' Ze stak haar middelvinger op naar het midden van het ruimtestation. 'Steek lekker zelf een vinger in het stopcontact, horen jullie me?'

'Het is mijn schuld,' zei Kira. Ze gebaarde naar haar gezicht. 'Ik had mijn masker op moeten houden. Dan had ik de elektriciteit wel gezien.'

'Niet jouw schuld,' zei Falconi. 'Hier kon niemand wat aan doen.' Hij zwom naar Jorrus. 'Hé, Veera overleeft het wel. Rustig aan, kerel, alles komt goed.'

'U begrijpt het niet,' zei Jorrus, nog altijd zwaar ademhalend.

'Hoezo niet?'

'Zij... ik... wij...' Al handenwringend begon hij weg te zweven. Falconi hield hem tegen. 'Er is geen ons meer! Geen wij! Geen ik! Alles is weg. Voor altijd weg. Aaahh!' Hij begon weer te raaskallen.

Falconi schudde hem aan zijn schouders. 'Kom op! Het schip is er bijna!' Maar het had geen zin.

'Hun collectieve bewustzijn is doorbroken,' zei Hwa-jung.

'Dus? Hij leeft toch nog?'

'Dat is –'

Ineens kwam Veera weer bij. Ze hapte naar adem en begon te tollen. Ze schreeuwde en drukte haar handen tegen haar slapen. Meteen daarop nam Jorrus een foetushouding aan en begon zachtjes te jammeren.

'Fantastisch,' zei Falconi. 'Nu hebben we twee krankzinnigen met wie we iets moeten.'

Buiten de luchtsluis gleed de Caracole in doodse stilte in de juiste positie. Die stilte werd doorbroken toen de dokklemmen werden geactiveerd om de neus van het schip te fixeren.

'Kira, als jij de honneurs wilt waarnemen?' vroeg Falconi.

Terwijl Vishal de entropisten probeerde te kalmeren, liet Kira het masker over haar gezicht groeien. De stroom die over de deur van de luchtsluis liep, leek op een dikke staaf van blauwwit licht, alsof de handgreep van de deur een bliksemschicht gevangenhield. De staaf was zo fel en dik dat het een wonder was dat Veera niet meteen het loodje had gelegd.

Ze liet een paar voelsprieten tot in de deur doordringen en leidde de stroom om via de vezels van het Zachte Mes, net zoals ze in haar cel had gedaan.

'De deur is veilig nu,' zei ze.

'Mooi.' Falconi leek nog steeds op zijn hoede toen hij zijn hand naar het bedieningspaneel uitstak. Pas toen hij geen schok kreeg, leek hij te ontspannen, en hij trok aan de handgreep.

Er klonk gepiep en boven het bedieningspaneel lichtte een groen lampje op. Er klonk gesis van ontsnappende lucht en de deur rolde open.

Kira liet de handgreep los, riep het Zachte Mes terug en liet de elektrische stroom weer zijn oude pad vervolgen. 'Raak die handgreep niet aan,' zei ze. 'Die staat nog onder stroom.' Ze tolkte voor Itari.

Falconi ging als eerste. Hij zwom naar de neus van de Caracole en drukte op een reeks knoppen, waarop de sluisdeur van het schip openrolde. Kira en de anderen volgden. Vishal had een arm om Veera's schouders geslagen en Hwa-jung hielp Jorrus, die amper zelf nog kon bewegen. Itari sloot de rij en trok zichzelf – gracieus als altijd – met zijn tentakels door de luchtsluis.

Kira bedacht zich ineens iets, iets vreselijk cynisch. Wat als het VMB nu juist dat moment zou uitkiezen om de dokklemmen te ontkoppelen, zodat ze allemaal weg zouden drijven in de ruimte? Gezien wat de Liga en het leger al eerder hadden geflikt, behoorde dat zeker tot de mogelijkheden.

Maar de verzegeling tussen beide luchtsluizen hield stand en zodra Itari's laatste tentakel binnen was, sloot Nielsen de deur.

'Tabee, Orsted,' zei Falconi, en hij zwom naar de centrale gang van de Caracole.

Het schip leek verlaten. Bijna alle lichten waren gedoofd en het was er ijskoud. Het rook er echter zoals altijd, en dat stelde Kira gerust.

'Morven,' zei Falconi. 'Start de vertrekprocedure. En zet de kachel aan.'

De pseudo-intelligentie antwoordde: 'Kapitein, volgens de veiligheidsprocedures mogen we onder geen beding –'

'Negeer de veiligheidsprocedures,' zei hij, en hij ratelde een lange autorisatiecode af.

'Veiligheidsprocedures uitgeschakeld. Vertrekprocedure geïnitieerd.'

Falconi wendde zich tot Hwa-jung. 'Kijk of je Gregorovich weer aangesloten kunt krijgen voordat we vertrekken.'

'Ja, kapitein.' De machinechef liet Jorrus achter bij Sparrow en zwom naar het binnenste van het schip.

'Kom, alstublieft,' zei Vishal, en hij trok Veera mee. 'U moet naar de ziekenboeg. En u ook, meneer Jorrus.'

Nu de dokter en Sparrow zich over de krachteloze entropisten hadden ontfermd, zwommen Kira, Nielsen en Falconi naar de brug. Itari volgde, maar er was niemand die bezwaar maakte, zelfs de kapitein niet.

Falconi kreunde toen ze de brug betraden. Tientallen voorwerpen zweefden door de lucht: pennen, twee kopjes, een bord, meerdere q-drives en andere zeedrift. Het was alsof het VMB elke la, kast en afvalbak had doorzocht, en zeker niet zachtzinnig.

'Ruim dit even op,' zei Falconi, en hij zwom naar de centrale console.

Kira maakte een net met het Zachte Mes en begon de rommel uit de lucht te vissen. Itari bleef bij de deur, zijn tentakels om zich heen gekruld.

Falconi drukte op een aantal knoppen onder de console. Lichtjes sprongen aan en computers startten op. De holo kwam tot leven.

'Oké,' zei hij. 'We hebben weer volledige toegang.' Hij tikte op een aantal pictogrammen onder in de holo, waarop de display de directe omgeving van ruimtestation Orsted toonde, inclusief de locaties en vectoren van omringende schepen. Vier knipperende rode puntjes duidden op vijandige schepen: nachtmerries die achter Ganymedes in een gevecht waren verwikkeld met het VMB. Een vijfde stip gaf de locatie aan van het nachtmerrieschip dat zich in de binnenring van Orsted had geboord.

Kira hoopte dat het goed ging met luitenant Hawes en de andere mariniers. Ze behoorden dan wel tot het VMB en de Liga, maar het waren goeie gasten.

'Het ziet ernaar uit dat ze het station hebben aangevallen om meteen weer verder te gaan,' zei Nielsen.

'Die komen wel weer terug,' zei Falconi ernstig. Zijn ogen sprongen heen en weer terwijl hij zijn overlays bestudeerde. Ineens begon hij te lachen. 'Krijg nou wat...'

'Wie had dat gedacht?' zei Nielsen.

'Wat?' vroeg Kira ongeduldig.

'Het VMB heeft de Caracole voor ons bijgetankt,' zei Falconi. 'Kun je het geloven?'

'Waarschijnlijk waren ze van plan haar te vorderen als transportschip,' zei Nielsen.

'Ze hebben de houwitsers ook laten zitten. Aardig van ze.'

Over de intercom klonk de kenmerkende stem van Gregorovich. 'Nou nou, jullie zijn aardig bezig geweest, kinders. Lekker lopen poeren in een wespennest? We zullen zien hoe we dat kunnen oplossen. Want iemand moet het doen! Overigens heb ik de fusieaandrijving weer voor jullie aangezet, stelletje lastposten. Geen dank.' Achter in het schip klonk een laag gezoem.

'Gregorovich, schakel de begrenzer uit,' zei Falconi.

Het scheepsbrein leek een miljoenste van een seconde te aarzelen. 'Weet u dat zeker, mijn kapitein?'

'Absoluut. Uitschakelen die hap.'

'Ik sta tot uw dienst, kapitein,' zei Gregorovich, en hij giechelde iets meer dan Kira prettig vond.

Ze maakte zich zorgen over het scheepsbrein terwijl ze zichzelf in de dichtstbijzijnde stoel trok en vastgespte. Het VMB had Gregorovich geïsoleerd, wat betekende dat hij sinds hun aankomst op Orsted geen enkele zintuigelijke prikkel meer had gehad. Dat vond niemand prettig, maar dat gold zeker voor een hoogintelligent wezen als een scheepsbrein, en dubbel voor Gregorovich, gezien zijn eerdere ervaringen.

'Wat is een begrenzer?' vroeg Kira.

'Lang verhaal. We hebben onze fusieaandrijving voorzien van een apparaatje dat onze aandrijvingssignatuur verandert en de aandrijving iets minder efficiënt maakt. Als je dat apparaatje uitschakelt, zien we er ineens uit als een heel ander schip.'

'En dat vond je niet nodig bij Vliegenstrip?' vroeg Kira vol ongeloof.

'Zou niet geholpen hebben. Niet genoeg in ieder geval. We hebben het over een paar honderdste van een procent.'

'Maar dat kan ons toch niet verbergen voor –'

Falconi maakte een gebaar van ongeduld. 'Gregorovich heeft een virus geplaatst in elke computer waar we identificatiegegevens naartoe hebben gestuurd. Dat virus creëert een extra invoer met een andere scheepsnaam en een ander vluchtplan, en met aandrijvingsspecificaties die overeenkomen met wat onze aandrijving doet zonder begrenzer. Wat die computers betreft is het niet de Caracole die nu de plaat poetst. Misschien niet genoeg om iemand langdurig voor de gek te houden, maar op het moment kan ik elk voordeel gebruiken.'

'Slim trucje.'

'Jammer genoeg is het maar één keer bruikbaar. Tenminste, totdat we weer ergens docken om een nieuwe begrenzer te plaatsen,' zei Nielsen.

'Welke naam hebben we nu dan?' vroeg Kira.

'De Varkensvinger,' zei Falconi.

'Volgens mij heb je wat met varkens.'

'Het zijn slimme dieren. Maar nu we het er toch over hebben... Gregorovich, waar zijn onze harige vrienden?'

'Die liggen weer in cryo, mijn kapitein. Het VMB heeft blijkbaar besloten dat invriezen gemakkelijker was dan schoonmaken en te eten geven.'

'Wat aardig van ze.'

De Caracole schokte toen ze losgekoppeld werd van de schildring. Er klonk een alarm alvorens de stuurraketten werden geactiveerd en het schip afstand nam van het ruimtestation.

'We gaan Orsted een extra dosis radioactiviteit geven vandaag,' zei Falconi. 'Maar dat hebben ze dan ook verdiend.'

'Dubbel en dwars,' zei Sparrow, die juist de brug op was gezwommen. Ze trok zich in een stoel en Itari zoog zich vast aan de vloer, klaar voor de komende versnelling.

Vishals gezicht verscheen op de holo. 'We zijn klaar voor vertrek in de ziekenboeg, kapitein. Hwa-jung is er ook.'

'Mooi zo. Gregorovich, ga je gang.'

De hoofdmotor van de Caracole begon te loeien en drukte Kira in haar stoel. Ze begon te lachen, hoewel het geluid verloren ging in het kabaal. Ze waren ontsnapt. De gedachte was bijna absurd. Misschien dat ze nu de Zevende Vloot ervan konden weerhouden hun laatste kans op vrede om zeep te helpen...

Er klonk een alarm, en haar euforie verdween meteen.

Ze strekte zich uit om de display te kunnen bekijken en vervloekte het feit dat ze geen lenzen in had. De holo toonde een beeld van Saturnus, en een wolk van rode stippen direct naast de gasreus.

Veertien nachtmerrieschepen waren uit FTL gekomen.

IV

* * * * * * *

NOODZAAK II

1

Itari kroop naar de holo; zijn tentakels leken loodzwaar. 'Kira...?' vroeg Falconi bezorgd.

'Geen zorgen,' zei ze, en ze hoopte dat ze gelijk had.

Nielsen zoomde uit en voor het eerst zag Kira wat er allemaal in Sol gebeurde. Behalve de nachtmerries bij Orsted en de veertien schepen bij Saturnus hadden tientallen andere nachtmerrieschepen het stelsel betreden. Sommige waren hard op weg naar Mars, andere hielden zich op bij Neptunus om het lokale defensienetwerk te bestoken. Weer andere hadden koers gezet naar de Aarde en Venus.

Ineens verscheen er op de holo een felle streep tussen een satelliet bij Jupiter en een van de nachtmerrieschepen. Het schip lichtte op en verdween. De lijn verscheen opnieuw, en opnieuw, en telkens verdween weer een ander vijandelijk schip.

'Wat is dat?' vroeg Kira.

'Ik... ik weet het niet,' zei Sparrow. Ze checkte met een bezorgde blik haar overlays.

Gregorovich giechelde. 'Dat kan ik wel uitleggen, hoor. De Liga heeft een zonnelaser gebouwd. Energiecollectoren op Mercurius verzamelen het zonlicht en sturen het via receivers door naar andere plekken in het stelsel. Hoofdzakelijk voor energieopwekking, maar in het geval van een aanval van buitenaf, nou ja, je ziet het. Als je al die energie focust met een enorme laser, beschik je over een zonnestraal des doods.'

'Slim,' zei Falconi.

Sparrow grijnsde. 'En door lokale receivers te gebruiken, voorkom je vertraging. Erg slim.'

'Worden we nog gevolgd?' vroeg Kira.

‘Nog niet, schattebout,’ zei Gregorovich. ‘Ons alter ego houdt nog stand.’

‘Wat is een varkensvinger eigenlijk?’

‘Dank je wel!’ zei Nielsen opgelucht, en ze gebaarde naar Falconi. ‘Zie je nou wel?’

De kapitein trok een mondhoek op. ‘Een vinger in de vorm van een varken.’

‘Of een varken in de vorm van een vinger,’ zei Sparrow.

In de holo trok Vishal zijn wenkbrauwen op. ‘Ik had begrepen dat het jeugdtaal was voor een worstje.’ Waarop zijn gezicht verdween.

‘We vliegen dus in een worstje?’ vroeg Kira.

Falconi lachte, maar niet gemeend. ‘Misschien.’

Sparrow snoof. ‘Dat is niet de betekenis die we er bij de mariniers aan gaven.’

‘Welke betekenis dan wel?’

‘Dat vertel ik je wel als je wat ouder bent.’

‘Genoeg gebabbeld,’ zei Falconi. Hij draaide zijn stoel naar Kira. ‘Er is hier meer aan de hand dan je ons verteld hebt, toch? Daarom stond je er ook op om de Kwal te redden.’

Kira verstijfde. Ontsnappen van Orsted was een makkie geweest vergeleken met wat ze nu moest doen. ‘Heeft het VMB jullie verteld wat ze van plan waren?’

‘Nope.’

‘Niets.’

‘Geen flauw idee.’

‘Oké dan.’ Kira nam even de tijd om zich voor te bereiden, maar voordat ze haar mond open kon doen, klonk er een vrolijk riedeltje.

Het was Gregorovich. ‘Een bericht van Orsted, via alle kanalen. Luitenant-kolonel Stahl. Volgens mij is de boodschap voor jou bestemd, stekelbaarsje.’

‘Speel maar af,’ zei Falconi. ‘Luisteren kan geen kwaad.’

‘Zo ver zou ik niet durven gaan,’ mompelde Sparrow.

De holo van het stelsel werd vervangen door Stahls gezicht. De luitenant-kolonel zag er afgemat uit, leek buiten adem en er zat een bloedige schram op zijn linkerwang.

‘Navárez,’ begon hij. ‘Als je dit kunt horen, smeek ik je om terug te keren. De xeno is te belangrijk voor de Liga. Jíj bent te belangrijk. Ik weet niet wat je van plan bent, maar het zal niet werken. Sterker nog, je kunt de situatie alleen maar erger maken. Als onze vijanden de xeno in handen krijgen, zijn we er allemaal geweest. Dat wil je niet op je geweten hebben, Navárez. Ik weet dat je je wat anders had voorgesteld van je terugkeer naar Sol, maar alsjeblieft, kom terug. Ik geef je mijn woord dat jij en de bemanning van de Caracole geen extra aanklachten aan de broek krijgen.'

Daarmee was de boodschap ten einde. De holo schakelde weer over op een beeld van het stelsel.

Kira voelde ieders blik op zich gericht, zelfs die van Itari, met zijn vele, kleine knopoogjes verdeeld over zijn schild.

'Nou?' vroeg Falconi. 'Het is aan jou. *Wij* keren in ieder geval niet terug, maar als je wilt, kan ik de aandrijving lang genoeg voor je uitzetten om zonder gevaar van verbranding de luchtsluis te verlaten. Ik weet zeker dat het VMB je dolgraag zal willen oppikken.'

'Nee,' antwoordde Kira. 'We gaan door.' Daarna vertelde ze hun, inclusief Itari, over het besluit van de premier om de Verstrengeling te verraden en de Kwallenvloot aan te vallen.

Sparrow liet haar ongenoegen duidelijk blijken. 'Dat vond ik altijd al het ergst van mijn tijd in het leger. Al dat politieke gekonkel.'

De huid van de Kwal kleurde groen en paars. Hij begon wild te kronkelen met zijn tentakels, alsof hij in paniek was. [[Itari hier: Als een Verstrengeling van Geesten tussen jullie en onze soort niet mogelijk is, zullen de Verdorvenen ons verdrinken.]]

Nadat Kira dit had vertaald, zei Falconi: 'Wat had je in gedachten?'

Ze keek naar Itari. 'Ik had gehoopt dat Itari een waarschuwing naar de Verstrengeling kon versturen voordat de jagers aankomen.'

Ze vertaalde dit voor Itari en zei toen: [[Kira hier: Kun je je zender gebruiken om de Verstrengeling van Geesten te waarschuwen?]]

[[Itari hier: Nee. Uw verafgeur is niet sterk genoeg en kan de afgesproken locatie niet op tijd bereiken om de Verstrengeling van Geesten te waarschuwen... De Zevende School van uw Conclaaf kan de grote Ctein niet alleen doden. Ze hebben onze hulp nodig, en wij moeten de leiding nemen om de Armen de juiste stroming te wijzen. Zonder de Verstrengeling van Geesten zal uw school gedoemd zijn, net als wij.]]

Kira voelde haar wanhoop toenemen. Al haar plannen vielen in het water. Er moest gewoon een manier zijn! [[Kira hier: Als we achter de Zevende School aan zwemmen, kunnen we dan dicht genoeg bij de afgesproken locatie komen om de Verstrengeling van Geesten op tijd te waarschuwen?]]

Een rode zweem schoot over Itari's tentakels en Kira pikte de nabijgeur van bevestiging op. [[Itari hier: Ja.]]

Dat zou de grotere problemen tussen de Kwallen en de Liga niet wegnemen, maar die problemen waren sowieso te groot voor hen om op te lossen.

Terwijl ze tolkte voor Falconi en de rest, deed Kira haar best om haar stem rustig te houden.

Sparrow nam het woord. Ze klonk veel ernstiger dan gebruikelijk. 'Je hebt het over het betreden van het territorium van de vijand. Aish. Als de andere Kwallen ons te pakken krijgen, of de nachtmerries...'

'Ik weet het.'

'Stahl had anders wel gelijk,' zei Nielsen. 'Het gevaar dat de xeno in andere handen valt, is te groot. Het spijt me, Kira.'

'Maar niets doen is ook geen optie!'

Sparrow wreef over haar wang. 'Wat de Liga betreft, zijn we al voortvluchtig, maar dit is hoogverraad. De vijand helpen betekent in de meeste territoria nog steeds de doodstraf.'

Falconi leunde naar voren en activeerde de intercom. 'Hwa-jung, Vishal... Zo snel mogelijk naar de brug alsjeblieft.'

'Ja, kapitein.'

'Meteen, kapitein. Zo snel mogelijk.'

Kira voelde een steen in haar maag. Het Zachte Mes was het probleem. Het was altijd al het probleem geweest, ook in het verre verleden. Vanwege het Zachte Mes hadden miljoenen, misschien wel miljarden het leven verloren. Mensen en Kwallen. Vanwege het Zachte Mes dreigden de nachtmerries hun verderf door het hele melkwegstelsel te verspreiden, om alle andere levensvormen te vernietigen.

Maar dat was niet helemaal waar. De xeno was niet de enige schuldige aan het ontstaan van de nachtmerries. Ook zij had een rol gespeeld in het creëren van de onverzadigbare Muil. Door haar angst en roekeloosheid had ze een verschrikking losgelaten op de sterren.

Kira kreunde en verborg haar gezicht in haar handen. Ze drukte haar vingers in haar schedel totdat die pijn de pijn in haar buik had weggedrukt. De xeno leek in verwarring gebracht; ze voelde hoe hij zichzelf wapende tegen een mogelijke aanval.

Als ze het pak nou kon uittrekken, zou alles gemakkelijker gaan. Dan zouden ze meer mogelijkheden hebben. De Verstrengeling had de xeno eeuwenlang weten te beschermen. Misschien kon ze hem ook nu beschermen?

Kira kreunde opnieuw. Zonder het Zachte Mes zou Alan nog leven, zouden zo veel anderen nog leven... Het enige wat ze wilde, al sinds het Zachte Mes haar voor het eerst besmette, was om vrij te zijn. Vrij!

Ze maakte haar gesp los en drukte zichzelf omhoog uit de stoel. Ze ging staan in 2,5 g. Het pak hield haar overeind, maar haar armen voelden als lood en haar knieën en voetzolen begonnen te bonzen.

Het kon haar niets schelen.

'Kira...' begon Nielsen.

Kira begon te schreeuwen. Ze schreeuwde net zo hard als toen ze besefte dat Alan dood was. Ze schreeuwde en spreidde haar armen en gebruikte alles wat ze door haar trainingen met het Zachte Mes had geleerd – elk sprankje controle dat ze in die lange, donkere maanden in FTL had verkregen – om de xeno van zich af te duwen. Een verlangen dat ze voedde met al haar woede, verdriet en frustraties.

De xeno reageerde meteen. Spiesen en messcherpe membranen schoten alle kanten op, trillend in reactie op de mentale aanval. Maar slechts tot op zekere hoogte. Ze hield de xeno nog net in bedwang om te voorkomen dat de anderen gevaar liepen.

Toch was het een risico dat ze nam.

In de ruimtes tussen de uitstulpingen voelde ze het pak dunner worden en loskomen, waarop ze lucht op haar huid voelde: koude, droge lucht. Het was een verrassend intiem gevoel. Haar huid begon te tintelen toen de ontblote delen groter werden, eilandjes van naaktheid te midden van een grillige duisternis.

Itari, die bij de deur stond, deinsde naar achteren en krulde zijn tentakels om zijn schild.

Kira bleef de xeno van zich afduwen totdat hij met nog maar een paar flinterdunne vezels aan haar vastzat. Ze concentreerde zich en probeerde de vezels te breken, met woede, met dwang, met overwicht…

De vezels vibreerden hevig, maar weigerden te breken. Ze voelde hoe het Zachte Mes weerstand bood. Ze had het stukje bij beetje van zich afgeduwd, maar nu hield het stand. Nog verder en ze zouden van elkaar worden gescheiden, en blijkbaar was dat een stap te ver.

Kira voelde zich steeds woedender worden en bleef duwen. De inspanning vernauwde haar blikveld en even was ze bang dat ze flauw zou vallen. Maar ze bleef staan, en het Zachte Mes bleef weerstand bieden. De xeno reageerde met vreemde, obscure en nauwelijks begrijpbare gedachten, die zich vanuit haar onderbewustzijn een weg omhoog zochten naar haar wakkere geest. Gedachten als: *Het maken van de onscheur was niet ten onrechte. De tijd was zonder evenwicht. De veelgraaiers hadden nog honger, en geen wieg was nabij. Voor nu moest het gemaakte standhouden.*

Raadselachtige woorden, maar de essentie was duidelijk.

Kira brulde en wierp haar laatste krachten op het Zachte Mes. Ze hield zich niet meer in. Nog één poging om het af te stoten. Nog één kans om zichzelf te bevrijden en iets terug te krijgen van wat ze verloren had.

Maar het Zachte Mes vocht terug en als het al medelijden koesterde, als het al oog had voor haar benarde toestand, of spijt voelde voor het vertoonde verzet, dan liet het dat niet merken. Kira voelde enkel vastberadenheid en genoegen over het feit dat het gemaakte standhield.

Voor het eerst sinds ze had beseft dat Alan dood was, gaf Kira het op. Het heelal was vol dingen die ze niet kon begrijpen, en dit, zo bleek, was er één van.

Met een snik staakte ze het gevecht en liet ze zich op de vloer vallen. De xeno bedekte haar huid, zachtjes als vallend zand. De koelte op haar huid verdween, behalve op haar gezicht. Ze voelde de vloer, ze voelde een luchtstroom in haar nek, maar dan gefilterd door de kunstmatige huid van het Zachte Mes. Het pak was als een dikke deken die elke kou en elke oneffenheid op de vloer wegnam, zodat alles warm en comfortabel aanvoelde.

Kira kneep haar ogen dicht om de tranen tegen te houden. Ze snakte naar adem.

'Hemeltjelief,' zei Vishal vanuit de deuropening. Hij liep op haar af en legde zijn arm om haar schouder. 'Gaat het, mevrouw Navárez?'

'Het gaat,' zei ze, maar ze moest de woorden langs het brok in haar keel duwen. Ze had verloren. Ze had alles gegeven en het was niet genoeg geweest. En nu restte haar slechts pure noodzaak. Het waren woorden die Inarë had gebruikt, en ze pasten. Mijn god, hoe goed pasten ze, als ketenen gemaakt van zwarte, strak gewikkelde kabels...

'Weet je het zeker?' vroeg Falconi.

Ze knikte zonder op te kijken. Een traan viel op de rug van haar hand. Niet koud, niet warm, enkel nat. 'Ja.' Ze haalde bevend adem. 'Ik weet het zeker.'

2

Toen Kira overeind was gekomen en weer naar haar stoel was gestrompeld, kwam Hwa-jung de brug op gestampt. De hoge versnelling leek voor haar geen enkele belemmering te vormen. Sterker nog, de machinechef bewoog met een zekere gratie, hoewel hun huidige versnelling zwaarder moest aanvoelen dan de zwaartekracht op Shin-Zar, wist Kira.

'Ik neem aan dat de xeno blijft?' vroeg Falconi.

Kira wachtte even voordat ze antwoord gaf; ze moest eerst Itari ervan overtuigen dat alles goed met haar ging. 'Klopt.'

'Het spijt me, kapitein,' zei Vishal. 'Maar wat nu? Moeten we niet beslissen waar we naartoe gaan?'

'Ja,' zei Falconi bars. Hij legde de situatie snel uit aan de dokter en Hwa-jung en zei toen: 'Wat ik wil weten, is of de Caracole alweer klaar is voor een lange trip.'

'Kapitein –' begon Nielsen.

Hij legde haar met een armgebaar het zwijgen op. 'Ik wil alleen onze opties in kaart brengen.' Hij keek naar Hwa-jung. 'Nou?'

De machinechef zoog op haar onderlip. 'De leidingen moeten worden gespoeld, de fusie- én markovaandrijving moeten worden gecontroleerd... Water, zuurstof en voedsel zijn bijna vol, maar moeten worden aangevuld als we langere tijd weggaan. Hm...'

'Is het mogelijk?' vroeg Falconi. 'Drie maanden in FTL, heen en terug. En reken op drie weken uit cryo, om zeker te zijn.'

Hwa-jung knikte. 'Het kan, maar ik zou het niet aanraden.'

Falconi begon te lachen. 'Het meeste van wat ik het afgelopen jaar heb gedaan, valt onder die noemer.' Hij keek naar Kira. 'De vraag is: móéten we het doen?'

Sparrow leunde naar voren, met de ellebogen op haar knieën. 'We verdienen er niks mee.'

'Nee,' gaf Falconi toe. 'We verdienen er niks mee.'

Nielsen mengde zich in het gesprek. 'Grote kans dat we eraan gaan. En als we het al overleven –'

'... kunnen we worden geëxecuteerd voor hoogverraad,' vulde Falconi aan. Hij pulkte wat aan zijn broek. 'Dat is ook hoe ik het inschat.'

'Wat willen jullie anders doen?' vroeg Kira zachtjes. Ze voelde hoe precair de situatie was. Als ze te veel zou pushen, zouden ze afhaken.

Aanvankelijk gaf niemand antwoord. Toen zei Nielsen: 'We kunnen Trig naar een degelijke medische faciliteit brengen, buiten de Liga.'

'Maar je familie woont toch hier in Sol?' vroeg Kira. De stilte van de eerste officier sprak boekdelen. 'En die van jou toch ook, Vishal?'

'Ja,' zei de dokter.

Kira keek hen een voor een aan. 'We hebben allemaal mensen die ons dierbaar zijn. En ze lopen gevaar. We kunnen ons gewoon niet verstoppen.'

Hwa-jung bromde iets ter instemming en Falconi staarde naar zijn in elkaar gevouwen handen.

'Weersta de verleiding van valse hoop,' fluisterde Gregorovich. 'Bied weerstand en zoek elders naar bevestiging.'

'Sst,' siste Nielsen.

Falconi keek naar het plafond en krabde aan de onderkant van zijn kin. Hij moest zich duidelijk scheren. 'Vraag Itari eens het volgende. Als we de Verstrengeling waarschuwen, is er dan nog steeds kans op vrede tussen mensen en Kwallen?'

Kira vertaalde de vraag.

[[Itari hier: Ja. Maar als de Verstrengeling van Geesten losraakt, zal de grote en machtige Ctein tot het einde van deze golf over ons heersen, en dat zou schadelijk zijn voor iedereen.]]

‘Dat is wat ik al dacht,’ bromde Falconi. Hij boog opzij naar Kira, voor zover zijn riem dat toestond. ‘Maar jij wilt dus gaan?’

Ondanks haar angst voor het onbekende knikte ze. ‘Ja.’

Falconi keek om zich heen. ‘Dus? Wat doen we?’

Sparrow trok een vies gezicht. ‘Ik voel er weinig voor om het VMB te helpen na wat ze ons geflikt hebben, maar… oké dan. Waarom ook niet.’

Vishal slaakte een zucht en hief zijn handen ten hemel. ‘Deze oorlog kan niet zo doorgaan. Als we een kans hebben om iets te doen, dan moeten we die grijpen.’

‘Waar zij gaat, ga ik ook,’ zei Hwa-jung, en ze legde een hand op Sparrows schouder.

Nielsen knipperde met haar ogen. Pas toen besefte Kira dat de eerste officier tranen in haar ogen had. Ze snoof en knikte. ‘Ik stem ook vóór.’

‘En de entropisten?’ vroeg Kira.

‘Die zijn niet in staat om zulke beslissingen te nemen,’ zei Falconi. ‘Maar ik zal het ze vragen.’ Zijn lippen bewogen terwijl hij de boodschap subvocaliseerde en het werd stil op de brug.

Kira nam aan dat hij via een scherm in de ziekenboeg met de entropisten communiceerde, aangezien hun implantaten waren doorgebrand. Ze nam de gelegenheid waar om Itari bij te praten, hoe vermoeiend het constante tolken ook was. Ze checkte de holo. Tot haar grote opluchting zag ze geen achtervolgende schepen meer, maar de nachtmerries waren er wel in geslaagd de dichtstbijzijnde receiver van de zonnelaser te vernietigen.

‘Oké,’ zei Falconi. ‘Veera kan nog niet praten, maar Jorrus stemt ermee in. We gaan.’ Hij keek nog een keer om zich heen. ‘Is iedereen het er echt mee eens? Goed dan. Gregorovich, stel een koers in naar de locatie die Tschetter ons heeft gegeven.’

Het scheepsbrein snoof, wat voor hem ongebruikelijk was. ‘Zijn jullie mij soms vergeten? Telt mijn stem niet?’

‘Natuurlijk wel,’ zei Falconi geïrriteerd. ‘Zeg het maar.’

‘Zeg het maar?’ vroeg Gregorovich. Hij klonk geagiteerd. ‘Wat aardig van u. Ik stem tegen.’

Falconi rolde met zijn ogen. ‘Jammer dat je er zo over denkt, maar het besluit is genomen. Het is zeven tegen één. Stel de koers in.’

‘Ik dacht het niet.’

‘Sorry?’

‘Ik doe het niet. Is dat duidelijker, kapitein, mijn strenge kapitein, mijn o zo overbodige kapitein?’ Gregorovich begon te giechelen en bleef giechelen totdat hij in lachen uitbarstte, een lach die door alle gangen van de Caracole echode.

Een naargeestig gevoel bekroop Kira. Het scheepsbrein was altijd al een beetje instabiel geweest, maar nu was hij echt gek geworden, en ze waren totaal aan hem overgeleverd.

3

'Gregorovich –' begon Nielsen.

'Ik maak bezwaar,' fluisterde het scheepsbrein. 'Ik maak ten zeerste bezwaar. Ik zal jullie niet brengen, in geen honderd jaar, en er is niets wat jullie kunnen zeggen of doen om me over te halen. Kam mijn haartjes, aai me over de bol, trek me een knap jurkje aan en trakteer me op de zoetste pruimen, maar ik zal mijn besluit niet terugdraaien, terugtrekken, terugschroeven of terugnemen.'

[[Itari hier: Wat is er aan de hand?]]

Kira legde het uit, waarop de Kwal een ziekelijk groene tint kreeg.

[[Itari hier: Jullie scheepsvormen zijn als gevaarlijke onderstromen.]]

Falconi vloekte. 'Wat is er met je aan de hand, Gregorovich? We hebben geen tijd voor dit gelul. Ik geef je een direct bevel. Stel de koers in.'

'Nooit en te nimmer.'

De kapitein sloeg met zijn hand op de console. 'Meen je dat nou? Je vond het prima om naar Vliegenstrip te gaan, en nu ga je ineens muiten?'

'Dat we daar gevaar zouden lopen, was niet met zekerheid vast te stellen. Op basis van de beschikbare informatie viel de risico-inschatting de juiste kant op. Jullie waren niet van plan je in een militaire krachtmeting te mengen, en als jullie dat nu wel willen, kan ik dat niet toestaan.' Gregorovich' zelfingenomen toon was onuitstaanbaar.

'Waarom niet?' vroeg Nielsen. 'Waar ben je bang voor?'

Het scheepsbrein begon griezelig eng te giechelen. 'Het heelal dreigt uit elkaar te vliegen, een speelgoedmolentje dat op het punt staat het te begeven. Duisternis en leegte. En wat is er dan nog belangrijk? De warmte van vriendschap. Menselijke goedheid. Trig balanceert op het randje van de dood, in een tombe van ijs, en ik kan niet toestaan dat deze bemanning verder wordt verscheurd. Niet ik, Gregorovich. Als we ons in de strijd tussen Kwallen en nachtmerries mengen, terwijl de Zevende Vloot zijn kans afwacht om dood en verderf te zaaien, is de kans aanzienlijk dat we het onderspit zullen delven door een schip dat zich op ons zal storten als een wraakgodin gespeend van elk beetje eergevoel, medelijden of empathie.'

'Je hebt je zegje gedaan,' zei Falconi. 'En dan beveel ik je nu om van koers te veranderen.'

'Dat kan ik niet, kapitein.'

'Je bedoelt dat je het niet wilt?'

Gregorovich begon weer te lachen, laag en lang. 'Is dat onvermogen het resultaat van mijn aard of van mijn opvoeding? Of komt dat op hetzelfde neer?'

Falconi keek naar Nielsen. Kira zag de paniek in zijn ogen. 'Je hebt Kira toch gehoord? Als we de Verstrengeling niet waarschuwen, hebben we geen enkele kans meer op vrede en geen enkele kans om de nachtmerries te verslaan. Is dat dan wat je wilt?'

'Als een onwrikbare kracht en een onweerstaanbaar object samenkomen, wordt de causaliteit onduidelijk. Kansen ontstijgen de berekening. Statistische variabelen vliegen alle kanten op.'

'Je bedoelt een onweerstaanbare kracht en een onwrikbaar object,' zei Nielsen.

'Ik bedoel altijd te zeggen wat ik wil zeggen.'

'Behalve dat je dat niet doet.'

Sparrow schraapte haar keel. 'Volgens mij is het gewoon een dure manier om te zeggen dat je niet weet wat er gaat gebeuren.'

'Ah!' riep Gregorovich. 'Maar dat is nou juist het punt. Niemand van ons weet dat, en ik probeer jullie juist te beschermen tegen die onzekerheid, huismusje van me. Dat is wat ik doe.'

'Ik heb genoeg van je insubordinatie,' zei Falconi. 'Ik wil dit niet doen, maar je laat me geen keus. Toegangscode vier-zes-zes-negen-likmereet. Autorisatie: Falconi-alfa-bravo-bravo-whiskey-tango.'

'Het spijt me, kapitein,' zei Gregorovich. 'Dacht je nou echt dat dat zou werken? Je kunt me niet uit het systeem weren. De Caracole is van mij, meer dan ze ooit van jou is geweest. Vlees van mijn vlees en al die onzin. Accepteer je nederlaag. We gaan naar Alpha Centauri, en mocht het daar te gevaarlijk blijken, dan vinden we wel een veilige haven ergens aan de rand van het bewoonde universum, waar buitenaardse monsters en hun enge tentakels geen reden hebben om zich te vertonen. Jazeker!'

Terwijl Gregorovich aan het praten was, wees Falconi naar Hwa-jung en knipte hij zonder geluid te maken met de vingers. De machinechef knikte, maakte haar riem los en liep snel naar de deur.

Het geluid van de vergrendeling klonk. *Klang.*

'Mevrouw Song,' kraaide het scheepsbrein. 'Mevrouw Song, wat doet u nu? Ik ken uw trukendoos. Denk niet dat u me kunt dwarsbomen. Al had u duizend jaar de tijd, dan nog kunt u me niet om de tuin leiden. Song, Song, met al uw noten op uw zang... Laat varen uw plan. Die plaat is grijsgedraaid.'

'Snel,' zei Falconi. 'De console. Misschien kunnen we –'

Hwa-jung draaide zich razendsnel om en holde naar een van de toegangsconsoles naast het bedieningspaneel van de holo.

'En ik dan?' vroeg Kira. Ze wist niet wat de machinechef van plan was, maar het leek verstandig om Gregorovich af te leiden. 'Je kunt me niet opgesloten houden. Hou op, of ik breek je container open om je stroomtoevoer los te rukken.'

Een fontein van vonken spoot uit de toegangsconsole toen Hwa-jung er haar vingers op legde. Ze slaakte een kreet en greep haar pols beet. Het deed overduidelijk pijn.

'Klootzak!' riep Sparrow.

'Waag het,' fluisterde het scheepsbrein, waarop de Caracole begon te trillen. 'Waag het eens. Maar het maakt allemaal niet uit. De autopilot is al ingesteld en er valt niets meer aan te doen, ook al zouden jullie het mainframe volledig wissen en opnieuw programmeren.'

Hwa-jungs gezicht stond op onweer. Ze siste, trok een doek uit de zak aan haar riem en wikkelde die om haar gewonde hand, helemaal tot over haar vingers. Toen reikte ze weer naar de toegangsconsole.

'Laat mij –' begon Kira, maar toen had de machinechef de console al geopend en was ze in het binnenste aan het rommelen.

'Song,' zei Gregorovich. 'Waar ben je allemaal mee bezig, mooie Song? Mijn wortels reiken diep. Je kunt me niet uitgraven, niet hier, niet daar, niet met duizend lasers of duizend bots. In de Caracole ben ik alwetend en almachtig. De enige stem, de enige wil, de enige weg. Staak je nutteloze, nodeloze nijverheid en ga weer zitten om –'

Hwa-jung rukte iets los onder de console. De lichten flikkerden, de speakers kraakten – zodat Gregorovich niet langer te horen was – en de helft van de indicatorlichtjes op de brug viel uit.

'Jammer voor je,' zei de machinechef.

4

Even bleef het angstvallig stil.

'Shit. Gaat het?' vroeg Sparrow.

'Het gaat,' bromde Hwa-jung.

'Wat heb je gedaan?' vroeg Falconi fel. Kira kreeg de indruk dat hij niet alleen woedend was op Gregorovich, maar ook op de machinechef, omdat ze misschien het scheepsbrein of de Caracole had beschadigd.

'Ik heb Gregorovich uit de computer gerukt,' zei Hwa-jung, die inmiddels weer overeind was gekomen. Ze wreef over haar gekwetste hand.

'Hoe dan?' vroeg Falconi.

Ook Kira vroeg zich dat af. Gregorovich had namelijk niet gelogen. Scheepsbreinen waren zo sterk geïntegreerd met een schip als de Caracole dat het bijna gemakkelijker was om een bonzend hart uit een borstkas te verwijderen zonder de patiënt te laten overlijden.

Hwa-jung liet haar armen zakken. 'Gregorovich is slim, maar zelfs hij begrijpt niet alles van de Caracole. Hij kent de stroomdraden, ik ken de leidingen waar die stroomdraden door lopen. Aish. Zoals die dus.' Ze schudde haar hoofd. 'Alle stroomdraden die met Gregorovich zijn verbonden, hebben automatische zekeringen, in het geval van een stroompiek. Die kunnen hier of vanuit de schuilbunker worden geactiveerd.' Ze trok haar schouders op. 'Simpel.'

'Hij is nu dus helemaal geïsoleerd? Helemaal alleen, in het donker?' vroeg Nielsen.

'Niet helemaal,' zei Hwa-jung. 'Zijn container bevat een eigen computer. Als daar wat op staat, kan hij dat zien.'

'Godzijdank,' zei Vishal.

'Maar hij kan dus met niemand meer contact opnemen?' vroeg Nielsen.

Hwa-jung schudde haar hoofd. 'Niet draadloos, en anders ook niet. Als we willen, kunnen we met hem praten, als we rechtstreeks verbinding maken met zijn container, maar dan moeten we wel oppassen. Als hij toegang weet te krijgen tot een extern systeem, kan hij de Caracole weer overnemen.'

'Hij zal er in ieder geval niet blij mee zijn,' zei Sparrow.

Gregorovich moest inderdaad ziedend zijn nu, bedacht Kira. Om weer opgesloten te zitten in dat bad met voedingstoffen, zonder manier om contact te leggen met de buitenwereld… Ze huiverde bij de gedachte.

'Wat kan mij het verrotten of-ie blij is of niet,' bromde Falconi. Hij haalde een hand door zijn haar. 'Nu is het in ieder geval zaak om Sol te verlaten voordat ze ons aan flarden schieten. Kun je een nieuwe koers programmeren?'

'Ja, kapitein.'

'Hup dan. Ook nu met willekeurige koerswijzigingen. Drie moet genoeg zijn.'

Hwa-jung liep terug naar haar stoel en concentreerde zich op haar overlays. Een minuutje later klonk er een alarm en voelde Kira hoe een loodzware deken van haar werd weggetrokken: de motoren waren uitgezet.

Het Zachte Mes hield Kira vast aan haar stoel terwijl de Caracole van richting veranderde. Natuurlijk deed het dat. Het pak was gedienstig. Zo bezorgd om haar veiligheid en welbevinden. Behalve als het aankwam op wat ze werkelijk wilde. Ze voelde de haat weer opborrelen, als pus uit een etterende wond. Maar ze had niets aan die haat. Het was een zwakke, nutteloze emotie, aangezien ze er niets aan kon doen, helemaal niets, net zomin als

Gregorovich aan de gevangenis van zijn eigen geest kon ontsnappen.

'Hoelang voordat we naar FTL gaan?' vroeg ze.

'Dertig minuten,' zei Hwa-jung. 'De aanpassingen van de Kwal houden het nog steeds. We zijn dus wat sneller dan normaal.'

[[Itari hier: Idealis?]]

Kira praatte de Kwal bij over wat er allemaal aan de hand was. De groene zweem op zijn tentakels maakte plaats voor de normale, gezonde oranje kleur.

'Echt een discokwal,' zei Sparrow. 'Nooit gedacht dat ze het zo bont konden maken.'

Kira was blij dat de bemanning – en zijzelf trouwens ook – inmiddels aan de aanwezigheid van de Kwal gewend was.

De Caracole voltooide haar manoeuvre en de motoren sloegen aan, waarop Kira weer in haar stoel werd gedrukt. Op weg naar een ander punt op de markovgrens van Sol.

5

De bemanning besteedde het halfuurtje dat ze hadden aan het treffen van voorbereidingen: ze moesten de Caracole klaarmaken voor FTL en zichzelf voor de cryo. Idealiter zouden ze langer de tijd nemen om te herstellen, aangezien elke cyclus roofbouw pleegde op het lichaam. Toch zaten ze nog ruim onder de jaarlijkse limiet. In de Lapsang Corporation gold een limiet van twee cycli per maand gedurende drie maanden, maar Kira wist dat burgers en militairen die limiet vaak flink overschreden. Maar dat had wel bepaalde gevolgen.

Vlak voor vertrek kwam er nog goed nieuws binnen. Vishal betrad de brug met een brede grijns op zijn gezicht en zei: 'Ik heb contact gehad met mijn oom! Mijn moeder en zusters zijn op Luna, godzijdank.' Hij maakte een kruisteken. 'Mijn oom heeft beloofd dat hij ze onderdak zou geven. Hij heeft een bunker diep onder het maanoppervlak. En ze mogen zo lang blijven als nodig is!'

'Dat is goed nieuws, Vishal,' zei Falconi, en de kapitein gaf hem een klap op de schouder. 'Erg goed nieuws.' Waarop iedereen de dokter feliciteerde.

Toen ze even een minuutje over had, liep Kira snel naar haar hut. Ze activeerde een weergave van het stelsel en zoomde in op de kleine groen-blauwe stip: Aarde.

Aarde. De thuisplaneet van de mens. Een planeet met zo veel leven, zo veel complexe, meercellige levensvormen die zo veel verder ontwikkeld waren dan het leven in de meeste andere xenosferen… Alleen Eidolon kwam in de buurt van de evolutionaire prestaties van de Aarde, hoewel er op die planeet geen enkel wezen met zelfbewustzijn voorkwam.

Kira had de enorme diversiteit van het leven op Aarde uitentreuren bestudeerd, net als iedere andere xenobioloog. Ze had er altijd van gedroomd de planeet zelf te bezoeken. Ze was echter niet verder gekomen dan Orsted, en de kans was klein dat ze ooit voet zou zetten op die blauw-groene planeet.

De aanblik van de Aarde voelde onwerkelijk. Om te bedenken dat de gehele mensheid tot zo'n driehonderd jaar geleden op die ene modderige bol had geleefd... Al die mensen, vast op die planeet, niet in staat de sterren te bezoeken, zoals zij en zo veel anderen hadden gedaan...

Zelfs het woord *Aarde* kwam van de planeet waar ze nu naar keek, en *Maan* van de vaalwitte schijf die er zo dichtbij stond (en beide inmiddels met kunstmatige ringen, glinsterend als zilverdraad).

Dé Aarde.

Dé Maan.

De oorsprong van alles.

Kira haalde bevend adem. Het gebeurde zelden dat ze zo overmand raakte door emoties. 'Vaarwel,' fluisterde ze, hoewel ze niet precies wist tegen wie of wat.

Ze deactiveerde de display en voegde zich weer bij de rest van de bemanning. Algauw klonk het alarm en sprong de Caracole naar FTL, met achterlating van Sol, de Aarde, Jupiter, Ganymedes en de nachtmerries, en het overgrote deel van die wemelende, krioelende mensheid.

GANYMEDE: ORSTED STATION

* * * * * * *

EXEUNT IV

1

Toen het tijd werd voor de derde FTL-sprong na Sol, lag iedereen in cryo, met uitzondering van Falconi, Hwa-jung en Kira. Zelfs Itari was weer in zijn cocon gekropen, dit keer in het laadruim aan bakboordzijde. (Falconi had besloten dat er geen goede reden meer was om de Kwal in de luchtsluis op te sluiten.)

Terwijl ze in interstellaire ruimte wachtten totdat de Caracole was afgekoeld voor de laatste etappe van de reis, bracht Kira een bezoekje aan de kombuis om drie maaltijdrantsoenen te verorberen, vier glazen water te drinken en een hele zak gesuikerde berilnootjes weg te werken. Eten in nul g was niet haar favoriete bezigheid, maar de inspanningen op Orsted hadden haar uitgehongerd.

Tijdens het eten bleef ze maar aan Gregorovich denken. Het scheepsbrein had nog altijd geen toegang tot het computersysteem van de Caracole en zat nu in zijn eentje in zijn tombeachtige container. Dat vond ze om verschillende redenen verontrustend, maar vooral omdat ze medelijden met hem had. Kira wist hoe het voelde om in het donker afgezonderd te zijn van alles en iedereen – haar tijd aan boord van de Walkure had dat maar al te duidelijk gemaakt – en ze maakte zich zorgen over wat het met Gregorovich zou doen. Totale isolatie was een straf die ze zelfs haar ergste vijanden niet toewenste, zelfs de nachtmerries niet. Zelfs de dood was beter dan dat.

En hoewel ze het niet wilde toegeven, was Gregorovich ook een vriend geworden, in zoverre je vriendschap kon sluiten met een scheepsbrein. Hun gesprekken tijdens FTL hadden Kira troost geboden en ze vond de situatie waarin Gregorovich zich nu bevond vreselijk.

Eenmaal terug op de brug tikte ze Falconi op de arm. ‘Wat ga je eigenlijk doen met Gregorovich?’

De kapitein slaakte een zucht en het gereflecteerde licht van zijn overlays verdween. 'Wat kán ik doen? Ik heb geprobeerd te praten, maar er komt niks zinnigs meer uit.' Hij masseerde zijn slapen. 'Mijn enige optie nu is om hem in cryo te brengen.'

'En dan? Voor altijd in de diepvries?'

'Misschien. Ik weet niet of ik hem na dit alles nog kan vertrouwen.'

'Kun je dan –'

Hij bracht haar met een blik tot zwijgen. 'Weet je wat ze doen met scheepsbreinen die een bevel negeren, uitzonderlijke omstandigheden daargelaten?'

'Oneervol ontslag?'

'Precies. Ze worden uit hun schip gehaald en hun brevet wordt ingetrokken. Zonder kans op beroep. Ook civiele schepen zijn verboden terrein. En weet je waarom?'

Daar hoefde Kira niet lang over na te denken. 'Omdat ze te gevaarlijk zijn.'

Falconi maakte een cirkelbeweging met zijn vinger. 'Elk ruimteschip, zelfs een kleintje zoals de Caracole, is in wezen een vliegende bom. Wat denk je dat er gebeurt als iemand, of een krankzinnig geworden scheepsbrein, besluit een vrachtschip of kruiser op een planeet te laten neerstorten?'

Kira huiverde. Ze herinnerde zich het ongeluk op Orlog, een van de manen in haar thuisstelsel. De krater was met het blote oog zichtbaar geweest. 'Een ramp.'

'Inderdaad, een ramp.'

'En toch vond je het goed om Gregorovich aan boord te hebben?' Ze keek hem nieuwsgierig aan. 'Erg riskant, als je het mij vraagt.'

'Dat was het ook. Is het ook. Maar Gregorovich moest ergens terecht en ik dacht dat we elkaar konden helpen. Tot op heden heeft hij me geen enkele aanleiding gegeven om te denken dat hij een gevaar vormde voor ons of voor de Caracole.' Hij haalde zijn vingers door zijn haar. 'Ik weet het ook niet.'

'Kun je zijn toegang niet beperken tot het comm-systeem en subluminale navigatie?'

'Werkt niet. Zodra een scheepsbrein onderdeel is van het systeem, kun je hem niet meer buitensluiten. Daar zijn ze te slim voor, en te goed geïntegreerd met de computers. Alsof je met je blote handen een paling moet zien vast te grijpen. Vroeger of later weet-ie altijd te ontsnappen.'

Kira wreef over haar arm en dacht na. Dat was niet best. Haar zorgen om Gregorovich als persoon daargelaten voelde ze er weinig voor om met hem aan het roer vijandig gebied te betreden. 'Vind je het goed als ik even met hem praat?' Ze knikte naar het plafond.

'Eigenlijk is het meer die kant op.' Falconi wees naar de vloer. 'Maar waarom? Ik vind het prima, maar ik betwijfel of je er iets wijzer van wordt.'

'Misschien niet, maar ik maak me zorgen. Wellicht kan ik hem iets kalmeren. We hebben veel gepraat in FTL.'

Falconi trok zijn schouders op. 'Je mag het proberen, maar nogmaals, ik weet niet of je er iets aan hebt. Gregorovich klonk echt van het padje.'

'Hoezo dan?' vroeg ze, bezorgd.

Hij krabde aan zijn kin. 'Gewoon... gek. Hij is altijd al een beetje raar geweest, maar dit was anders. Alsof hij krankzinnig is geworden.' Hij schudde zijn hoofd. 'Maar om eerlijk te zijn maakt het niet uit hoe kalm Gregorovich wel of niet is. Ik geef hem pas weer controle als hij kan bewijzen dat dit iets eenmaligs was. En ik zie niet hoe hij dat kan. Sommige dingen kunnen nou eenmaal niet worden gerepareerd.'

'We maken allemaal fouten, Salvo.'

'En fouten hebben consequenties.'

'Klopt, en misschien gaan we Gregorovich nodig hebben als we bij de Kwallen komen. We hebben natuurlijk Morven nog, maar dat is een pseudo. Als we in de problemen komen, kan ze weinig voor ons betekenen.'

'Klopt.'

Kira legde een hand op zijn schouder. 'En je hebt al eens gezegd dat Gregorovich een volwaardig lid van je bemanning is, net als Trig. Wil je het dan zo snel opgeven?'

Falconi staarde haar even aan. De spiertjes in zijn kaak spanden zich aan. Uiteindelijk gaf hij toe. 'Oké dan. Ga praten. Kijk of je kunt doordringen tot dat blok beton dat hij zijn brein noemt. Hwa-jung kan je wel vertellen waar je heen moet en wat je moet doen.'

'Dank je.'

'Hm. Als je hem maar geen toegang geeft tot het mainframe.'

Kira ging op zoek naar Hwa-jung. Ze trof haar in de machinekamer. Toen de machinechef hoorde wat Kira wilde, leek ze niet verrast. 'Deze kant op,' zei ze.

De gangen van de Caracole waren donker, koud en naargeestig stil. Condensdruppeltjes vormden zich op plekken waar de tocht geen vrij spel had, en terwijl ze zich door het schip trokken, wierpen ze langgerekte schaduwen voor zich uit die aan duistere geestverschijningen deden denken.

Op het dek onder de brug, dicht bij het hart van het schip, kwamen ze bij een dichte deur. Kira was er al eens langsgelopen, maar had er verder geen acht op geslagen. Het zag eruit als een kast- of serverruimte.

Wat in feite ook zo was.

Hwa-jung ontgrendelde de deur. Een meter verderop was een tweede deur. 'Dit is een soort miniluchtsluis, in het geval van een catastrofale breuk van de romp.'

'Aha.'

De tweede deur rolde open. Erachter bevond zich een kleine, warme kamer met draaiende ventilatoren. De wanden waren van vloer tot plafond bedekt met knipperende lampjes, en evenzovele schakelaars, knopjes of regelaars. In het midden van de kamer stond een grote, zware neurale sarcofaag: een sokkel van metaal, twee keer zo breed als Kira's bed, en zo hoog als haar borst. Het ontwerp was indrukwekkend, alsof het bedoeld was om indringers af te schrikken: 'Zij die hieraan gaan lopen klooien, zullen worden bestraft.' Het beslag was donkergekleurd, zwart bijna, en aan één kant was een holodisplay bevestigd, boven een aantal groene indicatoren die de diverse niveaus van gassen en vloeistoffen aangaven.

Hoewel Kira zulke sarcofagen al eens in games en filmpjes had gezien, had ze er nooit naast eentje gestaan. Het gevaarte was, wist ze, aan de leidingen en stroomkabels van de Caracole verbonden, maar mochten die ontkoppeld worden, dan kon de sarcofaag Gregorovich maanden, zo niet jaren in leven houden, afhankelijk van de efficiëntie van de interne energievoorziening. Het was in feite een kunstmatige schedel en een kunstmatig lichaam, zo stevig gebouwd dat het planetaire afdalingen kon overleven bij snelheden en drukniveaus die de meeste schepen aan flarden zouden scheuren. De duurzaamheid van de containers was legendarisch. Vaak was de sarcofaag (en het scheepsbrein dat erin huisde) het enige wat nog over was van een geëxplodeerd schip.

Het was een rare gedachte dat er een brein in die tombe van metaal en saffier zat. En ook geen gewoon brein. Het zou groter – veel groter – en meer uitgespreid zijn dan een gewoon brein: geplooide vlindervleugels van grijze, weke massa, met in het midden de walnootvormige kern waarin Gregorovich' bewustzijn huisde, en die inmiddels tot enorme omvang was uitgedijd. De gedachte alleen al maakte Kira nerveus en ze kreeg het gevoel alsof de gewapende sarcofaag zelf ook leefde en haar in de gaten hield, hoewel ze wist dat Hwa-jung alle sensoren had uitgeschakeld.

De machinechef trok een koptelefoon met draad uit haar zak en gaf hem aan Kira. 'De stekker kan hierin. En hou de koptelefoon op als je praat. Als hij geluid kan produceren, kan hij het systeem hacken.'

'Echt?' vroeg Kira.

'Echt. Met elk soort output eigenlijk.'

Kira stak de koptelefoon in de uitgang op de sarcofaag. Omdat ze niet wist wat ze kon verwachten, zei ze: 'Hallo?'

'Eerst deze,' bromde de machinechef. Ze zette een schakelaar naast de koptelefooningang om.

Een oorverdovend lawaai vulde Kira's schedel. Ze trok haar hoofd terug en tastte naar de volumeregeling. Het lawaai klonterde samen tot een woordenbrij: woorden zonder eind, zonder pauzes, geroezemoes bestaande uit alle gedachtes die door Gregorovich' hoofd spookten. De woordenbrij was gelaagd, merkte Kira: een gekloonde massa die vooral tegen zichzelf aan het praten was, aangezien niemand de tomeloze, razendsnelle denkprocessen van Gregorovich' bewustzijn kon bijbenen.

Ik wacht buiten wel, gebaarde Hwa-jung, waarop ze vertrok.

'Hallo?' zei Kira, en ze vroeg zich af wat ze zich op de hals had gehaald.

Het geroezemoes hield niet op, maar zakte naar de achtergrond, waarop een enkele stem – een bekende stem – begon te spreken: 'Hallo? Hallo, mijn liefste, mooie dansmarieke. Ben je gekomen om je te verkneukelen, Navárez? Om te wijzen, te plagen en te lachen om mijn tegenspoed? Om –'

'Nee, natuurlijk niet.'

Gregorovich begon te lachen, een harde, messcherpe lach waarvan haar nekharen recht overeind gingen staan. Zijn gesynthetiseerde stem had een vreemd timbre gekregen, een soort verstoring die zijn klanken moeilijk verstaanbaar maakte. Bovendien nam het volume steeds toe en af, en zo nu en dan viel het geluid helemaal weg. 'Wat wil je dan? Gemoedsrust? Want dit is jouw schuld, getroebleerde vleesklont. Jouw keuze. Jouw verantwoordelijkheid. Een gevangenis die jij hebt opgetrokken, voor een –'

'Jij bent degene die de Caracole wilde kapen, niet ik,' zei Kira. Als ze hem niet onderbrak, zou hij nooit meer zijn mond houden. 'Maar daarom ben ik niet gekomen.'

'Aha! Maar wat wil je dan? Ik val in herhaling. Je bent zo langzaam, te langzaam… Hersenen als modder, een tong als dof uitgeslagen lood –'

'Er is niks mis met mijn hersenen, dank je,' zei ze fel. 'Ik denk alleen na voordat ik wat zeg, in tegenstelling tot jou.'

'Ha! Nu toon je je ware aard. Boekaniers aan stuurboord! Schedel en knekels, klaar om een vriend in nood aan je sabel te rijgen. Ahoi! Vuurtoren op de rots, luiken dicht, en de wachter die verdrinkt in eenzaamheid… "Malcolm, Malcolm, Malcolm!" roept hij, en de duizendpoot voelt met hem mee, en schreeuwt in stilte…'

Kira begon nu echt ongerust te worden. Falconi had gelijk. Er klopte iets niet met het scheepsbrein, en dat had niet alleen te maken met zijn onwil om de Verstrengeling te hulp te schieten. Rustig aan nu. 'Nee,' zei ze. 'Ik wilde weten hoe het met je ging voordat we vertrokken.'

Gregorovich begon te kakelen. 'Jouw schuld in dit alles is zo duidelijk als transparant aluminium. O, jawel. Hoe het met me gaat?…' Even staakte hij zijn verbale diarree. Het geroezemoes op de achtergrond hield op, waarna hij iets rustiger klonk: een onverwachte terugkeer naar iets wat als normaal kon worden beschouwd. 'De tijdelijkheid van de natuur heeft me lang geleden al zo gek als een maartse haas gemaakt, of heb je dat soms niet gemerkt?'

'Ik durfde er niet over te beginnen.'

'Je tact en voorkomendheid zijn ongeëvenaard.'

Dat klonk al beter. Kira kon een glimlach niet onderdrukken. Toch kon die ogenschijnlijke lucidititeit snel omslaan en ze vroeg zich af hoever ze kon gaan. 'Denk je dat het weer goed met je komt?'

Gregorovich proestte het uit, maar wist dat snel de kop in te drukken. 'Ik? O, maak je daar maar geen zorgen over. Helemaal weer de oude. Ik blijf hier gewoon even zitten, gezellig in m'n eentje, om heilzame gedachten te denken en het allerbeste te hopen voor onze toekomst. Ja hoor, absoluut.'

Nee dus. 'Waarom heb je het gedaan? Je wist dat Falconi de controle over zijn schip niet zomaar uit handen zou geven. Dus waarom heb je het geprobeerd?'

Het achtergrondkoor zwol weer aan. 'Hoe kan ik het uitleggen? Moet ik het wel uitleggen? Heeft het nog zin, nu besluiten genomen zijn, consequenties geaccepteerd? Ha! Maar luister. Ik heb al eerder in duisternis vertoefd, heb mijn bemanning verloren, en mijn schip. Iets wat ik niet nog een keer wilde en zou meemaken. Liever zoete vergetelheid en de dood, dat oeroude eindstation. Veel liever dat dan om verbannen te worden naar kille kliffen, waar eenzame zielen dolen en verschrompelen, elk een bolzmannparadox, elk een snelkookpan van nare dromen. Denken over stoffelijkheid, stof tot nadenken...Afzondering als wrede beknotting van de lente, en –'

Ineens klonk er een harde ruis. Zijn stem was niet langer te horen, maar Kira luisterde al niet meer. Hij was weer aan het raaskallen. Ze meende te begrijpen wat hij zei, maar dat was niet wat haar zorgen baarde. Een paar uur van afzondering zouden Gregorovich niet zo erg van zijn stuk moeten brengen. Maar wat dan wel? Wat kon zo veel invloed hebben op een scheepsbrein? Ze had geen flauw idee.

Als ze het gesprek naar rustigere wateren zou kunnen sturen, zou hij misschien wat kalmeren en kon ze ontdekken wat er mis was. Misschien.

'Gregorovich... Gregorovich, hoor je me? Geef antwoord als je me kunt horen. Wat is er aan de hand?'

Na een tijdje gaf het scheepsbrein antwoord. Zijn stem klonk zwak en ver weg. 'Kira... ik voel me lang niet goed. Ik kan niet... niets zit op de goede plek.'

Ze drukte de koptelefoon tegen haar hoofd in een poging beter te kunnen horen. 'Weet je ook waarom?'

Er klonk een zwakke lach, die langzaam luider werd. 'Ah, zijn we aan het delen en opbiechten? Is het eindelijk zover?' Hij begon te kakelen. 'Heb ik je ooit verteld waarom ik besloot scheepsbrein te worden, nieuwsgierig aagje?'

Kira wilde niet van onderwerp veranderen, maar wilde hem ook niet tegen de haren in strijken. Zolang Gregorovich bereid was te praten, was zij bereid te luisteren. 'Nee.'

Het scheepsbrein snoof. 'Omdat het me indertijd een goed idee leek, dat is waarom, bom-tie-dom. Ach, de onbezonnenheid van de jeugd... Mijn lichaam was niet echt meer in topconditie, als je begrijpt wat ik bedoel, wat je niet doet, maar misschien ook wel ... Aan mij ontbraken diverse ledematen en bepaalde belangrijke organen, en naar verluid was het wegdek besmeurd met een spectaculaire hoeveelheid bloed en fecaliën... Zwart lint op zwarte steen, rood, rood, rood, en de lucht die pijn kleurde. Mijn enige optie was om in een container te worden geplaatst, om te wachten op een nieuw lichaam of om scheepsbrein te worden. In mijn arrogantie en onwetendheid koos ik voor het onbekende.'

'Hoewel je wist dat je die beslissing niet meer kon terugdraaien? Vond je dat niet eng?' Kira had al spijt van de vraag zodra ze hem had gesteld; ze wilde hem niet verder uit evenwicht brengen. Tot haar opluchting nam Gregorovich de vraag goed op.

'Ik was destijds nog niet zo slim als nu. O nee, o nee. De enige dingen die ik zou gaan missen, dacht ik, waren zijdezachte, zoete, zilte zoenen, en klef carnaal contact, en in beide gevallen dacht ik, ja, VR kon daarvoor een adequaat alternatief vormen. Bits en bytes, binair beminnen... De schaduw van het ideaal, versmolten tot en smachtend naar elektronen, smachtend... Verkeerd gedacht? Dacht ik verkeerd? Verkeerd, verkeerd... Ik kon altijd nog gebruikmaken van een construct om in mijn vleselijke lusten te voorzien, mocht ik zin krijgen.'

Kira was nieuwsgierig geworden. 'Maar waarom dan?' vroeg ze, zo rustig mogelijk. 'Waarom dan een scheepsbrein worden?'

Gregorovich lachte, en toen hij begon te spreken, droop de arrogantie van zijn woorden. 'Voor de spanning natuurlijk. Om méér te worden dan ik was, om naar de sterren te reizen als reus te midden van dwergen, niet langer gebonden aan een kwetsbaar lichaam.'

'Maar het zal niet gemakkelijk zijn geweest,' zei Kira. 'Het ene moment leef je je leven, en dan krijgt dat leven een heel andere wending door een ongeluk.' Ze dacht meer aan zichzelf dan aan hem.

'Wie zei dat het een ongeluk was?'

'Ik ging ervan uit dat –'

'De waarheid maakt niet uit. O nee. Ik had al overwogen me op te geven als scheepsbrein. Mijn rappe ontmanteling bespoedigde slechts dat riskante plan. Verandering gaat sommigen gemakkelijker af dan anderen. Monotonie is saai, en bovendien – zoals de oudjes niet nalaten te vertellen – zijn verwachtingen van wat zou kunnen of moeten zijn de voornaamste bron van onvrede. Verwachtingen leiden tot teleurstelling, en teleurstelling tot woede en wrok. En ja, ik ben me bewust van de ironie, die heerlijke ironie, maar zelfkennis beschermt amper tegen stommiteiten, mijn pedante symbiontje. Het is een gebrekkig pantser.' Hoe meer Gregorovich zei, hoe kalmer en evenwichtiger hij leek te worden.

Houd hem aan de praat. 'Als je alles over zou kunnen doen, zou je dan nog steeds dezelfde keus maken?'

'Wat betreft scheepsbrein worden: ja. Maar voor de rest: niet zozeer. Tenen en vingers, rode en gele slingers.'

Kira fronste haar wenkbrauwen. Een kleine terugslag. 'Is er iets wat je mist van vroeger? Ik wou eigenlijk zeggen: van toen je nog een lichaam had, maar ik neem aan dat de Caracole nu je lichaam is.'

Gregorovich slaakte een diepe zucht. 'Vrijheid. Dat is wat ik mis. Vrijheid.'

'Hoe bedoel je?'

'Ik heb – of had – het gehele in kaart gebrachte heelal aan mijn voeten. Ik ben sneller dan het licht. Ik kan de atmosfeer van een gasreus in duiken en baden in het poollicht van Eidolon, en heb dat ook gedaan... Maar zoals je al zei, opmerkzame plaaggeest, is de Caracole mijn lichaam, en ze blijft mijn lichaam totdat ik eruit word verwijderd, mocht die tijd ooit komen. Als we ergens docken, heb jij de vrijheid om van boord te gaan, de hort op. Maar ik niet. Via camera's en sensoren kan ik op afstand meekijken en meeluisteren, maar ik blijf gekluisterd aan dit schip, ook als ik een op afstand bestuurbaar construct zou krijgen. Dat mis ik, de vrijheid om te gaan en staan waar ik wil, om me op eigen beweging te verplaatsen, zonder gedoe... Ik heb begrepen dat er een scheepsbrein is op de Wereld van Stewart die een tien meter hoge mech voor zichzelf heeft laten maken, en nu de onbewoonde delen van de planeet aan het verkennen is, en manshoge schilderijen maakt van bergen... Zoiets hoop ik ook ooit te hebben. Dat zou fijn zijn, al lijkt de kans nu klein.'

Hij ging verder. 'Als ik mijn oude ik, de Gregorovich van vóór de transitie, advies zou kunnen geven, dan zou ik mezelf vertellen om het meeste te halen uit wat ik toen had. Maar al te vaak besef je pas wat je hebt als het je al door de vingers is geglipt.'

'Soms is dat de enige manier om te leren,' zei Kira. Ze viel stil, geraakt door haar eigen woorden.

'Het lijkt erop. De tragische onwetendheid van onze soort.'

'Maar toch kan het even schadelijk zijn om de toekomst te negeren en te zwelgen in wat had kunnen zijn.'

'Zeker. Belangrijk is om het te proberen en jezelf op die manier te verbeteren. Anders zouden we nu nog steeds aan de boomtakken hebben geslingerd. Maar melodramatisch navelgestaar heeft geen zin als de navel dolende is en alle kanten op schiet, als de tijd zelf ontwricht is. Ik heb memoires te schrijven, databases op te schonen, subroutines te herschikken, banners te ontwerpen, spiegelillusies te oefenen, vierkant op vierkant, golf op golf van ondeelbare deeltjes, kom op, kom op, kom op –'

Hij leek te zijn vastgelopen. De woorden 'kom op, kom op' bleven maar herhaald worden, op verschillende volumes. Kira fronste haar wenkbrauwen. Het ging zo goed, maar nu was hij zijn mentale focus definitief kwijt. 'Gregorovich...' Ze herhaalde zijn naam, feller dan ze had gewild: 'Gregorovich!'

Het scheepsbrein onderbrak zijn woordendiarree en zei toen, bijna te zacht om te horen: 'Kira, er klopt iets niet.... Er gaat iets helemaal fout, fout, fout...'

'Kun je –'

Het koor van jammerende stemmen zwol aan tot ondraaglijk niveau. Ze kromp ineen en verlaagde snel het volume van haar koptelefoon.

Te midden van al het kabaal hoorde ze Gregorovich weer spreken, te rustig bijna, te beschaafd: 'Moge je de wind in de rug hebben als je slaapt, mijn troostende belijdster, om je woelende neerslachtigheid iets te verzachten. Wanneer we elkaar weer treffen, zal ik je mijn dankbaarheid tonen. En vergeet niet om die o zo lastige verwachtingen te negeren...'

'Dank je. Ik zal het proberen,' zei ze, om hem te plezieren. 'De koningin van een onbegrensde ruimte, toch? Maar je hebt nog niet –'

Er klonk een kakofonisch gekakel. 'We zijn allen koning en koningin van onze eigen zwakzinnigheid. De vraag is hoe we wensen te heersen. Ga. Laat mij mijn ding doen: atomen tellen, TEQ's lussen, causaliteit in twijfel trekken, en dat allemaal in een matrix van besluiteloosheid, heen en weer en op en neer, en verbogen realiteit door fotonen na deformatie van de ruimtetijd-massa, welk superluminaal samenraapsel sleept met stiekem sluipende strapatsen ahahaha–'

2

Kira zette de koptelefoon af, staarde naar de vloer en dacht na.

Uiteindelijk keerde ze – voorzichtig bewegend in nul g – terug naar Hwajung.

'Hoe ging het?' vroeg de machinechef.

Kira overhandigde haar de koptelefoon. 'Niet zo goed. Hij is...' Ze had moeite om Gregorovich' gedrag te beschrijven. 'Hij is zichzelf helemaal kwijt. Er klopt gewoon iets niet. Hij kan maar niet stoppen met praten, en vaak lukt het hem zelfs niet om iets samenhangends te produceren.'

De machinechef fronste haar wenkbrauwen. 'Aish. Ik wou dat Vishal nog wakker was. Ik werk met machines, niet met weke hersenen.'

'Kan het iets mechanisch zijn? Is er misschien iets gebeurd met Gregorovich toen we op Orsted waren? Of toen je hem van het mainframe loskoppelde?'

Hwa-jung leek beledigd. 'Dat was met een automatische zekering. Dat kan geen defecten hebben veroorzaakt.' Maar toen ze de koptelefoon wegstopte, schudde ze bedenkelijk het hoofd. 'Wacht,' zei ze plotseling. 'Ik wil even wat controleren.'

De machinechef draaide zich om en zwom de hoek om.

Kira wachtte. Ze bleef maar aan haar gesprek met Gregorovich denken. Ze huiverde en sloeg haar armen om zich heen, hoewel ze het niet koud had. Als het inderdaad zo slecht met hem ging... zou cryo misschien de enige oplossing zijn. Een krankzinnig scheepsbrein was een nachtmerriescenario.

Er waren verschillende soorten nachtmerries, besefte ze. Nachtmerries van vlees en bloed, nachtmerries die je in het holst van de nacht bezochten, maar de ergste waren de nachtmerries die je zelf met je meedroeg.

Kira wilde Falconi inlichten over Gregorovich, maar ze dwong zichzelf te wachten op Hwa-jung.

Er was bijna een half uur verstreken toen de machinechef terugkwam. Haar handen waren besmeurd met vet, er zaten nieuwe brandplekken op haar gekreukte mouwen en ze keek bezorgd, wat Kira verontrustte.

'Heb je wat gevonden?' vroeg Kira.

Hwa-jung hield een klein zwart voorwerp omhoog: een rechthoekig doosje ter grootte van twee vingers. 'Deze,' zei ze, en ze trok een vies gezicht. 'Dit zat aan een van de circuits die naar de sarcofaag van Gregorovich gaat.' Ze schudde haar hoofd. 'Stom. Ik had kunnen weten dat er iets mis was toen het licht begon te flikkeren toen ik op de brug de zekering lostrok.'

'Wat is dat dan?' vroeg Kira, en ze kwam wat dichterbij.

'Een impedantiestop,' zei Hwa-jung. 'Dit stopt een signaal door een kabel. Het VMB moet hem geïnstalleerd hebben om te voorkomen dat Gregorovich zou ontsnappen. Toen we terugkwamen op de Caracole, heb ik dit nooit gezien.' Ze schudde nogmaals haar hoofd. 'Toen ik de zekering lostrok, ontstond er een stroompiek in dit doosje, die vervolgens doorschoot naar Gregorovich.'

Kira slikte. 'Wat betekent dat?'

Hwa-jung zuchtte en ontweek haar blik. 'De stroompiek heeft de kleine draadjes doorgebrand. Ze zijn nu niet meer goed verbonden met zijn neuronen, en de draadjes die nog wel verbonden zijn... Aish! Die werken niet goed meer.'

'Doet dat pijn?'

De machinechef trok haar schouders op. 'Wie weet. Maar volgens de computer zitten veel van de doorgebrande draadjes in zijn visuele cortex en het gebied waar taal wordt verwerkt. Dus het kan zijn dat-ie dingen ziet en hoort die er niet zijn.' Ze schudde het kleine doosje. 'Vishal moet dit maar oplossen. Ik kan hier verder niks aan doen.'

Ineens voelde Kira zich volkomen hulpeloos. 'Dus we moeten wachten.' Het was niet bedoeld als vraag.

Hwa-jung knikte. 'Het beste wat we nu kunnen doen, is Gregorovich in cryo leggen. Vishal kan hem onderzoeken zodra we aankomen, maar ik betwijfel of hij wat kan uitrichten.'

'Zal ik Falconi inlichten? Ik ga nu naar hem toe.'

'Doe maar. Ik leg Gregorovich wel in cryo. Hoe eerder, hoe beter. Daarna kruip ik zelf in mijn buis.'

'Oké dan.' Kira legde een hand op Hwa-jungs schouder. 'Dank je wel. Nu weten we tenminste wat er aan de hand is.'

De machinechef snoof. 'Maar wat schieten we ermee op? Wat een zootje.'

Ze gingen ieder huns weegs. Hwa-jung trok zichzelf Gregorovich' kamer in en Kira keerde terug naar de brug. Falconi was er niet, en hij was ook niet in de inmiddels buiten gebruik gestelde hydrocultuurboeg.

Ietwat verbaasd probeerde Kira zijn hut. Falconi was niet iemand om zich op dit soort momenten in zijn hut terug te trekken, maar...

'Binnen,' zei hij toen ze klopte.

De luchtdichte deur piepte toen ze hem openduwde. Falconi zat achter zijn bureau, aangegespt om te voorkomen dat hij weg zou zweven. In zijn ene hand hield hij een drinkzak vast waaruit hij zo nu en dan een slokje nam.

Toen zag ze zijn bonsai-olijfboom op de rand van het bureau. De blaadjes waren gescheurd, de meeste takken waren gebroken, de stam leunde tegen de rand van de pot en de aarde leek omgewoeld; kleine klompjes zweefden onder de transparante afdekplaat die op de pot was bevestigd.

De slechte staat verbaasde haar. Ze wist hoe goed Falconi voor de plant zorgde.

'En? Hoe ging het?' vroeg hij.

Kira greep zichzelf vast en bracht verslag uit.

Terwijl ze praatte, betrok Falconi's gezicht steeds meer. 'Verdomme,' zei hij. 'Die klootzakken van het VMB ook... Kunnen nergens met hun flikken van afblijven. Het is ook altijd hetzelfde.' Hij veegde met zijn hand over zijn gezicht en staarde naar een denkbeeldig punt ergens buiten het schip. Ze kon het zich niet herinneren dat ze hem ooit zo boos of vermoeid had gezien. 'Ik had ook op mijn intuïtie moeten vertrouwen. Nu is-ie echt stuk.'

'Hij is niet stuk,' zei Kira. 'Met Gregorovich zelf is niets mis. Het is alleen de apparatuur waarmee hij verbonden is.'

Falconi snoof. 'Komt op hetzelfde neer. Hij werkt niet en dat betekent dat-ie stuk is. En ik kan er ook niks aan doen. Dan heeft Greg eens hulp nodig ...' Hij schudde zijn hoofd.

'Ik merk dat hij veel voor je betekent.'

Het folie van de waterzak kraakte toen Falconi een slok nam. Hij ontweek haar blik. 'Als je het aan de rest vraagt, zul je ontdekken dat Gregorovich met ons allemaal veel heeft gesproken. In groepen hield hij zich altijd op de vlakte, maar als je hem nodig had, was hij er voor je. En hij heeft meerdere keren ons hachje gered.'

Kira zette haar voeten op de vloer en liet het Zachte Mes haar verankeren. 'Hwa-jung zei dat Vishal hem misschien niet zou kunnen genezen.'

Falconi slaakte een zucht. 'Implantaten van scheepsbreinen zijn lastig. En onze medibot is er ook niet voor gecertificeerd... Thule. Zelfs toen we hem vonden, was het niet zo erg met hem gesteld.'

'Wat ga je doen als we Kwallen tegenkomen?'

'Hem zo snel mogelijk peren, als het kan,' zei Falconi. 'De Caracole is geen oorlogsschip.' Hij keek haar indringend aan. 'Maar dit verandert niets aan wat Gregorovich heeft geflikt. Het was niet die impedantiestop die hem deed muiten.'

'Dat zal wel niet, nee.'

Falconi schudde zijn hoofd. 'Dat verdomde scheepsbrein ook. Zo bang dat hij ons kwijt zou raken dat hij liever in het ravijn sprong, en kijk nou eens hoe het met hem is... hoe het met óns is.'

'Iedereen kan dus fouten maken, ook al heb je een brein zo groot als dat van Gregorovich.'

'Hm. Maar dan gaan we er wel van uit dat Gregorovich het fout heeft. Dat hoeft natuurlijk niet.'

Kira keek hem verbaasd aan. 'Maar als je dat werkelijk denkt, waarom gaan we dan nu de Verstrengeling waarschuwen?'

'Omdat dat het risico waard is.'

Ze vond het beter om een ander onderwerp aan te snijden. Ze knikte naar de bonsai. 'Wat is daarmee gebeurd?'

Falconi trok een vies gezicht. 'Het VMB, alweer. Ze hebben hem uit zijn stasiscontainer getrokken omdat ze op zoek waren naar... weet ik veel. Ik ben een hele tijd bezig geweest om de boel weer op orde te krijgen.'

‘Gaat-ie het redden?’ Het was geen plantensoort waar Kira ervaring mee had.

‘Ik betwijfel het.’ Falconi streek met zijn hand over de stam, maar heel eventjes, alsof hij bang was om nog meer schade aan te richten. ‘Hij is een groot deel van de dag uit de pot geweest. Lage temperatuur, geen water, blad beschadigd…’ Hij hield zijn drinkzak omhoog. ‘Slokje?’

Ze nam de zak aan en stak het rietje in haar mond. Het scherpe aroma van een of andere alcoholische drank verspreidde zich door haar mond en neus. Ze moest er bijna van hoesten.

‘Goed spul, toch?’ zei Falconi.

‘Heerlijk,’ zei Kira, en ze hoestte alsnog. Ze nam nog een slok en gaf de zak terug.

Hij tikte op het met folie beklede plastic. ‘Misschien niet de beste voorbereiding op cryo, maar wat kan ons het schelen.’

‘Inderdaad.’

Falconi nam zelf ook een slok, slaakte een diepe zucht en liet zijn hoofd langzaam achterover zakken, zodat hij staarde naar wat het plafond zou zijn geweest als de aandrijving zou zijn geactiveerd.

‘Het zijn gekke tijden, Kira. Verdomme, van alle schepen die we te hulp hadden kunnen schieten, moesten we per se die van jou hebben.’

‘Sorry. Ik had het ook graag anders gewild.’

Hij duwde een stoel haar kant op. Ze zag hem langzaam op haar af zweven en greep hem beet. Ze accepteerde nog een slok. Dezelfde scherpe smaak, hetzelfde branderige gevoel in haar keel.

‘Jij kon er ook niks aan doen,’ zei hij.

‘Om eerlijk te zijn denk ik van wel,’ zei ze stilletjes.

‘Nee.’ Hij plukte de zak uit de lucht. ‘Deze oorlog was sowieso uitgebroken, ook als we je níét hadden gered.’

‘Weet ik, maar –’

‘Niks maar. Dacht je dat de Kwallen ons gewoon met rust zouden hebben gelaten? Dat je het pak op Adrasteia vond, was slechts een goed excuus om ons aan te vallen.’

Kira dacht daar even over na. ‘Misschien. Maar de nachtmerries dan?’

‘Nou ja…’ Falconi schudde zijn hoofd. Het was duidelijk dat hij de alcohol begon te voelen. ‘Dat soort dingen gebeuren nou eenmaal. Je kunt je voorbereiden totdat je een ons weegt, maar het zijn de dingen waarop je je niet voorbereidt die het feestje kunnen bederven. Je doet je ding, en ineens, bam! Een meteoriet die uit de lucht komt vallen en je leven overhoopgooit. Hoe kun je in zo’n soort universum je leven leiden?’

Het was een retorische vraag, maar Kira gaf toch antwoord: ‘Door de juiste voorzorgsmaatregelen te treffen en je niet gek te laten maken door wat er heel misschien zou kunnen gebeuren.'

'Zoals Gregorovich.'

'Zoals Gregorovich,' beaamde ze. 'De teerling wordt sowieso geworpen, Salvo. Zo is het leven nu eenmaal. De enige andere mogelijkheid is om vroegtijdig je winst te pakken. Maar dan geef je het in feite gewoon op.'

'Hm.' Hij keek haar aan van onder zijn wenkbrauwen, zoals hij zo vaak deed, met felblauwe, priemende ogen die nu, in het schemerdonker van scheepsnacht, een spookachtige gloed hadden. 'Toen we op Orsted waren, leek het alsof je het Zachte Mes niet goed onder controle had.'

Kira ontweek zijn blik. 'Misschien een beetje.'

'Reden tot zorg?'

Er viel een ongemakkelijke stilte. 'Misschien.' Ze knielde en fixeerde zichzelf in zittende positie op de vloer. 'Hoe meer ik de xeno laat gaan, hoe meer het wil eten, eten, eten.'

Falconi's blik verhardde zich. 'Maar waarom dan?'

'Weet ik niet. In geen van de herinneringen heb ik iets gezien over reproductie, maar –'

'... maar misschien wil de xeno je bepaalde dingen niet laten zien.'

Ze knikte. Hij bood haar de drinkzak aan, die ze accepteerde. 'Je verspilt kostbare alcohol. Ik word onder geen beding dronken, met dank aan het Zachte Mes.'

'Maakt niet uit. Maar denk je dat het pak een of ander allesvernietigend nanowapen is?'

'Het heeft de capaciteiten, maar volgens mij is dat niet waar het voor gemaakt is.' Kira zocht naar de juiste woorden. 'Het pak voelt niet kwaadaardig. Klinkt dat logisch? Ik voel geen woede of sadisme.'

Falconi trok zijn wenkbrauwen op. 'Dat heb je nooit bij machines.'

'Klopt, maar het voelt zelf wel dingen. Ik kan het niet uitleggen, maar volgens mij is het niet alleen een machine.' Ze probeerde het op een andere manier te verwoorden. 'Toen ik het schild voor de maglev had gebouwd, kropen er allemaal kleine tentakels in. Ik kon ze voelen, en het voelde niet alsof het Zachte Mes wilde afbreken. Eerder opbouwen.'

'Maar wát dan?' vroeg Falconi zachtjes.

'Iets, of alles. Zeg jij het maar.' Ze staarden beiden somber voor zich uit. 'O, dat was ik je nog vergeten te vertellen. Hwa-jung zei dat ze in cryo ging zodra ze Gregorovich onder zeil had gebracht.'

'Jij en ik dus,' zei Falconi, en hij hief de drinkzak bij wijze van toost.

Kira glimlachte. 'En Morven.'

'Die telt niet.'

Het FTL-alarm begon te loeien, alsof het zijn woorden kracht bij wilde zetten. Ze hoorden de markovaandrijving aanslaan, waarop de Caracole de normale ruimte achter zich liet.

'En daar gaan we,' zei Falconi. Hij schudde zijn hoofd, alsof hij het eigenlijk niet kon accepteren.

Kira keek weer naar de beschadigde plant. 'Hoe oud is je bonsai?' vroeg Kira.

'Je gelooft het vast niet, maar bijna driehonderd jaar.'

'Ga weg!'

'Echt waar. Hij komt van de Aarde, van vlak voor het nieuwe millennium. Heb hem gekregen van iemand voor wie ik wat spullen had vervoerd, als deel van mijn gage. Volgens mij wist hij niet helemaal hoeveel ze waard zijn.'

'Driehonderd jaar...' Het was amper te bevatten. De boom was nog van vóór het moment waarop de mens de ruimte begon te koloniseren. Ouder dan de eerste kolonies op Mars en Venus, ouder dan woonringen en bemande onderzoeksstations in hogere omloopbanen...

'Yep.' Falconi keek grimmig uit zijn ogen. 'En die dommekrachten moesten en zouden hem vernielen. Scannen was kennelijk te veel gevraagd.'

'Hm.' Kira dacht nog steeds aan hoe het Zachte Mes op Orsted had aangevoeld, en het doel waarvoor het gemaakt of geboren was. Ze kon het gevoel van de talloze flinterdunne tentakeltjes maar niet uit haar hoofd zetten, hoe ze binnendrongen in het plaatwerk, om te voelen, te trekken, te bouwen, te begrijpen...

Het Zachte Mes was meer dan een wapen. Daar was ze zeker van. En uit die zekerheid groeide een idee. Ze wist niet of het zou werken, maar hoopte van wel, zodat ze zich niet meer zo schuldig hoefde te voelen. Zodat ze een goede reden had om het Zachte Mes als iets anders te zien dan een destructieve kracht.

'Vind je het erg als ik iets probeer?' vroeg ze, en ze stak haar hand uit naar de stervende boom.

'Wat dan?' vroeg Falconi achterdochtig.

'Ik weet het niet precies. Maar laat me even, alsjeblieft.'

Hij frommelde wat met de rand van zijn drinkzak. 'Goed dan. Maar geen gekke dingen. De Caracole heeft al genoeg gaten in haar romp.'

'Vertrouw me.'

Kira liet zichzelf los van de vloer en duwde zich langs de wand naar het bureau. Daar trok ze de pot naar zich toe en legde haar handen op de stam van de bonsai. De schors voelde ruw aan en ze rook een frisse, sappige geur, als zeelucht die over gemaaid gras blies.

'Blijf je daar gewoon wat hangen of –'

‘Sst.’

Kira concentreerde zich en stuurde het Zachte Mes de stam in, met maar één opdracht: *genees*. De schors kraakte en spleet open, en piepkleine zwarte draden kropen over de boom. Kira voelde de interne structuur van het hout, de binnenste en buitenste lagen van de schors, de ringen, het harde kernhout, elke dunne tak en de aanhechting van elk fragiel, zilvergroen blad.

‘Hé!’ riep Falconi, en hij kwam overeind.

‘Wacht,’ zei Kira, en ze hoopte dat het pak zou doen wat ze ervan verlangde.

Overal werden gebroken takken op de juiste plek teruggezet en gefixeerd, totdat de bonsai weer fier overeind stond. Gescheurde bladeren groeiden weer aaneen en nieuwe bladeren ontloken uit nieuwe knoppen: zilvergroene dolken vol leven.

De verandering verliep steeds langzamer om uiteindelijk helemaal te stoppen, en Kira concludeerde dat de bonsai weer was hersteld. Het Zachte Mes had verder kunnen gaan – het wilde verdergaan – maar dan zou ze van ‘genezen’ zijn overgestapt op ‘groeien’, en dat zou inhalig zijn geweest, en dom. Je moest het lot niet tarten.

Ze trok het pak terug.

‘Klaar,’ zei ze, en ze spreidde haar handen. De boom zag er weer net zo gezond uit als eerst. Hij leek zelfs een aura te hebben gekregen: het aura van nieuw leven, opgepoetst totdat het glansde.

Kira verbaasde zich over waar de xeno allemaal toe in staat was. Waar *zíj* toe in staat was. Het was haar gelukt een levend schepsel te genezen, om vlees (of zoiets) opnieuw vorm te geven, om hulp te bieden in plaats van pijn te doen, om te scheppen in plaats van te vernietigen. Ze begon te lachen. Het voelde alsof er een loodzware last van haar schouders was gelicht, alsof hun versnelling tot een halve g of minder was teruggebracht.

Het was een geschenk: een uiterst waardevol, veelbelovend geschenk. Hiermee had ze op Weyland, in de tuinen van de kolonie, zo veel kunnen doen... Ze had haar vader kunnen helpen met zijn middernachtgesternten, of ze had op Adrasteia kunnen helpen met het beplanten van de rotsachtige grond.

Leven, en alles wat dat betekende. Ze ervoer een gevoel van triomf en dankbaarheid. De tranen stonden in haar ogen, en ze lachte. Ze was gelukkig.

Falconi leek eenzelfde soort ervaring te ondergaan. ‘Waar heb je dat geleerd?’ Hij raakte een blad aan met een vinger, alsof hij het nog niet kon geloven.

‘Ik nam me voor om niet meer zo bang te zijn.’

‘Dank je wel,’ zei hij, en zo welgemeend had het uit zijn mond nog nooit geklonken.

‘Geen… geen dank.’

Falconi leunde naar voren, legde zijn handen op haar wangen en – voordat Kira goed en wel begreep wat er gebeurde – kuste haar.

Zijn lippen smaakten anders dan die van Alan. Ziltiger, en ze voelde zijn stoppels langs de huid rond haar mond schrapen.

Kira verstijfde en wist niet goed hoe te reageren. Het Zachte Mes vormde rijen van botte stekels op haar armen en borst, maar net zoals zij bleven ze roerloos staan, zonder verder te groeien of te krimpen.

Falconi trok zijn hoofd terug en Kira probeerde zichzelf te herpakken. Haar hart bonsde in haar keel en de temperatuur in de hut leek omhoog te zijn geschoten. ‘Wat doe je nou?’ vroeg ze. Haar stem kraakte meer dan ze had gewild.

‘Sorry,’ zei Falconi. Hij leek opgelaten; iets wat ze niet van hem gewend was. ‘Ik liet me even gaan.’

‘Ah.’ Ze likte haar lippen en had er meteen spijt van. Shit.

Er verscheen een flauwe grijns op zijn gezicht. ‘Normaal gesproken dring ik me niet op aan bemanningsleden of passagiers. Niet professioneel. En slecht voor de handel.’

Kira’s hart bonsde nu nog harder. ‘Is dat zo?’

‘Dat is zo.’ Hij zoog de laatste alcohol uit zijn drinkzak. ‘Zijn we nog vrienden?’

‘Zijn we vrienden dan?’ vroeg Kira uitdagend.

Falconi staarde haar even aan, alsof hij over de vraag moest nadenken. ‘Als ik je genoeg vertrouw om samen ten strijde te trekken, ben je een vriend van me. Tenzij jij er anders over denkt.’

‘Nee,’ zei Kira, na een even zo lange stilte te hebben laten vallen. ‘We zijn vrienden.’

Zijn ogen begonnen weer te glanzen. ‘Blij dat dat de wereld uit is. Nogmaals, sorry. Het is de drank. Zal niet weer gebeuren.’

‘Eh… oké dan.’

‘Ik kan deze beter in stase brengen,’ zei hij, en hij knikte naar de bonsai. ‘En dan wordt het tijd om zelf in cryo te gaan voordat de Caracole te warm wordt. Wat ga jij doen?’

‘Het gebruikelijke,’ zei ze. ‘Maar dit keer blijf ik gewoon in mijn hut, als je het niet erg vindt.’

Hij knikte. ‘Ik zie je wel als we er zijn, Kira.’

‘En ik jou, Salvo.’

3

Toen ze terug was in haar hut, nam Kira haar gezicht af met een vochtige doek. Ze bleef even voor de wasbak zweven en bekeek zichzelf in de spiegel. Hoewel ze de kus niet was begonnen, voelde ze zich er wel schuldig over. Ze had nooit op die manier naar andere mannen gekeken toen ze nog met Alan was. Falconi's plotselinge avances hadden haar compleet verrast. Ze dwongen haar na te denken over hoe ze haar eigen toekomst zag, als ze al een toekomst had.

Het ergste was nog wel dat ze ervan had genoten.

Alan... Alan was nu al negen maanden dood. Niet voor haar, niet met al die tijd die ze in hibernatie had doorgebracht, maar wel voor de rest van het universum. Ze moest het onder ogen zien.

Koesterde ze überhaupt gevoelens voor Falconi? Daar moest ze even over nadenken. Uiteindelijk besloot ze van wel. Hij was aantrekkelijk, als je stabiel, geheimzinnig en harig aantrekkelijk vond. Maar dat betekende op zichzelf nog niets. Het was volstrekt het verkeerde moment om een relatie met iemand te beginnen, laat staan de kapitein van het schip. Dat soort dingen bracht altijd problemen met zich mee.

Het was egoïstisch, maar Kira was blij dat Gregorovich er niet was geweest om het ongemakkelijke voorval gade te slaan. Hij zou hen tot in lengte der dagen hebben geplaagd, op zijn eigen, idiote manier.

Misschien was het beter om weer met Falconi te praten, om goed duidelijk te maken dat er van een relatie geen sprake kon zijn. Dat hij zelfs geluk had gehad dat het Zachte Mes niet had uitgehaald om haar te beschermen... Hij was erg dapper geweest, of juist ontzettend dom.

'Je hebt het goed gedaan,' fluisterde ze terwijl ze naar beneden keek. Even meende Kira een gevoel van trots op te vangen van de xeno. Maar het was kortstondig, en wellicht was het haar verbeelding.

'Morven,' zei ze, 'is Falconi nog wakker?'

'Helaas, mevrouw Navárez,' zei de pseudo-intelligentie. 'De kapitein heeft zojuist zijn eerste injecties gekregen. Hij is niet meer in staat te communiceren.'

Kira kreunde. Ook goed. Waarschijnlijk was een tweede gesprek niet nodig, maar zo ja, dan kon het ook wel wachten.

Het plan was niet om helemaal naar de door Tschetters Kwallen voorgestelde locatie te gaan. De Caracole zou op enige afstand uit FTL komen, maar dichtbij genoeg om de Verstrengeling te waarschuwen voor de aanval en op die manier een nog grotere catastrofe te voorkomen. Dan zouden ze aan hun morele plicht hebben voldaan en konden ze terugkeren naar de door mensen bewoonde ruimte.

Maar Kira vermoedde dat Itari zich bij zijn metgezellen zou willen voegen, en dus moest er een of andere ontmoeting plaatsvinden.

'Want dat zijn we eigenlijk,' mompelde ze terwijl ze zichzelf naar haar bed trok. 'Een veredelde shuttledienst.' Het herinnerde haar aan iets wat haar grootvader – aan vaders kant – altijd zei: '... De zin van het leven, Kira, is om dingen van a naar b te brengen. Dat is alles. Dat is wat we eigenlijk aan het doen zijn.'

'Maar wat nou als je met elkaar praat?' had ze gevraagd, omdat ze de les nog niet helemaal begreep.

'Dan verplaats je eigenlijk een idee van hier,' waarna hij tegen haar voorhoofd tikte, 'naar de echte wereld.'

Kira was dat nooit meer vergeten. Ze was ook niet vergeten dat hij alles buiten haar hoofd als de 'echte wereld' beschreef. Hoe echt waren je gedachten nou eigenlijk? Als je droomde, waren je dromen dan schaduwen, of lag er waarheid in besloten?

Ze vermoedde dat Gregorovich daar wel wat over te zeggen zou hebben.

Terwijl Kira een web maakte om zichzelf op haar matras te houden, dacht ze aan Falconi's bonsai. Ze glimlachte. Leven. Ze had zo lang opgesloten gezeten in ruimteschepen en ruimtestations en op koude, kale planetoïden dat ze bijna vergeten was hoe mooi het was om iets te zien groeien.

Ze dacht terug aan alle sensaties van het Zachte Mes toen het de bonsai genas en vergeleek ze met wat er op Orsted was gebeurd. Het loonde de moeite een en ander nader te onderzoeken, meende ze. Tijdens hun FTL-vlucht zou ze blijven werken aan haar controle over de xeno – dat moest nou eenmaal – maar ook aan de onderlinge communicatie, zodat hij haar wensen ten uitvoer kon brengen zonder dat ze er voortdurend bovenop hoefde te zitten. Maar bovenal wilde Kira meer te weten komen over die drang van het Zachte Mes – die ze voorheen nog sporadisch had gevoeld, maar de laatste tijd steeds vaker – om te bouwen en te maken.

Dat had haar interesse gewekt, en voor het eerst was er iets wat Kira écht wilde doen met de xeno.

Ze stelde de wekker dus in op zeven dagen, zoals ze sinds 61 Cygni op elke FTL-reis had gedaan, en begon aan haar training met het Zachte Mes.

Het was een rare gewaarwording. Kira was vastbesloten het pak niet de Caracole te laten beschadigen, zoals het met Orsted had gedaan, maar tegelijkertijd wilde ze experimenteren. Ze wilde op een gecontroleerde manier alle beperkingen wegnemen en het Zachte Mes laten doen wat het overduidelijk wilde doen.

Ze begon met de handgreep bij haar bed. Het was een onbelangrijk onderdeel van het schip; als de xeno het zou vernielen, kon Hwa-jung snel een vervangend exemplaar uitprinten, hoewel Falconi het misschien minder leuk zou vinden.

Ga, beval ze in haar hoofd.

Vanuit de palm van haar hand groeiden zachte, zwarte vezels die voorzichtig om zich heen begonnen te tasten. Ze versmolten met de handgreep van composiet en wederom voelde Kira die heerlijke, verslavende sensatie, dat ze iets aan het máken was. Ze wist niet precies wat, maar het gevoel van verrukking deed haar denken aan die momenten waarop ze een lastig vraagstuk had weten op te lossen.

Ze slaakte een zucht. De condensatie uit haar mond vermengde zich als een ijle geestverschijning met de koele lucht.

Toen de vezels van het Zachte Mes de hele handgreep hadden bedekt, toen ze een gevoel kreeg van voltooiing en – sterker nog – het verlangen om verder te reiken dan de handgreep, dieper de romp van het schip in, trok ze de xeno terug om te zien wat er was gebeurd.

Ze zag het, maar begreep het niet.

Daar waar de gekromde, cilindrische handgreep was geweest, zag ze... iets. Iets wat Kira deed denken aan een cellenstructuur of een sierlijk beeldhouwwerk van een zich herhalend patroon van driehoeken in driehoeken. Het oppervlak had een metallische glans en een groenige zweem, en in de driehoeken zaten kleine geelgroene knoopjes.

Ze raakte de handgreep aan. Hij was warm.

Kira volgde verrukt het patroon met haar vinger. Wat het Zachte Mes ook had gemaakt, het was wonderschoon, en ze kreeg het gevoel dat het materiaal op de een of andere manier leefde of de potentie tot leven had.

Kira wilde méér doen. Maar ze besefte dat ze hier voorzichtig mee moest zijn, meer nog dan met de dodelijke spiesen waar de xeno zo verzot op was. Niets gevaarlijker dan leven.

Toch vroeg ze zich af of ze de creatieve productie van het Zachte Mes kon sturen. De Muil kon het, dus waarom zij niet? *Voorzichtig.* Er was een reden dat biologische oorlogsvoering in elk stelsel van de Liga (inclusief Shin-Zar) verboden was. Maar ze wilde geen wapen maken. Of dienaren voor haar laten vechten, zoals de Muil had gedaan.

Zoiets als dit, dacht ze, en ze legde haar hand op de handgreep en beeldde zich de vorm van een orosvaren in, haar lievelingsplant op Eidolon.

Aanvankelijk deed de xeno nog niets. Maar juist toen ze het wilde opgeven, begonnen de vezels de handgreep weer te bedekken. Uit de composiet schoten delicate steeltjes. Het werd een gebrekkige replica, zowel wat vorm als wat substantie betrof, maar ontegenzeggelijk herkenbaar, en toen Kira de xeno terugtrok, meende ze heel even de geur van de bladeren te ruiken.

De planten waren méér dan replica's. Het waren levende, organische schepsels, teer en kostbaar.

Kira slaakte een kreetje en was ondanks haar hoge verwachtingen van haar stuk gebracht. Ze raakte de bladeren aan en tranen welden op in haar ogen. Ze knipperde en begon half te lachen, half te huilen. Als haar ouders dit zouden kunnen zien... Als Alan...

Kira wist dat het onverstandig zou zijn om méér te proberen dan dit. Ze was tevreden met wat ze had bereikt. Wat zij tweeën hadden bereikt.

Ze wist niet wat de toekomst voor haar in petto had, maar voor het eerst sinds tijden kreeg ze weer hoop. Het Zachte Mes was niet alleen een vernietigende kracht. Ze wist niet hoe, maar ze raakte er steeds meer van overtuigd dat de xeno de Muil kon tegenhouden, als ze kon ontdekken hoe ze zijn krachten kon temmen.

Ineens voelde ze zich licht worden, en dat kwam niet door de gewichtloosheid. Ze glimlachte, en ze bleef glimlachen terwijl ze zich voorbereidde om te gaan slapen. En misschien te dromen, dacht ze, en ze lachte langer en luider dan ze in gezelschap zou doen. In nuchtere toestand tenminste.

Ze sloot haar ogen en droeg het Zachte Mes op om zich te ontspannen, om te rusten, om haar te beschermen tegen de kou en het duister. En het was al snel – een stuk sneller dan eerst – dat ze in slaap viel en door de zachte wind van vergetelheid werd meegevoerd.

4

Eenmaal per week ontwaakte Kira om met het Zachte Mes te trainen. Dit keer bleef ze in haar eigen hut; ze hoefde niet met gewichten in de weer of haar lichaam anderszins te belasten om met de xeno te leren werken. Nu niet meer.

Eenmaal per week, en elke keer liet ze het Zachte Mes zich verder verspreiden over het interieur van de hut, om meer te bouwen en verder te groeien. Soms hielp ze mee, maar meestentijds gaf Kira het pak de ruimte om te doen wat het wilde en keek ze vol bewondering toe. Ze stelde enkele grenzen – zo was de display op haar bureau verboden terrein – maar al het andere in de hut stond ter beschikking van de xeno.

Eenmaal per week en niet vaker. Als ze niet trainde, sliep ze: een slaap die leek op de dood, als alles koud en grijs is en geluiden van veraf lijken te komen.

In dat grauwe tussenland kreeg ze een droom:

Ze zag zichzelf – haar echte zelf, zonder pak en naakt als op de dag van haar geboorte – in de diepste duisternis staan. Aanvankelijk was het duister nog leeg, en was alles roerloos, alsof ze leefde in een tijd van vóór het begin van de tijd.

Toen begon er voor haar ogen een groot aantal blauwe lijnen te groeien: fractals die in elkaar grepen en zich steeds verder verspreidden. De lijnen vormden een koepel van elkaar overlappende vormen, met haar in het middelpunt, een schil van zich eindeloos herhalende krommen en pieken: een heel universum aan detail op elk mogelijk punt in de ruimte.

Op de een of andere manier wist ze dat ze naar het echte wezen van het Zachte Mes keek. Ze stak een hand uit en raakte een van de lijnen aan. Ze voelde een schok, en juist op dat moment zag ze duizend sterren geboren worden en sterven, elk met eigen planeten, leven en beschavingen.

Als ze een kreet had kunnen slaken, had ze dat gedaan.

Ze trok haar hand terug en deed een stap naar achteren. Ze voelde verrukking, nietigheid, nederigheid. De fractallijnen groeiden en verschoven, maar kwamen niet dichterbij, en werden niet feller. Ze ging zitten en keek, en de gloeiende matrix boven haar hoofd straalde waakzaamheid en bescherming uit.

Toch voelde ze zich niet gerust. Want buiten het lijnenspel voelde ze – met een oeroud instinct – een dreiging opdoemen. Een onverzadigbare honger die zich als een kankergezwel door de duisternis verspreidde, een tegennatuurlijke kracht die haakse hoeken recht maakte. Zonder het Zachte Mes zou ze onbeschermd en kwetsbaar zijn, hulpeloos.

Ze werd overvallen door angst en kromp ineen. Onder de fractalkoepel voelde ze zich als een flakkerende kaars in de orkaan. Ze wist dat zij en het Zachte Mes het richtpunt waren van de dreiging, en het kwaad was zo sterk, zo omvattend, zo wreed en onbekend, dat ze niets meer durfde uit te richten. Ze voelde zich nietig, beroofd van elke hoop.

Zo bleef ze liggen, alleen en bang, en de naderende dreiging was zo groot dat elke verandering – zelfs de dood – verlichting zou brengen.

DEEL VIJF

* * * * * * *

MALIGNITATEM

En zoals een twijg wordt gebogen, groeit hij.

– MARION TINSLEY

1

* * * * * * *

AANKOMST

1

Kira werd wakker.

Ze kon niet zien waar ze was. Het was donker om haar heen. De duisternis was zo volledig dat het geen verschil maakte of ze haar ogen open had of dicht. Waar noodverlichting had horen te branden, was alleen maar meer inktzwarte duisternis. De lucht was warmer dan normaal was voor een reis in FTL – en ook vochtiger – en ze voelde geen zuchtje wind. Het was alsof ze zich in de baarmoeder bevond.

'Morven, verlichting aan,' mompelde ze, nog versuft van haar lange inactiviteit. Haar stem klonk raar gedempt in de bewegingloze lucht.

Er gingen geen lampen aan, en de pseudo-intelligentie gaf zelfs niet eens antwoord.

Gefrustreerd probeerde Kira iets anders. *Licht,* zei ze tegen het Zachte Mes. Ze wist niet of de xeno hiermee kon helpen, maar het was het proberen waard.

Tot haar genoegdoening nam het vertrek om haar heen vorm aan in een zwakke, groene gloed. Ze was nog gewoon in haar hut, maar het vertrek had een complete metamorfose ondergaan sinds ze van Sol waren vertrokken. Er liepen ribben van zwart, organisch materiaal omhoog over de wanden, en de vloer en het plafond waren bedekt met een mat van samengeweven vezels. Het licht was afkomstig van pulserende bollen die als fruit aan uitwassen van verwrongen ranken hingen die in de hoeken van de hut tegen de wand omhoog waren geklommen. Aan de ranken groeiden blaadjes, en in die blaadjes zag ze de vorm van de orosvaren gereproduceerd en voortgebracht in sierlijke rococokrullen. En alles – ranken, bollen, ribben en matten – was bedekt met piepkleine weefpatronen, alsof een obsessieve kunstenaar vastberaden was geweest om elke vierkante millimeter oppervlak te vullen met een fractalversiering.

Kira keek verwonderd om zich heen. Dit was haar werk. Van haar en het Zachte Mes. Wat haar betreft was dit toch stukken beter dan vechten en dood en verderf zaaien.

Ze kon het resultaat van hun inspanningen niet alleen zien, maar ook vóélen, alsof hun creaties deel uitmaakten van haar lichaam, al was er een duidelijk onderscheid tussen het materiaal van het pak en hun plantachtige creaties. Die laatsten voelden verder van haar verwijderd, en ze kon voelen dat ze die niet kon bewegen of manipuleren zoals de vezels van het Zachte Mes zelf. Ze waren op een zekere manier onafhankelijk van haar en de xeno: levensvormen die zolang als ze de benodigde voeding tot hun beschikking hadden in hun eigen behoeften konden voorzien en hen niet nodig hadden om te overleven.

Zelfs met de planten niet meegerekend, was het Zachte Mes tijdens de reis gegroeid. Het had veel meer materiaal geproduceerd dan nodig was om haar lichaam te bedekken. Wat moest ze daar nu mee? Kira overwoog om de xeno zich ervan te laten ontdoen, zoals ze op Orsted had gedaan met onnodige tentakels, maar het voelde verkeerd om zo achteloos om te springen met wat ze hadden gemaakt. En bovendien zou het onverstandig zijn al die massa te verspillen terwijl de kans bestond – want hoe onaangenaam het idee ook was, het was niet onmogelijk – dat ze hem zeer binnenkort nog nodig zou hebben.

Kon ze het extra materiaal echter wel gewoon achterlaten in haar hut? *Maar één manier om daarachter te komen.*

Terwijl ze aanstalten maakte om zich te bevrijden van de stijlen die haar op haar plek in bed hielden, keek Kira omlaag naar haar lichaam. Haar rechterhand – de hand die ze bij Vliegenstrip was verloren – was in de matras versmolten, opgelost in een netwerk van verstrengelde lijnen dat het hele bed bedekte en doorliep tot op de laag materiaal op de wanden.

Ze voelde een korte vlaag van paniek, en het materiaal golfde en vormde rijen gevorkte stekels.

Nee! dacht ze. De stekels trokken weer weg, en Kira haalde diep adem om te kalmeren.

Allereerst concentreerde ze zich erop om haar verloren hand weer te vormen. De verstrengelde vezels kronkelden, stroomden terug over het bed en namen weer de vorm aan van haar pols, haar handpalm, haar vingers. Vervolgens gaf Kira het Zachte Mes opdracht haar los te laten komen van het bed.

Ze brak met een kleverig geluid vrij. Verbaasd besefte Kira dat ze op geen enkele manier fysiek verbonden was met de zwarte uitwassen op de wanden, maar ze desondanks nog altijd kon voelen alsof ze deel van haar uitmaakten. Dit was voor het eerst dat ze zich opzettelijk had weten los te maken van een deel van het Zachte Mes. Kennelijk had de xeno er geen probleem mee, zolang hij haar lichaam nog maar bedekte.

Het was een bemoedigende ontwikkeling.

Nog altijd enigszins gedesoriënteerd trok ze zich langs de wand naar de plek waar de deur hoorde te zitten. Toen ze er in de buurt kwam, reageerde het glanzend zwarte materiaal dat de deur bedekte op een combinatie van het bewustzijn van de xeno en haar eigen wil, en trok met een zacht, glijdend geluid opzij.

Eronder vandaan kwam de luchtdichte deur van haar hut tevoorschijn.

De deur ging gewoon open, en tot haar opluchting zag Kira dat de wanden van de gang buiten haar hut nog gewoon uit bruine panelen bestonden. Haar inspanningen om de groei van het Zachte Mes tot haar hut te beperken, waren succesvol geweest, en het had zich niet naar de rest van het schip verspreid.

Ze keek om en zei: 'Blijf,' alsof ze een huisdier toesprak.

Toen duwde ze zich ze de gang op. De massa zwarte vezels in haar hut bleef waar hij was.

Als experiment sloot Kira de luchtdichte deur. Ze kon de xeno erachter nog altijd voelen. En hij probeerde haar nog altijd niet achterna te komen.

Ze vroeg zich af hoe de gescheiden delen van de xeno met elkaar communiceerden. Radio? FTL? Een andere methode? Was er een maximale veilige afstand die ze van elkaar af konden zijn? Kon het signaal worden verstoord? Dat zou in een gevechtssituatie gevaarlijk zijn. Iets waarvoor ze moest oppassen.

Maar voor het ogenblik kon Kira de uitwassen zonder zorgen achterlaten in haar hut. Als ze de rest van de xeno nodig had, zou een enkele gedachte genoeg zijn om hem naar haar toe te roepen. Hopelijk zonder dat hij daarbij de Caracole sloopte.

Ze grinnikte. Falconi zou niet bepaald in zijn sas zijn wanneer hij haar hut zag. Hwa-jung evenmin, of Gregorovich, als het scheepsbrein ooit weer de oude werd.

Kira was ervan uitgegaan dat ze hun bestemming hadden bereikt, maar de Caracole was stiller dan je zou verwachten. Kira probeerde haar overlays te raadplegen, maar net als na haar vorige twee FTL-reizen had het Zachte Mes haar contactlenzen weer geabsorbeerd. Ze wist niet wanneer het precies was gebeurd, maar het moest zijn geweest terwijl ze in hibernatie lag te dromen. Geërgerd mompelde ze: 'Leer je het nou nooit?'

Kira wilde net naar de schuilbunker gaan om te kijken hoe het met de bemanning was, toen de intercom knetterde en Falconi's stem uit een speaker aan de wand klonk. 'Kira, ik ben op de brug, kom wanneer je op bent hiernaartoe.' Hij klonk zacht gezegd niet best, alsof hij net had overgegeven.

Voordat Kira naar de neus van het schip ging, maakte ze een omweggetje langs de kombuis om een zakje hete chell te halen.

Toen de luchtdichte deur piepend van protest openzwaaide, keek Falconi op van de holodisplay. Zijn huid had een ongezond grauwe teint, het wit van zijn ogen had een gelig kleurtje, en hij zat te bibberen en te klappertanden alsof het ijskoud was. Alle klassieke symptomen van cryoziekte.

'Thule,' zei Kira, en ze zette zich af om naar hem toe te zweven. 'Hier, jij hebt dit harder nodig dan ik.' Ze drukte het zakje hete chell in zijn handen.

'Dank je,' zei Falconi klappertandend.

'Slechte reactie op de cryo?'

Hij knikte. 'Ja. Het wordt de afgelopen paar sprongen steeds erger. Ik geloof niet dat mijn lichaam de chemicaliën die we gebruiken erg op prijs stelt. Moet het er nodig...' Hij bibberde zo hevig dat Kira zijn tanden kon horen klapperen. 'Moet het er nodig eens over hebben met de dokter.'

'Hoe moet je nu de terugreis maken?' vroeg Kira. Ze zweefde naar een van de kastjes met nooduitrustingen aan de wand en pakte er een thermische deken voor hem uit.

Falconi liet het zich gebeuren toen ze de deken om zijn schouders hing. 'Ik overleef het wel,' zei hij met een zekere mate van zwarte humor.

'Laten we het hopen,' zei ze op een droge toon. Toen keek ze om zich heen over de lege brug. 'Waar zijn de anderen?'

'Zag geen reden om iedereen wakker te maken als ze toch bijna meteen weer terug in cryo moeten.' Falconi trok de deken strakker om zich heen. 'Waarom zou ik ze dit vaker aandoen dan strikt noodzakelijk?'

Kira trok zichzelf in de stoel naast de zijne en gespte zich vast. 'Heb je de waarschuwing al verstuurd?'

Hij schudde zijn hoofd. 'We wachten nog op Itari. Ik heb de Kwal een seintje gegeven over de intercom. Hij kan er elk moment zijn.' Falconi wierp haar een zijdelingse blik toe. 'Hoe is het met jou? Alles goed?'

'Alles goed. Maar er is iets wat je moet weten...' En Kira legde hem uit wat zij en het Zachte Mes hadden gedaan.

Falconi maakte een geërgerd geluidje. 'Was het nou echt nodig mijn schip af te breken?'

'Ja, ik ben bang van wel,' zei ze. 'Het spijt me. We hebben de schade beperkt gehouden.'

Hij bromde. 'Geweldig. Moeten we ons er zorgen over maken of dat ding de rest van de Caracole gaat slopen?'

'Nee,' zei Kira. 'Niet zolang mij niets overkomt, maar zelfs dan denk ik niet dat de xeno het schip iets zou aandoen.'

Falconi liet zijn hoofd naar opzij hangen. 'Wat denk je dat het Zachte Mes dan wel zou doen als jij doodgaat?'

'Ik... Dat weet ik niet zeker. Ik zou verwachten dat het dan terugkeert naar zijn sluimerstaat, zoals op Adrasteia. Of anders dat het iemand anders zoekt om als gastheer te dienen.'

'Mmm. Nou, dat is echt totaal niet onrustbarend of zo.' Falconi nam nog een slokje chell en gaf het zakje toen aan haar terug. De grauwe teint op zijn wangen begon weg te trekken en hij zag er weer iets gezonder uit.

Zoals hij had voorspeld, hoefden ze niet lang te wachten voordat Itari de brug op kwam. Er kleefden nog stukjes van zijn hibernatiecocon aan zijn vele ledematen, en het grootste deel van de tentakel die de Kwal tijdens hun ontsnapping van Orsted had afgesneden, was teruggegroeid. De vervangende ledemaat was nog korter en dunner dan de rest, maar Kira was toch onder de indruk.

[[Itari hier: Is het water kalm?]]

Ze gaf het traditionele antwoord: [[Kira hier: De stromingen zijn gunstig... We zijn klaar om de verafgeur te versturen om de Verstrengeling van Geesten te waarschuwen.]]

[[Itari hier: Dan mogen we de juistheid van de tijd niet verkwisten.]]

2

Het bleek meer gedoe om het signaal te versturen dan Kira had verwacht. Eerst moest zij aan Itari uitleggen hoe de FTL-zender van de Caracole werkte, en toen moest de Kwal – met veel pijn en moeite en herhaling – aan hen uitleggen op welke manier ze de boodschap konden coderen en versturen zodat de Verstrengeling van Geesten die niet alleen zou ontvangen, maar ook zou begrijpen als de waarschuwing die hij was. Omdat ze het Kwallenapparaat niet hadden dat hun geuren in signalen omzette, moest Kira Itari's woorden vertalen – als 'woorden' überhaupt de juiste term was – in de hoop dat de Verstrengeling de moeite zou nemen ze terug te vertalen.

Na een paar uur werk waren ze eindelijk klaar om de waarschuwing te versturen, en zei Falconi: 'Zo, voor elkaar.'

'En nu maar afwachten,' zei Kira.

Het signaal zou er een halve dag over doen om de afgesproken verzamelplaats te bereiken – op maar een paar dagen reistijd van Cordova-1420, het stelsel waar de Kwallen hun vloot aan het bouwen waren – en als ze een antwoord toegestuurd kregen, zou dat er nog eens net zo lang over doen om hen te bereiken.

'Kunnen jagers van het VMB ons signaal niet onderscheppen?' vroeg Kira.

'Nou ja,' zei Falconi. 'De kans bestaat, maar hij is letterlijk astronomisch klein.'

3

De rest van de dag hielp Kira Falconi bij het nalopen van alle systemen van de Caracole die nodig waren om het schip op gang te houden. Ze maakten de filters in de luchtkanalen schoon, spoelden waterleidingen door, testten de fusieaandrijving, herstartten computers, vervingen externe sensoren, en voerden alle kleine en minder kleine klussen uit die gedaan moesten worden om het mogelijk te maken te overleven in de ruimte.

Falconi had haar niet om hulp gevraagd, maar Kira had nooit goed stil kunnen zitten wanneer er werk te doen was. Bovendien was hij duidelijk nog niet hersteld van de nawerkingen van de cryo. Zelf had ze maar één keer een slechte reactie gehad. Tijdens haar tweede trip voor de Lapsang Corporation had ze door een defect in haar cryobuis een iets te hoge dosis van een van de slaapmiddelen ontvangen. Dat kleine verschil was al genoeg geweest om haar ertoe te veroordelen de hele missie overgevend in de badkamer door te brengen. Wat een lol was dat geweest.

Ze begreep dus hoe Falconi zich voelde, al leek zijn reactie te ernstig om simpelweg door een verkeerd toegediend slaapmiddel te komen. Hij leek echt ziek. Cryoziekte ging na verloop van tijd voorbij, dat wist ze uit ervaring, maar Falconi had niet lang om te herstellen voordat ze de terugweg naar de Liga zouden inzetten. En dat baarde Kira zorgen.

Afgezien van het standaard onderhoud dat elk schip nodig had, verkeerde de Caracole in redelijk goede staat. Het ergste wat ze moesten repareren, was een defecte drukverzegeling in het vrachtruim aan bakboord, maar zelfs dat was zo verholpen.

Terwijl ze bezig waren, kon Kira de hele tijd de inhoud van haar hut voelen – het zwarte pantser dat het Zachte Mes over de wanden heen had geconstrueerd. Ze sleurde Falconi mee om te laten zien wat de xeno had gemaakt. Hij stak zijn hoofd lang genoeg naar binnen voor één blik en deinsde toen meteen weer achteruit. 'Nee bedankt,' zei hij. 'Sorry hoor, Kira, maar nee bedankt.'

'Ik zal het niet persoonlijk opvatten,' zei ze met een grijns. Ze was hun kus niet vergeten, maar zag ook geen reden om hem nu ter sprake te brengen. Falconi was er op het moment sowieso niet aan toe om het over dergelijke zaken te hebben.

Na een rustige avond trokken zij en Falconi zich ieder terug in hun eigen hut (en Itari in het ruim) om te gaan slapen. De zwarte laag die Kira's hut nu volledig bedekte, gaf hem een drukkende, onheilspellende sfeer. Maar ze voelde zich er toch ook veilig – dat hielp – en de ranken en bloemen hielpen het drukkende gevoel te verzachten. Even maakte ze zich ongerust dat er geen verse lucht meer naar binnen kon komen, maar toen besefte ze dat het Zachte Mes er natuurlijk wel voor zou zorgen dat ze voldoende zuurstof kreeg om niet te stikken.

'Ik ben er weer,' fluisterde ze, terwijl ze met een hand over de geplooide wand streek.

Het materiaal rilde lichtjes, als huid die kippenvel kreeg. Dat bracht een glimlachje op Kira's gezicht, en ze voelde onverwacht een gevoel van trots. Deze hut was van haar en haar alleen, en hoewel hij grotendeels het werk was van het Zachte Mes, waren de aanwassen toch deel van haar. Ze waren ontsproten uit haar geest, al dan niet uit haar lichaam.

Ze moest denken aan de droom die ze had gehad tijdens haar lange nachtrust. 'Je probeerde me te beschermen, hè?' zei ze, iets luider dan haar eerdere woorden.

De groene verlichting in de hut leek even iets te flakkeren, alsof het haar antwoord gaf, maar zo zwakjes dat ze zich afvroeg of ze het zich inbeeldde. Beter op haar gemak dan daarvoor legde Kira zich weer vast op bed om te gaan slapen.

4

Laat op de volgende ochtend, iets meer dan vierentwintig uur nadat ze uit FTL waren gekomen, gingen Kira en Falconi naar de kombuis om daar samen op een mogelijk antwoord te wachten van de Verstrengeling van Geesten. Itari kwam ook en streek neer op een van de twee tafels. De Kwal hield zich op zijn plek verankerd met de kleine grijparmpjes die onder uit zijn pantser staken.

Falconi was op zijn overlays bezig, en Kira keek een video op de holodisplay in de tafel – een van de nieuwsberichten die de Caracole had opgevangen voordat ze uit Sol waren weggevlucht. De video was niet bijster interessant, dus zette ze hem na een paar minuten weer af en richtte haar aandacht in plaats daarvan op de Kwal aan de andere kant van het vertrek.

De donkere herfstkleuren van Itari's tentakels vormden op het moment een vast patroon, maar als zijn emoties hoog opliepen, zouden ze door elkaar beginnen te lopen. Kira vond het interessant dat Kwallen niet alleen emoties hadden, maar dat het zelfs enigszins herkenbare emoties waren. Misschien waren ze voor haar gemakkelijker te begrijpen omdat het Zachte Mes verbonden was geweest met graaiers.

Graaiers... De korte ogenblikken die de xeno zich in haar geest bevond, waren genoeg geweest om haar gedachten permanent te kleuren met indrukken uit een ver verleden. Niet lang daarvoor had dat Kira nog dwarsgezeten. Nu erkende en aanvaardde ze het zonder zich er druk over te maken. Uiteindelijk was zij degene wier oordeel gold, niet de xeno, hoe sterk ze de herinneringen ook voelde die ze van hem meekreeg.

De Kwal wasemde een voortdurende wolk van geuren uit. Op het moment waren ze ingetogen – niet meer dan een algemeen 'ik ben hier', als een zacht gonzend achtergrondgeluid – van tijd tot tijd onderbroken door een pikante en vrij onaangenaam scherpe geur wanneer zijn interesse ergens door werd gewekt.

Kira vroeg zich af wat de Kwal aan het doen was – of hij ook implantaten had, of dat hij gewoon zat na te denken en herinneringen zat op te halen.

[[Kira hier: Vertel me eens over je school, Itari.]]

[[Itari hier: Welke school bedoel je, Idealis? Mijn broedschool? Mijn medevormen? Mijn Arm? Er zijn veel verschillende soorten scholen. Informeert de Idealis je niet over dit soort dingen?]]

De vraag van de Kwal kwam zo erg overeen met haar eigen overpeinzingen dat ze even van haar stuk was. [[Kira hier: Ja, maar als door modderig water. Vertel me eens, waar ben je gebroed? Hoe ben je opgegroeid?]]

[[Itari hier: Ik ben uitgekomen in een broedpoel aan de kust van Hoog Lfarr. Het was een warme plek met veel licht en voedsel. Toen ik me ontwikkelde tot mijn derdevorm, werd mij deze huidige vorm toebedeeld, en sindsdien heb ik op deze wijze gediend.]]

[[Kira hier: Had je geen inspraak in de vorm die je kreeg?]]

Een geur van verwarring van de Kwal. [[Itari hier: Waarom zou ik inspraak krijgen? Welke andere keus was er?]]

[[Kira hier: Ik bedoel... wat wilde jíj?]]

De verwarring werd groter. [[Itari hier: Wat maakt dat uit? Deze vorm is hoe ik mijn Arm het beste kon dienen. Wat zou ik anders kunnen willen?]]

[[Kira hier: Heb je geen dromen?]]

[[Itari hier: Natuurlijk. Om mijn Arm en de Wranaui als geheel te dienen.]]

[[Kira hier: Maar je hebt toch je eigen ideeën over hoe je dat het beste kunt doen, of niet? Je bent het niet met alle Wranaui eens over de koers van deze... golf.]]

Er trok een rimpeling van kleur over de ledematen van de Kwal. [[Itari hier: Een probleem kan vele oplossingen hebben, maar het doel blijft hetzelfde.]]

Ze besloot het van een andere kant te benaderen. [[Kira hier: Als je niet hoefde te dienen, wat zou je dan doen? Als de Armen niet bestonden en er niemand was om je te vertellen wat je moest doen?]]

[[Itari hier: Dan zou het mijn verantwoordelijkheid zijn voor de wederopbouw van onze soort te zorgen. Ik zou van vorm veranderen en dag en nacht kuit schieten tot we weer zo machtig waren als nu.]]

Kira siste van frustratie, zo luid dat Falconi opkeek. 'Ben je met dat ding aan het praten?' vroeg hij met een hoofdknik naar Itari.

'Ja, maar we komen helemaal nergens.'

'Hij snapt vast net zo weinig van jou.'

Kira bromde. Hij had natuurlijk gelijk. Ze probeerde te communiceren met een buitenaards ras. Het kon al moeilijk zijn een mens uit een andere stad te begrijpen, laat staan een van een andere planeet. Ze kon moeilijk verwachten dat het met een buitenaards wezen makkelijk zou gaan. Toch vond ze dat ze het moest proberen. Als de mensheid in de toekomst banden met de Kwallen wilde onderhouden, vond Kira het belangrijk zich een idee te vormen van wat zij belangrijk vonden (een idee niet afkomstig uit de herinneringen van het Zachte Mes).

[[Kira hier: Vertel me dit eens: wat doe je wanneer er niets meer gedaan hoeft te worden? Je kunt niet altijd werken, dat kan geen enkel wezen.]]

[[Itari hier: Dan rust ik. Ik denk na over mijn toekomstige acties. Ik eer de daden van het Verdwenen Volk. Als ik er de kans toe heb, ga ik zwemmen.]]

[[Kira hier: Speel je ooit?]]

[[Itari hier: Spelen is voor eerste- en tweedevormen.]]

Kwallen hadden een vreemd gebrek aan verbeelding dat Kira verbaasde. Hoe waren ze in staat geweest een intergalactische beschaving op te bouwen als ze niet gedreven werden door dromen, zoals mensen? Er moest toch een limiet zijn aan de mate waarin de technologie die ze van het Verdwenen Volk hadden afgekeken, hen verder had geholpen. Of was dat wel zo? Kira wees zichzelf terecht voor het menselijke perspectief van waaruit ze dacht. De Kwal waarmee het Zachte Mes verbonden was geweest – Nmarhl – had er immers geen moeite mee gehad initiatief te tonen. Misschien miste ze een linguïstisch of cultureel verschil tussen haar en Itari, en gaf dat haar een vertekend beeld.

[[Kira hier: Wat willen de Wranaui, Itari?]]

[[Itari hier: We willen leven, eten en ons verspreiden naar alle vriendelijke wateren. Daarin zijn we net als jullie, tweevorm.]]

[[Kira hier: En wat zijn de Wranaui? Wat vormt de kern van jullie aard?]]

[[Itari hier: We zijn wat we zijn.]]

[[Kira hier: De Idealis noemt jullie graaiers. Waarom denkt hij zo over de Wranaui?]]

De Kwal wreef zijn tentakels over elkaar. [[Itari hier: Omdat we bezit hebben genomen van de heilige artefacten die het Verdwenen Volk heeft achtergelaten. Omdat we wat we vast kunnen houden, nooit meer loslaten. Omdat iedere Arm moet doen wat hij juist acht.]]

[[Kira hier: Het Verdwenen Volk heeft jullie thuisplaneet bezocht, nietwaar?]]

[[Itari hier: Ja. We hebben hun werken gevonden op het land en diep op de Peilloze Vlakte.]]

[[Kira hier: Dus er ís droog land op jullie planeet?]]

[[Itari hier: Ja, maar minder dan op de meeste planeten.]]

[[Kira hier: Wat was het technologische niveau van de Wranaui voordat ze de werken van het Verdwenen Volk vonden?]]

[[Itari hier: We hadden geleerd om metaal te smelten in de verhitte spelonken in onze oceanen, maar door ons leven onder water was er veel wat ons nog onbekend was. Het was slechts door middel van de gratie van het Verdwenen Volk dat we ons hebben kunnen verspreiden buiten de eeuwige diepten.]]

[[Kira hier: Ik begrijp het.]]

Ze bleef de Kwal verder uithoren om zo veel mogelijk over zijn soort en hun beschaving te leren, maar er was nog te veel wat ze niet begreep om veel wijzer te worden. Hoe langer Kira met Itari sprak, hoe duidelijker het haar werd hoe verschillend hun twee soorten waren – en dat hun enorme fysieke verschillen nog maar het puntje van de ijsberg waren.

Het was bijna middernacht in scheepstijd, en Falconi was de kombuis aan het opruimen voordat hij naar bed ging, toen er een toon klonk en Morven zei: ‘Kapitein, we ontvangen een bericht.’

5

Er liep een rilling over Kira’s rug. Eindelijk zouden ze een idee krijgen van wat er ging gebeuren – waar ze heen moesten gaan en wat ze moesten doen.

‘Op de holo,’ zei Falconi kortaf. Hij droogde zijn handen af aan een handdoek en duwde zich af om naar de tafel te zweven waaraan Kira zat.

De holo in de tafel kwam tot leven, en het hoofd en de schouders van Tschetter, nog in dezelfde skinsuit die ze had aangehad toen ze haar eerder hadden gezien, verschenen voor hen. Het deed Kira goed om te zien dat de majoor de strijd bij Vliegenstrip had overleefd.

Tschetter begon te spreken. ‘Kapitein Falconi, Navárez, jullie bericht is ontvangen en begrepen. Bedankt. Als we niet van jullie hadden gehoord, hadden we nu diep in de stront gezeten. Niet dat de huidige situatie veel beter is. Gezien de veranderde omstandigheden, is het van het uiterste belang dat we elkaar in levenden lijve ontmoeten om te overleggen.' Dat had Kira wel verwacht. 'Laat me dat herhalen: het is van het uiterste belang dat we bij elkaar komen. Langeafstandscommunicatie voldoet niet. Die is niet veilig, en we kunnen zo geen fatsoenlijke discussie houden. Lphet heeft de volgende coördinaten voorgesteld – ik heb mijn best gedaan ze om te zetten naar standaardnotatie. Stuur voor iedereens veiligheid geen antwoord op dit bericht. Wij reizen af naar de aangegeven locatie en blijven daar wachten tot over exact tweeënveertig uur van nu. Als de Caracole tegen die tijd niet is komen opdagen, zegt Lphet dat hij dat als indicatie zal zien dat jullie – en dan bedoelt hij specifiek jou, Kira – niet langer bereid zijn jullie hulp te bieden bij onze onderneming, en past de Verstrengeling van Geesten zijn plannen daaraan aan.' Tschetters uitdrukking bleef even streng als altijd, maar haar stem kreeg iets smekends toen ze zei: 'Ik kan niet genoeg benadrukken hoe belangrijk dit is, Kira. Alsjeblieft, je moet komen. En jij ook, Falconi. De mensheid heeft momenteel alle bondgenoten nodig die ze kan krijgen... Tschetter, over en uit.'

'Zij weten niet dat we onder de naam de Varkensvinger vliegen, hè?' zei Kira met een gebaar naar de holo. Het was net pas tot haar doorgedrongen.

'Nee,' zei Falconi. 'Goed punt. We zullen onze transponder terugveranderen. Het zou balen zijn als we werden opgeblazen omdat ze ons voor iemand anders aanzagen.'

'Dus we gaan?' vroeg Kira.

'Eén moment. Laat me eerst die coördinaten opzoeken. Praat jij ondertussen je wriemelende vriendje even bij.'

Itari zat inderdaad te wriemelen. Zijn tentakels waren rood en blauw, en ze kronkelden over de tafel waarboven de Kwal zweefde, steeds van houding wisselend om zich anders vast te grijpen met wat bij een mens duidelijk nerveuze energie zou zijn geweest.

Toen Kira hem eenmaal alles had verteld, vroeg de Kwal: [[Itari hier: We gaan naar de afspraak met de Verstrengeling, toch? Toch?]]

De herhaling deed Kira aan Vishal denken, en ze glimlachte onbedoeld. [[Kira hier: Ja, ik denk het wel.]]

'Oké,' zei Falconi. 'Zier ernaar uit dat ze dichter bij Cordova-1420 willen afspreken. Als we als de wiedeweerga vertrekken, kunnen we daar over een uur of achtentwintig zijn.'

'In FTL?' vroeg Kira.

'Natuurlijk.'

'Ik wilde het maar even vragen... Dat wordt wel erg krap, hè?'

Hij haalde zijn schouders op. 'Ze zijn hier per signaal maar twaalf uur vandaan, dus dat valt wel mee.'

'Moet jij terug in cryo?'

'Nee, maar ik laat de rest van de bemanning doorslapen, en we zullen het schip zo koel mogelijk moeten houden. Kun je dat aan Itari uitleggen?'

Dat deed ze. En toen maakten ze aanstalten om te vertrekken uit het lege deel van de ruimte waar de Caracole op dat moment doorheen zoefde – hoewel het er zonder iets in de buurt om hun snelheid aan af te meten uitzag alsof het schip volledig tot stilstand was gekomen.

Zodra het schip voldoende was afgekoeld, brachten ze de markovaandrijving weer op gang met zijn vertrouwde loeiende geluid en maakten ze de overgang naar FTL.

6

De daaropvolgende achtentwintig uur waren koud, stil en donker. Kira en Falconi brachten hun tijd voor het grootste deel in hun eigen hut door en bewogen zo min mogelijk, om geen overbodige warmte te produceren. Itari trok zich terug in het vrachtruim en wachtte daar waakzaam maar eveneens beweginloos.

Een paar keer kwamen Kira en Falconi in de kombuis bijeen om te eten. Ze spraken op fluistertonen, en hun gesprekken voelden aan als de lome conversaties die Kira tijdens haar studie diep in de nacht met vrienden had gehad.

Na het eten speelden ze een paar potjes zevenen. Het ene na het andere, en soms won Falconi en soms won Kira. Deze keer speelden ze niet om antwoorden, maar om fiches die ze maakten van opgevouwen stukjes van de verpakking van hun maaltijden.

Toen ze met hun laatste potje bezig waren, verbrak Kira de stilte en zei: 'Salvo... waarom heb je de Caracole gekocht?'

'Hm?'

'Ik bedoel, waarom wilde je van huis weg? Waarom dit?'

Zijn blauwe ogen tuurden haar aan over de rand van zijn kaarten. 'Waarom ben jij xenobioloog geworden? Waarom heb je Weyland verlaten?'

'Omdat ik op verkenning wilde en het universum wilde zien.' Ze schudde bedroefd haar hoofd. 'Nou, en dat heb ik geweten ook... Maar om de een of andere reden geloof ik toch niet dat dat is waarom jij Farrugia's Landing hebt verlaten.'

Hij draaide een van de gedeelde kaarten om die op het dek vastgekleefd lagen. Een klaverenvier. Als ze die aan haar hand toevoegde, had ze in totaal... vier zevens. 'Soms kun je niet blijven en moet je wel weggaan, of je het wilt of niet.'

'En wilde jij het?'

Een licht schouderophalen onder zijn thermische deken. 'De situatie was niet best. Ik had weinig keus. Kun je je de opstand daar herinneren?'

'Ja.'

'Het bedrijf was mensen op elke mogelijke manier aan het bestelen van geld waar ze recht op hadden. Arbeidsongeschiktheidsuitkeringen, vergoedingen van hun ongevallenverzekering, ga zo maar door. Uiteindelijk bereikte de situatie het kookpunt, en... toen moest iedereen een kant kiezen.'

Langzaam drong het tot haar door. 'En jij was schaderegelaar.'

Salvo knikte, maar niet van harte. 'Dat is hoe ik met mijn neus op de feiten werd gedrukt over hoe erg iedereen werd genaaid. Toen de protesten eenmaal losbarstten, kon ik niet toekijken en niets doen. Je moet begrijpen dat dit de mensen waren met wie ik was opgegroeid. Vrienden. Familie.'

'En toen het allemaal voorbij was?'

'Toen het allemaal voorbij was...' Hij legde zijn kaarten neer en wreef met de toppen van zijn wijsvingers over zijn slapen. 'Toen kon ik daar gewoon niet langer blijven. Er waren dingen gezegd en gedaan die nooit vergeven konden worden. Dus heb ik een paar jaar lang hard gewerkt om geld te sparen, en toen heb ik de Caracole gekocht.'

'Om te ontsnappen?' vroeg ze.

'Nee, om vrij te zijn,' zei hij. 'Ik ga liever op eigen kracht ten onder dan dat ik me als slaaf laat onderhouden.'

Hij sprak met zo veel overtuiging dat Kira het voelde tintelen in haar nek. Deze kant van hem beviel haar wel. 'Dus je hebt tóch principes,' zei ze op geamuseerde toon.

Salvo grinnikte. 'Pas op. Laat niemand dat horen, anders krijgen ze de verkeerde indruk.'

'Ik zou niet durven.' Ze legde haar kaarten neer. 'Wacht even. Ik ben zo terug.'

Salvo keek haar met een nieuwsgierige blik na terwijl ze de kombuis verliet en snel naar haar hut ging. Daar pakte ze haar concertina van onder de deken van het levende weefsel van het Zachte Mes vandaan en keerde terug.

Toen Salvo de concertina zag, kreunde hij. 'Wat nu dan? Ga je me onderwerpen aan een polka?'

'Stil, jij,' zei Kira, opzettelijk bruusk om haar zenuwen te verhullen. 'Ik weet niet of ik de vingerzetting nog helemaal onder de knie heb, maar...'

Ze speelde 'Saman-Sahari' voor hem, een van de eerste stukken die ze ooit had geleerd. Het was een lang, traag lied met een prachtige melodie. De lome muziek weergalmde door de kombuis en voerde haar mee terug naar de broeikassen op Weyland, met hun zoete geuren en het gezoem van de insecten die de bloemen aan het bestuiven waren. Hij herinnerde haar aan haar familie, hun huis en zo veel dat ze verloren had.

Ondanks haar beste pogingen zich te beheersen, liepen de tranen Kira in de ogen. Toen ze was uitgespeeld, bleef ze nog een lange poos zitten zonder op te kijken van de concertina.

'Kira.' Toen ze haar hoofd omhoog bracht, zag ze Falconi haar aankijken met een geëmotioneerde blik op zijn gezicht, zijn ogen ook glanzend van de tranen. 'Dat was prachtig,' zei hij, en hij legde zijn hand over de hare.

Ze knikte, snotterde en moest toen lachen. 'Dank je. Ik was bang dat ik het zou verknoeien.'

'Absoluut niet.'

'Oké dan...' Ze schraapte haar keel en trok toen met een zekere mate van tegenzin haar hand weg. 'Misschien doen we er verstandiger aan maar eens naar bed te gaan. Het wordt morgen een lange dag.'

'Ja, misschien wel.'

'... Welterusten, Salvo.'

'Welterusten, Kira. En nogmaals bedankt voor het lied.'

'Geen dank, hoor.'

7

Kira was net even bij Itari in het ruim gaan kijken en klom weer omhoog door de centrale schacht van de Caracole toen er een waarschuwingsalarm klonk en ze een subtiele maar merkbare verandering voelde in de positie van het schip. Ze keek hoe laat het was: 15:01 GST.

Falconi's stem klonk uit een speaker. 'We zijn er. En we zijn niet alleen.'

II

* * * * * * *

NOODZAAK III

1

De Caracole was uit FTL gekomen bij een bruine dwerg: een donkere, karmozijnkleurige bol zonder enige manen of planeten. Hij hing in de leegte buiten de heliosfeer van Cordova-1420, in een eenzame baan om het galactisch centrum, rond en rond door de stille eeuwigheid.

Bij de evenaar van de bruine dwerg konden ze een groepje van eenentwintig witte stippen zien: de schepen van de Verstrengeling van Geesten hadden positie ingenomen waar de massa van de mislukte ster ze afschermde in het geval er een FTL-telescoop op ze werd gericht van Cordova-1420.

Zodra de markovaandrijving van de Caracole stilviel, startte Falconi direct de procedure om de rest van de bemanning (met uitzondering van Gregorovich) te doen ontwaken. De Caracole zou er nog vier uur over doen om de Verstrengeling van Geesten te bereiken en zich aan te passen aan de koers en snelheid van hun schepen, meer dan genoeg tijd voor de bemanning om te ontdooien en het voedsel en de vloeistoffen te nuttigen die ze nodig zouden hebben om weer op gang te komen.

'We praten wel wanneer jullie hier zijn,' had Tschetter gezegd in antwoord op hun begroeting. 'Het is makkelijker als jij hier in levenden lijve bent, Kira, en rechtstreeks met de Kwallen kunt communiceren.'

Nadat ze met Tschetter had gesproken, ging Kira naar de kombuis om de bemanning te begroeten terwijl ze een voor een binnenkwamen. Ze zagen er geen van allen bijzonder goed uit.

'Weer eentje overleefd,' zei Sparrow, terwijl ze met een handdoek over haar gezicht wreef. 'Joepie.'

Nielsen leek er nog slechter aan toe dan Falconi, al vertoonde zij niet de symptomen van cryoziekte. Ze had een zenuwtrekje, en haar lippen waren dun en gespannen, alsof ze pijn leed. Kira vermoedde dat de oude aandoening van de eerste officier zich weer deed gelden.

'Kan ik iets voor je doen?' vroeg Kira meelevend.

'Nee, maar dank je.'

Ook de entropisten vertoonden zich. Ze kwamen binnenstrompelen in nieuwe gradiëntgewaden, met hun armen om elkaar heen en een holle blik in hun ogen. Maar ze waren tenminste kalm en bij zinnen, wat een hele verbetering was. De tijd in cryo leek de schok van het verbreken van hun collectieve bewustzijn te hebben afgestompt. Ze zorgden er nog wel angstvallig voor dat ze nooit buiten handbereik van elkaar bewogen en raakten elkaar voortdurend aan, alsof fysiek contact de mentale connectie kon vervangen die ze hadden verloren.

Kira warmde eten op, deelde het uit aan de groep, en deed wat ze kon om iedereen te helpen met hun herstel van de hibernatie. Terwijl zij daarmee bezig was, ging Vishal bij Nielsen zitten, sloeg een arm om haar heen en sprak zacht tegen haar. Wat het ook was dat hij zei, het leek het lijden van de eerste officier te verzachten. Ze knikte steeds, en iets van de spanning ebde weg uit haar houding.

Toen ze eenmaal allemaal aan tafel zaten met iets te eten en te drinken, ging Falconi staan en zei: 'Er is iets wat jullie moeten weten.' En hij bracht hen op de hoogte van de situatie met Gregorovich.

'Wat afgrijselijk,' zei Nielsen. Ze huiverde.

'Ben je van plan hem te ontdooien?' vroeg Sparrow.

Falconi schudde zijn hoofd. 'Ik wil eerst weten wat de Verstrengeling van Geesten te zeggen heeft. Als we straks besluiten rechtsomkeert te maken en terug te vliegen naar de Liga, hoeft het niet. Als ik Hwa-jung Gregorovich wel uit de cryo laat halen, wil ik dat jij, Doc, hem meteen onder de loep neemt.'

'Natuurlijk,' zei Vishal. 'Ik zal voor hem doen wat ik kan.'

'Goed om te horen, Doc.'

2

Vier uur later was iedereen fatsoenlijk wakker geworden, zij het nog wat wankel, toen de Caracole dokte aan het vlaggenschip van de Kwallen: een grote, glanzende bol met een tiental stukken geschut rondom zijn bolle neus.

Vergezeld door de hele bemanning ging Kira snel naar de luchtsluis. Alleen de entropisten bleven achter in de kombuis, over de holodisplay gebogen met warme drankjes in hun handen. 'Wij kijken wel van –'

'... van hier mee,' zeiden ze.

Hoewel Kira zich zorgen maakte om wat de Kwallen wilden, kon ze niet wachten om het te horen, zodat ze zich tenminste een idee kon vormen van wat er hun te wachten stond. Op het ogenblik had ze geen flauw idee. Als ze besloten terug te keren naar de Liga, zou zij dan moeten onderduiken? Zichzelf uitleveren aan het VMB? Een manier vinden om iets tegen de Kwallen en de nachtmerries te doen zonder ergens opgesloten te worden? Misschien kon ze teruggaan naar Weyland en proberen haar familie te vinden om die te beschermen… Het was het gebrek aan zekerheid waar ze gek van werd.

Ze kon zien dat Falconi zich net zo onrustig voelde. Hij was al ongewoon zwijgzaam sinds ze bij de bruine dwerg waren gearriveerd, en toen ze hem vroeg wat er was, schudde hij zijn hoofd en zei: 'Gewoon veel om over na te denken, dat is alles. Ik zal blij zijn als dit allemaal achter de rug is.'

Anders zij wel.

De Caracole werd door elkaar geschud toen de twee schepen contact maakten. De buitenste deur van de luchtsluis rolde open, en erachter trok een membraan opzij en onthulde een van de paarlemoerachtige luiken van de Kwallen. Die draaide open en onthulde op zijn beurt een drie meter lange tunnel die het Kwallenschip in leidde.

Daar werden ze opgewacht door Tschetter en een Kwal die Kira aan de geuren die hun tegemoetkwamen meteen wist te identificeren als Lphet.

'Permissie om aan boord te komen, kapitein?' zei Tschetter.

'Permissie verleend,' zei Falconi.

Tschetter en Lphet zweefden naar hen toe en namen positie in in de voorkamer van de luchtsluis.

[[Lphet hier: Gegroet, Idealis.]]

'Goed om je weer te zien, majoor,' zei Falconi. 'De situatie bij Vliegenstrip was behoorlijk hachelijk. We wisten niet of jullie het zouden redden.' Net zoals de gehele bemanning had ook hij zich bewapend, en zijn hand bewoog nooit ver bij de holster van zijn blaster vandaan.

'Het heeft niet veel gescheeld,' zei Tschetter.

Nielsen vroeg: 'Wat is er gebeurd met de… Hoe noemde jij het, Kira? Met de Zoeker?' Ze hoefde dat oude gevaar maar te noemen en er liep meteen een rilling over Kira's rug. Zij had zich het ook al afgevraagd.

Een korte blik van afkeer trok over Tschetters gezicht. 'Die is van Vliegenstrip weggevlucht voordat we hem konden vernietigen.'

'Waar is hij nu?' vroeg Kira.

De majoor trok haar schouders op. 'Ergens tussen de sterren. Het spijt me, maar meer kan ik je niet vertellen. We hadden niet bepaald tijd om hem achterna te gaan.'

Kira fronste. Dit was niet best. Het idee dat er een Zoeker door de sterren doolde, vrij om elk wreed doel na te streven dat hem ook maar goeddunkte

– zonder het toezicht van zijn scheppers, het Verdwenen Volk – vervulde haar van afgrijzen. Maar er was niets wat ze eraan kon doen, en zelfs als er wel iets was geweest, had ze dringender zaken aan haar hoofd.

'Nou, is me dat verdomme geen fantastisch nieuws,' zei Sparrow op een toon die klonk zoals Kira zich over de situatie voelde.

Falconi stak zijn kin omhoog. 'Waarom moesten we elkaar zo nodig in persoon spreken, majoor? Wat is er zo belangrijk dat je het niet aan het vacuum toevertrouwde?'

Hoewel hij Falconi's vraag onmogelijk had kunnen begrijpen, was het de Kwal die antwoord gaf. [[Lphet hier: De stromingen zijn in ons nadeel, Idealis. De strijdschool van je Arm bereidt zich op dit moment voor om onze strijdkrachten, verzameld rondom de nabije ster, aan te vallen. De aanval heeft geen kans van slagen, maar beide zijden zullen grote verliezen lijden. De geur van bloed zal zich tot ver door de zee der leegte verspreiden, en ons gedeelde leed zal de Verdorvenen in het voordeel werken. Dit getij moet worden gekeerd, Idealis.]] Een geur van een oprechte smeekbede verspreidde zich door de lucht. Achter haar wreef Itari zijn tentakels over elkaar en kreeg een ziekelijk gele kleur.

Tschetter knikte in de richting van de Kwal. 'Lphet legt Kira net de situatie uit. De zaken staan er erger voor dan jullie waarschijnlijk denken. Als wij niet ingrijpen, wordt de Zevende Vloot vernietigd, en daarmee ook onze laatste hoop op vrede tussen ons en de Kwallen.'

'De Liga heeft geprobeerd jou te vermoorden,' herinnerde Nielsen haar.

De majoor liet zich niet van haar stuk brengen. 'Dat was onder de omstandigheden een redelijk besluit. Niet een waarmee ik het eens ben, maar vanuit een tactisch oogpunt valt er weinig tegen in te brengen. Wat wel een tactische blunder zou zijn, is om de Zevende Vloot te verliezen. Het is de grootste staande vloot die het VMB heeft. Als we hem kwijtraken, is de Liga zo goed als hulpeloos. Onze overgebleven strijdkrachten zouden een massale aanval door de Kwallen of de Verdorvenen niet kunnen afslaan.'

'Wat willen jullie doen?' zei Kira. 'Jullie moeten een plan hebben, anders stonden we hier nu niet te praten.'

Tschetter knikte, en de Kwal zei: [[Lphet hier: Dat klopt, Idealis. Ons plan is een wanhopige sprong in de afgrond, maar dat is de enige optie die ons resteert.]]

[[Kira hier: Begrijp je onze taal?]]

Ze proefde nabijgeur van onderling begrip. [[Lphet hier: Het apparaat dat je covorm Tschetter draagt, vertaalt hem voor ons.]]

De majoor was aan het praten. 'Helaas heeft het besluit van de premier om de Verstrengeling van Geesten uit te schakelen ons oorspronkelijke plan onmogelijk gemaakt. Op volle snelheid kan de Zevende Vloot binnen een paar uur bij Cordova-1420 zijn. Zodra de schepen het stelsel bereiken, komen ze onder vuur te liggen en wordt het moeilijk ze te redden. Onze mogelijkheden om dat klaar te spelen en een manier te vinden om vrede te stichten tussen ons en de Kwallen zijn beperkt. Bijna niet-bestaand.'

Kira keek Falconi aan. 'Kunnen we de Zevende Vloot een bericht toesturen voordat ze Cordova bereiken? Ze waarschuwen? Tschetter, jij moet toch een manier weten om contact met ze op te nemen op een militaire frequentie.'

'Het is het proberen waard,' zei Falconi. 'Maar...'

'Dat heeft geen zin,' zei Tschetter. 'We weten niet waar de vloot precies is. Als Klein slim is, en dat is hij, heeft hij de vloot niet rechtstreeks vanaf Aarde koers laten zetten. De kans zou te groot zijn dat ze dan onderweg Kwallenschepen tegenkwamen.'

'Kunnen jullie ze niet vinden met jullie FTL-sensoren?' vroeg Kira.

Tschetter toonde haar een nogal onaangename glimlach. 'Dat hebben we al geprobeerd, maar ze zijn nergens te vinden. Geen idee hoe dat kan. Maar de andere Kwallen hebben de vloot in elk geval ook niet gevonden. Dat zou de Verstrengeling van Geesten hebben gehoord.'

Kira herinnerde zich een opmerking van kolonel Stahl. 'Op ruimtestation Orsted zei de officier die mij ondervroeg er iets over dat ze een manier hadden om ervoor te zorgen dat de Kwallen de vloot niet konden waarnemen.'

'O ja?' zei Tschetter met een peinzende blik. 'Ik kan me herinneren dat er voordat ik gevangen werd genomen, wel een gerucht rondging dat de onderzoeksdivisies bezig waren met een manier om schepen in FTL te verhullen. Iets over het genereren van korteafstandssignalen – zeg maar witte ruis – die de scans van actieve sensoren zouden storen. Misschien is dat wat hij bedoelde.' Ze schudde haar hoofd. 'Het maakt ook niet uit. Het punt is, we kunnen de Zevende Vloot niet vinden in FTL, en zodra hij terugkeert naar de gewone ruimte, zullen de Kwallen alle signalen in en uit het stelsel storen. Geen signaal dat snel genoeg is om de Zevende Vloot op tijd te bereiken, is krachtig genoeg om door de stoorzenders heen te komen. En ik betwijfel of ze hoe dan ook naar een woord zouden luisteren van wat wij te zeggen hebben.'

Kira begon gefrustreerd te raken. 'Wat is dan het plan? Willen jullie naar Cordova vliegen en meevechten aan de kant van de Zevende Vloot? Is dat het?'

'Niet exact,' zei Tschetter.

Falconi stak een hand op om hen te onderbreken. 'Ho even. Wat was jullie oorspronkelijke plan nou eigenlijk, Tschetter? Dat heb ik nooit helemaal begrepen. De Kwallen overtroeven ons van hier tot Alpha Centauri overal in snelheid en vuurkracht. Waarom hebben ze onze hulp nodig om hun bollebozen af te maken? Je zou denken dat we alleen maar in de weg zouden zitten.'

'Dat wilde ik net uitleggen,' zei Tschetter. Ze trok aan de vingers van haar skinsuit en streek de plooien achter op haar hand vlak. 'Het plan was – en is dat nog steeds, vergis je niet – dat de Verstrengeling van Geesten een van onze schepen door de verdedigingslinies van de Kwallen heen escorteert. De Verstrengeling kan zeggen dat ze het schip hebben buitgemaakt bij een aanval op de Liga en dat de computers aan boord waardevolle informatie bevatten. Dan identificeert de Verstrengeling het doelwit voor ons en blazen wij hun leiding op. Zo simpel als wat.'

'O, is dat alles,' zei Sparrow spottend.

'Klusje van niks,' zei Vishal. 'Daar zijn we voor het eten mee klaar.' Hij lachte hol.

Er trok een rimpeling over de tentakels van de Kwal. [[Lphet hier: We hebben jullie hulp nodig, Idealis… We hebben jullie hulp nodig om de grote en machtige Ctein te doden.]] En Kira's neus liep vol met een mengsel van misselijkheid, pijn en paniek, alsof de Kwal doodziek was geworden.

Ze schrok zo van zijn woorden dat ze het niet kon verbergen. [[Kira hier: Is Ctein híér?]]

[[Lphet hier: Jazeker, Idealis. Voor het eerst in vier golven en talloze omwentelingen heeft de reusachtige en verschrikkelijke Ctein zijn vele ledematen ontworteld, om persoonlijk toezicht te komen houden op de invasie van jullie planeet en het uitroeien van de Verdorvenen. Dit is de beste en wellicht enige kans die we krijgen om onze oude tiran ten val te brengen.]]

'Kira?' zei Falconi met spanning in zijn stem. Zijn hand bewoog dichter naar zijn blaster toe.

'Alles is in orde… Wacht even,' zei ze. Haar gedachten raasden door haar hoofd. [[Kira hier: Is dit waar jullie de hulp van de Liga voor wilden? Om Ctein te doden?]]

Nabijgeur van bevestiging. [[Lphet hier: Maar natuurlijk, Idealis. Waar zouden we anders hulp bij nodig hebben?]]

Kira wierp Tschetter een blik toe. 'Wist jij van die Ctein waar Lphet het over heeft?'

De majoor fronste. 'Ze hebben die naam eerder genoemd, ja. Ik had niet door dat hij van bijzondere significantie was.'

Er kwam een ongelovige lach op uit Kira. 'Van bijzondere significantie… Thule.'

Falconi wierp haar een bezorgde blik toe. 'Wat is er?'

'Ik…' Kira schudde haar hoofd. *Denk na!* 'Oké. Nog heel even.' Ze sprak de Kwal weer aan: [[Kira hier: Ik begrijp het nog steeds niet. Waarom brengen jullie Ctein zelf niet om? Jullie schepen zijn beter dan de onze, en jullie kunnen dichter naar Ctein toe zwemmen zonder achterdocht te wekken. Waarom hebben jullie Ctein niet allang gedood? Willen jullie dat wij…]] Ze kon niet op het concept komen dat de Kwallen hadden voor schuldig zijn aan een misdrijf, dus zei ze: [[Dat wij bekend zijn voor de daad?]]

[[Lphet hier: Nee, Idealis. We hebben jullie hulp nodig omdat wij hier niet toe in staat zijn. Na de gebeurtenissen van de Rijting en Nmarhls mislukte opstand heeft de wijze en sluwe Ctein erop toegezien dat alle Wranaui, ook wij van de Tfeir, zijn aangepast zodat we onze grote Ctein geen kwaad zullen of zelfs kunnen doen.]]

[[Kira hier: Bedoel je dat jullie fysiek niet in staat zijn om Ctein iets aan te doen?]]

[[Lphet hier: Dat is het exact, Idealis. Als we het ook maar proberen, ontneemt een ziekte ons de controle over ons lichaam. Zelfs het idee om de reusachtige en machtige Ctein kwaad te berokkenen veroorzaakt ons al immense pijn.]]

Kira fronste zo diep dat er rimpels op haar voorhoofd stonden. Dus de Kwallen waren genetisch gemodificeerd om slaven te zijn? Ze walgde van de gedachte. Het idee om door je eigen genen gedwongen te worden voor iemand te buigen en hem te dienen, was weerzinwekkend. De beweegredenen van de Verstrengeling van Geesten waren haar opeens een stuk duidelijker, maar hun plan stond haar niet erg aan.

'Jullie hebben een menselijk schip nodig,' zei ze, en ze keek Tschetter aan.

De blik van de majoor werd minder streng. 'En een mens om op het juiste moment de trekker over te halen, letterlijk of figuurlijk.'

Angst maakte zich van Kira meester. 'De Caracole is geen kruiser, en al helemaal geen slagschip. De Kwallen zouden ons afslachten. Je kunt niet...'

'Rustig aan,' zei Falconi. 'Context, alsjeblieft, Kira. We kunnen niet allemaal in geuren spreken, weet je.' Achter hem stond de bemanning met nerveuze blikken toe te kijken. Kira kon het hun niet kwalijk nemen.

Ze streek met een hand over haar hoofd en probeerde haar gedachten op een rijtje te zetten. 'Goed, goed...' Ze vertelde hun alles wat Lphet haar had verteld, en toen zij was uitgepraat, bevestigde Tschetter het en gaf uitleg over een paar van de punten die Kira ook nog niet helemaal helder waren.

Falconi schudde zijn hoofd. 'Even zien of ik dit allemaal goed heb. Jullie willen dat we ons door de Verstrengeling van Geesten laten meenemen naar het hart van de Kwallenvloot. Dan willen jullie dat wij het schip aanvallen dat die Ctein aan boord heeft...'

'De Onttroonde Hiërofant,' droeg Tschetter behulpzaam bij.

'Het kan me echt geen enkele fuck schelen hoe het heet. Jullie willen dat we dat schip aanvallen, waarna dan prompt elke Kwal in het hele Cordova-stelsel achter ons aan komt en ons aan gort schiet. We zouden geen schijn van kans hebben. Geen schijn.'

Tschetter leek niet verbaasd door zijn reactie. 'De Verstrengeling van Geesten belooft al het mogelijke te doen om de Caracole te beschermen nadat jullie je Casaba-houwitsers op de Onttroonde Hiërofant hebben afgeschoten. Ze lijken vertrouwen te hebben in hun vermogen jullie veilig te houden.'

Er ontsnapte Falconi een spottende lach. 'Gelul. Jij weet net zo goed als ik dat het onmogelijk is iets te garanderen wanneer het schieten eenmaal is begonnen.'

'Als het een leven van zekerheden is wat je zoekt, kom je bedrogen uit,' zei Tschetter. Ze rechtte haar rug, wat in gewichtloosheid een hele prestatie was. 'De Verstrengeling zegt dat zodra Ctein dood is...'

'Wacht eens,' zei Kira bij een onaangename gedachte. 'Maakt het Nest van Overdracht dit hele plan niet zinloos?'

Er verscheen verwarring op Tschetters gezicht. 'Het wat?'

'Ja,' zei Falconi. 'Wat?'

Ontzet zei Kira: 'Heb je mijn verslag niet gelezen van het gesprek dat ik met Itari heb gehad terwijl we van Vliegenstrip wegvlogen?'

Falconi deed zijn mond open en schudde toen zijn hoofd. 'Ik... Shit. Daar heb ik zeker overheen gekeken. Ik heb veel aan mijn hoofd gehad.'

'En Gregorovich heeft je er niet op gewezen?'

'Het is niet ter sprake gekomen.'

Tschetter knipte met haar vingers. 'Navárez, waar gaat dit over?'

Kira vertelde alles wat ze wist over het Nest van Overdracht.

'On-fucking-gelooflijk,' zei Falconi.

Sparrow deed een kauwgumpje in haar mond. 'Dus wat je wilt zeggen, is dat de Kwallen uit de dood kunnen opstaan?'

'In zekere zin,' zei Kira.

'Even voor de goede orde: wij schieten ze dood, en dan springen ze even later gewoon weer uit hun broedcapsules, ongedeerd maar met alle herinneringen aan wat ze is overkomen intact? Zoals waar en hoe ze zijn doodgegaan?'

'Zo ongeveer, ja.'

'Allejezus nog aan toe.'

Kira keek om naar Tschetter. 'Hebben ze jou daar niet over verteld?'

De majoor schudde haar hoofd en leek boos op zichzelf. 'Nee. Ik zal wel nooit de juiste vragen hebben gesteld, maar... het verklaart veel.'

Falconi tikte afgeleid op de kolf van zijn blaster. 'Shit. Als de Kwallen backups van zichzelf kunnen opslaan, hoe moeten wij die Ctein dan dood krijgen? Voorgoed, bedoel ik.' Hij keek Kira aan. 'Dat is wat jij je ook afvroeg, hè?'

Ze knikte.

Nabijgeur van begrip verspreidde zich door de lucht, en Kira herinnerde zich dat de Kwallen hun hele gesprek hadden kunnen volgen.

[[Lphet hier: Je bezorgdheid is begrijpelijk, Idealis, maar in dit geval is hij ongegrond.]]

[[Kira hier: Hoezo dat?]]

[[Lphet hier: Omdat er geen kopie bestaat van het patroon van de grote en machtige Ctein.]]

'Hoe is dat mogelijk?' vroeg Nielsen nadat Kira dat had vertaald. Kira vroeg zich hetzelfde af.

[[Lphet hier: In de omwentelingen sinds de Rijting heeft Ctein toegegeven aan de ergste excessen van zijn vraatzucht en is hij groter gegroeid dan de lichamen van Wranaui ooit horen te zijn. Die mateloosheid heeft het de trotse en listige Ctein onmogelijk gemaakt gebruik te maken van het Nest van Overdracht. Er is geen Nest groot genoeg om Cteins patroon te kopiëren. De stromingen zijn op die schaal simpelweg niet in stand te houden.]]

Sparrow blies een bubbel met haar kauwgum. 'Oké, Ctein is een vetzak, begrepen.'

[[Lphet hier: Je zou er wijs aan doen om de kracht van Ctein niet te onderschatten, tweevorm. Die is uniek onder de Wranaui, en er zijn in de Armen geen die hem kunnen evenaren. Dat is de reden dat de grote en verschrikkelijke Ctein laks heeft kunnen worden in zijn oppermacht.]]

Sparrow maakte een laatdunkend geluidje.

[[Kira hier: Voor alle duidelijkheid: als wij Ctein doden, is het voorbij? Dan sterft Ctein een ware dood?]]

Een angstige nabijgeur, en de Kwal kreeg een ongezonde kleur. [[Lphet hier: Dat klopt, Idealis.]]

Toen Kira dat had vertaald, zei Tschetter: 'Zoals ik al probeerde uit te leggen: wanneer Ctein eenmaal dood is, kan de Verstrengeling van Geesten de controle over de schepen bij Cordova overnemen. Dan hoef jij je dus geen zorgen meer te maken dat iemand je mooie scheepje opblaast, kapitein.'

Een grom van Falconi. 'Ik maak me er meer zorgen om dat wíj worden opgeblazen.'

Er verscheen irritatie op Tschetters gezicht. 'Denk eens na. Jullie hoeven niet aan boord van de Caracole te blijven. Jullie pseudo-intelligentie kan het schip besturen. De Kwallen kunnen jullie op hun schepen herbergen en jullie na Cteins dood allemaal thuis afzetten in de Liga.'

Hwa-jung schraapte haar keel. 'Gregorovich.'

'Ja,' zei Falconi. 'Laten we hem niet vergeten.' Hij richtte zijn blik op Tschetter. 'Voor het geval je het niet doorhebt, we hebben een scheepsbrein aan boord.'

De ogen van de majoor werden groot. 'Wat?'

'Lang verhaal. Maar hij is aan boord, hij is groot en we zouden de helft van het B-dek moeten demonteren om hem uit het schip te halen. Dat is minstens twee dagen werk in een dok.'

Er verscheen een barstje in Tschetters zelfbeheersing. 'Dat is... niet ideaal.' Ze kneep in de brug van haar neus, en haar ogen knepen samen alsof ze last had van opkomende hoofdpijn. 'Zou Gregorovich ermee instemmen om de Caracole in zijn eentje te besturen?' Ze keek naar het plafond. 'Scheepsbrein, jij moet hier toch een mening over hebben.'

'Hij kan je niet horen,' zei Falconi kortaf. 'Ook een lang verhaal.'

'Eventjes terug,' zei Sparrow. 'Als het doel is om de Onttroonde Hiërofant uit te schakelen, waarom geven we dat dan niet gewoon door aan de Zevende Vloot? Admiraal Klein is meedogenloos, maar hij is niet dom.'

Tschetter maakte een scherp gebaar met haar kin. 'De Kwallen laten de vloot nooit ook maar in de buurt van de Hiërofant komen. Zelfs als ze doorbreken, vliegt de Hiërofant gewoon met Ctein weg uit het stelsel, en er is geen schip in de Liga dat de aandrijving van de Kwallen kan bijhouden.' Dat was de waarheid, en ze wisten het allemaal. 'Hoe dan ook denk ik dat het ietwat te optimistisch is om te denken dat admiraal Klein op dit punt nog bereid is te luisteren naar wat ik ook maar te zeggen heb.'

[[Lphet hier: Onze compulsie zal de Wranaui ertoe aanzetten alles op alles te zetten om de grote en machtige Ctein te beschermen. Geloof me hierover, Idealis, want het is de waarheid. Al kostte het al onze levens, we zouden het doen.]]

Bij het woord 'compulsie' trok er een rilling over Kira's rug. Als wat de Kwallen voelden op enige manier overeenkwam met het schrijnende verlangen dat het Zachte Mes ertoe had gedreven de oeroude oproep van het Verdwenen Volk te beantwoorden... dan begreep ze goed waarom het zo moeilijk voor hen was om Ctein af te zetten.

'We moeten dit met elkaar bespreken,' zei Kira tegen Tschetter. Ze keek even naar Falconi voor bevestiging, en hij knikte instemmend.

'Natuurlijk.'

Samen met de rest van de bemanning trok Kira zich terug naar de gang buiten de voorkamer van de luchtsluis. Itari bleef achter.

Toen de luchtdichte deur met een klik was dichtgevallen, zei Falconi: 'Gregorovich is in zijn huidige toestand niet in staat de Caracole te besturen. En al was hij in orde, dan vertikte ik het nog hem op een zelfmoordmissie te sturen.'

'Zou het dat wel zijn? Echt?' zei Nielsen.

Falconi snoof. 'Vertel me niet dat hun gestoorde plan jou een goed idee lijkt.'

De eerste officier veegde een lok haar uit haar gezicht die was ontsnapt uit haar knot. Ze zag er nog steeds uit alsof ze een zekere mate van pijn onderdrukte, maar haar ogen en stem waren helder. 'Ik wil maar zeggen dat de ruimte groot is. Als de Caracole die Ctein weet te doden, hebben de Kwallen tijd nodig voordat ze kunnen reageren. Tijd die de Verstrengeling van Geesten kan gebruiken om ze tegen te houden voordat ze het schip aanvallen.'

Falconi wierp Sparrow een blik toe. 'En ik maar denken dat jij de tactisch aangelegde persoon was.' Toen richtte hij zich weer tot Nielsen. 'We hebben het hier over de grootste, gemeenste Kwal van allemaal. De koning of koningin of wat dan ook van alle Kwallen. De Onttroonde Hiërofant is ongetwijfeld omringd door escorteschepen. Het ogenblik dat de Caracole het vuur opent...'

'Boem,' zei Hwa-jung.

'Precies,' zei Falconi. 'De ruimte is groot, maar de Kwallen zijn snel en hun wapens hebben een verrekt lang bereik.'

Kira zei: 'We weten niet hoe de situatie bij Cordova is. Dat kunnen we gewoon niet weten. Misschien is de Onttroonde Hiërofant omringd door de halve Kwallenvloot, misschien vliegt hij ergens op z'n eentje. Daar komen we alleen achter als we erheen gaan.'

'Ga uit van het ergste,' zei Sparrow.

'Oké, stel dat de Hiërofant is omringd door de vloot. Hoe groot achten jullie dan de kans dat de Zevende Vloot hem kan uitschakelen?' Toen niemand haar antwoord gaf, keek Kira de leden van de bemanning een voor een aan en nam hun gezichten in zich op. Zij had haar besluit al genomen: als hun soorten enige hoop wilden hebben de allesverslindende Muil te overleven, móésten de mensheid en de Kwallen hun krachten bundelen.

'Ik denk dat er hier twee vragen belangrijk zijn,' zei Vishal.

'Welke dan wel?' vroeg Falconi respectvol.

De dokter wreef de ronde toppen van zijn lange vingers over elkaar. 'Vraag één: kunnen we het ons veroorloven de Zevende Vloot te verliezen? Antwoord: het lijkt mij van niet. Vraag twee: wat is vrede tussen ons en de Kwallen waard? Antwoord: op dit ogenblik is er in het hele universum niets waardevollers. Ja, dat is hoe ik het zie.'

'Je verbaast me, Doc,' zei Falconi zacht. Kira kon zien dat zijn hersenen achter zijn vernauwde ogen op volle toeren draaiden.

Vishal knikte. 'Het is goed om van tijd tot tijd onvoorspelbaar te zijn.'

'Op de een of andere manier betwijfel ik of we iets betaald zouden krijgen voor vrede,' zei Sparrow. Ze krabde aan haar neus met een roodgelakte nagel. 'Het enige wat daar betaald gaat worden, is een prijs in bloed.'

'Daar ben ik ook bang voor,' zei Falconi. En Kira geloofde hem. Hij was bang. Iedereen met hersenen zou bang zijn. Zij was bang, en het Zachte Mes bood haar veel betere bescherming dan iemand anders aan boord had.

Nielsen had in gedachten verzonken naar het dek staan staren terwijl ze spraken. Toen zei ze op zachte toon: 'We moeten helpen. We hebben geen andere keus.'

'En waarom wel niet?' vroeg Falconi. Hij stak niet de draak met haar – het was een serieuze vraag.

'Alstublieft, mevrouw Audrey, vertel het ons,' zei Vishal op vriendelijke toon. Het viel Kira op dat hij haar bij haar voornaam aansprak.

Nielsen perste haar lippen op elkaar, alsof ze haar emoties in bedwang probeerde te houden. 'We hebben een morele verplichting.'

Falconi's wenkbrauwen schoten zo ver omhoog dat ze bijna in zijn haar verdwenen. 'Een morele verplichting? Dat zijn me behoorlijk verheven woorden, zeg.' Zijn gebruikelijke spitse spreekwijze begon zijn terugkeer te maken.

'Aan de Liga. Aan de mensheid in het algemeen.' Nielsen wees naar de luchtsluis achter hen. 'Aan de Kwallen.'

Sparrow maakte een ongelovig geluidje. 'Die klojo's?'

'Zelfs aan hen. Het kan me niet schelen of ze aliens zijn. Niemand verdient het om gedwongen te worden op een bepaalde manier te leven omdat iemand anders voor hun geboorte met hun DNA heeft geklooid. Niemand.'

'Dat betekent nog niet dat wij een verplichting hebben onze levens voor ze te vergooien.'

'Nee,' zei Nielsen, 'maar het betekent ook niet dat we ze mogen negeren.'

Falconi pulkte aan de kolf van zijn pistool. 'Voor alle duidelijkheid: Sparrow heeft helemaal gelijk. We zijn nergens toe verplicht. Geen van ons. We hóéven niet mee te gaan in wat Tschetter en de Verstrengeling van Geesten van ons willen.'

'We zijn nergens toe verplicht, behalve wat de fatsoenlijkheid van ons eist,' zei Vishal. Hij tuurde omlaag naar zijn voeten, en toen hij verder ging, klonk het alsof zijn stem van ver weg klonk. 'Ik heb graag een goede nachtrust zonder nare dromen, kapitein.'

'Ik heb graag wat voor nachtrust dan ook, en daarbij helpt het om in leven te zijn,' sloeg Falconi terug. Hij zuchtte, en Kira zag zijn uitdrukking veranderen, alsof hij tot een beslissing was gekomen. 'Hwa-jung, ga Gregorovich ontdooien. We kunnen deze discussie niet zonder hem hebben.'

De machinechef opende haar mond alsof ze bezwaar wilde maken, maar sloot hem toen zo abrupt dat Kira haar lippen op elkaar kon horen kletsen, en bromde. Ze focuste haar ogen op haar overlays, wat de indruk wekte dat ze in het luchtledige stond te staren.

'Kapitein,' zei Kira. 'Jij hebt voordat we vertrokken met Gregorovich gepraat. Je weet hoe hij eraan toe is. Wat is hier het nut van?'

'Hij is een lid van deze bemanning,' zei Falconi. 'En hij was niet compleet incoherent, dat heb je zelf gezegd. Hij begreep nog wat je zei. Al is hij half krankjorum, we moeten het proberen. Zijn leven staat ook op het spel. Als een van ons in de ziekenboeg lag, zouden we het ook doen.'

Daar had hij gelijk in. 'Goed. Hoelang duurt het om hem te wekken?' vroeg Kira.

'Tien, vijftien minuten,' zei Falconi. Hij trok zich naar de luchtdichte deur, opende hem en sprak tegen Tschetter en de Kwallen die erachter op hen wachtten. 'We hebben een kwartiertje nodig. Moeten ons scheepsbrein uit cryo halen.'

Tschetter was duidelijk niet blij met het tijdverlies, maar het enige wat ze zei, was: 'Doe maar wat jullie nodig achten. Wij wachten op jullie antwoord.'

Falconi schonk haar een vriendelijk saluut en trok de deur dicht.

3

De daaropvolgende tien minuten wachtten ze gespannen af. Kira kon zien dat de anderen allemaal worstelden met alles wat Tschetter en Lphet hun hadden verteld. Niet dat dat voor haar niet ook gold. Als Falconi met het plan instemde – wat Gregorovich erover te zeggen had daargelaten – was er een niet onbeduidende kans dat ze op een van de schepen van de Kwallen zouden belanden, zonder een eigen schip en overgeleverd aan de beslissingen van de Verstrengeling van Geesten. Dat was geen aangenaam vooruitzicht. Maar ja, dat waren de vernietiging van de Zevende Vloot, de voortzetting van de oorlog tussen mensen en Kwallen, en de ondergang van hun beide soorten in de strijd tegen de nachtmerries ook niet.

Toen de vijftien minuten bijna voorbij waren, zei Falconi: 'Hwa-jung? Hoe staan we ervoor?'

De stem van de machinechef klonk over de intercom: 'Hij is wakker, maar ik krijg geen woord uit hem los.'

'Heb je hem de situatie uitgelegd?'

'Aish. Natuurlijk. Ik heb hem de opname laten zien van ons gesprek met Tschetter en de Kwallen.'

'En hij heeft nog steeds niets te zeggen?'

'Nee.'

'Omdat hij dat niet kan of omdat hij het vertikt?'

Het was even stil voordat ze antwoord gaf. 'Dat weet ik niet, kapitein.'

'Verdomme. Ik kom eraan.' Falconi klikte zijn laarzen los van het dek, duwde zich af in de richting van het dichtstbijzijnde houvast en ging haastig op weg naar de schuilbunker.

In zijn afwezigheid viel er een ongemakkelijke stilte op de gang.

'Nou, leuke boel, zeg,' zei Sparrow.

Nielsen trok een glimlach, maar een treurige. 'Ik kan niet zeggen dat dit is hoe ik dacht dat ik mijn pensioen zou doorbrengen.'

'Ik ook niet, nee.'

Het duurde niet lang voordat ze Falconi met een verontruste blik op zijn gezicht terug zagen komen door de gang, gevolgd door Hwa-jung. 'En?' vroeg Kira, hoewel het antwoord duidelijk leek.

Schuddend met zijn hoofd plantte de kapitein zijn voeten weer op het dek en liet de gekkopads hem daar verankeren. 'Niets waar ik wijs uit kon worden. Zijn toestand is verergerd. Vishal, ik wil dat je zodra we hier klaar zijn naar hem gaat kijken. Maar eerst moeten we een besluit nemen. Wat het ook is. Hier en nu.'

Hoewel Kira ervan overtuigd was dat ze er allemaal hetzelfde over dachten, leek geen van hen bereid het te zeggen. Uiteindelijk nam zij maar het initiatief en zei met geveinsde zelfverzekerdheid: 'Ik stem voor.'

'Waarvoor precies?' zei Sparrow.

'Dat we Tschetter en de Verstrengeling van Geesten helpen. Dat we een poging doen hun leider, Ctein, te doden.' Zo. Ze had het gezegd, en haar woorden bleven als een onaangename geur in de lucht hangen.

Toen zei Hwa-jung op een lage, rommelende toon: 'En Gregorovich dan? Verwacht je dat we hem op de Caracole achterlaten?'

'Dat zou mij niet lekker zitten,' zei Vishal.

Falconi schudde zijn hoofd, en de moed zonk Kira in de schoenen. 'Nee, ik ben de kapitein van dit schip. Ik weiger Gregorovich – of wie van jullie dan ook – in z'n eentje op een missie als deze te sturen. Al was ik al twaalf dagen dood, ik zou ervoor terugkomen.'

'Dan...' zei Kira.

'Het is mijn schip,' herhaalde hij. Er verscheen een vreemde fonkeling in zijn ijsblauwe ogen. Het was een blik die Kira door de jaren heen bij heel wat mannen had gezien. Meestal net voordat ze iets gevaarlijks deden. 'Ik ga met Gregorovich mee. Het is het enige dat erop zit.'

'Salvo...' begon Nielsen.

'Het gaat je niet lukken me om te praten, Audrey, dus bespaar je de moeite.'

Sparrow trok een gezicht en haar verfijnde gelaatstrekken trokken samen. 'Ah, alle shit nog aan toe... Toen ik dienst nam bij de marine, heb ik een eed afgelegd om de Liga te verdedigen tegen alle gevaren, of ze van binnen de Liga kwamen of van erbuiten. Ik zou voor geen goud of antimaterie terug in dienst gaan, maar, nou ja, ik geloof dat ik die eed toch echt meende, en ik denk dat ik dat nog steeds doe, wat een stelletje zelfingenomen klootzakken het VMB ook is.'

'Jij komt niet mee,' zei Falconi. 'Geen van jullie.'

'Sorry, kapitein. Als het onze keus is om niet mee te komen, is het ook onze keus om dat wel te doen. Jij bent niet de enige die een grandioos gebaar mag maken. En bovendien, waar zou je zijn zonder iemand om je rugdekking te geven?'

Hwa-jung legde een hand op Sparrows ronde schouder. 'Waar zij gaat, ga ik ook. En jullie hebben sowieso iemand nodig die het schip kan repareren als er iets kapotgaat.'

'Ik kom ook mee, Salvo,' zei Nielsen.

Falconi keek hen een voor een aan, en Kira stond versteld van de pijn in zijn ogen. 'We hebben jullie niet allemaal nodig om het schip te besturen. Het is een verdomd stom idee om mee te komen. Als de Caracole wordt opgeblazen, hebben jullie je leven voor niks vergooid.'

'Nee,' zei Nielsen zacht. 'Niet voor niets, want we zouden samen met onze vrienden sterven, op een missie die onze levens waard is.'

Vishal knikte. 'Ik kom ook mee, kapitein. Al was ik al twaalf dagen dood, ik liet me niet tegenhouden.'

Falconi leek het niet op prijs te stellen zijn eigen woorden in het gezicht geworpen te krijgen. 'En jij?' vroeg hij Kira.

Zij had haar antwoord al paraat: 'Natuurlijk. Ik ben het best, eh, uitgerust om te helpen als er iets misgaat.'

'Er gaat altijd wel iets mis,' zei Falconi grimmig. 'De vraag is alleen wat. Ik hoop dat je doorhebt dat als onze markovaandrijving ontploft, zelfs het Zachte Mes je niet kan redden.'

'Dat weet ik,' zei Kira. Ze had de risico's al aanvaard. Niemand had er iets aan als ze nu in paniek raakte. 'We moeten de entropisten vragen wat zij willen doen.'

'Als ze met Tschetter mee willen, moeten ze dat zelf weten. Anders mogen ze aan boord blijven en wens ik ze een prettige vlucht.'

'En Trig?' zei Nielsen. 'Hem kunnen we beter...'

'... wel met Tschetter meesturen,' zei Falconi. 'Ja, goed idee. Als het allemaal misloopt, kan zij hem dan tenminste misschien nog terugbrengen naar de Liga. Heeft er verder nog iemand iets? Nee? Oké.' Falconi haalde diep adem en moest toen lachen en schudde zijn hoofd. 'Shit. We gaan het echt doen. Weet iedereen het zeker? Laatste kans.'

Er klonk instemmend gemompel van alle kanten.

'Goed dan,' zei hij. 'Laten we die Kwal gaan afmaken.'

4

Na verdere discussie kwamen ze met de Kwallen overeen dat Itari voorlopig op de Caracole zou blijven, deels als teken van vertrouwen van Lphet, maar ook zodat Itari kon helpen als er problemen waren met de aanpassingen die hij had gemaakt aan hun markovaandrijving. De entropisten besloten beiden om ook op de Caracole te blijven.

Zoals zij zeiden: 'Hoe kunnen we onze hulp –'

'... niet aanbieden op zo'n cruciaal moment –'

'... in de geschiedenis?'

Kira wist niet hoe nuttig de twee zonder hun collectieve bewustzijn zouden zijn, maar ze stelde het gebaar op prijs.

Hwa-jung en Sparrow haalden Trigs cryobuis uit de schuilbunker en brachten hem naar de luchtsluis. Toen ze de buis daar overdroegen aan de majoor, zei Falconi: 'Als er iets met hem gebeurt, hou ik jou verantwoordelijk.'

'Ik zal hem beschermen alsof hij mijn eigen zoon was,' beloofde Tschetter.

Tevredengesteld gaf Falconi een klopje op het met ijs bedekte venstertje. De rest van de bemanning – en Kira – kwam allemaal even afscheid nemen, en toen manoeuvreerde Tschetter de buis door de paarlemoeren tunnel weg naar het Kwallenschip.

Het ogenblik dat het vlaggenschip van de Verstrengeling van Geesten was losgekoppeld van hun luchtsluis, keerde Falconi zich om en zei: 'Oké, tijd om te zorgen dat alles op orde is. Nielsen, bij mij op de brug. Hwa-jung, de machinekamer. Sparrow, haal het wapenmagazijn van het slot en controleer alle wapens. Voor het geval dat.'

'Ja, kapitein.'

'Roger.'

'Redden we het naar Cordova als we allemaal wakker blijven?' vroeg Kira.

Falconi bromde. 'Het wordt hier zo heet als in de reet van de duivel, maar ja, het moet lukken.'

'Beter dan weer in cryo te moeten,' merkte Sparrow vrolijk op terwijl ze wegliep.

'Dat heb je niet verkeerd,' zei Falconi.

5

Kira dacht aanvankelijk dat Falconi had overdreven toen hij beschreef hoe heet het zou worden. Tot haar ontzetting bleek dat niet zo te zijn. De Caracole bevond zich op een halve dag reizen in FTL van Cordova-1420, en met iedereen – inclusief Gregorovich – buiten de cryobuizen, alle systemen van het schip actief en zonder mogelijkheid om de overtollige hitte die ze genereerden te dumpen, werd het in de Caracole al snel een broeikas.

Het Zachte Mes bood Kira nog enige bescherming, maar ze kon haar wangen en voorhoofd voelen gloeien. Het was een heet, prikkelend gevoel en het werd steeds erger. Er liepen stroompjes zweet in haar ogen, en ze begon zich er zo aan te ergeren dat ze de xeno een beschermende rand liet vormen boven haar wenkbrauwen.

'Dat,' zei Sparrow, terwijl ze met een vinger plompverloren recht in haar gezicht wees, 'ziet er fucking raar uit, Kira.'

'Hé, het werkt,' zei ze terwijl ze met een nat doekje haar wangen depte.

Naar de maatstaven van stellaire en interstellaire reizen stelde een tochtje van een halve dag helemaal niets voor. Maar het was een lange tijd om gevangen te zitten in een benauwde metalen kist waar het moeizaam werd de hete lucht te ademen, de wanden onaangenaam warm aanvoelden en elke poging om er iets aan te doen de situatie door hun inspanningen alleen maar erger maakte. En een nog langere tijd om te moeten wachten tot ze aankwamen op een plek waar er een hoger dan gemiddelde kans bestond dat ze werden weggevaagd door een laser of een raket.

Voordat Vishal Gregorovich was gaan onderzoeken, had Kira hem om haar zoveelste nieuwe set contactlezen gevraagd. Toen ze die eenmaal had, had ze zich teruggetrokken in haar hut. Door zich over de Caracole te verspreiden, konden ze helpen voorkomen dat de hitte zich in één vertrek ophoopte en het levensinstandhoudingssysteem daar overbelast raakte.

'Dit is niet best voor de Caracole,' had Hwa-jung gezegd.

'Ik weet het,' had Falconi geantwoord. 'Maar het schip overleeft het wel een paar uur.'

Kira deed haar best zichzelf af te leiden van hun grimmige situatie door te lezen en spelletjes te spelen. Toch kon ze haar gedachten niet van Gregorovich afzetten – hoe langer er voorbijging zonder nieuws van Vishal, hoe bezorgder ze werd. Haar angsten over Cordova lieten haar ook niet met rust: daar wachtte de grote en machtige Ctein hen op, als een enorme, dikke pad, opgezwollen van zijn arrogante zelfverzekerdheid, onbevreesd vertrouwend op zijn wrede kracht. Maar ze maakte zich ook zorgen over hoe admiraal Klein zou reageren op de aankomst van de Caracole en de Verstrengeling in het stelsel. De uitkomst van hun hachelijke expeditie stond nog allerminst vast.

Haar gepieker over haar zorgen bracht haar geen antwoorden, maar desondanks bleven Kira's gedachten racen terwijl ze lag te lezen. De hele situatie was zo ver verwijderd van alles wat ze kende dat het enige waar ze zich aan kon vastklampen haar gevoel van haarzelf was. Al was haar zelf de laatste tijd een wat vager begrip geworden, na hoe het Zachte Mes haar had uitgerekt.

Opnieuw strekte ze haar zintuigen uit naar het donkere materiaal waarmee de binnenkant van haar hut bekleed was. Deel van haar lichaam en toch ook… niet. Het was een bizarre ervaring.

Ze schudde haar hoofd en dwong zichzelf zich weer op haar overlays te concentreren.

6

Er gingen bijna vier uur voorbij voordat de intercom aanklikte en Falconi zei: 'Even jullie aandacht, allemaal. Vishal heeft me net een update gegeven.'

In haar hut spitste Kira haar oren, smachtend naar nieuws.

'Lang verhaal kort: Greg is er vrij ernstig aan toe. De schok van het impedantieblock heeft schade veroorzaakt door zijn hele neurale netwerk. Er is niet alleen een massa connecties bij hem doorgebrand, maar de verbinding tussen de computer en Gregs hersenen verslechtert nog steeds doordat de neuronen die de schok te verduren hebben gehad aan het afsterven zijn.'

Verschillende stemmen begonnen druk over elkaar heen te praten op de intercom. 'Gaat hij dood?' vroeg Sparrow met haar karakteristieke directheid.

'Alleen als we morgen worden opgeblazen,' zei Falconi. 'Vishal weet niet zeker of Greg hier permanente problemen aan gaat overhouden of dat hij gewoon een paar extra hersencellen kwijtraakt. Dat valt op het moment nog niet te zeggen, en de dokter kan Greg moeilijk meenemen naar de ziekenboeg om een scan te maken. Hij zei wel dat Greg waarschijnlijk last heeft van extreme zintuiglijke vervorming. Oftewel, hallucinaties. Vishal houdt hem onder narcose en blijft doen wat hij kan.'

'Aish,' zei Hwa-jung. De machinechef klonk ongewoon emotioneel. 'Dit is mijn schuld. Ik had nooit de automaat om mogen gooien zonder eerst de lijn te controleren.'

Falconi snoof. 'Nee, het is niet jouw schuld, Song. Jij kon onmogelijk van het block weten, en Greg liet ons geen andere keus, die eigenwijze klojo. Dit is de schuld van het VMB en niemand anders. Ik wil niet dat jij jezelf dit kwalijk neemt.'

'Nee, kapitein.'

'Oké. Zodra er meer nieuws is, geef ik het aan jullie door.' En de intercom klikte uit.

In het donker van haar hut, met de groene gloed van de fruitachtige bollen aan de ranken die het Zachte Mes had doen groeien als enige verlichting, sloeg Kira haar armen om haar lichaam. Oké, Gregorovich was de fout in gegaan toen hij had geweigerd naar Cordova te vliegen, maar hij had geprobeerd te doen wat hij juist achtte. Hij verdiende dit niet, en ze vond het een verschrikkelijk idee dat hij eenzaam en alleen gevangen zat in zijn eigen gestoorde geest en niet wist wat echt was. Misschien dacht hij zelfs dat zijn medebemanningsleden hem in de steek hadden gelaten. Dat was een afgrijselijke gedachte.

Was er maar iets wat ik kon doen...

Kira keek omlaag naar de arm die het Zachte Mes voor haar had gevormd. Zíj kon niets doen om te helpen, maar wie weet kon de xeno dat wel. Maar nee, dat was idioot. Er was een universum van verschil tussen een arm (of een boompje) en hersenen, en de kleinste vergissing zou Gregorovich alleen maar met ergere problemen opzadelen.

Ze zette de gedachte van zich af.

7

Dankzij de verbeteringen die Itari had aangebracht aan hun markovaandrijving, was de Caracole in staat bijna net zo ver de gravitatieput van Cordova in te springen als de Kwallen.

Ze kwamen uit FTL bij een maan vol kraters in een baan om een kleine gasreus, de locatie die de Verstrengeling hun had gegeven. Het ogenblik dat de markovaandrijving uit ging, keerden Kira, de entropisten en de bemanning (met uitzondering van Vishal) terug uit hun vrijwillige ballingschap en verzamelden zich op de brug.

Zodra ze de deur door kwam, keek Kira meteen naar de beelden van de externe camera's van de Caracole. De maan blokkeerde een groot deel van het uitzicht, maar ze zag de Verstrengeling van Geesten om hen heen vliegen, de paarse gasreus die niet ver van hen in de ruimte hing, en, enkele uren verder het stelsel in, de verzameling stippen die de locatie van de Zevende Vloot aangaf.

Het VMB was met veel schepen gekomen – heel veel – maar het was wat Kira dieper in het stelsel zag dat haar adem deed stokken en Hwa-jung deed prevelen: 'Shi-bal.' Zonder dat ze het zelf leek door te hebben, legde de machinechef een hand achter op Sparrows schouder en wreef erover alsof ze haar probeerde te troosten. Sparrow knipperde niet eens met haar ogen.

Een kleine, rotsachtige planeet dichter bij de oranje dwergster was omringd door een zwerm van Kwallenschepen. En niet alleen schepen: ook stationaire scheepswerven; immense, glinsterende velden zonnecollectors; satellieten in elke denkbare vorm en maat; afweerlasers zo groot als VMB-korvetten; en twee bonenstaken en vier orbitale ringen om snel en veilig grondstoffen omhoog te brengen van het toegetakelde oppervlak van de planeet.

De Kwallen waren het rotsachtige hemellichaam kaal aan het roven. Ze hadden al een gigantische hoeveelheid materiaal uit de korst van de planeet verwijderd, zo veel dat de littekens vanuit de ruimte zichtbaar waren als een bizarre lappendeken van rechthoekige uitgravingen, die scherp stonden afgetekend door de schaduwen langs hun randen.

Niet alle aanwezige Kwallenschepen waren oorlogsschepen, maar zelfs dan waren er twee maal zoveel oorlogsschepen als de Zevende Vloot had. Het grootste schip van allemaal – waarvan Kira aannam dat het de Onttroonde Hiërofant moest zijn – zweefde tussen de scheepswerven, als een opgezwollen walvis gevangen in de gravitatieput van de planeet. Net als alle Kwallenschepen was het parelwit, bezet met geschutspoorten en, zoals meteen duidelijk werd uit de kleine koerscorrecties uitgevoerd door zijn stuurraketten, veel wendbaarder dan menselijke ruimteschepen. Er vlogen een paar andere schepen omheen, maar die leken eerder om onderhoud te verrichten dan om dienst te doen als erewacht.

'Thule,' zei Nielsen. 'Waarom maakt de Zevende Vloot geen rechtsomkeert? Ze hebben geen schijn van kans.'

'De natuurwetten zitten hun tegen,' zei Falconi grimmig. 'Tegen de tijd dat ze voldoende zouden zijn afgeremd, zijn ze binnen het bereik van de Kwallen.'

'En bovendien,' vulde Sparrow hem aan, 'zou het als ze op de vlucht sloegen, makkelijk voor de Kwallen zijn om ze in te halen. Je wilt het nooit tegen een overmacht moeten opnemen in interstellaire ruimte. Er is daar niets waar je een tactisch voordeel uit kunt behalen. Hier hebben ze tenminste planeten en manen en zo om als obstakels te gebruiken in de strijd tegen de Kwallen.'

'Maar toch...' zei Nielsen.

'De radiatoren worden uitgeschoven,' meldde Morven.

'Hoog tijd,' zei Sparrow. Net als iedereen zat ook zij onder het zweet.

Falconi nam net plaats op zijn stoel toen Tschetter op de grote holodisplay verscheen. Achter haar konden ze een blauwverlicht vertrek met koraalachtige constructies zien, vol Kwallen die over de ronde wanden klauterden. 'Heeft de Caracole de reis goed doorstaan, kapitein?'

'Alle systemen groen.'

De majoor keek opgelucht. 'Lphet zegt dat we toestemming hebben om door de verdedigingslinies van de Kwallen heen te vliegen. Ik markeer de Onttroonde Hiërofant voor jullie.'

'Het lijkt ons mee te zitten,' zei Kira, en ze wees naar het vlaggenschip. 'Zo te zien heeft de Hiërofant niet veel bescherming bij zich.'

'Nee, alleen maar al die blasters, railguns en raketten die hij aan boord heeft,' zei Sparrow.

Tschetter schudde haar hoofd. 'We weten pas echt in wat voor situatie we terechtkomen als we dichterbij komen. De Kwallen moeten nog reageren op de komst van de Zevende Vloot. Je kunt hun schepen nu al van positie zien veranderen. We moeten maar hopen dat ze niet besluiten de linies om de Hiërofant te sluiten.'

'Vingers gekruist,' zei Falconi.

'Met beide handen,' zei Sparrow.

De majoor wendde even haar blik af naar iets buiten beeld. 'We zijn klaar voor vertrek. Vuur jullie stuwraketten af op mijn teken… nu.'

Het aandrijvingsalarm klonk, en Kira slaakte een zucht van opluchting toen ze eindelijk weer gewicht voelde. Ze wist dat buiten de Caracole de Verstrengeling op gelijke snelheid met hen mee vloog, met hun Kwallenschepen in een defensieve formatie om hen heen. Dat was tenminste het plan.

'Blijf aan de lijn,' zei Falconi. 'Ik ga contact opnemen met de Zevende Vloot.'

'Roger.'

'Morven, stuur een bericht naar de Zevende Vloot. Gebruik lasertransmissie. Zeg ze dat we Kira Navárez aan boord hebben en admiraal Klein willen spreken.'

'Een ogenblik, alstublieft,' zei de pseudo-intelligentie.

'Het vuur is tenminste nog niet geopend,' zei Sparrow.

'Gelukkig, we willen het feestje niet missen,' zei Falconi.

Ze hoefden niet lang op antwoord te wachten. Het lichtje van de comm knipperde van een inkomend signaal, en Morven zei: 'Kapitein, we worden opgeroepen door VMBS De Onverbiddelijke Kracht.'

'Op het scherm,' zei Falconi.

Naast Tschetters gezicht verscheen een videofeed van wat Kira herkende als het commandocentrum van een slagschip. Midden in beeld zat admiraal Klein, met een stijve rug, zijn tanden op elkaar geklemd, aflopende schouders, gemillimeterd haar en vier rijen medailles links op zijn borst gespeld. Zoals alle beroepsofficiers van de marine van het VMB had hij de diepbruine huid van een ruimtevaarder, al was zijn teint donkerder dan die van de meesten, zo donker dat Kira vermoedde dat de kleur nooit helemaal wegtrok.

'Falconi! Navárez! Bij alles wat heilig is, wat doen jullie hier?' Ze kon het accent van de admiraal niet goed plaatsen, maar ging ervan uit dat hij afkomstig was van ergens op Aarde.

'Snapt u het dan niet, admiraal?' zei Falconi. 'We zijn de cavalerie.' En hij trok zo'n brutale grijns dat Kira hem zowel een schouderklopje als een draai om de oren wilde geven.

De admiraal liep rood aan. 'De cavalerie? Jongen, het laatste wat ik over jou heb gehoord, is dat je in een cel op Orsted zat. Op de een of andere manier betwijfel ik of de Liga je heeft laten gaan, en ik kan je garanderen dat ze je hier niet naartoe zouden sturen in die roestbak die voor een schip moet doorgaan.'

Falconi zag eruit alsof hij zich diep beledigd voelde door die beschrijving van de Caracole. Kira was meer geïnteresseerd in het feit dat het VMB de Zevende Vloot nog niet op de hoogte had gesteld van hun ontsnapping. De vloot moest onder radiostilte hebben gevlogen. Of anders was de situatie bij Sol na hun ontsnapping nog een stuk erger geworden.

De admiraal was nog niet klaar. 'Daarbij vermoed ik dat het feit dat jullie geëscorteerd worden door Kwallenschepen, inhoudt dat jullie de Verstrengeling van Geesten hebben gewaarschuwd, wat betekent dat de schepen die ik eropuit heb gestuurd om hen uit te schakelen voor niks naar het hol van de Melkweg zijn gevlogen, terwijl ik ze hier goed had kunnen gebruiken.' De admiraal stak een vinger naar voren uit de holo, en Kira kromp ineen. 'En dát zou hoogverraad zijn, kapitein. Dat geldt ook voor jou, Navárez. Voor jullie allemaal.'

Rondom de holo keken Kira en de bemanning elkaar aan. 'We zijn geen verraders,' zei Sparrow op gekwetste toon. 'Admiraal.'

'We zijn hier om te helpen,' zei Kira zachter. 'Als u enige kans wilt hebben de aankomende strijd te overleven, laat staan om de oorlog te winnen, moet u naar ons luisteren.'

'Is dat zo?' Klein leek lichtjaren van overtuigd.

'Ja, admiraal. Alstublieft.'

De blik van de admiraal dwaalde even af naar iets naast de holo, en Kira kreeg sterk de indruk dat iemand tegen hem sprak van buiten beeld. Toen richtte hij zijn volle aandacht weer op hen en keek hen aan met een harde, onwrikbare blik in zijn ogen. 'Je hebt één kans me te overtuigen jullie niet als een vijandelijk vaartuig te classificeren, Navárez. Verspil hem niet.'

Kira geloofde hem op zijn woord. Ze legde alles zo snel, duidelijk en eenvoudig mogelijk uit. Maar ze probeerde niet te verbergen hoe wanhopig ze was. Dat was ook belangrijk.

En het moest de admiraal nagegeven worden, hij hoorde haar zonder onderbrekingen aan. Tegen de tijd dat ze klaar was, had er zich een grimmige frons op zijn gezicht gevormd. 'Dat is me een verhaal, zeg, Navárez. Verwacht je echt dat ik dat allemaal geloof?'

Het was Tschetter die antwoord gaf. 'Admiraal, u hoeft ons niet te geloven. We hebben alleen...'

'Wie zijn die "wij" en "ons", majoor?' zei Klein. 'Ik dacht toch dat je nog altijd een dienstdoend officier was van het Verenigd Militair Bevel. Je staat niet onder het gezag van de Kwallen. Je staat onder het gezag van je dichtstbijzijnde meerdere, en momenteel ben ik dat.'

In de holo verstijfde Tschetter zichtbaar. 'Ja, admiraal. Daar ben ik me van bewust, admiraal. Ik probeerde slechts uw vraag te beantwoorden.' Kira vond het maar vreemd te zien hoe ze iemand anders als autoriteit behandelde.

Klein sloeg zijn armen over elkaar. 'Ga verder.'

'Admiraal. Zoals ik zei, u hoeft ons niet te geloven. We vragen niet om hulp en we vragen u niet uw bevelen te negeren. Het enige wat we van u vragen, is dat u het vuur niet op ons opent op onze weg het stelsel in. En als we erin slagen Ctein te doden, dat u dan niet direct de Verstrengeling van Geesten aanvalt. Geef ze de kans om het bevel over de Kwallen over te nemen en hun strijdkrachten terug te roepen. Admiraal, we kunnen de oorlog tussen onze soorten in één klap ten einde brengen. Dat is toch wel een beetje risico waard?'

'Geloven jullie echt dat jullie die Ctein kunnen ombrengen?' vroeg Klein.

Falconi knikte. 'Ik denk dat we een redelijke kans hebben. Anders zou ik het niet proberen.'

De admiraal bromde. 'Mijn bevelen zijn om de Verstrengeling van Geesten, de Kwallenvloot en het huidige leiderschap van de Kwallen te elimineren, met de vloot en het leiderschap als primaire doelwitten.' Hij nam hen in zich op van onder zijn borstelige wenkbrauwen. 'Als jullie erin slagen Ctein om te brengen, en áls de Verstrengeling dan de rest van de Kwallen weet in te tomen… Tja, dan is de Verstrengeling in feite niet meer de Verstrengeling, maar het nieuwe leiderschap van de Kwallen. Dat zou dan ook het gevaar van de Kwallenvloot neutraliseren… Het is een wat creatieve interpretatie van mijn bevelen, maar ik denk dat ik het wel aan de premier kan verkopen.'

Kira voelde de spanning op de brug iets afnemen.

'Dank u, admiraal,' zei Tschetter. 'U krijgt hier geen spijt van.'

Klein maakte een neutraal geluid. 'Eerlijk gezegd was het van begin af aan een strategische blunder van jewelste om achter de Verstrengeling van Geesten aan te gaan, en ik ben niet de enige die er zo over denkt… Als jullie dit weten klaar te spelen, zijn een boel goede mannen en vrouwen jullie hun leven verschuldigd.'

Hij kneep zijn ogen tot spleetjes. 'Wat jou betreft, majoor: als we dit overleven, wil ik dat je je zonder oponthoud meldt bij de Zevende Vloot. Dat is een bevel. Het uitschakelen van de leider van de Kwallen zou je heel wat krediet geven, maar de inlichtingendienst zal je hoe dan ook grondig aan de tand willen voelen. Je weet hoe dat gaat. We zoeken daarna wel uit wat we in vredesnaam met je aan moeten.'

'Ja, admiraal,' zei de majoor. 'Begrepen.' Kira kreeg niet de indruk dat ze daar bijzonder naar uitkeek.

'Goed dan.' Kleins aandacht werd weer afgeleid door iemand in het commandocentrum, en hij zei: 'Ik moet gaan. We gaan over iets minder dan zeven uur de strijd aan met de Kwallen. We zullen er alles wat we hebben en nog een beetje extra voor nodig hebben om ze het hoofd te bieden, maar we zullen ons best doen hun strijdkrachten bij de Onttroonde Hiërofant weg te lokken. Verder staan jullie er alleen voor. Laat het ons scheepsbrein, Aletheia, weten als de plannen veranderen. Succes en veilige reis.' Toen verbaasde hij Kira door te salueren. 'Navárez. Kapitein Falconi.'

III

* * * * * * *

INTEGRATUM

1

‘Dat ging… verbazend goed,’ zei Nielsen.

Sparrow maakte een geringschattend geluidje. ‘Wat kon hij anders?’

‘Hoelang hebben we nog?’

Falconi wierp een blik op de holo. ‘We hebben iets verder te gaan dan de vloot, dus… zo ongeveer zeven uur voordat de Onttroonde Hiërofant binnen ons bereik is.’

‘Aangenomen,’ zei Veera, ‘dat de Kwallen de Hiërofant voor die tijd niet naar een nieuwe locatie verplaatsen, nietwaar?’ Terwijl zij sprak, bewoog Jorrus zijn lippen om haar in stilte na te bootsen.

Tschetter, wier beeld nu weer de hele display innam, zei: ‘Dat zou niet moeten gebeuren. Lphet heeft doorgegeven dat we op de Caracole belangrijke informatie hebben die Ctein persoonlijk moet ruiken.’

‘Ruiken?’ zei Hwa-jung, en ze trok haar neus op.

‘Dat is hoe Lphet het verwoordde.’

Zeven uur. Dat was niet lang, en daarna zouden ze erachter komen of ze deze dag gingen overleven of niet. Wat het lot ook voor hen in petto had, er was geen ontkomen meer aan. Niet dat ze daar ooit enige kans op hadden gehad.

Falconi leek haar gedachtegang aan te voelen. Hij verbrak de verbinding met Tschetter en zei: ‘We hebben een lange dag achter de rug, en als de hitte er bij jullie half zo hard heeft ingehakt als bij mij, voelen we ons allemaal als een uitgewrongen vaatdoek.’

Er klonken instemmende geluiden van de bemanning.

‘Oké dan. Pak allemaal iets te eten en ga dan rusten. Als het lukt, probeer dan te slapen, en als dat niet gaat, heeft de dokter straks wel een peppilletje voor je. Maar slaap als je het kan. Wanneer we de Hiërofant bereiken, moeten we allemaal op ons scherpst zijn. Zorg dat jullie een uur voor contact terug op de brug zijn. O, en trek allemaal een skinsuit aan. Voor het geval dat.'

2

Voor het geval dat. Dat zinnetje bleef nagalmen in Kira's oren. Wat moesten ze als er iets misging, zoals bijna altijd wel leek te gebeuren? Eén treffer van een van de Kwallenschepen zou meer dan genoeg zijn om de Caracole uit te schakelen of op te blazen... Ze beeldde het zich liever niet in, maar kon het niet helpen. Er gebeurde bij ruimtereizen altijd wel iets onverhoeds, en het beste wat je kon doen om je daartegen te beschermen, was je op zo veel mogelijk voor te bereiden... maar als je te maken kreeg met andere ruimteschepen waarvan je niet wist wat ze gingen doen, waren de mogelijkheden om je voor te bereiden beperkt.

Ze hielp Hwa-jung bij een paar onderhoudstaken op het schip. Toen ze daarmee klaar waren, gingen ze naar de kombuis. Op Vishal na zat de hele bemanning daar al bij elkaar, samengedromd om een tafeltje.

Kira pakte iets te eten en nam toen plaats naast Nielsen. De eerste officier knikte en zei: 'Ik denk... Ik denk dat ik een bericht voor mijn familie ga opnemen en het aan Tschetter meegeef, en ook aan de Zevende Vloot. Voor het geval dat.'

Voor het geval dat. 'Klinkt als een goed idee. Misschien doe ik dat ook wel.'

Samen aten ze hun rantsoenen en vulden de tijd met geklets, hoofdzakelijk speculatie over hoe ze de Onttroonde Hiërofant het beste konden opblazen met een van hun Casaba-houwitsers – het leek onwaarschijnlijk dat ze de kans zouden krijgen er meer dan een af te vuren voordat de Kwallen hen in de smiezen kregen – en wat ze moesten doen om de beste kans te hebben de chaos te overleven die daar ongetwijfeld op zou volgen.

Ze waren er eensgezind over dat het een behoorlijke klap was dat ze Gregorovich niet zouden hebben om de systemen van de Caracole te overzien. Zoals de meeste scheepsbreinen was Gregorovich normaliter verantwoordelijk voor het bedienen van de lasers, de Casaba-houwitsers, de tegenmaatregelen tegen zowel blasters als raketten, en de cyberoorlogvoeringssuite. Bovendien nam hij in gevechtssituaties de besturing van de Caracole over, die op die momenten een balans werd tussen strategie en de onverbiddelijke berekening van hun resterende delta-v.

Hun pseudo-intelligentie, Morven, kon zich onder normale omstandigheden prima redden, maar zoals alle dergelijke programma's had hij beperkingen die een menselijke – of een aan een mens ontleende – intelligentie niet had. 'Ze hebben geen verbeelding,' zei Sparrow, 'zo simpel is het. Dat betekent ook weer niet dat we geen schijn van kans hebben, maar het is verre van ideaal.'

'Hoe groot schat je dat het verval in operationele efficiëntie is?' vroeg Falconi.

Sparrow haalde haar schouders op. 'Zeg jij het maar. Denk terug aan hoe het was voor je Gregorovich aan boord had. Volgens de cijfers van het VMB is het verschil ergens tussen de veertien en achtentwintig procent. En...'

'Zo veel?' zei Nielsen.

Hwa-jung nam het woord om dat uit te leggen: 'Gregorovich helpt niet alleen alle systemen in het schip in balans te houden, maar coördineert ook nog eens met elk van ons.'

Sparrows kin bewoog omlaag in een scherpe knik. 'Ja, en wat ik ook nog wilde zeggen, is dat scheepsbreinen in termen van strategie, logistiek, eigenlijk alles waar creatieve probleemoplossing bij komt kijken, gewoon met kop en schouders boven alles en iedereen uitsteken. Dat is geen vaardigheid die je echt in getallen kunt uitdrukken, maar het VMB schat dat scheepsbreinen in dat soort dingen minstens een klasse beter zijn dan gewone mensen, laat staan pseudo-intelligenties.'

Jorrus begon: 'Maar alleen zolang ze...' Daar aarzelde hij en wachtte tot Veera de zin afmaakte. Toen zij slechts haar hoofd schudde, schijnbaar uit onzekerheid over wat hij wilde zeggen, ging hij verbouwereerd verder: 'Eh, zolang ze goed functioneren.'

'Tja, daar zeg je me wat,' zei Falconi. 'Dat geldt voor ons allemaal.'

Kira at met weinig aandacht voor wat ze in haar mond stopte, diep in gedachten verzonken. *Was er maar iets wat ik kon doen...* Nee. Het was nog altijd een idioot idee. Toen dacht ze weer aan de Kwallenvloot rondom Cordova. Was er onder de huidige omstandigheden wel iets wat ze kon afdoen als te idioot?

De conversatie in de kombuis viel stil toen Vishal in de deuropening verscheen. Hij zag er volledig afgemat uit.

'Nou?' vroeg Falconi.

Vishal schudde zijn hoofd en hield een vinger op. Zonder een woord te zeggen liep hij naar een kastje achter in de kombuis, pakte een zelfverwarmend zakje koffie, dronk het leeg en kwam pas daarna terug naar de kapitein.

'Zo erg?' zei Falconi.

Nielsen leunde naar voren. 'Hoe is het met Gregorovich?'

Vishal zuchtte en wreef in zijn handen. 'Zijn implantaten zijn te ernstig beschadigd. Ik kan ze niet repareren. Ik kan de kapotte verbindingen niet verwijderen of vervangen. En ik heb geen manier om uit te vinden welke uitkomen in een dode neuron. Ik heb geprobeerd de signalen om te leiden naar andere delen van zijn hersenen waar de draadjes nog intact zijn, maar of daar zijn er te weinig van, of Gregorovich kan die signalen niet onderscheiden van de chaotische zintuiglijke informatie die hij binnenkrijgt.'

'Heb je hem nog steeds onder narcose?' vroeg Falconi.

'Ja.'

'Komt het uiteindelijk wel weer goed met hem?' vroeg Nielsen.

Sparrow wriemelde op haar stoel. 'Ja, houdt hij hier blijvende schade aan over?'

'Nee,' zei Vishal traag, behoedzaam. 'Dat zou niet moeten, maar dan moeten we hem wel ergens naartoe brengen waar ze hem kunnen helpen. De connecties zullen blijven verslechteren. Over nog een dag of wat is Gregorovich compleet afgesneden van zijn interne computer. Dan heeft hij geen enkele verbinding meer met de buitenwereld.'

'Shit,' zei Sparrow.

Falconi keerde zich om naar de entropisten. 'Jullie kunnen zeker niet toevallig iets doen om te helpen?'

Ze schudden hun hoofd. 'Helaas niet,' zei Veera. 'Implantaten zijn fijngevoelige dingen, en –'

'... we zouden er al onze twijfels over hebben om aan een neuraal netwerk van normale omvang te zitten, laat staan –'

'... dat van een scheepsbrein.' De entropisten leken in hun sas vanwege de soepelheid waarmee ze dat hadden gezegd.

Falconi trok een gezicht. 'Daar was ik al bang voor. Dokter, kun je hem nog wel gewoon in cryo leggen?'

'Ja, kapitein.'

'Doe dat dan maar. Dat is nog het veiligste voor hem.'

Kira tikte met haar vork op haar bord. Iedereen keek haar aan. 'Dus,' zei ze, voorzichtig met haar woorden, 'voor alle duidelijkheid: het enige wat Gregorovich mankeert, zijn de kapotte draadjes tussen zijn computer en zijn hersenen? Ja?'

'O, er mankeert hem nog heel wat meer dan dat,' zei Sparrow met een lach.

Vishal trok een lankmoedig gezicht en zei: 'Dat is correct, mevrouw Kira.'

'Hij heeft geen ernstige schade aan zijn weefsel of iets van die aard?'

Vishal deed een paar stappen in de richting van de deur, duidelijk ongeduldig om naar Gregorovich terug te keren. In de deuropening bleef hij staan. 'Nee. De enige schade die hij daaraan heeft geleden, zijn de neuronen die hij is kwijtgeraakt waaraan verbindingen bevestigd waren, maar voor een scheepsbrein van zijn omvang is dat geen noemenswaardig verlies.'

‘Oké,’ zei Kira. Ze tikte opnieuw met haar vork op haar bord.

Er verscheen een argwanende blik op Falconi’s gezicht. ‘Kira,’ zei hij op waarschuwende toon. ‘Wat zit je te bekokstoven?’

Ze nam een ogenblik de tijd voordat ze antwoord gaf. ‘Ik zit te bekokstoven... dat ik misschien het Zachte Mes kan gebruiken om Gregorovich te helpen.’

Iedereen in de kombuis begon door elkaar heen te schreeuwen. ‘Laat me het uitleggen!’ zei Kira, en de bemanning viel weer stil. ‘Ik kan hetzelfde doen als ik wat bij Cygni bij Akawe heb gedaan: het Zachte Mes een connectie laten vormen met Gregorovich’ zenuwcellen. Alleen zou ik die connectie deze keer gebruiken om de verbindingen in zijn neurale netwerk te repareren.’

Sparrow produceerde een lange, hoge fluittoon. ‘Thule. Geloof je echt dat je dat voor elkaar krijgt?’

‘Ja, ik denk van wel. Maar ik kan ook weer niets beloven.’ Kira richtte haar blik op Falconi. ‘Jij hebt gezien hoe ik in staat was je bonsai te genezen. En wat ik in mijn hut heb gedaan. Het Zachte Mes is niet alleen een wapen. Het kan zo veel meer.’

Falconi krabde aan zijn wang. ‘Greg is een persoon, geen plant. Dat maakt een heel verschil.’

Toen zei Nielsen: ‘Het Zachte Mes kan dit misschien aan, maar kun jij dat ook, Kira?’

Die vraag kwam aan bij Kira. Het was er een waar ze veel over had nagedacht sinds zij en de xeno met elkaar verbonden waren geraakt. Kon ze hem in bedwang houden? Kon ze hem op een verantwoordelijke manier gebruiken? Had ze genoeg zelfcontrole om die twee dingen mogelijk te maken? Ze rechtte haar rug en stak haar kin naar voren, plotseling overtuigd van haar antwoord, dat ze had verdiend door pijn en maanden aan oefening. ‘Ja. Ik weet niet hoe succesvol het zal zijn – Gregorovich zou waarschijnlijk opnieuw moeten wennen aan zijn implantaten, net zoals toen ze geïnstalleerd werden – maar ik geloof dat ik ze weer kan aansluiten.’

Hwa-jung sloeg haar armen over elkaar. ‘Je kunt niet zomaar in iemands hoofd rond gaan rommelen als je niet weet waar je mee bezig bent. Hij is geen machine.’

‘Ja,’ zei Sparrow. ‘Wat als je hem in een kasplantje verandert? Wat als je zijn herinneringen compleet vernaait?’

‘Ik hoef alleen op de plekken te komen waar hij in de computer zit geplugd,’ zei Kira. ‘Van de rest van zijn hersenen blijf ik af.’

‘Maar hoe weet je dat je goed zit?’ zei Nielsen kalm.

‘Ik geloof dat ik het kan. Luister, als het het proberen niet waard is, is het het niet waard.’ Kira spreidde haar handen. ‘Dat is het enige wat ik wil zeggen: ik kan het proberen.' Ze keek de kapitein aan. 'De beslissing is aan jou.'

Falconi zat druk op zijn been te drummen met zijn vingers. 'Jij houdt je verdacht stil in dit hele gesprek, Doc. Wat vind jij van het idee?'

Bij de deur trok Vishal zijn lange vingers over zijn net zo lange gezicht. 'Wat wilt u dat ik zeg, kapitein? Als scheepsdokter kan ik dit niet aanraden. Het is te riskant. De enige correcte behandeling voor Gregorovich is om hem naar een medische instelling in de Liga te brengen die hem kan helpen.'

'Het zou wel eens lang kunnen duren voordat dat lukt, Doc,' zei Falconi. 'Zelfs als we levend uit dit stelsel weten te ontkomen, hebben we geen idee hoe de dingen er in de Liga voorstaan.'

Vishal neeg zijn hoofd. 'Daar ben ik me van bewust, kapitein.'

Falconi fronste. Een paar ademtochten lang keek hij Kira aan zonder iets te zeggen, alsof hij diep in haar ziel probeerde te turen. Ze beantwoordde zijn blik zonder te knipperen of haar ogen af te wenden.

Toen zei hij: 'Oké. Doe het.'

'Kapitein, als de behandelende arts moet ik hier formeel bezwaar tegen indienen,' zei Vishal. 'Ik heb ernstige zorgen over de uitkomst van deze procedure.'

'Bezwaar genoteerd, maar ik trek mijn besluit niet in, Doc.'

Vishal leek niet verbaasd.

'Kapitein,' zei Nielsen op gespannen toon. 'Wat als ze hem om het leven brengt?'

Falconi tolde rond om haar aan te kijken. 'We vliegen recht op de Kwallenvloot af. Dat heeft prioriteit.'

'Salvo...'

'Audrey.' Falconi sprak met ontblote tanden. 'Een van mijn bemanningsleden is niet in staat zijn werk te doen, en dat brengt zowel mijn schip als de rest van mijn bemanning in gevaar. Dit is geen vrachttransportmissie. Dit is godverdomme geen rondje door de ruimte om iemand op te pikken. Onze levens staan op het spel. We hebben nog geen millimeter speelruimte. Als we één fout maken, is het met ons gedaan. Gregorovich is van kritiek belang voor ons functioneren, en op het moment hebben we niets aan hem. Ik ben zijn kapitein, en aangezien hij zelf niet in staat is deze beslissing te nemen, valt die aan mij toe.'

Nielsen stond op en ging pal voor Falconi staan. 'En als hij besluit om weer tegen je bevelen in te gaan? Ben je dat vergeten?'

De spanning was om te snijden. 'Greg en ik hebben het een en ander uit te praten, dat klopt,' zei Falconi knarsetandend. 'Ik zorg wel dat hij bijdraait. Zijn leven staat net zo goed op het spel als dat van ons. Als hij ons kan helpen, zal hij dat doen. Daar twijfel ik niet aan.'

Heel even leek het er niet op dat Nielsen van plan was zich gewonnen te geven. Toen wendde ze met een zucht haar blik af en zei: 'Oké, kapitein. Als je er echt zeker van bent dat dit het beste is...'

'Dat ben ik.' Falconi richtte zijn aandacht weer op Kira. 'Geen tijd te verliezen. We hebben niet lang meer.'

Ze knikte en kwam overeind.

'En Kira?' Hij wierp haar een strenge blik toe. 'Wees voorzichtig.'

'Natuurlijk.'

Hij knikte, schijnbaar tevreden. 'Hwa-jung, Vishal, ga met haar mee. Hou een oogje op Gregorovich. Zorg dat alles goed met hem komt.'

'Kapitein.'

'Ja, kapitein.'

3

Met de dokter en de machinechef op de hielen holde Kira de kombuis uit en ging op weg naar de verzegelde ruimte die Gregorovich' sarcofaag bevatte. Haar huid tintelde van de adrenaline die door haar lichaam pompte.

Ging ze dit echt doen? Shit. Falconi had gelijk – ze kon zich nog niet het kleinste foutje veroorloven. De druk die die verantwoordelijkheid met zich meebracht, was zo verpletterend dat Kira even aan haar keuzes begon te twijfelen. Maar nee, ze kon dit. Ze moest er gewoon voor zorgen dat zij en de xeno in perfecte harmonie samenwerkten. Het laatste wat ze wilde, was dat de xeno het initiatief overnam en besloot veranderingen aan te brengen in Gregorovich' hersenen.

Bij de sarcofaag gaf Hwa-jung Kira de koptelefoon met snoer aan die ze de vorige keer dat ze hier was geweest ook op had gehad, en zei Vishal: 'Mevrouw Kira, de kapitein mag dit dan hebben geautoriseerd, maar als ik denk dat Gregorovich in enig gevaar verkeert, zeg ik stop en houdt u op.'

'Begrepen,' zei Kira. Het was niet alsof de dokter daadwerkelijk iets kon doen om haar of het Zachte Mes tegen te houden als ze eenmaal met Gregorovich aan de slag waren, maar ze was van plan naar de dokter te luisteren. Het laatste wat ze wilde, was dat ze Gregorovich kwaad deed.

Vishal knikte. 'Mooi zo. Ik hou Gregorovich' vitale tekens in het oog. Als hij ergens in het rood belandt, geef ik het door.'

Hwa-jung zei: 'Ik hou Gregorovich' implantaten in de gaten. Op het moment functioneren ze op... tweeënveertig procent van normaal.'

'Oké,' zei Kira, en ze ging bij de sarcofaag op het dek zitten. 'Ik heb een toegangspoort nodig waardoor het Zachte Mes naar binnen kan.'

'Hier,' zei Hwa-jung, en ze wees naar de zijkant van de sarcofaag.

Kira zette de koptelefoon op. 'Ik ga eerst proberen met Gregorovich te praten. Gewoon om te zien of ik hem kan bereiken.'

Vishal schudde zijn hoofd. 'U mag het proberen, mevrouw Kira, maar het is mij niet gelukt, en zijn situatie is alleen maar verslechterd.'

'Ik wil het toch proberen.'

Op het ogenblik dat Kira de koptelefoon inplugde, werd ze overdonderd door een wild geraas. Ze meende dat ze flarden van woorden opving in het kabaal, van uitroepen die verloren gingen in de onverbiddelijke storm. Ze riep naar het scheepsbrein, maar had geen idee of hij haar kon horen, en als hij haar beantwoordde, klonken zijn woorden niet boven het kabaal uit.

Ze bleef het een minuut of wat proberen en zette toen de koptelefoon af. 'Niets,' zei ze tegen Vishal en Hwa-jung.

Toen stuurde Kira experimenteel de eerste strengen van het Zachte Mes de toegangspoort in. *Voorzichtig.* Dat was de instructie de ze het Zachte Mes meegaf. *Voorzichtig en doe hem hoe dan ook geen kwaad.*

Aanvankelijk voelde ze niets dan metaal en elektriciteit. Toen proefde ze het bad van voedingsstoffen waarin Gregorovich lag, en veranderde metaal in blootliggende hersencellen. Langzaamaan, tergend traag, zocht Kira naar een plek om een connectie te maken, een manier om de kloof tussen materie en bewustzijn te overbruggen – een poort tussen hersenen en geest.

Ze liet de strengen zich nog verder opsplitsen, tot ze een netwerk vormden van monofilamentdraadjes, elk zo dun en gevoelig als een zenuw. De draadjes tastten rond door de sarcofaag tot ze uiteindelijk stuitten op datgene waarnaar Kira op zoek was: de kluit draden boven op Gregorovich' enorme brein, die diep in de grijze plooien van zijn hersenen staken en de fysieke constructie van zijn implantaten vormden.

Ze wikkelde een draadje xeno om elk van de dunne draden en volgde ze naar binnen. Sommige van de draden kwam uit bij een dendriet, waar de niet-levende materie samenging met de levende. Maar een groot aantal kwam uit bij een druppeltje gesmolten metaal of een neuron die dood en verschrompeld was.

Toen begon ze aan het heel, heel fijngevoelige werk van het repareren van de beschadigde verbindingen. Bij de gesmolten verbindingen streek ze het druppeltje aan het uiteinde glad, zodat ze weer in contact kwamen met de dendriet waar ze voor bedoeld waren. Bij de verbindingen die uitkwamen bij afgestorven neuronen, boog ze de draad om naar de dichtstbijzijnde gezonde dendriet, een minuscule afstand in Gregorovich' hersenweefsel.

Elke keer dat ze een verbinding aansloot, voelde Kira een kleine schok van de minieme hoeveelheid elektriciteit die erdoorheen stroomde. Het waren scherpe, bevredigende sensaties die een kopersmaak achterlieten op haar tong. En af en toe dacht ze dat ze heel vaag de reactie van een neuron kon voelen, als een kriebel achter in haar hoofd.

Ondanks de microscopische schaal waarop ze aan het werk was, vond Kira het herstellen van de verbindingen betrekkelijk eenvoudig. Wat minder eenvoudig was, was de omvang van de taak die ze voor zich had. Gregorovich' hersenen bevatten duizenden, misschien wel tienduizenden verbindingen, en die moesten stuk voor stuk worden nagekeken. Na een paar minuten besefte Kira dat ze er dagen voor nodig zou hebben om het werk allemaal handmatig te doen. Dagen die ze niet hadden.

Maar ze was niet bereid het op te geven, wat betekende dat ze nog maar één optie had. Duimend dat ze geen grote fout maakte, prentte ze zich heel duidelijk in wat ze wilde bereiken – de gesmolten verbindingen herstellen, ze bevestigen aan de dichtstbijzijnde neuron – en deed haar best dat aan het Zachte Mes over te brengen. Toen liet ze de teugels van de xeno vieren, zo voorzichtig alsof ze een wild dier losliet waarvan ze niet zeker wist hoe het zou reageren.

Alsjeblieft, dacht ze.

En het Zachte Mes gehoorzaamde. Het gleed als een atoomdun laagje over de draden en vormde metaal om, duwde cellen opzij en bracht verbindingen in contact met dendrieten.

Kira's bewustzijn van haar lichaam (en de aanwassen in haar hut) vervaagde. Haar geest werd volledig in beslag genomen door de vele duizenden monofilamentdraadjes die de xeno manipuleerde. Ergens in de verte hoorde ze Hwa-jung zeggen: 'Vijfenveertig procent! ... Zevenenveertig... Achtenveertig...'

Kira negeerde haar stem en bleef geconcentreerd op de taak voor haar. *Verbinding vinden, gladstrijken, vastmaken.*

Zo veel gerepareerde verbindingen volgden elkaar op dat Kira ze in haar hoofd voelde als een golf van warme en koude prikkelingen. Piepkleine ontploffinkjes, en met elke een gevoel van groei.

Dat gevoel bouwde zich op, sneller en sneller. En toen...

Er werd een doek opgetrokken in haar geest, en voor haar opende zich een reusachtig vergezicht. In dat vergezicht voelde Kira een Aanwezigheid. Zonder haar ervaring met het Zachte Mes zou de Aanwezigheid ondraaglijk zijn geweest en haar hebben overweldigd, als een kolos die van alle kanten op haar in drukte.

Haar adem stokte en ze wilde terugdeinzen, maar kwam tot de realisatie dat ze zich niet kon bewegen.

Vishal en Hwa-jung maakten gealarmeerde geluiden, en van een enorme afstand hoorde ze de dokter zeggen: 'Mevrouw Kira! Stop! Wat u ook aan het doen bent, het agiteert zijn neuro...'

Zijn stem vervaagde, totdat het enige waarvan Kira zich nog gewaar was, de immensiteit om haar heen was. **Gregorovich,** zei ze, maar er kwam geen antwoord. Ze deed haar best haar stem te verheffen: **Gregorovich! Kun je me horen?**

Verre gedachten golfden hoog over haar heen, als donderkoppen, buiten haar bereik en te groot om te bevatten. Toen bliksemde het, en:

Om haar heen ratelde een schip, en buiten tolden de sterren rond. Vlammen sloegen uit haar linkerflank: een meteoorinslag gevaarlijk dicht bij de hoofdgenerator…

Flitsen. Geschreeuw. Gierend door de lucht. Van onder haar kwam een hels landschap van rook en vuur naar haar omhoog. Te snel. Ze kon niet afremmen. De noodparachutes openden niet.

Duisternis voor wie weet hoelang. Dankbaarheid en ongeloof dat ze er nog was: het schip had moeten ontploffen. Waarom was dat niet gebeurd? Misschien was het beter geweest. Zeven bemanningsleden nog in leven, zeven van de achtentwintig.

Toen, een lange, gruwelijke opeenvolging van dagen. Pijn en verhongering voor haar bemanningsleden gevolgd door, een voor een, de dood. En voor haar iets ergers dan de dood: isolatie. Eenzaamheid, absoluut en allesoverweldigend. Een koningin van de oneindige ruimte, gevangen in een notendop en geplaagd door dromen waarvan ze het wilde uitschreeuwen en schreeuwen en schreeuwen…

De herinnering begon opnieuw en herhaalde zich als een computer die vastzat in een loop, niet in staat om hem te verbreken, niet in staat zich te rebooten. **Je bent niet alleen!** brulde Kira de storm in, maar ze had net zo goed de aandacht kunnen proberen te trekken van de aarde of de zee of het universum zelf. De Aanwezigheid merkte haar niet op. Ze probeerde het nog eens, en weer had ze geen succes. In plaats van met woorden probeerde ze het met emoties: troost, kameraadschap, medeleven en solidariteit, alle aangesterkt door een gevoel van urgentie.

Wat ze ook probeerde, het maakte geen verschil, tenminste niet dat Kira kon merken.

Ze brulde opnieuw, maar het scheepsbrein kon haar nog altijd niet horen, of kon haar horen en negeerde haar, en de donderkoppen bleven de lucht verduisteren. Nog twee keer probeerde ze Gregorovich te bereiken, met hetzelfde resultaat.

Ze werd er gek van. Er was niets anders wat ze kon doen. Waar het scheepsbrein zichzelf ook had begraven, het bevond zich buiten haar bereik en buiten dat van het Zachte Mes.

En haar tijd… haar tijd was bijna op.

Eindelijk staakte het Zachte Mes zijn taken, en hoewel ze aarzelde om het te doen, maakte Kira de strengen van het pak los uit de binnenste delen van Gregorovich' hersenen en trok zich terug. Toen het contact verbroken werd, viel het doek weer in haar geest, en daarmee verdween ook de Aanwezigheid en bleef ze alleen achter met haar buitenaardse wederhelft, het Zachte Mes.

...

4

Toen Kira haar ogen opendeed, wankelde ze. Duizelig leunde ze tegen het koude metaal van de sarcofaag.

'Wat is er gebeurd, mevrouw Kira?' vroeg Vishal terwijl hij op haar af stapte. Van achter hem keek Hwa-jung bezorgd toe. 'We hebben geprobeerd u wakker te maken, maar niets wat we deden werkte.'

Kira moest even tot zichzelf komen en maakte haar tong nat. 'Gregorovich?' vroeg ze hees.

Het was de machinechef die antwoord gaf. 'Zijn waarden zijn weer normaal.'

Kira knikte opgelucht. Toen trok ze zich aan de sarcofaag overeind. 'Ik heb zijn implantaten gerepareerd. Ik neem aan dat jullie dat kunnen zien. Maar er gebeurde iets heel bizars...'

'Wat dan, mevrouw Kira?' vroeg Vishal. Hij leunde met gefronste wenkbrauwen naar haar toe.

Ze zocht naar de juiste woorden. 'Het Zachte Mes, het verbond mijn hersenen met de zijne.'

Vishals ogen werden groot. 'Nee. Een directe neurale verbinding?'

Kira knikte. 'Het was niet mijn bedoeling. De xeno deed het gewoon. We hadden kort een... een...'

'Een collectief bewustzijn?' zei Hwa-jung.

'Ja. Zoals de entropisten hadden.'

Terwijl hij Kira overeind hielp, klakte Vishal afkeurend met zijn tong. 'Het is uiterst gevaarlijk voor een ongeaugmenteerde persoon om een collectief bewustzijn te vormen met een scheepsbrein, mevrouw Kira.'

'Ik weet het. Maar goed dat ik geaugmenteerd ben,' zei Kira wrang. Ze klopte op de vezels op haar arm om duidelijk te maken waar ze op doelde.

'Heb je met hem kunnen praten?' vroeg Hwa-jung.

Kira fronste. De herinnering gaf haar een ongemakkelijk gevoel. 'Nee. Ik heb het geprobeerd, maar scheepsbreinen zijn...'

'Anders,' vulde Hwa-jung voor haar aan.

'Ja. Dat wist ik wel, maar ik heb nooit goed begrepen hóé anders.' Ze gaf haar de koptelefoon terug. 'Het spijt me. Ik kon hem niet bereiken.'

Vishal nam de koptelefoon over van Hwa-jung. 'Ik twijfel er niet aan dat u uw best hebt gedaan, mevrouw Kira.'

Had ze dat echt? Kira vroeg het zich af.

De dokter plugde de koptelefoon weer in in de sarcofaag. Toen Kira en Hwa-jung hem vragend aankeken, zei hij: 'Ik ga op een normalere manier proberen met Gregorovich te praten. Misschien is hij nu weer in staat te communiceren.'

'Houden jullie hem nog steeds afgezonderd van de rest van het schip?' vroeg Kira, hoewel ze het antwoord al doorhad.

Hwa-jung gromde bevestigend. 'Totdat we zeker weten dat hij geen gevaar vormt voor de Caracole, blijft hij waar hij is.'

Ze wachtten af terwijl Vishal een aantal pogingen deed om met Gregorovich te praten. Nadat hij een minuut lang steeds dezelfde dingen had herhaald, trok de dokter de koptelefoon uit de sarcofaag en zuchtte. 'Nog steeds niets waar ik wijs uit word.'

Teleurgesteld zei Kira: 'Ik zal het Falconi gaan vertellen.'

Vishal hield een hand op. 'Wacht alstublieft nog een paar minuutjes, mevrouw Kira. Ik wil eerst het een en ander testen. Tot ik dat heb gedaan, kan ik niet met zekerheid zeggen hoe Gregorovich eraan toe is. Nu, vort, jullie allebei. Het is hier te druk.'

'Oké,' zei Kira.

Zij en Hwa-jung verlieten de kleine ruimte en stapten de gang op om te wachten tot de dokter zijn tests had uitgevoerd.

Kira's hoofd tolde nog van de ervaring. Het voelde alsof *zíj* binnenstebuiten was gekeerd. Ze kon niet stilstaan en begon door de gang te ijsberen, terwijl Hwa-jung met haar rug tegen de muur neerhurkte, haar armen over elkaar sloeg en haar hoofd liet hangen.

'Ik heb geen flauw idee hoe hij het doet,' zei Kira.

'Wie?'

'Gregorovich. Hij heeft zo veel in zijn hoofd. Ik heb geen idee hoe hij het allemaal kan verwerken, laat staan hoe hij ondertussen ook nog eens met ons kan praten.'

Hwa-jung haalde loom haar schouders op. 'Dat is voor scheepsbreinen niet meer dan een amusante afleiding.'

'Dat kan ik me voorstellen.' Kira hield op met ijsberen en hurkte neer naast Hwa-jung. De machinechef keek onbewogen op haar neer. Kira wreef in haar handen en dacht aan wat Gregorovich haar bij Sol had verteld, over hoe hij jaloers was op een scheepsbrein dat nu landschappen schilderde. 'Wat zijn jouw plannen voor als dit allemaal achter de rug is, als we het overleven?' vroeg ze. 'Ga je terug naar Shin-Zar?'

‘Als mijn familie me nodig heeft, ga ik helpen. Maar ik ga nooit meer op Shin-Zar wonen. Dat heb ik achter me gelaten.’

Kira dacht aan het aanbod van de entropisten om haar asiel te verlenen in hun hoofdkwartier op Shin-Zar. Hun penning lag nog in de la van het bureau in haar hut, overwoekerd door een laag van de aanwas van het Zachte Mes. ‘Hoe is het leven op Shin-Zar?’

‘Hangt ervan af,’ zei Hwa-jung. ‘Shin-Zar is een grote planeet.’

‘Hoe was het waar jij bent opgegroeid?’

‘Ik heb op verschillende plekken gewoond.’ De vrouw tuurde omlaag naar haar gekruiste armen. Na een ogenblik zei ze: ‘Mijn familie heeft zich gevestigd in de heuvels onder aan een gebergte. Ah, die bergen waren zo hoog, zo mooi.’

‘Hadden jullie veel overlast van meteorieten? Ik heb een documentaire over Tau Ceti gezien waarin ze vertelden dat er daar in het stelsel veel meer rotsen rondvliegen dan bijvoorbeeld in het Sol-stelsel.’

Hwa-jung schudde haar hoofd. ‘We hadden een schuilkelder diep in het gesteente. Maar die hebben we maar één keer hoeven te gebruiken, tijdens een zware storm. Onze defensiemacht schiet de meeste meteorieten kapot voordat ze bij Shin-Zar in de buurt komen.’ Ze keek Kira over haar armen aan. ‘Dat is de reden dat onze strijdkrachten zo goed zijn. We hebben veel om op te schieten, en als we missen, vallen er doden.’

‘De lucht daar valt toch te ademen?’

‘Aarde-standaard mensen hebben aanvullende zuurstof nodig.’ De machinechef klopte op haar borstbeen. ‘Waarom denk je dat wij zulke grote longen hebben? Over een jaar of tweehonderd zal er zo veel zuurstof zijn dat zelfs dunne mensjes zoals jij er kunnen ademen. Maar voorlopig heb je er een grote borstkas nodig.’

‘En ben je ooit naar het Nova Energium geweest?’

‘Ik heb het gezien. Ik ben er nooit binnen geweest.’

‘O... Wat vind jij van de entropisten?’

‘Heel slim, ze weten heel veel, maar ze bemoeien zich met zaken die hen niets aangaan.’ Hwa-jung haalde haar armen van elkaar en hing ze over haar knieën. ‘Ze zeggen altijd dat ze Shin-Zar zouden verlaten als we ons ooit bij de Liga aansluiten. Dat is een van de redenen dat we dat nooit hebben gedaan. Ze brengen veel geld naar het stelsel en hebben veel vrienden in de regeringen, en bovendien geven hun ontdekkingen onze schepen een voorsprong op het VMB.’

‘Hm.’ Kira’s knieën begonnen pijn te doen van het hurken. ‘Mis je de plek waar je bent opgegroeid niet?’

Hwa-jung klopte op het dek met de knokkels van haar hand. ‘Wat stel jij veel vragen, zeg. Zo nieuwsgierig!’

'Sorry.' Gegeneerd keek Kira door de deur naar Vishal.

Hwa-jung mompelde iets in het Koreaans. Toen zei ze op zachte toon: 'Ja, ik mis het daar. Het probleem was dat mijn familie mij niet accepteerde, of de personen om wie ik gaf.'

'Maar ze nemen wel je geld aan.'

Hwa-jungs oren werden rood. 'Ze zijn mijn familie. Het is mijn plicht hen te helpen. Snap je dat niet? Serieus...'

Bedeesd zei Kira: 'Nee, ik snap het.'

De machinechef wendde zich af. 'Ik kon ze niet geven wat ze wilden, maar ik doe wat ik kan. Misschien komt daar ooit verandering in. Tot dan... is dit wat ik verdien.'

Van verderop in de gang zei Sparrow: 'Je verdient beter.' Ze liep op hen af en legde een hand op Hwa-jungs schouder. De machinechef verzachtte en leunde haar hoofd tegen Sparrows heup. De kleine, kortharige vrouw glimlachte naar Hwa-jung en drukte een kus boven op haar hoofd. 'Kom op. Als je zo diep blijft fronsen, verander je nog in een *ajumma*.'

Hwa-jung produceerde een grom diep in haar keel, maar haar schouders ontspanden en er verschenen lachrimpeltjes om haar ogen. 'Wijsneus,' zei ze liefkozend.

Vishal koos dat ogenblik om het vertrek met de sarcofaag uit te komen. Hij leek verrast hen drieën daar op de gang aan te treffen.

'Nou? Wat is de prognose, Doc?' zei Sparrow.

Hij maakte een hulpeloos gebaar. 'De prognose is dat we zullen moeten afwachten en hopen, mevrouw Sparrow. Gregorovich lijkt gezond, maar ik denk dat hij er tijd voor nodig heeft om zich aan te passen aan de veranderingen in zijn implantaten.'

'Hoeveel tijd?' vroeg Hwa-jung.

'Dat durf ik niet te zeggen.'

Kira was bang dat dat niet het enige probleem was. Als Gregorovich' geestelijke toestand er niet op vooruitging, maakte het weinig uit of zijn implantaten werkten. 'Is het goed als ik het de kapitein vertel?'

'Ja, alstublieft,' zei Vishal. 'Ik stuur hem mijn rapport met de details van de tests die ik heb gedaan later wel op.'

De anderen liepen weg, maar Kira bleef nog even staan terwijl ze Falconi opriep. Het duurde niet lang om hem bij te praten. Toen ze klaar was, zei ze: 'Het spijt me dat ik niet meer kon doen. Ik heb het geprobeerd, ik heb echt mijn best gedaan hem te bereiken, maar...'

'Je hebt tenminste de poging gewaagd,' zei Falconi.

'Ja.'

'En dat waardeer ik. Zorg nu dat je rust krijgt. We hebben niet lang meer.'

'Doe ik. Trusten, Salvo.'

'Trusten, Kira.'

Ontmoedigd wandelde Kira op een langzaam tempo terug naar haar hut. Falconi had gelijk. Ze hadden niet lang meer. Het beste waar ze nog op kon hopen, was vijf uur slaap. Ze zou morgenochtend absoluut wat pilletjes nodig hebben. Ze kon het zich niet veroorloven suf te zijn wanneer ze de Onttroonde Hiërofant aanvielen.

De deur viel achter haar dicht met een kille klink van metaal op metaal. Ze voelde het geluid in haar hart weergalmen, en werd plotseling getroffen door het besef van het onafwendbare lot dat hun wachtte.

Kira probeerde haar gedachten af te zetten van wat ze van plan waren te doen, maar dat bleek onmogelijk. Ze had er nooit interesse in gehad soldaat te worden, maar hier waren ze dan toch, op weg om zich in een ruimteslag te storten en de grootste Kwal van allemaal aan te vallen...

'Als jullie me nu eens konden zien...' zei ze zacht, denkend aan haar ouders. Ze dacht dat ze trots op haar zouden zijn. Dat hoopte ze tenminste. Niet vanwege hun plan om een wezen om het leven te brengen, maar toch wel vanwege het feit dat zij en de bemanning het deden om anderen te redden. Dat zouden haar ouders zeker als iets nobels zien.

Alan ook.

Ze rilde.

Op haar bevel verwijderde het Zachte Mes zich van het bureau en de stoel in haar hut. Kira ging zitten, activeerde de computer met een aanraking van haar vinger en startte een opname.

'Hé, mam, pap. Zus. We staan op het punt om de Kwallen bij Cordova-1420 aan te vallen. Lang verhaal, maar ik wilde iets voor jullie opnemen voor het geval het verkeerd afloopt. Ik weet niet of mijn vorige bericht is aangekomen, dus stuur ik dat ook nog eens mee.'

In korte, duidelijk zinnen vertelde Kira over hun rampzalige bezoek aan Sol en gaf ze de redenen waarom ze ermee hadden ingestemd de Verstrengeling van Geesten te helpen.

Ze sloot af door te zeggen: 'Nogmaals, ik weet niet hoe het hier gaat aflopen. Zelfs als we het redden, zal het VMB mij weer in handen willen krijgen. Het zal hoe dan ook lang duren voordat ik de kans krijg Weyland te bezoeken, als dat ooit nog gebeurt... Het spijt me. Ik hou van jullie. Ik zal proberen jullie straks nog een bericht te sturen, maar het kan goed dat ik daar lang niet de kans toe zal hebben. Ik hoop dat jullie allemaal in orde zijn. Doei.' En ze hield haar vingertoppen tegen haar lippen en drukte ze vervolgens op de camera.

Nadat Kira de opname had beëindigd, stond ze zichzelf een ogenblik van rouw toe. Ze ademde hikkend in en hield de lucht in haar longen tot hij voelde als een vuist van pijn in haar borst voordat ze hem weer liet ontsnappen.

Kalmte was goed. Kalmte was nodig. Ze moest kalm zijn.

Ze liet Morven het bericht dat ze had opgenomen doorsturen aan de Zevende Vloot, en zette toen de computer weer uit en liep naar de wasbak. Daar plensde ze koud water in haar gezicht en knipperde met haar ogen terwijl de druppels over haar huid omlaag liepen. Toen trok ze haar kreukelige jumpsuit uit, gaf aan het Zachte Mes door om de lichten te dimmen en kroop onder de rafelige deken in bed.

Het koste aanzienlijke inspanning om niet op haar overlays te gluren om te zien hoe de situatie er elders in het stelsel voor stond. Als ze daaraan begon, wist Kira dat ze nooit in slaap zou kunnen vallen.

Dus bleef ze in het donker liggen en zorgde ze dat ze langzaam ademhaalde en haar spieren ontspande terwijl ze zich inbeeldde dat ze door de matras het dek in zonk…

Ze probeerde het allemaal en nog kon ze de slaap niet vatten. Maar wat ze zichzelf ook wijs probeerde te maken, het feit bleef dat ze in een levensgevaarlijke situatie verkeerden, en haar lichaam weigerde de leugen te aanvaarden dat ze veilig was – weigerde zich te ontspannen, weigerde haar geest iets anders te laten doen dan op zijn hoede te blijven voor de monsters met scherpe tanden, verhuld in de schaduwen om haar heen waar haar instincten haar voor waarschuwden.

Het kon goed dat ze over een paar uur dood zou zijn. Zij allemaal. Finito. Kaput. Over en uit. Geen respawnen. Dood.

Er schoot een stoot adrenaline door Kira's lichaam. Haar hart begon te hameren. Ze hapte naar adem, vloog overeind in bed en greep naar haar hart. Er ontsnapte haar een gepijnigde kreun, en ze boog zich benauwd dubbel.

Om haar heen klonk het duistere geritsel van talloze vlijmscherpe stekels die uit de wanden van de hut ontsproten.

Het kon haar niets schelen. Niets kon haar meer iets schelen, alleen het brok ijs in haar maag en de pijn die haar hart verscheurde.

Dood. Kira was er niet klaar voor om te sterven. Nog niet. Nog niet voor een hele lange tijd. Als het even kon nooit. Maar er was geen ontkomen aan. Niet aan wat hun morgen te wachten stond…

'Gaaah!'

Ze was bang, banger dan ze ooit was geweest. En het feit dat ze wist dat er niets was wat ze kon doen, maakte het alleen maar erger. Ze hadden in de Caracole met z'n allen een enkele reis naar hun verdoemenis geboekt, en de enige manier die ze nog had om uit te stappen voordat ze hun eindstation bereikten, was door een blaster te pakken, hem tegen haar slaap te zetten en de trekker over te halen om haar trip naar de vergetelheid te bespoedigen.

Hadden Gregorovich' duistere dromen haar geest beïnvloed? Dat zou best eens kunnen. Maar het maakte niet uit. Niets maakte meer uit – niet echt – als ze dacht aan de angstaanjagende afgrond voor haar voeten.

Ze kon niet langer stilzitten en zwaaide haar benen over de rand van het bed. Kon ze maar met Gregorovich praten. Hij zou het begrijpen.

Ze huiverde en stuurde een gedachte naar het Zachte Mes om de licht-producerende gezwellen in de hoeken van de kamer te activeren. Een zwakke groene gloed verlichtte de stekelige muren.

Kira hapte naar adem. Ze kwam zuurstof te kort. *Niet aan denken. Niet aan denken. Niet…* Ze ging met haar blik door haar hut, op zoek naar iets wat haar kon afleiden.

Haar oog viel op de kras in het bureaublad – de kras die zij had gemaakt toen ze het Zachte Mes had geprobeerd op te dragen haar lichaam te verlaten. Was dat op haar tweede dag aan boord van de Caracole geweest? Haar derde?

Het maakte niet uit.

Het koude zweet brak haar uit op haar gezicht. Ze voelde zich koud op een manier die niet door een externe warmtebron kon worden verholpen en sloeg haar armen om zich heen.

Ze wilde niet alleen zijn, niet nu. Ze had iemand nodig. Een stem om te horen, een fysieke aanwezigheid om troost uit te putten, als bevestiging en geruststelling dat ze niet het enige nietige bewustzijn was in de oneindige leegte. Het was geen kwestie van logica of filosofie – Kira wíst dat het de juiste keuze was om de Verstrengeling te helpen – maar een dierlijk instinct. Er was een limiet aan wat logica voor je kon betekenen. Soms was de enige manier om aan de duisternis te ontsnappen door een andere vlam te vinden die feller brandde.

Terwijl haar hart nog altijd tekeerging alsof het een gat in haar borst probeerde te slaan, sprong ze uit bed en pakte haar jumpsuit weer uit het kastje. Met bevende handen kleedde ze zich aan.

Zo. Goed genoeg.

Neer, beval ze het Zachte Mes. De uitsteeksels op elk oppervlak sidderden en slonken een paar centimeter, maar daar bleef het bij.

Het maakte haar niet uit. De stekels smolten weg om haar bij de deur te laten, en dat was goed genoeg.

Kira liep de gang door met vastbesloten tred. Nu ze eenmaal op weg was, wilde ze niet langer treuzelen en zeker niet stilstaan. Met elke stap voelde het alsof ze balanceerde op de rand van een afgrond.

Ze klom een niveau omhoog door de centrale schacht, naar het C-dek. Daar was het zo stil in het schemerlicht op de gang dat Kira geen enkel geluid durfde te maken. Het voelde alsof er niemand anders aan boord was en ze alleen was in de immense leegte van de ruimte, die haar eenzame vlammetje probeerde te doven.

Het was een opluchting toen ze de deur van Falconi's hut bereikte.

Die opluchting was een kort leven beschoren. Hij werd weggevaagd door de vlaag van paniek die ze voelde toen ze verderop in de gang iets hoorde rammelen. Ze maakte een sprongetje van schrik, en toen ze zich omdraaide, zag ze Nielsen de deur van een hut openen.

Maar niet die van haar eigen. Die van Vishal.

Het haar van de andere vrouw was nat, alsof ze net uit de douche kwam, en ze droeg een dienblad met in folie verpakte snacks, twee mokken en een pot thee. Toen ze Kira zag, bleef ze staan… bleef ze staan en staarde haar aan.

In de ogen van de eerste officier ving Kira een glimp op van iets herkenbaars. Een behoefte die ze deelden, misschien. Dezelfde angst. En ook sympathie.

Voordat Kira kon besluiten hoe ze op Nielsens aanwezigheid moest reageren, gaf de vrouw haar een knikje en verdween de hut in. Hoewel haar paniek nog allerminst was afgezwakt, was Kira toch ook geamuseerd. Vishal en Nielsen. Nou nou. Toen ze erover nadacht, was het eigenlijk niet zo schokkend.

Nog één moment van aarzeling, en toen bracht ze haar hand omhoog en klopte drie keer rap op Falconi's deur. Ze hoopte dat hij nog niet sliep.

'De deur is open.'

Het geluid van zijn stem hielp niet om haar hartslag omlaag te brengen. Ze draaide aan de vergrendeling om hem te openen en duwde tegen de deur.

Geel licht viel de gang op. Binnen zat Falconi op de enige stoel in de hut, zijn voeten (met zijn laarzen nog aan) met gekruiste enkels op het bureau. Hij had zijn vest uitgedaan en zijn mouwen opgerold, zodat de littekens op zijn onderarmen zichtbaar waren. De focus van zijn ogen verplaatste zich van zijn overlays naar haar gezicht. 'Jij kon zeker ook niet slapen?'

Kira schudde haar hoofd. 'Is het goed als ik…'

'Kom binnen,' zei hij. Hij liet zijn voeten van het bureau vallen en schoof zijn stoel naar achteren.

Ze stapte naar binnen en deed de deur achter zich dicht. Falconi trok een wenkbrauw op, maar maakte geen bezwaar. Hij leunde naar voren met zijn ellebogen op zijn knieën. 'Laat me raden: bezorgd over morgen?'

'Ja.'

'Wil je erover praten?'

'Niet bijzonder.'

Falconi knikte begripvol.

'Het is alleen... Ik...' Ze trok een gezicht en schudde haar hoofd.

'Heb je trek in een glaasje?' Hij opende het kastje boven zijn bureau. 'Ik heb hier ergens een fles Venusiaanse whisky. Heb ik een paar jaar geleden gewonnen bij een potje poker. Geef me even...'

Kira kwam twee stappen naar voren, nam zijn hoofd tussen haar handen en zoende hem op zijn mond. Hard.

Falconi verstijfde, maar hij verbrak de kus niet.

Hij rook lekker van dichtbij: warm en muskusachtig. Brede lippen. Harde wangen. Hij had een scherpe smaak, en zijn permanente stoppelbaard prikte haar onwennig.

Kira verbrak de kus en keek hem aan. Haar hart ging harder tekeer dan ooit en haar hele lichaam voelde afwisselend heet en koud. Falconi was niet Alan, was een compleet andere soort persoon, maar hij was genoeg. Hier en nu was hij genoeg.

Ze deed haar uiterste best zich te beheersen, maar toch ging er een rilling door haar heen.

Falconi blies zijn adem uit. Zijn oren waren rood, en hij leek haast daas. 'Kira... wat was dat?'

'Kus me.'

'Ik weet niet of dat wel zo'n goed idee is.'

Ze liet haar gezicht naar het zijne zakken, haar blik op zijn lippen, bang om hem in de ogen te kijken. 'Ik wil niet alleen zijn, Salvo. Dat kan ik niet aan.'

Hij likte aan zijn lippen. Zijn houding veranderde: hij liet zijn schouders zakken, en zijn borst werd breder. 'Ik ook niet,' bekende hij zacht.

Opnieuw ging er een rilling door haar heen. 'Hou dan op met praten en kus me.'

Haar rug tintelde van zijn aanraking toen hij een arm om haar middel liet glijden en haar tegen zich aan trok. Toen kuste hij haar. Hij greep de achterkant van haar nek vast met zijn andere hand, en een poosje was de stortvloed van intense en overweldigende sensaties het enige waarvan Kira zich gewaar was. De aanrakingen van handen en armen, lippen en tongen, huid op huid.

Het was niet voldoende om haar haar angsten te laten vergeten. Maar het was voldoende om haar paniek en beklemming om te zetten in een wilde energie, en dáár kon ze iets mee.

Falconi verraste haar door een hand midden op haar borst te leggen, haar achteruit te duwen en haar mond te ontwijken.

'Wat?' vroeg ze, half grommend.

'En dat ding dan?' vroeg hij. Hij klopte op haar borstbeen en de laag van het Zachte Mes die het bedekte.

'Ik heb je toch verteld dat het aanvoelt alsof het mijn huid is?'

'En hier?' Zijn hand gleed omlaag.

'Daar ook.'

Hij glimlachte. Het was een gevaarlijk lachje.

Een die de hitte diep binnen in haar alleen maar verder opstookte. Met een grom zette ze haar nagels in zijn rug en bracht haar hoofd naar voren om zijn oor tussen haar tanden te nemen.

Met een gretigheid geboren uit ongeduld trok hij de rits van haar jumpsuit open, en Kira wriemelde zich al even gretig uit het kledingstuk. Ze was bang geweest dat het Zachte Mes Falconi zou afschrikken, maar hij streelde haar zo verlangend en aandachtig als haar eerdere minnaars ooit hadden gedaan, en als de textuur van het Zachte Mes minder prettig aanvoelde dan haar echte huid, verborg hij dat goed. Na een paar minuten hield ze op zich zorgen te maken en stond ze zichzelf toe gewoon van zijn aanraking te genieten.

Het Zachte Mes leek onzeker over hoe het op hun activiteiten moest reageren, maar in een van haar helderdere ogenblikken prentte Kira het (zonder enige ruimte voor interpretatie) in dat het zich koest moest houden. Tot haar opluchting gehoorzaamde het.

Samen bewogen zij en Falconi met een uitzinnige gedrevenheid, gevoed door hun gedeelde verlangen en de wetenschap van wat hun wachtte wanneer de nacht voorbij was. In hun koortsachtige enthousiasme verwaarloosden ze geen vierkante centimeter huid, geen ronding of spier, geen enkele richel van hun botten. Ze wrongen elke laatste mogelijke sensatie uit hun lichamen, niet eens zozeer voor het genot, maar om hun behoefte niet alleen te zijn te vervullen. Al die fysieke gevoelens dreven de toekomst uit Kira's gedachten, dwongen haar zich op het heden te concentreren en lieten haar voelen dat ze leefde.

Ze deden alles wat ze konden, maar het Zachte Mes weerhield hen ervan alles te doen wat ze wilden. Ja, ze bevredigden elkaar met handen, vingers, monden en tongen, maar dat was niet genoeg. Falconi klaagde niet, maar het was haar duidelijk dat hij gefrustreerd raakte. Net zoals zij gefrustreerd raakte. Ze wilde meer.

'Wacht even,' zei ze, en ze legde een hand op zijn behaarde borst. Hij leunde achteruit met een vragende blik.

Kira keerde zich naar binnen, concentreerde zich op haar kruis, verzamelde haar wilskracht en dwong het Zachte Mes weg te trekken van haar intiemste plek. Haar adem stokte en ze verstijfde van het gevoel van lucht op de blootgelegde huid.

Falconi keek met een scheve grijs toe.

'Nou?' zei Kira, haar stem ademloos van de inspanning. Het kostte moeite om het pak open te houden, maar ze kon het volhouden. Ze trok een wenkbrauw op. 'Hoe moedig ben je?'

Het bleek dat hij heel moedig was.

Werkelijk heel moedig.

5

Kira zat met haar rug tegen de wand met de deken om haar middel. Falconi lag op zijn buik naast haar, met zijn gezicht naar haar toe en zijn linkerarm over haar schoot gedrapeerd, een warm en aangenaam gewicht.

'Weet je,' mompelde hij, 'normaal maak ik er een regel van niet met mijn bemanning of passagiers naar bed te gaan. Even voor de goede orde.'

'En ik verleid normaal ook nooit de kapitein van het schip waarop ik vlieg.'

'Mmm. Fijn dat je een uitzondering hebt gemaakt...'

Ze glimlachte en haalde zacht krabbend over zijn hoofdhuid haar vingers door zijn haar. Hij produceerde een tevreden geluid en nestelde zich dichter tegen haar aan.

'Ik ook, Salvo,' zei ze, net zo zacht als hij had gesproken.

Hij zei niets meer, en kort daarop werd zijn ademhaling langzamer en dieper. Hij was in slaap gevallen.

Ze keek naar de spieren van zijn rug en schouders. Nu hij lag te slapen, zagen ze er zacht uit, maar ze kon nog zien waar de lijnen en holtes zaten die ze van elkaar scheidden, en herinnerde zich goed hoe ze zich hard hadden aangespannen en scherp afgetekend waren geweest toen hij zich tegen haar aan gedrukt had bewogen.

Ze liet een hand over haar onderbuik glijden. Was ze nog in staat zwanger te worden? Het leek onwaarschijnlijk dat het Zachte Mes de groei van een kind in haar zou tolereren. Desondanks vroeg ze het zich af.

Kira liet haar hoofd tegen de wand rusten en blies een lange ademtocht uit. Ondanks al haar zorgen voelde ze zich op dit moment content. Niet gelukkig, daar waren de omstandigheden te grimmig voor, maar ook niet verdrietig.

Ze hadden nog maar een paar uur voordat ze de Onttroonde Hiërofant bereikten. Kira hield zichzelf wakker totdat halverwege hun vlucht het zwaartekrachtalarm klonk, en gebruikte toen het Zachte Mes om Falconi en haarzelf op hun plek te houden terwijl de Caracole een halve draai maakte en toen zijn stuwraketten weer afvuurde.

Falconi mompelde iets onsamenhangends toen de aandrijving weer aanging, maar als een echte ruimtevaarder sliep hij door de hele manoeuvre heen.

Toen kroop Kira dieper onder de deken om naast hem te gaan liggen en liet ze haar ogen dichtvallen.

En eindelijk wist ook zij de slaap te vatten.

6

Kira droomde, maar de dromen die ze droomde, waren niet de hare.

De ene flard volgde de andere: voorwaarts, achterwaarts, dat wist ze niet. Tweemaal voelde ze de wieg om haar rustende vorm. Tweemaal ontwaakte ze en trof ze in het ontwaken geen spoor aan van hen die haar daar te ruste hadden gelegd.

De eerste keer dat ze ontwaakte, was ze gevonden door de graaiers.

Ze vocht tegen hen in al hun vele vormen. Ze vocht tegen hun duizendtallen, in de diepten van oceanen en de koude leegte van de ruimte, op schepen en ruimtestations en lang vergeten manen. Tientallen confrontaties, groot en klein. Sommige won ze, andere verloor ze. Het maakte geen verschil.

Ze vocht tegen graaiers, maar was zelf verbonden met een graaier. De graaiers streden onderling, en haar trouw was aan de verbintenis van haar vlees. Hoewel ze geen wens had dood en verderf te zaaien, stak ze en sneed ze en schoot ze zich een baan door de sterren. En toen het vlees ernstiger verwond raakte dan zij kon herstellen, werd zijn plaats ingenomen door een ander, die werd vervangen door een ander en die weer door nog anderen, en elke keer dat ze een verbintenis vormde met een nieuwe graaier, kon de kant die ze diende veranderd zijn, heen en weer, rond en rond.

Het maakte haar niet uit. De graaiers waren in niets zoals degenen die haar hadden gemaakt. Ze waren twistzieke nieuwkomers – arrogant en dwaas. Ze gebruikten haar verkeerd, want ze begrepen niet wat ze was. Desondanks vervulde ze haar plicht naar haar beste vermogen. Dat lag in haar aard.

En wanneer de graaiers stierven, zoals ze dat altijd deden, putte ze een zekere genoegdoening uit hun dood. Ze hadden beter moeten weten: het was verkeerd om te stelen en verkeerd om je te mengen in dingen die je niet aangingen. En de dingen die ze gestolen hadden, waren niet voor hen bedoeld.

Toen kwam het vlees van aanvoerder Nmarhl en de gedoemde opstand door de Verstrengeling van Geesten die tot zijn einde kwam met de zege van Ctein. Toen Nmarhl hun vlees te ruste legde, keerde ze terug naar haar wieg, en haar rust daar duurde een onmetelijke tijd voort.

De tweede keer dat ze ontwaakte, ontwaakte ze in een nieuwe vorm. Een oude vorm. Een vreemde vorm. Vlees vormde een verbintenis met vlees, en vanuit vlees stroomde bloed. De koppeling was gebrekkig, en ze moest leren, zich aanpassen, aanvaarden. Dat kostte tijd. Er hadden zich fouten voorge-

daan en die moesten worden gerepareerd. En toen was er kou die haar afstompte, trager maakte, voordat de verbintenis kon worden voltooid.

Toen ze zich vertoonde, was het proces moeizaam. Pijnlijk. En er was lawaai en licht, en hoewel ze haar vlees wel probeerde te beschermen, waren haar pogingen verward. Diep verdriet volgde, omdat ze na haar ontwaken wederom verantwoordelijk was geweest voor het zaaien van dood en verderf, en met dat verdriet kwam een gevoel van... verantwoordelijkheid. Zelfs van verontschuldiging.

...

Toen, een flits. Een splitsing, en op de een of andere manier wist ze dat dit een vroegere tijd was, een eerdere eon, voordat de eersten waren vertrokken. Ze aanschouwde de spiraal van sterren die samen de Melkweg vormden en – in die immense spiraal – de miljarden en biljoenen meteoren, planetoïden, manen, planeten en andere hemellichamen waarmee de ruimte was gevuld. Het merendeel ervan was levenloos. Op een paar krioelde het van de kleine en primitieve organismen. Het zeldzaamst van allemaal waren de plekken waar het leven zich had ontwikkeld tot complexere vormen. Dat waren juwelen van onschatbare waarde, schitterende paradijzen van beweging en warmte te midden van de levenloze leegte.

Al dat aanschouwde ze, en zo kende ze de heilige taak die haar doel was: om lege werelden te bezoeken, hun onvruchtbare grond te ploegen en daarin de kiemen te zaaien van toekomstige groei. Want er was niets belangrijker dan het verspreiden van leven, niets belangrijker dan het koesteren van hen die zich op een dag bij hen zouden voegen tussen de sterren. Als voorgangers van dit jonge leven was het hun verantwoordelijkheid, hun plicht en hun bron van vreugde om het te cultiveren en te beschermen. Zonder zelfbewustzijn om het op waarde te schatten, had het bestaan geen betekenis, was het slechts een verlaten graftombe die afwachtte tot hij verviel en in vergetelheid geraakte.

Gedreven, gevoed en aangestuurd door haar missie vloog ze uit naar woeste en ledige plaatsen. Daar bracht ze met haar aanraking groeiend leven voort, bewegend leven, denkend leven. Ze zag planeten van kaal gesteente kleur krijgen en bespikkeld raken met plantengroei. Glimpen van groen en van rood (afhankelijk van de tint van de ster in hun stelsel). Wortels die diep de grond in groeiden. Spieren die zich strekten. Liederen en spraak die de primordiale stilte doorbraken.

En ze hoorde een stem, hoewel de stem niet in woorden sprak:

'Is het goed?'

En ze antwoordde: 'Het is goed.'

Soms werd het patroon doorbroken door conflicten. Maar die waren anders. Noch zij, noch haar tegenstanders waren graaiers. En er sprak een gevoel van rechtvaardigheid uit haar acties, een gevoel dat ze anderen diende, en hoewel de strijd intens was, was hij altijd van korte duur.

Toen racete ze door een nevel, en een ogenblik lang aanschouwde ze een verwrongen stuk ruimte. Ze kon zien dat het verwrongen was aan de manier waarop het de gaswolk eromheen vervormde. En vanuit dat deel van de ruimte nam ze iets afwijkends waar, een gevoel van absolute verkeerdheid, en het boezemde haar angst in, want ze wist wat het betekende. Chaos. Kwaad. Honger. Een onmetelijke en wanstaltige intelligentie gepaard met een kracht die zelfs de eersten niet bezaten…

Ze suisde langs sterren en planeten, door herinneringen aan een ver verleden en een verder verleden, tot ze zoals eens eerder wederom voor een fractalpatroon zweefde dat in het oppervlak van een rechtopstaande steen stond gekerfd. Net als die eerste keer bewoog het patroon. Het draaide en verwrong op manieren die ze niet kon volgen, terwijl rondom de rand van het patroon lijnen van kracht flitsten en flakkerden.

De naam van het Zachte Mes vulde haar geest, met al zijn vele betekenissen, beeld na beeld, associatie na associatie. En de hele tijd hing de fractal voor haar, als een overlay die op haar netvlies stond gebrand.

De stortvloed aan informatie herhaalde zich in een lus, steeds opnieuw en opnieuw, zonder onderbreking. In die overdaad herkende ze de aaneenschakeling van concepten die zij had vertaald als het Zachte Mes. Die naam was nog altijd toepasselijk, maar leek niet langer toereikend. Niet na alles wat ze te weten was gekomen.

Ze concentreerde zich op de andere beelden en associaties, en probeerde af te leiden wat de gemene deler was. Al snel begon er een structuur boven te komen in wat daarvoor vormloos en obscuur had geleken. Het voelde alsof ze een driedimensionale puzzel in elkaar aan het zetten was zonder enig idee hoe het eindproduct eruit hoorde te zien.

De fijnere details van de naam gingen haar te boven, maar stukje bij beetje begon ze het grotere thema te doorgronden. Het nam gestalte aan in haar geest als een kristallen bouwwerk, fel, helder en puur van lijn. En naarmate de vorm ervan duidelijker werd, groeide haar begrip ervan.

Er kwam een gevoel van ontzag in haar op, want de ware betekenis van de naam was zo veel groter dan de woorden 'het Zachte Mes' impliceerden. Het organisme had een doel, een doel van een haast onbegrijpelijke complexiteit en – hier was ze zeker van – belang. En hoewel het tegenstrijdig leek, kon dat doel, die complexiteit, worden opgesomd niet in pagina's of paragrafen, maar in een enkel woord. En dat woord was:

Kiem.

Haar ontzag vermengde zich met verwondering, en met vreugde. Het orga-

nisme was geen wapen. Of liever gezegd, het was niet geschapen om puur als wapen te dienen. Het was een bron van leven. Van eindeloos veel leven. Het was een vlam die hele planeten kon onderdompelen in het vuur van creatie.

En ze was gelukkig. Want bestond er iets wat mooier was?

7

Een hand schudde aan haar schouder. 'Kira. Wakker worden.'

'Uhh.'

'Kom op, Kira. Het is tijd. We zijn er bijna.'

Ze opende haar ogen, en er liepen tranen over haar wangen. *Kiem.* Het besef overweldigde haar. De herinneringen waren allemaal overweldigend. De Allerhoogste. Dat afgrijselijke, verwrongen stuk ruimte. De schijnbaar eindeloze strijd. Het feit dat het pak zijn excuses had aangeboden voor de dood van Alan en haar teamgenoten.

Kiem. Eindelijk begreep ze het. Hoe kon ze het ooit hebben geraden? Plotseling voelde ze zich schuldig over hoe verschrikkelijk ze de xeno had misbruikt – over hoe haar angst en woede hadden geleid tot de geboorte van een gedrocht zo gruwelijk als de Muil. Het treurige was dat ze de xeno nu opnieuw de strijd in moest leiden. Nu ze zich gewaar was van zijn ware aard, voelde dat bijna obsceen.

'Hé, hé. Wat is er mis?' Falconi duwde zich overeind op een elleboog en boog zich over haar heen.

Kira wreef haar tranen weg met de muis van haar hand. 'Niets. Het was maar een droom.' Ze snotterde en ergerde zich eraan hoe zwak ze klonk.

'Weet je zeker dat het gaat?'

'Ja. Kom, laten we de grote en machtige Ctein gaan doden.'

IV

* * * * * * *

FERRO COMITANTE

1

De Onttroonde Hiërofant hing voor de Caracole, een fel lichtpunt tegen de zwarte achtergrond van de ruimte.

Het Kwallenschip was het grootste ruimteschip dat Kira ooit had gezien. Het was zo lang als zeven slagschepen van het VMB achter elkaar en bijna net zo breed, wat het een eivormig silhouet gaf. In termen van massa was het schip zo groot als – of misschien wel groter dan – een ruimtestation als Orsted, maar in tegenstelling tot Orsted kon het schip zich op eigen kracht voortbewegen.

Tot Kira's ontzetting had een drietal kleinere schepen positie ingenomen voor de Onttroonde Hiërofant: extra vuurkracht om hun leider te verdedigen in het geval dat een van de mensenschepen dicht genoeg naderde om een gevaar te vormen.

De Hiërofant en zijn escorte waren nog maar iets meer dan zevenduizend kilometer weg, maar zelfs op die relatief kleine afstand (naar de maatstaven van interstellaire reizen bijna op loopafstand), was het reusachtige schip met het blote oog nog altijd slechts een vlekje licht in de verte.

'Had erger kunnen zijn,' zei Sparrow.

'Had ook een verrekt stuk minder erg kunnen zijn,' zei Falconi.

Met uitzondering van Itari, die had volgehouden dat hij liever gewoon in het vrachtruim bleef, waren ze allemaal samengedromd in de schuilbunker van de Caracole. Geen van hen zag er bijzonder fris uit, maar van hen allemaal leken Jorrus en Veera nog het meest vermoeid en afgetobd. Hun normaal gesproken onberispelijke gewaden waren gekreukeld, en ze wriemelden op een manier die Kira deed denken aan de wireheads thuis in Highstone, op Weyland. Desondanks waren ze wel alert en luisterden met waakzame interesse naar alles wat werd gezegd.

Toen Nielsen hun vroeg over hun beslissing om gewoon hun gewaad aan te houden – met uitzondering van Kira had de hele bemanning zijn normale kleren ingeruild voor een skinsuit – zeiden de entropisten: 'We zijn hierin –'

'... optimaal uitgerust, dank je.' Waarop Nielsen haar schouders ophaalde en de skinsuits die ze hun had aangeboden weer opborg.

Kira merkte geamuseerd op dat de eerste officier en Vishal zo ver bij elkaar vandaan bleven als de bunker toeliet, maar wel heimelijke lachjes uitwisselden en regelmatig hun lippen bewogen alsof ze berichtjes aan het dicteren waren.

Toen verscheen Tschetters gezicht in de rechterbovenhoek van de display. Achter haar waren de Kwallen druk in de weer om hun schip klaar te maken voor wat hun te wachten stond. Trigs cryobuis stond achter in beeld tegen een bolle wand, vastgezet met een aantal vreemd uitziende klemmen. 'Kapitein Falconi,' zei Tschetter. Ze had dikke wallen onder haar ogen, en het drong tot Kira door dat de vrouw daar natuurlijk geen pep- of slaappillen tot haar beschikking had.

'Majoor.'

'Zorg dat je bemanning paraat staat. We zijn bijna binnen wapenbereik.'

'Maak je over ons geen zorgen,' zei Falconi. 'Wij zijn er klaar voor. Zorg jij er nou maar voor dat de Verstrengeling ons dekking geeft zodra we een doelwit worden.'

De majoor knikte. 'Ze zullen hun best doen.'

'Hebben we nog steeds het groene licht van de Kwallen?'

Tschetters lippen vormden een grimmig glimlachje. 'Als dat niet zo was, lagen we nu onder vuur. Nee, ze geloven nog steeds dat wij de Caracole naar de Hiërofant brengen om hem over te dragen aan hun technici, zodat die de computers kunnen uitpluizen.'

Kira wreef over haar armen. Het was echt zover. Er was geen weg terug meer. Haar bloed stolde van een plotseling gevoel van onafwendbaarheid. De rest van de bemanning keek alsof ze allemaal met dezelfde emotie worstelden.

'Roger,' zei Falconi.

Tschetter gaf hem een zakelijk hoofdknikje. 'Doe niets voor ik het signaal geef. Over en uit.' Ze verdween van de holo.

'Daar gaan we dan,' zei Falconi.

Kira drukte op het oormicrofoontje dat Hwa-jung haar had gegeven om te controleren dat het goed in haar oor zat en keek toen op haar overlays om te zien hoe de strijd verliep. Nu de Zevende Vloot de Kwallen dichter was genaderd, had hij zich uitgespreid om hun vijanden te dwingen hetzelfde te doen en weg te komen van de rotsachtige planeet die ze aan het ontginnen waren, naar zijn twee kleine manen. De planeet was door het VMB bestempeld als R1, en de manen als r2 en r3. Niet echt namen met persoonlijkheid, maar praktisch voor bij het plannen van strategieën en het navigeren.

Wolken rook en antisensorsneeuw onttrokken het merendeel van de VMB-schepen aan het zicht (in het zichtbare lichtspectrum, tenminste – op infrarood waren ze nog gewoon te zien). In de wolken waren steekvlammen zichtbaar van aanvliegende raketten die werden opgeblazen door de afweerlasers van het VMB. In tegenstelling tot hun schepen, waren de raketten die de Kwallen afvuurden niet significant sneller of wendbaarder dan die van het VMB, wat betekende dat de Zevende Vloot het merendeel ervan kon opblazen of tenminste onschadelijk kon maken.

Het merendeel van de raketten, maar niet alle, en toen de lasers oververhit begonnen te raken, glipten er steeds meer raketten door het spervuur.

Het vuur was nog maar net geopend, en het VMB had al drie kruisers verloren: een volledig vernietigd, en twee andere waren hun aandrijving verloren en zweefden hulpeloos door de ruimte. Een groep Kwallenschepen was op weg om die twee te enteren, maar admiraal Klein en zijn strijdkrachten deden hun best de aliens ver van de beschadigde schepen bezig te houden.

De exacte aantallen van de Kwallen waren moeilijk te bepalen, maar Kira geloofde dat het VMB minstens vier van hun schepen had vernietigd en nog een heel aantal andere schade had toegebracht. Niet genoeg om de Kwallenvloot stof tot nadenken te geven, maar genoeg om de eerste golf te stuiten.

Kira zag projectielen inslaan op twee VMB-schepen. Beide werden getroffen in hun aandrijving, en hun stuwraketten sputterden en doofden. De kruisers verloren kracht en tuimelden weg door de ruimte.

Een van de Kwallenschepen wist bijna de voorste linie van de Zevende Vloot te bereiken met een reeks ontwijkende bewegingen op snelheden en met scherpe draaien die een mens zouden hebben verpulverd. Toen richtten zes verschillende slagschepen hun laserkanon op het schip en doorboorden het met donkerrode strepen. De lichten van het Kwallenschip gingen uit, en het dwarrelde in een spiraal weg, voortgestuwd door een lekkende straal kokend water.

'Yes,' mompelde Kira.

Met haar nagels in haar handpalmen gedrukt keek ze toe hoe twee Kwallen op een kolossaal slagschip af doken dat op de een of andere manier zonder versterkingen bij de maan r2 was beland. Lasers flakkerden tussen het slagschip en de Kwallen, en beide zijden vuurden raketten af.

Zonder waarschuwing schoot er een withete steekvlam uit een van de raketten van het slagschip, die in luttele seconden een afstand van zevenduizend kilometer overbrugde. De vlam vaagde de raketten die de Kwallen hadden afgevuurd en de helft van het dichtstbijzijnde schip weg alsof ze van piepschuim waren gemaakt.

Het beschadigde Kwallenschip tolde rond van de lucht die het verloor, en verdween vervolgens in een interne explosie toen zijn allesverwoestende antimaterie een kunstmatige zon vormde die snel weer vervloog.

De overgebleven Kwal vloog in een spiraal weg bij het slagschip. Een tweede steekvlam – een withete lans van oververhit plasma uit een van de twee resterende VMB-raketten – miste, maar de derde steekvlam, uit de laatste raket, trof doel.

Het Kwallenschip veranderde op de holodisplay in een nucleaire vuurbal.

'Zagen jullie dat?' zei Kira.

Hwa-jung bromde. 'Casaba-houwitsers.'

'Heeft Gregorovich al iets gezegd?' vroeg Kira met een blik in Vishals en Hwa-jungs richting.

Ze schudden allebei hun hoofd, en de dokter zei: 'Geen verandering, ben ik bang. Zijn vitale tekens zijn nog hetzelfde als gisteren.'

Dat verbaasde Kira niet, want als Gregorovich hersteld was, had hij hen van een voortdurend commentaar voorzien, maar toch bleef het teleurstellend. Ze hoopte van harte dat ze zijn toestand niet erger had gemaakt door het Zachte Mes... door de Kiem te gebruiken om een connectie te vormen met zijn geest.

Tschetter verscheen weer op de holo. 'Het is tijd. Als we nog veel langer wachten, worden de schepen die de Onttroonde Hiërofant bewaken achterdochtig. Maak je klaar om te vuren.'

'Roger,' zei Falconi. 'Sparrow.'

'Komt voor elkaar.' Er klonk een holle bons van elders in de Caracole, en toen zei ze: 'Houwitser geladen. Lanceerbuizen open. We zijn klaar om te vuren.'

Falconi knikte. 'Oké. Hoorde je dat, Tschetter?'

'Ja. De Verstrengeling van Geesten is in positie. Ik stuur jullie geüpdatete doelwitcoördinaten toe. Sta gereed om te vuren.'

'We staan gereed.'

Aan de andere kant van R1 verdween een VMB-kruiser in een ontploffing van licht. Kira kromp ineen en zocht de naam van het schip op: de Hokulea.

'Ach, arme zielen,' zei Vishal. 'Rust in vrede.'

Er viel een gespannen, zweterige stilte in de schuilbunker terwijl ze wachtten. Falconi stapte naar Kira toe en legde discreet een hand op haar onderrug. Zijn aanraking gaf haar een warm gevoel, en ze leunde tegen zijn hand. Hij krabde over haar bedekte huid, een lichte en afleidende aanraking.

Er verscheen een regel tekst op haar overlays: *<Zenuwachtig? – Falconi>*

Ze subvocaliseerde haar antwoord: <*Hoe kan ik in vredesnaam niet zenuwachtig zijn? - Kira*>

<*Als we dit overleven, moeten we praten. - Falconi*>

<*Moeten we dat? - Kira*>

Zijn mondhoek krulde even op. <*Het hóéft niet. Maar ik wil het graag. - Falconi*>

<*Oké. - Kira*>

Nielsens blik bleef even op hen hangen, en Kira vroeg zich af wat de eerste officier dacht. Kira stak uitdagend haar kin naar voren.

Toen werden ze onderbroken door Tschetters stem. 'Doe het. Ik herhaal, doe het. Caracole, geef ze ervan langs.'

Sparrow kakelde, en een harde klap weergalmde door de romp. 'Wie heeft er zin in geroosterde inktvis?'

2

De Caracole was aan een remvlucht bezig, met zijn staart naar voren. Dat betekende dat de allesverzengende fakkel van nucleaire dood van zijn fusieaandrijving grofweg in de richting van de Onttroonde Hiërofant wees.

Dat bracht twee voordelen met zich mee. Ten eerste dat de uitlaatstoffen van de stuwraketten de Caracole zouden helpen beschermen tegen mogelijke raketten en lasers die op het schip afgevuurd werden. Ten tweede was de hoeveelheid energie, zowel thermische als elektromagnetische, die uit de aandrijving kwam genoeg om praktisch elke sensor die erop gericht werd te overbelasten. De fusiereactie was heter dan het oppervlak van een ster, en ook feller – de felste zaklamp in het universum.

Dat betekende dat de Casaba-houwitser die Sparrow net had afgevuurd uit de lanceerbuis achter op de Caracole (aan bakboordzijde) zo goed als onzichtbaar zou zijn tegen de blauwwitte gloed van de aandrijving. En omdat de Caracole aan het afremmen was, zou de houwitser met zijn eigen raketaandrijving nog koud en ongeactiveerd voor het schip uit vliegen zonder enige energie af te geven en ongewenste aandacht te trekken.

'Veertien seconden tot ontbranding,' kondigde Sparrow aan. Dat was hoelang de Casaba-houwitser er nog over zou doen om hun schaduwschild te passeren en een semi-veilige afstand van de Caracole te bereiken voordat hij ontbrandde en een straal nucleaire energie afschoot op de Onttroonde Hiërofant.

De bom zou veel, veel dichter bij hen afgaan dan waar ook maar iemand met gezond verstand zich gerust bij zou voelen, en Kira dacht graag dat zij allemaal – Gregorovich niet meegerekend – gezond verstand bezaten. Het schaduwschild zou hen tegen de ergste straling moeten beschermen, zoals het hen ook beschermde tegen de nogal onaangename bijproducten van hun fusieaandrijving. De schuilbunker bood verdere bescherming. Het grootste gevaar zou komen van fragmenten van de bom. Als de explosie een scherf van de huls van de houwitser los blies, zou die door de romp heen snijden als een kogel door een tissue.

'Tien seconden tot ontbranding,' zei Sparrow.

Hwa-jung trok haar lippen naar achteren en siste geringschattend tussen haar tanden door. 'Tijd om blootgesteld te worden aan ongeveer een jaar aan rads, schat ik zo.'

Bij de wand zaten de twee entropisten hand in hand naar voren en naar achter te wiegen.

'Over vijf, vier...'

'Shit! Ze keren!' riep Tschetter uit.

'... drie...'

'Geen tijd om iets te doen!' zei Falconi.

'... twee...'

'Mik op...'

'... één.'

Kira's hoofd klapte opzij toen de stuurraketten ontbrandden en de *Caracole* bruut uit zijn huidige baan duwden. Toen versnelde het schip met wat aanvoelde als zeker 2 g, en ze zette zich met een grimas schrap tegen de krachten die op haar in drukten.

Minder dan een seconde later schudde de *Caracole* door elkaar, en Kira hoorde een reeks ping- en plofgeluiden van over de hele romp.

Op de display raasde een felle steekvlam van licht op de *Onttroonde Hiërofant* af. Het Kwallenschip had al een halve draai voltooid, en zijn aandrijving was uit het zicht verdwenen. Maar het bleef keren en zich verder van de *Caracole* af draaien.

'Godsodeju,' prevelde Falconi.

Kira keek met afschuw vervuld maar gebiologeerd toe hoe de vuurzee van plasma op de *Onttroonde Hiërofant* af flitste. Lphet en de Verstrengeling van Geesten hadden hun heel exact aangegeven waar de markovaandrijving van de *Hiërofant* zich bevond. Hun beste kans om het schip te vernietigen was door de container met de antimaterie in de aandrijving open te breken. Als dat niet lukte, hadden ze geen garantie dat de Casaba-houwitser Ctein zou doden.

Itari had hun uitgelegd dat zelfs de kleinere covormen van de Kwallen bestand waren tegen hitte en straling. Zoals het VMB tot zijn ontzetting al had ondervonden, waren de aliens ongelooflijk moeilijk dood te krijgen. Een Kwal van Cteins omvang – hoe zijn huidige vorm er ook uitzag – zou nog veel veerkrachtiger zijn. Zoals Sparrow het mooi had verwoord, had hun taak meer weg van het uitroeien van een schimmel dan het ombrengen van een mens.

Zwarte rook walmde op uit openingen in het dikke midden van het Kwallenschip, alsof het een inktvis was die zich probeerde te verstoppen in een wolk van zijn eigen inkt, maar die zou geen bescherming bieden tegen de gerichte explosie van de houwitser. Er was maar weinig wat dat kon.

De lans trof de Hiërofant in zijn onderzijde. Een golf van verpulverde romp vloog in een halve bol bij het schip vandaan, gevolgd door een nevel van lucht en verdampt water.

Toen de nevel hen passeerde en het schip weer in beeld kwam, kreunde Sparrow hoorbaar.

De nucleaire lading had een trog door de Onttroonde Hiërofant gesneden, zo groot dat de Caracole erdoorheen kon vliegen. De hoofdaandrijving van het schip leek te zijn uitgeschakeld – de stuwstof spoot nog uit de straalpijp, maar zonder te ontbranden. Het grootste gedeelte van het schip leek echter nog intact.

Lasers en raketten schoten van de schepen van de Verstrengeling naar de drie escorteschepen bij de Hiërofant, die al aan het keren waren om hen aan te vallen. De Caracole lanceerde een wolk verdedigingsmiddelen, en het schip werd in duisternis gehuld. De display schakelde om naar infrarood.

'Gooi er nog een houwitser achteraan,' zei Falconi.

'We hebben er nog maar twee over,' zei Sparrow.

'Weet ik. Lanceer er toch een.'

'Ja, kapitein.'

De romp weergalmde opnieuw van de klap van een lancering, en de Casaba-houwitser flitste bij de Caracole vandaan, op weg naar de minimale veilige afstand om te ontbranden.

De houwitser bereikte zijn bestemming niet. Er sprong een wolk van paarsblauwe vonken uit zijn neus, en toen sputterde en doofde zijn raketaandrijving, en tolde hij uit koers, onschadelijk gemaakt.

'Fuck!' zei Sparrow. 'Hij is te grazen genomen door een laser.'

'Dat kan ik zien,' zei Falconi kalm.

Kira wou dat ze nog op haar nagels kon bijten. In plaats daarvan kneep ze maar hard in de armleuningen van haar schokstoel.

'Is Ctein dood?' vroeg ze Tschetter. 'Weten we of Ctein dood is?'

In de holo schudde de majoor haar hoofd. Achter haar flitsten lichten. 'Het lijkt er niet op. Ik...' Het Kwallenschip werd door elkaar geschud door een explosie, en Tschetter verdween uit beeld.

'Majoor, is alles in orde?' vroeg Nielsen, vooroverleunend naar de display.

Tschetter verscheen weer. Ze was zichtbaar van slag, en er waren een paar slierten krullend haar uit haar knotje ontsnapt. 'We redden het nog wel even. Maar...'

'Meer Kwallen in aantocht,' riep Sparrow. 'Meer dan twintig. Op zo'n tien minuten afstand. Minder.'

'Uiteraard,' zei Falconi met een grom.

'Jullie moeten Ctein doden,' zei Tschetter. 'Wij kunnen niet helpen. De helft van de Kwallen hier is al ziek.'

'Ik...'

Toen zei Morven: 'Admiraal Klein voor u aan de lijn, kapitein Falconi.'

'Laat hem wachten. Ik heb even geen tijd voor hem.'

'Ja, kapitein,' zei de pseudo-intelligentie op een vrolijke toon die in de huidige situatie absurd ongepast klonk.

Er verscheen een knipperend geel lichtje op de holo dat van de Onttroonde Hiërofant op hen af kwam. Jorrus en Veera wezen ernaar en vroegen: 'Wat is dat?'

Falconi zoomde erop in. Er kwam een donkergekleurd object van zo'n vier meter lang in beeld. Het zag eruit als een verzameling bollen die deels in elkaar waren gedrukt en daar vast waren gelast. 'Dat is geen raket.'

Er kwam een herinnering boven in Kira, aan de opslagkamer waar ze doctor Carr en de Kwal Qwon had gevonden, en aan het gat dat aan de andere kant van de kamer in de romp was gesneden. Een gat waar blauw licht uit had gestraald vanuit het kleine vaartuig dat zich als een zeepok aan de buitenkant van de Verzachtende Omstandigheden had vastgeklampt.

'Dat is een entervaartuig,' zei ze. 'Of mogelijk een ontsnappingscapsule. Maakt niet uit, maar het kan dwars door onze romp heen snijden.'

'Er komen er meer aan,' zei Vishal op waarschuwende toon.

Hij had gelijk. Er kwam nog een tiental van de vaartuigen hun kant op.

'Majoor,' zei Falconi. 'We hebben jullie hulp nodig om ze uit te schakelen, anders...'

'We zullen ons best doen, maar we hebben meer aan ons hoofd,' zei Tschetter.

Een van de drie escorteschepen van de Hiërofant ontplofte, maar de andere twee en de Onttroonde Hiërofant zelf namen de Verstrengeling van Geesten nog onder vuur. Tot dusver had de Verstrengeling nog geen schepen verloren, maar een aantal liet sporen van rook en damp achter uit gaten in hun romp.

'Sparrow...' zei Falconi.

'Al mee bezig.'

Kira keek op haar overlays mee naar de strepen die van de Caracole naar de vaartuigen flitsten die hen tegemoetkwamen: laserschoten, alleen zichtbaar voor mensenogen omdat de computer ze markeerde.

Ze beet op haar lip. Het voelde afgrijselijk om niets te kunnen bijdragen. Had ze maar een eigen schip. Of nog beter, was ze maar dicht genoeg bij de naderende vijanden om ze aan stukken te rijten met het Zachte Mes.

Toen flakkerde de interne verlichting en zei Morven: 'Aanval op de computersystemen waargenomen. Firewall doorbroken. Ik deactiveer alle non-essentiële systemen. Zet alstublieft tot tegenbericht alle persoonlijke elektronische apparaten uit.'

'Kunnen ze onze systemen nu ook al hacken?' schreeuwde Nielsen.

Jorrus en Veera zeiden: 'Geef ons toegang –'

'... als systeembeheerders, dan –'

'... kunnen we helpen.'

Falconi aarzelde even, maar knikte toen. 'Ik heb jullie het wachtwoord toegestuurd.' De entropisten bogen laag over de display in de armleuning van hun stoel.

In de rook rondom de Onttroonde Hiërofant verschenen rode flitsen van de lancering van raketten.

Een alarm schalde, en Morven zei: 'Waarschuwing: inkomende projectielen. Botsingsgevaar reëel.'

De raketten schoten uit de rookwolk tevoorschijn en vlogen de naderende entervaartuigen voorbij, een deel ervan op weg naar de Verstrengeling van Geesten, maar de rest – vier stuks – recht op de Caracole af.

Er vloog een nieuwe lading antisensorfolie uit de achterzijde van de Caracole. Het schip was nog steeds aan het afremmen, maar de raketten die op hen af kwamen, versnelden sneller, en de afstand tussen hen in nam op een gruwelijk tempo af.

De laser van de Caracole sneed door de ruimte. Een van de raketten ontplofte (een abrupte explosie, net zo snel weer verdwenen als hij was verschenen). Toen nog een, dichterbij. Nog twee over.

'Sparrow,' zei Falconi met opeengeklemde tanden.

'Ik zie ze.'

Een van de schepen van de Verstrengeling blies een derde raket op. Maar de vierde kwam nog altijd op hen af en wist alle laserschoten te ontwijken met genadeloos snelle rukken omhoog, omlaag of naar opzij.

Met zweet op haar voorhoofd en zonder met haar ogen te knipperen concentreerde Sparrow zich erop het inkomende projectiel uit de ruimte te schieten.

Morven zei: 'Waarschuwing: zet u schrap voor een inslag.'

Op het allerlaatste moment, toen de raket hen bijna had bereikt, trof de laser van de Caracole eindelijk doel, en de raket ontplofte op maar een paar honderd kilometer van hun romp.

Sparrow uitte een triomfantelijke kreet.

Het schip rammelde en schudde door elkaar, en de schotten kreunden. Er begonnen nog meer alarms te loeien, en er kwam rook uit een rooster in het plafond. De helft van de lichtjes op de bedieningspanelen ging uit. Toen klonk er even een vreemd kabaal uit de speakers. Geen ruis – misschien verstuurde data?

'Schaderapport,' zei Falconi.

Er verscheen een diagram van de Caracole op de display en op Kira's overlays. Een groot deel van de woonring en de vrachtruimen eronder flitsten donkerrood. Hwa-jung staarde ernaar als een bezetene. Haar lippen bewogen zonder onderbreking in geprevelde vragen aan de computer.

Toen zei ze: 'Dek C en D zijn hun luchtdruk verloren. Vrachtruim A ook. Catastrofale schade aan de elektrische systemen. Hoofdlaser is offline. Het waterwinningssysteem, de hydrocultuurboeg... alles heeft een klap gehad. De efficiëntie van de aandrijving is gedaald naar achtentwintig procent. De noodprotocollen zijn van kracht.' Met een gebaar riep de machinechef de beelden van een externe camera op: de bolle romp van de woonring van de Caracole verscheen op de holo, ontsierd door een diepe krater waarin interne wanden en vertrekken te zien waren, op de enkele flits en elektrische ontlading na in het donker gehuld.

Falconi balde zijn vuist en sloeg op de armleuning van zijn stoel. Kira kromp ineen. Ze wist hoeveel het schip voor hem betekende.

'Thule,' zei Nielsen.

'Itari?' brulde Falconi. Er verscheen een beeld op de holo waarop te zien was hoe de Kwal omhoogklom door het midden van het schip. De alien leek ongedeerd. 'Hoe staat Morven ervoor?' Hij strekte zijn nek om naar de entropisten om te kijken.

Hun ogen waren halfdicht en gloeiden van het gereflecteerde licht van hun implantaten. Veera zei: 'We hebben de firewall hersteld, maar –'

'... het mainframe is nog geïnfecteerd met een –'

'... kwaadaardig programma. Tot we erin slagen om het te elimineren, hebben we het geïsoleerd in de subroutines van het afvalverwerkingssysteem.' Veera trok een gezicht. 'Het is erg –'

'Erg volhardend,' zei Jorrus.

'Ja,' zei Veera. 'Het is waarschijnlijk verstandiger om voorlopig even niet naar de wc te gaan.'

Opnieuw zei de pseudo-intelligentie: 'Waarschuwing: inkomende projectielen. Botsingsgevaar reëel.'

'Fuck!'

Het ging nu om de entervaartuigen. Een ervan kwam recht op de Caracole af, terwijl de anderen de Verstrengeling van Geesten naderden.

‘Kunnen we dat ding ontwijken?’ vroeg Falconi.

Hwa-jung schudde haar hoofd. ‘Nee. Niet op onze stuurraketten. Aish.’

‘Houwitser?’ vroeg Falconi met een blik naar Sparrow.

Ze trok een gezicht. ‘We kunnen het proberen, maar goede kans we hem kwijtraken aan hun tegenmaatregelen.’

Falconi keek woest uit zijn ogen en vloekte binnensmonds. In de holo verscheen Tschetter weer even, lang genoeg om te zeggen: ‘Bewaar die bom voor de Onttroonde Hiërofant. We gaan een poging wagen jullie langs hun verdedigingswapens te helpen.’

‘Roger… Morven, verlaag de aandrijving naar 1 g.’

‘Bevestigd, kapitein. Stuwkracht omlaag naar 1 g.’ Het bijbehorende alarm klonk, en Kira haalde opgelucht adem toen het gewicht dat op haar neerdrukte afnam tot normale zwaartekracht. Toen gaf Falconi een mep op het bedieningspaneel en stond op. ‘Alle hens aan dek. Bereid je voor om aanvallers af te slaan.’

3

‘Shit,’ zei Nielsen.

‘Ziet ernaar uit dat ze op het gat in de romp bij het vrachtruim mikken,’ zei Sparrow.

Er werd op de luchtdichte deur van de schuilbunker geklopt. Vishal deed open, en Itari vulde met al zijn tentakels de deuropening. [[Itari hier: Wat is de situatie?]]

[[Kira hier: Wacht. Dat weet ik nog niet.]]

‘Zes minuten tot contact,’ zei Hwa-jung.

Falconi tikte op de kolf van zijn blaster. ‘De luchtdichte deuren rondom de beschadigde gedeelten van het schip hebben zich verzegeld. De Kwallen zullen ze open moeten snijden. Dat geeft ons extra tijd. We leggen een hinderlaag en vallen ze vanboven aan als ze in de centrale schacht zijn. Kira, jij zult het voortouw moeten nemen. Als jij er minstens twee kunt doden, moeten wij de rest aankunnen.’

Ze knikte. Tijd om woorden om te zetten in daden.

Falconi liep naar de deur. ‘Aan de kant!’ zei hij, en hij zwaaide een hand in Itari’s richting. De Kwal begreep het gebaar goed genoeg om naar achteren te stappen om hem door te laten.

[[Kira hier: We worden geënterd door Wranaui van de Onttroonde Hiërofant.]]

Nabijgeur van begrip, gekleurd met een zekere… gretigheid. [[Itari hier: Begrepen. Ik zal mijn best doen je covormen te beschermen, Idealis.]]

[[Kira hier: Dank je.]]

Toen zei Falconi: 'Vooruit! Vooruit! Kira, Nielsen, dokter, ga wapens voor iedereen pakken. Sparrow, kom met mij mee. Tempo!'

Kira en Vishal holden door de donkere gangen achter Nielsen aan naar het wapenmagazijn. De lucht in de Caracole was heet en stonk naar verbrand plastic.

In het kleine kamertje laadden ze zich vol met blasters en projectielwapens. Kira besloot bijna om geen geweer voor haarzelf mee te nemen, want als ze moest vechten, was het Zachte Mes haar beste wapen. (Het voelde toepasselijker om aan de xeno te denken als het Zachte Mes nu ze de strijd in ging, alhoewel het idee om geweld te plegen met de Kiem op een fundamenteel niveau verkeerd aanvoelde.) Maar Kira wist dat het zou getuigen van overmoed als ze zichzelf geen tweede optie gaf, dus greep ze toch een blaster en hing hem over haar schouder.

Ondanks het feit dat ze zo bang was dat het voelde alsof er iemand met een zaag over haar zenuwen ging, voelde ze tegelijkertijd opluchting. Het wachten was achter de rug. Nu hoefde ze zich nog maar op één ding te concentreren: niet doodgaan. Zelf niet doodgaan, en de bemanning niet laten doodgaan. Verder was niets meer relevant.

Het leven was zo veel simpeler wanneer je een tastbare vijand voor je had. Gevaar plaatste alles in perspectief.

De xeno reageerde op haar gemoedstoestand door stijver en dikker te worden en zich op onzichtbare manieren voor te bereiden op de chaos die hun te wachten stond. De verandering in het volume van het pak herinnerde haar aan het afgescheiden deel van haar vlees: de zwarte laag die de binnenkant van haar hut had verzwolgen. Indien nodig kon ze dat materiaal naar zich toe roepen en het Zachte Mes weer in massa laten toenemen.

'Hier,' zei Nielsen, en ze wierp Kira een aantal busjes toe. 'Camouflagesneeuw. Kan nooit kwaad om bij de hand te hebben.'

'Dank je.'

Met hun armen volgeladen met wapens haastte het drietal zich terug naar de centrale schacht van de Caracole. Daar werden ze opgewacht door Itari en de entropisten, maar van Falconi en Sparrow was nog geen spoor te bekennen.

Terwijl Nielsen de entropisten bewapende, bood Kira Itari de keuze tussen blasters en slugthrowers. De alien koos voor twee blasters, die hij aannam met beenachtige armpjes die uit de onderzijde van zijn pantser staken.

'Kapitein,' hoorde Kira Nielsen op waarschuwende toon zeggen.

Falconi's stem klonk over de intercom. 'Onderweg. Neem vast positie in. We zijn er voor je het weet.'

De eerste officier leek geenszins gerustgesteld. Kira kon het haar niet kwalijk nemen.

Samen met Itari deden ze wat de kapitein hun had opgedragen en namen positie in in een kring rondom de schacht, verstopt in deuropeningen.

Ze zaten net allemaal klaar toen eerst Sparrow en daarna Falconi aan kwam stampen door de dichtstbijzijnde gang, van top tot teen gehuld in pantserexo's. Alsof ze het van tevoren hadden afgesproken, ging Sparrow aan de ene kant van de schacht staan en Falconi aan de andere.

'Dacht dat je deze wel zou willen,' zei Nielsen, en ze wierp Falconi zijn granaatwerper toe.

Hij knikte haar gespannen toe. 'Dank je. Ik sta bij je in het krijt.'

Met Sparrow en Falconi in pantserexo's voelde Kira zich iets geruster over het aankomende gevecht met de Kwallen. Het kwam tenminste niet allemaal op haar aan. Al maakte ze zich wel bezorgd om hen, als ze zich in de strijd gingen mengen. Vooral om Falconi.

De lichten flakkerden, en een seconde lang werd de ruimte gehuld in de rode gloed van de noodverlichting. 'Kracht op vijfentwintig procent en aan het dalen,' las Falconi op van zijn overlays. 'Shit. Als dit zo doorgaat, zijn we over vijf minuten compleet stuurloos.'

'Contact,' zei Hwa-jung, en de Caracole schudde door elkaar toen het Kwallenvaartuig ergens onder hen tegen hen aan beukte. Van boven hen weerklonk een schelle toon, en Kira greep zich snel vast toen de aandrijving van het schip het begaf.

'Showtime,' prevelde Sparrow. Ze bracht haar in metaal gehulde armen omhoog en richtte de in haar pantser ingebouwde wapens op de bodem van de schacht.

4

Een reeks vreemde geluiden klonk vanuit de richting van vrachtruim A: knallen, gekletter en doffe bonzen, als van tentakels die tegen de verzegelde deuren sloegen.

Kira stond het Zachte Mes toe haar gezicht te bedekken. Diep ademhalend om haar kalmte te bewaren zette ze haar blaster tegen haar schouder en richtte hem de schacht in. *Niet lang meer…*

'Als ze eenmaal doorbreken,' zei Hwa-jung, 'hebben ze veertien seconden voordat de volgende reeks deuren zich verzegelt.'

'Begrepen,' zei Sparrow. In haar pantser kon zij zich niet echt verstoppen. Ze vulde bijna de hele deuropening, als een grote metalen gorilla, haar gezicht verborgen achter het weerspiegelende vizier van haar helm. Hetzelfde gold voor Falconi, al had die het vizier van zijn pantser semitransparant ingesteld om beter zicht te hebben.

Boem!

Zelfs door het masker van het pak heen voelde Kira de luchtdruk even toenemen. Ze bewoog haar kaak om haar oren te laten ploppen.

Er verscheen rook aan wat normaal de bodem van de schacht was en wat er in gewichtloosheid uitzag als het uiteinde van een lange buis. Het luchtdrukalarm begon te loeien.

Kira voelde wind langs haar wang strijken – het gevaarlijkste wat je op een ruimteschip maar kon voelen.

Om haar heen opende de bemanning het vuur met hun blasters en slugthrowers. De donkere, veelarmige gedaanten van de Kwallen zwermden de centrale schacht in. Graaiers, wanhopig en veracht. De aliens verspilden geen tijd door terug te schieten. In plaats daarvan snelden ze door de buis en verdwenen een zijgang in.

Seconden later sloeg met een onheilspellende metalen klap ergens buiten zicht bij het vrachtruim een luchtdichte deur dicht, en de wind ging weer liggen.

'Shit, ze zijn op weg naar de machinekamer,' zei Falconi met een blik door de schacht.

'Als ze die bereiken, kunnen ze het hele schip onklaar maken,' zei Hwa-jung.

Alsof ze haar punt wilden bewijzen, flakkerden de lampen nog eenmaal en gingen toen uit. Ze werden ondergedompeld in de matte rode gloed van de noodverlichting.

Toen werd hun aandacht getrokken door wel iets heel onverwachts: een enkele tentakel ontrolde zich vanuit een deuropening aan het uiteinde van de schacht. In zijn dodelijke omhelzing hield hij de transparante cryokist die niemand minder dan Runcibel bevatte, nog gewoon bevroren in hibernatie.

Falconi's vizier deed niets om de woede die op zijn gezicht verscheen te verhullen. 'Godverdomme, nee,' gromde hij, en hij wilde zichzelf net door de schacht lanceren toen Nielsen zijn arm vastgreep.

'Kapitein,' zei ze, haar blik even woest als de zijne. 'Het is een valstrik. Ze zouden je overweldigen.'

'Maar...'

'Je zou geen schijn van kans hebben.'

Sparrow kwam naar hen toe. 'Ze heeft gelijk.'

De enige van hen die iets kon doen, was Kira, en ze wist het. Ging ze echt haar leven riskeren voor dat varkentje? Maar ja, waarom ook niet? Een leven was een leven, en ze zou het hoe dan ook tegen de Kwallen moeten opnemen.

Waarom niet nu? Al speet het haar wel dat het op de Caracole moest gebeuren…

De tentakel zwaaide het varkentje rustig heen en weer. Het was overduidelijk een uitnodiging.

'Die fuckers,' zei Falconi. Hij bracht zijn granaatwerper half omhoog, maar liet hem toen weer zakken. 'Ik krijg hem niet goed in het vizier.'

Toen ging ook de noodverlichting uit, en een paar ademtochten lang werden ze ondergedompeld in een volledige en onheilspellende duisternis. Op infrarood kon Kira tenminste nog de contouren van de dingen om haar heen onderscheiden, maar ze werd afgeleid door een rare samenvloeiing van EM-velden in de schacht – wervelende fonteinen van paarsblauwe krachten.

'Breuk in het plasma-isolatieveld waargenomen,' meldde Morven. 'Verlaat alstublieft onmiddellijk het schip. Ik herhaal, verlaat…'

Hwa-jung kreunde.

Plots gingen de lichten weer aan, eerst de rode noodverlichting en toen de gewone in het volle spectrum, fel genoeg om hun ogen pijn te doen. De panelen van de wanden trilden, en toen weergalmde er een oorverdovende, bulderende stem door de Caracole:

'BLIJF MET JE TENTAKELS VAN DAT VARKEN AF!'

Gregorovich.

5

De deur aan het uiteinde van de schacht sloeg dicht en sneed dwars door de tentakel van de Kwal heen. De tentakel zweefde weg in een wolk van oranje wondvocht, kronkelend en stuiptrekkend alsof hij nog pijn leed. Runcibels cryokist knalde tegen de wand, stuiterde ervanaf en tuimelde verder door de schacht tot Falconi hem te pakken wist te krijgen.

De kist en het varkentje erin leken op een diepe kras in de zijkant na ongedeerd.

'Schiet dat ding aan gort,' zei Falconi, wijzend naar de tentakel.

Dat deden Nielsen, Sparrow en Kira met plezier.

'Welkom terug, o symbiotische infestatie!' riep Gregorovich. 'O, wat een blijde dag dat wij herenigd mochten worden, ergerlijke vleesklontjes van me! Wat een duistere tijden hebben we achter de rug, met mij verdwaald in een kronkelend labyrint van vruchteloze dwalingen, en jullie aan de boemel op onfortuinlijke avontuurtjes! Wat een geluk voor jullie dat een lumineuze lantaarn mij de weg terug heeft gewezen. Verheug je, want ik ben herboren! Wat hebben jullie dit arme slakje van een schip wel niet aangedaan, hmm? Jullie vinden het vast niet erg als ik de controle over de systemen overneem. Morven, dat erbarmelijke schijnbeeld, is niet tegen de taak opgewassen. Eerst maar eens dit groteske programmaatje van buitenaardse makelij uitwissen dat mijn processors heeft geïnfecteerd, en… voor elkaar. Even de reactor afblazen en stabiliseren. En nu zal ik die moerassnuivers eens laten zien waar ik toe in staat ben. Joepie!'

'Dat werd hoog tijd,' zei Falconi.

'Hé daar,' zei Sparrow, en ze klopte op een schot. 'Ik heb je gemist, halvegare.'

'Doe niets al te geks,' zei Nielsen met een waarschuwende blik naar het plafond.

'Ik? Gekke dingen doen?' zei het scheepsbrein. 'Wel heb ik ooit. Verwijder a.u.b. alle handen en voeten van de wanden, vloeren, plafonds en handvaten.'

'Eh…' zei Vishal.

[[Kira hier: Itari, zorg dat je de wanden niet aanraakt!]]

De Kwal reageerde met bevredigende haast op de dringendheid in haar geur. Hij trok zijn tentakels in en stabiliseerde zich in de lucht met pufjes gas uit de middenlijn van zijn pantser.

Toen galmde er een dreigende zoemtoon door de lucht, en Kira voelde de huid van de xeno tintelen. Van achter de deur die de tentakel had afgehakt, klonken ijzingwekkende geluiden van ontladingen: minibliksemschichten die knisperend en gonzend rondsprongen.

En er kwam een walgelijke geur van verbrand vlees hun kant op drijven.

'Zo, voor elkaar,' zei Gregorovich op duidelijk tevreden toon. 'Daar heb je die geroosterde inktvis, Sparrow. Sorry, Hwa-jung, maar er moet wat bedrading vervangen worden.'

De machinechef lachte. 'Dat komt wel goed.'

'Kon je me daarstraks horen?' vroeg Sparrow.

Het scheepsbrein kakelde. 'O, jazeker, zacht als dons, een stem weerklinkend over mistig water.'

'Hoe?' zei Falconi. 'We hadden je van de rest van het schip geïsoleerd.'

Gregorovich snoof. 'Ach, nou, zie je. Hwa-jung mag dan haar geheimpjes hebben, maar die heb ik ook. Toen ik eenmaal bevrijd was van perfide visioenen en ondermijnende twijfels, was het een redelijk simpele uitdaging om mijn isolement te omzeilen, o, absoluut. Een draai hieraan, een likje daarvan, een hagedissenpoot en een addertong erbij in de ketel, en stiekem een beetje ondeugend wringen.'

'Ik weet het niet, hoor,' zei Nielsen. 'Ik vond het eigenlijk wel fijn toen je zo stil was.' Maar ze lachte erbij.

'Waar is Fuzzy?' vroeg Vishal.

'Zo veilig als maar kan,' antwoordde Gregorovich. 'Oké dan, nu onze grotere situatie. Jullie hebben ons in uiterst penibele penarie gebracht, ja dat hebben jullie zeker.'

Falconi richtte zijn blik op een camera in de wand bij hem in de buurt. 'Weet je zeker dat je hier genoeg voor bent hersteld?'

Het dichtstbijzijnde holoscherm projecteerde een spookachtige, blauwe en harige hand. Hij stak zijn duim op, en het scheepsbrein zei: 'Ik ben zo gezond als een koe en twee keer zo stierlijk vervelend. Wacht, dat sloeg nergens op. Hm… Maar, ja hoor, ik ben weer zo fris als een hoentje, kapitein! En al was ik dat niet, willen jullie het echt zonder mij opnemen tegen de veelarmige horde?'

Falconi zuchtte. 'Gestoorde smeerlap.'

'Ja, dat ben ik.' Gregorovich klonk ronduit in zijn sas.

Nielsen zei: 'Ons plan was…'

'Ja,' zei Gregorovich, 'ik weet wat het plan was. Alle data en opnames gelezen, bekeken, opgeslagen en gearchiveerd. Maar, en ik zal dit tactvol proberen te zeggen, het plan is volledig naar de kloten. Er komen op dit moment eenentwintig Kwallenschepen deze kant op, en ik geloof niet dat ze vriendelijke bedoelingen hebben.'

'En? Heb jij ergens in dat grote brein van je een beter idee?' vroeg Sparrow.

'Dat heb ik welzeker,' fluisterde Gregorovich. 'Permissie om actie te ondernemen, kapitein? Er zijn drastische stappen vereist als jij of ik of dat varken in je armen hoop willen houden ooit nog de heldere gloed van een opkomende zon te zien.'

Een langgerekt ogenblik aarzelde Falconi. Toen gaf hij een knikje en zei: 'Doe het.'

Gregorovich lachte. 'Ahahaha! Jouw vertrouwen is me een kostbaar goed, o kapitein. Hou je vast! Het schip gaat zich omkeren!'

'Omkeren!' riep Nielsen uit. 'Waar denk je dat je m…'

Kira greep zich stevig vast en kneep haar ogen dicht terwijl ze zichzelf en alles om haar heen een draai van honderdtachtig graden voelde maken. Toen zei het scheepsbrein: 'Aandrijving heropgestart,' en zonken haar voeten neer op het dek. Ze woog weer een normaal gewicht.

'Leg uit,' zei Falconi.

Alsof het de normaalste zaak van de wereld was, zei Gregorovich: 'De Verstrengeling van Geesten kan ons niet tegen al onze vijanden beschermen. Noch kunnen ze ook maar een tentakel optillen tegen hun geliefde leider. Dat betekent dat wij nog maar één optie hebben.'

'We moeten Ctein alsnog zien om te brengen,' zei Kira.

'Precies,' zei Gregorovich op een toon zo trots als een baasje dat tegen een bijzonder welgemanierd huisdier sprak. 'Daarom moeten wij nu het initiatief nemen, het bij de keel grijpen en het wurgen! We zullen die aquatische onverlaten laten zien waar menselijke vernuftigheid toe in staat is. Er is niets wat wij niet als wapen kunnen gebruiken of kunnen opblazen, ahahaha!'

'We gaan de Hiërofant niet rammen,' zei Falconi knarsetandend.

'Tss, tss. Wie heeft het over rammen?' Het scheepsbrein klonk veel te geamuseerd voor de omstandigheden. 'Noch gaan we onze fusieaandrijving gebruiken om ons doelwit te flamberen, want dan zou het maar ontploffen en ons met zich meenemen in het graf. Nee, dat zou niet slim zijn.'

'Hou op met ouwehoeren,' gromde Sparrow. 'Wat voer je in je schild, Greg? Vertel op.'

Het scheepsbrein maakte een verontwaardigd geluid. 'Serieus, "Greg"? Oké hoor, zwaluwtje. De Onttroonde Hiërofant vliegt nu nog bij ons vandaan, maar over zeven minuten en tweeënveertig seconden ga ik de Caracole met zijn neus in de gapende wond parkeren die jullie in de flank van de Hiërofant hebben aangebracht.'

'Wát?' riepen Sparrow en Nielsen samen uit.

Achter zijn vizier vlogen Falconi's ogen heen en weer over de informatie op zijn overlays. Hij had zijn lippen zo strak op elkaar geperst dat ze wit werden.

'O, jazeker,' zei Gregorovich, en hij klonk enorm vergenoegd. 'De Kwallen zullen niet meer op ons durven te schieten, niet zolang we ons zo dicht bij hun geliefde en gevreesde leider bevinden. En wanneer we veilig liggen aangemeerd, kunnen jullie – en dan bedoel ik toch hoofdzakelijk jou, o koningin der doornen – eropuit trekken om voor eens en altijd met die vervelende Kwal af te rekenen.'

Vishal keek verward tussen Falconi en Sparrow heen en weer. 'Blaast de Hiërofant ons niet gewoon op? Hoe komen we langs zijn afweergeschut?'

'Kijk,' zei Falconi met een gebaar naar de display.

Daarop verscheen een compositiebeeld dat de Caracole van buitenaf liet zien. Het schip was omringd door een dikke wolk antisensorsneeuw die uit openingen in de voorsteven stroomde, talloze glinsterende strookjes folie. In een kring rondom de Caracole vlogen vijf schepen van de Verstrengeling van Geesten. Terwijl ze toekeken, vuurden de schepen hun lasers af om een nieuw salvo raketten op te blazen dat de Hiërofant had gelanceerd.

De Caracole ratelde, maar leek verder ongedeerd te blijven.

'Gaan we het halen?' vroeg Kira zacht.

'Daar komen we vanzelf achter.' Falconi zette de display uit. 'We kunnen beter niet kijken. Oké, iedereen naar luchtsluis B. We kunnen weerstand verwachten. Behoorlijke.' Hij droeg Runcibels cryokist over aan Vishal. 'Berg hem ergens op een veilige plek op. Misschien in de ziekenboeg.'

Vishal knikte en nam het varken aan. 'Natuurlijk, kapitein.'

Kira's angst keerde terug en viel haar ingewanden aan met vlijmscherpe klauwen. Zelfs als ze ervan uitging dat ze Ctein wisten te bereiken, zou ze – als Nmarhls herinneringen klopten – oog in oog komen te staan met een wezen zo groot als of zelfs groter dan het Zachte Mes was geweest tijdens hun ontsnapping van Orsted. En de Kwal was slim, zo slim als het grootste scheepsbrein.

Ze huiverde.

Falconi zag het. <*Niet aan denken. – Falconi*>

<*Dat is een hele opgave. – Kira*>

Hij legde in het voorbijgaan even teder zijn in metaal gehulde hand op haar schouder.

6

De Caracole werd niet opgeblazen.

Tot Kira's verbazing en dankbaarheid wisten de vijf schepen van de Verstrengeling van Geesten op een na alle raketten tegen te houden, en die laatste miste de Caracole op honderden meters en zoefde verder de leegte van de ruimte in, waar hij nooit iets zou raken.

Ze keek hoe de situatie er elders in het stelsel voor stond. De strijd verliep zo slecht als ze al vreesde. De Zevende Vloot was uiteengedreven, en de Kwallen rekenden met meedogenloze efficiëntie af met de VMB-schepen. Het aantal slagschepen dat al beschadigd of vernietigd was, deed Kira's bloed stollen en gaf haar een nieuwe vastberadenheid. De enige manier om dit bloedbad ten einde te brengen, was door Ctein te doden, wat er ook voor nodig was.

Ook als dat betekent dat we de Onttroonde Hiërofant moeten opblazen met ons nog aan boord? Diep in haar groeide een onverschrokken zekerheid. Als het nodig was, zouden ze het doen. Het alternatief was geen minder dodelijke afloop.

Als ze geen andere keus had dan de strijd aan te gaan met de Kwallen, ging ze het hun niet makkelijk maken haar te doden. Met haar geest reikte ze naar het deel van de xeno dat haar hut had overwoekerd. Ze trok het afgescheiden vlees naar zich toe door de gangen van de Caracole, zo voorzichtig als het ging om het schip geen schade toe te brengen. Het bereikte haar bij de luchtsluis waar ze samen met de rest van de bemanning klaarstond.

Nielsen slaakte een kreet toen de Kiem op hen af kwam stromen als een zwarte golf krioelende vezels. 'Het is oké,' zei Kira, maar desondanks deed de bemanning toch een sprongetje naar achteren toen de vezels over het dek naar haar toe stroomden en omhoogklommen over haar voeten, benen, heupen en romp, om haar in een levend pantser te hullen van bijna een meter dik.

Hoewel de extra massa van de xeno Kira wel een stuk minder beweeglijk maakte, voelde ze geen extra gewicht. Het voelde niet claustrofobisch. Het was eerder alsof ze gehuld was in spieren die al haar bevelen zouden opvolgen.

'Godsodeju!' zei Sparrow. 'Is er nog meer dat je voor ons hebt achtergehouden?'

'Nee, dit was het enige,' zei Kira.

Sparrow schudde haar hoofd en vloekte nog eens. Alleen Itari leek niet te schrikken van de komst van de Kiem – van de Idealis. De Kwal wreef slechts zijn tentakels over elkaar en zond een nabijgeur van interesse uit.

Er verscheen een scheve grijns op Falconi's gezicht. 'Nou, als we nog niet wakker waren…'

'Ik kreeg bijna een hartaanval,' zei Vishal. Hij zat op het dek neergeknield om de inhoud van zijn dokterstas te reorganiseren. Zijn instrumenten waren een grimmige herinnering aan wat hun te wachten stond.

Een gevoel van onwerkelijkheid maakte zich meester van Kira. De hele situatie was zo absurd dat ze hem nooit had kunnen verzinnen. De gebeurtenissen die hen op dit ogenblik naar deze plek hadden geleid, waren zo onwaarschijnlijk dat ze zo goed als onmogelijk waren. Maar desondanks waren ze hier.

De ruimte werd verlicht door de flits van een elektrische ontlading. Hwa-jung gromde en boog zich over de vier drones heen waaraan ze in de hoek aan het prutsen was.

'Krijg je die dingen op tijd aan de praat?' vroeg Sparrow.

De machinechef gaf antwoord zonder op te kijken van haar werk. 'Als het even meezit… dan ja.' De drones hadden een lasbrander aan hun ene manipulator en een reparatielaser aan hun andere. Beide instrumenten konden bij verkeerd gebruik ernstige verwondingen veroorzaken, en Kira had zo'n vermoeden dat Hwa-jung van plan was ze zeer grondig verkeerd te gebruiken.

'Goed, hoe gaan we dit aanpakken?' zei Nielsen.

Falconi wees naar Kira. 'Simpel. Kira, jij gaat voorop en geeft ons dekking. Wij bewaken je flanken en ondersteunen je met onze wapens. Net als op Orsted. We banen ons een pad recht door de Onttroonde Hiërofant, zonder te stoppen, zonder om te keren, zonder ons te laten vertragen, totdat we Ctein hebben gevonden.'

'Wat als een van ons wordt geraakt?' zei Sparrow. Ze trok een wenkbrauw op. 'Het wordt daarbinnen een enorme heksenketel, dat weet je best.'

Falconi tikte met zijn vingers op de kolf van zijn granaatwerper. 'Als een van ons gewond raakt, sturen we hem of haar terug naar de Caracole.'

'Dat is…'

'Als we de gewonde niet terug kunnen sturen naar de Caracole, houden we hem bij ons.' Hij keek hen een voor een aan. 'We laten hoe dan ook niemand achter. Niemand.'

Dat was een geruststellend idee, maar Kira wist niet of zijn plan wel uitvoerbaar was. *Trig…* Ze wilde niet nog een van de bemanningsleden verliezen. Nog meer vrienden verliezen. Als er iets was wat ze kon doen om hen veilig te houden, wat dan ook, dan moest ze dat doen, hoe beangstigend het idee ook was.

'Ik ga wel,' zei ze. Niemand leek haar te horen, dus herhaalde ze het harder. 'Ik ga wel alleen.'

Er viel een stilte terwijl ze haar allemaal aanstaarden. 'Dat kun je mooi vergeten,' zei Falconi.

Kira schudde haar hoofd en negeerde de knoop die zich in haar maag vormde. 'Ik meen het. Ik heb het Zachte Mes. Dat biedt mij betere bescherming dan zelfs jullie pantser jullie biedt. En als ik alleen ga, hoef ik me er niet op te concentreren anderen te beschermen.'

'En wie beschermt jou dan, *chica?*' zei Sparrow terwijl ze op haar af stapte. 'Wat als een Kwal besluit op je te schieten van om een hoek? Wat als je in een hinderlaag loopt? Als we jou verliezen, Navárez, zijn we allemaal genaaid.'

'Ik ben nog altijd het beste uitgerust om het op te nemen tegen wat ze ook voor ons in petto hebben,' zei Kira.

'Ctein?' zei Nielsen. Ze sloeg haar armen over elkaar. 'Als die ook maar een fractie is van wat je hebt beschreven, hebben we om hem af te maken alle vuurkracht nodig die we tot onze beschikking hebben.'

'Tenzij,' zei Falconi, 'je van plan bent het Zachte Mes volledig de vrije loop te laten.'

Van hen allemaal was hij de enige die op de hoogte was van haar rol in de creatie van de nachtmerries, en zijn opmerking deed Kira's diepste angst ontwaken. Ze klemde gefrustreerd haar kaken op elkaar. 'Ik kan ervoor zorgen dat jullie hier blijven.' Ze hield haar hand op en liet dreigend kronkelende tentakels van vezels uit haar vingertoppen groeien.

Falconi's blik werd nog ijziger. 'Kira, als je dat doet, vinden we wel een manier om ons te bevrijden, al moeten we de Caracole ervoor doormidden hakken of openblazen, dat beloof ik je. En dan komen we alsnog achter je aan… Je gaat niet alleen, Kira, punt uit.'

Ze deed een verwoede poging niet emotioneel te worden. Ze probeerde zijn woorden te accepteren en zich op de taak te concentreren die voor hen lag. Maar tevergeefs. Haar frustratie benam haar de adem. 'Dat is… Ik… Als jullie meekomen, gaan er gewonden of doden vallen. Ik wíl niet in mijn eentje gaan, maar het is onze beste optie. Waarom…'

'Mevrouw Kira,' zei Vishal terwijl hij opstond en op hen af stapte. 'We zijn ons bewust van de risico's, en…' Hij boog zijn hoofd, en er stond een zachte, tedere blik in zijn ogen. '… we accepteren ze met heel ons hart.'

'Maar dat zou niet moeten hoeven,' zei Kira.

Vishal glimlachte, en de puurheid van zijn uitdrukking riep haar een halt toe. 'Natuurlijk niet, mevrouw Kira. Maar zo is het leven nu eenmaal, nietwaar? En zo is de oorlog.' Toen verraste hij haar door haar te omhelzen. En toen omhelsde Nielsen haar ook, en eerst Falconi en toen Sparrow legde een zware, gepantserde hand op haar schouder.

Kira snotterde en keek op naar het plafond om haar tranen te verbergen. 'Oké… Oké. We gaan samen.' Ze stond er even bij stil wat een mazzel ze had gehad de bemanning van de Caracole te vinden. Het waren stuk voor stuk goede mensen, veel betere dan ze had doorgehad toen ze net aan boord was gekomen. En zij waren ook veranderd. Kira dacht niet dat de bemanning die ze bij 61 Cygni had ontmoet zo bereid zou zijn geweest hun leven op het spel te zetten als deze mensen.

'Wat ik wil weten,' zei Sparrow, 'is hoe we van plan zijn die Ctein te vinden. Dat schip is fucking reusachtig. We kunnen er uren door ronddwalen zonder iets te vinden.'

'Ideeën?' vroeg Falconi. Hij keek naar Itari. 'Wat denk jij ervan, inktvis? Kun jij ons helpen?'

Kira vertaalde de vraag, en de Kwal antwoordde: [[Itari hier: Als we erin slagen de Onttroonde Hiërofant in te zwemmen en ik een terminal kan vinden waarop ik het datamembraan van het schip kan raadplegen, kan ik precies zien waar Ctein zich bevindt.]]

Hwa-jung keek nieuwsgierig op. 'Membraan? Wat…'

'Later,' zei Falconi. 'Hoe zien die terminals eruit?'

[[Itari hier: Als een vierkant vol sterren. Ze zijn in al onze schepen op centrale locaties te vinden, om de communicatie te vergemakkelijken.]]

'Ik denk dat ik er al eens een gezien heb,' zei Kira, terugdenkend aan het eerste Kwallenschip waarop ze aan boord was geweest.

[[Itari hier: Als we eenmaal weten waar Ctein is, zijn er transportbuizen die we kunnen gebruiken om snel van dek naar dek te reizen.]]

'Itari, denk je dat je ons kunt helpen?' vroeg Nielsen. 'Of zal je genetische programmering je dat onmogelijk maken?'

[[Itari hier: Zolang als jullie niet ter sprake brengen waarvoor we daar zijn… ja, dan zou ik moeten kunnen helpen.]] Er trok een rode ring van ongemak over zijn tentakels.

'Zou ik moeten kunnen helpen,' zei Falconi. 'Ugh.'

Sparrow keek bezorgd. 'Zodra de Kwallen ons vinden, komen ze met z'n allen op ons af.'

'Nee,' zei Falconi. 'Dan komen ze met z'n allen op haar af.' Hij gebaarde naar Kira. 'Kira, als jij ervoor zorgt dat ze ons niet te grazen nemen, doen wij hetzelfde voor jou.'

Vastberaden bereidde ze zich mentaal voor op wat hun te wachten stond. 'Komt voor elkaar.'

Falconi bromde. 'Het is dus een kwestie van een van die terminals vinden. Dat is ons eerste doel. Daarna hoeven we alleen nog maar een Kwal te doden. Hé...' Hij keerde zich om naar Jorrus en Veera, die in een hoek zaten neergehurkt met hun handen op elkaars onderarmen en druk fluisterden. 'En jullie, Vorsers? Weten jullie zeker dat jullie hier klaar voor zijn?'

De entropisten pakten hun wapens op en kwamen overeind. Ze waren nog altijd gekleed in hun gradiëntgewaden, zonder gezichtsbedekking. Kira vroeg zich af hoe ze van plan waren het vacuüm te overleven, laat staan laserschoten.

'Ja, bedankt, Gevangene,' zei Veera.

'We zouden dit niet willen missen,' zei Jorrus. Desondanks zagen de entropisten er allebei nog wat onpasselijk uit.

Sparrow liet een cynisch lachje ontsnappen. 'Nou, ik zou het prima vinden om dit allemaal te missen, hoor.'

Falconi schraapte zijn keel. 'Denk niet dat ik teerhartig aan het worden ben, maar, eh, een man kan zich geen betere bemanning wensen dan dit stelletje onverlaten. Dat wilde ik maar even kwijt.'

'Jij bent ook best een prima kapitein hoor, kapitein,' zei Nielsen.

'Meestal,' zei Hwa-jung.

'Meestal,' stemde Sparrow in.

De intercom knetterde en toen zei Gregorovich: 'Zestig seconden tot contact. Hou je alsjeblieft allemaal stevig vast, kwetsbare vleesklontjes van me. Dit wordt een enerverende landing.'

Vishal schudde zijn hoofd. 'Ah. Dat is niet geruststellend. Allerminst.' Nielsen raakte haar voorhoofd aan en prevelde iets binnensmonds.

Kira zette haar overlays aan. Voor hen zag ze de Onttroonde Hiërofant in snel tempo groter worden. Van dichtbij was de omvang van het Kwallenschip nog imponerender. Het was rond en wit, en het dikke middendeel was bezaaid met antennes en andere uitsteeksels. Het gat dat de Casaba-houwitser in de romp had geblazen, had in zijn binnenste een enorme stapel dekken blootgelegd: vele tientallen vertrekken met mysterieuze functies die nu waren blootgesteld aan de kou van het vacuüm. In die vertrekken zag ze Kwallen zweven, een paar nog in leven, maar de meeste dood en bedekt met ijspegels van bevroren wondvocht.

Met de Hiërofant zo dichtbij voelde Kira de schrijnende oproep terugkeren die ze eerder had gevoeld, de compulsie van het Verdwenen Volk die haar opriep om hem te beantwoorden.

Ze stond zichzelf een grimmig lachje toe. Ze betwijfelde of het Ctein of zijn graaiers erg zou bevallen hóé ze de oproep koos te beantwoorden.

Graaiers? Ze verviel in de gedachtepatronen van het Zachte Mes/de Kiem. Maar ja, waarom niet? De naam was toepasselijk. De Kwallen graaiden om zich heen met hun vele tentakels, en vandaag ging ze hen eraan herinneren waarom ze er verstandig aan deden de Idealis te vrezen.

Naast haar rook ze de geur van misselijkheid van Itari. De Kwal rilde en kleurde onaangename tinten groen en bruin. [[Itari hier: Het is moeilijk voor me om hier zelfs maar te zijn, Idealis.]]

[[Kira hier: Concentreer je er gewoon op mijn covormen te beschermen. Denk niet aan de grote en machtige Ctein. Wat jij aan het doen bent, heeft niets met hem te maken.]]

Er trok een golf van paars over het lichaam van de Kwal. [[Itari hier: Dat helpt, Idealis. Bedankt.]]

Toen de neus van de Caracole het gat in vloog dat de houwitser in de Onttroonde Hiërofant had uitgehold, en de halfgesmolten dekken het uitzicht uit de saffieren vensters van het schip verduisterden, zei Falconi: 'Hé, Gregorovich, nu je weer de oude bent. Heb je nog een mooie speech om ons mee op pad te sturen?'

Het scheepsbrein deed alsof hij zijn keel schraapte. 'Goed hoor. Luister allen. Moge de Heer der Lege Ruimtes ons zijn bescherming bieden wanneer wij ten strijde trekken tegen onze vijanden. Stuur onze handen – en onze gedachten – en gids onze wapens, opdat wij uw wil mogen uitvoeren op die verwringingen van de vrede. Laat onze dapperheid ons schild zijn en onze rechtschapen woede ons zwaard. Mogen onze vijanden op de vlucht slaan bij het zien van de verdedigers van allen die weerloos zijn, en mogen wij ongebogen en ongebroken ons hoofd hooghouden in onze confrontatie met het kwaad. Laat vandaag de dag van onze toorn zijn, want wij zijn de instrumenten van de vergelding van onze soort. *Deo duce, ferro comitante.* Amen.'

'Amen,' zeiden Hwa-jung en Nielsen.

'Dat was nou nog eens een schietgebedje,' zei Sparrow met een grijns.

'Dank je, zwaluwtje.'

'Mij iets te oorlogszuchtig,' zei Kira. 'Maar goed genoeg.'

Falconi tilde zijn granaatwerper op zijn schouder. 'Nu maar hopen dat er iemand luisterde.'

Toen schudde de Caracole wild en kwam het schip tot rust in het binnenste van de Onttroonde Hiërofant. Als het Zachte Mes haar niet veilig tegen de wand aan had vastgehouden, was Kira onderuitgegaan. De anderen wankelden, en Nielsen viel neer op een knie. Het gebulder van de fusieaandrijving stierf weg, maar ze werden niet gewichtloos, want de hele Caracole bevond zich nu in de kunstmatige zwaartekracht van de Hiërofant.

7

Buiten de luchtsluis zag Kira iets wat eruitzag als een opslagruimte vol rijen doorschijnende roze bollen rondom een donker groeisel dat iets van een boomstam had. De drie wanden die niet waren weggevaagd door de Casaba-houwitser gingen schuil achter rekken vol met onherkenbare instrumenten. Het rooster van de vloer, de bolle wanden en het bekende driedelige luik dat als deur dienstdeed, waren allemaal bedekt met vastgevroren metaalslakken. Alles wat ze kon zien zou hoogst radioactief zijn, maar dat was op het ogenblik de minste van hun zorgen…

Nergens in het vertrek was ook maar een Kwal te zien. Dat was een meevaller die Kira niet had verwacht.

'Niet slecht, Greg,' zei Falconi. 'Iedereen klaar?'

'Eén moment,' zei Hwa-jung, nog altijd over haar drones gebogen.

Falconi kneep zijn ogen tot spleetjes. 'Beetje opschieten. We staan hier behoorlijk te kijk.'

De machinechef mompelde iets in het Koreaans. Toen kwam ze overeind en stegen de drones met een irritante zoemtoon de lucht in. 'Klaar,' zei Hwa-jung.

'Eindelijk.' Falconi drukte op de knop om de binnenste deur van de luchtsluis te ontgrendelen. 'Tijd om herrie te gaan schoppen.'

'Eh…' zei Kira met een blik op de entropisten. Hoe moesten die ademhalen in het vacuüm?

Ze had zich voor niets zorgen gemaakt. Als één trokken Jorrus en Veera hun kap over hun gezicht. De stof werd hard, flakkerde en werd transparant, en sloot zich luchtdicht om hun nek als de helm van een skinsuit.

'Leuke truc,' zei Sparrow.

Het ogenblik daarop viel de stilte van het vacuüm toen Falconi de luchtsluis liet leeglopen en de buitendeur opende. Even hoorde Kira alleen nog haar eigen ademhaling en hartslag.

Een ogenblik later klonk er ruis uit haar oormicrofoon, gevolgd door Gregorovich' stem: **O jee.** Hij klonk alsof hij onrustbarend vlak naast haar stond.

O jee? zei Falconi op scherpe toon, de klank van zijn stem schel over de radio.

Het scheepsbrein leek onwillig om antwoord te geven. **Het spijt me dat ik jullie dit moet vertellen, beste vrienden. Het spijt me ten zeerste. Maar ik vrees dat slimmigheid niet langer genoeg zal zijn om ons te redden. Voor iedereen komt er een dag dat zijn geluk opraakt, en onze dag is nu gekomen.**

Op Kira's overlays verscheen een afbeelding van het stelsel. Het duurde even voordat ze begreep wat ze zag: de blauwe en gele stippen die de posities van de Kwallen en het VMB aangaven, waren half verborgen onder een wolk van rood.

Wat... begon Sparrow.

O wee, zei Gregorovich, en voor het eerst klonk hij oprecht droevig, **o wee, de nachtmerries hebben besloten zich in de strijd te mengen. En deze keer hebben ze iets met zich meegebracht. Iets groots. Het stuurt signalen op alle kanalen. Noemt zichzelf... de Muil.**

V

*   *   *   *   *   *   *

ASTRORUM IRAE

1

Kira keek vol afschuw toe.

Haar overlays toonden haar een gruwelijk schouwspel. Een ware nachtmerrie, vormgegeven door haar zonden. De Muil... Hij zag eruit als een groteske massa zwart en rood vlees los in de ruimte, rauw, zonder huid, glanzend van de vloeistoffen die eruit lekten. De massa was groter dan de Onttroonde Hiërofant. Groter dan het grootste ruimtestation dat ze ooit had gezien. Bijna zo groot als de twee kleine manen in baan om de planeet R1. De monstruositeit was net een vertakt kankergezwel, te chaotisch van vorm om enige orde of structuur in terug te vinden, maar met langs zijn randen de suggestie – een poging, wellicht – van een fractalpatroon.

Bij de aanblik van de Muil kwam er ogenblikkelijk een instinctief gevoel van walging in Kira op, gevolgd door een misselijkmakende, bijna verlammende angst.

De obscene tumor was samen met een onmetelijke zwerm kleinere Verdorvenen vlak bij de baan van R1 uit FTL verschenen. De Muil en zijn strijdkrachten waren al op weg om zowel mensen als Kwallen aan te vallen, zonder onderscheid tussen de twee te maken.

Met een ziek gevoel wikkelde Kira haar armen om haar lichaam en zakte neer op haar hurken. Zelfs de Kiem kon een monstruositeit als de Muil nooit verslaan. Hij was te groot, te verwrongen, te verdorven. Zelfs als ze tijd had gehad om de Kiem uit te laten groeien tot dezelfde omvang, zou ze zich volledig verliezen in het lichaam van de xeno. De kern van wie ze was zou ophouden te bestaan, of anders zou het hooguit nog zo'n klein deel uitmaken van de Kiem dat het alle betekenis verloor.

Dat idee was enger dan het idee om dood te gaan. Als ze gewoon stierf, bleef ze tot aan het einde zichzelf. Maar als de Kiem haar absorbeerde, zou ze lang voordat haar lichaam en geest ophielden te bestaan de vernietiging van haar zelfbewustzijn ervaren.

Toen voelde ze de zware hand van Falconi's pantser op haar lichaam, en hielp hij haar weer overeind terwijl hij haar op geruststellende toon toesprak. **Hé, het is oké. We hebben nog niet verloren.**

Ze schudde haar hoofd en voelde tranen opkomen onder het masker van de xeno. 'Nee, het is te veel. Het is te veel...'

Hij schudde haar hard door elkaar tot ze haar aandacht volledig op hem vestigde. Het Zachte Mes reageerde met een golfje stekels. **Waag het verdomme niet om dat te zeggen. Als jij het opgeeft, zijn we allemaal zo goed als dood.**

'Je begrijpt het niet.' Ze maakte een hulpeloos gebaar naar de wanstaltige massa op haar overlays, hoewel Falconi die niet kon zien. 'Dat, dat...'

Hou daarmee op. Hij sprak haar op zo'n strenge toon toe dat Kira instinctief luisterde. **Concentreer je op één ding tegelijk. Wij moeten Ctein ombrengen. Kun je dat aan?**

Ze knikte en begon de controle over zichzelf weer enigszins terug te krijgen. 'Ja... ik denk het wel.'

Oké. Verman je dan, dan gaan we die Kwal een kopje kleiner maken. Daarna maken we ons wel zorgen over de nachtmerries.

Kira had nog steeds een knoop in haar maag van de angst, maar ze deed haar best hem te negeren en te doen alsof ze er alle vertrouwen in had. Ze zette de beelden op haar overlays uit, maar ze bleef de Muil voor zich zien, alsof het beeld zich op haar netvlies had gebrand.

Op Kira's onuitgesproken bevel stuwde de xeno haar voort naar de deur van de luchtsluis. 'Vooruit met de geit,' zei ze.

2

Buiten de Caracole, in de buitenaardse opslagruimte, draaiden de schaduwen rond met het rondtollen van de Onttroonde Hiërofant, maar dankzij het zwaartekrachtveld van het Kwallenschip voelde Kira niets van de draaibeweging. Het bewegende licht had die meedogenloze fletsheid die je alleen in de ruimte zag, en de bewegende schaduwen produceerden een stroboscoopeffect dat een desoriënterende werking had.

'Blijf bij mij in de buurt,' zei ze.

Vlak achter je, zei Falconi.

Kira wilde geen seconde meer verspillen en stapte naar voren door het stroboscooplicht in de opslagruimte. De flitsende schaduwen maakten haar duizelig, dus richtte ze haar blik op het dek onder haar voeten en probeerde niet te denken aan hoe ze door de ruimte tolden.

Toen ze tussen de rijen doorschijnende bollen door liep – elk met een doorsnee van minstens vier meter en gevuld met bizarre, bevroren vormen – blies een vuistgrote explosie vlak naast haar hoofd een stuk uit een van de bollen.

Het gebeurde in stilte, maar Kira voelde de scherven neerregenen op het gepantserde oppervlak van de xeno.

Dekking! riep Falconi.

Kira deed geen poging zich te verstoppen. In plaats daarvan strekte ze de xeno uit en reet ze het parelwitte dek open, scheurde stukken af van de bollen en de stam die ze aan elkaar verbond, en perste al dat materiaal samen tot een schild dat niet alleen haar, maar ook de bemanning achter haar beschermde. Net zoals ze op Orsted had gedaan. Alleen voelde ze zich nu kalm en zelfverzekerd. Vergeleken met toen volgde de Kiem nu zo gemakkelijk haar bevelen op dat het moeiteloos leek, en ze was niet bang meer dat ze de controle zou verliezen. Zij dacht het, en het gebeurde.

Ze schakelde om naar infrarood en zag een withete straal tevoorschijn schieten van tussen de rekken gereedschap en een gloeiend gaatje zo dik als haar pink branden in het materiaal op haar borst. Daar schrok ze even van, tot het tot haar doordrong dat het gaatje lang niet diep genoeg was om haar lichaam te bereiken.

Voor haar tussen de bollen zaten twee Kwallen – twee inktvissen – verscholen. Ze gingen er op kronkelende tentakels voor haar vandoor, de enorme blasters in hun klauwen in haar richting opgeheven.

O nee, dat dacht ik niet, dacht Kira, en ze stuurde strengen van het Zachte Mes op hen af. Ze vingen de Kwallen, knepen ze fijn, hakten ze doormidden en reten ze uiteen tot een onherkenbare hoop stuiptrekkend vlees en gutsend wondvocht. Dit kon wel eens makkelijker worden dan ze had gedacht…

Over de radio hoorde Kira iemand kokhalzen.

'Blijf bij mij!' schreeuwde ze, en ze vertrok in de richting van het driedelige witte schild dat hun toegang zou verlenen tot het deel van de Onttroonde Hiërofant dat nog lucht had.

Het schild ging niet automatisch voor haar open, maar drie snelle kapbewegingen van het Zachte Mes waren voldoende om het mechanisme dat de deur dichthield los te hakken.

Zodra de wigvormige delen van de deur openzakten, blies er een stormwind van lucht door naar buiten.

Het schild dat ze had vervaardigd, was te groot voor de deuropening, dus gooide ze het met de nodige tegenzin aan de kant voordat ze de xeno haar dieper het buitenaardse schip in liet lanceren. Itari en de bemanning volgden haar.

3

De Hiërofant zag er vanbinnen anders uit dan de twee Kwallenschepen waarop Kira eerder was geweest. De wanden waren donkerder en somberder, gekleurd in tinten grijs en blauw, en versierd met stroken van koraalachtige patronen die Kira onder andere omstandigheden maar wat graag beter had bestudeerd.

Ze stonden in een lange, lege gang vol zijgangen, deuren en de openingen van tunnels naar boven zowel als naar beneden. Nu ze zich weer in een ruimte met lucht bevonden, kon Kira het doordringende, fluitende geluid van de verwoeste deur achter hen horen, plus het gezoem van Hwa-jungs drones en een loeiende claxon die haar deed denken aan walvisgeluiden, alsof het hele schip het uitjankte van de pijn, woede en angst.

De lucht die langs hen blies, stonk van de nabijgeur van alarm, en die droeg een bevel met zich mee aan alle dienst-covormen om onverwijld schaduwwaarts te zwemmen. Wat dat ook mocht betekenen.

Heel even vroeg Kira zich af of ze langs de sensoren van de Hiërofant waren geglipt en ze zich toch niet al vechtend een weg door het hele schip zouden hoeven te banen.

Toen gleed er met een 'snikt'-geluid een wit membraan over de deur die ze had opengesneden, en verzegelde hem luchtdicht. Op datzelfde moment verscheen er aan het andere uiteinde van de gang een massa kronkelende tentakels: tientallen Kwallen, allemaal kwaad en bewapend, en ze kwamen recht op haar en de anderen af.

Kira's hartslag verdubbelde in snelheid. Dit was exact de situatie die ze had gehoopt te vermijden. Maar ze had het Zachte Mes, en het was haar arm, haar zwaard en haar schild. De Kwallen zouden erachter komen dat ze zich niet zo makkelijk liet tegenhouden. Kira schoot strengen van het Zachte Mes uit naar alle zijden van de gang en trok met een ruk de wanden naar zich toe om een dikke blokkade van de schotten te vormen.

Terwijl van de andere kant van de barrière de geluiden van lasers, slugthrowers en doffe ontploffingen klonken, zei Sparrow: **Dat is me nog eens een warm welkom!**

Itari! zei Falconi. **Waar vinden we de dichtstbijzijnde terminal?**

Kira vertaalde zijn vraag, en de Kwal kwam naar haar toe. Hij tikte op haar geïmproviseerde schild. [[Itari hier: Voorwaarts.]]

'Voorwaarts!' brulde ze, en ze begon vooruit te bewegen door de gang, met haar schild als een plug voor zich uit gehouden om de ronde ruimte af te sluiten. Ze kon de inslagen op de buitenkant van het schild voelen, niet alleen door de bevingen van iedere klap, maar ook als scherpe steken van niet-pijn die door haar strengen schoten. Net voldoende feedback voor het Zachte Mes om haar te waarschuwen over waar het gevaar vandaan kwam, maar niet genoeg om echt pijn te doen.

Kira was de eerste deur in de wand gepasseerd en had bijna de tweede bereikt toen er een kreet klonk. Ze keek om en zag een Kwal uit de nu open deur achter hen tevoorschijn springen, met zijn tentakels wijd uitgespreid, als een inktvis die zijn prooi te grazen nam. Achter de Kwal volgden twee witte, bolvormige drones met fonkelende lenzen...

De alien beukte in op Sparrows pantserexo en sloeg haar tegen de wand. Vervolgens gebeurde er een aantal dingen tegelijk, bijna te snel om te volgen: Itari slingerde meerdere tentakels om de Kwal en probeerde hem van Sparrow af te trekken. Met z'n drieën stommelden ze weer tegen de muur. Een salvo laserschoten van Sparrow sneed een streep van gaatjes in het pantser van de vijand. Falconi stapte naar voren om te helpen, maar de alien wist hem met een enkele klap tegen het dek te werpen.

Nielsen sprong voor de kapitein om hem te beschermen. De Kwal trof haar midden op haar borst met een zwaaiende tentakel, en ze zonk ineen op het dek.

Hwa-jungs drones vuurden hun laslasers af, en de twee witte bollen vielen met een straal van vonken uit de lucht. Toen stapte de machinechef voor Nielsen en Falconi, en greep de stevig gebouwde vrouw de tentakel die hen aanviel vast. En ze kneep erin.

De botten in de wriemelende arm vol zuignappen kraakten en braken.

Vishal vuurde zijn slugthrower af, een snel boem-boem-boem waarvan Kira haar botten voelde ratelen. Ze aarzelde, verlamd door twijfel. Als ze de Kwal aanviel met het Zachte Mes, was er een goede kans dat ze ook Itari zou verwonden of doden.

Ze maakte zich zorgen om niets, want Itari rukte de andere Kwal los van Sparrow en wierp hem langs de entropisten door de gang bij hen vandaan.

Dat was precies de opening die Kira nodig had. Ze stuurde een bundel zwarte naalden op de Kwal af die hem doorboorden en vastpinden. De alien spartelde, stuiptrekte, huiverde en viel toen stil. Er lekte een plas oranje wondvocht uit zijn pantser.

Mevrouw Audrey! riep Vishal, en hij stapte haastig op de eerste officier af.

4

Sluit die deur af voordat er nog meer doorheen komen! zei Falconi terwijl hij overeind klauterde. Zijn zware exoskelet rammelde tegen het dek en liet doffe, loodkleurige vlekken achter op het witte materiaal.

Kira gebruikte het Zachte Mes om delen van de wand los te scheuren en om te buigen tot de doorgang volledig versperd was. Het was stom van haar geweest om de deur niet meteen te blokkeren toen ze hem passeerden.

Als extra voorzorgsmaatregel reet ze een groot stuk van het holle dek los om ook achter hen een schild op te richten. Toen richtte ze haar aandacht weer op haar metgezellen.

Vishal zat bij Nielsen neergehurkt en hield een hand tegen haar zij gedrukt terwijl hij een chiplab over haar heen haalde.

Hoe erg is het, dokter? vroeg Falconi.

Twee gebroken ribben, ben ik bang, zei Vishal.

Godsamme, zei Falconi, die zijn granaatwerper opgeheven en klaar om te vuren hield. *Je had weg moeten blijven, Audrey. Ik ben degene met een pantser aan.*

Nielsen hoestte. Druppeltjes bloed spetterden op de binnenkant van haar vizier. *Sorry, Salvo. De volgende keer zal ik je gewoon aan gort laten slaan door een Kwal.*

Doe dat, zei hij fel.

We moeten in beweging blijven, zei Sparrow toen ze bij hen kwam. Haar exo zat onder de krassen en deuken, maar de schade leek oppervlakkig. Van voor hen weerklonken nog altijd de doffe donderklappen van het wapenvuur van de Kwallen die door de plug heen probeerden te schieten waarmee Kira de gang had dichtgestopt.

Nielsen probeerde overeind te komen. Ze kromp meteen ineen en viel terug op de grond met een kreet die Kira dwars door de helm van de eerste officier heen kon horen.

Shit, zei Falconi. *We zullen haar moeten dragen. Sparrow…*

De blonde vrouw schudde haar hoofd. *Ze zou ons alleen maar belemmeren. Stuur haar terug. We zijn nog dicht bij het schip. Het is vanhier een rechte lijn naar de Caracole.*

De entropisten stapten naar voren. *Wij kunnen haar desgewenst terug naar het schip helpen, kapitein, en jullie –*

… dan snel achterna komen.

Fuck, zei Falconi met een woeste blik. *Goed. Doe dat. Gregorovich kan jullie laten zien waar het wapenmagazijn is. Neem als jullie daar toch zijn meteen een voorraad springstof mee, dan gebruiken we die om al deze aftakkingen af te sluiten.*

Veera en Jorrus negen hun hoofd. *Zoals u het zegt –*

… zal het geschieden.

Kira was ervan onder de indruk hoe goed de entropisten wisten samen te werken ondanks het feit dat hun geesten niet meer met elkaar verbonden waren. Het was bijna alsof ze elkaars gedachten toch nog konden lezen.

Zonder achting voor Nielsens vertrokken gezicht van de pijn tilden Jorrus en Veera haar op, stapten om het schild heen dat Kira achter hen had opgericht, en holden weg door de gang.

Kom op, zei Falconi, zich omdraaiend naar Kira. **Laten we snel zo'n terminal opzoeken voordat de Kwallen ons allemaal te grazen nemen.**

Kira knikte en begon haar plug weer naar voren te duwen. Ze zorgde er nu voor dat ze alle zijingangen afsloot die ze passeerden.

De aanval had haar zelfverzekerdheid aan het wankelen gebracht. Hoe krachtig het ook was, het Zachte Mes maakte haar niet almachtig. Verre van. Er was één Kwal door hun verdediging geglipt, en nu trokken ze verder met drie man minder. Net zoals ze had gevreesd. En niets garandeerde dat het de entropisten zou lukken zich weer bij hen aan te sluiten. Wat als er nog iemand gewond raakte? Het zou niet veel langer een optie blijven om naar de Caracole terug te keren, niet tenzij zij meeging om de gewonde te beschermen.

Van hen allemaal was zij de enige die echt iets kon doen om de Kwallen op afstand te houden. En als ze het kon doen, moest ze het doen. De enige limiet aan wat ze met het Zachte Mes kon, waren de grenzen van haar verbeelding, dus waarom hield ze zich in?

Met die gedachte in haar achterhoofd strekte Kira het Zachte Mes uit naar achteren en vormde een kooi van strengen om de groep heen die hopelijk afdoende zou zijn om toekomstige aanvallen af te weren. Ze bouwde ook verder aan het schild voor haar door stukken wand en dek te absorberen en het te gebruiken om het materiaal van het Zachte Mes te versterken en zo een barrière te vormen waarvan ze hoopte dat hij ondoordringbaar was.

Ze kon natuurlijk niet door het schild heen zien, niet met haar ogen, maar de strengen van de xeno stelden haar in staat te voelen wat er zich voor hen bevond: de vorm van de gang, het wervelen van de lucht – vaak doordat hij oververhit was door lasers – en de onafgebroken inslagen van de wapens van de Kwallen.

Ze snelden langs de ene na de andere deur, en iedere keer dat Kira vroeg of ze nog steeds de juiste kant op gingen, zei Itari: [[Voorwaarts.]]

De omvang van de Hiërofant bleef Kira versteld doen staan. Het voelde eerder alsof ze op een ruimtestation of in een ondergrondse basis rondliep dan op een schip. De Hiërofant had iets solides, een gevoel van massa dat ze nooit eerder had ervaren op een vaartuig dat op eigen kracht kon reizen, zelfs niet op de Verzachtende Omstandigheden.

Over hun open kanaal hoorde ze Falconi zeggen: **Je schoot daar als een expert, Doc.**

Dank u, ja.

Toen klonk er een klap tegen een zijdeur die Kira net had versperd, en ze krompen allemaal ineen. De drie segmenten van de deur trilden van hun vergeefse poging open te gaan, en een ogenblik later werden ze bol gedrukt door iets wat van de andere kant tegen ze aan beukte. Maar de stukken wand die Kira voor de deur langs had bevestigd hielden stand, en de poging om door te breken tot in de gang mislukte.

Ze bleef voorwaarts bewegen totdat ze recht voor zich een wand voelde waar de gang afsplitste in twee verschillende richtingen. Kira liet het Zachte Mes zich verspreiden en beide doorgangen blokkeren. Het spervuur van zowel projectielen als energie dat op haar barrière werd gericht, duurde onverminderd voort, maar leek vooral geconcentreerd in de linker doorgang.

Doordat het Zachte Mes zich naar links en rechts opsplitste, werd het oppervlak van het schot zichtbaar dat hun de weg recht naar voren versperde.

In het schot zat een paneel ingebouwd dat glinsterde als een veld van sterren, vol stipjes van wisselend licht in alle mogelijke kleuren.

[[Itari hier: Het datamembraan!]] De Kwal stoof naar voren, en er walmde een nabijgeur van opluchting en vastberadenheid van zijn tentakels. [[Itari hier: Geef me dekking, Idealis.]] Vervolgens drukte de Kwal een tentakel tegen het verlichte paneel. Tot Kira's verwondering zonk de tentakel in de wand totdat hij bijna volledig uit het zicht was verdwenen.

Falconi kwam bij haar staan en vroeg: **Is dat het?**

'Ja.' Maar Kira was afgeleid. De inslagen op de barrières van de xeno werden krachtiger. Ze versterkte ze snel door extra materiaal van de wanden te absorberen, maar ze kon voelen dat ze de Kwallen niet veel langer buiten zou kunnen houden.

Een scherpe scheut niet-pijn bereikte haar van de strengen die zich de doorgang links in strekten – een waarschuwing van de xeno dat hij was beschadigd. Haar adem stokte, en Vishal zei: **Wat is er mis, mevrouw Kira?**

'Ik...' Nog een niet-pijnscheut, sterker dan de vorige. Kira kromp ineen, haar ogen traanden en ze schudde haar hoofd. Een hete, blauwe steekvlam sneed door de buitenlagen van haar schild, met een hitte als van een brandende zon, die haar geleende vlees deed smelten en verschrompelen. Het Zachte Mes kon haar tegen veel beschermen, maar zelfs de xeno zou uiteindelijk het onderspit delven tegen een thermische lans. De Kwallen hadden zich hun oude lessen herinnerd over hoe ze de Idealis moesten bevechten.

'Ze maken het me... niet makkelijk.' [[Kira hier: Schiet alsjeblieft op als het kan, Itari.]]

Er trok een golf van kleuren over de huid van de Kwal. Toen trok Itari zijn tentakel weer uit het paneel. Slierten slijm dropen van de zuignappen op het ledemaat. [[Itari hier: Ctein bevindt zich vier *nsarro* voor ons en veertien dekken onder ons.]]

[[Kira hier: Hoever is een nsarro?]]

[[Itari hier: De afstand die je in zeven trillingen kunt zwemmen.]]

Uit de herinneringen van de Kiem maakte Kira op dat een trilling niet heel lang was, al kon ze er geen exacte tijdsduur aan verbinden.

Het dek schudde onder hun voeten van een explosie. **Kira,** zei Falconi. Hij klonk nerveus. Hwa-jungs drones zweefden boven hem, en gaven hun verlichting met de felle schijnwerpers onder hun manipulators.

'Hou je allemaal vast!' zei Kira. 'We gaan naar beneden. Veertien dekken.'

Ze stuurde zwarte staven kriskras door de kooi die ze had gevormd, tussen de mensen die ze beschermde door. Zodra Falconi en de anderen zich allemaal stevig aan de staven hadden vastgeklampt, groef Kira met de xeno door het dek heen door met duizenden kleine, vingerachtige vezels in de vloer te wroeten. Ze sneed dwars door de leidingen, circuits en rare, kloppende organen die hun dek scheidden van dat eronder.

Het was niet zonder risico – als ze een leiding raakte waar een brandbare stof doorheen stroomde, kon de ontploffing hen allemaal wegvagen. Maar het Zachte Mes was zich bewust van het gevaar, en ze had er vertrouwen in dat het dodelijke apparatuur zou vermijden.

In een paar seconden tijd had ze een gat opengereten waar hun hele groep doorheen paste. Onder hen waren alleen blauwe schaduwen zichtbaar, slechts verstoord door de glinstering van opwaaiende stofdeeltjes die in hun licht gloeiden als kooltjes.

Toen liet Kira de Kiem zijn grip op de wanden en het schild loslaten en vielen zij en haar metgezellen omlaag het blauwe schemerdonker in.

5

Even werd Kira verblind door een wolk stof.

Toen daalde het stof neer en zag ze dat ze zich bevonden in een langwerpige, lage kamer vol schelpvormige bedjes gevuld met een ondiepe laag water. De wanden waren bijna volledig zwart, en de vloer ook. Op regelmatige afstanden zaten er nissen in de schotten die er haast uitzagen als altaren, met daarin ovalen bollen zo groot als haar hoofd die een zachte gloed afgaven.

In het klotsende water in de bedjes bewogen kleine, donkere, insectachtige vormen rond. Ze vluchtten weg voor het schelle licht van de schijnwerpers van Hwa-jungs drones en zochten de veiligheid van de schaduwen op.

Broedpoelen, was Kira's eerste gedachte, maar ze kon zich niet voorstellen waarom de Kwallen die op een ruimteschip zouden installeren. Ze hadden andere technologieën om zich mee voort te planten. Zoals het Nest van Overdracht.

Plots sloegen er centimeters dikke, doorzichtige platen dicht over de poelen om ze te verzegelen, en zonder ook maar het minste vleugje waarschuwing in de nabijgeur van de Hiërofant verdween plotseling alle gevoel van gewicht.

Ah, shit! zei Falconi. Hij zwaaide even wild met zijn armen en gebruikte toen de stuwraketten van zijn exo om zich te stabiliseren. Achter hem klampten de anderen zich vast aan de staven die Kira had vervaardigd van de Kiem.

Normaal zou de overgang naar gewichtloosheid Kira's maag in opstand hebben gebracht. Maar niet ditmaal. Haar maag bleef rustig, en kolkte niet en kneep niet samen alsof ze een dodelijke val maakte. In plaats daarvan ervoer ze een nieuw gevoel van vrijheid. Voor het eerst was gewichtloosheid een aangename ervaring (of zou dat zijn geweest, onder andere omstandigheden). Het was alsof ze vloog, als in een droom. Of in een nachtmerrie.

Haar hele leven lang had Kira altijd problemen gehad met gewichtloosheid. De enige reden die ze zich kon voorstellen dat daar nu verandering in was gekomen, was het Zachte Mes. Hoe het ook kwam, ze was er dankbaar voor.

[[Itari hier: Idealis, zonder zwaartekracht kunnen de gevechtsscholen van Ctein van alle kanten tegelijk op ons af zwemmen.]]

'Juist,' gromde Kira, meer tegen zichzelf dan tegen iemand anders. Ze reikte weer met de xeno in het dek onder hen en scheurde er een gat in. Met het materiaal dat ze verwijderde, vormde ze een klein maar stevig schild onder hun voeten. Voor zover zij wist, kon er beneden immers een bataljon Kwallen klaarstaan om hen aan te vallen.

Toen trok ze zichzelf en de anderen met tentakels van vezels door het gat omlaag naar het volgende dek.

Ditmaal belandden ze in een enorme, gewelfde ruimte. Ook weer blauw, maar versierd met rode en oranje strepen niet breder dan haar duim. Een verzameling zeshoekige zuilen rees als een boom uit de vloer op en reikte tot aan het plafond, en aan die stam bungelden aan kabels warrige nestjes die glommen als tin. De hele ruimte was doordrongen van een nabijgeur van intense concentratie.

Wat voor nut het vertrek ook diende, Kira kon het niet zien. Desondanks kon ze het niet helpen even een ogenblik te nemen om de grootsheid, de barokke pracht en de pure buitenaardsheid van de ruimte te waarderen.

Toen begon ze weer te graven en reet het derde dek open, wat hun toegang verleende tot een smalle gang met maar hier en daar een enkele deur.

Een meter of tien voor hen kwam de gang ten einde bij een ronde opening met daarachter nog een in schaduwen gehulde kamer.

Net toen ze ook deze vloer weer wilde openrijten, maande een nabijgeur haar te wachten. [[Itari hier: Deze kant op, Idealis.]] En de Kwal dook om haar heen en stoof op de opening aan het einde van de gang af.

Kira vloekte, positioneerde het schild voor haar en ging snel achter hem aan, terwijl ze de bemanning met zich mee sleurde. Ze voelde zich net een zeilschip met matrozen in de touwen, klaar om een vijandige enterpoging af te slaan.

Toen ze door de ronde deuropening kwamen, voelde Kira dat ze een veel grotere ruimte betraden. Ze wilde voor zich uit kunnen zien, en de Kiem gaf gehoor aan haar wens. Haar ogen werden wazig, en toen zag ze niet meer de binnenkant van haar schild voor zich, maar de ruimte om hen heen, alsof de xeno ogen had laten groeien op het oppervlak van het schild.

Dat zou best nog kunnen ook.

Nu haar uitzicht niet meer werd versperd, zag Kira dat deze hal een soort voedingsruimte was. Ze herkende genoeg uit de herinneringen van het Zachte Mes om dat af te leiden. Ze zag troggen langs de muren en in nissen, buizen, vaten en transparante containers vol met wezentjes drijvend in vloeistof, klaar om opgegeten te worden. In een vat *pfennic* met hun kopersmaak. In een andere *nwor* met hun vele pootjes, zacht en pikant en zo fijn om op te jagen…

Tussen de nissen in zag ze nog een aantal deuren, allemaal gesloten. Itari negeerde ze en snelde met zijn tentakels achter zich aan wapperend op een leeg deel van de vloer af. [[Itari hier: Deze kant op.]]

De Kwal tikte op een reeks cirkelvormige richels op de vloer, en met een hoorbare bonk gleed een ronde deksel open, waaronder een gloeiende rode buis van een meter doorsnee verscheen.

[[Itari hier: Zwem hierheen.]] En daarmee dook de Kwal de nauwe schacht in en verdween uit zicht.

‘Shit,’ zei Kira. Ze had liever gehad dat de alien haar weer voorop had laten gaan. ‘Allemaal uitstappen. Anders passen we niet.’

De bemanning liet de ribben en staven los die ze had gevormd, en ze begon de Kiem in een vorm te gieten die door de transportbuis zou passen.

Voordat ze zover was, voelde ze een scherpe steek van niet-pijn in haar zij. Gevolgd door nog een op haar schild, deze vanuit een andere hoek, en door de knallen van vurende wapens. Kira kromp ineen – het hele pak kromp ineen en trok haar snel slinkende barrière met zich mee.

De deuren tussen de nissen waren opengegaan, en er stroomde een zwerm zoemende bollen door naar binnen. Drones. Tientallen, bewapend met blasters, slugthrowers en snijbranders. Ze kwamen allemaal op haar af, met grijpers waar de elektrische vonken vanaf sprongen en manipulators die al knippende bewegingen maakten alsof ze niet konden wachten om haar vlees open te rijten.

Boem! De schokgolf van Falconi's granaatwerper spoelde over haar heen. Aan de andere kant van de hal flitste een bliksemschicht, en brokstukken Kwallentechnologie stuiterden van de muur. De rest van de bemanning had ook het vuur geopend met hun blasters en slugthrowers.

Een van Hwa-jungs drones ontplofte.

Kira wierp een bos scherpe doorns uit, een voor elk van de zoemende bollen. Maar hoe snel het Zachte Mes ook was, de drones waren sneller. Ze ontweken haar doorns en zwenkten door de lucht met onvoorspelbare hoeken die haar ogen niet konden volgen. Vlees was niet opgewassen tegen de snelheid en precisie van een machine, zelfs niet het vlees van haar symbiont.

Over de comm schreeuwde iemand van de pijn.

Kira schreeuwde ook, uit een verlangen om de drones gewoon uit de lucht te kunnen slaan. 'Aaah!' En plotseling sprong er een golf van elektriciteit van het oppervlak van het Zachte Mes, inclusief van haar schild. Vijf Kwallendrones vonkten en zweefden weg, hun manipulators samengeknepen tot kleine vuistjes. De elektrische ontlading was onverwacht maar welkom. Het was echter niet genoeg om de aanval af te slaan.

De drones leken hun vuur voornamelijk op haar te concentreren. Kira betwijfelde of ze haar konden doden, maar de bemanning was kwetsbaarder. Ze kon de drones niet snel genoeg uitschakelen om Falconi en de rest te beschermen.

Ze deed het enige wat ze kon: ze beeldde zich een holle bol in om haar en de bemanning heen.

Het Zachte Mes gehoorzaamde en vormde een perfect ronde wand om hen heen.

Wat de fuck? riep Sparrow uit. De lopen van haar lasers waren roodgloeiend van de hitte.

De bol was echter wel dun. Te dun. Meteen voelde Kira een tiental hete plekken vormen op het oppervlak, waar hij werd getroffen door het vuur van de drones. Ze kon nu niet meer door het materiaal van het Zachte Mes heen zien om te bepalen waar de drones zich bevonden en ze te vernietigen. Een halve meter boven haar hoofd sneed een straal vonken door het zwarte membraan.

Een vuistgrote brok brak los, en een ogenblik lang scheen er een verblindende gloed als van een metaalsmelterij naar binnen. Toen vloeide het Zachte Mes weer over het gat heen en sloot het af.

Kira wist niet wat ze moest doen. Radeloos bereidde ze zich voor om de bol te verlaten en zichzelf de hal door te lanceren om de drones weg te lokken bij de bemanning. Misschien kon ze dan met ze afrekenen. Het was wel praktisch een zelfmoordactie. De Kwallen konden nooit ver achterliggen op hun drones...

'Blijf hier,' zei ze net tegen Falconi toen ze werden getroffen door een sonische schokgolf. De weeklagende toon ging door merg en been. Kira's tanden trilden er zo hard van dat ze bang werd dat de doordringende, snerpende aanval hun hoofden open zou splijten.

6

De hete plekken op de buitenkant van haar bol koelden af. Het spervuur van laserschoten en projectielen was opgehouden. Verbijsterd maakte Kira een opening om door naar buiten te kijken (nadat ze zich er eerst van had verzekerd dat haar hoofd beschermd werd door een dikke laag van haar geleende vlees).

De hal hing nog vol drones, maar ze tolden rond en dwarrelden weg in willekeurige richtingen. Het was alsof ze daas waren van de schokgolf: ze losten periodiek schoten op de wanden, de vloer en het plafond, en zwaaiden zwak en richtingloos met hun manipulators.

Toen zag Kira de entropisten op hen af komen vliegen over de buizen en troggen, hun gewaden gevouwen met de precisie van origami. In hun handen gloeide licht, en er trok een glinsterende schokgolf van samengedrukte lucht voor hen uit. Het was die schokgolf die het gruwelijke, snerpende geluid produceerde. Hij ving laserstralen op en kaatste ze bij de entropisten vandaan. Projectielen kwamen ook niet door de schokgolf heen – die ontploften op anderhalve meter voor Jorrus en Veera in wolken van vonken en gesmolten metaal.

Kira had geen flauw idee hoe ze dit klaarspeelden, maar wachtte niet op uitleg. Ze leunde door het gat in haar bol naar buiten en haalde uit naar de dichtstbijzijnde drone. Het Zachte Mes doorboorde het beenwitte pantser van de drone, en ze scheurde het ding zonder een seconde te verspillen doormidden.

Kira!* brulde Falconi. *We kunnen niet schieten! Ga aan de...

Ze maakte de opening in de bol groter.

Hwa-jungs drones vlogen langs haar naar buiten, omringd door een mechanische stralenkrans van de verblindende gloed van hun booglassers, en doken af op elke vijandelijke drone die binnen hun bereik kwam en beukten op ze in. Ze behoedden Kira voor meer dan één schot dat haar zou hebben afgeleid.

*Beetje hulp voor je,** zei de machinechef.

De paar seconden daarop waren een waas van elektrische ontladingen, uithalen van stekels van het Zachte Mes en laserschoten. Sparrow en Falconi schoten over haar schouders, en samen wisten ze bijna net zo veel drones uit te schakelen als Kira.

De entropisten toonden zich verrassend bedreven in de strijd, ondanks het feit dat ze geen pantser droegen. Hun gewaden waren meer dan gewoon kleding en leken een soort van blasters in zich verscholen te hebben. Kira snapte niet hoe dat precies werkte. Maar het stelde de twee in staat de strijd aan te gaan met hun vijanden (en wat belangrijker was, om ze te doden), en daarvoor was ze dankbaar.

Toen de laatste van de vijandelijke drones was uitgeschakeld, nam Kira even een moment om op adem te komen. Zelfs met de hulp van het Zachte Mes, dat haar van zuurstof voorzag, was het moeilijk om genoeg lucht te krijgen. En met het masker over haar gezicht en het extra gewicht van de xeno om haar lichaam had ze het zo heet dat ze er duizelig van werd.

Ze brak de gitzwarte bol weer af en keek om naar de bemanning, bang voor wat ze zou zien.

Hwa-jung hield een hand op haar linkerheup gedrukt, en er lekte bloed en medifoam tussen haar vingers door. Er stond een harde blik op haar maanvormige gezicht. Haar neusgaten stonden opengesperd, en haar lippen waren wit van de kracht waarmee ze ze op elkaar drukte. Vishal zweefde al bij haar en haalde een veldverband uit zijn verpakking. De dokter was zelf ook gewond: een van zijn schouders was versierd met een witte dot medifoam. Sparrow leek er heelhuids vanaf te zijn gekomen, maar het linker ellebooggewricht van Falconi's exo was deels gesmolten geweest door een laser en zat nu vast in een half gebogen positie.

'Is je arm in orde?' vroeg Kira.

Hij trok een grimas. **Ja. Ik kan hem alleen niet bewegen.**

Sparrow stuwde zich vooruit naar Hwa-jung met een blik op haar gezicht waar bijna net zo veel pijn uit sprak als die van de machinechef. De kleinere vrouw legde een hand op Hwa-jungs schouder, maar paste op dat ze Vishal niet in de weg zat terwijl hij de wond behandelde.

*Ik ben oké,** gromde Hwa-jung. **Wacht niet op mij.**

Kira beet op haar lip. Ze voelde zich zo hulpeloos. En het voelde alsof dit haar fout was. Als ze het Zachte Mes beter had gebruikt, had ze hen allemaal veilig kunnen houden.

In antwoord op haar onuitgesproken vraag zei Falconi: **We kunnen niet meer terug. Daar is het te laat voor. We kunnen alleen nog maar doorzetten.**

Voordat ze de kans had iets terug te zeggen, dook er een Kwal op uit de ronde opening in het dek. Ze had hem al bijna doorboord voordat ze zijn geur opving en besefte dat het Itari was.

[[Itari hier: Idealis?]]

[[Kira hier: We komen eraan.]]

Toen walmde er een wolk van nabijgeur over hen heen, niet van Itari, maar door de openstaande deuren waardoor de beenwitte drones naar binnen waren gekomen. Er kwamen meer Kwallen aan, en deze waren hun absoluut níét goedgezind.

'We moeten gaan,' zei Kira. 'Iedereen in de transportbuis. Ik ga als laatste.'

Itari verdween weer door het gat in het dek, en Falconi ging hem achterna, gevolgd door Jorrus, Veera en Sparrow.

'Schiet op, Doc!' brulde Kira.

Vishal gaf geen antwoord, maar pakte met geoefende snelheid zijn dokterstas weer in. Toen zwom hij door de lucht naar het gat en trok zich erdoorheen. Hwa-jung volgde hem een ogenblik later, haar blaster bungelend aan een schouderriem.

'Geen moment te vroeg,' mompelde Kira.

Ze drukte het Zachte Mes samen tegen haar lichaam, wierp een deel van het extra materiaal af dat ze op weg door het schip had opgepikt, en dook de transportbuis in.

7

Ctein moet sterven.

Die gedachte galmde door Kira's hoofd terwijl ze door de donkerrode schacht suisde. Ze vloog op hoge snelheid voort – heel hoge snelheid, zo hard als de maglev op Orsted.

Met regelmatige tussenpozen flitsten er transparante panelen langs. Kira ving glimpen op van een opeenvolging van verschillende ruimtes: een vol met op en neer deinende planten (een woud van zeewier tegen een achtergrond van sterren), een waarin ze een metalen spiraal zag die om een vlam was gewikkeld, een andere vol gonzende, raadselachtige machines, en nog veel meer, allemaal vol dingen en vormen die ze niet kon identificeren.

Ze hield bij hoeveel dekken er langs flitsten... Vier. Vijf. Zes. Zeven. Dit schoot tenminste goed op. Nog maar vier dekken tot ze het niveau bereikten waarop de grote en machtige Ctein hen opwachtte.

Nog drie, en...

Een ontploffing slingerde Kira tegen de zijkant van de buis. Het ronde oppervlak brak open, en voor ze het wist, stortte ze samen met Itari en de bemanning een langwerpig, weids vertrek in vol rekken met metalen pods.

8

Shit, shit, shit.

Kira opende een van de busjes camouflagesneeuw die Nielsen haar had meegegeven. Er vormde zich een witte wolk om haar en de bemanning heen, die dunner werd naarmate hij uitdijde naar de wanden. Hopelijk bood dat hun zo lang dekking dat zij de kans had de situatie onder controle te krijgen.

Ze had geen seconde te verspillen. Hun levens hingen af van haar reactiesnelheid.

Kira bracht zichzelf met een pijnlijke ruk tot stilstand door zich met strengen van het Zachte Mes in de vloer te verankeren.

Door de camouflagesneeuw heen zag ze op de tegenoverliggende wand een kreeftachtig wezen met een breed uitlopende staart wegstuiven naar een kleine, donkere opening van minder dan een meter doorsnee.

Houd hem tegen.

Het Zachte Mes gaf gehoor aan haar gedachte door een groot deel van zijn verzamelde massa af te werpen en haar op de Kwal af te lanceren. Kira schoot vooruit over het dek.

De kreeft bewoog krampachtig in een poging weg te duiken.

Te traag. Ze vormde een driehoekig lemmet met de xeno, stak het diep in de Kwal en liet het lemmet daar stekels vormen, zodat de alien vast kwam te zitten zoals klauwieren hun prooi op doornstruiken vastpinden.

Kira wierp een blik om zich heen. Alles veilig. Sparrow en Falconi hadden er een paar schroeiplekken bij op hun pantser, maar leken verder ongedeerd. Zij en de entropisten hadden positie ingenomen bij de verwoeste transportbuis.

Voor de buis sprongen bliksemschichten van elektriciteit op van het opengebroken dek die hun de toegang ertoe versperden. Hwa-jung voegde zich bij het groepje en hurkte neer om een stuk gereedschap van haar riem in de helse, blauwwitte gloed te steken.

Een ogenblik later hielden de ontladingen op.

Toen zag Kira Vishal bij de achterwand van het vertrek zweven. De dokter was languit verstijfd, als een plank, met zijn armen strak langs zijn zij. De veiligheidsmodus van zijn skinsuit was geactiveerd en had hem voor zijn eigen bescherming in die houding vastgezet. De reden was duidelijk: er sijpelde een streep medifoam uit een brandplek over zijn borst.

Kira zette zich af om naar de dokter toe te zweven en hem met het Zachte Mes uit de lucht te grissen. Net op dat moment ving ze vanuit haar ooghoek de bewegingen op van een voortsnellende schaduw.

Haar hartslag versnelde, en ze draaide zich vlug om.

Een wezen dat eruitzag als een duizendpoot racete over het dek op Jorrus af en naderde hem van achteren. Honderden zwarte poten stuwden het gesegmenteerde lijf van de duizendpoot met een accordeonbeweging voort. Het had scharen en een bek met tangachtige kaken waar het slijm vanaf droop.

Kira en Veera zagen de duizendpoot, maar Jorrus had niets door. Veera schreeuwde, en Jorrus keek haar aan, haar waarschuwing duidelijk niet begrijpend.

Kira wierp een streng van het Zachte Mes uit, maar ze was te ver weg.

De duizendpoot sprong op Jorrus. Zijn kaken sloten om Jorrus' hoofd, en zijn poten klemden om zijn lichaam. De entropist had nog tijd om een enkele gesmoorde kreet uit te brengen voordat de vlijmscherpe kaken zijn schedel en nek doorbeten, en zijn hoofd in een fontein van bloed van zijn lichaam scheidden.

9

De duizendpoot wierp Jorrus' lichaam ter zijde en sprong op Hwa-jungs onbeschermde rug af.

Kira schreeuwde het uit, maar was nog steeds te ver weg om de alien tegen te houden…

Er klonk een bulderend geluid toen Sparrow de stuwraketten van haar exo activeerde. Ze schoot door de lucht en tackelde de duizendpoot op het ogenblik dat de alien Hwa-jung vastgreep, en met z'n drieën tuimelden ze zijwaarts weg.

Lasers flitsten tussen hun verstrengelde lichamen. Waaiers van wondvocht spoten op uit het gesegmenteerde pantser van de alien. Toen vloog er ook bloed door de lucht, en klonk er protesterend gepiep van metaal van Sparrows exo.

Het geluid van ademloos gehijg klonk over de comm.

Kira dook zo snel als ze zich kon voortstuwen achter hen aan. Ze naderde de drie worstelende gedaanten net toen Sparrow de duizendpoot met een trap van hen wist af te werpen, en de alien vloog wriemelend en kronkelend tegen de tegenoverliggende wand aan.

BOEM!

Falconi wankelde van de terugslag van zijn granaatwerper, en de duizendpoot spatte uiteen in hompen oranje vlees.

'Hoe erg…' begon Kira te vragen toen ze Sparrow en Hwa-jung bereikte. Ze kon het antwoord voordat ze was uitgepraat zelf al zien. Medifoam sproeide uit een nare barst in het pantser om Sparrows linkerbeen, en het kniegewricht was vergrendeld, zodat ze haar been niet meer kon buigen.

Hwa-jung was er niet beter aan toe. De duizendpoot had een diepe bijtwond achtergelaten in haar rechterschouder. Haar skinsuit had het bloeden al gestelpt, maar de arm van de machinechef hing bewegingloos en nutteloos langs haar zij, en haar hele romp helde over.

Achter hen krijste Veera het uit. De vrouw was naar Jorrus' lichaam toe gezweefd en hield hem in haar armen. Ze klampte zich aan hem vast alsof hij haar enige houvast was op een eindeloze oceaan.

De pijn en het verdriet op Veera's verwrongen gezicht waren te veel voor Kira, en ze moest haar blik afwenden. *Dit houden we niet vol.* Zodra de gedachte in haar opkwam, wist ze meteen dat het de waarheid was.

Wat kan ik doen? zei Falconi terwijl hij op zijn stuwraketten naar Hwa-jung toe vloog.

Houd gewoon de wacht, zei Sparrow met spanning in haar stem van de pijn terwijl ze Hwa-jungs wond verzorgde. Ze drukte een noodverband op de schouder van de machinechef.

Ah! zei Hwa-jung.

Kira deed meer dan alleen de wacht houden. Ze wierp een lus om Vishal heen en trok zijn starre en hulpeloze lichaam naar zich toe van de andere kant van het vertrek. De dokter rolde naar haar met zijn ogen. Hij leek beangstigd en gefrustreerd door zijn onvermogen om te bewegen. Er stonden zweetdruppels op zijn gezicht, alsof hij hoge koorts had. Vervolgens schepte Kira ook Veera en Jorrus (en Jorrus' losse hoofd) op en bracht ze voorzichtig naar hen toe. Veera protesteerde niet, maar greep Jorrus alleen maar extra stevig vast en begroef haar gezicht in zijn bloedige gewaad.

Itari sloot zich ook bij hun groepje aan en kwam met zijn tentakels naar achteren uitgestrekt op hen af zweven, als vlaggen in stevige wind.

Met iedereen dicht om haar heen verzameld begon Kira het dek open te rijten om een beschermende koepel om hen heen te construeren. Het kon nooit lang meer duren voordat er meer Kwallen aankwamen, en Hwa-jung, Vishal en Veera waren niet in staat om nog aan de strijd deel te nemen.

Toen ze het Zachte Mes in de dekplaten dreef, voelde ze een vreemde weerzin van de xeno, een weerzin die Kira niet begreep, en ze had ook geen tijd om hem te ontcijferen, dus negeerde ze het gevoel en...

Ze schrok toen Itari een tentakel om haar heen wikkelde. De Kwal zette zijn zuignappen op het Zachte Mes in een vergeefse poging hem stil te houden. Kira moest zich verzetten tegen het instinct om de Kwal te doorboren met stekels.

[[Kira hier: Wat ben je...]]

[[Itari hier: Idealis, nee. Stop. Dat is niet veilig.]]

Ze verstijfde, en de xeno verstijfde met haar. [[Kira hier: Leg uit.]]

Falconi nam hen in zich op door zijn vizier. **Wat is er aan de hand, Kira?**

'Daar probeer ik net achter te komen.'

[[Itari hier: Er loopt een energieleiding door deze vloer. Kijk.]] En hij wees met een van zijn beenachtige armen naar een streep van markeringen midden over het dek. [[Een lange en woeste stroming. Heel gevaarlijk om te verbreken. De explosie zou ons allemaal doden.]]

Kira trok het Zachte Mes onmiddellijk weg. Ze had niet mogen negeren wat de xeno haar had geprobeerd te vertellen. Die fout was hun bijna duur komen te staan. [[Kira hier: Is het dek boven ons veilig?]]

[[Itari hier: Veilig om aan te vallen met je geleende vlees? Ja.]]

Dat was genoeg voor Kira, en ze scheurde het plafond open en gebruikte het materiaal om een dikke koepel om hen heen te construeren. Terwijl ze daarmee bezig was, zei ze tegen Falconi: 'Energieleiding in de vloer. Ik zal een andere plek moeten vinden om door het dek te graven.' Toen wees ze naar de dokter en de machinechef. 'We kunnen hen niet meenemen.'

Nou, we laten ze in elk geval niet achter, zei Falconi kwaad.

Ze beantwoordde zijn blik met een net zo intense, maar hield niet op met haar constructiewerk, en de strengen bouwden bijna zonder inbreng van haar door aan de koepel. 'Wíl je soms dat ze doodgaan? Ik kan ze niet beschermen. Het is te veel. En we kunnen ze niet terugsturen. Wat wil je van me?'

Er volgde een ogenblik van gespannen stilte. **Kun je ze niet oplappen, zoals je met mijn bonsai hebt gedaan? Je bent toch ook in Gregorovich' hersenen geweest? Hoe moeilijk kan het dan zijn om botten en spieren te repareren?**

Ze schudde haar hoofd. 'Moeilijk. Heel moeilijk. Ik zou het kunnen proberen, maar niet hier, niet nu. Te makkelijk om iets verkeerd te doen, en ik zou ons niet tegelijkertijd ook kunnen verdedigen tegen de Kwallen.'

Falconi trok een gezicht. **Oké, maar als we ze achterlaten, zullen de Kwallen...**

'Achter mij aan komen. Hwa-jung, Vishal, Veera... die redden zich wel een tijdje zonder ons. Ik weet niet wat het beste is voor Sparrow. Haar...'

Ik kan nog gewoon vechten, zei Sparrow nors. **Maak je om mij geen zorgen.** Ze drukte het veldverband op Hwa-jungs rug nog een keer goed aan, gaf het hoofd van de machinechef een knuffel en stuwde zich toen voort naar waar Kira hing, als het middelpunt van waaruit tientallen donkere stekels naar buiten liepen naar de cocon die ze aan het construeren was.

'Je kunt beter hier blijven. Jullie kunnen het beste allemaal hier blijven,' zei Kira. 'Ik...'

Je gaat niet alleen verder, zei Falconi. **Punt uit.**

Hwa-jung plantte haar voeten op het dek en liet haar laarzen magnetisch vastklikken. Toen bracht ze haar blaster omhoog met haar nog werkende arm. **Maak je over ons geen zorgen, Kira. Wij redden ons wel.**

[[Itari hier: We moeten opschieten. De grote en machtige Ctein is zich ongetwijfeld op onze komst aan het voorbereiden.]]

'Shit... Goed dan. Jullie drie, buiten de koepel, nu.' Kira vertaalde haar woorden net voor Itari toen de Hiërofant een meter naar stuurboord sprong en de lichten flakkerden. Ze keek geschrokken om zich heen. Verder leek er niets te zijn veranderd.

Gregorovich! zei Falconi. Hij klopte op de zijkant van zijn helm. **Gregorovich, kun je me horen?** Hij schudde zijn hoofd. **Verdomme. Geen signaal. We kunnen beter haast maken.**

En dat deden ze. Kira maakte zich los uit de koepel. Met een paar seconden koortsachtig werk sloot ze hem af en versterkte hem vanbuiten. Het zou de Kwallen niet tegenhouden als ze hem probeerden open te snijden, maar het zou ze tijd kosten, en Kira geloofde in wat ze had gezegd: het ging de Kwallen veel meer om haar – om de Idealis – dan om de anderen.

Hwa-jung en Sparrow bleven elkaar in de ogen kijken totdat Kira het laatste stuk bepantsering bevestigde en hen voor elkaar aan het zicht onttrok. Toen rechtte Sparrow haar rug en draaide zich om met zo'n meedogenloze, moordzuchtige blik op haar scherpe gezicht dat Kira voor het eerst sinds ze de vrouw had ontmoet oprecht bang voor haar was.

Breng ons naar Ctein, gromde Sparrow.

'Deze kant op,' zei Kira. Met een schild van dekplaten van een halve meter dik voor haar uit gehouden holde ze naar de deur die Itari haar had aangewezen. Sparrow, Falconi en Itari volgden haar.

De deur schoof open. De kamer erachter was opgedeeld in rijen smalle metalen hokken waarin wezens stonden die eruitzagen als enorme pissebedden.

Kira aarzelde. Wat als ze weer in een hinderlaag liepen?

'Laat mij eerst naar binnen gaan,' zei ze, en ze herhaalde zich voor Itari. Falconi knikte, en hij en de twee anderen, mens en alien, deden een stap naar achteren om haar de ruimte te geven.

Kira haalde diep adem en stapte naar voren.

Het ogenblik dat ze door de deuropening kwam, werd ze verblind door een oorverdovende ontploffing, en voelde het alsof er een metalen riem aantrok om haar middel en dwars door haar huid, spieren en botten sneed.

10

Ze was niet dood.

Dat was het eerste wat Kira dacht. En het verbaasde haar. Als de Kwallen explosieven in de deuropening hadden geplaatst, zou ze dood moeten zijn. Haar middel deed geen pijn, niet echt. Ze voelde alleen druk en een onaangename knellende sensatie, vergezeld door een stortvloed aan niet-pijn.

De ontploffing had haar rondtollend door de lucht geworpen. Ze probeerde te bewegen en merkte dat alleen haar nek en haar armen haar gehoorzaamden. Toen sloeg er een salvo laserschoten en projectielen in op haar rug, en ze waagde een blik in de richting van haar voeten.

Daar had ze meteen spijt van.

De explosie had een halve meter aan materiaal van de xeno om haar middel weggebrand. Flarden grijswitte darm bungelden naar buiten door de gaten, omringd door stralen schokkend felrood bloed. Toen haar tollende beweging haar heupen verder ronddraaide, ving ze door het bloedige schouwspel een glimp op van het wit van bot, en ze dacht dat ze een ruggenwervel herkende.

De xeno trok haar ingewanden alweer haar lichaam in en sloot zich over de wonden, maar Kira wist dat deze verwondingen levensbedreigend waren. De herinneringen van de Kiem waren hier heel duidelijk over: de gastheer van het pak kón sterven.

Ze tolde verder, en er sloeg een projectiel van gesmolten metaal dwars door haar schild, als de speer van een god.

Gevolgd door nog een, dichter bij haar kwetsbare kern. Witgloeiende druppels spatten over haar benen, waar ze van het verharde oppervlak van het pak ketsten voordat ze afkoelden tot een asgrijze kleur.

Kira voelde geen pijn, maar haar zicht was wazig en alles leek ver van haar af en onwerkelijk. Ze kon niet vechten – ze kon amper een gedachte vormen.

Ze ving glimpen op van Kwallen in verschillende vormen die op haar af vlogen en met tentakels, klauwen en grijpers naar haar graaiden. Er was geen tijd om weg te duiken, geen tijd om te ontsnappen…

Toen waren Falconi, Sparrow en Itari bij haar en openden het vuur. *Boem*, ging zijn granaatwerper. *Brrrt*, gingen haar geweren. *Bzzzt*, gingen de lasers van de Kwal.

Even dacht Kira dat ze was gered. Maar de vijandelijke Kwallen waren met te veel. Ze deelden zich op in groepen, dreven Falconi en Sparrow achteruit tegen de muur, achter de wanden van de metalen hokken, en dwongen Itari een hoek in.

Nee! dacht Kira toen de drie uit het zicht verdwenen achter een muur van kronkelende lichamen. Toen stortten de Kwallen zich op haar. De grote en de kleine, die met poten, die met klauwen en die met ledematen waar ze niet eens een woord voor had. Een hitte als die van een ster begon door haar beschermende laag huid heen te snijden.

Ze probeerde stekels te vormen. Een paar ervan wisten Kwallen te doden, maar de rest van de aliens ontweek ze of stopte de stekels met hun hittestralen, en het pak kromp ineen van niet-pijn.

Kira bleef haar best doen, maar ze begon duizelig te worden van de hitte. Ze probeerde om de lasbranders heen te reiken, probeerde de microscopische zwakke plekken in het pantser van de Kwallen te vinden. En de hele tijd werd ze praktisch overweldigd door een gevoel van walging: de hele massa Kwallen liet haar hun haat en afkeer van haar ruiken. [[Geenvorm, foutvlees!]] schreeuwden ze terwijl ze haar doorboorden, openreten en zich door de xeno heen brandden. Ze drukten zo massaal op haar in dat het haar moeilijk maakte zich te bewegen, zelfs met de extra kracht van het Zachte Mes.

Dus deed Kira het enige wat ze nog kon: ze gaf zich gewonnen. Ze gaf haar controle over de Kiem op en vroeg het te doen wat nodig was. De Kiem zou het moeten doen, want zij kon het niet. Ze betwijfelde of ze nog langer dan een paar seconden bij bewustzijn zou weten te blijven…

Het schild, de wanden en de krioelende massa raakten uit focus en verloren hun kleur. De kamer tolde om haar heen. Ze zag nog flitsen, voelde nog rukken en hoorde nog gedempte geluiden. Maar die verloren alle betekenis en werden abstract en oninteressant.

Ze voelde de Kiem uitdijen terwijl hij als nooit tevoren materiaal van de Onttroonde Hiërofant opschrokte. Hij kwam volledig tot leven en er ontsproten talloze kronkelende en krioelende zwarte strengen die zich in hoog tempo verspreidden. Kira voelde haar toenemende omvang als een uitbreiding van haar geest. Alles wat haar háár maakte, werd uitgerekt over een steeds groter oppervlak, steeds dunner uitgespreid om te kunnen voldoen aan de neurale vereisten van het pak.

De strengen reikten dwars door de barrière die ze had gevormd heen, strekten zich uit en zochten de oorzaak van ieder punt van niet-pijn. Ze tastten rond. Proefden. Zochten hun doelwit. En waar ze chitine en vreemd geleiachtig vlees aantroffen, grepen ze die vast en rukten ze uit elkaar, verwrongen ze en reten ze open, tot het kronkelende wezen dat ze in hun greep hadden niet langer kronkelde.

Langzaam werden de geluiden luider en keerde de kleur terug in het universum. Eerst rood, het bloed dat op de wanden was gespetterd. Toen blauw, de flitsende lichten van het luchtdrukalarm aan het plafond. En uiteindelijk geel en groen, die haar aandacht vestigden op het wondvocht vermengd met het bloed.

Terwijl de nevel in haar hoofd optrok, trok hij ook om haar heen op: de rook en de camouflagesneeuw stroomden samen met de lucht allemaal weg door drie gaten in de schotten, het grootste had de omvang van haar vuist.

Het oppervlak van de kamer was voor een groot deel bedekt met een nanodunne laag van de zwarte vezels van de xeno, en zij… zij zweefde in het midden van de ruimte, op haar plek gehouden door tientallen staven en strengen die van haar naar de wanden liepen. Verspreid over de smalle hokken waarin de pissebedden nu allemaal dood waren, zweefden de overblijfselen van tientallen Kwallen. Om hen heen hing een wolk van wondvocht en ingewanden, een gruwelijk stormfront van vloeistoffen en verminkte lichaamsdelen doorspekt met verfrommelde delen van hun wapens. Kira keek toe hoe de ontsnappende lucht een krab meevoerde, tegen een van de gaten aan trok en het zo afsloot met zijn lijf.

Dit was haar werk. Het hare. Ze voelde pijn opkomen van diep in haar hart. Ze had nooit pijn willen uitdelen of dood willen zaaien. Daar was het leven te kostbaar voor. En desondanks hadden de omstandigheden haar ertoe gedwongen geweld te gebruiken, haar gedwongen om haarzelf in een wapen te veranderen. Haar en de Kiem.

Met een geknetter van ruis klonk Falconi's stem in haar oren. **Kira! Kun je me horen? Laat ons hieruit!**

11

'Huh?' Kira keek om en zag dat het Zachte Mes zich ook naar achteren had uitgestrekt en Falconi, Sparrow en Itari met een mat van vezels aan de wand had geplakt aan weerszijden van de zwartgeblakerde deuropening. De opluchting werd haar bijna te veel. Ze leefden nog. De Kwallen hadden hen niet vermoord. De Kiem had hen niet vermoord. *Zíj* had hen niet vermoord.

Het kostte haar de nodige moeite, maar ze trok de vezels in en bevrijdde Falconi en de anderen. Ze kon individuele delen van de Kiem controleren als ze zich erop concentreerde, maar zodra ze haar aandacht verplaatste, kwam dat deel weer in beweging en deed wat de xeno goeddunkte. De combinatie van de stortvloed informatie van de zintuigen van de Kiem en de schok van haar verwondingen had haar verdwaasd en lichthoofdig achtergelaten.

Lieve god, zei Falconi terwijl hij door een wolk ingewanden op haar af zweefde.

Ik geloof niet dat god hier iets mee te maken had, zei Sparrow.

Falconi kwam bij Kira tot stilstand en nam haar door zijn vizier met een bezorgde blik in zich op. **Ben je in orde?**

'Ja, ik… ik…' Het idee vervulde haar met afkeer, maar toch keek ze nog eens omlaag naar haar lichaam.

Haar middel zag er normaal uit. Vormeloos en dik als een ton vanwege het pak, maar zonder enig teken van haar wonden. Het voelde ook normaal.

Ze haalde diep adem en probeerde haar buikspieren aan te spannen. De spieren werkten, maar voelden vreemd, als verkeerd gespannen snaren die dissonante tonen voortbrachten.

Kun je verder? vroeg Sparrow. Ze hield haar wapens op de volgende deur voor hen gericht.

'Ik denk het wel.' Als ze levend van de Hiërofant af wisten te komen, wist Kira dat ze zich grondig moest laten onderzoeken door Vishal. Haar spieren waren niet het voornaamste probleem, die waren wel te repareren. Het gevaar op infecties was veel ernstiger. Haar ingewanden waren net geperforeerd. Tenzij het Zachte Mes onderscheid kon maken tussen goedaardige en kwaadaardige bacteriën, of kon zien wanneer goede bacteriën zich op de verkeerde plek bevonden, stond haar een flinke portie bloedvergiftiging te wachten, en snel ook.

Maar wie weet kon de xeno dat ook wel. Ze had meer vertrouwen in hem dan daarvoor. Er zat niets anders op dan op het beste te hopen, en als ze mazzel had, zou ze niet flauwvallen van de shock.

Kira trok een deel van de xeno in om haar armen te bevrijden. Ze klopte op Falconi's borstplaat. 'Heb je daar ergens antibiotica?'

Hij hield een hand op, en er verscheen een dunne naald uit de wijsvinger van zijn exo. Op haar bevel ontblootte het Zachte Mes een stukje huid op haar schouder. De lucht voelde heet aan.

De prik van de naald deed zeer, en de antibiotica trokken met een brandend gevoel in haar spier. Kennelijk vond het Zachte Mes de injectie niet significant genoeg om de pijn voor haar weg te nemen.

'Au,' zei Kira.

Falconi's lippen krulden op in iets wat op een glimlach leek. **Dat was genoeg om een olifant overeind te houden. Moet ook voldoende zijn voor jou.**

'Dank je.' Het pak bedekte haar schouder weer. Ze strekte haar rug en spande haar buikspieren weer aan. Deze keer concentreerde ze zich erop hoe ze hoorden aan te voelen, niet op hoe ze nu voelden. Er ontsnapte haar een sis toen de verkeerd gespannen spiervezels in de juiste positie sprongen met een *ploing* die ze voelde tot in haar vingertoppen en diep in haar botten.

Sparrow schudde haar hoofd in haar helm. **Thule! Wat jij hier gedaan hebt… Ik heb echt nog nooit zoiets gezien, chica.**

Nabijgeur van ontzag. [[Itari hier: Idealis.]]

Kira kreunde. Nu de Kwallen wisten hoe ze haar pijn konden doen, zou ze slimmer moeten zijn. Veel slimmer. Ze kon niet meer blind door het schip blijven rennen. Dat had haar bijna het leven gekost, en als zij was gestorven, hadden de Kwallen Falconi, Sparrow en Itari ook afgemaakt. Dat idee joeg Kira angst aan zoals ze die niet meer had gevoeld sinds haar tijd op Adrasteia.

[[Itari hier: We kunnen hier niet blijven, Idealis. We zijn vlak bij Ctein, en er zullen meer van zijn lijfwachten op weg zijn.]]

[[Kira hier: Ik weet het. Verder omlaag...]]

Kira werd afgeleid door beweging in haar ooghoek toen de driedelige deur naar de volgende kamer een klein stukje opentrok en er iets door naar binnen kwam vliegen. Voordat Kira kon zien wat, en voordat ze haar schild kon optrekken tussen hen en het voorwerp in, vuurde Falconi zijn stuwraketten af en dook voor haar. Toen hoorde ze twee harde knallen.

Een regen van vonken en stukken metaal wierp Falconi rondtollend ter zijde.

12

Nu Falconi haar zicht niet meer versperde, zag Kira een Kwallendrone bij de deuropening vandaan vliegen. Het ding liet een spoor van verhullende rook achter als de staart van een komeet. Woedend stuurde ze een bundel vezels uit over de vloer en het plafond. Zodra ze de positie van de drone bereikten, sloeg Kira toe, en de drone maakte een jengelend geluid toen hij vanboven en vanonder werd doorboord door een zestal stekels.

Kira haalde trillend adem. Als Falconi er niet was geweest, hadden die schoten haar recht in het gezicht geraakt...

Sparrow kreeg de rug van Falconi's exo te pakken en trok hem naar zich toe. De kapiteins rechterarm lag volledig in puin – Kira vond hem eruitzien als een notendop die was gekraakt om bij de noot te kunnen. Het was moeilijk om naar te kijken. Maar de aanblik maakte haar plotseling vastberaden: ze ging niemand meer verliezen. Niet nog eens.

Falconi hijgde, maar was nog kalm. Ze vermoedde dat zijn implantaten de pijn grotendeels blokkeerden. Wit medifoam spoot uit de open randen van het pantser om het bloeden te stelpen en de arm te spalken.

Shit, zei hij.

'Kun je je bewegen?' vroeg Kira. Er trok weer een trilling door de Hiërofant. Ze negeerde het.

Toen Falconi dat uitprobeerde, stuiptrekte zijn exo slechts. **Ik heb mijn linkerarm nog, maar mijn stuwraketten zijn naar de maan.**

'Shit.' De teller stond nu op één dode en vier gewonden. Kira keek tussen hem, Sparrow en Itari heen en weer. 'Ga terug. Snel. Jullie moeten teruggaan naar de anderen.'

Achter zijn vizier klemde Falconi zijn kaken op elkaar en zei: **Vergeet het. We laten je niet alleen achter.**

'Hé.' Kira greep hem vast en drukte haar voorhoofd tegen zijn helm. Zijn blauwe ogen waren maar centimeters van de hare verwijderd, van elkaar gescheiden door zijn bolle vizier van glashelder saffier. 'Ik heb het Zachte Mes. Als jullie meekomen, vergooien jullie je levens maar.' Haar andere reden sprak ze maar niet hardop uit: als zij zich om niemand anders meer zorgen hoefde te maken, kon ze het Zachte Mes vrij baan geven zonder bang te zijn dat ze hun iets zou aandoen.

Falconi haalde nog een paar keer diep adem en gaf zich toen gewonnen. **Fuck. Oké. Sparrow, jij ook. Allemaal samen.**

De vrouw schudde haar hoofd. **Ik laat Kira niet...**

Dat is een bevel!

Fuck! Maar Sparrow ging terug op weg naar de kamer die ze net hadden verlaten. Falconi volgde haar, vergezeld door Itari.

'Schiet op!' zei Kira, hun gebarend om te gaan. 'Snel, snel, snel!'

Met haar om hen aan te moedigen, waren ze binnen de kortste keren terug bij de koepel die ze had gebouwd. Kira had maar een paar seconden nodig om er een opening in te maken groot genoeg voor een Kwal om doorheen te passen. Binnen werd ze opgewacht door Hwa-jung, die met haar blaster op de opening gericht klaar zat.

Pas op jezelf, oké? zei Falconi voordat hij de koepel in ging.

Kira omhelsde hem zo goed en zo kwaad als het ging met hun pantser. 'Hou de littekens hiervan niet, oké? Beloof me dat.'

... Je gaat dit overleven, Kira.

'Natuurlijk wel.'

Genoeg, zei Sparrow. **Je moet gaan, en wel nu!**

[[Itari hier: Idealis...]]

[[Kira hier: Drie omlaag en naar voren, ik weet het. Dat is waar Ctein is. Zorg er alsjeblieft voor dat mijn covormen niets overkomt.]]

Even aarzelde de Kwal. Toen: [[Itari hier: Je hebt mijn woord.]]

Toen sloot Kira de koepel weer af. Voordat ze uit het zicht verdwenen, stuurde Falconi haar nog een laatste boodschap.

Je kunt dit. Vergeet niet wie je bent.

13

Kira perste haar lippen op elkaar. Was het maar zo eenvoudig. De veiligste en eenvoudigste manier om Ctein te doden was door haarzelf volledig over te leveren aan de xeno, maar dat kwam met het gevaar dat ze zichzelf ook echt in hem zou verliezen en mogelijk zelfs een nieuwe Muil zou creëren. En dat risico was ze niet bereid te nemen.

Ze moest de xeno op de een of andere manier onder controle zien te houden, koste wat het kost. Toch kon ze wel meer met de Kiem doen dan ze tot nu toe had gedaan, al zou dat vereisen dat ze hem een zekere graad van autonomie toevertrouwde.

Dat idee maakte haar bang. Doodsbang, zelfs. Maar het was de balans die nodig zou zijn – een koorddansact waarbij ze geen voet verkeerd mocht zetten.

Haastig keerde ze terug naar de kamer met de pissebedden. Er hing zo veel bloed en wondvocht in de lucht dat het er moeilijk was om goed te zien. Ze trok de xeno dicht om haar heen en drukte hem samen tot een compacte cilinder van materiaal. Toen stak ze tentakels uit om het dek vast te grijpen en boorde erdoorheen naar een transportschacht.

Ze stond er nu alleen voor. Zij en de Kiem, omringd door een schip vol kwade Kwallen, op weg naar de grote en machtige Ctein.

Kira's mondhoek krulde op. Als er een wonder geschiedde en ze dit overleefden – als het menselijke ras dit overleefde – zouden de colleges xenobiologie die over haar ervaringen werden gegeven heel interessant worden. Het was leuk geweest als zij dat nog had kunnen meemaken.

Ze was door de bodem van de schacht aan het graven toen de Hiërofant overhelde als een losgeslagen wip. De wanden ratelden, en Kira hoorde een alarmerende reeks klappen en sisgeluiden. De lichten gingen uit en werden vervangen door dofrode noodverlichting. Een vijftal vingerdikke stralen damp spoten onder hoge druk uit wanden waarin leidingen waren opengescheurd.

Voor en achter haar in de schacht zag Kira grillige gaten in de wanden – gaten die er een paar seconden geleden nog niet hadden gezeten. Sommige niet groter dan een vingernagel, andere zo groot als haar hoofd.

Het microfoontje in haar oor knetterde. **… horen. Ik herhaal: vleesklont, kun je me horen?**

'Gregorovich?' zei ze, half overtuigd dat ze het zich had ingebeeld.

Jazeker. Je kunt maar beter opschieten, vleesklont. De nachtmerries komen eraan. Een van ze heeft net een Kwallenschip opgeblazen. De Hiërofant is geraakt door de wrakstukken. Dat lijkt hun stoorzender te hebben uitgeschakeld.

'Een van onze Kwallenschepen?'

Gelukkig niet.

Ze ging verder met graven. 'De anderen zitten een dek terug verschuild. Denk je dat je ze kunt helpen weer bij de Caracole te komen?'

We zijn al druk in overleg, zei Gregorovich. **Er worden opties besproken, plannen gepland, eventualiteiten voorspeld.**

Kira rukte met een kreun een draagbalk los. Een projectiel kaatste van haar zij van verderop in de schacht. Ze negeerde het. 'Oké. Laat me het weten als ze van het schip af zijn.'

Doe ik. Geef ze ervan langs, Varunastra.

'Roger,' zei ze met opeengeklemde tanden. 'Ik zal ze ervan langs geven.'

Er sloegen steeds meer projectielen, lasers en explosieven op haar in naarmate er zich aan het uiteinde van de schacht een ziedende massa Kwallen verzamelde. Het Zachte Mes bedekte haar zo dik dat Kira er geen aandacht aan verspilde. Ze had zo veel materiaal van om haar heen gekannibaliseerd dat ze feitelijk immuun was voor handvuurwapens. De Kwallen zouden met iets fors groters moeten komen als ze haar pijn wilden doen.

Die gedachte bracht haar een zekere genoegdoening.

Omlaag door de bodem van de schacht, door een in een dofrode gloed gedompeld vertrek vol transparante buizen gevuld met klotsend water en groot genoeg dat Kwallen erdoorheen zouden kunnen zwemmen, en toen door de vloer van die ruimte naar het dek waar ze moest zijn. Eindelijk. Kira ontblootte haar tanden. Ze was bijna bij Ctein. Hij was nog maar een klein eindje recht voor haar uit.

Het dek waar ze op was uitgekomen, was donkerpaars, en er liepen strepen over de wanden in een patroon dat haar deed denken aan die op Nidus. Echo's van het Verdwenen Volk, geïmiteerd door de graaiers, die de significantie van de artefacten die ze hadden gevonden niet begrepen en er ook niet om gaven.

De walging die Kira voelde, was niet van haar afkomstig. Hij kwam van de Kiem, en was zo sterk dat ze geneigd was de tijd te nemen om de muren te bekrassen en de arrogante, onwetende, vervormde reproducties erop uit te wissen.

In plaats daarvan vloog ze naar voren. Ze hakte de deuren voor haar open met uithalen sneller dan het oog kon volgen, maakte Kwallen af met stekels en grijpende strengen, en liet zich door niets tegenhouden of vertragen. Het was makkelijk geweest verdwaald te raken, ware het niet dat er voor haar een dikke nevel van nabijgeur opdoemde die ze herkende als die van Ctein: een geur vol haat, razernij, ongeduld en... genoegen?

Voordat Kira daar wijs uit kon worden, kwam ze uit bij een ronde deur van zeker tien meter hoog. In tegenstelling tot alle andere deuren die Kira op Kwallenschepen had gezien, was deze gemaakt van metaal, keramiek en andere materialen die ze niet herkende. Hij was wit en bedekt met concentrische cirkels van goud, koper en iets wat mogelijk platina was.

Op de wand rondom de deur zaten zeven stukken geschut gemonteerd. En rondom die artillerie hingen minstens honderd Kwallen van alle verschillende vormen en formaten.

Kira aarzelde geen moment. Ze dook recht op hen af, liet het Zachte Mes het schot voor haar omhoogtrekken, stuurde zwarte naalden op de artillerie af en wierp nog eens duizenden strengen door de lucht – elk ervan op zoek naar vlees.

De artillerie rondom de deur opende met een oorverdovend kabaal het vuur. De xeno dempte het geluid voor Kira, en het was alsof er stilte viel in de ruimte om haar heen. Minstens tien projectielen sloegen op haar in, en een deel ervan brak of doorboorde delen van het pak, dat haar daarvan op de hoogte stelde met scheuten niet-pijn.

Het was een dappere poging van de Kwallen in de verdedigingslinie. Maar Kira had te veel geleerd en was te zelfverzekerd geworden. Hun inspanningen waren bij lange na niet genoeg om haar tegen te houden. Een halve seconde later voelde ze de punten van haar naalden de stukken geschut aanraken, en toen stak ze ze er dwars doorheen en verwoestte de wapens.

De spieren, botten en pantsers van de Kwallen waren nog eenvoudiger om mee af te rekenen. Een paar wilde seconden kon ze hun vlees voelen rondom de uitsteeksels waaraan ze hen had gespietst, zacht, meegevend en bevend van pijn. Het was een intiem en obsceen gevoel, maar hoewel ze zich er misselijk bij voelde, hield ze zich niet in.

Toen trok Kira het Zachte Mes weer naar zich terug. Voor de ronde deur hing nu een wolk van wondvocht en verminkte lichamen: een bloedbad dat volledig door haar toedoen was.

Ze voelde zich onrein. En ze voelde zich beschaamd en wilde om vergiffenis vragen. Kira was nooit religieus geweest, maar nu voelde het toch alsof ze gezondigd had, net zoals toen ze onbedoeld de Muil had gecreëerd.

Maar wat had ze anders moeten doen? De graaiers haar laten doden?

Ze had de tijd niet om erover na te denken. In plaats daarvan lanceerde ze zichzelf naar voren en greep de deur rondom zijn hele omtrek vast met strengen. Met een kreet reet ze het enorme ding uiteen en wierp de brokstukken ter zijde, waar ze tegen wanden beukten en deuken sloegen in schotten.

14

Een venijnige nabijgeur spoelde over Kira heen, de sterkste die ze ooit had geroken. Ze kokhalsde en knipperde tegen de tranen die haar onder het masker van het pak in de ogen liepen.

Voor haar zag ze een gigantische, bolvormige ruimte. Uit wat de vloer zou zijn geweest wanneer de Onttroonde Hiërofant genoeg vaart maakte om zwaartekracht te genereren, stak een rotsachtig eiland omhoog. Rondom dat eiland hing een enorme bol water die hem volledig verzwolg, nachtblauw en golvend als een reusachtige, reflecterende zeepbel. En in die bol, gezeten op het rotsachtige eiland, wachtte de grote en machtige Ctein haar op.

Ctein zag eruit als een nachtmerrie, in beide betekenissen van het woord. De Opperkwal had een dik, zwaar lijf bedekt met onregelmatige stukken oranje pantser, waaruit een kluwen grijs en rood gevlekte tentakels stak. In het bovenste deel van Cteins gerimpelde vlees zag Kira honderden, nee... duizenden blauw omrande ogen, die allemaal haar kant op keerden en een collectieve dreigende blik op haar richtten die zo intimiderend was dat Kira ervan sidderde.

Groot en machtig waren de juiste woorden. Ctein was reusachtig. Groter dan een huis. Groter dan de grootste walvis. Zelfs groter dan de Caracole, en de Kwal bezat ook meer massa, want hij bevatte geen hutten en vrachtruimen. Kira had er moeite mee om de omvang van het monster te bevatten. Ze had dergelijke wezens alleen ooit in films en games gezien. Hij was veel groter dan ze zich uit haar dromen herinnerde, ongetwijfeld een gevolg van eeuwen van Cteins oneindige gulzigheid.

Er was meer. Op de extra spectra die het Zachte Mes aan haar ogen zichtbaar maakte, zag ze in het hart van Cteins vormeloze massa iets branden wat eruitzag als een miniatuurzon – een voortdurende ontploffing die onophoudelijk probeerde vrij te breken uit zijn harde omhulsel. Een glanzende parel van verwoesting.

Ze vernauwde haar zicht weer tot het zichtbare spectrum en keek toen in infrarood. Op het zichtbare spectrum verscheen niets onverwachts, en was Cteins lichaam nog altijd dezelfde donkere tinten grijs en rood die ze zich herinnerde uit een ver verleden. Maar in infrarood brandde het, gloeide het, glinsterde en schitterde het. Het was oogverblindend.

Oftewel, het zag er verdomme uit alsof de Kwal een fusiereactor in zijn lijf had.

Kira voelde zich klein, nietig en volledig overklast. De moed zonk haar bijna in de schoenen. Ondanks alles wat ze het Zachte Mes had zien doen, had ze moeite zich voor te stellen hoe het op kon tegen de macht van Ctein. De Kwal was ook geen dom dier. Hij was sluwer dan een scheepsbrein, en zijn intelligentie had hem eeuwenlang aan de macht gehouden over de Kwallen.

Het was allemaal te veel en vervulde haar met twijfel, en die twijfel deed haar aarzelen.

Op de vloer rondom Cteins rotsachtige zetel lag een aanzienlijk deel van het Conclaaf van het Diep vastgegroeid – mosselachtige, groen en oranje gevlekte schelpen waaruit de flexibele armen van hun eigenaars naar buiten bungelden en deinden op de stroming. Ze produceerden een hels kabaal dat in Kira's menselijke oren klonk als een koor van gekwelde zielen. Aan de graaier in haar, aan Nmarhl, klonk het als een thuiskomst, en ze werd overspoeld door herinneringen aan het Klaagdiep.

Toen sloeg de toon van de overweldigende stank van nabijgeur om van genoegen naar amusement. En het nachtmerrieachtige wezen walmde een enkele, apocalyptische verklaring uit:

[[Ctein hier: Ik zie je.]]

Onmiddellijk wist Kira dat het een fout was geweest om te aarzelen. Ze gaf het Zachte Mes opdracht om op te krullen als een enorme springveer, en bereidde zich voor om toe te slaan en Cteins leven te beëindigen.

Maar ze was te langzaam. Veel te langzaam.

Een arm met een klauw klapte zich uit van bij het middel van de Kwal en greep iets donkers van boven op zijn pantser. Het richtte het donkere ding op haar...

Shit. Het was een enorme railgun, zo groot dat ze hem eerder op de boeg van een kruiser zou verwachten te zien, en zo krachtig dat hij een gat dwars door een slagschip van het VMB zou kunnen schieten. Ze was dood. Geen tijd om te vluchten, nergens om zich te verschuilen. Ze wou dat...

Toen gebeurden er twee dingen pal achter elkaar, zo snel dat Kira amper tijd had om te beseffen wat er plaatsvond: het pak bewoog om haar heen en groeide in omvang, en...

BOEM!

Het dek golfde onder haar, en er klonk een kabaal zo luid dat alles er stil van werd. Aan de andere kant van het vertrek barstte een bal fonkelende, groene vlammen door de bolle muur, en er trok een schokgolf door de bol water die het Conclaaf van het Diep verpletterde en de grote en machtige Ctein van zijn oeroude troon wierp. De Kwal greep om zich heen met zijn tentakels, maar het mocht niet baten.

Het schot rechts van Kira verdween, en ze hoorde het gierende geluid van ontsnappende lucht. Voordat ze iets kon doen, sloeg de muur van schuimend water op haar in.

Het voelde alsof ze werd getroffen door een tsunami. De inslag brak al haar strengen en sliertèn af – brak het deel van het pak dat om haar lichaam zat los van de rest van zijn massa, en slingerde haar rondtollend de witte gloed van het vacuüm in.

Kira! schreeuwde Falconi.

VI

*   *   *   *   *   *   *

SUB SPECIE AETERNITATIS

1

Was de ruimte wit?

Kira negeerde de duidelijke onmogelijkheid. Er waren belangrijkere zaken. Ze droeg het Zachte Mes op hun baan te stabiliseren, en het gaf gehoor aan haar bevel door pufjes gas te lossen van haar schouders en heupen. Ze hield op met rondtollen, en al snel bleef de steeds kleinere vorm van de Onttroonde Hiërofant op een vast punt voor haar hangen.

Er was een enorm stuk uit de romp van de Hiërofant gescheurd. Wat het ook was dat het schip had geraakt, het had dwars door het merendeel van de dekken geblazen. *Een tweede Casaba-houwitser?*

Kira kon de delen van het Zachte Mes die in de Hiërofant waren achtergebleven nog voelen, van haar gescheiden, maar toch nog met haar verbonden. Bang voor wat er zou gebeuren als ze ze voorgoed kwijtraakte, riep ze ze met haar geest naar zich toe. En ze kwamen in beweging en begonnen zich een weg te banen door de romp van het schip.

Ze wierp een blik om zich heen. Yep, de ruimte was wit. Ze zette haar infrarood uit. Nog altijd wit. En niet alleen was de ruimte wit, hij gloeide. Maar niet zo fel als hij had horen te gloeien als ze in direct zicht van de nabije zon vloog.

Toen viel het muntje. Ze zweefde door de rookwolk die de Hiërofant moest beschermen tegen lasers. Fijn voor het schip, onhandig voor haar. Ze kon amper twintig meter om haar heen zien.

Kira! schreeuwde Falconi nogmaals.

'Ik leef nog. Jij?'

Met mij is het prima. Een van de nachtmerries heeft de Hiërofant net geramd. Het…

'Shit!'

Wat je zegt. Wij zijn op weg naar de Caracole. De Kwallen lijken niet in ons geïnteresseerd. Hun vloot houdt de rest van de nachtmerries bezig, maar we hebben niet lang. Tschetter zegt dat Ctein nog leeft. Je moet die Kwal afmaken, en gauw.

'Ik doe mijn best, ik doe mijn best.'

Kira slikte moeizaam en probeerde haar angst voor Ctein de kop in te drukken. Ze kon zich die afleiding niet veroorloven. Bovendien was de Kwal niet eens het ergste wat haar nog te wachten stond. De nachtmerries. De Muil.

Ze was nog nooit zo bang geweest. Ondanks de beste pogingen van het Zachte Mes voelden haar handen en voeten ijskoud, en haar hart sloeg pijnlijk snel. Het maakte niet uit. *Gewoon doorgaan. Blijf in beweging.*

Kira schakelde weer terug naar infrarood en gebruikte de xeno om zich op haar plek te houden terwijl ze boven, onder en om haar heen keek. Ctein was gigantisch, dus waar was hij in vredesnaam? Het vertrek waaruit ze het vacuüm in waren geworpen kon ze nog zien, als een schaduwrijke grot diep in het binnenste van de Hiërofant, als een lege dop ontdaan van zijn monsterlijke vrucht. Het kon dat Ctein net als zij van het schip was weggeblazen, maar ze had een vermoeden dat de Kwal ergens in zijn massa stuurraketten verstopt had zitten. Als Ctein over de bolle romp van de Hiërofant was weggevlogen... dan zou het heel lang duren om hem in deze wervelende wolk terug te vinden. Te lang. De Hiërofant had kilometers aan oppervlak.

'Gregorovich,' zei ze zonder op te houden met zoeken. 'Zie jij ergens iets?'

Helaas, de Caracole zit nog klem in de Hiërofant. Mijn sensoren zijn geblokkeerd.

'Vraag het Tschetter. Misschien kan de Verstrengeling...'

Voor haar lichtte een streep rookvrije ruimte op van een halve meter breed. Hij liep in een rechte lijn van de horizon van de romp van de Hiërofant vlak voor haar borst langs en verder het vacuüm in. Van rondom de streep trok een massa wervelende krullen door de rook, en de gloed van de overgedragen hitte verspreidde zich door de nevel.

Kira vloekte. Op haar bevel stuurde de xeno haar bij en stuwde haar voort, op het beschadigde schip af. Ze vormden hier een te makkelijk doelwit. Ze moesten dekking zoeken voordat...

Van achter de ronding van de Onttroonde Hiërofant verscheen een enorme tentakel. Hij kronkelde en graaide, en straalde simpelweg kwaadaardigheid uit. In infrarood zag de tentakel eruit als een vuurtong, de zuignappen als gloeiende kraters, de botten erin als een rij withete ingots, felverlicht in het doorschijnende vlees. Aan het uiteinde van de ledemaat zaten meterslange trilharen die ieder een eigen wil leken te bezitten, want ze zwaaiden en kronkelden onafhankelijk van hun buren als slangen. Er verscheen een tweede tentakel, toen een derde en een vierde, en toen kwam de rest van Cteins reusachtige lichaam in zicht.

De huid van de Kwal was veranderd. Hij was glad en kleurloos geworden, alsof hij bedekt was met een laag tin. Dat moest een soort bepantsering zijn. Wat erger was, was dat de Kwal zijn gigantische railgun had weten vast te houden.

Kira schreeuwde in het luchtledige om het Zachte Mes aan te sporen meer snelheid te maken. Ze vloog de open wond in de Hiërofant in, tussen de opengereten dekken, maar net toen ze zich iets begon te ontspannen, viel Cteins massale schaduw op haar en vuurde het monster opnieuw zijn wapen af.

Ze werd zo hard getroffen dat alles even zwart werd en ze tegen een schot werd geworpen.

Maar ze leefde nog.

De xeno was om haar heen opgebold als een enorme, zwarte ballon die haar hele lichaam bedekte, inclusief haar hoofd, maar toch kon ze er net zo goed doorheen zien als door haar masker. In de ballon kon ze structuren voelen: ingewikkelde matrices van vezels, staven en een plasticachtig vulsel – die het Zachte Mes allemaal in een fractie van een seconde had gefabriceerd.

Het volgende schot ontplofte recht in haar gezicht en schudde haar zo hard door elkaar dat het haar verdwaasd achterliet. Deze keer voelde ze het pak het aanvliegende projectiel afweren met een eigen explosie die de dodelijke wolk metaalscherven opzij blies om aan weerszijden langs haar heen te vliegen en haar ongedeerd te laten.

Met verwondering besefte Kira dat de xeno reactief pantser had geconstrueerd, van het soort dat de strijdkrachten voor hun voertuigen gebruikten.

Als ze er de kans toe had gehad, had ze gelachen.

Ze had geen idee hoelang het Zachte Mes haar op deze manier kon beschermen, en was niet van plan af te wachten om daarachter te komen. In een rechtstreekse confrontatie met Ctein had ze geen kans. Niet zolang de Kwal bewapend was. Het enige wat ze kon, was op afstand blijven en zijn schoten ontwijken tot zijn munitie opraakte. Tenzij ze de gelegenheid had om zo dicht bij hem te komen dat ze het Zachte Mes kon gebruiken om hem aan stukken te rijten.

Kira strekte een hand uit (hij bewoog, al bleef hij verborgen in de ballon) en vormde een kabel die ze naar een richel van half weggesmolten balken toe wierp een paar meter boven haar. De kabel trof doel en greep zich vast. Ze trok er met al haar kracht aan en slingerde zichzelf uit het gat in de romp van de Hiërofant. Toen ze boven de rand van de krater uit zwaaide, liet ze die eerste kabel los en wierp een nieuwe uit, greep er de romp mee vast en gaf er een ruk aan om zonder snelheid te verliezen van richting te veranderen. Zodra ze over het punt op de romp heen vloog waar de kabel zat bevestigd, wierp ze weer een nieuwe voor zich uit, en toen nog een en nog een, verder over het schip totdat ze uit het zicht van de Kwal was verdwenen.

Het monster volgde. Het laatste wat ze van Ctein zag, was dat hij haar achterna sprong, zijn ledematen golvend met een hypnotiserende elegantie.

Kira trok een grimas en spande zich in om nog harder aan haar nieuwste kabel te trekken. Maar ze had de grens van wat haar lichaam en de xeno aankonden al bereikt.

Terwijl ze verder vloog om de ronde romp van de Hiërofant, kwam er iets in haar op. Een idee.

Ze verspilde geen tijd aan gedachten over de uitvoerbaarheid of kans van slagen van haar idee, maar voerde het gewoon uit en hoopte – blind – dat het zou werken.

Met een nieuwe set kabels bracht ze zichzelf abrupt tot stilstand bij een grillige scheur in de romp opengereten door een stuk puin. Ze liet de ballon om haar lichaam zich samentrekken en gebruikte het materiaal om een reeks tentakels te creëren. Die gebruikte ze om delen van de opengespleten romp vast te grijpen en los te snijden.

De platen die dat opleverde, waren ieder iets meer dan een meter dik, en bestonden grotendeels uit dunne lagen composiet met daartussen een metaalachtig schuim. Precies waar ze op had gehoopt. Net als de romp van menselijke schepen had die van de Hiërofant een ingebouwd Whipple-schild om het schip te beschermen tegen de inslagen van ruimtepuin. En als deze bepantsering micrometeoroïden kon tegenhouden, zouden meerdere lagen ervan in staat moeten zijn om de projectielen van een kinetisch wapen als een railgun tegen te houden.

Terwijl Kira de stukken voor zich opstapelde, stroomde er opeens een donkere sliert materiaal naar buiten door de scheur in de romp en kroop doelbewust op haar. Geschrokken deinsde ze terug, klaar om het op te nemen tegen deze nieuwe vijand.

Toen herkende ze het vertrouwde gevoel van het Zachte Mes – de afgescheiden delen van de xeno waren naar haar terug gekomen.

Met een sensatie als van koud water op haar huid versmolten de verloren vezels met de rest van de xeno om haar lichaam en gaven het organisme broodnodige extra massa.

Door die afleiding wist Kira maar vier stukken romp op te stapelen voordat Ctein als een kronkelende kolos over de horizon van de Hiërofant verscheen en zijn wapen op haar afvuurde.

BOEM!

Haar geïmproviseerde schild hield het projectiel binnen drie lagen romp tegen. Nog geen stofdeeltje wist erdoorheen te komen en de huid van haar pak te raken. En hoewel de inslag niet verwaarloosbaar was, zette het Zachte Mes zich goed genoeg schrap en beschermde het haar voldoende dat hij draaglijk was.

Ze vroeg zich af hoeveel munitie de Kwal bij zich had.

Ctein vuurde opnieuw. Kira negeerde de inslag en lanceerde zichzelf naar voren. Haar schild van platen romp zou niet lang standhouden, en ze moest deze kans aangrijpen voordat ze hem verloor.

De reusachtige Kwal kwam sneller op haar af dan mogelijk leek voor iets van zijn massa. Er verschenen witte pufjes uit de linkerkant van zijn pantser, en de hele monstruositeit van schaal en tentakels bewoog met een ruk naar rechts. De Kwal had verdomme stuurraketten op zijn pantser, zij het ingebouwd, zelf gegroeid of erop gemonteerd. Dat maakte haar plan lastiger, maar ze was vastberaden zich er niet door te laten tegenhouden. Hoe snel de Kwal ook was, hij kon zijn vele duizenden kilo's onmogelijk sneller verplaatsen dan het Zachte Mes kon toeslaan.

'Zie dit maar eens te ontwijken,' prevelde Kira, en ze stuurde honderden vlijmscherpe draden over het oppervlak van de Hiërofant heen. De draden krioelden en staken en sprongen over elkaar heen, elk op een andere hoek, om het onmogelijk te maken te voorspellen welke waar ging toeslaan.

Voordat de grote en machtige Ctein de kans had zich buiten haar bereik terug te trekken, tikten de scherpe punten van haar draden tegen zijn dichtstbijzijnde tentakel. Tot haar afgrijzen besefte ze dat het dunne, grijze pantser dat de Kwal droeg uit een soortgelijk nanomateriaal bestond als de vezels van het Zachte Mes. De woede van het pak vlamde weer op: het herkende het materiaal als het zoveelste technologische snufje dat de graaiers van zijn makers hadden gestolen. Kira twijfelde er niet aan dat het de xeno uiteindelijk wel zou lukken zich door het weefsel heen te wurmen, maar daar had hij tijd voor nodig die Ctein hun niet zou geven.

Toen de monstruositeit zijn wapen weer haar kant op zwaaide, liet Kira de zwerm draden overspringen van de ene na de andere tentakel totdat ze de railgun in haar duizendvoudige greep voelde. Ze rukte het wapen los uit de vingers aan het uiteinde van de beenachtige arm van de Kwal en wierp het weg, wierp het het vacuüm van de ruimte in, waar het een miljoen jaar voort kon zweven zonder dat iemand het vond.

Heel even dacht Kira dat ze de overhand had. Toen reikte Ctein achter zich met een van zijn vrije tentakels en haalde een grote, witte buis tevoorschijn die achter op zijn pantser bevestigd moest hebben gezeten. Het ding was zeker zes meter lang, en toen Ctein het op haar richtte, zag Kira aan het uiteinde een donkere iris opengaan.

Ze wist nog een verstikte kreet te slaken terwijl ze probeerde weg te duiken, maar ditmaal was zij het die niet snel genoeg was.

Er verscheen een witte flits voor de opening van de buis, en toen schoot er een speer van vlammen uit, recht op haar af. Het vuur sneed door de vezels van het pak als door brandhout – ze smolten weg en verdampten, en stuurden Kira zo'n sterke golf van niet-pijn toe dat die haar angst aanjoeg.

Nu was het Kira's beurt om te proberen te ontkomen. Ze duwde zich van Ctein af, maar de Kwal klampte zich aan haar vast en drukte het verzengende vuur steeds dichter naar haar toe. De alien was angstaanjagend sterk – sterk genoeg om het op te nemen tegen het Zachte Mes.

Maar het Mes kon ook Zacht zijn. Ze liet het zich ontspannen en meegeven onder Cteins aanvallen, liet het vloeibaar worden als water, zodat het zelfs uit de strakste greep kon ontsnappen. De zuignappen van de Kwal verloren hun grip op haar – hoe ze ook hun best deden, het pak wist hoe het aan ze kon ontkomen.

Met wat gewriemel en een kreet slaagde Kira erin zich duwend en trekkend te bevrijden.

Ze viel bij Ctein vandaan met het sterke gevoel dat ze het er maar net levend van af had gebracht.

De Kwal gunde haar geen tijd om na te denken. Hij sprong achter haar aan, en ze vluchtte voor hem uit over de romp van de Hiërofant, in de richting van de neus van het schip ver voor haar. Het was een achtervolging in een bijna volmaakte stilte, alleen verstoord door het bonzen van haar hart en haar moeizame ademhaling, en met de verschrikkelijke gratie die van nature met gewichtloosheid meekwam.

Het voelde nog altijd onwerkelijk hoe groot Ctein was. Het was alsof ze achterna werd gezeten door een monster zo groot als een berg. Namen vlogen door haar hoofd: Kraken. Cthulhu. Jormungand. Tiamat. Maar geen ervan deed recht aan de pure horror van het wezen achter haar. Het was een voortkruipend nest van speelse serpenten, gretig om het vlees van haar botten te rijten.

Ze wierp een blik over haar schouder en besefte nu pas wat de buis daadwerkelijk was. Een raketmotor, compleet met brandstoftank. De Kwal gebruikte nota bene een raketaandrijving als een wapen!

Ctein had zich op een confrontatie met haar voorbereid. Op een confrontatie met de Idealis. En Kira had niets gepland. Ze had geen idee gehad van het gevaar dat het eeuwenoude monster vormde.

Onder andere omstandigheden zou de absurditeit van het idee om een raketmotor als wapen te gebruiken haar versteld hebben doen staan. Nu was het slechts een van de vele factoren die ze in overweging nam in haar berekeningen: snelheden, afstanden, hoeken, krachten, en mogelijke reacties en handelswijzen. Berekeningen in de hoop een kans op overleven te vinden.

Dat was toen het tot haar doordrong: naast de hitte die hij produceerde, produceerde de raket ook een forse hoeveelheid stuwkracht. Daar was hij immers voor. Wat inhield dat Ctein zich moest vasthouden terwijl hij de raket gebruikte, want anders zou hij de Kwal in de tegenovergestelde richting lanceren. Oké, Ctein had ook nog zijn stuurraketten, maar Kira betwijfelde of die tegen een echte raketmotor op konden.

'Ha!' zei ze.

Alsof het in antwoord op haar uitroep was, knetterde haar oormicrofoontje en zei een mannenstem: *Dit is luitenant Dunroth. Hoort u mij?**

'Wie ben jij in godsnaam?'

De adjudant van admiraal Klein. We hebben een raket op weg naar uw positie van De Onverbiddelijke Kracht. Kunt u de Kwal naar de achtersteven van de Hiërofant drijven?

'Willen jullie ons allebei opblazen?'

Nee, mevrouw Navárez. Het is een smartbomb. U zou niet veel gevaar moeten lopen. Maar we hebben visueel contact met het doelwit nodig.

'Roger. Ik doe mijn best.'

Toen klonk Tschetters stem over het kanaal. **Navárez. Zorg ervoor dat je ruim afstand neemt van Ctein. Denk eraan, vriendelijk vuur bestaat niet.**

'Begrepen.'

Kira wierp een streng van het pak uit naar de romp en bracht zich tot stilstand. Toen lanceerde ze zich achterover over de naderende Kwal heen in een salto waar haar maag normaal tegen in opstand zou zijn gekomen, maar die nu aanvoelde als een gracieuze vlucht. Ctein stak drie tentakels naar haar uit en strekte ze tot het uiterste om haar te vangen, maar kwam een paar meter te kort. Zoals ze had gehoopt, bleef de Kwal waar hij zich aan de Hiërofant kon vasthouden en zijn uit de klauwen gegroeide lasbrander kon blijven gebruiken.

Het Zachte Mes stuurde haar bij en bracht haar terug naar het oppervlak van het slagschip. Het viel Kira op dat het pak haar sneller en efficiënter voortbewoog dan voorheen, en herinnerde zich dromen waarin het door de ruimte had gewenteld en gekeerd met de wendbaarheid van een onbemande drone, iets wat alleen mogelijk was als het organisme zijn eigen stuurraketten kon vormen. Echte stuurraketten, in staat om een constante stuwkracht op te wekken.

Het viel haar ook op dat ze nog altijd zuurstof had. Mooi. Zolang het pak haar van zuurstof bleef voorzien, kon zij blijven vechten.

Ze trok zich voort over de Hiërofant, steeds sneller, totdat ze niet meer zeker wist of het haar zou lukken zich voor het schaduwschild weer tot stilstand te brengen. Maar nog altijd kon ze Ctein naderbij voelen komen, als een vloedgolf – immens, meedogenloos, onstuitbaar.

Luitenant Dunroths hortende stem klonk weer in haar oren. **Vijf seconden tot inslag. Neem afstand. Ik herhaal, neem afstand.**

Voor haar zag Kira een meteoor in een boog op de Hiërofant af vliegen, een fonkelende ster zo helder dat hij door de dikke rook heen te zien was.

Het was alsof de tijd vertraagde. Haar adem stokte haar in de keel, en ze wenste dat ze ergens anders was, waar dan ook in het universum. Het ergste was dat ze niets kon doen. Of de raket zou haar doden, of niet. Zij had geen invloed op de uitkomst.

Een seconde voordat de raket insloeg (en terwijl hij nog meer dan honderd meter weg was), greep Kira zich vast aan de romp, trok zich er plat tegenaan en liet het pak een hard pantser over haar heen vormen.

Op datzelfde moment verdween de raket met een teleurstellend klein lichtflitsje en vormde zich er een groeiende bol rookvrije ruimte rondom de plek waar hij had gevlogen.

Shit. Kira had genoeg afweerlasers in actie gezien om te begrijpen wat er was gebeurd. Een van de blasters op het oppervlak van de Hiërofant had de raket uit de lucht geschoten.

Snel maakte ze zich weer los van de romp en wierp zichzelf in zijwaartse richting weg, ogenblikken voordat Ctein landde op de plek waar zij had gelegen.

Honende nabijgeur spoelde over haar heen. [[Ctein hier: Treurig.]]

Sorry, mevrouw Navárez, zei luitenant Dunroth. **Ziet er niet naar uit dat we een raket langs de lasers van de Hiërofant kunnen krijgen. We maken een lus om r2 en komen dan terug. Admiraal Klein zegt dat u moet zorgen dat u dat gedrocht afmaakt of anders maar beter een manier kunt vinden om van de Hiërofant af te komen, want wij hebben drie Casaba-houwitsers paraat om op onze terugweg af te vuren.**

Ctein haalde naar Kira uit met een tentakel, en ze vloog net op tijd weg voordat de massale bundel spieren en pezen haar te pakken kon krijgen. Toen opnieuw, steeds weer, als een kolibrie die de aanvallen van een kwade octopus ontweek.

De wervelende rook om hen heen werd dikker, maar begon vervolgens weer op te trekken toen de Hiërofant uit de nevel vloog. Voor het eerst sinds de ontploffing haar het schip uit had geblazen, kon Kira de ware duisternis van de ruimte weer zien, en de romp en alles om haar heen stonden bijna pijnlijk fel en scherp afgetekend. Vanuit haar ooghoeken ving ze glimpen op van vonken en flitsen (tekenen van de strijd die nog altijd woedde tussen de Zevende Vloot, de Kwallen en nu ook de nachtmerries).

Kira schakelde terug naar het zichtbare spectrum. Nu de rook was opgetrokken, was het niet meer nodig in infrarood te zien.

Ze hing voor het kronkelende monster als een piepklein speeltje voor een hongerig roofdier. Ctein haalde uit. Zij ontweek hem. Ze stoof naar voren. Hij liet de raketmotor ontbranden, en de verzengende hitte dreef haar naar achteren. Het was een patstelling. Ze zochten allebei naar ook maar de kleinste opening, maar vonden er geen van tweeën een.

Kira ving een vlaag van nabijgeur op uit een klier ergens verborgen op het lichaam van de Kwal: [[Ctein hier: Je hebt geen benul van het vlees waarmee je bent verbonden, tweevorm. Je bent onwaardig, nietig, gedoemd om te falen.]]

Ze betaalde hem met gelijke munt terug en stuurde haar nabijgeur op de verwrongen massa van de Kwal af. [[Kira hier: Je hebt al gefaald, graaier. De Verdorvenen…]]

[[Ctein hier: Wanneer ik me de Idealis eigen heb gemaakt, zoals had horen te gebeuren voor Nmarhls verraad, zullen de Verdorvenen voor mij neervallen als slib in de afgrond. Niets of niemand zal mij nog in de weg staan Deze golf mag dan zijn verstoord, maar de volgende zal een triomf zijn voor de Wranaui, en allen zullen buigen onder de macht van onze scholen.]]

[[Kira hier: Je krijgt de Idealis nooit te pakken!]]

[[Ctein hier: O jawel, tweevorm. En het zal me een genot zijn je pantser open te breken en je vlees eruit te eten.]]

Kira schreeuwde en probeerde achter de Kwal langs te duiken om de raketmotor uit zijn klauwen te graaien, maar de alien doorzag haar bewegingen en draaide mee om het wapen op haar gericht te houden.

Het was een onbesuisde, lelijke dans, maar desondanks toch een dans, en ondanks al zijn lelijkheid bezat hij ook ogenblikken van gratie en waaghalzerij. Ctein was te groot en sterk voor het Zachte Mes om in bedwang te kunnen houden (tenzij het pak eerst enorm aan massa won), dus deed Kira haar best om buiten zijn bereik te blijven. Op zijn beurt deed de Kwal alles wat in zijn macht lag om te voorkomen dat het Zachte Mes hem kon aanraken. Ze had de indruk dat hij wist dat als ze hem te lang in haar greep had, ze zich naar binnen zou weten te werken door zijn nanopantser.

Kira kwam naar voren, en Ctein trok zich terug. De Kwal kwam naar voren, en zij trok zich terug. Tot twee keer toe kreeg ze een van zijn tentakels te pakken, maar ontving daarop zo'n pak rammel van Ctein dat ze hem los moest laten voordat hij haar aan pulp sloeg. Ctein sloeg zo hard op haar in dat er stukjes van het pak afbraken – kleine steeltjes en staven die oplosten tot vormloze klodders voordat ze zich weer bij haar aansloten.

Als ze Ctein maar kon bereiken, als ze het Zachte Mes maar om het pantser van de Kwal kon wikkelen en haarzelf ertegenaan kon drukken, wist ze dat ze hem zou kunnen doden. Maar ondanks al haar inspanningen slaagde Kira er niet in langs zijn wapens en tentakels te komen.

De oude en sluwe Ctein leek door te krijgen dat hij de overhand had – leek door te krijgen dat hij haar meer pijn kon doen dan zij hem – want hij kwam haar achterna over de Hiërofant, met zijn raketlasbrander ontbrand en zwaaiend met zijn tentakels in onvoorspelbare patronen. Zijn aanvallen met de raketmotor dreven haar naar achteren en lieten diepe groeven achter in de romp. Kira had geen andere keus dan zich terug te trekken, want als de monstruositeit haar met een tentakel neer wist te slaan tegen de romp, zou hij haar hersenen verpulveren, en daar kon zelfs het Zachte Mes niets aan doen.

Ze hapte hijgend naar lucht, en zelfs onder het pak voelde Kira dat ze zweette van de inspanning. Haar hele lichaam zat onder een laag transpiratie, dat het Zachte Mes snel absorbeerde.

Dit kon niet veel langer zo doorgaan. Dit kon zij niet veel langer volhouden. Op een gegeven moment zou ze een fout maken en zou Ctein haar doden. Het had geen zin om te vluchten, want ze kon nergens heen en kon sowieso haar vrienden niet in de steek laten. Noch het VMB, dat ondanks zijn tekortkomingen aan het vechten was voor het overleven van de mensheid, net als zij.

Ze zoefde langs een nieuwe uithaal van Ctein. Hoelang ging dit nog goed? Het voelde alsof deze strijd al dagen voortduurde. Hoelang was het geleden dat de Caracole zich in de Hiërofant had geboord? Ze had geen idee.

Ze haalde voor de zoveelste keer uit naar het pantser van de Kwal. En voor de zoveelste keer kaatsten de atoomscherpe stekels van het pak af op het pantser van de alien.

Met een grom van inspanning haakte Kira zich vast aan een antenne en trok zich net op tijd bij de Kwal vandaan om aan zijn tegenaanval te ontsnappen. Ctein zette zijn aanval door met een uithaal van zijn tentakels, en vloog verder in de richting van de neus van het slagschip om ze te ontwijken, om zich niet te laten vangen.

Toen verraste Ctein haar door zijn grip op de Hiërofant los te laten en haar achterna te springen.

'Aah!' Het Zachte Mes reageerde voor haar door haar naar achteren te lanceren en over de bolle omtrek van het schip te manoeuvreren. Met witte pufjes uit zijn stuurraketten zette de Kwal de achtervolging in. Hij wist haar baan te kopiëren en begon weer op haar in te lopen, met de raketmotor voor zich uit gehouden als een beschuldigende wijzende vinger.

Kira tuurde om zich heen naar de romp van de Hiërofant, op zoek naar iets, naar wat dan ook, dat haar een voordeel kon geven. Haar blik viel op een scherp, uitstekend stuk beschadigde romp. Als ze daarop af dook, kon ze zich eromheen slingeren om achter de Kwal uit te komen en dan misschien…

Kira! Uit de weg! riep Falconi.

Verrast en afgeleid maakte ze een onbeholpen draaibeweging, en het Zachte Mes stuurde haar tuimelend op de Hiërofant af. Er kwam een tentakel op haar af, en op enige afstand zag ze Falconi's exo half boven de rand van het gat in de romp van het vlaggenschip uit komen. Met één arm bracht hij zijn granaatwerper omhoog. Er kwam een flits uit de loop, en…

Cteins raketmotor ontplofte met een scheve pluim van ontvlammende brandstof die vloeibaar vuur rond sproeide.

Een spetter brandstof raakte Kira, en ze kromp ineen. Het deed geen pijn, maar het was moeilijk om oude instincten te negeren.

De explosie wierp de Kwal naar achteren, maar op miraculeuze wijze wist hij zich met het uiteinde van een tentakel nog net aan de Hiërofant vast te klampen. Tot haar grote teleurstelling leek hij ongedeerd.

Een nabijgeur van overweldigende en gruwelijke woede golfde door het vacuüm om haar heen.

Ctein trok zichzelf weer neer op de romp van het schip en zwaaide met een van zijn tentakels naar Falconi. De kapitein dook weg onder de rand van het gat, en Kira zag hem een fractie van een seconde voordat de tentakel landde en de blootgelegde wanden en steunbalken verpletterde, door een deur verdwijnen.

Jouw beurt weer, meid, zei Falconi.

'Dank je. Ik sta bij je in het krijt.' Kira kwam een paar meter van het oppervlak van de Hiërofant tot stilstand en keerde zich om naar Ctein. Geen wapens meer. Het was nu tentakels tegen strengen en geest tegen geest. Ze bereidde zich opnieuw voor om de monsterlijke Kwal te omhelzen en met hem te worstelen tot minstens een van hen het leven had gelaten. Ondanks het overwicht dat het Zachte Mes haar gaf, was Kira er allerminst zeker van dat ze ging winnen. Ctein hoefde haar maar één keer goed hard tegen de romp van de Hiërofant te beuken, en het zou met haar gedaan zijn.

Maar ze was niet van plan zich gewonnen te geven. Niet nu. Niet na alles wat ze hadden doorstaan. Niet met alles wat er op het spel stond.

'Oké, misbaksel,' mompelde ze terwijl ze al haar kracht verzamelde. 'Tijd om hier een eind aan te maken.'

Toen zag Kira het: een minuscuul scheurtje in de gepantserde huid van een van de tentakels – de tentakel, vermoedde ze, die de raketmotor had vastgehouden. Falconi's schot had dus toch de nodige schade aangericht. Het scheurtje zag eruit als een barst in een oppervlak van stollende lava en legde het hete vlees eronder bloot.

Hoop bloeide in haar op. Hoe klein het ook was, dat scheurtje bood haar mogelijkheden, en Kira wist meteen hoe ze het kon gebruiken om Ctein te doden. Het zou gevaarlijk zijn, gruwelijk gevaarlijk, maar een betere kans zou ze niet krijgen.

Haar lippen vertrokken in iets wat bijna voor een glimlach kon doorgaan. Met afstand bewaren schoot ze niet op – koste wat het kost, ze moest Ctein omhelzen en zich net zo intiem met hem verbinden als zij met de Kiem was verbonden. Dat was de enige oplossing.

Middels een gedachte lanceerde Kira zich naar voren. Het pak gaf gehoor aan haar bevel met een harde stoot van de stuurraketten die het op haar rug had geconstrueerd, of wat ze ook waren. Ze vloog met meer dan 1 g versnelling op Ctein af, en lachte met ontblote tanden van de druk de leegte in.

De Kwal bracht zijn tentakels omhoog, niet om haar af te weren, maar om haar te vangen in een wieg van graaiend vlees. Ze tolde om twee van de tentakels heen en greep zich toen vast aan die met het scheurtje.

Op dat punt besefte Ctein waarschijnlijk wat ze van plan was, want hij werd helemaal gek.

Het universum tolde om Kira heen, en de Kwal sloeg zijn ledemaat neer op de Hiërofant. Ze wist het pak een fractie van een seconde voor de inslag hard te laten worden, maar desondanks werd alles haar even zwart voor ogen, en voelde ze zich daas en gedesoriënteerd.

De tentakel bewoog weer omhoog. Als ze niet snel iets deed, zou hij haar tot pulp slaan, zo zeker als dat een ster heet was. En hoe eng het idee ook was om te sterven, het idee om Ctein te laten winnen, was erger.

Ze kon het scheurtje tegen haar buik voelen: een kleine zachte plek in het verder harde oppervlak van de tentakel. Dus stak, porde en groef ze in de wond met de vezels van het pak. De tentakel stuiptrekte en zwiepte heen en weer in een wanhopige poging haar los te schudden. Maar Ctein kwam niet meer van haar af. Daar was het te laat voor.

Cteins vlees voelde heet aan tegen haar stekels, en druppels wondvocht spatten op uit de wond en bedekten haar met een laag dik slijm. Kira strekte zich uit in de Kwal, verder en verder, tot aan de botten midden in de tentakel. Die greep ze vast, en ze gebruikte het houvast om het vlees open te spreiden, zodat het barstje groeide en zich opensperde. Door die opening goot ze het Zachte Mes het lichaam van de Kwal in.

De tentakel rolde zich om haar heen op, donker en vochtig. Een gevoel van claustrofobie benam haar de adem, en hoewel het pak haar van zuurstof bleef voorzien, voelde het alsof ze elk moment kon stikken.

Kira zag vonken flitsen, en geschrokken besefte ze dat Ctein zijn andere ledematen gebruikte om de tentakel die zij vasthad los te snijden.

Vastbesloten om haar overwicht niet op te geven, spoorde ze het Zachte Mes aan om zich verder en verder uit te strekken en te doen wat nodig was.

De xeno schoot duizend dunne draden uit en wroette dieper in Ctein. Maar de draden sneden niet door zijn vlees, zoals Kira verwachtte. Ze reten, verscheurden en verminkten niet. In plaats daarvan waren ze zacht en soepel, en wat ze aanraakten... herschiepen ze. Zenuwen, spieren, pezen, botten...voor de xeno was het allemaal voedsel.

Ctein woelde en spartelde. O, wat spartelde hij! De Kwal beukte dwars door zijn eigen lichaam op haar in. Hij greep zijn eigen tentakel vast en probeerde hem uit te wringen in een wanhopige poging haar fijn te knijpen, en het geluid van donder weergalmde in haar oren.

Maar de macht van de grote en verschrikkelijke Ctein was niet opgewassen tegen de volharding van het Zachte Mes. De fractalvezels van het organisme zwenkten en weefden en verorberden en converteerden Cteins vlees. Het Mes reet de cellen van de Kwal uiteen, droogde ze uit en drukte ze samen tot iets hards en onbuigzaams. De vorm die zo ontstond was hoekig – een en al platte oppervlakken, rechte lijnen en scherpe randen, vormgegeven met een precisie op een atomair niveau. Een doffe, dode gedaante, roerloos en niet langer in staat om kwaad of pijn te doen.

Twintig meter, minstens, en toen reikten haar strengen in het pantser om het lijf van de Kwal, en voelde ze geen spieren meer, maar organen en machines.

Uit het Zachte Mes kwam een gevoel van woede op om een oud verdriet, en zonder dat het haar bedoeling was, riep ze opeens: [[Kira hier: Voor Nmarhl!]]

De xeno nam opnieuw toe in omvang en verdubbelde zich keer op keer, totdat hij het hele, immense pantser vulde en de inhoud ervan tot op de laatste kubieke centimeter had omgezet tot brute perfectie.

Ctein rilde nog eenmaal... rilde, en viel toen stil.

Kira schakelde even om naar infrarood en zag de gloed van de fusiereactor zwakker worden.

Het Zachte Mes was nog niet klaar – het bleef doorbouwen tot het door de huid en het pantser van de Kwal heen barstte. Om Kira heen verschenen steenachtige aderen op de tentakel waaraan ze zich had vastgeklampt. Ze verspreidden zich over Cteins hele massa.

Kira wist niet goed waar de xeno mee bezig was en riep het Zachte Mes naar haar terug. Met een gevoel van opluchting zette ze zichzelf af van het gigantische lijk.

Toen ze een eindje weg was gezweefd, keek ze ernaar om.

Wat eens Ctein was geweest, was nu een stekelige, dofzwarte asterisk: een reusachtige verzameling basaltachtige, gefacetteerde zuilen met brede uiteinden. Een levenloze brok hergebruikte koolstof. Op sommige plekken was het oppervlak bedekt met een vertrouwd printplaatpatroon... Geschokt besefte Kira hoeveel de zwevende zuilen weghadden van de rotsformatie die ze op Adrasteia had gevonden. Die moest ooit, lang geleden, ook een levend wezen zijn geweest.

Kira staarde naar Cteins stoffelijk overschot met een bitter gevoel van voldoening. Ze had het klaargespeeld. Zij en de Kiem. Na al zijn eeuwen van heerschappij was de grote en machtige Ctein eindelijk dood. Dood en verleden tijd. En daar waren zij verantwoordelijk voor.

Al die kennis verloren. Al die jaren aan herinneringen, verloren. Al die dromen en plannen, verloren en gereduceerd tot een brok steen dat doelloos door de ruimte zweefde.

Kira voelde zich vreemd verdrietig. Toen bibberde ze en moest ze lachen. Ze had geen idee hoe ze zich voelde – er pompte zo veel adrenaline door haar lijf dat ze er praktisch high van was. Maar ze had gewonnen, dat wist ze wel. Zij en de Kiem hadden samen gewonnen.

Er schreeuwden verschillende stemmen in haar oor, te veel om ze te kunnen volgen. Toen brak Tschetters stem boven het rumoer uit. **Kira, het is je gelukt! Het is je gelukt! De Kwallen hebben de strijd gestaakt! Lphet en de Verstrengeling van Geesten zijn de vloot onder hun bevel aan het brengen. Het is je gelukt!**

Goed zo. Wie weet was er nu hoop voor de toekomst. Kira veegde een klodder wondvocht van haar gezicht en tuurde naar de romp van de Onttroonde Hiërofant in een poging zich te oriënteren. 'Gregorovich, waar zijn...'

Toen viel er een schaduw op haar die het licht van de nabije ster volledig blokkeerde. De schaduw bracht een ijzige kilte met zich mee die zich tot diep in haar botten verspreidde. Kira keek om te zien wat het was, en het gevoel van overwinning dat ze voelde, smolt weg.

Vier vleesrode schepen torenden over haar heen, hun verwrongen rompen glinsterend als rauwe spieren. Nachtmerries.

2

Kira's hart begon te racen van afgrijzen, en ze stortte zich langs Cteins versteende lichaam terug naar de romp van de Hiërofant, wanhopig op zoek naar dekking. Er naderden nog meer nachtmerries, tientallen schepen, met een snelheid die niet onderdeed voor de raket van De Onverbiddelijke Kracht. Hun silhouetten verschenen als vlekken op het veld van sterren, schaduwen die bijna verloren gingen tegen de duisternis van het vacuüm. En achter deze schepen, nog te ver weg om te zien, wist ze dat ook de verwrongen massa van de Muil in aantocht was, met een onverzadigbare honger.

Kira keek om zich heen in de vergeefse hoop dat ze iets zou vinden dat haar kon redden.

Tussen haar voeten in hing de planeet die de Kwallen aan het ontginnen waren geweest, R1, ongeveer zo groot als de deur van een luchtsluis, roestrood en bedekt met slierten bewolking, en met in een baan eromheen de manen r2 en r3 in een eeuwige pirouette om hun moeder. Verder weg zag ze de vonken en flitsen die markeerden waar de grotere strijd plaatsvond, en waar het VMB en de Kwallen nu hun krachten bundelden tegen de nachtmerries. Elke lichtflits was als een dolk in Kira's hart, want ze wist dat hij de dood betekende van tientallen of zelfs honderden intelligente wezens. En nachtmerries, die gingen ook dood.

Op deze afstand kon ze niet zien wie er de overhand had. Alleen de ontploffingen waren zichtbaar, niet de individuele schepen. Maar diep vanbinnen wist Kira zeker dat de strijd niet voorspoedig verliep, niet voor de Zevende Vloot en niet voor de Kwallen. De nachtmerries waren met te veel, en dan had ze het nog niet eens over de Muil zelf.

De vier nachtmerrieschepen die over haar heen waren gevlogen, remden af met blauwwitte speren van nucleair vuur die feller schenen dan de zon. Ze keerden en doken op de Hiërofant af tot ze het schip ramden op een paar honderd meter van Kira's positie.

De hele romp schudde hevig.

Kira kneep heel even haar ogen dicht. Ze zag op tegen wat ze zou moeten doen, maar er was geen andere optie. Ze moest het tegen de nachtmerries opnemen en maar hopen dat de bemanning van de Caracole wist te ontsnappen. Ze kon alleen nog maar vechten, vechten totdat de nachtmerries zich gewonnen gaven of de Muil haar kwam verzwelgen. En dat monster zou haar verzwelgen, daar twijfelde ze niet aan.

Kira haalde diep adem. Ze voelde zich nu al halfdood. Ze was nog heel, met veel dank aan het Zachte Mes, maar dat ze heel was, betekende niet dat ze zich goed voelde, en 'goed' kwam op het moment niet eens in haar vocabulaire voor.

Op haar bevel begon de xeno een gat open te scheuren in de Hiërofant om haar terug naar binnen te laten.

Ho! Zet je allemaal schrap! zei Falconi. **Een stel Kwallen en een VMB-kruiser vallen de Muil aan.**

Kira voelde hoe haar nekharen overeind gingen staan. Ze zwaaide rond naar het kwadrant van de ruimte waarin ze wist dat het gedrocht zich bevond en wachtte met ingehouden adem af.

Verderop op de Hiërofant vond een stel kleine ontploffingen plaats op de romp. Waarschijnlijk de nachtmerries die zich een weg naar binnen baanden.

'Wat gebeurt er?' vroeg ze.

Het duurde even voordat Falconi antwoord gaf. **De Muil heeft net een wolk uitgekotst. Ik geloof dat de lasers daar niet goed doorheen komen. Wacht... Ze proberen het nu met raketten. Een fors aantal.** Er volgde een gespannen stilte. Toen zei hij met teleurstelling in zijn stem: **Geen mazzel met de raketten. De Muil heeft ze weggevaagd alsof het niks was. Shit. Tientallen nachtmerries hebben zich omgedraaid en vliegen terug naar de Muil. Als de Kwallen en het VMB-schip levend willen ontkomen, kunnen ze beter snel... Ah, shit. Shit!** En Kira zag een lichtflits tussen de sterren, als een minisupernova.

'Was dat...'

De Muil heeft een soort belachelijk krachtige laser of deeltjesversnellerstraal of een combinatie van de twee. Hij heeft er net twee van de Kwallenschepen mee opgeblazen. Sneed dwars door hun antisensorsneeuw heen. Het lijkt erop dat de kruiser gaat proberen...

Er flitsten drie strepen licht door de ruimte en vervaagden toen weer tegen de fluwelen achtergrond, een insignificant schouwspel voor de verwoestende kracht die het vertegenwoordigde.

Toonloos zei Falconi: **Weer niets. De kruiser heeft twee houwitsers gelanceerd. Hadden voltreffers moeten zijn, maar de Muil schoot recht tegen hun stralen in met zijn eigen straalwapen en heeft ze opgeblazen. Dat misbaksel heeft verdomme nucleaire explosies afgeweerd!**

'Hoe moeten we dat ding in hemelsnaam uitschakelen?' vroeg Kira, worstelend met een gevoel van hopeloosheid. De romp van de Hiërofant trilde onder haar voeten.

Ik heb zo mijn twijfels of dat gaat lukken, zei Falconi. **Het lijkt onmogelijk om genoeg schepen bij de Muil te krijgen om...**

Terwijl hij sprak, verscheen er rechtsboven in haar blikveld, niet ver van de wazige oranje stip van R2, een zwerm lichtflitsjes.

Kira balde haar vuisten en drukte haar nagels in haar handpalmen. Nee toch. Dit kon niet waar zijn. 'Gregorovich. Wat was dat?'

O. Zag jij dat ook? zei hij emotieloos.

'Ja. Wat was het?'

Meer nachtmerries.

Dat was waar ze al bang voor was geweest, maar desondanks kwamen de woorden aan als een mokerslag. 'Hoeveel?'

Tweehonderdvierentwintig.

3

'Godsode…' Kira's stem begaf het en ze kneep haar ogen dicht. Ze voelde zich verpletterd onder het gewicht van het bestaan. Na een ogenblik vermande ze zich en bereidde zich voor om de onaangename realiteit het hoofd te bieden.

Zonder bewust besluit om het te doen liet ze de Onttroonde Hiërofant los en zweefde boven de romp uit terwijl ze haar opties overwoog. Ze had even een moment nodig om na te denken, om alles wat er was gebeurd te laten bezinken voordat ze tot actie kon overgaan.

In haar oor zei Falconi: **Kira, waar ben je mee bezig? Kom snel terug, voordat…**

Ze negeerde hem, en zijn stem stierf weg op de achtergrond.

Ze ademde in en uit. En toen nog eens.

Het was onmogelijk geworden om nog als winnaars uit de strijd te komen. Het was één ding om te weten dat ze kon sterven, maar dat er ook een kans was dat ze hun vijanden konden verjagen. Het was heel iets anders om te weten dat ze ten dode was opgeschreven en er geen enkele kans bestond dat ze zouden winnen.

Ze wilde het uitgillen, maar hield zich in. Na alles wat ze hadden gedaan, alles wat ze hadden verloren en opgeofferd, voelde het oneerlijk dat ze alsnog gingen verliezen. Het was op een fundamenteel niveau onrechtvaardig, alsof de tweehonderdvierentwintig nachtmerries die net waren gearriveerd een misdaad tegen het universum zelf waren.

Ze haalde nog een keer adem, deze keer langzamer en dieper.

Kira dacht aan de broeikassen op Weyland – aan de geuren van aarde en bloemen, aan de lome manier waarop stofdeeltjes dwarrelden in stralen zonlicht, aan de smaak van warme zomertomaten… aan haar familie. En vervolgens ook aan Alan en de toekomst die ze samen hadden gepland, de toekomst waarvan ze al lang geleden had moeten accepteren dat hij niet voor haar was weggelegd.

De herinneringen lieten een bitterzoete pijn in haar achter. Niets in het universum was oneindig, en haar einde leek nu toch heel dichtbij te komen.

Haar ogen vulden zich met tranen. Ze haalde haar neus op en keek uit naar de sterren, naar de lichtende band van de Melkweg die zich over de hele hemel uitstrekte. Het universum was zo mooi dat het pijn deed. Maar tegelijkertijd was het zo vol lelijkheid. Deels ten gevolge van de onverbiddelijke eisen van de entropie, en deels door de wreedheid die alle intelligente wezens leek te zijn aangeboren. En er was geen enkele betekenis in te vinden. Het was allemaal glorieuze, afgrijselijke onzin die net zo goed radeloosheid als numinositeit kon inspireren.

Het perfecte voorbeeld: terwijl ze naar de Melkweg keek en versteld stond van zijn pracht, vloog er opeens een nachtmerrieschip voor haar langs, een gezwel van donkerrode vleselijkheid met de vorm van een torpedo. Uit dat schip voelde ze een vage aantrekkingskracht, een verwantschap tussen zijn vlees en het hare, als een koord dat aan haar navel trok – aan haar wezen.

Er kwam een nieuw gevoel in Kira op: vastberadenheid. En daarmee ook verdriet. Want ze begreep het nu: ze stond voor een keuze die ze eerder niet had gehad. Ze kon het noodlot ongehinderd laten uitspelen, of ze kon het ontwrichten en de gebeurtenissen in een nieuw patroon dwingen.

Dus eigenlijk had ze geen andere keuze.

Bijt je vast in het pad. Dat was precies wat ze zou doen. Ze zou haar tanden in het pad zetten en doen wat nodig was. Het was niet wat ze wilde, maar wat zij wilde, maakte niet meer uit. Door dit te doen, hielp ze niet alleen de Zevende Vloot, maar ook haar vrienden, haar familie en haar hele soort.

Ze had geen andere keuze.

Als zij en de bemanning van de Caracole dit toch niet gingen overleven, kon ze op z'n minst proberen ervoor te zorgen dat de Muil zich niet verder verspreidde. Dat was het enige dat nu nog belangrijk was. Als hij niet werd tegengehouden, zou de ontaarde Kiem zich in een kosmische oogopslag door de hele Melkweg verspreiden, en er was weinig wat de Kwallen of de mensheid daartegen konden uitrichten.

De keuze waarvoor ze stond had een zekere schoonheid, een symmetrie die Kira aansprak. Ze kon in één klap het hele probleem van haar bestaan oplossen, een probleem waar niet alleen zij, maar de hele bewoonde ruimte al onder te lijden had sinds ze per ongeluk dat verborgen vertrek op Adrasteia had gevonden. De Kiem had haar zijn ware doel getoond, en nu begreep ze ook haar eigen doel en waren de twee helften van haar wezen eensgezind.

'Gregorovich,' zei ze, en het geluid van haar stem kwam als een schok in de stilte van het vacuüm. 'Heb je die laatste Casaba-houwitser nog?'

* * * * * * *

EXEUNT V

1

Kira, zei Falconi. **Wat is er aan de hand? We kunnen je niet vinden op onze schermen.**

'Hebben jullie de Caracole weer weten te bereiken?'

Maar net. Luister...

'Zoals ik zei, ik heb een Casaba-houwitser nodig.'

Waarvoor? We moeten zorgen dat we hier als de fuck wegkomen voordat de nachtmerries ons uit de ruimte blazen. Als we recht koers zetten naar de markovgrens, hebben we misschien nog een kans die te bereiken voordat...

'Nee,' zei ze zacht. 'We kunnen niet meer aan de nachtmerries ontkomen, dat weet je best. Geef mij nu de Casaba-houwitser. Ik denk dat ik een manier heb om de Muil te stoppen.'

Hoe dan?

'Vertrouw je me?'

Hij aarzelde even terwijl hij dat overwoog. **Ik vertrouw je. Maar ik wil niet dat je doodgaat.**

'We hebben niet veel opties, Salvo... Geef me die bom, en schiet op.'

Hij bleef een tijdje stil – zo lang dat ze zich begon af te vragen of hij zou weigeren het te doen. Toen: **Casaba-houwitser gelanceerd. Hij vliegt naar een punt op een halve kilometer van de donkere kant van de Hiërofant. Kun je daar komen?**

'Ik denk het wel.'

Oké. Als je je positioneert met je voeten in de richting van de achtersteven en je rug naar de Hiërofant, bevindt de houwitser zich op zeven uur. Gregorovich vuurt er een richtlaser op af. Dat zou hem goed zichtbaar moeten maken in infrarood.

Kira tuurde de duisternis in en toen zag ze het: een fel stipje, eenzaam in de leegte. Het zag er bijna uit alsof ze het kon aanraken van waar ze was, maar ze wist beter. Zonder iets om ze aan af te meten waren afstanden altijd moeilijk in te schatten.

'Ik zie hem,' zei ze. 'Ben op weg.' Nog voordat ze was uitgepraat, stuwde het Zachte Mes haar al voort in de richting van de ongeactiveerde bom.

Bravo. Wil je dan nu uitleggen wat je precies van plan bent? Zeg me alsjeblieft dat het niet is wat ik denk dat het is.

'Wacht even.'

Wacht even? Kom op, Kira, wat...

'Ik moet me concentreren. Geef me even een minuut.'

Falconi gromde en hield op haar lastig te vallen.

In zichzelf zei Kira: 'Sneller. Sneller!' om het Zachte Mes aan te sporen. Ze zou niet lang hebben voordat de nachtmerries kwamen kijken wat er hier aan de hand was. Maar zolang zij de Casaba-houwitser maar als eerste bereikte...

Het wapen werd groter en kreeg vorm: het was een dikke cilinder met een stompe neus en rode letters op de zijkant. Zijn raketaandrijving stond uit, maar de straalpijp gloeide nog van de achtergebleven hitte.

De lucht werd even uit haar longen geperst toen ze met haar borst tegen de Casaba-houwitser aan sloeg. Ze greep hem vast en sloeg haar armen eromheen. De cilinder was zo dik dat haar handen aan de andere kant niet bij elkaar kwamen. De botsing bracht haar en de raket aan het tollen, maar de Kiem wist hen meteen weer te stabiliseren.

Vanuit haar ooghoek zag Kira dat het nachtmerrieschip dat op koers was geweest naar de Hiërofant nu op haar af kwam, en met een behoorlijke vaart.

Falconi's stem klonk weer in haar oor. **Kira...**

'Ik zie hem.'

We kunnen...

'Blijf daar. Hou je afzijdig.'

Kira dacht verwoed na terwijl ze de Casaba-houwitser omhulde met het pak en talloze vezels door de huls tot diep in het wapen stuurde. Daar identificeerde ze de draadjes en schakelaars en alle onderdelen van de bom. En ze voelde de hitte van het opgeslagen plutonium, voelde het warme bad van de straling die ervan afkwam en voedde zich ermee.

Ze moest een manier vinden om te voorkomen dat de nachtmerries haar tegenhielden. Als ze de strijd met hen aanging, zouden ze haar zo lang ophouden dat er versterkingen zouden aankomen. Bovendien herinnerde ze zich hoe het haar van slag had gebracht toen ze tijdens hun ontsnapping van Vliegenstrip één nachtmerrie had aangeraakt. Het was te gevaarlijk om te riskeren dat het weer gebeurde. Niet voordat ze de Muil zelf bereikte.

Toen werd ze ondergedompeld in het verblindende licht van de remraketten van het nachtmerrieschip, dat dicht bij haar tot stilstand kwam, op maar enkele tientallen meters afstand. Van zo dichtbij kon ze aderen zien kloppen onder de rauwe romp. Alleen de aanblik van het schip was al genoeg om haar ineen te laten krimpen van sympathetische pijn.

Er kwam een gedachte in haar op, en hij was niet van haarzelf afkomstig: *Dat wat wordt gehoord, kan altijd worden beantwoord.* En ze herinnerde zich hoe het pak op de oproep had gereageerd toen ze in Sigma Draconis het Kwallenschip had betreden. Er kwamen meer herinneringen in haar boven, en ze voerden haar mee naar een andere tijd en een andere plek, in een verafgelegen en vergeten deel van de Melkweg. Ze voelde de oproep van haar meesters en gehoorzaamde hun, zoals haar betaamde. Zoals haar plicht was.

Kira wist wat haar te doen stond.

Ze verzamelde haar moed en stuurde via de Kiem een boodschap naar de nachtmerries en de Muil die ze had geschapen, en versterkte het signaal met alle kracht die ze tot haar beschikking had: *Hou afstand! Je mag hebben wat je wilt. Laat mijn vrienden vertrekken, dan kom ik naar je toe. Ik geef mijn woord.*

2

Het nachtmerrieschip vlak bij haar stuurde geen bericht terug en deed niets om aan te tonen dat het haar had gehoord. Maar het viel haar ook niet aan, en toen Kira begon te versnellen en bij de Onttroonde Hiërofant wegvloog, bleef het bloedrode schip achter.

Een ogenblik later ontving ze dan toch een antwoord: een signaal dat slechts bestond uit een wild, woordeloos gehuil, een gepijnigde kreet vol woede en gretige honger. Met een rilling over haar rug herkende Kira het geluid van de Muil.

De Kiem hielp haar de bron van het signaal te vinden. Tegen al haar diepste instincten in keerde ze zich ernaar toe en vergrootte haar stuwkracht.

Kira! zei Falconi op scherpe toon. **Wat heb je gedaan?**

'Ik heb de Muil gezegd dat hij me mag hebben.'

… En dat geloofde dat misbaksel?

'Genoeg dat het me gaat doorlaten.'

Ze werden onderbroken door Tschetter. Kira had niet eens doorgehad dat de majoor meeluisterde. **Navárez, we mogen niet toestaan dat de Verdorvenen de Idealis in hun klauwen krijgen. Keer om.**

'Ze hebben de Idealis al,' zei Kira. 'Of een stuk ervan, tenminste.' Ze knipperde met haar ogen en voelde het masker over haar gezicht tranen absorberen. 'Salvo, leg jij dat maar aan iedereen uit. We moeten voorkomen dat de nachtmerries, de Verdorvenen, zich verder verspreiden. Als ik met de Muil kan afrekenen, hebben we tenminste nog een kans. Wij allemaal. Mensen en Kwallen.'

Aaah, zei Falconi. **Dit kan toch niet onze enige optie zijn. Er moet een betere manier zijn.**

Toen mengde Nielsen zich in het gesprek, en het deed Kira goed haar te horen. **Kira, het is niet eerlijk dat jij je moet opofferen om de rest van ons te redden.**

Ze lachte zacht. 'Nee. Het had ook niet mijn voorkeur.'

We kunnen je dit niet uit het hoofd praten, hè? zei Falconi. Ze kon zijn frons van frustratie bijna voor zich zien.

'Als jullie een beter idee hebben, hoor ik het graag.'

Trek gewoon weer een briljante, gestoorde stunt uit je reet en reken in één klap met alle nachtmerries af.

'Ik mag dan een geweldige reet hebben, maar dat is er wat te veel van gevraagd.'

Dat weet ik niet, hoor.

'Ha. Snap je het dan niet? Dit ís mijn briljante, gestoorde stunt. Ik ga het patroon verbreken. Het evenwicht herstellen. Als ik dat niet doe, loopt het voor geen van ons goed af. Het is niet jouw schuld. Er is niets wat je had kunnen doen om dit te voorkomen. Niemand. Ik denk dat dit al sinds ik het pak op Adra voor het eerst aanraakte, onvermijdelijk is.'

**Dus het was voorbestemd? Wat een grimmige gedachte... Weet je dit echt zeker?*

'Zijn ze op dit moment op jullie aan het schieten?'

Nee.

'Dan weet ik het zeker.'

Falconi zuchtte, en Kira kon de vermoeidheid in zijn stem horen. Ze zag hem helemaal voor zich, zwevend bij de holodisplay op de brug van de Caracole, zijn pantserexo besmeurd met bloed en wondvocht. Dat deed pijn. Het idee om hem en de rest van de bemanning van de Caracole achter te laten, viel haar nog zwaarder dan om haar familie achter te laten. Falconi en de anderen waren recent en hier. Haar familie voelde als een verre, abstracte herinnering – schimmen waar ze lang geleden al afscheid van had genomen.

Kira... zei Falconi, en ze kon zijn stem horen beven van verdriet.

'Dit is hoe het moet zijn. Neem de Caracole en zorg dat jullie hier wegkomen nu het nog kan. De nachtmerries zouden jullie met rust moeten laten. Ga nu, snel.'

Het bleef lang stil, en ze kon zich levendig voorstellen hoe Falconi aan het bekvechten was met Nielsen en Tschetter. Uiteindelijk zei hij op een stijve, schoorvoetende toon: **Roger.**

'En iemand moet me vertellen hoe ik deze houwitser moet activeren.'

De stilte die daarop volgde, was nog langer dan de vorige. Toen: **Gregorovich zegt dat er op de zijkant een toegangspaneel zit. Daarachter zou je een keypad moeten vinden. De activatiecode is delta-zeven-epsilon-gamma-gamma…** Ze deed haar best zich de reeks letters en getallen in te prenten terwijl hij ze afratelde. **Nadat je op enter hebt gedrukt, heb je tien seconden om ervandoor te gaan.**

Maar ze zou geen kans hebben om ervandoor te gaan, en dat wist Falconi net zo goed als zij. Ze was absoluut van plan het te proberen, maar ze maakte zich er geen illusies over dat de Kiem een nucleaire explosie kon voorblijven.

Kira concentreerde zich erop om de Kiem met de raket te laten versmelten. Ze weefde ze door elkaar tot het moeilijk werd te bepalen waar het organisme ophield en de Casaba-houwitser begon. Haar versmelting met de bom was zo grondig dat ze elk deel ervan voelde, van de microlasnaden in de neus tot de imperfecties in de huls om het plutonium. Ze ging zorgvuldig te werk, en toen ze klaar was, had ze er vertrouwen in dat zelfs de Muil moeite zou hebben de Kiem van de atoombom te scheiden.

Ze probeerde de Muil te spotten. Daar was hij nog te ver weg voor, maar ze kon zijn aanwezigheid al wel voelen, als een storm die opstak aan de horizon, als donkere wolken die elk moment een stortbui konden laten vallen.

De afstand tussen hen in nam in een rap tempo af, maar niet rap genoeg. Kira wilde de Muil niet de kans geven van gedachten te veranderen – of om überhaupt een gedachte te vormen, als het misbaksel daar nog toe in staat was. De kiem stuwde haar al zo snel voort als hij in staat leek te zijn, maar ze had geen stuwstof, dus was er een limiet aan hoe hard ze konden versnellen.

Wat kon ze doen?

Toen ze op het antwoord kwam, verscheen er een grimmig lachje op haar lippen.

Ze concentreerde zich op het beeld dat ze had gevormd – op het beeld en het idee – en deed haar best dat aan de Kiem over te brengen.

De xeno begreep vrijwel onmiddellijk wat ze wilde en ging met bevredigende ijverigheid aan de slag.

Vier zwarte ribben, tenger en krom, ontsproten aan de kroon van de Casaba-houwitser en strekten zich uit in een grote x. Naarmate ze groeiden, werden de ribben steeds dunner, totdat ze te smal werden om met het blote oog te zien. Ze kon ze voelen als wijd uitgespreide vingers, hun toppen dertig, veertig meter uit elkaar en steeds verder.

Aan de voet van elke rib begon zich een reflecterend membraan te vormen, zo dun als een zeepbel en gladder dan een plas stilstaand water. Het membraan verbond de ribben aan elkaar en groeide tot het zich uitstrekte tot de hoogste punten van de kromme vingers. Ze kon haar spiegelbeeld erin zien: een lage, zwarte knobbel op de zijkant van de Casaba-houwitser, anoniem in de uitgestrektheid van het universum.

Kira tilde haar rechterhand op en zwaaide zichzelf toe. Ze vond haar spiegelbeeld maar komisch. Haar hele situatie was zo bizar dat ze moest lachen om de absurditeit ervan. En waarom ook niet? Een gevoel voor humor was de enige juiste reactie op een stand van zaken waarin ze zich had versmolten met een atoombom en lichtzeilen had laten groeien.

De zeilen werden nog steeds groter. Ze hadden vrijwel geen enkele massa, maar torenden over haar heen. Kira was maar een kleine cocon die tussen de zilveren vleugels hing als ongerealiseerd potentieel. Als een zaadje dat op de wind dwarrelde en nog wachtte om in de aarde te landen.

Traag, log en behoedzaam keerde ze tot de zeilen het licht van de zon vingen en oogverblindend begonnen te schitteren. Ze kon voelen hoe de fotonen het membraan troffen en haar voortstuwden, weg van de zon, weg van de schepen en de planeet, op de donkere, rode smet van de Muil af. De zonnewind leverde niet veel stuwkracht op, maar alle beetjes hielpen, en Kira voelde zich tevreden dat ze had gedaan wat ze kon om haar vlucht te bespoedigen.

Wauw, zei Falconi. **Ik wist niet dat je dat kon.**

'Ik ook niet.'

Het is prachtig.

'Kunnen jullie daarvandaan zien hoelang ik er nog over zal doen om de Muil te bereiken?'

Veertien minuten. Hij komt je tegemoet. Dat misbaksel is echt monsterlijk groot, Kira. Groter dan de Hiërofant.

'Ik weet het.'

In de stilte die volgde, kon ze zijn frustratie voelen. Hij had duidelijk moeite zich in te houden en niet te zeggen wat hij eigenlijk kwijt wilde.

'Het is goed,' zei ze na een tijdje.

Nee, dat is het niet, maar we kunnen er niets aan doen… Wacht, admiraal Klein wil je spreken. Hier…

Er klonk een klik en toen hoorde Kira de stem van de admiraal in haar oormicrofoontje. **Tschetter heeft uitgelegd wat je gaat proberen. Ze heeft ook uitgelegd waar de Muil vandaan komt. Je toont grote moed, Navárez. Het lijkt er niet op dat onze schepen de Muil iets kunnen aandoen, dus jij bent op het moment onze beste optie. Als je dit weet klaar te spelen, denk ik dat we een echte kans hebben om de nachtmerries te verslaan.**

'Dat is het idee.'

Bravo. Ik stuur vier kruisers achter je aan als versterking, maar die halen *het niet voordat jij contact maakt met de Muil. Als je succesvol bent, kunnen zij helpen afrekenen met wat er ook overblijft, en jou zo nodig hulp en assistentie bieden.

Zo nodig. Waarschijnlijk zou er weinig zijn wat ze konden doen.

'Admiraal Klein, als u het niet erg vindt, wil ik u vragen iets te doen.'

Zeg het maar.

'Als een deel van de Zevende Vloot levend thuis weet te komen, kunt u er dan voor zorgen dat de aanklachten tegen de bemanning van de Caracole komen te vervallen?'

Ik kan niets beloven, Navárez, maar ik zal een goed woordje voor ze doen in het rapport dat we terugsturen. Gebaseerd op wat jij hier bij Cordova hebt gedaan, vermoed ik dat hun ongeautoriseerde vertrek van Orsted wel door de vingers kan worden gezien.

'Dank u.'

Er klonk een explosie over hun verbinding, en Klein zei: **Ik moet gaan. Succes, Navárez. Over en uit.**

'Roger.'

Toen werd het stil in Kira's oor en sprak er een tijdlang niemand meer tegen haar. De verleiding was groot om Falconi of Gregorovich te vragen haar af te leiden, maar ze hield zich in. Hoe graag ze hun stem ook had gehoord, of wiens stem dan ook, ze kon zich beter concentreren.

3

De veertien minuten gingen zorgwekkend snel voorbij. Kira keek naar de lichtflitsen achter haar, waar de strijd tussen de nachtmerries en de mensen en Kwallen nog altijd voortduurde. De vriendschappelijke vloten hadden zich rondom de twee manen van R1 verzameld en gebruikten de rotsachtige hemellichamen als dekking terwijl ze zonder veel succes de massa's bloedrode schepen probeerden af te slaan.

De Muil doemde al lang voor het einde van de veertien minuten voor haar op. Eerst als een doffe, rode ster afgetekend tegen de fluwelen achtergrond van de ruimte. Toen groeide hij uit tot een verwrongen tumor bedekt met zo'n dicht bos van armen, benen en tentakels dat ze eruitzagen als trilharen. Veel van de ledematen waren op zich al groter dan Ctein in zijn geheel. Ze waren tientallen, sommige zelfs honderden meters lang – immense sliertten misvormd vlees dat zou moeten instorten onder zijn eigen massa. En te midden van al die ledematen bevond zich de mond van de Muil, als een zwerende wond, een onregelmatige scheur in zijn oppervlak waaromheen de huid strakgespannen stond over een snavelachtige richel. Toen de mond zich opende, onthulde hij rij na rij aan scheve tanden – glanzend witte en onaangenaam menselijke tanden – rondom een bonzende, kokhalzende rode keel.

De Muil had meer van een eiland van vlees dat door de ruimte dreef dan van een vervoermiddel. Een berg van pijn en misplaatste gezwellen die sidderde van woede.

Kira kromp ineen van de aanblik van de abominatie die was voortgekomen uit wat zij had gedaan. Hoe had ze ooit kunnen denken dat zij de Muil kon doden? Zelfs de Casaba-houwitser leek nu onbeduidend, inadequaat.

Maar er was geen weg terug meer. Ze had haar keuze gemaakt: zij en de Muil lagen op ramkoers, en er was niets in het hele wijde universum dat hen nog uit elkaar kon houden.

Ze voelde zich ongelooflijk klein en bang. Dit was het einde voor haar, en daar was geen ontkomen meer aan. 'Fuck,' fluisterde ze, en er trok zo'n sterke huivering door haar lichaam dat haar benen verkrampten.

Toen zei ze zo hard dat haar microfoontje het oppikte: 'Wens me succes.'

Na een paar seconden lichtvertraging zei Sparrow: **Geef dat ding ervan langs, chica.**

Vecht ze! zei Hwa-jung.

Je kunt dit, zei Nielsen.

Ik bid voor u, mevrouw Kira, zei Vishal.

Wees een meest stoorlijke doorn in de zijde van die behemoth, o ergerlijke vleesklont, zei Gregorovich.

Het feit dat het groot is, betekent niet dat het niet kan sterven, zei Falconi. **Je moet gewoon de juiste plek weten te raken en dan is het kassiewijle... We duimen allemaal voor je, Kira. Succes!**

'Bedankt,' zei Kira, en ze meende het met elke atoom van haar lichaam.

Wat Falconi had gezegd, klopte, en dat was ook van het begin af aan Kira's plan geweest. Als ze gewoon een stuk van de Muil af blies, zou dat het monster niet tegenhouden. Net als de Kiem kon het zich regenereren, schijnbaar zonder enige limiet. Nee, de enige manier om met de Muil af te rekenen was door zijn kern te vernietigen – de goddeloze samensmelting van de gewonde lichamen van Carr en de Kwal Qwon. In een ondoordachte poging hen te genezen, had de xeno hun hersenen aan elkaar gelijmd tot een misvormd geheel. Als ze tot bij die mengelmoes wist door te dringen, die gefolterde massa hersencellen... dan dacht Kira dat ze een goede kans zou hebben om haar fout recht te zetten en een einde te maken aan de Muil.

Maar dat zou niet makkelijk zijn. Verre van.

'Thule sta me bij,' fluisterde ze, en ze klapte haar lichtzeilen in, zodat de Kiem een compact, hard pantser vormde om haar en de raket heen.

Het helse vleeslandschap van de Muil vulde haar horizon. Kira had geen idee waar het brein dat ze zocht zich bevond, maar ze ging ervan uit dat ze ergens diep in het midden van de wildgroei aan vlees moest zijn. Natuurlijk kon ze het mis hebben, maar ze kon zich ook geen betere plek bedenken om toe te slaan. Ze moest de gok wagen.

Een aantal van de grootste tentakels kwamen omhoog van het lijf van de Muil en reikten naar haar. Hun bewegingen zagen er loom uit, maar in werkelijkheid, gezien de omvang van de tentakels, waren ze angstaanjagend snel.

'Shit!'

Kira veranderde met een gedachte van koers en veranderde haar baan in een zijwaartse draai die haar tussen de tentakels door liet vallen. Duizenden kleinere ledematen zwaaiden onder haar langs en graaiden tevergeefs naar haar.

Als ze haar te pakken kregen, zouden ze haar aan stukken rijten, en Kira wist dat zelfs de bescherming van de Kiem niet genoeg zou zijn om haar te redden.

Een wolk nabijgeur walmde over haar heen, en ze moest bijna overgeven van de stank van de dood, rot en een wreed, begerig verlangen om haar vlees te verslinden.

Er kwam een vlaag van woede in haar op. Ze vertikte het godverdomme om die uit de kluiten gegroeide tumor zijn zin te geven en haar te laten oppeuzelen. Ze zou ervoor zorgen dat ze hem zo zwaar op de maag lag dat hij er nooit van zou bekomen.

Voor haar groeiden zwarte slierten uit het oppervlak van de Muil, als sprieten haar. Het waren net de strengen van de Kiem, alleen waren deze zo dik als bomen en liepen ze uit in vlijmscherpe tanden.

Naar links! dacht Kira, en de xeno vuurde haar stuwraketten af en wierp haar naar opzij en omlaag, uit het bereik van de zwiepende slierten.

Ze kwam steeds dichter bij de centrale massa van de Muil. Nog een paar seconden…

Naast haar rees de reusachtige, zwarte snavel op uit het bos van kronkelende ledematen en het heuvellandschap van lekkend vlees, bijtend, klakkend en – dat wist Kira zeker – brullend in stille frustratie. Wolken bevroren speeksel vlogen uit de open mond.

Kira slaakte een kreetje, en de Kiem gaf haar nog een laatste extra zet naar voren met zijn stuwraketten. Ze stortte recht op het golvende, bloedende, met pus bedekte oppervlak van de Muil af. 'Ik hoop dat je in me stikt!' prevelde ze door opeengeklemde tanden.

Maar op het laatste ogenblik voordat ze insloeg, keerden haar gedachten zich van strijdlust tot een gebed: *Alsjeblieft.* Laat haar plan alsjeblieft werken. Laat haar alsjeblieft haar zonde uitwissen en de Muil ten einde brengen. Laat haar haar leven alsjeblieft niet voor niets hebben opgegeven. Laat haar vrienden dit alsjeblieft overleven.

Alsjeblieft.

4

Het ogenblik dat de Kiem de Muil aanraakte, weergalmde er een razend gehuil door Kira's hoofd, een kabaal luider dan een orkaan, luider dan een raketaandrijving – zo luid zelfs dat haar schedel er pijn van deed.

De kracht van de botsing was sterker dan die van de krachtigste noodversnelling die ze ooit had meegemaakt. Alles werd haar rood voor ogen, en haar gewrichten schreeuwden het uit van de manier waarop haar botten op elkaar werden gedrukt en lichaamsvocht, pezen en kraakbeen klemzetten.

Tot hoe diep in de Muil de inslag haar en de Casaba-houwitser had gedreven, wist Kira niet. Ze wist alleen dat het niet diep genoeg was. Ze moest bij de verborgen kern van het misbaksel in de buurt zien te komen voordat ze de bom liet ontploffen.

Ze wachtte niet af tot ze werd aangevallen, maar ging zelf direct in de aanval en gaf de Kiem meer vrijheid dan ze ooit eerder had gewaagd. De Muil was kwaad. Nou, dat was zij ook, en ze gaf haar woede vrij baan en voedde haar aanval met elke laatste druppel angst, frustratie en verdriet die ze in zich had.

De xeno gaf uiting aan haar emoties door als een dolgedraaide cirkelzaag wild dieper in het vlees te graven. Stralen heet bloed plensden over hen heen, en het gehuil in Kira's geest kreeg een bijklank van pijn en paniek.

Toen trok het vlees zich strak om hen heen en begon het hen met onverbiddelijke kracht fijn te persen. Kira vocht terug, en als de Muil uitsluitend uit spierweefsel had bestaan, was dat misschien genoeg geweest. Maar dat was niet zo. Het kankergezwel was doorschoten met hetzelfde materiaal waar ook de Kiem uit bestond: een web van zwarte vezels zo hard als diamant die zich met een meedogenloze wilskracht bewogen en verspreidden, en op hen in sneden, hen meesleurden, hen samendrukten.

Waar de twee xeno's elkaar aanraakten, ontstond een verwoede worsteling. Aanvankelijk leek het erop dat ze zo aan elkaar gewaagd waren dat geen van tweeën de overhand zou weten te krijgen, maar toen voelde Kira tot haar schrik dat haar tweede huid begon op te lossen in de aanvallende strengen. Schrik sloeg om in afgrijzen bij haar besef dat de xeno's met elkaar wilden versmelten. De Kiem zag geen verschil tussen het deel van zijn wezen dat met haar was verbonden en het deel dat met de Muil was verbonden. Het waren twee helften van hetzelfde organisme, en ze wilden niets liever dan weer één worden.

Kira schreeuwde het uit van frustratie. De buitenste laag van de Kiem loste verder op in de Muil, en met dat materiaal verloor ze ook alle gevoel van controle. Toen werd haar lichaam getroffen door een schok en stuiptrekte ze. Het voelde alsof ze was aangeraakt door duizend afzonderlijke draadjes onder spanning, en haar mond liep vol met de hete kopersmaak van bloed.

Haar zenuwen werden overspoeld door een stortvloed aan zintuiglijke informatie, en even verloor Kira alle besef van waar ze was.

Ze kon de Muil vóélen, net zo goed als ze haar eigen lichaam kon voelen. Vlees boven op vlees, het merendeel ervan bonzend van de pijn van blootliggende zenuwen, en de foltering van ledematen, spieren en organen die verkeerd in elkaar zaten. Lichaamsdelen van mensen en Kwallen waren aan elkaar gegroeid zonder achting voor structuur of hun functie. Wondvocht stroomde door aderen gemaakt voor bloed, en bloed gutste door sponsachtig weefsel bedoeld voor een dikkere substantie. Botten schraapten over pezen, kraakbeen en andere botten. Tentakels drukten in op verkeerd geplaatste ingewanden. En allemaal sidderde het in het fysieke equivalent van een schreeuw.

Zonder de vezels van de xeno die door het hele lichaam van de Muil waren geweven om het te ondersteunen en in stand te houden, had de abominatie nooit langer dan een paar minuten of misschien zelfs seconden overleefd.

De pijn werd vergezeld door een malende honger, een oerinstinct om te eten en te groeien en uit te dijen zonder einde, alsof de voorzorgsmaatregelen die in de Kiem waren ingebouwd, waren weggevaagd, en alleen het verlangen om uit te dijen was achtergebleven. De emoties van de Muil bezaten ook een zekere sadistische blijdschap, en dat verbaasde Kira niets. Egoïsme was fundamenteler dan vriendelijkheid. Wat ze echter niet zag aankomen, was de verdwaalde, kinderlijke verwarring die dat sadisme vergezelde. Het wezen ontstaan uit de verstrengeling van Carr en Qwons geesten leek niet in staat te begrijpen wat er aan de hand was. Het kende alleen zijn pijn, zijn haat en zijn verlangen om zich te vermenigvuldigen totdat het elke centimeter bedekte van elke planeet en planetoïde in het universum – totdat zijn kroost de ruimte rondom elke ster in de hemel verduisterde en al het licht tot de laatste zonnestraal werd opgezogen door het leven, het *leven,* het LEVEN dat het had voortgebracht uit zijn onnatuurlijke lendenen.

Dat was het enige wat het verlangde. Het enige wat het nodig had.

Kira schreeuwde het uit in de duisternis terwijl ze worstelde met de Muil, worstelde met zijn lichaam, geest en Kiem. Ze wierp haar eigen woede en haat in de strijd tegen die van het monster, verscheurde het vlees om haar heen met de volle kracht van haar wanhoop en vocht als een prooi gevangen tussen de kaken van een roofdier.

Niets wat ze deed had enig effect. Haar woede tegenover die van de Muil, was als een kaars vergeleken met een vulkaan. Haar haat was een schreeuw verloren in een bulderende orkaan.

De onbevattelijke kracht van de Muil sloot haar in. Hield haar vast. Verblindde haar. Wat ze ook probeerde, de Muil had er een antwoord op en was haar de baas. De Kiem smolt om haar heen weg, vervloog atoom voor atoom om deel te worden van de Muil. En hoe harder ze vocht, hoe sneller de xeno haar ontglipte.

Toen de Muil haar huid naderde – haar echte huid, niet die van de Kiem – besefte Kira dat haar tijd op was. Als ze het nu niet deed, nu direct, was alles wat ze had doorstaan voor niets geweest.

In een hernieuwde vlaag van paniek tastte ze met wat er over was van de Kiem naar de keypad op de Casaba-houwitser. Daar. De toetsen voelden hard en vierkant aan onder de strengen van de xeno.

Kira begon de activatiecode in te toetsen.

En toen… verloor ze de strengen. Ze werden slap en stroomden vloeibaar als water weg de oprukkende duisternis in. Vlees verliet haar om zich bij ander vlees aan te sluiten, en daarmee vervloog haar enige hoop op redding.

Ze had gefaald. Volledig en compleet. En ze had de enige kans die de mensheid misschien nog had gehad om te overwinnen uitgeleverd aan hun grootste vijand.

Kira's woede brandde nog feller op, maar het was een zinloze, hopeloze woede. Toen werden de laatste paar moleculen van de xeno opgenomen en drukte de massa van de Muil op haar in, heet, bloederig en graaiend.

5

Kira krijste het uit.

De vezels van de Muil reten haar uiteen. Huid, spieren, organen, botten, alles. Haar lichaam werd verscheurd als oude kleren.

De Kiem was nog altijd verstrengeld met haar lichaam en begon eindelijk serieuze weerstand te bieden aan de Muil. Hij probeerde zowel haar te beschermen als samen te smelten met zijn lang verloren vlees. Het waren tegenstrijdige aandrangen, en zelfs als de Kiem zich er volledig voor had ingezet om haar te beschermen, was er nu te weinig van het organisme over om de macht van de Muil af te slaan.

De hulpeloosheid die Kira voelde was overweldigend. Evenals haar gevoel van verslagenheid. De allesverterende foltering die zij en de Muil allebei voelden, was er niets bij. Ze had ergere pijn aangekund als het maar een nobel doel had gediend, maar het feit dat ze had gefaald, maakte de aanslag op haar lichaam duizendmaal erger.

Het was verkeerd. Het was allemaal verkeerd. Alans dood en de dood van haar andere teamgenoten, de aanval op de Verzachtende Omstandigheden en de creatie van de Muil, de talloze duizenden intelligente wezens – mensen, Kwallen en nachtmerries – die waren omgekomen in tienenhalve maand aan oorlog. Al die pijn en al dat lijden, en waarvoor? Voor niets. Het ergst van alles was dat het patroon van de Kiem zo verwrongen en ontaard zou worden dat de nalatenschap van de xeno – en daarmee ook de hare – er een zou zijn van dood, verderf en lijden.

Haar woede verging tot verdriet. Er was nog maar weinig van haar over, en Kira dacht niet dat ze nog lang bij bewustzijn zou blijven. Hooguit een paar seconden.

Haar gedachten keerden terug naar Falconi en de nacht die ze samen hadden doorgebracht. De zoute smaak van zijn huid. Het gevoel van zijn lichaam tegen het hare. Zijn warmte in haar. Die ogenblikken waren de laatste normale, intieme ervaring die ze ooit met een andere persoon zou delen.

Ze kon zijn rugspieren nog zien aanspannen onder haar aanraking, kon achter hem zijn knoestige bonsaiboompje nog op het bureau zien staan – het enige levende groen aan boord van de Caracole. Maar dat boompje had daar toch niet gestaan, of wel...?

Groen. Dat bracht haar herinneringen terug naar vruchtbaar Weyland, zo vol leven, geurig, tenger, kostbaarder dan woorden konden beschrijven.

En toen, in haar allerlaatste moment, berustte Kira in haar lot. Ze aanvaardde haar verlies en liet haar woede los. Het had geen zin meer om te vechten. Ze begreep zelfs de pijn en de redenen achter de razernij van de Muil. Uiteindelijk verschilden die niet fundamenteel van haar eigen.

Als ze had kunnen huilen, had ze dat gedaan. En op de rand van de dood, in haar allerlaatste moment, voelde Kira een golf van warmte, troostend en louterend – transformerend in zijn verlossende puurheid.

Ik vergeef je, dacht ze. En in plaats van de Muil te verwerpen, sloot ze hem in haar armen, stelde ze zichzelf open en verwelkomde ze hem in haar.

Een verschuiving...

Waar de vezels van de Muil haar aanraakten – en haar lichaam met meedogenloze gedrevenheid afbraken – viel alle beweging stil. Alle activiteit stopte. En toen voelde Kira iets heel vreemds: de Kiem stroomde niet langer in de Muil, maar de Muil begon in de Kiem te stromen en smolt erin samen, werd er deel van.

Kira aanvaardde de toevloed van materiaal en opende zich ervoor als een kind dat ze aan haar boezem hield. Haar pijn verdween, alsook de pijn van het weefsel dat ze overnam. Hoe verder ze zich verspreidde, hoe verder ook haar zelfbewustzijn uitdijde, en daarmee kwam een groter bewustzijn, als een vergezicht dat zich voor haar opende.

De woede van de Muil verdubbelde en verdubbelde opnieuw. Het misbaksel was zich bewust van de verandering, en zijn razernij kende geen grenzen. Het haalde naar haar uit met alle macht die zijn verwrongen lichaam in zich had. Het sloeg op haar in, kneep in haar, wrong haar uit, sneed haar open. Maar de fractalvezels van de Muil die om haar heen sloten, werden geabsorbeerd door de Kiem en werden deel van Kira.

Het gehuil dat de gefolterde geest van de Muil voortbracht, was apocalyptisch overweldigend – een nova van pure, onbegrensde razernij die van diep binnen in hem explodeerde. Het wezen stuiptrekte alsof het een toeval had, maar niets wat het te bieden had, kon Kira's groei tegenhouden of vertragen.

Want ze vocht niet langer tegen de nachtmerrie, maar stond hem toe om te zijn wat hij was, en erkende zijn bestaan en haar rol in zijn creatie. En op die manier heelde ze het gefolterde vlees van de Muil.

Naarmate ze groter en groter werd, voelde Kira zich steeds dunner verspreid raken en opgaan in de groeiende massa van de Kiem. Deze keer verzette ze zich daar niet tegen. Zich eraan overgeven was de enige manier om de Muil te weerstaan, dus gaf ze zich eraan over, voor eens en altijd.

Er bloeide een helderheid op in Kira's bewustzijn. Ze had niet meer kunnen zeggen wie ze was of waar ze vandaan kwam, maar ze kon alles voelen. De druk van het vlees van de Muil, de schittering van de sterren die hen belichtten, de lagen nabijgeur die om hen heen walmden, en om dat alles heen banden van paarsblauwe straling die gonsden alsof ze leefden.

Hoe dichter de Kiem hem naderde, diep in zijn plooien bloederig vlees, hoe wilder de geest van de Muil vocht en tekeerging. Het overgrote deel van de berg vlees behoorde nu toe aan haar, en ze verdeelde haar energie evenredig tussen het wegnemen van de vele kwetsuren daarvan, en het vinden en isoleren van het brein.

Ze kon voelen dat ze het verwrongen bewustzijn van Carr en Qwon dicht was genaderd. Het was incoherent door frustratie, en ze wist dat als het er de kans toe kreeg, zijn samengevoegde waanzin het er opnieuw toe zou drijven om dood en verderf te zaaien door het universum.

Noch zij, noch de Kiem was bereid dat te dulden.

Daar. Botscherven met daartussen zachter vlees dat verschilde van al het andere en waaruit een compact netwerk van zenuwen naar buiten liep. Daar. Zelfs op afstand waren de gedachten die daar schuilden krachtig genoeg om haar (en de Kiem) te doen sidderen. Ze wou dat ze in de berg weefsel kon reiken en hem kon genezen, zoals ze had gedaan voor Gregorovich, maar daar was de geest van de Muil nog altijd te krachtig voor. Ze zou het risico lopen de controle over de Kiem weer te verliezen.

Nee. Haar enige optie was om dodelijk toe te slaan.

Ze vormde een dolk van verstijfde vezels, bracht hem in positie en…

Een signaal bereikte haar afkomstig van een plek bij een van de planeten die in een baan om de zwakke, blauwwitte ster vlogen. Het was een bundel elektromagnetische golven, maar zij kon hem zo duidelijk horen als een stem in haar oor: een schrille, stotterende toon vol dicht opeengepakte, gecodeerde informatie.

Diep in haar golfde er een stoot elektriciteit door de circuits van de Casaba-houwitser. Toen verschoof er met een zware bons een mechanisch onderdeel in de raket. En met gruwelijke zekerheid begreep ze wat het signaal betekend had:

Activatie.

Er was geen tijd om te ontkomen. Geen tijd voor wat dan ook.

Alan.

In de duisternis om haar heen ontbloeide licht.

DEEL ZES

* * * * * * *

QUIETUS

…
Ik heb meer wonderen gezien, klein en groot,
dan de meesten. En vrede heb ik nu;
mijn adem vertraagt. Meer kan ik niet vragen.
Verder reiken dan de dingen van alledag
is me mijn leven waard. Onze soort behoort
te zoeken en verkennen tot de verste grens
en, als we landen op een verre kust,
naar nog verdere streken door te reizen. Genoeg.
De stilte groeit. Mijn kracht is weg en Sol
wordt nu een vage gloed, en nu wacht ik,
een Viking, op zijn schip te ruste gelegd.
Mij zal niet vuur verteren, maar kou en ijs,
en eeuwig zal ik eenzaam dolen.
Geen vorst van weleer had ooit zo'n baar,
versierd met donker en grijs metaal, noch
zo veel juwelenpracht voor zijn sombere tombe.
Mijn riem zit vast; ik kruis mijn armen en ben
klaar om me opnieuw te wagen in het
Onbekende, tevreden met mijn eind en overgang
weg uit dit sterfelijke rijk, tevreden om
te wachten en te slapen, hier –
te slapen in een zee van sterren.

– *De Verste Kust* 48-70
HARROW GLANTZER

I

*   *   *   *   *   *   *

HERKENNING

1

Ze bestond.

Hoe, waar en als wat kon ze niet zeggen... Maar ze bestond. Het stoorde haar niet dat ze het niet wist. Ze bestond en dat was op zichzelf al bevredigend genoeg.

Haar bewustzijn was een dunne, vibrerende gewaarwording, alsof ze te ver was uitgerekt. Ze voelde zich ijl; een vage herkenning als nevel boven een duistere zee.

En een tijdlang was dat genoeg.

Toen merkte ze dat het membraan van haar wezen dikker begon te worden, eerst langzaam, maar toen steeds sneller. Tegelijkertijd rees de vraag die de moeder is van alle vragen: waarom?

Naarmate haar lichaam vastere vorm aannam, werden haar gedachten sterker, coherenter. Maar de verwarring bleef domineren. Wat gebeurde er? Moest zij dat weten? Waar was ze? Was dat 'waar' een echte plek, of bestond het alleen in haar verbeelding?

De schok waarmee zenuwen zich met elkaar verbonden deed haar pijn, even scherp als het licht dat op haar scheen. Want er wás nu licht, uit vele bronnen: koude vonken tegen het zwart en een grote, felle bol die eindeloos brandde.

Er volgden meer schokken. De golven van pijn maakten haar het denken onmogelijk. Intussen bleef ze in grootte toenemen. En zich verzamelen. Samensmelten tot wat ze was.

Er kwam een herinnering bij haar boven, en daarmee ook de herinnering aan herinneringen: *Een anatomiecollege in het derde jaar, luisterend naar zo'n vervloekte pseudo-intelligentie die eindeloos voortneuzelt over de innerlijke structuur van de alvleesklier. Kijkend naar het glanzende rode haar van de studente twee rijen voor hem...*

Wat betekende dat? Wa–

Meer herinneringen: *Achter Isthah aan rennen tussen de rijen tomatenplanten in de kas achter hun woonkoepel... daarna langs haar medevormen naar de Peilloze Vlakte duiken, tussen het overwoekerde lantaarnwier met de opengesperde bekken... ruzie met zijn oom die hem niet bij het VMB wil laten gaan, en toelatingsexamen doen bij Lapsang Corp. en het Nest van Overdracht ingaan om haar nieuwe vorm aan te nemen en de eed van trouw afleggen onder het licht van Epsilon Indi op concertina snelle vormen hoestof dubbelsterk gesp vierledige verificatie nabijgeur ketterij met de wervelende uitscheiding van –*

Als ze/hij/het een mond had gehad, zou er een schreeuw hebben geklonken. Ieder besef van identiteit verdween in een tsunami van beelden, geuren, smaken en gevoelens. Er viel geen touw aan vast te knopen en alles voelde aan als eigen, wás ook eigen.

Angst benam hem/haar/het de adem en bracht armen en benen woest in beweging, machteloos.

Eén reeks herinneringen was helderder en gestructureerder dan de andere – *plantengroei met liefde en eenzaamheid en lange avonden werken op verre planeten* – en zij/hij/het klampte zich eraan vast als aan een reddingslijn in een storm. En probeerde er een zelfbesef uit te halen.

Het was niet makkelijk.

Toen, ergens in de gierende verwarring, kwam er een enkel woord naar boven, en zij/hij/het hoorde het uitgesproken worden met de stem van een ander: 'Kira.'

... *Kira*. De naam klonk als een klok. Ze kroop erin weg, gebruikte hem als harnas om haar kern te beschermen, als middel om haar/hem/het een zekere innerlijke consistentie te geven.

Zonder die consistentie was ze niemand. Niet meer dan een verzameling ongelijksoortige aandriften zonder betekenis of verhaal. Dus klampte ze zich stevig vast aan de naam en probeerde ze iets van individualiteit te behouden in de voortrazende gekte. Wíé Kira zou kunnen zijn, was een vraag die ze nog niet kon beantwoorden. Maar in elk geval was de naam een vast punt waar ze zichzelf omheen kon centreren, terwijl ze probeerde te bedenken hoe ze 'zichzelf' precies moest definiëren.

2

De tijd ging vreemd hortend en stotend voorbij. Ze wist niet of er momenten verstreken of eonen. Haar lichaam bleef maar uitdijen, alsof het verhardde uit een dampwolk, uitbouwend, opbollend, wordend.

Armen en benen voelde ze, en ook organen. Verschroeiende hitte en, in sombere slagschaduwen, bijtende kou. In reactie daarop werd haar huid dikker, vormde het een pantser dat sterk genoeg was om zelfs de teerste weefsels te beschermen.

Haar blik bleef het grootste deel van de tijd naar binnen gericht. Een koor van wedijverende stemmen bleef door haar hoofd wervelen en alle stemmenflarden vochten om de overhand. Soms leek haar echte naam eigenlijk Carr te zijn. Dan weer Qwon. Maar altijd keerde haar zelfbesef terug bij *Kira*. Dat was de enige stem die luid genoeg was om tussen de andere overeind te blijven – de enige stem die troostrijk genoeg was om hun driftige gebrul te kalmeren en hun onrust te sussen.

Groter werd ze, en nog groter, tot er op het laatst geen materiaal meer was dat ze nog aan haar lichaam kon toevoegen. Haar afmetingen lagen nu vast, hoewel ze haar ordening naar believen kon veranderen. Wat verkeerd leek of niet op zijn plaats was, kon ze naar eigen wens verplaatsen en vervormen.

Haar geest begon tot rust te komen en ze begon iets te begrijpen van de vorm van de dingen. Ze herinnerde zich iets van haar leven op Weyland, lang geleden. Ze herinnerde zich dat ze als xenobioloog had gewerkt en dat ze Alan had ontmoet – lieve Alan – en toen, later, dat ze op Adrasteia de Kiem had gevonden. En toch herinnerde ze zich ook dat ze Carr was. Julian Aldus Carr, dokter in het VMBM, zoon van twee niet-zo-liefhebbende ouders en een geestdriftig verzamelaar van gegraveerde berilnoten. Ook herinnerde ze zich dat ze de Wranaui Qwon was, trouw dienaar van de Verstrengeling van Geesten, lid van aanvalsschool Hfarr, en onverzadigbaar liefhebber van smakelijke pfennic. Maar de herinneringen van Carr en Qwon waren wazig, niet-compleet – overvleugeld door veel levendiger herinneringen aan de hongerige tijd die ze samen hadden doorgebracht als de Muil.

Een huivering ging door haar lichaam. *De Muil*... Met die gedachte kwam er meer informatie naar boven, vol pijn, woede en onvervulde verwachtingen.

Hoe kon zij en konden zij nog steeds in leven zijn?

3

Eindelijk richtte ze haar aandacht op haar omgeving.

Ze hing in de leegte, schijnbaar bewegingsloos. Geen puin om haar heen, geen gas of stof of andere resten. Ze was alleen.

Haar lichaam was donker en ruw, als het oppervlak van een planetoïde. De vezels van de Kiem hielden haar bij elkaar, maar ze was meer dan die vezels; ze was ook vlees, zacht en kwetsbaar vanbinnen.

Met de ogen die ze inmiddels had laten groeien zag ze overal in het stelsel strepen magnetische kracht. Ook het schemerige waas van de zonnewind was zichtbaar. De zon die alles verlichtte was een nevelig blauwwit dat haar herinnerde aan… ze wist het niet, maar was iets vertrouwds, iets nostalgisch – al kwam de nostalgie niet van haar/Carr/Qwon, maar van de Kiem zelf.

Ze verbreedde haar blik.

Hordes glinsterende schepen bevolkten het stelsel. Sommige dacht ze te herkennen. Andere waren onbekend, maar wel van een bekend type: vaartuigen van graaiers of anders van tweevormen… of anders van het misplaatste vlees van de Muil – en dat was zij. Zíj was verantwoordelijk. En ze zag hoe het vlees van haar vlees de andere schepen bleef aanvallen, en pijn, dood en vernietiging door het hele stelsel verspreidde.

Ze begreep de situatie niet, niet helemaal, maar ze wist dat het verkeerd was. Dus riep ze haar weerspannige kinderen bij zich om een einde aan de strijd te maken.

Sommige gehoorzaamden. Ze vlogen naar haar toe met vaandels van vuur uit hun uitlaten en toen ze bij haar waren, drukte ze hen tegen haar borst en heelde hun pijn, kalmeerde hun gedachten en bracht hun vlees terug naar waar het vandaan kwam. Want zij was hun moeder en het was haar plicht om voor hen te zorgen.

Sommige kwamen in opstand. Achter hen stuurde ze snelle delen van haarzelf aan, en ze greep hen, berispte hen en bracht hen terug naar de plek waar zij hing te wachten. Niet één van hen ontsnapte. Ze voelde geen haat voor de kinderen die zich misdroegen. Nee, ze had verdriet om hen en ze zong voor hen terwijl ze hun angsten suste, hun woede en hun pijn. Ze waren er zo slecht aan toe dat ze gehuild zou hebben, als ze dat had gekund.

Terwijl ze haar bandeloze kroost weer in het gareel bracht, beschoten een aantal graaiers en tweevormen haar uitgezonden delen met lasers, raketten en andere projectielen. Bij de Muil zou dat woede hebben opgewekt, maar bij haar niet. De aanvallen stoorden haar niet erg, want ze wist dat de graaiers en de tweevormen het niet begrepen. Ze was niet bang voor hen. Hun wapens konden niets beginnen tegen wat zij nu was.

Veel schepen van de wezens volgden haar uitgezonden delen toen ze die naar zich terughaalde. Ze stelden zich voor haar op, op een afstand die ze vermoedelijk als veilig beschouwden. Dat was die niet, maar dat hield ze voor zich.

Honderden signalen gingen van de schepen uit, op haar gericht. De elektromagnetische stralen flitsten als verblindende kegels prismatische energie in haar blikveld en de geluiden en informatie die ze brachten klonken als het gezoem van ontelbare muggen.

Het leidde haar af en maakte het nadenken nog moeilijker dan het al was. Geërgerd sprak ze één woord, op een manier die iedere soort zou begrijpen:

‘Wacht.’

Daarna verdwenen de signalen en viel er een weldadige stilte. Tevreden richtte Kira haar aandacht weer naar binnen. Er was veel wat ze nog niet begreep, veel wat ze nog moest doorgronden.

4

Stukje bij beetje vormde ze een samenhangend beeld van de recente gebeurtenissen. Ze doorleefde het bezoek aan Vliegenstrip opnieuw. En de ontsnapping uit Ruimtestation Orsted, de lange reis naar Cordova en het gevecht dat volgde.

De Casaba-houwitser was ontploft. Dat wist ze in elk geval zeker. En op een of andere manier – hoe? – had de Kiem iets van haar bewustzijn weten te bewaren, en van dat van Carr en Qwon, midden in de nucleaire hel.

Ze was… Kira Navárez. Maar ze was ook zo veel meer. Voor een deel was ze Carr, en Qwon, en voor een deel was ze ook de Kiem.

Want er leek iets in haar geest ontgrendeld te zijn en ze besefte dat ze nu toegang had tot een schatkamer aan kennis: kennis van de Kiem. Kennis uit de tijd van het Verdwenen Volk. Zo hadden zij zichzelf niet genoemd. Ze noemden zichzelf… het Oude Volk. Degenen die er eerder waren.

Tijdens haar redding waren zij en de xeno eindelijk volledig geïntegreerd. Maar er was meer, en ook dit begreep ze nu: de krachten van de Kiem waren gelaagd, en de meeste lagen waren afgesloten, niet toegankelijk tot de xeno een bepaalde afmeting bereikte (die ze nu ver overtrof).

Dus degene die ooit gewoon Kira was geweest en die nu veel meer, veel groter was, hing daar in de zwarte ruimte en dacht na. Ze bestudeerde en overwoog de vele vertakkende mogelijkheden die voor haar lagen. Het pad was zo onoverzichtelijk als struikgewas, maar ze wist dat het leidende principe van de Kiem haar zou helpen de weg te vinden, want het was ook haar eigen principe: leven was heilig. Elk onderdeel van hun normenstelsel berustte op dat fundamentele principe. Leven was heilig, en het was haar plicht om het te beschermen en het, als dat verstandig was, uit te zaaien.

Terwijl ze nadacht zag ze hoe de ruimteschepen in het stelsel zich opstelden: mensen langs de ene as, Wranaui langs de andere. En terwijl ze hun wapens op haar gericht hielden, bleven ze ook elkaar onder schot houden; twee tegenover elkaar opgestelde vloten en zij in het midden. Het was een ongemakkelijke wapenstilstand. Zelfs na de dood van de grote en machtige Ctein was er niet veel voor nodig om de oorlog weer te laten oplaaien. De twee soorten hadden alleen de Muil die hen verbond, en beide soorten waren in de kern genadeloos, bloeddorstig en expansionistisch. Dat wist ze uit haar leven als Kira en uit haar leven als Nmarhl, de Aanvoerder van de School.

Ook toen had ze zich verantwoordelijk gevoeld voor de oorlog. Zij, die ook Carr en Qwon was. Zij die de Muil en haar nakomelingen was geweest. Zij die nu in een baan om de ster van Cordova draaide.

En ze wist dat er zich nog meer van haar ongelukkige nakomelingen tussen de sterren bewogen en angst, pijn en dood onder mensen en Wranaui zaaiden. En zij die Kira was, voelde angst voor haar familie. Dat was nog niet alles: ze herinnerde zich de planeet die de Muil had overgenomen, een hele wereldbol vol levende wezens, getransformeerd tot dienaren van het misleide vlees. Machines waren er ook, en schepen, en allerlei soorten gevaarlijke dingen.

De gedachte maakte haar van streek.

Ze wilde... vrede, in al zijn vormen. Ze wilde de gift van het leven schenken, zodat mensen en Wranaui bij elkaar konden zijn en lucht inademen die naar groen en goed rook in plaats van naar metaal en ellende.

Toen wist ze wat ze moest doen.

'*Kijk toe, maar doe niets,*' zei ze tegen de wachtende vloten.

Eerst het pijnlijkste deel. Ze gebruikte wat vroeger de geheime kennis van de Kiem was geweest en zond een krachtig signaal uit. Geen roep, geen verzoek, maar een bevel. Een doodsbevel, gericht aan de maaksels van de Muil. Bij ontvangst zou het de cellen van de Verdorvenen uit elkaar halen, hun lichamen ontbinden en ze terugbrengen tot de organische materialen waaruit ze waren opgebouwd. Wat de Kiem had laten verschijnen, kon ze ook weer laten verdwijnen.

Er was een zuivering nodig en ze kon geen snellere manier bedenken om een einde aan het geweld en het leed te maken. Die taak was aan haar toegevallen en ze zou zich niet aan het werk onttrekken, hoe droevig het ook was.

Toen dat gedaan was, vormde ze afgezanten uit haar vlees en zond ze naar de beschadigde schepen die afgedankt rondzweefden om de planeet waarop de Wranaui hun mijnwerkzaamheden hadden uitgevoerd. Ze zond andere delen van zichzelf naar de planetoïdengordel om de materialen te halen die ze nodig had.

Terwijl de drones hun taken uitvoerden begon ze te werken aan het belangrijkste deel van haar lichaam en herstructureerde dat om het aan te passen aan haar bedoelingen. Rond haar kern vormde ze een versterkte bol, ter bescherming van wat er van haar oorspronkelijke lichaam overschoot. Van daaruit liet ze gladde zwarte panelen uitgroeien, die elk straaltje zonlicht dat ze raakte moesten absorberen. Energie. Ze had energie nodig als ze haar doel wilde bereiken. De Kiem had zelf ook energie, maar niet voldoende voor wat ze in haar hoofd had.

Welk hoofd? Geen hoofd... Ze lachte bij zichzelf, een zachte melodie in de ruimte.

Met behulp van de gecodeerde kennisbank van de Kiem begon ze de benodigde machines te bouwen. Ze construeerde ze vanaf atoomniveau. Met de energie die ze uit de panelen haalde, liet ze een brandende zon in zichzelf ontvonken: een fusiereactor die groot genoeg was om het grootste slagschip van het VMB aan te drijven. Met de energie uit de kunstmatige ster begon ze antimaterie te produceren – veel meer dan de inefficiënte technieken van mensen of Wranaui konden maken. De Ouden hadden de antimaterieproductie al ruimschoots onder de knie voor die twee soorten zelfs maar ontstonden. En met antimaterie als brandstof bouwde ze een aangepaste torsieaandrijving, waarmee ze het weefsel van tijd-ruimte kon verdraaien en rechtstreeks energie uit FTL-ruimte kon halen. Dat was, begreep ze inmiddels, ook hoe de Kiem zichzelf van energie voorzag.

Haar afgezanten die de beschadigde schepen in bezit namen, vonden soms gewonde mensen of Wranaui, die op de schepen waren achtergelaten en vergeten. De gewonden werden vaak agressief, maar ze negeerde hun aanvallen en verzorgde hun wonden ondanks eventueel verzet. Daarna zond ze de achtergelaten crewleden terug naar hun soortgenoten in reddingspods die ze uit hun eigen schepen haalde of zelf maakte.

Toen de drones met schepen en steenklompen terugkeerden verslond Kira al dat materiaal – ongeveer zoals de Muil zou hebben gedaan – en voegde het toe aan de bouwsels die om haar heen vorm kregen.

Dat maakte de toekijkende vloten zenuwachtig. Verschillende vaartuigen flitsten haar sterke signalen toe en probeerden met haar te praten.

'*Wacht*,' zei ze. En dat deden ze, al trokken mensen en Wranaui zich nog verder terug en hielden ze veel afstand.

Nu ze meer dan genoeg energie en massa had, stak Kira al haar inspanningen in de bouw. Het werk was niet puur mechanisch; behalve balken en beugels en metalen ribben liet ze de Kiem ook speciale kamers creëren die ze vulde met oersoep, verwarmde bioreactors die het levende materiaal begonnen te produceren dat ze nodig had voor het eindproduct: hout dat sterker was dan alle soorten staal; zaden, knoppen, eieren en nog meer; kruipende en klimmende ranken die even efficiënt als koperdraad energie konden geleiden; supergeleiders op schimmelbasis en een compleet ecosysteem van flora en fauna op basis van de gigantische ervaring van de Kiem, dat volgens de Kiem en Kira zelf harmonieus zou kunnen werken.

Ze handelde snel, maar het werk kostte tijd. Er gingen dagen voorbij. De vloten bleven afwachtend toekijken, en zij bleef bouwen.

Vanuit haar centrale kern groeiden vier enorme steunbalken die zich naar voren, naar achteren, naar links en naar rechts uitstrekten, zodat ze een kruis met gelijke armen vormden. Ze maakte het kruis groter, meter voor meter, tot elke balk drieënhalve kilometer lang was en dik genoeg om er een kruiser doorheen te laten vliegen. Toen liet ze de Kiem een grote equatoriale ring maken die de punten verbond. Uit het uiteinde van elke balk begonnen ribben omhoog en omlaag te groeien en naar binnen te buigen, alsof ze zich om een onzichtbare bol heen vleiden.

De Kiem was inmiddels zo groot dat Kira zich nauwelijks nog kon voorstellen hoe het was om beperkt te zijn tot een lichaam zo groot als een mens of een Wranaui. Haar bewustzijn omvatte het hele bouwwerk en ze was zich elk moment bewust van alle onderdelen ervan. Het was, stelde ze zich voor, ongeveer zoals een scheepsbrein zich moest voelen. De substantie van haar ik rekte steeds verder op om te blijven voldoen aan de eisen van de zintuiglijke input, en met die uitbreiding ontstond er een weidsheid van denken die ze niet eerder had ervaren.

De bouw ging door, maar ze wilde niet langer wachten. De tijd begon inmiddels echt te dringen. Bovendien kon iedereen die toekeek zien wat ze aan het maken was: een ruimtestation dat groter was dan mens of Wranaui ooit had gebouwd. Delen ervan waren grijs metallic, maar voor het grootste deel was het groen en rood vanwege het organische materiaal waaruit het voornamelijk was opgetrokken. Het was een levend organisme, net zozeer als een persoon, en Kira wist dat het nog tientallen jaren, zo niet eeuwen, zou blijven doorgroeien en zich ontwikkelen.

Maar net als alle tuinen moest het wel verzorgd worden.

Ze richtte haar aandacht op verschillende kamers dicht bij haar kern, sloot ze af van het vacuüm, vulde ze met lucht die geschikt was voor zowel mensen als Wranaui, gaf ze zwaartekracht die beide soorten paste en werkte ze af in een stijl die passend leek. Voor dat doel combineerde ze stijlelementen van de Wranaui, het Oude Volk en het deel van haar dat Kira was, en uit elk koos ze wat haar het beste beviel.

Op haar bevel brachten een paar gezanten haar de verharde kern van wat Ctein was geweest. De grote en machtige Ctein. Het zou de Wranaui niets kunnen schelen wat ermee gebeurde – ze stonden onverschillig tegenover lichamen – maar haar wel. Ze nam de zwart geworden resten en veranderde zijn lichaam opnieuw door de loden zuilen om te vormen tot zeven pieken van glanzend kristal, blauwwit en duizelingwekkend om naar te kijken. Ze zette elk kristal in een andere kamer als waarschuwing, gedenkteken en symbool voor vernieuwing.

Toen verbrak ze eindelijk haar stilte. '*Admiraal Klein, aanvoerder Lphet, ik wil u spreken. Kom. Wij ontmoeten elkaar hier. Jij ook, Falconi, en… neem Trig ook mee.*'

II

*   *   *   *   *   *   *

EENHEID

1

Kira keek naar de drie ruimteschepen die naar haar toe vlogen: de VMBM *Onverbiddelijke Kracht*, de SLV *Caracole* en een in de strijd gehavend Wranaui-vaartuig dat in vertaling *Snelle Stromingen Onder Stille Golven* heette.

De schepen waren heel anders van uiterlijk. De *Onverbiddelijke Kracht* was lang en dik, met talloze harde punten op haar romp voor lasers, raketwerpers en railguns. Ze was in een donkere, matgrijze kleur geschilderd die scherp afstak tegen het glinsterende, met zilver doorschoten diamant van haar radiatoren. De *Caracole* was veel korter en kleiner, gedrongen zelfs, met een vertrouwde bruine romp, bekrast en gehavend door jarenlange inslag van micrometeoroïden en met een groot gat dat de Wranaui erin hadden gehakt om in het ruim te komen. Net als het slagschip van het VMB had de *Caracole* de vinnen van haar radiatoren omhoogstaan. Als laatste kwam het schip van de Wranaui, een gepolijste bol zo wit als een schelp die alleen werd ontsierd door een schroeistreep van een blaster op de boeg.

De drie schepen gebruikten hun stuurraketten om vaart te minderen toen ze de dockingports naderden die Kira voor ze had gemaakt. Tegen de fluwelen achtergrond vlogen zwermen drones voorbij, nijver als bijen. Haar aandacht lag net zozeer bij hen als bij haar bezoekers, maar toch kreeg Kira zomaar een vreemd, wiebelig gevoel in haar binnenste.

Was dat... verlegenheid? Dat verraste haar. Zelfs nu ze dit alles was geworden, vroeg ze zich nog af wat Falconi over haar zou denken.

En niet alleen Falconi. Toen de luchtsluis van de *Caracole* openging, kwam de hele crew naar buiten, ook Nielsen, met het verband nog om haar ribben, en de entropist Veera. Ze voerden Trigs cryobuis op een rijdende brancard met zich mee, tot Kira's tevredenheid.

De *Onverbiddelijke Kracht* spuugde admiraal Klein uit... en met hem een hele troep mariniers van het VMBM in volledige pantserexo's. Op dezelfde manier vergezelde een groep gewapende Wranaui commandant Lphet toen de aanvoerder van de school hun schip uitkwam. Er ging een nabijgeur van zorgen en nieuwsgierigheid van de graaiers uit. Itari was bij hen en ook één mens: majoor Tschetter. Haar gezicht stond even ondoorgrondelijk als altijd.

'*Deze kant uit,*' zei Kira en ze liet een streep smaragdgroene lampjes in de gang voor hen oplichten.

De mensen en Wranaui volgden haar route. Ze keek toe vanuit de wanden, de vloeren en het plafond, want dat was zij nu allemaal, en meer. Falconi keek onzeker, maar ze was blij om te zien dat hij leefde en gezond was en dat zijn schouderblessure hem geen pijn meer leek te doen. Klein toonde geen emotie, maar zijn ogen schoten van links naar rechts, op zoek naar iets onverwachts.

Behalve de mariniers droegen alle mensen skinsuits met stevig verzegelde helmen. De Wranaui deden zoals gewoonlijk geen concessies aan de omgeving, maar vertrouwden erop dat hun huidige vorm hen zou beschermen.

Toen de bezoekers de ruimte betraden die ze had gemaakt om hen te ontvangen, keek Kira weer vanuit het lichaam dat ze voor zichzelf had gevormd om Klein, Lphet en Falconi een beeld van haar te geven om naar te kijken. Dat leek haar wel zo beleefd.

De ontvangstruimte was hoog en smal, met een gewelfd plafond en een dubbele rij zuilen van *nnar*, de koraalachtige afscheiding die ze kende (en ook zeer waardeerde) via Qwon. De wanden hadden frames van gepolijst metaal, donkergrijs en versierd met blauwe lijnen die patronen vormden waarvan de betekenis alleen bekend was bij het Oude Volk... en nu bij haar. In het framewerk zaten grote, organisch gevormde houten vakken met ranken en planten met donkergroene bladeren erin.

En die waren van haar die Kira was. Dat gold ook voor de bloemen in donkere schaduwhoekjes: hangende bloemen, met paarse bloemblaadjes en gespikkelde kelken. Middernachtsgesterntes, als aandenken aan haar thuis en aan Alan – aan alles wat ze vroeger was geweest.

Ze had het bloemenpatroon herhaald in de vloer, in fractale spiralen die kronkelden zonder eind. En de aanblik beviel haar, gaf haar een tevreden gevoel.

Tussen de spiralen stond een van de kristallen die ze van Ctein had gemaakt: een bevroren vlam in wonderschone facetten. In de gebroken lichtstralen die de vloer raakten dwarrelde stuifmeel rond als rook, dicht en geurig. Ergens tussen de gespikkelde zuilen klonk ruisend water, maar afgezien daarvan was het stil in het vertrek. Er hing een gewijde, heilige sfeer.

Kira noemde geen eisen, stelde geen ultimatums, maar Klein sprak één woord tegen zijn troepen en de mariniers namen positie in bij de gewelfde ingang terwijl de admiraal doorliep. Lphet deed hetzelfde met zijn lijfwacht (onder wie Itari) en mens en Wranaui liepen naar haar toe, met majoor Tschetter en de crew van de Caracole achter hen aan.

Toen ze de ontvangstruimte bijna overgestoken waren, liet Kira het gloeilicht feller worden en de schaduwen verjagen als het ochtendgloren, zodat ze haar konden zien.

De bezoekers bleven stilstaan.

Ze keek op hen neer vanuit de wortelachtige structuur van de muur waarin haar nieuwe lichaam lag ingebed, groen op groen en helemaal doorweven met de glanzende zwarte vezels van de Kiem, de wonderbaarlijke, levenbrengende Kiem.

'Welkom,' zei Kira. Het voelde vreemd om met een mond en tong te spreken. Nog vreemder was het om de stem te horen die ze voortbracht: een stem die dieper was dan ze zich herinnerde en die sporen en echo's van Carr en Qwon bevatte.

'O Kira,' zei Nielsen. 'Wat heb je gedaan?' Achter haar vizier stond haar gezicht bezorgd.

'Is alles goed met je?' vroeg Falconi, met zijn wenkbrauwen in zijn gebruikelijke frons.

Admiraal Klein schraapte zijn keel. 'Mevrouw Navárez –'

'Welkom,' zei Kira en ze glimlachte. Of dat probeerde ze althans; ze wist niet zeker of ze nog wist hoe dat moest. 'Ik heb u hier gevraagd, admiraal Klein, en u, Aanvoerder Lphet, om op te treden als afgevaardigden van de mensen en de Kwallen.'

[[Lphet hier: Ik ben geen aanvoerder meer, Idealis.]] En Tschetter vertaalde de woorden van de Wranaui voor de toehorende mensen.

'Hoe zal ik u dan aanspreken, Lphet?' Kira sprak in Engels en nabijgeur tegelijk, zodat iedereen haar verstond.

[[Lphet hier: Als de grote en machtige Lphet.]]

Een vage prikkeling ging over de graten van het ruimtestation, als een koude windvlaag over Kira's rug. 'U hebt de plaats van Ctein ingenomen, nu Ctein dood is.' Het was geen vraag.

De tentakels van de Wranaui bloosden rood en wit en hij wreef ze trots tegen elkaar. [[Lphet hier: Dat klopt, Idealis. Ik heb nu het bevel over elke Arm van de Wranaui.]]

Admiraal Klein stond te draaien en leek ongeduldig te worden. 'Wat is dit allemaal, Navárez? Waarom heb je ons hierheen laten komen? Wat bouw je en waarom?'

Ze lachte zacht, een muzikaal geluid dat klonk als een sijpelend waterstroompje tussen het mos.

'Waarom? Om wat ik nu ga vertellen. Mensen en Kwallen zullen blijven vechten zolang ze geen gedeeld terrein hebben. De nachtmerries, de Verdorvenen, waren een gezamenlijke vijand, maar die vijand is er nu niet meer.'

[[Lphet hier: Ben je daar zeker van, Idealis?]]

Ze begreep dat Lphet eigenlijk vroeg of de Muil echt weg was. Was zij of het nog een bedreiging? 'Ja, dat kan ik jullie verzekeren. Het pak waarmee ik verbonden ben, dat u kent als de Idealis en u, admiraal Klein, als het Zachte Mes, zal zulke problemen niet meer veroorzaken. Daarnaast heb ik een bevel laten uitgaan naar de Verdorvenen buiten dit stelsel. Zodra het hen bereikt, vormen ze geen bedreiging voor levende wezens meer.'

De admiraal leek niet overtuigd. 'Hoe dat zo? Bedoel je –'

'Ik bedoel,' zei Kira galmend boven hun hoofd, 'dat ik het bestaan van de Verdorvenen heb teruggedraaid. Jullie hoeven je geen zorgen meer over hen te maken.'

'Je hebt ze gedood,' zei Nielsen zacht. De anderen leken even blij als verontrust te zijn.

Kira boog haar hoofd. 'Dat kon niet anders. Maar het probleem blijft: mensen en Kwallen zullen nooit bondgenoten blijven als daar geen reden voor is. Nou, ik verschaf jullie de reden. Ik heb dit gemeenschappelijke terrein gemaakt.'

'Dit?' vroeg Klein, terwijl hij om zich heen keek. 'Deze plek?'

Ze glimlachte weer. Dat ging nu al makkelijker. 'Het is een ruimtestation, admiraal. Geen schip. Geen wapen. Een thuis. Ik heb het ongeveer gemaakt zoals het Oude Volk – het Verdwenen Volk – het gedaan zou hebben. In hun taal zou het Mar Íneth heten. In de onze heet het Eenheid.'

'Eenheid,' zei Klein. Hij leek het woord te proeven op zijn tong.

Kira knikte zo goed als ze kon. 'Dit is een plek om bij elkaar te komen, admiraal. Het is een levend, ademend iets dat zal blijven groeien en bloeien. Er zijn kamers voor mensen en kamers voor Kwallen. Er zullen ook andere wezens leven, verzorgers die de vele delen van Eenheid onder hun hoede zullen nemen.'

Toen sprak Tschetter voor zichzelf. 'Dus je wilt dat we dit station als een ambassade gebruiken, is dat het?'

'Meer dan dat,' zei Kira. 'Als een trefpunt voor onze twee soorten. Er zal ruimte voor miljoenen mensen en Kwallen zijn. Misschien zelfs meer. En iedereen die hier komt zal welkom zijn, zolang hij of zij vreedzaam is. Als u dat nog een ongemakkelijk idee vindt, bedenk dan: ik heb Eenheid gebouwd met middelen en methoden die de Kwallen niet eens begrijpen. Degenen die hier verblijven mogen het ruimtestation bestuderen… en mij bestuderen. Dat alleen al zou aantrekkelijk genoeg moeten zijn.'

Admiraal Klein leek zich zorgen te maken. Hij sloeg zijn armen over elkaar en beet op de binnenkant van zijn wang. 'En welke garantie hebben we dat die xeno niet weer losgaat en alles en iedereen aan boord doodt?'

Een paarse rimpeling ging over Lphets tentakels: hij was beledigd. [[Lphet hier: De Idealis heeft een belofte gedaan, tweevorm. Uw zorgen zijn overbodig.]]

'O, is dat zo?' zei Klein. 'De miljoenen of zelfs miljarden mensen die door de nachtmerries zijn gedood zouden het daar niet mee eens zijn.'

[[Lphet hier: Je kunt niet –]]

Kira liet de bladeren langs de wanden ritselen en het zachte geruis maakte een einde aan het gesprek. Iedereen verstarde en keek weer naar haar. 'Ik kan u geen garanties bieden, admiraal Klein, maar u hebt gezien hoe ik de leden van uw vloot die ik vond, geholpen en genezen heb.'

Hij hield zijn hoofd schuin. 'Dat is waar.'

'Soms moet je gewoon vertrouwen hebben, admiraal. Soms moet je de gok wagen.'

'Het is nogal een gok, Navárez.'

Tschetter keek naar hem. 'Geen relaties met de Kwallen onderhouden zou erger zijn.'

Een zure uitdrukking verscheen op Kleins gezicht. 'Dat betekent nog niet dat dít de juiste plek is om diplomatieke relaties op te bouwen, en burgers mogen onder geen enkele voorwaarde zelfs maar in de búúrt van Cordova komen. Niet voordat de Inlichtingendienst de kans heeft gehad om er met een heel fijne stofkam doorheen te gaan. Bovendien heb ik de autoriteit niet om over dit soort verdragen te onderhandelen. Je zult dit met de Liga moeten regelen, Kira, niet met mij, en dat zal tijd kosten. Mijn inschatting is dat ze iemand hierheen zullen sturen om rechtstreeks met je te praten. Dat betekent dat het nog minstens anderhalve maand duurt voor dit allemaal geregeld kan worden.'

Ze ging niet met hem in discussie, maar keek naar de Wranaui. [[Kira hier: Wat zeg jij ervan, grote en machtige Lphet?]]

Een rode en oranje blos verscheen op de Wranaui. [[Lphet hier: het is de Armen een eer om uw aanbod aan te nemen, Idealis. De kans om een bouwsel als dit te bestuderen hebben we in deze of een andere golf nooit gehad. Zeg ons hoeveel Wranaui er op dit station mogen zijn, dan laat ik hen direct komen.]]

Toen Tschetter dat vertaalde verstrakte Kleins kaak. 'Is dat zo? … Best. De Liga kan de details later wel uitzoeken, maar alleen over mijn lijk krijgen de Kwallen zo veel voorsprong op ons. Hoeveel personeel ze hier ook posten, ik wil toestemming om evenveel van mijn mensen hier neer te zetten.'

Deze keer hield Kira haar glimlach wijselijk in. 'Natuurlijk, admiraal. Maar ik heb wel één voorwaarde.'

Zijn houding verstijfde. 'En wat mag dat zijn, Navárez?'

'Dit geldt voor iedereen die op Eenheid wil leven of er op bezoek wil komen: wapens zijn niet toegestaan. Als je ze meebrengt, vernietig ik ze en ontzeg ik je de toegang.'

[[Lphet hier: Natuurlijk, Idealis. We zullen aan je wensen gehoorzamen.]]

Klein hield zijn hoofd schuin. 'En hoe zit het dan met, zeg, reparatiebots? Of dienstlasers? In de juiste handen kan zelfs een vork een dodelijk wapen zijn.'

Mensen! 'Gebruik uw gezonde verstand, admiraal. Ik sta pantserexo's toe, zolang ze niet in vechtstand staan. Maar vergis u niet: als iemand een gevecht uitlokt op dit station, mens of Kwal, dan zal ik daar zeker een eind aan maken.' En haar stem werd dieper, totdat die echode tussen de wanden alsof heel Eenheid haar keel was. En dat was het ook, in zekere zin.

Onder zijn gebruinde ruimtevaardershuid werden Kleins wangen bleek. 'Begrepen. Mijn bemanning zal geen problemen veroorzaken, Navárez. Je hebt mijn woord.'

[[Lphet hier: En de troepen die trouw zijn aan de Armen evenmin.]]

Toen liet Kira hun haar vreugde voelen, in de kleur en de sterkte van het gloeilicht, het vrolijke gemurmel van het water en het rustgevende bladergeritsel. 'Dat is dan geregeld.' Tevreden richtte ze haar aandacht nu op Falconi en de crew van de Caracole. Ze keek hen om beurten aan.

Sparrow krabde door haar skinsuit aan haar zij. 'Shit, Kira, jij bent ook niet van de halve oplossingen, hè?'

'Sparrow.'

Toen nam Vishal het woord. 'Hoe hebt u het overleefd, mevrouw Kira? We dachten dat de Casaba-houwitser u gedood had.'

Daar leek admiraal Klein zich nog veel ongemakkelijker bij te gaan voelen. Hij was degene die de opdracht voor de ontsteking had gegeven, dat wist Kira zeker. Maar dat kon haar niet schelen. Op dit punt had het weinig zin om iemand de schuld te geven, en bovendien was het een logische keuze geweest om de Casaba-houwitser te laten ontploffen. De Muil moest hoe dan ook worden tegengehouden.

Verwonderd zei ze: 'Ik denk dat dat misschien ook zo was. Een tijdje, tenminste.'

Hwa-jung gaf een grom en maakte met een snelle handbeweging een kruisteken. 'Ben je nog jezelf?'

Een losse herinnering schoot door Kira's heropgebouwde brein: *een grijze cel, een spiegelraam, een koud rooster onder haar knieën, een holo die flakke-*

rend tot leven komt en majoor Tschetter die voor haar staat in een grijs uniform. En de majoor die vraagt: 'Voelt u zich nog als uzelf?'

Een kort lachje ontsnapte Kira. 'Ja… en nee. Ik ben nu meer dan ik was.'

De ogen van de machinechef boorden zich in de hare, fel als lasbranders. 'Nee. Ben je jezélf, Kira? Hier,' ze tikte op haar borstbeen, 'waar het ertoe doet. Is je ziel nog hetzelfde?'

Kira dacht na. 'Mijn ziel? Ik heb geen antwoord op die vraag, Hwa-jung. Maar wat ik nu wil is hetzelfde als wat ik eerder wilde: dat rust en vrede tot bloei komen. Betekent dat dat ik dezelfde ben?… Misschien. Misschien niet. Verandering is niet altijd iets slechts.'

Hwa-jung leek nog steeds ongerust. 'Nee, dat is zo. En wat je zegt is goed, Kira, maar vergeet niet wat het betekent om mens te zijn.'

'Vergeten is juist wat ik níét wil,' zei Kira. En daarmee leek de machinechef misschien niet blij, maar op zijn minst tevreden.

Toen keek Kira naar Veera. De entropist stond met haar onderarmen tegen haar borst gedrukt en haar handen weggestopt in de omvangrijke mouwen van haar gradiëntgewaden. De vrouw had donkere kringen onder haar ogen en holle wangen, alsof ze erg ziek was geweest.

'Gecondoleerd, Vorser Veera, met het verlies van je partner. We… begrijpen het.'

De entropist perste haar lippen op elkaar, knikte en maakte een diepe buiging. 'Bedankt, Gevangene Kira. Je medeleven doet me goed.'

Kira liet haar hoofd als antwoord scheef zakken. 'Geen Gevangene meer, Vorser.'

De entropist zette grote ogen op. 'Wat? Dat is niet… Hoe bedoel je?'

Maar Kira gaf geen antwoord. In plaats daarvan keek ze Falconi weer aan. 'Salvo.'

'Kira,' antwoordde hij somber.

'Je hebt Trig bij je.'

'Natuurlijk.'

'Vertrouw je ons, Salvo?'

Hij aarzelde even en knikte toen. 'Ik zou de jongen niet bij me hebben als ik dat niet deed.'

Dat verwarmde Kira's wezen tot in haar kern. Weer glimlachte ze. Het begon al snel haar favoriete gezichtsuitdrukking te worden. 'Vertrouw me dan nog een keer.'

Vanuit de fractalvloer liet ze een bosje ranken – groen deze keer, niet zwart – langs Trigs cryobuis omhoogkomen. Sparrow en Hwa-jung sprongen vloekend bij de buis vandaan en de gepantserde mariniers achterin verstijfden en grepen naar hun wapens.

'Wapens neer!' blafte Klein. 'Plaats rust!'

Kira's glimlach verzwakte geen moment terwijl de ranken over Trigs cryobuis omhoog kropen, hem in een verwrongen, gekronkelde omhelzing namen – en hem onder een groene massa begroeven.

'Kira,' zei Nielsen zacht. Niet waarschuwend, niet boos, maar bezorgd.

'Vertrouw me,' zei ze. Via de ranken die haar lichaamsdelen waren, reikte ze in de cryobuis en bracht ze duizend verschillende draadjes Trigs beschadigde lichaam in. Ze zocht de bron van zijn verwondingen op. *Daar*. Een verzameling verbrande cellen, gescheurde spieren, gekneusde en beschadigde pezen, gesprongen bloedvaten en doorgesneden zenuwen – ze kon het letsel in zijn lichaam even makkelijk voelen als de interne structuur van het ruimtestation.

Hoe had ze dit ooit moeilijk kunnen vinden? Ze kon het zich niet meer voorstellen.

Toen liet ze de benodigde energie in Trigs bevroren lichaam stromen en stuurde ze de Kiem aan terwijl die het letsel herstelde. Zodra alles goed leek te zijn, haalde ze het ademapparaat uit zijn mond en koppelde ze de buisjes los van zijn armen. Zo maakte ze hem los van het apparaat dat hem meer dan een half jaar in schijndode toestand had gehouden.

Langzaam, voorzichtig, verwarmde ze zijn lichaam, even teder als een moederkloek omgaat met een pas gelegd ei. Ze voelde de warmte van zijn metabolisme toenemen, als een vuurtje dat oplaait tot een uitslaande brand, tot hij ten slotte voor het eerst weer zelfstandig ademhaalde.

Toen liet ze hem los. De ranken trokken zich terug in de vloer en Trigs bleke lichaam werd zichtbaar, opgekruld in foetushouding en naakt op zijn grijze thermoshorts na, van het soort dat onder een skinsuit wordt gedragen. Hij hapte naar adem als iemand die bijna verdrinkt maar nu toch boven komt en hoestte een klodder slijm op. Die smolt weg in de vloer alsof hij er nooit was geweest.

'Trig!' riep Nielsen uit en zij en Vishal bogen zich over de jongen heen. Sparrow, Hwa-jung en Falconi dromden om hen heen om naar hem te kijken.

'W... waar ben ik?' zei Trig. Zijn stem klonk zwak, schor.

'Dat is een beetje moeilijk uit te leggen,' zei Vishal.

Falconi trok zijn vest uit en legde het om de schouders van de jongen. 'Hier, om je warm te houden.'

'Hè? Waarom hebben jullie allemaal een skinsuit aan? Waar bén ik?' Toen ging Sparrow opzij en zag Trig Kira, die daar in de muur hing. Zijn mond viel open. 'Ben... jíj dat, Kira?'

'Welkom terug,' zei ze en er klonk warmte door in haar stem. 'We wisten niet of je het zou halen.'

Trig keek om zich heen in het vertrek met de pilaren. Het wit van zijn ogen was te zien. 'Is dit allemaal van jou?'

'Ja.'

De jongen probeerde overeind te komen, maar zijn knieën knikten en hij zou zijn gevallen als Hwa-jung hem niet bij de arm had gegrepen. 'Voorzichtig,' bromde ze.

'Ik... ik...' Trig schudde zijn hoofd. Toen keek hij Falconi klaaglijk aan. 'Zijn we nog op Vliegenstrip?'

'Nee,' zei Falconi. 'Niet meer. We zullen je terugbrengen naar de Caracole en je laten nakijken door de Doc, en dan kun je uitrusten en praten we je bij over wat je allemaal hebt gemist.'

'Een boel spannende dingen,' zei Sparrow droog.

'Ja kapitein. Rust klinkt op dit moment best goed. Het voelt alsof ik door een paar gasten met hamers te grazen ben genomen. Ik...' De jongen viel abrupt stil toen hij Lphet zag en, verderop in het vertrek, de andere Wranaui. Hij gilde en probeerde achteruit te krabbelen, maar Hwa-jung greep hem bij zijn arm en hield hem tegen. 'K-k-kwallen! Kom mee, we moeten –'

'We weten het,' zei Nielsen sussend. 'Het is oké. Trig, stop, kijk me aan. Het is oké. Haal even adem, kalmeer. Dit zijn allemaal vrienden.'

De jongen aarzelde en keek van de een naar de ander alsof hij niet wist wat hij moest geloven. Toen sloeg Sparrow hem zachtjes op zijn schouder. 'Zoals ik al zei zijn er spannende dingen gebeurd.'

'Dat kun je wel zeggen,' mompelde Falconi. 'Maar Nielsen heeft gelijk. Dit zijn allemaal vrienden.' Zijn blik ging even naar Kira en keerde toen weer terug naar de jongen.

Toen ontspande Trig zich en probeerde hij zich niet meer los te trekken uit Hwa-jungs greep. 'Ja kapitein. Sorry.'

'Heel begrijpelijk,' zei Falconi, en hij klopte hem op de rug.

Toen richtte Kira haar aandacht weer op haar andere gasten. 'Admiraal Klein, Lphet, jullie hebben gezien wat ik kan. Als jullie nog gewonde bemanningsleden hebben – die jullie niet kunnen genezen – breng ze dan hier, dan doe ik voor hen wat ik voor Trig heb gedaan.'

[[Lphet hier: Je edelmoedigheid is ongekend, Idealis, maar de Wranaui die niet meer kunnen genezen maken liever de overgang naar een nieuwe vorm dan te blijven lijden onder hun verwondingen.]]

'Zoals u wenst.'

Er verscheen een diepe frons tussen Kleins wenkbrauwen. 'Dat is een verdomd vriendelijk aanbod, Navárez, maar het besmettingsprotocol staat niet toe –'

'Het besmettingsprotocol,' zei Kira vriendelijk, 'is allang grondig overtreden. Denkt u ook niet, admiraal?'

Zijn frons werd dieper. 'Dat mag misschien zo zijn, maar de Liga sleept me voor de krijgsraad als ik de quarantaineregels op die manier overtreed.'

'U hebt de mannen en vrouwen die ik eerder genezen heb natuurlijk onderzocht?'

'Natuurlijk.'

'En?'

'Niets,' gromde Klein. 'De techs kunnen niets vinden wat ze mankeert.'

'Ziet u wel.'

Hij schudde zijn hoofd. 'Nee, ik zie het niet. Op de Verzachtende Omstandigheden konden ze ook niets vinden wat jou mankeerde voordat die xeno uit je tevoorschijn kwam. Dus vergeef me als ik toch niet helemaal blasé ben over de situatie, Navárez.'

Ze glimlachte, maar deze keer minder van plezier dan uit een verlangen om niet-dreigend over te komen: 'De Liga heeft hier niets te zeggen, admiraal, en dat blijft ook zo. Ik eis dit stelsel voor mezelf op, voor Eenheid, en noch de Liga, noch de Kwallen zullen ons hier de wet voorschrijven. Zolang u onder mijn bescherming staat, bent u een vrij man, admiraal – vrij om te kiezen wat uw geweten u ingeeft.'

'Een vrij man.' Hij snoof en schudde zijn hoofd. 'Jij durft, Navárez.'

'Misschien. Ik doe mijn aanbod niet uit consideratie met ú, admiraal, maar ik doe het voor uw mensen. Als u mannen of vrouwen hebt die lijden, die u niet kunt genezen, dan kan ik helpen. Dat is alles. De beslissing is aan u.'

Toen keek ze langs hem heen, naar de Wranaui achter in het vertrek. 'Itari, goed om te zien dat je ongedeerd bent. Ik ben dankbaar voor je hulp op de Onttroonde Hiërofant.'

Een rimpeling van heldere kleuren ging over de tentakels van de Wranaui. [[Itari hier: Deze hier is blij van nut te zijn geweest.]]

Kira richtte haar blik weer op de Wranaui vooraan. 'Grote en machtige Lphet, zonder Itari's hulp bij de afgelopen gebeurtenissen hadden we Ctein nooit kunnen verslaan. Als gunst aan mij vraag ik u Itari broedrechten te verlenen, plus de vrije keuze in de vorm die hij wil aannemen.'

Nabijgeur van instemming bereikte haar. [[Lphet hier: Dat is een redelijk verzoek, Idealis. Het zal gebeuren.]]

En Itari werd blauw en paars. [[Itari hier: Dank je, Idealis.]]

Kira antwoordde zelf met een vriendelijke nabijgeur. Toen richtte ze haar aandacht op de rest van de gasten. 'Ik heb gezegd wat gezegd moest worden. Nu moet ik weer aan het werk. Laat mij alleen, dan laat ik jullie halen wanneer ik klaar ben om verder te praten.'

Admiraal Klein knikte scherp, draaide zich op zijn hakken om en marcheerde de ontvangstruimte uit. Lphet bleef staan om een beleefd gebaar met zijn tentakels te maken – een kronkelbeweging en een kleurflits die Kira herkende uit Qwons herinneringen – en ging achter hem aan. Tot slot vertrok ook de bemanning van de Caracole, maar niet voordat Falconi haar nog een keer had aangekeken en had gezegd: 'Red je het wel, Kira?'

Ze keek met genegenheid op hem neer en het hele vertrek leek zich naar hem toe te buigen. 'Ik red het, Salvo. Ik red het zeker. Alles is goed.' En ze meende het met haar hele wezen.

'Goed dan,' zei hij. Maar hij leek niet overtuigd.

2

Toen haar bezoekers vertrokken waren, ging Kira verder met het uitbouwen van het ruimtestation. De door Lphet beloofde Wranaui kwamen algauw en ze bracht hen naar hun waterige onderkomens. Meteen daarna zond Klein een contingent VMB-onderzoekers. Ook hun gaf ze onderdak binnen haar uitdijende lichaam en ze bood hun vruchten aan die op Mar Íneth waren gekweekt. Maar hoewel de onderzoekers het fruit wel aannamen, proefden ze er niet van, en ze hielden de hele tijd hun skinsuits aan, wat behoorlijk oncomfortabel moest zijn, wist ze. Het maakte niet uit. Het was niet aan haar om hun vertrouwen af te dwingen. De Wranaui waren minder bezorgd om hun veiligheid en maakten met genoegen gebruik van haar gastvrijheid, misschien dankzij hun geschiedenis met de Kiem of misschien omdat ze onverschillig tegenover hun individuele lichaam stonden. Kira wist het niet precies.

Met de Wranaui kwam ook Tschetter mee. Toen Kira de vrouw vroeg waarom ze niet was teruggegaan naar het VMB zei ze: 'Na al die tijd die ik bij de Kwallen heb doorgebracht zou de Inlichtingendienst van het VMB me nooit toestaan mijn oude werk weer op te pakken. Wat hen betreft ben ik onherroepelijk besmet.'

'Wat ga je dan nu doen?' vroeg Kira.

De voormalige majoor gebaarde naar het station om haar heen. 'Werken als verbindende factor tussen mensen en Kwallen, proberen een volgende oorlog te voorkomen. Lphet heeft mij uitgekozen als tolk en tussenpersoon voor het VMB en de Liga, en admiraal Klein heeft daar ook mee ingestemd.' Ze haalde haar schouders op. 'Ik denk dat ik me hier wel nuttig kan maken. Ambassadeur Tschetter, klinkt best goed, vind je niet?'

Dat vond Kira inderdaad. En ze vond het bemoedigend om te zien dat Tschetter zo hoopvol aan haar nieuwe werk begon, vol optimisme over hun gezamenlijke toekomst.

Voor het ruimtestation bleven zich schepen verzamelen: schepen van mensen, van Wranaui en de schepen die Kira had gebouwd om haar grondstoffen vanuit heel Cordova te brengen. Ze dromden om haar heen als bijen rond een bloem vol nectar, en ze voelde een zekere trots als ze ernaar keek.

Een signaal flitste vanaf de Caracole naar haar toe. Uit nieuwsgierigheid reageerde ze en ze hoorde de vertrouwde klanken van Gregorovich' stem:

Gegroet, o Vleesklont. Nu ben je net als ik. Hoe bevalt het om besloten te zijn in deze notendop?

'Ik ben de notendop ontstegen, scheepsbrein.'

O-ho! Vermetele uitspraak is dat.

'Het is waar,' zei ze. Toen: 'Hoe krijg je het voor elkaar om alles van jezelf in de gaten te houden? Er is zo... veel.'

Zijn antwoord was verrassend rechtstreeks: **Dat kost tijd, o Doornenkoningin. Tijd en werk. Neem geen overhaaste beslissingen voor je zeker bent van jezelf. Na mijn overgang kostte het me anderhalf jaar voor ik wist wie de nieuwe ik was.** Hij giechelde en deed daarmee zijn ernstige houding teniet. **Niet dat ik ooit echt weet wie ik ben. Wie wel, hmm? We veranderen mee met de omstandigheden, als rookslierten in de wind.**

Daar dacht ze even over na. 'Dank je, Gregorovich.'

Geen dank, stationbrein. Laat het maar weten als je behoefte aan praten hebt, dan zal ik luisteren.

Kira nam zijn raad ter harte. Zelfs tijdens het werken aan de Eenheid verdubbelde ze haar inspanningen om de chaos aan herinneringen in haar heropgebouwde brein te ontwarren. Moeizaam stelde ze vast welke herinneringen bij welk deel van haar hoorden. Moeizaam zocht ze uit wie ze precies was. Ze besteedde bijzondere aandacht aan de herinneringen van de Muil, en terwijl ze die bestudeerde ontdekte ze iets wat haar de kille angst om het hart deed slaan.

O nee.

Want ze wist het weer. Voor ze naar Cordova-1420 was gekomen, had de Muil voorzorgsmaatregelen tegen een mogelijke nederlaag getroffen, hoe onwaarschijnlijk die ook leek. In de donkerste diepte van de interstellaire ruimte had de Muil zeven avatars gevormd uit zijn vlees en dat van de Kiem: zeven levende, denkende, zelfsturende kopieën van zichzelf. En de Muil had zijn kwaadaardige, gramstorige klonen uitgezonden, zonder te weten waar ze uiteindelijk terecht zouden komen.

Kira dacht aan het doodsbevel dat ze eerder had uitgezonden. *Dat zou toch...* Maar bij de Kiem voelde ze de onwrikbare zekerheid dat het bevel de avatars niet zou tegenhouden, want zij wáren de Kiem – verwrongen en gebroken, net als de Muil, maar toch van dezelfde onderliggende substantie. Anders dan bij de Verdorvenen kon ze het bestaan van de giftige nakomelingen van de Muil niet met één uitspraak terugdraaien, net zoals ze dat niet met de Muil had gekund. De Kiem had niet zo veel macht over zichzelf. Het Oude Volk had het niet gepast geacht hun scheppingen die mogelijkheid mee te geven, maar had die liever zelf gehouden, in de vorm van de Blauwe Staf.

Maar de staf was gebroken en Kira wist dat ze hem niet kon repareren, zelfs al zou ze de stukken hebben gehad. Ze bezat de benodigde kennis niet en ook dat was een keuze van het Oude Volk geweest.

Het Oude Volk had, concludeerde ze, te veel op zijn eigen superioriteit vertrouwd.

Haar angst werd erger toen ze over de situatie nadacht. De nakomelingen van de Muil zouden hun kwaad overal verspreiden, planeten vol zetten met Verdorvenen, al het bestaande leven vervormen of overnemen. De zeven vormden een existentieel gevaar voor alle anderen in de ruimte... Hun nalatenschap zou ellende zijn – precies het tegenovergestelde van alles wat de Kiem behoorde te belichamen.

Dat was een martelende gedachte.

Met een zekere spijt realiseerde Kira zich dat haar hiernamaals anders zou worden dan ze zich had voorgesteld. De Muil was haar verantwoordelijkheid en dat gold ook voor de zeven dodelijke projectielen die hij had losgelaten tussen de sterren.

III

* * * * * * *

DECESSIE

1

Kira ging zonder aarzelen aan de slag. Er was weinig tijd en ze was niet van plan die te verspillen.

Tegen de schepen die zich om haar heen verzameld hadden, zei ze: ‘Houd afstand.’ Er volgde chaotische activiteit toen de kapiteins hun schepen terugtrokken.

Toen ontstak ze stuurraketten aan de ribben van het ruimtestation en begon ze het te verplaatsen, log en langzaam, in de richting van de planeet waar de Wranaui hun mijnen hadden gehad. Het VMB had die planeet R1 genoemd, maar Kira vond dat hij een echte naam verdiende. Maar de keuze zou ze overlaten aan de mensen die in Eenheid kwamen wonen. Dat recht hadden ze als bewoners van dit stelsel.

Lphet en admiraal Klein zonden haar beiden een signaal toen het ruimtestation van positie begon te veranderen. **Wat ben je aan het doen, Navárez?** vroeg Klein.

‘Ik ga in een verre baan om R1,’ zei ze. ‘Dat is een betere plek voor Eenheid.’

Begrepen, Navárez. We zullen je traject beveiligen. De volgende keer zou enige waarschuwing op prijs worden gesteld.

[[Lphet hier: Heb je nog hulp nodig, Idealis?]]

‘Op dit moment niet.’

2

Het kostte een aantal dagen om Eenheid te verplaatsen. Kira gebruikte die tijd om alle voorbereidingen te treffen die ze nodig had. En toen ze het station in zijn definitieve baan had gebracht, riep ze de crew van de Caracole weer bij zich.

Ze kwamen meteen. Het oude, gammele schip dockte vlak bij haar centrale ingang en Kira zag dat de meeste schade die de Caracole had geleden gerepareerd was (hoewel een aantal radiatoren niet veel meer waren dan een naaldscherpe scherf).

De bemanningsleden liepen nerveus en opgewonden pratend door haar gangen, maar ze hadden de externe speakers van hun skinsuits niet aan staan, dus was alleen aan de beweging van hun lippen te zien dat ze praatten. Maar ze was nieuwsgierig en dus richtte ze een onzichtbaar laagje parallel gericht licht op hun vizieren, zodat ze de trillingen van hun stemmen kon lezen.

'... idee wat ze wil?' vroeg Trig. Hij klonk opgewonden.

Falconi gromde. 'Dat is al de derde keer dat je dat vraagt.'

'Sorry.' De jongen klonk een beetje beteuterd.

Toen zei Nielsen: 'Klein was best wel duidelijk over wat wij moeten –'

'Het boeit me geen zak wat de dienders denken,' zei Sparrow. 'We hebben het hier wel over Kira. Geen Kwal, geen nachtmerrie, maar Kira.'

'Weet je dat zeker?' vroeg Falconi.

Het bleef even stil. Toen sloeg Sparrow met haar vuist op haar borst. 'Ja. Ze staat aan onze kant. Ze heeft Trig toch genezen?'

'En daardoor zitten wij nu nog in quarantaine,' zei Falconi.

Hwa-jung glimlachte vaag. 'Het leven is nooit perfect.'

De kapitein schoot in de lach en Nielsen ook.

Kira bracht haar zicht en gehoor weer over naar haar gereconstrueerde lichaam toen de crew haar bezoekruimte binnenging. Ze bleven voor haar staan en ze glimlachte op hen neer. Roze en witte bloemblaadjes dwarrelden langzaam neer en verspreidden een warme geur. 'Welkom,' zei ze.

Falconi boog zijn hoofd. Een spottend glimlachje speelde rond zijn mond. 'Ik weet niet waarom, maar ik heb het gevoel dat ik voor je moet buigen.'

'Niet doen, alsjeblieft,' zei ze. 'Jullie hoeven voor niets of niemand te buigen. Jullie zijn geen bedienden en al helemaal geen slaven.'

'Zo is het,' zei Sparrow en ze salueerde kort voor Kira.

Toen keek Kira naar Trig. 'Hoe voel je je?'

De jongen haalde zijn schouders op en probeerde nonchalant te doen. Zijn wangen hadden weer een gezonde kleur. 'Best wel goed. Ik kan alleen niet geloven dat ik zo veel heb gemist.'

'Dat is het ergste niet. Als ik de afgelopen zes maanden slapend had kunnen doorbrengen, had ik dat ook gedaan.'

'Ja, ik weet het. Je hebt misschien gelijk, maar shit. Op Orsted van de maglev springen! Dat was vast vet spannend.'

Sparrow snoof. 'Dat kan je wel zeggen. Of je noemt het een halve zelfmoordpoging.'

De jongen grijnsde snel en werd toen weer ernstiger. 'Maar echt, nogmaals bedankt dat je me hebt opgelapt, Kira. Echt.'

'Ik ben blij dat ik kon helpen,' zei ze en de zaal leek even te gloeien. Toen richtte ze haar aandacht op Vishal. Hij stond naast Nielsen, zo dichtbij dat hun schouders elkaar bijna raakten. 'Had Trig nog iets wat ik over het hoofd heb gezien? Of heb ik nieuwe problemen veroorzaakt?'

'Ik voel me prima!' zei de jongen en hij zette een hoge borst op.

De dokter schudde zijn hoofd. 'Zo te zien blaakt Trig van gezondheid. Al zou ik het willen, er valt niets meer te verbeteren aan zijn bloedwaarden en zenuwreflexen.'

Falconi knikte. 'Serieus, Kira, we staan bij je in het krijt. Als er iets is wat we voor jou kunnen doen –'

De bladeren onderbraken hem met een afkeurend geritsel. 'Aangezien dit alles zonder mij nooit gebeurd zou zijn,' zei Kira, 'staan we wel quitte.'

Hij grinnikte. Wat fijn om hem weer te horen lachen. 'Klinkt redelijk.'

Trig stond van de ene voet op de andere te hupsen. Hij keek alsof hij bijna uit elkaar klapte van opwinding. 'Vertel het haar dan!' zei hij tegen Vishal en Nielsen. 'Kom op! Anders zeg ik het!'

'Wat moeten ze me vertellen?' vroeg Kira nieuwsgierig.

Nielsen keek ineens een beetje gegeneerd.

'Dit ga je niet geloven,' zei Falconi.

Toen pakte Vishal Nielsens hand en deed een stap naar voren. 'Mevrouw Kira, ik heb een aankondiging. Mevrouw Audrey en ik hebben ons verloofd. En zij heeft mij gevraagd, mevrouw Kira. Mij!'

Nielsen bloosde en lachte zacht. 'Dat klopt,' zei ze en ze keek naar de arts met een warmte die Kira nooit eerder bij haar had gezien.

Er waren nog maar weinig dingen die Kira konden verbazen. Niet de beweging van de sterren, niet het verval van atoomkernen, niet de schijnbaar willekeurige kwantumfluctuaties die aan de basis lagen van de werkelijkheid zoals die zich voordeed. Maar dit verraste haar, al was het achteraf gezien misschien niet helemaal onverwacht.

'Gefeliciteerd,' zei ze zo hartelijk als ze maar kon. Het geluk van twee mensen was misschien maar iets kleins in het immense universum, maar wat was er uiteindelijk belangrijker? Lijden was onvermijdelijk, maar om iemand geven die op zijn beurt om jou geeft… dichter bij de hemel kun je niet komen.

Vishal bewoog zijn hoofd op en neer. 'Bedankt, mevrouw Kira. We gaan pas trouwen als we een echte bruiloft kunnen vieren, met mijn moeder en zussen en een heleboel gasten erbij en eten met –'

'O, we zien wel,' zei Nielsen glimlachend.

De dokter glimlachte terug en legde een arm om haar schouders. 'Ja, we willen ook niet té lang wachten, hè? We hebben het er zelfs over gehad om op een dag een vrachtschip te kopen en ons eigen transportbedrijf te beginnen, mevrouw Kira!'

'Maar wat we ook doen, we doen het samen,' zei Nielsen. En ze kuste hem op zijn gladgeschoren wang en hij kuste haar terug.

Falconi wilde aan zijn kin krabben, maar zijn vingers stuitten op zijn vizier. 'Bekijk het ook maar,' gromde hij en hij maakte zijn helm los en zette hem af.

'Kapitein!' zei Hwa-jung. Het klonk gechoqueerd.

Hij wuifde haar weg. 'Het is oké.' Toen krabde hij aan zijn kin en het geluid van zijn nagels over zijn stoppels ging door de hele ontvangstruimte heen. 'Zoals je ziet zijn we allemaal een beetje in shock, maar ze eh… lijken er heel blij mee, dus zijn wij ook blij.'

'Ja,' zei Trig, maar hij klonk chagrijnig. Hij wierp een blik op de eerste officier en zuchtte zacht.

Falconi snoof de lucht op. 'Ruikt goed hier,' zei hij.

Kira glimlachte, liever dan daarvoor. 'Ik doe mijn best.'

'Oké,' zei Sparrow en ze rolde met haar schouders alsof ze op het punt stond iets zwaars op te tillen. 'Waarom heb je ons hierheen laten komen, Kira? Alleen om te kletsen? Dat lijkt me niets voor jou, sorry dat ik het zeg.'

'Ja, dat vroeg ik me ook af,' zei Falconi. Hij haalde zijn vinger over een van de boomstamachtige zuilen en bracht hem naar zijn gezicht om de hars te bestuderen.

Kira haalde diep adem. Dat hoefde niet, maar het hielp haar om haar gedachten bij elkaar te rapen. 'Ik heb jullie om twee redenen hier gevraagd. Ten eerste om jullie iets over de Muil te vertellen.'

'Ga door,' zei Falconi bedachtzaam.

Dus dat deed ze. Ze vertelde hem het geheim van de zeven kiemen van het kwaad die ze in de herinneringen van de Muil had gevonden. Terwijl ze sprak, zag ze hun gezichten wit wegtrekken van schrik.

'Goden!' riep Nielsen uit.

'Dus je zegt dat er nóg zeven van die dingen ronddwalen, Thule weet waar?' vroeg Sparrow. Dat leek zelfs haar te intimideren.

Kira deed heel even haar ogen dicht. 'Precies. En de Zoeker is er ook nog, en ik kan jullie garanderen dat die niet veel goeds in de zin heeft. De Liga noch de Kwallen zijn tegen dit soort bedreigingen opgewassen. Het gaat ze domweg boven de pet. Ik ben de enige – de Kiém is de enige – die ze kan tegenhouden.'

'Maar wat ga je dan doen?' vroeg Falconi, dodelijk zacht.

'Wat ik moet doen, natuurlijk. Ik ga op ze jagen.'

Heel even was het zachte vallen van bloemblaadjes het enige geluid in het vertrek.

'Hoe dan?' vroeg Sparrow. 'Ze kunnen overal zijn.'

'Niet overal. En wat het hoe betreft… dat zeg ik liever nog niet.'

'Oké,' zei Falconi langzaam. 'Wat is de andere reden dat je ons hierheen hebt laten komen?'

‘Om geschenken uit te delen.’ En Kira liet zich van de wand naar beneden zakken nadat ze zich had losgemaakt uit het strakke netwerk van wortelachtige vezels. Ze zette haar voeten op de grond en stond, voor de eerste keer sinds de Onttroonde Hiërofant, zonder enige hulp. Haar lichaam bestond uit hetzelfde groenzwarte materiaal als de wanden van het ruimtestation en haar haar golfde alsof ze in de wind stond, alleen was er geen wind.

‘Wauw,’ zei Trig.

Falconi kwam naar voren en keek haar met zijn ijsblauwe ogen onderzoekend aan. ‘Ben jij het echt?’

‘Ik ben even echt als alles in Eenheid.’

‘Dat kan,’ zei hij en hij trok haar stevig tegen zich aan. Kira voelde zijn omhelzing tot in de verste steunbalken van het ruimtestation.

De rest van de bemanning verdrong zich om hen heen, raakte haar aan, omhelsde haar, sloeg haar (zachtjes) op haar rug. ‘Zeg, waar zitten je hersenen?’ vroeg Trig met grote ogen van verwondering. ‘In je hoofd? Of daar ergens?’ Hij wees naar de wand waar ze uit was gekomen.

‘Trig!’ zei Hwa-jung. ‘Aish. Iets meer respect graag.’

‘Het geeft niet,’ zei Kira. Ze raakte haar slaap aan. ‘Een deel zit hier, maar het meeste daar. Ze zouden niet in een normale schedel passen.’

‘Ongeveer zoals bij een scheepsbrein,’ zei Hwa-jung.

Kira boog haar hoofd. ‘Ongeveer.’

‘Hoe dan ook, het is fijn om je in één stuk te zien,’ zei Sparrow.

‘Zeg dat wel,’ zei Nielsen.

‘Ook al heb je de kleur van gekookte spinazie,’ voegde Sparrow er lachend aan toe.

Toen deed Kira een stap achteruit om zichzelf wat ruimte te geven. ‘Luister,’ zei ze, en ze luisterden. ‘Vanaf nu kan ik jullie niet veel meer helpen, dus ik wil doen wat ik kan zolang dat nog gaat.’

‘Dat hoeft toch niet,’ zei Falconi.

Ze glimlachte naar hem. ‘Als het hóéfde, zouden het geen geschenken zijn... Trig, ik weet dat je altijd al interesse voor aliens hebt gehad. Dus dit is voor jou.’

En bij haar voeten schoot er een stengel van groen hout uit de vloer omhoog. Hij groeide door tot een staf die bijna even lang was als Trig zelf. Vlak bij de top, ingebed in vervlochten takken, zat iets wat op een smaragd zo groot als een lijsterei leek, die gloeide alsof hij van binnenuit verlicht werd.

Kira nam de staf in haar hand en trok hem los van de vloer. Hier en daar groeiden er kleine blaadjes aan en de geur van vers sap hing in de lucht.

‘Hier,’ zei ze en ze gaf hem aan Trig. ‘Dit is geen Blauwe Staf, maar een Groene Staf. Het is geen wapen, al kun je er wel mee vechten als dat echt nodig is. Er zit iets van de Kiem in, en als je voor de staf zorgt en er goed mee omgaat, zul je merken dat je er bijna alles mee kunt verbouwen, hoe onvruchtbaar de bodem ook is. Je kunt ermee met de Kwallen praten, en overal waar je de staf plant zal het leven opbloeien. De staf kan ook nog andere dingen, en als je je een waardig beheerder toont, zul je die misschien ontdekken. Maar zorg wel dat het VMB hem niet in handen krijgt.'

Ontzag en verwondering straalden van Trigs gezicht. 'Dank je,' zei hij. 'Dank je, dank je, dank je. Ik weet niet eens... Ah, man. Dank je!'

'Er is nog iets,' zei Kira. En ze aaide de top van de staf. 'Een keer per dag zal de staf vrucht dragen. Eén enkele, rode vrucht. Het is niet veel, maar genoeg om te voorkomen dat je ooit zult verhongeren. Je hoeft je nooit meer zorgen over eten te maken, Trig.'

Trigs ogen liepen vol tranen en hij klemde de staf tegen zich aan. 'Ik zal dit niet vergeten,' mompelde hij.

Kira verwachtte dat hij het inderdaad niet zou vergeten.

Ze ging verder. 'Hwa-jung.' En Kira haalde twee bollen van binnen uit haar zij, een witte en een bruine. Ze pasten allebei precies in het holletje van haar hand. Ze gaf de bruine aan de machinechef. 'Dit is een stukje techniek van het Oude Volk. Hiermee kun je bijna alle machines repareren.'

De machinechef zoog op haar onderlip terwijl ze naar de bol staarde die ze nu zelf vasthield. 'Aish. Gaat dit ding mijn hele schip opeten?'

Kira lachte en schudde haar hoofd. 'Nee, het is iets heel anders dan de Kiem. Het zal niet gaan woekeren. Maar pas op waar je het gebruikt, want het zal soms proberen om... verbeteringen aan te brengen.'

Hwa-jung liet de bol in een van de zakken bij haar middel verdwijnen en mompelde een bedankje. Er verschenen rode vlekken op haar wangen en Kira zag hoeveel het geschenk voor de machinechef betekende.

Tevreden gaf Kira toen de witte bol aan de dokter. 'Vishal, dit is ook een stukje techniek van het Oude Volk. Je kunt het gebruiken om vrijwel alle wonden mee te genezen. Maar wees voorzichtig waar je het gebruikt, want –'

'... Het zal soms proberen om verbeteringen aan te brengen,' zei Vishal met een vriendelijke glimlach. 'Ja, ik begrijp het.'

Ze glimlachte terug. 'Goed. Het had Trig op Vliegenstrip kunnen redden. Hopelijk zul je het nooit nodig hebben, maar als dat wel zo is...'

'Als het wel zo is, kan ik het maar beter hebben.' Vishal zette zijn handen tegen elkaar, nam de bol ertussen en maakte een buiging. 'Dank u, mevrouw Kira, uit de grond van mijn hart.'

Toen was Sparrow aan de beurt. Kira haalde een korte, geheel zwarte dolk uit haar dij en gaf hem aan de kleine vrouw. Op het blad van het mes lag een vaag, vezelachtig patroon, dat op de Kiem leek. 'Dit is wel een wapen.'

'No shit.'

'Metaaldetectoren kunnen het niet zien; röntgenapparaten en microgolven pikken het niet op. Maar dat is niet wat er zo bijzonder aan is. Dit mes gaat door alles heen.'

Sparrow keek haar sceptisch aan. 'Echt.'

'Echt,' zei Kira. 'Het duurt misschien even, maar hiermee kom je zelfs door de taaiste materialen heen. En nee, je hoeft je geen zorgen te maken dat je de controle erover verliest, zoals mij met de Kiem gebeurde.'

Sparrow keek met hernieuwde interesse naar de dolk. Ze liet hem om haar hand draaien, ving hem bij het handvat op en probeerde het snijvlak toen uit op een hoekje van een van haar gordeltasjes. Zoals beloofd gleed het mes moeiteloos door het materiaal, en tijdens het snijden speelde er een vage blauwe glinstering over het lemmet.

'Handig. Bedankt. Zoiets als dit had me een paar keer mooi uit de penarie kunnen halen.'

Voor Nielsen had Kira geen makkelijke oplossingen. Ze zei: 'Audrey… ik zou je ziekte kunnen genezen. De Kiem kan alle weefsels veranderen, elk gen hercoderen. Maar als ik dat zou doen –'

'Zou je het grootste deel van mijn hersenen moeten aanpassen,' zei Nielsen. Ze glimlachte bedroefd. 'Ik weet het.'

'Misschien zou het je persoonlijkheid en herinneringen intact laten, maar dat kan ik je niet beloven, ook al heeft de Kiem geen kwaad in de zin. Integendeel.'

De eerste officier haalde beverig adem. Toen hief ze haar kin en schudde haar hoofd. 'Nee. Ik waardeer het aanbod, Kira, maar nee. Het is een risico dat ik liever niet neem. Het was niet makkelijk om te ontdekken wie ik ben, en ik ben behoorlijk trots op wie ik ben geworden. Het is het niet waard om dat kwijt te raken.'

'Het spijt me. Ik wou dat ik meer kon doen.'

'Het geeft niet,' zei Nielsen. 'Er zijn genoeg mensen die met veel ergere dingen moeten omgaan. Ik red me wel.'

Vishal knuffelde haar. 'Bovendien, mevrouw Kira, zal ik mijn best doen om Audrey te helpen. Genetische modificaties waren altijd mijn specialisme op de opleiding, o ja.' En Nielsens gezicht werd zachter en ze knuffelde hem terug.

'Fijn om dat te horen,' zei Kira. 'En ook al kan ik je niet genezen, er is iets wat ik je wel kan geven. Verschillende dingen zelfs, nu je verloofd bent.'

Nielsen begon te protesteren, maar Kira luisterde niet. Ze knielde en trok twee even grote cirkels op de vloer, niet meer dan vier of vijf centimeter in doorsnee. Waar ze de vloer aanraakte, ontstonden gouden lijnen die steeds feller opgloeiden, tot het pijn aan je ogen deed om ernaar te kijken.

Toen brak het licht en vervaagde het weer. Op de grond lagen twee ringen, goud, groen en bezet met fonkelende saffieren. Kira raapte ze op en liet ze aan Nielsen zien. 'Voor jou en Vishal: een vroeg huwelijkscadeau. Je bent natuurlijk niet verplicht om ze te gebruiken, maar als je dat doet, zul je merken dat ze bepaalde voordelen hebben.'

'Ze zijn wonderschoon,' zei Nielsen en ze nam de ringen aan. 'Dank je. Maar ik ben bang dat ze allebei te groot voor mij zijn.'

Kira lachte even bij zichzelf. 'Pas dan maar eens.'

Dus deed Nielsen een van de ringen om en ze slaakte een kreetje toen de ring rondom haar vinger straktrok tot hij comfortabel aansloot.

'Dat is echt vet!' zei Trig.

Kira straalde. 'Ja hè?' Toen liep ze naar de dichtstbijzijnde zuil en haalde een paar voorwerpen uit een nis aan de zijkant. Ze bood het eerste aan Nielsen aan. Het was een schijf zo groot als een hand, die op een ruwe witte schelp leek. In de schelp lagen blauwe bolletjes genesteld, niet groter dan een erwt. 'Dit is wat ik je oorspronkelijk wilde geven.'

'Wat is het?' vroeg Nielsen, en ze nam de schijf aan.

'Verlichting. De volgende keer dat je aandoening opspeelt, neem je er eentje.' Ze tikte op een bolletje. 'Eet hem op. Eentje maar, niet meer. Ze zullen je niet genezen, maar ze kunnen je wel helpen functioneren, de dingen makkelijker en draaglijker maken.'

'Dank je,' zei Nielsen, een beetje overweldigd.

Kira neeg haar hoofd. 'Mettertijd zullen de parels weer aangroeien, dus je zult nooit zonder zitten, hoe lang je ook leeft.'

De tranen sprongen in Nielsens ogen. 'Echt, Kira... dank je wel!'

Achter haar zei Vishal: 'U bent te vriendelijk, mevrouw Kira. Te vriendelijk. Maar bedankt, vanuit het diepst van mijn hart.'

Toen gaf Kira hun nog iets: een heel gewone Q-drive. 'En dan is deze er nog.'

De eerste officier schudde haar hoofd. 'Je hebt al meer dan genoeg gedaan, Kira. Ik kan niet nog meer aannemen.'

'Dit is geen geschenk,' zei Kira vriendelijk. 'Het is een verzoek... Als je het goedvindt, wil ik je graag tot mijn wettelijke vertegenwoordiger benoemen. Daarvoor staat er een document op deze drive die je een volmacht geeft om namens mij op te treden.'

'Kira!'

Ze legde haar handen op Nielsens schouders en keek haar in de ogen. 'Ik heb meer dan zeven jaar voor de Lapsang Corporation gewerkt, en dat betaalde goed. Alan en ik waren van plan het geld te gebruiken om een nieuw leven op Adrasteia te beginnen, maar... ik kan er nu niets mee. Mijn verzoek is dit: zorg dat het geld bij mijn familie op Weyland komt, als ze nog leven. Als dat niet zo is zijn de bits voor jou.'

Nielsen deed haar mond open, maar leek niet te weten wat ze moest zeggen. Toen knikte ze kordaat en zei: 'Natuurlijk, Kira. Ik zal mijn best doen.'

Met nieuwe moed ging Kira door: 'Het bedrijf zal misschien moeilijk doen, dus heb ik dit notarieel laten bekrachtigen door admiraal Klein. Dat zal de advocaten wel op afstand houden.' Ze drukte de Q-drive in Nielsens hand en de eerste officier nam hem aan.

Toen omhelsde Nielsen haar stevig. 'Je hebt mijn woord, Kira. Ik zal doen wat ik kan om dit bij je familie te krijgen.'

'Dank je.'

Toen Nielsen haar had losgelaten ging Kira naar Falconi, die in zijn eentje iets verderop stond. Hij keek haar met één opgetrokken wenkbrauw aan en sloeg zijn armen over elkaar, alsof hij het niet vertrouwde. 'En wat ga je mij geven, Kira? Tickets naar een resort op Eidolon? Magisch elfenstof om over de Caracole te strooien?'

'Iets beters,' zei ze. Ze hief een hand op en uit een gewelfde doorgang aan de zijkant van de zaal kwamen vier verzorgers van het ruimtestation naar binnen. Ze duwden een pallet vooruit met daarop een verzegelde kist, in militair grijs geschilderd en met de tekens van het VMB erop gestempeld.

'Wat zijn dát?' vroeg Trig, en hij wees met de Groene Staf naar de verzorgers.

Het waren kleine wezens die op twee dubbelgelede achterpoten liepen. Ze hadden korte, T-rex-achtige armen en zulke tere, bleke vingers dat ze bijna doorschijnend leken. Van achteren hadden ze een soepele staart. Glanzende, schildpadachtige schilden beschermden hun huid, maar langs de richel in het midden van hun smalle kopjes groeiden rode en paarse veren. Plat op hun rug lagen vier libellevleugels.

'Zij verzorgen het ruimtestation,' zei Kira. 'Je kunt zelfs zeggen dat ze geboren zijn uit het station.'

'Geboren uit jóú, bedoel je,' zei Falconi.

'In zekere zin, ja.' De verzorgers lieten de pallet bij hen achter en trokken zich onderling babbelend terug. Kira haalde het deksel van de krat. Er zaten rijen en rijen capsules met antimaterie in, elk met een groen lampje aan de zijkant dat aangaf dat ze vol en opgeladen waren.

Nielsen hapte naar adem en Hwa-jung zei: 'Thule!'

Tegen Falconi zei Kira: 'Voor jou en de Caracole. Antimaterie. Deels uit de schepen die ik uit elkaar heb gehaald. De rest heb ik zelf geproduceerd en overgebracht in de isolatiecapsules.'

Falconi keek verbluft naar de krat. 'Daar moet genoeg in zitten om –'

'Om de Caracole jarenlang van energie te voorzien,' zei Kira. 'Ja. Je kunt het ook verkopen en de bits oppotten voor je oude dag. De keuze is aan jou.'

'Dank j–'

'Ik ben nog niet klaar,' zei Kira. Ze hief haar hand weer op en de verzorgers kwamen terug met nog een pallet. Op deze stonden potten vol donkere aarde met een vreemde, wilde verzameling planten erin, die volkomen anders waren dan die op Aarde, Eidolon of Weyland. Sommige gloeiden, andere bewogen en een ervan – een rode plant die op een steen leek – zoemde.

'Omdat je je hydroboeg hebt moeten leeghalen, dacht ik dat je wel wat vervangers kon gebruiken,' zei Kira.

'Ik –' Falconi schudde zijn hoofd. 'Dat is heel attent van je, maar hoe moeten we die meenemen? We hebben niet genoeg cryobuizen, en –'

'De potten beschermen ze tijdens FTL,' zei Kira. 'Geloof me.' Toen gaf ze hem ook een Q-drive. 'Informatie over de verzorging van de planten en details over allemaal. Die kun je vast gebruiken.'

Voor de eerste keer zag ze tranen glinsteren in Falconi's ogen. Hij stak een hand naar een van de planten uit – een gevlekt, bekervormig organisme met kleine tentakels die rond de open bek zwaaiden – veranderde toen van gedachten en trok zijn hand terug. 'Ik weet niet hoe ik je moet bedanken.'

'Nog twee dingen,' zei ze. 'Ten eerste dit.' En ze gaf hem een metalen rechthoek, ongeveer zo groot als een pak speelkaarten. 'Die kunnen Veera en de entropisten bestuderen.'

Falconi draaide de rechthoek om. Hij leek volkomen glad. 'Wat is het?'

'Iets om ze op het juiste spoor te zetten, als ze er chocola van kunnen maken.' Ze glimlachte. 'Uiteindelijk zal dat wel lukken. En ten tweede dit.' En ze legde haar handen om zijn gezicht en kuste hem op de lippen, zacht, teder en met veel gevoel. 'Dank je, Salvo,' fluisterde ze.

'Waarvoor?'

'Omdat je in me geloofde. Omdat je me vertrouwde. Omdat je me behandelde als een mens en niet als een wetenschappelijk experiment.' Ze kuste hem nog eens, deed toen een stap achteruit en hief haar armen aan weerszijden op. Ranken ontrolden zich uit de wand achter haar, namen haar in een tedere omhelzing en tilden haar weer in de holte die op haar wachtte.

'Mijn geschenken zijn gegeven,' zei ze, terwijl ze weer met het ruimtestation versmolt. Het gaf haar een veilig gevoel. 'Ga nu en vergeet niet: waar de tijd of het lot ons ook mogen brengen, ik beschouw jullie als mijn vrienden.'

'Wat ga je doen, Kira?' vroeg Falconi. Hij strekte zijn hals om haar aan te kijken.

'Dat zul je wel zien!'

3

Toen de bemanning de deur uit was en door de gangen terugliep naar het dok, maakte Kira contact met Gregorovich. Ze wist dat hij via hun comms had meegeluisterd met het gesprek. 'Voor jou heb ik ook iets,' zei ze. 'Als je het wilt hebben.'

O, echt? En wat mag dat zijn, o Ringgever?

'Een lichaam. Een nieuw lichaam, zo groot of zo klein als je wilt, van metaal of organisch, in elke vorm of stijl die je aanstaat. Je hoeft het maar te zeggen en de Kiem maakt het voor je.' Tot Kira's verwondering gaf het scheepsbrein niet meteen antwoord. In plaats daarvan bleef hij stil. Ze kon zijn stilte horen als een fysiek ding: een druk van nadenken en onzekerheid aan de andere kant. 'Denk erover na; dan kun je gaan en staan waar je maar wilt, Gregorovich. Dan ben je niet meer besloten in de Caracole.'

Ten lange leste zei het scheepsbrein: **Nee. Maar ik denk dat ik dat misschien juist wil zijn. Je aanbod is verleidelijk, Kira, allemachtig verleidelijk. Dus beschouw me niet als ondankbaar, maar op dit moment geloof ik dat mijn plaats hier is, bij Falconi en Nielsen en Trig en Hwa-jung en Sparrow. Ze hebben me nodig en… ik zal eerlijk zijn, het is fijn om vleesklonten als zij over mijn dekken te hebben rondrennen. Misschien begrijp je dat nu. Een lichaam zou leuk zijn, maar ik kan altijd nog een lichaam krijgen. Maar deze crew of deze vrienden kan ik niet altijd krijgen.**

Kira begreep het inderdaad en ze waardeerde hem om zijn antwoord. 'Als je van gedachten verandert: het aanbod blijft staan.'

Ik ben blij je gekend te hebben, o Bloemenkoningin. Je bent een prikkelbaar en problematisch persoon, maar met jou in de buurt is het leven interessanter… Ik zou nooit jouw keuze kunnen maken, om in je dooie piere-uppie die misbaksels van de Muil achterna te gaan. Daar bewonder ik je om. En daarnaast heb je me de weg naar de vrijheid gewezen. Je hebt me van mezelf gered en dus ben ik je ook eeuwig dankbaar. Als je je straks in de verre afgelegen toekomst bevindt, denk dan aan ons zoals wij aan jou denken. En als het getij der tijd ons welgezind is en ik nog gezond van geest ben, vergeet dan niet: op mijn hulp kun je altijd rekenen.

Waarop ze eenvoudig antwoordde: 'Dank je.'

4

Nu haar bezoek vertrokken was en haar gedachten veel rustiger waren geworden, begon Kira aan de volgende fase van haar plan. Het concept was eenvoudig, maar de uitvoering veel ingewikkelder en gevaarlijker dan alles wat ze had ondernomen sinds ze ontwaakt was na de vernietiging van de Muil.

Eerst verplaatste ze zich naar een plek bij de buitenwand van het ruimtestation. Daar verzamelde ze materiaal – organisch en anorganisch – tot ze een tweede kern had gevormd, die gelijk was aan de kern in het centrum van Eenheid. Toen kwam het moeilijkste: ze moest haar brein in twee ongelijke delen opsplitsen.

Alles wat bij Qwon en Carr hoorde, isoleerde ze en plaatste ze in het hart van Eenheid. Alles wat van Kira, de Kiem en de Muil kwam, trok ze in zichzelf. Er was enige verdubbeling nodig – ze kon zich Carrs medische onderzoeken en Qwons jacht in de wateren van zijn thuiswereld nog herinneren – en een paar omissies en lacunes waren onvermijdelijk. Maar ze deed haar best.

Het was een griezelig proces. Bij elke stap was Kira bang dat ze een cruciaal deel van zichzelf zou afsnijden. Of dat ze de toegang tot een herinnering waarvan ze niet eens wist dat ze hem nodig had zou afsluiten. Of dat ze zichzelf zou doden.

Maar ze deed opnieuw haar best. Ze had geleerd dat je soms nu eenmaal een keuze moet maken, welke keuze dan ook, zelfs als niet duidelijk is wat het juiste pad is. Het leven staat je zelden die luxe toe.

Ze zwoegde een nacht en een dag, tot alles wat bij haar leek te horen in de schedel paste die ze had gekozen. Die kleine, beperkte schedel. Ze voelde zich gereduceerd, maar tegelijkertijd was het een opluchting om bevrijd te zijn van de vele zintuiglijke prikkels die via het ruimtestation bij haar binnenkwamen.

Ze controleerde het Qwon/Carr-bewustzijn nog een keer, als een moeder die nog even bij haar slapende kind gaat kijken. Toen maakte ze zich los van Mar Íneth en ging ze, voortgedreven door haar pasgebouwde fusiekern, naar de dichtstbijzijnde planetoïdengordel.

Zoals altijd kwamen Klein en Lphet haar met vragen bestoken. Dus vertelde Kira over de zeven dodelijke kiemen van de Muil en zette ze haar plannen uiteen. 'Ik ga weg om op ze te jagen,' zei ze.

Klein sputterde tegen. 'En het ruimtestation dan?'

[[Lphet hier: Ja, Idealis, ik deel de zorg van de commandant van de school. Het station is te belangrijk om onbewaakt achter te laten.]]

Kira lachte. 'Het is niet onbewaakt. Ik heb Carr-Qwon de leiding gegeven.'

'Wat?' vroeg Klein.

[[Lphet hier: Wat?]]

'Het deel van mij dat zij waren bewaakt Eenheid nu. Ze zullen ervoor zorgen en het beschermen, mocht dat nodig zijn. Ik raad jullie aan hen niet kwaad te maken.'

[[Lphet hier: Probeer je nu nieuwe Verdorvenen te creëren, Idealis?]]

'Ik zeg het niet graag, maar ik ben het met de Kwal eens,' zei Klein. 'Probeer je ons nu met opzet een nieuwe Muil te geven?'

Kira's stem werd harder. 'De Muil is er niet meer. Ik heb elk spoor van de Kiem uit Carr-Qwon verwijderd. Wat zij nu zijn is iets heel anders. Het is nog ongevormd en onbepaald, maar ik kan jullie dit zeggen: er is niets meer over van de woede en de pijn die de Muil dreven. En anders zit het in míj, niet in hen. Jullie hebben een nieuwe levensvorm om tot leven te roepen, admiraal Klein, Lphet. Behandel ze ook zo en jullie zullen aangenaam verrast worden. Stel me niet teleur.'

5

Toen ze de planetoïdengordel bereikt had, hield Kira halt bij een van de grootste planetoïden: een enorme metaalachtige steenklomp van kilometers lang, vol putten en kraters door de talloze inslagen die hij in de loop der jaren te verduren had gehad.

Daar zette ze zich neer, en daar begon ze weer te bouwen. Deze keer gebruikte ze een bestaande blauwdruk: eentje die ze diep in de geheugenbanken van de Kiem had gevonden. Het was technologie van het Oude Volk, ontwikkeld op het hoogste punt van hun beschaving, en het paste perfect bij wat zij nodig had.

Met hulp van de Kiem verslond Kira de planetoïde. Ze paste hem aan haar behoeften aan en bouwde met behulp van de schema's van het Oude Volk een ruimteschip.

Haar schip was niet vierkant, spichtig en bezaaid met radiatoren, zoals de schepen van de mensen. Het was ook niet rond, wit en iriserend, zoals die van de Wranaui. Het leek er helemaal niet op. Nee. Kira's schip had de vorm van een pijl, lang en scherp, met vloeiende lijnen die aan een blad deden denken. Het had aderen en richels en vliesdunne waaiers langs de breed uitlopende achtersteven. De romp zette uit en kromp ineen met subtiele bewegingen, en het schip straalde een zekere alertheid uit, alsof het alles om zich heen goed in de gaten hield.

Op een bepaalde manier was dat ook zo, want het schip was een verlengstuk van Kira's lichaam. Het fungeerde als haar ogen, en ze kon er veel verder mee zien dan ze anders had gekund.

Toen ze klaar was, had Kira een schip van meer dan half zo groot als een slagschip van het VMB, en veel zwaarder bewapend. Het had torsieaandrijving en Kira had er alle vertrouwen in dat ze daarmee de hoogste snelheid van dat smerige kroost van de Muil kon overtreffen.

Toen keek ze nog een laatste keer naar het stelsel. Naar de ster van Cordova, naar de planeet R1 en het groene frame van Eenheid die er in een wijde baan omheen draaide. Naar de vloten van de mensen en de Wranaui die zich eromheen groepeerden en die misschien nog niet echt bevriend waren, maar ten minste niet meer op elkaar schoten.

En Kira glimlachte, want het was goed.

In gedachten sloot ze vrede en nam ze voor de laatste keer afscheid; een stil klaaglied om alles wat verloren en verdwenen was. Toen wendde ze het schip af van de ster, in de richting van de laatste herinnering van de Muil. En met een kleine gedachte zette ze zich in beweging.

* * * * * * *

EXEUNT VI

1

Kira was niet alleen. Nog niet.

Toen ze het lege vlak van de ruimte doorkruiste, vlogen er vier slagschepen van het VMB en drie kruisers van de Wranaui in dichte formatie achter haar aan. De meeste vaartuigen waren op een of andere manier beschadigd: getekend door explosies, besmeurd met roet en, in het geval van de mensen, meer aan elkaar hangend van FTL-tape, noodlassen en de gebeden van hun bemanning dan van iets anders. Toch waren ze ruimtewaardig genoeg om haar te begeleiden.

Admiraal Klein en Lphet leken vastbesloten om haar helemaal tot aan de markovgrens te escorteren. Niet zozeer om haar te beschermen, nam ze aan, maar om haar te observeren. En misschien ook om haar wat gezelschap te bieden. En dat waardeerde ze. Als iets haar zwaar zou vallen zouden het wel de stilte en het isolement zijn…

Bij de markovgrens, die voor haar schip veel dichter bij de ster was dan voor de mensen of de Wranaui, zou ze haar escorte achterlaten. Ze konden haar nooit bijhouden in de superluminale ruimte.

En dan zou ze echt alleen zijn.

Dat had ze al geweten vanaf het moment dat ze haar besluit had genomen. Maar toch vond Kira het een intimiderend vooruitzicht, nu het echt zover was. Nu Carr en Qwon uit haar bewustzijn verwijderd waren, was het veel leger in haar hoofd dan daarvoor. Ze was weer een individu, geen meervoudigheid. En hoewel de Kiem wel een soort metgezel was, kon die toch de normale menselijke interactie niet vervangen.

Ze had er nooit problemen mee gehad om alleen te werken, maar zelfs op de eenzaamste buitenposten waar de Lapsang Corp. haar had gebracht waren er mensen geweest om mee te praten en mee te drinken. Mensen om mee te vechten en te neuken en geestelijk en lichamelijk mee te botsen. Op de lange reis die voor haar lag zou er niets van dat alles zijn.

Het vooruitzicht maakte haar niet bang, maar wel bezorgd. Ze voelde zich nu zeker in zichzelf, maar zouden lange perioden van isolement haar niet uit evenwicht brengen, zoals met Gregorovich was gebeurd toen hij schipbreuk leed? En zou ze dan weer meer zoals de Muil worden?

Er ging een rilling door de Kiem en ze huiverde, hoewel ze het koud noch warm had.

In haar verduisterde cocon deed ze haar ogen open, haar echte ogen, en ze staarde ze naar het gewelfde oppervlak boven haar: een landkaartachtig patroon in een ondergrond van vlees, deels plantaardig, deels dierlijk. Ze volgde de vormen met haar vingertoppen, streek langs de richels en las de paden.

Na een tijdje sloot ze haar ogen weer en stuurde ze een signaal naar de Caracole. Ze vroeg Falconi te spreken.

Hij reageerde zo snel als de lichtvertraging toestond. **Hé Kira. Hoe is het?**

Ze biechtte hem haar zorgen op en zei: 'Ik weet niet wat ik nog zal worden, als er genoeg tijd en ruimte is.'

Dat weet niemand... Maar ik zal je dit vertellen. Je wordt niet krankzinnig, Kira. Daar ben je te sterk voor. En je zult jezelf niet verliezen in de Kiem. Kom op, zelfs de Muil kon je niet vernietigen. Daarmee vergeleken is dit een eitje.

In het duister glimlachte ze. 'Je hebt gelijk. Dank je, Salvo.'

Wil je iemand bij je hebben? Ik weet zeker dat het VMB en de Kwallen niet verlegen zitten om vrijwilligers die dolgraag met jou door de ruimte zouden scheuren.

Ze dacht er serieus over na en schudde toen haar hoofd, al kon Falconi dat niet zien. 'Nee, dit is iets wat ik zelf moet doen. Als er nog iemand anders hier was, zou ik me te veel zorgen maken over zijn of haar veiligheid.'

Jouw keus. Laat het maar weten als je nog van gedachten verandert.

'Zal ik doen... Het spijt me alleen dat ik er niet bij zal zijn om te zien hoe het verder gaat tussen ons en de Kwallen.'

Fijn om je 'ons' te horen zeggen. Klein wist niet zeker of je jezelf nog als mens zag.

'Een deel van me wel.'

Hij bromde. **Ik weet dat je voorbij de rand van de ruimte gaat, maar je kunt altijd berichten terugsturen en wij kunnen een manier bedenken om dat ook te doen. Contact houden is belangrijk.**

'Ik zal het proberen.' Maar Kira wist dat het onwaarschijnlijk was dat ze iets van de Liga of de Wranaui zou horen. Zelfs als ze wisten waar ze was, zou ze waarschijnlijk allang doorgereisd zijn tegen de tijd dat hun signalen haar bereikten. Contact zou alleen mogelijk zijn als de avatars van de Muil haar in de bewoonde ruimte terugbrachten, en ze hoopte heel erg dat dat niet zou gebeuren.

Evengoed betekende het veel voor haar dat Falconi om haar gaf. En ze voelde een zekere rust. Wat de toekomst ook zou brengen, zij was er klaar voor.

Toen ze uitgepraat waren, riep ze De Onverbiddelijke Kracht op. Op haar verzoek stemde admiraal Klein ermee in een bericht (minus eventuele informatie die het VMB geheim wilde houden) door te sturen naar Weyland en haar familie. Kira zou gemakkelijk een signaal kunnen uitsturen dat sterk genoeg was om Weyland te bereiken, maar ze wist niet hoe ze de energiegolven zo moest structureren dat ze door de antennes in haar thuisstelsel ontvangen en begrepen konden worden.

Kira wenste dat ze op antwoord kon wachten. Maar zelfs onder de beste omstandigheden zou het meer dan drie maanden duren voor ze iets hoorde. Als haar familie al gevonden werd... en als ze nog leefden. Het deed Kira pijn dat ze de waarheid misschien nooit zou weten.

Terwijl ze naar de markovgrens snelde, luisterde Kira naar muziek die vanuit de Caracole naar haar werd gestuurd. Muziek van Bach, maar ook lange, trage orkeststukken die goed leken te passen bij het draaien van de planeten en het bewegen van de sterren. De muziek gaf structuur aan een verder vormeloze tijd, een narratief aan de onpersoonlijke voortgang van de grootste lichamen in de natuur.

Ze doezelde weg in haar levende cocon, balanceerde op het randje van wakker zijn. De echte slaap lag binnen handbereik, maar ze stelde die uit. Ze was er nog niet klaar voor om haar bewustzijn af te leggen. Nog niet. Niet voor de ruimte om haar heen vervormde en haar afsneed van de rest van het universum.

2

Toen ze de markovgrens bereikte, voelde Kira dat het schip er op een bepaalde manier klaar voor was. Het weefsel van de werkelijkheid leek dunner te worden, plooibaarder om haar heen, en ze wist dat de tijd was gekomen om weg te gaan.

Ze gunde zich nog een laatste blik op het stelsel. Spijt, angst en opwinding gingen door haar heen. Maar haar doel was zinvol en dat sterkte haar vastberadenheid. Ze zou zich in het onbekende wagen om de kiemen van het kwaad uit te roeien en overal nieuw leven te verspreiden in het heelal. Het was een goed doel om te hebben.

Toen verlegde ze de energie naar de torsieaandrijving, bereidde ze zich voor op de overgang naar FTL en voelde ze een diep gebrom door het scheepslichaam gaan.

Net toen het gebrom op zijn sterkst was, kwam er een krakerige oproep binnen. Die kwam van de Caracole, van Falconi. Hij zei: **Kira, het VMB zegt dat je op het punt staat naar FTL te springen. Ik weet dat het voelt alsof je van nu af aan helemaal alleen zult zijn, maar dat is niet zo. We denken allemaal aan je. Vergeet dat niet, hoor je? Dat is een direct bevel van je kapitein. Ga die nachtmerries een schop onder hun kont verkopen en ik verwacht je levend en wel weer terug te zien als –**

Het gebrom viel weg, de sterren draaiden en ze werd omgeven door een donkere spiegel, die haar isoleerde in een bol die niet groter was dan haar schip. Toen was alles stil.

Ondanks zichzelf was Kira verdrietig. Ze stond zichzelf toe dat verdriet te voelen, haar verlies te erkennen en de emotie het respect te geven die ze verdiende. Een deel van haar verzette zich. Een deel van haar zocht nog steeds naar uitvluchten. Als ze de afgezanten van de Muil kon vinden en ze binnen een redelijke tijd kon uitroeien, kon ze misschien nog naar huis en een rustig leventje leiden.

Ze haalde diep adem. Nee. Wat gedaan was, was gedaan. Ze kon niet terug, het had geen zin om te treuren over keuzes die ze had gemaakt, of over dingen waarop ze geen invloed had.

Het was tijd. Ze sloot haar ogen, en hoewel het vooruitzicht haar nog steeds onrustig maakte, stond ze zichzelf eindelijk toe om te slapen.

En in die slaap waren er geen dromen.

3

…

…

…

Een smaragdgroen schip gleed door het duister, een glinsterend puntje verloren in de immense ruimte. Het werd niet vergezeld door een ander schip, niet door bewakers of metgezellen of oplettende machines. Het was helemaal alleen in het firmament, en alles was stil.

Het schip gleed voort, maar het leek niet te bewegen. Een vlinder, fel en teer, ingevroren in kristal en zo voor alle eeuwigheid bewaard. Onvergankelijk en onveranderlijk.

Ooit had het sneller dan het licht gevlogen. Ooit, en vele keren daarna. Nu deed het dat niet. Het geurspoor dat het volgde was zo zwak dat het anders niet op te pikken zou zijn.

Het heelal draaide eindeloos lang om zijn as.

Toen een flits.

Er verscheen nog een schip, voor het eerste. De nieuwkomer was gedeukt en vuil, had een opgelapte boeg en zag er onhandig uit. Op de neus stond in vervaagde letters één enkel woord.

De twee schepen passeerden elkaar in een minieme fractie van een seconde. Hun relatieve snelheden waren zo groot dat er slechts tijd was voor een kort bericht van de een aan de ander.

Dat bericht bestond uit een mannenstem, die zei: **Je familie leeft.**

Toen was de nieuwkomer weg, verdwenen in de verte.

In het eenzame schip, in de smaragden cocon, lag een vrouw, gehuld in lagen van haar vlees. En hoewel ze haar ogen dicht had en haar huid blauw was, hoewel haar bloed ijs was en haar hart niet klopte, verscheen er toch een glimlach op haar gezicht.

En zo reisde ze verder, tevreden met wachten en slapen – slapen in een zee van sterren.

ADDENDUM

APPENDIX I

*　*　*　*　*　*　*

RUIMTETIJD & FTL

Fragment uit Principia Entropia (Herziene editie)

… noodzakelijk om een kort overzicht te geven van de grondbeginselen. Gebruik dit als inleiding en beknopt naslagwerk voor latere, grondigere studie.

* * *

FTL is bij uitstek de technologie die ons moderne tijdperk definieert. Zonder FTL was het onmogelijk geweest voor de mensheid om zich buiten ons zonnestelsel te verspreiden zonder eeuwenlange reizen op generatieschepen of door middel van geautomatiseerde schepen met materiaal aan boord om na aankomst zelf kolonisten te laten groeien. Zelfs de krachtigste fusieaandrijvingen beschikken niet over de delta-v om van ster naar ster te reizen zoals we dat nu gewend zijn.

Hoewel de theorieën veel verder teruggaan, werden superluminale reizen pas praktische werkelijkheid toen Ilya Markov er in 2107 in slaagde de Theorie van Alles te codificeren. Empirische bevestiging van zijn bevindingen volgde al snel, en het eerste werkende prototype van een FTL-aandrijving werd in 2114 gebouwd.

Markovs doorbraak was dat hij de fluïde aard van ruimtetijd inzag en erin slaagde het bestaan van de verschillende luminale ruimtes aan te tonen, die eerder slechts op puur theoretisch niveau waren beschreven in de werken van Froning, Meholic en Gauthier van rond het einde van de eenentwintigste eeuw. Daarvoor was ons begrip van de kosmos gelimiteerd door de beperkingen van de algemene relativiteitstheorie.

Zoals beschreven in Einsteins formulering van de speciale relativiteitstheorie (gepaard met lorentztransformaties) is het voor deeltjes die rustmassa bezitten onmogelijk om de lichtsnelheid te bereiken. Dat zou niet alleen

een oneindige hoeveelheid energie vereisen, maar bovendien de causaliteit doorbreken, en zoals latere, praktische experimenten hebben aangetoond, duldt het universum het doorbreken van de causaliteit uitsluitend op de quantumschaal.

Niets in de speciale relativiteitstheorie weerhoudt massaloze deeltjes er echter van om voortdurend op lichtsnelheid te reizen (zie fotonen) of om voortdurend sneller dan het licht te reizen (zie tachyonen). En dat is precies wat de berekeningen aantonen. Door verschillende vergelijkingen uit de speciale relativiteitstheorie te combineren, wordt de onderliggende relativistische symmetrie van subluminale, luminale en superluminale deeltjes duidelijk. Om van superluminale massa en energie definieerbare, non-imaginaire eigenschappen te maken, wordt relativistische massa hierbij gesubstitueerd door reële massa.

Markovs doorbraak geeft ons ons huidige model van de fysieke ruimte (fig. 1):

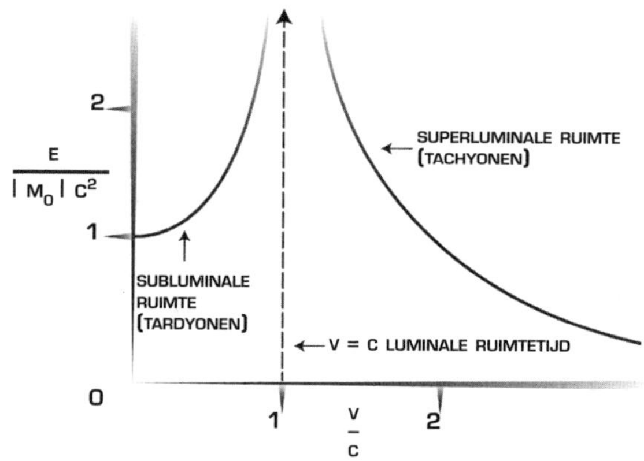

Figuur 1: Positieve energie vs. snelheid

Hierin vertegenwoordigt de *v*=*c*-asymptoot het fluïdische ruimtetijdmembraan (met een dikte die verwaarloosbaar maar niet nul is).

Uit deze grafiek worden een aantal dingen onmiddellijk en intuïtief duidelijk. Ten eerste dat net zoals een subluminaal deeltje nooit de lichtsnelheid *c* kan bereiken, een superluminaal deeltje dat evenmin kan. In de normale STL-ruimte brengt het spenderen van energie (dat wil zeggen, het afvuren van stuwstof uit de achterzijde van je ruimteschip) je dichter bij de lichtsnelheid. Dezelfde regel geldt in de FTL-ruimte. In de FTL-ruimte is de lichtsnelheid echter de laagst mogelijke snelheid, niet de hoogste, en kun je nooit voldoende snelheid minderen om hem te bereiken, hoe dichtbij je ook komt, niet zolang je massa bezit.

Aangezien je in FTL door te versnellen juist verder van *c* verwijderd raakt, hebben tachyonsnelheden geen harde bovengrens, al is er in de praktijk wel een limiet, gezien het minimum aan energie dat vereist is om de integriteit van deeltjes te waarborgen. (Vergeet niet dat in de superluminale ruimte geldt: minder energie = meer snelheid.) En waar rustmassa in de subluminale ruimte reëel en positief is, en door de speciale relativiteit toeneemt naarmate snelheden *c* naderen, is rustmassa in de luminale ruimte nul en geldt daar altijd $v=c$, terwijl in de superluminale ruimte de rustmassa bij $v=c$ imaginair is, maar reëel en positief wordt en afneemt bij snelheden groter dan *c*.

Een implicatie hiervan is dat tijdsdilatatie als gevolg van versnelling wordt omgekeerd. In zowel STL als FTL word je relatief aan de rest van het universum langzamer ouder naarmate je *c* nadert. Dat wil zeggen dat de tijd in het grotere universum veel sneller verstrijkt dan aan boord van een ruimteschip dat op 99% van *c* vliegt. In FTL betekent het naderen van *c* echter het verlagen van je snelheid. Als je in plaats daarvan versnelt en met steeds grotere veelvouden van *c* reist, word jij juist sneller ouder dan de rest van het universum. Dit zou uiteraard een groot probleem vormen bij FTL-reizen als schepen in de superluminale ruimte niet omsloten waren door een markovbubbel (hierover later meer).

Zoals de grafiek aantoont, is het in de subluminale ruimte mogelijk om een snelheid van 0 te hebben. Wat houdt dat in wanneer beweging relatief is? Dat je niet beweegt relatief aan het referentiepunt waaraan je het meet, zij het een externe waarnemer of de bestemming die je wilt bereiken. Een snelheid van 0 in de subluminale ruimte is het equivalent van grofweg 1,7*c* in de superluminale ruimte. Wat snel is, maar nog altijd langzamer dan de snelheden van veel FTL-deeltjes. Zelfs de eenvoudigste markovaandrijvingen zijn in staat om 51,1*c* te bereiken. Wanneer het van belang is een bestemming zo snel mogelijk te bereiken, kan het echter de delta-v waard zijn om je ruimteschip volledig tot stilstand te brengen voordat je de overgang naar FTL maakt, om zo die extra 1,7*c* snelheid mee te krijgen.

Als het mogelijk was subluminale massa zonder markovbubbel rechtstreeks om te zetten in superluminale massa, zou die massa nooit een snelheid hoger dan 1,7*c* kunnen bereiken, aangezien er geen manier zou zijn om hem verder te versnellen (dat wil zeggen, om het energieniveau van de genoemde massa verder te verlagen) behalve door hem kouder te maken. Zo is het bijvoorbeeld onmogelijk stuwstof je brandstoftanks ín te zuigen. Dit zou het tweede grote probleem zijn bij FTL-reizen, ware het niet dat ook dit probleem wordt opgelost door het gebruikt van markovbubbels.

Het derde probleem is dat materie in de superluminale ruimte radicaal ander gedrag vertoont dan in de subluminale ruimte, in zo'n mate dat het leven zoals wij dat kennen er onmogelijk in stand te houden is. Wederom is het het gebruik van markovbubbels dat hiervoor de uitkomst biedt.

De drie verschillende continua – het subluminale, het luminale en het superluminale – co-existeren in dezelfde tijd en ruimte, en overlappen elkaar op elk punt in het universum. Het luminale continuüm bestaat als een fluidisch membraan dat het subluminale en het superluminale van elkaar gescheiden houdt, en functioneert als een interferentiemedium tussen deze twee in. Het membraan is semipermeabel en heeft aan beide zijden een meetbaar oppervlak, waarop alle EM-krachten rusten.

Het membraan zelf, en dus het geheel van de driedimensionale ruimte, bestaat uit Transluminale Energiequanta (TEQ's), die simpel gezegd de meest elementaire deeltjes zijn waaruit de realiteit is opgebouwd. Als een gekwantiseerde eenheid hebben TEQ's een Planck-lengte van 1, een Planck-energieniveau van 1 en een massa van 0. Alle andere deeltjes en velden komen voort uit hun bewegingen en interacties.

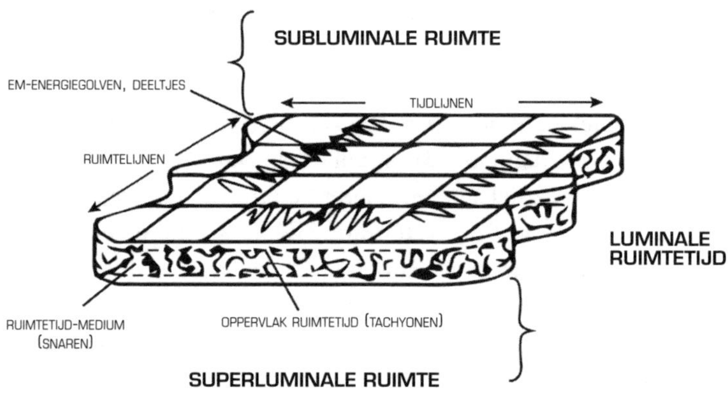

Figuur 2: Versimpeld diagram van ruimtetijd

Collectief gedragen TEQ's – en de ruimtetijd zelf – zich op quasifluïdische wijze. Net als een vloeistof geeft het luminale membraan blijk van:

- Druk
- Dichtheid en compressibiliteit
- Visco-elasticiteit
- Een oppervlak en oppervlaktespanning

Elk van die eigenschappen komt later in deze tekst in detail aan bod, maar voor het moment is het voornamelijk relevant dat visco-elasticiteit de eigenschap is die zwaartekracht en inertie genereert, en is wat alle relatieve beweging mogelijk maakt. Waar massa zich ophoopt, begint hij het ruimtetijdmembraan te vervormen. Het membraan wordt onder het voorwerp dunner, en dat is zwaartekracht. Het membraan verzet zich tegen verandering, wat betekent dat het tijd kost om het te vervormen door middel van de applicatie van kracht. (De viscositeit van de ruimtetijd zorgt voor wrijving tussen de grenslagen, en die is de reden voor de Lense-Thirring-precessie, ook wel *framedragging* genoemd.)

Omdat de subluminale en superluminale ruimte fysiek van elkaar worden gescheiden door het ruimtetijdmembraan, is het voor STL-massa en FTL-massa mogelijk zich gelijktijdig op dezelfde ruimtecoördinaten te bevinden, alhoewel dat van korte duur zou zijn, want (a) alle materie in de superluminale ruimte beweegt met een snelheid hoger dan *c*, en (b) het gedeelde membraan betekent dat de vervorming van ruimtetijd door massa – oftewel zwaartekracht – een gelijkwaardig maar tegengesteld effect heeft in het andere continuüm.

Een voorbeeld om dit te illustreren: in de STL-ruimte drukt een planeet neer op het weefsel van de ruimtetijd en vormt zo het soort gravitatieput waarmee wij allemaal bekend zijn. Tegelijkertijd manifesteert die indruk zich in de FTL-ruimte als een 'gravitatieheuvel' – een gelijkwaardige maar tegengestelde opbolling in het weefsel van de ruimtetijd. En het omgekeerde gebeurt eveneens.

Dit heeft verschillende gevolgen. Een daarvan is dat massa in het ene ruimtecontinuüm massa in het andere afstoot. Sterren, planeten en andere lichamen die in STL zwaartekracht opwekken, hebben nadat je de overgang maakt naar FTL geen aantrekkende werking meer. Juist het tegenovergestelde.

Hetzelfde geldt voor massa in de superluminale ruimte. Maar aangezien dat continuüm een lagere energiedichtheid bezit (een natuurlijk neveneffect van het feit dat tachyonen een standaardsnelheid bezitten van $>c$), en als gevolg van de radicaal verschillende natuurwetten en deeltjes die in FTL bestaan, drijven de gravitatieheuvels die ontstaan door de compactere, subluminale massa de tachyonische massa weg en uiteen. Zoals bevestigd door Oelert (2122) bevindt de overgrote meerderheid van onze lokale superluminale massa zich in een reusachtige halo rondom de Melkweg. Die halo oefent positieve druk uit op het sterrenstelsel en helpt zo te voorkomen dat het uiteenvliegt.

De gravitatie-effecten van superluminale massa op ons eigen subluminale continuüm hebben ons lang voor raadsels gesteld. Vroege pogingen om ze te verklaren resulteerden in de nu achterhaalde theorieën van 'donkere materie' en 'donkere energie'. Tegenwoordig weten we dat het de concentraties superluminale massa tussen de sterrenstelsels in zijn die verantwoordelijk zijn voor de uitdijing van het heelal, en dat die eveneens invloed uitoefenen op de vorming en bewegingen van de sterrenstelsels zelf.

De vraag of tachyonische materie zich ooit bundelt tot het superluminale equivalent van sterren en planeten is vooralsnog onbeantwoord gebleven. De berekeningen suggereren van wel, maar tot dusver heeft niemand er waarneembaar bewijs van kunnen vinden. De buitenrand van de Melkweg is zelfs voor onze allersnelste drones te ver weg, en onze huidige generatie FTL-sensoren is niet gevoelig genoeg om op die afstand individuele gravitatielichamen te identificeren. Ongetwijfeld zal daar in de toekomst verandering in komen en zullen we uiteindelijk veel meer te weten komen over de aard van superluminale materie.

Een ander gevolg van de put/heuvel gecreëerd door de vervorming van ruimtetijd door massa is het effect dat algemeen bekend is geworden als de markovgrens. Voordat we overgaan tot een uitleg van die grens, is het behulpzaam om kort samen te vatten hoe het reizen en de communicatie door FTL feitelijk werken.

Om de overgang van de subluminale naar de superluminale ruimte te maken, is het noodzakelijk om het onderliggende ruimtetijdmembraan rechtstreeks te manipuleren. Dat doen we met gebruik van een speciaal gemoduleerd EM-veld dat zich paart met het membraan (of liever gezegd, de TEQ's waaruit het is opgebouwd).

In de ijktheorie kunnen normale EM-velden worden beschreven als abels. Dat wil zeggen, de aard van het veld verschilt van datgene wat het genereert. Dat geldt niet alleen voor EM-straling, maar ook voor de aantrekkingskracht tussen elektronen en protonen, en de repulsiekracht in atomen en moleculen. Niet-abelse velden zijn velden zoals die van de zwakke en sterke kernkracht. Die bezitten een ingewikkeldere structuur en vertonen als gevolg daarvan hogere niveaus van interne symmetrie.

De andere niet-abelse velden, die voor ons relevanter zijn, zijn die geassocieerd met de oppervlaktespanning, visco-elasticiteit en interne cohesie van het ruimtetijdmembraan. Die komen voort uit de interne bewegingen en interacties van de TEQ's, waarvan de details ver buiten het bestek van deze tekst vallen.

Hoe dan ook, het is mogelijk gebleken om normale EM-straling om te zetten van abels naar niet-abels door de polarisatie te moduleren van de energiegolven die worden uitgezonden door antennes en openingen, of door het bijstellen van de frequenties van wisselspanning aan de toroïdale geometrie waar de stroom doorheen wordt gedreven. (Dit laatste is de methode gebruikt door markovaandrijvingen.) Dat resulteert in EM-straling met een onderliggend veld met een symmetrie van SU(2) en een niet-abelse vorm, zoals beschreven in de herziene wetten van Maxwell. Die straling paart in een orthogonale richting met de ruimtetijdvelden, door middel van een gedeelde waarde: de A-vectorpotentiaal. (Orthogonaal, omdat tardyonen en tachyonen tegenovergestelde bewegingsrichtingen vertonen, en het gemoduleerde EM-veld in wisselwerking staat met zowel het subluminale als het superluminale oppervlak van de ruimtetijd.) Dit wordt vaak beschreven als op een rechte hoek in een rechte lijn reizen.

Wanneer het EM-veld eenmaal is gepaard met het weefsel van de ruimtetijd, wordt het mogelijk om de dichtheid van het medium te manipuleren. Door de toepassing van de juiste hoeveelheid energie kan de ruimtetijd zelf steeds dunner en permeabeler worden gemaakt, totdat op een zeker punt de energiedichtheid van de subluminale ruimte ervoor zorgt dat het beïnvloede gebied de superluminale ruimte in schiet, als een luchtbel onder hoge druk die een gebied met een lagere druk in stijgt.

Zolang als het gemoduleerde EM-veld in stand wordt gehouden, kan de subluminale ruimte die het omvat in de superluminale ruimte blijven hangen.

Vanuit het perspectief van iemand in STL verdwijnt alles omsloten door de bubbel volledig en is het uitsluitend nog waar te nemen als gravitatieheuvel aan de andere zijde van het ruimtetijdmembraan.

Een waarnemer in de bubbel ziet zichzelf waar het oppervlak van de bubbel grenst aan de FTL-ruimte erbuiten omringd door een perfecte, bolvormige spiegel.

Vanuit het perspectief van een waarnemer in de superluminale ruimte zou er uit het niets een perfect bolvormige, perfect reflecterende bubbel verschijnen.

Massa en impuls blijven hierbij bewaard. Je koers in FTL blijft hetzelfde als je oorspronkelijke in STL, en je oorspronkelijke snelheid wordt omgezet naar het superluminale energie-equivalent.

Zodra het gemoduleerde EM-veld wordt gedeactiveerd, verdwijnt de bubbel en wordt zijn inhoud teruggeworpen naar de subluminale ruimte (een proces waarmee veel van jullie ongetwijfeld bekend zullen zijn). Dit gaat vaak gepaard met een felle lichtflits en een ontploffing van thermische energie van het licht en de hitte die zich tijdens de reis in de bubbel hebben opgebouwd en op dat moment worden losgelaten.

Een paar punten over de specifieke eigenschappen van markovbubbels zijn het vermelden waard:

- Omdat het oppervlak van de bubbel zich gedraagt als een perfecte spiegel, is het gedurende een FTL-vlucht zo goed als onmogelijk overtollige hitte uit een ruimteschip te lozen. Dit is de reden dat het noodzakelijk is dat zowel bemanningsleden als passagiers voor vertrek in cryo gaan.

- Gezien dat feit is het onpraktisch om in FTL een fusieaandrijving te laten branden. Daarom maken markovaandrijvingen – die een niet onaanzienlijke hoeveelheid energie nodig hebben om een gemoduleerd EM-veld van voldoende kracht te genereren en in stand te houden – om die energie op te wekken gebruik van opgeslagen antimaterie. Dat is efficiënter en levert de minst mogelijke overtollige hitte op.

- Hoewel een markovaandrijving en het ruimteschip eromheen naar FTL-begrippen een grote hoeveelheid samengeperste energie bevatten, is alleen de energie die door het oppervlak van de bubbel heen lekt zichtbaar aan de superluminale ruimte. Dus hoe efficiënter de markovaandrijving (dat wil zeggen, hoe minder energie hij gebruikt om het EM-veld te genereren), hoe sneller je kunt reizen.

- Indien een ruimteschip zo onfortuinlijk zou zijn in botsing te komen met een brok FTL-massa, zou dat de markovbubbel ogenblikkelijk verstoren en het schip terugwerpen in de STL-ruimte, met mogelijk catastrofale gevolgen, afhankelijk van zijn locatie.

- Hoe minder energie je gebruikt om een markovbubbel op te wekken, hoe brozer de bubbel wordt. Grote gravitatieheuvels, zoals die rondom sterren en planeten, zijn ruimschoots krachtig genoeg om een bubbel te verstoren en een schip terug te werpen in de normale, subluminale ruimte. Dat is wat we de markovgrens noemen. Met behulp van een computer met voldoende rekenkracht kan die grens worden teruggedrongen, maar hij kan niet volledig worden geëlimineerd. Onze huidige markovaandrijvingen kunnen niet worden geactiveerd in gravitatievelden van 1/100.000 g of sterker. Dat is de reden dat ruimteschepen in Sol voordat ze de overgang naar FTL kunnen maken eerst een afstand van de zon moeten bereiken equivalent aan de baan van Jupiter (en die afstand wordt nog groter als je daadwerkelijk bij Jupiter in de buurt bent).

Hoe ergerlijk het bestaan van de markovgrens ook is – niemand wil na weken of maanden in cryo nog eens dagen moeten wachten tot hij op zijn bestemming aankomt – in de praktijk is hij een nuttig fenomeen gebleken. Het is aan de markovgrens te danken dat het onmogelijk is om vanuit FTL een meteoor op een stad te laten vallen, of erger. Zonder het bestaan van de grens zou elk ruimteschip een nog veel groter gevaar vormen dan nu al het geval is, en zou het zo goed als onmogelijk zijn je te beschermen tegen verrassingsaanvallen.

Het is tevens fortuinlijk dat de visco-elasticiteit van de ruimtetijd superpositionele bommen onmogelijk maakt. Als een schip in de FTL-ruimte over een massa in de STL-ruimte vliegt die minder dan 1/100.000 g produceert, en het schip op exact dat ogenblik terugkeert naar de subluminale ruimte, duwen het schip en de massa elkaar met evenredige kracht weg, wat voorkomt dat ze elkaar kunnen overlappen. Als dat ooit wel zou gebeuren, zou dat een explosie veroorzaken die niet onderdoet voor een antimaterie-ontploffing.

Wanneer een ruimteschip eenmaal de overgang naar de superluminale ruimte heeft gemaakt, is het doorgaans het meest praktisch om een koers recht vooruit aan te houden. Het is echter wel mogelijk beperkte koersveranderingen te maken door voorzichtig de energiedichtheid aan één kant van de bubbel te verhogen. Dat zorgt ervoor dat die kant van het ruimteschip afremt en het schip als geheel daardoor begint te keren. Maar dat is een geleidelijk proces, alleen geschikt voor kleine koerscorrecties over lange afstanden. Grotere wijzigingen lopen het risico de bubbel te destabiliseren. Voor drastischere koersveranderingen is het beter om terug te keren naar de subluminale ruimte, het schip te reoriënteren en het opnieuw te proberen.

Koersveranderingen die in FTL worden gemaakt, worden na terugkeer in STL daar gereflecteerd. Hetzelfde geldt voor veranderingen in de totale impuls/snelheid, die omgekeerd evenredig worden gereflecteerd.

Het is technisch mogelijk voor twee schepen om in FTL aan elkaar te koppelen. In de praktijk is het echter zo ingewikkeld om ervoor te zorgen dat ze op exact dezelfde snelheid vliegen, om nog te zwijgen over het rekenwerk vereist om twee markovbubbels samen te voegen, dat het met drones is gedaan, maar dat – voor zover aan ons bekend – niemand nog zo gek is geweest om het met bemande schepen te proberen.

Hoewel een schip vanuit zijn markovbubbel de omliggende FTL-ruimte niet rechtstreeks kan observeren, is het wel mogelijk om bepaalde sensorinformatie te verkrijgen. Door de bubbel op de juiste frequenties te laten pulseren, is het mogelijk FTL-deeltjes te creëren op het buitenoppervlak van het membraan, en die zijn te gebruiken als een vorm van radar en om signalen te versturen. Met goede meetapparatuur kunnen we waarnemen wanneer de deeltjes terugkeren en tegen de bubbel botsen, en op die manier kunnen we met de superluminale ruimte interageren, zij het op ongeraffineerde wijze.

FTL-comms en sensoren maken gebruik van dezelfde methode. Zowel comms als sensoren kunnen veel dichter bij een ster of een planeet worden ingezet dan een markovbubbel in stand te houden is, maar net als voor de bubbel is er een punt waarop de gravitatieheuvel van de hemellichamen zo steil wordt dat alleen de langzaamste, meest energierijke FTL-signalen hem nog kunnen beklimmen.

Dankzij de bescherming van de bubbel behoudt een schip hetzelfde inertiale referentiekader als voor zijn overgang naar FTL, wat wil zeggen dat het de extreme tijdsdilatie bespaard blijft die onbeschermde superluminale deeltjes ervaren. Het schip ervaart zelfs geen enkele relativistische effecten. (De tweeling uit de beroemde tweelingparadox wordt dus zelfs als een van de twee een FTL-vlucht van Sol naar Alpha Centauri en terug neemt op hetzelfde tempo ouder.)

Dat brengt ons natuurlijk bij het vraagstuk van de causaliteit.

Het is niet onredelijk om je af te vragen of het reizen door FTL tijdreizen mogelijk maakt, want daar lijken alle wetten van de speciale relativiteit immers op te duiden. Het antwoord daarop is nee, en dat weten we... omdat het niet zo is.

Dat klinkt misschien gekscherend, maar de waarheid is dat het debat hierover heeft voortgeduurd totdat Robinson en de bemanning van de Daedalus de eerste FTL-reizen maakten. Er waren empirische experimenten voor nodig om de vraag of tijdreizen mogelijk is definitief te beantwoorden, en de wis- en natuurkunde om de bevindingen te ondersteunen zijn pas achteraf volledig uitgewerkt.

Die bevindingen waren als volgt: hoe snel een superluminale reis ook wordt afgelegd – hoeveel veelvouden van *c* je ruimteschip ook weet te bereiken – je kunt nooit naar je punt van vertrek terugkeren vóórdat je bent vertrokken. Noch is het mogelijk om met behulp van een FTL-signaal informatie naar het verleden te sturen. Er zal altijd tijd verstrijken tussen het moment van vertrek en het moment van aankomst.

Hoe is dat mogelijk? Voor iedereen met enige kennis van lichtkegels en lorentztransformaties is het immers zonneklaar dat het doorbreken van de lichtsnelheid je in staat stelt om het verleden te bezoeken en je eigen grootvader te vermoorden (of iets anders even absurds).

Maar toch kunnen we dat niet.

De sleutel tot dit mysterie ligt in het feit dat de drie luminale continua onderdeel uitmaken van een en hetzelfde universum. Hoewel het vanuit ons normale, subluminale perspectief lijkt alsof ze van elkaar gescheiden zijn, maken de drie continua deel uit van een groter, samenhangend geheel. En hoewel het onder bepaalde omstandigheden misschien lijkt alsof natuurwetten op lokaal niveau kunnen worden doorbroken, houden die wetten op universele schaal altijd stand. Zo geldt de wet van behoud van energie bijvoorbeeld altijd, in alle drie de luminale continua.

Bovendien oefenen de continua een zekere mate van invloed op elkaar uit. Gravitationele vervormingen aan de ene kant van de luminale barrière hebben aan de andere kant een gespiegeld effect. Een voorwerp dat door de subluminale ruimte beweegt, veroorzaakt een gespiegelde gravitationele vervorming op de equivalente positie in de superluminale ruimte. De golven van die vervorming verspreiden zich hoe dan ook met *c*, maar de beweging van het gravitationele middelpunt zal altijd minder dan *c* zijn. En het omgekeerde geldt ook voor een superluminale gravitationele massa, die een FTL-spoor van ruimtetijdgolven achterlaat in de normale, subluminale ruimte. (Natuurlijk hebben we voor de uitvinding van de markovaandrijving nooit een dergelijk FTL-spoor geobserveerd, maar dat is te verklaren door hoe bijzonder zwak ze in bijna alle gevallen zijn, en de afstand waarop het merendeel van de superluminale massa zich van de Melkweg bevindt.)

Het is belangrijk om te onthouden dat net zoals dat voorwerpen in de subluminale ruimte die sneller dan *c* bewegen theoretisch gebruikt zouden kunnen worden om de causaliteit te doorbreken, datzelfde geldt voor voorwerpen in de superluminale ruimte die juist langzamer dan *c* bewegen. In FTL is *c* de minimumsnelheid van informatie. Bij hogere snelheden zijn de relativiteit en niet-gelijktijdigheid gewaarborgd, hoe hard je ook gaat.

Zelfs als we het bestaan van de markovaandrijving negeren, hebben we nu een situatie waarin natuurlijke fenomenen aan weerszijden van het ruimtetijdmembraan de lichtsnelheidsbarrière lijken te doorbreken, maar wederom zonder gevolgen voor de causaliteit.

Dat brengt ons terug naar de vraag: waarom niet?

Het antwoord daarop is tweeledig.

Eén: geen enkel deeltje met reële massa doorbreekt ooit de lichtsnelheidsbarrière, noch in het subluminale, noch in het superluminale continuüm. Als dat wel gebeurde, zouden we alle paradoxen en doorbrekingen van de causaliteit zien die door de traditionele natuurkunde werden voorspeld.

Twee: TEQ's vormen niet alleen de basis van elk subluminaal deeltje, maar ook van elk superluminaal deeltje. Zoals hun naam suggereert, kunnen TEQ's gelijktijdig in alle drie continua bestaan, en ze kunnen zo langzaam bewegen als het langzaamste STL-deeltje en zo snel als het snelste FTL-deeltje – wat onvoorstelbaar snel is, slechts gelimiteerd door de ondergrens van de hoeveelheid energie die nodig is om de cohesie van het deeltje te bewaren. En gezien hun Planck-energieniveau van 1 kunnen TEQ's zelfs nog sneller bewegen dan dat.

Met de ontdekking van TEQ's hebben we nu dus een deeltje dat in staat is informatie over te brengen op een snelheid veel hoger dan de lichtsnelheid. Normaalgesproken doet dat zich alleen voor in het superluminale continuüm, maar alle TEQ's zijn in staat dergelijke snelheden te halen, en ze schakelen regelmatig om tussen subluminale en superluminale snelheden naarmate hun positie in het ruimtetijdmembraan verandert. Het zijn die wisselingen die verantwoordelijk zijn voor de non-lokaliteit die we op kleine schaal observeren.

De lichtkegel, bij gebrek aan een betere term, van een waarnemer die TEQ's gebruikt voor het inzamelen van informatie zou vele malen wijder zijn dan die van een waarnemer die slechts fotonen gebruikt (wijder, maar niet allesomvattend, want TEQ's hebben een bovengrens aan hun snelheid). Die wijdere lichtkegel – laten we hem een TEQ-kegel noemen – maakt het geheel aan gebeurtenissen dat als gelijktijdig kan worden beschouwd groter. Hoewel de relativiteit en niet-gelijktijdigheid in elk van de drie luminale continua bewaard blijven (wanneer ze als een geheel worden beschouwd), brengt de immense snelheid van TEQ's de gebeurtenissen die als niet-gelijktijdig kunnen worden beschouwd terug tot een veel kleiner aantal, en de enige die overblijven, vinden plaats buiten het bereik van de topsnelheid van een FTL-deeltje. En hoewel het universum in theorie fundamenteel relativistisch blijft, kan in de praktijk de overgrote meerderheid van gebeurtenissen als geordend en causaal worden beschouwd.

Dit alles betekent dat wanneer een schip de overgang naar FTL maakt, het de causaliteit van de superluminale ruimte niet kan doorbreken, aangezien de markovbubbel een superluminaal deeltje/voorwerp is en zich ook zo gedraagt. En wanneer een schip de terugkeer naar STL maakt, wordt de causaliteit daarmee niet doorbroken, omdat reistijden altijd langzamer zijn dan de topsnelheid van TEQ's (oftewel, de snelheid van informatie).

Waar zich een paradox zou hebben voorgedaan in de subluminale ruimte, blijken gebeurtenissen zich te hebben afgespeeld in een causale volgorde, de een na de ander, zonder tegenstrijdigheden. Van een afstand bestaat misschien de schijn dat het mogelijk is informatie terug te sturen naar zijn punt van vertrek voordat hij is verstuurd, maar het cruciale woord hier is 'schijn'. In werkelijkheid is zoiets geenszins mogelijk. Als je het probeert, zal de terugkerende transmissie er altijd minstens één eenheid TEQ Planck-tijd over doen om aan te komen (waarbij TEQ Planck-tijd wordt gedefinieerd als de tijdsduur die een TEQ er op maximale snelheid over doet om één eenheid Planck-lengte af te leggen).

Dat betekent dat wanneer we een mogelijke schending van de causaliteit in de subluminale ruimte denken te zien, we in werkelijkheid een luchtspiegeling zien. En elke poging om gebruik te maken van die schending zal mislukken.

Een groot aantal observaties in ons subluminale universum blijken hierdoor illusionair. Voor de uitvinding van de markovaandrijving (of bij gebrek daaraan de observatie van FTL-gravitatiesignalen) was dat allemaal niet relevant. De relativiteit werd gewaarborgd door het feit dat FTL-reizen en communicatie niet mogelijk waren. We waren ook niet in staat een ruimteschip te versnellen tot een relativistische snelheid hoog genoeg om de kwestie ook maar te beginnen te onderzoeken. Pas nu we toegang hebben tot zowel het subluminale als het superluminale continuüm, is de waarheid boven gekomen.

Nu de lichtsignaturen van onze eerste hedendaagse FTL-reizen de nabije sterren hebben bereikt, kan een waarnemer daar indien hij over een telescoop beschikt die krachtig genoeg is, een verwarrende reeks beelden observeren van schepen en signalen die uit het niets opduiken, schijnbaar niet op een causale volgorde. De ware volgorde van de gebeurtenissen is echter vast te stellen door middel van de observatie van TEQ's in plaats van fotonen (of door fysiek naar de bron van de beelden toe te reizen).

Het mechanisme dat voorkomt dat de causaliteit in de STL-ruimte kan worden geschonden, is de topsnelheid van TEQ's. Zolang die niet wordt doorbroken (en ons is geen enkel mechanisme bekend dat dat zou toestaan), kan FTL niet worden gebruikt om naar het verleden te reizen. En daar mogen we dankbaar voor zijn. Een non-causaal universum zou pure chaos zijn.

* * *

Met deze inleiding voltooid, is het nu tijd om onze aandacht te richten op de theoretische mogelijkheid om gemoduleerde EM-velden te gebruiken om traagheidseffecten te verminderen en de gevoelszwaartekracht zwakker of sterker te maken. Alhoewel het op ons huidige niveau van antimaterieproductie nog onpraktisch is, kan dit in de toekomst…

APPENDIX II

* * * * * * *

GEVECHTSVOERING MET RUIMTESCHEPEN

Transcriptie van een lezing van professor Chung voor de Marine Academie van het VMB op Aarde (2242)

Goedemiddag, cadetten. Ga zitten.

De komende zes weken krijgen jullie het beste onderricht dat het VMB te bieden heeft over de middelen en methodes van gevechtsvoering met ruimteschepen. Vechten in de ruimte is niet twee keer zo moeilijk als in de lucht of op het water. Het is niet drie of vier keer zo moeilijk. Het is een geheel nieuwe orde van grootheid zo moeilijk.

Gewichtloosheid vormt een niet-intuïtieve omgeving voor het menselijk brein. Zelfs als je, zoals sommigen van jullie, op een schip of een ruimtestation bent opgegroeid, zijn er bepaalde aspecten aan traagheidsmanoeuvreren die jullie zonder gedegen instructie onmogelijk kunnen begrijpen. En hoe scherp jullie misschien ook zijn in jullie vertrouwde trager dan licht… FTL schopt alle regels de luchtsluis uit en stampt ze tot een bloederige moes.

De manoeuvreercapaciteit van jouw vaartuig en dat van je medestrijders bepalen waar je kunt vechten, tegen wie je kunt vechten en, indien nodig, wat ervoor nodig is om je terug te trekken. Zoals zo vaak wordt gezegd is de ruimte niet zomaar groot, maar groter dan je je ooit kunt voorstellen. Als je de afstand tussen jou en je doelwit niet kunt overbruggen, is je doelwit onkwetsbaar voor je vuur. Daarom is het vaak voordelig om met een hoge relatieve snelheid uit FTL te komen. Maar niet altijd. De omstandigheden zijn steeds weer anders, en als officieren hebben jullie de taak om die af te wegen.

Je zult leren wat onze fusieaandrijving kan en niet kan. En wat je ook in games of films hebt gezien, je zult ontdekken waarom het concept van bemande gevechtsruimteschepen niet alleen achterhaald is, maar zelfs nooit een ding is geweest. Een drone of raket is niet alleen goedkoper, maar ook veel effectiever. Machines kunnen veel meer g-kracht verdragen dan mensen. Oké, zo nu en dan is er een geflipte mijnwerker of iemand uit een plaatselijk kartel die met een kleiner ruimteschip piraterij of iets dergelijks gaat bedrijven, maar in een confrontatie met een echt oorlogsschip zoals onze nieuwe kruisers of slagschepen zal die áltijd het onderspit delven.

Wanneer je het opneemt tegen de vijand, is het gevecht een strategische wisselwerking tussen de verschillende systemen van jullie schepen. Een schaakspel met als doel om zo veel schade aan de vijand toe te brengen dat hij onschadelijk gemaakt of vernietigd is voor hij datzelfde met jou heeft gedaan.

Elk wapensysteem dat wij gebruiken, heeft weer zijn eigen voor- en nadelen. Raketten zijn de beste keus voor aanvallen op de korte tot middellange afstand, maar ze zijn te langzaam en hebben te weinig brandstof voor gevechten op langere afstand. En als je ze eenmaal hebt afgeschoten, zijn ze weg. Afweerlasers kunnen binnenkomende raketten tegenhouden, maar slechts een bepaald aantal en alleen totdat de laser oververhit raakt. Casaba-houwitser zijn ook korte- tot middellangeafstandswapens, maar anders dan raketten kunnen ze niet door lasers worden tegengehouden als ze eenmaal afgevuurd zijn. In feite kan niets, behalve een massieve wand van lood en wolfraam van tien of twintig meter dik, de straling van een Casaba-houwitser tegenhouden. Het nadeel is hun massa. Je kunt maar een beperkt aantal Casaba-houwitsers in je schip meenemen. Ook zal de straal van een houwitser zich op langere afstand verbreden en dat maakt hem ongeveer even effectief als een natte scheet in een sneeuwstorm. Op middellange tot lange afstand vertrouw je op je kiellaser. Maar daarbij moet je opnieuw waken voor oververhitting, en je tegenstander kan zich verdedigen met antisensorsneeuw om de inkomende puls te verstrooien. *Mass drivers* en bommenwerpers op atoomkracht kunnen voor elke afstand worden gebruikt, want kinetische wapens hebben in de ruimte feitelijk een oneindig bereik. Maar ze zijn eigenlijk alleen praktisch bij gevechten op korte afstand waarbij de vijand geen tijd heeft om ze te ontwijken, of bij aanvallen vanaf zeer grote afstand waarbij de vijand niet weet dat je op hem schiet.

Welk wapen of welke wapens je ook kiest, je zult het gebruik altijd moeten afwegen tegen de maximale thermobelasting van je schip. Vuur je je kiellaser nog een keer af of maak je liever nog een ontwijkende manoeuvre? Neem je het risico om tijdens een vuurgevecht je radiatoren uit te steken om wat extra joules kwijt te raken? Hoe lang kun je het riskeren om af te koelen voor je naar FTL springt als de vijand achter je aan zit?

Gevechten vanuit de ruimte met een vijand op de grond stellen weer andere eisen dan met een vijand in de ruimte. Vaste installaties zoals afweerplatforms in een baan om een planeet, woonringen en gemodificeerde planetoïden vragen elk om een unieke strategie. Als je ervoor kiest een vijandig vaartuig te bestormen, hoe bescherm je dan je manschappen en je eigen schip?

Naast fysieke strijd zul je je moeten bezighouden met elektronische oorlogsvoering. De vijand zal ongetwijfeld proberen je computersystemen te hacken en tegen je te gebruiken. Jammen beschermt je daar niet altijd tegen, want de vijand kan een zichtlijnverbinding gebruiken om een *system handshake* af te dwingen.

Met al die dingen en nog veel meer moet je rekening houden wanneer je een ruimtegevecht aangaat. De omgeving wil je doden. De vijand wil je doden. En je eigen instinct en gebrek aan kennis zullen je zéker doden – plus iedereen om je heen – als je deze basisprincipes niet onder de knie krijgt.

Sommigen van jullie denken nu: 'Kan het scheepsbrein of de pseudo-intelligentie dit soort dingen niet regelen?' Het antwoord is: ja. Maar niet altijd. Een scheepsbrein heeft geen handen. Er is een grens aan wat ze kunnen verplaatsen of repareren, en dat geldt dubbel zo sterk voor pseudo-intelligenties. In nood kunnen bepaalde dingen alleen door een mens worden gedaan. En er zijn verschillende gevallen bekend waarbij het scheepsbrein of het computersysteem van het schip door een vijandige actie is uitgeschakeld. Wanneer dat gebeurt, komen de beslissingen op júllie neer, de volgende generatie bevelhebbers van het VMBM.

De komende zes weken zullen tot de moeilijkste periodes van jullie leven behoren. Dat is ook de bedoeling. Het VMB wil géén ongekwalificeerde lui in een ruimteschip hebben, die niet alleen hun eigen leven maar ook dat van hun medebemanning in gevaar kunnen brengen. Dan kun je maar beter nu door de mand vallen en een leventje als zwabbergast gaan leiden, waarbij je grootste zorg is of je laarzen wel gepoetst zijn en of je mond niet tot op het dek openhangt. Als je denkt dat je dit soort verantwoordelijkheden niet aankunt, sta dan nu op en ga weg. Daar is het gat van de deur, en niemand, niet ik, niet je superieuren en niet het VMB, zal het je kwalijk nemen als je nu vertrekt… Nee? Goed dan. In de komende anderhalve maand gaan mijn mensen en ik je door de mangel halen. Je zult nog wensen dat je het wél had opgegeven. Maar als je je uren volmaakt, hard werkt en leert van de fouten van degenen die met bloed en mensenlevens voor hun kennis hebben betaald, dan heb je een goede kans om je officierssterren te krijgen – ze te dragen en ze recht te doen.

Studeer dus hard, en dan verwacht ik dat jullie me aan het einde van dit programma stuk voor stuk imponeren met jullie kennis van de gevechtsvoering in de ruimte.

Dat is alles. Ingerukt.

APPENDIX III

*   *   *   *   *   *   *

WOORDENLIJST

'Moge je pad altijd tot kennis leiden.'
'Kennis tot vrijheid.'
– ENTROPISTISCHE SMEEKBEDE

'Bijt je vast in het pad.'
– INARË

Aanvalsleider
Een Wranaui-kapitein of -commandant die aan het hoofd staat van minstens drie eenheden, maar doorgaans gereserveerd voor leiders op het niveau van generaal of admiraal.
Aanvalsschool Hfarr
Een van de vloten van de Wranaui. (Elke Arm heeft er één.)
Aartsaritmeticus
Zie Pontifex Digitalis.
AcuPep
Zie StimWare.
Adrasteia
Een maan van de gasreus Zeus in het stelsel Sigma Draconis. In de mythologie een nimf die in het geniep baby Zeus verzorgde. Betekent 'onvermijdbaar' in het Oud-Grieks.
Aigoo
Een Koreaanse uitroep die op verschillende emoties kan duiden, zoals medelijden, afkeer, frustratie, ongemak of verrassing. Vergelijkbaar met een verzuchting.
Aish
Een Koreaanse uiting van frustratie of ontevredenheid.

Ajumma
Een Koreaanse term voor een oudere vrouw, een vrouw van middelbare leeftijd of een gehuwde vrouw (ook jonger). Ajumma's hebben de naam nogal aanmatigend of 'aanwezig' te zijn.
Allerhoogste, de
Drager van de Blauwe Staf. Leider van de Heptarchie.
Antimateriecentrale
Een groot aantal satellieten in een baan om een ster. Zonnepanelen zetten het licht van de ster om in elektriciteit, die vervolgens wordt gebruikt voor het genereren van antimaterie. Het proces is uitermate inefficiënt, maar noodzakelijk, aangezien antimaterie de best mogelijk energiebron is voor markovaandrijvingen.
Armen
Semiautonome politieke en sociaal-genetische organisaties in de Wranaui-samenleving. Elke Arm functioneert op zichzelf, maar moet zich schikken naar de heersende vorm. (*Zie ook* Tfeir.)
Arrisito Ahumado
Een populair dessert uit San Amaro. Rijstepap gezoet met een karamel die gemaakt wordt van bruine suiker, waarna de siroop gefilterd wordt door de as van bepaalde kruiden.
Aspect van de Leegte
Wranaui-display; normaal gesproken een afbeelding gegenereerd in een zwevende bel water.
B. loomisii
Een oranjekleurige, korstmosachtige bacterie op Adrasteia.
Bedrijfsburgerschap
Territorium-onafhankelijk burgerschap verleend aan bepaalde werknemers van interstellaire corporaties. Stelt die werknemers in staat om relatief eenvoudig op verschillende planeten en in verschillende landen en stelsels te werken, te reizen en te wonen. Een concept dat nog van vóór de oprichting van de Liga stamt, en dat nu langzamerhand wordt vervangen door het Ligaburgerschap, dat mensen van een gelijkwaardig paspoort voorziet.
Berilnootjes
Eetbare nootjes met saffierachtige schil. Wordt verwerkt in bepaalde merken maaltijdzakken. Inheemse (en inmiddels genetisch gehackte) soort die voorkomt op Eidolon.
Bits
Cryptomunt op basis van GST (Galactische Standaardtijd). Meest geaccepteerde munt in de interstellaire ruimte. Officiële munt van de Liga van Verenigde Werelden.

Blaster
Een laser die pulserend vuurt in plaats van met een ononderbroken straal.
Blauwe Staf, de
Commandomodule van het Oude Volk. Heeft een grote sociaal-technologische betekenis.
Bonenstaak
Zie Ruimtelift.
Broedpoelen
Ondiepe getijdepoelen waarin Wranaui hun eieren laten uitkomen. Later zijn er ook kunstmatige poelen ontwikkeld, voor reizen en het gemak. Na te zijn uitgekomen zijn jonge Wranaui agressief en kannibalistisch; alleen de sterksten overleven.
Casaba-houwitser
Nucleair explosief met holle lading. Wordt vaak op een raket geplaatst om het bereik te vergroten. De term kan verwijzen naar echte Casaba-houwitsers (die een nucleaire explosie focussen door middel van een smalle plasmastraal) of Casaba-houwitsers die de nucleaire explosie gebruiken om projectielen (brokken gesmolten wolfraam met extreem destructief potentieel) voort te stuwen.
Chef
Generieke hutteristische term voor iemand die verantwoordelijk is voor een bepaalde taak of organisatie. Werd na de Hutteristische Expansie in het algemene spraakgebruik overgenomen, zij het met verschillende connotaties.
Chell
Thee getrokken van de bladeren van de shevapalm op Eidolon. Heeft een milde stimulerende werking en wordt in de gehele Liga gedronken. Wordt qua populariteit slechts overtroffen door koffie. Wordt vaker in de koloniën genuttigd dan op aarde.
'Chiara's Folly'
Volksliedje van Weyland, over een kat en alle rampspoed die het beest ten deel valt.
Collectief bewustzijn
De psycho-mechanische koppeling van twee of meer breinen. Wordt doorgaans mogelijk gemaakt door continue synchronisatie van implantaten in proefpersonen, voor het op elkaar afstemmen van prikkels (intero, extero en proprioceptisch). De volledige uitwisseling van het aanwezige zintuiglijke geheugen is een bekend (hoewel niet vereist) onderdeel van een collectief bewustzijn. Het werkzame bereik is afhankelijk van signaalbandbreedte en vertragingstolerantie. Storingen treden op als de fysieke nabijheid boven de grenswaarden uitkomt. Het grootste bekende collectieve bewustzijn was 49,

maar dat experiment duurde maar kort, aangezien de deelnemers ernstige zintuiglijke overbelasting ervoeren.

College van Enumeratoren
Het bestuurslichaam van de numenisten in hun hoofdkwartier op Mars.

Commissaris interstellaire veiligheid
De hoogste civiele inlichtingenofficier van de Liga. In wezen verantwoordelijk voor het voortbestaan van de mensheid.

Conclaaf van het Diep
Een kruiperige samenkomst van Wranaui-medevormen in het Klaagdiep, in de oceaan van Pelagius.

Conservatieverbond
Een van de grotere politieke groeperingen in de Liga. Gericht op ecologie en de bescherming van flora en fauna in verschillende xenosferen. (*Zie ook* Expansiepartij *en* Stellaristen.)

Construct
Een kunstmatig (maar biologisch) lichaam dat gekweekt is voor het huisvesten van de hersenen van iemand die zijn eigen lichaam is kwijtgeraakt. Vaak een tussenstap in het traject om scheepsbrein te worden.

Conversie-orb
De FTL-aandrijving van Wranaui-schepen. 'Converteert' een schip van STL- naar FTL-ruimte.

Cordova (Gliese 785)
Oranjerode ster die door de Wranaui wordt gebruikt als vooruitgeschoven post voor het ontplooien van operationele activiteiten en het observeren van de mensheid.

Cryo
Cryogene slaap, een kunstmatige winterslaap die met behulp van diverse stoffen in gang wordt gezet ter voorbereiding op FTL-reizen.

Cryoziekte
Verzamelnaam voor bepaalde aan spijsvertering, metabolisme en hormoonspiegel gerelateerde klachten na lange tijd in cryo te hebben vertoefd (of door een teveel aan opeenvolgende FTL-reizen). Kan variëren van onaangenaam tot dodelijk, waarbij de zwaarte van de symptomen afhankelijk is van de cryoduur en/of het aantal FTL-reizen. Sommigen zijn bevattelijker voor cryoziekte dan anderen.

Cyclus
Een Wranaui-jaar. Min of meer een kwartaal langer dan een aards jaar.

Delta-v
Een maatstaf voor de stuwing per massa-eenheid in een ruimtevaartuig die nodig is om een bepaalde manoeuvre uit te voeren. Met andere woorden: de

verandering in snelheid die kan worden bewerkstelligd door de stuwstof van het schip te gebruiken. Manoeuvres worden gemeten in vereiste delta-v en de kosten nemen lineair toe. De massa stuwstof die nodig is voor een manoeuvre wordt berekend aan de hand van de raketvergelijking van Tsiolkovski.

DERP's

Dehydrated extretory recyling pellets; steriele, met polymeer beklede fecaliën zoals geproduceerd door daartoe geschikte skinsuits.

DQAR

Wranaui-aanvalsformatie, gekenmerkt door een omgekeerde deltavorm.

Drang, de

Zie Tsuro.

Eidolon

Een planeet van de ster Epsilon Eridani. Een aardeachtige groene planeet vol leven, maar geen enkele levensvorm is zelfbewust, en de meeste zijn giftig of agressief. De kolonie op Eidolon kent het hoogste sterftecijfer van alle koloniën.

Entropic Principia

De canon van de entropisten. Oorspronkelijk een intentieverklaring, maar werd later uitgewerkt tot een filosofisch traktaat met daarin een samenvatting van alle bekende wetenschappelijke kennis, met de nadruk op astronomie, fysica en wiskunde. (*Zie ook* Entropisten.)

Entropisme

Stateloze pseudoreligie gebaseerd op het geloof in de warmtedood van het universum en de wens om dat lot te ontlopen of uit te stellen. De religie werd halverwege de eenentwintigste eeuw gesticht door de wiskundige Jalal Sunyaev-Zel'dovich. Entropisten houden zich vooral bezig met wetenschappelijk onderzoek en hebben – direct dan wel indirect – bijgedragen aan talloze grote ontdekkingen. Belijdende volgelingen zijn herkenbaar aan hun gradiëntgewaden. Als groep zijn de entropisten moeilijk controleerbaar gebleken, aangezien ze aan geen enkele regering trouw beloven – slechts aan hun eigen principes. Hun technologie loopt doorgaans enkele tientallen jaren voor op die van de rest van de mensheid, zo niet meer. 'Door onze acties neemt de entropie van het universum toe. Aan de hand van entropie trachten we aan het komende duister te ontkomen.' (*Zie ook* Nova Energium.)

Enumeratie

De uitzending van oplopende getallen waarnaar numenisten moeten luisteren als onderdeel van hun geloofsbelijdenis. Sommige getallen, zoals priemgetallen, worden als gunstiger gezien dan andere. (*Zie ook* Numenisme.)

Europacommando

Het Europacommando van de Liga van Verenigde Werelden (LVW-EUCOM, afgekort tot EUCOM) is een van de zeven legeronderdelen van de Liga in het stelsel Sol. Het hoofdkwartier bevindt zich op ruimtestation Lawrence en EUCOM wordt in materieel opzicht ondersteund door de productiefaciliteiten van ruimtestation Orsted bij Ganymedes.

Expansiepartij

Een van de grotere politieke groeperingen in de Liga. Opgericht teneinde de verspreiding van de mens buiten Sol te bespoedigen, maar tegenwoordig vooral gericht op het verdedigen van de belangen van de koloniën buiten Sol, wat soms zelfs ten koste gaat van de oprichting van nieuwe koloniën. (*Zie ook* Conservatieverbond *en* Stellaristen.)

Expeditiechef

Zie Chef.

Fink-Nottles Handelmaatschappij de Koene Kikker

Beroemde amfibische retailer op aarde. In circa 2014 opgericht door C.J. Weenus.

Fotonspoordetectie

Zo ver reizen in FTL dat je de tijd hebt om te stoppen om het licht van een bepaalde gebeurtenis op te vangen. Ruimteschip A wil bijvoorbeeld zien waar en wanneer ruimteschip B het zonnestelsel verliet. Ruimteschip A vliegt dan gedurende een bepaald aantal lichturen weg van Sol (in dit geval: 24), waarna het door een telescoop kijkt totdat het B ziet vertrekken.

FTL

Faster Than Light (sneller dan het licht). De primaire methode van reizen tussen de sterren. (*Zie ook* Markovaandrijving.)

FTL-tape

Jargon voor vacuümtape, een drukgevoelige tape die sterk genoeg is om gaten in de romp van ruimteschepen te dichten. Is in tegenstelling tot de heersende gedachte niet geschikt voor reparaties die een hele FTL-reis mee moeten gaan.

Gekkopads

Kleverige pads op de zolen van skinsuits en laarzen, bedoeld om te klimmen of je voort te bewegen in nul g. Zoals de naam al aangeeft, zijn de pads (die bedekt zijn met haartjes van 5 micrometer in doorsnee) voor hun klevende werking afhankelijk van vanderwaalskracht. Pure krachtsuitoefening is een beperkende factor wat belasting betreft, maar is ook de manier om los te komen van de ondergrond.

Gereformeerde hutterieten

Ketterse afscheiding van de traditionele, etnoreligieuze hutterieten, en inmiddels een stuk groter. De gereformeerde hutterieten accepteren het gebruik van moderne technologie in zoverre dat het hen in staat stelt de verspreiding van de mensheid te bevorderen en hun claim op Gods schepping te versterken, maar houden zich afzijdig van technologie gericht op eigenzuchtige, hedonistische toepassingen, zoals STEM-injecties. Richten zich waar mogelijk op gemeenschappelijk leven. Zijn enorm succesvol gebleken op de plekken waar ze zich hebben gevestigd. In tegenstelling tot traditionele hutterieten dienen sommige gereformeerde hutterieten ook in het leger, hoewel het merendeel van de volgelingen dat afkeurt.

Geünificeerde veldentheorie
Theorie ontwikkeld door Ilya Markov in 2107 die de basis zou gaan vormen voor FTL-reizen (en talloze andere technologieën).

Gevangene
Iedereen die geen entropist is. Iemand die door zijn of haar gebrek aan kennis gevangen blijft in het stervende universum.

Gewijde Flens
Een enorme geologische structuur op Ruslan. Een opgestuwde plaat van graniet doorregen met goudaders. Prominente toeristische attractie. De Gewijde Flens zou voor religieuze vurigheid onder en een existentiële crises bij de aanschouwers zorgen. De locatie van *Adelin*, een populaire film waarvan de hoofdrolspeelster Sasha Petrovich eind 2249 betrokken raakte bij een schandaal dat uiteindelijk zou leiden tot het aftreden van de Ruslan-gouverneur Maxim Novikov en de aanstelling van inquisiteur Orloff om het schandaal op te lossen. In de jaren daarna braken er nog geregeld onlusten uit.

Gradiëntgewaden
De traditionele kledij van belijdende entropisten. Versierd met de feniks die oprijst uit zijn as, het signatuur van de entropisten. Metatextiel waarin geavanceerde technologie is verwerkt, zodat de gewaden kunnen worden gebruikt als skinsuit, pantser en (zo nodig) wapen.

Groene Staf, de
Fragment van de Kiem dat zichzelf leven heeft gegeven.

Grote Baken, het

Het eerste artefact van een buitenaardse beschaving dat door de mens is ontdekt. Aangetroffen op Talos VII (Theta Persei 2). Het Baken is een gat van vijftig kilometer breed en dertig kilometer diep. Elke 10,6 seconden wordt er een elektromagnetische puls van 304 MHZ uitgezonden, evenals een kort geluidssignaal dat de mandelbrotverzameling in ternaire code vertegenwoordigt. Het Baken wordt omgeven door een net van gallium met vanadiumafzettingen – wellicht een supergeleider. Op de omringende vlakte bewegen enorme schildpadachtige wezens (zonder kop of poten) zich voort en tot op heden heeft niemand hun relatie met het artefact kunnen vaststellen. Nadien zijn er nog zes andere bakens ontdekt. Ze zouden gemaakt zijn door het Oude Volk, maar enig bewijs daarvoor ontbreekt. Het doel van de artefacten blijft vooralsnog onduidelijk.

GST

Galactische Standaardtijd. Een universele klok die gebaseerd is op de emissies van TEQ's uit de kern van het melkwegstelsel. Causaliteit lijkt niet langer te kloppen, maar dat is maar schijn: uit A volgt altijd B.

Hanzo Tensegrity

Verzekeringsbedrijf uit Sol. Staat niet bekend om zijn hoge klanttevredenheidsscores.

Hdwari

Groot zoutwaterroofdier op Pelagius. Een van de weinige bekende roofdieren die volwassen Wranaui als prooi hebben. Nauw verwant aan de Wranaui, maar minder intelligent.

Heptarchie, de

Het hoogste bestuursorgaan van het Oude Volk. (*Zie ook* Allerhoogste.)

Herenslag

De hoogst mogelijke natuurlijke hand in zevenen, bestaande uit vier heren, twee vrouwen en een aas, voor een slag van totaal zevenenzeventig oftewel een score van elf punten.

Hibernaculum

Entropistische term voor een cryobuis.

Hoog Lfarr

Een eiland op Pelagius. Dankzij de gematigde temperatuur een favoriete locatie voor Wranaui-broedpoelen. Kreeg later enorme sociaal-politieke en religieuze significantie door de ontdekking van diverse artefacten van het Oude Volk. Oorspronkelijke locatie van het Wranaui-conclaaf (later het Conclaaf van het Diep) vóór de samenkomst van de Armen en de opkomst van de heersende vorm.

Hutteristische Expansie

Een reeks van grootschalige kolonisatie-inspanningen door de gereformeerde hutterieten, beginnend in het stelsel Sol en in een stroomversnelling gebracht door de ontdekking van FTL. Deze periode zou begonnen zijn na de aanleg van de eerste ruimtelift op aarde en eindigde na de kolonisatie van Eidolon. (*Zie ook* Gereformeerde hutterieten.)

Hydrotek Corp

Bedrijf gespecialiseerd in de extractie en raffinage van waterstof bij gasreuzen. Hydrotek-stations zijn in de meeste stelsels de belangrijkste faciliteiten voor het aanvullen van brandstof en reactiemassa.

Idealis
Aangezien de Kiem naar wens van vorm kan veranderen, beschouwen de Wranaui de Idealis als het platonische 'ideaal' van de fysieke vorm.
IHC, de
Interstellaire Handelscommissie. Het ministerie van de Liga dat belast is met de interstellaire handel. Het ministerie is verantwoordelijk voor normering, tarieven en fraudepreventie, en verstrekt leningen en middelen om de economische groei in de gekoloniseerde ruimte te bevorderen.
Inlichtingendienst van de vloot
De tak van de VMBM die zich bezighoudt met het verzamelen van inlichtingen.
Interstellaire Veiligheidsverordening
Wetgeving doorgevoerd na de oprichting van de Liga van Verenigde Werelden. Leidde uiteindelijk tot de oprichting van het VMB en geeft ingrijpende bevoegdheden aan het leger, inlichtingendiensten en het civiele leiderschap in het geval van een exogene gebeurtenis (zoals de ontdekking van het Zachte Mes).
IPD
Interplanetair diploma. De enige opleidingskwalificatie die in alle koloniën wordt erkend. Accreditatie wordt verstrekt door de Bao Universiteit op de Wereld van Stewart, in samenwerking met enkele instituten in Sol. IPD's worden voor de meeste disciplines verstrekt, inclusief rechten, geneeskunde en alle andere grote wetenschappen.
Jagers
Kleine drones gebruikt voor observatie en uitschakeling.
Ketterij van het vlees
Zie Tfeir.
Kiem
Zelf-organiserend genetisch potentieel. De vonk van het leven in het eindeloze niets.
Klaagdiep, het
Een hydrothermale bron in de oceaan van Pelagius. Locatie van het Conclaaf van het Diep.
Kruiser
Een VMB-schip dat bedoeld is voor verkennings- en patrouillemisses zonder begeleidende schepen. Kruisers zijn kleiner en wendbaarder dan slagschepen, maar nog altijd indrukwekkend van omvang. Tot de standaarduitrusting behoren twee shuttles met markovaandrijving die troepen van en naar het planeetoppervlak kunnen brengen.
Kwallen
Zie Wranaui.

Laadbots
Semiautonome robots voor de arbeidsintensievere taken.
Laagklank
Vocale uitingen van Wranaui om onder water over langere afstanden te kunnen communiceren. Vergelijkbaar met het gezang van walvissen.
Laagklank-verafgeur
Traditioneel een combinatie van twee methoden die Wranaui gebruiken om onder water over langere afstanden met elkaar te communiceren. Over het algemeen een term voor STL- of FTL-transmissies zoals radiogolven.
Lantaarnwier
Zeewierachtige groeisels die worden gebruikt om het Klaagdiep te verlichten.
Lapsang Trading Company
Interstellair conglomeraat dat opgericht werd als handelsmaatschappij alvorens over te stappen op het oprichten, financieren en runnen van koloniën zoals Highstone op Weyland. Het hoofdkantoor is gevestigd op de Wereld van Stewart. Slogan: 'Samen bouwen we aan de toekomst'.
Lutsenko Defence Industries
Een op Ruslan gevestigde munitiefabrikant.
Maalstroom, de
Zie Grote Baken.
Machinechef
Zie Chef.
Magnetisch schild
De magnetosferische dipolaire torus van geïoniseerd plasma die gebruikt wordt om ruimteschepen te beschermen tegen de straling van een ster tijdens interplanetaire reizen of het magneto-hydrodynamische systeem dat gebruikt wordt voor afremmen en thermische bescherming tijdens afdalingen door de atmosfeer.
Markov, Ilya
Technicus en fysicus die in 2107 de geünificeerde veldentheorie opstelde, wat de weg vrijmaakte voor FTL-reizen.
Markovaandrijving
Een op antimaterie lopende aandrijving die FTL-reizen mogelijk maakt. (*Zie ook* Geünificeerde veldentheorie.)
Markovbubbel
Een bol van subluminale ruimte in een gecontroleerd EM-veld waarin tardionische materie door het membraam van vloeibare ruimtetijd naar superluminale ruimte kan vloeien.
Markovgrens
De minimale afstand tot een gravitatiemassa waarbij het mogelijk wordt om

een markovbubbel in stand te houden en dus FTL-snelheden te bereiken.

Medevorm

Term voor Wranaui met dezelfde fysieke vorm.

Medibot

Een robotassistent die de meeste aandoeningen kan diagnosticeren en behandelen. Artsen werken bij de meeste chirurgische ingrepen met medibots. Op veel schepen wordt omwille van kostenbesparingen zelfs helemaal geen scheepsarts meer meegenomen.

Medifoam

Steriel schuim met antibiotica dat uithardt tot een semiflexibele korst. Gebruikt om bloedingen te stelpen, breuken te fixeren en (wanneer het in lichaamsholtes wordt ingespoten) infecties te voorkomen.

Mijmerbond

De vakbond voor arbeiders op de scheepswerven van Ceres.

MilCom

Het officiële communicatienetwerk van het VMB.

Minister van Defensie

Civiele functionaris verantwoordelijk voor het Liga-leger.

Ministerie van Defensie

De civiele tak van de Liga die verantwoordelijk is voor het VMB.

Moddersjokker

Neerbuigende term voor iemand die op een planeet is geboren of daar woont.

Nabijgeur

Chemicaliën die door Wranaui worden afgescheiden om met elkaar te kunnen communiceren. Voornaamste methode om taalkundige en niet-taalkundige informatie uit te wisselen.

Nachtmerries

Kwaadaardige, zichzelf in stand houdende groeisels die het resultaat zijn van de onsuccesvolle versmelting van Kiem en gastheer (doorgaans als Kiem of gastheer – of beide – dusdanig beschadigd zijn dat ze niet meer kunnen worden hersteld).

Nanoassembler

3D-printer die gebruikmaakt van nanobots om complexe vormen, machines en – met de juiste grondstoffen – biologische structuren zoals spierweefsel, organen en zaden te produceren.

Naru-klasse

Wranaui-schepen met gemiddelde massa voor het vervoeren van een beperkt aantal troepen, doorgaans niet meer dan drie octopussen, twee of drie larven en hetzelfde aantal bijtschildpadden.

Nest van Overdracht, het
Wranaui-apparaat voor het kopiëren van herinneringen en elementaire herstructuren van de ene naar de andere vorm. Wordt ook gebruikt voor het inprenten van persoonlijkheden of herinneringen in een nieuwe vorm als de oude vorm is komen te overlijden. (*Zie ook* Tfeir.)
Nnar
Koraalachtig organisme dat voorkomt op Pelagius, doorgaans gebruikt als decoratief element. Sommige variëteiten hebben een transparante coating die op onvolgroeide Wranaui-vormen een milde hallucinerende uitwerking zou hebben.
Nomati
Poliepachtige dieren die voorkomen in de poolgebieden van Eidolon. Bij elke zonsverduistering laten ze zich los van hun verankeringspunt (doorgaans een rots) om veertien sprongetjes te maken. De reden hiervoor is vooralsnog onbekend.
Norodon
Een snelwerkende, vloeibare pijnstiller voor gematigde tot ernstige pijn.
Nova Energium
Het hoofdkwartier en voornaamste onderzoekslab van de entropisten. Draait in een baan om Shin-Zar.
Nsarro
Wranaui-lengtemaatstaf. Gedefinieerd als de afstand die je zwemmend in zeven pulsen kunt afleggen. (*Zie ook* Cyclus en Puls.)
Numenisme
Religie die gericht is op het vermeende heilige karakter van getallen. Tussen circa 2165-2179 gesticht op Mars door Sal Horker II. Het numenisme won al snel aan populariteit onder kolonisten en arbeiders die voor hun overleven in hun nieuwe wereld afhankelijk waren van technologie. Een bepalend kenmerk van het numenisme is de continue uitzending van getallen – de enumeratie – vanaf het hoofdkwartier op Mars. De enumeratie omvat het opsommen van oplopende hele getallen.
Nwor
Een veelpotig zoutwaterdier dat voorkomt op Pelagius. Heeft een hard exoskelet en is omnivoor. Leeft solitair.
Oppergetal
Het hoogst denkbare getal. Zoals gedefinieerd door de numenisten: de som van alle kennis die het bekende en het onbekende omvat. Het grootste deel van twee gelijke delen. God.
Orbitale ring
Grote, kunstmatige ring rond een planeet. Kan op bijna elke hoogte worden

aangelegd, maar de eerste ring bevindt zich doorgaans in een lage omloopbaan. Het concept is eenvoudig. Ter hoogte van de evenaar draait een kabel rond de planeet. Rond die kabel wordt een stationaire, supergeleidende schil aangelegd, die kan worden gebruikt om de kabel zo nodig te versnellen of af te remmen. Aan de schil kunnen zonnepanelen en andere structuren worden bevestigd, zoals een stationaire ruimtelift. De zwaartekracht op de schil is vergelijkbaar met het niveau op de planeet zelf. Een goedkope, praktische manier om grote massa's van en naar het planeetoppervlak te brengen. Wordt door zowel mensen als Wranaui gebruikt.

Orosvaren

Een plant die voorkomt op Eidolon. Groen-zwart, met opgerolde bladeren die zich ontvouwen.

Oude Volk, het

Bewust ras dat verantwoordelijk is voor de Kiem, de Grote Bakens en talloze andere technologische artefacten in de Orion-arm van het melkwegstelsel. Menselijk met twee paar armen en een lengte van circa twee meter. Ogenschijnlijk uitgestorven. Uit het beschikbare bewijs blijkt dat deze beschaving zeer ver ontwikkeld was, en ouder dan welke andere bewuste beschaving dan ook. (*Zie ook* Allerhoogste en Blauwe Staf.)

Pakket

Een kleine, onbemande, FTL-geschikte boodschappersdrone.

Pantserexo

Een kunstmatig exoskelet met eigen krachtbron ('exo' in spreektaal) dat gebruikt wordt voor gevechtsacties, vrachtvervoer, mijnbouw en mobiliteit. Exo's kunnen wat ontwerp en functie betreft flink verschillen. Sommige zijn open van structuur, andere zijn afgesloten voor gebruik in een vacuüm of onder water. Extra gepantserde exo's behoren tot de standaarduitrusting van de strijdtroepen van het VMB.

Patroon

De ingesloten instructies die de langetermijndoelen van de Kiem voorschrijven.

Paus Vingerhoedskruid

Zie Pontifex Digitalis.

Pelagius

De menselijke naam voor de thuiswereld van de Wranaui. Ster van F-klasse, 240 lichtjaar van Sol.

Pfennic

Visachtig wezen dat voorkomt op Pelagius. Herkenbaar aan de metaalachtige smaak van het vlees. Door de Wranaui als delicatesse beschouwd.

Plaag

Microbe die 27 van de 34 mensen die voor onderzoek naar de planetoïde Blackstone waren gestuurd heeft gedood.

Planetaire Defensie
De lokale (vaak civiele) strijdkrachten van een bepaalde planeet.
Pontifex Digitalis
Het in naam religieuze hoofd van de numenisten. Geeft leiding aan en legt verantwoording af aan het College van Enumeratoren. Verantwoordelijk voor de enumeratie van hele getallen.
Premier
Het hoofd van de Liga van Verenigde Werelden. Wordt verkozen door de diverse regeringen.
Pseudo-intelligentie
Een overtuigende simulatie van bewustzijn. Echte kunstmatige intelligentie ontwikkelen is tot op heden lastiger (en gevaarlijker) gebleken dan verwacht. Pseudo-intelligenties zijn programma's die een beperkt aantal functies kunnen uitvoeren, maar niet in staat zijn tot zelfbewustzijn, creativiteit of introspectie. Ondanks hun beperkingen zijn ze zeer nuttig gebleken op bijna elk terrein waarop de mens actief is, van het besturen van ruimteschepen tot het uitvoeren van taken in steden. (*Zie ook* Scheepsbrein.)
Puls
Standaardtijdseenheid van de Wranaui. Staat gelijk aan 42 seconden. (*Zie ook* Cyclus.)
Q-drive
Een geheugenstick op basis van quantumprocessen.
RD-52's
Waterstofgekoelde Casaba-houwitsers die tot een fractie boven het absolute nulpunt zijn afgekoeld. Worden als mijn gebruikt. Vroege poging tot stealth-wapentuig in de ruimte.
Reactiemassa
Stuwstof die uit de achterkant van een ruimtevaartuig wordt gestoten. Doorgaans waterstof. Niet te verwarren met brandstof, wat in het geval van nucleaire raketten het materiaal is dat door middel van fusie of splitsing de reactiemassa of stuwstof opwarmt.
Reginald, God der Varkens
Cultleider uit de stad Khoiso. Gen-gehackte mens met een hoofd in de vorm van een varkenskop. Volgens zijn volgelingen een godheid met bovennatuurlijke krachten.
Reticulum
Een netwerk van Wranaui-schepen.
Rijting, de
Catastrofale Wranaui-burgeroorlog, in gang gezet door de ontdekking van talloze technologische artefacten van het Oude Volk, waaronder de Kiem en

enkele andere vergelijkbare vormen. Leidde tot de Tfeir, de ketterij van het vlees. Terwijl Arm streed tegen Arm om de heerschappij, startten de Wranaui ook een ambitieuze expansiegerichte campagne en koloniseerden ze talloze stelsels. Hun beschaving ging bijna ten onder door het interne conflict, deels door de inzet van conventionele middelen, deels door de onbedoelde creatie van de Verdorvenen. De beschaving van de Wranaui liep diepe wonden op en het herstel duurde bijna drie eeuwen. (*Zie ook* Tfeir.)

RM

Reserve Mark. Betekent dat een term, leus of symbool juridisch is beschermd.

RSW7-Molotók

Casaba-houwitsers gemaakt door Lutsenko Defense Industries.

RTC News

Nieuwszender op Ruslan. Dé zender voor alles wat er gebeurt in 61 Cygni.

Ruimtehuidje

Waar het weken of maanden vertoeven onder het kunstlicht van ruimteschepen (dat het volledige lichtspectrum bestrijkt om winterdepressie, een tekort aan vitamine D en diverse andere aandoeningen te voorkomen) onherroepelijk toe leidt. Met name zichtbaar bij bewoners van ruimtestations en mensen die lange ruimtereizen maken.

Ruimtelift

Een lint van koolstofvezel tussen het oppervlak van een planeet en een verankeringspunt (doorgaans een planetoïde) in een geostationaire baan. Rupswagens transporteren massa langs dit lint.

Ruslan

Aardachtige planeet in het stelsel 61 Cygni A. De op een na nieuwste kolonie in de Liga, na Weyland. Vooral bevolkt door Russen. In de planetoïdenriemen rond de dubbelster van 61 Cygni A, 61 Cygni B, is veel mijnbouwactiviteit.

'Saman-sahari'

Lang, traag gezongen lied van Farson's Combine (een collectivistische vrijstaat op een planetoïde rond Alpha Centauri, opgericht in de begindagen van de kolonisatie van dat stelsel).

San Amaro

Klein Zuid-Amerikaans land, de locatie van de eerste ruimtelift op aarde.

Saya

'Zeker weten'. Een meer letterlijke vertaling is 'mijn zekerheid'. Populaire kreet op Ruslan. Afkomstig uit het Maleis.

Schaduwschild

Een stralingsschild tussen de reactor en het leefgedeelte van het ruimtevaartuig. Bestaat uit twee lagen: een neutronenschild (doorgaans van lithiumhydroxide) en een gammastralingschild (van wolfraam of kwikzilver). Om ruimtestations en hun bemanning in de 'schaduw' van het schild te houden, docken ruimtevaartuigen meestal aan de neus.

Scheepsbrein

De somatische transcendentie van menselijkheid. Een brein dat uit zijn fysieke lichaam wordt genomen, in een groeimatrix wordt geplaatst en met nutriënten wordt gevoed om synaptische en weefselgroei te bevorderen. Scheepsbreinen zijn het resultaat van het samenkomen van diverse factoren: de menselijke drang om het intellect tot het uiterste te voeren, het onvermogen om echte kunstmatige intelligentie te ontwikkelen, de toegenomen omvang van ruimteschepen en het destructieve potentieel van ruimtevaartuigen. Het leek een aanlokkelijke gedachte om een enkel iemand – een enkel brein – verantwoordelijk te maken voor alle processen aan boord. Geen enkel gewoon brein bleek echter in staat de stortvloed van zintuigelijke informatie te verwerken. (Hoe groter het ruimtevaartuig, hoe groter het benodigde brein.) Scheepsbreinen behoren tot de briljantste schepsels die de mensheid heeft voortgebracht; maar soms zijn ze ook het meest gestoord. Het groeiproces is moeilijk en ernstige psychologische bijverschijnselen zijn gedocumenteerd. Het vermoeden is dat scheepsbreinen – zowel in als buiten ruimtevaartuigen – veel meer invloed hebben op het reilen en zeilen van de mensheid dan de meeste mensen denken, met uitzondering van de meest paranoïde. Maar hoewel hun aanpak soms onduidelijk is, is hun verlangen niet anders dan die van elk ander levend wezen: om lang en gelukkig te leven.

Scheepskat

Het traditionele huisdier in ruimtevaartuigen. Bijgeloof gebiedt dat de aanwezigheid en het welzijn van een kat aan boord van groot belang zijn. Veel ruimterotten weigeren zelfs aan boord te gaan van een ruimteschip als er geen scheepskat is. Er doen verschillende verhalen de ronde over mensen die gedood zouden zijn nadat ze de scheepskat – doelbewust of per ongeluk – hadden verwond.

Schelp

Wranaui-term voor ruimtevaartuig. Afgeleid van hun eigen rugschilden.

Scramrock

Post-fusion hyber-vibes bestaande uit samples van de radio- en plasmagolven van de ringen van diverse gasreuzen. Won in 2232 aan populariteit door Honeysuckle Heaps.

Seven minutes to Saturn

Oorlogsfilm uit 2242, geschoten bij Alpha Centauri. De film handelt over de mislukte poging van Venus om onafhankelijk te worden van de Aarde ten tijde van het Zahn-offensief.

Sfar

Wranaui-autorisatieniveau. Hoger dan *sfenn*, lager dan *sfeir*.

Shi-bal

Koreaanse verwensing, gelijk aan 'shit'. Enkel gebruikt in woede of met een negatieve connotatie.

Shin-Zar

Planeet met hoge zwaartekracht rond Tau Ceti. De enige grote kolonie die niet tot de Liga wenste toe te treden, wat leidde tot een gewapend conflict tussen de Zariaanse strijdkrachten en die van de Liga en het verlies van enkele duizenden levens aan beide kanten. Staat voornamelijk bekend vanwege het grote aantal kolonisten van Koreaanse oorsprong. Staat tevens bekend om het intensieve genhacken om de kolonisten beter te laten functioneren in de hoge zwaartekracht. De voornaamste ingrepen zijn: aanzienlijke verdikking van de botten, extra longcapaciteit (ter compensatie van het lage zuurstofpercentage), een hoger hemoglobinegehalte, extra spiermassa door myostatineremmers, dubbele pezen en – over het algemeen – grotere organen. Sterk gemuteerde populatie. (*Zie ook* Entropisme.)

SJAM

Ook wel 'staf van Mozes' genoemd. Inerte projectielen van wolfraam die vanuit een baan om de planeet worden 'afgevuurd'. Het concept is in de twintigste eeuw ontwikkeld door dr. Pournelle. Een soort kinetisch wapen. Gebruikt door strijdmachten als conventionele explosieven niet praktisch zijn (om bijvoorbeeld straling te voorkomen) of als er sprake is van antiraketsystemen.

Skinsuit

Algemeen toepasbare, strakke laag kleding die – met helm – kan worden gebruikt als ruimte-, duik- of warmtepak. Standaarduitrusting voor iedereen die zich in onveilige omgevingen moet begeven.

Slagschip

De grootste scheepsklasse van de VMBM. Zwaarbewapend, kan grote aantallen troepen vervoeren, en heeft een beperkte wendbaarheid. Wordt nooit ingezet zonder begeleidende schepen. (*Zie ook* Kruiser.)

Slim textiel

Metamateriaal waarin elektronica, nanomachines en andere augmenten zijn verwerkt. Kan met de juiste prikkels verschillende vormen aannemen.

SLV

Superluminaal ruimtevaartuig. Liga-aanduiding van een civiel ruimtevaartuig dat geschikt is voor FTL-reizen.

S-PAC
Robot voor het werken met materialen in quarantaine.
Staf van Mozes
Zie SJAM.
Stegotijger
Groot, katachtig roofdier op Eidolon. Bekend vanwege de stekels op de rug, de gele ogen en de hoge intelligentie.
Stellaristen
Een van de grotere politieke groeperingen in de Liga. Is op het moment aan de macht. Isolationistische beweging die bestaat uit de grootste regeringspartijen op Mars, Venus en de Aarde. Won aan populariteit na de opstand van Shin-Zar en de ontdekking van het Grote Baken. (*Zie ook* Conservatieverbond *en* Stellaristen.)
STEM-injecties
Een reeks van antiverouderingsinjecties die de cellulaire processen verbeteren, mutaties onderdrukken, de lengte van telomeren herstellen en het lichaam over het algemeen terugbrengen naar een biologische leeftijd van halverwege de twintig. Worden doorgaans elke twintig jaar herhaald. Houdt geen door veroudering veroorzaakte kraakbeengroei in de oren, neus enzovoort tegen.
Stim-Ware
Een van verscheidene merken van populaire slaapvervangende medicatie. De pillen bestaan uit twee werkzame stoffen, een om het circadiaanse ritme van het lichaam te herstellen en een om de metabolieten zoals bèta-amyloiden uit de hersenen te verwijderen. Bij gebrek aan slaap voorkomt Stim-Ware degeneratie van neuronen en houdt het het mentale en fysieke functioneren op peil. De anabole slaap wordt niet gerepliceerd en dus is normale nachtrust nog steeds nodig voor het afscheiden van groeihormonen en het herstellen van de dagelijkse stress.
'Tangagria'
Volksliedje uit Bologna, Italië. Schrijver onbekend.
Tapscan
Een grondige, invasieve scan van alle data verzameld door implantaten. Vaak schadelijk voor de fysieke en mentale gezondheid van het individu, gezien de sterkte van de gebruikte elektrische signalen en de intieme aard van de scan. Leidt soms tot een verlies aan hersenfunctie.
TEQ's
Zie Transluminale Energiequanta.
Terrestrisch Bestuur
Het hoofdkwartier van de Liga en het VMB. Gevestigd aan de voet van de bonenstaak te Honolulu.

Tesseriet
Mineraal dat enkel voorkomt op Adrasteia. Vergelijkbaar met benitoiet, maar dan iets paarser.
Tfeir
Een van de zes Armen van de Wranaui. Bekend vanwege de ketterij van het vlees: zelfreplicatie via het Nest van Overdracht zonder de dood van de oorspronkelijke vorm. Wordt door andere Wranaui gezien als hoogmoed. Factor van belang in de Rijting.
Thresh
Hardcore smasher-metal ontstaan in de agrarische gemeenschappen op Eidolon. Bekend vanwege het gebruik van agrarische gereedschappen als muziekinstrumenten.
Thule
Oftewel de Heer van Lege Ruimtes. God van de ruimterotten. Afgeleid van *ultima Thule*, Latijn voor 'plek buiten de randen van de kaart'. Werd oorspronkelijk gebruikt als naam voor een dwergplaneet voorbij de omloopbaan van Neptunus, maar werd later synoniem aan het onbekende in het algemeen, waarna personificatie plaatsvond. Onder de planetoïdemijnwerkers in Sol en andere stelsels doet er veel bijgeloof de ronde over Thule.
Topslag
De hoogst mogelijke slag in zevenen: vier zevens, twee heren en een negen, voor een slag van in totaal 91 oftewel een score van dertien.
Torsieaandrijving
Generator en aandrijving ontwikkeld door het Oude Volk. Gebruikt voor de Eenheid en andere ruimteschepen van het Oude Volk. Werkt door het membraam van de vloeibare ruimtetijd dusdanig te 'torderen' dat er energie kan worden gewonnen uit de superluminale ruimte, ondanks de lagere energiedichtheid van die ruimte. De torsie kan ook worden gebruikt om een ruimtevaartuig door subluminale ruimte voort te stuwen of om een markovbubbel voor FTL te genereren.
Torsiepoort
Kunstmatig wormgat dat gegeneerd wordt en in stand wordt gehouden door een torsieaandrijving bij een van de monden. Werd door het Oude Volk gebruikt voor het bijna direct overbruggen van enorme afstanden.
Transcendentie
Computerspel met als doel om in zo kort mogelijke tijd een soort van het ontstaan naar kolonisatie van de sterren te leiden.
Transluminale Energiequanta (TEQ's)
De meest fundamentele bouwblokken van het bestaan. Een gekwantiseerd deeltje met Planck-lengte 1, Planck-energie 1 en 0 massa. Bekleedt elk punt in

de ruimte, zowel sub- als superluminaal én in het luminale membraam dat beide van elkaar scheidt.

Tsuro, de

Signaal gebruikt door het Oude Volk voor het oproepen en controleren van de Kiem. Heeft de vorm van een gemoduleerde TEQ-golf.

Veelvorm

Zie Kiem.

Verafgeur

Langdurig aanwezige chemische stoffen die door de Wranaui worden afgescheiden om onder water over langere afstanden met elkaar te communiceren. De 'bandbreedte' is smal en de integriteit is beperkt, zodat verafgeur beperkt bruikbaar is voor de uitwisseling van data. (*Zie ook* Nabijgeur *en* Laagklank.)

Verdorvenen

Zie Nachtmerries.

Verdwenen Volk, het

Zie Oude Volk.

Verstrengeling der Geesten, de

Over het algemeen elke groep Wranaui die zich inzet voor een gedeeld doel. Een plechtstatige, sacrale samenkomst. Wordt traditioneel bekrachtigd door tentakels of ledematen met die van andere Wranaui te verstrengelen. Een Verstrengeling telt dus in principe maximaal zeven leden (het aantal primaire tentakels van de voornaamste Wranaui-vorm), maar het concept wordt inmiddels losser opgevat. Tegenwoordig kan een Verstrengeling ook via laagklank-nabijgeur worden gevormd, maar zulke Verstrengelingen worden als minder hecht beschouwd dan wanneer ze persoonlijk worden gevormd. Specifiek: de Verstrengeling opgericht door aanvalsleider Nmarhl en zijn medestrijders, met als doel om de heerschappij van Ctein te beëindigen en de met Kira Navárez versmolten Idealis te beschermen.

Verzorgers

Zeer intelligente biomechanische wezens die leven in Unity. Verantwoordelijk voor het algemene onderhoud en kleinschalige constructie. Zouden over een soort collectief bewustzijn beschikken.

Vliegenstrip

De naam die militairen gebruiken voor het stelsel dat gekoloniseerd is geweest door het Oude Volk. De locatie van de door de mens 'Nidus' gedoopte planeet en de laatste rustplaats van de Blauwe Staf.

VMB, het

Verenigd Militair Bevel. De gecombineerde strijdkrachten van de Liga. Veel Liga-leden onderhouden geen eigen leger meer en sluizen al hun defensie-uitgaven door naar het VMB.

VMBI, de
De inlichtingentak van het Verenigd Militair Bevel.
VMBL, de
De landmacht van het Verenigd Militair Bevel.
VMBM, de
De marine van het Verenigd Militair Bevel.
VMBMa, de
Het korps mariniers van het Verenigd Militair Bevel.
VMBS
Schip/ruimtestation van het Verenigd Militair Bevel.
Vorser
Een entropist. Iemand die zoekt naar een manier om de mensheid te redden van de warmtedood van het universum.
Vrijstaten
Nederzettingen, conclaven, ruimtestations en voorposten die niet geaffilieerd zijn aan een van de dominante regeringen.
Wereld van Stewart, de
Aardachtige planeet in een baan om Alpha Centauri. De eerste menselijke kolonie buiten Sol. Ontdekt en van een naam voorzien door Ort Stewart. Niet direct een planeet met een vriendelijk klimaat, en dus bevindt zich een ongebruikelijk groot aantal wetenschappers onder de kolonisten, om het leven in de zware omstandigheden te kunnen verbeteren. De omstandigheden zijn ook de reden dat er zo veel ruimtevaarders van de Wereld van Stewart afkomstig zijn: men is naarstig op zoek naar een aangenamer klimaat.
Weyland
Kolonie in een baan om Epsilon Indi. Vernoemd naar de smid uit Noordse en Germaanse legendes. Geen opvallende levensvormen.
Wolkensteden
Lichtgewicht, neutrale habitatiekoepels die in de wolken van Venus zweven. Behoren tot de grootste en welvarendste koloniën van de Aarde. De structurele elementen zijn hoofdzakelijk afkomstig van bomen en andere planten die in de koepels zelf worden geteeld.
Wranaui
Zelfbewuste beschaving met ruimtevaarttechnologie van de planeet Pelagius. Wranaui kennen een zeer complexe levenscyclus en een al even complexe hiërarchische structuur die gedomineerd wordt door Armen en een heersende vorm. Wranaui zijn van oorsprong een onderwatersoort, maar hebben zich dankzij het intensieve gebruik van kunstmatige lichamen aangepast aan bijna elke andere mogelijke habitat. Ze zijn agressief en expansionistisch en hebben weinig achting voor individuele rechten of veiligheid, gezien de mo-

gelijkheid tot vervangende lichamen. Hun op geur gebaseerde taal is extreem lastig voor mensen om te vertalen. Zelfs zonder technologische augmenten zijn Wranaui biologisch gezien onsterfelijk: hun genetische basis kan te allen tijde worden overgezet naar een onvolgroeide vorm om het vlees te vernieuwen en veroudering te voorkomen. Er zijn aanwijzingen dat Wranaui op een bepaald moment in hun ontwikkeling door het Oude Volk genetisch zijn gemanipuleerd.

Yanni de Kikker

Populair kinderprogramma op Ruslan. Leidde tot een hausse in het aantal kikkers dat als huisdier werd gehouden.

Zevende Vloot

Een vloot van de Liga van Verenigde Werelden. Het hoofdkwartier bevindt zich op het ruimtestation Deimos bij Mars. Onderdeel van de Sol-vloot van de VMBM. De grootste vooruitgeschoven vloot.

Zevenen

Traditioneel kaartspel onder ruimterotten. Het doel is om zo veel mogelijk zevens of meervouden van zeven te verzamelen door de waarde van al je kaarten op te tellen (plaatjes hebben een numerieke waarde).

Zoeker

Dienaar geschapen door het Oude Volk voor gezagsuitoefening en het de kop indrukken van opstanden. Kan na fysiek contact met en injectie van de schedel een levend wezen overnemen. Zeer intelligent, uitermate gevaarlijk, en in staat om een groot leger van bewuste wezens om zich heen te verzamelen.

Zwarte nova

Gekweekte variëteit van Capsicum chinense, genetisch gehackt voor een hoog gehalte aan zuivere capsaïcine in de wasachtige schil. Ontwikkeld door Ines Tolentira van de Wereld van Stewart en latere winnaar van het jaarlijkse Driesterren Peperfestijn.

APPENDIX IV

* * * * * * *

TIJDLIJN

1700-1800 (naar schatting):

* De Rijting.

2025-2054:

* Ontwikkeling en bouw van de eerste ruimtelift op Aarde. Snel gevolgd door steeds meer verkenningsmissies en de economische ontwikkeling van het Zonnestelsel (Sol). Eerste mensen landen op Mars. Maanbasis gebouwd, plus verschillende ruimtestations in heel Sol. Start van mijnbouw op planetoïden.

2054-2104:

* Nu de ruimtelift staat, versnelt de kolonisatie van het Zonnestelsel. De Hutteristische Expansie begint. Eerste zwevende stad op Venus gesticht. Permanente (zij het niet zelfvoorzienende) buitenpost op Mars. Overal in het stelsel worden nog veel meer habitatiestructuren en stations gebouwd. Start constructie van een ring rond Aarde.

* Door atoomsplitsing aangedreven, nucleair-thermische raketten zijn het belangrijkste vervoermiddel in het Zonnestelsel.

* Wiskundige Jalal Sunyaev-Zel'dovich publiceert de basisbeginselen van het entropisme.

* Wetshandhaving wordt overal in het Zonnestelsel moeilijker. Er ontstaan botsingen tussen de verste nederzettingen en de binnenste planeten. Inter-

nationale ruimtewetgeving wordt uitgebreid en verder ontwikkeld door de VN en individuele overheden. Milities steken de kop op op Mars en bij de mijnwerkers op planetoïden. In de ruimte gevestigde ondernemingen laten private beveiligingsbedrijven hun investeringen beschermen. Ruimte is nu volledig gemilitariseerd.

* Venus en Mars blijven nauw verbonden met Aarde, in politiek opzicht en voor de bevoorrading, maar er beginnen onafhankelijkheidsbewegingen te ontstaan.

* Gigantische velden met zonnepanelen in de ruimte voorzien heel Sol van goedkope energie. Overlays, implantaten en genetische modificatie zijn heel gewoon onder de mensen die ze kunnen betalen.

* Krachtige fusieaandrijving neemt de plaats in van de oude splitsingsraketten. Daarmee worden de reistijden binnen het Zonnestelsel drastisch bekort.

2104-2154:

* Oprichting van Fink-Nottles Handelscentrum de Koene Kikker.

* Uitvinding van de STEM-injecties, waarmee mensen biologisch gezien in feite onsterfelijk worden. Dit leidt tot de lancering van verschillende zelfvoorzienende, subluminale kolonistenvluchten naar Alpha Centauri.

* Niet lang daarna codificeert Ilya Markov de Unified Field Theory (UFT). Werkend prototype van een FTL-drive wordt gebouwd in 2114. Experimenteel ruimteschip de Daedalus maakt eerste FTL-vlucht.

* FTL-schepen vertrekken naar Alpha Centauri en halen de subluminale ruimteschepen in. Eerste kolonie buiten het zonnestelsel wordt gesticht op de Wereld van Stewart in Alpha Centauri.

* Oelert (2122) bevestigt dat het merendeel van de lokale superluminale materie een grote halo rondom de Melkweg vormt.

* Er volgen nog verschillende koloniën buiten het zonnestelsel. Eerst op Shin-Zar. Dan op Eidolon. Sommige steden/buitenposten worden gefinancierd door ondernemingen. Andere door naties op Aarde. In beide gevallen blijven koloniën in het begin sterk afhankelijk van voorraden van

Sol, en de meeste kolonisten zitten diep in de schulden nadat ze de benodigde uitrusting hebben gekocht.

2154-2230:

* Kolonisatie van Weyland.

* Numenisme gesticht op Mars door Sal Horker II, circa 2165–2179 (naar schatting).

* Groeiende koloniën beginnen zelfstandigheid van Aarde en Sol te eisen. Botsingen tussen lokale facties (zoals de Onrust op Shin-Zar). Banden met Aarde worden zwakker. Mislukte poging van Venus om onafhankelijkheid te veroveren in het Zahn Offensief.

* Kolonisatie van Ruslan.

2230:

* Geboorte van Kira Navárez.

2234-2237:

* Ontdekking van het Grote Baken op Talos VII door kapitein Idris en bemanning van SLV De Adamura.

* De Liga van Verenigde Werelden wordt opgericht, met veel tegenstand en achterdocht. Sommige koloniën/vrije gebieden weigeren deel te nemen. Stellaire Veiligheids Akte wordt aangenomen, wat leidt tot de oprichting van het VMB en de consolidatie van veel van de menselijke strijdkrachten. Zelfbeschikkingsstrijd wordt gevoerd door verschillende groepen die onafhankelijk willen blijven, waaronder de opvallendste de planetaire overheid van Shin-Zar is.

* Strenge winterstormen op Weyland leiden tot flinke schade aan de kassen van de familie Navárez.

2237-2257:

Corruptieschandaal rond Sasha Petrovich tegen het einde van 2249 leidt tot aftreden van de gouverneur van Ruslan, Maxim Novikov.

2257–2258:

* Onderzoeksexpeditie naar de maan Adrasteia en de daaropvolgende verwikkelingen.

* * * * * * *

NAWOORD EN DANK

1

Gegroet, vrienden.

Het is een lange reis geweest. Kom binnen, schuif aan bij de holo, leg je benen op een stoel. Jullie zullen wel moe zijn. Er staat Venusiaanse whiskey op de plank naast je… Ja, die. Neem maar een glas, als je wilt.

Laat me jullie een verhaal vertellen terwijl jullie uitrusten. Nee, niet dat verhaal, maar een ander. Een verhaal dat al in 2006 of 2007 begint (de data vervagen mettertijd). Ik had mijn tweede roman, *Oudste*, al af en was ook bijna klaar met de derde, *Brisingr.* Ik had het moeilijk, was gefrustreerd dat wat ooit een trilogie was geweest was uitgelopen tot een tetralogie en dat ik nog jaren zou moeten doorwerken aan de *Erfgoed*-serie. Begrijp me niet verkeerd, ik was dol op de serie en wilde die graag afmaken, maar tegelijkertijd wilde ik – nee, *moest* ik – ook iets anders uitproberen. Discipline is een voorwaarde voor creatief succes, maar de waarde van afwisseling moet je niet onderschatten. Door nieuwe dingen te proberen, leren en groeien we en blijven we enthousiast over ons vak.

Dus terwijl ik mijn dagen doorbracht in het land van Alagaësia en over elfen en dwergen en draken schreef, droomde ik 's nachts van andere avonturen op andere plekken. En een van die dromen ging over een vrouw die een buitenaards biopak vond op een maan die om een gasreus draaide…

Het was een ruw idee, meer een schets dan iets anders. Maar vanaf het allereerste begin wist ik al hoe het verhaal zou beginnen (met Kira die het pak vindt) en hoe het zou eindigen (met hoe ze wegdrijft in de ruimte). Het moeilijkste stukje was om alles daartussenin te bedenken.

Toen ik *Brisingr* af had, probeerde ik een begin te maken met het schrijven van *Slapen in een zee van sterren.* Als je die eerste versie zou zien, zou je in lachen uitbarsten. Die was halfbakken, ongevormd, maar het skelet van wat dit verhaal zou worden was er al, klaar om te worden opgegraven.

Ik moest het wegleggen om *Erfenis* te schrijven en te promoten. Dat duurde tot halverwege 2012 (een promotietour voor een populair boek/populaire serie is geen kleinigheid). En daarna, na het voltooien van een serie waaraan ik van mijn vijftiende tot mijn achtentwintigste had gewerkt, had ik rust nodig.

Een half jaar lang schreef ik niet. Toen kwam de oude kriebel om iets te maken weer naar boven. Ik flanste een tv-script in elkaar (wat niets werd). Ik schreef een aantal korte verhalen (waarvan er een later is opgenomen in *De vork, de heks en de draak*, een vervolg op de *Erfgoed*-cyclus). En ik begon de wetenschappelijke fundamenten van mijn toekomstverhaal te onderzoeken.

Die research nam het grootste deel van 2013 in beslag. Ik ben geen natuurkundige en ook geen wiskundige. Ik heb zelfs nooit gestudeerd. Ik moest er dus veel werk in steken om het zo goed te gaan begrijpen als ik wilde. Waarom al die moeite? Omdat wetenschap voor sciencefiction is wat magie is voor fantasy. Het schept de kaders voor je verhaal, bepaalt wat wel en niet mogelijk is. En hoewel ik *Slapen* voor me zag als een soort liefdesbrief aan het genre, wilde ik bepaalde technische standaardoplossingen vermijden, omdat ze de setting zouden ondermijnen. Met name wilde ik een manier hebben om de schepen FTL te laten reizen, zónder tijdreizen mogelijk te maken of totaal in te druisen tegen de natuurkundige wetten zoals we die nu kennen. (Ik wilde hier en daar best wat regels omzeilen, maar ronduit overtreden voelde niet goed.)

Natuurlijk kun je zo hard werken aan het ontwerpen van je wereld als je maar wilt, maar het blijft zinloos als het verhaal zelf niet goed in elkaar zit. En dat is, vrees ik, waar ik de grootste problemen ondervond.

Om allerlei persoonlijke redenen duurde het schrijven van de eerste versie van *Slapen* tot januari 2016. (Ongeveer) drie jaar heel hard werken. Toen ik klaar was liet mijn eerste lezer, mijn enige zus Angela, me weten dat het boek… Gewoon. Niet. Goed. Was. Nadat ik het manuscript zelf gelezen had begreep ik dat ze, helaas, gelijk had.

2017 verstreek in een waas van herschrijven. Maar al die nieuwe versies losten het onderliggende probleem niet op. De nieuwe versies waren, om het metaforisch uit te drukken, zoiets als het verschuiven van de dekstoelen op de Titanic, wat niets veranderde aan het feit dat de algehele structuur van het schip beschadigd was.

Dit was mijn probleem: nadat ik zo lang aan de *Erfgoed*-cyclus had gewerkt, waren mijn plotvaardigheden roestig geraakt door te weinig gebruik. De probleemoplossende spieren die ik had opgebouwd toen ik het verhaal voor *Eragon* en de vervolgen ontwikkelde, waren in de jaren daarna geatrofieerd. En laat ik eerlijk zijn: na het succes van de *Erfgoed*-cyclus was ik misschien best een beetje arrogant toen ik aan *Slapen* begon. 'O, als ik dát kon, dan moet dit toch zeker geen probleem zijn.'

Ha! Het leven, het lot, de goden – noem het wat je wilt, maar de werkelijkheid zal altijd een manier vinden om ons tot bescheidenheid te dwingen.

De situatie werd eind 2017 op de spits gedreven toen mijn agent Simon en mijn toenmalig redacteur Michelle, me voorzichtig lieten weten dat herschrijven gewoon niet de oplossing was.

Op dat moment gaf ik het bijna op. Na zo veel werk en tijd erin geïnvesteerd te hebben was terug bij af zijn nogal... demoraliserend. Maar als ik iets ben, is het wel vasthoudend. Ik vind het verschrikkelijk om een project te moeten opgeven, zelfs als mijn gezonde verstand me iets anders vertelt.

Dus stopte ik in november 2017 met dekstoelen verschuiven en ging ik terug naar de onderliggende blauwdruk van het verhaal. En ik zette óveral vraagtekens bij. In tweeënhalve week schreef ik (met de hand) meer dan tweehonderd bladzijden met aantekeningen over personages, drijfveren, betekenis, symboliek, technologie... Ik heb alles bekeken wat je maar kunt bedenken.

En pas toen, nadat ik een nieuw en sterker geraamte had gevonden om het verhaal aan op te hangen, begon ik weer te schrijven. Deel een, 'Exogenese', bleef grotendeel gelijk. En deel twee een beetje. Maar alles daarna heb ik helemaal opnieuw geschreven. Vliegenstrip bestond niet in de oorspronkelijke versie van *Slapen*. Er was geen bezoek aan Sol. Geen reis naar Cordova. Geen nachtmerries, geen Muil, geen Eenheid, geen groot avontuur buiten 61 Cygni.

In wezen schreef ik een heel nieuw boek – en niet zo'n kleintje ook – in de loop van 2018 en de eerste helft van 2019. In diezelfde periode schreef en redigeerde ik ook *De vork, de heks en de draak*, maakte ik een promotietournee door de VS en Europa en bleef ik heel 2019 door de VS reizen als writer in residence van Barnes & Noble. Fieuw!

Het schrijven en herschrijven van *Slapen* is met afstand de grootste creatieve uitdaging van mijn leven geweest. Ik moest opnieuw leren hoe je een verhaal vertelt, een boek herschrijven waaraan ik al jaren had gewerkt en een aantal persoonlijke en professionele uitdagingen overwinnen.

Was het dat waard? Ik vind van wel. En ik kijk ernaar uit om alles wat ik geleerd/heroverd heb te gebruiken bij een nieuw boek. Een boek dat, als alles goed gaat, veel minder dan negen jaar zal kosten om te schrijven en uit te brengen.

Als ik terugkijk op de geschiedenis van dit project lijkt het voor een aanzienlijk deel een droom te zijn geweest. Er is zo veel tijd in gaan zitten. Zo veel onzekerheid, moeite en ambitie. Ik voltooide de eerste versie in een winter waarin ik afwisselend in een sjofel appartement in Edinburgh en een iets vrolijker appartement in Barcelona woonde. De herziene versies werden geschreven in Montana, waar ik woon, maar ook op tien andere plekken over de hele wereld waar ik door mijn werk en mijn leven naartoe werd gevoerd. De laatste redactierondes vonden plaats tijdens een pandemie.

Toen ik voor het eerst het idee voor *Slapen* kreeg, was ik halverwege de twintig. Nu ben ik achter in de dertig. Toen ik begon, zat er geen grijs in mijn baard. Man, ik hád niet eens een baard! Nu zijn de eerste vlagen vorst verschenen. Ik ben zelfs getrouwd en dat is al een heel avontuur op zich…

Slapen in een zee van sterren is niet volmaakt, maar het is de beste versie van dit verhaal die ik kon schrijven en ik ben trots op het eindresultaat. Om Rolph Humphries in het voorwoord van zijn vertaling van *De Aeneis* te citeren: 'De veelomvattendheid van een epos vraagt bij het schrijven om doelbewuste variatie, uitgekiende ongelijkmatigheid en nu en dan wat nonchalante onverschilligheid.'

Allemaal volkomen waar. Wat hij iets verderop zegt, ligt me ook na aan het hart:

'De laatste herziene versies zijn altijd de lastigste en je zou je makkelijk kunnen voorstellen dat Vergilius, na meer dan tien jaar werken aan het gedicht, een punt had bereikt waarop hij álles liever zou doen, zelfs sterven, dan het gedicht nog één keer nalopen… Wie zit er trouwens te wachten op een absoluut perfect episch gedicht?'

Dat vind ik nou ook. Desondanks hoop ik dat je van deze imperfecte roman hebt genoten.

Dus. Nu heb ik een verhaal over een verhaal verteld. Het wordt al laat en je Venusiaanse whiskey is bijna op. Ik heb lang genoeg lopen ratelen. Maar voor je je terugtrekt nog een paar laatste dingen.

Een: de fans van de *Erfgoed*-cyclus onder jullie hebben misschien een paar verwijzingen naar de serie gezien in *Slapen*. Dat heb je je niet verbeeld. En ja, Inarë is wie je denkt dat ze is. (Wie die naam niet kent, raad ik aan om Jeods brief te lezen op mijn website, paolini.net).

Twee: als je dieper in het universum van *Slapen* wilt doordringen, raad ik je aan om alert te zijn op het gebruik van het getal zeven in het verhaal (voor zover mogelijk zijn alle getallen ofwel een veelvoud van zeven of kunnen ze opgeteld worden tot zeven.) Misschien vind je het ook interessant om plekken buiten deze roman te vinden waar 'zeven' een ingang kan zijn.

Drie: in de inhoudsopgave zitten wat acrostische grapjes.

Genoeg. Ik heb voldoende gezegd. De lucht is koud, de sterren zijn helder en dit verhaal is aan zijn eind gekomen, voor Kira en voor mij.

Bijt je vast in het pad.

2

Bij het schrijven van dit boek had ik het geluk door enorm veel mensen ondersteund te worden. Zonder hen zou *Slapen* nooit het daglicht hebben gezien. Mijn dank gaat uit naar:

Mijn vader, omdat hij de dingen draaiend hield terwijl ik maandenlang in het manuscript zat weggedoken. Mijn moeder, voor haar geduld, het redigeren (zo veel redigeren!) en haar voortdurende steun. Mijn zus Angela, omdat ze me nooit heeft toegestaan me ergens makkelijk van af te maken en me de broodnodige schop onder mijn kont gaf zodat ik Gregorovich' verhaallijn (en vele andere) in orde ging maken. Caru, die de geweldige logo's (op die van Shin-Zar na) heeft ontworpen die in de woordenlijst staan, en nog heel veel meer conceptuele kunst. MIjn vrouw, Ash, voor haar voortdurende steun, humor, liefde en diverse kunstzinnige bijdragen (waaronder het logo van Shin-Zar). En grote dank aan mijn hele familie, omdat jullie dit boek vaker hebben gelezen dan een gezond mens zou moeten hoeven.

Mijn assistent (en vriendin) Immanuela Meijer, voor haar input, steun en een paar stukken schitterend artwork. Zij is verantwoordelijk voor de kaart van Sigma Draconis, 61 Cygni, een deel van Vliegenstrip en de supermooie fractalschutbladen/kaart.

Mijn agent, Simon Lipskar, die vanaf het allereerste begin een onvermoeibaar voorvechter van dit boek was en van wat hij wist dat het zou kunnen worden. Bedankt, Simon!

Mijn dierbare vriendin Michelle Frey, die verschillende vroege versies van het boek heeft gelezen en de niet erg benijdenswaardige taak had om me te vertellen dat het niet goed was. Zonder haar input zou ik nooit de stap hebben gewaagd om een versie te schrijven die wél goed was.

Bij Macmillan: Don Weisberg, die me al kende uit zijn tijd bij Random House en daarom bereid was om het risico te nemen met een roman voor volwassenen van iemand die tot dusverre alleen bekendstond om zijn YA. Bedankt, Don!

Bij Tor: mijn redacteuren Devi Pillai en William Hinton. Ze hebben me veel meer gepusht dan ik ooit had verwacht… en dat heeft het boek beter gemaakt. Ook van de redactie: assistenten Rachel Bass en Oliver Dougherty, en persklaarmaker Christina MacDonald.

Bij publiciteit/marketing: Lucille Rettino, Eileen Lawrence, Stephanie Sarabian, Caroline Perny, Sarah Reidy en Renata Sweeney. Het is aan hen te danken dat de wereld van dit boek heeft gehoord!

Bij design/productie: Michelle Foytek, Greg Collins, Peter Lutjen, Jim Kapp, Rafal Gibek. Zonder hen zou het boek nooit op tijd zijn uitgekomen en er zeker niet zo goed hebben uitgezien. En dank aan alle anderen bij Tor die aan dit boek hebben gewerkt.

Ook dank aan Lindy Martin voor het schitterende omslagbeeld.

Aan de technische kant: Gregory Meholic, die zo vriendelijk was me zijn Tri-Space-theorie te laten gebruiken als basis voor mijn FTL-systeem (en voor zijn grafieken, die opnieuw getekend zijn voor Appendix I). Hij heeft ook eindeloos veel vragen beantwoord toen ik worstelde met de details van hoe het werkte. Het spijt me dat ik zijn theorie op een of twee plekken heb verminkt, omwille van de fictie. Sorry Greg! Ook dank aan Richard Gauthier – van wie het idee van TEQ's kwam – en aan H. David Froning Jr., die de technische basis voor de geconditioneerde EM-velden heeft gelegd, die ik als basis voor mijn markovaandrijving heb gebruikt. En tot slot aan Winchell Chung en de website Atomic Rockets (www.projectrho.com/rocket/). Dé allerbeste bron voor wie realistische SF wil schrijven. Zonder de site zouden de ideeën in dit boek een heel stuk minder interessant zijn geweest.

Een speciale vermelding is er voor de familie van Felix Hofer, die zo vriendelijk was me zijn naam in dit boek te laten gebruiken. Felix was een lezer van mijn werk die vlak na zijn achttiende verjaardag tragisch genoeg is omgekomen bij een motorongeluk. We hadden elkaar een paar keer geschreven en ik wilde zijn overlijden niet onopgemerkt laten blijven en mijn best doen om Felix' naam te laten voortleven.

Zoals altijd gaat mijn grootste dank uit naar jou, beste lezer. Zonder jou zou dit allemaal niet mogelijk zijn! Dus nogmaals bedankt. Laten we het binnenkort nog eens doen.

Christopher Paolini
15 september 2020